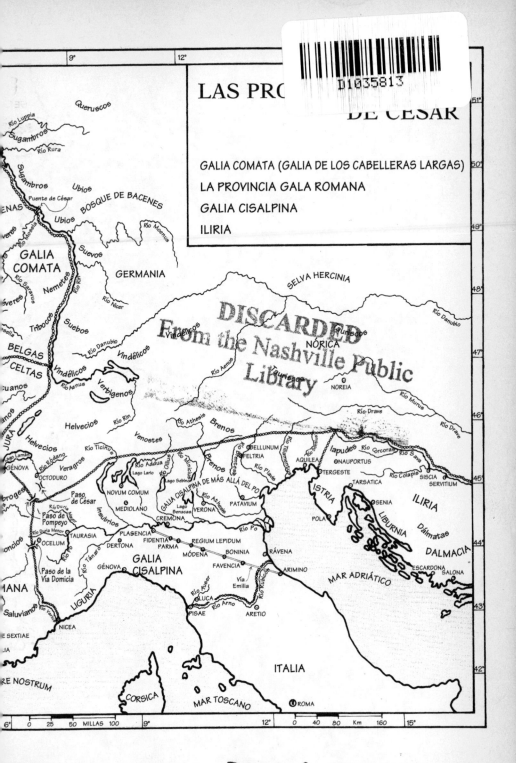

LAS PROVINCIAS DE CÉSAR

GALIA COMATA (GALIA DE LOS CABELLERAS LARGAS)

LA PROVINCIA GALA ROMANA

GALIA CISALPINA

ILIRIA

Colleen McCullough
César

Colección Bestseller Mundial

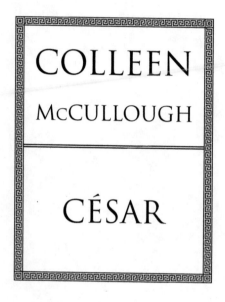

COLLEEN
McCULLOUGH

CÉSAR

Traducción de Roger Vázquez de Parga y Sofía Coca

PLANETA

Título original: Caesar

© Colleen McCullough, 1997
    Publicado de acuerdo con Avon Books, Nueva York
© por la traducción, Roger Vázquez de Parga y Sofía Coca, 1998
© Editorial Planeta, S. A., 1998
    Córcega, 273-279, 08008 Barcelona (España)
Diseño de la sobrecubierta: Compañía de Diseño
Ilustración de la sobrecubierta: perfil de ciudadano romano, escultura del siglo I a. J.C.,
Museo de Historia del Arte, Viena (foto © Lessing/Zardoya)
Primera edición: noviembre de 1998
Depósito Legal: B. 43.702-1998
ISBN 84-08-02795-6
ISBN 0-688-09372-8 editor William Morrow and Company, Inc., Nueva York, edición original
Composición: Víctor Igual, S. L.
Impresión: Hurope, S. L.
Encuadernación: Eurobinder, S. A.
Printed in Spain - Impreso en España

Para Joseph Merlino.
Bueno, sabio, perceptivo, ético y moral.
Un hombre verdaderamente bueno.

LISTA DE MAPAS E ILUSTRACIONES

Britania

NOVIEMBRE DEL AÑO 54 A. J.C.

CAYO JULIO CÉSAR

Las órdenes eran que mientras César y la mayor parte de su ejército estuvieran en Britania no se le enviara nada a parte de las comunicaciones de máxima urgencia; incluso las instrucciones del Senado tenían que esperar en el puerto Icio, en tierra de la Galia, hasta que César regresara de su segunda expedición a la isla que se hallaba en el extremo occidental del fin del mundo, un lugar casi tan misterioso como Serica.

Pero aquélla era una carta de Pompeyo el Grande, el primer hombre de Roma y yerno de César. De modo que cuando Cayo Trebacio recibió, en la oficina de comunicaciones romanas de César, la entrega del pequeño cilindro de cuero rojo que llevaba el sello de Pompeyo, no lo colocó en ninguna casilla para aguardar su regreso de Britania. En vez de eso suspiró y se puso en pie; tenía los pies tan regordetes y tensos como los tobillos porque se pasaba la mayor parte de su vida sentado o comiendo. Salió por la puerta para dar con el poblado que habían construido a toda prisa sobre los restos del campamento del ejército hecho el año anterior, que era un recinto más pequeño. ¡No era un lugar bonito, precisamente! Hileras, hileras y más hileras de casas de madera, de calles de tierra bien apisonada, incluso con alguna tienda. Sin árboles, sin complicaciones, todo rigurosamente organizado.

Ojalá esto fuera Roma, pensó, al comenzar la larga y desganada caminata por la *via principalis*, pues así podría coger una silla de manos y trasladarme con toda comodidad.

Pero no había sillas de manos en los campamentos de César, de modo que a Cayo Trebacio, joven abogado muy prometedor, no le quedó más remedio que caminar. Odiaba caminar y odiaba el sistema según el cual podía hacer más para prosperar en su carrera trabajando para un soldado en campaña que paseando, o trasladándose en silla de manos, por el Foro Romano. Ni siquiera se atrevía a delegar en algún subordinado para que hiciera aquel recado. César era muy riguroso en lo referente al trabajo sucio que un hombre tenía que hacer si existía la más remota probabilidad de que el hecho de delegar en otros condujera a un atasco, por usar el lenguaje vulgar y grosero del ejército.

¡Oh, porras! ¡Porras, porras! Trebacio estuvo a punto de dar media vuelta para regresar, pero se metió la mano izquierda entre los pliegues de la toga, arreglada sobre el mismo hombro, puso cara de importante y siguió andando. Tito Labieno, con las riendas de un paciente caballo colgadas del brazo, estaba haciendo el vago apoyado en la pared de su casa; hablaba con cierto galo corpulento que lucía colgantes de oro y colores deslumbrantes. Se trataba de Litavico, el recién nombrado jefe de la caballería de los eduos. Probablemente los dos seguían deplorando el sino del último jefe de la caballería de los eduos, que había preferido huir antes que verse arrastrado a Britania por aquellas aguas agitadas y al que, después de tantos esfuerzos, Tito Labieno había dado muerte. Tenía un nombre raro y maravilloso... ¿cómo era? Dumnórix. Dumnórix... ¿Por qué le daba a él la impresión de que aquel nombre estaba relacionado con un escándalo en el que se veían implicados César y una mujer? No llevaba en la Galia el tiempo suficiente como para tener las ideas claras, ése era el problema.

Muy típico de Labieno, prefería hablar con un galo. ¡Qué bárbaro más auténtico era aquel hombre! No había absolutamente nada de romano en él. El cabello apretado, negro y rizado. La piel oscura con poros grandes y grasientos. Ojos negros, fieros pero fríos. Y la nariz como la de un semita, ganchuda y con unos orificios tan grandes que parecía que alguien se los hubiera agrandado con un cuchillo. Un águila. Labieno era un águila. Estaba por debajo de los cánones.

—¿Caminando para rebajar algo de grasa, Trebacio? —le preguntó el romano bárbaro sonriendo y enseñando unos dientes tan grandes como los de su caballo.

—Voy al muelle —respondió Trebacio con dignidad.

—¿Por qué?

Trebacio se sintió tentado de informar a Labieno de que aquello no era asunto suyo, pero esbozó una sonrisa débil y decidió contestarle; al fin y al cabo, en ausencia de César, Labieno era el general.

—Tengo esperanzas de alcanzar la pinaza de los clavos. Llevo una carta para César.

—¿De quién?

El galo Litavico seguía la conversación con ojos brillantes. Hablaba latín perfectamente, y no era cosa rara entre los eduos porque llevaban generaciones bajo el dominio de Roma.

—De Cneo Pompeyo Magno.

—¡Ah!

Labieno carraspeó y escupió, costumbre que había acabado adquiriendo a base de estar demasiados años codeándose con galos. Asqueroso.

Pero perdió interés en cuanto oyó pronunciar el nombre de Pompeyo y se volvió hacia Litavico encogiéndose de hombros. ¡Oh, claro! Había sido Labieno quien había estado jugueteando con Mucia Tercia, la entonces esposa de Pompeyo. O al menos eso juraba Cicerón soltando una risita tonta. Pero la mujer no se había casado con Labieno después del divorcio. Al parecer no era lo bastante bueno para ella. Había decidido casarse con el joven Escauro. Por aquel entonces por lo menos él era joven.

Trebacio respiró con fuerza y siguió andando hasta que salió por la puerta del campamento que estaba en el extremo más alejado de la *via principalis* y entró en la aldea del puerto Icio. Un nombre grandilocuente para una aldea de pescadores. ¿Quién sabía cómo la llamarían los morinos, los galos en cuyo territorio se hallaba? César simplemente la había registrado en los libros del ejército como «Fin del Viaje»... o «Principio del Viaje». A elegir.

El sudor le bajaba por la espalda y empapaba la fina lana de su túnica; le habían dicho que el clima en la Galia Ulterior de los cabelleras largas era fresco y clemente. ¡Pero aquel año no! Aquel año el clima era extremadamente caluroso y el aire estaba cargado de humedad. De modo que el puerto Icio hedía a pescado. Y a galos. Los odiaba. Odiaba aquel trabajo. Y si no llegaba a odiar a César del todo, sí que había llegado a estar bastante cerca de odiar a Cicerón, quien se había servido de su influencia para obtener aquel puesto, tan reñidamente disputado, para su querido amigo, el joven abogado, y enormemente prometedor, Cayo Trebacio Testa. El puerto Icio no se parecía en nada a esas deliciosas aldeas de pescadores que hay a lo largo de las costas toscanas, llenas de parras sombreadas a las puertas de las bodegas de vino y con aspecto de haber estado allí desde que el rey Eneas había saltado a tierra de su nave troyana hacía ya un milenio. Canciones, risas, intimidad. Mientras que allí todo era viento y arena volando por los aires, hierbas correosas aplastadas contra las dunas, el tenue zumbido salvaje de mil millares de gaviotas.

Pero allí, todavía amarrada, estaba la lustrosa pinaza de remos que él tenía esperanzas de encontrar antes de que se hiciera a la mar, y cuya tripulación romana estaba muy atareada cargando el último de una docena de barriles de clavos, que era en lo que consistía su carga... y lo único que podía esperarse que transportase, dado su tamaño.

Cuando se trataba de Britania, la legendaria suerte de César parecía fallar permanentemente; por segundo año consecutivo sus naves habían naufragado a causa de una galerna más terrible que ninguna otra galerna que soplase a lo largo y a lo ancho del Mare Nostrum. ¡Oh, y eso que esta vez César estaba muy seguro de haber colocado aquellos ochocientos barcos en una posición completamente segura! Pero los vientos y las mareas —¿qué podía hacerse con aquellos fenómenos extranjeros que eran las *mareas*?— habían llegado, habían levantado los barcos y los habían zarandeado como si fueran de juguete. Destrozados. Y sin embargo pertenecían a César. El cual no se puso a vociferar, a desvariar ni a lanzar maldiciones a los vientos y las mareas, sino que en vez de eso procedió a recuperar los pedazos y volvió a recomponer los barcos. De ahí la necesidad de clavos. Millones de clavos. No había tiempo ni personal para llevar a cabo el sofisticado trabajo de los astilleros; el ejército tenía que estar de regreso en la Galia antes del invierno.

—Clavadlos —ordenó César—. Lo único que tienen que hacer es atravesar treinta y tantas millas de océano Atlántico. Y, por lo que a mí respecta, luego pueden hundirse.

Útil para las comunicaciones romanas, la pinaza, que se movía a remo, iba y venía entre el puerto Icio y Britania con una docena de barriles de clavos y algunos mensajes.

«¡Y pensar que yo hubiera podido estar allí!», pensó Trebacio para sus adentros sintiendo un estremecimiento a pesar del calor, la humedad y el peso de la toga. Como necesitaba un buen hombre de letras, César lo había propuesto para que fuera en la expedición. Pero en el último momento Aulo Hircio había tenido el capricho de ir. ¡Que los dioses lo bendijeran para siempre! Puede que para Cayo Trebacio el puerto Icio fuera el fin del viaje, pero eso era mejor que el principio del viaje.

Aquel día tenían un pasajero. Como Trogo y él lo habían organizado, con la prisa colosal que César siempre exigía, Trebacio sabía quién era el galo, o más bien el britano; se trataba de Mandubracio, rey de los trinobantes britanos, a quien César devolvía a su pueblo en pago a la ayuda que le habían prestado. Un belga azul horroroso. Llevaba la ropa a cuadros en tonos verde musgo y azules sombreados, y dentro de ella su piel, pintada formando un complicado dibujo de un azul intenso, hacía juego. Según César, en Britania tenían costumbre de hacer eso para pasar inadvertidos en sus interminables bosques; se podía estar a escasos pies de uno de aquellos britanos sin llegar a percatarse de su presencia. Y también lo hacían para asustarse unos a otros en el combate.

Trebacio le entregó el pequeño cilindro rojo al... ¿capitán? ¿Era ése el término correcto...? Luego dio media vuelta para caminar de nuevo hasta su oficina. De repente la boca se le hizo agua al pensar en el ganso asado que iba a tomarse para cenar. No había mucho que decir en favor de los morinos, excepto que sus gansos eran los mejores del mundo. Los morinos no sólo les embutían por la garganta caracoles, babosas y pan, sino que además hacían caminar a los pobres animales —¡oh, caminar!— hasta que la carne se les ponía tan tierna que se derretía en la boca.

Los remeros de la pinaza, ocho a cada lado de la misma, remaban incansablemente en perfecta sincronía, a pesar de que ningún *hortator* les marcaba el ritmo. Cada hora descansaban y bebían un trago de agua; luego volvían a doblar la espalda y apoyaban los pies contra los soportes del fondo encharcado del barco. El capitán iba sentado en la popa; era quien llevaba el remo del timón y un cubo para achicar el agua, y tenía la atención expertamente repartida entre ambas cosas.

Al acercarse a los imponentes y elevados acantilados de Britania, el rey Mandubracio, que iba sentado en la proa rígido y orgulloso, se puso aún más rígido y más orgulloso. Regresaba a casa, aunque en realidad no había estado demasiado lejos de ella, en la ciudadela belga de Samarobriva, donde, como muchos otros rehenes, había permanecido hasta que César decidiera adónde enviarlo para que estuviera a salvo.

La fuerza expedicionaria romana enviada a Britania había ocupado una playa larga y arenosa que por la parte de atrás se iba transformando hasta convertirse en las marismas de Cantio; los maltrechos navíos —¡muchísimos!— yacían detrás de la arena, apoyados en puntales y rodeados de todas las increíbles defensas de un campamento romano. Fosos, muros, empalizadas, parapetos, torres, reductos que parecían extenderse a lo largo de kilómetros.

El comandante del campamento, Quinto Atrio, estaba esperando para hacerse cargo de los clavos, del pequeño cilindro rojo de Pompeyo y del rey Mandubracio. Todavía quedaban varias horas de luz; el carro del sol era mucho más lento en aquella parte del mundo que en Italia. Algunos trinobantes, llenos de júbilo por ver a su rey, le daban palmadas en la espalda y le besaban en la boca, como era su costumbre. El rey y el pequeño cilindro rojo de Pompeyo partirían de inmediato, porque se tardaba varios días en llegar al lugar donde se encontraba César. Trajeron los caballos, y los trinobantes y un prefecto de caballería romano montaron y salieron por la puerta norte, donde quinientos soldados eduos a caballo tomaron posiciones para encerrarlos dentro de una columna de cinco caballos de anchura y cien de longitud. El prefecto espoleó a su caballo para llevarlo hasta el frente de la columna, y permitió así que el rey y sus nobles hablasen libremente entre sí.

—No podemos estar seguros de que no hablen algo lo bastante parecido a nuestra lengua como para entender lo que decimos —comentó Mandubracio al tiempo que olisqueaba el aire húmedo y caliente con deleite. Le olía a su tierra.

—César y Trogo sí, pero los demás ten la seguridad de que no la entienden —le dijo su primo Trinobeluno.

—No podemos estar seguros —repitió el rey—. Ya llevan casi cinco años en la Galia, y la mayor parte de ese tiempo han estado entre los belgas. Y tienen mujeres.

—¡Rameras! ¡De esas que van detrás de los campamentos!

—Las mujeres son mujeres. Hablan sin cesar, y las palabras acaban por calar.

El gran bosque de robles y hayas que se extendía al norte de las marismas cantias los fue cercando hasta que el sendero surcado por roderas por el que avanzaba la columna de caballería se fue haciendo cada vez más sombrío y entorpecía la visibilidad; los soldados eduos se pusieron tensos, prepararon las lanzas, palmearon los sables y comenzaron a mover a su alrededor los pequeños escudos circulares. Pero luego fueron a parar a un gran claro donde había rastrojo de trigo y los chamuscados restos negros de dos o tres casas que se alzaban escuetos contra el fondo de color tostado.

—¿Se llevaron los romanos el grano? —preguntó Mandubracio.

—En las tierras de los cantios, todo.

—¿Y Casivelauno?

—Quemó lo que no pudo recoger. Los romanos han pasado hambre al norte del Támesis.

—¿Y a nosotros cómo nos ha ido?

—Tenemos suficiente. Lo que los romanos se llevaron lo han pagado.

—Entonces será mejor que nos ocupemos de que lo siguiente que se coman sea lo que Casivelauno tiene almacenado.

Trinobeluno giró la cabeza hacia la luz dorada que inundaba el claro del bosque; los remolinos y espirales de pintura azul que llevaba en la cara y en el torso desnudo resplandecían con aire misterioso.

—Cuando le pedimos a César que te trajera de nuevo junto a nosotros, le dimos nuestra palabra de que le ayudaríamos, pero no hay honor en ayudar al enemigo. Entre nosotros acordamos que esa decisión la tomarías tú, Mandubracio.

El rey de los trinobantes se echó a reír.

—¡Pues claro que vamos a ayudar a César! Hay un montón de tierras y de ganado que pertenecen a los casos que serán nuestros cuando Casivelauno caiga. De modo que utilizaremos a los romanos en beneficio nuestro.

El prefecto romano regresó con el caballo moviéndose inquieto porque era brioso y llevaba un paso tranquilo.

—César dejó un campamento en buen estado más adelante, a no mucha distancia de aquí —les informó lentamente en la lengua belga de los atrebates.

Mandubracio levantó las cejas y miró a su primo.

—¿Qué te había dicho yo? —le comentó. Y dirigiéndose al romano, añadió—: ¿Está intacto?

—Todo está intacto desde aquí al Támesis.

El Támesis era el gran río de Britania, profundo, ancho y poderoso, pero había un lugar fuera del alcance de las mareas por donde se podía vadear. En el margen norte empezaban las tierras de los casos, pero ahora no había casos contra los que luchar ni en el vado ni en los ennegrecidos campos situados más allá. Después de haber atravesado el Támesis al alba, la columna siguió cabalgando por un paisaje ondulado donde los cerros se veían aún cubiertos de bosquecillos de árboles, pero las tierras más bajas o estaban aradas o se las utilizaba para pastos. La columna se dirigió al noreste, de manera que, a unos sesenta y cinco kilómetros del río, llegaron a las tierras de los trinobantes. En lo alto de una colina, ancha y acogedora, justo en la frontera entre los casos y los trinobantes, se alzaba el campamento de César, el último bastión de Roma en tierras extranjeras.

Mandubracio nunca había visto al Gran Hombre; lo habían enviado como rehén por exigencia de César, pero cuando llegó a Samarobriva se encontró con que éste estaba en la Galia Cisalpina, al otro lado de los Alpes, a una distancia enorme. Luego César se había dirigido directamente al puerto Icio con intención de hacerse a la mar de inmediato. El verano había prometido ser inusitadamente caluroso, buen augurio para cruzar aquel estrecho tan traicionero. Pero las cosas no habían salido según el plan. Los tréveres estaban haciendo propuestas a los germanos de más allá del Rin, y los dos magistrados tréveres, a los que llamaban vergobretos, estaban picados entre sí. Uno de ellos, Cingetórix, pensaba que era mejor someterse a los dictados de Roma, mientras que Induciomaro opinaba que una revuelta con la ayuda de los germanos mientras César se hallaba ausente en Britania sería la mejor solución. Pero entonces el propio César se había presentado allí con cuatro legiones en orden de marcha, avanzando como siempre más de prisa de lo que ningún galo pudiera concebir. La revuelta nunca llegó a producirse; a los vergobretos se les obligó a estrecharse la mano; César cogió más rehenes, entre ellos al hijo de Induciomaro, y luego volvió a paso de marcha al puerto Icio, donde se encontró con una galerna menor procedente del noroeste que estuvo soplando sin parar durante veinticinco días. Dumnórix, de los eduos, estaba ocasionando problemas, e incluso murió por ello, así que entre unas cosas y otras el Gran Hombre tenía un humor de perros cuando por fin su flota zarpó dos meses más tarde de lo que él había planeado.

Aún seguía irritable, como muy bien sabían sus legados, pero cuando acudió a saludar a Mandubracio nadie que no hubiera estado en contacto con César a diario lo habría sospechado. Muy alto para ser romano, miró a Mandubracio a los ojos desde su misma altura. Pero era más esbelto, un hombre muy grácil y con esa musculatura maciza en las pantorrillas que al parecer todos los romanos poseían; ello se debía al hecho de caminar mucho y hacer muchas marchas, como siempre decían los romanos. Llevaba puesta una estupenda coraza de cuero y una falda de tiras del mismo material que colgaban y se movían, y no llevaba daga ni espada sino el fajín escarlata que indicaba su elevado *imperium* ritualmente anudado y enlazado cruzando la parte delantera de la coraza. ¡Y era tan rubio como cualquier galo! El cabello de color oro pálido era escaso y fino, y lo llevaba peinado hacia adelante desde la coronilla; las cejas eran igualmente pálidas, y la piel, curtida y arrugada, presentaba el mismo color que el pergamino viejo. Tenía la boca carnosa, sensual y graciosa, y la nariz larga y protuberante. Pero todo lo que se necesitaba saber sobre César, pensó Mandubracio, estaba en aquellos ojos suyos, que eran de un color azul pálido rodeado de un delgado círculo azabache, muy penetrantes. No tanto fríos como omniscientes. Aquel hombre sabía exactamente, sacó en conclusión el rey, por qué iba a recibir ayuda de los trinobantes.

—No voy a darte la bienvenida a tu propio país, Mandubracio —le dijo en buena lengua atrebatana—, pero espero que tú me des la bienvenida a mí.

—Con mucho gusto, Cayo Julio.

El Gran Hombre se echó a reír dejando al descubierto unos buenos dientes.

—No, llámame César a secas —le indicó—. Todo el mundo me conoce como César.

Y de pronto Commio se situó al lado de aquel hombre; le sonreía a Mandubracio y se adelantó para golpearle entre los omóplatos. Pero cuando se disponía a besarle en los labios, Mandubracio volvió la cabeza sólo lo suficiente para desviar el saludo. ¡Gusano! ¡Era una marioneta de los romanos! El perro faldero de César. Rey de los atrebates, pero traidor a la Galia. Siempre estaba muy atareado apresurándose a cumplir las órdenes de César; había sido Commio quien había hablado de la conveniencia de que él fuese rehén, había sido Commio quien había estado trabajando para sembrar disensión entre todos los reyes y porporcionarle así a César su precioso asidero.

El prefecto de caballería estaba allí y le tendía a César el pequeño cilindro de cuero rojo que el capitán de la pinaza le había entregado con tanta reverencia como si se tratase de un regalo de los dioses romanos.

—De parte de Cayo Trebacio —dijo, y saludó y dio un paso atrás sin apartar los ojos del rostro de César.

¡Por Dagda, cómo lo amaban!, pensó Mandubracio. Era cierto lo que decían en Samarobriva. Estaban dispuestos a morir por él. Y César lo sabía y se aprovechaba de ello. Porque le sonrió al prefecto y respondió llamándolo por su nombre. El prefecto atesoraría aquel recuerdo y se lo contaría a sus nietos, si es que vivía para conocerlos. Pero Commio no amaba a César, porque ningún galo de cabellera larga podía amar a César. El único hombre a quien Commio amaba era a sí mismo. ¿Qué era exactamente lo que Commio se proponía? ¿Alcanzar el trono en la Galia en el momento en que César regresara definitivamente a Roma?

—Nos veremos más tarde para cenar y charlar un rato, Mandubracio —le dijo César.

Levantó en el aire el pequeño cilindro rojo en un gesto de despedida y se encaminó hacia la robusta tienda de cuero que se alzaba en un promontorio artificial en el interior del campamento, lugar en donde la bandera escarlata del general ondeaba izada en lo alto del mástil.

Las comodidades existentes en el interior de la tienda se diferenciaban poco de las que se encontraban en la morada de un simple tribuno militar: algunos taburetes plegables, varias mesas también plegables y una estantería de casillas para rollos que podía desmontarse en cuestión de momentos. A una de las mesas estaba sentado el secretario particular del general, Cayo Faberio, que tenía la cabeza inclinada sobre un códice. César se había cansado de tener que ocupar ambas manos o un par de pisapapeles para mantener desplegados los rollos y había empezado a utilizar hojas de papel; luego daba instrucciones para que las cosieran por el lado izquierdo de manera que se podía hojear la obra completa girando una página cada vez. A eso él lo llamaba *códice*, y juraba que así el contenido lo leerían más hombres que si estuviera desenrollado. Luego, para que cada hoja resultase todavía más fácil de leer, la dividía en tres columnas en lugar de escribir a todo lo ancho. Había ideado este sistema para los despachos que enviaba al Senado, cuerpo al que tildaba de nido de babosas semianalfabetas, pero poco a poco el cómodo códice había ido predominando en todo el papeleo de César. Sin embargo, aquello tenía una grave desventaja que le impedía sustituir definitivamente al rollo: a fuerza de usarse, las hojas acababan por soltarse de las puntadas, de manera que así se podían perder con mayor facilidad.

A otra de las mesas estaba sentado Aulo Hircio, su hombre más leal. De humilde cuna, pero de una capacidad de trabajo considerable, Hircio se había prendido con firmeza a la estrella de César. Era un hombre pequeño y activo que combinaba el amor que sentía por moverse entre montañas de papel con otro amor igual por el combate y las exigencias de la guerra. Dirigía la sección de comunicaciones romanas de César, asegurándose de que el general supiera todo lo que acontecía en Roma aunque se hallara a sesenta y cinco kilómetros al norte del Támesis, en el extremo más remoto del mundo por el oeste.

Ambos hombres levantaron la vista cuando el general entró en la tienda, aunque ninguno de los dos intentó siquiera esbozar una sonrisa. El general estaba muy irritable. Pero, al parecer, no era así en aquel momento, pues les sonrió a ambos y blandió en el aire el pequeño cilindro de cuero rojo.

—Una carta de Pompeyo —les informó mientras se dirigía al único mueble verdaderamente hermoso de la habitación, la silla curul de marfil propia de su elevado rango.

—Ya debes saber todo lo que se dice en ella —le comentó Hircio, ahora ya sonriente.

—Cierto —convino César mientras rompía el sello y quitaba la tapa—, pero Pompeyo tiene su estilo propio, disfruto con sus cartas. Ya no es tan tosco e indocto como lo era antes de casarse con mi hija, pero continúa teniendo un estilo muy suyo. —Introdujo dos dedos en el cilindro y sacó el rollo de Pompeyo—. ¡Oh, dioses, qué carta tan larga! —exclamó, y se inclinó para coger del suelo de madera un tubo de papel—. No, hay dos cartas. —Examinó los bordes exteriores de ambas y gruñó—. Una está escrita en el mes de sextilis, y la otra en septiembre.

La de septiembre cayó sobre la mesa junto a la silla curul. César no desenrolló la de sextilis para leerla; en lugar de eso levantó la barbilla y se puso a mirar, cegado por la claridad que llegaba bajo la tela de la entrada de la tienda, que estaba completamente levantada para que entrase la luz.

¿Qué hago yo aquí, disputándole la posesión de unos cuantos campos de trigo y un poco de ganado lanudo a una reliquia pintada de azul que parece salida de los versos de Homero? ¿A un hombre que cuando va a entrar en combate lo llevan en un carro en compañía de sus perros mastines, que no dejan de ladrar, y de su arpista, que le canta sus alabanzas?

Bien, yo lo sé. Es así porque lo impuso mi *dignitas*, porque el año pasado este lugar ignorante y sus ignorantes pobladores pensaron que habían conseguido expulsar a Cayo Julio César de sus costas para siempre. Pensaron que habían vencido a César. Y ahora he venido con la única intención de demostrarles que nadie vence a César. Y una vez que haya exprimido a Casivelauno y le haya obligado a someterse y a firmar un tratado, abandonaré este lugar ignorante para no regresar a él jamás. Pero se acordarán de mí. Le he proporcionado al arpista de Casivelauno algo nuevo que cantar. La llegada de Roma, la desaparición de los carros en el oeste legendario de los druidas. Permaneceré en la Galia de los hombres de cabellera larga hasta que el último de sus habitantes me reconozca a mí, y a Roma, como sus amos. Porque yo soy Roma. Y eso es algo que mi yerno, que es seis años mayor que yo, nunca será. Guarda bien tus puertas, buen Pompeyo Magno. No serás el primer hombre de Roma durante mucho más tiempo. Viene César.

Se sentó, con la columna vertebral completamente erguida, el pie derecho adelantado y el pie izquierdo metido debajo de la X de la silla curul, y abrió la carta de Pompeyo el Grande fechada en sextilis.

Odio decirlo, César, pero aún no hay indicio de que vaya a haber elecciones curules. Oh, Roma seguirá existiendo e incluso tendrá alguna clase de gobierno, puesto que conseguimos elegir a algunos tribunos de la plebe. ¡Menudo circo fue aquello! Catón se metió en el asunto. Primero utilizó su posición de pretor de la plebe para bloquear las elecciones plebeyas, luego lanzó una seria advertencia, con ese tono vociferante suyo, de que iba a hacer un cuidadoso escrutinio de cada una de las tablillas que los votantes echasen en los cestos, y que si encontraba a algún candidato manipulando los resultados, lo procesaría. ¡Con eso aterrorizó a los candidatos!

Desde luego, todo ello surgió del pacto que el idiota de mi sobrino Memmio hizo con Enobarbo. ¡Nunca en la historia de nuestras elecciones, sembrada de sobornos, ha habido tantas personas que han sobornado y tantas personas que han aceptado esos sobornos! Cicerón bromea con que la cantidad de dinero que ha cambiado de manos es tan asombrosa que ha hecho que la media de los intereses se eleve del cuatro al ocho por ciento. No está muy equivocado, aunque no lo diga en serio. Yo creo que Enobarbo, que es el cónsul que supervisa las elecciones, pues Apio Claudio no puede ya que es patricio, creyó que podría hacer lo que se le antojase. Y lo que se le ha antojado es que mi sobrino Memmio y Domicio Calvino sean los cónsules del próximo año. Toda esa pandilla, Enobarbo, Catón, Bíbulo... todavía andan por ahí olisqueando como perros en un campo de excrementos tratando de hallar algún motivo para procesarte y quitarte todas las provincias y el mando que ostentas. Les sería mucho más fácil si los cónsules estuvieran de su parte, y también algunos tribunos de la plebe activistas.

Supongo que será mejor que primero termine de contarte todo lo referente a Catón. Pues bien, a medida que pasaba el tiempo y empezaba a parecer, cada vez más, que no tendríamos cónsules ni pretores el año que viene, también se hizo vital que por lo menos tuviéramos tribunos de la plebe. Quiero decir que Roma puede pasarse sin magistrados superiores. Mientras esté el Senado para controlar los cordones de la bolsa y haya tribunos de la plebe que hagan pasar las leyes necesarias, ¿quién echa de menos a los cónsules y a los pretores? A menos que los cónsules seamos tú o yo; ni que decir tiene.

Al final, los candidatos a tribunos de la plebe fueron como colectivo a ver a Catón y le suplicaron que retirase su oposición. Honradamente, César, ¿cómo se sale Catón con la suya? Pero fueron más allá de la simple súplica. Le hicieron una oferta: cada candidato pondría medio millón de sestercios (que le darían a él para que los guardase) si

Catón no sólo consentía en que se celebrasen las elecciones, sino que ¡las supervisaba personalmente! Si hallaba a un hombre culpable de amañar el proceso electoral, le impondría a ese hombre el medio millón de sestercios como multa. Muy complacido consigo mismo, Catón accedió. Aunque era demasiado inteligente como para aceptar el dinero. Les obligó a darle notas promisorias muy precisas legalmente para que no pudieran acusarle de malversación. Astuto, ¿verdad?

El día de las elecciones llegó por fin sólo tres nundinae *después, y allí estaba Catón vigilando la actividad como un halcón. ¡Tienes que admitir que tiene suficiente nariz como para merecer esa comparación! Halló a un candidato culpable y le ordenó bajar y pagar la multa. Lo más probable es que pensase que toda Roma caería de bruces desmayada al ver tanta incorruptibilidad. Pero no sucedió así. Los líderes de la plebe están furiosos. Dicen que es anticonstitucional e intolerable que un pretor se erija a sí mismo, no juez de su propio tribunal, sino funcionario electoral sin ser designado por nadie.*

Los caballeros, esos baluartes del mundo de los negocios, odian la mera mención del nombre de Catón, y las hordas indignadas de Roma consideran que está loco, en parte por su semidesnudez y por su resaca perpetua. Al fin y al cabo, ¡es pretor del tribunal de extorsión! Está juzgando a personas que tienen la suficiente categoría como para haber sido gobernadores de alguna provincia... ¡personas como Escauro, el actual marido de mi ex mujer! ¡Un patricio de la más antigua estirpe! Pero, ¿qué hace Catón? Pospone el juicio de Escauro una y otra vez, demasiado borracho para presidir si se sabe la verdad, y cuando aparece lo hace sin zapatos, sin túnica debajo de la toga y con notables ojeras. Tengo entendido que en los albores de la república los hombres no llevaban zapatos ni túnicas, pero ésta es la primera noticia que tengo de que esos dechados de virtud lleven adelante sus carreras profesionales en el Foro con resaca.

Le pedí a Publio Clodio que le hiciera la vida imposible a Catón, y Clodio lo intentó de veras. Pero al final se dio por vencido. Vino a decirme que si realmente quería meterme debajo de la piel de Catón, tendría que hacer que César regresara de la Galia.

El pasado abril, poco después de que Publio Clodio regresara a casa de su viaje para recaudar deudas en Galacia, ¡compró la casa de Escauro por catorce millones y medio! Los precios de los bienes inmuebles son tan fantasiosos como una vestal preguntándose cómo será hacer el amor. Puedes conseguir medio millón por un armario con orinal. Pero Escauro necesitaba el dinero desesperadamente. Ha sido pobre desde que organizó los juegos cuando era edil... y cuando al año intentó meterse un poco de dinero en la bolsa aprovechándose de su provincia, acabó en el tribunal de Catón. Y lo más probable es que siga allí hasta que Catón abandone su cargo, tan despacio van las cosas en el tribunal de Catón.

Por otra parte, a Publio Clodio le sobra el dinero. Desde luego, te-

nía que buscarse otra casa, eso ya lo comprendo. Cuando Cicerón reconstruyó la suya, la hizo tan alta que Publio Clodio perdió toda la vista panorámica. Una venganza como cualquier otra, ¿verdad? Fíjate, el palacio de Cicerón es un monumento al mal gusto. ¡Y pensar que tuvo el descaro de comparar la bonita y pequeña villa que yo adosé a la parte de atrás del complejo de mi teatro con un bote adosado a un velero!

Lo que ello indica es que Publio Clodio le sacó el dinero al príncipe Brogitaro. No hay nada como ir a cobrar en persona. En estos días que corren es un alivio no ser el blanco de Clodio. Nunca creí que yo conseguiría sobrevivir a aquellos años, justo después de que tú partieras para la Galia, cuando Clodio y su banda callejera me agobiaban sin cesar. Casi no me atrevía a salir de mi casa. Aunque fue un error emplear a Milón para que dirigiera a aquellas pandillas que se oponían a Clodio. Le di a Milón grandes ideas. Oh, ya sé que es un Annio, aunque, de todos modos, lo es por adopción, pero ese hombre es exactamente igual que el nombre que tiene, un fornido zoquete que no sirve más que para levantar yunques y poca cosa más.

¿Sabes qué se le ocurrió? ¡Vino a pedirme que lo apoye cuando se presente a cónsul! «Mi querido Milón —le dije—, ¡no puedo hacer eso! ¡Sería lo mismo que admitir que tú y tu pandilla estuvisteis trabajando para mí!» Me respondió que, en efecto, él y sus pandillas callejeras habían trabajado para mí, y que qué importaba eso. Tuve que enfadarme mucho con él antes de conseguir que se marchara.

Me alegro de que Cicerón ganase el caso de Vatinio, tu hombre. ¡Qué mal debió de sentarle eso a Catón, que actuaba de presidente del tribunal! Tengo la seguridad de que Catón sería capaz de ir al Hades y cercenarle a Cancerbero una de sus cabezas si creyera que con eso te iba a meter a ti en sopa hirviendo. Lo raro del juicio de Vatinio es que Cicerón antes aborrecía a ese hombre, pero....¡tú ya habrás oído al gran abogado quejarse de que te debe millones y por ello tiene que defender a todas tus criaturas! Pero, mientras ellos estaban muy juntitos en el juicio, ocurrió algo. El caso es que terminaron como dos niñas que acaban de conocerse en la escuela y no pueden vivir la una sin la otra. Una pareja extraña, aunque realmente resulta bastante bonito verles juntos riéndose con risitas tontas. Los dos son brillantes e ingeniosos, así que se agudizan el uno al otro.

Tenemos el verano más caluroso que nadie alcanza a recordar, y no llueve nada. A los agricultores les va muy mal. Y esos hijos de puta egoístas de Interamno han decidido cavar un canal para desviar el agua del lago Velino hacia el río Nar y tener así agua para regar sus campos. El problema es que las Rosea Rura se secaron en el mismo momento en que se vació el Velino. ¿Te lo imaginas? ¡Las tierras de pastos más ricas de Italia completamente áridas! El viejo Axio, el de Reate, vino a verme y me exigió que el Senado ordenase a los de Interamno que llenaran el canal, así que voy a llevar el asunto a la Cámara, y si es necesario haré que uno de mis tribunos de la plebe lo convierta en ley. Quiero decir que tú y yo somos ambos militares, así que comprendemos perfectamente la importancia que la *Rosea Rura* tiene para los ejércitos de Roma. ¿En qué otro lugar pueden criarse unas mulas tan perfectas, y tantas? La sequía es una cosa, pero las *Rosea Rura* son algo muy diferente. Roma necesita mulas e Interamno está llena de asnos.

Y ahora paso a contarte algo muy peculiar. Catulo acaba de morir.

César emitió una exclamación apagada, e Hircio y Faberio lo miraron, pero cuando vieron la expresión de su rostro sus cabezas volvieron inmediatamente al trabajo. Cuando la bruma se despejó de los ojos de César, éste volvió a poner su atención en la carta.

Probablemente su padre te haya enviado la noticia y esté esperando tu regreso en el puerto Icio, pero he pensado que te gustaría saberlo. No creo que Catulo fuera el mismo después de que Clodia lo abandonase... ¿cómo la llamó Cicerón en el juicio de Celio? «La Medea del Palatino». No está nada mal. Pero a mí me gusta más «la Clitemnestra a precio de ganga». ¿No sería ella la que mató a Celer en el baño? Eso es lo que dicen todos.

Sé que estabas furioso cuando Catulo empezó a escribir esas malintencionadas sátiras sobre ti después de que nombrases a Mamurra como tu nuevo praefectus fabrum. Incluso Julia se permitió una risita o dos cuando las leyó, y piensa que no tienes ningún partidario más leal que Julia. Dijo que lo que Catulo no podía perdonarte era que hubieras elevado por encima de su posición a un poeta muy malo. Y que el mandato de Catulo como una especie de legado con mi sobrino Memmio cuando fue a gobernar Bitinia le dejó la bolsa más vacía de lo que lo estaba antes de que empezase a soñar con inmensas riquezas. Catulo debería haberme preguntado a mí. Yo le habría dicho que Memmio tiene la bolsa más apretada que el ano de un pez. Mientras que tus tribunos militares de rango inferior son generosamente recompensados.

Sé que saliste airoso de la situación... ¿cuándo no ha sido así? Suerte que su tata es tan buen amigo tuyo, ¿eh? Él mandó llamar a Catulo, éste acudió a Verona, tata le dijo que fuese bueno con su amigo César, Catulo pidió disculpas y entonces tú hiciste desaparecer la toga del pobre joven como por ensalmo. No sé cómo lo haces. Julia dice que es algo innato en ti. De todos modos, Catulo regresó a Roma y se acabaron por completo los pasquines irónicos sobre César. Pero Catulo había cambiado. Lo pude ver con mis propios ojos porque Julia se rodea de poetas y dramaturgos, y además debo decir que son buena compañía. Ya no le quedaba fuego, parecía muy triste y cansado. No se suicidó. Sólo se apagó como una lámpara cuando ha consumido todo el aceite.

«Como una lámpara cuando ha consumido todo el aceite...» Las palabras escritas sobre el papel se hicieron borrosas de nuevo y César tuvo que esperar hasta que aquellas lágrimas no derramadas desaparecieron.

No debí hacerlo. Él era muy vulnerable, y yo me aproveché de ello. Amaba a su padre y era un buen hijo. Le obedeció. Creí que le había untado bálsamo en la herida al invitarle a cenar y demostrarle no sólo el gran conocimiento que yo tenía sobre su obra, sino también la profundidad de mi aprecio literario por ella. Tuvimos una cena muy agradable. Él era extraordinariamente inteligente, y a mí me encanta eso. Pero no debí hacerlo. Maté su *animus*, su razón de ser. Pero, ¿cómo no iba a hacerlo? No me dejó elección. A César no se le puede poner en ridículo, ni siquiera puede hacerlo el mejor poeta de la historia de Roma. Él disminuyó mi *dignitas*, la parte personal que me correspondía de la gloria de Roma. Porque su obra perdurará. Hubiera sido preferible que no me mencionase en absoluto antes que ponerme en ridículo públicamente. Y todo por complacer a carroña como Mamurra. Un poeta chocante y un mal hombre. Pero será un excelente proveedor de vituallas para mi ejército, y Ventidio el arriero lo tendrá vigilado.

Las lágrimas habían desaparecido; la razón había acabado por imponerse. Podía reanudar la lectura.

Ojalá pudiera decirte que Julia está bien, pero la verdad es que no es así. Le dije que no había necesidad de tener hijos; Mucia ya me había dado dos hijos estupendos, y a la hija que tuve con ella le va muy bien casada con Fausto Sila. Éste acaba de entrar en el Senado, es un excelente joven. Sin embargo no me recuerda en lo más mínimo a Sila. Lo que probablemente sea una cosa buena.

Pero ya sabes que a las mujeres se les meten en la cabeza manías sobre lo referente a los bebés. Así que Julia está muy adelantada en el embarazo, de unos seis meses ya. Nunca ha estado bien desde aquel aborto que tuvo cuando me presentaba a cónsul. ¡Mi queridísima niña, mi Julia! Qué tesoro me diste, César. Nunca dejaré de estarte agradecido por ello. Y, desde luego, su salud fue la causa de que yo le cambiara la provincia a Craso. Me hubiera tenido que ir a Siria, mientras que las Hispanias las puedo gobernar perfectamente desde Roma por medio de legados sin tener que moverme del lado de Julia. Afranio y Petreyo son de absoluta confianza, no se tiran ni un pedo a menos que yo les diga que pueden hacerlo.

Hablando de mi estimable colega consular (aunque, desde luego, admito que me llevé mucho mejor con él durante nuestro segundo consulado juntos que durante el primero), me pregunto cómo le irá a Craso allá en Siria. He oído decir que ha pellizcado dos mil talentos de oro procedentes del gran templo de los judíos de Jerusalén. Oh,

¿qué puede hacer uno con un hombre cuya nariz realmente es capaz de oler el oro? En cierta ocasión estuve en ese gran templo. Me aterrorizó. Aunque hubiera contenido todo el oro del mundo yo no habría pellizcado ni tan sólo una muestra.

Los judíos maldijeron formalmente a Craso. Y además lo hicieron en medio de la puerta Capena cuando salió de Roma en los idus del noviembre pasado. Lo maldijo Ateyo Capito, el tribuno de la plebe. Capito se sentó en medio del camino para obstruirle el paso a Craso y se negó a moverse, entonando sin parar maldiciones capaces de poner los pelos de punta. Tuve que hacer que mis lictores lo echaran de allí a la fuerza. Lo único que puedo decir es que Craso está almacenando una gran carga de rencor. Y tampoco estoy muy convencido de que tenga la menor idea de cuántos problemas puede darle un enemigo como los partos. Sigue creyendo que una catafracta parta es lo mismo que una catafracta armenia. Aunque él en su vida sólo ha visto un dibujo de una catafracta. Hombre y caballo, ambos ataviados de cota de malla de la cabeza a los pies. ¡Brrr!

El otro día vi a tu madre. Vino a cenar. ¡Qué mujer tan maravillosa! Y no lo es menos por ser tan sensata. Sigue siendo encantadoramente hermosa, aunque me dijo que ya ha pasado de los setenta. No parece que tenga más de cuarenta y cinco. Es fácil adivinar de quién ha heredado Julia su belleza. Aurelia también está preocupada por Julia, y tu madre no es una mujer de esas cotorras que hablan sin pensar. Lo sabes muy bien.

De pronto César se echó a reír. Hircio y Faberio se sobresaltaron, asustados; hacía ya mucho tiempo desde la última vez que habían oído a su malhumorado general reírse con tanto regocijo.

—¡Oh, escuchad esto! —exclamó César al tiempo que levantaba los ojos del rollo—. ¡Esto no te lo ha enviado nadie en un despacho, Hircio!

Inclinó la cabeza y se puso a leer en voz alta, un milagro menor para sus oyentes, porque César era el único hombre que ambos conocían capaz de leer los continuos garabatos en un papel al primer golpe de vista.

—«Y ahora —leyó, con voz temblorosa a causa de la risa— tengo que contarte algo acerca de Catón y de Hortensio. Bueno, Hortensio ya no es tan joven como antes, y se ha vuelto un poco del mismo estilo que era Lúculo antes de morir. Demasiada comida exótica, demasiado vino de cosecha sin aguar y demasiadas sustancias raras, como amapolas de Anatolia y setas africanas. Oh, todavía lo aguantamos en los tribunales, pero ya no está ni mucho menos en su mejor momento como abogado. ¿Qué edad tendrá ahora? ¿Más de setenta? Llegó con varios años de retraso al pretoriado y al consulado, según recuerdo. Y nunca me perdonó que yo pospusiera su consulado todavía un año más cuando me convertí en cónsul a la edad de treinta y seis años.

»De todos modos creyó que la actuación de Catón en las elecciones de tribunos había sido la mayor victoria para la *mos maiorum* desde que Lucio Julio Bruto (¿por qué siempre nos olvidamos de Valerio?) tuvo el honor de fundar la República. De modo que Hortensio fue a visitar a Catón y le dijo que quería casarse con su hija Porcia. Lutacia llevaba muerta varios años, le explicó, y él no había pensado en casarse de nuevo hasta que vio a Catón manejando a la plebe. Dijo que aquella noche después de las elecciones había tenido un sueño en el cual Júpiter Óptimo Máximo se le había aparecido y le había dicho que debía aliarse con Marco Catón mediante un matrimonio.

»Naturalmente, Catón no podía decirle que sí, no después del escándalo que armó cuando yo me casé con Julia, que tenía diecisiete años. Porcia ni siquiera llega a esa edad. Y, por otra parte, Catón siempre ha querido para ella a su sobrino Bruto. Lo que quiero decir es que aunque Hortensio nada en la abundancia, su riqueza no puede compararse con la fortuna de Bruto, ¿no es cierto? Así que Catón dijo que no, que Hortensio no podía casarse con Porcia. Y entonces Hortensio le preguntó si podía casarse con una de las Domicias... ¿Cuántas hijas feas, pecosas y con el pelo como una fogata tiene la hermana de Enobarbo y Catón? ¿Dos? ¿Tres? ¿Cuatro? No importa, porque Catón dijo que de eso tampoco quería oír hablar.»

César levantó la mirada; los ojos le bailaban.

—No sé adónde va a parar esta historia, pero resulta fascinante —comentó Hircio esbozando una amplia sonrisa.

—Yo tampoco lo sé todavía —observó César.

Y volvió a la lectura.

—«Hortensio se marchó vacilante apoyado en sus esclavos; estaba realmente destrozado. Pero al día siguiente regresó, y esta vez con una idea brillante. Puesto que no podía casarse con Porcia ni con ninguna de las Domicias, le dijo, ¿podía casarse con la esposa de Catón?»

Hircio sofocó un grito de asombro.

—¿Con Marcia? ¿Con la hija de Filipo?

—Con ésa es con quien está casado Catón —le aseguró César con solemnidad.

—Tu sobrina Acia está casada con Filipo, ¿no es así?

—Sí. Filipo era muy amigo del primer marido de Acia, Cayo Octavio. Así que cuando hubo pasado el período de luto, se casó con ella. Puesto que ella venía con una hijastra y con un hijo y una hija propios, me imagino que Filipo se sintió contento de separarse de Marcia. Dijo que se la daba a Catón para tener un pie en ambos campos, uno en el mío y otro en el de los *boni* —dijo César frotándose los ojos.

—Sigue leyendo —le pidió Hircio—. Estoy impaciente.

César siguió leyendo:

—«¡Y Catón dijo que sí! ¡Sinceramente, César, Catón dijo que sí! Accedió a divorciarse de Marcia para permitir que se casara con Hortensio, siempre que, claro está, Filipo diera también su consentimiento. Así que los dos se fueron a casa de Filipo para preguntarle si consentiría en que Catón se divorciara de la hija de Filipo para que ésta pudiera casarse con Quinto Hortensio y así hacer feliz a un anciano. Filipo se rascó la barbilla... ¡Y dijo que sí! Claro está, siempre y cuando Catón estuviera dispuesto a entregar personalmente a la novia. Todo se hizo con la misma rapidez con la que se pronuncia la frase "muchos millones de sestercios". Catón se divorció de Marcia y se la entregó personalmente a Hortensio en la ceremonia de la boda. ¡Toda Roma está que trina! Quiero decir que cada día pasan cosas tan extravagantes que por eso mismo uno sabe que son verdad, pero el asunto de Catón, Marcia, Hortensio y Filipo es algo único en los anales del escándalo romano, tienes que admitirlo. Todo el mundo, ¡incluido yo!, está convencido de que Hortensio les pagó a Catón y a Filipo la mitad de su fortuna, aunque Catón y Filipo lo niegan enérgicamente.»

César dejó el rollo sobre su regazo y volvió a frotarse los ojos al tiempo que movía la cabeza de un lado al otro.

—Pobre Marcia —comentó en voz baja Faberio.

Los otros dos lo miraron, atónitos.

—No había pensado en eso —reconoció César.

—Esa mujer debe de ser una arpía —dijo Hircio.

—No, no creo que lo sea —opinó César frunciendo el ceño—. La he visto alguna vez, aunque no de mayor. Pero sí cuando ya lo era bastante, a los trece o catorce años. Muy morena, como toda la familia, pero muy bonita. Una dulzura, según Julia y mi madre. Y completamente enamorada de Catón, y él de ella, según escribió Filipo en aquel momento. Aproximadamente en la época en que yo estaba asentado en Luca con Pompeyo y Marco Craso organizando la conservación de mi mando y mis provincias. La habían prometido en matrimonio con un tal Cornelio Léntulo, pero el tipo murió. Luego Catón volvió, después de anexionar Chipre, con dos mil cofres de oro y plata, y Filipo, que era cónsul ese año, lo invitó a cenar. Marcia y Catón se miraron y ya está. Catón la pidió en matrimonio, lo cual causó cierto jaleo familiar. Acia quedó horrorizada ante la idea, pero a Filipo le pareció que quizá fuera inteligente ver los toros desde la barrera: casado con mi sobrina y suegro de mi mayor enemigo. —César se encogió de hombros—. Filipo salió ganando.

—Entonces, Catón y Marcia se agriaron —dijo Hircio.

—No, aparentemente no. Por eso toda Roma está que trina, por utilizar la expresión de Pompeyo.

—Entonces, ¿por qué? —preguntó Faberio.

César sonrió, pero no fue cosa agradable de ver.

—Si yo conozco a mi Catón, y creo que sí lo conozco, diría que no podía soportar la idea de ser feliz, y consideraba su pasión por Marcia como una debilidad.

—¡Pobre Catón! —dijo Faberio.

—¡Hum! —murmuró César.

Y volvió a la carta de sextilis.

Y, de momento, eso es todo, César. Lo sentí mucho cuando me enteré de que a Quinto Laberio Duro lo habían matado nada más desembarcar en Britania. ¡Qué despachos tan soberbios nos envías!

Dejó la carta de sextilis sobre la mesa y cogió la de septiembre, que era un rollo más pequeño. Al abrirlo frunció el ceño; algunas de las palabras estaban emborronadas y manchadas, como si se hubiera derramado agua sobre ellas antes de que la tinta se hubiera asentado cómodamente en el papiro.

La atmósfera cambió en la estancia, como si el sol de última hora de la tarde, que todavía brillaba con fuerza en el exterior, de pronto se hubiera escondido. Hircio levantó la vista al sentir un hormigueo en la carne; Faberio empezó a tiritar.

La cabeza de César continuaba inclinada sobre la segunda carta de Pompeyo, pero todo él quedó de repente completamente inmóvil, helado; los ojos, que ninguno de los otros dos hombres alcanzaba a ver, también se le habían helado; ambos hombres habrían podido jurarlo.

—Dejadme solo —les pidió César con voz normal.

Sin pronunciar una palabra Hircio y Faberio se levantaron y salieron en silencio de la tienda; dejaron las plumas, que goteaban tinta, abandonadas sobre el papel.

Oh, César, ¿cómo voy a soportarlo? Julia está muerta. Mi niña maravillosa, hermosa y dulce está muerta. Muerta a la edad de veintidós años. Yo mismo le cerré los ojos y puse sobre ellos las monedas; le puse el denario de oro entre los labios para asegurarme de que tuviera el mejor asiento en la barca de Caronte.

Murió tratando de darme un hijo. Sólo estaba embarazada de siete meses, y no había tenido ni aviso de lo que se avecinaba. Sólo que se encontraba mal de salud. Nunca se quejó, pero yo lo notaba. Luego se puso de parto y dio a luz al niño. Un niño que vivió dos días, así que sobrevivió a su madre. Julia murió desangrada. Nada podía detener aquella hemorragia. ¡Un modo horrible de morir! Consciente casi hasta el final, pero debilitándose y poniéndose pálida poco a poco, ella que era ya de por sí tan blanca. Y hablando conmigo y con Aurelia, hablando sin parar. Recordando que no había hecho esto, y haciéndome prometerle que yo me encargaría de hacer aquello. Tonterías, como que pusiera a secar el veneno para las pulgas, aunque para eso todavía faltan meses. Me repitió una y otra vez lo mucho que me amaba, que me había amado desde que era niña. Y me dijo lo feliz que yo la había hecho, que no le había dado ni un momento de dolor. ¿Cómo podía decir eso, César? Yo le había causado el dolor que la estaba matando, aquella cosa descarnada que parecía desollada. Pero me alegro de que la criatura muriera. El mundo nunca estará preparado para un hombre que lleve tu sangre y la mía. Mi hijo lo habría aplastado como a una cucaracha.

Julia me obsesiona. No dejo de llorar, pero todavía sigo teniendo lágrimas. La última parte de ella que dejó escapar la vida eran sus ojos, tan enormes y azules. Llenos de amor. Oh, César, ¿cómo voy a soportarlo? Seis cortos años. Yo había planeado que fuera ella quien me dijera adiós. Ni en sueños pensé que sucediera al revés, y además tan pronto. ¡Oh, habría sido demasiado pronto aunque hubiéramos llevado casados veintiséis años! ¡Oh, César, qué dolor siento! Ojalá hubiera sido yo, pero ella me hizo jurar solemnemente que no la seguiría. Estoy condenado a vivir. Pero, ¿cómo? ¿Cómo puedo vivir? ¡Me acuerdo tanto de ella! De su aspecto, de su voz, de su olor, de cómo era su contacto, de su sabor. Julia tañe dentro de mí como una lira.

Pero de nada sirve. Apenas veo para escribir, pero me corresponde a mí contártelo todo. Ya sé que te enviarán esta noticia a Britania. Hice que el hijo mediano de tu tío Cotta, Marco, que es pretor este año, convocase a sesión al Senado, y les pedí a los padres conscriptos que votasen un funeral de Estado para mi querida niña. Pero ese mentula, *ese* cunnus *de Enobarbo no quiso ni oír hablar de ello. Con Catón relinchando negativas detrás de él en el estrado curul. A las mujeres no se les hacen funerales de Estado; concederle uno a mi Julia sería profanar el Estado. Tuvieron que sujetarme, habría matado a esa* verpa *de Enobarbo con las manos desnudas si se las hubiera puesto encima. Todavía se me crispan ante la idea de apretárselas en torno a la garganta. Se dice que la Cámara nunca va en contra de la voluntad del cónsul senior, pero en esta ocasión la Cámara lo hizo. El voto fue casi unánime a favor de un funeral de Estado.*

Tuvo lo mejor de todo, César. Los de las pompas fúnebres hicieron su trabajo con amor. Bueno, Julia estaba hermosísima, aunque se había quedado tan blanca como el yeso. Así que le pintaron la cara y le dispusieron las grandes masas de cabello plateado formando el peinado alto que a ella tanto le gustaba, con el peine enjoyado que le regalé en su vigésimo segundo cumpleaños. Una vez instalada cómodamente en medio de los cojines negros y dorados de su féretro, parecía una diosa. No hubo necesidad de introducir a mi niña en el compartimento secreto del fondo y exponer un maniquí en su lugar. Hice que la vistieran de su color lavanda favorito, el mismo color que lle-

vaba la primera vez que puse los ojos en ella y pensé que era Diana de la Noche.

El desfile de antepasados fue imponente, más que el de cualquier hombre romano. Puse a Corinna, la mimo, en la carroza delantera; llevaba en el rostro una máscara de Julia. He hecho que, en el templo de Venus Victrix que está encima de mi teatro, la diosa lleve el rostro de Julia. Corinna también llevaba puesto el vestido dorado de Venus. Todos estaban allí, desde el primer cónsul juliano hasta Quinto Marcio Rex y Cinna. Cuarenta carrozas de ancestros, y cada caballo tan negro como la obsidiana.

Yo también estaba allí, aunque se supone que no puedo cruzar el pomerium y entrar en la ciudad. Informé a los lictores de las treinta curias de que, durante aquel día, iba a asumir el imperium *especial para llevar a cabo mis deberes relativos al grano, lo que me permitía cruzar la linde sagrada antes de que aceptase mis provincias. Creo que Enobarbo era un hombre asustado. No puso ningún obstáculo en mi camino.*

¿Y qué es lo que lo asustó? Las multitudes que había en el Foro. César, nunca he visto nada parecido. En ningún funeral, ni siquiera en el de Sila. Al de Sila la gente iba a mirar el cadáver, boquiabierta. Pero a éste venían a llorar por mi Julia. Miles y miles de personas. Sólo gente corriente. Aurelia dice que es porque Julia se crió en Subura, entre ellos. Al parecer, entonces la adoraban. Y todavía la adoran. ¡Había tantos judíos! Yo no sabía que en Roma los hubiese en tales cantidades. Inconfundibles, con esos tirabuzones largos y esas largas barbas rizadas. Desde luego tú te comportaste bien con ellos cuando fuiste cónsul. Tú también creciste entre ellos, ya lo sé. Aunque Aurelia insiste en que vinieron a llorar por Julia, por ella misma.

Acabé pidiéndole a Servio Sulpicio Rufo que pronunciara el elogio desde la tribuna de los oradores. No sabía a quién hubieras preferido tú, pero yo quería que fuese un orador verdaderamente bueno. Y de alguna manera, cuando llegó el momento, no fui capaz de infundirme los suficientes ánimos para pedírselo a Cicerón. ¡Oh, él lo habría hecho! Por mí, si no por ti. Pero pensé que no pondría el corazón en ello, nunca puede resistir la tentación de actuar a la menor oportunidad. Mientras que Servio es un hombre sincero, un patricio, e incluso mejor orador que Cicerón cuando el tema no es la política ni la perfidia.

No es que eso importase. El elogio no llegó a pronunciarse. Todo salió exactamente según lo programado desde nuestra casa de las Carinae hasta el Foro. Las cuarenta carrozas de los antepasados fueron recibidas con absoluto respeto y temor; lo único que podía oírse era el sonido de miles de personas llorando. Luego, cuando Julia pasó en su féretro por la Regia y entró en la parte inferior del Foro, todos comenzaron a emitir gritos ahogados, se atragantaban, se pusieron a chillar. He estado menos asustado al oír los aullidos de los bárbaros en el campo de batalla que al oír aquellos gritos que helaban la san-

gre. La multitud comenzó a moverse y se lanzó hacia el féretro. Nadie logró detenerlos. Enobarbo y algunos de los tribunos de la plebe lo intentaron, pero los empujaron a un lado como si fueran hojas en una riada. A continuación la gente llevó el féretro hasta el mismo centro del espacio abierto. Comenzaron a apilar toda clase de cosas hasta formar una pira: zapatos, papeles, trozos de madera. Todo llegaba desde la parte de atrás de la multitud que estaba en la parte superior; ni siquiera sé de dónde sacaban todo aquello.

La quemaron allí mismo, en medio del Foro Romano. Servio estaba horrorizado en la tribuna de los oradores, donde los actores se habían refugiado poniéndose muy juntos, como las mujeres bárbaras cuando saben que las legiones van a masacrarlas. Había carretas vacías y caballos encabritados por toda Roma, y las jefas de las plañideras no habían llegado más allá del templo de Vesta, donde permanecieron de pie, impotentes.

Pero ahí no acaba todo, ni mucho menos. También entre la multitud había líderes de la plebe, y se dirigieron a las gradas del Senado a desafiar a Enobarbo. Le dijeron que Julia había de tener sus cenizas colocadas en una tumba del Campo de Marte, entre los héroes. Catón estaba con Enobarbo. Quisieron desafiar a aquella delegación. ¡No, no! ¡A las mujeres nunca las habían enterrado en el Campo de Marte! ¡Tendrían que pasar por encima de sus cadáveres para que eso ocurriera! Realmente creí que a Enobarbo iba a darle un ataque. Pero la multitud siguió amontonándose hasta que finalmente Enobarbo y Catón comprendieron que, efectivamente, acabarían siendo cadáveres a menos que accedieran a conceder aquel deseo. Tuvieron que hacer un juramento solemne.

Así que mi querida niñita va a tener una tumba en la hierba del Campo de Marte, entre los héroes. No he sido capaz de controlar mi dolor para poner eso en marcha, pero lo haré. Tendrá la tumba más magnífica que haya allí, te doy mi palabra. Lo peor de todo es que el Senado ha prohibido que se celebren juegos funerarios en su honor. Nadie confía en que la multitud se comporte como es debido.

Yo he cumplido con mi deber. Te lo he contado todo. Tu madre ha sufrido un golpe muy duro, César. Recuerdo haberte dicho que no aparentaba más de cuarenta y cinco años. Pero ahora representa los setenta cumplidos que tiene. Las vírgenes vestales se están ocupando de ella, y tu pequeña esposa Calpurnia también. Echará de menos a Julia, eran buenas amigas. Oh, aquí vuelven las lágrimas de nuevo. He derramado océanos de lágrimas. Mi niña se ha ido para siempre. ¿Cómo voy a soportarlo?

¿Cómo voy a soportarlo? La impresión dejó secos los ojos de César. ¿Julia? ¿Cómo voy a soportarlo?

¿Cómo voy a soportarlo? Mi única hija, mi perla perfecta. No hace mucho que cumplí cuarenta y seis años y mi hija ha muerto dando a luz. Así fue cómo murió su madre, intentando darme un hijo. ¡Qué vueltas da el mundo! Oh, *mater*, ¿cómo voy a enfrentarme a ti cuando llegue la hora de regresar a Roma? ¿Cómo voy a enfrentarme a los pésames, la prueba de fuerza que ha de venir después de la muerte de una amada hija? Todos querrán expresar sus condolencias, y todos lo harán con sinceridad. Pero, ¿cómo voy a soportarlo yo? Posar sobre ellos una mirada herida, mostrarles mi dolor... no puedo hacer eso. Mi dolor es mío. No le pertenece a nadie más. Nadie más debería verlo. Hace cinco años que no veo a mi hija, y ahora nunca volveré a verla. Apenas puedo recordar qué aspecto tenía. Nunca me dio el más mínimo dolor ni disgusto. Bueno, eso es lo que dicen. Sólo los buenos mueren jóvenes. Sólo a los seres perfectos la vejez no los estropea nunca ni una larga vida acaba por agriarlos. ¡Oh, Julia! ¿Cómo voy a soportarlo?

Se levantó de la silla curul, aunque no notaba el movimiento de sus piernas. La carta de sextilis aún yacía sobre la mesa y todavía tenía en la mano la carta de septiembre. Salió por la puerta de la tienda al disciplinado ajetreo de un campamento situado al borde de ninguna parte, al final de todas las cosas. César tenía el rostro sereno, y sus ojos, cuando se encontraron con los de Aulo Hircio, que se había quedado rondando a propósito un poco más allá del mástil de la bandera, eran los ojos de César. Frescos más que fríos. Omniscientes, como había observado Mandubracio.

—¿Todo bien, César? —le preguntó Hircio irguiéndose.

César sonrió agradablemente.

—Sí, Hircio, todo va bien. —Levantó la mano izquierda para protegerse de la luz y miró hacia el sol poniente—. Ya ha pasado la hora de la cena y tenemos que hacer el festejo al rey Mandubracio. No podemos permitir que estos bretones piensen que somos unos anfitriones poco afables. Especialmente cuando es su comida la que les servimos. ¿Quieres encargarte de poner las cosas en marcha? Yo iré en seguida.

Torció a la izquierda, hacia el espacio abierto del foro del campamento contiguo a su tienda de mando, y allí encontró a un joven legionario que, evidentemente como castigo, estaba rastrillando los rescoldos de una hoguera. Cuando el soldado vio que se aproximaba el general comenzó a rastrillar con más fuerza y se prometió que nunca más lo encontrarían en falta durante la instrucción. Pero nunca había visto a César de cerca, de modo que cuando aquella figura alta se dirigía hacia él, dejó de rastrillar un momento para verlo bien. ¡Ante lo cual el general sonrió!

—No la apagues del todo, muchacho. Necesito una brasa —le dijo César en el latín amplio y coloquial que usaban los soldados rasos—. ¿Qué has hecho para merecer semejante trabajo en este apestoso clima tan caluroso?

—No me sujeté la correa del casco, general.

César se inclinó, con un rollo pequeño en la mano derecha, y puso una punta del mismo junto a un trozo de leña humeante que aún ardía débilmente. El papel prendió y César se irguió y lo mantuvo entre los dedos hasta que las llamas se los lamieron. Sólo cuando se desintegró en etéreas pavesas negras lo soltó.

—No descuides nunca tu equipo, soldado, es lo único que se interpone entre una lanza de los casos y tú. —Dio la vuelta para dirigirse de regreso a la tienda de mando, pero miró por encima del hombro y se echó a reír—. ¡No, no es eso lo único, soldado! También están tu valor y tu mente romana. Y eso es lo que te hace ganar de verdad. Sin embargo... ¡un casco firmemente sujeto a tu mollera es lo que mantiene tu mente romana intacta!

Olvidándose de la hoguera, el joven legionario, boquiabierto, siguió con la mirada al general. ¡Qué hombre! ¡Le había hablado como a una persona! Y con aquella voz tan suave. Manejaba bien la jerga. Pero, ¡seguro que él nunca había servido en las filas! ¿Cómo lo sabía? Sonriendo, el soldado terminó de rastrillar con furia y luego se puso a pisotear las cenizas. El general conocía la jerga como conocía los nombres de todos los centuriones de su ejército. Era César.

Para cualquier britano la fortaleza principal de Casivelauno y de su tribu de casos era inexpugnable; se alzaba en una colina bastante empinada, aunque suavemente redondeada, y se hallaba rodeada de enormes baluartes de tierra reforzados con troncos. Los romanos no habían sido capaces de encontrarla porque estaba en medio de muchos kilómetros de denso bosque, pero con Mandubracio y Trinobeluno como guías, la marcha de César hacia ella fue directa y veloz.

Era inteligente, Casivelauno. Después de aquella primera batalla campal, perdida cuando la caballería edua superó el terror a los carros y descubrió que eran más fáciles de vencer que los jinetes germanos, el rey de los casos adoptó una verdadera táctica fabiana. Despidió a su infantería e hizo sombra a la columna romana con cuatro mil carros, atacando repentinamente durante una etapa de la marcha de su enemigo por el bosque; los carros irrumpieron pasando entre los árboles, por unos huecos apenas lo suficientemente anchos para permitirles el paso, y atacaron a los soldados de a pie de César, que no fueron capaces de adaptarse al temor que les inspiraban aquellas arcaicas armas de guerra.

Que eran temibles, eso era indiscutible. El guerrero iba de pie al lado del conductor, con una lanza en ristre en la mano derecha, varias más apretadas en la mano izquierda y la espada en una vaina sujeta a la baja pared de mimbre, a su derecha; y peleaba casi desnudo, envuelto desde la cabeza descubierta hasta los pies descalzos con ramas de glasto. Cuando se le acababan las lanzas sacaba la espada y saltaba, ágil y veloz, sobre la vara que había entre los dos caballos pequeños que tiraban del carro, mientras el conductor fustigaba al tiro para meterlo entre los soldados romanos. El guerrero entonces saltaba desde su elevada posición sobre el mástil del carro y se metía entre los caballos, matando a diestro y siniestro con total impunidad mientras los soldados romanos retrocedían para evitar los cascos de los caballos.

Pero cuando César emprendió aquella última marcha hacia la fortaleza de los casos, sus tropas austeras y estoicas estaban completamente hartas de Britania, de los carros y de la escasez de raciones. Por no hablar de aquel calor horrible. Estaban acostumbrados a las temperaturas altas, podían marchar dos mil quinientos kilómetros en medio del calor sin descansar más que un día de vez en cuando; y eso que cada hombre transportaba una carga de quince kilos en una horquilla que llevaba en equilibrio sobre el hombro izquierdo, y a esto había que añadir el peso de la falda de cota de malla que les llegaba hasta la rodilla, la cual se ceñía a las caderas con el cinturón para la espada y la daga, de manera que así se evitaba llevar otros diez kilos de peso sobre los hombros. A lo que no estaban acostumbrados era a la humedad, al menos hasta aquel nivel de saturación; ello había hecho que se volvieran lentos como caracoles durante aquella segunda expedición, hasta tal punto que César tuvo que revisar sus cálculos relativos a la distancia que los hombres podían recorrer caminando en un día. Con un calor normal, en Italia o en Hispania se podían hacer unos cincuenta kilómetros al día. En el calor británico, solamente cuarenta kilómetros.

Aquel día, sin embargo, fue más fácil. Con los trinobantes y un pequeño destacamento de a pie que habían dejado atrás para guardar el campamento, sus hombres podían marchar ligeros de peso, con los cascos en la cabeza y los *pila* en sus propias manos, en vez de llevarlos en la mula de cada octeto. Al entrar en el bosque, estaban preparados. Las órdenes de César eran muy concretas: «Muchachos, no cedáis ni un centímetro de terreno, controlad los caballos con vuestros escudos y tened los *pila* apuntados para ensartar a los conductores por el pecho pintado de azul; luego id a por los guerreros con vuestras espadas.»

Para mantener alto el ánimo de la tropa, César marchaba en el centro de la columna. Casi siempre se le podía encontrar a pie, pues prefería montar en su corcel y ponerse de puntillas sólo cuando necesitaba una altura adicional para otear el horizonte. Normalmente solía caminar rodeado de su personal de legados y tribunos. Aquel día no. Aquel día caminaba a grandes zancadas junto a Asicio, un centurión de categoría inferior de la décima, e iba bromeando con los soldados que iban delante y detrás, que eran los que podían oírle.

El ataque de los carros se produjo sobre la parte de atrás de la columna romana, que tenía siete kilómetros de longitud, justo lo bastante lejos por delante de la retaguardia edua como para imposibilitar que la caballería pudiese avanzar. El camino era estrecho, y había carros por doquier, pero esta vez los legionarios cargaron hacia adelante desviando a los caballos con sus escudos, lanzaron las jabalinas contra los conductores y luego fueron a por los guerreros. Estaban hartos de Britania, pero no estaban dispuestos a volver a la Galia sin abatir antes a unos cuantos casos. Y una espada larga gala no podía competir con la *gladius* corta, que se empujaba hacia arriba, de un legionario romano cuando la lucha era cuerpo a cuerpo. Los carros desaparecieron entre los árboles en el mayor de los desórdenes y no volvieron a aparecer más.

Después de aquello, la fortaleza era cosa fácil.

—¡Como quitarle el sonajero a un niño! —comentó Asicio alegremente a su general antes de entrar en acción.

César organizó un ataque simultáneo por lados opuestos de los terraplenes de defensas, y los legionarios estuvieron a la altura de las circunstancias mientras los eduos, dando alaridos, cabalgaban hacia arriba y pasaban por encima. Los casos se dispersaron en todas direcciones, y muchos de ellos murieron. César había conquistado la ciudadela. Y también una gran cantidad de comida, lo suficiente para devolver el favor a los trinobantes y alimentar a sus propios hombres hasta que abandonasen Britania para siempre. Pero quizá la mayor pérdida de los casos fue la de sus carros, reunidos en el interior sin los arneses. Los legionarios, llenos de júbilo, los hicieron añicos con las espadas y los quemaron en una gran fogata, mientras los trinobantes que los habían acompañado se largaban, llenos de regocijo, con los caballos. Botín de otro tipo prácticamente no hubo, pues Britania no era rica en oro ni plata, y desde luego no había perlas. Los platos eran de cerámica arverna y las vasijas para beber estaban hechas de asta.

Era hora de regresar a la Galia de los cabelleras largas. El equinoccio se acercaba (las estaciones, como de costumbre, estaban muy atrasadas respecto del calendario) y los maltrechos barcos romanos no aguantarían el azote de aquellas espantosas galernas equinocciales. Aseguradas ya las provisiones y tras dejar atrás a los trinobantes en posesión de la mayor parte de las tierras y animales de los casos, César situó dos de sus cuatro legiones al frente de la comitiva de equipaje, que tenía varios kilómetros de longitud, y las otras dos detrás. Luego se dirigió a su playa.

—¿Qué piensas hacer respecto a Casivelauno? —le preguntó Cayo Trebonio, que andaba incansable al lado del general.

Si César caminaba, ni siquiera el jefe de sus legados podía cabalgar. Mala suerte.

—Regresará para intentarlo de nuevo —le respondió César

tranquilamente—. Me marcharé puntualmente, pero no sin su sumisión y sin ese tratado.

—¿Quieres decir que lo intentará de nuevo mientras estemos marchando?

—Eso lo dudo. Ha perdido demasiados hombres en la toma de su fortaleza. Incluidos los mil guerreros de los carros. Y además ha perdido todos los carros.

—Los trinobantes se dieron mucha prisa en largarse con los caballos. Se han aprovechado bien.

—Por eso nos ayudaron. Hoy abajo, mañana arriba.

Trebonio pensó que parecía el mismo que lo amaba y estaba preocupado por él. Pero no era el mismo. ¿Cuál sería el contenido de aquella carta, la que había quemado? Todos habían notado una cierta diferencia en César, y luego Hircio les había hablado de las cartas de Pompeyo. Nadie se habría atrevido a leer la correspondencia que César decidiese no entregar a Hircio o a Faberio, y sin embargo César se había tomado la molestia de quemar la carta de Pompeyo. Como si quemase sus barcos. ¿Por qué?

Y eso no era todo. César no se había afeitado. Y aquello era muy significativo en un hombre cuyo horror a los parásitos era tan grande que se depilaba cada pelo de las axilas, del pecho y de la ingle, un hombre que hubiese sido capaz de afeitarse incluso en medio de un torbellino. Era posible ver cómo se le erizaba el pelo de la cabeza ante la sola mención de los piojos; llevaba locos a sus sirvientes, pues les exigía que todo lo que se ponía estuviera recién lavado, fueran cuales fueran las circunstancias. No pasaba ni una noche sobre el suelo de tierra porque a menudo en la tierra había pulgas, razón por la cual en su equipaje personal siempre llevaba tarimas de madera para colocar en el suelo de su tienda. ¡Cuánto se habían divertido sus enemigos de Roma al enterarse de aquella información! La sencilla madera sin barnizar había acabado convertida en mármol y mosaico por algunas de aquellas lenguas destructivas. Sin embargo César era capaz de coger una araña enorme y ponerse a reír al ver las travesuras que el animal hacía mientras le corría por la mano, algo ante lo que hasta el más condecorado soldado de la décima se habría desmayado sólo de pensarlo. Eran, según explicaba él, unas criaturas limpias, amas de casa respetables. Las cucarachas, por el contrario, lo hacían subirse encima de una mesa, ni siquiera podía soportar la idea de ensuciar la suela de la bota aplastando una. Eran criaturas asquerosas, decía estremeciéndose.

Y sin embargo allí estaba César. Habían transcurrido tres días de camino y once desde que había recibido aquella carta, y no se había afeitado. Alguien cercano a él había muerto. César estaba de luto. ¿Quién? Sí, se enterarían cuando llegasen al puerto Icio, pero lo que significaba aquel silencio de César era que no estaba dispuesto a mantener ninguna conversación al respecto, ni siquiera que se hiciese mención de ello en su presencia, aunque el asunto fuera del dominio público. Hircio y él, Trebonio, pensaban que debía de tratarse de Julia. Trebonio se recordó a sí mismo que tenía que llevarse aparte a aquel idiota de Sabino y amenazarle con la circuncisión si se le ocurría presentarle al general sus condolencias. ¿Qué le habría entrado a aquel hombre para preguntarle a César por qué no se afeitaba?

—Quinto Laberio —había respondido brevemente César.

No, no era Quinto Laberio. Tenía que ser Julia. O quizá su legendaria madre, Aurelia. Aunque, ¿por qué iba a haber sido Pompeyo quien le escribiera para darle esa noticia?

Quinto Cicerón, que era, para gran alivio de todos, un individuo mucho menos fastidioso que su hermano, el gran abogado, que se hinchaba dándose importancia, también pensaba que se trataba de Julia.

—Pero... ¿cómo va César a contener a Pompeyo Magno si es así? —le había preguntado Quinto Cicerón en la tienda que servía de comedor de los legados durante una cena más de aquellas a las que César no había acudido.

Trebonio, cuyos antepasados no eran ni siquiera tan ilustres como los de Quinto Cicerón, era miembro del Senado y por ello estaba bien enterado de las alianzas políticas, incluidas las que se cimentaban en un matrimonio, de modo que comprendió inmediatamente la pregunta de Quinto Cicerón. César necesitaba a Pompeyo el Grande, que era el primer hombre de Roma. La guerra de las Galias no había acabado, ni mucho menos; César pensaba que tardaría incluso los cinco años de su segundo mandato en acabar el trabajo. Pero había tantos lobos senatoriales aullando para disputarse sus despojos que César caminaba perpetuamente sobre una cuerda floja tendida sobre un pozo de fuego. Trebonio, que lo amaba y estaba preocupado por él, encontraba difícil de creer que ningún hombre pudiera inspirar la clase de odio que César parecía generar. Aquel pedo santurrón de Catón había hecho una carrera completa intentando hacer caer a César, por no mencionar al colega de César durante su consulado, Marco Calpurnio Bíbulo, al oso que era Lucio Domicio Enobarbo, y al gran aristócrata Metelo Escipión, torpe como una viga de madera de un templo.

Ellos también babeaban tras el pellejo de Pompeyo, pero no con la extraña y obsesiva pasión que sólo César parecía avivar en ellos. ¿Por qué? ¡Oh, tendrían que ir de campaña con aquel hombre, con César, eso les enseñaría! Ni siquiera en el más recóndito rincón de la cabeza cabía el pensamiento de que las cosas pudieran fracasar estando César al mando. Por muy mal que salieran las cosas, César siempre acababa por encontrar la forma de salir adelante. Y una manera de ganar.

—¿Por qué la tienen tomada con él? —preguntó Trebonio con enojo.

—Muy sencillo —le respondió Hircio sonriendo—. Él es el Faro de Alejandría comparado con la pequeña mecha de estopa que asoma por el extremo de la *mentula* de Príapo. Le tienen manía a Pompeyo Magno porque es el primer hombre de Roma, y ellos no creen que deba haber uno. Pero Pompeyo es picentino, descendiente de un pájaro carpintero. Mientras que César es un romano descendiente de Venus y de Rómulo. Todos los romanos veneran a los aristócratas, pero algunos prefieren que sean como Metelo Escipión. Cada vez que Catón, Bíbulo y el resto de esa pandilla miran a César, ven a alguien que es mejor que ellos en todos los aspectos. Exactamente igual que le sucedía a Sila. César tiene linaje y suficiente capacidad para aplastarlos a todos como moscas. Lo único que quieren es llegar ellos primero y aplastarlo a él.

—Necesita a Pompeyo —comentó Trebonio pensativo.

—Si es que ha de retener su *imperium* y sus provincias —dijo Quinto Cicerón mientras mojaba un pedazo de aburrido pan de campaña en aceite de tercera categoría—. ¡Oh, dioses, cómo me alegraré de comer un poco de ganso asado en el puerto Icio! —comentó, zanjando así el tema.

El ganso asado parecía inminente cuando el ejército llegó al campamento principal, situado detrás de aquella playa larga y arenosa. Por desgracia, Casivelauno tenía otras ideas. Con lo que le quedaba de sus propios casos fue a visitar a los cantios y a los regnos, las dos tribus que vivían al sur del Támesis, y formó otro ejército. Pero atacar aquel campamento era romperse la mano britana contra un muro de piedra. La horda britana, todos a pie, atacó a pecho descubierto, y las jabalinas de los defensores, situados en lo alto de las fortificaciones, los alcanzaron como si se tratase de dianas alineadas en un campo de maniobras. Los britanos aún no habían aprendido la lección que los galos ya conocían: cuando César sacaba a sus hombres a luchar cuerpo a cuerpo fuera del campamento, los britanos se quedaban allí quietos para que los matasen. Porque seguían aferrados a sus antiguas tradiciones, que decían que un hombre que abandonaba vivo un campo de batalla era un paria. Esa tradición les había costado a los belgas del continente cincuenta mil vidas desperdiciadas en una batalla. Y por eso ahora los belgas abandonaban el campo de batalla en el momento en que la derrota era inminente, porque así seguían vivos para pelear de nuevo otro día.

Casivelauno pidió la paz, se sometió y firmó el tratado que César exigía. Luego entregó los rehenes. Según el calendario estaban a finales de noviembre, aunque según las estaciones era el principio del otoño.

Comenzó la evacuación, pero después de inspeccionar personalmente cada uno de los aproximadamente setecientos barcos, César decidió que tendría que llevarse a cabo en dos partes.

—Algo más de la mitad de la flota se halla en buenas condiciones —les comunicó a Hircio, Trebonio, Quinto Cicerón y Atrio—. Así que pondremos toda la caballería, todos los animales de carga, excepto las mulas de las centurias, y dos de las legiones en esa mitad, y la mandaremos al puerto Icio en primer lugar. Luego esos mismos barcos pueden regresar vacíos y recogernos a mí y a las tres últimas legiones.

Conservó a su lado a Trebonio y a Atrio, los demás legados recibieron órdenes de partir con la primera flota.

—Me complace y me halaga que me pidas que me quede —le dijo Trebonio mientras contemplaba los trescientos cincuenta barcos a los que estaban empujando hacia el agua.

Aquéllas eran las naves que César había hecho construir especialmente a lo largo del río Loira y que luego habían enviado al océano abierto para combatir con los doscientos veinte barcos de vela de sólido roble de los vénetos, que consideraban ridículos los barcos romanos con aquellos remos y débiles cascos de pino, con aquellas proas y popas tan bajas. Barcos de juguete para navegar en un mar como una bañera, carne fácil. Pero al final las cosas no habían resultado en absoluto de ese modo.

Mientras César y su ejército de tierra iban de excursión a lo alto de los elevados acantilados situados al norte de la desembocadura del Loira y desde allí contemplaban la acción como espectadores en el Circo Máximo, los barcos de César sacaban los colmillos que Décimo Bruto y sus ingenieros habían ideado durante aquel frenético invierno, mientras construían la flota. Las velas de cuero de los bajeles vénetos eran tan pesadas y robustas que los obenques principales eran cadenas en vez de cuerdas; sabiendo eso, Décimo Bruto había equipado cada uno de sus más de trescientos barcos con un largo mástil al cual se habían sujetado un gancho con púa y un juego de garfios. Los barcos romanos se acercaban remando a los barcos de los vénetos, maniobraban a su lado y después la tripulación ladeaba el mástil, lo enredaba entre los obenques vénetos y luego se alejaban a toda velocidad impulsados por los remos. Las velas y los mástiles de los vénetos caían dejando al bajel indefenso en el agua. Entonces tres barcos romanos lo rodeaban como perros acosando a un ciervo, lo abordaban, mataban a la tripulación y prendían fuego al barco. Al amainar el viento la victoria de Décimo Bruto había sido completa. Sólo veinte barcos vénetos consiguieron escapar.

Ahora los costados especialmente bajos con los que estos barcos se habían construido resultaban muy útiles. No era posible embarcar animales tan asustadizos como los caballos antes de que los barcos fueran botados al agua, pero una vez que estaban a flote y se mantenían inmóviles, largas y anchas planchas conectaban el lado de cada uno de los barcos con la playa, y a los caballos se les hacía entrar corriendo tan de prisa que ni siquiera tenían tiempo de asustarse.

—No está mal para no tener embarcadero —comentó César, satisfecho—. Estarán de regreso mañana, y entonces el resto de nosotros podremos marcharnos.

Pero el día siguiente amaneció entre las fauces de una galerna procedente del noroeste que no agitó mucho la playa, pero sí que impidió el regreso de aquellos trescientos cincuenta barcos en buen estado.

—¡Oh, Trebonio, esta tierra no me trae buena suerte! —exclamó el general al quinto día de galerna mientras se rascaba la crecida barba con fiereza.

—Estamos igual que los griegos en la playa de Troya —comentó Trebonio.

Aquel comentario pareció reavivar la mente del general, que volvió los ojos de color azul pálido hacia el legado.

—No soy Agamenón —dijo entre dientes—. ¡Y no voy a quedarme aquí diez años! —Se volvió y llamó a voces—: ¡Atrio!

El prefecto del campamento acudió corriendo a toda prisa, sobresaltado.

—¿Sí, César?

—¿Crees que se pueden reparar con clavos los barcos que nos quedan aquí?

—Probablemente todos ellos, menos cuarenta.

—Entonces utilizaremos este viento del noroeste. Haz sonar los clarines, Atrio. Quiero que todo y todos estén a bordo de los barcos restantes.

—¡No cabrán! —chilló Atrio, horrorizado.

—Los apretujaremos como el pescado en salazón dentro de un barril. Si vomitan unos encima de otros, lástima. Todos pueden darse un baño sin quitarse la armadura cuando lleguemos al puerto Icio. Nos haremos a la mar en el momento en que el último hombre y la última ballesta se encuentren a bordo.

Atrio tragó saliva.

—Quizá tengamos que dejar atrás parte del material pesado —le comentó con voz débil.

César levantó las cejas.

—No estoy dispuesto a dejar atrás mi artillería ni mis arietes, no pienso dejar atrás mis herramientas, no voy a dejar atrás ni a un solo soldado, no voy a dejar atrás a un solo no combatiente, no voy a dejar atrás a un solo esclavo. Si tú no puedes hacer que quepan, Atrio, lo haré yo.

Aquéllas no eran palabras vanas, y Atrio lo sabía. También

comprendió que su carrera dependía de que hiciera algo que el general podía hacer, y que haría con completa eficiencia y asombrosa velocidad. Quinto Atrio no protestó más, sino que se marchó a hacer sonar las cornetas.

Trebonio se estaba riendo.

—¿Qué es lo que te hace tanta gracia? —le preguntó César con frialdad.

¡No, no era momento para bromas! Trebonio se puso serio en un instante.

—¡Nada, César! Nada en absoluto.

La decisión se había tomado aproximadamente una hora después de salir el sol, y durante todo el día los soldados y los no combatientes trabajaron laboriosamente cargando los barcos más sólidos con la valiosa artillería de César y con las herramientas, mientras los carros y las mulas aguardaban en la playa. Los hombres esperaron hasta el momento de empujar ellos mismos los barcos hacia el mar picado, y luego treparon a bordo por escalerillas de cuerda. La carga normal para un barco era una pieza de artillería o el invento de algún ingeniero, cuatro mulas, un carro, cuarenta soldados y veinte remeros; pero con ochocientos soldados y no combatientes, además de cuatro mil esclavos y marineros de todas clases, las cargas de aquel día tuvieron que ser mucho más pesadas.

—¿No es asombroso? —le preguntó Trebonio a Atrio cuando se puso el sol.

—¿Qué? —preguntó el profeta del campamento con las rodillas temblorosas.

—César está contento. Oh, sea cual sea la pena que lo aflige, sigue ahí, pero ahora él está contento. Ha conseguido algo imposible de hacer.

—¡Ojalá los deje partir en cuanto estén cargados!

—¡Él no! Él vino con una flota y se irá con una flota. Cuando todos esos galos de ilustre cuna que hay en el puerto Icio lo vean llegar a puerto, se darán cuenta de que es un hombre con mando absoluto. ¿Crees que va a permitir que el grueso del ejército se debilite dejando partir a unos cuantos barcos cada vez? ¡Él no! Y tiene razón, Atrio. Tenemos que demostrarles a los galos que somos mejores que ellos en todo. —Trebonio miró el cielo, que iba adquiriendo un tono rosado—. Tendremos tres cuartos de luna menguante esta noche. César partirá cuando esté listo, no importa la hora que sea.

Buena predicción. A medianoche el barco de César zarpó para adentrarse en la negrura de un mar que estaba a favor, con las lámparas de la popa y del mástil parpadeando y lanzando rayos para que los demás barcos lo siguieran mientras se colocaban en forma de lágrima detrás de él.

César se apoyó en la barandilla de popa entre los dos profesionales que guiaban los remos del timón, y se quedó contemplando la miríada de luces de luciérnaga que se extendían en la impenetrable oscuridad del océano. *Vale* Britania. No te echaré de menos. Pero, ¿qué hay allí fuera, en el gran más allá, adonde nunca ningún hombre se ha aventurado a navegar jamás? Éste no es un mar pequeño; es un enorme y poderoso océano. Éste es el lugar donde vive el gran Neptuno. No dentro del tazón del Mare Nostrum. Quizá cuando yo sea viejo y haya hecho todo lo que mi sangre y mi poder me exigen, tomaré uno de esos barcos vénetos de sólido roble, izaré las velas de cuero y me adentraré en el mar hacia el oeste para seguir el sendero del sol. Rómulo se perdió en la innobleza de los pantanos de las Cabras, en el Campo de Marte, y al ver que no regresaba a casa pensaron que había sido transportado al reino de los dioses. Pero yo navegaré y me adentraré en las brumas de la eternidad, y sabrán que habré entrado en el reino de los dioses. Mi Julia está allí. La gente lo sabía. La quemaron en el Foro y colocaron su tumba entre los héroes. Pero primero debo hacer todo lo que mi sangre y mi poder me exigen.

Las nubes se deslizaban con rapidez, pero la luna brillaba lo suficiente y los barcos permanecían juntos; el viento los empujaba tanto que las velas únicas de lona se veían tan hinchadas como una mujer cuando se acerca el momento de dar a luz, de modo que apenas eran necesarios los remos. La travesía duró seis horas, y el barco de César entró en el puerto Icio al amanecer, con la flota aún en formación detrás de él. Su suerte había vuelto. Ni un solo hombre, animal o pieza de artillería se había convertido en sacrificio a Neptuno.

La Galia de los cabelleras largas

(GALIA COMATA)
DESDE DICIEMBRE DEL 54 A. J.C.
HASTA NOVIEMBRE DEL 53 A. J.C.

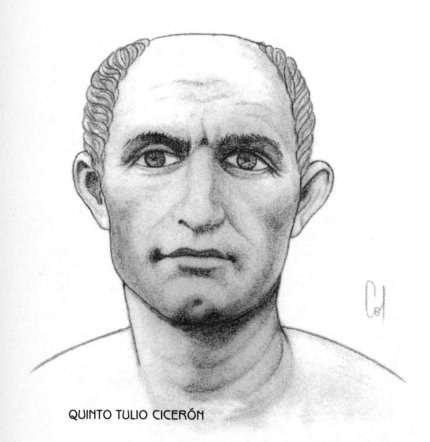

QUINTO TULIO CICERÓN

—Con las ocho legiones en el puerto Icio, se nos acabará el grano antes de que termine el año —apuntó Tito Labieno—. Los comisionados no han tenido mucho tiempo para buscarlo. Hay cerdo salado de sobra, tocino, aceite, jarabe de remolacha dulce y fruta seca, pero las cosechas, desde el trigo hasta los garbanzos, son muy escasas.

—Y no podemos esperar que las tropas peleen bien si no tienen pan. —César suspiró—. El problema de la sequía es que tiene la tendencia a azotar en todas partes a la vez. No puedo comprar y traer grano ni legumbres de las Hispanias ni de la Galia Cisalpina; ellos también están sufriendo la sequía. —Se encogió de hombros—. Bien, eso sólo nos deja una solución. Repartir las legiones durante el invierno y hacer ofrendas para que el año que viene la cosecha sea buena.

—Es una lástima que la flota no quedase de una pieza —dijo Quinto Titurio Sabino sin el menor tacto—. Ya sé que nos hemos abrasado de calor allí, pero en Britania había una cosecha abundante. Habríamos podido traer mucho trigo con nosotros si hubiéramos tenido todos los barcos.

Los otros legados se sobrecogieron; conservar la flota a salvo de cualquier tipo de daño era responsabilidad de César, y aunque habían sido el viento, el mar y la marea los que habían frustrado los planes, no era prudente hacer en una reunión afirmaciones que César quizá pudiera interpretar como un reproche o una crítica. Pero Sabino tuvo suerte, probablemente porque César lo había considerado un chalado parlanchín desde el mismo momento en que se había presentado ante él para servir como militar. Recibió una mirada de desprecio, nada más.

—Una legión para guarnecer cada zona —continuó diciendo el general.

—Excepto en las tierras de los atrebates —sugirió con ansiedad Commio—. Nosotros no hemos sufrido el azote tanto como la mayor parte de lugares. Podemos alimentar a dos legiones si nos prestas a alguno de tus no combatientes para que nos ayuden a arar y a sembrar en primavera.

—Si vosotros —intervino Sabino con la voz cargada de ironía— los galos que estáis por encima de la condición de siervos no consideraseis indigno manejar un arado, no encontraríais tan difícil la agricultura a gran escala. ¿Por qué no ponéis a trabajar a alguno de esos grupos de druidas inútiles?

—En todo este tiempo no he visto nunca a un romano de primera clase detrás de un arado, Sabino —apuntó el general plácidamente; luego le dirigió una sonrisa a Commio—. ¡Muy bien! Eso significa que Samarobriva puede servirnos de cuartel general de invierno este año. Pero no te daré a Sabino por compañía. Creo... que... Sabino puede ir a las tierras de los eburones y llevarse consigo a Cotta como comandante exactamente con el mismo mando que él. Éste puede llevarse a la decimotercera e instalarse en el interior de Atuatuca. Está un poco más deteriorada, pero estoy seguro de que Sabino sabrá arreglarla.

Todas las cabezas se inclinaron de súbito, todas las manos saltaron para ocultar una sonrisa; César acababa de desterrar a Sabino al peor puesto de la Galia en compañía de un hombre al que detestaba y con un rango «exactamente igual» al mando de una legión de reclutas novatos que casualmente llevaba un número calamitosamente desafortunado, el trece. Un poco duro para el pobre Cotta (que era Aurunculeyo, no Aurelio), pero alguien tenía que cargar con Sabino, y todos, excepto el pobre Cotta, sintieron alivio al ver que César no los había escogido a ellos.

Desde luego la presencia del rey Commio ofendía a los hombres como Sabino, que no podía comprender por qué César invitaba a un galo, por muy obsequioso o digno de confianza que fuese, a tomar parte en un consejo. Aunque sólo se tratase en él de asuntos de alimentos y puestos de destino. Quizá si Commio hubiese sido una persona más simpática o atractiva se le habría tolerado mejor, pero por desgracia no lo era. Bastante bajo para ser un galo belga, tenía las facciones de la cara afiladas y sus modales resultaban extrañamente furtivos. El cabello de color arena lo llevaba tieso como una escoba, porque, como todos los guerreros galos, se lo lavaba con cal disuelta en agua y lo llevaba recogido en una especie de cola de caballo que salía disparada hacia arriba y hacía contraste con el vivo color escarlata de su chal a cuadros chillones. Los delegados de César, sin detenerse a relacionar lo que veían con el hecho de que era el rey de un poderoso y guerrero pueblo belga, lo menospreciaban como a esa clase de persona servil que siempre aparece allí donde están las personas importantes. Los belgas del noroeste no habían decidido prescindir de sus reyes para elegir vergobretos cada año, pero los reyes belgas podían ser desafiados por cualquier aristócrata de entre su pueblo; era una posición que se decidía por la fuerza, no por herencia. Y Commio llevaba mucho tiempo siendo rey de los atrebates.

—Trebonio —continuó diciendo César—, tú invernarás con la décima y la duodécima en Samarobriva y tendrás bajo tu custodia la impedimenta. Marco Craso, tú acamparás bastante cerca de Sa-

CÉSAR EN BRITANIA, 54 a. J.C., y en la GALIA BÉLGICA, 53 a. J.C.

- ○ PLAZA FUERTE (*Oppidum*)
- ⊗ CAMPAMENTO DE LEGADO
- ✗ BATALLA

- ✗ 1 Sabino y Cotta
- ✗ 2 Campamento de Quinto Cicerón
- ✗ 3 Labieno

- ✗ 4 *Oppidum* de los nervios
- ✗ 5 Labieno
- ✗ 6 Ataque de los sugambros en el que acabaron con los eburones

0   25   30   100
Millas

0   40   80   160
Kilómetros

marobriva, a unos cuarenta kilómetros de distancia, en la frontera entre los belovacos y los ambianos. Llévate la octava. Favio, tú te quedarás aquí, en el puerto Icio, con la séptima. Quinto Cicerón, tú y la novena iréis al territorio de los nervios. Roscio, tú puedes disfrutar de un poco de paz y tranquilidad: voy a enviarte a ti y a la quinta Alauda entre los esubios, sólo para hacerles saber a los celtas que no he olvidado que existen.

—Esperas que haya problemas entre los belgas —comentó Labieno frunciendo el ceño—. Estoy de acuerdo en que han estado demasiado tranquilos. ¿Quieres que vaya yo al territorio de los tréveres, como de costumbre?

—No hace falta que vayas tan lejos, hasta Treves. Entre los tréveres, pero cerca de los remos. Llévate a la caballería además de a la undécima legión.

—Entonces lo mejor será que me instale en el Mosa, cerca de Virodunum. Si la nieve no tiene tres metros de espesor, habrá pastos de sobra.

César se puso en pie, lo que era señal de que la reunión tocaba a su fin. Había convocado a consejo a sus delegados en el momento en que llegaron a tierra, y eso significaba que quería que las ocho legiones que se encontraban acampadas en el puerto Icio se trasladaran a sus cuarteles de invierno inmediatamente. Aun así, todos los legados sabían ya que era Julia quien había muerto. Aquellos que, como Labieno, no habían ido a Britania, habían conocido la noticia por carta. Pero ninguno dijo ni una palabra.

—Te mostrarás agradable y afectuoso —le dijo Labieno a Trebonio mientras se alejaban caminando, y aparecieron aquellos grandes dientes de caballo—. ¡La estupidez de Sabino me asombra! Si hubiera tenido la boca cerrada, César se habría mostrado afectuoso. Imagínate, pasar el invierno allí arriba, cerca de la desembocadura del Mosa, con el viento aullando, el mar a punto de desbordarse, las montañas de roca, el terreno llano lleno de pantanos salados o marismas de turba, y los germanos olisqueándote el culo cuando no lo hagan los eburones o los nervios.

—Pueden ir al mar a por pescado, anguilas y huevos de los pájaros marinos.

—Gracias, nos basta con pescado de agua dulce y con los pollos que pueden criar mis sirvientes.

—César definitivamente cree que va a haber problemas.

—O bien es eso o es que está buscando una excusa para no tener que regresar a la Galia Cisalpina para pasar el invierno.

—¿Qué?

—¡Oh, Trebonio! ¡César no quiere enfrentarse a todos esos romanos! Tendrá que aceptar condolencias desde Salona hasta Ocelum, y se pasará el invierno horrorizado sólo de pensar que podría venirse abajo.

Trebonio se detuvo, con el sobresalto reflejado en los ojos grises, más bien tristes.

—No sabía que tú lo comprendieras tan bien, Labieno.

—Llevo con él desde que vino a las tierras de los cabelleras largas.

—¡Pero los romanos no consideran poco varonil llorar!

—Ni él tampoco cuando era joven. Pero entonces no era César más que de nombre.

—¿Eh?

—Ahora ya no es un nombre —le dijo Labieno con rara paciencia—. Es un símbolo.

—¡Oh! —Trebonio comenzó a caminar de nuevo. Luego, de pronto, comentó—: ¡Echo mucho de menos a Décimo Bruto! Sabino no puede sustituirlo.

—Volverá. A todos os entra añoranza de Roma de vez en cuando.

—A ti no.

El legado senior de César lanzó un gruñido.

—Yo sé cuándo me va bien como estoy.

—Yo también. ¡Samarobriva! ¡Imagínate, Labieno! Viviré en una casa de verdad con calefacción en el suelo y una bañera.

—Sibarita —le dijo Labieno.

La correspondencia con el Senado era copiosa y tenía que ser atendida antes que cualquier otra cosa, lo que tuvo a César muy ocupado durante tres días. En el exterior de la casa de madera del general las legiones estaban siempre en movimiento, proceso que no originaba demasiada confusión ni ruido, de modo que el papeleo podía llevarse a cabo con toda tranquilidad. Incluso el apático Cayo Trebacio se vio envuelto en el remolino, porque César tenía la costumbre de dictar tres cartas a la vez mientras se paseaba entre tres secretarios encorvados sobre las tablillas de cera; le dictaba a cada uno un par de oraciones rápidas antes de dirigirse al siguiente, sin mezclar nunca los temas ni las ideas. Era aquella sobrecogedora capacidad de trabajo lo que había ganado el corazón de Trebacio. Resultaba difícil odiar a un hombre que podía tener tantas ollas hirviendo a la vez.

Pero al final había que atender las cartas personales, por muchos comunicados de Roma que llegasen cada día. Había mil trescientos kilómetros desde el puerto Icio a Roma por unos caminos que a menudo eran ríos en la Galia de los cabelleras largas, hasta que, muy al sur de la Provenza, empezaban las carreteras de vía Domitia y vía Emilia. César tenía un grupo de mensajeros que continuamente cabalgaban o navegaban entre Roma y dondequiera que él estuviese, y esperaba que recorrieran un mínimo de ochenta kilómetros al día. De ese modo recibía las últimas noticias de

Roma en menos de dos *nundinae* y se aseguraba de que su alejamiento no tuviese el efecto de anular su influencia. La cual crecía cada vez más en proporción directa a su riqueza, siempre en aumento. Puede que Britania no le hubiese proporcionado mucho, pero la Galia de los cabelleras largas había dado montañas de beneficios.

César tenía un esclavo germano manumitido, Burgundo, al que había heredado de Cayo Mario a la muerte de éste cuando César contaba trece años. Había sido un legado afortunado; Burgundo había encajado de un modo indispensable en la adolescencia y en la edad adulta de César. Hasta hacía sólo un año, Burgundo había continuado con él, quien, viendo su avanzada edad, lo había retirado a Roma, donde se ocupaba de las tierras de César, y también de su madre y su esposa. Pertenecía a la tribu de los cimbros, y aunque era niño cuando Mario aniquiló a los cimbros y a los teutones, conocía perfectamente la historia de su pueblo. Según Burgundo, los tesoros tribales de los cimbros y de los teutones habían quedado al cuidado de sus parientes los atuatucos, con quienes habían permanecido durante el invierno antes de embarcarse en la invasión de Italia. Sólo seis mil de una horda de más de tres cuartos de millón de hombres, mujeres y niños, habían logrado regresar a las tierras de los atuatucos y allí los supervivientes de la masacre de Mario se habían asentado y habían acabado por convertirse en atuatucos más que cimbros. Y allí también habían permanecido los tesoros tribales de los cimbros y de los teutones.

Durante su segundo año en la Galia de los cabelleras largas, César había entrado en las tierras de los nervios, quienes luchaban a pie y vivían en las orillas del Mosa, debajo de las tierras de los eburones, hacia la cual se dirigía un consternado e infeliz Sabino y un todavía más consternado e infeliz Lucio Aurunculeyo Cotta al mando de la decimotercera legión. Se había librado una batalla, aquélla famosa durante la cual los nervios prefirieron permanecer en el campo de batalla para morir antes que vivir como hombres derrotados; pero César había sido misericordioso y había permitido que las mujeres, los niños y los ancianos regresasen a sus casas sin que nadie los molestase.

Los atuatucos eran el pueblo que venía a continuación después de los nervios siguiendo el curso ascendente del Mosa. Aunque el propio César había sufrido pérdidas importantes, era capaz de continuar en campaña, de modo que avanzó luchando contra los atuatucos. Éstos se retiraron a su *oppidum* en Atuatuca, una fortaleza situada sobre una colina desde la que se divisaba el imponente bosque de las Ardenas. César había asediado y tomado Atuatuca, pero a los atuatucos no les fue tan bien como les había ido a los nervios. A causa de que le habían mentido y habían intentado traicionarle, César concentró a toda la tribu en un campo cerca de la arrasada *oppidum*, convocó a los tratantes de esclavos, que siempre acechaban entre la caravana que llevaba la impedimenta romana, y vendió la tribu entera en un solo lote al mejor postor. Cincuenta y tres mil atuatucos habían ido en bloque a la subasta, una doble fila al parecer interminable de personas abrumadas, llorosas y desposeídas a las que se había conducido a través de las tierras de las otras tribus todo el trayecto hasta el mercado de esclavos de Masilia, donde fueron divididos, escogidos y vendidos de nuevo.

Había sido una jugada astuta. Las otras tribus habían estado todas al borde de la revuelta, incapaces de creer que los nervios y los atuatucos, que en conjunto eran muchos millares, no hubieran aniquilado a los romanos. Pero la doble fila de cautivos narraba una historia diferente, y la revuelta nunca llegó a producirse. La Galia de los cabelleras largas empezó a preguntarse quiénes eran aquellos romanos, cuyos diminutos ejércitos de tropas espléndidamente equipadas se comportaban como si fueran un solo hombre, y no caían sobre el enemigo en masa ululante e indisciplinada ni se esforzaban en entrar en un combate frenético capaz de hacerles atravesar cualquier cosa. Se les había temido durante generaciones, pero en realidad no se les conocía; hasta César no eran más que cocos para asustar a los niños.

Dentro de la *oppidum* de los atuatucos César encontró los tesoros tribales de los cimbros y los teutones, los montones de objetos y lingotes de oro que habían llevado consigo siglos atrás cuando emigraron de las tierras de los escitas, ricas en oro, esmeraldas y zafiros, y que luego habían dejado en Atuatuca. El general tenía derecho a quedarse con todos los beneficios de la venta de esclavos, pero el botín pertenecía al Tesoro y a cada escalón del ejército, desde el comandante en jefe hasta los soldados rasos. Aun así, cuando se hubieron hecho los inventarios y la gran caravana de carretas que transportaban el botín iba de camino hacia Roma bajo una fuerte vigilancia para almacenarlo hasta el día en que el general hiciese su desfile triunfal, César comprendió que sus preocupaciones económicas se habían acabado de por vida. La venta de la tribu de los atuatucos como esclavos le había proporcionado un beneficio neto de dos mil talentos, y la parte del botín que le correspondía le daría todavía más que eso. Sus soldados rasos se convertirían en hombres ricos, y sus legados estarían en condiciones de comprar su camino hacia el consulado.

Y eso había sido sólo el principio. Los galos extraían plata de las minas y lavaban y cribaban el oro aluvial en los ríos que descendían desde el macizo Cebenna. Eran artesanos consumados y herreros inteligentes; incluso un montón de ruedas de hierro o barriles bien curvados, una vez confiscados, representaban dinero. Y cada sestercio que César enviaba a Roma incrementaba su valía y su posición pública: su *dignitas*.

El dolor de la pérdida de Julia nunca desaparecería, y César no era Craso. Para él el dinero no era un fin en sí mismo; sólo era un medio para afianzar su *dignitas*, una comodidad sin vida que aquellos años en que estuvo espantosamente endeudado mientras trepaba por la escalera de las magistraturas le habían enseñado que era de importancia primordial en el esquema de las cosas. Cualquier cosa que afianzase su *dignitas* contribuiría a la *dignitas* de su hija muerta. Lo que era un consuelo. Los esfuerzos de César y el propio instinto de su hija para inspirar amor harían posible que a ésta se la recordara por sí misma, no porque hubiera sido la hija de César y la esposa de Pompeyo el Grande. Y cuando César regresase a Roma triunfante, celebraría los juegos funerarios que el Senado le había denegado a su hija. Aunque, como él en una ocasión les había dicho a los padres conscriptos reunidos para tratar de otro tema, tuviera que aplastarles los genitales con la bota para conseguir llevar a cabo su propósito.

Había muchas cartas. Algunas estaban dedicadas principalmente a los negocios, como ocurría con las que le enviaba su partidario más leal, Balbo el hispano, banquero de Gades, y Cayo Opio, el banquero romano. Su actual riqueza también había capturado en sus redes a un mago de las finanzas todavía más astuto, Cayo Rabirio Póstumo, al cual el rey Ptolomeo Auletes y sus secuaces de Alejandría, en agradecimiento por reorganizar las ruinas en que se había convertido el sistema de contabilidad pública egipcio, habían despojado de sus vestiduras y lo habían metido a empujones y sin un sestercio dentro de un barco con destino a Roma. Había sido César quien le había prestado el dinero para empezar de nuevo. Y quien había hecho el voto de que algún día cobraría el dinero que Egipto le debía a Rabirio Póstumo... él en persona.

Había cartas de Cicerón, que graznaba y cloqueaba sin parar acerca del bienestar de su hermano menor, Quinto. Con un cálido sentimiento por la pérdida de César, pues Cicerón era, a pesar de su vanagloriosa pose y su engreimiento, un hombre auténticamente bondadoso y cariñoso.

¡Ah! ¡Un rollo de Bruto! El año siguiente Bruto cumpliría treinta años, y por lo tanto estaba a punto de entrar en el Senado como cuestor. César le había escrito justo antes de partir para Britania y le había pedido que se uniera a su equipo como cuestor suyo solicitado personalmente por él. El hijo mayor de Craso, Publio, había sido cuestor con César durante varios años, y aquel año tenía al hermano menor de Publio, Marco Craso, teóricamente desempeñando esa función. Una pareja de muchachos maravillosos, si no fuera porque los principales deberes de un cuestor eran dirigir las finanzas. César había dado por sentado que los hijos de Craso tendrían, con toda probabilidad, cierto talento para la contabilidad, pero había resultado no ser así. Eran fantásticos guiando a las legiones, pero no sabían sumar dos y dos. Mientras que Bruto era un plutócrata vestido con ropa senatorial pero tenía verdadero ingenio para hacer dinero y para manejarlo. En aquellos momentos el gordo Trebacio estaba haciendo el trabajo de los números en vez de Marco Craso, pero, hablando estrictamente, aquél no era su trabajo.

Bruto... Incluso después de tanto tiempo, César seguía experimentando un rescoldo de culpa cada vez que aquel nombre le pasaba por la cabeza. Bruto había amado muchísimo a Julia y esperó pacientemente durante más de diez años de compromiso matrimonial a que ella creciera hasta alcanzar la edad apropiada para contraer matrimonio. Pero luego un verdadero don de los dioses fue a parar al regazo de César: Julia se enamoró locamente de Pompeyo el Grande, y éste de ella. Lo cual significaba que César podía atar a Pompeyo a su causa con la más delicada y sedosa de las cuerdas, su propia hija. Así que rompió el compromiso de su hija con Bruto, a quien en aquellos días se conocía por el nombre adoptado de Servilio Cepión, y la casó con Pompeyo. Fue una situación difícil que destrozó y dejó hecho añicos el corazón de Bruto. La madre de éste, Servilia, había sido la amante de César durante años, y mantenerla suave después de aquel insulto le costó una perla valorada en seis millones de sestercios.

Agradezco tu ofrecimiento, César. Ha sido muy amable por tu parte pensar en mí y acordarte de que este año he de presentarme a las elecciones de cuestor. Por desgracia todavía no estoy seguro de que vaya a salir elegido, pues las elecciones aún no se han celebrado. Esperamos saberlo en diciembre, que es cuando dicen que el pueblo en sus tribus elegirá a los cuestores y a los tribunos de los soldados. Pero dudo de que se celebren elecciones para magistrados superiores. Memmio se niega renunciar a su candidatura al consulado, y mi tío Catón ha jurado que hasta que Memmio no renuncie, no permitirá que se celebren elecciones curules. Por cierto, no hagas caso de esos rumores difamatorios que circulan acerca del divorcio de Marcia y mi tío Catón. A mi tío Catón no se le puede comprar.

Voy a ir a Cilicia como cuestor requerido personalmente por el nuevo gobernador para el próximo año, Apio Claudio Pulcher. Ahora es mi suegro. Me he casado con Claudia, su hija mayor, hace un mes. Una chica muy agradable.

Una vez más, gracias por tu amable ofrecimiento. Mi madre se encuentra bien. Tengo entendido que va a escribirte ella personalmente.

¡Chúpate esa! César dejó la hoja de papel enrollada y parpadeó, no por las lágrimas, sino por la sorpresa.

Durante seis largos años Bruto no se ha casado. Se muere mi hija y él se casa al cabo de unas *nundinae*. Al parecer albergaba esperanzas. La esperaba, seguro de que Julia se cansaría de estar casada con un hombre mayor sin ninguna cualidad más que la fama militar y el dinero. Sin linaje, sin antepasados dignos de mención. Me pregunto cuánto tiempo habría esperado Bruto. Pero Julia había encontrado a su verdadero compañero en Pompeyo Magno, y éste nunca se habría cansado de ella. Siempre me he sentido enojado conmigo mismo por herir a Bruto, aunque no supe cuánto significaba Julia para él hasta que ya había deshecho el compromiso. Pero había que hacerlo, no importa quién resultase herido o cuánto sufriera. La dama Fortuna me dotó con una hija hermosa y lo bastante enérgica como para cautivar al único hombre que yo necesitaba desesperadamente. Pero ¿cómo puedo retener ahora a mi lado a Pompeyo Magno?

Igual que Bruto, Servilia le escribió una sola vez, lo que contrastaba con, por ejemplo, las catorce epopeyas separadas de Cicerón. Y tampoco era larga la carta. Resultó extraña, sin embargo, la sensación que César experimentó al tocar el papel que ella había tocado. Como si hubiera estado empapado de algún veneno destinado a ser absorbido a través de la punta de los dedos. Cerró los ojos y trató de recordarla, el aspecto y el sabor, aquella pasión física, inteligente y destructiva. ¿Qué sentiría él al volver a verla? Habían pasado casi cinco años. Servilia ya tendría cincuenta, mientras que él tenía cuarenta y seis, pero probablemente seguiría siendo una mujer extremadamente atractiva. Servilia se cuidaba y conservaba el cabello tan oscuro como su corazón. Porque no era César el responsable del desastre en que se había convertido Bruto; la culpa de lo de Bruto había que achacarla a su madre.

Imagino que ya habrás visto la negativa de Bruto. Todo siempre en orden, así es como haces tú las cosas, los hombres primero. Por lo menos tengo una nuera patricia, aunque no me resulta fácil compartir mi casa con otra mujer que no es de mi propia sangre y por ello no está acostumbrada a mi autoridad, a mi modo de hacer las cosas. Afortunadamente para la paz doméstica, Claudia es un ratón. Me imagino que Julia no lo hubiera sido, a pesar de todo su aire de fragilidad. Es una pena que careciera de tu acero. Por eso ha muerto, sin duda.

Bruto escogió a Claudia por esposa por un único motivo. Este picentino advenedizo que es Pompeyo Magno estaba regateando con Apio Claudio para conseguir a la muchacha para su propio hijo, Cneo. El cual podría ser medio Mucio Escévola, pero no se le nota ni en la cara ni en el carácter. Es igual que Pompeyo Magno pero sin su mente. Probablemente le arranque las alas a las moscas. A Bruto le resultó atractiva la idea de quitarle la novia al hombre que le había quitado la novia a él. Y así lo hizo. Pues Apio Claudio no es César. Es un cónsul de pacotilla y sin duda desde el año próximo será un gobernador particularmente venal para la pobre Cilicia. Sopesó el tamaño de la fortuna de mi Bruto y su impecable linaje y la influencia de Pompeyo Magno y el hecho de que el hijo más joven de éste, Sexto, es el único que probablemente llegará lejos, y la balanza se inclinó en favor de Bruto. Tras lo cual Pompeyo Magno tuvo una de sus famosas rabietas. ¿Cómo se las arreglaba Julia para manejarlo? Sus bramidos y chillidos se oyeron en toda Roma. Entonces Apio hizo una cosa muy inteligente. Le ofreció a Pompeyo su hija siguiente, Claudilla, para Cneo. Ni siquiera tiene diecisiete años, pero los Pompeyos nunca han tenido aversión a sacar a las niñas de la cuna. Así que todo el mundo acabó contento. Apio consiguió dos yernos que son tan valiosos como el Tesoro, dos horriblemente feas y descoloridas muchachas consiguieron maridos eminentes y Bruto ganó su pequeña guerra contra el primer hombre de Roma.

Se marcha a Cilicia con su suegro, confían en que será este mismo año, aunque el Senado no hace más que poner dificultades en lo de concederle a Apio Claudio permiso para marcharse pronto a su provincia. Apio respondió informando a los padres conscriptos de que se iría sin una lex curiata si era necesario, pero que se iría. La decisión definitiva no se ha tomado aún, aunque mi asqueroso hermanastro Catón anda por ahí gimoteando acerca de los privilegios especiales que se están extendiendo a los patricios. Ahí no me hiciste ningún favor, César, cuando a mi hijo le quitaste a Julia. Desde entonces Bruto y su tío Catón han sido como uña y carne. No soporto el modo en que Catón se jacta de mí porque últimamente mi hijo le hace más caso a él que a mí.

Menudo hipócrita es Catón. Siempre parloteando acerca de la República, la mos maiorum y la degeneración de la antigua clase dirigente, aunque él siempre encuentra motivo para querer una ley de derechos. Lo más hermoso es tener una filosofía, me parece a mí; ello capacita al que la posee para encontrar circunstancias atenuantes a su propia conducta en todas las situaciones. Mira lo de su divorcio de Marcia. Dicen que todo hombre tiene un precio. Yo creo que así es. También creo que el viejo Hortensio, que está senil, desembolsó justo el precio de Catón. En cuanto a Filipo... bueno, es epicúreo, y el precio del placer infinito resulta muy alto.

Hablando de Filipo, cené en su casa hace unos días. Suerte que tu sobrina, Acia, no es una mujer fácil. Su hijastro, el joven Filipo, un tipo guapo y bien plantado, la estuvo mirando durante toda la cena igual que un toro contempla a la vaca que hay al otro lado de la valla. Oh, la muchacha se daba cuenta, pero fingía que no. No creo que ella le dé pie. Sólo espero que Filipo no se dé cuenta. De lo contrario el acogedor nido que Acia se ha buscado acabará en llamas. Cuando hubo acabado la cena sacó al único ocupante de sus afectos para que yo lo viera. Se trata de su hijo, Cayo Octavio. Debe de ser tu sobrino nieto. Tiene exactamente nueve años, pues aquel día era su cumpleaños. Un niño asombroso, tengo que admitirlo. ¡Oh, si mi Bruto hubiese sido así de guapo, Julia nunca hubiera consentido en casarse con Pompeyo Magno! La belleza del niño casi me dejó sin respiración. ¡Y era tan juliano! Si dijeras que era hijo tuyo, todo el mundo lo creería. No es que se parezca mucho a ti en todas las facciones, sólo que tiene... no sé cómo describirlo. Hay algo de ti en él. Más en su interior que en el exterior. Me complació, sin embargo, comprobar que el pequeño Cayo Octavio no es completamente perfecto. Tiene las orejas salientes. Le dije a Acia que le dejara el pelo más largo.

Y eso es todo. No pienso ofrecerte mis condolencias por la muerte de Julia. No pueden hacerse bien los niños con hombres de condición inferior. Dos intentos, ninguno de ellos con éxito, y el segundo le costó la vida. Tú se la diste a ese paleto de Piceno en vez de dársela a un hombre cuya cuna era igual a la de ella. Así que caiga ello sobre tu cabeza.

Puede que todos aquellos años de vitriolo le sirviesen de blindaje a César en aquel momento. Dejó la carta de Servilia y se levantó para lavarse las manos a causa del contacto con el papel.

Creo que la odio más a ella de lo que odio a su aborrecible hermanastro Catón. Es la mujer más despiadada, cruel y rencorosa que he conocido. Julia dijo que era una serpiente; recuerdo bien aquel día. Fue una descripción certera. Ese pobre hijo suyo, patético y sin carácter, es ahora un pobre hombre patético y sin carácter. Con la cara destrozada por las llagas ulceradas y el espíritu roto por esa otra enorme llaga ulcerada que es Servilia. Bruto no ha rechazado ser cuestor conmigo por cuestión de principios, ni a causa de Julia ni de la oposición de su tío Catón; le gusta demasiado el dinero y mis legados hacen mucho dinero. No, Bruto declinó el ofrecimiento porque no quería ir a una provincia atormentada por la guerra. Hacerlo podía exponerlo a tener que participar en una batalla. Y Cilicia está en paz. Bruto puede andar por allí sin hacer nada de particular, y prestar dinero ilegalmente a los provincianos sin que una lanza o una flecha voladora se acerque a él más que el río Éufrates.

Dos cartas más y luego terminaría por aquel día y les ordenaría a sus criados que le hicieran el equipaje. Era hora de trasladarse a Samarobriva.

¡Acaba ya de una vez, César! Lee la de tu esposa y la de tu madre. Ellas te harán más daño con sus palabras amorosas de lo que nunca podría hacerte el salvajismo de Servilia.

Así que se sentó de nuevo en el silencio de su habitación privada y, sin que nadie lo mirase, puso la carta de su madre sobre la mesa y abrió la de su esposa Calpurnia, a la cual apenas conocía. Sólo había pasado unos cuantos meses en Roma con una muchacha inmadura, más bien tímida, que había apreciado el gatito color naranja que él le había regalado tanto como Servilia la perla de seis millones de sestercios.

César, todos dicen que me corresponde a mí escribirte y darte esta noticia. Oh, ojalá no fuera así. No tengo ni la sabiduría ni los años para adivinar cómo abordar esto del mejor modo, así que, por favor, perdóname si en mi ignorancia te hago las cosas aún más difíciles de soportar de lo que yo sé que serán de todos modos.

Cuando murió Julia, el corazón de tu madre se partió. Aurelia era como una madre para Julia, ella la crió. Y estaba tan encantada con el matrimonio de tu hija; qué feliz era, qué vida tan bonita tenía.

Nosotros aquí, en la domus publica, llevamos una existencia muy protegida, que es lo apropiado en la casa de las vírgenes vestales. Aunque moramos en mitad del Foro, la excitación y los acontecimientos apenas llegan a rozarnos. Es lo que hemos preferido Aurelia y yo: un enclave dulce y apacible de mujeres libres de escándalo, así como de toda sospecha o reproche. Pero Julia, que nos visitaba a menudo cuando estaba en Roma, traía consigo un soplo del ancho mundo. Cotilleos, risas, pequeñas bromas.

Cuando ella murió, a tu madre se le partió el corazón. Yo estaba allí, cerca del lecho de Julia, y vi cómo tu madre se comportaba con gran entereza, tanto por Pompeyo como por Julia. ¡Qué buena era! Qué sensata en todo lo que decía. Sonreía siempre que le parecía que era necesario. Y estuvo dándole una mano a Julia mientras Pompeyo le cogía la otra. Fue ella quien echó a los médicos cuando comprendió que nada ni nadie podría salvar a Julia. Y también fue ella quien nos proporcionó paz e intimidad a todos durante las horas restantes. Y cuando Julia se hubo ido, tu madre le cedió su lugar a Pompeyo, lo dejó a solas con Julia. Me sacó a mí de la habitación y me llevó a casa, a la domus publica.

Como tú sabes, no hay mucha distancia a pie. No dijo ni una palabra. Luego, cuando entramos por la puerta, soltó un grito terrible y empezó a aullar. No puedo decir que llorase. Se puso a aullar y cayó de rodillas derramando lágrimas a mares mientras se golpeaba el pecho y se tiraba de los cabellos. Aullando sin parar y arañándose la cara y el cuello hasta hacerse sangre. Las vestales adultas vinieron corriendo, y allí estuvimos todas llorando, tratando de calmarla, pero incapaces de dejar de llorar. Creo que al final todas caímos al suelo con tu madre Aurelia, la rodeamos con nuestros brazos y nos abrazamos entre nosotras, y nos quedamos allí casi toda la noche. Mientras tanto Aurelia aullaba presa de la más terrible y espantosa desesperación.

Pero por fin acabó. Por la mañana fue capaz de vestirse y volver a casa de Pompeyo para ayudarle a ocuparse de todo lo que había que hacer. Y luego murió el pobre bebé, pero Pompeyo se negó a verlo o a besarlo, así que fue Aurelia quien organizó el diminuto funeral. Lo enterraron aquel mismo día, y Aurelia, las vestales adultas y yo fuimos las únicas asistentes al duelo. El niño no tenía nombre, y ninguna de nosotras sabíamos cuál es el tercer praenomen entre esa rama de los Pompeyos. Sólo conocíamos los nombres de Cneo y Sexto, y ambos estaban ocupados. Así que nos decidimos por Quinto, sonaba bien. Su tumba dirá Quinto Pompeyo Magno. Hasta entonces tengo yo sus cenizas. Mi padre se está ocupando de la tumba porque Pompeyo no quiere hacerlo.

No creo que haya necesidad de contarte nada del funeral de Julia porque estoy segura de que Pompeyo te lo habrá dicho por carta.

Pero el corazón de tu madre se había roto. Ya no estaba con nosotros, sólo iba a la deriva. Ya sabes lo enérgica y marcial que era en sus andares, y sin embargo de repente sólo deambulaba sin rumbo. ¡Oh, fue horrible! No importa a cuál de nosotros viera, a la lavandera, a Eutico, a Burgundo, a Cardixa, a una vestal o a mí, Aurelia se paraba, nos miraba y preguntaba: «¿Por qué no he sido yo? ¿Por qué tenía que ser ella? ¡Yo no le sirvo a nadie! ¿Por qué no he podido ser yo?» Y nosotros ¿qué podíamos responderle? ¿Cómo podíamos hacer para no llorar? Entonces tu madre se ponía a aullar y volvía a repetir: «¿Por qué no podía haber sido yo?»

Así continuó durante dos meses, pero sólo delante de nosotros. Cuando venía alguien de visita a darnos el pésame, se controlaba y se comportaba tal como se esperaba que hiciese. Aunque su aspecto impresionaba a todos.

Luego se encerró en su habitación y se sentó en el suelo, donde se puso a balancearse adelante y atrás sin dejar de tararear. A veces daba un grito bestial y empezaba de nuevo a dar alaridos. Tuvimos que lavarla y cambiarle la ropa, e intentamos con ahínco convencerla para que se metiera en la cama, pero no quería. Tampoco quería comer. Burgundo le tapaba la nariz mientras Cardixa le metía por la garganta vino mezclado con agua, pero eso fue todo lo que pudimos hacer. La mera idea de sujetarla y darle de comer a la fuerza nos ponía enfermos a todos. Celebramos una reunión Burgundo, Cardixa, Eutico, las vestales y yo, y decidimos que tú no querrías que la alimentásemos a la fuerza. Si hemos errado, te suplicamos por favor que nos perdones. Lo que hicimos se hizo con la mejor de las intenciones.

Esta mañana ha muerto. No fue difícil, no tuvo una gran agonía. Popilia, la jefa de las vestales, dice que ha sido una bendición. Hacía muchos días que no tenía ningún trato sensato con nosotros, aunque justo antes del final recuperó sus facultades y comenzó a hablar con lucidez. La mayor parte de lo que dijo fue acerca de Julia. Nos pi-

dió a todos nosotros, pues las vestales adultas también estaban presentes, que ofreciéramos sacrificios por Julia a Magna Mater, a Juno Sospita y a la Bona Dea. Bona Dea parecía preocuparla terriblemente e insistió en que prometiéramos acordarnos de ella. Tuve que jurarle que yo le daría a Bona Dea huevos de serpiente y leche durante todo el año, todos los años. Parecía que Aurelia creía que de lo contrario algún horrible desastre caería sobre ti. No pronunció tu nombre hasta justo antes de morir. Lo último que dijo fue: «Decidle a César que todo esto será para su mayor gloria.» Luego cerró los ojos y dejó de respirar.

No hay nada más. Mi padre se está ocupando del funeral, y te va a escribir, naturalmente. Pero ha insistido en que fuera yo quien te lo contase. Lo siento muchísimo. Echaré de menos a Aurelia con cada latido de mi corazón.

Por favor, cuídate, César. Sé que esto será un gran golpe para ti al estar tan cerca de lo de Julia. Ojalá yo comprendiera por qué suceden estas cosas, pero no lo comprendo. Aunque, de algún modo, sé qué significaba el último mensaje que te envió. Los dioses torturan a aquellos que más aman. Todo sea para mayor gloria tuya.

Tampoco derramó lágrimas ante aquella noticia.

Quizá ya sabía cómo había de terminar aquello. ¿Seguir viviendo *mater* sin Julia? No era posible. Oh, ¿por qué las mujeres han de sufrir un dolor tan insoportable? Ellas no son las que gobiernan el mundo, no tienen culpa. Por lo tanto, ¿por qué han de sufrir?

Sus vidas son tan encerradas, tan centradas en torno al hogar. Sus hijos, su hogar y sus hombres, por ese orden. Así es su naturaleza. Y nada es más cruel para ellas que sobrevivir a sus hijos. Esa parte de mi vida está cerrada para siempre. No volveré a abrir esa puerta. No me queda nadie que me quiera como una mujer ama a su hijo o a su padre, y mi pobre y pequeña esposa es una desconocida que ama más a sus gatos que a mí. ¿Por qué no iba a ser así? Ellos le han hecho compañía, le han dado algo parecido al amor. Mientras que yo nunca estoy allí. Yo no sé nada del amor, excepto que hay que ganárselo. Y aunque estoy completamente vacío, siento crecer en mí la fuerza. Esto no me derrotará. Me ha liberado. Cualquier cosa que tenga que hacer, la haré. No queda nadie que me diga que no puedo hacerlo.

Reunió tres rollos: el de Servilia, el de Calpurnia y el de Aurelia.

Los detritus de tantos hombres levantando sus raíces y trasladándose producían muchas hogueras, de lo cual César se alegró. El carbón encendido que necesitaba lo encontró por casualidad pues las hogueras eran raras en el tiempo caluroso. Siempre estaba la llama eterna, pero le pertenecía a Vesta y quitársela para emplearla en propósitos corrientes requería ritual y plegarias. César era el pontífice máximo, no profanaría ese misterio.

Pero, como en el caso de la carta de Pompeyo, encontró fuego a mano, arrojó a él la carta de Servilia y la miró con sarcasmo mientras ardía. Luego la de Calpurnia, mientras mantenía el rostro impasible. La última en desfilar fue la de Aurelia, sin abrir siquiera, pero César no titubeó. Cualquier cosa que le dijera cuando quiera que la hubiese escrito, ya no importaba. Rodeado de pavesas que flotaban en el aire, César tiró de los pliegues de la toga bordeada de púrpura hasta sacársela por la cabeza y pronunció las palabras de purificación.

Había ciento treinta kilómetros de marcha fácil desde el puerto Icio hasta Samarobriva: el primer día fueron por un sendero surcado de roderas de carro a través de densos bosques de roble, el segundo en medio de extensos claros donde el suelo había sido removido para la siembra o ricas hierbas alimentaban a desnudas ovejas galas y ganado vacuno. Trebonio había partido con la duodécima legión mucho antes que César, que fue el último en partir. Fabio, a quien habían dejado atrás con la séptima, ya había desmantelado las defensas de un campamento lo bastante grande como para contener ocho legiones y había vuelto a levantarlas alrededor de un campamento en el que cabía cómodamente una legión. Satisfecho de que aquel puesto avanzado estuviera en buenas condiciones para resistir ataques, César cogió la décima legión y se dirigió a Samarobriva.

La décima era su legión favorita, con la que le gustaba trabajar personalmente, y aunque su número no era el más bajo, era la primera legión de la Galia Transalpina. Cuando César salió corriendo desde Roma en aquel mes de marzo de hacía casi cinco años, y recorrió los mil cien kilómetros en ocho días y se abrió camino peleando a lo largo de un paso tan estrecho como un camino de cabras a través de los elevados Alpes, fue la décima legión la que encontró con Pomptino en Ginebra. Para cuando llegaron la quinta alauda y la séptima, después de recorrer el largo camino bajo el mando de Labieno, César y la décima ya se habían conocido bien. Como era típico, no a través de la batalla. El chiste sobre César que más se contaba en el ejército era que por cada batalla en la que uno peleaba, César le habría hecho llenar a paladas diez mil carretas de carga de piedras y de tierra. Tal había sido el caso de Ginebra, donde la décima (con la que después se habían reunido la quinta alauda y la séptima) habían cavado un muro de cinco metros de altura y de treinta kilómetros de largo para contener fuera de la Provenza a los helvecios que emigraban. Las batallas, decía el ejército, eran las recompensas de César por todo aquel trabajo con la pala, por construir, por transportar troncos y por sudar tinta trabajando. Tareas que ninguna legión había hecho más que la décima, ni había peleado más valiente e inteligentemente en las batallas, bastante infrecuentes. César nunca peleaba a menos que tuviera que hacerlo.

Incluso había evidencias del trabajo del ejército mientras la larga y disciplinada columna de la décima legión movía los pies al unísono y cantaba sus canciones de marcha al atravesar la tierra de los morinos, alrededor del puerto Icio. Porque la carretera surcada de roderas de carro que avanzaba a través de los bosques de robles ya estaba fortificada; a cada lado del camino, a unos cien pasos, se alzaba una gran muralla de robles caídos, y esos cien pasos estaban moteados con los tocones. Dos años antes, César había guiado a unas cuantas cohortes, más de tres legiones, contra los morinos a fin de que pavimentaran el camino para la expedición que había proyectado hacer a Britania. Pero aunque había enviado heraldos para pedir un tratado, los morinos no habían enviado embajadores.

Lo cogieron en mitad de la construcción de un campamento, y César estuvo a punto de ser derrotado. Si ellos hubieran tenido mejor general, la guerra de las Galias de los cabelleras largas quizá hubiera terminado allí y entonces, con César y sus tropas muertos. Pero antes de asestar el golpe definitivo (como César ciertamente hubiera hecho), los morinos se retiraron a sus bosques de robles. Y cuando César acabó de recoger los pedazos y de quemar a sus muertos, estaba furiosamente enfadado de ese modo frío y desapasionado que había hecho propio de él. ¿Cómo enseñarles a los morinos que César ganaría? ¿Que cada vida que él había perdido la haría pagar con terribles sufrimientos?

Decidió no retirarse. En vez de ello seguiría adelante y recorrería todo el trayecto que faltaba hasta las marismas saladas de la línea costera de los morinos. Pero no lo haría avanzando un estrecho sendero con los viejísimos robles sobre él, lo que constituía un perfecto refugio para las hordas belgas. No, guiaría a sus tropas por una carretera ancha con la seguridad que da la plena luz del sol.

—¡Los morinos son druidas, muchachos! —les gritó a sus soldados reunidos en asamblea—. ¡Ellos creen que cada árbol tiene *animus*, espíritu, alma! ¿Y qué espíritu de árbol es el más sagrado? ¡*Nemer*! ¡El roble! ¿Qué árbol forma los bosquecillos que son sus templos, los *memeton*? ¡*Nemer*! ¡El roble! ¿A qué árbol trepa el alto sacerdote druida vestido de blanco y bajo la luna para recoger el muérdago con su hoz de oro? ¡A *nemer*! ¡Al roble! ¿De las ramas de qué árbol cuelgan los esqueletos chocando entre sí movidos por la brisa como sacrificios a Esus, su dios de la guerra? ¡De *nemer*! ¡Del roble! ¿Bajo qué árbol instala el druida el altar con su víctima humana tendida boca abajo, y le parte el espinazo con una espada para interpretar el futuro a través de sus esfuerzos? ¡Bajo *nemer*! ¡Bajo el roble! ¿Qué árbol es testigo cuando los druidas construyen sus jaulas de mimbre, las llenan de hombres a los que han hecho prisioneros y los queman en honor de Taranis, su dios del trueno? *¡Nemer!* ¡El roble!

Hizo una pausa, empinado sobre el caballo de guerra con la punta de los pies, mientras el vivo color escarlata de su capa de general le caía en ordenados pliegues por encima de las piernas y sonreía radiante. Las tropas, que estaban extenuadas, le devolvieron la sonrisa, notando que el vigor empezaba a correrles de nuevo por los músculos.

—¿Es que nosotros los romanos creemos que los árboles tienen espíritu? ¿Lo creemos?

—¡No! —clamaron los soldados.

—¿Es que creemos en la sabiduría del roble y en su magia?

—¡No!

—¿Creemos en los sacrificios humanos?

—¡No!

—¿Nos gusta esta gente?

—¡No!

—¡Pues acabaremos con sus mentes y con su voluntad de vivir demostrándoles que Roma es mucho más poderosa que el más poderoso de los robles! ¡Que Roma es eterna, pero que el roble no lo es! ¡Liberaremos los espíritus de los árboles y los enviaremos a que ronden sin parar a los morinos hasta el fin de los tiempos y de los hombres!

—¡Sí! —gritaron los soldados.

—Entonces, ¡manos a las hachas!

Kilómetro tras kilómetro a través del bosque de robles, César y sus hombres fueron empujando a los morinos hacia atrás hasta sus pantanos; a medida que avanzaban talaban los robles en una ringlera de trescientos metros de anchura, y amontonaban los troncos y las ramas podadas formando una gran muralla a cada flanco mientras elevaban la cuenta cada vez que un viejo árbol gemía para caer en tierra. Casi desquiciados de horror y de pena, los morinos no se atrevieron a pelear contra ellos. Se retiraron lamentándose hasta que fueron engullidos por los pantanos, donde se agruparon y lloraron desconsoladamente.

Los cielos también lloraron. Al borde de las marismas saladas empezó a llover, y llovió hasta que las tiendas romanas quedaron empapadas y los soldados mojados y tiritando. Sin embargo bastó con lo que se había hecho hasta entonces. Satisfecho, César se había retirado para poner a sus hombres en un cómodo campamento de invierno. Pero la noticia corrió; los belgas y los celtas se tambaleaban llenos de pena y se preguntaban qué clase de hombre podía asesinar a los árboles y seguir durmiendo por la noche y riendo de día.

Sólo los dioses romanos tenían sustancia, y los soldados romanos no llegaron a sentir el roce de las alas extranjeras dentro de sus cabezas. Así que en la marcha desde el puerto Icio hasta Samarobriva caminaron moviendo rítmicamente las piernas y cantaron sus canciones a través de kilómetros de silenciosos gigantes, caídos e imperturbables.

Y César, que caminaba con ellos a grandes zancadas, se quedó mirando la muralla de robles caídos y sonrió. Estaba aprendiendo maneras nuevas de hacer la guerra, fascinado con la idea de llevar la guerra al interior de la mente del enemigo. Su fe en sí mismo y en sus soldados era ilimitada, pero era mejor con mucho que la conquista entrara en la mente del enemigo. De ese modo nunca podrían quitarse el yugo. La Galia de los cabelleras largas tendría que doblegarse; César no.

Los griegos tenían un chiste famoso: que no había nada en el mundo más feo que una *oppidum* gala, y desgraciadamente en el caso de Samarobriva era cierto. La fortaleza se extendía junto al río Samara en medio de un valle exuberante, muy quemado y seco en aquel momento, pero aun así más productivo que la mayoría de los lugares. Era la principal *oppidum* de una tribu belga, los ambianos, que estaban muy unidos a Commio y a los atrebates, sus vecinos y parientes del norte. Al sur y al este limitaban con las tierras de los belovacos, pueblo fiero y belicoso que se había sometido, pero que se agitaba amenazadoramente.

La belleza, no obstante, no estaba muy arriba en la lista de prioridades de César cuando se encontraba de campaña; Samarobriva le venía extremadamente bien. Aunque la Galia de los belgas no era rica en piedra y los galos eran unos canteros pobres en el mejor de los casos, las murallas eran altas y de piedra, y no habría resultado difícil fortificarlas algo más a la manera romana. Ahora estaban erizadas de torres desde las cuales se podía divisar las fuerzas enemigas a varios kilómetros de distancia, las puertas, varias, se encontraban detrás de rampas adicionales y un campamento del ejército formidablemente equipado con defensas se extendía detrás de la fortaleza.

Dentro de los muros de piedra el lugar era espacioso, pero no resultaba inspirador. Allí normalmente no vivía gente; era un lugar dedicado al almacenamiento de comida y tesoros tribales. No había calles como es debido, sólo almacenes sin ventanas y graneros altos que se hallaban diseminados al azar. La fortaleza sí que contenía una gran casa de madera de dos pisos de altura; en tiempos de guerra el jefe y sus nobles vivían en ella, y en todas las épocas servía de sala de reuniones para la tribu. Allí, en el piso superior, tenía su domicilio César con muchas menos comodidades de las que disfrutaba Trebonio, que, durante una ocupación previa, se hizo construir una casa de piedra situada encima de un horno de vapor de carbones que calentaban el suelo. Además instaló un gran baño y tomó una amante ambiana.

Ninguna de las dos viviendas poseía una letrina que estuviese situada por encima de un torrente de agua corriente para que se llevara los excrementos a una alcantarilla o a un río. A ese respecto las tropas estaban bastante mejor; no había ningún campamento de César que no tuviera este tipo de instalaciones. Los fosos que servían de letrina eran aceptables para los campamentos de campaña siempre que se cavasen lo bastante profundos y que el fondo se cubriera a diario con una fina capa de tierra y cal. Pero incluso en invierno estos pozos acababan por producir a largo plazo enfermedades, porque contaminaban el agua del subsuelo. Y los soldados tenían que estar en forma, no enfermos. Aquél no era un problema que los galos comprendieran, porque ellos nunca se congregaban en ciudades, preferían vivir en aldeas pequeñas o en casas aisladas en el campo. Iban a la guerra unos días y se llevaban consigo a sus mujeres y a sus esclavos para que se ocuparan de las funciones corporales. Sólo los siervos se quedaban en casa y los druidas en sus retiros en el bosque.

La escalera de planchas de madera que llevaba al salón de reuniones del piso superior se encontraba en el exterior del edificio, protegida un poco de los elementos por un alero voladizo. Debajo de las escaleras, César construyó una letrina tan profunda que era más bien un pozo; cavó hacia abajo hasta que encontró un arroyo subterráneo que dragó a través de un túnel tan largo que entraba en el río Samara. No era del todo satisfactorio, pero fue lo mejor que pudo hacer. Aquella instalación la usaba también Trebonio. Un trato justo, decía César, a cambio de poder usar su baño.

El tejado era de paja, pues ése es el material que ponían los galos en un edificio de cualquier tamaño, pero César tenía el horror que todos los romanos tienen al fuego, así como una particular repugnancia a las ratas y a los piojos de los pájaros, animales que pensaban que la paja se había inventado para que ellos disfrutasen. Así que la paja se había sustituido por losas de pizarra que César había hecho traer de las estribaciones de los Pirineos. Por ello la casa era fría, húmeda y estaba mal ventilada, pues las ventanas se hallaban protegidas por contraventanas de madera maciza en lugar de las contraventanas trasteadas italianas que permiten la renovación del aire. No las cambió porque no tenía la costumbre de permanecer en la Galia de los cabelleras largas durante toda la licencia de seis meses que las estaciones proporcionaban a las tropas. En circunstancias normales se quedaba en cualquier *oppidum* que hubiera elegido como cuartel general de invierno durante unos días antes de partir hacia la Galia Cisalpina e Iliria, donde atendía a aquellas provincias absolutamente romanas sumido en el exquisito grado de comodidad que le proporcionaba el hombre más rico de cualquier ciudad donde él se hallase de visita.

Aquel invierno sería diferente. No pensaba ir a la Galia Cisalpina y a Iliria; Samarobriva sería su hogar durante los próximos seis meses. Nada de pésames, especialmente ahora que sabía que su madre también estaba muerta. ¿Quién sería el tercero? Sin embargo, pensándolo bien, en su vida las muertes ocurrían a pares, no de tres en tres. Cayo Mario y su padre. Cinnilla y su tía Julia. Ahora Julia y *mater*. Sí, a pares. Y además, ¿quién quedaba?

Su esclavo manumitido, Cayo Julio Trasilo, estaba esperando a la puerta, en lo alto de la escalera, y sonreía inclinando la cabeza.

—Vengo a pasar todo el invierno, Trasilo. ¿Qué podemos hacer para convertir esto en un lugar más agradable? —le preguntó César al tiempo que le entregaba la capa escarlata.

Había dos criados esperando para desabrocharle las hebillas de la coraza de cuero y la falda exterior de tiras, pero primero César tenía que despojarse de la faja escarlata que indicaba su elevado *imperium*; él y sólo él podía tocarla. Cuando estuvo desanudada, César la dobló con cuidado y la colocó en la caja enjoyada que le tendía Trasilo. Su ropa interior era de lino escarlata acolchado con un relleno de lana entre costuras en forma de rombo, lo bastante gruesa para empapar el sudor de la marcha (había muchos generales que preferían usar una túnica en la marcha, aunque viajasen en calesín, pero los soldados tenían que marchar embutidos en cota de malla, así que César llevaba aquella coraza) y lo bastante gruesa para no tener frío. Los sirvientes le quitaron las botas y le pusieron zapatillas de fieltro ligur en los pies; luego retiraron la impedimenta militar para guardarla.

—Sugiero que construyas una casa como es debido, igual que la de Cayo Trebonio, César —le dijo Trasilo.

—Tienes razón, así lo haré. Mañana mismo buscaré un lugar apropiado.

César le dirigió una sonrisa y después desapareció en una gran sala donde se encontraban diseminados varios canapés y otros muebles romanos.

Ella no estaba allí, pero podía oírla hablando con Orgetórix en la habitación contigua. Lo mejor era encontrarse con ella cuando estaba ocupada, así no podía abrumarlo con su afecto. Había veces en que a César eso le gustaba, pero aquella noche no. Estaba magullado espiritualmente.

Allí. Cerca de la cama plegable, con aquella fabulosa melena de cabello rojo que le caía hacia adelante de modo que él no podía ver de su hijo más que un par de calcetines de lana de color púrpura. ¿Por qué se empeñaba en vestir al niño de púrpura? En muchas ocasiones César le había expresado que ello no era de su agrado, pero ella no lo comprendía, pues era la hija de un rey. Para ella el niño era el futuro rey de los helvecios; por lo tanto el color que le correspondía era el púrpura.

Ella, más que ver a César, notó su presencia y se incorporó inmediatamente con una cara que era toda ojos y dientes, de tan grande que era el placer que sentía. Luego frunció el ceño al verle la barba.

—¡*Tata!* —balbuceó el niño tendiéndole los brazos.

El niño se parecía más a tía Julia que al propio César, y eso era bastante para que a César se le derritiese el corazón. Los mismos grandes ojos grises, la misma forma de la cara y, por suerte, la misma tez cremosa en lugar de aquel pálido, rosado y pecoso tegumento galo. Pero el pelo lo tenía enteramente suyo, muy parecido al color del cabello que había tenido Sila, ni rojo ni dorado. Y prometía merecer el *cognomen* de César, que significaba una buena cabeza con cabello espeso. ¡Cómo habían utilizado los enemigos de César su escaso cabello para ridiculizarlo! Lástima, pues, que aquel niño nunca pudiera llevar el nombre de César. Ella le había puesto el nombre de su padre, que había sido rey de los helvecios: Orgetórix.

Ella había sido la esposa principal de Dumnórix en los días en que éste se ocultaba en un segundo plano mientras odiaba a su hermano, magistrado vergobreto de los eduos.

Después de que los supervivientes del intento de migración helvecia fueron devueltos a sus tierras alpinas y de que César también se las vio con el rey Ariovisto de los germanos suebos, había recorrido las tierras de los eduos para familiarizarse con la gente, porque la importancia que tenían en su plan había aumentado. Eran celtas, pero bastante romanizados, y también eran el pueblo más populoso, así como el más rico, de toda la Galia Transalpina; la nobleza hablaba latín y se había ganado el título de Amigo y Aliado del Pueblo Romano. También le proporcionaban a Roma caballería.

La intención de César en un principio, cuando había ido al galope a Ginebra, había sido poner fin a la migración helvecia y a las incursiones germánicas del otro lado del Rin. En cuanto eso estuviera hecho, pensaba comenzar la conquista a lo largo del río Danubio, desde su nacimiento hasta su desembocadura. Pero para cuando terminó la primera campaña de la Galia de los cabelleras largas, sus planes habían cambiado. El Danubio podía esperar. Primero se cercioraría de la seguridad de Italia en el oeste pacificando toda la Galia Transalpina y convirtiéndola en un amortiguador completamente leal entre el Mare Nostrum y los germanos. Había sido Ariovisto el germano quien había producido aquel cambio tan radical; a menos que Roma conquistase y romanizase todas las tribus de la Galia, ésta caería en poder de los germanos. Y lo siguiente en caer sería Italia.

Dumnórix había tramado sustituir a su hermano como hombre más influyente entre los eduos, pero después de la derrota de los aliados helvecios (él había cimentado aquella alianza con un matrimonio) se retiró a su propio feudo cerca de Matisco para lamerse las heridas. Fue allí donde César lo encontró cuando regresaba a la Galia Cisalpina a reorganizar sus pensamientos y su ejército. Había sido bien recibido por el administrador, lo habían conducido a unos aposentos y lo habían dejado en privado hasta que desease reunirse con Dumnórix en la sala de recepción.

Pero entró en la sala de recepción de Dumnórix en el peor momento posible, aquel en que una mujer corpulenta, escupiendo maldiciones sin parar, echaba hacia atrás su poderoso brazo blanco y le atizaba un puñetazo a Dumnórix en la mandíbula con tanta fuerza que César le oyó entrechocar los dientes. Dumnórix cayó cuan largo era en el suelo mientras la mujer, con una fantástica nube de cabello rojo que se le arremolinaba alrededor como si se tratase de la capa de un general, empezaba a darle patadas. Dumnórix se levantó tambaleándose, pero fue derribado por segunda vez y pateado de nuevo, sin que la mujer escatimara las fuerzas. Otra mujer igualmente grande pero más joven irrumpió en la sala; no recibió mejor trato por parte de Cabello Rojo, quien le bloqueó el paso y le asestó un gancho a la cara que la arrojó al suelo patas arriba y sin sentido.

Enormemente divertido, César se apoyó en la pared y se puso a mirar.

Dumnórix se retorció hasta ponerse fuera del alcance de aquellos pies mortíferos, se apoyó sobre una rodilla con ojos asesinos y vio al visitante.

—No te preocupes por mí —le dijo César—. Como si no estuviera aquí.

Pero aquello fue la señal del final de aquel asalto, aunque no del combate. Cabello Rojo le plantó un malintencionado puntapié al inanimado cuerpo de su segunda víctima y luego se retiró, mientras sus magníficos pechos subían y bajaban, y sus ojos azul oscuro destellaban, para acabar por plantarse y ponerse a mirar fijamente la incongruente visión de un romano vestido con la toga ribeteada de púrpura que indicaba su elevada condición.

—¡Yo no... te esperaba... tan pronto! —jadeó Dumnórix.

—Eso deduzco. La señora boxea mucho mejor que los atletas en los juegos. Sin embargo, si gustas, regresaré a mis habitaciones y te dejaré que arregles en paz tu crisis doméstica. Si es que paz es la palabra apropiada.

—¡No, no! —Dumnórix se puso bien la camisa, recogió el chal y descubrió que la mujer se lo había arrancado con tanta violencia que el broche que se lo sujetaba al hombro izquierdo le había descosido la manga por la sisa. Miró enojado a Cabello Rojo y levantó un puño—: ¡Te mataré, mujer!

Ella frunció el labio superior con desprecio, pero no dijo ni una palabra.

—¿Puedo hacer de árbitro? —preguntó César al tiempo que se separaba de la pared y caminaba pausadamente para ir a colocarse en una posición estratégica entre Dumnórix y Cabello Rojo.

—Gracias, César, pero prefiero que no. Acabo de divorciarme de esta loba.

—Loba. Rómulo y Remo fueron criados por una loba. Te sugiero que la pongas en el campo de batalla. No tendría problemas para darles una buena paliza a los germanos.

Los ojos de la mujer se habían abierto mucho al oír el nombre del general, y se adelantó hacia César con paso majestuoso hasta que se colocó a sólo unos cuantos centímetros de él y sacó hacia afuera la barbilla.

—¡Soy una esposa agraviada! —exclamó—. ¡Mi pueblo ya no le resulta útil ahora que ha sido derrotado y ha vuelto a sus propias tierras, así que se ha divorciado de mí! ¡Por ningún motivo más que por su propia conveniencia! ¡No soy infiel, no soy pobre, no soy una sierva! ¡Se ha divorciado de mí sin ningún motivo válido! ¡Soy una esposa agraviada!

—¿Es ésa la competencia? —le preguntó César a la mujer apuntando hacia la muchacha que estaba tendida en el suelo.

El labio de la mujer subió de nuevo.

—¡Puag! —escupió.

—¿Tienes hijos con esta mujer, Dumnórix?

—¡No, es estéril! —exclamó Dumnórix con énfasis.

—¡No soy estéril! ¿Qué te crees, que los bebés salen de la nada en un altar druida? ¡Entre las putas y el vino, Dumnórix, no eres lo bastante hombre como para cumplir como es debido con ninguna de tus esposas!

Y levantó el puño.

Dumnórix retrocedió.

—¡Tócame si te atreves, mujer, y te rajaré la garganta de oreja a oreja!

Y sacó un cuchillo.

—Vamos, vamos —intervino César en tono de reprobación—. Un asesinato siempre es un asesinato, y es mejor cometerlo en cualquier otro lugar donde no esté presente un procónsul de Roma. Sin embargo, si queréis seguir boxeando, yo estoy dispuesto a hacer de juez. Igualdad de armas, Dumnórix. ¿O la señora tiene también un cuchillo?

—¡Sí! —dijo ella siseando entre dientes.

Cualquier cosa que se hubiera podido hacer o decir a continuación no se hizo ni se dijo, porque la muchacha que estaba en el suelo empezó a gemir. Dumnórix, claramente prendado de ella, se apresuró a arrodillarse a su lado.

Cabello Rojo se volvió para mirar mientras César, a su vez, la miraba a ella. ¡Oh, era algo digno de verse! Alta y fornida, y sin embargo esbelta y femenina. La cintura, que llevaba ceñida con un cinturón dorado, era diminuta entre dos pechos enormes y dos caderas grandes; y las piernas, pensó César, le conferían la mayor parte de aquella estatura imponente. Pero era el cabello lo que le cautivaba. Le caía en ríos de fuego sobre los hombros y le bajaba por la espalda hasta bien por debajo de las rodillas, y era tan espeso y rico que tenía vida propia. La mayoría de las mujeres galas tenían un cabello maravilloso, pero ninguna tanto ni tan brillante como el de aquella mujer.

—Tú eres de los helvecios —le dijo César.

La mujer se dio la vuelta hasta quedar frente a él, y de pronto pareció ver más que una toga ribeteada de púrpura.

—¿Tú eres César? —le preguntó.

—Sí. Pero tú no has respondido a mi pregunta.

—Mi padre era el rey Orgetórix.

—Ah, sí. Se suicidó antes de la migración.

—Lo obligaron a hacerlo.

—¿Significa esto que volverás con tu gente?

—No puedo.

—¿Por qué?

—Me ha repudiado. Nadie me querrá.

—Sí, eso se merece un puñetazo o dos.

—¡Me ha ofendido! ¡No me lo merecía!

Dumnórix había logrado poner en pie a la muchacha y le rodeaba la cintura con el brazo.

—¡Sal de mi casa! —le rugió a Cabello Rojo.

—¡No hasta que me devuelvas la dote!

—¡Te he repudiado, tengo derecho a quedármela!

—Oh, venga ya, Dumnórix —dijo César con aire agradable—. Eres un hombre rico, no necesitas la dote. La señora dice que no puede regresar con su pueblo. Lo menos que puedes hacer es facilitarle que viva en algún sitio con comodidad. —Se volvió hacia Cabello Rojo—. ¿Cuánto te debe? —le preguntó.

—Doscientas vacas, dos toros, quinientas ovejas, mi cama y la ropa de cama, mi mesa, mi silla, mis joyas, mi caballo, mis criados y mil monedas de oro —recitó la mujer.

—Devuélvele la dote, Dumnórix —le pidió César en un tono que no admitía discusión—. Yo la acompañaré hasta que esté fuera de tus tierras, en la Provenza, y la instalaré en algún lugar lejos de los eduos.

Dumnórix se debatió.

—¡César, yo no podría causarte esa molestia!

—No es molestia, te lo aseguro. Me cae de camino.

Y así se había arreglado. Cuando César partió de las tierras de los eduos iba acompañado de doscientas vacas, dos toros, quinientas ovejas, un carromato lleno de muebles y cofres, una pequeña multitud de esclavos y Cabello Rojo montada en su caballo italiano de altas ancas.

Lo que el propio séquito de César pensase de aquel circo se lo guardaron para sí, agradecidos de que, por una vez, el general no viajase sentado en un calesín mientras les iba dictando a dos secretarios a toda velocidad. En vez de eso cabalgaba al lado de la dama a paso tranquilo, y estuvo hablando con ella todo el camino desde Matisco hasta Arausio, donde supervisó la compra de una propiedad lo bastante grande como para que en ella pudieran apacentar doscientas vacas, dos toros y quinientas ovejas, e instaló a Cabello Rojo y a su equipo de sirvientes en la cómoda casa que se alzaba en la propiedad.

—¡Pero ahora no tengo ni marido ni protector! —se quejó la mujer.

—¡Tonterías! —le dijo César riendo—. Esto es la Provenza y pertenece a Roma. ¿Crees que todo el distrito de Arausio no se da cuenta de quién te ha instalado aquí? Yo soy el gobernador. Nadie te tocará. Al contrario, todos doblarán la espalda para ayudarte. Estarás inundada de ofrecimientos de ayuda.

—Te pertenezco.

—Eso es lo que ellos pensarán, ciertamente.

Durante el viaje ella había estado de mal humor más tiempo del que había sonreído, pero entonces sonrió, mostrando al hacerlo todos sus espléndidos dientes.

—¿Y qué piensas tú? —le preguntó a César.

—Pienso que me gustaría usar tu cabello como toga.

—Lo peinaré.

—No —le indicó César al tiempo que se subía a su caballo de viaje—. Lávalo. Por eso me aseguré de que tu casa tuviera una bañera como es debido. Aprende a utilizarla cada día. Te veré en la primavera, Rhiannon.

La mujer frunció el ceño.

—¿Rhiannon? Ése no es mi nombre, César. Tú ya sabes cómo me llamo.

—Demasiadas equis para que sea un placer lingüístico para mí, Rhiannon.

—Y esa palabra significa...

—Esposa agraviada. Precisamente.

César espoleó el caballo y se alejó al trote, pero regresó en primavera, tal como había prometido.

Lo que pensase Dumnórix cuando su mujer agraviada regresó a

la tierra de los eduos con la comitiva de César no lo dijo, pero causó recelo. Especialmente cuando se convirtió en un delicioso chiste entre los eduos. La esposa agraviada quedó embarazada en seguida y le dio a César un hijo al invierno siguiente en su casa de Arausio. Lo cual no le impidió a ella viajar en la caravana de bagaje la primavera y el verano siguientes. Dondequiera que se estableciera el cuartel general, se instalaban la mujer y su hijo y esperaban a César. Era un arreglo que funcionaba bien; César la veía lo suficiente como para seguir fascinado por ella, y Rhiannon había cogido la indirecta y se mantenía a sí misma y al bebé tan lavados que relucían.

César levantó al niño de la cuna y le dio un beso; acercó la carita parecida a una flor a su rostro rasposo y luego le levantó una manita para besarle los dedos gordezuelos.

—Me ha reconocido a pesar de la barba.

—Yo creo que el niño te reconocería aunque te volvieras de otro color.

—Mi hija y mi madre han muerto.

—Sí. Trebonio me lo dijo.

—No hablaremos de ello.

—Trebonio me dijo que pensaba que te quedarías aquí a pasar el invierno.

—¿Preferirías regresar a la Provenza? Puedo enviarte allí, aunque no te lleve yo.

—No.

—Construiremos una casa mejor antes de que llegue la nieve.

—Eso me gustaría mucho.

Mientras continuaban hablando tranquilamente, César caminaba arriba y abajo por la habitación llevando al niño en la doblez del brazo, y le acariciaba los rizos de un dorado rojizo, la piel sin tacha, el abanico de pestañas que caían sobre la sonrosada mejilla.

—Está dormido, César.

—Entonces supongo que debo acostarlo.

Lo metió en la cuna bien envuelto en lana suave de color púrpura y le apoyó la cabeza sobre una almohada púrpura. César permaneció contemplándolo durante unos instantes, y luego rodeó con un brazo a Rhiannon y salió con ella de la habitación.

—Es tarde, pero tengo un poco de cena preparada por si tienes hambre.

César le cogió una trenza de pelo.

—Siempre, en cuanto te veo.

—Primero la cena. No eres un hombre al que le guste mucho la comida, así que tengo que obligarte a comer todo lo que pueda. Hay venado asado y cerdo asado con la piel convertida en burbujas. Y pan crujiente todavía caliente del horno, y seis verduras diferentes de mi huerto.

Era una maravillosa ama de casa, pero de un modo muy diferente a como lo era una mujer romana. Aunque era de sangre real, se arrodillaba en el huerto, hacía el queso ella misma o le daba la vuelta al colchón de su cama, que siempre iba con ella, lo mismo que la mesa y la silla.

La habitación estaba caldeada por varios braseros que resplandecían en medio de las sombras, y de las paredes colgaban pieles de oso y pellejos de lobo en aquellos lugares donde los tablones se habían encogido y el viento entraba silbando a través de ellos, a pesar de que todavía no era invierno. Comieron abrazados en el mismo canapé, un contacto más amistoso que carnal, y luego Rhiannon cogió el arpa, se la puso sobre las rodillas y comenzó a tocar.

César pensó que quizá aquél fuese otro motivo por el cual esa mujer lo deleitaba. Los galos de cabellera larga sabían hacer una música realmente maravillosa y pulsaban con los dedos muchas más cuerdas de las que tenía una lira; era una música a la vez salvaje y delicada, apasionada y conmovedora. ¡Y, oh, cómo cantaba Rhiannon! Ella empezó a cantar una tonada suave y quejumbrosa tanto en el sonido como en las palabras, pura emoción. La música italiana era más melódica, pero carecía de aquella improvisación indomada; la música griega era más perfecta matemáticamente, pero carecía del poder y de las lágrimas. Ésta era una música en la que las palabras no importaban, pero la voz sí. Y César, que amaba la música aún más que la literatura o las artes, la escuchaba extasiado.

Después, hacer el amor con ella era como una extensión de la música. César era el viento rugiendo por el cielo, el viajero en un océano de estrellas... y hallaba curación en la canción que era el cuerpo de Rhiannon.

Al principio daba la impresión de que la incipiente tormenta gala sería celta después de todo. César llevaba un mes cómodamente instalado en su nueva casa de piedra cuando llegó la noticia de que los ancianos carnutos, incitados por los druidas, habían matado a Tasgetio, su rey. Normalmente una cosa así no era motivo de preocupación, pero en este caso sí que lo era porque fue la influencia de César lo que llevó a Tasgetio al trono. Los carnutos eran particularmente importantes, dejando aparte su número y su riqueza, porque el centro de la telaraña de los druidas, que se extendía por toda la Galia de los cabelleras largas, estaba localizado en sus tierras, en un lugar llamado Carnutum, que era el ombligo de la tierra de los druidas. Carnutum no era ni *oppidum* ni ciudad, sino más bien una colección de bosquecillos de robles, serbales y avellanos cuidadosamente orientados, entremezclados con pequeñas aldeas de moradas de druidas.

La oposición de los druidas a Roma era implacable. Roma representaba una apostasía nueva, diferente y fascinante destinada sin duda alguna a chocar con el carácter druídico y a destruirlo. Y no a causa de la llegada de César. Este sentimiento y esta actitud contrarios a Roma estaban bien arraigados en esa época como resultado de casi doscientos años de ver cómo las tribus galas del sur sucumbían a la romanización. Los griegos habían estado en la Provenza durante mucho más tiempo, pero habían permanecido en el interior, alrededor de Masilia, y habían preferido ser indiferentes a los bárbaros. Mientras que los romanos eran un pueblo incurablemente activo, tenían la habilidad de establecer su modelo y su estilo de vida dondequiera que se asentaran y tenían la costumbre de extender su apreciada ciudadanía a aquellos que cooperaban con ellos y les prestaban buen servicio. Libraban enérgicas batallas para eliminar características indeseables, como cortar cabezas (pasatiempo favorito de los saluvianos, que vivían entre Masilia y Liguria), y siempre regresaban para librar otra guerra si la última no les había salido demasiado bien. Fueron los griegos quienes llevaron la vid y el olivo al sur, pero habían sido los romanos los que habían transformado a los nativos de la Provenza en pensadores romanos: gente que ya no honraba a los druidas y que enviaba a sus hijos a estudiar a Roma en lugar de a Carnutum.

Así pues, la llegada de César fue una culminación más que una causa de raíz. Como era pontífice máximo y por ello la cabeza de la religión romana, el druida jefe solicitó una entrevista con él durante su visita a las tierras de los carnutos en aquel primer año en que Rhiannon viajó con él.

—Si el arverno es aceptable puedes decirle al intérprete que se vaya —dijo César.

—He oído que hablas varias de nuestras lenguas, pero ¿por qué arverno? —le preguntó el druida jefe.

—Mi madre tenía una sirviente, Cardixa, que pertenecía al pueblo arverno.

Una débil manifestación de ira cruzó el rostro del druida.

—Una esclava.

—En un principio sí, pero no por muchos años.

César miró de arriba abajo al druida jefe: era un hombre apuesto de pelo amarillo, que debía de estar al final de la cuarentena y que iba vestido simplemente con una túnica blanca y larga de lino; estaba pulcramente afeitado e iba desprovisto de adornos.

—¿Tienes nombre, jefe druida?

—Cathbad.

—Me imaginaba que serías más viejo, Cathbad.

—Lo mismo podría decir yo, César. —A César le llegó el turno de que lo mirasen de arriba abajo—. Eres rubio como los galos. ¿Es raro eso?

—No mucho. En realidad es más raro ser muy moreno. Eso es algo que se puede saber por nuestro tercer nombre, que a menudo hace referencia a alguna característica física. Rufo, que significa cabello rojo, es un *cognomen* bastante común. Flavio y Albino indican cabello rubio. Un hombre con ojos y cabello completamente negros es Niger.

—Y tú eres el alto sacerdote.

—Sí.

—¿Heredaste el puesto?

—No. Me eligieron pontífice máximo. La duración del cargo es vitalicia, y lo mismo ocurre en el caso de nuestros sacerdotes y augures, que son todos electos. Mientras que nuestros magistrados son elegidos para un mandato de un año solamente.

Cathbad parpadeó lentamente.

—También a mí me eligieron. ¿Y realmente diriges las ceremonias rituales de tu pueblo?

—Cuando estoy en Roma, sí.

—Pues eso me confunde. Has sido el magistrado más alto de tu pueblo y ahora lideras ejércitos. Pero sin embargo eres el alto sacerdote. Para nosotros eso es una contradicción.

—Los dos puestos no son incompatibles para el Senado y el pueblo de Roma —le explicó César afablemente—. Por otra parte, tengo entendido que los druidas constituyen un grupo exclusivo dentro de la tribu. Lo que podríamos llamar *los intelectuales*.

—Somos los sacerdotes, los médicos, los abogados y también los poetas —repuso Cathbad esforzándose por mostrarse afable.

—¡Ah, los profesionales! ¿Os especializáis?

—Un poco, en particular los que quieren ser médicos. Pero todos nosotros conocemos la ley, los rituales, la historia y las canciones de nuestro pueblo. Si no, no somos druidas. Hacen falta veinte años para llegar a serlo.

Estaban conversando en el salón principal del edificio público en Genabum, y completamente a solas ahora que habían despedido al intérprete. César había elegido vestir la toga y la túnica de pontífice máximo, unas prendas de magnífico aspecto con amplias franjas de color escarlata y púrpura.

—Tengo entendido que vosotros no escribís nada —dijo César—, que si a todos los druidas de la Galia los matasen el mismo día, los conocimientos también morirían. ¡Pero estoy seguro de que habréis conservado vuestras tradiciones en bronce, en piedra o en papel! La escritura no es algo desconocido aquí.

—Aunque todos los druidas sabemos leer y escribir, no escribimos nada que pertenezca a nuestra profesión. Eso lo memorizamos. Se tarda veinte años.

—¡Muy inteligente! —comentó César con apreciación.

Cathbad frunció el ceño.

—¿Inteligente?

—Es un excelente modo de conservar la vida y el exclusivismo. Así nadie se atreverá a haceros daño. No es de extrañar que un druida pueda caminar sin temor en medio de un campo de batalla y detener la lucha.

—¡No lo hacemos por eso! —exclamó Cathbad.

—Ya lo comprendo. Pero aun así es algo inteligente. —César introdujo otro tema delicado—. Los druidas no pagan impuestos de ningún tipo, ¿no es cierto?

—No pagamos impuesto alguno, es cierto —reconoció Cathbad en actitud sutilmente más rígida, pero con el rostro obstinadamente impasible.

—¿Ni servís en el ejército?

—No, tampoco servimos como guerreros.

—Ni hacéis ninguna tarea servil con vuestras propias manos.

—Eres tú quien es inteligente, César. Tus palabras nos hacen quedar mal. Pero nosotros servimos a los demás, nos ganamos nuestras recompensas. Ya te lo he dicho, somos los sacerdotes, los médicos, los abogados y los poetas.

—¿Os casáis?

—Sí, nos casamos.

—Y las personas que trabajan os mantienen.

Cathbad no se alteró.

—A cambio de nuestros servicios, que son insustituibles.

—Sí, ya comprendo. ¡Muy inteligente!

—Había supuesto que tenías más tacto, César. ¿Por qué te molestas en insultarnos?

—No os insulto, Cathbad. Sólo quiero saber cómo son las cosas de verdad. Nosotros, los romanos, sabemos muy poco de la estructura de la vida en las tribus galas que hasta ahora no se han puesto en contacto con nosotros. Polibio ha escrito un poco acerca de vosotros, los druidas, y algún que otro historiador os menciona. Pero es mi deber informar de estas cosas al Senado, y la mejor manera de averiguar algo sobre ellas es preguntando —dijo César sonriendo, aunque sin encanto. Cathbad se mostró impermeable—. Háblame de las mujeres.

—¿Las mujeres?

—Sí. He observado que a las mujeres, como a los esclavos, se las puede torturar. Mientras que a ningún hombre libre, por baja que sea su posición, se le puede torturar. Y también observo que está permitida la poligamia.

Cathbad se irguió.

—Tenemos diez grados diferentes de matrimonio, César —le dijo con dignidad—. Esto permite una cierta libertad acerca del número de esposas que un hombre puede adquirir. Nosotros los galos somos belicosos. Los hombres mueren en combate. Y en consecuencia esto significa que hay más mujeres en nuestro pueblo que hombres. Nuestras leyes y costumbres se idearon para nosotros, no para los romanos.

—Desde luego.

Cathbad respiró hondo de forma muy audible.

—Las mujeres tienen su lugar. Como los hombres, tienen alma, cambian de lugar entre la tierra y el otro mundo. Y hay sacerdotisas.

—¿Druidas?

—No, druidas no.

—Por cada diferencia hay una similitud —observó César con la sonrisa reflejada en la mirada—. Nosotros elegimos a nuestros sacerdotes, una similitud. Nosotros no permitimos que las mujeres ostenten sacerdocios que son importantes para los hombres, otra similitud. Las diferencias están en nuestra posición como hombres: servicio militar, cargos públicos, pago de impuestos. —La sonrisa desapareció—. Cathbad, no es política romana molestar a los dioses y adoptar cultos de otros pueblos. Los tuyos y tú no corréis peligro alguno por mi parte o por parte de los romanos. Excepto en un único aspecto. Los sacrificios humanos tienen que terminar. Los hombres se matan unos a otros en todas partes y en todas las naciones. Pero ningún pueblo de alrededor de las márgenes del Mare Nostrum mata a hombres ni a mujeres para complacer a los dioses. Los dioses no exigen sacrificios humanos, y los sacerdotes que creen esto están engañados.

—¡Los hombres que nosotros sacrificamos o son prisioneros de guerra o esclavos comprados para ese propósito específico! —replicó Cathbad con brusquedad.

—Aun así, eso tiene que cesar.

—¡Mientes, César! ¡Roma y tú sí que constituís una amenaza para el modo de vida de los galos! ¡Sois una amenaza para las almas de nuestro pueblo!

—No habrá más sacrificios humanos —repitió César, impasible e inflexible.

Así continuaron durante varias horas más, cada uno aprendiendo cosas acerca de la forma de pensar del otro. Pero cuando aquel encuentro terminó, Cathbad se marchó bastante preocupado. Si Roma continuaba infiltrándose en la Galia de los cabelleras largas, todo cambiaría; el druidismo iría debilitándose y acabaría por desaparecer. Por eso había que expulsar a los romanos de allí.

La respuesta de César fue empezar a negociar para elevar a Tasgecio al trono de los carnutos, vacante por casualidad. Entre los belgas un combate habría decidido aquel asunto, pero entre los celtas, incluidos los carnutos, los ancianos decidían en consejo, con los druidas vigilando muy atentamente y presionando. El veredicto fue favorable a Tasgecio por un estrecho margen, su innegable linaje fue decisivo. César lo necesitaba porque Tasgecio había pasado cuatro años en Roma de niño como rehén y conocía los peligros de conducir a su pueblo a una guerra abierta contra Roma.

Ahora todo aquello había acabado. Tasgecio estaba muerto y Cathbad, el druida jefe, eran quien dirigía los consejos.

—De modo que —le explicó César a su legado Lucio Munacio Planco— intentaremos una medida disuasoria. Los carnutos son un pueblo bastante sofisticado y el asesinato de Tasgecio puede que no se haya llevado a cabo con intención de empezar una guerra. Quizá lo hayan matado simplemente por motivos tribales. Coge a la duodécima legión y marcha con ella hacia Genabum, la capital. Monta un campamento de invierno en el exterior de las murallas, en el terreno más cercano a ellas que puedas encontrar, y quédate allí vigilando. Afortunadamente no hay mucho bosque, así que en principio no tienen por qué sorprenderte. Estáte preparado para afrontar problemas, Planco.

Planco era otro de los protegidos de César, un hombre que, como Trebonio e Hircio, confiaba muchísimo en el general para avanzar en su carrera.

—¿Y los druidas? —le preguntó.

—Déjalos, a ellos y a Carnutum, rigurosamente en paz, Planco. No quiero que esta guerra tenga nada que ver con la religión porque eso hace más rígida la resistencia. Particularmente detesto a los druidas, pero no entra en mi política provocar su enemistad más de lo que sea necesario.

Partieron Planco y la duodécima, lo cual dejó a César y a la décima como guarnición de Samarobriva. Durante un rato, César jugueteó con la idea de enviar a Marco Craso y a la octava al campamento junto con la décima, pues estaba a sólo cuarenta kilómetros de distancia, pero luego decidió dejarlos donde estaban. Su instinto seguía diciéndole que la revuelta se estaba tramando entre los belgas, no entre los celtas.

Su instinto no se equivocaba. Cuando un adversario es lo suficientemente importante suele producir hombres capaces de oponerse a César, y un hombre así de capaz estaba emergiendo. Se llamaba Ambiórix y era cogobernante de los belgas eburones, la mismísima tribu en cuyas tierras la decimotercera legión, compuesta por soldados novatos, estaba invernando en el interior de la fortaleza de Atuatuca bajo el mando conjunto «exactamente igual» de Sabino y Cotta.

La Galia de los cabelleras largas distaba mucho de estar unida, en particular cuando se trataba de reunir a los belgas, en parte germanos y en parte celtas, del norte y del noroeste con las tribus de celtas puros del sur. Esta falta de alianza había beneficiado muchísimo a César, e iba a continuar haciéndolo durante el año siguiente, protagonizado por la guerra. Como Ambiórix no buscaba aliados entre los celtas, acudió a sus colegas belgas. Y esto le permitió a César luchar contra pueblos distintos en lugar de hacerlo contra un solo pueblo unido. Los atuatucos quedaban reducidos a un puñado, no había aliados allí puesto que César había vendido como esclavos al grueso de la tribu. Tampoco podía Ambiórix esperar cooperación por parte de los atrebates, cuyo rey era Commio, una marioneta romana que confabulaba para utilizar a los romanos como palanca para crear un título nuevo, el de alto rey de los belgas. Los nervios habían sucumbido en su mayor parte varios años antes, pero era una tribu muy grande y populosa que todavía estaba en condiciones de enviar al campo de batalla a un aterrador número de guerreros. Desgraciadamente los nervios luchaban siempre a pie, y Ambiórix era un jinete. Valía la pena ver qué maldades era capaz de tramar allí, pero los nervios nunca seguirían a un líder que iba a caballo. Ambiórix necesitaba a los tréveres, en cuyas filas los soldados a caballo no tenían rival; los tréveres eran, además, el pueblo más numeroso y el más poderoso de entre los belgas.

Ambiórix era un hombre sutil, cosa rara entre los belgas, y tenía una presencia realmente imponente. Era tan alto como un germano de pura sangre y llevaba el cabello, tan rubio como el lino, tieso a base de cal, lo que hacía que le sobresaliera como los rayos alrededor de la cabeza de Helios, el dios del sol; lucía un gran bigote rubio que le caía casi hasta los hombros, y la cara, en la que se encontraban unos feroces ojos azules, resultaba noblemente atractiva. Los pantalones estrechos y la camisa larga que llevaba eran negros, pero el gran chal rectangular, que iba prendido sobre el hombro derecho, con que se cubría el cuerpo, tenía el dibujo a cuadros de los eburones, negro y escarlata sobre un fondo de amarillo azafrán vivo. Justo por encima del codo llevaba puestos unos brazaletes tan gruesos como serpientes, y en las muñecas se veían dos esposas gemelas incrustadas de ámbar brillante; alrededor de su cuello brillaba un enorme collar dorado con una cabeza de caballo en cada extremo. El broche que le sujetaba el chal era un gran pedazo de ámbar, redondeado y pulido, que iba montado en oro, y el cinturón y la banda que le cruzaba el pecho en diagonal estaban hechos de placas de oro unidas con bisagras y también incrustadas de ámbar, igual que las vainas de su larga espada y de su daga. Cada centímetro de él parecía el de un rey.

Pero antes de que pudiera adquirir el poder suficiente para convencer a otras tribus de que se unieran a sus eburones, Ambiórix necesitaba una victoria. ¿Y qué necesidad había de buscar más allá de sus propias tierras para encontrarla? Allí, como un regalo, estaban Sabino, Cotta y la decimotercera legión. El problema era el campamento; la amarga experiencia había enseñado a los galos que era prácticamente imposible asaltar y tomar un campamento de invierno fortificado como es debido. En especial cuando, como ocurría en este caso, estaba construido sobre los restos de una formidable *oppidum* gala que la pericia romana había convertido en inexpugnable. Tampoco serviría de nada rodear Atuatuca y asediarla para que sus moradores se murieran de hambre, pues los romanos contaban con que el enemigo era suficientemente inteligente para hacer aquello. Un campamento romano estaba abastecido de agua potable en abundancia, de grandes cantidades de comida y de instalaciones sanitarias que garantizaban poder mantener a raya las enfermedades. Lo que Ambiórix tenía que hacer era engañar a los romanos para hacerlos salir de Atuatuca. Y el modo de asegurarse de que eso sucediera era atacar Atuatuca teniendo cuidado de mantener a sus eburones fuera del camino para que no les hicieran daño.

Lo que no se esperaba era que Sabino le proporcionara una oportunidad perfecta al enviar una delegación para preguntarle con indignación al rey qué se pensaba que estaba haciendo. Ambiórix se apresuró a contestarle en persona.

—Pero... ¡no pensarás salir ahí afuera tú solo para hablar con él! —le advirtió Cotta cuando vio que Sabino empezaba a ponerse la armadura.

—Pues claro que sí. Y tú deberías venir conmigo, pues también eres comandante.

—¡Yo no!

Así pues Sabino fue solo, acompañado de un intérprete y de una guardia de honor. El encuentro tuvo lugar justo delante de la puerta principal de Atuatuca; Ambiórix estaba acompañado de menos hombres de los que Sabino llevaba consigo. No había peligro, no había ningún peligro. ¿De qué se preocupaba Cotta?

—¿Por qué has atacado mi campamento? —le preguntó Sabino con exigencia y enojo a través del intérprete.

Ambiórix se encogió de hombros con un gesto exagerado y luego extendió las manos, con los ojos muy abiertos en una expresión de sorpresa.

—Pero, noble Sabino, yo sólo estaba haciendo lo que todos los reyes y jefes de tribu están haciendo de una punta a otra de la Galia Comata —le respondió.

Sabino notó que la sangre se le retiraba de la cara.

—¿Qué quieres decir? —le preguntó al tiempo que se humedecía los labios.

—La Galia Comata está en rebelión, noble Sabino.

—¿Mientras César en persona está instalado en Samarobriva? ¡Mentira!

Otra vez Ambiórix se encogió de hombros, y otra vez abrió mucho los ojos azules.

—César no se encuentra en Samarobriva, noble Sabino. ¿No lo sabías? Cambió de idea y partió para la Galia Cisalpina hace un mes. En cuanto se hubo marchado, los carnutos asesinaron al rey Tasgecio, y así comenzó la revuelta. Samarobriva se encuentra bajo un ataque tan fuerte que se espera que caiga de un momento a otro. A Marco Craso lo masacraron allí cerca, Tito Labieno está bajo asedio, Quinto Cicerón y la novena legión han muerto y Lucio Fabio y Lucio Roscio se han retirado a Tolosa, en la Provenza romana. Estás solo, noble Sabino.

Con la cara pálida, Sabino asintió bruscamente.

—Comprendo. Te agradezco tu franqueza, rey Ambiórix.

Dio media vuelta y estuvo a punto de echar a correr para entrar en el campamento, con las rodillas temblando, para contárselo a Cotta.

Éste se quedó mirando a Sabino con la boca abierta.

—¡No me creo una palabra de todo eso!

—Más vale que te lo creas, Cotta. ¡Oh, dioses! Marco Craso y Quinto Cicerón están muertos, y sus legiones también.

—Si César hubiera cambiado de idea en lo referente a irse a la Galia Cisalpina, Sabino, ten la seguridad de que nos lo habría comunicado —insistió Cotta.

—Quizá lo haya hecho. Quizá no hayamos llegado a recibir el mensaje.

—¡Créeme, Sabino, César sigue en Samarobriva! Te han contado una sarta de mentiras para ver si decidimos batirnos en retirada. ¡No hagas caso de lo que te ha dicho Ambiórix! Está jugando al gato y al ratón.

—¡Tenemos que marcharnos antes de que Ambiórix vuelva! ¡Hay que hacerlo ahora mismo!

Sólo hubo otro hombre presente en aquella conversación; se trataba del centurión *primipilus*, conocido como Gorgona porque con la mirada dejaba a los soldados de piedra. Canoso veterano que había estado en las legiones romanas desde la guerra de Pompeyo contra Sertorio en Hispania, Gorgona había recibido de César el mando de la decimotercera legión por su talento para entrenar y su dureza de carácter.

Cotta lo miró, apelando a él.

—¿A ti qué te parece, Gorgona?

Éste movió afirmativamente varias veces la cabeza, que llevaba cubierta con el fantástico casco dotado de un gran penacho rígido hacia un lado.

—Lucio Cotta tiene razón, Quinto Sabino —dijo—. Ambiórix está mintiendo. Quiere que nos invada el pánico y abandonemos el campamento. Dentro de este campamento no puede tocarnos, pero en el momento en que estemos en marcha seremos muy vulnerables. Si aguantamos aquí todo el invierno, sobreviviremos. Si nos marchamos, somos hombres muertos. Estos muchachos son verdaderamente buenos, pero están aún un poco verdes. Necesitan una batalla bien organizada por un buen general que les haga madurar. Pero si se les llama a la lucha sin que algunas legiones veteranas formen en línea con ellos, caerán como moscas. Y yo no quiero ver eso, Quinto Sabino, porque son buenos chicos.

—¡Pues yo os digo que tenemos que ponernos en marcha! ¡Y cuanto antes! —voceó Sabino.

Tras una hora de razonar y discutir, Sabino seguía insistiendo en batirse en retirada. Pero tampoco daban su brazo a torcer Cotta y Gorgona. Al cabo de otra hora seguían insistiendo en que la decimotercera resistiera en el campamento de invierno.

Sabino salió bruscamente de la estancia en busca de un poco de comida, y dejó a Cotta y a Gorgona mirándose el uno al otro llenos de consternación.

—¡El muy chalado! —gritó Cotta sin importarle insultar a un legado en presencia de un centurión—. A menos que tú y yo le convenzamos para que cambie de opinión acerca de la retirada, hará que nos maten a todos.

—El problema es —opinó Gorgona pensativamente— que Sabino ganó una batalla él solo, sin ayuda de nadie, y por eso ahora cree que conoce el manual militar mejor que Rutilio Rufo, que fue quien lo escribió. Pero los venelos no son belgas, y Viridóvix era el típico galo torpe. Pero Ambiórix no es típico, ni tampoco torpe. Es un hombre muy peligroso.

Cotta suspiró.

—Entonces tenemos que seguir intentándolo, Gorgona.

Y siguieron intentándolo. Cayó la noche y Cotta y Gorgona seguían insistiendo mientras Sabino se enfadaba cada vez más y se ponía más testarudo.

—¡Oh, cede ya de una vez! —le gritó al final Gorgona, a quien se le había agotado la paciencia—. ¡Por Marte, trata de comprender la verdad, Quinto Sabino! ¡Si salimos de este campamento somos todos hombres muertos! ¡Eso te incluye a ti igual que a mí! ¡Y puede que tú estés dispuesto a morir, pero yo no! Ten la seguridad de que César está asentado en Samarobriva. ¡Y que todos los dioses te ayuden cuando se entere de lo que ha estado pasando aquí en las últimas doce horas!

El hombre que no aguantaba la asistencia del rey Commio a una asamblea romana ciertamente no estaba dispuesto a aguantar aquello de un simple centurión, fuese un veterano *primipilum* o no. Con la cara de color púrpura, Sabino se acercó a él con un brazo levantado y lo abofeteó con la palma de la mano. Aquello fue demasiado para Cotta, que se interpuso entre ellos y atacó a Sabino haciéndolo caer; luego se arrojó sobre él y empezó a golpearlo sin piedad.

Fue Gorgona quien los separó, horrorizado.

—¡Por favor, por favor! —exclamó—. ¿Creéis que mis muchachos son mudos, sordos y ciegos? ¡Ya saben lo que está pasando entre nosotros! ¡Sea lo que sea lo que decidáis, decididlo ya! ¡Esta clase de cosas a ellos no van a ayudarles!

A punto ya de echarse a llorar, Cotta miró a Sabino muy fijamente.

—¡Muy bien, Sabino, tú ganas! ¡Ni el propio César podría razonar contigo una vez que has decidido lo que sea que se te pasa por la cabeza!

Tardaron dos días en organizar la retirada porque las tropas, formadas en su totalidad por soldados muy jóvenes e inexpertos, no se dejaban convencer por los centuriones de que no cargasen demasiado los petates con tesoros personales y recuerdos, ni de que no dejasen su equipo extra y sus recuerdos en las carretas. Nada de ello valía un sestercio, pero para unos muchachos de diecisiete años eran muy preciados para cimentar con recuerdos sus anheladas carreras militares.

Al principio la marcha fue penosamente lenta, y empeoró las cosas un aguanieve que les llegaba de cara traído por un viento ululante que procedía directamente del océano germano; el suelo estaba a la vez empapado y helado, por lo que los carros no hacían más que hundirse hasta los ejes y era muy difícil sacarlos. Aun así, transcurrió el día y las accidentadas alturas de Atuatuca desaparecieron detrás de las cambiantes brumas. Sabino empezó a jactarse ante Cotta, quien decidió apretar los labios y guardar silencio.

Pero Ambiórix y los eburones estaban allí, detrás de la lluvia de aguanieve, aguardando el momento oportuno con la complacencia que les proporcionaba el saber que conocían el terreno muchísimo mejor que los romanos.

El plan de Ambiórix salió redondo. No podía permitir que la columna romana, que marchaba siguiendo el curso del Mosa, se alejase lo suficiente de Atuatuca como para encontrarse con alguno de los hombres de Quinto Cicerón, porque éste y la novena legión estaban vivitos y coleando. En el momento en que Sabino condujo a la decimotercera al interior de un desfiladero angosto, Ambiórix envió a sus soldados a pie para que bloqueasen el avance romano y situó a sus soldados a caballo en la retaguardia de la columna; cuando ésta volvió sobre sus pasos, les impidieron la retirada y la salida de aquel barranco de paredes empinadas, perfecto para los propósitos de Ambiórix.

La reacción inicial fue un pánico ciego cuando las hordas de eburones, que gritaban sin parar, aparecieron como hormigas por los dos lados del desfiladero tras abandonar los chales de color amarillo, parecían sombras negras salidas del infierno. Las inexpertas tropas de la decimotercera legión rompieron la formación y trataron de darse a la fuga. Peor le fue a Sabino, a quien el miedo y la consternación le borraron las ideas militares de la cabeza.

Pero cuando pasó el susto inicial, la decimotercera se serenó y se salvó de la inminente masacre gracias a los estrechos confines en los cuales tuvo lugar el ataque. No había adónde huir, y una vez que Cotta, Gorgona y sus centuriones consiguieron que los reclutas en desorden volvieran a formar filas para ofrecer resistencia, los muchachos descubrieron con gran deleite que podían matar al enemigo. El peculiar hierro de una situación desesperada les levantó el ánimo y tomaron la firme resolución de que no morirían solos. Y mientras las tropas del frente y de la retaguardia de la columna mantenían a raya a los eburones, los soldados situados en medio, ayudados por los no combatientes y por los esclavos, empezaron a levantar muros defensivos.

Al atardecer todavía existía la decimotercera legión; se encontraba horriblemente disminuida, pero no estaba derrotada, ni mucho menos.

—¿No te había dicho que eran buenos soldados? —le comentó Gorgona a Cotta mientras hacían una pausa en el trabajo para recobrar el aliento.

Los eburones se habían retirado para reorganizarse y prepararse para otro ataque.

—¡Maldigo a Sabino por esto! —gruñó Cotta entre dientes—. ¡Claro que son buenos muchachos! ¡Pero van a morir todos, Gorgona, cuando en realidad lo que merecen es vivir y poner condecoraciones en sus estandartes!

—¡Oh, Júpiter! —exclamó Gorgona con un gemido.

Cotta se volvió a mirar y lanzó un grito ahogado. Sabino, que llevaba una vara a la que había atado su pañuelo blanco, se abría paso entre los muertos por la boca del desfiladero y se dirigía al lugar donde Ambiórix conferenciaba con sus nobles.

Ambiórix, que llevaba puesto el chal amarillo porque era uno de los líderes, vio a Sabino y se adelantó unos pasos, sosteniendo delante de él la espada larga con la punta hacia el suelo. Con él iban otros dos jefes.

—¡Tregua, tregua! —voceó Sabino jadeando.

—Acepto la tregua, Quinto Sabino, pero sólo si depones las armas —le dijo Ambiórix.

—¡Deja con vida a los que quedamos de nosotros, te lo ruego! —le pidió Sabino al tiempo que arrojaba al suelo ostensiblemente la espada y la daga.

La respuesta fue un súbito y amplio tajo con la larga espada, y la cabeza de Sabino salió lanzada por los aires, separada del casco ático así como del cuerpo. Uno de los compañeros de Ambiórix cogió el casco en el aire, pero Ambiórix esperó hasta que la cabeza hubo terminado de rodar antes de encaminarse hacia ella y recogerla del suelo.

—¡Oh, estos romanos tan pelados! —gritó incapaz de enroscarse en los dedos el cabello de poco más de un centímetro de longitud de Sabino.

Únicamente poniendo la mano en forma de garra consiguió levantar en alto la cabeza y agitarla en dirección a la decimotercera legión.

—¡Atacad! —les gritó a sus hombres—. ¡Cortadles la cabeza, cortadles la cabeza!

No mucho después Cotta cayó muerto, decapitado, pero Gorgona vivió para ver cómo el *aquilifer*, el portador del águila de la legión, que estaba muriendo a sus pies, hacía acopio de la última reserva de energía y lanzaba el águila de plata sagrada como una jabalina detrás de las defensas romanas, cada vez más menguadas.

Los eburones se retiraron al hacerse de noche, y Gorgona hizo una ronda para ver a sus muchachos y comprobar cuántos quedaban en pie. Eran lastimosamente pocos: apenas unos doscientos de los cinco mil.

—Muy bien, muchachos —les dijo mientras los soldados se apretaban juntos en medio de un mar de camaradas caídos—, sacad las espadas. Matad a cualquier hombre que aún respire y luego regresad conmigo.

—¿Cuándo volverán a atacar los eburones? —le preguntó un muchacho de diecisiete años.

—Al amanecer, pero no nos encontrarán a ninguno de nosotros con vida para quemarnos en las jaulas de mimbre. Matad a los heridos y luego regresad aquí. Si encontráis a alguno de nuestros no combatientes o esclavos, dadles a elegir. O se marchan ahora e intentan llegar a las tierras de los remos o se quedan aquí y mueren con nosotros.

Mientras los soldados iban a cumplir sus órdenes, Gorgona cogió el águila de plata y miró a su alrededor, con los ojos ya acostumbrados a la oscuridad. ¡Ah, ahí! Cavó una zanja larga, como una tubería, en una parte del suelo que estaba blanda y ensangrentada y enterró en ella, a no demasiada profundidad, el águila. Después de lo cual levantó unos cuantos cadáveres y los arrastró a empujones hasta que aquel lugar quedó bajo una pila de los mismos. Luego se sentó en una roca y se puso a esperar.

Alrededor de la medianoche los soldados supervivientes de la decimotercera legión se suicidaron para evitar que les quemaran vivos en jaulas de mimbre.

Quedaban con vida muy pocos no combatientes o esclavos, porque la mayor parte de ellos habían acabado por coger espadas y escudos de los legionarios muertos y se habían puesto a luchar. Pero a aquellos que sobrevivieron los dejaron pasar con indiferencia entre las líneas enemigas, lo que tuvo como resultado que, al día siguiente, ya tarde, a César le llegaran las noticias del fatal destino de la decimotercera legión.

—Trebonio, encárgate de las cosas —dijo César, que iba ataviado con una buena armadura de acero liso y la capa escarlata de general atada a los hombros.

—¡César, no puedes ir sin protección! —exclamó Trebonio—. Llévate a la décima legión, mandaré llamar a Marco Craso y a la octava para que guarden Samarobriva.

—Ambiórix ya estará muy lejos —afirmó César categóricamente—. Sabe que aparecerá una fuerza romana de relevo y no tiene intención de poner en peligro su victoria. He mandado mensaje a Dórix, de los remos, para que llame a las armas a sus hombres. No estaré desprotegido.

Y no lo estuvo. Cuando llegó a cierta distancia del nacimiento del río Sabis, César se reunió con Dórix y diez mil remos a caballo. Con César cabalgaba un escuadrón de caballería edua y uno de sus nuevos legados, Publio Sulpicio Rufo.

Rufo ahogó un grito de asombro cuando llegaron a un altozano, miraron hacia abajo y vieron la masa que formaban los jinetes remos que estaban allí reunidos.

—¡Por Júpiter, qué panorama!

César gruñó:

—Es bonito verlos, ¿eh?

Los chales de los remos eran a cuadros azul brillante y carmesí apagado con una delgada hebra amarilla entretejida, y los pantalones eran iguales; las camisas eran de color carmesí apagado y los caballos de los jinetes llevaban las mantas de color azul brillante.

—No sabía que los galos cabalgasen en unos caballos tan hermosos.

—Y no lo hacen —le explicó César—. Esos que estás mirando son remos, que se metieron en el negocio de la cría de caballos itálicos e hispanos hace generaciones. Por eso recibieron mi llegada con gozo y profusas manifestaciones de amistad. Les estaba resultando muy duro mantener a sus caballos, pues las demás tribus se dedicaban continuamente a robarles las manadas. A base de luchar contra ellos se convirtieron en soberbios jinetes, pero perdieron muchos caballos y se vieron obligados a encerrar a los sementales de raza dentro de auténticas fortalezas. Además, limitan con los tréveres, que siempre han codiciado las monturas de los remos. Para los remos yo he sido un verdadero regalo de los dioses; yo sig-

nificaba que Roma había venido a quedarse en la Galia de los cabelleras largas. Así que los remos me proporcionan una excelente
caballería, y en agradecimiento yo envío a Labieno a aterrorizar a
los tréveres.

Sulpicio Rufo se estremeció; sabía exactamente lo que quería
decir César, aunque sólo conocía a Labieno por las historias que
siempre circulaban en Roma.

—¿Qué tienen de malo los caballos de los galos? —le preguntó
a César.

—No son mucho más grandes que los ponis. Los caballos nativos si no están mezclados con otras razas son ponis. Resultan muy
incómodos para hombres tan altos como los belgas.

Dórix subió cabalgando por la ladera del cerro para saludar a
César calurosamente; luego situó su *marca* junto al general.

—¿Dónde está Ambiórix? —le preguntó César, que había conservado la calma y no manifestaba ningún signo de dolor desde
que había recibido la noticia.

—No se le ha visto por ninguna parte cerca del campo de batalla. Mis exploradores me han informado de que el terreno está
completamente desierto. He traído conmigo esclavos para incinerar y enterrar a los muertos.

—Bien hecho.

Acamparon aquella noche y siguieron cabalgando a la mañana
siguiente.

Ambiórix se había llevado a sus propios muertos y sólo los cadáveres romanos yacían en el desfiladero. Al desmontar, César les
indicó con un gesto a los remos y a su propio escuadrón de caballería que se quedasen atrás. Él siguió caminando en compañía de
Sulpicio Rufo, y mientras avanzaba las lágrimas empezaron a co-
rrerle por el rostro lleno de arrugas.

Primero encontraron el cuerpo sin cabeza de Sabino, inconfundible con la armadura de legado; había sido un hombre tirando a
menudo. Cotta era mucho más corpulento.

—Ambiórix tiene la cabeza de un legado romano para decorar
la puerta principal de su casa —le explicó César a Sulpicio Rufo, al
parecer sin darse cuenta de las lágrimas—. Bien, no tendrá ningún
gozo por ello.

Casi todos los cadáveres estaban sin cabeza. Los eburones,
como muchas de las tribus galas, tanto celtas como belgas, cogían
las cabezas como trofeos para adornar los postes de las puertas de
sus casas.

—Hay mercaderes que hacen excelentes negocios vendiendo resina de cedro a los galos —comentó César, que continuaba llorando en silencio.

—¿Resina de cedro? —preguntó Sulpicio Rufo también llorando; encontraba extraña aquella conversación desapasionada.

—Para conservar las cabezas. Cuantas más cabezas tiene un hombre alrededor de su puerta, mayor es su posición como guerrero. Algunos se contentan con dejarlas consumir hasta que se convierten en calaveras, pero los grandes nobles embalsaman sus trofeos con resina de cedro. Ten la seguridad de que reconoceremos a Sabino cuando lo veamos.

La visión de cadáveres y campos de batalla no era una experiencia nueva para Sulpicio Rufo, pero sus campañas de juventud habían tenido lugar todas ellas en el Este, donde las cosas eran, ahora se daba cuenta de ello, muy diferentes. Civilizadas. Aquélla era su primera visita a la Galia, y solamente hacía dos días que había llegado cuando César le había ordenado que le acompañase en aquel viaje a la muerte.

—Bueno, veo que al menos no los masacraron como a mujeres indefensas —comentó César—. Presentaron batalla, y lo hicieron de forma magnífica.

De pronto se detuvo.

Había llegado al lugar donde resultaba evidente que los supervivientes se habían suicidado; conservaban la cabeza sobre los hombros y se notaba que los eburones habían dado un gran rodeo para esquivarlos, quizá asustados de aquella clase de coraje que a los de su propia clase les resultaba ajena. Morir en combate era glorioso. Morir después de la batalla a solas y a oscuras era horripilante.

—¡Gorgona! —exclamó César, y se echó a llorar, desmoronado por completo.

Se arrodilló junto al veterano de pelo canoso y cogió en sus brazos el cadáver que estaba allí tendido, y puso la mejilla en el cabello sin vida, lamentándose y llorando. Aquello no tenía nada que ver con las muertes de su madre y de su hija. Aquello era el general que lloraba por sus tropas.

Sulpicio Rufo siguió adelante conmovido porque ahora podía ver lo jóvenes que eran la mayoría de los soldados muertos; aún no se afeitaban. ¡Oh, qué oficio aquél! Recorrió con la mirada los rostros buscando algún signo de vida y lo encontró en la cara de un centurión *senior* que seguía apretando con las manos la empuñadura de la espada enterrada en el vientre.

—¡César! —gritó—. ¡César, aquí hay uno vivo!

Y así se enteraron de la historia de Ambiórix, Sabino, Cotta y Gorgona antes de que el centurión *pilus primum* expirase.

Las lágrimas de César se habían secado, y se puso en pie.

—No hay águila —dijo—, pero debería haberla. El *aquilifer* la lanzó hacia el interior de las defensas antes de morir.

—Los eburones la habrán cogido —dijo Sulpicio Rufo—. No han dejado nada, excepto a los que se suicidaron.

—Cosa que Gorgona sabría. La encontraremos allí.

Una vez que movieron los cadáveres que se encontraban al lado de Gorgona, encontraron por fin el águila de plata de la decimotercera legión.

—En toda mi larga carrera de soldado, Rufo, nunca he visto una legión en la que muriese hasta el último hombre —afirmó César mientras se volvían hacia donde Dórix y los remos esperaban pacientemente—. Yo sabía que Sabino no era más que un tonto engreído, pero como manejó tan bien la situación contra Viridóvix y los venelos, pensé que era un hombre competente. Era a Cotta a quien no me imaginaba a la altura de las circunstancias.

—Cómo ibas a saberlo —le dijo Sulpicio Rufo a falta de una respuesta adecuada.

—No, no podía saberlo. Pero no a causa de Sabino, sino por Ambiórix. Los belgas han elevado al poder a un líder formidable. Tenía que derrotarme solo para demostrarles a los demás que es capaz de guiarlos. Ahora mismo estará olisqueándoles el culo a los tréveres.

—¿Y los nervios?

—Ellos pelean a pie, cosa poco corriente entre los belgas. Ambiórix es un líder a caballo. Por eso estará procurando ganarse la amistad de los tréveres. ¿Te sientes con ánimo para un largo recorrido a caballo, Rufo?

Sulpicio Rufo parpadeó.

—Yo no tengo la resistencia que tienes tú sobre la silla de montar, César, pero estoy dispuesto a hacer cualquier cosa que me pidas.

—Bien. Yo tengo que quedarme aquí para presidir los ritos funerarios por la decimotercera legión, a cuyos soldados les falta la cabeza y por tanto no pueden sostener la moneda para pagar a Caronte. Afortunadamente soy pontífice máximo. Tengo autoridad para redactar los contratos necesarios con Júpiter Óptimo Máximo y con Plutón a fin de pagar a Caronte por todos ellos con una cantidad global.

Completamente comprensible. En circunstancias normales los romanos a los que se privaba de sus cabezas habían también perdido la ciudadanía romana. No tener boca en la cual llevar la moneda para pagar por la travesía de la laguna Estigia significaba que la sombra del muerto, no un alma, sino un resto de vida sin mente, erraba por la tierra en lugar de ir al otro mundo. Dementes invisibles, semejantes a los dementes vivos que vagaban de un lado a otro y que eran alimentados y vestidos por las personas compasivas, pero a los que nunca se les invitaba a quedarse y nunca conocían la comodidad de un hogar.

—Llévate mi escuadrón de caballería y cabalga hasta donde está Labieno —le ordenó César al tiempo que sacaba el pañuelo de la sisa de la coraza, se limpiaba los ojos y se sonaba la nariz—. Está en el Mosa, no lejos de Virodunum. Dórix te dará un par de remos para que te guíen. Cuéntale a Labieno lo ocurrido aquí y adviértele que esté alerta. Y dile —César tomó aire roncamente—... dile que no les dé cuartel bajo ningún concepto.

Quinto Cicerón no sabía nada del destino que habían sufrido Sabino, Cotta y la decimotercera legión. Acampado entre los nervios sin el beneficio de una fortaleza como Atuatuca, el hermano pequeño de Cicerón y la novena legión se habían instalado lo más cómodamente que habían podido en medio de una extensión de pastos llana en la que frecuentemente caían aguanieves; se situaron tan lejos del bosque como pudieron, y bien lejos también del río Mosa.

No era todo malo. Un arroyo corría por el campamento, y les proporcionaba agua potable y se llevaba las aguas residuales de las letrinas en su curso cantarín, y no helado, hasta el lejano Mosa. Comida tenían en abundancia y era más variada de lo que Quinto Cicerón esperaba después de aquel sombrío consejo en el puerto Icio. La leña para calentarse no era difícil de encontrar, aunque los grupos enviados al bosque para recogerla tenían que ir muy bien armados, permanecían siempre alerta y tenían un sistema de señales por si necesitaban ayuda.

El mejor rasgo de aquel acantonamiento de invierno era la gran proximidad de una aldea amiga. El aristócrata nervio del lugar, un tal Verticón, estaba a favor de que hubiese un ejército romano en Bélgica, porque creía que los belgas tenían más posibilidades de mantener a raya a los germanos si se aliaban con Roma. Eso significaba que estaba ansioso por ayudar del modo que fuese, y era generoso en extremo en cuestión de mujeres para las tropas romanas. Siempre que un soldado estuviese dispuesto a pagar, mujeres había de sobra. Con una sonrisa, Quinto Cicerón cerraba un ojo tolerante ante todo aquello y se contentaba con escribirle a su hermano mayor, que estaba cómodamente instalado en Roma, y preguntarse en aquellas cartas si debería exigir una parte de la comisión que Verticón indudablemente obtenía de sus complacientes mujeres, cuyas filas no hacían más que engrosar a medida que se iba corriendo la voz por todas partes de que el campamento de la novena era muy generoso.

La novena legión estaba compuesta por auténticos veteranos que habían sido alistados en la Galia Cisalpina durante los cinco últimos meses del consulado de César. Eran soldados que, les gustaba decir, se habían abierto camino peleando desde el río Ródano hasta el océano Atlántico y desde el Garona, en Aquitania, hasta la desembocadura del Mosa en Bélgica. A pesar de lo cual todos rondaban los veintitrés años de edad; eran jóvenes curtidos a los que nada asustaba. Racialmente eran semejantes al pueblo contra el que llevaban peleando cinco años, porque César los había seleccionado del extremo más alejado del río Po, en la Galia Cisalpina, cuyos habitantes eran descendientes de los galos que habían caído sobre Roma unos siglos antes. De manera que eran más bien altos, rubios o pelirrojos, de cabello y de ojos claros. Pero no se trataba de que esta afinidad sanguínea hiciera que se ganasen la simpatía de los galos de cabellera larga, pues los soldados debían odiar a los galos de cabellera larga, belgas o celtas, daba igual. Las tropas pueden vivir sintiendo respeto hacia el enemigo, pero no pueden vivir con sentimientos de amor, ni siquiera de piedad. El odio es una emoción preceptiva para llegar a ser un buen soldado.

Quinto Cicerón no sólo ignoraba el destino que había sufrido la decimotercera legión, sino que tampoco tenía la más remota idea de que Ambiórix estaba intrigando en las asambleas de los nervios para ver qué daño podía hacer antes de parlamentar con los tréveres. La palanca de Ambiórix era simple y efectiva en extremo: una vez que se hubo enterado de que las mujeres nervias se estaban prostituyendo para ganar algo de dinero, sustancia a la que normalmente ellas tenían poco acceso, en el campamento de invierno de la novena legión, soliviantar a los nervios le resultó fácil.

—¿Realmente os contentáis con mojar un poco vuestras mechas en las sobras de los soldados romanos? —les preguntó mientras abría mucho, con asombro, los ojos azules—. ¿Son vuestros hijos realmente vuestros? ¿Qué hablarán, nervio o latín? ¿Y qué beberán, vino o cerveza? ¿Harán chasquear los labios ante la idea de untar mantequilla en el pan o suspirarán por empaparlo en aceite de oliva? ¿Harán caso de las leyes de los druidas o preferirán ver una farsa romana?

Después de varios días repitiendo aquello, Ambiórix se convirtió en un hombre feliz. Luego se ofreció para ir a ver a Quinto Cicerón e intentar hacerle caer en la misma trampa en que había caído Sabino. Pero Quinto Cicerón no era Sabino; ni siquiera aceptó ver a los embajadores de Ambiórix, y cuando éstos insistieron les respondió agriamente, mediante un mensajero, que no estaba dispuesto a hacer tratos con ningún galo de cabellera larga, por muy de alta alcurnia que fuera, así que les pedía que se marcharan de allí (en realidad no se lo explicó con esta delicadeza) y que lo dejasen en paz.

—Con verdadero tacto —comentó el centurión *primipilus* Tito Pulón con una amplia sonrisa.

—¡Bah! —exclamó Quinto Cicerón removiendo su delgado cuerpo en la silla curul de marfil—. Estoy aquí para hacer un trabajo, no para lamerles el culo a una pandilla de salvajes engreídos. Si quieren hacer tratos, que vayan a ver a César. A él le toca aguantarlos, no a mí.

—Lo interesante de Quinto Cicerón —le dijo Pulón a su *pilus prior* confederado, Lucio Voreno—, es que puede decir cosas así y luego darse la vuelta y ponerse tan agradable con Verticón como un trago de vino, sin ni siquiera darse cuenta de que hay cierta contradicción en su conducta.

—Bueno, es que a él Verticón le cae bien —le respondió Voreno—. Por lo tanto, para él Verticón no es un salvaje engreído. Una vez que estás en la lista de amigos de Quinto Cicerón, no importa nada quién seas.

Lo cual era más o menos lo que Quinto Cicerón le estaba diciendo sobre el papel a su hermano mayor, que se encontraba en Roma. Habían estado manteniendo correspondencia durante años, porque todos los romanos cultos y educados escribían mucho a todos los demás romanos cultos y educados. Incluso los soldados rasos escribían a sus casas con regularidad para contar a sus familiares cómo era la vida en el ejército y qué habían estado haciendo, en qué batallas habían peleado y cómo eran sus compañeros de tienda. Un buen número de ellos sabían leer y escribir al alistarse, y aquellos que eran analfabetos descubrieron que por lo menos parte del invierno en el campamento había que emplearlo en recibir clases para aprender. Especialmente bajo el mando de generales como César, que se sentaba de niño en las rodillas de Cayo Mario y escuchaba absorto todo lo que éste tenía que decir acerca de todo. Incluida la utilidad de los legionarios que sabían leer y escribir.

—Es la versión culta de aprender a nadar —solía murmurar Mario con aquella boca torcida—. Salva vidas.

Resultaba bastante curioso, pensaba Quinto Cicerón, que Cicerón, su hermano mayor, se hiciera más soportable cuanta mayor fuese la distancia que había entre ellos. Desde el campamento de invierno en tierra de los nervios parecía realmente el hermano mayor ideal, mientras que cuando estaba a poca distancia, en su casa de la vía Tusculana, y era probable que se presentase sin anunciarlo en el umbral de su hermano, resultaba casi siempre como un grano en el *podex*, lleno de consejos bienintencionados que eran precisamente los que Quinto no quería oír, mientras Pomponia, con voz estridente, le gritaba por el otro oído y él hacía equilibrios caminando sobre la cuerda floja para tratar de ser simpático con Ático, el hermano de Pomponia, y al mismo tiempo se esforzaba por ser el amo de su propia casa.

No es que cada carta de Cicerón que llegaba no estuviera llena de consejos, por lo menos la mitad, pero viviendo entre los nervios no hacía falta tener en cuenta esos consejos ni hacerles el menor caso. Quinto había llegado a perfeccionar el arte de reconocer la sílaba exacta que era la introducción de un sermón y la sílaba exacta que le ponía fin, así que sencillamente se saltaba todas aquéllas y se limitaba a leer los fragmentos interesantes. El hermano mayor, Cicerón, era, desde luego, un chocante mojigato que nunca se había atrevido a mirar más allá de su temible esposa, Terencia, desde que se casó con ella hacía ya más de veinticinco años. Así que siempre que se encontraba cerca de él, Quinto tenía que ser igualmente sobrio. No obstante, entre los nervios no había nadie que reprendiera a Quinto, el hermano pequeño, si hacía de las suyas. Y el hermano pequeño Quinto hacía de las suyas siempre que se presentaba la ocasión. Las mujeres belgas eran fornidas y podían dejarlo a uno tendido en el suelo de un puñetazo, pero todas se peleaban por las atenciones de aquel querido y pequeño comandante de modales encantadores y una bolsa gratificantemente generosa. Después de vivir con Pomponia (que también podía dejarlo tendido en el suelo de un puñetazo), las mujeres belgas eran un Campo Eliseo de placer sin mayores complicaciones.

Pero un día después de haber echado, con cajas destempladas y sin llegar a recibirlos, a los embajadores del rey Ambiórix, Quinto Cicerón se dio cuenta de que experimentaba un desasosiego peculiar. Algo iba mal. Qué era, no lo sabía. Luego el dedo pulgar izquierdo empezó a darle punzadas y a hormiguearle. Mandó llamar a Pulón y a Voreno.

—Vamos a tener problemas —les dijo—, y no os molestéis en preguntarme cómo lo sé, porque ni siquiera sé cómo lo sé. Vamos a dar una vuelta por el campamento y veamos qué podemos hacer para reforzar las defensas.

Pulón miró a Voreno, y luego los dos miraron a Quinto Cicerón con considerable respeto.

—Mandad a alguien a buscar a Verticón, necesito verle cuanto antes.

Atendida esa petición, los tres hombres y una escolta de centuriones se pusieron a examinar todo el campamento con gran minuciosidad.

—Más torres —le indicó Pulón—. Tenemos sesenta, pero necesitamos el doble.

—Estoy de acuerdo. Y hay que añadir tres metros de altura más en las murallas.

—¿Ponemos más tierra encima o utilizamos troncos? —le preguntó Voreno.

—Poned troncos. El suelo está lleno de agua y se hiela. Resultará más rápido poner troncos. Simplemente alzaremos los parapetos otros tres metros. Haced que los hombres empiecen a talar árboles ahora mismo. Si nos atacan no podremos llegar al bosque, así que hagámoslo ahora. Que los talen y los arrastren hasta aquí. Ya los puliremos cuando estén dentro.

Uno de los centuriones se marchó corriendo.

—Pongamos más estacas en el fondo de los fosos —le dijo Voreno—, ya que no podemos hacerlos más profundos.

—Decididamente, sí. ¿Cómo estamos de carbón vegetal?

—Tenemos un poco, pero ni mucho menos el suficiente para endurecer más de dos mil puntas afiladas a fuego lento en hogueras —le informó Pulón—. Los árboles nos proporcionarán todas las ramas que necesitemos.

—Entonces hay que ver cuánto carbón puede darnos Verticón. —El comandante se tiró pensativamente del labio inferior—. Lanzas de asedio.

—El roble no servirá para eso —le advirtió Voreno—. Tendremos que encontrar abedules o fresnos a los que se haya obligado a crecer derechos.

—Y más piedras para la artillería —observó Pulón.

—Enviad a unos cuantos hombres al Mosa.

Varios centuriones más salieron corriendo.

—Por último —comentó Pulón—, ¿cómo vamos a hacérselo saber a César?

Quinto Cicerón tenía que pensar en eso. Gracias a su hermano mayor, que había aborrecido a César desde que se opuso a la ejecución de los conspiradores catilinarios, Quinto también tenía tendencia a desconfiar de César. Aunque aquellos sentimientos no impidieron que el hermano mayor le suplicase a César que se llevase como legado suyo a Quinto y a Cayo Trebacio como uno de sus tribunos. Y tampoco, aunque César era bien consciente de los sentimientos de Cicerón hacia él, se negó César a ello. Las cortesías profesionales entre consulares eran obligatorias.

Aquel desagrado familiar hacia César se debía a que Quinto Cicerón no conocía al general tan bien como lo conocían la mayor parte de sus otros legados, y no se había acostumbrado al trato con el general. No tenía ni idea de cómo reaccionaría César si uno de sus legados de categoría superior le enviaba un mensaje lleno de alarma, cuando los únicos motivos que había para ello eran el hecho de que el pulgar izquierdo le daba punzadas y el presentimiento de que se estaba tramando algo que sería un gran problema. Quinto Cicerón viajó a Britania con César, una experiencia interesante pero que no le permitió ver qué clase de libertades les daba el general a sus legados. César había estado al mando personalmente de principio a fin de la expedición.

En gran parte dependía de la respuesta que le diera a Pulón. Si tomaba una decisión equivocada, César no le pediría que se quedase en la Galia un año o dos más, sino que sufriría el mismo sino que Servio Sulpicio Galba, que había cometido un error en su campaña en los altos Alpes y César no le había pedido que se quedase. De nada servía creer en los despachos senatoriales, pues ellos habían alabado a Galba. Aunque cualquier militar agudo que los leyera podría ver inmediatamente que Galba no había complacido lo más mínimo al general.

—No creo —le dijo por fin a Pulón— que haga ningún daño que se lo comuniquemos a César. Si me equivoco, me llevaré la reprimenda que me merezca. Pero de algún modo, Pulón, ¡estoy seguro de que no me equivoco! Sí, voy a escribirle ahora mismo.

En todo aquello había un poco de buena suerte y un poco de mala suerte. La buena suerte era que a los nervios todavía no los habían llamado a las armas, y por lo tanto no le encontraban sentido al hecho de espiar el campamento; simplemente veían que sus vecinos se afanaban en sus asuntos como siempre. Ello permitió a Quinto Cicerón podar los árboles, meterlos dentro del campamento y empezar a construir las murallas y las sesenta torres más alrededor del perímetro. También le permitió almacenar una gran cantidad de buenas piedras redondeadas del peso adecuado para la artillería. La mala suerte era que los nervios en asamblea habían decidido ir a la guerra, de modo que habían puesto vigilancia en el camino al sur de Samarobriva, a doscientos cuarenta kilómetros de distancia.

Transportada por el mensajero habitual, la carta de Quinto Cicerón, más bien tímida y con cierto tono de disculpa, fue confiscada junto con todas las demás cartas. Luego mataron al correo. Algunos de los druidas de los nervios sabían leer latín, así que les hicieron llegar el contenido de la bolsa del correo para que lo examinaran con detenimiento. Pero Quinto, también como consecuencia de aquellas punzadas en el pulgar, había escrito la carta en griego. Fue mucho más tarde cuando cayó en la cuenta de que debió de prestar atención cuando Verticón le había comentado que los druidas de los belgas del norte sabían latín, no griego. En otras partes de la Galia podía ocurrir lo contrario, de modo que al escribir las cartas utilizaban una lengua u otra según conviniera.

Verticón estuvo de acuerdo con Quinto Cicerón: se avecinaban problemas.

—Es tan sabido que soy partidario de César, que últimamente no soy bien recibido en las asambleas —le comentó el jefe de tribu nervio con mirada ansiosa—. Pero en varias ocasiones en el transcurso de los dos últimos días algunos de mis siervos han visto pasar guerreros por mi territorio acompañados de los portadores de escudos y con manadas de animales, como si fueran a una congregación general. En esta época del año no pueden ir a la guerra en el territorio de otro. Me parece que el blanco sois vosotros.

—Entonces —dijo Quinto Cicerón con viveza—, sugiero que tú y tu pueblo os trasladéis al interior del campamento con nosotros. Puede que estemos un poco apretados y que no sea a lo que estáis acostumbrados, pero si podemos defender el campamento, vosotros estaréis a salvo. De otro modo puede que seas tú quien muera el primero. ¿Te parece aceptable?

—¡Oh, sí! —exclamó Verticón, que se sintió profundamente aliviado—. No pasaréis escasez por nuestra causa, traeré hasta el último grano de trigo que tengamos, y todos los pollos y el ganado, y mucho carbón vegetal.

—¡Excelente! —dijo Quinto Cicerón sonriendo radiante—. Os pondremos a trabajar a todos, no creas que no.

Cinco días después de que el correo fuera asesinado, los nervios atacaron. Perturbado porque debería haber recibido ya una respuesta, Quinto Cicerón envió una segunda carta, pero a este correo también lo interceptaron. En lugar de matarlo allí mismo, los nervios lo torturaron primero y se enteraron de que Quinto Cicerón y la novena legión estaban trabajando frenéticamente para reforzar las fortificaciones del campamento.

Una vez reunidos, los nervios se pusieron en movimiento inmediatamente. Su avance era muy diferente a una marcha romana, incluso diferente a una a paso ligero, porque ellos corrían a un paso largo incansable que devoraba los kilómetros. Cada guerrero iba acompañado del portador del escudo, su esclavo personal y un poni cargado con una docena de lanzas, una camisa de cota de malla si la tenía, comida, cerveza, el chal a cuadros de color verde musgo y naranja terroso y un pellejo de lobo para calentarse por la noche; los dos criados llevaban las cosas personales que les hacían falta a la espalda. Tampoco corrían en ninguna clase de formación. Los más veloces eran los primeros en llegar, los más lentos los últimos. Pero el último hombre de todos no llegaba, pues aquel que llegaba el último a la congregación era sacrificado a Esus, el dios de la batalla, y su cuerpo se colgaba de una rama en el bosque de robles sagrados.

Los nervios tardaron todo el día en reunirse alrededor del campamento mientras la novena legión martilleaba y aserraba frenéticamente. El muro y los parapetos elevados estaban terminados, pero las sesenta torres que faltaban todavía estaban en construcción, y los muchos miles de estacas afiladas estaban todavía endureciéndose en cien hogueras de carbón vegetal diseminadas en todos aquellos lugares en los que había suelo vacío.

—Muy bien, trabajaremos toda la noche —dijo Quinto Cicerón, complacido—. Hoy no atacarán, primero se tomarán un descanso como es debido.

Un descanso como es debido para los nervios resultó ser aproximadamente de una hora. El sol se había puesto cuando arremetieron por miles, como una tormenta, contra los muros del campamento y rellenaron los fosos con follaje y utilizaron sus llamativas lanzas, engalanadas con plumas, como pértigas para trepar por las paredes de troncos. Pero la novena legión estaba allí arriba, en lo alto de los muros, uno de cada dos hombres armado con una lanza de asedio de las largas, para coger a los nervios de cara mientras trepaban. Otros hombres se encontraban de pie en lo alto de las torres parcialmente terminadas, y utilizaban aquella altura adicional para lanzar sus *pila* con mortal puntería. Y durante todo el tiempo, desde el interior del campamento, las catapultas voleaban rocas de río por encima de las murallas hacia las enormes masas de guerreros.

Cuando se hizo noche cerrada hubo un alto en las hostilidades, pero no cesó el frenesí de combate de los nervios, que saltaban, gritaban y daban alaridos en un radio de un kilómetro a la redonda alrededor del campamento. La luz de veinte mil antorchas ahuyentaba la oscuridad y dejaba ver a las figuras que, corriendo y brincando, las empuñaban; tenían los pechos cobrizos desnudos, el cabello como crines heladas, los ojos y los dientes lanzaban destellos de breves chispas al girar y dar vueltas. Saltaban en el aire, rugían, chillaban, lanzaban hacia arriba las antorchas y las cogían otra vez según caían, como si fuesen malabaristas.

—¿No es fantástico, muchachos? —gritaba a grandes voces Quinto Cicerón mientras andaba de un lado para otro por el campamento inspeccionando las hogueras de carbón vegetal, a los artilleros que se afanaban sin las cotas de malla, a los animales de carga que bufaban y pateaban en los establos asustados por el ruido—. ¿No es fantástico? ¡Los propios nervios nos están proporcionando toda la luz que nos hace falta para terminar las torres! ¡Vamos, muchachos, poned empeño en ello! ¿Qué os creéis que es esto, el harén de Sampsiceramo?

Entonces empezó a molestarle la espalda y sintió un dolor atroz que le bajaba por la pierna izquierda y le hacía cojear. ¡Oh, no, ahora no! ¡Un ataque de eso ahora no! Aquello le obligaba a irse arrastrando a la cama y pasarse allí días enteros hecho un andrajo gimiente. ¡Ahora no! ¿Cómo iba a poder irse a rastras a la cama cuando todos dependían de él? Si el jefe del campamento sucumbía, ¿qué pasaría con la moral de los demás? Así que Quinto Cicerón apretó los dientes y siguió cojeando, y de algún sitio sacó fuerzas para aflojar los dientes, sonreír, bromear, y decirles a sus hombres lo mucho que valían y lo amables que eran los nervios por iluminarles el cielo...

Cada día los nervios atacaban, llenaban los fosos, trataban de escalar los muros, y cada día la novena legión repelía el ataque, sacaba con ganchos las ramas llenas de hojas de los fosos, mataba nervios.

Cada noche Quinto Cicerón le escribía otra carta en griego a César, encontraba un esclavo o un galo dispuesto a llevarla a cambio de una enorme cantidad de dinero y enviaba al hombre oculto por la oscuridad.

Cada día los nervios traían al emisario de la noche anterior hasta un lugar prominente, agitaban la carta en el aire, brincaban y lanzaban gritos estridentes hasta que el correo era sometido a nuevas torturas con las tenazas, los cuchillos o los hierros candentes, y entonces guardaban silencio y dejaban que los gritos del hombre se extendieran desgarradores por todo el campamento romano, que quedaba horrorizado.

—No podemos darnos por vencidos —les decía Quinto Cicerón a los soldados mientras hacía las rondas cojeando—. ¡No les demos a esos *mentulae* el placer de la satisfacción!

Los hombres a quienes se dirigía le sonreían, le saludaban con la mano, le preguntaban por su espalda, llamaban a los nervios apelativos que hubiesen hecho desmayar al hermano mayor de Cicerón de haberlos oído, y seguían peleando.

Entonces llegó Tito Pulón con la cara fúnebre.

—Quinto Cicerón, tenemos un nuevo problema —le comentó con voz ronca.

—¿Qué? —preguntó el comandante sin reflejar el cansancio en la voz y tratando de mantenerse erguido.

—Han desviado el agua. El arroyo se ha secado.

—Ya sabes lo que hay que hacer, Pulón. Empezad a cavar pozos. Corriente arriba de las letrinas. Y empezad a cavar también pozos ciegos. —Soltó una risita—. Iría a ayudaros, pero me temo que no estoy de humor para cavar.

El rostro de Pulón se suavizó. ¿Habría algún otro comandante tan alegre e incansable como lo era Quinto Cicerón, con la espalda mala y todo?

Veinte días después de aquel primer asalto los nervios seguían atacando cada mañana. La provisión de emisarios se había agotado igual que el agua, y Quinto Cicerón tuvo que enfrentarse al hecho de que ni uno solo de sus mensajeros había conseguido cruzar las líneas nervias. Bien, no había más remedio que continuar resistiendo. Pelear contra aquellos hijos de puta durante el día, utilizar las noches para reparar los daños y hacer acopio de cualquier cosa que pudiera ser de utilidad al amanecer del día siguiente... y preguntarse cuánto tardarían en hacer su aparición la disentería y las fiebres. ¡Oh, lo que les iba a hacer a los nervios si salía vivo de aquello! Los hombres de la novena seguían inquebrantables, seguían con buenos ánimos, seguían trabajando frenéticamente cuando no estaban peleando frenéticamente.

La disentería y las fiebres llegaron, pero pronto aparecieron otros problemas peores a los que enfrentarse.

Los nervios construyeron unas cuantas torres de asedio... no tenían comparación con las romanas, naturalmente, pero eran del todo capaces de causar estragos cuando estaban lo bastante cerca como para servir de plataforma para las lanzas de los nervios. Y para bombardear con piedras nervias.

—¿De dónde han sacado la artillería? —le gritó el comandante a Voreno—. ¡Si ésas no son buenas catapultas romanas, entonces yo no soy el hermano pequeño del gran Cicerón!

Pero como Voreno no sabía más de lo que sabía Quinto Cicerón, e ignoraban que la artillería procedía del campamento abandonado por la decimotercera legión, la aparición de las catapultas romanas se convirtió simplemente en una preocupación más. ¿Significaba eso que toda la Galia se había rebelado, que habían atacado y derrotado a otras legiones, que aunque los mensajes hubieran llegado a su destino no quedaba nadie vivo para contestar?

Las piedras eran soportables, pero luego los nervios se volvieron más innovadores. En el mismo momento en que se producía un nuevo asalto sobre las murallas, cargaban las catapultas con haces de palos secos en llamas y los lanzaban al interior del campamento. Incluso los enfermos tuvieron que ponerse a defender los muros, de modo que quedaron pocos efectivos para apagar los incendios que se empezaron a extender por todo aquel poblado de casas de madera, y pocos para vendarles los ojos a los aterrados animales de carga y conducirlos al exterior. Los esclavos, los no combatientes y la gente de Verticón trataban de multiplicarse por dos para vérselas con aquel nuevo horror mientras seguían haciendo las tareas que tenían que hacer a fin de que los soldados de la novena siguieran peleando en lo alto de los parapetos. Pero tan fuerte era la moral de la novena legión que los que luchaban no volvían la cabeza para ver cómo sus preciadas posesiones y alimentos ardían en llamas avivadas por un crudo y temprano viento invernal. Permanecieron en sus puestos y pelearon contra los nervios hasta que hicieron un alto.

En mitad del ataque más fiero, Pulón y Voreno apostaron a ver cuál de los dos era más valiente y exigieron que los hombres de la novena actuaran como juez. Una de las torres de asedio estaba tan cerca que tocaba el muro del campamento y los nervios empezaron a usarla como puente para saltar sobre los defensores. Pulón cogió una antorcha y la lanzó levantándose por encima de la protección que le proporcionaba su escudo; Voreno buscó otra antorcha y se levantó y se adelantó más, hasta que la torre de asedio se incendió y los nervios huyeron con el cabello tieso en llamas. Pulón cogió un arco y un carcaj de flechas y, cargando y disparando con un solo movimiento fluido y sin errar nunca el tiro, demostró que había servido con arqueros cretenses. Voreno contrarrestó amontonando *pila* y arrojándolas con la misma velocidad y gracia... y también sin errar nunca. Ninguno de los dos recibió ni un arañazo, y cuando el ataque fue cesando los de la novena movían la cabeza llenos de duda. El veredicto fue un empate.

—Es el trigésimo día, y ha llegado el momento decisivo —dijo

Quinto Cicerón cuando se hizo de noche y los nervios se retiraron en hordas indisciplinadas.

Había convocado una pequeña asamblea: Pulón, Voreno, Verticón y él.

—¿Quieres decir que vamos a ganar? —le preguntó Pulón, que estaba atónito.

—Quiero decir que vamos a perder, Tito Pulón. Los nervios cada día son más hábiles, y han sacado de alguna parte todo ese equipo de guerra romano. —Soltó un gemido y se golpeó el muslo con el puño—. ¡Oh, dioses, tenemos que hacer pasar como sea un mensaje a través de las líneas enemigas! —Se dio la vuelta para mirar a Verticón—. No quiero pedirle a otro hombre que vaya, pero alguien tiene que ir. Y aquí y ahora tenemos que idear un modo para asegurarnos de que, sea quien sea el hombre que enviemos, consiga sobrevivir a un registro en el caso de que lo aprehendan. Verticón, tú eres nervio. ¿Cómo podemos hacerlo?

—He estado pensando en ello —respondió Verticón en su latín vacilante—. En primer lugar tiene que ser alguien que pueda hacerse pasar por guerrero nervio. Ahí fuera también hay menapios y condrusos, pero no hay forma de conseguir chales con el dibujo apropiado. Lo mejor sería que el hombre se hiciese pasar por uno de ellos. —Se interrumpió y dejó escapar un suspiro—. ¿Cuánta comida se ha salvado de las bolas de fuego?

—Suficiente para siete u ocho días —repuso Voreno—, aunque los hombres están tan enfermos que no les apetece comer mucho. Puede que haya para diez días.

Verticón asintió.

—Entonces sólo puede ser alguien que pueda pasar por guerrero nervio porque sea nervio. Iría yo personalmente, pero me reconocerían de inmediato. Uno de mis siervos está dispuesto a ir. Es un tipo inteligente, con la cabeza sobre los hombros.

—¡Eso está muy bien! —gruñó Pulón con la cara toda sucia y la túnica de escamas de metal rasgada desde el cuello hasta el cinto del que colgaba la espada—. A mí me parece que tiene sentido. Pero lo que me preocupa es que lo registren. La última nota se la metimos al mensajero por el recto, pero aun así esos hijos de puta la encontraron. ¡Por Júpiter! Quiero decir que es posible que tu hombre pase sin que le digan nada, pero si lo abordan seguro que lo registran. Encontrarán la nota la lleve donde la lleve, y si no, lo torturarán.

—Mira —le indicó Verticón al tiempo que arrancaba una lanza nervia clavada en el suelo cerca de ellos.

No era un arma romana, pero estaba hecha a conciencia; una vara larga de madera con la punta de hierro grande y en forma de hoja. Como a los galos de cabello largo les encantaba el colorido y los adornos, la lanza no estaba desnuda de ornamentos. En el lugar apropiado para que el lancero la agarrase, el palo estaba recubierto por una cincha tejida con los colores típicos nervios, verde musgo y naranja tierra, y de la cincha, asegurada por unas presillas, colgaban tres plumas de ganso teñidas de color verde musgo y naranja tierra.

—Comprendo por qué el mensaje ha de ser por escrito. César quizá no daría por cierto un mensaje de boca de un guerrero nervio. Pero escribe el mensaje en letra muy pequeña y en un papel delgadísimo, Quinto Cicerón. Y mientras lo escribes haré que mis mujeres despeguen la cincha de una lanza que parezca usada, pero que no esté torcida. Luego enrollaremos el mensaje alrededor del palo de la lanza y lo cubriremos con la cincha. —Verticón se encogió de hombros—. Es lo mejor que puedo sugerir. Registran todos los orificios; registran hasta la última tira de ropa, hasta el último mechón de cabello. Pero si la cincha está perfectamente hecha, no creo que se les ocurra quitarla.

Voreno y Pulón asintieron con la cabeza, y Quinto Cicerón hizo lo mismo sin dejar de mirarlos. Después se marchó cojeando en dirección a su casa de madera, que no se había quemado. Una vez allí se sentó vestido tal como estaba y cogió el pedazo de papel más delgado que pudo encontrar. Comenzó a escribir el mensaje en griego con letra pequeñísima.

Escribo en griego porque los nervios saben latín. Es urgente. Hace treinta días que sufrimos el ataque de los nervios. Sin agua, letrinas llenas. Hombres enfermos. No sé cómo, pero resistimos. No podremos hacerlo mucho más tiempo. Los nervios tienen equipo romano, disparan bolas de fuego. Alimentos quemados. Ayudadnos o somos hombres muertos. Quinto Tulio Cicerón, legado.

El siervo nervio de Verticón era el tipo perfecto de guerrero; de haber tenido en la vida una condición más elevada, habría sido guerrero. Pero los siervos eran una clase superior de esclavos a los que se podía someter a tortura y a los que nunca se permitía luchar por la tribu. Su tarea era la labranza porque eran lo bastante humildes para usar un arado. El hombre tenía el porte tranquilo y no parecía estar atemorizado. Sí, pensó Quinto Cicerón, aquel hombre habría sido un buen guerrero. Más tontos son los nervios por no permitir que los de condición humilde luchen, pero es una suerte para mí y para la novena. Este hombre resultará satisfactorio.

—Muy bien —dijo por fin—, tenemos una probabilidad de que esto llegue a César. Pero, ¿cómo hará él para enviarnos el suyo? Tengo que poder decirles a los hombres que vamos a recibir ayuda, de lo contrario es posible que se desmoronen de pura desesperación. César tardará en encontrar suficientes legiones, pero yo tengo que poder decir que vamos a recibir ayuda.

Verticón sonrió.

—Recibir un mensaje no es tan difícil como enviarlo. Cuando mi siervo regrese le diré que añada una pluma amarilla a la lanza que lleve la respuesta de César.

—¡Pero se verá tanto como las pelotas de un perro! —exclamó Pulón, aterrado.

—Eso espero. No creo que nadie se fije con demasiado detenimiento en las lanzas que se arrojan al campamento. No te preocupes, le diré que no añada la pluma amarilla hasta justo antes de arrojarla —le explicó Verticón sonriendo.

César recibió la lanza dos días después de que el siervo nervio pasase a través de las líneas enemigas.

Como el bosque al sur del campamento de Quinto Cicerón era demasiado espeso para que un hombre con una misión urgente perdiese el tiempo cruzándolo, al siervo no le quedó más remedio que ir a pie por el camino de Samarobriva. Éste estaba tan vigilado que era inevitable que lo parasen antes o después, aunque el enviado lo hizo bien, pues evitó los tres primeros puestos de vigilancia. En el cuarto lo detuvieron. Lo desnudaron, le registraron todos los orificios, el pelo, la ropa. Pero la cincha de la lanza estaba perfecta y el mensaje que iba debajo pasó inadvertido. El nervio se había lacerado la frente con un pedazo de corteza de árbol áspera hasta que pareció que había recibido un golpe; se tambaleó, murmuró algo, puso los ojos en blanco, soportó el registro de manera descortés y trató de besar al jefe del puesto de vigilancia. Éste se echó a reír, pues pensó que el siervo estaba conmocionado sin remedio por el golpe, por lo que le permitió dirigirse al sur.

A primera hora de la tarde llegó el mensajero, completamente agotado, y Samarobriva se sumergió inmediatamente en un disciplinado frenesí de actividad. Un mensajero marchó al galope al lugar donde se encontraba Marco Craso, a cuarenta kilómetros de distancia, con la orden de que éste llevase la octava legión a paso ligero para defender Samarobriva en ausencia del general. Un segundo mensajero galopó hacia el puerto Icio, donde estaba Cayo Fabio, al cual se le ordenó que marchase hacia las tierras de los atrebates con la séptima legión; César se reuniría con él en el río Escalda. Un tercer mensajero marchó al galope hacia el campamento de Labieno, en el Mosa, para informarle de los acontecimientos, pero César no le ordenó a su segundo en el mando que se uniera a la misión de rescate. Le dejó esa decisión al propio Labieno, de quien César particularmente pensaba que quizá se encontrase en un caso semejante al de Quinto Cicerón.

Al amanecer todo Samarobriva podía divisar la columna de

Marco Craso a lo lejos. César se puso en marcha inmediatamente con la décima legión.

Dos legiones, cada una de ellas algo por debajo de sus posibilidades completas; eso era todo lo que el general podía llevar para ayudar a Quinto Cicerón. Nueve mil hombres de gran valía, veteranos. No estaban en situación de cometer más errores estúpidos. ¿Cuántos nervios habría? Cincuenta mil se habían quedado para morir en el campo de batalla varios años antes, pero era una tribu muy grande. Sí, podía haber hasta cincuenta mil más alrededor del asediado campamento de la novena. Buena legión. ¡Oh, que no estuviera aniquilada!

Fabio llegó poco tiempo después al Escalda, y se reunió con César como si estuvieran haciendo una complicada maniobra de simulacro en el Campo de Marte. Ninguno de los dos hombres había tenido que esperar más de una hora al otro. Todavía faltaban ciento diez kilómetros. Pero, ¿cuántos nervios habría? Nueve mil hombres, por muy veteranos que fueran, no tenían la menor oportunidad luchando a campo abierto.

César había enviado por delante al siervo nervio en un calesín todo lo lejos que pudo, puesto que el emisario no sabía montar, con las instrucciones de que arrojara la lanza al interior del campamento de Quinto Cicerón con una pluma amarilla sujeta a la misma. Pero el hombre era un siervo, no un guerrero. Esperanzado, hizo todo lo que pudo en su esfuerzo por arrojar la jabalina por encima de los parapetos hasta el interior del campamento romano. Pero en lugar de eso la lanza quedó enterrada en la juntura entre los parapetos y la muralla de troncos, y allí permaneció sin que nadie se fijara en ella durante dos días.

Quinto Cicerón recibió la lanza escasas horas antes de que una columna de humo que apareció por encima de los árboles le anunciase que César había llegado; estaba al borde de la desesperación porque nadie había visto una lanza con una pluma amarilla, aunque todos los ojos habían escrutado hasta llorar y se les antojaba ver amarillo en todas las cosas.

Nos dirigimos hacia allí. Somos sólo nueve mil hombres. No puedo precipitarme. Necesito mandar exploradores y hallar un terreno donde nueve mil hombres puedan vencer a muchos miles. Seguro que por aquí ha de haber un aquae sextiae *por alguna parte. ¿Cuántos son? Hazme llegar un mensaje con los detalles. Tu griego es bueno, sorprendentemente gramatical. Cayo Julio César,* imperator.

La vista de aquella pluma amarilla hizo que la novena legión, que estaba exhausta, se entregase a lanzar gritos de júbilo hasta el paroxismo, y a Quinto Cicerón le dio un ataque de llanto. Mientras se limpiaba la cara, indescriptiblemente sucia, con una mano igualmente sucia, se sentó, olvidándose de la dolorida espalda y de la pierna lisiada, y le escribió a César mientras Verticón se encargaba de que se preparase otra lanza y otro siervo.

Calculamos que hay sesenta mil. La tribu entera está aquí, importante reunión. No todos son nervios. Hemos visto muchos menapios y condrusos, por eso son tantos. Resistiremos. Encuentra tu aquae sextiae. Los galos se están volviendo un poco descuidados, se creían que nos tenían ya ardiendo vivos en sus jaulas de mimbre. Observamos que beben más, que hay menos entusiasmo. Tu griego tampoco está mal. Quinto Tulio Cicerón, legado superviviente.

César recibió la carta a medianoche; los nervios se habían reunido en masa para atacarle, pero la oscuridad se interpuso y aquella noche la brigada encargada de detectar mensajeros se olvidó de actuar. Las legiones décima y séptima tenían ganas de pelea, pero César no pensaba darles ese gusto hasta que encontrase un terreno adecuado y construyera un campamento parecido a aquel en el que Cayo Mario y sus treinta y siete mil hombres habían derrotado a ciento ochenta mil teutones hacía más de cincuenta años.

Tardó dos días más en encontrar su aquae sextiae, pero cuando lo hizo la décima y la séptima legiones les dieron una paliza a los nervios, a los que no se les concedió misericordia. Quinto Cicerón estaba en lo cierto: la duración del asedio y los resultados infructuosos de los ataques de los nervios habían minado tanto la moral como el humor de éstos. Los nervios bebían en abundancia, pero no comían mucho, aunque a las dos tribus aliadas con ellos, que se habían incorporado a la guerra más tarde, les fue mejor en la aquae sextiae de César.

El campamento de la novena era una ruina. La mayor parte de las casas se habían quemado hasta quedar reducidas a cenizas; las mulas y los bueyes deambulaban hambrientos y añadían sus bramidos a la cacofonía de vítores que recibió a César y a sus dos legiones cuando entraron marchando en el campamento. Ni siquiera un hombre de cada diez estaba libre de alguna clase de herida, y todos ellos estaban enfermos.

La décima y la séptima se pusieron a trabajar con aplicación; quitaron los diques del arroyo e hicieron llegar al campamento agua buena y limpia, demolieron alegremente el muro de troncos para encender hogueras y calentar agua para poder bañarse, cogieron la ropa, enormemente sucia, de la novena y la lavaron, metieron a los animales en establos dotados de ciertas comodidades y registraron el campo en busca de comida. La caravana con la impedimenta llegó con lo suficiente para contentar a hombres y animales, y César hizo desfilar a la novena legión ante la décima y la séptima. No llevaba consigo condecoraciones, pero las concedió de todos modos; Pulón y Voreno, que ya poseían cadenas y *phalerae* de plata, recibieron cadenas y *phalerae* de oro.

—Si pudiera, Quinto Cicerón, te daría la Corona de Hierba por salvar a tu legión —le dijo César.

Quinto Cicerón asintió, sonriendo radiante.

—Ya sé que no puedes hacerlo, César. Las reglas son las reglas. La novena legión se ha salvado a sí misma; yo sólo les he ayudado un poco. Oh, bueno, ¿no te parece que son unos muchachos maravillosos?

—Los mejores de todos.

Al día siguiente las tres legiones se pusieron en camino; la décima y la novena se dirigieron a las comodidades y la seguridad de Samarobriva, y la séptima puso rumbo al puerto Icio. Aunque a César le habría gustado hacerlo, no era posible conservar en activo el campamento en territorio de los nervios. La tierra, donde no había sido pisoteada y convertida en barro, estaba agotada, y la mayoría de los nervios yacían muertos.

—Ya me ocuparé de los nervios en primavera, Verticón —le dijo César a su partidario—. Haré una conferencia con todos los galos. No saldrás perdiendo por ayudarme a mí y a los míos, eso te lo prometo. Llévate todo lo que hay aquí y lo que hemos dejado nosotros, eso te ayudará a salir del apuro.

Así que Verticón y su gente regresaron a su aldea, Verticón para reanudar su vida de jefe de la tribu y el siervo para volver al arado. Porque no entraba en el carácter de aquellas personas elevar a un hombre por encima de la condición que le correspondía por nacimiento, ni siquiera como agradecimiento por prestar grandes servicios; la costumbre y la tradición eran demasiado fuertes. Y tampoco el siervo esperaba que le recompensaran. Hacía las cosas que tenía que hacer en invierno, obedecía a Verticón exactamente como antes, se sentaba junto al fuego por la noche con su esposa y sus hijos y no decía nada. Fuera lo que fuera lo que sintiera y pensase, se lo guardaba para sí.

César cabalgó corriente arriba siguiendo el curso del Mosa con una pequeña escolta de caballería, y dejó que sus legados y sus legiones encontraran por sí solos el camino de regreso a casa. Se había convertido en un imperativo que fuera a ver a Tito Labieno, pues había enviado un mensaje diciendo que los tréveres estaban demasiado inquietos, aunque todavía no habían hecho acopio del valor necesario para atacar. El campamento de Labieno estaba en la frontera con las tierras de los remos, lo cual significaba que él podía echar mano de la ayuda de éstos fácilmente.

—Cingetórix está preocupado porque su influencia entre los tréveres está disminuyendo —le explicó Labieno—. Ambiórix está trabajando mucho para poner al lado de Induciomaro a los hombres de importancia. La matanza de la decimotercera legión obró maravillas para Ambiórix; ahora es un héroe.

—La matanza de la decimotercera también les dio a los celtas toda clase de ilusiones de poder —dijo César—. Acabo de recibir una nota de Roscio en la que me informa de que los armóricos empezaron a reunirse en el momento en que recibieron la noticia. Afortunadamente todavía les faltaban por recorrer trece kilómetros cuando les llegó la noticia de la derrota de los nervios. —Sonrió—. De pronto el campamento de Roscio perdió todo su atractivo. Dieron media vuelta y se fueron a casa. Pero volverán.

Labieno frunció el ceño.

—Y el invierno apenas ha empezado. Cuando llegue la primavera vamos a estar bien metidos en la mierda. Y además nos falta una legión.

Estaban de pie bajo el débil sol a la puerta de la casa de madera de Labieno, mirando hacia las apretadas hileras irregulares de edificios que se extendían en tres direcciones ante ellos. La casa del jefe del campamento estaba siempre en el centro del lado norte, con poca cosa detrás excepto algunos cobertizos de almacenamiento y depósito.

Aquél era un campamento de caballería, así que era mucho más grande que otros de los que sólo se requería que diesen cobijo y protección a la infantería. La regla del visto bueno para la infantería era de mil quinientos metros cuadrados por legión para pasar el invierno (un campamento para una estancia corta era la quinta parte de ese tamaño), con diez hombres alojados en cada casa: ocho soldados y dos sirvientes no combatientes. Cada centuria de ochenta soldados y veinte no combatientes ocupaba su propia calle pequeña, con la casa del centurión en el extremo abierto y un establo para las diez mulas de la centuria y los seis bueyes o mulas que tiraban de la única carreta para cerrar el otro extremo. Las casas para los legados y los tribunos militares estaban alineadas a lo largo de la *via principalis* a cada lado de los aposentos del comandante, junto con los aposentos del cuestor (que eran mayores porque el cuestor llevaba los suministros de la legión, la contabilidad, el banco y los asuntos funerarios), rodeados del suficiente espacio abierto como para contener las filas reglamentarias; otro espacio despejado en el extremo opuesto a la casa del comandante servía de foro donde las legiones celebraban las asambleas. Era matemáticamente tan preciso que cuando se montaba un campamento, cada hombre sabía exactamente dónde tenía que ir, y esto se extendía también a los campamentos instalados para pasar una noche en el camino o a los campamentos en el campo cuando la batalla era inminente. Hasta los animales sabían dónde tenían que ir.

El campamento de Labieno tenía cinco kilómetros cuadrados de extensión, porque albergaba a dos mil jinetes eduos además de a la undécima legión. Cada soldado de caballería tenía dos caballos y un mozo además de un animal de carga, así que el campamento de Labieno daba albergue a cuatro mil caballos y dos mil mulas en acogedores establos de invierno, y a sus dos mil propietarios en cómodas casas.

Los campamentos de Labieno eran inevitablemente desaseados, porque él se regía por el miedo más que por la lógica, y no le importaba si los establos no se limpiaban una vez al día o si las calles estaban llenas de basura. También permitía que viviesen mujeres en su campamento de invierno. A esto César no le ponía tantas objeciones como al otro aspecto, el del desorden y el hedor de seis mil animales sucios más diez mil hombres desaseados. Como Roma no podía tener su propia caballería, se veía obligada a confiar en levas de no ciudadanos, y los extranjeros siempre tenían su propio código. También había que dejarles que hicieran las cosas a su manera. Lo cual significaba que a la infantería de ciudadanos romanos también había que permitirle tener mujeres; de otro modo el campamento de invierno habría sido una pesadilla de ciudadanos resentidos armando pendencias con los mimados y consentidos no ciudadanos.

Sin embargo César no dijo nada. La suciedad y el terror acechaban uno a cada lado de Tito Labieno, pero era un hombre brillante. Nadie guiaba a la caballería mejor que él, excepto el propio César, cuyos deberes como general no le permitían hacerlo. Y tampoco era una decepción cuando Labieno llevaba a la infantería. Sí, era un hombre muy valioso y un excelente segundo en el mando. Una lástima que no pudiera domar al salvaje que llevaba dentro, eso era todo. Sus castigos eran tan famosos que César nunca le daba la misma legión o legiones dos veces durante las largas permanencias en el campamento. Cuando la undécima supo que iba a invernar con Labieno, sus hombres se pusieron a gruñir y luego decidieron que era preferible comportarse como buenos chicos y confiar en que el próximo invierno les tocase con Fabio o con Trebonio, comandantes estrictos, pero no despiadados.

—Lo primero que tengo que hacer cuando regrese a Samarobriva es escribirles a Mamurra y a Ventidio a la Galia Cisalpina —comentó César—. Sólo me quedan siete legiones, y la quinta alauda está muy por debajo de sus propias fuerzas porque la he estado utilizando para ocupar las pérdidas de las otras. Si vamos a tener un año duro en el campo de batalla, necesito once legiones y cuatro mil soldados de caballería.

Labieno hizo una mueca de dolor.

—¿Cuatro legiones de reclutas novatos? —le preguntó curvando hacia abajo la boca—. ¡Eso es más de la tercera parte del ejército entero! Serán más un estorbo que una ayuda.

—Sólo tres legiones de novatos —dijo César plácidamente—. Hay una legión de buenas tropas asentada en Plasencia en este preciso momento. No están iniciados, hay que admitirlo, pero están muy bien entrenados y rabian por pelear. Están tan aburridos que acabarán descontentos.

—¡Ah! —Labieno hizo un gesto de asentimiento con la cabeza—. La sexta. Reclutada por Pompeyo Magno en Piceno hace un año, pero todavía esperando para ir a Hispania. ¡Oh, dioses, qué lento es! Tienes razón en lo del aburrimiento, César. Pero pertenecen a Pompeyo.

—Le escribiré y le pediré que me los preste.

—¿Y estará dispuesto a hacerlo?

—Me imagino que sí. Pompeyo no se encuentra bajo ninguna gran coacción en las Hispanias: Afranio y Petreyo gobiernan las dos provincias por él lo suficientemente bien. Los lusitanos están tranquilos y Cantabria también. Le ofreceré iniciarle a la sexta. Eso le gustará.

—Claro que le gustará. Hay dos cosas de Pompeyo con las que puedes contar: nunca pelea si no tiene la cantidad suficiente de hombres y nunca utiliza tropas que no estén estrenadas. ¡Qué fraude! ¡Detesto a ese hombre, siempre lo he detestado! —Hizo una pequeña pausa, y luego Labieno preguntó—: ¿Vas a reclutar a otra decimotercera o te la saltarás y pasarás directamente a la decimocuarta?

—Reclutaré a otra decimotercera. Soy tan supersticioso como cualquier romano, pero es esencial que los hombres se acostumbren a pensar en el trece como un número más. —Se encogió de hombros—. Además, si tengo una decimocuarta y no tengo decimotercera, la decimocuarta sabrá que en realidad es la decimotercera. Mantendré conmigo a la nueva durante todo el año. Te garantizo que a final de año sus hombres estarán haciendo gala del número trece como un talismán de la buena suerte.

—Te creo.

—Tengo entendido, Labieno, que piensas que nuestras relaciones con los tréveres se romperán por completo —dijo César mientras echaba a andar por la vía Pretoria.

—Seguro. Los tréveres siempre han querido una guerra declarada y franca, pero hasta ahora se habían comportado con gran cautela conmigo. Ambiórix ha cambiado bastante eso; tiene mucha labia, ya sabes. Con el resultado de que Induciomaro está reuniendo partidarios con gran rapidez. Dudo que Cingetórix tenga suficiente fuerza para resistir ahora que hay dos expertos trabajándose a los jefes de tribu. No podemos permitirnos subestimar ni a Ambiórix ni a Induciomaro, César.

—¿Puedes resistir aquí durante todo el invierno?

Los dientes de caballo de Labieno relucieron.

—Oh, sí. Tengo una ligera idea sobre cómo tentar a los tréveres a entablar una batalla que no puedan ganar. Es importante empujarlos a un combate precipitado. Si lo demoran hasta el verano, entonces habrá miles y miles de ellos. Ambiórix cruza en barca el Rin regularmente tratando de convencer a los germanos de que lo ayuden; y si lo logra, los nemetes decidirán que sus tierras están a salvo de incursiones germanas y también se unirán al reclutamiento de tréveres.

César suspiró.

—Tenía esperanzas de que la Galia de los cabelleras largas entrara finalmente en razón. ¡Los dioses saben que durante los primeros años fui bien clemente! Como los traté justamente y los até con acuerdos legales, creí que acabarían por instalarse bajo el dominio de Roma. No es como si no tuvieran un ejemplo que seguir. Los galos de la Provenza trataron de resistir durante un siglo, y sin embargo míralos ahora. Están más contentos y les va mejor bajo el dominio de Roma que durante todo el tiempo que estuvieron peleándose entre ellos.

—Hablas igual que Cicerón —fue el comentario de Labieno—. Son demasiado torpes como para saber lo que les conviene. Lucharán contra nosotros hasta el final.

—Temo que tienes razón. Por eso me pongo más duro cada año.

Se detuvieron para dejar pasar un gran desfile de caballos que, guiados por mozos de cuadra, cruzaban de un lado al otro de la ancha vía en dirección a los recintos de prácticas.

—¿Cómo piensas tentar a los tréveres? —le preguntó César a Labieno.

—Necesito un poco de ayuda tuya y otro poco de ayuda de los remos.

—Pide y recibirás.

—Quiero que corra la voz por todas partes de que estás congregando enormes grupos de remos en la frontera de éstos con los belovacos. Dile a Dórix que haga que parezca que está llevando a toda prisa en esa dirección a los soldados que tiene. Pero necesito que cuatro mil de ellos se queden ocultos no muy lejos. Voy a meterlos a escondidas en mi campamento a una media de cuatrocientos cada noche; en total diez días para hacer el trabajo. Pero antes de empezar convenceré a los espías de Induciomaro de que soy un hombre asustado que planea marcharse porque los remos se están retirando. No te preocupes, sé bien quiénes son sus espías. —El rostro oscuro de Labieno se torció con una mueca terrorífica—. Todas mujeres. Una vez que los remos empiecen a entrar aquí, te aseguro que ninguna de ellas podrá llevarles ningún mensaje. Estarán demasiado ocupadas gritando.

—¿Y una vez que tengas a los remos?

—Los tréveres aparecerán para matarme antes de que pueda marcharme. Tardarán diez días en reunirse y dos días para llegar aquí. Lo lograré, lo haré a tiempo. Luego abriré las puertas de mi campamento y dejaré que seis mil eduos y remos los corten en pedazos como a cerdos para hacer salchichas. Los de la undécima pueden embutirlos en las tripas.

César partió satisfecho hacia Samarobriva.

—Nadie puede vencerte —le dijo Rhiannon en un tono de presunción.

Divertido, César rodó de lado y apoyó la cabeza en una mano para mirarla.

—¿Eso te complace?

—Oh, sí. Eres el padre de mi hijo.

—También hubiera podido serlo Dumnórix.

Los dientes de la mujer destellaron en la oscuridad.

—¡Nunca!

—Eso es interesante.

Rhiannon se tiró del pelo para sacarlo de debajo del cuerpo, tarea difícil y algo dolorosa, y luego el cabello quedó entre los dos como un río de fuego.

—¿Hiciste matar a Dumnórix por mi causa? —le preguntó ella finalmente.

—No. Dumnórix estaba intrigando para causar problemas mientras yo estuviese ausente en Britania, así que le ordené que me acompañase allí, a Britania. Creyó que yo tenía intención de matarlo allí, lejos de todas las miradas que pudieran condenarme por ello. Y escapó. Por eso le demostré que si yo lo quería muerto, lo haría matar delante de todas las miradas. Labieno me complació con gusto. A él nunca le cayó bien Dumnórix.

—Pues a mí no me cae bien Labieno —comentó Rhiannon estremeciéndose.

—No me sorprende. Labieno pertenece a ese grupo de hombres romanos que creen que el único galo digno de confianza es el galo muerto —le explicó César—. Y eso, claro está, también va por las mujeres galas.

—¿Por qué no pusiste objeciones cuando dije que Orgetórix sería rey de los helvecios? —le preguntó ella en tono exigente—. ¡Él es tu hijo, y tú todavía no tienes ningún hijo! En la época en que nació Orgetórix yo no comprendía lo famoso e influyente que eres en Roma. Ahora sí. —Se incorporó y le puso a César una mano en el hombro—. ¡César, acéptalo! Ser rey de un pueblo tan poderoso como los helvecios es un destino formidable, pero ser rey de Roma es un destino mucho mayor.

César encogió el hombro para que ella quitara la mano; los ojos le lanzaban destellos.

—¡Rhiannon, Roma no tendrá ningún rey! ¡Y yo nunca consentiría que Roma tuviera un rey! ¡Roma es una república y lo ha sido durante quinientos años! Seré el primer hombre de Roma, pero eso no significa ser el rey de Roma. Los reyes son arcaicos; hasta vosotros los galos estáis comprendiendo eso. Un pueblo prospera mejor cuando es administrado por un grupo de hombres que cambian a través de un proceso electoral. —Sonrió con aire triste—. Las elecciones le dan a todo hombre cualificado la oportunidad de ser el mejor... o el peor.

—¡Pero es que tú eres el mejor! ¡Nadie puede vencerte! ¡César, tú has nacido para ser rey! —exclamó Rhiannon—. Roma prosperaría bajo tu gobierno... ¡Y tú acabarías siendo el rey del mundo!

—No quiero ser rey del mundo —le contestó César con paciencia—. Sólo el primer hombre de Roma: el primero entre mis iguales. Si yo fuera rey, no tendría rivales, y eso, ¿qué tiene de divertido? Sin un Catón ni un Cicerón que me agudizasen el ingenio, la mente se me volvería inútil. —Se adelantó para besarle los pechos—. Déjalo estar, mujer.

—¿No quieres que tu hijo sea romano? —le preguntó Rhiannon al tiempo que se arrimaba a él.

—No es cuestión de quererlo o no. Mi hijo no es romano.

—Tú podrías hacer que lo fuera.

—Mi hijo no es romano. Es galo.

Rhiannon le estaba besando el pecho mientras enrollaba un mechón de cabello alrededor del creciente pene.

—Pero —le dijo ella en un murmullo—, yo soy princesa. La sangre de Orgetórix es mejor de lo que podría ser si tuviera una madre romana.

César se puso encima de ella.

—Su sangre es sólo medio romana... y ésa es la mitad que no puede probarse. Se llama Orgetórix, no César. Su nombre seguirá siendo Orgetórix, no César. Cuando llegue el momento, envíalo con tu gente. Me gusta la idea de que un hijo mío sea rey. Pero no el rey de Roma.

—¿Y si yo fuera una gran reina, tan grande que hasta Roma viera todas mis virtudes?

—Aunque fueras la reina del mundo no sería suficiente, Rhiannon, querida mía. No eres romana. Y además tampoco eres la esposa de César.

Cualquier cosa que Rhiannon hubiera podido decir en respuesta a aquello, no la dijo. César le tapó la boca con un beso y la mujer dejó el tema para sucumbir al placer del cuerpo, pero almacenó la idea en un rincón de la mente para meditarla en el futuro.

Y tuvo tiempo de meditar durante todo el invierno, cuando los grandes legados entraban y salían por la puerta de piedra de César, rendían pleitesía a su hijo, se tumbaban en los divanes para cenar mientras hablaban interminablemente de ejércitos, legiones, suministros, fortificaciones...

Pues yo no lo entiendo ni él me lo ha hecho comprender. ¡Mi sangre es mejor que la de cualquier mujer romana! ¡Soy la hija de un rey! ¡Soy la madre de un rey! Pero mi hijo debería ser el rey de Roma, no rey de los helvecios. César no tiene sentido al darme esas respuestas crípticas. ¿Cómo voy a entender todo lo que él no quiere enseñarme? ¿Querría enseñármelo una mujer romana? ¿Podría una mujer romana?

De modo que mientras César estaba ocupado con los preparativos para su conferencia de toda la Galia en Samarobriva, Rhiannon se sentó con un escriba eduo y se puso a dictarle una carta en latín para la gran señora romana Servilia. Una elección que ponía en evidencia que las habladurías romanas se colaban por todas partes.

Te escribo, dama Servilia, porque sé que tú has sido íntima amiga de César durante muchos años, y que cuando César regrese a Roma él reanudará esa amistad. O por lo menos eso dicen aquí, en Samarobriva.

Tengo un hijo de César que ahora tiene tres años. Y soy de sangre real. Soy la hija del rey Orgetórix de los helvecios, y César me apartó de mi marido, Dumnórix de los eduos. Pero cuando mi hijo nació, César dijo que deseaba que fuese educado como galo en la Galia Comata, e insistió en que se le pusiera un nombre galo. Lo llamé Orgetórix, pero me hubiera gustado mucho más llamarlo César Orgetórix.

En nuestro mundo galo es absolutamente necesario que un hombre tenga por lo menos un hijo. Por esa razón, los hombres de la nobleza tienen más de una esposa, no siendo que, si tienen una sola, ésta resulte estéril. Porque ¿qué es la carrera de un hombre, si no tiene un hijo que lo suceda? Sin embargo, César no tiene ningún hijo que lo suceda, y ni siquiera quiere oír hablar de que mi hijo le suceda en Roma. Le pregunté por qué. Lo único que quiso contestarme es que yo no soy romana. No soy lo bastante buena, fue lo que quiso decir. Aunque fuera yo la reina del mundo, si no fuese romana no sería lo bastante buena. No lo comprendo y estoy enfadada.

Dama Servilia, ¿puedes enseñarme a entenderlo?

El secretario eduo se llevó las tablillas de cera para transcribir a papel la breve carta de Rhiannon, e hizo una copia que le dio a Aulo Hircio para que se la pasara a César.

A Hircio se le presentó la oportunidad de hacerlo cuando informó a César de que Labieno había llevado a la batalla a los tréveres con éxito completo.

—Los ha destrozado —le explicó Hircio, con el rostro inexpresivo.

César lo miró con suspicacia.

—¿Y qué? —preguntó.

—E Induciomaro está muerto.

Aquella noticia hizo que César lo mirase fijamente.

—¡Qué raro! Yo creía que tanto los belgas como los celtas habían aprendido a valorar a sus líderes lo bastante como para mantenerlos alejados de las primeras líneas.

—Hum... y así es —dijo Hircio—. Labieno dictó ciertas órdenes. No importaba quiénes o cuántos huyeran, él quería a Induciomaro. Hum... y no lo quería entero. Sólo la cabeza.

—¡Por Júpiter, ese hombre es un bárbaro! —exclamó César muy enfadado—. ¡La guerra tiene pocas reglas, pero una de ellas es que no se priva a un pueblo de sus líderes valiéndose del asesinato! ¡Oh, una cosa más que tendré que envolver en púrpura de Tiro para el Senado! ¡Ojalá pudiera dividirme en tantos legados como necesito y hacer todos los trabajos yo mismo! ¿No es ya bastante malo que Roma haya exhibido cabezas romanas en el Foro? ¿Acaso ahora vamos a exhibir las cabezas de nuestros enemigos bárbaros? Labieno sí que la habrá exhibido, ¿no es eso?

—Sí, en las almenas del campamento.

—¿Lo aclamaron sus hombres como *imperator*?

—Sí, en el campo de batalla.

—De modo que hubiera podido capturar a Induciomaro y guardarlo para su desfile triunfal. Induciomaro habría muerto, pero después de haber recibido honores como huésped de Roma, y hubiera comprendido toda la grandeza de su gloria. Hay cierta distinción en morir durante un desfile triunfal, pero esto ha sido mezquino... ¡poco elegante! ¿Cómo voy a hacer que parezca bueno en mis despachos senatoriales, Hircio?

—Mi consejo es que no lo hagas. Cuéntalo todo tal como ha sucedido.

—Labieno es mi legado. Mi segundo en el mando.

—Cierto.

—¿Qué le pasa a ese hombre, Hircio?

Éste se encogió de hombros.

—Es un bárbaro que quiere ser cónsul, del mismo modo que Pompeyo Magno quería ser cónsul. A cualquier precio. No en paz con la *mos maiorum*.

—¡Otro picentino!

—Labieno resulta útil, César.

—Como tú dices, útil —repitió César mirando fijamente a la pared—. Espera que lo elija como colega mío cuando yo vuelva a ser cónsul dentro de cinco años.

—Sí.

—Roma me querrá a mí, pero no querrá a Labieno.

—Sí.

César se puso a pasear de un lado a otro.

—Entonces tengo que pensar.

Hircio se aclaró la garganta.

—Hay otro asunto.

—¿Ah, sí?

—Rhiannon.

—¿Rhiannon?

—Le ha escrito a Servilia.

—Sirviéndose de un escriba, supongo, ya que ella no sabe escribir.

—Y el escriba me ha dado una copia de la carta. Aunque no he querido entregar el original al correo antes de que tú le des el visto bueno.

—¿Dónde está?

Hircio le entregó la carta.

Otra carta que fue reducida a cenizas, ésta en el brasero.

—¡Qué mujer más chiflada!

—¿Tengo que entregar la carta original al correo para que la lleve a Roma?

—Oh, sí. No obstante, asegúrate de que yo vea la respuesta antes de que la reciba Rhiannon.

—Ni que decir tiene.

La capa escarlata propia de general abandonó la percha en forma de T.

—Necesito dar un paseo —comentó César mientras se la echaba por los hombros y se ataba los cordones él mismo. Luego miró a Hircio con ojos distantes—. Ten vigilada a Rhiannon.

—Hay otras noticias mejores para sacar ahí afuera, al aire frío, César.

La sonrisa que esbozó César fue triste.

—¡Las necesito! ¿De qué se trata?

—Ambiórix aún no ha tenido suerte con los germanos. Desde que tú tendiste un puente sobre el Rin se han mostrado cautelosos. Ni con todos sus camelos y súplicas ha logrado que una sola compañía germana cruce hasta la Galia.

El invierno tocaba a su fin y la conferencia de toda la Galia era inminente cuando César condujo cuatro legiones al interior de las tierras de los nervios con intención de acabar con aquella tribu como potencia. La suerte le acompañó, pues toda la tribu se había congregado en la mayor *oppidum* de las que tenían para debatir la cuestión de si la tribu debía o no mandar delegados a Samarobriva. César cogió a los nervios armados pero desprevenidos, y no les dio cuartel. Los que sobrevivieron a la batalla fueron entregados a los hombres de César junto con gran parte del botín. Aquél fue un combate del cual César y sus legados no sacarían provecho personal; todo fue a parar a manos de los legionarios, incluida la venta de esclavos. Después César devastó la tierra de los nervios, lo quemó todo salvo el feudo que pertenecía a Verticón. Los jefes de tribu que capturó fueron embarcados con destino a Roma para que esperasen al desfile triunfal de César, y que esperasen, como le encargó personalmente a Aulo Hircio, con comodidades y honor. Cuando llegase el día del desfile triunfal les romperían el cuello en el Tullianum, pero para entonces ellos habrían aprendido la medida de su propia gloria y la de Roma.

César había celebrado cada año una conferencia de todos los galos desde su llegada a la Galia de los cabelleras largas. Las primeras se habían celebrado en Bibracte, en tierras de los eduos. Aquel año era el primero en que se celebraba tan al oeste, y se habían enviado mensajeros para convocar a todas las tribus y para exigirles que enviasen delegados. El objetivo era tener ocasión de hablar a los líderes de las tribus, ya fueran reyes, miembros de las asambleas o vergobretos elegidos debidamente para convencerles de que la guerra con Roma sólo podía tener un resultado: la derrota.

Aquel año esperaba obtener mejores resultados. Todos los que habían hecho la guerra durante los últimos cinco años habían sucumbido, por muy numerosos que fueran y muy convencidos que estuvieran de ser invencibles. Incluso la pérdida de la decimotercera legión se había trocado en una ventaja. ¡Seguramente ya todos empezarían a ver qué forma tenía su sino!

Pero cuando amaneció el día en que empezaba la conferencia, César ya estaba perdiendo las esperanzas. Tres de los pueblos más importantes no habían enviado delegados: los tréveres, los senones y los carnutos. Los nemetes y los tribocos no habían acudido nunca antes, pero su ausencia era comprensible: hacían frontera con el río Rin en la orilla opuesta a los suevos, los más fieros y con gran diferencia los más hambrientos de todos los germanos. Tan dedicados estaban a defender sus propias tierras que prácticamente no tenían influencia sobre la forma de pensar en la Galia de los cabelleras largas.

El enorme salón de madera, engalanado con pieles de oso y de lobo colgadas de las paredes, estaba lleno cuando César, cuya toga blanca ribeteada de púrpura resultaba resplandeciente entre tanto colorido, subió al estrado para hablar. La asamblea poseía un esplendor extranjero, cada tribu con sus galas tradicionales: los cuadros básicamente de color escarlata de los atrebates en la persona del rey Commio, las motas de color naranja y esmeralda de los cardurcos, el carmesí y azul de los remos, las rayas escarlatas y azules de los eduos. Pero no se veía la mezcla de amarillo y escarlata de los carnutos, ni la combinación índigo y amarillo de los senones, ni el verde oscuro y verde claro de los tréveres.

—No tengo intención de dar demasiadas explicaciones sobre el fatal destino de los nervios —comenzó a decir César con la voz aflautada que usaba para pronunciar discursos— porque todos vosotros estáis al corriente de lo que ocurrió. —Miró hacia Verticón y asintió con la cabeza—. Ese nervio, el único que hay hoy aquí, pone de manifiesto su buen juicio. ¿Por qué luchar contra lo inevitable? ¡Preguntaos a vosotros mismos quién es el auténtico enemigo! ¿Es Roma o son los germanos? La presencia de Roma en la Galia Comata debe servir para vuestro bien último. La presencia de Roma asegurará que podáis conservar vuestras costumbres y tradiciones galas. La presencia de Roma mantendrá a los germanos en la orilla del Rin que les corresponde. ¡Yo, Cayo Julio César, os he garantizado siempre que combatiría con los germanos en favor vuestro en todos los tratados que he hecho con vosotros! Porque vosotros no podéis mantener a raya a los germanos sin la ayuda de Roma. Y si dudáis de eso, preguntad a los delegados de los secuanos. —Señaló hacia donde éstos estaban sentados con sus ropajes carmesí y rosa—. El rey Ariovisto de los suevos los convenció para que le dejaran asentarse en un tercio de sus tierras. Como querían la paz, los suevos decidieron que dar su consentimiento era un gesto de amistad. ¡Pero si a los germanos les dais la punta del dedo, ellos acabarán por cogeros no sólo el brazo entero, sino todo vuestro país! ¿Acaso los carducos creen que su sino no será el mismo porque ellos limitan con los aquitanos al sudoeste? ¡Pues lo será! ¡Fijaos bien en lo que os digo, lo será! ¡A menos que todos vosotros aceptéis y deis la bienvenida a la presencia de Roma, lo será!

Los delegados arvernos llenaban toda una fila, porque los arvernos eran un pueblo extraordinariamente poderoso. Enemigos tradicionales de los eduos, ocupaban las tierras montañosas del Cebenna alrededor del nacimiento del Elaver, el Caris y el Vigenna; quizá por eso sus camisas y pantalones eran de un color bisonte muy pálido, los chales a cuadros de colores azul pálido, bisonte y verde oscuro. No resultaba fácil verlos contra un fondo nevado o la superficie de una roca.

Uno de estos delegados, joven y muy bien afeitado, se puso en pie.

—Dime la diferencia que hay entre Roma y los germanos —le preguntó en el dialecto carnuto en el que estaba hablando César, pues era el idioma universal de los druidas y por lo tanto se entendía en todas partes.

—No —repuso César sonriendo—. Dímela tú.

—Yo no veo absolutamente ninguna diferencia, César. El dominio extranjero es dominio extranjero.

—¡Pero sí hay enormes diferencias! El hecho de que yo esté

ahora aquí de pie hablando en vuestra lengua es una de ellas. Cuando vine a la Galia Comata yo hablaba eduo, arverno y voconciano. Desde entonces me he tomado la molestia de aprender el idioma de los druidas, el atrebate y algunos otros dialectos. Sí, tengo buen oído para los idiomas, eso es cierto. Pero soy romano, y entiendo que si los hombres pueden comunicarse entre sí directamente se evitan el riesgo de que los intérpretes puedan distorsionar lo que se dice. Y sin embargo no le he pedido a ninguno de vosotros que aprenda a hablar latín. Mientras que los germanos os obligarían a hablar sus lenguas, y con el tiempo todos acabaríais por perder las vuestras propias.

—¡Palabras blandas, César! —aseguró el joven arverno—. ¡Pero ponen de relieve el mayor peligro de la dominación romana! Que es sutil. Los germanos no son sutiles. Por eso es más fácil ofrecerles resistencia.

—Es obvio que ésta es tu primera conferencia de todos los galos, así que no sé cuál es tu nombre —le dijo César sin alterarse—. ¿Cómo te llamas?

—¡Vercingetórix!

César se acercó al mismo borde del estrado.

—Antes que nada, Vercingetórix, vosotros los galos debéis acostumbraros y resignaros a alguna presencia extranjera. El mundo se está haciendo cada vez más pequeño. Ha estado haciéndose pequeño desde que los griegos y los pueblos púnicos se esparcieron por toda la orilla de ese mar que ahora Roma llama Mare Nostrum. Luego entró Roma en escena. Los griegos nunca estuvieron unidos como una nación. Grecia estaba formada por muchas naciones pequeñas y, como vosotros, se dedicaron a luchar unos con otros hasta que agotaron al país. En un tiempo Roma también fue una ciudad estado, pero poco a poco reunió a toda Italia bajo su dominio como una sola nación. Roma es Italia. Pero la dominación de Roma en Italia no depende de la solitaria figura de un rey. Toda Italia vota para elegir a los magistrados de Roma. Toda Italia participa en Roma. Toda Italia proporciona los soldados de Roma. Porque Roma es Italia. Y Roma crece. Toda la Galia Cisalpina al sur del río Po es ahora parte de Italia, elige a los magistrados de Roma. Y pronto toda la Galia Cisalpina al norte del río Po será romana también, porque yo he hecho esa promesa. Yo creo en la unidad. Yo creo que la unidad es la fuerza. Y querría darle a la Galia Comata la unidad de una verdadera nación. Ése sería el regalo de Roma. Los germanos no aportan regalos dignos de ser aceptados. Si la Galia Comata perteneciera a los germanos, iría hacia atrás. Ellos no tienen sistemas de gobierno, ni sistemas de comercio, ni sistemas que permitan a un pueblo apoyarse en un único gobierno central.

Vercingetórix se echó a reír con desprecio.

—¡Vosotros violáis, no gobernáis! ¡No hay diferencia entre Roma y los germanos!

César respondió sin titubear.

—Como he dicho, hay muchas diferencias. He señalado algunas de ellas. Tú no has escuchado, Vercingetórix, porque no quieres escuchar. Apelas a la pasión, no a la razón. Eso te reportará muchos adeptos, pero te hará incapaz de darles lo que más necesitan: sabios consejos, opiniones consideradas. Piensa en la condición del mundo que se está empequeñeciendo. Considera el lugar que la Galia Comata tendrá en ese mundo que se hace pequeño si se adhiere a Roma en lugar de aliarse con los germanos o enzarzarse en disensiones internas entre sus pueblos. Yo no quiero pelear con vosotros, que no es lo mismo que no estar dispuesto a luchar. Después de cinco años en que Roma ha estado encarnada en la persona de Cayo Julio César, eso tú lo sabes. Roma unifica. Roma trae consigo su ciudadanía. Roma trae mejoras en la vida local. Roma trae paz y abundancia. Roma trae oportunidades para los negocios, un sistema de comercio, nuevas ocasiones para que las industrias locales vendan sus productos por todos los lugares del mundo donde llega Roma. Vosotros los arvernos hacéis la mejor cerámica de la Galia Comata. Como parte del mundo de Roma, vuestras cerámicas irían mucho más allá de Britania. Con las legiones de Roma vigilando las fronteras de la Galia Comata, los arvernos podrían expandir sus negocios y aumentar sus riquezas sin temor a las invasiones, al pillaje... y a la violación.

—¡Palabras vanas, César! ¿Qué les pasó a los atuatucos? ¿Y a los eburones? ¿Y a los morinos? ¿Y a los nervios? ¡Pillaje! ¡Esclavitud! ¡Violación!

César soltó un suspiro, extendió la mano derecha abierta y metió la izquierda entre los pliegues de la toga.

—Todos esos pueblos tuvieron su oportunidad —continuó diciendo en un tono tranquilo—. Quebrantaron sus tratados, prefirieron la guerra a la sumisión. La sumisión les hubiera costado poco. Un tributo, a cambio de una paz garantizada. A cambio de no tener ningún ataque más de los germanos. A cambio de un estilo de vida más fácil, más fructífero. ¡Seguirían adorando a sus propios dioses, seguirían poseyendo sus tierras, seguirían siendo hombres libres, seguirían viviendo!

—Pero bajo dominación extranjera —puntualizó Vercingetórix.

César inclinó la cabeza.

—Ése es el precio que hay que pagar, Vercingetórix. La mano ligera de los romanos sobre las riendas o la mano dura de los germanos. Ésa es la elección. El aislamiento se acabó. La Galia Comata ha entrado a formar parte del Mare Nostrum. Todos vosotros tenéis que comprender eso. Las cosas no pueden volver atrás. Roma está aquí. Y Roma se quedará. Porque Roma también debe mantener a los germanos al otro lado del Rin. Hace más de cincuenta años la Galia Comata fue dividida de punta a punta por tres cuartos de millón de germanos. Lo único que vosotros pudisteis hacer fue sufrir su presencia. Tuvo que ser Roma en la persona de Cayo Mario quien os salvó entonces. Y es Roma, en la persona del sobrino de Cayo Mario, quien os salvará ahora. ¡Aceptad la presencia continuada de Roma, os lo suplico con la mayor seriedad! Si aceptáis a Roma, en realidad pocas cosas cambiarán. Preguntad a cualquiera de las tribus galas de nuestra Provenza: los volcas, los voconcios, los helvios, los alóbroges. No son menos galos por ser romanos. Viven en paz, prosperan enormemente.

—¡Ya! —dijo con desprecio Vercingetórix—. ¡Bonitas palabras! ¡Lo único que esperan es que alguien los libere de la dominación extranjera!

—No es verdad, y tú lo sabes —insistió César en tono desenfadado—. Ve a hablar con ellos tú mismo y así verás que tengo razón.

—Cuando yo vaya a hablar con ellos, no será para hacerles preguntas —le aseguró Vercingetórix—. Les ofreceré una lanza. —Se echó a reír y movió la cabeza con incredulidad—. ¿Cómo es posible que tengas esperanzas de ganar? —le preguntó a César—. ¡Vosotros sólo sois un puñado, nada más! ¡Roma es un farol gigantesco! ¡Los pueblos con los que os habéis topado hasta ahora han sido pueblos mansos, estúpidos, cobardes! ¡Hay más guerreros en la Galia Comata que en toda Italia y toda la Galia Cisalpina juntas! ¡Cuatro millones de celtas, dos millones de belgas! Yo he visto vuestros censos romanos... ¡y no tenéis una población tan grande! ¡Sois tres millones, César, ni una persona más!

—¡Los números no tienen importancia —dijo César, que al parecer se estaba divirtiendo—. Roma posee tres cosas que ni los celtas ni los belgas poseen: organización, tecnología y la capacidad de utilizar sus recursos con completa eficacia.

—¡Oh, sí, vuestra muy cacareada tecnología! ¿Y eso qué? ¿Acaso las murallas que construisteis para contener el océano os capacitaron para tomar alguna de las fortalezas de los vénetos? ¿Sí? ¡No, claro que no! ¡Nosotros también somos un pueblo con tecnología! ¡Y si no pregúntale a tu legado Quinto Tulio Cicerón! ¡Nosotros llevamos torres de asedio para cargar contra él, aprendimos a utilizar la artillería romana! ¡Nosotros no somos mansos ni estúpidos ni cobardes! ¡Desde que tú viniste a la Galia Comata, César, hemos aprendido mucho! ¡Y mientras tú permanezcas aquí, seguiremos aprendiendo! ¡No todos los generales romanos son iguales que tú! ¡Antes o después tú regresarás a Roma, y Roma enviará a algún tonto a la Galia Comata! ¡Otro igual que Casio en Burdigala! ¡Otros como Mario y Cepión en Arausio!

—U otro como Enobarbo cuando redujo a los arvernos a la nada hace setenta y cinco años —dijo César sonriendo.

—¡Los arvernos son más poderosos ahora de lo que lo eran antes de que Enobarbo viniese!

—Vercingetórix de los arvernos, escúchame —le exigió César enérgicamente—. He pedido refuerzos. Cuatro legiones más. Eso hace un total de veinticuatro mil hombres. Los tendré en el campo y listos para luchar cuatro meses después del comienzo del proceso de alistamiento. Todos llevarán camisas de cota de malla, tendrán dagas y espadas soberbias colgando de sus cintos, cascos en la cabeza y *pila* en las manos. Conocerán las maniobras y las rutinas tan bien que podrían realizarlas dormidos. Tendrán artillería. Sabrán construir maquinaria de asedio, sabrán fortificar. Serán capaces de marchar un mínimo de cincuenta kilómetros al día durante días y días. Los mandarán centuriones brillantes. Vendrán deseando odiaros a vosotros y a todos los demás galos... y si los empujáis a la lucha, os odiarán.

»Tendré una quinta, una sexta, una séptima, una octava, una novena, una décima, una undécima, una duodécima, una decimotercera, una decimocuarta, y una decimoquinta legiones! ¡Al máximo de sus fuerzas! ¡Cincuenta y cuatro mil soldados de a pie! ¡Y a eso añádele cuatro mil soldados de caballería de los eduos y de los remos!

Vercingetórix se pavoneó y se puso a brincar.

—¡Qué tonto eres, César! ¡Acabas de decirnos de cuánta fuerza dispondrás en el campo de batalla este año!

—Desde luego que lo he hecho, pero no te creas que soy tan tonto. Ha sido una advertencia. Os pido que seáis sensatos y prudentes. ¡No podéis ganar! ¿Para qué intentarlo? ¿Para qué matar a la flor y nata de vuestros hombres en una causa perdida? ¿Para qué dejar a vuestras mujeres desamparadas y vuestras tierras tan vacías que me veré obligado a instalar en ellas a mis veteranos romanos para que se casen con vuestras mujeres y engendren hijos romanos? —De pronto el control de César se disparó, y el general creció, se elevó como una torre. Sin ser consciente de que lo hacía, Vercingetórix dio un paso atrás—. ¡Este año será de total desgaste si te atreves a ponerme a prueba! —rugió César—. ¡Opónte a mí en el campo de batalla y caerás y seguirás hundiéndote! ¡A mí no se me puede derrotar! ¡A Roma no se la puede derrotar! ¡Nuestros recursos en Italia, y la eficacia con la que podemos disponer de ellos, son tan enormes que puedo reponer cualquier pérdida que pueda sufrir en un abrir y cerrar de ojos! ¡Si así lo deseo, puedo multiplicar por dos esos cincuenta y cuatro mil hombres en poco tiempo! ¡Y equiparlos por completo! ¡Estáis advertidos, hacedme caso! ¡Os he puesto al corriente de todo esto no para que os sirva hoy, sino para el futuro! ¡La organización romana, la tecnología romana y los recursos romanos por sí solos serán suficientes para veros caer! ¡Y no pongáis vuestras esperanzas en el día en que Roma envíe a un gobernador menos competente a la Galia Comata! ¡Porque para cuando llegue ese día, Vercingetórix, tú ya no existirás! ¡César os habrá reducido a ruinas a ti y a todos los tuyos!

Con paso rápido y majestuoso César bajó del estrado y salió del salón; había dejado a los galos y a sus propios legados romanos completamente atónitos.

—¡Oh, qué carácter! —le comentó Trebonio a Hircio.

—¡Pero esta gente necesitaba que se le hablase claro! —observó Hircio.

—Bien, ahora me toca a mí —indicó Trebonio al tiempo que se ponía en pie—. ¿Cómo voy a continuar después de una actuación semejante?

—Con palabras diplomáticas —le recomendó Quinto Cicerón sonriendo.

—Importa un rábano de qué hable Trebonio —intervino Sextio—. El miedo a César ya se les ha metido en el cuerpo.

—Ese que se llama Vercingetórix tiene ganas de pelea —intervino Sulpicio Rufo.

—Es joven —observó Hircio—. Y además no goza de muchas simpatías entre el resto de los delegados arvernos. Estaban ahí sentados con los dientes rechinando y muertos de ganas de matarlo a él, no a César.

Mientras la reunión continuaba en el gran salón, Rhiannon estaba sentada en la casa de piedra de César con el escriba eduo.

—Léela —le pidió ella.

El escriba rompió el sello (que ya habían abierto y habían vuelto a sellar con el anillo de Quinto Cicerón, puesto que Rhiannon no tenía ni idea de cómo era el anillo de Servilia), extendió el pequeño rollo y lo fue repasando, murmurando en voz baja, durante largo rato.

—¡Léela! —le ordenó Rhiannon, moviéndose con impaciencia.

—En cuanto la entienda, la leeré —respondió el escriba.

—César no hace eso.

El hombre levantó la mirada y suspiró.

—César es César. Nadie más sabe leer a primera vista. Y cuanto más hables, más tardaré.

Rhiannon se conformó y se puso a pellizcarse las hebras de oro entretejidas en la larga túnica de color carmesí, tirando a marrón, muerta de ganas de saber lo que decía Servilia.

Por fin el escriba habló.

—Ya puedo empezar —dijo.

—¡Pues hazlo de una vez!

—«*Bien, no puedo decir que yo esperase jamás recibir una carta escrita en un latín bastante peculiar de la amante gala de César, pero no deja de resultar divertido, tengo que admitirlo. De modo que tienes un hijo de César. Qué asombroso. Yo tengo una hija de César. Y lo mismo que tu hijo, tampoco lleva el nombre de César. Eso se debe a que yo, por aquel entonces, estaba casada con Marco Junio Silano. Un pariente lejano suyo, otro Marco Junio Silano, es uno de los legados de César este año. Por ello el nombre de mi hija es Junia, y como es la tercera Junia, yo la llamo Tertula.*

»Dices que eres una princesa. Los bárbaros las tienen, ya lo sé. Mencionas ese hecho como si tuviera alguna importancia. No la tiene. Para un romano, la única sangre que importa es la sangre romana. La sangre romana es mejor. El ladrón más mezquino de cualquier callejón trasero es mejor que tú, porque tiene sangre romana. Ningún hijo cuya madre no sea romana podría importarle a César, que tiene la sangre de mayor alcurnia en Roma. Nunca ha sido mancillada por otra sangre que no fuera romana. Si Roma tuviera un rey, César sería ese rey. Sus antepasados fueron reyes. Pero Roma no tiene rey, y César nunca permitiría que Roma tuviera un rey. Los romanos no doblan la rodilla ante nadie.

»No tengo nada que enseñarte, princesa bárbara. No es necesario que un romano tenga un hijo de su carne para que herede su posición y lleve el nombre de su familia, porque los romanos pueden adoptar hijos. Esto lo hacen con mucho cuidado. Cualquiera a quien adopten deberá tener la sangre necesaria para continuar su linaje, y como parte de la adopción el nuevo hijo asume su nombre. Mi hijo fue adoptado. Se llamaba Marco Junio Bruto, pero cuando su tío, mi hermano, murió sin dejar un heredero, adoptó a Bruto en su testamento. Bruto se convirtió en Quinto Servilio Cepión, de mi propia familia. Que haya preferido en los últimos años llamarse otra vez Marco Junio Bruto es debido al orgullo que siente por un antepasado juniano, Lucio Junio Bruto, que desterró al último rey de Roma y fundó la res publica romana. Si César no tiene ningún hijo, adoptará uno de sangre juliana y de antepasados impecablemente romanos. Así es la costumbre romana. Y sabedor de esto, César proseguirá su vida seguro, en el convencimiento de que, si no tuviera un hijo de su carne, su último testamento remediaría eso.

»No te molestes en contestar esta carta. Me desagrada el hecho de que te consideres a ti misma como una de las mujeres de César. No eres ni más ni menos que un mero recurso circunstancial.»

El escriba dejó que el papel se enrollase solo.

—Eso explica claramente qué lugar nos corresponde a los bárbaros, ¿verdad? —dijo él en tono exigente, enfadado.

Rhiannon le arrebató la carta y empezó a romperla en pedazos diminutos.

—¡Márchate! —gruñó.

Mientras las lágrimas le caían por el rostro, se fue a ver a Orgetórix, que había quedado al cuidado de la niñera, una de las criadas de Rhiannon. Estaba atareado en remolcar una reproducción del caballo de Troya que César le había regalado. Le había enseñado que uno de los costados se abría para que salieran por allí los griegos, cincuenta figuras perfectamente talladas y pintadas cada una de las cuales llevaba un nombre: Menelao, el del cabello rojo; Odiseo, el de las piernas cortas y cabello rojo; Neoptolemo el hermoso, el hijo del muerto Aquiles; e incluso uno, Equión, cuya cabeza caía hacia adelante, rota, después de golpearse contra las baldosas. César había empezado a enseñarle la leyenda y los nombres, pero el pequeño Orgetórix no tenía ni la memoria ni la inteligencia suficientes para sumergirse en Homero, de modo que César se dio por vencido. Si el niño se deleitaba con aquel regalo, era por motivos infantiles: un juguete espléndido que se movía, ocultaba cosas, podía rellenarlo o vaciarlo y levantaba la envidia y la admiración de cuantos lo veían.

—¡Mamá! —dijo el niño dejando caer el cordel que estaba atado al caballo y tendiéndole los brazos.

Las lágrimas de la mujer se secaron, y llevó al niño hasta una silla y lo sentó en su regazo.

—No te preocupes —le dijo mientras ponía la mejilla sobre los rizos brillantes del niño—. Tú no eres romano, eres galo. ¡Pero serás el rey de los helvecios! ¡Y eres hijo de César! —La respiración le silbaba y los labios se le estiraron hacia atrás dejando ver los dientes—. ¡Yo te maldigo, Servilia! ¡Tú nunca volverás a tenerlo! ¡Esta noche iré a la sacerdotisa de la torre de las calaveras y le compraré una maldición, la maldición de una larga vida pasada en el sufrimiento!

La noticia llegó al día siguiente, y la trajo Labieno: finalmente Ambiórix estaba teniendo cierto éxito entre los germanos suevos, y los tréveres, lejos de someterse, estaban en plena efervescencia.

—Hircio, quiero que Trogo y tú continuéis la conferencia —dijo César al tiempo que le entregaba la caja que contenía el fajín de su *imperium* a Trailo, que le estaba haciendo el equipaje—. Mis cuatro legiones han llegado hasta los eduos, y he mandado un mensaje en el que doy instrucciones de que marchen hacia los senones, a quienes pienso dar un susto de muerte. La décima y la duodécima irán conmigo a su encuentro.

—¿Y qué hay de Samarobriva? —preguntó Hircio.

—Trebonio puede quedarse para protegerla con la octava, pero creo que será prudente trasladar la sede de la conferencia a un lugar menos tentador para los carnutos, nuestros amigos ausentes. Traslada a los delegados a Lutecia, en el territorio de los parisienses. Es una isla, y por lo tanto resulta fácil de defender. Sigue intentando que los galos entren en razón... y llévate contigo a la quinta alauda. Llévate también a Silano y a Antistio.

—¿Es la guerra a gran escala?

—Espero que todavía no. Preferiría tener tiempo para sacar algunas cohortes de reclutas novatos de las legiones nuevas y meter en ellas a algunos de mis veteranos. —Sonrió—. Podrías decir, para citar las palabras del joven Vercingetórix, que estoy a punto de embarcarme en un farol gigantesco. Aunque dudo que los cabelleras largas lo vean de ese modo.

El tiempo pasaba a toda velocidad, pero tenía que despedirse de Rhiannon. La encontró en la sala de estar... ¡Ah, no estaba sola! Vercingetórix estaba con ella. ¡Diosa Fortuna, tú siempre me traes suerte!

Se detuvo en el umbral sin que advirtieran su presencia, pues aquélla era la primera oportunidad que se le presentaba de observar a Vercingetórix de cerca. Su rango quedaba de manifiesto en el número de condecoraciones de oro macizo y brazaletes que llevaba puestos, en el cinturón y la banda en diagonal con incrustaciones de zafiros, en el tamaño del zafiro que llevaba en el broche. Que fuera afeitado del todo intrigaba bastante a César, pues era cosa muy rara entre los celtas. El pelo, al estar enjuagado en agua caliza, se había vuelto casi blanco y lo llevaba peinado imitando la melena de un león; el rostro, completamente a la vista, era todo huesos, cadavérico. Tenía las pestañas y las cejas negras... ¡oh, aquel hombre era diferente! También el cuerpo lo tenía delgado. Un tipo que vive de sus nervios, pensó César mientras entraba en la habitación. Un salto atrás. Muy peligroso.

A Rhiannon se le iluminó el rostro, pero luego se desmoronó al ver que César llevaba el equipo de cuero.

—¿Adónde vas, César?

—A recibir a mis nuevas legiones —respondió al tiempo que le tendía la mano derecha a Vercingetórix.

Éste se había levantado para mostrarle que pasaba del metro ochenta, cosa bastante frecuente entre los celtas. Tenía los ojos de color azul oscuro y miró la mano de César con cautela.

—¡Oh, vamos! —le instó César con simpatía—. ¡No vas a morir envenenado porque me toques!

Tendió una mano larga y frágil; los dos hombres llevaron a cabo el ritual universal de saludo, y ninguno de ellos fue lo bastante imprudente como para convertirlo en un concurso de fuerza. Firme, breve, no excesivo.

César levantó las cejas y miró a Rhiannon.

—¿Os conocéis? —preguntó sin sentarse.

—Vercingetórix es mi primo hermano —contestó la mujer conteniendo el aliento—. Su madre y mi madre eran hermanas. Arvernas. ¿No te lo había dicho? Pues tenía pensado hacerlo, César. Las dos se casaron con reyes: mi madre con el rey Orgetórix; la suya con el rey Celtilo.

—Ah, sí —convino César amablemente—. Celtilo. Yo diría que intentó ser rey, más que serlo. ¿No lo mataron por ello los arvernos, Vercingetórix?

—En efecto. Hablas bien el arverno, César.

—Mi niñera, Cardixa, era arverna. Mi tutor, Marco Antonio Gnifón, era medio saluviano. Y había inquilinos eduos en los pisos superiores de la ínsula de mi madre. Podría decirse que crecí entre el sonido de las lenguas gálicas.

—Nos la jugaste bien durante aquellos dos primeros años al utilizar siempre un intérprete.

—¡Sé justo! No hablo ningún idioma germánico, y gran parte de mi primer año lo dediqué a Ariovisto. Tampoco entendía muy bien a los secuanos. Me ha llevado tiempo aprender las lenguas belgas, aunque la de los druidas me resultó bastante fácil.

—Tú no eres lo que pareces —le dijo Vercingetórix mientras volvía a sentarse.

—¿Y alguien lo es? —le preguntó César.

Y de pronto decidió sentarse él también. Unos minutos empleados en charlar con Vercingetórix quizá fueran unos minutos bien empleados.

—Probablemente no, César. ¿Qué piensas que soy?

—Un joven exaltado con mucho valor y algo de inteligencia. Careces de sutileza. No es inteligente poner en situación embarazosa a tus mayores en una asamblea importante.

—¡Alguien tenía que hablar! De lo contrario habrían estado todos allí sentados escuchando igual que un montón de estudiantes escuchan a un famoso druida. Conseguí tocarles alguna fibra a muchos —concluyó Vercingetórix con aire satisfecho.

César movió despacio la cabeza a ambos lados.

—Sí, es verdad que lo hiciste —reconoció—. Pero eso no es prudente. Una de mis metas es evitar el derramamiento de sangre; no me produce ningún placer verter océanos de sangre. Deberías pensar las cosas bien, Vercingetórix. Al final lo que quedará será el gobierno romano, no te quepa la menor duda de ello. Por lo tanto, ¿para qué encabritarte? ¡Eres un hombre, no un caballo salvaje! Tienes la habilidad de reunir en torno a ti a muchos partidarios, de hacerte una gran clientela. De modo que procura conducir a tu pueblo con sabiduría. No me obligues a adoptar medidas que no quiero tomar.

—Que guíe a mi pueblo hacia la cautividad perpetua, eso es lo que en realidad estás diciendo, César.

—No, no es eso. Guíalos hacia la paz y la prosperidad.

Vercingetórix se inclinó hacia adelante; los ojos le resplandecían con la misma intensidad que el zafiro que llevaba en el broche.

—¡Sí que los guiaré, César! Pero no a la cautividad. Hacia la libertad, hacia las costumbres antiguas, un regreso a los reyes y los héroes. ¡Y nosotros desdeñaremos vuestro mar! Algunas de las cosas que dijiste ayer tienen sentido. Nosotros los galos necesitamos ser un único pueblo, no muchos pueblos. Yo puedo hacer eso realidad. ¡Yo lo conseguiré! Te sobreviviremos César. Te expulsaremos de nuestra tierra, y lo mismo haremos con todo aquel que intente seguir tu ejemplo. Yo también dije verdades. Dije que Roma enviará a algún tonto para sustituirte. Así es el estilo de las democracias, que ofrecen a idiotas sin mente una elección de candidatos, y luego les extraña que los que salen elegidos sean tontos. Un pueblo necesita un rey, no hombres que cambien cada vez que alguien parpadea. Así se beneficia un grupo y luego otro, pero nunca todo el pueblo. Un rey es la única solución.

—Un rey no es nunca la solución.

Vercingetórix se echó a reír; era una risa que sonaba aguda y ligeramente enloquecida.

—¡Pero tú eres un rey, César! En la manera cómo te mueves, en el modo cómo miras, se ve el poder que te han otorgado los electores. Después de ti todo se reducirá a cenizas.

—No —dijo César sonriendo con gentileza—. Yo no soy Alejandro el Grande. Sólo soy una parte del brillante espectáculo que Roma ha puesto en marcha. Una parte importante, lo sé. Espero que en épocas futuras los hombres digan que he sido la parte más importante. Pero únicamente una parte. Cuando Alejandro el Grande murió, Macedonia murió. Su país pereció con él. Renunció a ser griego y trasladó el ombligo de su imperio porque pensaba como un rey. Él fue la causa de la grandeza de su país. Hacía lo que le placía e iba donde le placía. ¡Él pensaba como un rey, Vercingetórix! Se confundió a sí mismo con una idea. Para que ello diera fruto permanente, él habría tenido que vivir eternamente. Mientras que yo sirvo a mi país. Roma es mucho más grande que cualquier hombre que ella produzca. Cuando yo esté muerto, Roma seguirá produciendo otros muchos grandes hombres. Yo dejaré a Roma más fuerte, más rica, más poderosa. Lo que haga será utilizado y mejorado por los que vengan después de mí. Tontos y sabios en igual cantidad, y eso es mejor que aquello de lo que pueda jactarse un linaje de reyes. Por cada gran rey, hay una docena de completas nulidades.

Vercingetórix no dijo nada; se recostó en su silla y cerró los ojos.

—No estoy de acuerdo —dijo finalmente.

César se levantó.

—Entonces esperemos, Vercingetórix, que nunca tengamos que dejar clara esta cuestión en un campo de batalla. Porque si es así, ten la seguridad de que tú caerás. —La voz se le hizo más afectuosa—. ¡Trabaja conmigo, no contra mí!

—No —respondió Vercingetórix sin abrir los ojos.

César salió de la habitación y marchó al encuentro de Aulo Hircio.

—Rhiannon resulta cada vez más interesante —le confió César—. Ese joven extremista, Vercingetórix, es primo hermano suyo. Se ve que a ese respecto los nobles galos son exactamente iguales que los nobles romanos. Todos están emparentados entre sí. Vigílamela, Hircio.

—¿Significa eso que ha de venir a Lutecia conmigo?

—Oh, sí. Debemos darle toda clase de oportunidades para que se reúna con su primo Vercingetórix.

El rostro pequeño y poco atractivo de Hircio se contrajo, suplicando con los ojos castaños.

—Verdaderamente, César, no creo que ella te traicione, no importa quiénes sean sus parientes. Te idolatra.

—Ya lo sé. Pero es una mujer. Habla demasiado y hace tonterías como escribirle a Servilia... ¿es difícil pensar en una acción más estúpida? Mientras yo esté ausente, no le permitas que se entere de nada que yo no quiera que sepa.

Como todos los demás que estaban al corriente del secreto, Hircio se estaba muriendo por saber qué había dicho Servilia, pero César abrió él mismo la carta y volvió a sellarla con el anillo de Quinto Cicerón antes de que nadie tuviera oportunidad de leerla.

Cuando César apareció al frente de seis legiones, los senones se desmoronaron y capitularon sin luchar. Entregaron rehenes, suplicaron perdón y luego se apresuraron a enviar algunos delegados a Lutecia, donde los galos, bajo la relajada supervisión de Aulo Hircio, reñían, alborotaban, bebían y se daban banquetes. Aterrorizados a causa de la pronta llegada de aquellas cuatro nuevas legiones, de su aire metódico, de las brillantes armaduras y de la artillería último modelo, también enviaron frenéticos avisos a los carnutos. Fueron los eduos quienes le suplicaron a César que fuera bondadoso con los senones; ahora los remos le suplicaban que lo fuera con los carnutos.

—Muy bien —les dijo a Coto, de los eduos, y a Dórix, de los remos—, seré misericordioso con ellos. De todos modos, ¿qué otra cosa puedo hacer? Nadie ha levantado una espada. Aunque estaría más contento si me creyera que lo que dicen lo dicen en serio. Pero no me lo creo.

—Necesitan tiempo, César —imploró Dórix—. Son como niños que nunca han sido contradichos en nada, pero ahora tienen un padrastro que insiste en que sean obedientes.

—Son niños, ciertamente —dijo César interrogando a Dórix con las cejas.

—Lo mío no ha sido más que una metáfora —le explicó éste con dignidad.

—Y éste no es momento para utilizar el sentido del humor. Ya sé lo que quieres decir. Pero comoquiera que los miremos, amigos míos, su bienestar futuro depende de que respeten los tratados que han firmado. Eso es especialmente cierto con los senones y los carnutos. Los tréveres son un caso perdido; no habrá más remedio que someterlos por la fuerza. Pero los celtas de la Galia Comata central son lo bastante sofisticados como para comprender la importancia de los tratados y de los códigos que dictan. No quisiera tener que ejecutar a hombres como Acón, de los senones, o Gutruato, de los carnutos, pero si me traicionan, lo haré. ¡No tengáis la menor duda de que lo haré!

—No te traicionarán, César —lo tranquilizó Coto—. Como tú dices, son celtas, no belgas.

César estuvo a punto de levantar la mano y mesarse el cabello con el gesto natural de la exasperación y el cansancio; pero se detuvo antes de llegar al cuello cabelludo y, en lugar de eso, se pasó la mano por la cara. No podía permitir que nada le desordenase el escaso cabello, cuidadosamente peinado. Suspiró, se recostó en el asiento y miró a los dos galos.

—¿Creéis que no sé que cada vez que tengo que tomar represalias se considera esa acción como si el pesado pie de Roma pisoteara sus derechos? Yo me doblego para complacerles, y a cambio ellos me engañan, me traicionan y me tratan con desprecio. La metáfora de los niños que has hecho no es en modo alguno inapropiada, Dórix. —Respiró profundamente—. Os estoy advirtiendo a vosotros dos porque ambos os adelantáis para interceder por otras tribus, pero si esos nuevos acuerdos no se respetan, actuaré con dureza. ¡Quebrantar acuerdos solemnes hechos bajo juramento es traición! Y si son asesinados ciudadanos romanos civiles, ejecutaré a los culpables como Roma ejecuta a todos los no ciudadanos traidores y asesinos; los azotaré y los decapitaré. Y no estoy hablando de los secuaces. Ejecutaré a los jefes de tribu, sea por traición o por asesinato. ¿Está claro?

César no había sacado el genio, pero en la habitación el ambiente se hizo muy frío. Coto y Dórix intercambiaron miradas rápidas.

—Sí, César.

—Pues aseguraos de que se difunda mi opinión. Especialmente de que llegue a los jefes de los senones y de los carnutos. —Se levantó y añadió sonriendo—: Y ahora puedo dedicar toda mi atención y todas mis energías a la guerra contra los tréveres y Ambiórix.

Incluso antes de que César se marchara del cuartel general ya tenía conocimiento de que Acón, jefe de los senones, había violado el tratado que había firmado sólo unos días antes. ¿Qué se podía hacer con unos nobles que eran innobles? ¿Con unos hombres que permitían que otros hombres intercedieran por ellos, que le suplicaran misericordia a César, y luego quebrantaban el tratado recién firmado como si no significara absolutamente nada? ¿Cuál era exactamente el concepto del honor para un galo? ¿Cómo funcionaba el honor galo? ¿Por qué los eduos iban a garantizar el buen comportamiento de Acón cuando Coto, por fuerza, tenía que haber sabido que Acón no era un hombre honorable? ¿Y qué pensar de Gutruato, de los carnutos? ¿Actuaría él también como Acón?

Pero primero los belgas. César marchó con siete legiones y la caravana de impedimenta hacia Nemetocena, en las tierras de los atrebates de Commio. Desde allí le envió la caravana de bagaje y dos legiones a Labieno, que se encontraba en el Mosa. Commio y las otras cinco legiones lo acompañaron hacia el norte, a lo largo del río Escalda, hasta el interior de las tierras de los menapios, que salieron huyendo sin pelear y se internaron en las marismas que había junto a las costas del océano germano. Las represalias fueron indirectas, pero espantosas. Cayó una ringlera de robles menapios y todas las casas ardieron envueltas en llamas. Se rastrilló el suelo sembrado y se destrozaron las cosechas; al ganado, ovejas y cerdos, se les sacrificó; a los pollos, gansos y patos les retorcieron el cuello. Las legiones comieron bien y los menapios se quedaron sin nada.

Los menapios pidieron la paz y entregaron rehenes. A cambio, César permitió que el rey Commio y su caballería atrebate guardasen aquel lugar: un significativo modo de explicar que a Commio acababa de hacérsele el regalo de las tierras de los menapios para añadirlas a las suyas.

Labieno tenía sus propios problemas; cuando llegaron César y sus cinco legiones, había luchado contra los tréveres y había logrado una gran victoria.

—No hubiera podido hacerlo sin las dos legiones que me enviaste —le confesó alegremente a César, bien consciente de que aquel regalo no iba a disminuir su propio mérito—. Ambiórix está al frente de los tréveres estos días, y ya lo tenía todo dispuesto para atacar, cuando aparecieron esas dos legiones más. De manera que decidió retirarse y esperar a que llegasen sus refuerzos germanos desde el otro lado del Rin.

—¿Y llegaron?

—Sí llegaron, dieron media vuelta y regresaron a casa de nuevo. No quise esperarlos, naturalmente.

—Naturalmente —convino César esbozando el fantasma de una sonrisa.

—Los engañé. Nunca deja de asombrarme, César, que caigan en la misma trampa una y otra vez. Dejé que los espías tréveres que hay entre mis soldados de caballería creyeran que yo estaba asustado y que tenía intención de retirarme... —movió la cabeza de un lado al otro con extrañeza— pero esta vez me puse en marcha de verdad. Cayeron sobre mi columna como siempre, en hordas indisciplinadas; mis hombres dieron la vuelta, lanzaron *pila* y luego cargaron contra ellos. Los matamos a miles. En realidad matamos a tantos que dudo que vuelvan a darnos problemas nunca más. Los tréveres que quedan estarán demasiado atareados en el norte tratando de mantener a raya a los germanos.

—¿Y Ambiórix?

—Huyó y cruzó el Rin junto con algunos de los parientes próximos de Induciomaro. Ahora Cingetórix vuelve a estar al frente de los tréveres.

—Hum... —musitó César pensativamente—. Bueno, Labieno, mientras los tréveres están lamiéndose las heridas quizá sea una buena idea construir otro puente que cruce el Rin. ¿Te apetece hacer un viaje a Germania?

—Después de meses y meses en este campamento apestoso, César, ¡agradecería hasta un viaje a Hades!

—Me da en la nariz, Tito, que hay tanta mierda en ese terreno que tiene que dar cuatrocientas veces más trigo durante los próximos diez años —comentó César—. Le diré a Dórix que se apodere de él antes de que lo hagan los tréveres.

Nunca más contento que cuando tenía una imponente tarea de ingeniería que abordar, César construyó el puente sobre el Rin un poco más allá, corriente arriba, del lugar donde lo había hecho dos años antes. Los maderos todavía estaban apilados en la orilla gala del gran río y, como eran de roble, se habían curado en lugar de pudrirse.

Si el primer puente había sido una construcción pesada, el segundo lo fue aún más, porque en esta ocasión César no tenía intención de demolerlo por completo cuando se marchase. Durante ocho días las legiones trabajaron con energía; llevaron montones de tierra al lecho del río y levantaron los pilares que sujetarían la carretera, y, para protegerlos de la rápida corriente, colocaron enormes contrafuertes angulosos por el lado por el que venían las aguas a fin de dividirlas y con ello desviar la fuerza de la corriente.

—¿Hay algo que no sepa hacer? —le preguntó Quinto Cicerón a Cayo Trebonio.

—Si lo hay, yo no sé qué es. Incluso puede quitarte a tu esposa si se le antoja. Pero creo que lo que más le gusta es la ingeniería. Una de sus mayores decepciones es que los galos todavía no le hayan dado la oportunidad de hacer que el asedio de Numancia parezca una noche fácil en un burdel. Si quieres hacerlo hablar, pregúntale por la forma de aproximarse de Escipión Emiliano al asediar Cartago: te dirá exactamente lo que Emiliano hizo mal.

—Saca provecho de todo, ya ves —comentó Fabio sonriendo.

—¿Tú crees que me quitaría a Pomponia si la vistiera bien y se la pusiera delante de la nariz? —preguntó Quinto Cicerón en un tono lleno de tristeza.

Trebonio y Fabio estallaron en grandes risotadas.

Marco Junio Silano los miró agriamente.

—Si queréis que os diga mi opinión, todo esto me parece una completa pérdida de tiempo. Deberíamos atravesar el río en barcas —apuntó—. El puente no sirve nada más que para la gloria personal de César.

Los veteranos se dieron la vuelta y lo miraron con desprecio; Silano era uno de aquellos hombres a quienes César nunca les pediría que se quedasen con él.

—Sí, podríamos cruzarlo en barca —reconoció Trebonio lentamente—. Pero entonces tendríamos que regresar también en barca. ¿Y si los suevos, o los ubios, da igual, salen del bosque a millones y cargan contra nosotros? César nunca corre riesgos estúpidos, Silano. ¿Ves cómo ha colocado la artillería en el lado galo? Si tenemos que batirnos en retirada apresuradamente, hará astillas el puente antes de que lo cruce un solo germano. Uno de los secretos de César es la velocidad. Otro es estar preparado para cualquier eventualidad concebible.

Labieno estaba olfateando el aire, con aquella nariz, semejante al pico de una águila, muy abierta.

—¡Puedo oler a los *cunni*! —exclamó alegremente—. ¡Oh, no hay nada como hacer que un germano desee estar ardiendo dentro de una jaula de mimbre!

Antes de que ninguno de los presentes pudiera encontrar una respuesta apropiada para aquello, se les acercó César, que sonreía con deleite.

—¡Formad las tropas, muchachos! —les ordenó—. Ha llegado el momento de perseguir a los suevos y de obligarles a meterse en sus bosques.

—¿A qué te refieres exactamente al decir perseguir? —le preguntó Labieno.

César se echó a reír.

—A menos que me haya equivocado en mis cálculos, Tito, no vamos a hacer otra cosa.

Las legiones se pusieron en marcha formadas en columnas normales de ocho hombres de ancho y atravesaron el gran puente, mientras el rítmico resonar de los pies, amplificado hasta parecer un redoble de tambor rugiente, hacía vibrar los tablones y el eco rebotaba en el agua. Que su llegada se oía desde varios kilómetros de distancia era evidente cuando las legiones se desviaron a ambos lados sobre suelo germano. Los jefes ubios estaban esperando en grupo, pero detrás de ellos no había ningún guerrero germano.

—¡No hemos sido nosotros! —gritó el líder, cuyo nombre, inevitablemente, era Herman—. ¡Te lo juramos, César! ¡Fueron los suevos los que mandaron hombres a ayudar a los tréveres, no nosotros! ¡Ni un solo guerrero ubio ha cruzado el río para ayudar a los tréveres, te lo juramos!

—Cálmate, Arminio —le dijo César valiéndose de su intérprete y llamando al agitado portavoz por la versión latina de su nombre—. Si es así, no tenéis nada que temer.

Entre los líderes ubios se encontraba otro aristócrata cuya ropa negra proclamaba que pertenecía a los queruscos, una poderosa tribu que vivía entre los sugambros y el río Elba. César no hacía más que mirarlo, fascinado. Tenía la piel blanca, rizos de color oro rojo y un evidente parecido con Lucio Cornelio Sila; quien había espiado entre los germanos para Cayo Mario, recordó César que le habían contado, junto con Quinto Sertorio. ¿Cuántos años tendría aquel hombre? Era difícil decirlo tratándose de germanos, que tenían cierto aire blando y en consecuencia mantenían la piel joven. Pero podría tener sesenta. Sí, muy posiblemente.

—¿Cómo te llamas? —le preguntó César mediante el intérprete.

—Cornel —repuso el querusco.

—¿Tienes un hermano gemelo?

Los ojos pálidos de aquel hombre, muy parecidos a los de César, se abrieron mucho, llenos de respeto.

—Lo tenía. Mi hermano murió en una guerra con los suevos.

—¿Y tu padre?

—Un gran jefe, según decía mi madre. Era celta.

—¿Cómo se llamaba?

—Cornel.

—Y ahora tú eres el jefe de los queruscos.

—Sí.

—¿Piensas hacerle la guerra a Roma?

—Nunca.

Al oír aquella respuesta César sonrió y se volvió para mirar a Herman.

—¡Cálmate, Arminio! —repitió—. Acepto tu palabra. De manera que retiraos a vuestras fortalezas, poned a salvo vuestros víveres y no hagáis nada. Yo busco a Ambiórix, no hacer la guerra.

—La noticia corrió de boca en boca río abajo mientras tu puente se estaba construyendo, César. Ambiórix se ha ido con su propio pueblo, los eburones. Los suevos lo han estado repitiendo a voces constantemente.

—Eso es muy considerado por parte de los suevos —dijo César sonriendo—. Sin embargo, Arminio, mientras estés aquí tengo una proposición que hacerte. Los ubios son soldados a caballo, dicen que los mejores de Germania y mucho mejores que ninguna tribu belga. ¿Estoy mal informado?

Herman se hinchó de orgullo.

—No.

—Pero te resultará bastante difícil conseguir buenos caballos, ¿no es así?

—En efecto, César. Algunos los sacamos del Quersoneso címbrico, donde los antiguos cimbros criaron enormes bestias. Y nuestras incursiones en Bélgica rara vez son para apoderarnos de tierras. Vamos a buscar caballos italianos e hispánicos.

—En ese caso —le dijo César del modo más amistoso—, quizá yo esté en posición de ayudarte, Arminio.

—¿Ayudarme tú a mí?

—Sí. Cuando llegue el próximo invierno envíame a cuatrocientos de tus mejores soldados a caballo a un lugar llamado Viena, en la Provenza romana. No te molestes en proporcionarles buenas monturas porque se encontrarán con que les esperan ochocientos caballos remos de los mejores, y si llegan a Viena con tiempo suficiente, podrán además domarlos. Y también te mandaré otro regalo, otros mil caballos remos entre los cuales habrá sementales de buena raza. Yo les pagaré a los remos de mi propio bolsillo. ¿Te interesa?

—¡Sí! ¡Sí!

—¡Excelente! Volveremos a hablar de ello más adelante, cuando me vaya.

Luego César se acercó despacio a Cornel, que había estado esperando a una distancia prudencial, fuera del alcance del oído, con el resto de los jefes y el superintendente de los intérpretes de César, Cneo Pompeyo Trogo.

—Todavía una cosa más, Cornel —le dijo César—. ¿Tienes hijos varones?

—Veintitrés, de once esposas.

—¿Y ellos tienen hijos varones?

—Los que son lo suficientemente mayores, sí.

—¡Oh, cómo le gustaría eso a Sila! —comentó César echándose a reír—. ¿Y tienes hijas?

—Seis a las que permití vivir. Las más bonitas. Precisamente por eso estoy aquí, porque una de ellas va casarse con el hijo mayor de Herman.

—Tienes razón —dijo César asintiendo sabiamente—. Seis son más que suficientes para hacer matrimonios útiles. ¡Qué tipo más previsor eres! —Se irguió y se puso serio—. Quédate aquí, Cornel. En mi camino de regreso a la Galia Comata necesitaré tratados de paz y amistad con los ubios. Y sería enormemente grato para un gran romano, muerto hace mucho tiempo, si también estableciera un tratado de paz y amistad con los queruscos.

—Pero nosotros ya tenemos uno, César —le recordó Cornel.

—¿De veras? ¿Cuándo se hizo?

—Aproximadamente cuando yo nací. Todavía lo tengo.

—Y yo no he hecho los deberes. Sin duda está clavado en la pared en el templo de Júpiter Feretrio, justo donde Sila lo puso. A menos que desapareciera en el incendio.

El hijo germano de Sila estaba perdido, pero César no tenía intención de iluminarlo. En lugar de eso, paseó la mirada a su alrededor con perplejidad fingida.

—¡Pero no veo a los sugambros! ¿Dónde están?

Herman tragó saliva.

—Estarán aquí cuando regreses, César.

Los suevos se habían retirado al abrigo del bosque Bacenes, una extensión de hayas, robles y abedules sin límite que se fundía con otro bosque aún más poderoso, la selva Hercinia, y se perdía durante mil seiscientos kilómetros hasta la lejana Dacia y el nacimiento de los fabulosos ríos que fluían hacia el mar Euxino. Se decía que un hombre podía caminar durante sesenta días sin atravesar siquiera la mitad de él.

Dondequiera que hubiera robles y bellotas, también había cerdos; en aquella impenetrable espesura los jabalíes eran enormes, tenían colmillos y vivían salvajes. Los lobos erraban por todas partes cazando en manadas, sin temerle a nada. En los bosques de la Galia, en particular las Ardenas, todavía había muchos jabalíes y lobos, pero los bosques de Germania contenían mitos y fábulas porque los hombres todavía no les habían obligado a retirarse hacia el este. ¡Allí vivían horripilantes seres! Enormes alces que tenían que apoyarse en los árboles para dormir de tan pesados como eran sus cuernos; uros del tamaño de elefantes pequeños; y osos gigantescos, dotados de garras tan largas como los dedos de un hombre y de dientes mayores que los de un león, y más altos que un hombre cuando se erguían en posición vertical. Ciervos, vacas salvajes y ovejas eran su alimento, pero no le hacían ascos a los humanos. Los germanos los cazaban por las pieles, muy apreciadas para dormir caliente y muy valiosas como piezas para comerciar.

No es de sorprender, pues, que las tropas mirasen los bordes del bosque Bacenes con cierta excitación y prometiesen innumerables y ricas ofrendas a Sol Indiges y a Telo para que estos dioses le metieran a César en la cabeza que no querían penetrar allí. Porque estaban dispuestos a seguirle, pero llenos de temor.

—Bien, como los germanos no son druidas no hace falta talar los árboles —les comentó César a sus aprensivos legados—. Tampoco tengo intención de llevar a mis soldados a esa clase de horror. Hemos mostrado nuestros colmillos y eso es cuanto podemos hacer, creo yo. Regresemos a la Galia Comata.

No obstante, esta vez el puente no se derribó por completo. Sólo se demolieron los sesenta metros que quedaban más próximos a la orilla germánica. César dejó en pie el resto, instaló un campamento, lo fortificó fuertemente y lo equipó con una torre lo bastante alta como para ver varios kilómetros de territorio germano. Y dejó como guarnición del mismo a la quinta alauda bajo el mando de Cayo Volcacio Tulo.

Estaban a finales de septiembre, pero según las estaciones todavía era pleno verano. Los belgas ya estaban de rodillas, pero hacía falta una campaña más para poner fin definitivamente a la resistencia. Desde el puente sobre el Rin, César se dirigió hacia el oeste y se adentró en la tierra de los eburones, ya devastada. Si Ambiórix estaba allí, había que capturarlo. Los eburones eran su gente, y a un rey le resulta imposible gobernar si su pueblo ya no existe. Por tanto los eburones desaparecerían del catálogo de los druidas. Objetivo que el rey Commio de los atrebates aplaudía, pues el tamaño de sus tierras estaba aumentando con rapidez y él tenía gente para llenarlas. El título de alto rey de los belgas cada vez estaba más cerca.

Sin embargo, Quinto Cicerón no era tan afortunado. Como tenía muy buena mano con los soldados, César le había dado el mando de la decimoquinta legión, la única que todavía estaba formada por soldados novatos que nunca habían entrado en combate. La noticia del exterminio de los eburones había cruzado el río y había llegado a Germania, con el resultado de que los sugambros habían decidido ayudar a César de manera no oficial. Pasaron el río en barca hasta Bélgica y contribuyeron con su granito de arena a la miseria belga. Por desgracia, la visión de una columna romana pobremente formada e indisciplinada fue demasiado para ellos; los sugambros cayeron sobre la decimoquinta llenos de júbilo, y cundió tanto el pánico entre las filas romanas que Quinto Cicerón y sus tribunos no pudieron hacer nada.

Dos cohortes murieron innecesariamente en medio de aquella confusión, pero antes de que los sugambros pudieran aniquilar a más soldados, llegó César con la décima legión. Gritando con una mezcla de alarma y gozo, los sugambros huyeron en desbandada y dejaron que César y Quinto Cicerón restaurasen el orden. Y en hacer esto tardaron todo el día.

—Te he dejado en mal lugar —le dijo Quinto Cicerón con los ojos llenos de lágrimas.

—No, nada de eso. Son soldados que aún no habían visto sangre y estaban nerviosos. Y ese bosque germano. Estas cosas pasan, Quinto. De haber estado yo con ellos, dudo que las cosas hubieran sido de otro modo. La culpa es de los centuriones infames que tenían, no de mi legado.

—Si tú hubieras estado al frente, habrías visto de quién era la culpa y no les hubieras permitido caer en el desorden total durante la marcha —comentó Quinto Cicerón, desconsolado.

César le echó un brazo por los hombros y se los apretó suavemente.

—Quizá —convino—, pero no es seguro. De todos modos, ya veremos qué hay de verdad en todo ello. Puedes quedarte con la décima legión. La decimoquinta va a quedarse conmigo durante varios meses a partir de este momento. Tendré que atravesar los Alpes hasta la Galia Cisalpina este otoño, y la decimoquinta vendrá conmigo. Los haré marchar hasta que pierdan el conocimiento y les obligaré a hacer instrucción hasta convertirlos en marionetas. Incluidos a sus relajados centuriones.

—¿Significa eso que tengo que hacer mis baúles junto con Silano? —le preguntó Quinto Cicerón.

—¡Sinceramente, espero que no, Quinto! Tú te quedas conmigo hasta que me pidas marchar. —Lo abrazó y le dio un apretón con la mano—. Ya ves, Quinto, he llegado a pensar en ti como el gran hermano *mayor* de Cicerón. Puede que él actúe de manera soberbia en el Foro, pero en el campo de batalla no sería capaz ni de salir de un saco. A cada uno lo suyo. Tú eres el Cicerón al que yo prefiero en cualquier circunstancia.

Palabras que quedaron grabadas en Quinto Cicerón durante los años siguientes, y palabras que habían de causar mucho dolor, y mayor amargura, así como horribles desavenencias en la familia Tulio Cicerón. Porque Quinto nunca fue capaz de olvidarlas ni de disciplinarse a sí mismo para no amar al hombre que las pronunció. La sangre gobernaba. Pero a pesar de ello los corazones dolían. ¡Oh, quizá hubiera sido mejor no haber servido nunca con César! Pero, de no haberlo hecho, el gran Cicerón siempre habría estado dictándole hasta el último de sus pensamientos. Y Quinto nunca hubiera sido el mismo.

Y así acabó aquel año desgarrado por las contiendas de César. Situó a las legiones muy pronto en los campamentos de invierno, dos de ellas con Labieno en un campamento nuevo entre los tréveres, dos en las tierras de los siempre leales lingones, a lo largo del río Sequana, y otras seis alrededor de Agedincum, la mayor *oppidum* de los senones.

Se preparó para partir hacia la Galia Cisalpina y pensó en escoltar a Rhiannon y a su hijo hasta la villa situada a las afueras de Arausio y también en encontrar un pedagogo para el muchacho. ¿Qué era lo que le pasaba a aquel muchacho, que no tenía interés por los griegos que habían pasado diez años largos en la playa de Ilión, ni por la rivalidad entre Aquiles y Héctor, ni por la locura de Ayax, ni por la traición de Tersites? Si le hubiera preguntado esas cosas a Rhiannon, ésta quizá le hubiera respondido agriamente que Orgetórix todavía no tenía cuatro años; pero como no le dijo nada a la mujer, César continuó interpretando la conducta del niño desde el punto de vista de cómo había sido él a la misma edad, y no acababa de comprender que el hijo de un genio podía resultar ser un niño corriente.

A finales de noviembre convocó otra asamblea de toda la Galia, esta vez en la *oppidum* que los remos tenían en Durocortoro. El motivo de la asamblea no era meramente hablar de algún asunto. César acusó a Acón, el cabecilla de los senones, de conspiración y de incitar a la insurrección. Organizó un juicio romano formal de la manera prescrita, aunque se hizo en una vista solamente: los testigos, el interrogatorio de los testigos, un jurado compuesto por veintiséis romanos y veinticinco galos, el abogado de la acusación y el abogado de la defensa. El presidente fue el propio César, con Coto, de los eduos, que había intercedido por los senones, a su derecha.

Acudieron todos los celtas y algunos belgas, aunque los remos eran más numerosos que todos los demás delegados (y además eran seis de los veinticinco miembros galos del jurado). Al frente de los arvernos iban Gobanición y Critognato, sus vergobretos, pero en el grupo estaba también —cómo no, pensó César para sus adentros mientras daba un suspiro— Vercingetórix. Y éste desafió al tribunal inmediatamente.

—Si éste ha de ser un juicio justo —le dijo a César—, ¿por qué hay un romano más en el jurado?

César abrió mucho los ojos.

—Es costumbre que el número de los miembros del jurado sea impar para evitar el empate en la decisión que tomen —le informó con suavidad—. Se echó a suertes. Tú mismo lo has visto, Vercingetórix. Y además, y en lo referente a los propósitos de este juicio, todos los miembros del jurado han de ser considerados romanos, y todos tienen el mismo voto.

—¿Cómo puede ser igual cuando hay veintiséis romanos y sólo veinticinco galos?

—¿Te quedarías más tranquilo si yo pusiera un galo más en el jurado? —le preguntó César con paciencia.

—¡Sí! —respondió bruscamente Vercingetórix al tiempo que se daba cuenta con incomodidad de que los legados romanos se estaban riendo de él con la mirada.

—Pues entonces eso haré. Y ahora siéntate, Vercingetórix.

Gobanición se puso en pie.

—¿Sí? —preguntó César, seguro de su hombre.

—Debo pedir disculpas por la conducta de mi sobrino, César. No volverá a ocurrir.

—Me alivias, Gobanición. Y ahora, ¿podemos proceder?

La corte procedió con los testigos y abogados (con un maravilloso discurso en defensa de Acón hecho por Quinto Cicerón, notó César complacido; ¡a ver si Vercingetórix se quejaba de aquello!) hasta alcanzar el veredicto, lo que les llevó la mayor parte del día.

Treinta y tres jurados votaron CONDEMNO y diecinueve ABSOLVO. Todos los miembros del jurado romanos, seis remos y uno de los lingones habían ganado aquel día. Pero diecinueve galos, incluidos los tres eduos, habían votado absolución.

—La sentencia es automática —dijo César sin mostrar la menor alteración en la voz—. Acón será azotado y decapitado. Inmediatamente. Aquellos que deseen presenciar la ejecución pueden hacerlo. Sinceramente, espero que esta lección se aprenda y no se olvide. No estoy dispuesto a consentir que se quebranten más tratados.

Como el juicio se había llevado a cabo enteramente en latín, sólo cuando la guardia romana se puso en formación a cada uno de sus lados, Acón comprendió verdaderamente cuál era la sentencia que se le había impuesto.

—¡Soy un hombre libre en un país libre! —gritó.

Luego se puso en pie y salió de la sala entre los soldados.

Vercingetórix comenzó a vitorear, y Gobanición le abofeteó la cara con fuerza.

—¡Cállate, tonto! —le dijo—. ¿No es bastante ya?

Vercingetórix salió de la sala y se alejó lo suficiente para no ver ni oír lo que le hacían a Acón.

—Dicen que eso mismo fue lo que dijo Dumnórix justo antes de que Labieno lo abatiera —comentó Gutruato de los carnutos.

—¿Qué? —preguntó Vercingetórix, que estaba temblando y tenía el rostro bañado en un sudor frío—. ¿Qué dijo?

—«¡Soy un hombre libre en un país libre!» es lo que gritó Dumnórix antes de que Labieno lo abatiera. Y ahora su mujer es la consorte de César. Éste no es un país libre, y nosotros no somos hombres libres.

—No hace falta que me lo digas, Gutruato. ¡Mi propio tío me ha abofeteado delante de César! ¿Por qué lo ha hecho? ¿Se supone que tenemos que temblar de miedo, ponernos de rodillas y suplicar perdón a César?

—Es la manera que tiene César de decirnos que no somos hombres libres en un país libre.

—¡Oh, juro por Dagda, por Taranis y por Esus que por esto colgaré la cabeza de César en la puerta de mi casa! —exclamó Vercingetórix—. ¿Cómo se atreve a disfrazar de semejante modo sus acciones?

—Se atreve porque es un hombre brillante al mando de un ejército brillante —le dijo Gutruato entre dientes—. ¡Lleva cinco largos años pisoteándonos, Vercingetórix, y nosotros no hemos llegado a ninguna parte! Bien puedes decir que ha acabado con los belgas, y la única razón por la que no ha acabado con los celtas es que nosotros no hemos ido a la guerra contra él como hicieron los belgas. Excepto los pobres armóricos... ¡y míralos! Los vénetos vendidos en esclavitud y los esubios reducidos a la nada.

Aparecieron Litavico y Coto, de los eduos, con expresión fúnebre; Lucterio, de los cardurcos se unió a ellos, y también Sedulio, vergobreto de los lemosines.

—¡Ése es el asunto, precisamente! —exclamó Vercingetórix, que hablaba a todo su auditorio—. Mirad a los belgas... César los fue cogiendo pueblo a pueblo. Nunca muchos pueblos juntos. Los eburones en una campaña, los morinos otra, los nervios, los belovacos, los atuatucos, los menapios, incluso los tréveres. ¡Uno a uno! Pero ¿que habría pasado con César si los nervios, los belovacos, los eburones y los tréveres hubieran unido sus fuerzas y hubieran atacado como un solo ejército? ¡Sí, César es brillante! ¡Sí, tiene un ejército brillante! ¡Pero, por Dagda, que no lo es! Él habría caído... y nunca habría vuelto a levantarse.

—Lo que quieres decir —intervino Lucterio despacio— es que los celtas tenemos que unirnos.

—Eso es exactamente lo que quiero decir.

Coto puso mala cara.

—¿Y bajo el liderazgo de quién? —preguntó con agresividad—. ¿Esperas que los eduos, por ejemplo, luchen por un líder arverno, por ejemplo tú mismo, Vercingetórix?

—Si lo eduos quieren formar parte del nuevo estado de la Galia, sí, Coto, espero que los eduos luchen por quienquiera que sea nombrado líder. —Los ojos de color azul oscuro en aquella cara parecida a una calavera resplandecieron bajo las extrañas cejas marrones—. Quizá el líder sea yo, un arverno y por lo tanto el enemigo tradicional de los eduos. Quizá el líder sea un eduo, en cuyo caso yo esperaría que todos los arvernos luchasen bajo su mando, como lo haría yo mismo. ¡Coto, Coto, abre los ojos! ¿No lo ves? ¡Son las divisiones entre nosotros, los ancestrales feudos, lo que hará que nos pongamos de rodillas! ¡Nosotros somos más numerosos que ellos! ¿Son ellos más valientes? ¡No! Están mejor organizados, eso es todo. Trabajan juntos como una gran máquina, girando como piezas de una rueda dentada: ¡media vuelta, vuelta, formar cuadro, lanzar jabalina, cargar, marchar al paso! Bien, eso no podemos cambiarlo. Eso no tenemos tiempo de aprenderlo. Pero lo que sí tenemos son los números. ¡Si estamos unidos, los números no pueden perder!

Lucterio respiró profundamente.

—¡Yo estoy contigo, Vercingetórix! —dijo de pronto.

—Yo también —dijo Gutruato. Y sonrió—. Y conozco a alguien más que estará contigo. Cathbad, el druida.

Vercingetórix lo miró, atónito.

—¿Cathbad? ¡Entonces habla con él en el mismo momento en que llegues a casa, Gutruato! Si Cathbad estuviera dispuesto a organizar a todos los druidas de todos los pueblos... para que engatusasen, camelasen y convenciesen... la mitad de nuestro trabajo estaría hecho.

Pero Coto parecía mucho más asustado, Litavico estaba descompuesto y Sedulio se mostraba cauto.

—Pues hará falta algo más que palabras de los druidas para mover a los eduos —comentó Coto mientras tragaba saliva—. Nosotros no tomamos muy en serio nuestra condición de amigos y aliados del pueblo romano.

Vercingetórix comenzó a burlarse.

—¡Ah, entonces es que sois tontos! —exclamó—. No hace tantos años, Coto, que César hizo llover caros regalos sobre ese cerdo germano de Ariovisto y le proporcionó el título de Amigo y Aliado de parte del Senado romano! Y sabía que Ariovisto estaba atacando a los amigos y aliados eduos: ¡que les estaba robando el ganado, las ovejas, las mujeres, las tierras! ¿Se preocupó por los eduos César? ¡No! ¡Lo único que quería era una provincia pacífica! —Apretó los puños y luego los levantó hacia el cielo, agitándolos—. Os lo digo yo: cada vez que pronuncia esa promesa santurrona de protegernos de los germanos, me acuerdo de aquello. Y si los eduos tuvieran algo de sensatez, también se acordarían.

Litavico cogió aire y asintió.

—De acuerdo, yo también estoy contigo —dijo—. No puedo hablar por Coto; él es mi superior, por no decir que el año que viene será vergobreto con Convictolavo. Pero yo trabajaré para ti, Vercingetórix.

—Yo no puedo prometerlo —dijo Coto—, pero no trabajaré en tu contra. Ni se lo diré a los romanos.

—De momento no pido más que eso, Coto —dijo Vercingetórix—. Pero piénsalo. —Sonrió sin humor—. Hay otras maneras de estorbar a César además de en las batallas. Él tiene plena confianza en los eduos. Cuando chasquea los dedos espera una respuesta edua: ¡dadme más trigo, dadme más caballería, dadme más de todo! Comprendo que un hombre viejo como tú no quiera sacar la espada, Coto. Pero si quieres ser un hombre libre en un país libre, será mejor que pienses en otras maneras de luchar contra Cayo Julio César.

—Yo también estoy contigo —le aseguró Sedulio, el último en contestar.

Vercingetórix extendió la mano delgada con la palma hacia arriba; Gutruato puso la suya encima, también con la palma hacia arriba; luego lo hizo Litavico; luego Sedulio; luego Lucterio; y, finalmente, Coto.

—Hombres libres en un país libre —repitió Vercingetórix—. ¿De acuerdo?

—De acuerdo —dijeron todos.

De haberse demorado César uno o dos días más, parte de aquello hubiera podido llegar a sus oídos a través de Rhiannon. Pero de pronto la Galia de las cabelleras largas se convirtió en el último lugar donde César quería estar. Al amanecer del día siguiente salió hacia la Galia Cisalpina, con la desventurada decimoquinta legión a su espalda, junto con Rhiannon, que iba en su caballo italiano de paso alto. Ella no había visto a Vercingetórix, ni comprendía qué era lo que hacía que César estuviese tan seco, tan distante. ¿Habría otra mujer? ¡Siempre, tratándose de él! Pero las mujeres nunca importaban, y ninguna de ellas le había dado un hijo. El único hijo viajaba con la niñera en una carreta, apretando contra sí todo lo que podía el gran caballo de Troya. No, al niño no le importaba nada Menelao, ni Odiseo, ni Aquiles, ni Ayax. Pero el caballo de Troya era el animal más maravilloso del mundo, y era suyo.

No llevaban ni un día de camino cuando César ya se había distanciado mucho de ellos, volando como el viento en su calesín enganchado a cuatro mulas, viajando al trote y dictándole un despacho senatorial a un secretario de cara verde, y una carta para el hermano mayor de Cicerón al otro secretario. Y sin equivocarse nunca, reforzando con Cicerón la considerablemente modificada versión para el Senado de lo acaecido entre Quinto Cicerón y los sugambros. Todos aquellos tontos del Senado creían que él manipulaba la verdad, pero nunca sospecharían de la versión oficial sobre Quinto Cicerón y los sugambros.

Siguió dictando, y sólo se detuvo pacientemente cuando un secretario tuvo que asomarse fuera del calesín para vomitar. Cualquier cosa con tal de borrar el recuerdo de aquella escena en el salón de Durocortoro. Cualquier cosa con tal de olvidarse de Acón y de aquel grito que hacía eco del de Dumnórix. Él no había querido elegir a Acón como víctima, pero ¿de qué otra forma iban aquellos hombres a aprender el protocolo y la etiqueta de los pueblos civilizados? Hablar únicamente no funcionaba. Y el ejemplo tampoco funcionaba.

¿De qué otro modo puedo obligar a los celtas a aprender la lección que no me quedó más remedio que enseñar a los belgas con letras de sangre? Porque no puedo marcharme con la tarea sin hacer, y los años pasan volando. Tampoco puedo regresar a Roma sin mi *dignitas* realzada por una victoria total. Ahora soy un héroe mayor de lo que lo fue Pompeyo Magno en la cima de su gloria, y toda Roma está a mis pies. Haré lo que tenga que hacer, no importa el precio. ¡Ah, pero el recuerdo de la crueldad es un pobre consuelo en la vejez!

Roma

DESDE ENERO HASTA ABRIL DEL 52 A. J.C.

QUINTO CECILIO METELO PÍO ESCIPIÓN NASICA
(METELO ESCIPIÓN)

El día de año nuevo amaneció sin que ningún magistrado entrase en el cargo; Roma estaba al capricho del Senado y de los diez tribunos de la plebe. Catón había hecho honor a su palabra y había bloqueado las elecciones del último año hasta que Cayo Memmio, el sobrino de Pompeyo, renunciase a ser candidato consular. Pero no fue hasta finales de *quintilis* que a Cneo Domicio Calvino y a Mesala Rufo, el augur, se les devolvió el consulado durante los cinco meses que quedaban de año. Una vez en el cargo no celebraron elecciones, y el motivo que alegaron fue la guerra callejera que estalló entre Publio Clodio y Tito Annio Milón. Uno de ellos, Milón, quería ser cónsul, y el otro, Clodio, quería ser pretor; pero ninguno de los dos podía tolerar la presencia del otro, su enemigo, como colega magistrado superior. Tanto Clodio como Milón reclutaron a sus partidarios, por lo que en Roma hizo erupción una violencia constante. Lo cual no quería decir que la vida diaria en la mayor parte de la ciudad se viera importunada; el terror se limitaba al Foro Romano y a las calles más cercanas a éste. Tan implacable era el conflicto urbano que el Senado, la Curia Hostilia, y las reuniones del pueblo y de la plebe en sus asambleas tribales sencillamente no se celebraban.

Este estado de cosas estorbaba gravemente la carrera de uno de los mejores amigos de Clodio, Marco Antonio. Había cumplido treinta años y ya tenía que estar en el cargo de cuestor, cosa que acarreaba, entre otros beneficios, la elevación automática al Senado y ofrecía a un hombre emprendedor muchas oportunidades de rellenar la bolsa de dinero. Si se le nombraba cuestor y se le destinaba a una provincia, era el encargado de llevar las finanzas del gobernador, normalmente sin que nadie lo supervisara; podía manipular los libros, vender exenciones de impuestos, ajustar contratos. También era posible, si era uno de los tres cuestores que se quedaba en Roma, aprovecharse del nombramiento para llevar las finanzas del Tesoro; podía alterar (por un precio) los registros para borrar alguna deuda, o asegurarse de que alguien recibiera cantidades del Tesoro a las que no tuviera derecho. Por ello Marco Antonio, siempre endeudado, estaba ansioso por asumir su cargo de cuestor.

Ninguno de los gobernadores lo reclamó, lo que le fastidió bastante cuando hizo acopio de la energía necesaria para pensar en ello. César, el más generoso de todos los gobernadores, era su primo cercano y debió de haberlo solicitado junto a él. Pero reclamó a los hijos de Marco Craso, aunque el único gancho que tenían para César era la gran amistad existente entre su padre y aquél. ¡Y luego, el presente año, César llamó junto a él a Bruto, el hijo de Servilia! Y éste había rechazado el ofrecimiento después de que César se tomó la molestia, hecho que el tío de Bruto, Catón, proclamó a bombo y platillo por toda Roma. ¡Mientras el monstruo de la madre de Bruto, que se deleitaba en ser la amante de César, atormentaba a su hermanastro alimentando la red de habladurías con deliciosas golosinas acerca de que Catón había vendido a su esposa a Hortensio, ese viejo tonto!

El tío de Antonio, Lucio César (invitado a la Galia aquel año en calidad de legado superior de César), había rehusado pedirle a César que lo nombrase cuestor, de modo que la madre de Antonio (la única hermana de Lucio César) le había escrito. La respuesta de César fue fría y abrupta: le vendría muy bien a Marco Antonio correr el riesgo y entrar en el sorteo, de manera que no, Julia Antonio, no pensaba reclamar a su valioso hijo mayor.

—Al fin y al cabo —le dijo Antonio con descontento a Clodio—, ¡me fue muy bien en Siria con Gabino! Conduje su caballería como un auténtico experto. Gabino nunca se movió sin mí.

—El nuevo Labieno —dijo Clodio, sonriendo.

El club de Clodio aún seguía celebrando sus reuniones, a pesar de la deserción de Marco Celio Rufo y aquellas dos famosas *fellatrices*, Sempronia Tuditani y Pala. El juicio y absolución de Celio de la acusación de intentar envenenar a Clodia, la hermana favorita de Clodio, había envejecido a aquel par de repulsivas acróbatas sexuales tan asombrosamente, que preferían quedarse en su casa y huir de los espejos.

Mientras tanto el club de Clodio prosperaba a pesar de todo. Los miembros estaban reunidos, como siempre, en la casa que Clodio tenía en el Palatino, la nueva que le había comprado a Escauro por catorce millones y medio de sestercios. Un lugar precioso, espacioso y exquisitamente amueblado. El comedor, donde en aquel momento todos ganduleaban tendidos en los canapés de púrpura de Tiro, estaba adornado con asombrosos paneles en tres dimensiones de cubos blancos y negros intercalados entre paisajes de la Arcadia ligeramente oníricos. Como estaban a principios del otoño, las grandes puertas que daban al peristilo rodeado de columnas estaban abiertas de par en par, lo que permitía al club de Clodio contemplar el gran estanque de mármol adornado con tritones y delfines y, en lo alto de la fuente que había en el centro del estanque, una asombrosa escultura de Anfitrión conduciendo una concha tirada por caballos con cola de pez, soberbiamente pintados de tal manera que parecían tener vida.

Curión el Joven estaba allí; y Pompeyo Rufo, hermano de la

abismalmente estúpida ex esposa de César, Pompeya Sila; y Décimo Bruto, hijo de Sempronia Tuditani; y el miembro más reciente, Planco Bursa. Además de las tres mujeres que, naturalmente, pertenecían a Publio Clodio: sus hermanas, Clodia y Clodilla, y su esposa, Fulvia, a la cual Clodio tenía tanta devoción que nunca se movía sin ella.

—Bien, César me ha pedido que vuelva con él a la Galia, y estoy tentado de ir —dijo Décimo Bruto sin darse cuenta de que le estaba frotando con sal las heridas a Antonio.

Éste se quedó mirándolo con resentimiento. No había mucho que observar aparte de un cierto aire de despiadada aptitud: delgado, de estatura mediana y de un rubio tan blanco que se había ganado el *cognomen* de Albino. Pero César lo amaba, lo estimaba tanto que le había asignado tareas que correspondían más bien a legados superiores. ¿Por qué no amaría César a su primo Marco Antonio? ¿Por qué?

Publio Clodio, el eje alrededor del cual giraban todas aquellas personas, era también un hombre delgado de estatura mediana, pero tan moreno como rubio era Décimo Bruto. Tenía el rostro endiablado, con una expresión de ligera ansiedad al sonreír, y su vida había sido extraordinariamente azarosa, azarosa de un modo que quizá no hubiera podido soportar ningún otro que no fuera miembro de aquel muy poco ortodoxo clan patricio, los Claudios Pulcher. Entre muchas otras cosas, había provocado a los árabes de Siria hasta que éstos lo circuncidaron, había provocado a Cicerón de tal manera que éste acabó por ridiculizarlo sin piedad en público, había empujado a César hasta hacer que la plebe lo adoptase, había incitado a Pompeyo hasta que éste decidió pagar a Milón para que pusiera en movimiento bandas rivales callejeras, y había provocado a todos los nobles de Roma haciéndoles creer que había gozado de relaciones incestuosas con sus hermanas, Clodia y Clodilla.

Su mayor fallo era una insaciable sed de venganza. Una vez que una persona insultaba o hería su *dignitas*, Clodio ponía su nombre en su lista de venganzas y esperaba la ocasión perfecta para hacérselo pagar con creces. Entre esas personas se encontraban: Cicerón, al que había logrado legalmente desterrar durante algún tiempo; Ptolomeo el chipriota, a quien él había empujado al suicidio al anexionar Chipre; Lúculo, su cuñado muerto, uno de los más grandes generales de Roma cuya carrera Clodio había hecho pedazos al instigar un motín; y Aurelia, la madre de César, de la cual se había burlado cuando ella celebraba la fiesta de invierno de la Bona Dea, la diosa buena de las mujeres, hasta echar a perder la celebración. Aunque esta última venganza aún le obsesionaba cada vez que se ponía a prueba la enorme confianza que tenía en sí mismo, porque había cometido un terrible sacrilegio contra la Bona Dea. Lo juzgaron ante un tribunal por ello, pero Clodio fue absuelto porque su esposa y otras mujeres compraron al jurado; Fulvia porque le amaba y las otras porque querían conservarlo para que la propia Bona Dea se vengase de él. Todo llegaría a su tiempo, todo llegaría... y eso era lo que atormentaba a Clodio.

Su último acto de venganza se fundaba en un rencor que venía de muy lejos. Más de veinte años atrás, cuando él tenía dieciocho, había acusado a la bella y joven vestal Fabia de falta de castidad, un crimen que se castigaba con la muerte. Perdió el caso, y el nombre de Fabia fue a parar inmediatamente a su lista personal de víctimas; los años pasaron y Clodio siguió esperando pacientemente mientras otros implicados, como Catilina, mordían el polvo. Luego, a la edad de treinta y siete años y cuando era todavía una mujer hermosa, Fabia (que encima era hermanastra de Terencia, la esposa de Cicerón) se retiró. Después de haber servido treinta años, se mudó de la *domus publica* a una casita cómoda y acogedora en la parte alta del Quirinal, donde pensaba pasar el resto de su vida como una venerada ex jefa de las vestales. Su padre, Fabio Máximo, fue un patricio (lo que compartía con Terencia era la madre), que le había dado una buena dote cuando Fabia entró en la orden con siete años de edad. Puesto que Terencia, que era extremadamente astuta en todas las cuestiones de dinero, siempre administró la dote de Fabia con la misma eficiencia y tino que ponía en la administración de su propia fortuna, bastante grande (nunca permitió que Cicerón tocara ni un sestercio de la muchacha), cuando Fabia salió de la orden era una mujer muy acaudalada.

Fue esta circunstancia la que hizo germinar la simiente en la fértil mente de Clodio. Cuanto más esperaba, más dulce se le hacía la venganza. Y después de veinte años vio de pronto el modo de aplastar a Fabia por completo. Aunque era perfectamente aceptable que una ex vestal se casase, pocas lo hacían porque se creía que traía mala suerte. Por otra parte, pocas eran tan atractivas como Fabia. Ni tan ricas. Clodio rebuscó en su mente a alguien que fuera tan pobre como atractivo y de buena cuna, y pensó en Publio Cornelio Dolabela. Era miembro a tiempo parcial del club de Clodio y de la misma ralea que aquel otro bruto, Marco Antonio: grande, fornido, optimista y malo.

Cuando Clodio le sugirió que cortejase a Fabia, Dolabela se puso a saltar de alegría ante la idea. Aunque era patricio de antepasados impecables, todo padre a cuya hija él miraba la sacaba inmediatamente de su vista y decía que no con firmeza a cualquier proposición de matrimonio. Igual que a cualquier patricio, a Cornelio, Sila, Dolabela no le quedaba más remedio que vivir del cuento. Las ex vestales eran *sui iuris*: no rendían cuentas ante ningún hombre; eran completamente dueñas de sus propias vidas. ¡Qué casualidad! Una esposa cuya sangre era tan buena como la de él, todavía lo bastante joven como para engendrar hijos, muy rica... y sin ningún *paterfamilias* que le estorbase.

Pero en lo que hacía diferente a Dolabela de aquel otro bruto, Antonio, era en su personalidad. A Marco Antonio en modo alguno le faltaba inteligencia, pero carecía por completo de encanto, y su atractivo era físico. Dolabela, por el contrario, poseía unos modales fáciles, felices y ligeros y un gran talento para la conversación. Los amoríos de Antonio eran del estilo «¡Te quiero, túmbate!», mientras que los de Dolabela eran más del tipo «¡Déjame beber de la visión de tu querido y dulce rostro!».

El resultado fue una boda. El zalamero Dolabela no sólo conquistó a Fabia, sino que también cautivó a todos los miembros femeninos de la casa de Cicerón. Que Tulia, la hija de Cicerón (infelizmente casada con Furio Crasipes), lo considerase divino quizá no fuera sorprendente, pero que la agria y fea Terencia también lo considerase divino fue algo que estremeció a la Roma de las habladurías hasta los mismísimos cimientos. Y así Dolabela cortejó a Fabia con la ferviente bendición de su hermana; la pobre Tulia lloraba.

Clodio disfrutó de su venganza, pues el matrimonio fue un desastre desde el primer día. Una mujer de treinta y muchos años, virgen y enclaustrada entre mujeres durante treinta años, requería una clase de iniciación sexual para la que Dolabela no estaba cualificado, o no le interesaba lo bastante llevarla a cabo. Aunque la ruptura del himen de Fabia no puede calificarse de violación, tampoco fue precisamente un éxtasis. Fabia se sentó en su casa y se puso a llorar desconsoladamente, mientras Terencia no hacía más que parlotear diciéndole que era una tonta que no sabía cómo manejar a un hombre. Tulia, por otra parte, se alegró enormemente y empezó a pensar en divorciarse de Furio Crasipes.

A pesar de todo, el auténtico júbilo de Clodio ante esta última venganza exitosa ya empezaba a aburrirle, pues la política era siempre su principal prioridad.

Estaba decidido a ser el primer hombre de Roma, pero no llegaría a lograr ese propósito de la manera acostumbrada: el cargo político más elevado iba siempre ligado con una proeza militar que rayase en lo legendario. Pero el talento de Clodio no era marcial. Su método era la demagogia y tenía intención de gobernar a través de la asamblea plebeya, dominada por los caballeros que eran hombres de negocios de Roma. Otros habían tomado aquel sendero, pero nunca del modo en que Clodio pensaba hacerlo.

La clave de Clodio se hallaba en su grandiosa estrategia. No les daba coba a aquellos hombres de negocios, que eran poderosos plutócratas, sino que los intimidaba. Y para ello empleó a un sector de la sociedad romana que todos los demás hombres ignoraban y consideraban totalmente carente de valor: los *proletarii*, el proletariado, que eran los ciudadanos romanos de categoría inferior. Sin dinero, sin votos dignos de tablillas donde escribirlos, sin influencia en los poderosos, sin otra razón para existir más que darle hijos a Roma y enrolarlos como soldados rasos en las legiones romanas. Incluso este último derecho era relativamente reciente, porque hasta que Cayo Mario abrió los ejércitos a los hombres que no tenían propiedades, las legiones de Roma habían estado formadas solamente por hombres adinerados. El proletariado no era gente de política. Ni mucho menos. Con tal de tener la barriga llena y de que se les ofreciera entretenimiento gratis en los juegos, no tenían interés alguno en las maquinaciones políticas de las clases superiores.

Clodio no tenía intención de introducirlos en la política. Los necesitaba porque eran muchos, sólo por eso, y no formaba parte de sus propósitos llenarles la cabeza con ideas acerca de su propia valía, ni llamar su atención hacia el poder que, sólo por el hecho de ser tan numerosos, tenían en potencia. Simplemente eran protegidos de Clodio y, como tales, le debían lealtad al patrón que obtenía enormes beneficios para ellos: una entrega de grano gratis una vez al mes, completa libertad para reunirse en sus hermandades, colegios o clubes y un poco de dinero extra una vez al año más o menos. Con la ayuda de Décimo Bruto y algunas otras lumbreras menores, Clodio logró organizar a los miles y miles de hombres de condición humilde que frecuentaban los colegios de encrucijada que tanto abundaban en Roma. En cualquier ocasión en que Clodio decidía que aparecieran bandas en el Foro y en las calles adyacentes, no necesitaba más que un millar de hombres como mucho. Y gracias a Décimo Bruto disponía de un sistema de listas y una serie de libros que le permitían repartir la carga y los honorarios de quinientos sestercios que se pagaban por una salida entre la totalidad de los hombres de condición humilde de los colegios de encrucijada. Pasarían meses antes de que cualquier hombre fuera llamado de nuevo para provocar disturbios en el Foro e intimidar a la influenciable plebe. Y de ese modo los rostros de los hombres que integraban las bandas permanecían siempre en el anonimato.

Cuando Pompeyo el Grande le pagó a Milón para que reclutase bandas rivales compuestas por ex gladiadores y matones, la violencia callejera se complicó. Ya no se trataba sólo de cumplir el objetivo de Clodio, que era intimidar a la plebe, sino que también había que vérselas con Milón y sus gorilas profesionales. Más tarde, después de que César sellara su pacto con Pompeyo y Marco Craso en Luca, a Clodio lo metieron en cintura. Lo lograron al concederle un viaje como embajador a Anatolia con todos los gastos pagados, cosa que le permitió hacer mucho dinero durante el año en que estuvo ausente. Incluso después de regresar se mostró bastante tranquilo. Hasta que Calvino y Mesala Rufo fueron elegidos cónsules a finales de *quintilis*. En esta época la guerra entre Clodio y Milón estalló de nuevo.

Curión miraba mucho a Fulvia, pero llevaba haciéndolo tantos años que nadie se fijó en ello. Es verdad que la mujer era digna de atención, con aquel cabello castaño, las cejas y pestañas negras, los enormes ojos azul oscuro. El hecho de haber tenido varios hijos sólo había realzado sus encantos, igual que cierto instinto para saber qué ropa le sentaba bien. Nieta del gran demagogo aristócrata Cayo Graco, Fulvia estaba tan segura de cuál era su lugar en el estrato más elevado de la sociedad, que se sentía libre para asistir a las asambleas en el Foro y gritar y abuchear de un modo muy poco apropiado para una señora, en favor de Clodio, a quien adoraba.

—He oído decir —comentó Curión esforzándose por quitarle los ojos de encima a la esposa de su mejor amigo— que en el momento en que seas elegido pretor piensas distribuir a los manumitidos de Roma por las treinta y cinco tribus. ¿Es cierto eso, Clodio?

—Sí, es cierto —respondió éste con complacencia.

Curión frunció el ceño, expresión que no le favorecía nada. Era de familia plebeya noble y antigua, los Escribonios, y a los treinta y dos años todavía tenía cara de niño malo. Sus ojos castaños brillaban con malicia, tenía el cutis ahogado en pecas y un cabello brillante que llevaba siempre de punta por mucho que su barbero hiciera verdaderos esfuerzos por suavizárselo. La expresión de golfillo se acentuaba cuando sonreía debido a que le faltaba uno de los dientes delanteros. El aspecto exterior de Curión estaba muy reñido con el interior, que era duro, maduro, a veces escandalosamente valeroso y gobernado por una mente de primera clase. Antonio y él, siempre compañeros inseparables, diez años atrás, habían atormentado despiadadamente al ultraconservador padre de Curión, que era consular, fingiendo ser amantes, y entre los dos habían engendrado a más hijos bastardos, según los rumores, que cualquier otro en la historia.

Pero en aquel momento Curión frunció el ceño, de manera que la mella no le asomó en la boca y la travesura que solía reflejársele en los ojos no apareció.

—Clodio, distribuir entre las treinta y cinco tribus a los esclavos manumitidos acabaría por desvirtuar todo el conjunto del sistema electoral tribal —le dijo hablando despacio—. El hombre que fuera el amo de esos votos, es decir, tú si lo haces, sería imparable. Lo único que tendría que hacer para asegurarse la elección de los hombres que él desease sería posponer las elecciones hasta que en la ciudad no quedaran votantes procedentes del campo. En este momento los esclavos manumitidos pueden votar sólo en dos tribus urbanas. ¡Pero hay medio millón de ellos que viven en Roma!

Si se reparten por igual entre las treinta y cinco tribus, tendrán los votos suficientes para ganar a los pocos residentes permanentes de Roma que pertenecen a las treinta y una tribus rurales: los senadores y los caballeros de primera clase. El verdadero proletariado romano se encuentra entre las cuatro tribus urbanas... ¡no votan en las treinta y cinco tribus! ¡Caramba, estarías entregando el control de las elecciones tribales de Roma a un rebaño de gente que no es romana! ¡Griegos, galos, sirios, ex piratas, el detritus del mundo, todos ellos esclavos! No les guardo rencor porque son ahora libres, y tampoco por tener nuestra ciudadanía. ¡Pero me quejo amargamente de que puedan llegar a tener el control de una congregación de verdaderos hombres romanos! —Movió la cabeza a ambos lados y puso una expresión fiera—. ¡Clodio, Clodio! ¡Nunca te permitirán que te salgas con la tuya! ¡Ni yo, en lo que respecta a este asunto, permitiré que te salgas con la tuya!

—Ni ellos ni tú podréis impedírmelo —dijo Clodio con una presunción increíble.

Hombre austero y silencioso que había asumido hacía poco el cargo de tribuno de la plebe, Planco Bursa habló a su manera desapasionada:

—Hacer eso es jugar con fuego, Clodio.

—La primera clase entera se unirá en tu contra —observó Pompeyo Rufo, otro nuevo tribuno de la plebe, con una voz que no auguraba nada bueno.

—Pero estás dispuesto a hacerlo de todos modos —le dijo Décimo Bruto.

—Claro que pienso hacerlo de todos modos. Sería un tonto si no lo hiciera.

—Y mi hermanito tonto no lo es en absoluto —murmuró Clodia chupándose los dedos con lascivia al tiempo que se comía a Antonio con los ojos.

Éste se rascó la entrepierna, removió el formidable paquete con la misma mano y le envió un beso a Clodia; eran antiguos compañeros de cama.

—Si tienes éxito, Clodio, serás el amo de todos los manumitidos de Roma —le aseguró—. Votarán por cualquiera que tú les digas. Sólo que el hecho de ser el amo de las elecciones tribales no te procurará cónsules en las elecciones centuriadas.

—¿Cónsules? ¿A quién le hacen falta cónsules? —preguntó Clodio con altanería—. Lo único que necesito son diez tribunos de la plebe año tras año. Con diez tribunos de la plebe que hagan lo que yo les ordene, los cónsules no valen ni lo que vale un haba para un pitagórico. Y los pretores simplemente serán jueces en sus propios tribunales; no tendrán en absoluto poderes legislativos. El Senado y la primera clase se creen los dueños de Roma. La verdad es que cualquiera puede ser dueño de Roma sólo con saber encontrar la manera de conseguirlo. Sila fue el dueño de Roma, y yo también lo seré, Antonio. Con los esclavos manumitidos distribuidos entre las treinta y cinco tribus y los diez sumisos tribunos de la plebe, serán ellos los que elijan; porque yo nunca permitiré que las elecciones se celebren mientras los patanes del campo estén en Roma para asistir a los juegos. ¿Por qué creéis que Sila estableció que el mes *quinctilis*, durante los juegos, fuera el momento de las elecciones? Él necesitaba a las tribus rurales, lo cual quiere decir a la primera clase, para controlar a la asamblea plebeya y a los tribunos de la plebe. De ese modo, todo aquel que tenga influencia puede comprar a uno o dos tribunos de la plebe. A mi modo, yo seré el dueño de los diez.

Curión miraba fijamente a Clodio como si nunca lo hubiera visto antes.

—Siempre he sabido que no estás muy bien de la cabeza, Clodio, ¡pero esto entra dentro de la más absoluta demencia! ¡Ni lo intentes!

Las mujeres, que respetaban enormemente las opiniones de Curión, empezaron a juntarse, encogidas, en el canapé que compartían; la hermosa piel tostada de Fulvia se iba poniendo cada vez más pálida. Luego tragó saliva, intentó emitir una risita y adelantó la barbilla agresivamente.

—¡Clodio siempre sabe lo que hace! —exclamó—. Lo tiene todo pensado.

Curión se encogió de hombros.

—Pues que caiga sobre tu cabeza, Clodio. Sigo pensando que estás loco. Y, te lo advierto, me opondré a ti.

Y entonces Clodio volvió a ser aquel joven consentido, atrozmente malcriado que había sido; le dirigió a Curión una mirada de desprecio latente, sonrió con burla, se bajó del canapé que compartía con Décimo Bruto y salió de la habitación enfadado. Fulvia salió a toda prisa detrás de él.

—Se han dejado los zapatos —comentó Pompeyo Rufo, cuyo intelecto era similar al de su hermana.

—Será mejor que vaya a buscarlo —dijo Planco Bursa marchándose también.

—¡Llévate los zapatos, Bursa! —le gritó Pompeyo Rufo.

Comentario que Curión, Antonio y Décimo Bruto encontraron exquisitamente divertido; se partían y aullaban de risa.

—No deberíais irritar a Publio —le dijo Clodilla a Curión—. Estará de mal humor durante varios días.

—¡Ojalá pensase! —gruñó Décimo Bruto.

Clodia, que ya no era tan joven pero seguía siendo una mujer muy atractiva, se quedó mirando, con sus ojos oscuros muy abiertos, a los tres hombres.

—Sé que todos lo apreciáis —dijo—, lo que significa que realmente teméis por él. Pero ¿deberíais hacerlo? Toda su vida ha ido rebotando de un plan alocado a otro, y en cierto modo las cosas siempre le resultan favorables.

—Esta vez no —aseguró Curión al tiempo que dejaba escapar un suspiro.

—Está loco —comentó Décimo Bruto.

Pero Antonio había tenido suficiente.

—Me da igual que le graben a Clodio la marca de la locura en la frente con un hierro candente —gruñó—. ¡Lo que yo necesito es que me elijan cuestor! Estoy recogiendo hasta el último sestercio que puedo encontrar por ahí, pero lo único que consigo es ser cada vez más pobre.

—No me digas que ya te has fundido todo el dinero de Fadia, Marco —le dijo Clodilla.

—¡Fadia hace cuatro años que está muerta! —gritó Antonio, indignado.

—Tonterías, Marco —intervino Clodia chupándose los dedos—. Roma está llena de hijas feas con padres plutócratas que intentan trepar en la escala social. Búscate otra Fadia.

—De momento lo más probable es que sea mi prima hermana, Antonia Híbrida.

Todos los presentes se incorporaron para mirarlo bien, incluido Pompeyo Rufo.

—Tiene montones de dinero —comentó Curión inclinando la cabeza a un lado.

—Por eso probablemente me casaré con ella. Mi tío Híbrido me aborrece, pero prefiere que Antonia se case conmigo antes que con una seta. —Pareció quedarse pensativo—. Dicen que a ella le gusta torturar a los esclavos, pero la moleré a golpes hasta que pierda esa costumbre.

—De tal padre, tal hija —dijo Décimo Bruto sonriendo.

—Cornelia Metela es viuda —sugirió Clodilla—. Y de una familia muy antigua. Y tiene muchos miles de talentos.

—Pero ¿y si es como su querido *tata* Metelo Escipión? —le preguntó Antonio parpadeando con los ojos enrojecidos—. No es problema tratar con alguien que tortura a sus esclavos, pero... ¿espectáculos pornográficos?

Más risas, aunque esta vez fueron irónicas. ¿Cómo podrían proteger a Publio Clodio de sí mismo si persistía en llevar a cabo aquel plan?

Aunque su querida Julia llevaba ya seis meses muerta y el dolor había comenzado a aplacarse hasta el punto de que podía pronunciar su nombre sin deshacerse en lágrimas, Cneo Pompeyo Magno no había pensado en volver a casarse. No había nada ya que le impidiera trasladarse a sus provincias, Hispania Citerior y Ulterior, las cuales tenía que gobernar durante otros tres años. Sin embargo, no se había movido de su villa en el Campo de Marte, y todavía dejaba sus provincias al cuidado de sus legados Afranio y Petreyo. Además, naturalmente, también dirigía el suministro de grano de Roma, trabajo que podía utilizar como excusa para permanecer en las cercanías de la ciudad; pero a pesar del subsidio de grano gratis de Clodio y de haber sufrido una reciente sequía, había llevado con tanto orden esa labor que el sistema funcionaba solo y a él poca cosa le quedaba por hacer. Como en todas las empresas públicas, lo que había hecho falta era alguien con talento para la organización e influencia para tratar sin miramientos a aquellos espantosos funcionarios civiles.

Lo cierto era que la situación que había en Roma le fascinaba, y no podía soportar la idea de marcharse hasta que hubiera resuelto sus propios deseos, sus propias prioridades. Por ejemplo, ¿quería ser nombrado dictador? Desde que César partió hacia la Galia, el panorama político del Foro de Roma se había ido poniendo cada vez más indisciplinado. Sin embargo, si ello tenía algo que ver con César, él, honradamente, no lo sabía. Era verdad que César no lo provocaba. Pero algunas veces, en mitad de una noche en vela, se encontraba preguntándose a sí mismo si, de haber seguido César en Roma, las cosas hubieran sido iguales. Y ésa era una preocupación enorme.

Cuando se casó con la hija de César, no pensó que el general fuera mucho más que un político redomadamente inteligente que sabía cómo salirse con la suya. Había muchos Césares a la vista, tremendamente bien nacidos, astutos, ambiciosos y competentes. Por qué los había aventajado César exactamente, era algo que no lograba entender. Aquel hombre era una especie de mago; tan pronto estaba de pie delante de uno como se encontraba al otro lado de una muralla de piedra. Y nunca se veía cómo lo hacía, era rapidísimo al actuar. Y Pompeyo tampoco se explicaba cómo lograba resurgir, como el fénix, de sus propias cenizas, cada vez que aquella formidable camarilla suya de enemigos pensaba que por fin había conseguido quemarlo para siempre.

Tomemos por ejemplo a Luca, aquel curioso pueblo de madereros sobre el río Auser, justo en el lado galo de la frontera con la Galia Cisalpina, donde hacía tres años él se reunió con César y Marco Craso y, más o menos, se repartieron el mundo. Pero ¿por qué se había ido él? ¿Qué necesidad tenía de marcharse? ¡Oh, en su momento los motivos parecieron grandes como montañas! Pero después, al echar la vista atrás, parecían pequeños como hormigueros. Lo que él, Pompeyo el Grande, había sacado de provecho de la conferencia de Luca habría podido lograrlo sin ayuda. Y el pobre Marco Craso, muerto, degradado, sin enterrar. Mientras que

César fue fortaleciéndose cada vez más. Durante todo el tiempo que duró aquella asociación, que se remontaba hasta antes de la campaña de Pompeyo contra los piratas, siempre pareció que César era su servidor. Nadie pronunciaba mejor un discurso, ni siquiera Cicerón, y hubo ocasiones en las que la voz de César fue la única que le apoyó. Pero nunca pensó en César como en un hombre que tuviera la menor intención de rivalizar con él. Al fin y al cabo, César hizo las cosas como es debido, cada una en el momento apropiado. ¡No se puso al frente de unas legiones y forzó una asociación con el hombre más grande de Roma a los veintidós años! ¡No obligó al Senado a permitirle ser cónsul antes de haber pertenecido demasiado tiempo a ese augusto cuerpo! ¡No limpió el Mare Nostrum de piratas en un solo verano! ¡No conquistó el Este y dobló así los tributos de Roma!

Entonces, ¿por qué le escocía la piel a Pompeyo? ¿Por qué en aquel momento notaba en la nuca el viento frío del aliento de César? ¿Cómo se las había arreglado aquel hombre para que toda Roma le adorase? En una ocasión fue César quien le llamó la atención para que se fijase en el hecho de que en el mercado había puestos dedicados a vender pequeños bustos de Pompeyo el Grande hechos de yeso. Ahora esos mismos puestos vendían bustos de César. César estaba abriendo nuevas fronteras para Roma, y lo único que Pompeyo había hecho era arar un nuevo surco en el mismo campo viejo, el Este. Desde luego aquellos extraordinarios despachos que enviaba al Senado le habían ayudado; ¿cómo no se le había ocurrido a él hacer que sus despachos fueran breves, fascinantes, una especie de crónica de los acontecimientos desprovista del más ligero exceso de palabrería, sin tono de disculpa y llenos de menciones a las hazañas de otros hombres, centuriones y legados de categoría inferior? Aquellos despachos recorrían el Senado como una brisa vigorizante. ¡Le ganaban agradecimientos! Aquel hombre empezaba a convertirse en un mito. Se hablaba de la velocidad a la que era capaz de viajar, del modo cómo dictaba a varios secretarios a la vez, de la facilidad con la que tendía puentes sobre grandes ríos y sacaba a desventurados legados de las fauces de la muerte. ¡Todo tan personal!

Bien, Pompeyo no pensaba ir de nuevo a la guerra sólo para poner a César en su lugar. Tendría que hacerlo desde Roma, y antes de que acabasen el segundo ciclo de cinco años que César pasaba gobernando las Galias e Iliria. Él, Pompeyo el Grande, era el primer hombre de Roma. E iba a seguir siéndolo durante el resto de su vida, tanto con César como sin él.

Habían estado suplicándole durante meses que les permitiera hacerle dictador. Nadie más podía enfrentarse como es debido a la violencia, a la anarquía, a la total ausencia del correcto proceder. ¡Oh, siempre acababa por volver todo al abominable Publio Clodio! Era peor que un parásito bajo la piel. ¡Imaginad! Dictador de Roma. Elevado hasta una posición situada por encima de la ley, sin tener que rendir cuentas por ninguna medida que tomase como dictador después de que dejase de serlo.

Desde un aspecto práctico, Pompeyo no dudaba de su capacidad para remediar los males de Roma; era simplemente cuestión de organizar las cosas como es debido y de tomar medidas sensatas. No, la ejecución de poderes dictatoriales no consternaba a Pompeyo lo más mínimo. Lo que le preocupaba era lo que el hecho de ser dictador podía hacerle a su reputación en los libros de historia, a su condición de héroe popular. Sila fue dictador. ¡Y cómo le odiaban todavía! No es que a él eso le hubiese importado demasiado. Como César (¡otra vez ese nombre!), su nacimiento fue tan augusto que no le había hecho falta preocuparse. Un patricio Cornelio podía hacer precisamente lo que se le antojase sin sufrir merma alguna en su prominencia en los libros de historia del futuro. Que lo retratasen como a un monstruo o como a un héroe era algo que nunca le importó a Sila. Lo único que le interesaba era que fue importante para Roma.

Pero un Pompeyo de Piceno que parecía más un galo que un verdadero romano tenía que ir con mucho, mucho cuidado. Para él no existía la gloria de tener antepasados patricios. Para él no había elección automática en las votaciones para las más altas magistraturas sólo por el nombre de su familia. Todo lo que Pompeyo era había tenido que conseguirlo por sí mismo, y contra un padre que había sido una fuerza considerable en Roma, pero al que toda Roma aborrecía. No era exactamente un hombre nuevo, pero desde luego no era Julio ni Cornelio. Y en su conjunto, Pompeyo se sentía justificado. Sus esposas habían sido todas de lo mejor: una Emilia Escaura (patricia), una Mucia Escévola (antigua plebeya) y una Julia de César (lo más alto del árbol patricio). A Antistia no la contaba; sólo se había casado con ella porque su padre era el juez en un juicio que él no deseaba que se celebrase.

Pero ¿con qué ojos lo miraría Roma si consentía en ser dictador? La dictadura era una solución antigua a infortunios administrativos, ideada en un principio a fin de dar libertad a los cónsules del año para que pudieran contender en una guerra, y los hombres que fueron dictadores en el transcurso de los siglos en su mayoría fueron patricios. La duración oficial de la dictadura era de seis meses (lo que duraba la antigua temporada de campaña), aunque Sila permaneció como dictador dos años y medio, y eso que a él no se le nombró para dar libertad a los cónsules. Sila obligó al Senado a que lo nombrase en lugar de los cónsules, y luego hizo que fueran elegidos cónsules sumisos.

Tampoco era costumbre senatorial nombrar a un dictador para que resolviese infortunios civiles; para eso, el Senado inventó el *se-*

natus consultum de re publica defendenda cuando Cayo Graco intentó derrocar al estado en el Foro en lugar de hacerlo en el campo de batalla. Cicerón le dio un nombre más fácil, el *senatus consultum ultimum*. Era infinitamente preferible a un dictador porque ello, al menos teóricamente, no le proporcionaba a un solo hombre el poder para hacer lo que se le antojase. Porque el problema con un dictador era que la ley lo liberaba de responsabilidades sobre su conducta mientras estaba en el cargo, pues después no podía ser llevado a juicio para rendir cuentas de algún acto realizado que sus colegas senadores hallasen odioso.

Oh, ¿por qué le habría metido la gente en la cabeza la idea de convertirse en dictador? Ya llevaban así un año, y aunque antes de que Calvino y Mesala Rufo fueran por fin elegidos cónsules el *quinctilis* pasado él rehusó con firmeza el ofrecimiento, no había olvidado que se lo habían hecho. Y de nuevo le hacían esos ofrecimientos, y una parte de él se sentía enormemente atraída por la perspectiva de disfrutar de otro mandato extraordinario. Había acumulado ya tantos, y todos ellos obtenidos en contra de una enconada oposición por parte de los senadores ultraconservadores que, ¿por qué no uno más? ¿Y por qué no el más importante de todos? Pero él era un Pompeyo de Piceno que tenía más aspecto de galo que de verdadero romano.

Los rigoristas intransigentes para con la *mos maiorum* estaban inflexiblemente en contra de la idea en sí: Catón, Bíbulo, Lucio Enobarbo, Metelo Escipión, Curión el Viejo, Mesala Niger, todos los Claudios Marcelos, todos los Léntulos. Era formidable. Todos ellos eran hombres de la máxima influencia, aunque ninguno podía reclamar para sí el título del primer hombre de Roma, quien era un Pompeyo de Piceno.

¿Debía hacerlo? ¿Podría hacerlo? ¿Sería un error desastroso o el espaldarazo definitivo que coronaría una extraordinaria trayectoria?

Todos aquellos pensamientos tenían lugar en su dormitorio, demasiado grandioso como para calificarlo de cubículo para dormir. En él reposaba un enorme espejo de plata, muy pulida, que se había quedado para sí después de morir Julia, con la esperanza de que quizá captase algún reflejo de ella desvaneciéndose en la superficie. Sin embargo, eso nunca había ocurrido. Ahora, mientras paseaba arriba y abajo, captó su propio reflejo, se vio a sí mismo. Se detuvo, se quedó mirándose y lloró un poco. Por Julia había tenido buen cuidado de ser el Pompeyo de sus sueños: delgado, ágil, bien formado. Y quizá nunca había vuelto a mirarse hasta aquel momento.

El Pompeyo de Julia había desaparecido. En su lugar se alzaba un hombre de cincuenta y tantos años lo bastante pasado de peso como para tener papada y una abultada barriguilla; la parte inferior de la espalda formaba pliegues debido a la grasa. Sus famosos vívidos ojos azules habían desaparecido enterrados en la carne de la cara, y la nariz, que se había roto al caerse del caballo hacía pocos meses, se le había torcido hacia un lado. Sólo el cabello permanecía tan espeso y lustroso como siempre, pero lo que antes había sido oro ahora era plata.

El ayuda de cámara tosió desde la puerta.

—¿Sí? —le preguntó Pompeyo al tiempo que se limpiaba las lágrimas de los ojos.

—Una visita, Cneo Pompeyo. Tito Munacio Planco Bursa.

—¡Rápido, mi toga!

Planco Bursa estaba esperando en el estudio.

—¡Buenas tardes, buenas tardes! —exclamó Pompeyo, que entró muy apresurado, tomó asiento detrás del escritorio y juntó las manos encima del mismo; después miró a Bursa con aquella mirada inquisitiva y alegre que le había sido un instrumento de gran utilidad durante treinta años—. Llegas tarde. ¿Cómo te ha ido? —le preguntó.

Planco Bursa se aclaró la garganta ruidosamente, pues no era buen narrador por naturaleza.

—Bueno, no hubo banquete después de la sesión inaugural del Senado, ya ves. En ausencia de los cónsules, a nadie se le ocurrió proponer lo del banquete. Así que después me fui a cenar a casa de Clodio.

—¡Sí, sí, pero primero cuéntame lo del Senado, Bursa! ¿Cómo ha ido, hombre?

—Lolio sugirió que fueras nombrado dictador, pero justo cuando algunos empezaban a estar de acuerdo con él, Bíbulo se lanzó a pronunciar un discurso para rechazar la propuesta. Un buen discurso. Le siguió Léntulo Spinther, y luego Lucio Enobarbo. Que tendrían que nombrarte dictador por encima de sus cadáveres... y esa clase de cosas. Cicerón habló en favor tuyo, otro buen discurso. Pero antes de que alguien pudiera hablar en apoyo de Cicerón, Catón empezó una maniobra obstruccionista. Mesala Rufo estaba presidiendo y puso fin a la reunión.

—¿Cuándo es la próxima sesión? —le preguntó Pompeyo frunciendo el ceño.

—Mañana por la mañana. Mesala Rufo la ha convocado con la intención de elegir el primer *interrex*.

—Ajá. ¿Y Clodio? ¿Qué te contó durante la cena?

—Que piensa distribuir a los esclavos manumitidos entre las treinta y cinco tribus en el momento en que sea elegido pretor —le dijo Bursa.

—Y así podrá controlar Roma a través de los tribunos de la plebe.

—Sí.

—¿Quién más estaba en la cena? ¿Cómo reaccionaron?

—Curión se puso a hablar en contra de forma muy acalorada. Marco Antonio dijo muy poca cosa. Igual que Décimo Bruto y que Pompeyo Rufo.

—¿Quieres decir que todos excepto Curión estaban a favor de esa idea?

—Oh, no. Todo el mundo estaba en contra. Pero Curión lo resumió tan bien que lo único que pudimos añadir los demás es que Clodio está loco.

—¿Sospecha Clodio que tú trabajas para mí, Bursa?

—Ninguno de ellos tiene la mínima sospecha, Magno. Confían en mí.

Pompeyo se mordió el labio inferior.

—Hum... —Dio un suspiro—. Entonces tendremos que discurrir la manera de impedir que Clodio sospeche para quién trabajas, después de la sesión del Senado de mañana. En esa reunión no le vas a hacer la vida fácil a Clodio.

Bursa nunca mostraba curiosidad, y tampoco lo hizo en esta ocasión.

—¿Qué quieres que haga, Magno?

—Cuando Mesala Rufo lo eche a suertes para elegir un *interrex*, quiero que tú pongas veto a los procedimientos.

—¿Que vete el nombramiento de un *interrex*? —le preguntó Bursa, extrañado.

—Eso es, que vetes el nombramiento de un *interrex*.

—¿Puedo preguntar por qué?

Pompeyo sonrió.

—¡Claro! Pero no pienso decírtelo.

—Clodio se pondrá furioso. Desea muchísimo la elección.

—¿Aunque Milón se presente para cónsul?

—Sí, porque está convencido de que Milón no ganará, Magno. Él sabe que tú respaldas a Plaucio. Y Metelo Escipión, que hubiera podido respaldar a Milón con un poco de su dinero porque está muy atado a Bíbulo y a Catón, se presenta él mismo. Se está gastando el dinero en su propia candidatura. Clodio cree que Plaucio será elegido cónsul junior. Y lo más seguro es que el cónsul senior sea Metelo Escipión —dijo Bursa.

—Entonces sugiero que, después de la reunión, le digas a Clodio que utilizaste tu veto tribunicio porque sabes más allá de cualquier duda que yo respaldo a Milón, no a Plaucio.

—¡Oh, qué inteligente! —exclamó Bursa, algo animado por una vez. Se quedó pensando en ello y luego asintió con la cabeza—. Clodio aceptará eso.

—¡Excelente! —le dijo Pompeyo muy sonriente al tiempo que se ponía en pie.

Planco Bursa también se levantó, pero antes de que Pompeyo

pudiera salir de detrás del escritorio, el mayordomo llamó a la puerta y entró.

—Cneo Pompeyo, una carta urgente —le comunicó mientras hacía una inclinación de cabeza.

Pompeyo la cogió y se aseguró de que Bursa no tuviera ninguna oportunidad de ver el sello. Después de hacerle un saludo con la cabeza, distraído, a su tribuno sumiso de la plebe volvió a su escritorio.

Bursa se aclaró de nuevo la garganta.

—¿Sí? —le preguntó Pompeyo levantando la vista.

—Un pequeño apuro financiero, Magno...

—Después de que el Senado se reúna mañana.

Satisfecho, Planco Bursa salió tras el mayordomo, mientras Pompeyo rompía el sello de la carta de César.

Escribo esto desde Aquilea, después de ocuparme de Iliria. De ahora en adelante me moveré hacia el oeste a través de la Galia Cisalpina. Los asuntos se han ido amontonando en las sesiones jurídicas regionales. No es de sorprender, ya que me vi obligado a permanecer al otro lado de los Alpes el invierno pasado.

Magno, mis informadores en Roma insisten en que nuestro viejo amigo Publio Clodio piensa distribuir esclavos manumitidos entre las treinta y cinco tribus de hombres romanos una vez que sea elegido pretor. Esto no se puede permitir, y estoy seguro de que estarás de acuerdo conmigo en este punto. De lo contrario Roma caería en manos de Clodio para el resto de sus días. Ni tú, ni yo, ni ningún hombre, desde Catón hasta Cicerón, sería capaz de oponerse a Clodio a menos que hubiera una revolución.

Y si ocurriera, desde luego habría una revolución. Y Clodio sería vencido y ejecutado, y los esclavos manumitidos volverían a ser puestos en el lugar que les corresponde. No obstante, no creo que tú desees esa clase de solución, como tampoco la quiero yo. Mucho mejor, y mucho más fácil, es que Clodio no llegue nunca a pretor.

No tengo la presunción de decirte qué hacer. Sólo quiero que estés seguro de que yo estoy tan en contra del hecho de que Clodio sea elegido pretor como tú y todos los demás hombres romanos.

Te envío saludos y felicitaciones.

Pompeyo se fue a la cama satisfecho.

A la mañana siguiente llegó la noticia de que Planco Bursa había hecho precisamente lo que se le había indicado que hiciera, y había utilizado el veto que su cargo como tribuno de la plebe le otorgaba. Cuando Mesala Rufo intentó echar a suertes cuál de los prefectos patricios de cada decuria de diez senadores sería el primer *interrex*, Bursa interpuso el veto. Toda la Cámara protestó, pues se sentía ultrajada. Clodio y Milón fueron los que con más fuerza se quejaron, pero no pudieron convencer a Bursa para que retirase el veto.

Rojo de ira, Catón empezó a vocear:

—¡Debemos celebrar elecciones! Cuando no hay cónsules que asuman el cargo el día de año nuevo, esta Cámara nombra a un senador patricio para que sirva como *interrex* durante cinco días. Y cuando ese plazo como primer *interrex* termina, se nombra a un segundo patricio para servir durante otros cinco días. Y este segundo *interrex* tiene la obligación de organizar una elección de nuestros magistrados. ¿Adónde está llegando Roma cuando un idiota que se llama a sí mismo tribuno de la plebe puede detener algo tan necesario y constitucional como es el nombramiento de un *interrex*? ¡No estoy dispuesto a tolerar el nombramiento de un dictador, pero eso no significa que tolere que un hombre bloquee la maquinaria del Estado!

—¡Escuchad! ¡Escuchad! —voceó Bíbulo en medio de ensordecedores aplausos.

Pero nada de todo eso supuso diferencia alguna para Planco Bursa: se negó a retirar el veto.

—¿Por qué? —le exigió Clodio después de que hubo terminado la reunión.

Tras mover los ojos rápidamente de un lado a otro para cerciorarse de que nadie podía oírle, Bursa se puso en actitud conspiradora.

—Acabo de descubrir que Pompeyo Magno va a respaldar a Milón para cónsul, después de todo —susurró.

Sirvió para apaciguar a Publio Clodio, pero no surtió efecto sobre Milón, que sabía muy bien que Pompeyo no iba a apoyarle. Milón partió hacia el Campo de Marte para hacerle a Pompeyo la pregunta de Clodio.

—¿Por qué? —le preguntó exigente.

—¿Por qué qué? —quiso saber Pompeyo con aire de inocencia.

—Magno, ¡a mí no puedes engañarme! ¡Yo sé a quién pertenece Bursa: a ti! A él no se le ocurriría ni en sueños interponer un veto, actuaba cumpliendo órdenes... ¡tuyas! ¿Por qué?

—Mi querido Milón, te aseguro que Bursa no actuaba siguiendo ninguna orden mía —le contestó Pompeyo en un tono más bien agrio—. Te sugiero que vayas a pedirle explicaciones a algún otro con quien Bursa esté asociado, y no a mí.

—¿Te refieres a Clodio? —le preguntó Milón con cautela.

—Podría ser que me estuviera refiriendo a Clodio.

Milón, que era un hombre corpulento con rostro de ex gladiador (aunque nunca había sido algo tan innoble como eso), tensó los músculos y se hizo aún más grande. Lo cual no dejaba de ser una demostración de agresividad completamente inútil con Pompeyo, y Milón lo sabía perfectamente, pero lo hizo por la fuerza de costumbre.

—¡Tonterías! —bufó—. Clodio cree que yo no saldré elegido cónsul, así que está a favor de celebrar las elecciones curules lo más pronto posible.

—Soy yo quien cree que tú no saldrás elegido cónsul, Milón. Pero quizá te encuentres con que Clodio no comparte mi opinión. Te las has ingeniado para congraciarte muy bien con la facción de Bíbulo y Catón. He oído que Metelo Escipión se ha hecho a la idea de tenerte como colega junior. También he oído que está a punto de anunciar este hecho a sus muchos partidarios, incluidos caballeros tan preminentes como Ático y Opio.

—¿De modo que es Clodio quien está detrás de Bursa?

—Podría ser —le dijo Pompeyo con cautela—. Ciertamente Bursa no está actuando por cuenta mía, de eso puedes estar seguro. ¿Qué habría de ganar yo con ello?

Milón sonrió con desprecio.

—¿La dictadura? —le sugirió.

—Ya he rehusado la dictadura, Milón. No creo que a Roma le gustase tenerme de dictador. Últimamente estás muy unido a Bíbulo y a Catón, así que dime tú si me equivoco.

Milón, que era demasiado corpulento para moverse por una habitación atestada de preciosas reliquias de las diversas campañas de Pompeyo (coronas de oro, una parra dorada con uvas de oro, urnas de oro, cuencos de pórfido delicadamente pintados), dio una vuelta por el despacho de Pompeyo. Se detuvo para mirar a éste, que seguía sentado tranquilamente detrás de su escritorio de marfil y oro.

—Dicen que Clodio va a distribuir a los esclavos manumitidos entre las treinta y cinco tribus —le comentó.

—He oído el rumor, sí.

—Se haría el amo de Roma.

—Cierto.

—¿Y si no se presentase a las elecciones para pretor?

—Desde luego, sería mejor para Roma.

—¡Qué peste con Roma! ¿Sería mejor para mí?

Pompeyo sonrió dulcemente y se levantó.

—No tendría más remedio que ser muchísimo mejor para ti, Milón, ¿no te parece? —le preguntó al mismo tiempo que se dirigía a la puerta.

Milón captó la indirecta y empezó a andar también hacia allí.

—¿Podría interpretarse eso como una promesa, Magno? —le preguntó.

—Quizá te perdone por creerlo así —repuso Pompeyo, y dio unas palmadas para llamar al mayordomo.

Nada más marcharse Milón, el mayordomo le anunció a Pompeyo otra visita.

—¡Vaya, vaya, sí que soy popular! —exclamó Pompeyo mientras le estrechaba afectuosamente la mano a Metelo Escipión y lo invitaba con ternura a tomar asiento en la mejor silla.

Esta vez no se colocó detrás del escritorio. ¡Nadie trataba así a Quinto Cecilio Metelo Pío Escipión Nasica! En lugar de eso, Pompeyo acercó otra silla y tomó asiento después de servir vino de la botella que contenía un Chian de cosecha tan bueno que, cuando Pompeyo lo consiguió, Hortensio, que también deseaba hacerse con él, se había puesto a llorar de frustración.

Desgraciadamente, el hombre que tenía el nombre más grandioso de toda Roma no tenía una mente tan brillante, aunque sí parecía lo que era: un patricio Cornelio Escipión adoptado en el seno de la poderosa casa plebeya de Cecilio Metelo. Altivo, frío, arrogante, y muy feo, lo cual siempre se daba en todos los Cornelios Escipiones. Su padre adoptivo, Metelo Escipión, tampoco tenía hijos varones, y a su única hija la había casado con Publio, el hijo de Craso, hacía tres años. Aunque era una Cecilia Metela propiamente hablando, siempre se la había conocido como Cornelia Metela, y Pompeyo la recordaba muy bien porque Julia y él habían asistido a la recepción que se había celebrado a continuación de la boda. La mujer tenía el aspecto más distante y desdeñoso que él había visto en su vida, y se lo comentó a Julia, quien soltó una risita y le dijo que Cornelia Metela siempre le había recordado a un camello, y que en realidad debería haberse casado con Bruto, que tenía la misma clase de mente pretenciosamente intelectual y pedante.

No obstante, el problema era que Pompeyo nunca sabía bien qué era lo que quería oír alguien como Metelo Escipión. ¿Tenía que mostrarse jovial, cortés con cierta distancia o más bien seco? Bien, había empezado mostrándose jovial, así que seguiría actuando con jovialidad.

—No es mal vino, ¿eh? —le preguntó mientras hacía chasquear los labios.

Metelo Escipión formó una débil mueca con los labios; no se distinguía si de placer o de dolor.

—Muy bueno —convino.

—¿Qué te trae por aquí?

—Publio Clodio —contestó Metelo Escipión.

Pompeyo asintió.

—Un mal asunto, si es que es cierto.

—Oh, ya lo creo que es cierto. El joven Curión lo oyó de los propios labios de Clodio, y fue corriendo a su casa a contárselo a su padre.

—Según me han dicho, el viejo Curión no está muy bien —comentó Pompeyo.

—Cáncer —le explicó Metelo Escipión brevemente.

—¡Vaya! —exclamó Pompeyo.

Y se quedó esperando.

Metelo Escipión también esperó.

—¿Por qué has venido a verme? —le preguntó al fin Pompeyo, cansado de adelantar tan poco.

—Los demás no querían que viniera a verte —le dijo Metelo Escipión.

—¿Qué demás?

—Bíbulo, Catón, Enobarbo.

—Eso es porque no saben quién es el primer hombre de Roma.

La aristocrática nariz logró levantarse un poco.

—Tampoco yo lo sé, Pompeyo.

Pompeyo hizo una mueca de desagrado. ¡Oh, si por lo menos le concedieran un «Magno» de vez en cuando! ¡Resultaba tan maravilloso oírse llamar «Grande» por sus iguales! César sí que le llamaba Magno. Pero ¿lo hacían Catón, Bíbulo, Enobarbo o aquel zoquete de culo tieso que tenía delante? ¡No! Siempre lo llamaban simplemente Pompeyo.

—No estamos llegando a ninguna parte, *Metelo* —dijo.

—He tenido una idea.

—Las ideas son cosas excelentes, *Metelo*.

Otra vez se dirigió a él por el nombre plebeyo.

Metelo Escipión le lanzó una mirada breve y suspicaz, pero Pompeyo estaba recostado en la silla sorbiendo con semblante sobrio de su copa transparente de cristal de roca.

—Soy un hombre muy rico —dijo—, y tú también lo eres, Pompeyo. Se me ha ocurrido que entre tú y yo quizá pudiéramos sobornar a Clodio para que desistiera en su intento.

Pompeyo asintió.

—Sí, yo he tenido la misma idea —convino, y suspiró con aire lúgubre—. Por desgracia Clodio no anda escaso de dinero. Su mujer es una de las más ricas de Roma, y cuando muera su madre heredará mucho más. Y, además, Clodio sacó pingües beneficios de su embajada en Galacia. Precisamente en este momento se está construyendo la villa más cara que el mundo ha visto jamás, y la obra progresa a pasos agigantados. Está cerca de mi casita en las colinas Albanas, por eso lo sé. La está construyendo sobre columnas de treinta metros de altura en la fachada, y sobresale por el borde de un precipicio de otros treinta metros. Tiene la vista más asombrosa que existe sobre el lago Nemi y la llanura latina, y se alcanza a ver hasta el mar. Compró la tierra casi regalada porque todo el mundo pensaba que en aquel lugar era imposible construir, luego le encargó a Ciro que la construyera y ahora está casi terminada. —Pompeyo movió la cabeza con énfasis—. No, Escipión, eso no servirá.

—Bueno, pues... ¿qué podemos hacer? —le preguntó Metelo Escipión, anonadado.

—Pues hacer muchas ofrendas a todos los dioses que se nos ocurran —fue el consejo de Pompeyo. Luego sonrió—. En realidad yo envié un donativo anónimo de medio millón a las vestales para la Bona Dea. Ésa es una dama a la que Clodio no le gusta.

Metelo Escipión pareció escandalizado.

—¡Pompeyo, la Bona Dea no es cosa de hombres! ¡Un hombre no puede hacerle regalos a la Bona Dea!

—No lo hizo un hombre —puntualizó Pompeyo alegremente—. Lo envié en nombre de Aurelia, mi difunta suegra.

Metelo Escipión apuró el contenido de la copa de cristal de roca y se levantó.

—Quizá tengas razón —convino—. Yo podría enviar un donativo en nombre de mi pobre hija.

Como era necesario manifestar preocupación por ella, Pompeyo así lo hizo.

—¿Cómo se encuentra? ¡Una cosa terrible, Escipión, quedarse viuda tan joven!

—Está todo lo bien que cabe esperar en estos casos —le explicó Escipión mientras caminaba hacia la puerta; al llegar aguardó a que Pompeyo se la abriera—. Tú también te has quedado viudo hace poco, Pompeyo —continuó diciendo mientras Pompeyo le acompañaba a la puerta principal—. Quizá deberías venir a cenar con nosotros un día de estos. Sólo nosotros tres.

La cara de Pompeyo se iluminó. ¡Una invitación a cenar con Metelo Escipión! ¡Oh, ya había asistido a cenas formales en aquella casa espantosa y más bien demasiado pequeña, pero nunca con la familia!

—Encantado, cuando tú quieras, Escipión —aceptó, y abrió la puerta principal él mismo.

Pero Metelo Escipión no se fue a casa. En lugar de eso se dirigió a la casa pequeña y triste donde vivía Marco Porcio Catón, que era enemigo de toda ostentación. Bíbulo le estaba haciendo compañía.

—Bien, ya lo he hecho —les dijo Metelo Escipión mientras se dejaba caer pesadamente en una silla.

Los otros dos intercambiaron miradas fugaces.

—¿Se ha creído que habías ido para hablar de Clodio? —le preguntó Bíbulo.

—Sí.

—¿Mordió el anzuelo y no se dio cuenta de cuál era el motivo real que te llevaba allí?

—Creo que sí.

Reprimiendo un suspiro, Bíbulo se quedó mirando a Metelo Escipión durante un momento; luego se inclinó hacia adelante y le dio palmaditas en el hombro.

—Eres un buen hombre, Escipión —le dijo.

—Es un acto adecuado —comentó Catón mientras apuraba de un trago el contenido del tazón de sencilla cerámica. Como tenía la jarra al lado del codo sobre su escritorio, era cosa fácil volver a llenarla—. A ninguno de nosotros nos gusta ese hombre, pero tenemos que atarlo a nuestro lado como antes lo hizo César.

—¿Y tiene que ser sirviéndonos de mi hija?

—¡Bien, él no aceptaría a la mía! —le aseguró Catón relinchando de risa—. A Pompeyo le gustan los patricios, le hacen sentirse terriblemente importante. Mira a César.

—Pues a ella no va a gustarle nada —dijo Metelo Escipión con aire desgraciado—. Publio Craso era de linaje muy noble; eso le gustaba a mi hija. Y le gustaba mucho Publio Craso, aunque no lo conoció durante mucho tiempo. Se marchó con César casi justo después de la boda, y luego a Siria con su padre. —Se estremeció—. Ni siquiera sé cómo darle la noticia de que quiero que se case con un Pompeyo de Piceno. ¡El hijo de Estrabón!

—Sé sincero, dile la verdad —le aconsejó Bíbulo—. La necesitamos para la causa.

—Pues en realidad no veo por qué, Bíbulo —le aseguró Metelo Escipión.

—Pues entonces volveré a explicártelo, Escipión. Tenemos que hacer que Pompeyo se ponga de nuestra parte. Eso sí que lo comprendes, ¿verdad?

—Supongo que sí.

—Muy bien, te explicaré también eso. Se remonta a Luca y a la conferencia que César celebró allí con Pompeyo y Marco Craso, hace ya casi cuatro años. En abril, como la hija de César había convertido a Pompeyo en su esclavo, César pudo convencerlo para que le ayudase a legislar para él su segundo mandato de cinco años en la Galia. Si Pompeyo no lo hubiera hecho, César estaría ahora en el exilio permanente, despojado de todo lo que posee. Y tú serías *pontifex maximus*, Escipión. Recuérdalo. Él también convenció a Pompeyo, y a Craso, aunque eso no le costó tanto, para poner en vigencia una ley que prohíbe al Senado hablar del segundo mandato de cinco años de César antes de dos años, en marzo. ¡Y no digamos de desposeerlo de ese mando! César sobornó a Pompeyo y a Craso con su segundo consulado, pero no habría podido lograrlo sin la ayuda de Julia. Y, de todos modos, ¿qué iba a impedirle a Pompeyo presentarse para su segundo consulado?

—Pero Julia está muerta —objetó Metelo Escipión.

—¡Sí, pero César todavía tiene en sus manos a Pompeyo! Y mientras César lo tenga en sus manos, existe la probabilidad de que logre prolongar su mandato en la Galia más allá del plazo que tiene ahora fijado. En realidad puede prolongarlo hasta que entre directamente en su segundo consulado. Lo puede hacer legalmente en menos de cuatro años.

—Pero ¿por qué siempre estás hablando de César? —le preguntó Metelo Escipión—. ¿No es Clodio quien representa un peligro en este momento?

Catón dejó de golpe el tazón vacío sobre el escritorio; lo hizo tan súbitamente que Metelo Escipión se sobresaltó.

—¡Clodio! —exclamó con desprecio—. ¡No es Clodio quien hará caer la República, por muy buenos planes que tenga! Alguien se encargará de pararle los pies. Pero sólo nosotros, los *boni*, podemos detener a nuestro auténtico enemigo, César.

Bíbulo volvió a intentarlo.

—Escipión —le dijo—, si César logra sobrevivir sin que se le procese hasta ser cónsul por segunda vez, ¡no le haremos caer jamás! ¡Obligará a que se aprueben leyes en las asambleas que nos hagan imposible acusarlo en ningún tribunal! Porque ahora César es un héroe. ¡Un héroe fabulosamente rico! Cuando fue cónsul por primera vez, tenía el nombre y poca cosa más. Diez años después le permitirán hacer cualquier cosa que se le antoje, porque toda Roma lo considera el romano más grande que ha existido jamás. Se saldrá con la suya en todo lo que ha hecho... ¡hasta los dioses le oirán reírse de nosotros!

—Sí, todo eso lo comprendo, Bíbulo, pero también recuerdo cuánto trabajamos para detenerlo cuando fue cónsul la primera vez —observó Metelo Escipión obcecadamente—. Maquinábamos una conspiración tras otra, lo que solía costarnos un montón de dinero, y cada vez decíais lo mismo, que aquello iba a ser el fin de César. ¡Pero nunca fue el fin de César!

—Eso es porque no teníamos bastante influencia —comentó Bíbulo con aire lúgubre haciendo un esfuerzo por conservar la paciencia—. ¿Por qué? Porque menospreciamos a Pompeyo, lo menospreciamos tanto que no quisimos convertirlo en nuestro aliado. Pero César no cometió ese error. No digo que él no menosprecie a Pompeyo hasta el día de hoy (¿quién no lo haría teniendo el linaje que tiene César?), pero utiliza a Pompeyo, que tiene una enorme influencia, ¡que incluso presume llamándose a sí mismo el primer hombre de Roma, por favor! ¡Bah! César le regaló a su hija, una muchacha que hubiera podido casarse con quien hubiera querido, pues era de alta cuna. Cornelia y Julia combinadas. Y estaba prometida en matrimonio a Bruto, el noble más rico y mejor relacionado de Roma. César rompió ese compromiso. Servilia estaba rabiosa y todas las personas importantes quedaron horrorizadas. Pero ¿creéis que a él le importó? ¡No! César atrapó a Pompeyo en sus redes, y con ello se hizo invencible. ¡Bien, si conseguimos atrapar a Pompeyo en nuestras redes seremos nosotros los invencibles! Por eso vas a ofrecerle a Cornelia Metela.

Catón escuchaba, con la mirada fija en el rostro de Bíbulo. El mejor, el que más aguante tenía de todos sus amigos. Un tipo muy pequeño cuyo cabello, cejas y pestañas eran tan plateados que parecía peculiarmente calvo. También los ojos los tenía plateados. De rostro afilado y de mente igualmente afilada. Aunque podía estarle agradecido a César por servir de estímulo para aguzar el filo de la navaja en su mente.

—Muy bien —dijo Metelo Escipión dando un suspiro—. Iré a casa y hablaré con Cornelia Metela. No prometo nada, pero si dice que está dispuesta, entonces se la ofreceré a Pompeyo.

—Y eso es todo —dijo Bíbulo cuando regresó de despedir a Metelo Escipión.

Catón se llevó el sencillo tazón de loza a los labios y volvió a beber; Bíbulo lo miró, consternado.

—Catón, ¿tienes que beber tanto? —le preguntó—. Yo antes pensaba que el vino nunca se te subía a la cabeza, pero ya he visto que eso no es cierto. Bebes demasiado. Y eso te matará.

Desde luego, Catón últimamente no tenía buen aspecto, aunque era uno de aquellos hombres cuya figura no había sufrido un gran deterioro; era tan alto, tan erguido y tan bien formado físicamente como siempre. Pero el rostro, que antes era vivo, inocente, se le había hundido formando planos de color ceniza y finas arrugas, a pesar de que sólo tenía cuarenta y un años. La nariz, tan grande que era famosa en una ciudad de narices grandes, dominaba completamente aquel rostro que en los viejos tiempos habían dominado los ojos, muy abiertos, luminosamente grises. Y el cabello muy corto, ligeramente ondulado, ya no era de color castaño rojizo, sino más bien de un color beige moteado.

Bebía sin parar. Sobre todo desde que le había entregado a Marcia a Hortensio. Bíbulo sabía por qué, desde luego, aunque Catón nunca había hablado de ello. El amor no era una emoción con la que Catón supiera tratar, en particular un amor tan ardiente y apasionado como era el amor que él sentía por Marcia. Lo atormentaba. Lo corroía. Cada día se preocupaba por ella; cada día se preguntaba cómo podría vivir si ella muriese como había muerto su querido hermano Cepión. Así que cuando el débil Hortensio se la había pedido, él había visto un salida. ¡Ser fuerte, pertenecerse a sí mismo de nuevo! Regalarla. Librarse de ella.

Pero no había funcionado. Catón, sencillamente, se había enterrado con el par de filósofos que vivían con él en su casa, Atenodoro Cordilión y Estatilo, y los tres pasaban las noches vaciando jarras de vino. Lloraban al oír las palabras gazmoñas y pomposas de Catón el Censor como si las hubiera escrito Homero. Caían en una especie de estupor y se dormían cuando los otros se levantaban de la cama. Como no era un hombre sensible, Bíbulo no tenía idea de la profundidad del dolor de Catón, pero lo amaba, principalmente por aquella fuerza inquebrantable frente a toda adversidad, desde César a Marcia. Catón nunca renunciaba, nunca cedía.

—Porcia cumplirá pronto dieciocho años —observó Catón bruscamente.

—Ya lo sé —dijo Bíbulo parpadeando.

—Y no le he encontrado marido.

—Bien, tú tenías la esperanza de que su primo Bruto...

—Volverá de Cilicia a finales de mes.

—¿Piensas echarle un tiento otra vez? Bruto no necesita a Apio Claudio, así que podría divorciarse de Claudia.

De nuevo soltó aquella risa que parecía un relincho.

—¡Yo no, Bíbulo! Bruto ya tuvo su oportunidad. Se casó con Claudia y puede seguir casado con Claudia.

—¿Y el hijo de Enobarbo?

La jarra se inclinó y un delgado torrente de vino tinto cayó en el tazón de loza. Los ojos permanentemente enrojecidos miraron a Bíbulo por encima del borde del recipiente.

—¿Y tú, viejo amigo? —le preguntó.

Bíbulo emitió un grito ahogado.

—¿Yo?

—Sí, tú. Domicia ha muerto, así que, ¿por qué no?

—¡Yo... yo... bueno, yo nunca he pensado... oh, dioses, Catón! ¿Yo?

—¿No la quieres, Bíbulo? Admito que Porcia no tiene una dote de cien talentos, pero tampoco se puede decir que sea pobre. Tiene la buena cuna suficiente y ha recibido una excelente educación. Y puedo garantizarte su lealtad. —Tragó una parte del vino—. Lástima, en verdad, que Porcia sea la chica y no el chico. Ella vale mil veces más que él.

Con los ojos llenos de lágrimas, Bíbulo alargó la mano por encima del escritorio.

—¡Marco, por supuesto que la acepto! Y además me siento muy honrado.

Pero Catón ignoró la mano tendida.

—Estupendo —dijo, y vació el tazón de un trago.

El decimoséptimo día de aquel mes de enero, Publio Clodio se puso su ropa de montar a caballo, se ciñó al cinto una espada y fue a ver a su esposa, que estaba en su saloncito. Fulvia se encontraba tendida lánguidamente en un canapé, sin peinar y con el delicioso cuerpo ataviado con un camisón transparente color azafrán. Pero cuando vio cómo iba vestido Clodio, se incorporó.

—¿Qué pasa, Clodio?

Éste hizo una mueca parecida a una sonrisa, se sentó al borde del canapé y besó a Fulvia en la frente.

—*Meum miel*, Ciro se está muriendo.

—¡Oh, no! —Fulvia escondió el rostro en la camisa de lino de Clodio, parecida más bien a la coraza de un soldado, aunque ésta no estaba acolchada. Luego levantó la cabeza y lo miró con perplejidad—. ¡Pero si te has vestido así es que vas a salir de Roma! ¿Por qué? ¿No está aquí Ciro?

—Sí, está aquí —respondió Clodio, sinceramente disgustado ante la perspectiva de la muerte de Ciro y no porque iba a perder los servicios del mejor arquitecto de Roma—. Por eso voy al lugar de la construcción. A Ciro se le ha metido en la cabeza que ha cometido un error en los cálculos, y no se fía de nadie más que de mí para que lo compruebe. Regresaré mañana.

—¡Clodio, no me dejes aquí!

—Tengo que hacerlo —le dijo Clodio con tristeza—. Tú no te encuentras bien y yo tengo muchísima prisa. Los médicos dicen que Ciro no durará más de dos o tres días, y tengo que tranquilizar la mente del pobre viejo.

La besó en la boca con fuerza y se levantó.

—¡Ten cuidado! —le recomendó Fulvia.

Clodio sonrió.

—Siempre, ya lo sabes. Me acompañan Escola, Pomponio y Cayo Clodio, mi esclavo manumitido. Y llevo treinta esclavos armados como escolta.

Los caballos, todos buenos, los habían traído desde los establos que había en el valle de las Camenas, al otro lado de la muralla Servia, y habían llamado la atención de un grupo grande de mirones que se concentraban en la estrecha calleja a la que daba la puerta principal de la casa de Clodio; tantas monturas en el interior de Roma era algo muy poco habitual. En aquellos tiempos turbulentos era costumbre que los hombres conflictivos fueran a todas partes con un cuerpo de guardia de esclavos o de guardaespaldas contratados, y Clodio no era una excepción. Pero aquél era un viaje relámpago, Clodio no lo había planeado y esperaba estar de vuelta antes de que se le echase de menos. Los treinta esclavos eran, además, todos jóvenes y estaban bien entrenados en el uso de las espadas que llevaban, aunque no iban equipados con corazas ni cascos.

—¿Adónde vas, amigo de los soldados? —le gritó un hombre que estaba entre el gentío, sonriendo ampliamente.

Clodio se detuvo.

—¿En Tigranocerta? ¿Lúculo? —le preguntó Clodio.

—En Nisibis, Lúculo —respondió el hombre.

—Qué tiempos aquellos, ¿eh?

—¡Hace casi veinte años de eso, amigo de los soldados! Pero ninguno de los que estuvimos allí hemos olvidado nunca a Publio Clodio.

—Que se ha hecho viejo y manso, soldado.

—¿Adónde vas? —repitió el hombre.

Clodio subió de un salto a la silla y le hizo un guiño a Escola, que ya había montado.

—A las colinas Albanas —respondió—, pero sólo voy a pasar fuera una noche. Volveré a estar en Roma mañana.

Le dio la vuelta al caballo y se puso a cabalgar por la calleja en dirección al Clivus Palatinus, con sus tres compañeros inseparables y los treinta soldados armados detrás.

—A las colinas Albanas, pero sólo una noche —repitió Tito Annio Milón pensativamente. Empujó una pequeña bolsa de denarios de plata sobre la mesa hacia el hombre que había mantenido la breve conversación con Clodio desde la multitud—. Te estoy muy agradecido —le dijo, y se puso en pie.

—Fausta —le dijo a su esposa unos instantes después, al tiempo que irrumpía en la sala de estar de ésta—, ya sé que no quieres ir, pero mañana al amanecer vas a venir conmigo a Lanuvium, así que haz el equipaje y prepárate. No es una petición, es una orden.

Para Milón la adquisición de Fausta representaba una considerable victoria sobre Publio Clodio. Era hija de Sila, y el hermano gemelo de Fausta, Fausto Sila, era íntimo amigo de Clodio, como también lo era el escandaloso sobrino de Sila, Publio Sila. Aunque Fausta no había sido nunca miembro del club de Clodio, sus relaciones iban todas en aquella dirección; estuvo casada con Cayo Memmio, el sobrino de Pompeyo, hasta que él la sorprendió en una situación comprometida con un don nadie muy joven y musculoso. A Fausta le gustaban los hombres musculosos, pero Memmio, aunque tenía un atractivo bastante espectacular, era un individuo más bien delgado y cansado, muy devoto de su madre, la hermana de Pompeyo, incluso de un modo un poco nauseabundo. Su madre ahora era esposa de Publio Sila.

Como era notablemente musculoso, aunque no tan joven como para ser totalmente del gusto de Fausta, a Milón no le resultó demasiado difícil cortejarla y casarse con ella. ¡Clodio había chillado aún más que Fausto o Publio Sila! Era cierto que Fausta no estaba curada de aquella predilección suya por cualquier don nadie muy joven y bien formado; hacía pocos meses, Milón se había visto obligado a usar el látigo con un tal Cayo Salustio Crispo. Lo que Milón no difundió por una Roma deleitada fue que también lo había utilizado contra Fausta. De modo que la tenía muy metida en cintura.

Por desgracia, Fausta no había salido a Sila, un hombre sorprendentemente guapo en su juventud. No, se parecía a su tío abuelo, el famoso Metelo Numídico. Tenía mal tipo y era regordeta, un verdadero adefesio. Sin embargo, todas las mujeres eran iguales con las luces apagadas, así que Milón disfrutaba de ella tanto como de las otras con las que había tenido amores.

Fausta no discutió aquella orden, pues aún recordaba el látigo. Le dirigió a Milón una mirada llena de angustia y luego dio unas palmadas para que acudiera su séquito de criados.

Milón se había marchado, llamando a su esclavo manumitido Marco Fusteno, que no llevaba el nombre de Tito Annio porque había pasado a la protección de Milón, después de ser manumitido de una escuela de gladiadores. Fusteno era su nombre verdadero. Era un romano que había sido condenado a combatir en peleas de gladiadores por cometer un asesinato.

—Los planes han cambiado un poco, Fusteno —le comentó Milón brevemente cuando apareció su guardaespaldas—. Seguimos yendo a Lanuvium... ¡qué maravillosa racha de suerte! Los motivos que tengo para emprender mañana el camino de la vía Apia son intachables; puedo probar que los planes que tengo para estar en mi pueblo natal a fin de nombrar al nuevo *flamen* datan de hace dos meses. De manera que nadie podrá decir que yo no tenía derecho para estar en la vía Apia. ¡Nadie!

Fusteno, un individuo casi tan grande como Milón, no dijo nada, se limitó a asentir con la cabeza.

—Fausta ha decidido acompañarme, así que tendrás que ir a alquilar un *carpentum* que sea realmente muy espacioso —continuó diciendo Milón.

Fusteno asintió.

—Alquila otros vehículos para los criados y el equipaje. Vamos a quedarnos allí una temporada. —Milón movió en el aire una nota sellada—. Haz que le envíen esto inmediatamente a Quinto Fufio Caleno. Como tengo que compartir un carruaje con Fausta, bien está que disfrute de alguna compañía decente en la carretera. Caleno servirá.

Fusteno asintió.

—Y que se prepare toda la guardia de escolta, pues llevaremos muchas cosas de valor en las carretas. —Milón sonrió agriamente—. Sin duda Fausta querrá llevar todas sus joyas, por no decir todas las mesas de madera de cítrico que se le antojen. Ciento cincuenta hombres, Fusteno, y todos con corazas, cascos y muy bien armados.

Fusteno asintió.

—Y diles a Birria y a Eudamas que vengan inmediatamente.

Fusteno asintió y salió de la habitación.

Ya estaba bien entrada la tarde, pero Milón no dejó de mandar criados de acá para allá hasta que cayó la noche, hora a la que pudo recostarse, satisfecho, para dar cuenta con buen apetito de una cena que se había retrasado mucho. Todo estaba en su sitio. Quinto Fufio Caleno había manifestado el enorme placer que sentía por acompañar a su amigo Milón a Lanuvium; Marco Fusteno había dispuesto los caballos para el cuerpo de guardia de ciento cincuenta hombres, carretas, carros y carruajes destartalados para el equipaje y los criados, y un *carpentum* cómodo y espacioso para los amos de aquel impresionante séquito.

Caleno llegó a la casa al amanecer; Milón y Fausta se pusieron en marcha con él a pie hasta un punto justo en el exterior de la puerta Capena, donde la comitiva ya estaba reunida y el *carpentum* aguardaba.

—¡Muy bonito! —ronroneó Fausta.

Se acomodó en el asiento, bien mullido, de espaldas a las mulas; sabía que no le convenía ocupar el sitio que permitía viajar mirando hacia adelante. En dicho asiento se instalaron cómodamente Milón y Caleno, complacidos al descubrir que entre ellos se había instalado una mesa pequeña en la cual podían jugar a los dados, comer y beber. El cuarto asiento, el que quedaba junto a Fausta, lo ocuparon dos sirvientes que se apretujaron en aquel espacio: una mujer para atender a Fausta, y un hombre para atender a Milón y a Caleno.

Como todos los carruajes, el *carpentum* no tenía amortiguadores, pero la vía Apia, desde Capua hasta Roma, estaba muy bien conservada y en buenas condiciones, y tenía la superficie muy lisa porque al comienzo de cada verano se extendía sobre ella una capa nueva de polvo de cemento que se apisonaba firmemente y se regaba con agua. La inconveniencia del viaje la constituían más las vibraciones que las sacudidas, tirones o los saltos en los baches. Naturalmente, los sirvientes que iban en los vehículos de inferior calidad no estaban tan bien instalados, pero todos estaban contentos ante la idea de ir a algún sitio. Unas trescientas personas se pusieron en marcha por la carretera común que se bifurcaba en la vía Apia y la vía Latina un kilómetro más allá de la puerta Capena. Fausta se había llevado consigo a sus doncellas, peluqueras, mujeres que la bañaban, maquilladoras y lavanderas, así como a algunos músicos y una docena de muchachos bailarines; Caleno había aportado su ayuda de cámara, su bibliotecario y otra docena más de sirvientes; y Milón llevaba a su mayordomo, al encargado de los vinos, a su ayuda de cámara, a una docena de sirvientes varones, a varios cocineros y a tres panaderos. Los esclavos más elevados tenían también sus propios esclavos para que los ayudaran. Reinaba el buen humor y la alegría y el ritmo era de unos razonables ocho kilómetros por hora, lo cual les permitiría llegar a Lanuvium en poco más de siete horas.

La vía Apia era una de las carreteras más antiguas de Roma. Pertenecía a los Claudios Pulcher, la familia de Clodio, porque la había construido su antepasado Apio Claudio el Ciego, y su cuidado y mantenimiento entre Roma y Capua estaba todavía a cargo de gente cercana a la familia. Como era la carretera claudiana, era también el lugar donde los patricios Claudios colocaban sus tumbas. Generaciones de Claudios muertos se alineaban a ambos lados de la carretera, aunque desde luego también se encontraban allí las tumbas de otros clanes, y el aspecto exterior no era un despliegue apretado de monumentos redondos y rechonchos, pues a veces había un kilómetro o más entre ellos.

Publio Clodio había podido averiguar que el agonizante Ciro estaba equivocado: los cálculos eran perfectos, no había ningún peligro de que la osada construcción que el anciano griego había diseñado fuera a derrumbarse hacia el fondo del precipicio sobre el que cabalgaba. ¡Oh, qué emplazamiento más maravilloso para una villa! Una vista que haría que Cicerón se atragantase de envidia con sus propias babas, que se las pagase por atreverse a levantar su nueva casa hasta una altura que le quitaba a la de Clodio la vista sobre el Foro Romano. Como Cicerón era un coleccionista compulsivo de villas en el campo, no tardaría mucho en acercarse furtivamente más allá de Bovillae para ver lo que Clodio estaba haciendo. Y cuando lo viera realmente, se pondría más verde de envidia que la llanura Latina que se extendía ante él.

En realidad, la comprobación de las medidas de Ciro se había hecho con tanta rapidez que Clodio podría haber regresado a Roma aquella misma noche. Pero no había luna, y eso hacía que cabalgar resultase arriesgado; lo mejor era continuar hasta la villa que poseía cerca de Lanuvium, aprovechar para dormir unas cuantas horas y emprender el regreso a Roma poco después del amanecer. No había llevado equipaje ni criados, pero en aquella villa había siempre el personal mínimo capaz de preparar una comida para él, para Escola, para Pomponio y para Cayo Clodio, el esclavo manumitido; los treinta esclavos que formaban la escolta comieron lo que habían llevado en las alforjas.

Clodio se encontraba en la vía Apia, mirando hacia Roma, cuando salió el sol, y emprendió el viaje cabalgando a gran velocidad; la verdad era que le resultaba tan raro viajar sin Fulvia que su ausencia le ponía los dientes largos y le proporcionaba vigor. También estaba preocupado porque ella no se encontraba bien. Como lo conocían bien, los miembros de la escolta intercambiaban miradas y se hacían muecas de tristeza unos a otros; Clodio sin Fulvia era algo difícil de encajar.

Al comienzo de la tercera hora de luz del día, Clodio pasó por Bovillae al trote, por lo que varios ciudadanos que se dirigían a sus quehaceres tuvieron que apartarse rápidamente, pues a Clodio le importaba muy poco lo que les sucediese o el destino que sufrieran las ovejas, los caballos, las mulas, los cerdos y los pollos que dichos ciudadanos tenían a su cargo; era día de mercado en Bovillae. Pero un kilómetro más allá de aquella bulliciosa ciudad todo vestigio de civilización desapareció, aunque sólo había veinte kilómetros de camino hasta la muralla Servia de Roma. Las tierras situadas a cada lado de la carretera pertenecían al joven caballero Tito Sertio Gallo, que tenía dinero más que suficiente para resistir las muchas ofertas que había recibido por aquellos pastos tan exuberantes; por los campos se hallaban diseminados los hermosos caballos que le gustaba criar, pero su lujosa villa quedaba tan apartada de la carretera que no se veía el menor atisbo de la misma. El único edificio que había junto a la carretera era una taberna pequeña.

—Se acerca un grupo muy numeroso —observó Escola, amigo de Clodio desde hacía tantos años que se les había olvidado cómo se conocieron.

—¡Vaya! —gruñó Clodio al tiempo que levantaba una mano en el aire para que toda la comitiva se saliera de la carretera propiamente dicha.

La comitiva se apartó hasta el borde de la hierba, que era lo acostumbrado cuando dos grupos se encontraban y en uno de ellos había vehículos con ruedas y en el otro no; y, desde luego, la caravana que se aproximaba tenía muchos vehículos con ruedas.

—Creo que es Sampsiceramo que traslada el harén —comentó Cayo Clodio.

—No, no lo es —dijo Pomponio cuando la cabalgata se acercó un poco más—. ¡Oh, dioses, pero si es un pequeño ejército! ¡Mirad las corazas!

En aquel momento Clodio reconoció la figura que iba a caballo al frente. Se trataba de Marco Fusteno.

—¡*Cacat!* —exclamó—. ¡Es Milón!

Escola, Pomponio y el esclavo manumitido de Cayo Clodio se acobardaron y se pusieron pálidos, pero Clodio espoleó al caballo y aumentó la velocidad.

—Vamos, avancemos tan aprisa como podamos —ordenó.

El *carpentum* donde iban Fausta, Milón y Fufio Caleno estaba exactamente en el centro de la comitiva; Clodio manejó su caballo para hacerlo volver a la carretera, hizo un gesto de desagrado al mirar el interior del carruaje y luego continuó su camino adelantando al vehículo. Unos pasos más allá volvió la cabeza y vio que Milón estaba asomado por la ventanilla y que lo observaba con fiereza.

Pasar de largo a través de la comitiva ya era en sí peligroso, y Clodio estuvo a punto de conseguirlo. El problema se presentó cuando se encontró a la altura de los más de cien hombres montados y bien armados que formaban la retaguardia del séquito de Milón. No tuvo dificultad en avanzar entre ellos, pero cuando sus treinta esclavos empezaron a pasar por allí al trote, los guardaespaldas de Milón se hicieron a un lado y se cruzaron en su camino. Muchos de los hombres de Milón llevaban jabalinas, y empezaron a pinchar maliciosamente los flancos de los caballos de Clodio; pocos instantes después varios esclavos estaban en el suelo, mientras otros sacaban las espadas y se ponían a dar vueltas lanzando maldiciones. Clodio y Milón se odiaban, pero no tanto como sus hombres.

—¡Sigue adelante! —exclamó Escola cuando Clodio tiró de las riendas—. ¡Déjalos, Clodio! ¡Nosotros ya hemos pasado, así que no te detengas!

—¡No puedo abandonar a mis hombres!

Se detuvo y dio la vuelta.

Los dos últimos jinetes de la comitiva de Milón eran sus matones de confianza, los ex gladiadores Birria y Eudamas. Y en el momento en que Clodio se puso frente a ellos para dirigirse de nuevo hacia sus hombres, Birria levantó la jabalina que llevaba, apuntó de manera desenfadada y la lanzó.

La punta de la jabalina, en forma de hoja, le dio a Clodio en la parte superior del hombro con tanta fuerza que salió disparado por los aires y fue a dar, de rodillas, contra la carretera, y quedó allí tumbado de espaldas, parpadeando, con las dos manos alrededor de la vara de la lanza. Sus tres amigos se bajaron precipitadamente de los caballos y acudieron corriendo en su ayuda.

Con gran presencia de ánimo, Escola se arrancó un pedazo cuadrado de la capa y lo dobló para formar una compresa. Le hizo una seña con la cabeza a Pomponio, quien tiró de la lanza en el mismo momento en que Escola ponía la improvisada venda sobre la herida, que sangraba abundantemente.

La taberna estaba a unos doscientos pasos de distancia. Mientras Escola sostenía la compresa en su sitio, Pomponio y Cayo Clodio levantaron a Clodio y lo pusieron en pie; le pasaron los brazos por debajo de las axilas y lo arrastraron a toda prisa por la carretera hacia la taberna.

El grupo de Milón se había detenido, y éste, con la espada desenvainada, estaba de pie junto al carruaje y miraba hacia la taberna. Los guardaespaldas habían dado buena cuenta de los esclavos de Clodio, once de los cuales yacían muertos, otros se arrastraban gravemente heridos y los que pudieron habían huido a campo traviesa. Fusteno acudió corriendo desde la delantera de la caravana.

—Lo han llevado a esa taberna —comentó Milón.

Detrás de él, salían del *carpentum* unos ruidos que helaban la sangre: chillidos, gorjeos, gritos agudos, quejas. Milón metió la cabeza por la ventana y vio a Caleno y al criado que batallaban con Fausta y su doncella, que se agitaban sin parar. Bien, Caleno tenía bastante trabajo controlando a Fausta; no saldría para ver qué ocurría.

—Quédate ahí —le dijo Milón a Caleno, quien ni siquiera podía levantar la vista—. Se trata de Clodio. Hay una pelea. Él la ha empezado, ahora supongo que tendremos que terminarla. —Dio un paso atrás y le hizo un gesto con la cabeza a Fusteno, Birria y Eudamas—. Vamos.

En el momento en que empezó el alboroto en la carretera, el propietario de la pequeña taberna envió a su mujer, a sus hijos y a sus tres esclavos a toda prisa por la puerta de atrás hacia los campos. Así que cuando Pomponio y Cayo Clodio, el esclavo manumitido, hicieron entrar a Clodio por la puerta, el propietario estaba solo, y con los ojos como platos del susto.

—¡Rápido una cama! —pidió Escola.

El posadero señaló con un dedo tembloroso hacia una habitación que había a un lado, donde los tres hombres dejaron a Clodio sobre una estructura de tablas que tenía encima un tosco jergón de paja. La compresa se había teñido de rojo brillante y chorreaba; Escola la miró.

—¡Tráeme unos trapos! —le ordenó al posadero con brusquedad, y destrozó aún más su capa al rasgarla otra vez para cambiarle el apósito a Clodio.

Éste tenía los ojos abiertos y jadeaba.

—Me han herido en el ala —dijo tratando de reírse—. No me moriré, Escola, pero hay más posibilidades de que no me muera si tú y los demás volvéis a Bovillae en busca de ayuda. Mientras tanto yo no me moveré de aquí.

—¡Clodio, no me atrevo! —le dijo Escola en un susurro—. Milón se ha detenido. ¡Te matarán!

—¡No se atreverían nunca! —exclamó Clodio con voz ahogada—. ¡Id! ¡Id!

—Yo me quedaré contigo. Con que vayan dos ya basta.

—¡Los tres! —repitió Clodio haciendo rechinar los dientes—. ¡Lo digo en serio, Escola! ¡Marchaos!

—Posadero, sujeta esto con fuerza sobre la herida. Volveremos tan pronto como podamos —le comunicó Escola.

Le cedió su lugar al petrificado dueño de la taberna y al cabo de unos momentos se oyeron cascos de caballos.

A Clodio le daba vueltas la cabeza; cerró los ojos y trató de no pensar en el dolor ni en la sangre.

—¿Cómo te llamas? —le preguntó sin abrir los ojos al hombre que lo atendía.

—Asicio.

—Bien, Asicio, asegúrate de hacer una firme presión sobre el apósito y hazle compañía a Publio Clodio.

—¿Publio Clodio? —preguntó Asicio con voz temblorosa.

—En carne y hueso. —Clodio suspiró, abrió los ojos y sonrió—. ¡Vaya escabechina! Qué casualidad que nos hayamos encontrado con Milón.

Unas sombras bloquearon la entrada.

—Sí, qué casualidad encontrarte con Milón —repitió éste mientras entraba en la estancia con Birria, Eudamas y Fusteno, que iban detrás de él.

Clodio lo miró con desprecio y sin miedo.

—Si me matas, Milón, vas a pasar el resto de tus días en el exilio.

—No creo, Clodio. Podría decirse que actúo a causa de una promesa de Pompeyo. —Tiró a Asicio al suelo de un golpe y se inclinó para ver la herida de Clodio, que ya no sangraba tanto—. Bueno, de esto no te morirás —le dijo, y le hizo señas con la cabeza a Fusteno—. Cogedlo y llevadlo fuera.

—¿Y éste? —preguntó Fusteno refiriéndose a Asicio, que lloriqueaba en el suelo.

—Mátalo.

Un único y rápido tajo en el centro de la cabeza de Asicio y todo se acabó. Birria y Eudamas levantaron a Clodio de la cama como si no pesara nada y lo arrastraron para arrojarlo en medio de la vía Apia.

—Quitadle la ropa —ordenó Milón esbozando una sonrisa despectiva—. Quiero ver si el rumor que corre es cierto.

Con la espada más afilada que una navaja de afeitar, Fusteno rajó por el centro la túnica de montar de Clodio, desde el dobladillo hasta el cuello; luego hizo lo mismo con el taparrabos.

—Pero ¿estáis viendo eso? —preguntó Milón rugiendo de risa—. ¡Está circuncidado! —Le hizo un pequeño corte al pene de Clodio con la punta de la espada, de manera que salió una sola gota de valiosa sangre—. Ponedlo en pie.

Birria y Eudamas obedecieron, y cada uno de ellos agarró a Clodio por la parte superior de un brazo con tanta fuerza que éste quedó de pie, con la cabeza un poco ladeada y con los pies casi sin tocar el suelo. Pero no veía a Milón, y tampoco veía a Birria, ni a Eudamas, ni a Fusteno; todo lo que veía era un humilde altar que se alzaba al otro lado de la carretera, enfrente de la taberna. Un montón de piedras bonitas superpuestas sin cemento que formaban una columna baja y cuadrada, y en el centro se encontraba una única piedra roja en la que se habían esculpido los labios y la hendidura abierta de la vulva de una mujer. Bona Dea... un altar a la diosa buena allí, al lado de la vía Apia, a veinte kilómetros de la mala suerte de Roma. La base estaba atestada de ramos de flores; también había un platito con leche y unos cuantos huevos.

—¡Bona Dea! —gruñó Clodio—. ¡Bona Dea, Bona Dea!

La serpiente sagrada de la diosa asomó su maligna cabeza por la espaciosa ranura de la vulva de Bona Dea, mirando fijamente con los ojos negros y fríos a Publio Clodio, que había profanado los misterios de la diosa. Sacaba y metía la lengua muy de prisa y parpadeaba. Cuando Fusteno le clavó la espada a Clodio en el vientre hasta que hizo crujir el hueso de la columna vertebral y el arma salió por la espalda, Clodio no vio nada ni sintió nada. Ni cuando Birria lo atravesó con otra jabalina, ni cuando Eudamas dejó caer sus intestinos sobre la carretera empapada en sangre. Hasta que la vista y la vida lo abandonaron en el mismo instante, Clodio y la serpiente Bona Dea se miraron al interior del alma.

—Dame tu caballo, Birria —le pidió Milón.

Y montó. La caravana ya estaba a cierta distancia más adelante de la vía Apia, en dirección a Bovillae. Eudamas y Birria se encaramaron como pudieron a un caballo, y los cuatro hombres cabalgaron hasta alcanzar a la comitiva.

Satisfecha, la serpiente sagrada retiró la cabeza y reanudó su descanso, acurrucada dentro de la vulva de Bona Dea.

Cuando la familia y los esclavos de Asicio regresaron de los campos lo encontraron muerto; se asomaron a la puerta, vieron tendido el cuerpo desnudo de Publio Clodio y volvieron a salir para poner pies en polvorosa.

Muchos, muchísimos viajeros solían pasar por la vía Apia, y muchos pasaron aquel día, decimoctavo de enero. Once de los esclavos de Clodio estaban muertos, y otros once más gemían agonizantes mientras morían lentamente; nadie se detuvo para socorrerlos. Cuando Escola, Pomponio y el esclavo manumitido Cayo Clodio regresaron con un carro en compañía de varios habitantes de Bovillae, vieron a Clodio y se echaron a llorar.

—Nosotros también somos hombres muertos —dijo Escola después de encontrar el cadáver del posadero—. Milón no descansará hasta que no quede ningún testigo vivo.

—¡Pues no vamos a quedarnos aquí! —le aseguró el dueño del carro. Después le dio media vuelta al vehículo y se alejó en medio de un gran traqueteo.

Momentos después todos se habían ido. Clodio seguía tirado en la carretera, con los ojos vidriosos fijos en el altar de Bona Dea, en medio de un lago de sangre coagulada y de un montón de tripas derramadas a su alrededor.

No fue hasta media tarde cuando alguien prestó algo más de atención a aquella carnicería que una simple mirada de horror antes de continuar adelante a toda prisa. Entonces llegó una litera, que avanzaba despacio, en la que iba el viejísimo senador romano Sexto Teidio. Disgustado al ver que la silla se detenía en medio de una barahúnda de voces de sus porteadores, asomó la cabeza entre las cortinas y miró directamente al rostro de Publio Clodio. Salió con dificultad de la litera, apoyándose en la muleta que llevaba debajo del brazo, porque Sexto Teidio no tenía más que una pierna, ya que había perdido la otra luchando en el ejército de Sila contra el rey Mitrídates.

—Poned a ese hombre en mi litera y corred a llevarlo a su casa de Roma lo más de prisa que podáis —les ordenó a sus porteadores, e hizo señas a su criado para que se acercase—. Jenofonte, ayúdame a volver caminando hasta Bovillae. ¡Ellos *deben* saberlo! Ahora comprendo por qué se portaron de un modo tan extraño cuando pasamos por allí.

Y así, aproximadamente una hora antes del anochecer, los exhaustos porteadores de Sexto Teidio pasaron la litera por la puerta Capena y subieron la cuesta del Clivus Palatinus hacia el lugar donde se encontraba la casa nueva de Clodio, que daba al valle de Murcia y al circo Máximo, más allá de los cuales, por encima de ellos, se veían el Tíber y el Janículo.

Fulvia acudió corriendo; el cabello le caía como un torrente por la espalda, y estaba demasiado afectada como para ponerse a gritar o a llorar. Apartó las cortinas de la litera y miró los restos de Publio Clodio, al que le habían metido de nuevo toscamente los intestinos en el vientre a través de la gran abertura que tenía; la piel estaba tan blanca como el mármol de Paria, no llevaba ropa alguna que dignificase un poco su muerte, y el pene quedaba a la vista.

—¡Clodio! ¡Clodio! —gritó, y siguió gritando.

Lo colocaron en un féretro improvisado en el jardín del peristilo sin tapar su desnudez, mientras se reunía el club de Clodio. Curión, Antonio, Planco Bursa, Pompeyo Rufo, Décimo Bruto, Publícola y Sexto Cloelio.

—Esto es obra de Milón —gruñó Marco Antonio.

—Eso no lo sabemos —dijo Curión, que le tenía puesta una mano a Fulvia en el hombro mientras ella estaba sentada en un banco y miraba fijamente a Clodio, sin moverse.

—¡Sí que lo sabemos! —intervino otra voz.

Tito Pomponio Ático se fue derecho a Fulvia y se hundió en el banco a su lado.

—Mi pobre niña —le dijo con ternura—. He mandado llamar a tu madre. Pronto estará aquí.

—Y tú, ¿cómo te has enterado? —le preguntó Planco Bursa con recelo.

—Por mi primo Pomponio, que se encontraba hoy con Clodio —le explicó Ático—. Ellos eran treinta y cuatro y tuvieron un encuentro en la vía Apia con Milón y un cuerpo de guardia que los aventajaba en número cinco veces. —Señaló con una mano hacia el cuerpo de Clodio—. Éste es el resultado, aunque mi primo no vio cómo sucedía. Sólo vio cómo Birria le clavaba una lanza. Ésa es la herida del hombro, que no habría sido suficiente para matar a Clodio. Cuando éste insistió en que Pomponio, Escola y Cayo Clodio fueran a Bovillae en busca de ayuda, lo dejaron a salvo descansando en una taberna. Cuando volvieron, toda la gente de Bovillae se comportaba de un modo extraño, no quería tener nada que ver con aquello, era demasiado tarde. Clodio estaba muerto en la carretera, y el posadero también, en la taberna. Les invadió el pánico. Es inexcusable, pero eso es lo que ocurrió. No sé dónde están los otros dos, pero mi primo Pomponio llegó hasta Aricia, dejó a sus compañeros y vino a verme a mí. Naturalmente, todos están seguros de que Milón hará que los maten también a ellos.

—¿Nadie lo vio? —preguntó Antonio en tono exigente mientras se limpiaba los ojos—. ¡Oh, a mí también me daban ganas de asesinar a Clodio una docena de veces al mes, pero yo lo amaba!

—Parece que nadie lo ha visto —dijo Ático—. Ocurrió en ese tramo desierto de carretera que pasa junto a la finca de caballos de Sertio Gallo. —Le cogió la mano inerte a Fulvia y empezó a acariciársela con dulzura—. Querida niña, aquí fuera hace mucho frío. Entra en casa y espera a mamá.

—Tengo que quedarme con Clodio —susurró la mujer—. ¡Está muerto, Ático! ¿Cómo puede ser? —Empezó a mecerse—. ¡Está muerto! ¿Cómo puede ser? ¿Cómo voy a decírselo a los niños?

Los hermosos ojos oscuros de Ático se encontraron con los de Curión por encima de la cabeza de Fulvia.

—Deja que tu madre se encargue de todo, Fulvia. Ahora entra en casa.

Curión la ayudó, y ella caminó con él sin ofrecer resistencia. ¡Fulvia, que corría como una loca hacia todo, que chillaba en el Foro como un hombre, que luchaba valientemente por todo aquello en lo que creía! Fulvia, a quien nunca antes nadie había visto ir sumisa a ninguna parte. En el quicio de la puerta las rodillas se le doblaron; Ático acudió veloz a ayudar a Curión, y entre los dos la llevaron hasta el interior de la casa.

Sexto Cloelio, que dirigía en aquellos días las bandas callejeras de Clodio después de pasar por un serio aprendizaje bajo Décimo Bruto, no era un noble. Aunque los demás lo conocían, no asistía a las reuniones del club de Clodio. Ahora, quizá porque los otros habían caído en la inercia a causa de la impresión, fue él el que asumió el mando.

—Sugiero que llevemos el cadáver de Clodio tal como está al Foro y lo pongamos en la tribuna de los oradores —propuso Cloelio con voz ronca—. Toda Roma debería ver exactamente lo que Milón le ha hecho a un hombre que lo ensombrecía del mismo modo que el sol brilla más que la luna.

—¡Pero es de noche! —se le ocurrió decir a Publícola como un tonto.

—En el Foro no está oscuro. Y ya se está corriendo la voz. Las antorchas están encendidas y la gente de Clodio se está congregando. ¡Y yo digo que tienen derecho a ver lo que Milón le ha hecho a su campeón!

—Tienes razón —dijo Antonio de pronto, y se quitó la toga—. Venga, vosotros dos coged los pies del féretro. Yo llevaré la cabecera.

Décimo Bruto lloraba desconsoladamente, así que Publícola y Pompeyo Rufo se desprendieron de las togas para llevar a cabo la propuesta de Antonio.

—¿A ti qué te pasa, Bursa? —le preguntó Antonio al ver que el féretro se inclinaba peligrosamente—. ¿No te das cuenta de que Publícola es demasiado bajo para hacer pareja con Rufo? ¡Ocupa su lugar, hombre!

Planco Bursa se aclaró la garganta.

—Bueno, en realidad iba a volver a casa. Mi mujer se encuentra en un estado terrible.

Antonio frunció el ceño y estiró los labios dejando a la vista los dientes perfectos y pequeños.

—¿Que significa una esposa cuando Clodio está muerto? ¿Es que te acobardas, Bursa? ¡Ocupa el lugar de Publícola o te convertiré en una réplica de Clodio!

Bursa hizo lo que le decía.

Era cierto que la voz se iba corriendo. Fuera, en la calleja, se había congregado una pequeña multitud armada con antorchas que chisporroteaban. Cuando apareció la imponente figura de Antonio agarrando los dos postes que salían de la parte delantera del féretro improvisado, se elevó un murmullo que se transformó en un gemido y en suspiros cuando la multitud vio a Clodio.

—¿Lo veis? —voceó Cloelio—. ¿Veis lo que ha hecho Milón?

Empezó un rugido, creció a medida que los tres miembros del club de Clodio transportaban su carga hasta el Clivus Victoriae y se detenían en lo alto de las gradas Vestales. Siendo como era un atleta innato, Antonio simplemente dio media vuelta, levantó por encima de la cabeza la parte de las andas que llevaba y bajó los escalones de espaldas sin mirar y sin tropezarse. Abajo, en el Foro, un mar de antorchas aguardaba; hombres y mujeres gemían y lloraban mientras el magnífico Antonio, con los rizos color marrón rojizo cobrando vida a la parpadeante luz de las antorchas, llevaba en alto a Clodio hasta el final de los escalones.

Atravesaron el Foro inferior hasta el pozo de los Comicios y la tribuna para los oradores, que se encontraba a un lado, y, allí, Antonio, Bursa y Pompeyo Rufo dejaron las cortas patas del féretro sobre la superficie de la tribuna.

Cloelio se había detenido en la parte delantera de la multitud, y subió a la tribuna con el brazo puesto sobre los hombros de un hombrecillo muy viejo que lloraba desconsoladamente.

—Todos sabéis quién es este hombre, ¿no? —preguntó Cloelio con voz exigente y alta—. ¡Todos conocéis a Lucio Decumio! ¡El más leal seguidor de Clodio, su amigo durante años, su ayuda, su conducto hasta todo hombre que va, como buen ciudadano, a servir en su colegio de encrucijada! —Cloelio le puso una mano a Lucio Decumio debajo de la barbilla y le levantó la cara surcada de arrugas para que la luz iluminase los ríos de lágrimas, lo que les dio un color entre dorado y plateado—. ¿Veis cómo llora Lucio Decumio?

Se volvió para señalar con un dedo la mole de la Curia Hostilia, la casa del Senado, en cuyos escalones se había reunido un grupo de senadores: Cicerón, que sonreía con un gozo absoluto; Catón, Bíbulo y Enobarbo, serios pero no deshechos de dolor; Manlio Torcuato, Lucio César y Lucio Cota, tullido a causa de un ataque de apoplejía, que tenía un aire turbado.

—¿Los veis a ellos? —chilló Cloelio—. ¿Veis a los traidores a Roma y a vosotros? ¡Mirad al gran Marco Tulio Cicerón, mirad cómo sonríe! ¡Bien, todos sabemos que él no tenía nada que perder con el asesinato cometido por Milón! —Se volvió hacia un lado durante un instante, y cuando miró de nuevo, Cicerón ya no estaba—. Oh, piensa que él quizá sea el próximo, ¿verdad? ¡Ningún hombre merece la muerte más que el gran Cicerón, que ejecutó sin juicio a ciudadanos de Roma y por ello fue enviado al exilio por este pobre hombre destrozado que os muestro aquí esta noche! ¡A todo aquello que Publio Clodio hizo o intentó hacer, el Senado se opuso! ¿Quiénes se creen que son los hombres que componen ese grupo putrefacto? ¡Mejores que nosotros, eso es lo que piensan que son! ¡Mejores que yo! ¡Mejores que Lucio Decumio! ¡Mejores incluso que Publio Clodio, que era uno de ellos!

La multitud empezaba a arremolinarse, y el ruido del odio se elevaba inexorablemente mientras Cloelio iba exaltando los ánimos movido por el dolor y la impresión, por el espantoso sentimiento de pérdida que todos experimentaban.

—¡Él os dio grano gratis! —continuó gritando Cloelio—. Él os devolvió el derecho a congregaros en vuestros colegios de encrucijada, el derecho del cual ese hombre —señaló a Lucio César— os despojó! —Fingió que escudriñaba aquel mar de rostros—. ¡Hay aquí muchos esclavos manumitidos que están de luto! ¡Qué gran amigo fue él para todos vosotros! Os dio asientos en los juegos cuando todos los demás hombres lo prohibían, y estaba a punto de conseguir para vosotros la verdadera ciudadanía romana, el derecho a pertenecer a una de esas treinta y cinco tribus rurales exclusivas! —Cloelio hizo una pequeña pausa, emitió un sollozo y se limpió el sudor de la frente—. ¡Pero ellos —exclamó agitando la mano manchada de sudor hacia las gradas de la Curia Hostilia— no querían eso! ¡Ellos sabían que eso significaba que se habían acabado sus días de gloria! ¡Y ellos conspiraron para asesinar a nuestro queridísimo Publio Clodio! ¡Tan audaz, tan decidido que nada excepto la muerte lo habría detenido! Y ellos lo sabían. Lo tuvieron en cuenta, y luego tramaron asesinarlo. No solamente lo hizo ese ex gladiador llamado Milón. ¡Todos tomaron parte en ello! ¡Todos mataron a Publio Clodio! ¡Milón sólo ha sido el instrumento de esos hombres! ¡Y yo digo que sólo hay una manera de tratar con ellos! ¡Demostrarles que nosotros los mataremos antes de que acaben con nosotros! —Volvió a mirar hacia las gradas del Senado y caminó hacia atrás con fingido horror—. ¿Veis eso? ¿Lo veis? ¡Se han ido! ¡Ninguno de ellos tiene agallas para enfrentarse a vosotros! Pero ¿es que eso va a detenernos? ¿Va a *detenernos*?

Los remolinos de gente estaban dando vueltas en espiral y las antorchas giraban enloquecidas. Y la multitud, con una sola voz, se puso a gritar.

—¡No!

Publícola estaba al lado de Cloelio, pero Antonio, Bursa, Pompeyo Rufo y Décimo Bruto se quedaron atrás, intranquilos. Dos de ellos eran tribunos de la plebe, otro acababa de ser admitido en el Senado hacía poco y el otro, Antonio, todavía no era senador. Lo que Cloelio estaba diciendo les afectaba tanto como afectaba al grupo que había huido de los escalones del Senado, pero ya no había modo de parar a Cloelio, ni modo de escapar.

—¡Pues demostrémosles lo que pensamos hacerles! —gritó Cloelio—. ¡Pongamos a Publio Clodio en la casa del Senado y desafiemos al resto de ellos a que lo saquen de allí!

Un movimiento convulsivo sacudió las primeras filas y las empujó hacia lo alto de la tribuna; las andas que contenían el cuerpo de Clodio se levantaron a la altura de los hombros y comenzaron a ser transportadas por una oleada de brazos; el féretro subió por la escalera del Senado hasta las pesadas puertas de bronce, tan fuertes que resultaban inexpugnables. En un momento las puertas desaparecieron, arrancadas de sus enormes goznes, y el cuerpo de Publio Clodio desapareció en el interior. Se oyó el sonido que producen las cosas mientras se las destroza, se las astilla, se las aplasta, se las reduce a fragmentos.

Fuera como fuera, Bursa había logrado marcharse, y Antonio, Décimo Bruto y Pompeyo Rufo estaban de pie mirándolo todo con horror mientras Cloelio se abría paso y subía los escalones del Senado hasta el pórtico.

Y en medio de todo ello los ojos de Antonio encontraron al pequeño Lucio Decumio, que seguía en la tribuna y continuaba llorando. Él lo conocía, desde luego, de los tiempos en que César vivía en Subura, y aunque Antonio no era un hombre compasivo, siempre tenía un punto débil para las personas que le caían bien. A nadie más le importaba Lucio Decumio, así que se movió hasta situarse al lado del anciano y se arrimó mucho a él.

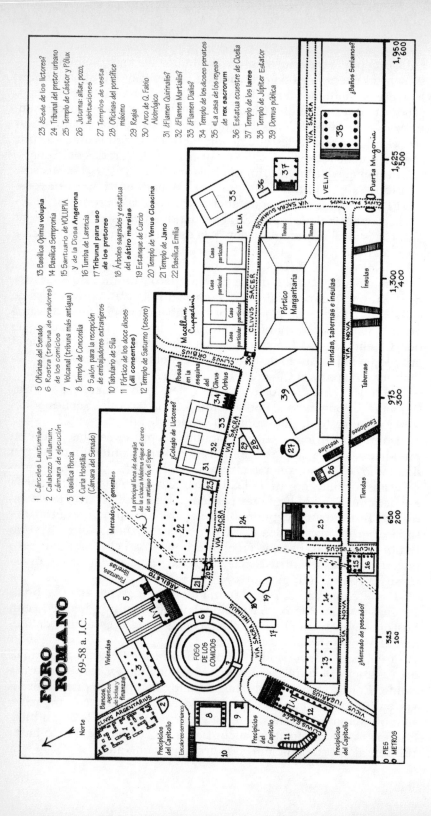

FORO ROMANO

69-58 a. J.C.

Norte

1 Cárceles Lautumiae
2 Calabozo Tullianum, cámara de ejecución
3 Basílica Porcia
4 Curia Hostilia (Cámara del Senado)
5 Oficinas del Senado
6 Rostra (tribuna de oradores) de los comicios
7 Volcanal (tribuna más antigua)
8 Templo de Concordia
9 Salón para la recepción de embajadores extranjeros
10 Tabulario de Sila
11 Pórtico de los doce dioses (**dii consentes**)
12 Templo de Saturno (tesoro)
13 Basílica Opimia **volupia**
14 Basílica Sempronia
15 Santuario de VOLUPIA y de la Diosa **Angerona**
16 Tumba de Larencia
17 **Tribunal para uso de los pretores**
18 Árboles sagrados y estatua del **sátiro marsias**
19 Estanque de Curcio
20 Templo de **Venus Cloacina**
21 Templo de Jano
22 Basílica Emilia
23 ¿Sede de los lictores?
24 Tribunal del pretor urbano
25 Templo de Cástor y Pólux
26 Juturna: altar, pozo, habitaciones
27 Templos de vesta
28 Oficinas del pontífice máximo
29 Regia
30 Arco de Q. Fabio Alobrógico
31 ¿Flamen Quirinalis?
32 ¿Flamen Martialis?
33 ¿Flamen Dialis?
34 Templo de los **dioces penates**
35 «La casa de los reyes» **de rex sacrorum**
36 Estatua ecuestre de Clœlia
37 Templo de los lares
38 Templo de Júpiter Estator
39 Domus pública

Mercados y generales:

La principal línea de desagüe de la cloaca Máxima sigue el curso de un antiguo río, el Spino

Bancos, agentes de bolsa y finanzas

CLIVUS ARGENTARIUS

Precipicios del Capitolio

Escalera senatorius

CLIVUS SACER

Precipicios del Capitolio

Viviendas

Finanzas, librerías

ARGILETO

VIA SACRA

CLIVUS ORBIUS

Posada en la esquina del Clivus Orbius

¿Colegio de Lictores?

Macellum Cuppedinis

Casa particular

Casa particular

Casa particular

Casa particular

Casa particular

CLIVUS SACER

Pórtico Margaritaria

VELIA

VIA SACRA

VIA SACRA SUMMUS

CLIVUS SUMMUS

VELIA

Puerta Mugonia

CLIVUS PALATINUS

¿Baños Senianos?

Tiendas, tabernas e ínsulas

Ínsulas

VIA NOVA

Tabernas

VIA SACRA INFIMUS

VICUS TUSCUS

Tiendas

Tiendas

¿Mercado de pescado?

VIA NOVA

VICUS IUGARIUS

| 0 PIES | 325 | 650 | 975 | 1,300 | 1,625 | 1,950 |
| 0 METROS | 100 | 200 | 300 | 400 | 500 | 600 |

—¿Dónde están tus hijos, Decumio? —le preguntó.

—No lo sé, ni me importa.

—Pues ya es hora de que un hombre tan viejo como tú se vaya a la cama.

—No quiero irme a la cama. —Los ojos anegados en lágrimas miraron hacia arriba, al rostro de Antonio, y lo reconocieron—. ¡Oh, Marco Antonio, se han ido todos! —exclamó—. ¡Ella les rompió el corazón, y rompió también el mío, y se han ido todos!

—¿Quién te rompió el corazón, Decumio?

—La pequeña Julia. La conocía desde que nació, conocía a César desde que nació. Conocía a Aurelia desde que ella tenía dieciocho años. ¡Ya no quiero sentir más, Marco Antonio!

—César sigue con nosotros, Decumio.

—No volveré a verlo nunca. César me dijo que cuidara de Clodio, que me encargara de que no le pasase nada malo mientras él estaba ausente. Pero no he podido hacerlo. Nadie hubiera podido hacerlo, tratándose de Clodio.

La multitud lanzó un grito prolongado; Antonio miró hacia la Curia Hostilia y se puso rígido. Era una construcción tan antigua que no tenía ventanas, pero en lo alto, a un lado, allí donde el hermoso mural lo adornaba, había grandes rejillas para permitir la entrada del aire; en aquel momento resplandecían con una luz roja y palpitante y por ellas salían chorros de humo.

—¡Por Júpiter! —rugió Antonio dirigiéndose a Décimo Bruto y a Pompeyo Rufo—. ¡Le han prendido fuego!

Lucio Decumio se retorció como una anguila y se marchó. Aterrado, Antonio lo vio debatirse, viejo como era, entre las hordas que ya se retiraban, bajaban por los escalones del Senado y se alejaban del incendio. La puerta escupía llamas, pero Lucio Decumio no se detuvo. Su figura se distinguió, negra, contra el fondo de llamas, y luego desapareció dentro de ellas.

Saciada y exhausta, la multitud se fue a casa. Antonio y Décimo Bruto subieron juntos a la parte superior de las gradas Vestales y se detuvieron para contemplar cómo el fuego consumía a Publio Clodio en el interior de la Curia Hostilia. Más allá, en el Argileto, se encontraban las oficinas del Senado, donde estaban depositadas las valiosas actas de la reuniones, los *consulta*, que eran los decretos senatoriales y los *fasti* que contenían las listas de todos los magistrados que habían ocupado un cargo alguna vez. Más allá, en el Clivus Argentarius se alzaba la basílica Porcia, cuartel general de los tribunos de la plebe y donde se hallaban los despachos para agentes de negocios y banqueros, también atestados de archivos irremplazables. La había construido Catón el Censor, era la primera construcción así que había adornado el Foro y, aunque era pequeña, sombría y hacía mucho que la habían eclipsado edificios mejores, formaba parte de la *mos maiorum*. Enfrente de la Curia

Hostilia, en la otra esquina del Argileto, se alzaba la exquisita basílica Emilia, que seguía en proceso de restauración por Lucio Emilio Paulo para darle absoluta magnificencia.

Pero todo ardió en llamas mientras Antonio y Décimo Bruto miraban.

—Yo amaba a Clodio, pero no era bueno para Roma —comentó Marco Antonio, completamente deprimido.

—¡Y yo! Durante un tiempo pensé sinceramente que Clodio en realidad era capaz de hacer que este lugar funcionara mejor —dijo Décimo Bruto—. Pero no supo cuándo detenerse. Y ese plan acerca de los esclavos manumitidos lo mató.

—Supongo —dijo Antonio, apartando por fin la mirada de las llamas— que ahora las cosas se calmarán. Quizá todavía me elijan cuestor.

—Yo me voy a la Galia con César. Te veré allí.

—¡Bueno! —gruñó Antonio—. Seguro que me toca en suerte Cerdeña o Córcega.

—Oh, no —le aseguró Décimo Bruto sonriendo—. Los dos iremos a la Galia. César te ha llamado a su lado, Antonio. Me lo dijo en una carta.

El hecho de saber esto hizo que Antonio se fuera a casa sintiéndose mejor.

Otras cosas habían ocurrido durante aquella horrorosa noche. Algunas personas que se encontraban antes entre la multitud congregada por Planco Bursa salieron del templo de Venus Libitina, más allá de la muralla Servia, en el Campo Esquilino, y sacaron de allí las *fasces*, que estaban depositadas en divanes porque en aquellos momentos no había hombres que ostentasen aquellos cargos y que pudiesen llevarlas. Luego recorrieron todo el camino desde el lado sur de la ciudad hasta el Campo de Marte, y allí se detuvieron a la puerta de la villa de Pompeyo para exigirle que asumiera las *fasces* y la dictadura. Pero la casa estaba a oscuras y nadie contestó; Pompeyo se había ido a su villa de Etruria. Con los pies doloridos fueron caminando lentamente a las casas de Plautio y de Metelo Escipión, situadas en lo alto del Palatino, y les suplicaron a ellos que aceptaran las *fasces*. Las puertas estaban cerradas con cerrojo y nadie contestó. Bursa los había abandonado después de la infructuosa misión en la villa de Pompeyo, y se había ido a su casa, angustiado y asustado. Al alba, el grupo, cansado y sin nadie que los dirigiera, volvió a dejar los haces de varas otra vez en el templo de Venus Libitina.

Nadie quería gobernar Roma; ésa era la opinión de todos los hombres y mujeres que acudieron al día siguiente al Foro para ver las humeantes ruinas de una historia tan valiosa. Los sepultureros de Fulvia estaban allí, con guantes, botas y máscaras, removiendo las brasas todavía candentes para encontrar algún pedacito de Publio Clodio. No muchos, sólo los suficientes para producir un poco de ruido dentro del valiosísimo tarro enjoyado que Fulvia les había proporcionado al efecto. Clodio debía tener un buen funeral, aunque no sería a expensas del Estado, y su viuda, aplastada, cedió al mandato de su madre de que había que evitar el Foro.

Catón y Bíbulo miraban, espantados.

—¡Oh, Bíbulo, la basílica de Catón el Censor ha desaparecido y yo no tengo dinero para reconstruirla! —se quejaba Catón mientras miraba las paredes ennegrecidas y desmoronadas.

La columna que tanto había incomodado a los tribunos de la plebe sobresalía entre las vigas chamuscadas del tejado derrumbado como el tocón de un diente podrido.

—Podemos empezar a hacerlo con la dote de Porcia —le propuso Bíbulo—. Yo puedo arreglarme sin ella, y Porcia también. Además, Bruto llegará a casa cualquier día. Y seguro que él también nos dará un gran donativo.

—¡Hemos perdido todos los archivos del Senado! —dijo Catón entre sollozos—. Ni siquiera están aquellos que explicaban a los romanos del futuro lo que dijo Catón el Censor.

—Sí, es un verdadero desastre, Catón, pero por lo menos eso significa que ya no tendremos que preocuparnos más por los esclavos manumitidos.

Lo cual era la opinión más corriente entre los senadores de Roma.

Llegó corriendo Lucio Domicio Enobarbo, que estaba casado con la hermana de Catón y le había dado a Bíbulo a dos de sus hermanas por esposas. Enobarbo, que era un hombre bajo y achaparrado sin un solo pelo en la cabeza, no tenía la fuerza de los principios de Catón ni la agudeza mental de Bíbulo, pero era testarudo como un buey y absolutamente fiel a los *boni*, los hombres buenos de la facción ultraconservadora del Senado.

—¡Acabo de oír un rumor de lo más asombroso! —les dijo sin aliento.

—¿De qué se trata? —le preguntó Catón con apatía.

—¡Dicen que Milón entró furtivamente en Roma durante el incendio!

Los otros dos se quedaron mirándolo.

—¡No se atrevería a hacerlo! —dijo Bíbulo.

—Bueno, mi informador jura que vio a Milón contemplando las llamas desde el Capitolio, y aunque las puertas de su casa están cerradas con cerrojo, es evidente que hay alguien dentro, y no me refiero a los criados.

—¿Y quién lo impulsó a hacerlo? —le preguntó Catón.

Enobarbo parpadeó.

—¿Es que tenía que hacerlo alguien? Lo que estaba totalmente claro era que Clodio y él habían de tener un violento choque tarde o temprano.

—Oh, pues yo estoy seguro de que alguien debe haberlo impulsado a ello —insistió Bíbulo—, y además me parece que sé quién es ese alguien.

—¿Quién? —quiso saber Enobarbo.

—Pompeyo, naturalmente. Incitado por César.

—¡Pero eso es conspiración para asesinar! —exclamó Enobarbo esforzándose por ahogar un grito—. Todos sabemos que Pompeyo es un bárbaro, pero es un bárbaro cauto. A César no se le puede capturar, está en la Galia Cisalpina, pero Pompeyo está aquí. Y nunca se metería voluntariamente en semejante fregado.

—Pues si nadie puede probarlo, ¿por qué iba a preocuparse? —le preguntó Catón con desprecio—. Él se apartó de Milón hace más de un año.

—¡Bien, bien! —dijo Bíbulo sonriendo—. Cada vez es más importante que nos ganemos a ese picentino bárbaro para nuestra causa, ¿no es así? Si es lo bastante complaciente como para menear el rabo y dar la vuelta a las ruedas del carro siguiendo el dictado de César, ¡pensad en lo que podría hacer por nosotros! ¿Dónde está Metelo Escipión?

—Encerrado en su casa desde que le rogaron que aceptase las *fasces*.

—Entonces vamos allá y obliguémoslo a que nos deje entrar —les dijo Catón.

Después de cuarenta años de amistad, las relaciones de Cicerón y Ático sufrieron cierto deterioro. Mientras Cicerón, que había soportado paroxismos de miedo por causa de Publio Clodio, pensaba que la muerte de Clodio era la mejor noticia que Roma podía recibir, Ático lo sintió de verdad.

—¡No te entiendo, Tito! —exclamó Cicerón—. ¡Eres uno de los caballeros más importantes de Roma! ¡Tienes intereses económicos y negocios en casi toda clase de empresas, motivo por el que eras uno de los principales objetivos de Clodio! ¡Y sin embargo ahora te pones a lloriquear porque está muerto! ¡Pues bien, yo no lloriqueo! ¡Yo me regocijo!

—Nadie debería regocijarse por la pérdida prematura de un Claudio Pulcher —respondió Ático con toda seriedad—. Era un hombre brillante y hermano de uno de mis más queridos amigos, Apio Claudio. Tenía ingenio y bastante erudito. Yo disfrutaba mucho en su compañía, y lo echaré de menos. También me da lástima su pobre esposa, que lo amaba apasionadamente. —La huesuda cara de Ático adoptó una expresión triste—. El amor apasionado es raro, Marco. No merece que se trunque en su mejor momento.

—¿Fulvia? —graznó Cicerón, ultrajado—. ¿Esa vulgar ramera que tenía el descaro de ponerse a lanzar improperios en favor de Clodio en el Foro cuando estaba ya en un estado de embarazo tan avanzado que abultaba como dos personas? ¡Oh, Tito, no me digas! Esa mujer puede que fuera hija de la hija de Cayo Graco, pero es una desgracia para el buen nombre de los Sempronios! ¡Y para el buen nombre de los Fulvios!

Con la boca apretada, Ático se levantó bruscamente.

—¡A veces, Cicerón, te comportas como un insufrible mojigato arrugado! Deberías de fijarte: ¡todavía tienes paja detrás de las orejas! ¡Eres una vieja intolerante que viene de los límites más lejanos del Lacio, y ningún Tulio se había aventurado aún a residir en Roma cuando Cayo Greco ya se paseaba por el Foro!

Salió a grandes zancadas de la sala de Cicerón, y dejó a éste sin habla.

—¿Qué te pasa? ¿Y dónde está Ático? —ladró Terencia según entraba.

—Supongo que ha ido a desvivirse por Fulvia.

—Bueno, esa mujer le cae bien, siempre ha sido así. Ella y Clodio siempre han sido muy anchos de miras acerca de la afición que tiene Ático a los muchachos.

—¡Terencia! ¡Ático es un hombre casado y con un hijo!

—¿Y qué tiene eso que ver con el precio del pescado? —le preguntó Terencia en tono exigente—. ¡Verdaderamente, Cicerón, eres como una vieja!

Cicerón se acobardó, hizo una mueca y no le respondió.

—Quiero hablar contigo —le dijo ella.

Cicerón le indicó la puerta que conducía a su despacho.

—¿Aquí dentro? —sugirió él mansamente—. ¿O te preocupa que alguien nos oiga?

—A mí me da lo mismo.

—Entonces aquí mismo, ¿no, querida?

Terencia le dirigió una mirada suspicaz, pero decidió que aquel hueso no valía la pena y dijo:

—Tulia quiere divorciarse de Crasipes.

—Oh, ¿y ahora qué pasa? —exclamó Cicerón exasperado.

La cara de Terencia, que era soberbiamente fea, se puso más fea aún.

—¡Pues que la pobre chica está fuera de sí, eso es lo que pasa! ¡Crasipes la trata como si fuera una caca de perro que se le ha pegado a la suela de la sandalia! ¿Y dónde está la promesa que tú estabas tan convencido de que él le hizo? ¡No es más que un vago y un tonto!

Cicerón se llevó las manos a la cara y se quedó mirando a su esposa con consternación.

—Ya me doy cuenta de que Crasipes es una decepción, Terencia, pero no eres tú quien tiene que buscar otra dote para Tulia. ¡Soy yo! ¡Si se divorcia de Crasipes, éste se quedará con los cientos de miles de sestercios que le entregué junto con la muchacha, y encima yo tendré que buscar otro montón! ¡No puede quedarse soltera como las Clodias! Una mujer divorciada es el blanco de las habladurías de toda Roma.

—Yo no he dicho que tenga intención de quedarse soltera —le corrigió Terencia con aire enigmático.

Cicerón no captó el significado de aquello, preocupado sólo por la dote.

—Yo sé que es una muchacha deliciosa, y muy atractiva, afortunadamente. Pero ¿quién se casará con ella? Si se divorcia de Crasipes, ya tendrá dos maridos a sus espaldas a la edad de veinticinco años. Y sin tener ningún hijo.

—No tiene problemas para tener criaturas —le aseguró Terencia—. Pisón Frugi estaba tan enfermo que antes de morirse no tenía energías para nada, y Crasipes no tiene interés. Lo que le hace falta a Tulia es un hombre de verdad. —Dio un bufido—. Si encuentra uno, ya será más de lo que hice yo.

Por qué aquella afirmación hizo que un nombre le viniera a la mente al instante, Cicerón no lo supo nunca. Pero le vino. ¡Tiberio Claudio Nerón! Todo un patricio, un hombre rico... y un hombre de verdad.

A Cicerón se le iluminó el semblante y se olvidó de Ático y de Fulvia.

—¡Tengo al hombre que necesita! —exclamó con júbilo—. ¡Y además es demasiado rico para pedir una dote demasiado grande! ¡Tiberio Claudio Nerón!

La boca de Terencia, de labios delgados, se abrió a causa del pasmo.

—¿Nerón?

—Nerón. Es joven aún, pero seguro que llega a cónsul.

—¡Grr! —gruñó Terencia al tiempo que salía muy airada de la habitación.

Cicerón la siguió con la mirada. ¿Qué le pasaba a su lengua de oro aquel día? No lograba encantar a nadie. Culpó de ello a Publio Clodio.

—¡Todo es culpa de Clodio! —le dijo a Marco Celio Rufo cuando éste entró.

—Bueno, eso ya lo sabemos —repuso Celio esbozando una sonrisa, le echó un brazo por los hombros a Cicerón y lo condujo en dirección al despacho—. ¿Por qué estás fuera? A menos que ahora te guste guardar el vino aquí afuera.

—No, está donde siempre ha estado, en el despacho —le indicó Cicerón al tiempo que daba un suspiro de alivio. Sirvió un poco de vino, lo mezcló con agua y se sentó—. ¿Qué es lo que te trae por aquí? ¿Clodio?

—En cierto modo —convino Celio frunciendo el ceño.

Celio era, para usar la expresión de Terencia, un hombre de verdad. Lo bastante alto, lo bastante atractivo y lo bastante viril como para haber atraído a Clodia y haberla conservado durante varios años. Y fue él quien rompió la relación, cosa que Clodia nunca le perdonó, y el resultado fue un juicio sensacionalista durante el cual Cicerón, que defendía a Celio, aireó la conducta escandalosa de Clodia con tanta efectividad que el jurado tuvo mucho gusto en absolver a Celio de intentar asesinarla. Las acusaciones fueron múltiples y llegaron mucho más lejos, pero Celio salió libre y Publio Clodio nunca lo perdonó.

Aquel año era tribuno de la plebe en una encrucijada muy interesante que en gran medida estaba a favor de Clodio y en contra de Milón. Pero Celio estaba decididamente a favor de Milón.

—He visto a Milón —le dijo Cicerón.

—¿Es cierto que está de vuelta en la ciudad?

—Oh, sí. Se encuentra aquí. Se ha escondido hasta que vea de qué lado sopla el viento en el Foro. Y está bastante disgustado porque Pompeyo ha decidido evaporarse.

—Todos con los que he hablado están de parte de Clodio.

—¡Yo no, eso te lo puedo asegurar! —le dijo Celio con brusquedad.

—¡Gracias a todos los dioses por eso! —Cicerón hizo girar el vino que estaba bebiendo, miró el interior de la copa y frunció los labios—. ¿Qué piensa hacer Milón?

—Ha empezado a hacer campaña para el consulado. Tuvimos una larga conversación y acordamos que lo mejor que puede hacer es comportarse como si no hubiera sucedido nada fuera de lo corriente. Clodio se encontró con él en la vía Apia y lo atacó. Pero Clodio estaba vivo cuando Milón y su grupo se retiraron. Bien, ésa es la verdad.

—Pues claro que lo es.

—En cuanto desaparezca el hedor a quemado en el Foro voy a convocar una reunión de la plebe —le informó Celio al tiempo que tendía la copa para que Cicerón le sirviera más vino con agua—. Milón y yo acordamos que lo más inteligente que podemos hacer es adelantarnos con la versión de los hechos de Milón.

—¡Excelente! —Se hizo un breve silencio, que Cicerón rompió al decir con timidez—: Me imagino que Milón habrá manumitido a todos los esclavos que iban con él.

—Oh, sí —respondió Celio sonriendo—. ¿No te imaginas a todos los secuaces de Clodio exigiendo que sean torturados los esclavos de Milón? Pero ¿quién se puede creer lo que se diga bajo tortura? Por lo tanto, nada de esclavos.

—Espero que el asunto no vaya a juicio —dijo Cicerón—. No debería ocurrir. Actuar en defensa propia excluye la necesidad de que haya un juicio.

—No habrá juicio —le aseguró Celio, confiado—. Cuando por fin haya pretores que puedan encargarse de ver la causa, el asunto no será ya más que un lejano recuerdo. Hay una cosa buena que tiene el actual estado de anarquía: si algún tribuno de la plebe que tenga alguna querella contra Milón... Salustio Crispo, por ejemplo... trata de entablar un juicio en la Asamblea Plebeya, yo interpondré el veto. ¡Y además le diré a Salustio lo que pienso de los hombres que se aprovechan de un desgraciado accidente y lo ponen como excusa para volverse contra un hombre que azota a otro hombre por manchar la virtud de su esposa!

Los dos sonrieron.

—Ojalá supiera yo con exactitud cuál es la posición de Magno en todo esto —dijo Cicerón con nerviosismo—. Se ha vuelto tan reservado que uno nunca puede estar seguro de lo que piensa.

—Pompeyo Magno padece un caso terminal de autoimportancia excesivamente inflada —le aseguró Celio—. Nunca pensé que Julia fuera una buena influencia para él pero, ahora que ella no está, he cambiado de opinión. Lo mantenía ocupado y evitaba que Pompeyo hiciese travesuras.

—Yo me inclino a respaldarlo como dictador.

Celio se encogió de hombros.

—Yo todavía no lo tengo decidido. En justicia, Magno debería apoyar a Milón sin reservas, y si lo hace, entonces tiene mi apoyo. —Hizo una mueca—. El problema es que no estoy seguro de que tenga intención de respaldar a Milón. Empezará observando de qué lado sopla el viento en el Foro.

—Pues asegúrate de que haces un discurso estupendo en favor de Milón.

Desde luego Celio hizo un discurso magnífico en apoyo de Milón, que apareció vestido con la toga cegadoramente blanca de candidato consular y se quedó de pie escuchando con una agradable mezcla de interés y humildad. Dar el primer golpe era una buena técnica, y Celio era un orador extremadamente bueno. Cuando invitó a Milón a que hablase también, éste se apresuró a dar una versión del choque producido en la vía Apia que claramente le echaba la culpa de todo ello a Clodio. Como había pensado su discurso con gran detenimiento, le salió espléndidamente bien, y la plebe se marchó pensativa después de que Milón les recordó que Clodio había recurrido a la violencia mucho antes de que existiera ninguna banda callejera rival, y que Clodio era enemigo tanto de la primera como de la segunda clase.

Milón fue desde el Foro hasta el Campo de Marte por su propio pie; definitivamente, Pompeyo estaba de nuevo en casa.

—Lo siento mucho, Tito Annio —dijo el mayordomo de Pompeyo—, pero Cneo Pompeyo está indispuesto.

Una gran risotada se oyó procedente de alguna de las habitaciones interiores, y la voz de Pompeyo llegó claramente con ecos agonizantes:

—¡Oh, Escipión, qué cosas ocurren!

Milón se puso rígido. ¿Escipión? ¿Qué hacía Metelo Escipión allí encerrado con Magno? Volvió caminando a Roma lleno de temor.

Pompeyo se había mostrado muy enigmático. ¿Había hecho en verdad una promesa? «Quizá se te perdone por pensar eso», era lo que le había dicho. En aquel momento a él le había parecido tan claro como el agua. Deshazte de Clodio y te recompensaré. Pero ¿era eso en realidad lo que había querido decir? Milón se pasó la lengua por los labios, tragó saliva y se dio cuenta de que el corazón le latía mucho más de prisa de lo que caminar a paso vivo podía provocar en un hombre tan saludable como Tito Annio Milón.

—¡Por Júpiter! —masculló en voz alta—. ¡Me la ha jugado! Está flirteando con los *boni*, y yo sólo soy una herramienta útil. Sí, a los *boni* les caigo bien. Pero... ¿seguiré gustándoles si deciden que les gusta más Magno?

¡Y pensar que aquel día había ido a casa de Pompeyo dispuesto a decirle que retiraba su candidatura a cónsul! Pues ya no lo haría. ¡NO!

Planco Bursa, Pompeyo Rufo y Salustio Crispo convocaron otra reunión de la Asamblea Plebeya para contestar a Celio y a Milón. Hubo la misma asistencia de público, y eran los mismos hombres que habían acudido a la reunión anterior. El mejor orador de los tres era Salustio, que habló tras los entusiastas discursos de Bursa y Pompeyo Rufo, y lo hizo con otro discurso aún mejor.

—¡Es una absoluta burrada! —dijo a gritos Salustio—. ¡Dadme una buena razón por la que un hombre acompañado de treinta esclavos armados sólo con espadas decida atacar a un hombre cuyo cuerpo de guardaespaldas está formado por ciento cincuenta matones con corazas y yelmos! ¡Armados con espadas, dagas y lanzas! ¡Tonterías! ¡Basura! ¡Publio Clodio no era tonto! ¿Habría atacado César de hallarse en la misma situación? ¡No! ¡César hace cosas espectaculares con muy pocos hombres, *quirites*, pero sólo si cree que puede ganar! ¿Qué clase de campo de batalla es la vía Apia para un civil al que el enemigo sobrepasa largamente en número? ¡Llano como un tablón, sin ningún sitio donde guarecerse y, en el tramo donde ocurrió, con grandes dificultades para encontrar ayuda! ¿Y por qué, si ocurrió tal como Celio, el picapleitos de Milón, e incluso el propio Milón, dicen que ocurrió, tuvo que morir un indefenso y humilde posadero? ¡Se supone que hemos de creer que lo mató Clodio! ¿Por qué? ¡Era Milón quien salía ganando con el despreciable asesinato de un hombre tan pobre e insignificante como el posadero, no Clodio! Milón, por favor, que manumitió a sus esclavos con tanta generosidad que se diseminaron a lo largo y a lo ancho y no se les puede seguir el rastro, ¡no digamos ya encontrarlos! ¡Pero qué inteligente llevarse consigo a su esposa histérica en una misión de asesinato! Porque el único hombre que hubiera podido contarnos la verdadera versión de los hechos, Quinto Fufio Caleno, se encontraba tan atareado dentro de un *carpentum* viéndoselas con una mujer presa del pánico que puede asegurar... y yo le creo, porque conozco bien a la señora... puede asegurar que no vio absolutamente nada. —Risitas por todas partes—. ¡El único testimonio que podemos oír acerca de las circunstancias en las que realmente murió Publio Clodio es el de Milón y sus secuaces, todos ellos asesinos!

Salustio hizo una pausa y sonrió; un buen toque, desarmar a Celio al referirse al asunto que tenía con Fausta. Respiró largamente y se lanzó de nuevo a la perorata.

—Toda Roma sabe que Publio Clodio era una influencia subversiva, y muchos de nosotros deploramos sus estrategias y su táctica. Pero lo mismo puede decirse de Milón, cuyos métodos son todavía mucho menos constitucionales que los de Clodio. ¿Por qué asesinar a un hombre que amenaza la carrera pública de uno? ¡Hay otras maneras de tratar con hombres de ese tipo! ¡El asesinato no forma parte del estilo romano! ¡El asesinato, inevitablemente, indica cosas aún más desagradables! ¡El asesinato, *quirites*, es el modo en que un hombre empieza a socavar la fuerza del Estado! ¡A dominar! Un hombre se pone en tu camino, se niega a apartarse y... ¿tú lo asesinas? Cuando es mucho más sencillo levantarlo del suelo y quitarlo del camino. ¿O es que Milón es un endeble? Éste es el primer asesinato que comete Milón, pero ¿será el último? ¡Ésa es la verdadera pregunta que deberíamos hacernos a nosotros mismos! ¿Quién de entre nosotros puede alardear de un cuerpo de guardia como el de Milón, mucho mayor que los ciento cincuenta hombres que llevaba consigo en la vía Apia? ¡Con corazas, con yelmos! ¡Con espadas, dagas, lanzas! ¡Publio Clodio siempre tuvo un cuerpo de guardia, pero no estaba formado por hombres como los profesionales de Milón! ¡Yo digo que Milón tiene intención de derrocar al Estado! ¡Es él quien ha creado este clima! ¡Es él quien ha empezado un programa de asesinatos! ¿Quién será el siguiente? ¿Plautio, otro candidato consular? ¿Metelo Escipión? ¿Pompeyo Magno, la mayor amenaza de todas? ¡Os lo ruego, *quirites*, haced caer a este perro rabioso! ¡Aseguraos de que el número de sus asesinatos se reduzca a uno!

No había gradas del Senado donde ponerse en pie, pero la mayor parte del Senado estaba en el foso de los comicios para oír mejor. Cuando Salustio terminó, Cayo Claudio Marcelo el Mayor alzó la voz desde el foso.

—¡Convoco al Senado de inmediato! —rugió—. ¡En el templo de Bellona, en el Campo de Marte!

—Hay que ver qué cosas pasan —le comentó Bíbulo a Catón—. Tenemos que ir a reunirnos en un local al que Pompeyo Magno pueda asistir.

—Propondrán que sea nombrado dictador —dijo Catón—. ¡Y no quiero ni oír hablar de ello, Bíbulo!

—Yo tampoco. Pero no creo que se trate de eso.

—Entonces, ¿de qué?

—Un *senatus consultum ultimum*. Necesitamos la ley marcial, y... ¿quién mejor para hacerla cumplir que Pompeyo Magno? Pero no como dictador.

Bíbulo tenía razón. Si Pompeyo esperaba que le volvieran a pedir, y esta vez de manera oficial, que asumiera la dictadura, no dio muestras de ello cuando la Cámara se reunió en Bellona una hora más tarde. Se sentó con su *toga praetexta* en primera fila, entre los consulares, y estuvo escuchando el debate con una justa expresión de interés.

Cuando Mesala Rufo propuso que la Cámara aprobase un *senatus consultum ultimum* que autorizase a Pompeyo a reunir las tropas y defender el Estado, aunque no como dictador, Pompeyo accedió de buena gana sin demostrar ningún pesar ni enojo.

Mesala Rufo le cedió la presidencia con agradecimiento; como cónsul senior del año anterior había dirigido las reuniones, pero aparte de organizar el nombramiento de un *interrex* no podía hacer nada. Y en eso había fracasado.

Pompeyo no fracasó. Los grandes tarros llenos de agua que contenían las bolitas de madera del sorteo se sacaron inmediatamente, y los nombres de todos los patricios líderes de las decurias del Senado se escribieron en las bolas de madera. Cabían en un solo tarro; ataron la tapadera, el tarro comenzó a dar vueltas rápidamente y por la espita que había cerca de la parte superior salió una bolita. El nombre que había en ella era Marco Emilio Lépido, que fue el primer *interrex*. Pero el sorteo prosiguió hasta que todas las bolas de madera salieron del tarro; no es que ninguno de los miembros del Senado deseara una interminable sarta de *interreges*, como había sucedido el año anterior. Pero tenía que establecerse el orden, eso era todo. Todos confiaban en que el segundo *interrex*, Mesala Niger, celebrara con éxito elecciones.

—Sugiero —dijo Pompeyo— que el Colegio de Pontífices inserte veintidós días más en el calendario de este año después del mes de febrero. Un *intercalaris* proporcionará a los cónsules un espacio de tiempo bastante similar al plazo de un mandato. ¿Es posible eso, Niger? —le preguntó a Mesala Niger, que era el segundo *interrex* y a la vez pontífice.

—Así se hará —convino Niger con una sonrisa radiante.

—También sugiero dictar un decreto por toda Italia y la Galia Cisalpina que diga que ningún ciudadano romano varón cuya edad está comprendida entre los diecisiete y los cuarenta años esté exento del servicio militar.

Esta sugerencia fue acogida con un coro de síes.

Pompeyo levantó la sesión, muy satisfecho, y regresó a su villa, donde se le unió poco después Planco Bursa, que había captado el gesto afirmativo que le hizo Pompeyo con la cabeza para indicarle que fuera a verle.

—Tengo que pedirte unas cuantas cosas —le dijo Pompeyo mientras se estiraba a sus anchas.

—Lo que quieras, Magno.

—Lo que no quiero, Bursa, son elecciones. Tú conoces a Sexto Cloelio, desde luego.

—Lo conozco bastante bien. Hizo un buen trabajo con la multitud cuando quemaron a Clodio. No es un caballero, pero es muy útil.

—Bien. Entiendo que sin Clodio los disidentes de los colegios de encrucijada se hayan quedado sin líder, pero Cloelio los ha estado dirigiendo de parte de Clodio, y ahora puede seguir haciendo lo mismo por mí.

—¿Y?

—No quiero elecciones —repitió Pompeyo—. No le pido a Cloelio nada más que eso. Milón sigue siendo un contendiente fuerte para el consulado, y si resulta elegido quizá logre ser una fuerza en Roma mayor de lo que a mí me gustaría que fuera. No podemos permitir que los Claudios sean asesinados, Bursa.

Planco Bursa se aclaró la garganta ruidosamente.

—¿Puedo sugerir, Magno, que adquieras un cuerpo de guardia bien armado y que sea realmente fuerte? Y quizá también puedas dar a entender que Milón te ha amenazado. Que temes convertirte en su próxima víctima.

—¡Oh, bien pensado, Bursa! —exclamó Pompeyo encantado.

—De modo que antes o después habrá que juzgar a Milón —le aseguró Bursa.

—Definitivamente. Pero todavía no, esperemos a ver qué pasa cuando los *interreges* no logren celebrar elecciones.

A finales de enero el segundo *interrex* salía del cargo y lo asumía el tercero. El nivel de violencia en Roma se elevó hasta el punto de que ninguna tienda ni negocio situado en un radio de quinientos metros alrededor del Foro se atrevía a abrir sus puertas. Esto daba lugar a que se despidiera a los empleados, lo que a su vez desencadenaba más violencia, que a su vez daba lugar a más despidos, y la cadena se iba extendiendo por toda la ciudad. Y Pompeyo, elevado al poder para velar por el Estado junto con los tribunos de la plebe, extendió mucho los brazos, abrió los ojos azules que en otro tiempo habían sido impresionantes y dijo llanamente que como no había una auténtica revolución en marcha, el control de todo aquello residía en el *interrex*.

—Quiere ser dictador —les dijo Metelo Escipión a Catón y a Bíbulo—. No lo dice, pero piensa serlo.

—No se le puede permitir —repuso Catón lacónicamente.

—Y no se le permitirá —le aseguró con calma Bíbulo—. Idearemos un modo de contentar a Pompeyo, de atarlo bien atado a nosotros, y luego seguiremos hacia donde se encuentra el verdadero enemigo: César.

Respecto a Pompeyo, César acababa de entrometerse en su mundo, que cambiaba para bien, de una manera que no le pareció bien. El último día de enero recibió una carta de César, que se encontraba en Rávena.

Acabo de enterarme de la muerte de Publio Clodio. Es un asunto chocante, Magno. ¿Hasta dónde va a llegar Roma? Y ha sido muy prudente por tu parte protegerte con un buen cuerpo de guardia. Cuando el asesinato se convierte en algo tan descarado, cualquiera es una víctima en potencia, y tú tienes más probabilidades de serlo que nadie.

Tengo varios favores que pedirte, mi querido Magno, el primero de los cuales sé que no te importará concederme, pues mis informadores me dicen que ya le has pedido personalmente a Cicerón que utilice su influencia para arremeter contra Celio a fin de obligarle a que deje de alborotar en tu contra y en apoyo de Milón. Si quisieras pedirle a Cicerón que haga el viaje hasta Rávena (el clima de aquí es delicioso, así que no se le hará demasiado duro), yo te estaría muy agradecido. Quizá si mis súplicas se unen a las tuyas, Cicerón se decida a ponerle el bozal a Celio.

El segundo favor es más complicado. Llevamos ocho años siendo amigos estimados, seis de ellos con el deleite de compartir a nuestra queridísima Julia. Han pasado diecisiete meses desde que nuestra niña falleció, tiempo suficiente para aprender a vivir sin ella, aunque nuestras vidas no volverán a ser lo que eran. Quizá ahora sea el momento de pensar en renovar nuestra relación a través de lazos matrimoniales, que es una manera romana de demostrarle al mundo que estamos unidos. Ya he hablado con Lucio Pisón, que está feliz con la idea de que yo le ceda una muy cómoda fortuna a Calpurnia y me divorcie de ella. La pobre criatura está completamente aislada en el mundo femenino de la domus publica, *pues mi madre ya no está allí para hacerle compañía y ella no ve a nadie. Debería darle la oportunidad de encontrar un marido que tenga tiempo para dedicarle antes de que llegue a una edad en que no sea fácil encontrar un buen marido. Fabia y Dolabela son buenos ejemplos.*

Tengo entendido que tu hija Pompeya no es muy feliz con Fausto Sila, especialmente desde que Fausta, la hermana gemela de éste, se casó con Milón. Con Publio Clodio muerto, Pompeya se verá obligada a mantener contactos sociales que van en contra de su gusto y de los deseos de su padre. Lo que te propongo es que Pompeya se divorcie de Fausto Sila y se case conmigo. Yo soy, como tú ya tienes buenos motivos para saber, un marido decente y razonable siempre que mi esposa se mantenga por encima de cualquier sospecha. La querida Pompeya es todo lo que yo podría pedirle a una esposa.

Ahora vamos a tratar de ti, que estás viudo desde hace diecisiete meses. ¡Cómo desearía tener una segunda hija que ofrecerte! Pero desgraciadamente no es así. Tengo una sobrina, Acia, pero cuando le escribí a Filipo para preguntarle qué le parecería divorciarse de ella, me respondió que prefería conservarla, pues es una perla que no tiene precio y está por encima de toda sospecha. Si hubiera una segunda Acia yo echaría mis redes más allá, pero, ay, Acia es mi única sobrina. Acia tiene una hija del difunto Cayo Octavio, como tú sabes, pero de nuevo la suerte de César falla. Octavia apenas tiene trece años, si es que llega. No obstante Cayo Octavio tiene otra hija de su primera esposa, Ancaria, y esta Octavia ya está en edad casadera. Tiene unos precedentes senatoriales muy buenos y sólidos, y los Octavios, que proceden de Velitras, en tierras del Lacio, siempre han tenido cónsules y pretores en alguna de las ramas de la familia. Cosas todas estas que tú ya sabes. Bueno, pues tanto Filipo como Acia se sentirían muy complacidos en darte a Octavia como esposa.

Por favor, piénsalo bien, Magno. ¡Echo muchísimo de menos a mi yerno! Y convertirme ahora en tu yerno sería un cambio muy agradable.

El tercer favor es sencillo. Mi gobierno de las Galias e Iliria acabará unos cuatro meses antes de las elecciones, en las que pienso presentar la candidatura para mi segundo consulado. Como los dos hemos sido el blanco de los boni *y no les tenemos en gran estima, desde Bíbulo hasta Catón, no deseo darles la oportunidad de juzgarme en cualquier tribunal que esté tan amañado que consiga hacerme caer. Si tengo que cruzar el* pomerium *y entrar en la ciudad de Roma para presentar mi candidatura, automáticamente renunciaré a mi* imperium. *Sin él pueden obligarme a ir a juicio ante un tribunal. Gracias a Cicerón, los candidatos al consulado no pueden presentar la candidatura* in absentia. *Pero yo necesito hacerlo así. Una vez que sea cónsul, me ocuparé de cualquier acusación falsa que los* boni *presenten contra mí.*

Pero durante esos cuatro meses tengo que conservar mi impe-

rium. Magno, he oído decir que pronto serás dictador. No hay nadie que pueda hacer las funciones de ese cargo mejor que tú. En realidad creo que tú podrás devolverle la luminosidad que necesita después de que Sila lo mancilló de manera tan lamentable. ¡Roma no tendrá que temer a las proscripciones y a los asesinatos bajo el gobierno del buen Pompeyo Magno! Si tú vieras el camino despejado para procurarme una ley que me permitiera presentar in absentia *mi candidatura al consulado, te estaría enormemente agradecido por ello.*

Acabo de recibir una copia del informe que Cayo Casio Longino hizo para el Senado explicando cómo están las cosas en Siria. Un documento extraordinario; escribe mejor de lo que yo pensaba que ningún Casio pudiera hacer, aparte de Casio Ravila. El epílogo hablando del avance del pobre Marco Craso hacía Artaxata y de la corte de los dos reyes era desgarrador.

Que sigas bien, mi querido Magno, y escríbeme en seguida. Queda tranquilo con la seguridad de que sigo siendo el amigo que más te quiere,

César

Pompeyo dejó la carta con manos temblorosas y se cubrió la cara con ellas. ¡Cómo se atrevía! Pero ¿quién se pensaba César que era para ofrecerle a él, un hombre que había tenido tres de las esposas de más alta cuna de Roma, a una muchacha que era más don nadie que Antistia? Oh, bien, Magno, yo no tengo una segunda hija, y Filipo, ¡oh, dioses, Filipo!, no se quiere divorciar de mi sobrina para dártela a ti, pero mi perro una vez meó en tu jardín, así que ¿por qué no te casas con esa Octavia, que no es nadie? ¡Al fin y al cabo caga en la misma letrina que una mujer juliana!

Empezó a rechinar los dientes, y a cerrar y a abrir los puños. Poco después el servicio de la casa de Pompeyo oyó horrorizado el inconfundible sonido de algo que no habían tenido ocasión de oír durante el tiempo en que estuvo allí Julia. Una rabieta de Pompeyo, que sacaba el genio. Eso significaba que habría metal abollado, desde las más preciosas a las más elementales vasijas acabarían rotas, habría que limpiar mechones de cabello, manchas de sangre y arreglar telas desgarradas por doquier. ¡Oh, cielos! ¿Que diría aquella carta de César?

Pero una vez que el ataque pasó, Pompeyo se sintió mucho mejor. Se sentó ante su escritorio salpicado de tinta, encontró una pluma y un poco de papel que quedaba sin romper y se puso a garabatear el borrador de una respuesta para César.

Lo siento amigo, yo también te quiero, pero me temo que ese arreglo matrimonial es del todo imposible. Tengo en mente otra esposa para mí, y Pompeya está muy bien con Fausto Sila. Comprendo tu dilema sobre Calpurnia, pero no puedo ayudarte, de veras, no puedo ayudarte. Con gusto te envío a Cicerón a Rávena.

Tiene que escucharte puesto que a ti es a quien debe todo el dinero. A mí no me escuchará, pero claro, yo sólo soy un Pompeyo de Piceno, ese nido de galos. Feliz de complacerte con esa leyecita acerca de la candidatura *in absentia*. Lo haré en cuanto pueda, queda tranquilo. Será un buen golpe si puedo convencer a los diez tribunos de la plebe para que la apoyen, ¿no te parece?

Un reguero de sangre se deslizaba por su cara desde el cuero cabelludo lacerado, lo que le recordó que había dejado el despacho hecho un desastre. Dio unas cuantas palmadas para llamar al mayordomo.

—Límpialo, ¿oyes? —le pidió en tono exigente y sin llamar a Dorisco por su nombre, pues Pompeyo nunca lo hacía—. Dile a mi secretario que venga aquí. Necesito que me haga una buena copia de una carta.

Cuando a primeros de febrero Bruto regresó a Roma procedente de Cilicia, tuvo primero que enfrentarse a su esposa, Claudia, y a su madre, Servilia. La verdad era que prefería infinitamente la compañía del padre de Claudia a la compañía de ésta, pero a Escapcio y a él les había ido tan bien en el negocio de prestar dinero en Cilicia que había tenido que rehusar firmemente la oferta de Apio Claudio para que siguiera con él de cuestor. Puesto que aquel vil desecho que era Aulo Gabinio había aprobado una ley que les hacía muy difícil a los romanos prestar dinero a aquellos habitantes de las provincias que no tenían la ciudadanía, no le había quedado más remedio que regresar a Roma. Como ya era senador y tenía unas relaciones soberbias con, al menos, la mitad de la Cámara, le resultaba fácil obtener decretos senatoriales para eximir a Matinio y a Escapcio de la *lex Gabinia*. Matinio y Escapcio era una muy buena y antigua empresa de usureros y financieros, pero en ningún lugar de sus libros estaba registrado el hecho de que el nombre verdadero de la empresa debería haber sido Bruto y Bruto. A los senadores no se les permitía dedicarse a ningún negocio a menos que estuviera relacionado con la propiedad de terrenos, pero era ésta una fruslería que por lo menos la mitad del Senado encontraba la manera de saltarse. La mayor parte de Roma pensaba que el peor infractor a este respecto había sido el difunto Marco Licinio Craso, pero, de haber estado vivo, Craso habría desilusionado a la mayor parte de Roma en ese tema. El peor infractor era, con mucho, el joven Marco Junio Bruto, que era también, gracias a una adopción testamentaria, Quinto Servilio Cepión, heredero del Oro de Tolosa. No es que hubiera oro alguno, pues hacía más de cincuenta años que no lo había. Todo se había ido en la adquisición de un imperio comercial que era la herencia del único hermano de padre y madre que tenía Servilia. Éste había muerto hacía quince años sin un heredero varón, y por ello había nombrado a Bruto su heredero.

Bruto no amaba tanto el dinero en sí (ése había sido el pecado incitador del pobre Craso) como lo que lleva consigo el dinero: el poder. Quizá algo incomprensible en alguien cuyo ilustre nombre no podía poner a su dueño en el centro de un resplandor. Porque Bruto no era alto, no era atractivo, tampoco interesante ni inteligente al estilo que Roma admiraba. En cuanto a su aspecto físico, eso no podía mejorarse mucho, porque el espantoso acné que tanto lo había afeado de joven no había desaparecido con la madurez; aquel pobre rostro lleno de pústulas no podía soportar una navaja de afeitar en una época y en un lugar en que todos los hombres iban invariablemente muy bien afeitados. Bruto hacía todo lo posible, se recortaba la espesa barba negra todo cuanto podía, pero aquellos ojos castaños, grandes, de párpados abultados y muy tristes miraban al mundo desde una verdadera ruina facial. Como Bruto lo sabía, y lo odiaba, intentaba evitar todas aquellas circunstancias en las que lo más probable era que fuera motivo de ridículo y blanco para el sarcasmo y la lástima. Así que había procurado, o más bien se lo había procurado su madre, la exención del servicio militar obligatorio, y sólo hacía breves apariciones en el Foro para aprender las cuestiones legales y los protocolos de la vida pública. A esto último no estaba dispuesto a renunciar, un Junio Bruto nunca podría hacer tal cosa. Porque su linaje se remontaba hacia atrás en el tiempo hasta Lucio Junio Bruto, el fundador de la República, y por parte de madre a Cayo Servilio Ahala, que había matado a Melio cuando éste trató de reinstaurar la monarquía.

Los primeros treinta años de su vida los había pasado esperando entre bastidores para entrar en el único escenario que anhelaba: el Senado y el consulado. Al abrigo del Senado, sabía que su aspecto físico no militaría en su contra. Los padres conscriptos del Senado, sus iguales, respetaban demasiado la influencia familiar y el dinero. El poder le traería lo que no podían darle su rostro y su cuerpo, ni sus pretensiones de un intelectualismo no más profundo que la nata en la leche de oveja. Pero Bruto no era estúpido, aunque eso era lo que significaba el nombre de Bruto: estúpido. El fundador de la República había sobrevivido a las tiranías del último rey de Roma haciéndose pasar por estúpido. Lo cual es una gran diferencia. Y nadie apreciaba aquel hecho más que Bruto.

No sentía nada por su esposa, ni siquiera repugnancia; Claudia era una mujercita agradable, muy tranquila y nada exigente. De alguna manera, ella había logrado hacerse un lugar diminuto en la casa que su suegra dirigía de modo muy parecido a como Lúculo había dirigido a su ejército: con frialdad, sin vacilaciones, de forma inhumana. Por suerte, la casa era lo bastante grande como para permitir que la esposa de Bruto tuviera su propia sala de estar, y allí la mujer se había instalado con su telar y su rueca, sus pinturas y su queridísma colección de muñecas. Como hilaba de maravilla y tejía por lo menos igual de bien que las tejedoras profesionales, solía arrancar comentarios favorables de Servilia, su suegra, e incluso se permitía confeccionar para Servilia piezas de tela delgada y fina para que se hiciera vestidos. Claudia pintaba flores en cuencos, y aves y mariposas en platos, y luego los enviaba al Velabrum para que los vidriasen. Eran unos regalos muy bonitos, y los regalos eran una seria preocupación para una Claudia Pulchra, que tenía tantas tías, tíos, primos, sobrinos y sobrinas que una bolsa pequeña no daba abasto.

Por desgracia era casi tan tímida como Bruto, así que cuando su marido regresó de Cilicia (en realidad para ella era casi un desconocido, pues Bruto se había casado con ella pocas semanas antes de marcharse), ella no se encontró en modo alguno en posición de hacer que su marido desviase la atención de su madre. De momento no había visitado el dormitorio de Claudia, lo que había provocado que la almohada estuviera cada mañana mojada de lágrimas, y durante la cena, en las ocasiones en que Bruto asistía, Servilia no le daba oportunidad de pronunciar palabra... si Claudia hubiese tenido algo que decir.

Por ello era Servilia quien ocupaba el tiempo y la mente de Bruto siempre que éste entraba en la casa, que en realidad era suya, aunque nunca la consideró así.

Servilia había cumplido ya cincuenta y dos años, y pocas cosas habían cambiado en ella en mucho tiempo. Tenía una figura voluptuosa pero bien proporcionada, apenas un par de centímetros más gruesa en la cintura que antes de dar a luz a sus cuatro hijos, y el cabello negro, espeso y largo, seguía siendo negro, espeso y largo. Le habían aparecido dos arrugas, una a cada lado de la nariz, y corrían hacia abajo, hasta más abajo de las comisuras de la boca pequeña y reservada. Pero en la frente no tenía ni una y la piel debajo de la barbilla era envidiablemente tersa. Seguro que César no la encontraría diferente cuando regresara a Roma.

César seguía dictando las condiciones de la vida de Servilia, aunque ella no admitía eso ni siquiera ante sí misma. A veces sufría por él con un anhelo seco y espantoso que no podía calmar, y otras lo aborrecía, generalmente cuando ella le escribía alguna de las poco frecuentes cartas o cuando oía que alguien pronunciaba su nombre en alguna cena. Cosa que últimamente sucedía cada vez más. César se había hecho famoso. César era un héroe. César era un hombre libre para hacer lo que se le antojase, sin trabas impuestas por los convencionalismos de una sociedad que Servilia hallaba represiva con Clodia y Clodilla, pero que ella no transgrediría como hacían ambas todos los días de sus vidas. Así que, mientras Clodia se sentaba con disimulada coquetería a la orilla del Tíber, enfrente del Trigarium donde nadaban los jóvenes, y enviaba un bote de remos con una proposición para algún hombre desnudo, Servilia se sentaba entre la árida ranciedad de sus libros de contabilidad y sus archivos de las reuniones del Senado, cuyas actas se había procurado especialmente al pie de la letra, y maquinaba y hacía planes y anhelaba entrar en acción.

Pero ¿por qué había asociado la acción con el regreso de su único hijo varón? ¡Oh, Bruto estaba imposible! Ni más guapo, ni más alto. Ni menos enamorado de Catón, el odioso hermanastro de Servilia. Si acaso, Bruto estaba aún peor que antes. Con treinta años, se le iba desarrollando una ligera torpeza en los ademanes que a Servilia le recordaba de forma demasiado dolorosa a Marco Tulio Cicerón, aquel advenedizo de baja cuna procedente de Arpinum. No anadeaba, pero tampoco caminaba con calma, y andar despacio con los hombros erguidos era obligado en un hombre para que la toga le sentara bien. Bruto daba pasitos demasiado rápidos. Era pedante. Y estaba una pizca ausente. Y si la mirada interior de Servilia se llenaba de pronto con una visión de Cayo Julio César, tan alto y dorado y tan descaradamente hermoso, rezumando poder, le gruñía a Bruto durante la cena y hacía que se marchase a buscar solaz con Catón, aquel espantoso descendiente de una esclava.

No era un ambiente doméstico feliz. Y Bruto, al cabo de tres o cuatro días, cada vez pasaba menos tiempo en casa.

Dolía tener que pagar dinero a un guardaespaldas, pero una rápida ojeada a los alrededores del Foro, seguida de una conversación con Bíbulo, le había decidido a hacerlo. Hasta su tío Catón, tan intrépido que le habían roto el mismo brazo varias veces en el Foro a lo largo de los años, empleaba en aquellos días guardaespaldas.

—Son tiempos excelentes para los ex gladiadores —rebuznaba Catón—. Tienen donde escoger. Un hombre competente cobra quinientos sestercios por *nundinae*, y encima insiste en tener mucho tiempo libre. Yo existo gracias a la disposición de una docena de soldados con la cabeza llena de serrín y cerebralmente deficientes que me consumen cuando estoy fuera de casa, y en casa ¡me dicen cuándo puedo ir al Foro!

—No comprendo —le dijo Bruto arrugando la frente—. Si estamos bajo la ley marcial y Pompeyo está al frente de todo, ¿por qué no ha cesado la violencia? ¿Qué se está haciendo?

—Nada de nada, sobrino.

—¿Por qué?

—Porque Pompeyo quiere que se le nombre dictador.

—Eso no me sorprende. Va tras el poder desde que ejecutó a mi padre porque sí en la Galia Cisalpina. Y al pobre Carbón, a quien ni siquiera le concedió un poco de intimidad para aliviar sus intestinos antes de decapitarlo. Pompeyo es un bárbaro.

El aspecto de estar físicamente hecho una ruina de Catón dejó anonadado y triste a Bruto, que sólo era once años más joven que aquél. Por eso Catón nunca le había visto como a un tío, sino que más bien le parecía un hermano mayor, un hermano sabio, valiente e increíblemente seguro de sí mismo. Es verdad que Bruto no había tenido ocasión de conocer bien a Catón durante su infancia y juventud, pues Servilia no permitió que tío y sobrino confraternizasen en absoluto. Pero todo aquello cambió desde el día en que César acudió a su casa vistiendo todos los atavíos propios de *pontifex maximus* y anunció con calma que rompía el compromiso entre Bruto y Julia para casar a ésta con el hombre que había asesinado al padre de Bruto. Porque César entonces necesitaba a Pompeyo.

Aquel día a Bruto se le rompió el corazón, y nunca se recuperó. ¡Oh, él amaba a Julia! Había estado esperando a que ella se hiciera mayor. Y luego tuvo que ver cómo Julia se le iba con un hombre que no era digno ni de que ella se limpiara los zapatos en él. Pero Julia se daría cuenta de ello con el tiempo; y Bruto la esperó sin dejar de amarla. Hasta que Julia murió. Lo único que Bruto en realidad quería creer era que en algún lugar, en otro tiempo, volvería a encontrarla, y ella lo amaría a él tanto como él la amaba a ella. Así que, después de la muerte de Julia, Bruto se empapó de Platón, el más espiritual y tierno de todos los filósofos, y fue entonces cuando Bruto comprendió lo que Platón quería decir en realidad.

Y ahora, al contemplar a Catón, Bruto supo lo que su tío estaba viviendo en aquellos días de una manera que sólo podían comprenderlo las personas que se encontraban próximas a Catón; porque estaba contemplando a un hombre cuyo amor se había ido a otra parte, a un hombre al que le resultaba imposible aprender a no amar. La tristeza invadió a Bruto y le hizo bajar la cabeza. «¡Oh, tío Catón —quería gritar—, yo te comprendo! Tú y yo somos gemelos en ese vacío del alma y no podemos encontrar el camino hacia el jardín de la paz. Me pregunto, tío Catón, si en el momento de nuestra muerte pensaremos en ellas, tú en Marcia y yo en Julia. ¿Desaparece alguna vez el dolor, desaparecen los recuerdos, desaparece la enormidad de nuestra pérdida?»

Pero no dijo nada de esto, se limitó a quedarse mirando los pliegues que la toga formaba en su regazo hasta que las lágrimas desaparecieron.

Tragó saliva y preguntó con voz casi inaudible:

—¿Qué ocurrirá?

—Sé que hay una cosa que no ocurrirá, Bruto. A Pompeyo nunca se le nombrará dictador. Si es necesario utilizaré mi espada para pararme el corazón en mitad del Foro antes de ver eso. No hay lugar en la República para un Pompeyo... ni para un César. Quieren ser mejores que todos los demás hombres, quieren que nos convirtamos en pigmeos a su sombra, quieren ser como... como... como Júpiter. Y nosotros, los romanos libres, acabaríamos adorándolos como dioses. ¡Pero este romano libre no está dispuesto a hacerlo! Antes prefiero morir. Y lo digo en serio —concluyó Catón.

Bruto tragó saliva de nuevo.

—Yo te creo, tío. Pero si no somos capaces de curar estos males, ¿crees que podremos por lo menos comprender cómo empezaron? ¡Hay tantos problemas! Parecen haber estado ahí toda mi vida, y cada vez es peor.

—Empezó con los hermanos Graco, en particular con Cayo Graco. Luego siguió con Mario, con Cina y Carbón, con Sila, y ahora con Pompeyo. Pero no es a Pompeyo a quien yo temo, Bruto. Nunca le he temido. A quien temo es a César.

—Yo no conocí a Sila, pero la gente dice que César se parece mucho a él —comentó despacio Bruto.

—Precisamente —dijo Catón—. Sila. Todo vuelve siempre al hombre con derecho por nacimiento, por eso nadie temió a Mario en su día, ni temen a Pompeyo ahora. Ser patricio es mejor. No podemos erradicar eso más que de una manera, la que mi bisabuelo el Censor utilizó cuando se enfrentó a Escipión el Africano y a Escipión el Asiático. ¡Haciéndolos caer!

—Pero le he oído decir a Bíbulo que los *boni* están intentando camelarse a Pompeyo.

—Oh, sí. Y yo lo apruebo. Si quieres atrapar al rey de los ladrones, Bruto, ponle el anzuelo al príncipe de los ladrones. Utilizaremos a Pompeyo para hacer caer a César.

—También me han dicho que Porcia va a casarse con Bíbulo.

—Así es.

—¿Puedo verla?

Catón asintió con la cabeza, perdió rápidamente interés en el asunto y acercó la mano por inercia al jarro de vino que tenía sobre el escritorio.

—Está en su habitación.

Bruto se levantó y salió del despacho por la puerta que daba a un jardín peristilo austero y pequeño; las columnas eran del más severo estilo dórico, no había nada parecido a un estanque o una fuente y las paredes no estaban adornadas con frescos ni había en ellas cuadros colgados. A un lado del mismo se alineaban las habitaciones de Catón, Atenodoro Cordilión y Estatilo; al otro lado estaban las de Porcia y de su hermano adolescente, Marco el joven. Más allá había un baño y una letrina, y la cocina y la zona de los criados se encontraban en el lado más alejado.

La última vez que había visto a su prima Porcia había sido antes de marcharse a Chipre con el padre de ella, y de eso hacía ya seis años, pues Catón no la animaba a relacionarse con aquellos que iban a visitarle a él. Bruto la recordaba como una chica delgada y larguirucha. Pero ¿por qué esforzarse por recordarla? Estaba a punto de verla.

La habitación de Porcia era diminuta y estaba asombrosamente desaseada. Había rollos, cubos de libros y papeles literalmente por todas partes, y sin el menor orden. La muchacha estaba sentada ante la mesa con la cabeza inclinada sobre un libro desplegado que estaba leyendo en voz baja.

—¿Porcia?

Ella levantó la mirada, emitió un grito ahogado y se puso en pie torpemente. Una docena de papeles cayeron revoloteando al suelo de terrazo, el tintero salió volando y cuatro rollos desaparecieron por el hueco que había detrás de la mesa. Aquélla era la guarida de un estoico: tristemente sencillo, terriblemente frío y absolutamente poco femenino. ¡No había ni un telar ni el menor adorno en los aposentos de Porcia!

Pero también Porcia era tristemente vulgar y no demasiado femenina, aunque nadie podía acusarla de frialdad. ¡Era muy alta! Más o menos de la misma estatura que César, calculó Bruto alargando el cuello. Tenía una mata de cabello de un rojo chillón, un poco ondulado, tirando a rizado, la piel pálida aunque sin pecas, un par de luminosos ojos grises y una nariz que prometía ser de categoría superior a la de su padre.

—¡Bruto! ¡Querido, querido Bruto! —exclamó mientras lo envolvía en un abrazo que lo dejó sin respiración y le hizo difícil tocar el suelo con la punta de los pies—. ¡Oh, *tata* siempre dice que es una buena acción amar a los que son buenos y forman parte de la familia, así que yo puedo quererte! ¡Bruto, qué contenta estoy de verte! ¡Pasa, pasa!

Una vez que se vio depositado de nuevo en el suelo, Bruto estuvo observando cómo su prima revolvía por la habitación, barría con la mano un montón de rollos y cubos de una silla vieja y luego buscaba una bayeta para limpiar la superficie, no fuera a dejarle manchas a su primo por toda la toga. Y, poco a poco, una sonrisa empezó a asomar en las comisuras de la boca de Bruto, una boca de expresión generalmente triste. ¡Porcia era como un elefante! Aunque no estaba gorda, ni siquiera llenita. Tenía el pecho plano, los hombros anchos y las cadera estrechas. E iba abominablemente vestida con lo que Servilia hubiera denominado una tienda de lona de color marrón caca de niño.

Y, sin embargo, después de que ella realizó todas las maniobras necesarias para que ambos se sentaran en una silla cada uno, Bruto ya había llegado a la conclusión de que Porcia no era en absoluto poco atractiva, y tampoco, a pesar de aquel físico masculino, daba la impresión de ser varonil. Estaba llena de vida y eso le otorgaba cierto atractivo extraño que a Bruto se le antojó que la mayoría de los hombres, pasado el susto inicial, apreciarían. El pelo era fantástico, y también los ojos. Y la boca resultaba muy bonita, deliciosa para besarla.

Porcia dio un suspiro enorme, se palmeó las rodillas, que tenía muy separadas, pero sin que ello le causase el menor apuro, y le sonrió radiante de placer.

—¡Oh, Bruto! No has cambiado nada.

Éste tenía una expresión irónica, pero eso no desconcertó lo más mínimo a la muchacha, pues para Porcia, Bruto era lo que era, y eso no constituía en modo alguno un obstáculo. Educada de un modo muy extraño, privada de su madre cuando tenía seis años y desde entonces sin la influencia de mujer alguna excepto dos años con Marcia (que ni se había fijado en ella), Porcia no tenía imbuida ninguna idea de lo que era la belleza, la fealdad o cualquier otro estado abstracto de la existencia. Bruto era su queridísimo primo hermano, y por ello era hermoso. Preguntádselo a cualquier filósofo griego.

—Has crecido —observó Bruto.

Pero luego se dio cuenta de cómo le sonaría eso a ella... ¡Oh Bruto, piensa un poco! ¡Ella también es un bicho raro!

Pero quedó claro que ella se había tomado el comentario en sentido literal. Emitió el mismo relincho a modo de risa que emitía Catón y enseñó los mismos dientes superiores grandes y un poco salientes. La voz también era como la de su padre, ronca, fuerte y sin melodía.

—¡*Tata* dice que voy a atravesar el techo! Soy un buen trozo más alta que él, y eso que *tata* es un hombre alto. Tengo que decir que estoy muy contenta de ser tan alta —relinchó—. Encuentro que me da mucha autoridad. Es extraño que a la gente le den terror los accidentes de nacimiento y de la naturaleza, ¿no? Sin embargo, según mi experiencia, así es.

La más extraordinaria imagen se estaba formando poco a poco en la cabeza de Bruto, y no era la clase de imagen a la que solía ser propenso. Pero le resultaba completamente irresistible imaginar al diminuto y glacial Bíbulo tratando de cubrir a aquella llameante columna de fuego. ¿Es que sólo se le habría ocurrido a él la incongruencia de tal emparejamiento?

—Dice tu padre que vas a casarte con Bíbulo.

—Oh, sí, ¿no es maravilloso?

—¿Te complace?

Los hermosos ojos grises de Porcia se entornaron, con extrañeza más que con enfado.

—¿Por qué no iba a ser así?

—Bueno, él es mucho mayor que tú.

—Treinta y dos años —puntualizó ella.

—¿No te parece que eso es una diferencia bastante grande? —le preguntó Bruto, insistiendo.

—Eso no tiene importancia —repuso Porcia.

—Y... ¿y no te importa el hecho de que sea más de un palmo más bajo que tú?

—No, tampoco me importa —dijo Porcia.

—¿Lo amas?

Estaba claro que aquello era lo que menos importaba de todo, aunque ella no lo reconoció.

—Yo amo a todas las personas buenas, y Bíbulo es un hombre bueno. Tengo muchas ganas de casarme, de verdad. ¡Imagínate, Bruto! ¡Tendré una habitación mucho más grande!

¡Vaya, sigue siendo una niña!, pensó Bruto, asombrado. No tiene la menor idea de lo que es el matrimonio.

—¿Y no te importa que Bíbulo tenga ya tres hijos varones? —le preguntó.

Otro relincho a modo de risa.

—¡De lo que me alegro es de que no tenga hijas! —respondió Porcia cuando por fin pudo hacerlo—. No suelo llevarme bien con las chicas, son tan tontas... Los dos mayores, que ya son adultos, Marco y Cneo, resultan bastante agradables. Pero el pequeño, Lucio... ¡oh, me encanta! Nos lo pasamos muy bien juntos. ¡Tiene unos juguetes realmente estupendos!

Bruto se marchó a su casa febril de preocupación por Porcia, pero cuando intentó hablarle a Servilia de ella, recibió una respuesta poco compasiva.

—¡Esa chica es imbécil! —sentenció Servilia con brusquedad—. Pero ¿qué otra cosa puede esperarse? ¡La han educado un borracho y un puñado de griegos tontos! Le han enseñado a despreciar la ropa, los buenos modales, la buena comida y la buena conversación. Esa muchacha anda por ahí con un cilicio y con la cabeza enterrada en Aristóteles. Por quien más lo siento es por Bíbulo.

—No malgastes tu comprensión, mamá —le dijo Bruto, que últimamente sabía muy bien cómo fastidiar mejor a su madre—. Bíbulo está muy complacido con Porcia. Le han regalado un premio que es más valioso que los rubíes: una muchacha que es absolutamente pura y sin viciar.

—¡Tch! —escupió Servilia.

Los disturbios continuaban en Roma. Pasó rápidamente febrero, un mes corto, y luego vino Mercedonio, los veintidós días que el colegio de pontífices había intercalado a instancias de Pompeyo. Cada cinco días un nuevo *interrex* asumía el cargo y trataba de organizar las elecciones, pero siempre sin éxito. Todo el mundo se quejaba; pero por quejarse nadie llega a ninguna parte. De vez en cuando, Pompeyo demostraba que cuando quería que algo se hiciera, se hacía; como ocurrió con su ley de los Diez Tribunos de la plebe. Aprobada a mediados de aquel tormentoso febrero, le concedía a César permiso para presentarse a cónsul *in absentia* al cabo de cuatro años. César estaba a salvo. No tendría que renunciar a su *imperium* al cruzar los límites sagrados de Roma para inscribir su candidatura en persona, y así ofrecerse a sí mismo para que le juzgasen.

Milón continuaba haciendo campaña a fin de recabar votos para el consulado, pero la presión para que se le procesase iba aumentando. Dos jóvenes Apios Claudios aireaban constantemente en el Foro, en nombre de su difunto tío Publio, su principal motivo de queja: el hecho de que Milón hubiera decidido liberar a sus esclavos, y que esos esclavos hubiesen desaparecido en medio de una niebla oscura. Por desgracia, Milón no estaba recibiendo el apoyo de Celio, respaldo del que había disfrutado justo después del asesinato, pues Cicerón marchó obedientemente a Rávena, y al regresar consiguió ponerle el bozal a Celio. Aquello no era un buen presagio para Milón, un hombre preocupado.

Pompeyo también estaba un poco preocupado, pues la oposición que había en el Senado para que se le nombrase dictador era tan fuerte como siempre.

—Tú eres uno de los *boni* más preminentes —le dijo Pompeyo a Metelo Escipión—, y sé que no te importa que se me nombre dictador. ¡Pero yo no quiero ese puesto, fíjate en lo que te digo! Nunca he dicho que sea eso lo que quiero. Lo que sucede es que no consigo entender por qué Catón y Bíbulo no lo aceptan. Y tampoco Lucio Enobarbo, ni ninguno de los demás. ¿No es mejor tener estabilidad a cualquier precio?

—Casi a cualquier precio —le respondió Metelo Escipión con cautela.

Era un hombre al que se le había encargado una misión, y se había pasado horas ensayando con Catón y Bíbulo. No es que sus intenciones no fueran tan puras como pensaban Catón y Bíbulo. Metelo Escipión era también un hombre preocupado.

—¿Cómo que casi? —le preguntó Pompeyo en tono exigente al tiempo que fruncía el ceño.

—Bueno, ya hay una respuesta, y me han encargado a mí que te la comunique, Magno.

¡La magia se había hecho realidad! ¡Metelo Escipión lo estaba llamando Magno! ¡Oh, qué gozo! ¡Oh, qué dulce victoria! Pompeyo se ufanó visiblemente, y la sonrisa que esbozaba se le iba haciendo cada vez mayor.

—Pues comunícamela, Escipión.

Se acabó lo de llamarlo Metelo.

—¿Y si el Senado se aviniera a que tú te convirtieras en cónsul sin otro colega?

—¿Quieres decir cónsul único? ¿Sin otro?

—Sí. —Metelo Escipión frunció el ceño en un esfuerzo por recordar lo que le habían dicho que dijera, y luego continuó hablando—. Lo que todo el mundo objeta ante la idea de que haya un dictador es el hecho de que el dictador es invulnerable, Magno. No se le pueden pedir cuentas por ninguno de sus actos mientras sea dictador. Y después de Sila, ya nadie confía en ese puesto. Y no son sólo los *boni* los que ponen objeciones. Los caballeros de las dieciocho centurias superiores ponen muchas más objeciones, créeme. Fueron ellos los que más notaron la mano de Sila: mil seiscientos caballeros murieron en las proscripciones de Sila.

—Pero ¿por qué iba yo a proscribir a nadie? —quiso saber Pompeyo.

—¡Estoy de acuerdo, de acuerdo! Pero por desgracia hay muchos que no lo están.

—¿Por qué? Yo no soy Sila.

—Sí, eso ya lo sé. Pero hay un tipo de hombre que está convencido de que no se trata de presentar objeciones a la persona que desempeña el cargo, sino al cargo en sí mismo. ¿Comprendes lo que quiero decir?

—Oh, sí. Que cualquiera que sea nombrado dictador se volverá loco con el poder que eso confiere.

Metelo Escipión se recostó en el asiento.

—Exactamente.

—Pero yo no soy de esa clase de hombres, Escipión.

—¡Ya lo sé, ya lo sé! ¡Pero no me acuses a mí, Magno! Los caballeros de las Dieciocho no aceptarán nunca más otro dictador, como tampoco lo aceptarán Catón ni Bíbulo. Todo lo que uno tiene que hacer es pronunciar la palabra *proscripción* y esos hombres se ponen pálidos.

—Mientras que un solo cónsul en el cargo sigue estando constreñido por el sistema —dijo Pompeyo con aire pensativo—. Y después siempre se le puede llevar ante un tribunal, y allí tiene que responder de sus actos.

Metelo Escipión tenía instrucciones, y lo hizo muy bien, de dejar caer el siguiente comentario como si formara parte de la conversación. Por eso dijo, como si no tuviera importancia:

—Eso no supone dificultad alguna para ti, Magno. Tú no tendrías nada de lo que rendir cuentas ante un tribunal.

—Eso es cierto —reconoció Pompeyo alegrando el semblante.

—Y aparte de eso, el mismo concepto de cónsul sin colega es un buen comienzo. Quiero decir que ya se ha dado en varias ocasiones que un cónsul ha estado en el cargo durante unos meses él solo, sin colega, debido a que alguno había muerto durante el tiempo que duraba el cargo y no se podía nombrar a otro porque los auspicios prohibían el nombramiento de más de un cónsul sustituto. El año de Quinto Marcio Rex, por ejemplo.

—¡Y el año del consulado de Julio y César! —dijo Pompeyo riéndose.

Como el colega de César había sido Bíbulo, quien se negó a gobernar con César, aquél no fue un comentario que le causara buena impresión a Metelo Escipión; no obstante, tragó saliva y lo dejó correr.

—Podría decirse que ser cónsul sin colega es el más extraordinario de todos los mandatos extraordinarios que se te han ofrecido.

—¿De verdad piensas así? —le preguntó Pompeyo con avidez.

—Oh, sí. Sin duda.

—Entonces, ¿por qué no? —Pompeyo tendió la mano derecha—. ¡Trato hecho, Escipión, trato hecho!

Los dos hombres se estrecharon la mano. Metelo Escipión se puso en pie rápidamente; sentía un enorme alivio porque había desempeñado su cometido para satisfacción de Bíbulo, o al menos eso esperaba, y decidió marcharse antes de que Pompeyo le preguntase algo que no estuviera en la lista que él se había aprendido.

—No pareces muy contento, Escipión —le comentó Pompeyo mientras lo acompañaba a la puerta.

¿Qué tenía que responder a eso? ¿Era un terreno peligroso? Tras un fiero esfuerzo por pensar correctamente las cosas, Metelo Escipión decidió ser franco.

—No, no estoy contento —reconoció.

—¿Y eso por qué?

—Planco Bursa está diciéndole a todo el mundo que piensa llevarme a juicio por soborno en la campaña consular.

—¿De verdad?

—Eso me temo.

—¡Vaya, vaya! —exclamó Pompeyo, con voz que parecía preocupada—. ¡Eso no podemos permitirlo! Bien, Escipión, si a mí se me permite convertirme en cónsul sin colega, no me costará mucho arreglar ese asunto.

—¿De verdad?

—¡No hay problema, te lo aseguro! Tengo una buena cantidad de porquería acerca de nuestro amigo Planco Bursa. Bueno, en realidad no es amigo mío, pero ya sabes lo que quiero decir.

A Metelo Escipión se le quitó un gran peso de encima.

—¡Magno, si lo haces seré amigo tuyo para siempre!

—Estupendo —dijo Pompeyo a todas luces satisfecho. Él mismo le abrió la puerta principal—. Por cierto, Escipión, ¿te apetece venir a cenar mañana?

—Estaría encantado.

—¿Crees que la pobre Cornelia Metela querría acompañarte?

—Estoy seguro de que le gustaría mucho.

Pompeyo cerró la puerta detrás de su visitante y regresó al despacho con paso tranquilo. ¡Qué útil resultaba tener un tribuno de la plebe domesticado! Planco Bursa valía hasta el último sestercio que le pagaba. Un hombre excelente. ¡Excelente!

Pompeyo tuvo la sensación de que ante sus ojos aparecía la imagen de Cornelia Metela, y ahogó un suspiro. Aquella muchacha no era como Julia, y verdaderamente parecía un camello. ¡No es que no resultase atractiva, pero era insufriblemente orgullosa! No sabía conversar, aunque hablaba sin parar. Si no era de Zenón o de Epicuro (ella desaprobaba las dos líneas de pensamiento), era de Platón o de Tucídides. No apreciaba los mimos ni las farsas, ni siquiera la comedia de Aristófanes. Oh, bueno... pero le serviría. No es que tuviera intención de pedirla, Metelo Escipión tendría que pedírselo a él. Lo que era bastante bueno para un Julio César ciertamente era bueno para un Metelo Escipión.

César. El que no tenía una segunda hija ni una sobrina. ¡Oh, se estaba buscando su perdición! Y el cónsul sin colega era justo el hombre adecuado para hacerle tropezar. César tenía la Ley de los Diez Tribunos de la plebe, pero eso no quería decir que la vida fuera a resultarle fácil. Las leyes pueden derogarse, o hacerse superfluas y dejar de estar en vigor mediante otras leyes posteriores. Pero de momento lo mejor era dejar que César se sentara cómodamente y se considerase a salvo.

En el decimoctavo día del intercalado Mercedonio, Bíbulo se puso en pie en la cámara, que se había reunido en el Campo de Marte, y propuso que se eligiera cónsul a Cneo Pompeyo Magno, pero sin otro colega. El *interrex* en aquel momento era el eminente jurista Servio Sulpicio Rufo, que escuchó la reacción de la Cámara con la seriedad propia que le correspondía a un juez tan famoso.

—¡Eso es absolutamente inconstitucional! —gritó Celio desde el banco de los tribunos sin molestarse siquiera en ponerse en pie—. ¡No se puede nombrar un cónsul sin un colega! ¿Por qué no nombráis dictador a Pompeyo y acabáis de una vez?

—Cualquier clase de gobierno razonablemente legal es preferible al hecho de no tener gobierno alguno, siempre que dicho gobierno responda ante la ley por cada uno de sus actos —le contestó Catón—. Yo apruebo la medida.

—Pido a la Cámara que se divida —solicitó Servio Rufo—. Los que estén a favor de permitir que Cneo Pompeyo Magno se presente como candidato para la elección de cónsul sin colega, que se pongan a mi derecha, por favor. Los que estén en contra de la moción, por favor, que se pongan a mi izquierda.

Entre los pocos hombres que se pusieron a la izquierda de Servio Rufo se encontraba Bruto, que asistía a su primera reunión en el Senado.

—No puedo votar en favor del hombre que asesinó a mi padre —dijo en voz alta con la barbilla bien alta.

—Muy bien —concluyó Servio Rufo mientras estudiaba la masa de senadores situada a su derecha—. Convocaré a las centurias para la elección.

—¿Para qué molestarse? —intervino Milón, que también se había puesto a la izquierda—. ¿Acaso a los demás candidatos consulares se nos permitiría presentarnos para el mismo puesto de cónsul sin colega?

Servio Rufo levantó las cejas.

—Por supuesto, Tito Annio.

—¿Por qué no ahorramos tiempo y dinero y salimos hacia las Saepta? —continuó Milón con rencor—. Todos sabemos cuál va a ser el resultado.

—Yo nunca aceptaría el nombramiento sólo porque lo diga el Senado —apuntó Pompeyo con inmensa dignidad—. Quiero que se celebren las elecciones.

—¡También debería haber una ley que predominara sobre la *lex Annalis*! —gritó Celio—. No es legal que un hombre se presente de nuevo como candidato a cónsul hasta que hayan transcurrido al menos diez años desde su último consulado. Pompeyo fue cónsul por segunda vez hace sólo dos años.

—Tienes toda la razón —reconoció Servio Rufo—. Padres conscriptos, volveremos hacer otra división sobre la moción de que la Cámara recomienda a la Asamblea Popular que decrete una *lex Caelia* que permita a Cneo Pompeyo Magno presentarse como cónsul.

Eso hizo que los resultados se volvieran claramente en contra de Celio.

A primeros de marzo, Pompeyo el Grande era cónsul sin otro colega, y empezaron a ocurrir cosas. En Capua estaba asentada una legión cuyo destino era Siria; Pompeyo la llamó para que fuese a Roma, y con ella tomó medidas enérgicas contra las guerras callejeras hasta acabar con ellas. No fue necesario un gran esfuerzo, pues en el momento en que las centurias eligieron a Pompeyo, Sexto Cloelio llamó a sus perros, fue a informar de ello a Pompeyo y recogió unos excelentes honorarios que Pompeyo le pagó con mucho gusto.

También se celebraron el resto de las elecciones, lo que significó que Marco Antonio fue nombrado oficialmente cuestor de César y que hubieron pretores en sus cargos para abrir los tribunales y empezar a celebrar los juicios atrasados, de los que había una lista enorme. No se había celebrado ninguno desde finales del penúltimo año debido a la violencia que había prevalecido durante los cinco meses que ocuparon los cargos los pretores del año anterior. De modo que finalmente se juzgó a hombres como Aulo Gabinio, ex gobernador de Siria, que fue absuelto del delito de traición pero que todavía tenía que enfrentarse a cargos de extorsión.

Fue Gabinio quien aceptó la misión de reinstaurar a Ptolomeo Auletes en el trono de Egipto después de que los habitantes de Alejandría, airados, lo expulsaron; no fue aquél un nombramiento senatorial, sino que se trató más bien de saber aprovechar el ofrecimiento y la oportunidad. Y por un precio que, según los rumores, fue de diez mil talentos de plata. Quizá esa cantidad hubiera sido el precio acordado, pero lo que era cierto es que a Gabinio nunca se le había pagado nada parecido. Pero esto no impresionó al tribunal que lo juzgó por extorsión, ya que, defendido por Cicerón, que no puso mucho entusiasmo en ello, a Gabinio se le condenó y se le impuso una multa de diez mil talentos. Como fue incapaz de encontrar ni siquiera la décima parte de esa fabulosa suma, Gabinio tuvo que partir hacia el exilio.

Pero Cicerón lo hizo mejor defendiendo a Cayo Rabirio Póstumo, el pequeño banquero que había reorganizado las finanzas de Egipto una vez que su rey estuvo de nuevo en el trono. Su misión en origen consistía en cobrar las deudas por algunos favores que Ptolomeo Auletes tenía con ciertos senadores (Gabinio era uno de ellos) y ciertos prestamistas romanos por contribuir generosamente durante su exilio para ayudarle. Una vez de vuelta en Roma sin un sestercio, Rabirio Póstumo aceptó un préstamo de César y se recuperó de la ruina. Resultó absuelto porque Cicerón hizo una defensa tan llena de pruebas y tan irrecusable como lo había sido su acusación contra Cayo Verres unos años antes, de manera que Rabirio Póstumo pudo dedicarse a la causa de César.

La ruptura entre Cicerón y Ático no duró mucho tiempo, desde luego; volvían a ser amigos, se escribían cuando Ático se marchaba fuera por asuntos de negocios y solían ir muy juntitos siempre que se daba el caso de que ambos estuvieran en Roma o en la misma ciudad.

—Hay un verdadero frenesí de leyes —dijo Ático con el ceño fruncido, pues no era un defensor ardiente de Pompeyo.

—Algunas de las cuales no nos gustan a nadie —observó Cicerón—. Incluso el pobre Hortensio ha empezado a ofrecer resistencia. Y también Bíbulo y Catón, cosa que no es de sorprender. La sorpresa ha sido que llegaran a sacar adelante la sugerencia de que Magno fuera elegido cónsul sin colega.

—Quizá temieran que Pompeyo se apoderase del Estado sin tener la ventaja de la ley —comentó Ático alegrando el semblante—. Eso fue lo que hizo Sila, básicamente.

—Bueno, de todos modos Celio y yo tenemos intención de hacer sufrir a algunos de los que dieron origen a esto —dijo Cicerón radiante—. En el momento en que Planco Bursa y Pompeyo Rufo dejen el cargo de tribunos de la plebe, los vamos a procesar por incitar a la violencia. —Esbozó una sonrisa—. Puesto que Magno ha puesto una nueva ley contra la violencia en las tablillas, bien estará que la utilicemos.

—Yo puedo nombrar a un hombre al que no le complace nuestro nuevo cónsul sin colega.

—¿Te refieres a César? —Como no era precisamente un admirador de César, Cicerón sonrió radiante—. ¡Oh, qué bien lo hicieron! ¡Beso las manos y los pies de Magno por ello!

Pero Ático, que era más racional en lo referente a César, movió la cabeza de un lado al otro.

—No lo hicieron nada bien y puede que algún día suframos por ello —afirmó con el semblante serio—. Si Pompeyo tenía intención de que a César no se le permitiera presentar su candidatura a cónsul *in absentia*, ¿por qué hizo que los diez tribunos de la plebe aprobaran esa ley que se lo permitía? Ahora quiere legislar una nueva ley que prohíbe que cualquier hombre se presente a cónsul *in absentia*, incluido César.

—¡Ah! Pues los seguidores de César gritaron bien fuerte.

Como Ático había sido uno de los que gritaron, estuvo a punto de decir algo mordaz, pero prefirió morderse la lengua. ¿De qué serviría? Ni todos los abogados de la historia juntos podrían convencer a Cicerón para que viera las cosas desde la perspectiva de César. No después de lo de Catilina. Y, como la mayoría de los caballeros campesinos dignos, una vez que Cicerón le guardaba rencor a alguien, se lo guardaba realmente.

—Y a mucha honra —dijo—. ¿Por qué no habían de hacerlo? Todo el mundo presiona lo que puede. Pero decir «¡Uy! ¡Se me olvidó!», añadir un codicilo a la ley que deja exento a César y luego olvidarse de que el codicilo se inscriba en bronce, es algo realmente vergonzoso. Taimado y de mala idea. A mí me habría caído mejor ese hombre si hubiera dicho: «Es una lástima por César. ¡Que se aguante!» Pompeyo tiene la cabeza llena de pájaros y demasiado poder. Poder que no está empleando con sabiduría. Porque nunca jamás lo ha utilizado con sabiduría, desde que, cuando no era más que un joven de veintidós años, se puso en camino por la vía Flaminia con tres legiones para ayudar a Sila a controlar Roma sin miramientos. Y Pompeyo no ha cambiado en nada. Simplemente se ha hecho más viejo, más gordo y un poco más mañoso.

—La maña es necesaria —observó Cicerón poniéndose a la defensiva, siempre había sido partidario de Pompeyo.

—Siempre que la maña vaya dirigida a hombres que pican el anzuelo. Y no creo que César sea el hombre adecuado para que lo elijan como blanco, Cicerón. César tiene más habilidad en el dedo meñique de la que Pompeyo posee en todo su cuerpo, aunque sólo sea porque sabe emplearla racionalmente. Pero el problema con

César es que también es el hombre más directo que conozco. En lo que a él concierne, la destreza no se convierte en costumbre, sólo es una necesidad. Pompeyo se enreda en una telaraña cuando pretende engañar. Sí, manipula bien los hilos, pero el resultado no deja de ser una telaraña. En cambio César teje un tapiz. Todavía no he adivinado exactamente qué dibujo tiene, pero le temo. No por los mismos motivos que tú... ¡pero le temo!

—¡Tonterías! —exclamó Cicerón.

Ático cerró los ojos y suspiró.

—Parece ser que Milón irá a juicio. ¿Cómo vas a compaginar tus lealtades cuando llegue el momento? —le preguntó a Cicerón.

—Ésa es una manera de decir que Magno no desea que Milón salga absuelto —comentó Cicerón incómodo.

—Pues no, no quiere que Milón salga absuelto.

—No creo que le importe mucho el resultado.

—¡Cicerón, crece de una vez! ¡Pues claro que le importa! ¡Pompeyo puso a Milón en ello, convéncete!

—Pues no me convences.

—Pues tómatelo como te parezca. ¿Vas a defender a Milón?

—¡Ni los partos y los armenios juntos podrían impedírmelo! —le aseguró Cicerón.

El juicio de Milón tuvo lugar en pleno invierno, que según el calendario (incluso después de la inserción de aquellos veintidós días extra) era el cuarto día de abril. El presidente del tribunal era un consular, Lucio Domicio Enobarbo, y los acusadores eran los dos jóvenes de los Apios Claudios ayudados por dos patricios de los Valerios, Nepote y León, y el viejo Herenio Balbo. La defensa era propia del Olimpo: Hortensio, Marco Claudio Marcelo (un plebeyo Claudio, no de la familia de Clodio), Marco Calidio, Catón, Cicerón y Fausto Sila, que era cuñado de Milón. Cayo Lucilio Hirro revoloteaba al lado de Milón, pero como era primo cercano de Pompeyo no podía hacer otra cosa más que eso, revolotear. Y Bruto se ofreció como asesor.

Pompeyo había estado pensando con mucho detenimiento cómo poner en escena aquel ejercicio crítico que se estaba llevando a cabo bajo su propia legislación contra la violencia; la acusación no sería de asesinato, pues nadie veía que se hubiese producido un asesinato. Había algunas innovaciones, entre ellas el hecho de que el jurado no se eligió hasta el último día del proceso. Pompeyo sacó personalmente las bolas para los ochenta y un hombres, sólo cincuenta y uno de los cuales prestarían servicio en realidad. Cuando llegase el momento en que se nombrasen los cincuenta y un miembros definitivos echándolo a suertes y por eliminación, ya sería demasiado tarde para sobornarlos. Había que oír a los testigos durante tres días consecutivos, después de lo cual, el cuarto día, había que tomarles declaración. A cada testigo lo interrogaba la parte contraria. Al finalizar el cuarto día, todo el tribunal, junto con los potenciales ochenta y un miembros del jurado, iban a mirar cómo sus nombres se escribían en las bolitas de madera que luego había que encerrar en las cámaras que había bajo el templo de Saturno. Y al amanecer del quinto día se sacaban los cincuenta y un nombres, y tanto la acusación como la defensa tenían derecho a poner objeciones a quince de los nombres que salieran.

Esclavos testigos había muy pocos, y ninguno a favor de Milón. En aquel primer día, los testigos principales de la acusación fueron el primo de Ático, Pomponio y Cayo Causinio Escola, que eran los amigos de Clodio que habían estado con él. Marco Marcelo llevó a cabo todo el interrogatorio de la defensa, y lo hizo soberbiamente bien. Cuando empezó a interrogar a Escola, algunos miembros de la banda de Sexto Cloelio empezaron a hacer ruido, lo cual impidió que el tribunal oyera lo que se decía. Pompeyo no estaba presente en el tribunal, pues se encontraba en el lado más alejado de la parte inferior del Foro, oyendo distintos casos para el fisco a la puerta del Tesoro. Enobarbo le hacía llegar de continuo mensajes a Pompeyo quejándose de que en aquellas circunstancias no podía presidir el tribunal, y finalmente hizo un aplazamiento.

—¡Es realmente vergonzoso! —le dijo Cicerón a Terencia cuando llegó a su casa—. Sinceramente, espero que Magno haga algo al respecto.

—Estoy segura de que lo hará —lo animó Terencia con aire ausente. Tenía otras cosas en la cabeza—: Tulia está decidida, Marco. Va a divorciarse de Crasipes inmediatamente.

—Oh, ¿por qué tiene que ocurrir todo a la vez? ¡Ni siquiera puedo pensar en comenzar a negociar con Nerón hasta que haya terminado este caso! Y es muy importante que comience a negociar. He oído decir que Nerón está pensando en casarse con una de la tropa de Claudias Pulchras.

—Cada cosa a su tiempo —apuntó Terencia con una dulzura sospechosa—. No creo que a Tulia se la pueda convencer de volver a casarse en seguida. Y no creo que a ella le guste Nerón.

Cicerón se puso furioso.

—¡Ella hará lo que se le diga! —sentenció con brusquedad.

—¡Hará lo que quiera! —gruñó Terencia, cuya dulzura había desaparecido de su voz—. Ya no tiene dieciocho años, Cicerón, tiene veinticinco. ¡No puedes seguir empujándola siempre a matrimonios sin amor hechos a medida y convenientes para nuestras ambiciones de trepar en la escala social!

—¡Voy a escribir mi discurso en defensa de Milón! —dijo Cicerón mientras entraba en su despacho sin cenar.

En realidad Cicerón, consumado abogado profesional, rara vez dedicaba tanto tiempo y esmero a un discurso en defensa de alguien como le dedicó al que escribió para Milón. Incluso el primer borrador ya era de lo mejor que había escrito nunca. Era necesario que fuera así, pues los otros miembros de la defensa habían acordado que le cederían a él todo el tiempo disponible. Por lo tanto, toda la responsabilidad de hablar tan bien que forzase al jurado a votar ABSOLVO recaía en él, Cicerón. Así que se demoró varias horas, más bien con placer, en la preparación del discurso, mientras picoteaba de un plato de aceitunas, huevos y pepinos rellenos, y después se retiró a la cama muy satisfecho de la forma que estaba tomando el discurso.

Y cuando a la mañana siguiente llegó al Foro descubrió que Pompeyo había manejado de forma eficiente, aunque extremada, la situación. Un círculo de soldados estaban puestos de pie alrededor de la zona de espacio abierto en el Foro inferior, donde Enobarbo había instalado su tribunal, y más allá había varias patrullas que se movían sin cesar; no se veía la menor señal de banda callejera alguna. ¡Maravilloso!, pensó Cicerón con deleite. Los juicios podrían llevarse a cabo en absoluta paz y tranquilidad. ¡Mirad cómo Marco Marcelo destruye a Escola ahora!

Si Marco Marcelo no destruyó del todo a Escola, lo cierto es que se las arregló para retorcer el testimonio que éste dio. Durante tres días los testigos aportaron sus pruebas y se sometieron al interrogatorio de la parte contraria; al cuarto día juraron que sus declaraciones eran ciertas y el tribunal observó ochenta y una bolitas de madera en las que había inscritos ochenta y un nombres diferentes de senadores, caballeros o *tribuni aerarii*. Incluido el nombre de Marco Porcio Catón, que trabajaba para la defensa y posiblemente también como miembro del jurado.

El discurso de Cicerón era perfecto, rara vez había hecho un trabajo mejor. Influía el hecho, no demasiado frecuente, de que los otros abogados defensores le cedieran a él su tiempo de modo tan generoso. La acusación disponía de dos horas para hacer un resumen, luego la defensa disponía de tres. ¡Tres horas enteras para él solo! ¡Oh, lo que un hombre podía hacer con ese tiempo! Cicerón esperaba ansioso y con inmenso regocijo conseguir un triunfo basado en la oratoria.

Irse andando a casa para un ex cónsul de la categoría de Cicerón se convertía siempre en un desfile. Sus protegidos se encontraban allí en tropel, dos o tres individuos que coleccionaban las agudezas de Cicerón revoloteaban con tablillas de cera dispuestas por si se le ocurría soltar alguna; los admiradores se arracimaban, hablaban, especulaban acerca de lo que él diría a la mañana siguiente. Mientras tanto Cicerón reía, disertaba, trataba de discurrir alguna cosa ingeniosa que hiciera que los dos o tres coleccionistas se pusieran a garabatear como locos. No era el mejor momento para pasar un mensaje privado. Sin embargo, cuando Cicerón, resoplando un poco, empezó a subir los escalones vestales, alguien pasó a su lado y le puso una nota en la mano. ¡Qué extraño! Aunque Cicerón no entendió del todo por qué no sacó la nota y la leyó allí mismo. Tuvo un presentimiento.

Hasta que estuvo solo en su despacho no abrió la nota, la examinó con detenimiento y se sentó con el ceño fruncido. Era de Pompeyo, y le daba instrucciones para que se presentase aquella noche en la villa que éste poseía en el Campo de Marte. Solo, por favor. El mayordomo le informó de que la cena estaba lista, y comió a solas; ni siquiera se dio cuenta de que Terencia estaba enfadada con él. ¿Qué querría Pompeyo? ¿Y por qué un mensaje tan furtivo?

Concluida la cena, se dirigió hacia la villa de Pompeyo por el camino más corto, que no le hacía pasar por ningún lugar cercano al Foro. Bajó trotando los escalones de Caco, se adentró en Foro Boarium y salió al Circo Flaminio, detrás del cual estaba el teatro de Pompeyo, la columnata de cien pilares, la cámara de reuniones del Senado y la villa. Villa que, según recordó Cicerón con una sonrisa, él había comparado en cierta ocasión con un bote al lado de un yate. Bien, así era. No es que fuera pequeña, pero quedaba empequeñecida por el entorno.

Pompeyo estaba solo. Saludó a Cicerón con jovialidad y le sirvió un vino excelente mezclado con un agua mineral especial.

—¿Todo dispuesto para mañana? —le preguntó el Gran Hombre, y se volvió de lado en el canapé para poder mirar a Cicerón, que estaba en el otro extremo.

—Nunca nada ha estado tan dispuesto, Magno. ¡Un discurso precioso!

—Lo que garantiza que Milón saldrá absuelto, ¿no?

—Contribuirá mucho, sí.

—Comprendo.

Durante un largo espacio de tiempo Pompeyo no dijo nada, se limitó a mirar fijamente hacia adelante, hacia un lugar, situado más allá del hombro de Cicerón, donde sobre una consola se encontraban las uvas doradas que el judío Aristóbolo le había regalado. Luego volvió de nuevo los ojos hacia Cicerón y se quedó mirándolo con mucha atención.

—No quiero que pronuncies ese discurso —le dijo Pompeyo.

Cicerón se quedó con la boca abierta.

—¿Cómo? —preguntó con aire estúpido.

—No quiero que ese discurso se pronuncie.

—Pero... pero... ¡pero es que tengo que hacerlo! ¡Me han cedido a mí las tres horas enteras asignadas para hacer el resumen de la defensa!

Pompeyo se levantó y se dirigió hacia las grandes puertas cerradas que comunicaban su despacho con el jardín peristilo. Eran de bronce fundido y tenían unos paneles soberbios con escenas que representaban la batalla entre los lapitas y los centauros. Copias del Partenón, desde luego, sólo que aquéllos eran bajorrelieves de mármol.

Habló dirigiéndose a la puerta de la izquierda.

—No quiero que se pronuncie ese discurso, Marco —repitió por tercera vez.

—¿Por qué?

—Porque no quiero que Milón salga absuelto —le dijo Pompeyo mirando a un centauro.

A Cicerón le picaba toda la cara, notó que el sudor le corría por la nuca y era consciente de que le temblaban las manos. Se pasó la lengua por los labios.

—Te agradecería alguna clase de explicación, Magno —le pidió con tanta dignidad como pudo reunir, mientras se esforzaba en apretar los puños para aplacar los temblores.

—Creía que resultaba evidente —le respondió Pompeyo en tono desenfadado sin quitar la vista de los cuartos traseros surcados de venas del centauro—. Si Milón sale absuelto, se convertirá en un héroe por lo menos para la mitad de Roma. Eso significa que el año que viene será elegido cónsul. Y a Milón ya no le soy simpático. Me procesará en el mismo momento en que yo entregue mi *imperium*, que será dentro de tres años. Y entonces Milón, como consular respetado y justificado, tendrá influencia. No quiero pasar el resto de mi vida haciendo lo que César se va a pasar haciendo el resto de la suya: evitar que le procesen por unos cargos maliciosamente inventados en los que entra todo, desde la traición hasta la extorsión. Pero si a Milón se le condena, tendrá que irse al exilio sin remedio. Y yo estaré a salvo. Ése es el motivo por el que no deseo que pronuncies el discurso.

—Pero... pero... ¡no puedo hacer eso, Magno! —dijo Cicerón con voz ahogada.

—Sí que puedes, Cicerón. Y lo que es más, lo harás.

Cicerón notó que su corazón se estaba comportando de un modo extraño, y que tenía una bruma semejante a una telaraña delante de los ojos. Se sentó con los ojos cerrados y respiró profundamente unas cuantas veces. Aunque era bastante tímido, no era un cobarde. Una vez que lo invadía la sensación de injusticia o de injuria, era capaz de mostrar una sorprendente entereza de ánimo. Y ahora esa sensación le asaltó al abrir los ojos y mirar fijamente la espalda gordinflona de Pompeyo cubierta por una delgada túnica. En aquella habitación no hacía frío.

—Pompeyo, me estás pidiendo que no haga todo lo que esté en mi mano por un protegido —le comunicó a Pompeyo—. Comprendo por qué, claro. ¡Pero no puedo consentir en amañar el juicio como si fuese una carrera y estuviéramos conduciendo carros en un circo! Milón es amigo mío. Haré por él cuanto pueda sin tener en cuenta cuáles puedan ser las consecuencias.

Pompeyo desvió la mirada a otro centauro diferente que tenía una jabalina que blandía un lapita empotrada en la parte humana del cuerpo.

—¿Te gusta vivir, Cicerón? —le preguntó Pompeyo en tono desenfadado.

Los temblores aumentaron y Cicerón tuvo que limpiarse la frente con un pliegue de la toga.

—Sí, me gusta vivir —repuso en voz baja.

—Ya lo suponía. Al fin y al cabo, no has tenido un segundo consulado todavía, y también te queda el cargo de censor. —El centauro herido era muy interesante, desde luego, y Pompeyo se inclinó hacia adelante para escudriñar el punto por donde le había entrado la jabalina—. De ti depende, Cicerón. Si hablas lo bastante bien mañana como para que absuelvan a Milón, se acabó. Tu próximo sueño será eterno.

Con la mano en el pomo de la puerta, Pompeyo dio un tirón del mismo, abrió hasta la mitad una de las puertas y salió. Cicerón se quedó sentado en el canapé, jadeante, mordiéndose con fuerza el labio inferior y con las rodillas temblorosas. Transcurrió algún tiempo, no sabía cuánto, pero por fin colocó las dos manos sobre el canapé y se dio impulso para ponerse en posición vertical. Las piernas podían sostenerlo. Alargó un pie y echó a andar. Y continuó andando.

Sólo al llegar a la parte inferior del Palatino comprendió del todo lo que acababa de ocurrir. Lo que le había dicho Pompeyo en realidad. Que Publio Clodio había muerto por orden suya, que Milón le había servido de herramienta, y que ahora la herramienta ya no le resultaba de utilidad. Y que si él, Marco Tulio Cicerón, no hacía lo que le había dicho, acabaría tan muerto como Publio Clodio. ¿Quién actuaría en nombre de Pompeyo? ¿Sexto Cloelio? ¡Oh, el mundo estaba lleno de personas que le servían de herramienta a Pompeyo! Pero, ¿qué era lo que quería, aquel Pompeyo de Piceno? ¿Y qué pintaba César en todo aquello? ¡Sí, César tenía algo que ver! No se podía permitir que Clodio viviera para llegar a ser pretor. Lo habían decidido entre los dos.

En la oscuridad de su dormitorio, Cicerón se echó a llorar. Terencia se removió en la cama, masculló algo y se volvió de lado. Cicerón se retiró, envuelto en una manta gruesa, al helado peristilo y allí estuvo llorando tanto por Pompeyo como por sí mismo. Aquel joven de diecisiete años vivaz, competente y raramente brusco que había conocido durante la guerra de Pompeyo Estrabón contra los italianos en Piceno había desaparecido hacía ya mucho, mucho tiempo. ¿Sabía ya entonces Pompeyo que algún día necesitaría a aquel joven desdichado llamado Cicerón como herramienta suya? ¿Se había mostrado tan amable con él por eso? ¿Por eso había salvado la vida a aquel joven desdichado llamado Cicerón? ¿Para que algún día en un futuro lejano pudiera amenazarle con quitársela?

Al alba Roma se despertó para llenarse de bullicio y ruido, aunque durante toda la noche los carros de pesadas ruedas tirados por bueyes habían estado pasando por las estrechas calles para repartir mercancías. Mercancías que al alba, cuando Roma se levantaba bostezando para empezar aquel serio asunto que era hacer dinero, se exponían en las calles o se utilizaban para trabajar en alguna fábrica o fundición.

Pero en el quinto día del juicio de Milón en el tribunal de Lucio Enobarbo contra la violencia, tribunal reunido especialmente para ese juicio, Roma se fue encogiendo de miedo mientras el sol se elevaba en el cielo. Pompeyo había cerrado literalmente la ciudad. Dentro de las murallas Servias aquel día no comenzó actividad alguna; ningún bar abrió las puertas correderas para ofrecer el desayuno, ninguna taberna subió las persianas, ninguna panadería encendió los hornos, no se instaló ningún puesto en ningún mercado, ninguna escuela se instaló en ninguna esquina tranquila, ningún banco ni ningún corredor de bolsa puso a funcionar el ábaco, ningún proveedor de libros o joyas abrió la puerta, ningún colegio de encrucijada, ningún club, ninguna hermandad se reunió para pasar el tiempo en un día de asueto.

El silencio era impresionante. Todas las calles que conducían al Foro Romano estaban acordonadas por silenciosas y malhumoradas bandas de soldados, y dentro del propio Foro los *pila* se erizaban por encima de los ondeantes plumeros de los yelmos de la legión siria. Dos mil hombres protegían el Foro y tres mil más la ciudad, en aquel gélido día nueve de abril. Caminando como sonámbulos, los ciento y pico hombres y las pocas mujeres que estaban obligados a asistir al juicio de Milón se reunieron en medio de los ecos, tiritando de frío y mirando alrededor con inquietud.

Pompeyo ya había instalado su tribunal a las puertas del Tesoro, debajo del templo de Saturno, y estaba allí sentado administrando justicia fiscal mientras Enobarbo hacía que sus lictores recogieran las bolas de madera de las cámaras acorazadas y sacaran los tarros para echar a suertes quiénes serían los miembros del jurado. Marco Antonio recusó a los miembros del jurado por parte de la acusación, Marco Marcelo a los de la defensa; pero cuando salió el nombre de Catón ambas partes asintieron.

Tardaron dos horas en elegir a los cincuenta y un hombres que se sentarían para oír los discursos finales. Después la acusación estuvo hablando durante dos horas. El mayor de los dos Apios Claudios y Marco Antonio (que se había quedado en Roma para actuar en aquel juicio) hablaron cada uno media hora, y Publio Valerio Nepote lo hizo durante una hora. Buenos discursos todos, aunque no estaban a la altura de los de Cicerón.

El jurado se inclinó hacia adelante en los taburetes plegables cuando Cicerón se adelantó para empezar con el rollo en la mano, que lo llevaba sólo para causar efecto, pues nunca recurría a él. Cuando Cicerón pronunciaba un discurso parecía que lo estuviera componiendo a medida que hablaba, sin interrupciones, con viveza, con magia. ¿Quién podría olvidar nunca su discurso contra Cayo Verres, las defensas que hizo de Celio, de Cluencio o de Roscio Amerino? Asesinos, canallas, monstruos... de todo ello sacaba provecho Cicerón. Incluso había hecho que el vil Antonio Híbrida pareciera el hijo ideal de toda madre.

—Lucio Enobarbo, miembros del jurado, me veis aquí para representar al bueno y gran Tito Annio Milón. —Cicerón hizo una pausa, miró a Milón, que estaba expectante y complacido, y tragó saliva—. ¡Qué extraño es tener un público compuesto por soldados! Cuánto echo de menos el acostumbrado bullicio de los negocios... —Se interrumpió y volvió a tragar saliva—. Pero qué prudente por parte del cónsul Cneo Pompeyo asegurarse de que nada incorrecto sucediera... suceda... —Se interrumpió de nuevo y volvió a tragar saliva—. Estamos protegidos, no tenemos nada que temer, en especial no tiene nada que temer mi amigo Milón... —Se detuvo, movió el rollo en el aire sin apuntar a ningún sitio y tragó saliva—. Publio Clodio estaba loco. Incendiaba, saqueaba. Incendiaba. Mirad hacia los lugares donde nuestras queridas Curia Hostilia, la basílica Porcia... —Dejó de hablar, frunció el ceño y se apretó con los dedos de una mano las cuencas de lo ojos—. La basílica Porcia, la basílica Porcia...

Al llegar a ese punto el silencio era tan profundo que el tintineo de un *pilum* al rozar en su funda parecía el ruido que hace un edificio al derrumbarse. Milón miraba a Cicerón con la boca abierta, y aquella aborrecible cucaracha que era Marco Antonio sonreía descaradamente. El sol naciente se reflejaba en la grasienta calva de Lucio Enobarbo igual que se refleja en los campos cubiertos por la nieve: cegadoramente. Oh, ¿qué le pasa a mi mente, por qué estoy viendo eso?

Volvió a intentarlo.

—¿Hemos de existir en desgracia perpetua? ¡No! ¡No hemos vivido así desde que Publio Clodio ardió! ¡El día en que Publio Clodio murió, nosotros recibimos un regalo que no tiene precio! El patriota que vemos aquí ante nosotros simplemente se defendió a sí mismo, luchó por su vida. Sus simpatías siempre han estado de parte de los verdaderos patriotas, su ira ha estado dirigida contra las técnicas sensacionalistas de los demagogos... —Se interrumpió y tragó saliva—. Publio Clodio conspiró para quitarle la vida a Milón. No cabe duda de ello, ninguna duda en absoluto... ninguna duda en absoluto... ninguna duda, ninguna duda... ninguna... duda...

Con el rostro desfigurado por la preocupación, Celio cruzó hasta donde Cicerón estaba de pie solo.

—Cicerón, no estás bien. Deja que te traiga un poco de vino —le dijo con ansiedad.

Los ojos castaños que lo miraban fijamente estaban aturdidos, Celio se preguntó si tan siquiera lo veían.

—Gracias, me encuentro bien —respondió Cicerón, y volvió a intentarlo—. Milón no niega que se estableciera una pelea en la vía Apia, aunque sí niega que fuera él quien la empezó. No niega que Clodio murió, aunque sí niega que lo matara él. Lo cual no hace al caso, pues la defensa propia no es un crimen. Nunca es un crimen. El crimen es premeditado. Eso lo hizo Clodio. Lo suyo fue premeditación. Publio Clodio. Él, no Milón. No, no Milón...

Celio volvió a acercarse a él.

—¡Cicerón, toma un poco de vino por favor!

—No, estoy bien. De verdad, estoy bien. Gracias... Tomemos en cuenta el tamaño del grupo de Milón. Un *carpentum*, una esposa, el eminente Quinto Fufio Caleno, equipaje y criados en abundancia. ¿Es ésa la manera en que un hombre maquina cometer un homicidio? Clodio no llevaba a su esposa consigo. ¿No es eso en sí sospechoso? Clodio nunca se movía sin su esposa. Clodio no tenía equipaje. Clodio iba sin estorbos... sin estor... sin estorbos.

Pompeyo estaba sentado en su tribunal oyendo casos contra el fisco, y hacía como si el tribunal de Enobarbo no existiera. Nunca llegué a conocer bien a ese hombre. ¡Oh, Júpiter, me matará! ¡Me matará!

—Milón es un hombre cuerdo. Si todo ocurrió del modo como la acusación dice que ocurrió, entonces tenemos delante a un loco. Pero Milón no está loco. ¡Era Clodio quien estaba loco! ¡Todo el mundo sabía que Clodio estaba loco! ¡Todo el mundo!

Dejó de hablar y se secó el sudor de los ojos. Fulvia estaba flotando ante sus ojos, sentada allí con Sempronia, su madre. ¿Y quién era aquel hombre que estaba allí con ellas? Ah, era Curión. Sonreían, sonreían, sonreían. Y mientras tanto Cicerón moría, moría, moría.

—Murió. Murió. Clodio murió. Nadie niega eso. Todos tenemos que morir. Pero nadie quiere morir. Clodio murió. Clodio se lo buscó. Milón no lo mató. Milón es... Milón es...

Durante una horrible media hora Cicerón siguió batallando, balbuceando, interrumpiéndose, tartamudeando, trabándose con palabras sencillas. Hasta que al final la visión se le llenó de Cneo Pompeyo Magno, que estaba administrando justicia fiscal a la puerta del templo de Saturno, y Cicerón se interrumpió por última vez.

No pudo volver a empezar.

Nadie del lado de Milón se enfadó, ni siquiera el propio acusado. La impresión era demasiado grande, y la salud de Cicerón demasiado sospechosa. ¿Quizá tuviera uno de aquellos terribles dolores de cabeza en los que veía luces parpadeantes? Del corazón no se trataba, no tenía el característico aspecto gris. Ni el estómago. ¿Qué le pasaba? ¿Le estaba dando un ataque de apoplejía?

Marco Claudio Marcelo se adelantó.

—Lucio Enobarbo, está claro que Marco Tulio no puede continuar. Y eso es una tragedia porque acordamos cederle a él nuestro tiempo. Ninguno de nosotros ha preparado un discurso. ¿Puedo pedir humildemente a este tribunal y a los miembros del jurado que recuerden la clase de oratoria que siempre ha ofrecido Marco Tulio? Hoy está enfermo, por lo que no podemos oírlo hablar de la forma habitual. Pero podemos recordarlo y elevar a nuestros corazones, miembros del jurado, un discurso sin pronunciar que os habría demostrado, más allá de cualquier sombra de duda, dónde recae la culpa de todo este triste asunto. La defensa da por terminado su alegato.

Enobarbo se movió inquieto en su silla.

—Miembros del jurado, requiero vuestros votos —les pidió.

Los miembros del jurado se pusieron a escribir una letra en las tablillas: A por *ABSOLVO*, C por *CONDEMNO*. Los lictores de Enobarbo recogieron las tablillas y Enobarbo las contó mientras algunos testigos observaban por encima de su hombro.

—*CONDEMNO* por treinta y ocho votos contra trece —anunció Enobarbo con voz tranquila—. Tito Annio Milón, nombraré una comisión de peritaje de los daños para que calculen la multa que te corresponde, pero *CONDEMNO* lleva consigo una sentencia de exilio de acuerdo con la *lex Pompeia de vi*. Es mi deber informarte de que estás interdicto contra fuego y agua en un radio de setecientos cincuenta kilómetros a la redonda de Roma. Quedas advertido de que se han presentado otros tres cargos contra ti. Se te juzgará en el tribunal de Aulo Manlio Torcuato acusado de soborno electoral. Se te juzgará en el tribunal de Marco Fabonio acusado de asociación ilegal con miembros de colegios de encrucijada, asociación prohibida por la *lex Julia Marcia*. Y se te juzgará en el tribunal de Lucio Fabio acusado de violencia bajo la *lex Plautia de vi*. Se levanta la sesión.

Celio se llevó al casi postrado Cicerón, y Catón, que había votado *ABSOLVO*, se acercó al lugar donde estaba Milón. Era muy extraño, pues ni siquiera aquella alborotadora arpía de Fulvia estaba chillando victoria; sencillamente las personas fueron desapareciendo como si estuvieran atontadas.

—Lo siento, Milón —le dijo Catón.

—No tanto como yo, créeme.

—Me temo que perderás también en los demás tribunales.

—Naturalmente. Aunque ya no estaré aquí para defenderme. Salgo hacia Masilia hoy mismo.

Por una vez Catón no hablaba dando grandes voces, sino que lo hacía con discreción.

—Entonces no te pasará nada si te preparas para la derrota. Supongo que te has fijado en que Lucio Enobarbo no ha dado la orden de que se selle tu casa ni de que se intervengan tus finanzas.

—Le estoy agradecido. Y estoy preparado.

—Lo de Cicerón me ha dejado terriblemente perplejo.

Milón sonrió y movió la cabeza de un lado al otro.

—¡Pobre Cicerón! —dijo—. Me parece que acaba de descubrir algunos de los secretos de Pompeyo. ¡Por favor, Catón, ten cuidado con Pompeyo! Ya sé que los *boni* lo están cortejando, y comprendo por qué. Pero a fin de cuentas sería mejor que te aliases con César, que por lo menos es romano.

Pero Catón se mostró muy ultrajado.

—¿Con César? ¡Antes preferiría morir! —gritó, y se marchó muy digno.

Y a finales de abril se celebró una boda. Cneo Pompeyo Magno se casó con la viuda Cornelia Metela, la hija de veintidós años de Metelo Escipión. Las acusaciones que Planco Bursa había amenazado con presentar contra Metelo Escipión nunca se llevaron a cabo.

—No te preocupes, Escipión —comentó el novio con buen humor durante la sencilla cena de la boda—. Pienso celebrar las elecciones puntualmente en *quinctilis*, y te prometo que haré que te elijan como cónsul junior para el resto de este año. Seis meses es tiempo suficiente para cumplir sin un colega.

Metelo Escipión no sabía si darle una patada o un beso.

Aunque estuvo sin salir de su casa durante unos días, Cicerón se recuperó y se hizo a la idea de que aquello nunca había ocurrido. Sí, había sufrido un dolor de cabeza, una de esas cosas tan espantosas que afectan a la mente y bloquean la lengua. Eso fue lo que explicó a Celio, y al mundo le dijo que la presencia de las tropas lo había distraído. ¿Cómo podía concentrarse uno en aquel ambiente de silencio, de poderío militar? Y si algunos recordaban que Cicerón se había visto en peores circunstancias sin dejarse arredrar por ello, tuvieron buen cuidado de contener la lengua. Cicerón se estaba haciendo viejo.

Milón decidió exiliarse en Masilia, aunque Fausta había vuelto a casa de su hermano en Roma.

A Milón le llegó a Masilia un regalo por correo; se trataba de una copia del discurso que Cicerón había preparado, arreglado con añadiduras de cercos de soldados y floridas referencias al cónsul sin colega.

—*Te doy las gracias* —le escribió Milón a Cicerón—. *Si hubieras tenido el sentido común de pronunciarlo, mi querido Cicerón, en este momento yo no estaría disfrutando de los salmonetes barbudos de Masilia.*

La Galia Cisalpina, la Provenza y la Galia de los cabelleras largas

DESDE ENERO HASTA
DICIEMBRE DEL 52 A. J.C.

VERCINGETÓRIX

Algunos años antes, después de que Cneo Pompeyo Magno y Marco Licinio Craso hubieran cumplido juntos su año en el cargo como cónsules por segunda vez, ambos ansiaban ser gobernadores proconsulares en provincias muy especiales. Cayo Trebonio, el legado de César, fue tribuno de la plebe mientras ellos aún eran cónsules, y sacó adelante una ley que les daba unas envidiables provincias durante un plazo de cinco años. Dispuestos a demostrar lo que valían, pues César estaba probando en la Galia la efectividad de ese plazo de cinco años, Pompeyo recibió Siria y Craso las dos Hispanias.

Luego Julia, que nunca había estado del todo bien de salud después del aborto, empezó a sentirse aún peor. Pompeyo no podía llevársela consigo a Siria, pues la costumbre y la tradición lo prohibían. Así que, sinceramente enamorado de su joven esposa, tuvo que cambiar sus planes. Todavía ejercía de encargado del suministro de grano a Roma, lo que le proporcionaba una excusa excelente para permanecer cerca de la ciudad, siempre que gobernara una provincia estable, claro está. Y Siria no lo era. Se trataba de la más nueva de las posesiones territoriales de Roma y hacía frontera con el reino de los partos, un imperio poderoso gobernado por el rey Orodes, quien miraba con recelo la presencia romana en Siria. En particular si Pompeyo el Grande tenía que ser su gobernador, porque Pompeyo el Grande era un conquistador famoso. Se fue corriendo la voz, y el rumor decía que Roma estaba jugueteando con la idea de añadir el reino de los partos a su imperio. El rey Orodes era un hombre preocupado. Y también era prudente y cauto.

Por causa de Julia, Pompeyo le pidió a Craso que le cambiase la provincia por la suya: Pompeyo se quedaría con ambas Hispanias y Craso cogería Siria. Craso se mostró gustosamente de acuerdo con la propuesta, y así quedó acordado. Pompeyo pudo quedarse en las cercanías de Roma con Julia, porque envió a sus legados Afranio y Petreyo a gobernar la Hispania Citerior y la Ulterior, mientras Craso partió hacia Siria decidido a conquistar a los partos.

La noticia de su derrota y muerte a manos de los partos dio origen a un oleada de protestas en Roma, agravadas todavía más porque la información procedía del único noble superviviente, un extraordinario joven llamado Cayo Casio Longino que era el cuestor de Craso.

Aunque envió al Senado un despacho oficial, Casio también le mandó un relato más sincero de los acontecimientos a Servilia, que era una amiga que lo estimaba y también su futura suegra. Sabiendo que aquel relato tan franco le crearía gran angustia a César, Servilia se lo hizo llegar a la Galia con gran placer por su parte. ¡Ah! ¡Sufre, César! Yo sufro.

Llegué a Antioquía justo antes de que el rey Artavasdes de Armenia llegara para ver a Marco Craso, el gobernador, en una visita de Estado. Los preparativos estaban ya muy avanzados para la expedición que se avecinaba contra los partos, o eso le parecía a Craso. Confieso que yo no compartía esa convicción una vez que hube visto con mis propios ojos lo que Craso había conseguido reunir. Siete legiones, todas por debajo de su capacidad, pues cada una tenía ocho cohortes en lugar de las diez que correspondían, y un volumen de caballería que a mí me dio la impresión de que nunca aprendería a funcionar bien como un todo. Publio Craso se había traído de la Galia a mil soldados de caballería eduos, un regalo que le había hecho César a su amigo íntimo y que mejor hubiera hecho quedándoselo, pues no se avenían con los soldados de caballería galacios y tenían mucha nostalgia de su tierra.

Luego estaba Abgaro, rey de los árabes esquenitas. No sé por qué, pero no me gustó y desconfié de él desde el momento en que le conocí. Sin embargo, Craso lo consideraba maravilloso y no quería oír nada en su contra. Al parecer Abgaro es un colega de Artavasdes de Armenia, y se ofreció a Craso como guía y consejero para la expedición, junto con cuatro mil soldados árabes esquenitas no demasiado armados.

El plan de Craso era marchar hacia Mesopotamia y atacar primero Seleuceia, junto al Tigris, que era la sede de la corte de los partos en invierno. Puesto que aquélla iba a ser una campaña de invierno, Craso esperaba que Orodes, rey de los partos, estuviera residiendo allí, y esperaba capturarlo junto con todos sus hijos antes de que se diseminaran y organizaran la resistencia por todo el imperio de los partos.

Pero el rey Artavasdes de Armenia y su colega Abgaro, de los árabes esquenitas, deploraban aquella estrategia. Nadie, decían, podía vencer en terreno llano a un ejército parto ataviado con catafractas ni a los arqueros partos a caballo. Aquellos guerreros que llevaban cota de malla y montaban gigantescos caballos medos que a su vez llevaban cota de malla no podían luchar con eficacia en las montañas, le explicaron Artavasdes y Abgaro. Y, además, el terreno elevado y accidentado tampoco era apropiado para los arqueros a caballo, que se quedaban en seguida sin flechas y necesitaban galopar por terreno llano para disparar aquellos míticos proyectiles partos. Por lo tanto, afirmaron Artavasdes y Abgaro, lo que tenía que hacer Craso era mar-

char hacia las montañas medas, no hacia Mesopotamia. Si con el ejército armenio entero caía sobre las tierras centrales de los partos, por debajo del mar Caspio, y atacaba Ecbatana, la capital de verano del rey, Craso no podía perder, le dijeron los reyes.

Pensé que aquél era un buen plan y así lo dije, pero Craso se negó a considerarlo. No previó dificultades en vencer a los soldados con catafractas y a los arqueros a caballo en terreno llano. Francamente, me pareció que Craso no quería una alianza con Artavasdes porque se vería obligado a compartir el botín. Servilia, ya conoces a Marco Craso: en el mundo no hay dinero suficiente para colmar el ansia que tiene de él. No le importaba Abgaro, pues no era un rey importante y por lo tanto no le correspondía una parte grande del botín. Mientras que el rey Artavasdes tendría derecho a la mitad de todo. Y con toda justificación.

Sea como sea, Craso dijo que no con mucho énfasis. Afirmaba que el terreno llano de Mesopotamia era más apropiado para las maniobras del ejército romano; no quería que sus hombres se amotinasen como habían hecho las tropas de Lúculo cuando vieron el monte Ararat a lo lejos y se dieron cuenta de que Lúculo pretendía que lo escalasen. Y, además, una campaña en terreno montañoso en la lejana Media había que hacerla en verano. Su ejército, afirmó Craso, estaría listo para ponerse en marcha a primeros de abril, justo a comienzos del invierno. Pensó que pedirle a los soldados que lo retrasaran hasta sextilis haría que disminuyese su entusiasmo. Desde mi punto de vista, argumentos engañosos. Nunca vi manifestación alguna de entusiasmo entre las tropas de Craso, en ningún momento ni por ningún motivo.

Muy contrariado, el rey Artavasdes se fue de Antioquía para dirigirse a su tierra. Desde luego había albergado esperanzas de usurpar el trono del reino parto por medio de una alianza con Roma, pero como lo habían rechazado, decidió probar suerte con los partos. Dejó a Abgaro en Antioquía para que hiciese de espía y, desde el momento en que Artavasdes desapareció, todo lo que Craso hacía se le comunicaba al enemigo.

Luego, en marzo, llegó una embajada de Orodes, rey de los partos. El embajador principal era un hombre muy viejo llamado Vagises. Los nobles partos tenían un aspecto realmente raro, pues lucían collares de oro enroscados alrededor del cuello que les llegaban desde la barbilla hasta los hombros; llevaban en la cabeza sombreros redondos y sin ala incrustados de perlas y semejantes a cuencos, barbas postizas que se sujetaban alrededor de las orejas con alambres de oro y ropa de gala hecha de tela de oro salpicada con perlas y joyas fabulosas. Creo que lo único que vio Craso fue el oro, las joyas y las perlas. ¡Cuánto más debía de haber en Babilonia!

Vagises le pidió a Craso que se atuviera a los tratados que Sila y Pompeyo Magno habían negociado con los partos, según los cuales

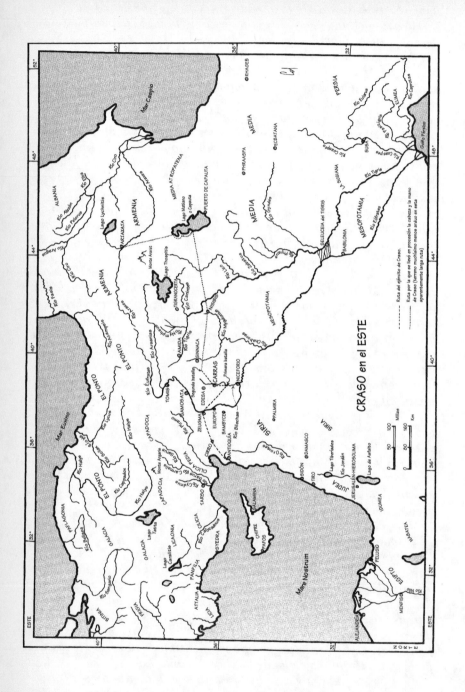

CRASO en el ESTE

todo al oeste del Éufrates debía quedar bajo el dominio de Roma y todo al este del Éufrates bajo el dominio de los partos.

¡Craso, literalmente, se rió en sus narices! «¡Mi querido Vagises —le dijo entre carcajadas contenidas—, dile al rey Orodes que desde luego pensaré en esos tratados...! ¡Pero después de que haya conquistado Seleuceia, junto al Tigris, y Babilonia!»

Vagises no dijo nada de momento. Luego tendió la mano derecha y le enseñó la palma a Craso: «¡Crecerá cabello aquí, Marco Craso, antes de que tú pongas el pie en Seleuceia del Tigris!», le dijo con voz estridente. A mí se me pusieron los pelos de punta, pues el modo como lo dijo fue tan enigmático que sonó como una profecía.

Como verás, Marco Craso no se estaba congraciando precisamente con ninguno de estos reyes orientales, que son individuos muy quisquillosos. Si alguien que no hubiera sido procónsul romano se hubiera reído de aquella manera, el bromista se habría quedado sin cabeza al instante. Algunos de nosotros tratamos de razonar con Craso, pero el problema era que tenía allí a Publio, su propio hijo, que lo adoraba y pensaba que era imposible que su padre hiciese algo mal. Publio era como el eco de Craso, y éste sólo escuchaba a su eco, no a las voces de la razón.

A principios de abril marchamos hacia el nordeste desde Antioquía. El ejército estaba malhumorado, y por lo tanto se movía con lentitud. Los jinetes eduos ya se habían sentido bastante desgraciados en el fértil valle del Orontes, pero una vez que nos adentramos en los pastos más pobres que circundan Cirro empezaron a comportarse como si alguien los hubiera drogado. Tampoco se mostraban optimistas los tres mil galacios. En realidad nuestro avance se parecía más a un cortejo fúnebre que a una marcha hacia la gloria perdurable. Craso viajaba en litera y separado del ejército, porque el camino era demasiado accidentado para un carruaje. Para ser justos, dudo de que se encontrase bien del todo. Su hijo Publio Craso se angustiaba por él continuamente. No es fácil para un hombre de sesenta y tres años hacer campaña, especialmente para uno que no ha estado en la guerra durante casi veinte.

Abgaro, de los árabes esquenitas, no iba con nosotros. Había marchado delante un mes antes. Teníamos que reunirnos con él en Zeugma, en el margen oriental del Éufrates, donde llegamos al cabo de un mes; lo que demuestra que viajábamos muy despacio. A principios de invierno, el Éufrates está todo lo plácido y bajo de caudal que puede estar. ¡Nunca he visto un río semejante! ¡Tan amplio, profundo y fuerte! De manera que no debíamos haber tenido dificultad alguna para cruzarlo por el puente construido sobre pontones que los ingenieros habían ensamblado, debo decirlo, de forma rápida y eficiente.

Pero no había de ser así, pues salió mal, como tantas otras cosas que salieron mal en aquella fatídica expedición. Unas violentas tormentas surgieron de la nada con gran estruendo y, temiendo que el río creciera, Craso no quiso posponer el momento de cruzarlo. Así que, al rato, los soldados gateaban a cuatro patas mientras los pontones se vencían y se derrumbaban, los relámpagos centelleaban gruesos como maromas en una docena de lugares a la vez, los truenos hacían que los caballos relinchasen y se encabritaran y el aire se inundó de un resplandor amarillo como el azufre, junto con un extraño aroma dulzón que yo asocié con el mar. Era realmente horroroso. Y las tormentas no amainaban. Hubo una tras otra durante varios días, y cayó una lluvia tan fuerte que el suelo se disolvía formando una sopa, mientras el río no hacía más que crecer y crecer y nosotros, a pesar de todo, seguíamos cruzándolo.

Nunca se ha visto un ejército más desorganizado que el nuestro cuando por fin todas las personas y cosas estuvimos en la orilla oriental. No había nada seco, ni siquiera el trigo y otros víveres que iban en la caravana de intendencia. Las cuerdas estaban hinchadas y los muelles de la artillería fláccidos, el carbón para los herreros era inservible, las tiendas hubiera dado igual que hubieran estado hechas del mismo tejido que un vestido de novia, y nuestro valioso aprovisionamiento de madera para fortificar estaba todo rajado y agrietado. Imagínate si puedes a cuatro mil caballos (Craso se negó a permitir que sus jinetes llevasen dos monturas cada uno), dos mil mulas y varios cientos de bueyes reducidos a un terror ciego y salvaje. Tardaron dos nundinae en calmarse, dieciséis preciosos días que hubieran podido servir para adentrarnos un buen trecho en Mesopotamia. Los legionarios estaban casi en las mismas condiciones que los animales. Aquella expedición, se decían unos a otros, estaba maldita. Lo mismo que el propio Craso, que también estaba maldito. Todos iban a morir.

Pero Abgaro llegó con sus cuatro mil soldados de infantería con armamento ligero y caballería, y celebramos un consejo de guerra. Censorino, Vargunteyo, Megaboco y Octavio, cuatro de los cinco legados de César, querían seguir el curso del Éufrates durante todo el camino. Eso era más seguro, había pasto para los animales y podríamos recoger un poco más de comida por el camino. Yo estaba de acuerdo con ellos pero, a pesar de todos mis esfuerzos, me dijeron que no le correspondía a un simple cuestor aconsejar a sus superiores.

Abgaro era contrario a quedarse junto al Éufrates. Por si no lo sabes, el río describe una gran curva hacia el oeste por debajo de Zeugma, lo cual significaba añadir muchos, muchos kilómetros a la marcha. Desde la confluencia del Bilechas y el Éufrates hacia abajo, al adentrarse en Mesopotamia, el curso del río es bastante recto y avanza en la dirección correcta, hacia el sudeste.

Por lo tanto, dijo Abgaro, podríamos ahorrarnos cuatro o cinco días de marcha si íbamos en dirección hacia el este desde Zeugma y atravesábamos el desierto hasta llegar al río Bilechas. Una brusca curva hacia el sur nos llevaría después siguiendo el curso del Bilechas hasta el Éufrates, y nos encontraríamos justo donde queríamos estar, en Niceforio. Teniéndole a él como guía, dijo Abgaro en tono victorioso, no podíamos perdernos, y la marcha a través del desierto era lo bastante corta como para poder sobrevivir a ella con cierta comodidad.

Bien, Craso se mostró de acuerdo con Abgaro, y Publio Craso estuvo de acuerdo con su tata: atajaríamos atravesando el desierto. De nuevo los cuatro legados trataron de convencer a Craso para que no lo hiciera, pero no hubo manera de hacerle cambiar de idea. Él había fortificado Carras y Sinnaca, decía, y esos fuertes eran la única protección que le hacía falta; aunque no creía que fuera a necesitar protección alguna. Por supuesto que no, le dijo su amigo el rey Abgaro. No habría partos tan al norte.

Pero claro que los había, porque Abgaro se había encargado de que así fuera. Seleuceia del Tigris conocía cada uno de los movimientos que nosotros hacíamos, y el rey Orodes era mucho mejor estratega que el pobre Craso, que estaba loco por el dinero.

Supongo, querida Servilia, que estando confinada en Roma no sabrás mucho del reino de los partos, de modo que debo decirte que es un vasto conjunto de regiones. Lo que se conoce como Partia se encuentra al este del mar Caspio, por eso decimos el rey de los partos y no el rey de Partia. Bajo el dominio del rey Orodes están Media, Media Atropatena, Persia, Gedrosia, Carmania, Bactria, Margiana, la Sogdiana, la Susiana, Elimea y Mesopotamia. En conjunto un territorio mayor que todas las provincias romanas.

Cada una de estas regiones está gobernada por su sátrapa que lleva el título de surena. La mayoría de ellos son hijos, sobrinos, primos, hermanos o tíos del rey. El rey nunca va a Partia propiamente dicha; reina en verano desde Ecbatana, en las montañas de clima más suave de Media, visita Susa en primavera o en otoño y reina durante el invierno desde Seleuceia del Tigris, en Mesopotamia. Que dedique su tiempo a estas regiones, las más occidentales de este enorme reino, probablemente sea culpa de Roma. Nos teme, pero no les teme a los indios ni a los séricos, ambas naciones muy grandes. Pone guardia en Bactriana para mantener a los masagetas a raya, pues ellos son tribus, no una nación.

Así sucede que el surena de Mesopotamia es un sátrapa capaz en extremo, y a él le confió Orodes la campaña contra Craso. El propio Orodes en persona viajó hacia el norte para encontrarse con el rey Artavasdes en Artaxata, la capital de Armenia, y llevó consigo tropas suficientes como para asegurarse de que le dieran una buena bienvenida en Artaxata. Su hijo Pacoro iba con él. El surena Pahlavi (pues ése es su nombre) permaneció en Mesopotamia para dirigir otro ejército distinto que se encargase de nosotros. Disponía de diez mil arqueros a caballo y dos mil soldados vestidos con catafractas, la cota de malla. Ningún soldado de a pie.

Un hombre interesante, el surena Pahlavi. Con apenas treinta años, mi misma edad, y sobrino del rey, se dice de él que es muy hermoso en un sentido de lo más exquisito y afeminado. No tiene relación con mujeres, pues prefiere a los muchachos de entre trece y quince años. Una vez que han crecido demasiado para su gusto, los alista en su ejército o los emplea en su propia burocracia como oficiales estimados. Esta conducta es aceptable para los partos.

Lo que le preocupaba mientras reunía a sus hombres era un hecho bien conocido de Craso y del resto de nosotros; algo que, según nos aseguró Abgaro, haría que nosotros venciéramos con comodidad. Y es que el arquero a caballo parto se queda sin flechas muy rápidamente. De manera que, a pesar de su indiscutible habilidad en disparar por encima de los cuartos traseros de su caballo mientras galopa por el campo de batalla, en seguida se hace ineficaz.

El surena Pahlavi ideó un plan para solucionar eso. Formó enormes caravanas de camellos y cargó las alforjas de los mismos con flechas de repuesto. Luego reunió a varios miles de esclavos y los entrenó en el arte de proporcionar a los arqueros flechas nuevas en mitad de la batalla. De manera que cuando emprendió el viaje hacia el norte desde Seleucia del Tigris para interceptarnos con sus arqueros a caballo y sus soldados con catafracta, también se llevó miles de camellos cargados con flechas de repuesto y miles de esclavos para proporcionárselas a los arqueros en la batalla en una especie de cadena interminable.

¿Y cómo es posible que yo esté enterado de todo esto? Me da la impresión de que te estoy oyendo preguntarlo. Pero ya llegaré a eso a su debido tiempo, ahora simplemente diré que me enteré de ello por Antípater, un fascinante príncipe de la corte judía cuyos espías y fuentes de información están absolutamente en todas partes.

Hay un cruce de caminos junto al río Bilechas donde la ruta de caravanas procedentes de Palmira y Niceforio se encuentra con la ruta de caravanas que van a Samosata, en el alto Éufrates, y la que pasa por Carras y llega hasta Edesa y Amida. Fue para llegar a aquella encrucijada por lo que el ejército partió con intención de cruzar el desierto.

Nosotros teníamos treinta y cinco mil soldados de infantería romanos, y mil eduos y mil galacios de caballería. Estaban aterrorizados antes siquiera de emprender el camino por el desierto, y se asustaban más aún cada día que pasaba. Lo único que tuve que hacer para constatar este hecho fue ponerme a cabalgar entre ellos y aguzar un poco el oído; decían que Craso estaba maldito y que todos ellos iban a morir. La rebelión nunca fue un verdadero riesgo, porque las tropas que se rebelan son, como poco, enérgicas, y nuestros hombres carecían de toda esperanza. Se limitaban a caminar por el desierto arrastrando los pies para ir a encontrarse con su sino, como si fueran cautivos que van al mercado de esclavos. La caballería edua era la que se encontraba peor. *Nunca en su vida habían visto una extensión de terreno sin agua como aquélla, un paisaje pardo y monótono sin ningún lugar donde cobijarse y sin el menor atisbo de belleza. Se encerraron en sí mismos y dejaron de preocuparse por cualquier cosa.*

Al cabo de dos días, cuando nos dirigíamos hacia el sudeste a buscar el Bilechas, comenzamos a ver pequeñas bandas de partos, casi siempre arqueros a caballo y a veces soldados con catafracta. No es que nos molestasen. Se nos acercaban bastante y luego se alejaban otra vez. Ahora sé que estaban de acuerdo con Abgaro y que iban a informar acerca de nosotros al surena Pahlavi, que estaba acampado a las puertas de Niceforio, en la confluencia del Bilechas y el Éufrates.

El cuarto día antes de los idus de junio llegamos al río Bilechas, y una vez allí le supliqué a Marco Craso que ordenase construir un campamento fortificado y metiéramos en él a las tropas durante el tiempo necesario para que los legados y los tribunos pudieran infundirles un poco de valor. Pero Craso no quiso ni oír hablar de ello. Estaba inquieto y tenía prisa, pues decía que ya habíamos perdido mucho tiempo en el trayecto; quería llegar a los canales donde el Éufrates y el Tigris se juntan antes de que fuera pleno verano, y empezaba a preguntarse si sería capaz de lograrlo. Así que ordenó a las tropas que tomaran una comida rápida y continuaron la marcha a lo largo del curso del río Bilechas, hacia abajo. Era por la tarde, todavía temprano.

De pronto me di cuenta de que el rey Abgaro y sus cuatro mil hombres literalmente habían desaparecido. ¡Se habían ido! Algunos exploradores galacios se acercaron al galope diciendo a gritos que el terreno estaba lleno de partos, pero apenas habían conseguido atraer la atención de algunos cuando una lluvia de flechas llegó desde todas direcciones produciendo ese sonido tan peculiar, y los soldados empezaron a caer como hojas, como piedras. Nunca he visto nada tan rápido ni tan malo como aquel granizo de flechas.

Craso no hizo nada. Se limitó a dejar que aquello ocurriera. «Dentro de un momento se acabará —gritó protegido en un refugio de escudos—. Se quedarán sin flechas.»

Pero no se quedaron sin flechas. Los soldados romanos huían en desbandada por todas partes, y muchos caían. Muchos caían. Finalmente, Craso hizo que los cornetas llamasen a formar en cuadro, pero ya era demasiado tarde. Los soldados de catafracta entraron a matar, hombres enormes sobre enormes caballos, muy oscuros a causa de las cotas de malla. Descubrí que cuando avanzaban al trote (son demasiado grandes y pesados para andar a medio galope) tintineaban como un millón de monedas dentro de mil bolsas. Me pregunto si en los oídos de Craso sonaría como música. La tierra tiembla cuando esos jinetes pasan. Levantan a su paso una columna enorme de polvo, y dan la vuelta y se meten dentro de ella en lugar de cabalgar delante, de manera que, cuando menos se espera, salen de entre el polvo para atacar.

Publio Craso reunió a la caballería edua, que de pronto pareció recuperarse, quizá porque una batalla era la única cosa familiar que tenían para agarrarse. Siguieron los galacios, y cuatro mil de nuestros soldados a caballo cargaron contra los jinetes con catafracta como toros con los belfos llenos de pimienta. Los de las catafractas se dispersaron y huyeron; Publio Craso y sus hombres fueron tras ellos y se metieron en la polvareda. Durante esa tregua, Craso logró formar su cuadrado, y esperamos a que reaparecieran los eduos y los galacios, rezando a todos los dioses que conocíamos. Pero fueron los jinetes con catafracta quienes volvieron, con la cabeza de Publio Craso ensartada en una lanza. En lugar de atacar nuestro cuadrado, trotaban adelante y atrás a lo largo de los costados blandiendo aquella horrible cabeza. Publio Craso parecía mirarnos; podíamos ver centellear sus ojos, y tenía el rostro completamente intacto.

Su padre se quedó anonadado, no hay palabras para describirlo. Pero aquello pareció infundirle algo que yo no había tenido ocasión de verle desde que empezó la campaña: se puso a caminar de un lado a otro del cuadrado animando a los hombres, infundiéndoles valor para que resistieran, diciéndoles que había sido su propio hijo quien nos había proporcionado aquellos preciosos momentos que necesitábamos a cambio de su propia vida, pero que él era el único que sufría la pena.

«¡En pie! —gritaba una y otra vez—. ¡Aguantad!»

Nosotros aguantamos en pie, cada vez con más bajas a causa de aquella interminable lluvia de flechas, hasta que empezó a oscurecer y los partos se marcharon. Por lo visto no les gustaba pelear de noche.

Como no habíamos construido campamento alguno, no había nada que nos retuviera allí, y Craso optó por retirarse inmediatamente a Carras, que estaba a unos sesenta y cinco kilómetros de distancia hacia el norte. Al amanecer empezamos a llegar, en absoluto desorden, quizá íbamos la mitad de la infantería y un puñado de soldados a caballo. ¡En vano! Era imposible. Carras poseía una fortaleza pequeña, pero no era en absoluto suficiente para proteger a tantos hombres y en aquel desorden.

Yo diría que Carras ya estaba allí, en la encrucijada de las rutas de caravanas que iban hacia Edesa y Amida, desde hace dos mil años, y me atrevo a decir también que no ha cambiado nada en todo ese tiempo. No es más que una patética colección de pequeñas casas de adobe con forma de colmena en mitad de un desierto desolado y pedregoso: ovejas sucias, cabras sucias, mujeres sucias, niños sucios y un río sucio. Unas grandes tortas redondas de estiércol seco son la única fuente de calor que utilizan para enfrentarse al crudo invierno, y la única gloria que hay son los cielos nocturnos.

El prefecto Coponio estaba al mando de la guarnición allí existente, que contaba con apenas una cohorte. A medida que íbamos llegando, Coponio se iba horrorizando cada vez más. No teníamos comida porque los partos se habían apoderado de nuestra caravana con la impedimenta, y la mayoría de los hombres y de los caballos estaban heridos. No podíamos quedarnos en Carras, eso era evidente.

Craso celebró un consejo y en él se decidió que al caer la noche nos retiraríamos a Sinnaca, que estaba al nordeste, a otro tanto de camino en dirección a Amida. Estaba mucho mejor fortificada y por lo menos tenía varios graneros. ¡Pero aquello era ir totalmente en la dirección errónea! Yo tenía ganas de gritar. Pero Coponio había llevado a un hombre de Carras al consejo. Se llamaba Andrómaco, y juró y perjuró que los partos estaban esperándonos entre Carras y Edesa, entre Carras y Samosata, entre Carras y cualquier lugar a lo largo del Éufrates. Luego Andrómaco se ofreció a guiarnos hasta Sinnaca, y desde allí a Amida. Destrozado de la pena que sentía por la muerte de su hijo Publio, Craso aceptó el ofrecimiento. ¡Oh, era cierto que estaba maldito! Cualquier decisión que tomaba era errónea; Andrómaco era el espía que los partos tenían en aquel lugar.

Y yo lo sabía. Lo sabía, lo sabía, lo sabía. A medida que avanzaba el día me fui convenciendo cada vez más de que ir a Sinnaca bajo la guía de Andrómaco era ir hacia la muerte. Así que convoqué mi propio consejo. E invité a Craso a asistir. Pero no acudió. Los demás sí: Censorino, Megaboco, Octavio, Vargunteyo, Coponio, Egnacio; además de un asquerosamente sucio y harapiento grupo de adivinos y magos, pues Coponio llevaba allí, en el culo del mundo, el tiempo suficiente para haberlos acercado a él como las moscas acuden a una carcasa putrefacta. Les dije a los que acudieron que ellos podían hacer lo que se les antojase, pero que en cuanto cayera la noche yo pensaba irme cabalgando hacia el sudeste, en dirección a Siria, y no al nordeste hacia Sinnaca. Me arriesgaría aunque los partos estuviesen al acecho, aunque también les dije que yo me negaba a creer que así fuera. ¡Yo ya no quería más guías esquenitas!

Coponio puso algún reparo, y los demás también. No era conveniente ni apropiado que los legados del general, sus tribunos y sus prefectos lo abandonaran. Y tampoco lo era que los abandonase su cuestor. El único que estuvo de acuerdo conmigo fue el prefecto Egnacio.

No, dijeron ellos, se quedarían apoyando a Marco Craso.

Me enfadé y perdí el control, un defecto de los Casios, lo admito. «¡Pues quedaos aquí a morir! —les grité—. ¡Aquellos que prefieran vivir será mejor que busquen un caballo a toda prisa, porque yo me voy a Siria y no me fío de nadie más que de mi propia estrella!»

Los adivinos se alborotaron y se pusieron a graznar. «¡No, Cayo Casio! —resolló el más antiguo de ellos, que llevaba colgados amuletos, espinazos de roedores y horribles ojos de ágata—. ¡Vete, sí, pero todavía no! ¡La luna aún está en Escorpión! ¡Espera a que entre en Sagitario!»

Yo les miré y no pude evitar reírme. «Gracias por el consejo —le dije—, pero esto es un desierto. ¡Prefiero vérmelas con el escorpión que con el arquero!»

Aproximadamente quinientos de nosotros salimos al galope y pasamos la noche yendo al paso, al trote, a medio galope y otra vez al galope. Al amanecer llegamos a Europo, lugar al que sus habitantes llaman Carchemish. No había partos al acecho y el Éufrates estaba lo bastante en calma como para poder atravesarlo en botes, con caballos y todo. No nos detuvimos hasta que llegamos a Antioquía.

Más tarde supe que el surena Pahlavi se cargó a todos los que eligieron quedarse con el general. Al alba del segundo día antes de los idus, cuando entramos cabalgando en Europo, Craso y el ejército andaban deambulando en círculos, sin acercarse ni un kilómetro a Sinnaca, gracias a Andrómaco. Los partos volvieron a atacar, y fue una derrota completa. Una auténtica debacle. En una desastrosa serie de retiradas e intentos de hacer frente, los partos los abatieron a todos. Los legados que permanecieron junto a Craso murieron todos: Censorino, Vargunteyo, Megaboco, Octavio, Coponio.

El surena Pahlavi tenía órdenes, y Marco Craso fue capturado vivo. Había que salvarlo para que se presentase ante el rey Orodes. Cómo ocurrió nadie lo sabe, ni siquiera Antípater, pero poco después de que el general fuera apresado estalló una pelea y Marco Craso murió.

Siete águilas de plata pasaron a manos del surena Pahlavi en Carras. Nunca volveremos a verlas. Se han ido a Ecbatana con el rey Orodes.

Y así me encontré con que yo era el romano de rango más alto en Siria y con que estaba al frente de una provincia que se hallaba al borde del pánico. Todo el mundo estaba convencido de que venían los partos, y allí no había ejército. Me pasé los dos meses siguientes fortificando Antioquía para que resistiera cualquier cosa y organicé un sistema de vigilancias, vigías y almenaras para que todo el pueblo del valle de Orontes tuviera tiempo de refugiarse dentro de la ciudad. Luego, ¿quieres creerlo?, poco a poco empezaron a llegar soldados, pues no todos habían muerto en Carras. Recogí a diez mil, aproximadamente; los suficientes para formar dos buenas legiones. Y según Antípater, mi inestimable informador, otros diez mil sobrevivieron a la primera pelea que tuvo lugar más abajo, junto al Bilechas. El surena Pahlavi los reunió y los envió a la frontera de Bactria, más allá del mar Caspio, donde tiene intención de utilizarlos para impedir que los masagetas realicen incursiones bélicas. Es cierto que las flechas hieren, pero pocos hombres mueren a causa de ellas.

Cuando llegó noviembre me sentí ya lo bastante seguro como para hacer una gira por mi provincia. Bueno, es mía. El Senado no ha dado ningún paso para relevarme. De modo que a los treinta años, Cayo Casio Longino es el gobernador de Siria. Es una responsabilidad extraordinaria, pero que no queda fuera de mi capacidad.

Primero fui a Damasco y luego a Tiro. Como la púrpura de Tiro es tan hermosa, tenemos la idea de que la ciudad también debe serlo, sin embargo es un lugar horripilante. Apesta a moluscos muertos hasta el punto de producir constantes náuseas. Hay enormes montañas de restos de moluscos cocidos en todas partes por los alredededores de Tiro, montañas más altas que los edificios y que parecen besar el cielo. Cómo los tirios pueden vivir allí, en aquella isla de muerte enconada y fabulosos ingresos, no lo sé. No obstante, la Fortuna favorece al gobernador de Siria. Me hospedaba en la villa de Demetrio, el etnarca jefe, una residencia lujosa en la parte de la ciudad que da al mar, donde las brisas soplan del Mare Nostrum y uno no se acuerda de los moluscos putrefactos.

Allí conocí a un hombre cuyo nombre ya he mencionado: Antípater. Tiene cerca de cincuenta años y es muy poderoso en el reino de los judíos. Religiosamente dice que es judío, pero es de sangre idumea, lo que por lo visto no es lo mismo que ser de Judea. Ofendió al sínodo, que es el cuerpo religioso que gobierna, al casarse con una princesa nabatea llamada Cypros. Como los judíos cuentan la ciudadanía en el linaje de la madre, ello quiere decir que los tres hijos varones y la hija de Antípater no son judíos. Lo cual significa, en esencia, que Antípater, un hombre muy ambicioso, nunca podrá llegar a ser rey de los judíos. Sin embargo, nada le separará de Cypros, quien siempre viaja con él. Son una pareja entregada el uno al otro. Sus tres hijos, todavía adolescentes, son formidables para la edad que tienen. El mayor, Phasael, impresiona bastante, pero Herodes, el segundo, es extraordinario. Podría decirse de él que es una fusión perfecta de astucia tortuosa y feroz crueldad. Me gustaría volver a gobernar Siria dentro de diez años sólo para ver en qué ha acabado Herodes.

Antípater me contó la versión de los partos de la fatídica expedición del pobre Marco Craso, y entonces me proporcionó todavía más noticias interesantes. Al surena Pahlavi de Mesopotamia, que con tanta brillantez había actuado en el Bilechas, lo llamaron a la corte de verano de Ecbatana. Si eres súbdito del rey de los partos, procura que no te vaya mejor que a tu rey. Orodes estaba encantado con la derrota de Craso, pero nada contento con el innovador generalato del surena Pahlavi, que era sobrino carnal suyo. De manera que Orodes le dio muerte. En Roma hacemos un desfile triunfal después de una victoria; en Ecbatana pierdes la cabeza.

Cuando conocí a Antípater en Tiro, yo tenía las legiones armadas y ninguna campaña a la vista que sirviese para saciar su sed de sangre. Pero aquello cambió con gran rapidez, pues los judíos estaban alborotados ahora que la amenaza parta había desaparecido. Aunque Gabinio envió a Roma a Aristóbulo y a su hijo Antígono después de su revuelta, otro hijo de Aristóbulo llamado Alejandro decidió que era el momento adecuado para derrocar a Hircano del trono judío donde lo había puesto Gabinio (gracias al trabajo de Antípater, añado).

Bien, toda Siria sabía que el gobernador era un simple cuestor. Qué oportunidad. Y otros dos judíos de alto rango, Malico y Peitolao, conspiraron para ayudar a Alejandro.

De modo que salí hacia Hierosolima, o Jerusalén si te gusta más ese nombre, pero no pude llegar lejos antes de encontrarme con el ejército judío rebelde, con más de treinta mil hombres. La batalla tuvo lugar donde el río Jordán nace del lago Genesaret. Sí, eran muy superiores en número a nosotros, pero Peitolao, que iba al mando, se limitó a reunir a una multitud de campesinos galileos sin entrenamiento alguno, les puso un puchero en la cabeza y una espada en la mano y les dijo que salieran a vencer a dos legiones romanas entrenadas, disciplinadas y, después de lo de Carras, escarmentadas. Los derroté, y por ello mis tropas han recuperado gran parte de su confianza. Me aclamaron general en el campo de batalla, aunque dudo de que el Senado le conceda a un simple cuestor un desfile triunfal. Antípater me aconsejó que le diera muerte a Peitolao, y seguí su consejo. Antípater no es ningún traidor esquenita, aunque al parecer muchos judíos no estarían muy de acuerdo con esta apreciación mía, pues quieren gobernar su pequeño rincón del mundo sin que Roma les esté vigilando por encima de los hombros. Es Antípater, no obstante, quien es realista: Roma no va a marcharse de allí.

No perecieron muchos galileos, y envié a treinta mil al mercado de esclavos de Antioquía; así he sacado mis primeros beneficios al estar al mando de un ejército. ¡Tértula se casará con un hombre mucho más rico!

Antípater es un buen hombre. Sensato y sutil, tiene mucho interés tanto en complacer a Roma como en impedir que los judíos se maten unos a otros. Al parecer sufren enormes conflictos internos a menos que alguien de fuera venga a distraerlos de sus problemas, como los romanos o (en los viejos tiempos) los egipcios.

Hircano sigue en el trono y continúa siendo el sumo sacerdote. Los rebeldes supervivientes, Malico y Alejandro, obedecieron sin rechistar.

Y ahora llego a las últimas páginas del libro que narra la extraordinaria carrera de Marco Craso. Murió después de lo de Carras en aquel lugar, sí, pero todavía tenía que hacer un último viaje. El surena Pahlavi le cortó la cabeza y la mano derecha y las envió, en un extravagante desfile, desde Carras a Artaxata, la capital de Armenia, situada muy al norte entre las altas montañas nevadas donde el Araxes fluye hacia el mar Caspio. Allí el rey Orodes y el rey Artavasdes, que se habían reunido, decidieron comportarse como hermanos y dejar de ser enemigos, y para ello sellaron el pacto con un matrimonio. Pacoro, el hijo de Orodes, se casó con Laodice, la hija de Artavasdes. Algunas cosas funcionan igual que en Roma.

Mientras en Artaxata celebraban el acontecimiento, el extravagante desfile dirigía sus pasos hacia el norte. Los partos habían capturado, y todavía lo mantenían con vida, a un centurión llamado Cayo Paciano porque tenía un asombroso parecido con Marco Craso; era alto, aunque tan cuadrado que parecía bajo, y tenía la misma mirada bovina. Vistieron a Paciano con la toga praetexta de Craso y ante él pusieron payasos haciendo cabriolas vestidos de lictores; llevaban haces de varas atados con entrañas romanas e iban adornados con bolsas de dinero y con las cabezas de los legados. Detrás del falso Marco Craso iban danzando muchachas y prostitutas, músicos cantando canciones obscenas y algunos hombres desplegando libros pornográficos que hallaron en el equipaje del tribuno Roscio. A continuación venían la cabeza y la mano de Craso y, al final de todo, nuestras siete águilas.

Al parecer Artavasdes, el rey de Armenia, es un amante del drama griego, y Orodes también habla griego; así que varias obras de teatro griego de las más famosas se pusieron en escena como parte de los espectáculos para celebrar la boda de Pacoro y Laodice. La noche en la que el desfile llegó a Artaxata había una representación de Las bacantes de Eurípides. Bien, ya conoces esa obra. El papel de la reina Agave fue representado por un actor local famoso, Jasón de Trales.

Pero Jasón de Trales es más famoso por su odio a los romanos que por su brillante interpretación de papeles femeninos. En la última escena Agave aparece llevando en una bandeja la cabeza de su hijo, el rey Penteo, después de habérsela arrancado ella misma en una frenética bacanal. Y cuando llegó el momento, entró en escena la reina Agave con la cabeza de Marco Craso en una bandeja. Jasón de Trales puso la bandeja en el suelo, se quitó la máscara y cogió la cabeza de Craso, cosa fácil de hacer porque, como muchos hombres calvos, el romano se había dejado crecer el pelo de la parte de atrás de la cabeza para poder peinárselo hacia adelante. Sonriendo triunfalmente, el actor la balanceó adelante y atrás como si fuera un farol.

«¡Bendita es la presa que llevó, ahora separada del tronco!», exclamó. «¿Quién lo mató?», entonó el coro. «¡Mío fue el honor!», gritó Pomaxartres, un oficial de rango superior del ejército del surena Pahlavi.

Dicen que la escena salió muy bien.

La cabeza y la mano derecha se expusieron y, por lo que yo sé, siguen expuestas en las almenas de las murallas de Artaxata. El cuerpo de Craso lo abandonaron exactamente en el lugar donde había caído cerca de Carras, para que los buitres mondaran sus huesos.

¡Oh, Marco! Que haya tenido que acabar así. ¿No te diste cuenta de dónde acabaría todo, y cómo? Ateyo Capito te maldijo. Los judíos te maldijeron. Tu propio ejército creía en esas maldiciones y tú no hiciste nada por desengañarlos. Quince mil buenos romanos están muertos, diez mil más sentenciados de por vida en una frontera extranjera, mi caballería edua ha desaparecido, la mayoría de los galacios también y gobierna Siria un joven engreído e insufriblemente arrogante cuyas palabras despectivas sobre ti te seguirán por todos los tiempos. Puede que los partos hayan asesinado tu persona, pero Cayo Casio te ha difamado. Sé cuál sería el destino que yo preferiría.

Tu maravilloso hijo mayor está muerto, también es comida para los buitres. En el desierto no hace falta incinerar o enterrar. El viejo rey Mitrídates ató a Manio Aquilio de espaldas a un asno y luego le echó por la garganta oro fundido para curarle de su avaricia. ¿Era eso lo que Orodes y Artavasdes planeaban para ti? Pero tú les hiciste trampa; moriste limpiamente antes de que pudieran hacerlo. Paciano, un pobre centurión desventurado, probablemente sufrió ese sino en tu lugar. Y las cuencas de tus ojos miran sin ver sobre un panorama de interminables y frías montañas hacia el infinito helado del Cáucaso.

César permaneció largo rato sentado, recordando. Qué contento había estado Craso de que el *pontifex maximus* hubiera instalado una campana que él no quería pagar por su cuenta, pues era demasiado tacaño. Qué competente y plácidamente había rodeado a Espartaco durante la época de nieves. Qué difícil había sido convencerlos a él y a Pompeyo para que se abrazasen públicamente en la tribuna de los oradores cuando acabó su primer consulado conjunto. Con qué facilidad había dado las instrucciones pertinentes que habían salvado a César de caer en manos de los prestamistas y del exilio perpetuo. Qué agradables las muchas, muchas horas que habían pasado juntos durante aquellos años entre lo de Espartaco y lo de la Galia. Cuán desesperadamente había ansiado Craso una gran campaña militar y un desfile triunfal al término de la misma.

La querida visión de aquella cara grande, suave e impasible en Luca.

Todo había acabado. Devorado por los buitres. Ni quemado, ni enterrado en una tumba. César se puso rígido. ¿Alguien había pensado en ello? Atrajo hacia sí un papel, mojó la pluma roja en el tintero y le escribió una carta a su amigo Mesala Rufo, que estaba en Roma, para pedirle que les comprase a los fantasmas de aquellos que se habían quedado sin cabeza un pasaje para el lugar que les correspondía.

Estoy convirtiéndome, pensó con los ojos entornados, en toda una autoridad acerca de cabezas cortadas.

Afortunadamente Lucio Cornelio Balbo el Mayor estaba con César cuando recibió la respuesta de Pompeyo a la carta que él le había enviado proponiéndole dos matrimonios y rogándole que legislase lo necesario para que él pudiese presentarse para el consulado *in absentia*.

—Me siento muy solo —le confió César a Balbo, aunque sin sentir compasión por sí mismo, y se encogió ligeramente de hombros—. Y, sin embargo, eso es algo que siempre ocurre a medida que uno va haciéndose mayor.

—Hasta que uno se retira para disfrutar de los frutos de su esfuerzo y tiene tiempo de recostarse entre amigos —dijo Balbo gentilmente.

Los ojos perceptivos de César empezaron a brillar y la generosa boca empezó a curvarse hacia arriba por las comisuras melladas.

—¡Qué perspectiva tan horrible! No tengo intención de retirarme, Balbo.

—¿No crees que antes o después llega el momento en que no queda nada por hacer?

—Para este romano no, y dudo de que le llegue a algún romano. Cuando la campaña de la Galia y mi segundo consulado acaben, tengo que vengar a Marco Craso. Todavía me resiento de esa impresión, y no digamos de ésta.

César dio unos golpecitos en la carta de Pompeyo.

—¿Y la muerte de Publio Clodio?

El brillo de los ojos de César desapareció y la boca se puso seria.

—La muerte de Publio Clodio era inevitable. Las manipulaciones que hacía de la *mos maiorum* no podían permitirse durante más tiempo. El joven Curión lo expresó muy bien en la carta que me escribió; encontraba extraño que las actividades de Clodio lograran situar en el mismo campo a personas muy dispares. Me dijo en su carta que Clodio entregaría a un conjunto de romanos a un puñado de no romanos.

Balbo, un ciudadano romano no romano, ni parpadeó.

—Dicen que el joven Curión está pasando unos momentos muy malos, financieramente hablando.

—¿Eso dicen? —César pareció pensativo—. ¿Lo necesitamos?

—De momento, no. Pero eso podría cambiar.

—¿Qué te parece Pompeyo, una vez vista su respuesta?

—¿Qué te parece a ti, César?

—No estoy seguro, pero lo que sí sé es que cometí un error al tratar de ganármelo con más matrimonios. Se ha vuelto muy particular a la hora de elegir esposa, eso es seguro. La hija de un Octavio y una Ancaria no es lo bastante buena para él, o eso es lo que creo leer entre líneas. Tenía que haberle dicho sin rodeos lo que imagino que él acabará viendo por sí mismo sin necesidad de que yo se lo diga: que en cuanto la joven Octavia tuviera edad casadera, yo con mucho gusto le quitaría de debajo a la primera Octavia y la sustituiría por la segunda. Aunque la primera le habría venido muy bien, porque no es juliana, no, pero ha sido educada por un juliano. Y eso se nota, Balbo.

—Dudo que un aire de aristocracia obre tan profundamente sobre Pompeyo como un pedigrí —dijo Balbo esbozando el fantasma de una sonrisa.

—Me pregunto a quién tendrá en mente.

—Por eso realmente es por lo que he venido a Rávena, César. Un pajarito se me posó en el hombro y me contó trinando que los *boni* le están poniendo a la viuda de Publio Craso debajo de las narices.

César se irguió en el asiento.

—¡*Cacat*! —Se relajó y movió la cabeza a ambos lados—. No creo que Metelo Escipión haga eso, Balbo. Además, conozco bien a la joven, y no es como Julia. Dudo de que permita a nadie de la ralea de Pompeyo que le toque el dobladillo de la túnica, y mucho menos que se la levante.

—Uno de los problemas relacionados con tu ascensión en el firmamento romano, a pesar de todo lo que los *boni* han tratado de hacer para impedirlo —apuntó Balbo deliberadamente—, es que ahora ya están lo suficientemente desesperados como para considerar la idea de utilizar a Pompeyo de un modo muy parecido a como lo utilizas tú. ¿Y de qué otra manera van a atarlo más que a través de un matrimonio tan estelar como para que él nunca se atreva a ofenderles? Hacerle el presente de Cornelia Metela es lo mismo, literalmente, que admitirlo en su círculo. Pompeyo vería a Cornelia Metela como la confirmación por parte de los *boni* de que él verdaderamente es el primer hombre de Roma.

—De manera que tú crees que es posible.

—Oh, sí. La joven es una persona tranquila, César. Si se viera a sí misma como una necesidad absoluta, iría al sacrificio tan de buena gana como Ifigenia en Aulis.

—Aunque por motivos diferentes.

—Sí y no. Dudo de que ningún hombre satisfaga nunca a Cornelia Metela del modo como la satisface su propio padre, y Metelo Escipión guarda cierto parecido con Agamenón. Cornelia Metela está enamorada de su propia aristocracia, hasta el punto de que se negaría a creer que un Pompeyo de Piceno pudiera desvirtuarla.

—Entonces este año no me moveré con prisas desde este lado de los Alpes para trasladarme al otro —afirmó César con decisión—. Tendré que controlar demasiado de cerca los acontecimientos que sucedan en Roma. —Apretó los dientes—. ¿Oh, qué ha pasado con mi suerte? En una familia que es famosa por engendrar más niñas que niños, no puedo conseguir una muchacha cuando la necesito.

—No es tu suerte la que te ayuda en todo, César —le dijo Balbo con firmeza—. Sobrevivirás.

—Tengo entendido que Cicerón va a venir a Rávena. ¿Sabes si es así?

—En breve.

—Muy bien. El joven Celio tiene un potencial que no debería malgastar en gente como Milón.

—A quien no se le puede permitir que sea cónsul.

—Es partidario de Catón y de Bíbulo.

Pero cuando Balbo se retiró, el pensamiento de César no se entretuvo en los acontecimientos de Roma. Volaron a Siria y a la pérdida de aquellas siete águilas de plata que sin duda estarían expuestas con gran ostentación en los salones del palacio parto de Ecbatana. Habría que arrebatárselas a Orodes, y eso significaba hacer la guerra con él. Y probablemente también con Artavasdes, rey de Armenia. Desde que leyó la carta de Cayo Casio, parte de la mente de César había permanecido en oriente pugnando con el concepto de una estrategia capaz de conquistar un poderoso imperio y dos poderosos ejércitos. Lúculo había demostrado en Tigranocerta que podía hacerse, pero luego lo había desbaratado todo. O más bien había permitido que Publio Clodio lo desbaratase. Por lo menos ésa era una buena noticia: Clodio estaba muerto. Y nunca habrá ningún Clodio en mis ejércitos. Necesitaré a Décimo Bruto, a Cayo Trebonio, a Cayo Fabio y a Tito Sextio; todos ellos hombres espléndidos. Saben cómo me funciona la cabeza, y son capaces de mandar y de obedecer. Pero Tito Labieno no. No lo quiero para la campaña contra los partos; puede acabar el tiempo que le queda de servicio en la Galia, pero después de eso habré terminado con él.

Tejer una estructura para la Galia de los Cabelleras Largas había resultado ser un asunto difícil en extremo, aunque César sabía cómo hacerlo. Y uno de los puntos principales era forjar una buena relación con los suficientes jefes galos como para tener garantizadas dos cosas: la primera, que los galos sintieran por su cuenta que en el futuro su palabra tendría fuerza; y la segunda, que los jefes galos elegidos estuvieran absolutamente comprometidos con Roma. Que no fueran como Acón o Vercingetórix, sino como Commio y Verticón, que estaban convencidos de que la mejor oportunidad para conservar las costumbres y tradiciones galas estaba en refugiarse detrás del escudo de Roma. Oh, Commio quería ser rey de los belgas, sí, pero eso era permisible. En ello estaban plantadas las simientes de la fusión de todos los belgas en una nación en lugar de en muchas. A Roma se le daban bien los reyes que eran sus protegidos, y había ya una docena dentro del redil.

Pero Tito Labieno no era un pensador profundo ni político. Y había concebido un gran odio hacia Commio que partía del hecho de que éste prefirió no utilizar a Labieno como conducto para llegar hasta César.

Sabedor de esto, César siempre tuvo cuidado de mantener las distancias entre Labieno y Commio, el rey de los atrebates. Aunque hasta que Hircio llegó corriendo procedente de la Galia Transalpina, César no comprendió el motivo que había detrás de la petición de Labieno de que se trasladase temporalmente a Cayo Voluseno Cuadrato, un tribuno militar de suficiente categoría como para tener una prefectura, para servir con él durante el invierno.

—Otro que odia a Commio —comentó Hircio, que parecía agobiado por el viaje—. Están incubando una conspiración.

—¿Voluseno odia a Commio? ¿Por qué? —le preguntó César frunciendo el ceño.

—He deducido que la cosa empezó durante la segunda expedición a Britania. Pasó lo de siempre. Que a los dos se les antojó la misma mujer.

—La cual rechazó a Voluseno y prefirió a Commio.

—Exactamente. Bien, ¿y por qué no? Ella era bretona y ya estaba bajo la protección de Commio. La recuerdo bien. Una muchacha muy bonita.

—A veces desearía que para tener descendencia los hombres sólo tuviéramos que ir a algún sitio —comentó César con cansancio—. Las mujeres son una complicación que a los hombres no nos hace falta sufrir.

—Sospecho que las mujeres a menudo opinan del mismo modo —dijo Hircio sonriendo.

—Esta discusión filosófica no nos va a acercar en modo alguno a la verdad sobre Voluseno y Labieno. ¿Qué clase de conspiración han incubado?

—Labieno me envió un informe en el que me decía que Commio estaba induciendo a la insurrección.

—¿Eso es todo? ¿No te dio más detalles Labieno?

—Sólo que Commio andaba dando vueltas entre los menapios, los nervios y los eburones promoviendo una nueva revuelta.

—¿Entre tres tribus diezmadas?

—Y que estaba muy compinchado con Ambiórix.

—Un nombre al que conviene utilizar. Pero yo habría asegurado que Commio consideraría a Ambiórix más bien una amenaza para su soñado reinado que un aliado deseoso de ponerlo a él en ese elevado trono.

—Estoy de acuerdo. Y por eso el asunto empezó a olerme a chamusquina. Hace mucho tiempo que conozco a Commio, y ello me ha convencido de que él sabe muy bien quién puede ayudarle a subir al trono: tú.

—¿Qué más?

—De no haber dicho nada más Labieno, puede que no me hubiera molestado en moverme de Samarobriva —le confió Hircio—. Pero fue la última parte de su carta, breve como siempre, lo que hizo que me decidiera a buscar más información acerca de esta presunta conspiración del propio Labieno.

—¿Qué te decía?

—Que no tenía que preocuparme por nada, que ya se las vería él con Commio.

—¡Ah, vaya! —César se inclinó hacia adelante en el asiento y enlazó las manos entre las rodillas—. Entonces, ¿fuiste a ver a Labieno?

—Pero demasiado tarde, César. La hazaña ya estaba hecha. Labieno llamó a Commio para parlamentar y, en vez de ir él mismo, delegó en Voluseno para que lo representara acompañado de una guardia de centuriones escogidos entre los compinches de Labieno. Commio, que no tenía la menor sospecha del juego sucio, apareció con unos cuantos amigos que no eran soldados. Imagino que no le complació descubrir allí a Voluseno, aunque la verdad es que no tengo ni idea de cómo fue el asunto. Lo único que sé es lo que Labieno me contó con una mezcla de orgullo y pesar; orgullo por su propia inteligencia al idear aquel plan, y pesar porque salió mal.

—¿Intentas decirme que Labieno tenía intención de asesinar a Commio? —le preguntó César con incredulidad.

—Oh, sí —repuso Hircio con naturalidad—. Y no lo llevaba en secreto. Según Labieno, tú eres rematadamente tonto por confiar en Commio, pues está convencido de que Commio está tramando la insurrección.

—¿Sin tener pruebas con que demostrarlo con certeza?

—No pudo presentar ninguna cuando le presioné sobre el asunto, ciertamente. Sólo insistía una y otra vez en que él tenía razón y tú estabas equivocado. Ya conoces a ese hombre, César. ¡Es una fuerza de la naturaleza!

—¿Y qué ocurrió?

—Voluseno había dado instrucciones a uno de los centuriones para que cometiera el asesinato, mientras que los demás centuriones tenían que asegurarse de que ninguno de los atrebates escapase. La señal para que el centurión actuase era el momento en que Voluseno tendiera la mano para estrechar la de Commio.

—¡Por Júpiter! ¿Qué es lo que somos, partidarios de Mitrídates? ¡Ésa es la clase de artimaña que utilizaría un rey oriental! Oh... bueno, sigue.

—Voluseno tendió la mano y Commio la suya. El centurión sacó rápidamente la espada que llevaba escondida a la espalda y lanzó un golpe. O tenía mala vista o aquella tarea le disgustaba, porque hirió a Commio en la frente, un golpe oblicuo que no le rompió el hueso, ni siquiera lo dejó inconsciente. Entonces Voluseno sacó su espada, pero Commio ya se había ido chorreando sangre. Los demás atrebates se situaron alrededor de su rey y se marcharon sin que nadie más saliera herido.

—Si no me lo hubieras contado tú, Hircio, nunca lo habría creído —comentó César hablando despacio.

—¡Pues créelo, César, créelo!

—De manera que Roma ha perdido a un valioso aliado.

—Yo diría que sí. —Hircio sacó un rollo delgado—. He recibido esta carta de Commio. La encontré esperándome cuando regresé de Samarobriva. No la he abierto porque va dirigida a ti. Y en lugar de escribirte para comunicártelo, he creído más oportuno venir personalmente.

César cogió el rollo, rompió el sello y lo extendió ante sus ojos.

He sido traicionado, y tengo motivos para pensar que ha sido obra tuya, César. Los hombres que trabajan para ti no desobedecen tus órdenes ni actúan por iniciativa propia hasta este punto. Yo te tenía por una persona honorable, así que escribo esto con una pena que me duele tanto como la cabeza. Puedes quedarte con tu reino, que yo probaré suerte con mi propio pueblo, pues está por encima de esa clase de asesinatos. Nos matamos unos otros, sí, pero no sin honor. Y tú no tienes honor. He hecho una promesa: nunca más mientras viva volveré a presentarme voluntariamente ante ningún romano.

—En este momento parece haber en el mundo una interminable tormenta de cabezas cortadas —dijo César al tiempo que empalidecía—. ¡Pero te digo, Aulo Hircio, que me daría gran placer cortarle la cabeza a Labieno! Pero no antes de haberle flagelado lo suficiente.

—¿Qué es lo que piensas?

—Nada en absoluto.

Hircio pareció sorprendido.

—¿Nada?

—Nada.

—¡Pero... pero... por lo menos puedes contar lo que ha ocurrido en el próximo despacho que mandes al Senado! —exclamó Hircio—. Puede que a Labieno no le impongan la clase de castigo que a ti te gustaría, pero desde luego acabaría con cualquier esperanza de desarrollar una carrera pública.

La expresión que César tenía en el rostro mientras volvía la cabeza y doblaba la barbilla hacia adentro fue irónica, enojadamente divertida.

—¡No puedo hacer eso, Hircio! ¡Mira el problema que me ocasionó Catón por lo de los presuntos embajadores germanos! Si yo le contara una sola palabra de esto al Senado o a cualquier otra persona que lo hiciera llegar a oídos de Catón, mi nombre, y no el de Labieno, apestaría hasta los más lejanos confines del cielo. Esos perros senatoriales no malgastarían la menor energía en buscar el escondite de Labieno, sino que estarían demasiado ocupados clavándome los dientes a mí.

—Tienes razón, desde luego —reconoció Hircio, y dejó escapar un suspiro—. Y eso significa que Labieno acabará saliéndose con la suya.

—De momento —dijo César con tranquilidad—. Ya le llegará la hora, Hircio. La próxima vez que lo vea, él sabrá exactamente qué lugar ocupa en mi estima. Y ¿adónde va a ir a parar su carrera si tengo alguna voz en el asunto? En cuanto deje de ser útil en la Galia, me separaré de él de manera más concienzuda que Sila de su pobre esposa agonizante.

—¿Y Commio? Quizá si yo me esforzase, César, podría convencerle para que se reuniera contigo en privado. No costaría mucho hacerle ver tu punto de vista en ese asunto.

César negó con la cabeza.

—No, Hircio. No funcionaría. Mi relación con Commio se basaba en una completa confianza mutua, y eso ha desaparecido. De ahora en adelante cada uno de nosotros mirará al otro con recelo. Él ha jurado no acudir nunca más voluntariamente ante la presencia de un romano, y los galos se toman esos juramentos con tanta seriedad como nosotros. He perdido a Commio.

Quedarse una larga temporada en Rávena no suponía ningún esfuerzo. Como tenía allí la escuela de gladiadores, César también poseía allí una villa. El clima se consideraba el mejor de toda Italia y era saludable, lo que convertía a Rávena en un maravilloso lugar para el entrenamiento físico.

Tener gladiadores era una afición muy provechosa, y César la encontraba tan absorbente que tenía varios miles de ellos, aunque la mayoría estaban destinados en una escuela cerca de Capua. Rávena estaba reservada para la flor y nata, aquellos para los que César tenía planes después de que acabasen su entrenamiento en la pista de arena.

Sus agentes sólo compraban o adquirían a través de los tribunales militares los individuos más prometedores, y los cinco o seis años que esos hombres pasaban peleando eran buenos si César era el dueño. Se trataba principalmente de desertores de las legiones (a los que se ofrecía elegir entre privación de los derechos civiles o convertirse en gladiadores), aunque algunos eran asesinos convictos; también había otros que ofrecían voluntariamente sus servicios. A estos últimos César nunca los aceptaba, pues afirmaba que un romano libre al que le gustase la pelea lo que tenía que hacer era alistarse en las legiones.

Los gladiadores tenían buen alojamiento, estaban bien alimentados y no se les hacía trabajar en exceso, cosa que solía ser así en la mayoría de las escuelas de gladiadores, pues éstas no eran prisiones. Los hombres entraban y salían a su antojo a menos que tuvieran un combate en perspectiva, en cuyo caso se esperaba de ellos que permanecieran en la escuela, que se mantuvieran sobrios y que entrenasen a fondo antes del combate; ningún hombre que poseyera gladiadores quería ver cómo mataban o mutilaban en la arena a su costosa inversión.

El combate de gladiadores era un deporte muy popular que tenía muchos espectadores, aunque no era una actividad de circo y requería un local más pequeño, como el mercado de una ciudad. Era una tradición que los hombres ricos que sufrían la pérdida de un familiar celebraran unos juegos funerarios en memoria del pariente difunto, y éstos consistían en combate de gladiadores. Alquilaban a los combatientes en alguna de las muchas escuelas de gladiadores, y normalmente contrataban entre cuatro y cuarenta parejas, por los que pagaban abundantes cantidades de dinero. Los gladiadores iban a la ciudad, luchaban y regresaban a la escuela. Y al cabo de seis años o de treinta combates se retiraban una vez cumplida su sentencia. Tenían asegurada la ciudadanía, generalmente habían conseguido ahorrar algo de dinero, y los que eran realmente buenos se convertían en ídolos del público cuyos nombres se conocía en toda Italia.

Uno de los motivos por los que aquel deporte le interesaba a César era que le preocupaba el destino de aquellos hombres una vez que habían cumplido su pena. César consideraba que la clase de habilidades que habían adquirido se malgastaba si se marchaban a Roma o a cualquier otra ciudad y allí se alquilaban como guardaespaldas o matones. Él prefería convencerlos de que entrasen en las legiones, pero no como soldados rasos. Un buen gladiador que no hubiera recibido demasiados golpes en la cabeza se convertía en un excelente instructor en los campamentos de entrenamiento militar, y algunos llegaban a ser espléndidos centuriones. También le divertía enviar a los que habían desertado de las legiones de regreso a las mismas como oficiales.

Ése era el motivo de que hubiese fundado la escuela de Rávena, donde tenía a sus mejores hombres; aunque la mayoría vivían en la escuela que él poseía cerca de Capua. Naturalmente nadie lo había visto por allí desde que asumió su cargo de gobernador, porque el gobernador de una provincia no podía poner los pies en Italia propiamente dicha mientras estuviese al mando de un ejército.

Había otros motivos por los cuales César pasaba más tiempo en Rávena que en ningún otro lugar de Iliria o de la Galia Cisalpina. Estaba cerca del río Rubicón, la frontera que separaba la Galia Cisalpina de Italia y, además, las carreteras que llevaban desde allí hasta Roma, que se encontraba a trescientos kilómetros de distancia, eran excelentes. Lo cual significaba que los correos viajaban con gran rapidez en sus constantes idas y venidas, y que las muchas personas que acudían desde Roma para ver a César en persona, ya que éste no podía ir a verlos, podían hacer un viaje bastante cómodo.

Después de la muerte de Clodio, César siguió los acontecimientos de Roma con cierta ansiedad, pues estaba seguro de que Pompeyo dirigía sus esfuerzos a conseguir la dictadura. Por ese motivo le había escrito con la propuesta de matrimonio y con alguna otra, aunque después se arrepintió de haberlo hecho, pues que a uno le rechacen deja siempre un amargo sabor de boca. Pompeyo se había hecho tan grande que no consideraba necesario complacer a nadie más que a sí mismo, ni siquiera a César. Quien quizá se estuviera haciendo demasiado famoso últimamente, lo suficiente para que Pompeyo se sintiera incómodo. Sin embargo, cuando la ley de los Diez Tribunos de la plebe de Pompeyo le concedió a César permiso para presentarse al consulado *in absentia*, se preguntó si sus recelos acerca de él eran simplemente las imaginaciones de un hombre que se veía obligado a obtener todas las noticias de segunda mano. ¡Oh, si pudiera pasar un mes en Roma! Pero no era posible pasar allí ni siquiera una hora. A un gobernador con once legiones bajo su mando, como era César, no le estaba permitido cruzar el río Rubicón y entrar en Italia.

¿Lograría Pompeyo que le nombraran dictador? Roma y el Senado, por lo menos en las personas de hombres como Bíbulo y Catón, se estaban resistiendo con denuedo, pero desde Rávena, lejos de las convulsiones que atormentaban a Roma cada día, no era difícil ver de quién era la mano que se escondía detrás de la violencia. La de Pompeyo, que anhelaba ser dictador y que trataba de forzar al Senado.

Luego, cuando recibió la noticia de que Pompeyo había sido nombrado cónsul sin colega, César se echó a reír. ¡Algo tan brillante como anticonstitucional! Los *boni* le habían atado las manos al mismo tiempo que le ponían en ellas las riendas del gobierno. Y Pompeyo había sido lo bastante ingenuo como para dejarse atrapar. ¡Otro mando extraordinario anticonstitucional! Y no se daba cuenta de que, al aceptarlo, Pompeyo le había demostrado a toda Roma, y en especial a César, que no tenía ni la fibra ni el descaro necesarios para seguir machacando hasta que le ofrecieran un mandato perfectamente constitucional: la dictadura.

¡Siempre serás un muchacho de campo, Pompeyo Magno! No estás a la altura de los trucos de la ciudad. Te han aventajado en astucia con tanta destreza que ni siquiera te das cuenta de lo que han hecho. Estás ahí, plantado en el Campo de Marte, felicitándote a ti mismo porque eres el ganador. Pero en realidad no lo eres. Bíbulo y Catón son los ganadores. Ellos pusieron al descubierto tu farol y tú te echaste atrás. ¡Cómo se reiría Sila!

La principal *oppidum* de los senones era Agedinco, junto al río Icauna; allí César había concentrado seis legiones para pasar el invierno, pues todavía no estaba muy seguro de la lealtad de aquella tribu que era muy poderosa, sobre todo después de haberse visto obligado a ejecutar a Acón.

Cayo Trebonio ocupaba él mismo el interior de Agedinco, y tenía el alto mando mientras César estaba en la Galia Cisalpina. Lo cual no significaba que se le hubiera dado autoridad para ir a la guerra, circunstancia de la que todas las tribus gálicas eran sabedoras. Y contaban con ello.

En enero Trebonio ponía todas sus energías en la tarea más exasperante a la que podía enfrentarse un comandante: encontrar el grano y las otras provisiones en cantidad suficiente para alimentar a treinta y seis mil hombres. La cosecha iba llegando, y aquel año era tan abundante que, de haber tenido que aprovisionar a menos legiones, Trebonio no habría necesitado alejarse mucho de los campos que había en los alrededores del lugar. Pero tal como estaba la situación, tenía que comprar provisiones buscándolas en cualquier parte.

La compra en sí de grano estaba en manos de un romano civil, el caballero Cayo Fufio Cita que, como residía en la Galia desde hacía mucho tiempo, hablaba los idiomas locales y disfrutaba de una buena relación con las tribus de aquella región central. De manera que salió al trote con su cargamento de dinero y una guardia de tres cohortes fuertemente armadas para ver qué jefes galos estaban dispuestos a vender por lo menos parte de su cosecha. Detrás llevaba unos carromatos de altas paredes laterales que avanzaban con dificultad tirados por diez bueyes. A medida que cada carromato se llenaba del valiosísimo grano, se separaba de la columna y regresaba a Agedinco, donde se descargaba y después se le enviaba de nuevo al lugar donde se encontrase Fufio Cita.

Después de agotar el territorio al norte del Icauna y del Secuana, Fufio Cita y sus oficiales se trasladaron a las tierras de los mandubios, los lingones y los senones. Al principio los carromatos continuaron llenándose del modo más satisfactorio, pero cuando la caravana, que parecía interminable, se adentró en las tierras de los senones, la cantidad de grano que se conseguía descendió espectacularmente. Empezaban a sentirse las consecuencias de la ejecución de Acón, Fufio Cita llegó a la conclusión de que no prosperaría intentando comprar grano a los senones, así que se dirigió hacia el oeste, a las tierras de los carnutos. Y allí las ventas subieron inmediatamente.

Encantado, Fufio Cita y sus oficiales se instalaron dentro de Genabo, la capital de los carnutos. Era un refugio seguro para los carros cargados de dinero (que además ya no lo estaban tanto como al principio), y por tanto no había necesidad de las tres cohortes de soldados que los habían escoltado hasta entonces. Fufio Cita las envió de regreso a Agedinco. Genabo era casi un segundo hogar para Fufio Cita; se quedaría allí entre sus amigos romanos y concluiría cómodamente sus adquisiciones.

Genabo, en efecto, era algo parecido a una metrópolis gala. Permitía a las personas más acaudaladas, la mayoría romanas, pero también a unas cuantas griegas, vivir dentro de las murallas, y tenía una considerable población fuera de las murallas, donde florecía una industria metalúrgica. Sólo Avárico era mayor, y si Fufio Cita suspiró un poco al acordarse de Avárico, en realidad estaba bien contento donde estaba.

El pacto entre Vercingetórix, Lucterio, Litavico, Coto, Gutruato y Sedulio, aunque se había llevado a cabo en el estado altamente emotivo que siguió a la ejecución de Acón, no se había ido al garete. Cada hombre se marchó a su pueblo y allí contó la noticia, y si alguno de ellos no hizo referencia alguna a la unificación de todos los pueblos de la Galia bajo un líder, sí que machacaron implacablemente sobre la perfidia y la arrogancia de los romanos, la injustificada muerte de Acón y la pérdida de libertad, que resultaba un terreno muy fértil para trabajarlo, pues la Galia todavía estaba ansiosa por quitarse de encima el yugo romano.

Gutruato, de los carnutos, no necesitó mucho para verse empujado a formar parte del pacto con Vercingetórix. Sabía que César haría que la siguiente espalda que sintiera el látigo y la siguiente cabeza que rodara fueran las suyas. Y no le importaba siempre que antes hubiera convertido en una desgracia la existencia de César. De modo que cuando llegó a su tierra hizo lo que le había prometido a Vercingetórix: fue directamente a Carnutum, donde moraban los druidas, y buscó a Cathbad.

—Tienes razón —le dijo Cathbad cuando acabó de escuchar el relato sobre Acón. El druida hizo una pausa y luego añadió—: Vercingetórix también tiene razón, Gutruato. Debemos unirnos y echar de aquí a los romanos uniéndonos como un solo pueblo. No podemos hacerlo de otro modo. Llamaré a los druidas y celebraremos un consejo.

—¡Y yo viajaré para esparcir entre los carnutos el grito de guerra —le respondió Gutruato cada vez más entusiasmado.

—¿El grito de guerra? ¿Qué grito de guerra?

—Las palabras que Dumnórix y Acón gritaron antes de ser asesinados. «¡Un hombre libre en un país libre!»

—¡Excelente! —observó Cathbad—. Pero hay que arreglarlo un poco: ¡Hombres libres en un país libre! Eso es el principio de la unificación, Gutruato. Cuando un hombre piensa en plural antes de pensar en singular.

Los carnutos empezaron a reunirse en grupos, siempre a salvo de oídos romanos, para hablar de la insurrección. Y las herrerías que había de las afueras de Genabo empezaron a trabajar casi exclusivamente haciendo cotas de malla, cambio de actividad ésta que Fufio Cita no advirtió, como tampoco lo notaron sus colegas extranjeros residentes de allí.

A mediados de febrero la cosecha ya se había recogido por completo. Todos los silos y los graneros del país estaban llenos; se habían ahumado los jamones, el cerdo y el venado estaban puestos en salazón, los huevos, las remolachas y las manzanas se habían almacenado bajo tierra, los pollos, patos y gansos se habían metido en los corrales y el ganado vacuno y las ovejas se habían apartado del camino de cualquier ejército en marcha.

—Es hora de empezar —anunció Gutruato a sus colegas jefes de tribu—, y nosotros los carnutos nos pondremos al frente. Como líderes del modo de pensar galo, nos incumbe a nosotros dar el primer golpe. Y tenemos que hacerlo mientras César se halle al otro lado de los Alpes. Todo indica que vamos a tener un invierno duro, y Vercingetórix asegura que es fundamental que le impidamos a César volver con sus legiones. Éstas no se aventurarán a salir de los campamentos sin él, especialmente durante el invierno. Y en primavera estaremos unidos.

—¿Qué vas a hacer? —le preguntó Cathbad.

—Mañana al alba atacaremos Genabo y mataremos a todos los griegos y los romanos que encontremos.

—Eso constituirá toda una declaración de guerra, sin lugar a dudas.

—Para el resto de la Galia sí, Cathbad, pero no para los romanos. No tengo intención de permitir que a Trebonio le llegue noticia alguna de lo que suceda en Genabo. Si así fuera, él le enviaría un mensaje a César inmediatamente. Y prefiero que César se entretenga al otro lado de los Alpes hasta que la Galia entera se encuentre en pie de guerra.

—Buena estrategia, si es que funciona como es debido —observó Cathbad—. Espero que tú tengas más éxito del que tuvieron los nervios hace unos años.

—Nosotros somos celtas, Cathbad, no belgas. Además, los nervios mantuvieron a Quinto Cicerón sin poder comunicarse con César durante un mes. Ése es tiempo suficiente, pues dentro de un mes empezará el invierno.

De ese modo, Cayo Fufio Cita y los mercaderes que vivían en Genabo descubrieron la verdad acerca del viejo dicho romano de que las revueltas en las provincias empiezan siempre con el asesinato de los romanos civiles. Bajo el mando de Gutruato, un grupo de carnutos se lanzaron contra su propia capital, entraron en ella y mataron a todos los extranjeros que allí había. Fufio Cita sufrió el mismo sino que Acón: fue públicamente flagelado y decapitado, aunque murió bajo el látigo. Incitando al hombre que blandía el látigo, los carnutos no encontraron en ello nada que criticar. La cabeza de Fufio Cita fue un trofeo que se llevó en celebración al bosquecillo de Eso y allí Cathbad la ofreció en sacrificio.

Las noticias viajaban velozmente en la Galia, aunque el método de transmisión significaba inevitablemente que cuanto más lejos de su origen se extendiera, más se distorsionaba. Los galos se limitaban a pasarse a gritos la información de una persona a otra en los campos.

Lo que empezó como «¡Han masacrado a los romanos que había en Genabo!» se convirtió en «¡Los carnutos se han rebelado abiertamente y han matado a todos los romanos que había en sus tierras!» cuando hubo corrido de boca en boca una distancia de doscientos cincuenta kilómetros. Recorrió toda esa distancia entre el alba, momento en el que había tenido lugar el ataque, y el crepúsculo, que fue cuando la dijeron a gritos en Gergovia, la principal *oppidum*, y Vercingetórix la oyó.

¡Por fin! ¡Por fin! ¡Una revuelta en la Galia en lugar de en las tierras de los belgas o de los celtas de la costa oeste! Ésta era gente que él conocía, personas que se someterían a él como sus lugartenientes cuando el gran ejército de toda la Galia se unificase, personas lo bastante sofisticadas como para comprender el valor de una cota de malla y un casco, para comprender el modo en que los romanos hacían la guerra. Si los carnutos se habían rebelado, no pasaría mucho tiempo antes de que los senones, los parisios, los sensiones, los bitúrigos y todos los demás pueblos de la Galia central se convirtieran en un hervidero. ¡Y él, Vercingetórix, estaría allí para forjarlos y convertirlos en el ejército de la Galia!

Desde luego él también había estado trabajando, pero no con tanto éxito como Gutruato, ni mucho menos, como ahora se ponía de manifiesto. El problema era que los arvernos no habían olvidado la desastrosa guerra que habían librado hacía setenta y cinco años contra el más preminente Enobarbo de aquella época. Los habían derrotado de una forma tan completa que los mercados de esclavos de todo el mundo recibieron la primera remesa en masa de mujeres y niños galos; los hombre habían muerto en su mayoría.

—Vercingetórix, a los arvernos nos ha costado setenta y cinco años recuperarnos de nuevo —le dijo Gobanicio en el consejo, haciendo un esfuerzo por ser paciente—. En otro tiempo fuimos el más grande de todos los pueblos galos. Entonces teníamos mucho orgullo e hicimos la guerra contra Roma. Nos dejaron reducidos a la nada, y les entregamos la supremacía a los eduos, a los carnutos, a los senones. Estos pueblos aún están por encima de nosotros, pero vamos alcanzándolos con firmeza. De manera que no, no volveremos a luchar contra Roma.

—¡Pero tío, los tiempos han cambiado! —le gritó Vercingetórix—. ¡Sí, nosotros caímos! ¡Sí, fuimos aplastados, humillados y vendidos como esclavos! ¡Pero sólo éramos un pueblo entre muchos! ¡Y todavía tú hoy hablas de los senones o de los eduos! ¡Del poder arverno contrastado con el poder eduo, con el poder de los carnutos! ¡Ya no puede seguir así! ¡Lo que está pasando hoy es diferente! Vamos a aliarnos y a convertirnos en un solo pueblo bajo un solo grito de guerra: ¡Hombres libres en un país libre! ¡No somos los arvernos, ni los eduos, ni los carnutos! ¡Somos galos! ¡Somos una hermandad! ¡Ésa es la diferencia! Unidos derrotaremos a Roma de un modo tan definitivo que nunca más volverá a enviar sus ejércitos a nuestro país. ¡Y un día la Galia marchará contra Italia, un día la Galia gobernará el mundo!

—Sólo sueños, Vercingetórix, nada más que sueños tontos —le dijo Gobanicio con cansancio—. Nunca habrá concordia entre los pueblos de la Galia.

El resultado de éste y de muchos otros argumentos en el consejo arverno fue que Vercingetórix se encontró con que se le prohibió entrar en Gergovia. No es que se marchase de la zona, no. En vez de eso permaneció en su casa de las afueras de Gergovia y reservó sus energías para convencer a los hombres arvernos jóvenes de que tenía razón. Y ahí tuvo mucho más éxito. Con sus primos Critognato y Vercasivelauno siguiendo su ejemplo, trabajó febrilmente para hacer que los jóvenes comprendieran en qué se basaba su única salvación: en la unificación.

Y no soñaba, sino que hacía planes, pues era completamente consciente de que el mayor esfuerzo sería convencer a los jefes de los otros pueblos de la Galia de que él, Vercingetórix, era el único que debía guiar el gran ejército de toda la Galia.

De manera que cuando la noticia de los acontecimientos acaecidos en Genabo llegó a voces a Gergovia, Vercingetórix lo tomó como el auspicio que había estado esperando. Envió mensajes llamando a las armas y luego entró en Gergovia, se hizo cargo del consejo y asesinó a Gobanicio.

—¡Yo soy vuestro rey —le dijo a la cámara llena de jefes de tribu—, y pronto seré rey de una Galia unida! Ahora voy a Carnutum a hablar con los jefes de los demás pueblos, y de camino les haré a todos un llamamiento a las armas.

Las tribus respondieron como esperaba. Con el invierno a punto de empezar, los hombres se dispusieron a sacar las armaduras, a afilar las espadas, a hacer las disposiciones oportunas en el hogar para el tiempo durante el cual estuvieran fuera, una larga ausencia. Una enorme oleada de excitación sacudió la Galia central y siguió rodando hacia el norte hasta adentrarse en el territorio de los belgas y hacia el oeste hasta el de los aremóricos, las tribus celtas de la costa atlántica. Y también hacia el sur, por Aquitania. La Galia iba a unirse. La Galia unida iba a expulsar de allí a los romanos.

Pero fue en el bosque de robles de Carnutum donde Vercingetórix tuvo que librar su batalla más difícil, allí tuvo que utilizar todo su poder de persuasión para hacer que lo nombrasen líder. Era demasiado pronto para insistir en que lo llamasen rey; eso vendría después, una vez que hubiera demostrado tener las cualidades necesarias en un rey.

—Cathbad tiene razón —les dijo a los jefes de tribu que se habían reunido allí, teniendo siempre buen cuidado de mantener el nombre de Cathbad en primer lugar, no el de Gutruato—. Debemos separar a César de sus legiones hasta que toda la Galia esté en armas.

Habían acudido muchos hombres que él no esperaba, incluido Commio, rey de los atrebates. Los cinco hombres con los que había cerrado el pacto original se encontraban allí, y Lucterio estaba impaciente por empezar. Pero fue Commio quien volvió la marea en favor de Vercingetórix.

—Y yo creía en los romanos —les explicó el rey de los atrebates enseñando los dientes—. No porque me sintiera traidor a mi pueblo, sino por motivos muy parecidos a los que Vercingetórix nos da hoy aquí. La Galia necesita ser un solo pueblo, no muchos. Y yo creí que la única manera de hacerlo era utilizando a Roma. Dejar que Roma, tan centralizada, tan organizada, tan eficiente, hiciera lo que yo creía que ningún galo podía hacer: unirnos, hacernos pensar en nosotros mismos como uno solo. ¡Pero en este arverno, en Vercingetórix, yo veo a un hombre de nuestra propia sangre con la fuerza y la decisión que necesitamos! Yo no soy celta, soy belga. ¡Pero antes que nada soy un galo de la Galia! ¡Y yo os digo, compañeros reyes y príncipes, que estoy dispuesto a seguir a Vercingetórix! Y que haré lo que me pida. Llevaré a mi pueblo atrebate a la asamblea que él convoque y les explicaré que el hombre que va a ser su líder es un arverno, ¡que yo solamente soy su lugarteniente!

Fue Cathbad quien recogió los votos, fue Cathbad quien pudo decirles a los señores de la guerra que Vercingetórix había resultado elegido líder de un intento de unificarse para expulsar a Roma de sus tierras.

Y Vercingetórix, un hombre delgado, febril y ahora resplandeciente, procedió a demostrar a sus compañeros galos que él además era un pensador.

—El coste de esta guerra será enorme, y todo nuestro pueblo debe compartirlo —les dijo—. Cuanto más compartamos, más unidos nos sentiremos. Todos los hombres han de ir a la asamblea armados y vestidos como es debido. No quiero ningún valiente tonto desnudo para demostrar su valor, sino que quiero que todos los hombres lleven cota de malla y yelmo, que todos lleven un escudo de cuerpo entero, que todos vayan bien provistos de lanzas, de flechas o de cualquier cosa que elijan. Y cada pueblo debe calcular cuánta comida consumirán sus hombres, y asegurarse de que no hayan de verse obligados a regresar a casa prematuramente porque ya no les quedan alimentos. El botín no será gran cosa, no podemos confiar en recoger lo suficiente como para pagar esta guerra. Y no voy a pedirles ayuda a los germanos. Hacer eso es abrirle la puerta de atrás a los lobos mientras expulsamos a los jabalíes por la puerta principal. Y tampoco podemos robarles a los nuestros a menos que decidan ponerse del lado de Roma. Porque os lo advierto, ¡a cualquier pueblo que no se una a nosotros en esta guerra se le considerará un traidor a la Galia unida! Los remos y los lingones no han venido, ¡así que ya pueden prepararse! —Se echó a reír con una risita sin aliento—. ¡Con los caballos remos seremos mejores soldados de caballería que los germanos!

—Los bitúrigos tampoco están aquí —observó Sedulio, rey de los lemosines—. He oído por ahí el rumor de que prefieren a Roma antes que a nosotros.

—Yo ya había advertido su ausencia —hizo notar Vercingetórix—. ¿Tiene alguien alguna prueba de ello que sea más tangible que un simple rumor?

La ausencia de los bitúrigos era grave, pues en sus tierras se encontraban las minas de hierro, y hacía falta encontrar hierro en abundancia a fin de convertirlo en acero en cantidad suficiente como para hacer muchos, muchos miles de cotas de malla, yelmos, espadas y puntas de lanza.

—Iré personalmente a Avárico para averiguar por qué no han venido —les dijo Cathbad.

—¿Y qué hacemos los eduos? —preguntó Litavico, que había acudido con Coto, uno de los dos vergobretos de aquel año—. Nosotros estamos contigo, Vercingetórix.

—Los eduos tenéis el deber más importante de todos, Litavico, pues tenéis que fingir que sois amigos y aliados de Roma.

—¡Ah! —exclamó Litavico sonriendo.

—¿Por qué tenemos que usar a la vez todo lo que es una ventaja para nosotros? —preguntó retóricamente Vercingetórix—. Imagino que mientras César crea que los eduos son leales a Roma, también pensará que tiene probabilidades de ganar. Y, como tiene por costumbre, les pedirá a los eduos que le den más soldados a caballo, más infantería, más grano, más carne, más de todo aquello que necesite. Y los eduos deben mostrarse siempre de acuerdo en darle con sumo gusto cualquier cosa que él solicite. Que se deslomen por ayudar. Sólo que todo lo que se le prometa a César no debe llegar a él nunca.

—Pero siempre con nuestras disculpas más efusivas, eso sí —dijo Coto.

—Oh, claro —convino Vercingetórix con gravedad.

—La Provenza romana es un peligro muy real que no deberíamos subestimar —observó Lucterio, rey de los cardurcos, frunciendo el ceño—. Los romanos han entrenado muy bien a los galos de la Provenza: son capaces de luchar como auxiliares al estilo romano, tienen almacenes atiborrados de armaduras y armamento y también disponen de caballería. Por eso me temo que nunca conseguiremos que se aparten de Roma.

—¡Es demasiado pronto para hacer afirmaciones tan derrotistas como ésa! Sin embargo, es cierto que tendríamos que asegurarnos de que los galos de la Provenza no estén en condiciones de ayudar a César. Tu trabajo, Lucterio, será encargarte de eso, puesto que procedes de un pueblo cercano a la Provenza. En un plazo de dos meses a contar desde ahora, en el momento en que el invierno es más crudo, nos reuniremos armados aquí, en la llanura situada delante de Carnutum. Y luego... ¡la guerra!

Sedulio recogió el grito:

—¡Guerra! ¡Guerra! ¡Guerra!

En Agedinco Trebonio era consciente de que algo extraño estaba ocurriendo, aunque no tenía ni idea de qué era. No había recibido noticias de Fufio Cita desde Genabo, pero tampoco había oído ni el menor rumor acerca de su fatal destino. Ningún romano ni ningún griego en las cercanías había sobrevivido para contarlo, y ningún galo se había presentado ante él. Los graneros de Agedinco estaban casi llenos, pero no había llegado ningún carromato en más de dos *nundinae*. Fue entonces cuando Litavico, rey de los eduos, apareció por allí para saludar mientras iba de camino de regreso a Bibracte.

—¿Has visto u oído algo anormal? —le preguntó Trebonio, que tenía un aspecto más triste de lo que era normal en él.

A Litavico siempre le había fascinado que aquellos romanos tuvieran con tanta frecuencia un aire tan poco guerrero, tan inmarcial, y Cayo Trebonio constituía un ejemplo perfecto de ello. Era un hombre más bien pequeño y más bien gris al que el prominente cartílago tiroide de la garganta le subía y le bajaba con nerviosismo siempre que tragaba; tenía un par de ojos grises, grandes y tristes. Sin embargo era un soldado muy bueno e inteligente en el que César tenía una gran confianza, y que nunca había dejado a éste en la estacada. Cualquier cosa que se le decía que hiciera, la hacía. Senador romano, en su época fue un brillante tribuno de la plebe. Un hombre fiel a César hasta la muerte.

—No, nada —le respondió Litavico alegremente.

—¿Has estado en algún sitio cerca de Genabo?

—Pues no —repuso Litavico sin olvidar que su deber era guardar siempre las apariencias como amigo y aliado. De nada serviría contarle mentiras que Trebonio podría descubrir antes de que las verdaderas lealtades de los eduos salieran a la luz—. He ido a la boda de mi primo en Metiosedo, así que no he estado al sur del Sequana. Sin embargo, todo está en calma. No he oído nada digno de mención.

—Los carros de grano han dejado de venir.

—Sí, eso es bastante raro. —Litavico simuló quedarse pensativo—. Sin embargo, es de conocimiento general que los senones y los carnutos están muy descontentos con la ejecución de Acón. Quizá se nieguen a vender grano. ¿Andas escaso?

—No, tenemos suficiente. Pero esperaba más.

—Dudo que recibas más ya —le comentó animadamente Litavico—. El invierno llegará cualquier día.

—¡Ojalá todos los galos hablasen latín! —exclamó Trebonio dejando escapar un suspiro.

—Oh, bien, los eduos han estado aliados con Roma durante mucho tiempo. Yo fui a la escuela allí durante dos años. ¿Has tenido noticias de César?

—Sí, está en Rávena.

—Rávena... ¿Dónde está eso exactamente? Refréscame la memoria, Trebonio.

—Está en el Adriático, no lejos de Arimino, si eso te sirve de ayuda.

—Sí, me ha ayudado mucho —dijo Litavico poniéndose en pie con pereza—. Tengo que irme.

—¿Una comida, por lo menos?

—No, mejor no. No me he traído el chal de invierno ni mi par de pantalones que más abrigan.

—¡Tú y tus pantalones! ¿No aprendiste nada en Roma?

—Cuando el aire de Italia te levanta las faldas, Trebonio, calienta todo lo que haya debajo. Pero cuando en invierno sopla el aire en la Galia, es capaz de helar hasta las piedras de las catapultas.

A principios de marzo mucho más de cien mil galos procedentes de distintas tribus convergieron en Carnutum, donde Vercingetórix hizo los preparativos rápidamente.

—No quiero que todo el mundo se agote antes incluso de que yo empiece —le dijo al consejo cuando se congregaron con Cathbad dentro de la casa bien caldeada de éste—. César sigue en Rávena, y al parecer tiene más interés en lo que ocurre en Roma que en lo que pueda estar pasando en la Galia. Los pasos alpinos ya están bloqueados por la nieve, y no podrá llegar aquí con rapidez por mucha fama que tenga de darse prisa. Y nosotros estaremos entre sus legiones y él venga cuando venga.

Cathbad, que parecía cansado y un poco desanimado, se había sentado a la derecha de Vercingetórix y tenía una pila de rollos sobre la mesa. Siempre que los ojos de los demás se posaban en Vercingetórix, los de Cathbad se dirigían, al fondo, a su esposa, que se movía en silencio atareada en llevar vino y cerveza. ¿Por qué se sentía tan deprimido, tan inútil? Como la mayoría de los sacerdotes profesionales de todas las tierras, no tenía el don de la adivinación, no tenía clarividencia. Esas cosas sólo se les otorgan a los marginados y a los forasteros, condenados, como le había ocurrido a Casandra, a que nunca nadie los creyera.

Y esto lo decía partiendo de unos conocimientos muy difíciles de adquirir, y a pesar de que los sacrificios habían sido favorables. Quizá lo que sentía en aquel momento fuese un simple eclipse, pensó esforzándose por ser justo, por ser objetivo. Vercingetórix tenía alguna cualidad en común con César, y Cathbad notaba esa similitud. Pero uno es un romano enormemente experimentado que se aproxima a los cincuenta años, y el otro es un galo de treinta que nunca ha guiado un ejército.

—Cathbad —le llamó Vercingetórix interrumpiendo los temores internos del druida jefe—, ¿debo asumir que los bitúrigos están en nuestra contra?

—La palabra que utilizaron fue «tontos» —le informó Cathbad—. Sus druidas han estado intentando ponerlos de nuestra parte, pero la tribu está unida, y no en nuestra dirección precisamente. Están dispuestos a vendernos hierro, incluso a convertirlo en acero para nosotros, pero no quieren ir a la guerra.

—Entonces nosotros les haremos la guerra a ellos —les aseguró Vercingetórix sin vacilar—. Ellos tienen el hierro, pero no dependemos de ellos para convertirlo en acero o para tener herreros. —Sonrió y apareció cierto brillo en sus ojos—. Lo que sucede es bueno en realidad. Si los bitúrigos no quieren unirse a nosotros, entonces no tendremos que pagarles el hierro, sino que se lo quitaremos. No he oído que ninguno de los que estamos presentes aquí hoy tenga carencia de hierro, pero nos va a hacer falta mucho más. Mañana emprenderemos la marcha hacia los bitúrigos.

—¿Tan pronto? —preguntó Gutruato sin aliento.

—Lo más seguro es que el invierno empeore, que no mejore, Gutruato, y tenemos que utilizarlo para traer a los pueblos disidentes al redil. Cuando llegue el verano, los pueblos de la Galia estarán unidos contra Roma, no divididos entre sí. Y entonces podremos luchar contra César, aunque si las cosas salen como yo pienso, él nunca podrá usar todas sus legiones.

—Me gustaría saber más cosas antes de ponerme en marcha —dijo Sedulio, rey de los lemosines, frunciendo el ceño.

—¡Para eso es para lo que nos reunimos hoy, Sedulio! —le aseguró Vercingetórix riéndose—. Quiero comentar la lista de los pueblos que están presentes aquí, quiero saber quién más va a venir, quiero enviar de vuelta a sus casas a algunos para que esperen hasta la primavera, quiero recaudar un impuesto de guerra justo, quiero organizar nuestro primer sistema monetario, quiero asegurarme de que los hombres que se queden para atacar a los bitúrigos estén debidamente armados y equipados, quiero convocar una gran concentración para la primavera, quiero separar una parte de las fuerzas para que vaya a la Provenza con Lucterio... ¡y ésas son sólo unas cuantas de las cosas de las que tenemos que hablar antes de que nos durmamos!

Vercingetórix estaba cambiando notablemente; se le veía lleno de resolución y de fuego, impaciente pero paciente a la vez. Si a alguno de los veinte hombres que estaban en la casa de Cathbad se le hubiera pedido que describiera cómo podría ser el primer rey de la Galia, hasta el último de ellos habría pintado con palabras el cuadro de un gigante de pecho desnudo y de macizos músculos ataviado con un chal que llevase un arco iris con todos los colores tribales, el cabello áspero y un bigote hasta los hombros, un Dagda venido a la tierra. Y, sin embargo, aquel hombre delgado e intenso que captaba aquel día su atención no resultaba ninguna decepción; los grandes jefes de tribu de la Galia celta estaban empezando a comprender que lo que un hombre llevaba dentro era más importante que su aspecto físico.

—¿Voy a tener mi propio ejército? —le preguntó Lucterio, atónito.

—Has sido tú quien ha dicho que debíamos solucionar lo de la Provenza, y... ¿a quién mejor que tú podría yo enviar, Lucterio? Necesitarás cincuenta mil hombres, y lo mejor será que elijas a los pueblos que tú conoces: tus propios cardurcos, los petrocorios, los santones, los pictones, los andos. —Vercingetórix pasó rápidamente los dedos por un montón de rollos sin dejar de mirar a Cathbad—. ¿Está la lista de los rutenos ahí, Cathbad?

—No —respondió éste sin necesidad de mirar—. Ellos prefieren a Roma.

—Entonces tu primera tarea será subyugar a los rutenos, Lucterio. Convéncelos de que el derecho y el poder están con nosotros, no con Roma. Desde los rutenos hasta los volcos sólo hay un paso. Más adelante hablaremos con más detalle de tu estrategia, pero tarde o temprano tendrás que dividir a tus tropas e ir en dos direcciones: hacia Narbo y Tolosa, y hacia los helvios y el Ródano. Los aquitanos se están muriendo de ganas de rebelarse a la menor oportunidad, así que no tardarás mucho en tener que rechazar voluntarios.

—¿Tengo que empezar mañana?

—Sí, mañana. Demorarse siempre es fatal cuando el enemigo es César. —Vercingetórix se volvió hacia el único eduo que estaba presente—. Litavico, ve a tu casa. Los bitúrigos estarán pidiendo ayuda a los eduos.

—Ayuda que tardará bastante en llegar —puntualizó Litavico sonriendo.

—¡No, tienes que ser más sutil, Litavico! Quéjate a los legados de César, pídeles consejo. ¡Ponte en camino con un ejército si hace falta! Estoy seguro de que encontrarás excusas válidas para que ese ejército no llegue nunca a su destino. —El nuevo rey de los galos, que todavía no había pedido que lo llamasen así, le dirigió a Litavico una mirada calculadora desde debajo de aquellas cejas negras—. Hay un factor que debemos discutir largamente ahora. No quiero que en el futuro se me reproche nada o se me acuse de represalias partidistas.

—Los boios —sentenció Litavico al instante.

—Exacto. Después de que César envió a los helvecios de vuelta a su tierra hace seis años, permitió que el clan helvecio de los boios permaneciera en la Galia, a petición de los eduos, que los querían a modo de amortiguador entre ellos y los arvernos. Se asentaron en unas tierras que nosotros los arvernos reclamamos como nuestras, pero que tú le dijiste a César que eran vuestras. Pero yo exijo, Litavico —le dijo Vercingetórix con seriedad—, que los boios se marchen y que esas tierras se nos devuelvan. Eduos y arvernos luchan ahora en el mismo bando, y no hay necesidad ya de ningún amortiguador. Quiero un acuerdo de vuestros vergobretos según el cual los boios se marcharán y esas tierras se nos devolverán a los arvernos. ¿De acuerdo?

—De acuerdo —aceptó Litavico, y resopló de satisfacción—. Las tierras son de segunda categoría. Después de la guerra, nosotros, los eduos, nos contentaremos con quedarnos la tierra de los remos como justa compensación. Los arvernos podéis expansionaros en las tierras de los lingones, que también son traidores. ¿Estás de acuerdo?

—De acuerdo —dijo Vercingetórix sonriendo.

Volvió de nuevo su atención a Cathbad, que no parecía más contento que antes.

—¿Por qué no ha venido el rey Commio? —le preguntó en tono exigente.

—Estará aquí en el verano, no antes. Y para entonces espera ser el jefe de todos los belgas occidentales que queden vivos.

—César nos dio una buena ventaja al traicionarlo.

—No fue César —dijo Cathbad con desdén—. Juraría que la conspiración fue por completo obra de Labieno.

—¿Acaso advierto en ti una nota de simpatía hacia César?

—Nada de eso, Vercingetórix. ¡Pero la ceguera no es ninguna virtud! Si has de derrotar a César tienes que esforzarte por comprenderlo. Él estará siempre dispuesto a juzgar a un galo y a ejecutarlo, como hizo con Acón, pero considera una falta de honor la clase de traición cometida con Commio.

—¡El juicio de Acón fue amañado! —le dijo Vercingetórix con enojo.

—Sí, claro que lo fue —aceptó Cathbad, perseverando—. ¡Pero fue legal! ¡Eso por lo menos lo entiendo de los romanos! Les gusta aparentar que son legales. Y eso no se puede decir de ningún romano con más certeza que de César.

Lo primero que Cayo Trebonio supo en Agedinco de la marcha contra los bitúrigos fue a través de Litavico, que llegó al galope desde Bibracte jadeante y alarmado.

—¡Hay guerra entre las tribus! —le comunicó a Trebonio.

—¿No es una guerra contra nosotros? —le preguntó éste.

—No. Es entre los arvernos y los bitúrigos.

—¿Y qué ha pasado?

—Los bitúrigos nos han pedido ayuda a los eduos. Tenemos antiguos tratados de amistad que se remontan a los tiempos en que guerreábamos continuamente con los arvernos. Los bitúrigos se encuentran más allá, lo cual significa que una alianza entre nosotros bloquea a los arvernos por ambas partes.

—¿Qué opináis ahora los eduos?

—Que deberíamos enviar ayuda a los bitúrigos.

—Entonces, ¿por qué vienes a verme?

Litavico abrió mucho los inocentes ojos azules.

—¡Sabes perfectamente bien por qué, Cayo Trebonio! ¡Los eduos gozamos de la condición de amigos y aliados! Si llegase a tus oídos que los eduos nos habíamos levantado en armas y marchábamos hacia el oeste, ¿qué pensarías tú? Convictolavo y Coto me han enviado para informarte de los acontecimientos y pedirte consejo.

—Pues se lo agradezco. —Trebonio parecía más preocupado de lo que solía estar, y se mordió los labios—. Bueno, si es una guerra entre ellos y Roma no está implicada, haz honor a tu antiguo tratado, Litavico. Envíales ayuda a los bitúrigos.

—Pareces inquieto.

—Más sorprendido que inquieto. ¿Qué pasa con los arvernos? Yo creía que Gobanicio y sus ancianos no aprobaban hacer la guerra con nadie.

Litavico cometió su primer error: parecía demasiado desenfadado y hablaba con demasiada presteza, demasiado airoso.

—¡Oh, Gobanicio está fuera! —exclamó—. Vercingetórix gobierna a los arvernos.

—¿Gobierna?

—Sí, quizá sea una palabra demasiado fuerte. —Litavico adoptó una expresión recatada—. Es vergobreto sin colega.

Lo cual hizo reír a Trebonio. Y, sin dejar de reírse, acompañó a la salida a Litavico cuando éste se marchó después de aquella visita urgente. Pero en el momento en que Litavico marchó haciendo ruido, Trebonio se fue a buscar a Quinto Cicerón, Cayo Fabio y Tito Sextio.

Quinto Cicerón y Sextio estaban al mando de algunas legiones de entre las seis acampadas alrededor de Agedinco, mientras que Fabio tenía a su cargo a las diez legiones destinadas con los lingones ochenta kilómetros más cerca de los eduos. Que Fabio estuviera en Agedinco era inesperado; había venido, explicó, para aliviar el aburrimiento.

—Pues considéralo aliviado —le dijo Trebonio, más afligido que nunca—. Algo está ocurriendo y no nos lo están contando todo, ni mucho menos.

—Pero están haciendo la guerra entre ellos, luchan unos contra otros —observó Quinto Cicerón.

—¿En invierno? —Trebonio empezó a pasearse arriba y abajo—. Es la noticia acerca de Vercingetórix lo que me ha dejado pasmado, Quinto. La sagacidad de la edad se ha acabado y el impetuoso fuego de la juventud se ha aposentado entre los nervios, y no entiendo qué significa eso. Todos recordáis a Vercingetórix. ¿Creéis que iría a la guerra contra sus compañeros galos?

—Pues así parece y así lo creo —dijo Sextio.

—Es muy repentino, ciertamente. Creo que tienes razón, Trebonio. ¿Por qué en invierno? —preguntó Fabio.

—¿Ha venido alguien con información?

Los otros tres delegados hicieron un gesto negativo con la cabeza.

—Pensándolo bien, eso de por sí ya es bastante extraño —dijo Trebonio—. Normalmente siempre hay algo que llega a nuestros oídos, y siempre entre gemidos y quejas. ¿Cuántas conspiraciones contra Roma llegan normalmente a nuestros oídos en el transcurso del descanso de invierno?

—Docenas —contestó Fabio sonriendo.

—Y, sin embargo, este año no ha llegado noticia alguna. Juraría que están tramando algo. ¡Ojalá tuviéramos aquí a Rhiannon! O que volviera ese Hircio.

—Yo creo que deberíamos mandarle un mensaje a César —intervino Quinto Cicerón, y sonrió—. Subrepticiamente. Quizá no haga falta una nota debajo de la tela de una lanza, pero, desde luego, no hay que hacerlo abiertamente.

—Y tampoco a través de las tierras de los eduos —observó Trebonio con súbita decisión—. Encontré algo en Litavico que me dio dentera.

—No deberíamos ofender a los eduos —objetó Sextio.

—Y no lo haremos. Si no saben que le mandamos un comunicado a César, no pueden ofenderse por ello.

—Entonces, ¿cómo se lo enviaremos? —quiso saber Fabio.

—Por el norte —repuso vivamente Trebonio—. A través del territorio de los secuanos hasta Vesontio, y de allí a Ginebra, y de Ginebra a Viena. Lo peor es que el paso de la vía Domicia está cerrado. Los mensajeros tendrán que ir por el camino más largo, por la costa.

—Son mil cien kilómetros —puntualizó Quinto Cicerón con desánimo.

—Pues les daremos toda clase de pasaportes oficiales y autoridad para exigir los mejores caballos, y confiemos en que cubran ciento sesenta kilómetros diarios. Enviaremos sólo a dos hombres, y no serán galos de ninguna tribu. Esto no tiene que salir de esta habitación, sólo han de enterarse los dos hombres que escojamos. Dos legionarios jóvenes y fuertes que sepan montar a caballo igual de bien que César. —Trebonio miró a los demás inquisitivamente—. ¿Alguna idea?

—¿Por qué no dos centuriones? —preguntó Quinto Cicerón.

Los otros parecieron horrorizados.

—¡Quinto, César nos mataría! ¿Dejar a sus hombres sin centuriones? ¡Seguro que ya sabes que preferiría perdernos a todos nosotros que a un solo centurión junior!

—¡Oh, sí, desde luego! —reconoció ahogadamente Quinto Cicerón recordando su roce con los sugambros.

—Dejadme a mí el asunto —dijo Fabio con decisión—. Escribe el mensaje, Trebonio, y yo encontraré un par de muchachos en mis legiones que se lo lleven a César. Así resultará menos obvio. De todos modos, tengo que volver.

—Mejor será que tratemos de averiguar algo más si es que podemos hacerlo —comentó Sextio—. Trebonio, dile a César que habrá más información esperándole en Nicea, en la carretera de la costa.

César estaba en Plasencia, en Italia, de manera que el mensaje le llegó al cabo de seis días. Una vez que Lucio César y Décimo Bruto llegaron a Rávena, la inercia empezó a empalagar. Las cosas de Roma parecían ir bastante bien bajo el mandato del cónsul sin colega, y César no vio provecho alguno en permanecer en Rávena sólo para enterarse de lo que le ocurría a Milón, al que seguro que enviarían a juicio y hallarían culpable. Si había algo en todo aquel asunto que le fastidiaba, era la conducta de Marco Antonio, su nuevo cuestor, quien le había enviado una brusca nota al efecto de comunicarle que iba a permanecer en Roma hasta que acabase el juicio de Milón, ya que él era uno de los abogados de la acusación. ¡Intolerable!

—Bien, Cayo, tú te ablandaste y lo pediste a tu lado —dijo el tío de Antonio, Lucio César—. Yo jamás lo tendría a mi servicio personal.

—No me habría ablandado si no hubiese recibido una carta de Aulo Gabinio, quien, como tú bien sabes, tuvo a Antonio bajo sus órdenes en Siria. Me dijo que Antonio era una apuesta que le gustaría llevarse consigo: bebida y putas en exceso, no se preocupa demasiado, gasta una montaña de energía en aplastar una pulga y sin embargo se duerme durante un consejo de guerra. Pero a pesar de todo eso, merece la pena el esfuerzo, según Gabino. Una vez que está en el campo de batalla se convierte en un león, pero un león capaz de pensar bien. De modo que ya veremos lo que hago con él. Si encuentro que es un lastre, se lo enviaré a Labieno. ¡Eso será interesante! Un león y un canalla.

Lucio César hizo una mueca de disgusto y no añadió nada más. Su padre y el padre de César eran primos hermanos, la primera generación de aquella antigua familia que había ostentado el consulado desde hacía mucho tiempo... gracias a la alianza por matrimonio entre Julia, la tía de César, y Cayo Mario, el enormemente acaudalado y advenedizo hombre nuevo de Arpino. El cual resultó ser el mejor militar de la historia de Roma. Con aquel matrimonio el dinero había vuelto a fluir hacia los cofres de los Julios Césares, y dinero era lo único que le faltaba a la familia. Cuatro años mayor que César, Lucio César no era, afortunadamente, un hombre celoso, y Cayo, de la rama menor, prometía convertirse en un general aún mejor que Cayo Mario. En realidad, Lucio César había pedido ser legado de César sólo por la curiosidad que sentía de ver a su primo en acción, pues tan orgulloso estaba de Cayo que leer los despachos que enviaba al Senado de pronto le pareció algo muy manso y de segunda mano. Consular distinguido, eminente miembro de jurados, desde hacía mucho tiempo miembro del colegio de Augures, Lucio César decidió a los cincuenta y dos años volver a la guerra. Bajo el mando de su primo Cayo.

El viaje de Rávena a Plasencia no fue demasiado malo, porque César paraba a menudo para celebrar sesiones jurídicas regionales en las ciudades principales a lo largo de la vía Emilia: Bononia, Módena, Regio, Parma, Fidentia. Pero lo que un gobernador ordinario tardaba una *nundinum* en resolver, César lo resolvía en un día; y luego continuaba hasta la ciudad siguiente. La mayoría de los asuntos eran financieros, normalmente de carácter civil, y era raro que hubiera necesidad de formar un jurado. César escuchaba con atención, hacía las sumas mentalmente, daba unos golpecitos sobre la mesa con el extremo de su varita de marfil, símbolo de su *imperium*, y emitía su juicio. El siguiente caso, por favor... ¡vamos, vamos! Nadie se atrevía a discutir nunca sus decisiones. Probablemente, pensaba Lucio César en cierto modo divertido, porque su eficiencia metódica desanimaba a ello más que cualquier otra cosa que tuviera que ver con la justicia. Justicia era lo que recibía el vencedor; el perdedor nunca.

Por lo menos en Plasencia la pausa iba a ser más prolongada, porque allí César había metido a la decimoquinta legión para que recibiera instrucción durante su estancia en Iliria y en la Galia Cisalpina, y quería ver con sus propios ojos cómo le iban las cosas. Había dado órdenes específicas: entrenarlos hasta que cayeran rendidos y luego entrenarlos para que no cayeran rendidos. Había llamado a cincuenta centuriones entrenadores para que se trasladaran allí desde Capua, veteranos de pelo canoso que babeaban ante la perspectiva de convertir unas vidas de diecisiete años en una estudiada combinación de sufrimiento y tristeza, y les había dicho que tenían que concentrarse en los centuriones de la decimoquinta durante su hipotético tiempo libre. Había llegado el momento de ver el resultado de tres meses de entrenamiento en Plasencia, y César envió un mensaje en el que decía que iba a pasar revista a las legiones en el terreno para desfiles el día siguiente al alba.

—Si pasan la revista de modo satisfactorio, Décimo, puedes marchar con ellos de inmediato a la Galia Transalpina por la carretera de la costa —le comunicó durante la cena que tomaron a media tarde.

Décimo Bruto asintió tranquilamente mientras mascaba una especialidad del lugar consistente en verduras mezcladas y ligeramente fritas en aceite de oliva.

—He oído decir que son unas tropas realmente estupendas —dijo mojando las manos en un recipiente de agua.

—¿Quién te ha dado esa noticia? —le preguntó César picando con indiferencia de un pedazo del cerdo que habían asado en leche de oveja hasta que había quedado dorado y crujiente y la leche se había evaporado por completo.

—Un proveedor de alimentos del ejército.

—¿Y un proveedor de provisiones del ejército lo sabe?

—¿Quién mejor? Los hombres de la decimoquinta han trabajado tanto que han agotado en Plasencia todo aquello que grazna, gruñe, bala o cloquea, y los panaderos del lugar trabajan dos turnos al día. Mi querido César, Plasencia te ama.

—¡Un éxito, Décimo! —dijo César riendo.

—Tengo entendido que Mamurra y Ventidio iban a reunirse con nosotros aquí —observó Lucio César, que tenía más apetito que su primo y estaba disfrutando a conciencia de aquella cocina del norte condimentada con menos especias que la de Roma, que se volvía loca por la pimienta.

—Llegan pasado mañana de Cremona.

Hircio, que estaba demasiado atareado para comer con ellos, entró.

—César, una carta urgente de Cayo Trebonio.

César se incorporó rápidamente y quitó las piernas del canapé que compartía con su primo, tendiendo una mano para coger el rollo. Rompió el sello del mismo, lo desenrolló y lo leyó de un rápido vistazo.

—Han cambiado los planes —comentó luego sin que se le alterase la voz—. ¿Cómo ha llegado esto, Hircio? ¿Cuántos días ha pasado en camino?

—Sólo seis días, César, y por la carretera de la costa. Deduzco que Fabio ha enviado a dos legionarios capaces de montar a caballo como el viento, cargados de dinero y de papeles oficiales. Lo han hecho bien.

—Por supuesto.

Un cambio se había producido en César, un cambio que Décimo Bruto e Hircio conocían ya de tiempo, pero Lucio César no lo conocía todavía en absoluto. El consular urbano había desaparecido y lo había sustituido un hombre tan llano, tan vivo y tan concentrado como Cayo Mario.

—Tendré que dejar cartas para Mamurra y Ventidio, así que me voy a escribirlas... a ellos y también a otros. Décimo, manda decir a la decimoquinta que esté preparada para ponerse en marcha al alba. Hircio, ocúpate de la caravana de víveres. Nada de carromatos con bueyes, todo en carros tirados por mulas o directamente sobre mulas. No encontraremos suficiente comida en Liguria, así que la caravana con la impedimenta tendrá que ir rápido. Comida para diez días, aunque no vamos a tardar tanto tiempo en llegar a Nicea. Diez días hasta Aquae Sextiae, en la Provenza, si la decimoquinta es la mitad de buena que la décima. —César se dio la vuelta hacia su primo—. Lucio, me marcho y tengo prisa. Tú puedes continuar el viaje a tu ritmo si lo prefieres. Si no, tendrás que estar preparado tú también mañana al alba.

—Mañana al alba —le aseguró Lucio César mientras se ponía los zapatos—. No pienso perderme este espectáculo, Cayo.

Pero Cayo había desaparecido ya. Lucio levantó las cejas y miró a Hircio y a Décimo Bruto.

—¿Nunca os dice lo que ocurre?

—Ya nos lo dirá —repuso Décimo Bruto al tiempo que salía despacio.

—Nos lo dice cuando tenemos que saberlo —le explicó Hircio mientras entrelazaba su brazo con el de Lucio César y guiaba a éste con gentileza para salir del comedor—. Nunca pierde tiempo. Hoy se las apañará para arreglar muy de prisa todo lo que tiene que dejar atrás en perfecto orden, porque a mí me parece, y a él también, que no vamos a regresar a la Galia Cisalpina. Mañana por la noche, cuando acampemos, nos lo dirá.

—¿Cómo se las arreglarán los lictores para seguir a esa velocidad? Me he fijado en que ya casi los agotó al subir por la vía Emilia, y eso por lo menos les daba oportunidad de descansar cada dos días.

—A menudo he pensado que deberíamos hacer pasar a nuestros lictores por un campamento de entrenamiento junto con los soldados. Cuando César se mueve con rapidez prescinde de los lictores, sea constitucional o no. Ellos van a su propio paso y César les deja dicho dónde va a estar su cuartel general, porque ahí es donde se quedarán.

—¿Cómo vas a encontrar mulas suficientes con tan poco tiempo de antelación?

Hircio sonrió.

—La mayoría son mulas de Mario —dijo haciendo referencia al hecho de que Cayo Mario había cargado un equipo de quince quilos a la espalda de cada legionario, convirtiéndolos así en mulas—. Ésa es otra cosa que aprenderás del ejército de César, Lucio. Todas las mulas que la decimoquinta necesite estarán ahí mañana por la mañana, tan en forma y tan dispuestas para la acción como los hombres. César siempre espera poder poner en marcha una legión en un instante. Y para ello la legión debe estar permanentemente preparada en todos los aspectos.

La decimoquinta estaba formada en columna a la mañana siguiente al alba cuando César, Lucio César, Aulio Hircio y Décimo Bruto entraron a caballo en el campamento. Cualquier nerviosismo que hubiera agitado a la decimoquinta desde el momento en que se le informó de que se ponía en marcha y el comienzo de la marcha en sí, no se notaba en absoluto; la primera cohorte se puso en su lugar detrás del general y sus tres legados con enorme precisión, y la décima cohorte, situada en la cola, se movió casi al mismo tiempo que la primera.

Los legionarios marchaban de ocho en fondo en sus diez octetos mientras el sol naciente se reflejaba en las cotas de malla pulidas para un desfile que no había empezado a celebrarse. Cada hombre, con la cabeza descubierta, llevaba un cinturón con espada y daga y acarreaba el *pilum* en la mano derecha. Colocaba el petate en una vara en forma de T o de Y inclinada sobre el hombro izquierdo, de la cual el artículo colgado más notable era el escudo en su funda de pellejo y el casco que sobresalía como una ampolla en lo alto. En el petate llevaban una ración de trigo para cinco días, garbanzos (o alguna otra legumbre) y tocino; un frasco de aceite, un plato y una taza, todo ello de bronce; sus cosas de afeitar; túnicas de repuesto, pañuelos del cuello y ropa interior; la cresta de cola de caballo teñida para el casco; el *sagum* circular (con un agujero en el medio para asomar la cabeza por él) hecho de lana de Liguria engrasada para hacerla impermeable; calcetines y pieles para poner dentro de las *caligae* en el tiempo frío; una manta; un cesto de mimbre plano para llevar tierra; y cualquier otra cosa sin la que no pudieran vivir, tales como un talismán de la suerte o un mechón de cabello de su novia. Algunos artículos de primera necesidad se repartían entre los componentes del octeto: un hombre llevaba el pedernal para hacer fuego, otro la sal del octeto, otro el valioso trocito de levadura que servía para hacer el pan, o una colección de hierbas, o una lámpara, o un frasco de aceite para la lámpara, o un pequeño haz de ramitas para encender el fuego. Algunas herramientas para cavar, como una *dolabra* o pala y dos estacas para la empalizada del campamento iban sujetas con correas a la vara de la estructura que aguantaba el petate de cada hombre, lo que la hacía del tamaño adecuado para que las pudieran llevar con comodidad en la mano.

En la mula del octeto iba un pequeño molinillo para moler grano, un hornito de arcilla para cocer el pan, utensilios de cocina de bronce, *pila* de repuesto, agua en pellejos y una tienda de piel doblada de forma compacta y apretada junto con las cuerdas y los postes. Las diez mulas de la centuria iban trotando detrás de la misma, y a la mula de cada octeto la atendían los dos criados no combatientes del octeto, entre cuyas obligaciones durante la marcha estaba el importante deber de abastecer de agua a los hombres mientras avanzaban. Como no había caravana formal de impedimenta en aquella marcha urgente, el carromato de cada centuria, tirado por seis mulas, iba detrás de la misma; contenía herramientas, clavos, cierta cantidad de equipo privado, barriles de agua, una piedra de molino más grande, comida extra y la tienda y las pertenencias del centurión, que era el único hombre de la centuria que marchaba sin estorbos.

Cuatro mil ochocientos soldados, sesenta centuriones, trescientos artilleros, un cuerpo de cien ingenieros y artificieros y unos mil seiscientos no combatientes formaban la legión, que tenía al completo todas sus fuerzas. Con ella, tiradas por mulas, viajaban las treinta piezas de artillería de la decimoquinta: diez ballestas para arrojar piedras y veinte catapultas de varios tamaños, junto con los carromatos en los que se transportaban piezas de recambio y municiones. Los artilleros escoltaban sus queridas máquinas, engrasando los agujeros de los ejes, preocupándose por ellas, acariciándolas. Sabían hacer muy bien su trabajo, cuyo éxito no dependía de la suerte ciega, pues los artilleros entendían de trayectorias, y con el proyectil de una catapulta eran capaces de acabar, con extraordinaria precisión, con cualquier enemigo que estuviera manejando un ariete o una torre de asedio. Los proyectiles eran para blancos humanos, las piedras o los cantos rodados para maquinaria de bombardeo o para sembrar el terror entre una masa de gente.

Tenían buen aspecto, pensó César con satisfacción, y fue rezagándose para empezar a hacer lo que tenía que hacer con sesenta centurias: animar a los hombres y decirles adónde iban y qué esperaba de ellos. Unos dos kilómetros y medio desde la primera fila de la primera cohorte hasta la última fila de la décima cohorte, con los artilleros e ingenieros en el medio.

—¡Hacedme sesenta y cinco kilómetros al día y podréis descansar y disfrutar de dos días en Nicea! —les decía a voces, sonriente—. ¡Hacedme cincuenta kilómetros al día y tendréis guardia durante lo que queda de esta guerra! ¡Hay trescientos cincuenta kilómetros desde Plasencia hasta Nicea, y tengo que estar allí dentro de cinco días! ¡Para ese tiempo es la comida que lleváis y ésa es toda la comida que vais a tener! ¡Los muchachos del otro lado de los Alpes nos necesitan, y nosotros vamos a estar allí antes que esos *cunni* de galos sepan siquiera que nos hemos puesto en marcha! ¡Así que estirad bien las piernas, muchachos, y demostradle a César de qué estáis hechos!

Y le demostraron a César de qué estaban hechos, y fueron más allá que en la ocasión en que los sugambros los sorprendieron no hacía muchos meses. La carretera que Marco Emilio Escauro había construido entre Dertona y Génova, junto al mar toscano, era una obra maestra de ingeniería que apenas subía o bajaba cuando cruzaba desfiladeros sobre viaductos y se rizaba rodeando los flancos de altísimas montañas, y aunque la carretera que seguía la costa desde Génova hasta Nicea no era ni mucho menos tan buena, sí que era considerablemente mejor de lo que era cuando Cayo Mario guió a sus treinta mil hombres por ella. Una vez que se hubo establecido el ritmo y las tropas se acostumbraron a las rutinas de una larga marcha, César logró sus sesenta y cinco kilómetros diarios a pesar de lo cortos que son los días en invierno. Los pies se les habían endurecido hacía mucho tiempo en el campamento de entrenamiento y había trucos para enfrentarse al destino de las mulas de Mario; la decimoquinta era muy consciente de su pobre marca hasta aquel momento, y estaba decidida a superarla.

En Nicea los soldados tuvieron los dos días de descanso prometidos, mientras César y sus legados empezaban a luchar con las consecuencias de la carta de Cayo Trebonio que allí les aguardaba.

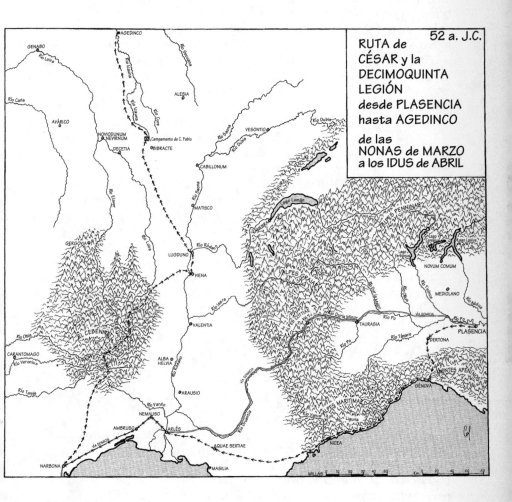

52 a. J.C.

RUTA de
CÉSAR y la
DECIMOQUINTA
LEGIÓN
desde PLASENCIA
hasta AGEDINCO

de las
NONAS de MARZO
a los IDUS de ABRIL

Hemos logrado esta información, César, secuestrando a un druida arverno y enviándoselo a Labieno para que lo interrogase. Te preguntarás que por qué un druida. Fabio, Sextio, Quinto Cicerón y yo estuvimos hablando del asunto y decidimos que un siervo no sabría lo suficiente, y que un guerrero posiblemente considerase preferible morir antes que decir nada que mereciera la pena oír, mientras que los druidas son blandos. Si nuestros tribunos de la plebe tuvieran la mitad de la verdadera inviolabilidad de que disfruta el más insignificante de los druidas, estarían gobernando Roma de forma mucho más despiadada de como lo hacen ahora. Elegimos a Labieno para interrogar al druida porque... bueno, no hace falta que te lo diga, ¿verdad? Aunque imagino que el druida estaba balbuceando lo que sabía mucho antes de que Labieno pusiera los hierros de marcar al fuego.

Cayo Fufio Cita, sus comisionados, los demás ciudadanos romanos civiles y unos cuantos mercaderes griegos que vivían en Genabo fueron asesinados a primeros de febrero, aunque nadie salió de allí para contárnoslo. Los carnutos empezaron a hacer correr la noticia hasta Gergovia el mismo día en que se produjo la matanza. Vercingetórix había sido expulsado de la oppidum, pero en el momento en que se enteró de lo de Genabo se puso al frente del consejo arverno y asesinó a Gobanicio. A continuación se hizo llamar rey, y todos los fanáticos arvernos lo aclamaron como tal.

Al parecer inmediatamente después se dirigió a Carnutum y allí celebró una conferencia con Gutruato, rey de los carnutos, y tu viejo amigo Cathbad, el druida jefe. Nuestro informador no nos pudo decir quién más acudió a ella, excepto que creía que Lucterio, vergobreto de los cardurcos, había estado allí. ¡Y también Commio! Cuando acabó la conferencia se hizo un llamamiento a las armas.

Esta guerra no es cosa de risa, César. Los galos se están uniendo desde la desembocadura del Mosa hasta Aquitania, y por todo el país de oeste a este. Convencido de que una Galia unida cuenta con el suficiente número de guerreros para echarnos, Vercingetórix tiene intención de unificar la Galia bajo su liderazgo.

Se reunieron en asamblea a las puertas de Carnutum a primeros de marzo para empezar una campaña de invierno. ¿Contra nosotros?, preguntas. No, contra cualquier tribu que rehúse unirse a la causa.

Lucterio y cincuenta mil cardurcos, pictones, andos, petrocorios y santones empezaron a guerrear contra los rutenos y los gabalos. Una vez que los hayan metido en el redil galo, Lucterio y su ejército avanzarán y entrarán en la Provenza, particularmente en la zona de Narbona y Tolosa, para cortar nuestras comunicaciones con las Hispanias. También va a extender la disensión entre los volcos y los helvios.

El propio Vercingetórix está al frente de un ejército de unos ochenta mil hombres compuesto por senones, carnutos, arvernos, *suesiones, parisienses y mandubios, y avanza hacia los bitúrigos, que se negaron a tener nada que ver con la idea de una Galia unida. Como los bitúrigos son los que poseen las minas de hierro, es fácil comprender por qué Vercingetórix tiene que convencerlos de que están equivocados.*

Mientras escribo esto, Vercingetórix y su ejército están en movimiento y se adentran en las tierras de los bitúrigos. Nuestro druida informador dijo que Vercingetórix piensa atacarnos cuando llegue la primavera. Su estrategia no está mal: piensa mantenerte a ti aislado de nosotros, basándose en la teoría de que sin ti nosotros no nos atreveremos a salir de nuestros campamentos, donde piensa asediarnos.

Sin duda hay una pregunta cuya respuesta ardes en deseos de conocer: para empezar, ¿cómo es que llegamos a secuestrar a un druida arverno? ¿Por qué no estábamos repantigados disfrutando de la inercia del invierno tal como Vercingetórix imaginaba que haríamos? De ello el responsable es Litavico, rey de los eduos, César. Me ha visitado en varias ocasiones desde principios de febrero, y en todas ellas de la manera más casual y desenfadada... pasaba por aquí después de asistir a una boda, y otros pretextos de esa clase. Yo no me creía nada de eso hasta que llegó después de la gran marcha de concentración cerca de Carnutum, cuando me informó de que Vercingetórix estaba gobernando Gergovia. Le hice alguna pregunta al respecto y él se retractó con demasiada prisa y de una forma demasiado brusca. Pensó que era muy gracioso cuando quiso arreglarlo diciendo que Vercingetórix era «vergobreto sin colega». Me desternillé de risa, lo acompañé hasta la salida y a continuación te envié la primera carta.

César, no tengo absolutamente ninguna prueba concreta que pueda llevarme a pensar que los eduos están pensando en formar parte de la Galia unida de Vercingetórix, pero hay que estar al tanto. A mí me da en la nariz que están en ello. O que los jóvenes como Litavico están en ello, aunque los vergobretos no lo estén. Los bitúrigos pidieron ayuda a los eduos, los eduos me enviaron a Litavico para informarme y para preguntarme si me importaría que ellos mandaran un ejército para ayudar a los bitúrigos. Si lo único que hay por medio es una querella interna, le dije yo, adelante, envía un ejército.

Pero el destino de ese ejército me está llamando la atención en este momento. Se puso en marcha, muy fuerte y bien armado, y se dirigió hacia las tierras de los bitúrigos. Pero cuando esas tropas llegaron al margen oriental del Loira, se asentaron allí y no llegaron a cruzar el río. Después de esperar varios días regresó a sus tierras de nuevo. Litavico acaba de marcharse de aquí después de venir a explicarme por qué dejaron a los bitúrigos sin ayuda. Me ha dicho que Cathbad había enviado aviso de que todo era una conspiración entre los bitúrigos y los arvernos, y que en el momento en que el ejército eduo cruzase el río, los bitúrigos y los arvernos caerían sobre ellos.

Todo resulta demasiado convincente, César, aunque no sé por qué pienso esto. Mis colegas están de acuerdo conmigo, sobre todo Quinto Cicerón, que parece que tiene una vocecita que lo pone sobre aviso en estos casos.

Tú eres quien tiene que decidir qué hacer, y puede ser que no conozcamos tus planes hasta que te veamos en persona. Porque me niego a creer que un rebaño de galos, con o sin los eduos, vayan a impedirte que te reúnas con nosotros cuando estés dispuesto a hacerlo. Pero puedes estar seguro de que estaremos preparados para entrar en acción en cualquier momento a partir de ahora y hasta el verano. Alegando de repente que tiene un campamento poco higiénico, Fabio ha cogido a sus dos legiones y se ha trasladado a otro campamento nuevo no lejos de Bibracte; junto al Icauna, cerca de su nacimiento, por si necesitas saberlo. Los eduos parecieron muy complacidos con este cambio, pero ¿quién sabe? Me he vuelto bastante escéptico acerca de los eduos.

Si decides enviar noticias, tropas o venir tú mismo a Agedinco, quiero advertirte que todos nosotros preferiríamos que dieras un rodeo para evitar las tierras de los eduos. Lo mejor que puedes hacer es ir de Ginebra a Vesontio, y desde allí, atravesando la tierra de los lingones, hasta Agedinco. Ése es el camino que han seguido nuestros mensajeros. Estoy muy contento de tener a Quinto Cicerón aquí conmigo, pues su experiencia con los nervios lo ha convertido en un hombre valiosísimo.

Labieno me pide que te diga que él aguantará con sus dos legiones donde está hasta que reciba noticias tuyas. Él también se ha trasladado y está asentado a las afueras de la oppidum *de los remos de Bibrax. No parece haber ninguna duda de que el empujón principal de esta insurrección vendrá de los celtas de la Galia central, así que hemos decidido que sería mejor situarnos a una distancia fácilmente accesible. Los belgas, con Commio o sin él, han dejado de ser una fuerza con la que podamos contar.*

Reinaba el silencio en la habitación cuando César acabó de leer aquel comunicado en voz alta. Parte del contenido lo sabían ya por la primera carta de Trebonio, pero ésta proporcionaba una información más concreta.

—Primero nos encargaremos de la Provenza —dio César secamente—. La decimoquinta puede disponer de sus dos días de permiso, pero después marchará sin pausa hacia Narbona. Yo tendré que ir por delante a caballo, el pánico cundirá por todas partes, y nadie querrá la responsabilidad de empezar a organizar la resistencia. Hay casi quinientos kilómetros desde Nicea hasta Narbona, pero quiero que la decimoquinta esté allí ocho días después de que salga de aquí, Décimo. Tú quedas al mando. Hircio, tú vendrás conmigo. Asegúrate de que tengamos correos suficientes, porque tendré que mantener correspondencia constantemente con Mamurra y Ventidio.

—¿Quieres que Faberio venga con nosotros? —le preguntó Hircio.

—Sí, y también Trogo. Y es conveniente que Procilo parta hacia Agedinco con un mensaje para Trebonio. Que viaje siguiendo el curso del Ródano hacia arriba y que luego atraviese por Ginebra y Vesontio, como nos han aconsejado. Puede visitar a Rhiannon cuando pase por Arausio para decirle que este año no se marchará de la casa que tiene allí.

Décimo Bruto se puso tenso.

—Entonces, ¿tú crees que tendremos este asunto entre las manos todo el año, César? —le preguntó.

—Si toda la Galia está unida, sí.

—¿Qué quieres que haga yo? —quiso saber Lucio César.

—Tú viajarás con Décimo y la decimoquinta, Lucio. Te nombro legado al mando de la Provenza, así que a ti te corresponderá defenderla. Instalarás tu cuartel general en Narbona. Mantente en contacto constante con Afranio y Petreyo, que están en las Hispanias, y asegúrate de que vigilas los sentimientos de los aquitanos. Las tribus de los alrededores de Tolosa no causarán ningún problema, pero las que están más al oeste y alrededor de Burdigala sí, creo yo. —Le dirigió a Lucio César su sonrisa más afectuosa y personal—. A ti te corresponde la Provenza porque tienes la suficiente experiencia, la condición de consular y la capacidad de funcionar en mi ausencia, primo. Una vez que me vaya de Narbona, no quiero tener que pensar en la Provenza ni un solo momento. Si tú estás a su cargo estoy seguro de que puedo estar tranquilo.

Y así, pensó Hircio para sus adentros, es cómo César hace las cosas, primo Lucio. Te fascina haciéndote pensar que eres el único hombre posible para el trabajo en cuestión y, por lo tanto, tú serás capaz de flagelarte hasta la muerte con tal de complacerle. Y él hará honor a su palabra: ni siquiera recordará tu nombre una vez que haya salido de tu ámbito.

—Décimo —dijo César—, convoca a los centuriones de la decimoquinta a una reunión mañana y asegúrate de que los hombres tengan en los macutos todo el equipo de invierno. Si hay alguna deficiencia, mándame a un correo con una lista de aquellas cosas que convenga requisar en Narbona.

—Dudo que haya nada allí —dijo Décimo Bruto, relajado de nuevo—. Una cosa le concederé a Mamurra: un *praefectus fabrum* soberbio. Las facturas que envía son enormemente exageradas, pero nunca escatima en calidad ni en cantidad.

—Lo cual me recuerda que tendré que escribirle para hablarle de que necesito más artillería. Yo creo que cada legión debería tener al menos cincuenta piezas. Tengo unas cuantas ideas acerca de

cómo incrementar su uso en el campo de batalla, pues no ablanda-
mos al enemigo lo suficiente antes entablar combate.

Lucio César parpadeó.

—¡La artillería es una necesidad para el asedio!

—Desde luego. Pero ¿por qué no puede también serlo en el
campo de batalla?

A la mañana siguiente se fue a medio galope en el calesín tirado por cuatro mulas en el que viajaba habitualmente, y en compañía del resignado Faberio, mientras Hircio compartía un segundo
calesín con Cneo Pompeyo Trogo, intérprete principal de César y
una autoridad en cualquier materia relacionada con la Galia.

En cada ciudad, cualquiera que fuese su tamaño, se detenía
brevemente para ver al etnarca si la ciudad era griega o a los *duumviri* si era romana, y en pocas palabras les ponía al corriente de la
situación que había en la Galia de los cabelleras largas, les daba
instrucciones para que empezaran a alistar a la milicia local y les
concedía autoridad para poder coger armaduras y armamento del
depósito más cercano. En cuanto se iba, los lugareños se apresuraban a hacer lo que les había dicho y esperaban con ansiedad la llegada de Lucio César.

La vía Domicia que conducía a Hispania siempre se encontraba
en perfectas condiciones, así que nada entorpecía el avance de los
dos calesines. Desde Arlés hasta Nemauso atravesaron las enormes
praderas pantanosas del delta del Ródano sobre la calzada que había construido Cayo Mario. Desde Nemauso en adelante las para-
das de César fueron más frecuentes y de mayor duración, porque
aquél era el país de los volcos arecomicos, quienes habían estado
oyendo rumores de guerra entre los cardurcos y los rutenos, sus vecinos del norte. No cabía duda alguna de su lealtad a Roma, ni de
que estaban deseando hacer lo que César les mandase.

En Ambruso un grupo de helvios procedentes del margen oriental del Ródano estaban en ruta hacia Narbona, donde esperaban
encontrar a un residente romano de rango suficiente como para
aconsejarlos. Iban guiados por sus *duumviri*, un padre y un hijo a
los que les había concedido la ciudadanía romana un tal Cayo Valerio; los dos llevaban el nombre del mismo, pero el nombre galo
del padre era Caburo y el del hijo Donotauro.

—Ya hemos recibido una embajada de Vercingetórix —le explicó Donotauro, preocupado—. Esperaba que nos pusiésemos a saltar de alegría ante la perspectiva de sumarnos a esa nueva federa-
ción suya tan extraña. Pero al negarnos a ello, sus embajadores
dijeron que antes o después les suplicaríamos que nos dejasen
unirnos a ellos.

—Y después nos enteramos de que Lucterio había atacado a los rutenos, y de que Vercingetórix había comenzado a avanzar contra los bitúrigos —añadió Caburo—. Y de pronto lo comprendimos todo: si no nos unimos a ellos, sufriremos las consecuencias.

—Sí, sufriréis las consecuencias —repitió César—. No gano nada si intento convenceros de lo contrario. ¿Cambiaréis de parecer si os atacan?

—No —respondieron a la vez padre e hijo.

—En ese caso, volved a casa y armaos. Y estad preparados. Quedad tranquilos porque yo os enviaré ayuda en cuanto pueda. Sin embargo, es posible que todas las fuerzas armadas de que dispongo estén enzarzadas en una lucha mayor en alguna otra parte. Puede que la ayuda tarde en llegar, pero llegará, de modo que vosotros aguantad como podáis —les recomendó César—. Hace muchos años armé a los ciudadanos de la provincia de Asia para luchar contra Mitrídates y les pedí que entablasen batalla sin tener cerca ningún ejército romano, pues yo no tenía ningún ejército. Y los asiáticos vencieron a los legados del viejo rey Mitrídates sin ayuda. De la misma forma que vosotros podéis vencer a los galos de cabelleras largas.

—Aguantaremos —le aseguró Caburo con aire lúgubre.

De pronto César sonrió.

—¡Sin embargo, no será sin ninguna ayuda! Vosotros habéis servido en legiones auxiliares romanas, sabéis cómo pelea Roma. Todas las armaduras y armamento que necesitéis se os entregará en cuanto lo pidáis. Mi primo Lucio César viene a poca distancia detrás de mí. Calculad vuestras necesidades y pedidle lo que sea en mi nombre. Fortificad vuestras ciudades y estad preparados para acoger dentro de ellas a los habitantes de las aldeas. Procurad no perder gente, que caigan sólo aquellas personas cuya pérdida sea inevitable.

—También hemos oído decir que Vercingetórix está en tratos con los alóbroges —le comentó Donotauro.

—¡Ah! —exclamó César frunciendo el ceño—. Ése es un pueblo de la Provenza que podría sentirse tentado. No hace mucho luchaban encarnecidamente contra nosotros.

—Creo que te encontrarás con que los alóbroges escucharán con mucha atención, luego se irán y fingirán que están considerando el asunto durante muchas lunas —le dijo Caburo—. Cuanta más prisa intente meterles Vercingetórix, más evasivas buscarán ellos. Puedes creernos si te decimos que estamos seguros de que no se unirán a Vercingetórix.

—¿Por qué?

—Por causa tuya, César —repuso Donotauro, sorprendido por el hecho de que César hiciese aquella pregunta—. Después de que tú enviases a los helvecios a sus propias tierras, los alóbroges quedaron más descansados. Y además se apropiaron de forma indiscutible de las tierras de alrededor de Ginebra. Están seguros de cuál es el bando que va a ganar.

César encontró a los habitantes de Narbona presas del pánico, y los calmó poniéndose manos a la obra. Llamó a la milicia local, envió comisionados a las tierras de los volcos tectosagos de los alrededores de Tolosa para que hicieran lo mismo, y les mostró a los *duumviri* que administraban los terrenos de la ciudad que era necesario mejorar las fortificaciones. Dentro de la formidable fortaleza de Carcaso estaban almacenadas la mayor parte del armamento y las armaduras del extremo occidental de la Provenza, y cuando se sacaron de allí y empezaron a distribuirse, la gente empezó a sentirse más segura, más instalada.

César ya había enviado mensajes a Tarraco, en la Hispania Citerior, donde tenía su cuartel general Lucio Afranio, el legado de Pompeyo, y a Corduba, en la Hispania Ulterior, donde gobernaba el otro legado de Pompeyo, Marco Petreyo. Las respuestas de ambos hombres le esperaban en Narbona: estaban reclutando tropas extra y pensaban trasladarse a la frontera, dispuestos a avanzar para rescatar Narbona y Tolosa si era necesario. Nadie comprendía mejor que aquellos canosos *viri militares* que Roma y, Pompeyo, no deseaban ningún estado independiente en la Galia, al otro lado de los Pirineos.

En cuanto Lucio César llegó con Décimo Bruto y la decimoquinta el día en que se les esperaba, César hizo llegar su agradecimiento a la legión y puso a Lucio César a trabajar de inmediato.

—Los narboneses se han tranquilizado notablemente desde que se enteraron de que yo dejaba aquí mismo a un consular de tu categoría con ellos para gobernar la Provenza —le explicó levantando una ceja—. Sólo asegúrate de que los volcos tectosagos, los volcos arecomicos y los helvios tengan armamento en abundancia. Afranio y Petreyo estarán esperando al otro lado de la frontera por si se les necesita, así que no estoy preocupado por Narbona. Lo que temo son las incursiones entre las tribus más alejadas. —César se volvió hacia Décimo Bruto—. Décimo, ¿está la decimoquinta preparada para una campaña de invierno?

—Sí.

—¿Cómo tienen los pies?

—He hecho que cada soldado vacíe su equipo en el suelo y he ordenado que les pasen revista sólo para asegurarme. Los centuriones me darán el parte mañana al alba.

—El año pasado los centuriones no fueron muy buenos. ¿Puedes fiarte de su criterio? ¿No deberías pasar la revista tú personalmente?

—Creo que sería un error —le dijo Décimo Bruto sin alterarse, pues no le tenía el más mínimo temor a César y siempre hablaba con toda franqueza—. Me fío de ellos porque si no puedo fiarme de ellos, César, de todos modos la decimoquinta no actuará bien. Ya saben qué es lo que tienen que buscar.

—Tienes toda la razón. He requisado todos los pellejos de conejo, de comadreja y de hurón que he podido encontrar, porque no creo que los calcetines sean suficiente protección para los pies de los hombres en el lugar donde pienso llevarlos. También he ordenado que todas las mujeres de Narbona y de un radio de varios kilómetros alrededor de la misma se pongan a tejer o a hacer punto a fin de fabricar bufandas para las cabezas de los soldados y mitones para las manos.

—¡Oh, dioses! —exclamó Lucio César—. ¿Adónde planeas llevarlos, a los Hiperbóreos?

—Después —respondió César mientras se marchaba.

—Ya sé. —Lucio César suspiró y miró con tristeza a Hircio—. Me lo dirá cuando me haga falta saberlo.

—Espías —le dijo Hircio brevemente, y salió detrás de César.

—¿Espías? ¿En Narbona?

Décimo Bruto sonrió.

—Probablemente no, pero... ¿para qué correr el riesgo? Siempre hay algún nativo que arde interiormente de resentimiento.

—¿Cuánto tiempo estará César aquí?

—Hasta primeros de abril.

—Faltan seis días.

—Las únicas cosas que podrían retenerlo son las bufandas y los mitones, pero dudo que así sea. Probablemente no exageraba cuando dijo que pondría a todas las mujeres a hacerlos.

—¿Les dirá a los soldados adónde los lleva?

—No. Simplemente espera que lo sigan. No hay nada mejor que decir en voz alta las noticias para hacerlas correr de boca en boca, y ése es un hecho del que los galos son bien conscientes. Comunicarles a voz en grito a las tropas en una asamblea cuáles son sus intenciones pondría al corriente a todo Narbona. Y a continuación se enteraría Lucterio.

Aunque César puso al corriente a sus legados durante la cena del último día de marzo... pero sólo después de que los criados se hubieron marchado y se asegurase de que había centinelas apostados en los pasillos.

—Normalmente no soy tan reservado —les dijo mientras se reclinaba—, pero en un aspecto Vercingetórix está en lo cierto. La Galia Comata tiene gente suficiente para echarnos de aquí. No obstante, eso sólo será posible si Vercingetórix dispone de tiempo y ocasión de reunir ahora a todos los hombres que piensa alistar para su campaña de este verano. De momento tiene entre ochenta y cien mil hombres, pero cuando los llame a una concentración general en el mes de *sextilis*, la cifra ascenderá a un cuarto de millón, o quizá incluso más. De modo que lo que tengo que hacer es derrotarlo antes de *sextilis*.

Lucio César respiró hondo produciendo un siseo al hacerlo, pero no dijo nada.

—No ha planeado nada, pues cuenta con que no haya ninguna actividad romana antes de *sextilis*, cuando ya estemos en plena primavera, por eso no tiene más hombres con él en este momento. Lo único que piensa hacer durante el invierno es someter a las tribus rebeldes. Cree que tiene ventaja porque estoy al otro lado de los Alpes, y está seguro de que cuando yo venga podrá impedir que me reúna con mis tropas. Está convencido de que tendrá tiempo de regresar a Carnutum y supervisar una concentración militar general.

»Por eso hay que mantener a Vercingetórix muy ocupado, demasiado ocupado como para que pueda convocar antes la concentración —continuó diciendo César—. Y yo tengo que reunirme con mis legiones en los próximos dieciséis días. Pero si subo por el valle del Ródano y atravieso la Provenza, Vercingetórix se enterará de que me dirijo hacia allí antes de que yo llegue a mitad de camino de Valentia, todavía muy al sur en la Provenza. Él avanzará para intentar bloquearme en Viena o en Lugduno, y yo sólo soy un hombre con una legión. Nunca lograría vencerlo.

—¡Pero no hay otro camino por el que puedas ir! —dijo Hircio sin comprender.

—Hay otro camino. Cuando salga de Narbona mañana al alba, Hircio, me dirigiré hacia el norte. Mis exploradores aseguran que el ejército de Lucterio está más al oeste, asediando a los rutenos en la *oppidum* de Carantomago. Enfrentados a una guerra de tal magnitud, los gabalos han decidido, en realidad muy prudentemente, dada su proximidad a los arvernos, unirse a Vercingetórix. Están muy atareados armando y entrenando al ejército para la misión que se les ha encomendado en primavera: someter a los helvios. —César hizo una pausa teatral para conseguir el máximo efecto dramático antes de llegar al desenlace—. Pienso pasar al este de Lucterio y las *oppida* de los gabalos y entrar en el macizo de Cebenna.

Hasta Décimo Bruto pareció impresionado.

—¿En invierno?

—En invierno. Es posible hacerlo. Yo atravesé los elevados Alpes a una altura de más de tres mil metros cuando me vi obligado a ir a toda prisa desde Roma hasta Ginebra para detener a los helvecios. Decían que no lograría pasar por aquel paso tan alto, pero lo hice. He de admitir que era otoño según las estaciones, pero a tres mil metros de altura siempre es invierno. Un ejército no hubiera podido lograrlo, pues el sendero era un camino de cabras todo el trayecto de bajada hasta Octoduro, pero el Cebenna no es tan formidable como aquello, Décimo. El paso está a no más de mil o mil doscientos metros de altura, y existen caminos, aunque sean malos. Los galos viajan de un lado al otro del macizo con ejércitos, así que, ¿por qué no voy a poder hacerlo yo?

—No se me ocurre ningún motivo —reconoció Décimo con la voz hueca.

—La nieve será bastante profunda, pero podemos abrirnos camino con palas.

—¿De manera que piensas entrar en el Cebenna, en el nacimiento del Oltis, y bajar por el margen occidental del Ródano cerca de Alba Helvia? —le preguntó Lucio César, quien había procurado hablar con galos en cuanto se le había presentado la ocasión para aprender todo lo que pudiera desde que César había decidido darle el mando de la Provenza.

—No, he pensado quedarme en el Cebenna un poco más de tiempo —le contestó César—. Si lo logramos, preferiría salir del macizo lo más cerca posible de Viena. Cuanto más tiempo permanezcamos invisibles, menos tiempo le doy a Vercingetórix. Quiero que venga a buscarme antes de que tenga tiempo de convocar a todos los que quiere concentrar. Tengo que pasar por Viena porque allí espero recoger una fuerza de cuatrocientos jinetes germanos. Si Arminio, de los ubios, es fiel a su palabra, ahora ellos deberían estar allí acostumbrándose a manejar los caballos nuevos.

—Así que te concedes a ti mismo dieciséis días para cruzar el Cebenna en invierno y reunirte con tus legiones en Agedinco —le dijo Lucio César—. Ésa es una distancia mucho mayor que seiscientos cincuenta kilómetros, y además hay gran parte del trayecto con nieve profunda.

—Sí. Tengo intención de hacer una media de cuarenta kilómetros al día. Podremos hacer bastante más que eso entre Narbona y el Oltis, y después bajaremos a Viena. Y aunque tengamos en cuenta que el ritmo se reducirá a treinta kilómetros diarios mientras atravesemos lo peor del Cebenna, aun así llegaremos a su debido tiempo a Agedinco. —Miró a su primo con gran seriedad—. No quiero que Vercingetórix sepa en ningún momento dónde me encuentro exactamente, Lucio. Lo que significa que tengo que moverme con más rapidez de lo que él se imagina que puedo moverme. Quiero que esté completamente desconcertado. Que se pregunte dónde está César, si alguien ha oído dónde está César. Y que cada vez que se lo digan descubra que eso era cuatro o cinco días antes, de modo que siga sin saber dónde estoy en ese momento.

—No es más que un aficionado —comentó Décimo Bruto pensativamente.

—Exacto. Mucha ambición y poca experiencia. No digo que le falte valor, ni siquiera habilidad militar. Pero yo tengo alguna ventaja, ¿no? Tengo cerebro, experiencia... y más ambición de la que él tendrá nunca. Pero si quiero vencerle, tengo que seguir obligándole a tomar decisiones equivocadas.

—Espero que no se te haya olvidado meter en tu equipaje el *sagum* —le dijo Lucio sonriendo.

—¡No me separaría de mi *sagum* por nada en el mundo! En otro tiempo perteneció a Cayo Mario, y cuando Burgundo entró a mi servicio lo trajo consigo. Tiene noventa años, apesta por más que le ponga hierbas cuando lo guardo, y odio cada uno de los días que tengo que pasar con él puesto. Pero te digo que ya no hacen ningún *sagum* así, ni siquiera en Liguria. La lluvia sencillamente resbala sobre él, el viento no puede penetrarlo y el color escarlata está tan vivo como el día en que salió del telar.

La decimoquinta salió de Narbona sin carromato alguno. Las tiendas de los centuriones se cargaron en mulas, y lo mismo se hizo con las *pila* de repuesto, las herramientas y el material más pesado para cavar. Todo lo demás, incluida la tan apreciada artillería de César, inició el largo camino por el valle del Ródano; cualquiera podía adivinar la hora de llegada a su destino. Cada legionario miembro de un octeto llevaba provisiones de comida para cinco días, y lo necesario para otros once días iba a lomos de una segunda mula del octeto junto con las herramientas más pesadas. Aligerados en por lo menos siete kilos, todos los soldados marchaban llenos de entusiasmo.

Y la legendaria suerte de César lo acompañaba, porque la columna de soldados, semejante a una gran serpiente, reptaba hacia el norte en medio de una tenue niebla que disminuía la visibilidad, lo que le permitía pasar sin que Lucterio y los gabalos la detectasen. Entró en el Cebenna con nieve ligera y empezó a ascender inmediatamente. César tenía intención de cruzar la cuenca del río hacia el lado este en cuanto fuera posible, y luego permanecer entre los riscos más altos siempre que pudiera encontrar un terreno razonable por donde atravesar.

Rápidamente la nieve llegó a alcanzar casi dos metros de profundidad, pero ya había dejado de nevar. Las sesenta centurias se fueron turnando para situarse al frente de la columna y abrir un sendero con las palas; por seguridad, los hombres avanzaban de cuatro en fondo en lugar de hacerlo de ocho en fondo como de costumbre, y a las mulas las guiaban en fila india sobre el terreno que pareciese más sólido. Había accidentes de vez en cuando, cuando se hacía una grieta en el sendero o había un desprendimiento en la montaña y se llevaba consigo a un hombre, pero las pérdidas eran raras y los rescatados muchos. Tanta nieve hacía las caídas más blandas y protegía los huesos.

César fue a pie durante toda la marcha y participó con la pala ayudando al grupo que cavaba, más que nada para animar a los hombres y aclararles hacia dónde se dirigían y qué era lo que probablemente encontrarían al llegar allí. Su presencia era siempre un consuelo, pues la mayoría de los soldados habían cumplido ya los dieciocho años, pero a veces la edad mental no corresponde a la física y todavía sentían añoranza de su tierra. César no era un padre para ellos, porque ninguno podía imaginarse, ni siquiera en la más disparatada de sus fantasías, tener un padre como César, pero emanaba una colosal confianza en sí mismo que no perdía brillo por el hecho de tener conciencia de su propia importancia, de modo que con él se sentían a salvo.

—Os estáis convirtiendo en una legión razonablemente buena —les decía con una amplia sonrisa—. Dudo que la décima pudiera ir mucho más de prisa de lo que vais vosotros, aunque ellos llevan en activo nueve años. ¡Vosotros no sois más que bebés! ¡Todavía podéis tener remedio, muchachos!

La suerte de César se mantenía. No se produjo ninguna ventisca que les hiciese disminuir la marcha, ni tuvieron encuentros fortuitos con grupos aislados de galos, y siempre una bruma tenue revoloteaba alrededor para ocultarlos y evitar que alguien pudiera divisarlos desde lejos. Al principio, César estaba preocupado por los arvernos, cuyas tierras quedaban en la parte occidental de la cuenca del río, pero a medida que pasaba el tiempo y vio que no aparecía ninguno, ni siquiera algún arverno que se hubiera perdido, empezó a creer que llegaría a Viena sin que Vercingetórix recibiera el menor aviso.

Una decimoquinta legión, muy agradecida, bajó finalmente del Cebenna y entró en el campamento de Viena. Habían muerto tres hombres, varios más habían resultado con algún miembro roto y a cuatro mulas les había entrado el pánico y se habían despeñado por un precipicio, pero ningún soldado había sufrido congelación y todos estaban en condiciones de continuar la marcha hacia Agedinco.

Los cuatrocientos germanos ubios estaban residiendo allí, llevaban ya cerca de cuatro meses. Tan encantados estaban con sus caballos remos que, según dijo su jefe en un latín entrecortado, estaban dispuestos a hacer cualquier cosa que César les pidiera.

—Décimo, llévate a la decimoquinta a Agedinco sin mí —le ordenó César, que iba vestido para cabalgar y llevaba el hediondo y viejo *sagum* de Cayo Mario sobre la cabeza—. Yo me llevo a los germanos conmigo a Icauna. Recogeré a Fabio y a sus dos legiones y me reuniré contigo en Agedinco.

Noventa mil galos habían partido desde Carnutum para entrar en las tierras de los bitúrigos, con Vercingetórix a la cabeza. El avance era lento, porque Vercingetórix sabía que no tenía habilidad necesaria para intentar sitiar Avarico, la fortaleza principal de los bitúrigos; por ello había tratado de aterrorizar a la gente saqueando y quemando las granjas y las aldeas. Eso produjo el efecto deseado, pero sólo algún tiempo después de que el ejército eduo hubiera regresado a su tierra sin cruzar el Loira. La amarga verdad tardó días en calar hondo: que no habría ni alivio ni ayuda de los romanos que estaban sentados a salvo y seguros detrás de sus formidables fortificaciones. A mediados de abril los bitúrigos enviaron emisarios a Vercingetórix y se rindieron.

—Somos tuyos hasta la muerte —dijo Biturgo, el rey—. Haremos lo que tú quieras. Cuando intentamos hacer honor a nuestros tratados con los romanos, ellos no cumplieron su parte del trato. No nos protegieron. Por eso somos tuyos.

¡Realmente muy satisfactorio! Vercingetórix condujo a su ejército hasta más allá de Avarico y después avanzó contra Gorgobina, la antigua *oppidum* arverna que ahora pertenecía a los boios, los intrusos helvecios.

Litavico lo encontró antes de que llegase a Gorgobina e hizo un alto sobre una colina para contemplarlo maravillado. ¡Cuántos hombres tenía! ¿Cómo iban a poder ganar los romanos? Nunca se sabía a ciencia cierta el tamaño del ejército romano porque solía marchar en columna; serpenteaba hacia la lejanía y se suponía que una legión ocupaba aproximadamente un kilómetro y medio, contando con la impedimenta y la artillería que iba en el medio. En cierto modo menos temible y, desde luego, mucho menos imponente que la vista que se extendía ante los deslumbrados ojos de Litavico: cien mil guerreros galos con cotas de malla y pesadamente armados que avanzaban en un frente de ocho kilómetros de longitud y una profundidad de cien hombres, con el rudimentario séquito de la impedimenta vagando detrás. Quizá veinte mil de ellos fueran a caballo, y otros diez mil cerraban cada uno de los dos extremos del frente. Y delante de semejante ejército, al descubierto, cabalgaban los líderes, Vercingetórix en su propio caballo y los demás en un grupo detrás de él. Drapes y Cavarino de los senones, Gutruato de los carnutos, Dadérax de los mandubios. Y Cathbad, fácil de reconocer con aquella túnica blanca como la nieve sobre un caballo igualmente blanco. Aquélla era una guerra religiosa, entonces. Los druidas estaban proclamando así su compromiso con una Galia unida.

Vercingetórix montaba un bonito caballo de color beige cubierto con una manta de cuadros arvernos; llevaba los ligeros pantalones atados con correas color verde oscuro y el chal sobre la cota de malla. Aunque había insistido en que sus hombres llevasen casco, él no lo llevaba, y toda su persona brillaba con aquella vestimenta de oro tachonado de zafiros. Se había convertido en un rey de pies a cabeza.

Biturgo no se hallaba entre los privilegiados que marchaban justo detrás de Vercingetórix, pero iba al frente de su gente, a no mucha distancia. Cuando Litavico se acercó a ellos, desenvainó la espada y se lanzó a la carga.

—¡Traidor! —aulló—. ¡Canalla romano!

Vercingetórix y Drapes se apresuraron a interponerse entre Biturgo y Litavico.

—Envaina la espada, Biturgo —le ordenó Vercingetórix.

—¡Es un eduo! ¡Y los eduos son unos traidores! ¡Los eduos nos traicionaron!

—Los eduos no te traicionaron, Biturgo. Fueron los romanos los que lo hicieron. ¿Por qué crees que los eduos se marcharon a su tierra? No porque quisieran hacerlo, sino porque recibieron órdenes de Trebonio.

Drapes convenció a Biturgo para que se retirase y lo acompañó, mientras éste seguía murmurando, hasta las filas de su pueblo. Litavico condujo su caballo junto al de Vercingetórix, y Cathbad se unió a ellos.

—Traigo noticias —les dijo Litavico.

—¿Qué sucede?

—César ha aparecido de la nada en Viena con la decimoquinta legión y se ha ido en seguida en dirección al norte.

El caballo beige vaciló, y Vercingetórix volvió los ojos asombrados hacia Litavico.

—¿En Viena? ¿Y ya se ha ido de allí? ¿Por qué no se me ha comunicado que venía? ¡Me dijiste que tenías espías desde Arausio hasta las puertas de Matisco!

—Y así era —le dijo Litavico, en cuya voz se notaba la impotencia—. ¡Pero no se ha movido por ese camino, Vercingetórix, te lo juro!

—No hay otro.

—En Viena dicen que César y la decimoquinta atravesaron el Cebenna, que César entró por el Oltis, cruzó el río y no volvió a salir hasta que estuvo casi a la altura de Viena.

—En invierno —murmuró Cathbad lentamente.

—Piensa reunirse con Trebonio y sus legiones —añadió Litavico.

—¿Dónde está ahora?

—No tengo ni idea, Vercingetórix, ésa es la pura verdad. La decimoquinta está marchando directamente hacia Agedinco bajo el mando de Décimo Bruto, pero César no está con él. Por eso he venido. ¿Quieres que los eduos ataquemos a la decimoquinta legión? Podemos hacerlo antes de que salgan de nuestro territorio.

Vercingetórix pareció disminuir sutilmente un poco; la primera de sus estrategias iba a fracasar, y lo sabía. Luego echó los hombros hacia atrás y respiró hondo.

—No, Litavico. Debes convencer a César de que tú estás de su parte. —Levantó la mirada hacia el hosco cielo invernal—. ¿Adónde irá? ¿Dónde está ahora?

—Deberíamos marchar hacia Agedinco —le dijo Cathbad.

—¿Cuando estamos a tiro de piedra de Gorgobina? Agedinco se encuentra a más de ciento cincuenta kilómetros al norte de aquí, Cathbad, y yo tengo demasiados hombres como para poder recorrer esa distancia en menos de ocho o diez días. César puede avanzar con mucha mayor rapidez que nosotros porque en su ejército están acostumbrados a moverse todos a la vez. Sus hombres reciben una buena instrucción mucho antes de ver siquiera un rostro enemigo. La ventaja que tenemos radica en nuestro número, no en nuestra velocidad. No, nos dirigiremos a Gorgobina como pensábamos. Haremos que sea César quien venga a nosotros. —Respiró profundamente—. ¡Juro por Dagda que venceré! Pero no en el terreno que él elija. No le permitiremos que encuentre otro Aquae Sextiae.

—De modo que lo que quieres es que les diga a Convictolavo y a Coto que sigan fingiendo que le prestan ayuda a César —le dijo Litavico.

—En efecto, eso es. Pero asegúrate de que esa ayuda no le llegue nunca.

Litavico dio media vuelta y se alejó al trote. Vercingetórix espoleó a su bonito caballo beige y se alejó de Cathbad, quien se quedó atrás para informar a los demás de la noticia que había traído Litavico, con una lúgubre expresión en aquella suave cara rubia suya, porque aquella noticia le desagradaba enormemente. Pero Vercingetórix no se percató de ello, pues estaba demasiado ocupado pensando.

¿Dónde estaría César? ¿Qué intenciones tendría? ¡Litavico lo había perdido en las tierras eduas! La imagen de César flotaba delante de su mirada fija, pero no podía sondear el enigma que había detrás de aquellos ojos fríos e inquietos. Aquel hombre tan apuesto lo era casi al estilo galo; sólo la nariz y la boca eran extranjeras. Pulido, lustroso y muy en forma. Un hombre que tenía sangre de reyes más antiguos que la historia de los galos, y que pensaba como un rey por más que lo negase. Cuando daba una orden no esperaba que fuera obedecida, sino que sabía que sería obedecida. Nunca se echaría atrás por prudencia y se atrevía con todo. Nadie más que otro rey podría detenerle. ¡Oh, Eso, concédeme la fuerza y el instinto para derrotarlo! La sabiduría no la tengo, porque soy demasiado joven y demasiado inexperto. Pero estoy al frente de un gran pueblo, y si los últimos seis años nos han enseñado algo, ha sido a odiar.

César llegó a Agedinco con Fabio y sus dos legiones antes de que Décimo Bruto y la decimoquinta llegasen allí.

—¡Gracias a todos los dioses! —exclamó Trebonio estrechándole la mano—. No creí que te vería antes de la primavera.

—¿Dónde está Vercingetórix?

—De camino para sitiar Gorgobina.

—¡Muy bien! De momento le permitiremos que lo haga.

—¿Mientras nosotros...?

César sonrió.

—Tenemos dos elecciones. Si nos quedamos en el interior de Agedinco podremos comer bien y no perderemos ni un solo hombre. Si salimos de Agedinco, no comeremos bien y podemos perder hombres. No obstante, Vercingetórix ha podido hacer hasta ahora las cosas a su manera, así que es hora de que le enseñemos que hacer la guerra contra Roma no es, ni mucho menos, tan sencillo como hacer la guerra contra sus propios pueblos. He gastado muchas energías y he tenido que discurrir mucho para llegar hasta aquí, y lo más seguro es que ahora Vercingetórix ya sepa que estoy aquí. El hecho de que no haya avanzado en dirección a Agedinco prueba que tiene talento militar. Quiere que nos aventuremos a salir y nos enfrentemos a él en el terreno que él elija.

—Y tú tienes intención de darle gusto —le comentó Trebonio, que sabía muy bien que César no se quedaría en Agedinco.

—No, inmediatamente no. La decimoquinta y la decimocuarta pueden quedarse como guarnición para defender Agedinco. El resto marchará conmigo hacia Vellaunodunum. Le quitaremos apoyos a Vercingetórix si vamos hacia el oeste y destruimos sus bases principales entre los senones, los carnutos y los bitúrigos. Primero Vellaunodunum. Luego Cenabo. Y más tarde entraremos en las tierras de los bitúrigos e iremos a su Noviodunum. Y después Avarico.

—Y todo ese tiempo avanzando hacia donde se encuentra Vercingetórix.

—Pero hacia el este, cosa que lo separa a él de los refuerzos que tiene en el oeste. Ni puede llamar a una concentración general en Carnutum.

—¿Cómo de grande será la caravana de la impedimenta? —le preguntó Quinto Cicerón.

—Pequeña —respondió César—. Echaré mano de los eduos. Ellos pueden tenernos abastecidos de grano. Nos llevaremos alubias, garbanzos, aceite y tocino de Agedinco. —Le dirigió una mirada a Trebonio—. A menos que tú pienses que los eduos están a punto de pronunciarse a favor de Vercingetórix.

—No, César —respondió Fabio—. He estado observando sus movimientos atentamente y no hay el menor indicio de que le estén prestando a Vercingetórix ayuda alguna.

—Entonces correremos el riesgo —decidió César.

Desde Agedinco hasta Vellaunodunum había menos de un día de marcha, y cayó tres días después. A los senones, a quienes pertenecía la plaza, se les obligó a proporcionar animales de carga para transportar toda la comida que había dentro, y también rehenes. Inmediatamente César se dirigió a Cenabo, que cayó durante la noche, poco después de que él llegase. Debido a que allí era donde Cita y los mercaderes civiles habían sido asesinados, Cenabo sufrió un destino inevitable: fue saqueada y quemada, y el botín se le entregó a las tropas. Después de lo cual vino Noviodunum, una *oppidum* que pertenecía a los bitúrigos.

—Un terreno ideal para la caballería —dijo Vercingetórix lleno de júbilo—. Gutruato, quédate aquí en Gergobina con la infantería. El tiempo está demasiado frío y caprichoso para un combate general, pero puedo hacerle daño a César con mi caballería, pues él guía a un ejército de infantería.

Noviodunum, la plaza fuerte de los bitúrigos, estaba en el proceso de rendición cuando apareció Vercingetórix, y cambió de opinión justo cuando se estaban entregando los rehenes. Algunos centuriones y soldados quedaron atrapados dentro de la *oppidum*, pero lucharon para abrirse camino mientras los bitúrigos pedían su sangre a gritos. En medio de todo aquello, César envió a los mil soldados remos a caballo que se había traído consigo del campamento, a la cabeza de los cuales iban los cuatrocientos ubios. La velocidad del ataque cogió por sorpresa a Vercingetórix; sus jinetes todavía estaban saliendo de la posición de montar para formar líneas de combate cuando los germanos, en medio de un grito ululante que hacía generaciones que no se oía en aquella parte de las Galias, chocaron violentamente con ellos por un costado. Aquel salvaje y casi suicida ataque cogió a los galos por sorpresa, y los remos, siguiendo el ejemplo de los germanos, los imitaron. Vercingetórix acabó el combate y se retiró; en el campo de batalla dejó varios cientos de soldados de caballería muertos.

—Tenía consigo germanos —comentó Vercingetórix—. ¡Germanos! Pero montaban caballos remos. Pensé que César estaba muy ocupado con la ciudad, y no imaginé que haría salir al campo de batalla a alguien rápidamente. Pero lo hizo. ¡Germanos!

Había convocado un consejo de guerra urgente.

—Hemos sido derrotados tres veces en ocho días —gruñó Drapes, de los senones—. Vellaunodunum, Cenabo y ahora Noviodunum.

—A principios de abril César estaba en Narbona. A finales de abril está marchando hacia Avarico —dijo Dadérax, rey de los mandubios—. ¡Casi mil kilómetros en un solo mes! ¿Cómo podremos ir a su ritmo? ¿Va a continuar haciendo esto? ¿Qué podemos hacer?

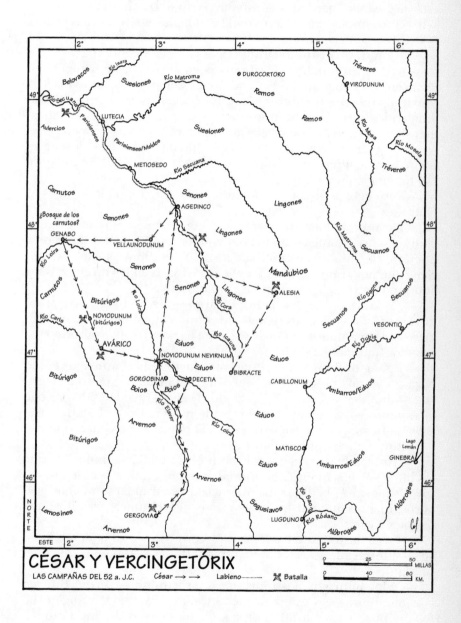

CÉSAR Y VERCINGETÓRIX

LAS CAMPAÑAS DEL 52 a. J.C.   César → →   Labieno ············   ⚔ Batalla

—Cambiemos de táctica —sugirió Vercingetórix, que se sentía más aliviado después de aquella confesión de fracaso—. Tenemos que aprender de él, y tenemos que hacer que nos respete. César nos está pisoteando, pero no seguirá haciéndolo. De ahora en adelante le haremos imposible la campaña. Le obligaremos a retirarse hacia Agedinco y lo encerraremos allí.

—¿Cómo? —preguntó Drapes, que parecía escéptico.

—Requerirá muchos sacrificios por nuestra parte, Drapes. Le privaremos de la comida. En esta época del año y durante los seis próximos meses no habrá nada que recoger de los campos. Está todo en los silos y en los graneros. Así que vamos a quemar nuestros silos y nuestros graneros. Quemaremos nuestras propias *oppida*. Cualquier cosa que haya en el camino de César debe desaparecer. Y nunca, nunca le volveremos a presentar batalla. En lugar de eso haremos que se muera de hambre.

—Pero si él se muere de hambre, nosotros también —observó Gutruato.

—Pasaremos hambre, pero algo comeremos. Nos llevaremos comida de otros lugares lejos del camino de César. Le diremos a Lucterio que nos envíe comida del sur. Y les diremos a los aremóricos que nos traigan comida del oeste. También les diremos a los eduos que no les den nada a los romanos. ¡Nada!

—¿Y Avarico? —quiso saber Biturgo—. Es la ciudad más grande de la Galia y está tan repleta de comida que amenaza con hundirse en los pantanos. Y César se dirige hacia allí mientras nosotros estamos aquí hablando.

—Le seguiremos y nos situaremos justo lo bastante lejos como para no vernos obligados a presentar batalla. En cuanto a Avarico... —dijo Vercingetórix frunciendo el ceño—, ¿la defendemos o la quemamos? —El rostro delgado se le puso tenso—. La quemaremos —afirmó con decisión—. Ésa es la manera correcta de actuar.

Biturgo ahogó una exclamación.

—¡No! ¡No! ¡Me niego a consentir eso! Tú hiciste imposible que los bitúrigos nos mantuviéramos al margen, y ahora te digo que estoy dispuesto a obedecer tus órdenes: quemar aldeas, quemar graneros, incluso quemar nuestras minas. ¡Pero nunca permitiré que quemes Avarico!

—César la tomará y encontrará comida —le dijo Vercingetórix con testarudez—. La quemaremos, Biturgo. Tenemos que quemarla.

—Y los bitúrigos nos moriremos de hambre —afirmó Biturgo con amargura—. ¡César no puede tomar Avarico, Vercingetórix! ¡Nadie puede quemarla! ¿Por qué se ha convertido en la ciudad más poderosa de nuestras extensas tierras? Porque se asienta allí tan bien fortificada por la Naturaleza como por su propia gente, de manera que durará para siempre. ¡Nadie puede tomarla, te lo digo yo! Pero si tú la quemas, César se trasladará a algún otro lugar: a Gergovia, quizá, o a Alesia. —Miró furibundo a Dadérax, rey de los mandubios—. Yo te pregunto, Dadérax, ¿podría César tomar Alesia?

—Jamás —aseguró Dadérax con énfasis.

—Bien, pues yo puedo decir lo mismo de Avarico. —Biturgo movió la mirada hasta Vercingetórix—. ¡Por favor, te lo suplico! ¡Cualquier fortaleza, aldea o mina que tú quieras, pero no Avarico! ¡Avarico nunca! ¡Te lo suplico, Vercingetórix, te lo suplico! ¡No hagas que nos sea imposible seguirte con toda nuestra alma! ¡Engañemos a César y que vaya a Avarico! ¡Dejemos que intente tomarla! ¡Todavía seguirá allí intentándolo cuando llegue el verano! ¡Pero no la tomará! ¡No puede! ¡Nadie puede!

—¿Qué te parece, Cathbad? —le preguntó Vercingetórix al druida jefe.

Éste se quedó pensando brevemente y luego asintió con la cabeza.

—Biturgo tiene razón, no podemos permitir que Avarico caiga. Dejemos que César piense que puede lograrlo y hagamos que se quede allí plantado, delante de la ciudad, hasta el verano. Si está allí, no puede estar en ninguna otra parte. Y en primavera tú convocarás a una concentración general, llamarás a todos los pueblos de la Galia. Es un buen plan mantener a los romanos ocupados en un lugar. Si César se encuentra Avarico en llamas, se pondrá de nuevo en marcha y le perderemos el rastro otra vez. César es tan escurridizo como el mercurio. Será mejor utilizar Avarico como ancla.

—Pues muy bien, utilizaremos Avarico como ancla. ¡Pero el resto quemadlo todo en un radio de ochenta kilómetros del lugar donde se encuentre César!

Todos los romanos pensaban que Avarico era la única *oppidum* hermosa de la Galia de los cabelleras largas. Semejante a Cenabo pero mucho más grande, Avarico funcionaba como una auténtica ciudad más que como un lugar para almacenar alimentos y celebrar reuniones tribales. Se alzaba en un pequeño altozano de tierra firme en mitad de kilómetros de terreno pantanoso aunque fértil y con buenos pastos. Avarico, que era el extremo en forma de bulbo de un espolón de roca sólida cubierta por fuera de un bosque de sólo cien metros de anchura, debía su inexpugnabilidad a sus altísimas murallas y al pantano que la rodeaba. El camino que conducía hasta ella atravesaba la estrecha franja de roca sólida pero, justo antes de llegar a las puertas, el terreno firme se hundía de pronto formando una bajada, lo que significaba que las murallas eran aún más altas en el único lugar donde hubiera sido posible asaltarlas.

Todos los demás puntos parecían surgir de los pantanos, demasiado empapados y traicioneros como para aguantar el peso de las fortificaciones de asedio y las máquinas de guerra.

César instaló a las siete legiones en un campamento al borde del espolón de roca firme, justo antes de que se estrechase formando aquel último medio kilómetro de carretera con la empinada pendiente que se elevaba de nuevo hasta las puertas principales de Avarico. La muralla de la ciudad estaba hecha de *murus gallicus*, una ingeniosa trama de piedras y vigas de madera de refuerzo de doce metros de largo; las piedras la hacían invulnerable al fuego, mientras que las gigantescas vigas de madera le prestaban la resistencia necesaria para aguantar la batería.

Si yo pudiera, pensó César contemplándola mientras el frenesí de levantar el campamento continuaba detrás de él, si yo pudiera idear un ariete con un ángulo de inclinación así... O proteger a los hombres que utilicen el ariete.

—Ésta va a ser difícil —comentó Tito Sextio.

—Tendrás que construir una rampa sobre la hondonada para igualar el terreno y derribar las puertas —le sugirió Fabio frunciendo el ceño.

—No, no exactamente una rampa. Es demasiado arriesgado. La anchura disponible es justo de cien metros. Lo cual significa que los bitúrigos que están ahí dentro sólo tienen que poner hombres en esos cien metros de muralla para rechazarnos. No, tendremos que construir algo más parecido a un terraplén —observó César, cuya voz dejó ver a los legados que desde el momento en que había echado la primera ojeada ya sabía lo que había que hacer—. Empezaremos aquí, justo donde yo me encuentro ahora, que está a la misma altura que las almenas de Avarico, y avanzaremos construyéndola. No hace falta que sea una plataforma de cien metros de anchura, pero la construiremos de esa medida. Flanquearemos cada lado de la calzada con una pared que vaya desde aquí hasta las murallas de Avarico, a la misma altura que las almenas. Entre nuestras dos paredes ni siquiera notaremos la profundidad de la hondonada hasta que estemos casi tocando Avarico. Entonces construiremos otra pared entre nuestros dos muros de los flancos y conectaremos el uno con el otro. Si avanzamos hacia adelante de modo uniforme, mantendremos el control completo, y habremos recorrido tres cuartas partes del camino antes de tener que empezar a preocuparnos seriamente del daño que los defensores de la ciudad puedan hacernos.

—¡Troncos! —exclamó Quinto Cicerón con los ojos relucientes—. Miles de troncos. Es la hora de las hachas, César.

—Sí, Quinto, es hora de coger el hacha. Tú te encargas de los troncos. Toda la experiencia que adquiriste contra los nervios te resultará ahora muy útil, porque quiero todos esos miles de troncos en seguida. No podemos quedarnos aquí más de un mes. O sea que para entonces tiene que estar terminado. —César se dio la vuelta hacia Tito Sextio—. Busca hasta la última piedra que puedas. Y tierra. A medida que avance la plataforma, los hombres pueden verter escombros por encima del borde hacia la hondonada para rellenarlo. —Le llegó el turno a Fabio—. Fabio, tú te encargarás del campamento y de los suministros. Los eduos no han traído nada de grano todavía, y quiero saber por qué. Tampoco los boios han enviado nada.

—No hemos tenido noticias de los eduos —le comunicó Fabio con preocupación—. Los boios dicen que no les sobran alimentos, gracias a Gorgobina, y yo les creo. No son una tribu numerosa y sus tierras no producen en abundancia.

—A diferencia de los eduos, que son los que tienen más cosas y lo mejor de toda la Galia —observó César con aire severo—. Me parece que ya va siendo hora de que les escriba una nota a Coto y a Convictolavo.

Los exploradores le informaron de que Vercingetórix y su enorme ejército se habían asentado a veinticinco kilómetros de distancia, en un lugar que impedía que César se marchara de la zona sin encontrarse con ellos, porque los pantanos de los bitúrigos no estaban solamente alrededor de Avarico y la cantidad de tierra firme era limitada. Y lo que era peor, todos los silos y graneros que había en las cercanías estaban reducidos a cenizas. César separó a las legiones novena y décima de las obras de construcción y las tuvo preparadas en el campamento por si el ejército galo decidía atacar. Luego comenzó su terraplén de asedio.

Para protegerlo en las primeras etapas, puso todas las piezas de artillería que tenía detrás de una empalizada en terreno alto, pero conservó la munición de piedras para días posteriores. La situación era ideal para los escorpiones, que disparaban un proyectil de un metro de largo hecho de un modo muy simple de un pedazo de madera; el extremo que hacía daño era afilado y el otro extremo estaba tallado formando pestañas que actuaban como la pluma de una flecha. Las ramas apropiadas, que se podaban de los árboles que Quinto Cicerón estaba cortando y luego se transportaban, se iban amontonando, y los especialistas no combatientes que no hacían nada salvo fabricar proyectiles de escorpión empezaron a darles forma, cotejándolos siempre con las plantillas para asegurarse de que las pestañas eran correctas.

Dos muros paralelos hechos de troncos se alzaron uno a cada lado de la calzada, y la parte de hondonada que quedaba entre ambos estaba sólo parcialmente rellena para permitir así a las tropas que trabajaban una mejor protección de los arqueros y lanceros que se encontraban en las almenas de Avarico. Los grandes cobertizos de protección, llamados manteletes, avanzaban al mismo

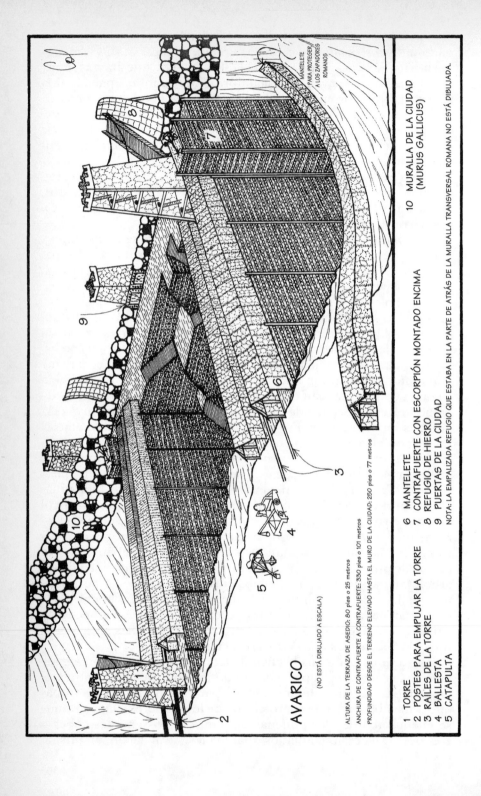

AVARICO

(NO ESTÁ DIBUJADO A ESCALA)

ALTURA DE LA TERRAZA DE ASEDIO: 80 pies o 25 metros

ANCHURA DE CONTRAFUERTE A CONTRAFUERTE: 330 pies o 101 metros

PROFUNDIDAD DESDE EL TERRENO ELEVADO HASTA EL MURO DE LA CIUDAD: 250 pies o 77 metros

1 TORRE
2 POSTES PARA EMPUJAR LA TORRE
3 RAÍLES DE LA TORRE
4 BALLESTA
5 CATAPULTA

6 MANTELETE
7 CONTRAFUERTE CON ESCORPIÓN MONTADO ENCIMA
8 REFUGIO DE HIERRO
9 PUERTAS DE LA CIUDAD

10 MURALLA DE LA CIUDAD
(MURUS GALLICUS)

NOTA: LA EMPALIZADA REFUGIO QUE ESTABA EN LA PARTE DE ATRÁS DE LA MURALLA TRANSVERSAL ROMANA NO ESTÁ DIBUJADA.

MANTELETE
PARA PROTEGER
A LOS ZAPADORES
ROMANOS

tiempo que el terraplén. Las dos torres de asedio se construyeron en el campamento romano, en el extremo cercano a las paredes paralelas, y no las empujarían a lo largo de las paredes hasta que estuvieran terminadas. Veinticinco mil hombres trabajaban laboriosamente cada día desde la salida del sol hasta el crepúsculo cortando y transportando troncos, dándoles forma, levantándolos, haciéndolos rodar y dejando caer en su lugar, una vez terminadas, las vigas redondeadas, a un ritmo que producía varios cientos de troncos cada día.

Al cabo de diez días, el terraplén había avanzado la mitad del camino hacia las murallas de Avarico, pero para entonces, salvo algunas tiras de tocino y un poco de aceite, no quedaba comida. No hacían más que llegar mensajeros de los eduos llenos de disculpas: que si había habido una epidemia de cierta enfermedad invernal, que si un fuerte aguacero había empantanado hasta los ejes a una caravana de carros, que si una plaga de ratas se había comido todo el grano de los silos más cercanos a Avarico y por lo tanto había que traer el grano desde el otro lado de Cabillonum, a doscientos kilómetros de distancia...

César, que dormía al raso en la propia obra de construcción de la terraza, empezó a hacer rondas.

—De vosotros depende el que yo haga una cosa u otra, muchachos —les iba diciendo por turnos a las distintas cuadrillas de trabajadores—. Si queréis levantaremos el sitio y regresaremos a Agedinco, donde podremos comer bien. Éste no es un asunto crucial, podemos derrotar a los galos sin necesidad de tomar Avarico. Vosotros sois los que decidís.

Y la respuesta era siempre la misma: ¡que cayera una peste sobre cada galo, una peste mayor sobre Avarico y la mayor de todas sobre los eduos!

—Hemos estado contigo siete años, César —le dijo Marco Petronio, el centurión portavoz de la octava legión—. Te has portado muy bien con nosotros, y nosotros nunca te hemos fallado. Darnos por vencidos después de todo este trabajo sería una deshonra. No, gracias, general, nos apretaremos el cinturón y seguiremos a pesar de todo. ¡Estamos aquí para vengar a los civiles que murieron en Cenabo, y la toma de Avarico es una tarea que merece todo nuestro esfuerzo!

—Tendremos que buscar comida, Fabio —le indicó César a su segundo en el mando—. Me temo que tendrá que ser carne, pues no han dejado ni un granero sin quemar. Salid a buscar ovejas, vacas, cualquier cosa. A nadie le gusta el buey, pero comer buey es mejor que morirse de hambre. ¿Y dónde están nuestros supuestos aliados, los eduos?

—Siguen enviando excusas. —Fabio miró al general con mucha seriedad—. ¿Crees que yo debería intentar llegar a Agedinco con la novena y la décima? —le preguntó.

—No, pues tendrías que atravesar las líneas de Vercingetórix. Y eso es lo que él espera que intentemos. Además, si los eduos continúan comportándose como hasta ahora después de que caiga Avarico, necesitaremos todo lo que contiene la ciudad. —César sonrió—. Una tontería por parte de Vercingetórix, realmente. Me ha obligado a tomar Avarico. Sospecho que es el único lugar de esta ignorante tierra donde voy a encontrar comida. Por ello Avarico tendrá que caer.

Al decimoquinto día, cuando el terraplén de asedio estaba ya construido en sus dos terceras partes en su camino a las murallas, Vercingetórix trasladó el campamento más cerca de Avarico y le tendió una trampa a la décima legión, que andaba buscando alimentos. Salió con su caballería con intención de lanzarse sobre ella por sorpresa, pero la estratagema no sirvió de nada, pues César marchó con la novena a medianoche y amenazó el campamento de Vercingetórix. Ambas partes se retiraron sin entablar combate, lo que era un asunto difícil para César, pues sus hombres estaban ya impacientes por pelear.

Y también fue un asunto complicado para Vercingetórix, que se vio acusado de traición nada menos que por Gutruato. Éste empezaba a tener dudas acerca del alto mando y se preguntaba si no llevaría él mejor la corona de rey que Vercingetórix, el cual convenció a los miembros del consejo para que se pusieran de su parte y logró ganar un poco de terreno en su lucha por ser proclamado rey de la Galia. En cuanto al ejército, cuando los hombres se enteraron de que Vercingetórix se había visto obligado a defenderse a sí mismo, lo vitorearon con entusiasmo, después de que acabase el consejo, de esa peculiar manera en que lo hacían los guerreros galos, haciendo chocar las espadas de plano contra los escudos. El ejército le dio luego diez mil voluntarios para reforzar Avarico y fue cosa fácil para ellos entrar en la ciudad, porque los pantanos podían aguantar sin problemas el peso de un hombre; desde dentro les ayudaron a saltar por encima de las murallas del lado opuesto al lugar donde César estaba construyendo el terraplén de asedio.

Al vigésimo primer día, el trabajo estaba casi acabado, y los romanos se habían acercado tanto a las murallas que los diez mil hombres extra que habían entrado en la ciudad resultaron muy útiles. Una pared de troncos que unía las dos torres de asedio paralelas romanas se estaba levantando desde la hondonada parcialmente nivelada contra la propia Avarico, pues César pensaba asaltar las almenas en un frente tan ancho como fuera posible. Los defensores trataban constantemente de mantener ardiendo los manteletes, aunque fracasaron en el intento porque César encontró láminas de hierro en la *oppidum* de Noviodunum y las usó para poner techo a los manteletes en el extremo más cercano a Avarico. Luego los defensores volvieron la atención hacia la pared de troncos que estaban levantando contra el exterior de Avarico. Trataron de derribarla con garfios y cabrestantes, y también derramando todo el tiempo aceite hirviendo y haces de yesca en llamas sobre la cabeza de cualquier soldado que la asomara.

Los defensores de Avarico pusieron sus propios parapetos y torres a lo largo de las murallas, y bajo tierra un plan diferente progresaba. Se estaban excavando túneles para que pasaran por debajo de la base de las murallas y doblaran hacia adelante hasta situarse debajo del terraplén de asedio de César. Una vez en el lugar correcto, los excavadores de Avarico cavaron entonces hacia arriba para llegar a la capa inferior de troncos de los romanos, que embadurnaron con aceite y brea y a los que prendieron fuego.

Pero los troncos estaban verdes y había poco aire; grandes nubes de humo traicionaron aquella estratagema. Al verlas, los defensores decidieron incrementar las posibilidades que había de que el fuego prendiera haciendo una salida desde sus murallas hasta las murallas romanas. Se produjeron algunas escaramuzas, la lucha se fue haciendo más encarnizada, la novena y la décima salieron del campamento para unirse al combate, los lados de los manteletes se prendieron y ardieron, y lo mismo ocurrió con el recubrimiento hecho de piel y mimbre de la torre de asedio de la izquierda, que habían empujado casi todo el camino hasta la ciudad. La batalla continuó ferozmente durante toda la noche, y todavía duraba al rayar el alba. Algunos soldados empezaron a derribar a hachazos el terraplén para hacer un agujero que canalizase el agua hacia dentro, mientras que otros de la novena desviaban el curso del arroyo que abastecía al campamento, y otros fabricaban una rampa con pieles y palos finos para llevar el agua desviada al fuego que ardía debajo del terraplén.

Una oportunidad perfecta para Vercingetórix, quien podía haber ganado su guerra allí y entonces si hubiera llevado a su ejército, pero Gutruato no le había dado un buen giro a la guerra gala al acusar a Vercingetórix de abandonar su ejército para andar por ahí con la caballería. El rey de los galos, que aún no había sido coronado como tal, no se atrevió a aprovechar aquella maravillosa ocasión, pues hasta que fuera proclamado rey, no tenía autoridad para actuar sin convocar primero al consejo, y eso requería demasiado tiempo, era demasiado pesado y demasiado infructuoso. Para cuando se hubiera llegado a alguna decisión, seguro que la lucha en las murallas de Avarico ya habría terminado.

Al amanecer, César llevó la artillería para que entrase en acción. Un hombre que había en las murallas de la ciudad demostró ser un tirador especialmente preciso cuando lanzó pedazos de grasa y brea a una hoguera que ardía en la base de la torre de asedio de la derecha. Un proyectil lanzado desde un escorpión, teatral e inesperado, le acertó en un costado. Cuando otro galo ocupó su lugar, un segundo proyectil procedente del mismo escorpión, que tenía muy buen alcance, lo mató. Con la misma rapidez que los galos empezaban a lanzar sus artefactos incendiarios, el mismo escorpión derribaba a los hombres, y así continuó hasta que por fin el fuego se apagó y los galos se retiraron de la refriega. Fue la artillería, en realidad, la que ganó la pelea.

—Me siento complacido —les dijo César a Quinto Cicerón, Fabio y Tito Sextio—. Es obvio que no hacemos suficiente uso de la artillería. —Tiritó y se envolvió más en su capa escarlata de general—. Va a ponerse a llover. Bien, eso pondrá fin al riesgo de que haya más incendios. Que todo el mundo se ponga a reparar los desperfectos.

Al vigésimo quinto día el trabajo ya estaba terminado. El terraplén de asedio tenía veinticinco metros de altura, cien metros desde una torre hasta la otra y setenta y cinco metros desde las murallas de Avarico hasta el lado de la hondonada donde estaban los romanos. Se empujó hacia adelante la torre derecha hasta que quedó a la misma altura que la izquierda, mientras una lluvia torrencial y fría como el hielo caía sin piedad. Era justo el momento indicado para iniciar el asalto, pues los centinelas situados en lo alto de las almenas de Avarico estaban refugiándose de los elementos, seguros de que con un tiempo como aquél no se produciría ataque alguno. Mientras las tropas romanas visibles andaban en sus quehaceres a ritmo lento, con las cabezas hundidas entre los hombros, los manteletes y las torres de asedio se llenaban de soldados. Las dos torres bajaron sus planchas para caer con un ruido sordo sobre las murallas, mientras los hombres se diseminaban detrás de la empalizada de protección que se alzaba a lo largo del muro que habían construido los romanos, desde una torre hasta la otra, y apoyaban las escaleras y los garfios.

La sorpresa fue completa. Expulsaron a los galos de sus propias murallas con tanta rapidez que apenas hubo pelea. Los galos formaron a continuación en cuña y entraron en la plaza del mercado y en las plazas más abiertas, decididos a llevarse por delante a cuantos romanos pudieran mientras les llegaba la hora.

La lluvia seguía cayendo en cascada y el frío era cada vez más intenso. Ningún soldado romano descendió de las murallas de Avarico. En lugar de eso, se alinearon a lo largo de las mismas y se quedaron mirando al interior de la ciudad sin hacer nada más. Empezó a cundir un pánico reflexivo, y a continuación los galos echaron a correr en todas direcciones hacia las puertas, hacia las murallas, hacia cualquier lugar que ellos pensasen que podía proporcionarles una vía de escape. Y los romanos los fueron eliminando. De los cuarenta mil hombres, mujeres y niños que había en la ciudad de Avarico, sólo unos ochocientos llegaron al lugar donde estaba Vercingetórix. Los demás perecieron, pues después de veinticinco días de racionamiento y considerable frustración, las legiones de César no estaban de humor para perdonarle la vida a nadie.

—Bien, muchachos —les dijo César a gritos a sus tropas reunidas en la plaza del mercado de Avarico—. ¡Ahora podremos comer pan! ¡Y potaje de alubias y tocino! ¡Y sopa de guisantes! ¡Si alguna vez vuelvo a ver un pedazo de vaca vieja, lo cambiaré por una bota! ¡Os doy las gracias y os saludo! ¡No me separaría ni de uno solo de vosotros!

A Vercingetórix al principio le pareció que la llegada de los ochocientos supervivientes de la matanza de Avarico era una crisis peor que el desafío por el liderazgo al que lo había retado Gutruato. ¿Qué pensaría el ejército de todo aquello? Así que manejó el asunto con astucia, dividió a los refugiados en grupos pequeños y los pasó a escondidas para que les prestasen socorro bien lejos del ejército. Luego, a la mañana siguiente, convocó un consejo y les dio la noticia con toda franqueza.

—Yo no hubiera debido ir en contra de lo que el instinto me dictaba —dijo mirando directamente a Biturgo—. Era inútil defender Avarico, que era inexpugnable. Y porque nosotros decidimos no quemarla, César tendrá comida a pesar de que los eduos no le han enviado provisiones. Cuarenta mil personas queridas han muerto, algunos de ellos los guerreros de la generación futura. Y sus madres. Y sus abuelos. No ha sido la falta de valor lo que ha causado la caída de Avarico, ha sido la experiencia romana. Por lo visto son capaces de mirar a un lugar que nosotros consideramos inexpugnable y averiguar de inmediato cómo apoderarse de él. No porque el lugar en sí sea débil, sino porque ellos son fuertes. Hemos perdido a manos de César cuatro de nuestras más valiosas fortalezas, tres de ellas en ocho días, la cuarta al cabo de veinticinco días de unos trabajos tan increíblemente difíciles y pesados por parte de los romanos que el corazón se me para en el pecho sólo de pensarlo. No tenemos una tradición de trabajo físico equiparable a la suya. Ellos son capaces de caminar durante varios días seguidos más de prisa de lo que nuestro ejército puede avanzar a caballo, construyen algo como el aparato de asedio de Avarico empezando por el bosque vivo e inocente, pueden perforar a un hombre tras otro con sus proyectiles. Ellos poseen verdadero talento militar y, por si fuera poco, tienen a César.

—Y nosotros te tenemos a ti, Vercingetórix —le dijo Cathbad con suavidad—. Y además tenemos la ventaja de ser superiores en número.

Se dio la vuelta hacia los silenciosos jefes de tribu y se despojó del velo de timidez y humildad que ocultaba su poder. De pronto se transformó en el druida jefe, una fuente de sabiduría, un gran cantante, la conexión entre la Galia y sus dioses, los Thuata, la cabeza de una enorme cofradía con más fuerza que ningún otro cuerpo de sacerdotes del mundo.

—Cuando un hombre se erige a sí mismo en líder de una gran empresa, también se erige como el hombre sobre cuya cabeza cae el rayo, sobre cuya sabiduría recae la culpa, sobre cuyo coraje cae el juicio crítico. En los viejos tiempos le correspondía al rey ponerse ante los Tuatha como aquel que va voluntariamente al sacrificio en nombre de su pueblo, que acoge en su propio pecho las necesidades, deseos, conveniencias y esperanzas de cada ser, varón o hembra, que está bajo su protección. Pero vosotros, jefes de las tribus de la Galia, no le concedisteis a Vercingetórix pleno poder. Le escatimasteis el título de rey porque os visteis a vosotros mismos convertidos en reyes cuando él fracasara, pues estabais seguros de que fracasaría porque en vuestros corazones no creíais en una Galia unida. Queréis supremacía para vosotros mismos individualmente y para vuestros propios pueblos. —Nadie dijo una palabra. Gutruato se retiró más hacia las sombras, Biturgo cerró los ojos y Drapes se tiró de los bigotes—. Quizá en este momento verdaderamente parezca que Vercingetórix ha fracasado —continuó diciendo Cathbad con aquella voz suya tan apremiante, dulcificando el tono—. Pero esto es la primera etapa. Él y nosotros todavía estamos aprendiendo. Lo que debéis comprender es que los Tuatha lo sacaron a él de la nada. ¿Quién lo conocía antes de Samarobriva? —Su voz se hizo un poco más dura—. ¡Jefes de las tribus de la Galia, no tenemos más que una oportunidad de librarnos de Roma! De librarnos de César. Y esa oportunidad la tenemos ahora. Si salimos derrotados, que no sea porque no pudimos ponernos de acuerdo entre nosotros, porque no fuimos capaces de proclamar rey a un hombre. Puede ser que en el futuro no necesitemos a un rey. Pero ahora sí. Fueron los Tuatha quienes eligieron a Vercingetórix, no hombres mortales, ni siquiera los druidas. Si teméis, amáis y honráis a los Tuatha, entonces doblad la rodilla ante el hombre que ellos eligieron. Doblad la rodilla ante Vercingetórix y reconocedlo abiertamente como rey de la Galia unida.

Uno a uno los jefes de tribu se acercaron, y uno a uno doblaron la rodilla izquierda. Vercingetórix se puso en pie con la mano derecha extendida y el pie derecho adelantado. Las joyas y el oro que llevaba en los brazos y el cuello centellearon, el pelo tieso y descolorido formaba rayos alrededor de su cabeza y el rostro huesudo y bien afeitado se veía iluminado.

Duró sólo un momento, pero cuando acabó, todo había cambiado. Él era el rey Vercingetórix. Era rey de una Galia unida.

—Ha llegado la hora de convocar a todos nuestros pueblos para que se congreguen en Carnutum —dijo entonces Vercingetórix—.

Se congregarán en asamblea en el mes que los romanos llaman *sextilis*, cuando la primavera casi haya terminado y el verano prometa buen tiempo para batallar. Elegiré cuidadosamente enviados que vayan a los distintos pueblos y les demuestren que ésta es la única oportunidad que tenemos de expulsar a Roma. Y, ¿quién sabe? Quizá la medida de nuestro éxito esté en la medida de nuestro oponente. Si lo que queremos es demasiado grande, entonces los Tuatha pondrán una enormidad en contra de nosotros. De ese modo, si somos derrotados, no hará falta que nos avergoncemos, pues podremos decir que nuestro oponente es el mayor oponente que encontraremos nunca.

—Pero él es un hombre, y adora a dioses falsos —dijo Cathbad con fuerza—. Los Tuatha son los verdaderos dioses, y son más grandes que los dioses romanos. La nuestra es la causa acertada, es una causa justa. ¡Nosotros ganaremos! Y nos llamaremos a nosotros mismos galos.

A principios de junio, Cayo Trebonio y Tito Labieno llegaron a Avarico y encontraron a César desmantelando el campamento y preparándose para marcharse de allí; habían encontrado una gran cantidad de animales de carga paciendo en las marismas, y la comida de Avarico también tenía que marchar con César.

—Vercingetórix ha adoptado la táctica de Fabio, no piensa ser él quien empiece la batalla —les comentó César—. Así que nos incumbe a nosotros obligarle a presentar batalla, que es lo que intento hacer partiendo hacia Gergovia. Es su ciudad y tendrá que defenderla. Si Gergovia cae, quizá los arvernos vuelvan a pensarse lo de Vercingetórix.

—Hay una dificultad —dijo Trebonio con pena.

—¿Una dificultad?

—He recibido noticias de Litavico que dicen que los eduos se han dividido en consejo y senado. Coto le ha usurpado el puesto de vergobreto senior a Convictolavo y está incitando a los eduos para que se pongan a favor de Vercingetórix.

—¡Oh, vaya, me cago en los eduos! —exclamó César apretando los puños—. No necesito una insurrección a mis espaldas, ni que me entretengan más. No obstante, está claro que me van a retrasar. ¡Aaah! Trebonio, coge a la decimoquinta y mete toda la comida de Avarico en Noviodunum Nevirnum. ¿Qué les pasa a los eduos? ¿Acaso no les di Noviodunum Nevirnum y todas sus tierras a ellos cuando se las quité a los senones como castigo? —César se volvió hacia Aulo Hircio—. Hircio, convoca a todo el pueblo eduo a una conferencia en Decetia inmediatamente. Tendré que averiguar qué ocurre y calmarlos antes de hacer ninguna otra cosa, y tengo que hacerlo personalmente. De otro modo los eduos harán una revolución.

Luego le llegó el turno a Labieno, pero aquél no era el momento de que César sacase a colación el tema de Commio. Eso tendría que esperar. Labieno, la fuerza de la naturaleza personificada, iba a actuar por su cuenta de nuevo, y la fuerza de la naturaleza tenía que estar tranquila y tratable.

—Tito Labieno, voy a dividir el ejército. Tú te llevarás la séptima, la novena, la duodécima y la decimocuarta legiones. También vas a llevarte la mitad de la caballería, pero no la mitad formada por eduos. Utiliza mejor la mitad compuesta por remos. Quiero que vayas a guerrear a las tierras de los senones, los suesiones, los meldos, los parisienses y los aulercios. Mantén a todas las tribus a lo largo del río Secuana demasiado ocupadas hasta para pensar en enviarle refuerzos a Vercingetórix. Dejo a tu elección el modo de actuar. Utiliza Agedinco como base. —Le hizo una seña a Trebonio y éste se apresuró a acercarse a él muy apesadumbrado. Riendo, César le echó un brazo por los hombros—. ¡Cayo Trebonio, no te pongas tan triste! Te doy mi palabra de que habrá trabajo de sobra para ti antes de que acabe el año, pero de momento tus órdenes son conservar Agedinco. Llévate allí a la decimoquinta legión desde Noviodunum Nevirnum.

—Me pondré en marcha mañana al alba —dijo Labieno, satisfecho. Le echó a César una mirada precavida e intrigada—. No me has dicho qué te pareció el incidente de Commio.

—Que fue una verdadera pena que dejases que Commio escapase. Ahora se convertirá en una espina que tendremos clavada en la pata. Confiemos, Labieno, en encontrar un ratón que esté dispuesto a sacarla.

El asunto de Decetia resultó tan complejo que cuando terminó, César no tenía ni idea de quién decía la verdad y quién mentía; lo único que se sacó de allí en limpio fue la oportunidad de enfrentarse en persona a la asamblea de los eduos. Quizá aquello era lo que más necesitaban los eduos, ver y oír al propio César. A Coto se le expulsó, a Convictolavo se le volvió a nombrar y al joven y calenturiento Eporedórix se le ascendió a vergobreto junior. Mientras tanto los druidas revoloteaban en la sombra y les juraban lealtad a Convictolavo, a Eporedórix, a Valetiaco, a Virdómaro, a Cavarilo y a aquel pilar de rectitud que era Litavico.

—Quiero diez mil soldados de infantería y todos los de caballería que los eduos podáis reunir —dijo César—. Me seguirán a Gergovia. Y traerán consigo grano, ¿entendido?

—Los guiaré yo en persona —le aseguró Litavico sonriendo—. Puedes estar tranquilo, César. Los eduos irán a Gergovia.

Así pues, ya estaban a mediados de junio antes de que César se pusiera en marcha hacia el río Elaver y Gergovia. La primavera estaba avanzada y los torrentes llevaban tanto caudal a causa de la nieve derretida y de los deshielos que había que atravesarlos por medio de puentes, pues no se podían vadear.

Vercingétorix cruzó inmediatamente desde el margen oriental hasta el occidental del río Elaver y demolió el puente. Lo cual obligó a César a marchar a lo largo de la orilla oriental, mientras Vercingétorix le hacía sombra en la otra orilla, y destruía todos los puentes. Como nunca habían sido buenos albañiles, los galos preferían construirlos de madera; el río rugía y estaba revuelto, era imposible cruzarlo. Pero César encontró lo que estaba buscando, un puente de madera erigido sobre pilares de piedra. Aunque la estructura de encima había desaparecido, los pilares todavía permanecían en pie. Con eso le bastaba. Mientras cuatro legiones fingían que eran seis y continuaban su marcha hacia el sur, César escondió entre el bosque del margen oriental a las otras dos y esperó a que Vercingétorix siguiese avanzando. Las dos legiones tendieron un nuevo puente de madera sobre el río Elaver, lo cruzaron y pronto se reunieron con ellas las otras cuatro en el margen occidental.

Vercingétorix corrió hacia Gergovia, pero no entró en la gran *oppidum* arverna, que se asentaba en una pequeña meseta rodeada de elevados riscos; un espolón del Cebenna que se alzaba hacia el oeste le proporcionaba a Gergovia uno de los más altos picos como protección. Los cien mil hombres que el rey de los galos llevaba consigo acamparon entre el accidentado terreno elevado que flanqueaba la *oppidum*, detrás de la misma, y allí aguardaron a que César llegase.

La vista era verdaderamente aterradora. Cada roca parecía salpicada de galos, y a César una rápida mirada le bastó para saber que Gergovia no se podía tomar al asalto; sólo quedaba el bloqueo, y eso le iba a llevar demasiado tiempo. Y lo que era aún más importante, le iba a hacer consumir alimentos muy valiosos. César no dispondría de comida hasta que llegase la columna de refuerzo de los eduos. Pero mientras tanto podían hacerse otras cosas, como tomar una montaña pequeña con las laderas llenas de precipicios que estaba justo debajo de la meseta de Gergovia.

—Una vez que nos hayamos apoderado de esa colina, podremos cortarles casi toda el agua —observó César—. Y también podremos impedirles que salgan en busca de alimentos.

Dicho y hecho. Trabajando cómodamente a oscuras, César tomó el cerro entre la medianoche y el alba, puso allí a Cayo Fabio y a dos legiones en un campamento muy fortificado y extendió esas fortificaciones para que se unieran con las de su campamento principal mediante un gran foso doble.

En realidad, la medianoche iba a resultar una hora crucial en la acción contra Gergovia. Dos días después, a medianoche, Eporedórix, de los eduos, entró a caballo en el campamento principal de César acompañado por Virdómaro, un hombre de humilde cuna que había ascendido al senado eduo gracias a la influencia de César.

—Litavico se ha puesto del lado de Vercingetórix —le dijo Eporedórix temblando—. Y lo que es peor, también el ejército. Se dirigen a Gergovia como si fuera a reunirse contigo, pero le han mandado también un mensaje a Vercingetórix. Una vez que estén dentro de tu campamento, tienen pensado tomarlo desde dentro mientras Vercingetórix ataca desde el exterior.

—Entonces no tengo tiempo de reducir el tamaño de mis campamentos —murmuró César entre dientes—. Fabio, tú tendrás que defender con dos legiones este campamento grande y también el campamento pequeño; no puedo dejarte ni a un hombre más. Regresaré dentro de un día, pero tú vas a tener que arreglártelas durante ese día sin mí.

—Me las arreglaré —le aseguró Fabio.

Poco después, cuatro legiones y toda la caballería salieron a paso ligero del campamento y, poco después del amanecer, se encontraron con los eduos, que se acercaban, cuarenta kilómetros más abajo en el río Elaver. César mandó por delante a los cuatrocientos germanos para ablandar un poco a los eduos y luego atacó. Los eduos salieron huyendo, pero a César se le había acabado la buena suerte. Litavico logró llegar hasta Gergovia con la mayor parte del ejército eduo y, noticia aún peor, con todos los víveres. Gergovia podría comer, César no.

Dos soldados llegaron para decirle al general que estaban atacando ferozmente ambos campamentos, pero que Fabio lograba contener al enemigo.

—¡Muy bien, muchachos, haremos el resto del camino corriendo! —les gritó César a aquellos que podían oírle.

Y él mismo se puso en camino a pie.

Agotados, cuando llegaron se encontraron con que Fabio seguía resistiendo.

—Lo que más bajas ha causado han sido las flechas —le comunicó Fabio mientras se limpiaba un hilillo de sangre que le salía de la oreja—. Al parecer Vercingetórix ha decidido utilizar arqueros siempre que puede, y son una verdadera amenaza. Empiezo a comprender cómo debió de sentirse el pobre Marco Craso.

—No creo que nos quede gran cosa que hacer excepto retirarnos —le dijo César con aire lúgubre—. El problema es, ¿cómo vamos a retirarnos? No podemos dar media vuelta y echar a correr porque caerán sobre nosotros como lobos. No, primero tendremos que librar una batalla y asustar a Vercingetórix lo bastante como para que titubee cuando nos retiremos.

Esta decisión se hizo doblemente necesaria cuando Virdómaro regresó con la noticia de que los eduos se habían levantado abiertamente.

—Obligaron a salir al tribuno Marco Aristio de Cabillonum, luego lo atacaron, lo hicieron prisionero y lo despojaron de todas sus pertenencias. Aristio reunió a algunos ciudadanos romanos y se retiró al interior de una pequeña fortaleza, y allí resistió hasta que algunos de mi pueblo cambiaron de parecer y fueron a suplicarle perdón. Pero muchos ciudadanos romanos han muerto, César, y no habrá comida.

—Se me ha acabado la suerte —comentó César.

Se fue a ver a Fabio al campamento pequeño. Se encogió de hombros, miró hacia la gran ciudadela, y se puso rígido.

—¡Ah! —exclamó

Fabio se puso alerta inmediatamente; conocía aquel «¡Ah!».

—Creo que acabo de ver la manera de obligarlos a entrar en combate.

Fabio siguió la mirada de César y frunció el ceño. Un altozano cubierto de bosque que antes había estado lleno de galos, se encontraba ahora vacío.

—¡Oh, es arriesgado! —dijo

—Los engañaremos —le aseguró César.

La caballería era demasiado valiosa para desperdiciarla, y siempre había la probabilidad de que el grueso de la misma, al estar compuesto por eduos, decidiera que arriesgaban mucho el pellejo. Un desafortunado fastidio, pero todavía tenía a los cuatrocientos germanos, quienes no conocían en absoluto el miedo y a los que les encantaba hacer cualquier cosa peligrosa. Para reforzarlos cogió algunas mulas de carga y vistió a los no combatientes que se ocupaban de ellas con atuendo de soldados de caballería; luego envió a esas fuerzas con órdenes de explorar, de enterarse de lo que pudieran y de hacer mucho ruido.

Desde Gergovia era posible ver el interior de ambos campamentos romanos, pero la distancia hacía difícil distinguir las cosas con claridad. Los centinelas galos vieron mucha actividad: caballería que iba y venía, legiones que se movían por allí con atuendo de batalla, un trajín que iba del campamento grande al campamento pequeño.

Pero el éxito de la empresa, cuyo objetivo era asaltar la ciudadela propiamente dicha, dependía, como siempre, de los toques de corneta. Cada maniobra tenía su son corto y específico, y las tropas estaban entrenadas para obedecer aquellas llamadas de inmediato. Otra dificultad eran los eduos que habían ido desertando de Litavico y Vercingetórix en tropel y a los que César no tenía más remedio que utilizar combinados con aquellos eduos que le habían sido leales desde el principio. Formarían el ala derecha del combate.

Pero la mayor parte de ellos vestía la cota de malla auténticamente gala en lugar de la cota de malla edua, que dejaba al descubierto el hombro derecho. Vestidos para entrar en batalla y por lo tanto desprovistos de los chales a rayas rojas y azules que los caracterizaba, sin el hombro derecho descubierto era imposible distinguirlos de los hombres de Vercingetórix.

Al principio salió bien. Con la octava legión en primera línea de combate, César luchaba con la décima y tenía el control de los toques de corneta. Tres de los campamentos de Vercingetórix cayeron, y Teutomaro, rey de los nitiobriges, que estaba dormido en su tienda, se vio obligado a escapar con el pecho desnudo y montado en un caballo herido.

—Ya hemos hecho suficiente —le comentó César a Quinto Cicerón—. Corneta, toca a retirada.

La décima oyó la llamada claramente; los soldados dieron media vuelta y se retiraron en orden, pero la única cosa que nadie, ni siquiera César, había tenido en cuenta era que el terreno era tortuoso y estaba lleno de precipicios; el sonido metálico de la corneta, soplada por un par de pulmones cuidadosamente elegidos, se remontó tanto por encima del sonido de la batalla que comenzó a rebotar en todos los riscos y grietas produciendo un eco que se repetía una y otra vez. Las legiones que se encontraban más lejos que la décima no tenían ni idea de qué significaba aquella llamada. Y el resultado fue que la octava no se retiró, y tampoco las demás. Y los galos que habían estado fortificando el lado más lejano de Gergovia acudieron corriendo a millares para derribar de las murallas a los legionarios de vanguardia de la octava.

Lo que se estaba convirtiendo rápidamente en una debacle aumentó el ritmo cuando a los eduos que estaban a la derecha se les tomó por enemigos al no llevar las cotas de malla propias. Legados, tribunos y el mismo César corrían de un lado a otro y daban voces, tiraban de los soldados hacia atrás y les hacían dar media vuelta a la fuerza, intimidados y acosados. Tito Sextio, en el campamento pequeño, sacó una de las cohortes de la decimotercera legión, que estaba de reserva, y poco a poco se fue restableciendo el orden. Las legiones dejaron el campo de batalla en poder de los galos y volvieron a los campamentos.

Cuarenta y seis centuriones, la mayoría de ellos de la octava legión, habían muerto, y también cerca de setecientos soldados rasos. Un precio que hizo derramar lágrimas a César, especialmente cuando se enteró de que entre los centuriones muertos se encontraban Lucio Fabio y Marco Petronio, de la octava. Ambos habían muerto haciendo lo posible para que sus hombres sobrevivieran.

—Ha estado bien, pero no lo suficiente —le dijo César al ejército reunido en asamblea—. El terreno no era favorable y todos vosotros lo sabíais. Éste es el ejército de César, lo que significa que de vosotros no sólo se espera valor y osadía. Oh, es maravilloso no hacer caso de la altura de las murallas de las ciudadelas, de la dificultad de las fortificaciones de los campamentos, del espantoso terreno montañoso. ¡Pero yo no os envío a la batalla para que perdáis la vida! ¡Yo no sacrifico a mis valiosísimos soldados, a mis aún más valiosísimos centuriones, sólo para decirle al mundo que mi ejército está compuesto por héroes! De nada sirven los héroes muertos. A los héroes muertos se les incinera, se les rinde honores y se les olvida. El valor y el brío son loables, pero no lo son todo en la vida de un soldado. Y jamás en el ejército de César. La disciplina y saber refrenarse son tan valiosos en el ejército de César como cualquier otra virtud. A mis soldados se les requiere que piensen. A mis soldados se les requiere que mantengan la cabeza fría por fiera que sea la pasión que los mueve. Porque tener la cabeza fría y pensar con claridad gana muchas más batallas que la valentía. ¡No me hagáis sufrir! ¡No le deis a César motivo para llorar! —Las filas se quedaron muy silenciosas; César estaba llorando. Después se limpió los ojos con una mano y movió la cabeza de un lado a otro—. No ha sido culpa vuestra, muchachos, no estoy enfadado con vosotros. Sólo afligido. Me gusta ver las mismas caras cuando recorro las filas, no quiero buscar rostros que ya no están. Vosotros sois mis muchachos y no puedo soportar perder a ninguno. Prefiero perder una guerra que perder a mis hombres. Pero ayer no perdimos, y no perderemos esta guerra. Ayer ganamos algo, y ayer Vercingetórix también ganó algo. Hemos dispersado sus campamentos, y él nos ha hecho caer de las murallas de Gergovia. No ha sido el coraje superior de los galos lo que nos obligó a retroceder, sino el terreno difícil y los ecos. Siempre tuve mis dudas acerca del resultado, no ha sido algo inesperado. Eso no cambiará nada, excepto que habrá rostros ausentes de mis filas. De modo que cuando penséis en el día de ayer, culpad al eco de lo sucedido. Y cuando penséis en el mañana, recordad la lección de ayer.

Después de la asamblea, las legiones abandonaron el campamento para formar en orden de batalla en buen terreno, pero Vercingetórix se negó a bajar y aceptar la batalla que se le ofrecía. Los fieles germanos lanzaron aquel alarido de guerra que hizo que los galos sintieran escalofríos en la espina dorsal, provocaron una escaramuza de la caballería y se llevaron los honores.

—Pero Vercingetórix no va a comprometerse en una lucha abierta, ni siquiera aquí, en su tierra natal de Gergovia —dijo César—. Mañana volveremos a desfilar en orden de batalla, pero no bajará. Después de eso nos iremos de Gergovia. Y para asegurarnos de que saldremos de una pieza, los eduos pueden cubrirnos la retaguardia.

Noviodunum Nevirnum se extendía en el margen norte del Loira, muy cerca de su confluencia con el Elaver. Cuatro días después de abandonar Gergovia, César llegó allí para encontrarse con que los puentes sobre el Loira estaban destruidos y los eduos en completa revolución. Habían entrado en Noviodunum Nevirnum y la habían quemado para así privar a César de comida, y si las cosas tardaban en arder en las hogueras, vaciaban el contenido de los almacenes y graneros en el río antes de consentir que César pudiese conseguir nada. A los ciudadanos romanos que vivían en tierras eduas se les asesinaba, y a los eduos que simpatizaban con los romanos se les asesinaba igualmente.

Y fue en este momento cuando Eporedórix y Virdómaro encontraron a César y le contaron su historia, que estaba llena de múltiples infortunios.

—Litavico tiene el control, Coto ha recuperado su influencia y Convictolavo hace todo lo que se le dice —le explicó Eporedórix, muy dolorido—. A Virdómaro y a mí se nos ha despojado de todas nuestras propiedades y se nos ha desterrado. Y pronto Vercingetórix va a celebrar en Bibracte una conferencia de toda la Galia. Después hará un llamamiento general a las armas en Carnutum.

César escuchaba con el rostro serio.

—Desterrados o no, espero que regreséis a vuestro pueblo —les dijo cuando acabaron de contarle la retahíla de infortunios—. Quiero que les recordéis quién soy yo, lo que soy y adónde pienso ir. Si los eduos intentan interponerse en mi camino, Eporedórix, los aplastaré y los dejaré más planos que un escarabajo al que haya pisado un buey. Los eduos tienen tratados formales con Roma y la condición de amigos y aliados. Pero si persisten en esta locura de ahora, lo perderán todo. Y ahora regresad a vuestra tierra y decidles lo que os he dicho.

—¡No lo entiendo! —exclamó Quinto Cicerón—. Los eduos han sido aliados nuestros desde hace casi cien años. Estuvieron bien contentos ayudando a Enobarbo cuando conquistó a los arvernos... ¡Están tan romanizados que hablan latín! De manera que, ¿por qué este cambio de sentimientos?

—A causa de Vercingetórix —le dijo César—. Y no nos olvidemos de los druidas. Y tampoco de lo ambicioso que es Litavico.

—Y no nos olvidemos tampoco del río Loira —intervino Fabio—. Los eduos no han dejado en ninguna parte ni un solo puente en pie. He hecho que los exploradores lo comprobasen enviándolos a lugares situados a bastantes kilómetros de aquí, y todos me aseguran que es imposible vadear el río durante la primavera. —Esbozó una amplia sonrisa—. Sin embargo, yo he encontrado un punto por donde sí podremos atravesarlo.

—¡Eres grande!

El último trabajo que César requirió de la caballería edua fue entrar a caballo en el río y permanecer de pie contra corriente, los mil jinetes apretados unos contra otros para amortiguar la enorme fuerza de la corriente. Las legiones consiguieron cruzar el río sin problemas aunque el agua les llegaba bien por encima de la cintura.

—¡Excepto que nos hemos quedado todos sin *mentula*, César! —bromeó Mutilo, un centurión de la decimotercera, cuando ya estaba en la orilla norte, tiritando—. Se nos han caído a causa del frío del agua helada.

—¡Tonterías, Mutilo! —le contestó César sonriendo—. ¡Vosotros sois todo *mentula*! ¿No es cierto muchachos? —les preguntó César a los hombres de la centuria de Mutilo, que estaban todos azules de frío.

—¡En efecto, general!

—¡Bien! —dijo César.

Y se alejó a caballo.

—Estamos de suerte —le dijo Sextio acercándose a él a caballo—. Puede que los eduos hayan quemado Noviodunum Nevirnum, pero no tuvieron valor suficiente para quemar sus propios graneros y silos. El campo está lleno de comida. Podremos comer bien durante los próximos días.

—Bien, pues organiza los grupos para buscar alimentos. Y si os encontráis algún eduo, Tito, matadlo.

—¿En presencia de tu caballería? —le preguntó Sextio sin comprender.

—Oh, no. He terminado definitivamente con los eduos, y eso también va por la caballería edua. Si vienes conmigo podrás ver cómo los despido.

—¡Pero no puedes pasar sin caballería!

—¡Estaré mejor sin una caballería que les esté apuntando a mis soldados por la espalda! Pero no te preocupes, tendremos caballería. He enviado un mensaje a Dórix, rey de los remos, y también a Arminio, de los ubios. De ahora en adelante no pienso utilizar la caballería gala más que si me veo obligado a ello, pero pienso utilizar germanos.

Aquella misma noche celebró en el campamento un consejo de guerra.

—Con los eduos sublevados, Vercingetórix debe de estar absolutamente convencido de que va a ganar. En cuyo caso, Fabio, ¿qué te parece que imaginará que voy a hacer yo?

—Imaginará que piensas retirarte de la Galia Comata y que te vas a refugiar en la Provenza —le respondió Fabio sin la menor vacilación.

—Sí, estoy de acuerdo. —César se encogió de hombros—. Al fin y al cabo, es la alternativa más prudente. Nosotros estamos huyendo... o eso se cree él. Tuvimos que retirarnos sin tomar Gergovia y no podemos confiar en los eduos. ¿Cómo vamos a continuar viviendo en un país que nos es completamente hostil? Todas las manos se vuelven contra nosotros. Y estamos siempre escasos de comida, que es la consideración más importante de todas. Sin los eduos que nos abastezcan, no podemos seguir adelante. Por lo tanto... a la Provenza.

—Donde hay disensiones por todas partes —intervino una voz nueva.

Fabio, Quinto Cicerón y Sextio miraron, asombrados, a la entrada de la tienda, cuya tela se encontraba abierta, que estaba tapada casi en su totalidad por una figura tan voluminosa que la cabeza parecía ser demasiado pequeña para aquellos enormes hombros.

—Vaya, vaya —dijo César con simpatía—. ¡Marco Antonio por fin! ¿Cuándo terminó el juicio de Milón? ¿A primeros de abril? ¿A cuántos estamos hoy? ¿A mediados de *quinctilis*? ¿Cómo has venido, Antonio? ¿Dando un rodeo por Siria?

Antonio tiró de la tela de la tienda para cerrar la puerta y se quitó el *sagum* sin inmutarse lo más mínimo por aquel recibimiento tan irónico. Sus dientes pequeños, perfectos y blancos brillaron cuando esbozó una sonrisa amplia; se pasó una mano por el cabello rizado de color castaño tirando a rojizo y se quedó mirando a su primo segundo sin la menor expresión de disculpa.

—No, no he pasado por Siria —respondió, y echó un vistazo a su alrededor—. Ya sé que hace mucho que pasó la hora de la cena, pero, ¿podría comer algo?

—¿Por qué habría yo de darte comida, Antonio?

—Porque traigo un montón de noticias y tengo el estómago vacío.

—Puedes comer pan, aceitunas y queso.

—Preferiría buey asado pero si no queda más remedio, me conformaré con pan, aceitunas y queso. —Antonio tomó asiento en un taburete vacío—. ¡Hola, Fabio! ¡Hola, Sextio! ¿Cómo va eso? ¡Y Quinto Cicerón, nada menos! Desde luego, frecuentas unas compañías bien extrañas, César.

Quinto Cicerón se ofendió, pero vio que el insulto iba acompañado de una sonrisa victoriosa y que los otros dos legados también estaban sonriendo.

Le llevaron la comida y Antonio se puso a comer con apetito. Dio un trago de un vaso que un sirviente le había llenado, parpadeó, y lo dejó indignado.

—¡Es agua! —exclamó—. ¡Yo necesito vino!

—Estoy seguro —le dijo César—, pero no lo encontrarás en ninguno de mis campamentos de guerra, Antonio. Yo dirijo una operación sin bebida. Y si mis legados seniors se conforman con agua, más vale que mi humilde cuestor haga lo mismo. Además, una vez que empiezas no puedes parar, y ésa es señal segura de una insana adicción a una sustancia muy venenosa. Estar de campaña conmigo te vendrá bien. En realidad, vas a estar tan sobrio que quizá descubras que las cabezas que no duelen son capaces de pensar en serio. —César vio que Antonio abría la boca para protestar y decidió continuar hablando sin darle tiempo a ello—. ¡Y no te pongas a hacer un discurso sobre Gabinio! Él no fue capaz de controlarte, yo sí lo soy.

Antonio cerró la boca, parpadeó con aquellos ojos de color castaño, puso una expresión que parecía el Etna a punto de entrar en erupción y luego rompió a reír.

—¡Oh, no has cambiado nada desde el día en que me diste un puntapié tan fuerte en el *podex* que estuve una semana sin poder sentarme! —dijo cuando fue capaz de hablar—. Este hombre es el azote de nuestra familia entera —les anunció a los demás—. Es un terror. Pero cuando habla, incluso mi madre, que es monumentalmente tonta, deja de aullar y chillar.

—Si puedes hablar tanto, Antonio, preferiría oírte decir algo sensato —le dijo César con seriedad—. ¿Qué está pasando en el sur?

—Bien, he estado en Narbona para ver a tío Lucio. Y no, no fui por mi cuenta, sino porque encontré un mensaje en Arlés donde me pedía que fuera. Te envía una carta que es aproximadamente igual de larga que cuatro libros. —Metió la mano en la alforja que estaba a su lado, en el suelo, y sacó un rollo muy grueso que le entregó a César—. Si quieres, puedo resumírtela, César.

—Pues sí, sí que me interesa oír tu resumen, Antonio. Adelante con él.

—Empezó en el momento en que llegó la primavera. Lucterio envió a los gabalos y a algunos arvernos del sur a la parte oriental del Cebenna para hacer la guerra a los helvios. Eso fue lo peor de todo —dijo Antonio apesadumbrado—. Los helvios fueron aplastados en campo abierto. Habían decidido que eran lo bastante numerosos como para derrotar a los gabalos en el campo de batalla, pero no habían contado con el contingente arverno. Los derrotaron de forma contundente. Donotauro murió en la batalla pero Caburo y sus hijos mayores sobrevivieron y desde entonces las cosas han ido mucho mejor. Ahora los helvios se encuentran a salvo dentro de sus poblados y resisten.

—Perder a uno de sus hijos le habrá producido a Caburo un dolor terrible —comentó César—. ¿Tienes idea de lo que están pensando los alóbroges?

—¡Desde luego, no en unirse a Vercingetórix! He pasado por sus tierras y se veía mucha actividad. Había fortificaciones por todas partes, y todos los poblados estaban bien vigilados. Se han preparado para cualquier ataque.

—¿Y los volcos arecomicos?

—Los rutenos, los cardurcos y algunos de los petrocorios han atacado a todo lo largo de la frontera de la Provenza entre el Vardo y el Tarnis, pero tío Lucio los había armado y organizado de forma muy eficiente, así que han resistido sorprendentemente bien. Aunque algunos de sus asentamientos más remotos han sufrido, por supuesto.

—¿Y Aquitania?

—De momento no hay muchos problemas. Los nitiobriges se han declarado partidarios de Vercingetórix. Teutomaro, su rey, logró adquirir algunos soldados mercenarios a caballo entre los aquitanos, pero se considera demasiado bien nacido para servir bajo un simple mortal como Lucterio, así que se marchó para unirse a Vercingetórix. Aparte de eso, la paz y la quietud reinan al sur del Garona. —Antonio hizo una pausa—. Todo esto lo sé por tío Lucio.

—Tu tío Lucio disfrutará con el final de la odisea del altivo rey Teutomaro. Éste tuvo que huir de Gergovia sin ponerse la camisa y en un caballo herido. De no haber sido así, algún día estaría formando en mi desfile triunfal —dijo César.

Inclinó la cabeza hacia Marco Antonio, con el gesto coloreado con un peculiar matiz de algo que los tres legados no habían visto nunca antes en él; de repente parecía el más alto y poderoso de los reyes, y Antonio, nada más que un simple gusano a sus pies. ¡Qué extraordinario!

—Gracias, Antonio —concluyó César.

Se dio la vuelta para mirar a Fabio, a Sextio y a Quinto Cicerón. Ahora volvía a ser el César de siempre, en absoluto diferente al de otras mil ocasiones. Imaginación, pensaron Fabio y Sextio. Es el rey de toda esta familia, pensó Quinto Cicerón. No es de extrañar que mi hermano Cicerón y él no se llevasen bien, pues los dos son los reyes de la familia.

—Muy bien, la situación en la Provenza es estable aunque peligrosa. Sin duda Vercingetórix es tan consciente de lo que está pasando como yo lo soy en estos momentos. Sí, él se creerá que yo me voy a retirar a la Provenza. Así que supongo que tengo que complacerle.

—¡César! —exclamó Fabio ahogando un grito y con los ojos muy abiertos—. ¡No lo hagas!

—Naturalmente, primero tengo que dirigirme a Agedinco. Al fin y al cabo, no puedo dejar a Trebonio y la impedimenta atrás, y mucho menos a la leal e incansable decimoquinta legión. Y tampoco puedo marcharme sin el bueno de Tito Labieno y las cuatro legiones que tiene consigo.

—¿Cómo le va? —le preguntó Antonio.

—Muy bien, como siempre. Cuando no pudo tomar Lutecia se marchó corriente arriba hacia Metiosedo, la otra gran isla del Secuana. Cayó inmediatamente... no habían quemado sus barcos. Después regresó a Lutecia. En el momento en que apareció, los parisienses prendieron fuego a la fortaleza de su isla y se dispersaron hacia el norte. —César frunció el ceño y se removió un poco en la silla curul de marfil—. Parece que se está corriendo la voz desde un extremo de la Galia al otro de que me derrotaron en Gergovia y de que los eduos se han sublevado.

—¿Qué? —preguntó Antonio, extrañado; pero una mirada rápida lo acalló.

—Según la carta de Labieno que he recibido esta tarde a última hora, ha decidido que éste no era el momento de embrollarse enrevesadamente en una campaña larga al norte del Secuana. ¡Es asombroso lo bien que conoce mi manera de pensar! Sabía que yo quería a mi ejército entero. —Un matiz de amargura apareció en la voz de César—. Antes de marcharse opinaba que era prudente enseñarles a los parisienses, cuyo jefe era uno de los aulercios, el anciano Camulogeno, y a sus nuevos aliados que no es rentable fastidiar a Tito Labieno. Los nuevos aliados eran los atrebates de Commio y unos cuantos belovacos. Labieno los engañó. Siempre se puede engañarlos. Ahora la mayor parte están muertos, incluso Camulogeno y los atrebates. Y justo en este momento Labieno marcha hacia Agedinco. —César se puso en pie—. Me voy a la cama. Mañana hay que salir temprano... pero no hacia la Provenza. Hacia Agedinco.

—¿Realmente sufrió César una derrota en Gergovia? —le preguntó Antonio a Fabio cuando salían de la tienda del general.

—¿Él? ¿Derrotado? No, claro que no. Se puede decir que quedaron en tablas.

—Que podría haberse convertido en una victoria si esos desgraciados de los eduos no lo hubieran obligado a retroceder por el norte del Loira —intervino Quinto Cicerón—. Los galos son un enemigo difícil, Antonio.

—Por la voz no daba la impresión de estar muy contento con Labieno, a pesar de dedicarle profusas alabanzas.

Los tres legados seniors intercambiaron miradas tristes.

—Bueno, Labieno es un problema para César, pues no es un hombre de honor pero es muy brillante en el campo de batalla. A nosotros nos parece que César odia el hecho de tener que necesitarlo —dijo Quinto Cicerón.

—Para más información, pregúntale a Aulo Hircio —le recomendó Sextio.

—¿Dónde duermo esta noche?

—En mi tienda —le dijo Fabio—. ¿Tienes mucho equipaje? Todos vosotros, los potentados de Siria, tenéis mucho, claro. Bailarinas, máscaras, carros tirados por leones.

—En realidad siempre he anhelado conducir un carro tirado

por leones —le aseguró Antonio sonriendo—. Pero no sé por qué me parece que mi primo Cayo no lo aprobaría. Así que dejé todas las bailarinas y máscaras en Roma.

—¿Y los leones?

—Siguen lamiendo sus chuletas en África.

—¡No veo motivo por el que los eduos debamos reconocer a un arverno como alto rey y jefe en el mando! —declaró Litavico a los jefes de tribu reunidos en Bibracte.

—Si los eduos desean pertenecer a la nación nueva e independiente de la Galia, deben inclinarse ante la voluntad de la mayoría —le indicó Cathbad desde el estrado que compartía con Vercingetórix.

Aquello había causado el descontento de los eduos. Cuando los nobles eduos entraron en la sala donde celebraban sus propios consejos, descubrieron que sólo dos hombres iban a presidir con gran pompa... y que ninguno de ambos iba a ser eduo. ¡Tener que discutir desde el suelo del salón mirando hacia arriba a un arverno era algo intolerable! ¡Un insulto demasiado grande!

—¿Y quién dice que es Vercingetórix el hombre que la mayoría quiere? —exigió Litavico—. ¿Se han celebrado elecciones? ¡Si ha sido así, a los eduos no se nos ha invitado! ¡Lo único que sabemos es que Cathbad insistió en que un pequeño grupo de jefes de tribu, ninguno de los cuales era eduo, debía doblar la rodilla izquierda ante Vercingetórix y reconocerlo como rey! ¡Pero nosotros no lo hemos hecho! ¡Ni lo haremos!

—¡Litavico, Litavico! —exclamó Cathbad poniéndose en pie—. ¡Si hemos de ganar, si tenemos que independizarnos como una nación unida, alguien tiene que ser el rey hasta que terminen las guerras que han de asegurarnos la autonomía! Entonces tendremos tiempo suficiente para reunirnos en asamblea todos los pueblos y decidir la estructura permanente que deba tener nuestro gobierno. Los Tuatha eligieron a Vercingetórix para que mantenga unidos a nuestros pueblos hasta que llegue ese momento.

—¡Oh, ya comprendo! De manera que eso ocurrió en Carnutum, ¿verdad? —preguntó Coto con desprecio e ironía poniéndose en pie—. ¡Un druida urde todo esto para que uno de nuestros enemigos tradicionales suba al trono!

—No hubo conspiración, no hay conspiración —le dijo Cathbad con paciencia—. Lo que todos los eduos presentes aquí hoy deben recordar es que no fue un eduo quien se ofreció a sí mismo a los pueblos de la Galia. No fue un eduo quien inspiró esta convulsión de resistencia que le está amargando la vida a César. No fue un eduo quien viajó entre los pueblos de la Galia a tratar de conseguir apoyo. Fue un arverno. ¡Fue Vercingetórix!

—Sin los eduos vuestra Galia unida no tiene nada que hacer —le dijo Convictolavo alineándose al lado de Litavico y Coto—. Sin los eduos no habría habido victoria en Gergovia.

—¡Y sin los eduos vuestra presunta Galia unida se queda tan hueca como un hombre de paja! —gritó Litavico irguiéndose lleno de orgullo—. ¡Sin los eduos nunca conseguiréis tener éxito! Lo único que tenemos que hacer para acabar con vosotros es pedirle perdón a César y volver a trabajar para los romanos. Darles comida, darles caballería, darles infantería, darles información. ¡Sobre todo eso, darles información!

Vercingetórix se puso en pie y se acercó al borde del estrado en el cual hasta aquel día no había presidido nadie salvo los eduos. O César; cosa que los eduos preferían no recordar.

—Nadie está negando la importancia de los eduos —comenzó a decir en tono enérgico—. Nadie quiere hacer de menos a los eduos, y yo menos que nadie. ¡Pero yo soy el rey de la Galia! No hay nada que discutir, no existe la menor posibilidad de que el resto de los pueblos de la Galia estén dispuestos a sustituirme por uno de vosotros. Tú tienes grandes ambiciones, Litavico. Y has demostrado ser inmensamente valioso para nuestra causa. Yo soy el último hombre de los aquí presentes que se atrevería a negar eso. Pero no es tu cara la que los pueblos de la Galia ven debajo de una corona. ¡Porque yo llevaré una corona, no una cinta blanca como esos que gobiernan en Oriente!

Cathbad se le acercó y se quedó de pie a su lado.

—La respuesta es muy sencilla —les explicó—. Todos los pueblos de la Galia libre están representados aquí hoy excepto los remos, los lingones y los tréveres. Los tréveres envían disculpas y sus mejores deseos. No pueden abandonar sus pueblos porque los germanos los atacan constantemente para robarles caballos. En cuanto a los remos y a los lingones, ésa es gente que está de parte de Roma. Ya les llegará su fatal destino. De modo que ahora vamos a votar. ¡Pero no para elegir a un rey! Sólo hay un candidato, Vercingetórix. El voto será un simple sí o no. ¿Es Vercingetórix el rey de la Galia o no lo es?

El resultado de la votación fue contundente: sólo los eduos votaron que no.

Y allí en el estrado, después de haberse llevado a cabo la votación, Cathbad sacó un objeto de debajo de un velo blanco adornado con muérdago: un casco de oro y piedras preciosas con un ala de oro y piedras preciosas a cada lado. Vercingetórix se arrodilló y Cathbad lo coronó rey. Cuando los jefes de tribu hincaron la rodilla izquierda, los eduos acabaron por capitular y lo hicieron también.

—Podemos esperar —le susurró Litavico a Coto—. ¡Dejemos que sea Vercingetórix la víctima propiciatoria! Si puede utilizarnos a nosotros, nosotros podemos utilizarlo a él.

Vercingetórix era bien consciente de aquellas murmuraciones, pero prefirió ignorarlas. Una vez que la Galia se librase de Roma y de César, podría dedicar sus energías a defender su derecho a llevar la corona.

—Cada pueblo enviará a diez rehenes del más alto rango para que sean custodiados en Gergovia —dijo el rey de la Galia, que había estado hablando del asunto con Cathbad antes de la asamblea. Como prueba de desconfianza, había dicho Cathbad. Como prueba de prudencia, había corregido Vercingetórix—. No es mi intención aumentar el tamaño de mi ejército de infantería antes de la concentración general en Carnutum, porque no estoy dispuesto a medir nuestras fuerzas con el ejército de César en una batalla campal. Pero voy a convocar a quince mil guerreros de caballería extra... que se nos han de proporcionar de inmediato. Tal es mi mandato como rey vuestro. Con éstos y con la caballería que ya tengo impediré que los romanos salgan a buscar alimentos de ningún tipo. —Su voz se hizo más potente—. Además de eso, requiero un sacrificio. Ordeno que todos los pueblos que se hallen en cualquier punto de la línea de avance de César destruyan sus aldeas, sus granos y sus silos. Los que hemos estado metidos en este asunto desde el principio ya lo hemos hecho. Pero ahora se lo ordeno a los eduos, a los mandubios, a los ambarros, a los secuanos y a los segusiavos. El resto de mis pueblos...

—Pero, ¿habéis oído eso? «¡Yo ordeno... El resto de mis pueblos!» —gruñó Litavico.

—... Mis demás pueblos alimentarán y darán cobijo a aquellos que deban sufrir para hacer sufrir a los romanos. Es la única manera. El valor en el campo de batalla no es suficiente. No luchamos contra cobardes, no luchamos contra míticos alocados escandios, no luchamos contra bobalicones. Nuestro enemigo es grande, valiente e inteligente. Nosotros quemamos nuestra tierra sagrada, enterramos nuestras cosechas, destruimos cualquier cosa que pueda ayudar al ejército de César o permitirle que coma. El premio bien vale la pena, camaradas galos. ¡El premio es la libertad, la verdadera independencia, nuestra propia nación! *¡Hombres libres en un país libre!*

—¡Hombres libres en un país libre! —aullaron los jefes de tribu aporreando con los pies el suelo de madera hueca hasta producir un gran estruendo.

Luego los pies cogieron un ritmo y patearon como el toque marcial de un millar de tambores mientras Vercingetórix, con su resplandeciente corona, los miraba desde arriba.

—Litavico, te ordeno que envíes diez mil soldados de infantería edua y ochocientos de caballería a las tierras de los alóbroges. Haz la guerra con ellos hasta que consigas que se unan a nosotros —le dijo el rey.

—¿Me pides que los conduzca yo en persona?

Vercingetórix sonrió.

—Mi querido Litavico, tú eres demasiado valioso para desperdiciarte con los alóbroges —le dijo con seriedad—. Con que vaya uno de tus hermanos basta. —El rey de la Galia levantó la voz—. ¡Me he enterado de que los romanos han comenzado la marcha saliendo de nuestro territorio y adentrándose en la Provenza! ¡La marea que empezó a girar con nuestra victoria en Gergovia está inundándolo todo!

El ejército de César estaba reunido de nuevo, aunque la decimoquinta legión ya no estaba presente; los hombres que la formaban, ya bien entrenados, se repartieron entre las otras diez legiones para cubrir los huecos que dejaban los caídos, particularmente en la más que diezmada octava. Con Labieno, Trebonio, Quinto Cicerón, Fabio, Sextio, Hircio, Décimo Bruto, Marco Antonio y otros legados, el ejército marchaba con todas sus pertenencias hacia el este desde Agedinco, hacia las tierras de los siempre leales lingones.

—Debemos de parecer un cebo bueno y gordo —le comentó César a Trebonio con satisfacción—. Diez legiones, seis mil soldados de caballería y toda la impedimenta.

—De esa caballería, dos mil hombres son germanos —dijo Trebonio sonriendo y volviéndose para mirar a Labieno—. ¿Qué opinas tú de nuestra nueva caballería, Tito?

—Que vale hasta el último sestercio que se ha pagado por sus caballos —repuso Labieno gruñendo de contento. Sonrió y dejó al descubierto los dientes de caballo—. ¡Aunque me imagino, César, que tu nombre no estará en boca de nuestros gravemente ofendidos tribunos militares!

César se echó a reír y levantó las cejas. Mil seiscientos germanos los habían esperado en Agedinco, y Trebonio se había esforzado muchísimo en cambiarles los rocines por corceles remos. No porque los remos se refrenasen, pues cobraban un precio tan elevado por sus caballos que estaban preparados para entregar hasta el último animal que tuvieran excepto los sementales, sino porque los remos, sencillamente, no tenían suficientes reservas. Cuando César llegó solucionó la escasez obligando a sus tribunos militares a ceder sus altas bellezas italianas a cambio de burros germanos, fueran caballos públicos o no. El grito de angustia se oyó a varios kilómetros de distancia, pero César no se dejó conmover.

—Podéis hacer vuestro trabajo tan bien desde los lomos de una jaca como si fuerais montando a Pegaso —les dijo—. ¡La necesidad manda, así que *tacete, ineptes*!

La serpiente romana de veinticuatro kilómetros de longitud,

con las escamas brillando, siguió su tortuoso camino hacia el este con dos mil jinetes germanos y cuatro mil remos alborotando a los lados de la columna.

—¿Por qué forman una columna tan larga? —preguntó el rey Teutomaro al rey Vercingetórix, sentados ambos en sus caballos en lo alto de una colina mientras observaban aquella procesión que parecía interminable—. ¿Por qué no marchan en un frente más amplio? Podrían seguir marchando en esas columnas que tanto aprecian, pero sencillamente yendo en cuatro, cinco o seis columnas paralelas unas a otras.

—Porque ningún ejército es lo bastante grande para atacar una columna estrecha en toda su longitud —repuso con paciencia el rey Vercingetórix—. Aunque yo tuviera los tres o cuatrocientos mil hombres que espero tener después de la concentración de Carnutum, no sería más que una hilera estrecha. Aunque con esa gran cantidad de hombres yo, desde luego, lo intentaría. La serpiente romana es muy inteligente. No importa en qué lugar se ataque a la columna, el resto de la misma sabe actuar como si fueran alas: dan la vuelta y rodean a los atacantes. Y están entrenados tan rigurosamente que saben formar en uno o varios cuadros en el mismo tiempo que nosotros tardaríamos en organizar una carga. Ése es uno de los motivos por los que quiero millares de arqueros. He oído decir que hace un año escaso los partos atacaron a una columna romana en marcha y la derrotaron. Gracias a los arqueros y a que todo el ejército era de caballería.

—Entonces, ¿vas a dejar que se vayan? —le preguntó el rey Teutomaro.

—No, ilesos no. Tengo treinta mil hombres a caballo contra los seis mil de que disponen ellos. Es una proporción bonita. Nada de batallas de infantería, Teutomaro. Pero tendremos una batalla de caballería. ¡Oh, lo que daría porque llegase el día en que pueda emplear arqueros a caballo!

Vercingetórix atacó con su caballería en tres grupos separados cuando el ejército de César marchaba no lejos del margen norte del río Icauna. La estrategia gala dependía de la reticencia de César a permitir que el contingente de caballería relativamente pequeño de que disponía diera rienda suelta y se alejara de la columna de infantería; Vercingetórix estaba convencido de que César les ordenaría pegarse a la columna, y se contentaría con rechazar el ataque galo.

Tan confiados estaban los galos que incluso hicieron en un juramento público ante su rey: ningún hombre que no hubiera cabalgado dos veces a través de la columna de infantería romana volvería a conocer de nuevo los placeres de su hogar, de su esposa y de sus hijos.

Dos de los tres grupos galos se masificaron en un número de nueve mil a cada flanco romano, mientras que el tercero comenzó a hostigar la cabeza de la columna. Pero el problema era que el terreno para llevar a cabo un ataque a caballo de esa envergadura tenía que ser muy llano, de manera que permitiera maniobrar con facilidad; terreno fácil para que la infantería romana maniobrase y formase cuadro dejando toda la impedimenta y la artillería dentro. Y César no actuó como Vercingétorix había calculado. En vez de ordenar a su caballería que permaneciese pegada y protegiera a la infantería, dejó que ésta se protegiese a sí misma y con la caballería hizo tres grupos de dos mil que envió bajo las órdenes de Labieno a contender con los galos en terreno abierto.

Los germanos del flanco derecho ganaron aquel día; alcanzaron la cima de un risco, echaron de allí a los galos, que le tenían terror a la caballería germana, y comenzaron a cabalgar entre ellos lanzando alaridos. Los galos echaron a correr hacia el sur y se les obligó a ir de cabeza al río, donde el propio Vercingétorix formó a su infantería para el combate y trató de contener el pánico. Pero nada podía detener a los germanos que gritaban a pleno pulmón, sobre todo en aquellas monturas tan soberbias. Los guerreros ubios, que llevaban el cabello enroscado para formar un complicado nudo en la parte superior de la cabeza descubierta, atropellaban a todo el mundo, presas de un frenesí asesino. Menos aventurados, los remos se picaron en su orgullo e hicieron lo que pudieron por emular a los germanos.

Fue Vercingétorix quien se batió en retirada, con los germanos y los remos hostigando a su retaguardia todo el día.

Por suerte la noche fue oscura y la caballería de César se retiró, posibilitando así que el rey de la Galia pudiera poner a sus hombres en un campamento improvisado.

—¡Cuántos germanos! —comentó Gutruato sintiendo un estremecimiento.

—Pero montados todos en caballos remos —observó Vercingétorix lleno de amargura—. ¡Oh, a esos remos tendremos que ajustarles las cuentas!

—Y he ahí nuestro principal problema —le indicó Sedulio—. Hablamos mucho acerca de estar unidos, pero algunos de nuestros pueblos se niegan a ello y otros no ponen todo el corazón en la causa. —Miró furibundo a Litavico—. ¡Como los eduos!

—Los eduos han demostrado hoy su temple —respondió Litavico con los dientes apretados—. Coto, Cavarilo y Eporedórix no han regresado. Están muertos.

—No, yo he visto cómo capturaban a Cavarilo —dijo Drapes—, y vi cómo los otros dos se batían en retirada. No todos están aquí. Algunos se salieron por la tangente, yo creo que para rodear las tropas de César, y se dirigieron al oeste.

—¿Y qué vamos a hacer ahora? —quiso saber Teutomaro.

—Creo que ahora tendríamos que esperar a la concentración general —respondió Vercingetórix lentamente—. Sólo faltan unos días. Confiaba en poder ir a Carnutum en persona, pero este contratiempo... tengo que quedarme con el ejército. Gutruato, te encomiendo a ti la concentración de Carnutum. Llévate a Sedulio y a sus lemosines, a Drapes y los senones, a Teutamaro y a los nitiobriges y a Litavico y a los eduos. Yo me quedaré con el resto de la caballería y con nuestros ochenta mil hombres de infantería: los mandubios, los bitúrigos y todos mis arvernos. ¿Cuánto hay de aquí a Alesia, Dadérax?

El jefe de la tribu de los mandubios le respondió sin la menor vacilación.

—Aproximadamente ochenta kilómetros en dirección al este, Vercingetórix.

—Entonces iremos a asentarnos durante unos días en Alesia. Sólo durante unos días. No tengo la menor intención de que se repita lo de Avárico.

—Alesia no se parece en nada a Avárico —le recordó Dadérax—. Es demasiado grande, está demasiado alta y demasiado protegida como para que la asalten o la sitien. Aunque los romanos traten de preparar alguna clase de bloqueo parecido al de Avárico, no pueden tenernos allí encerrados, y tampoco pueden atacarnos. Cuando queramos marcharnos, podremos hacerlo.

—Critognato, ¿cuánta comida tenemos? —le preguntó Vercingetórix a su primo arverno.

—Suficiente para diez días si Gutruato y los que van al oeste nos lo dejan casi todo.

—¿Cuánta comida hay en Alesia, Dadérax, dado que seremos ochenta mil hombres además de los diez mil de caballería?

—Suficiente para diez días. Pero podremos llevar más comida, pues los romanos no pueden bloquear todo el perímetro. —Soltó una risita—. ¡Apenas hay una franja de terreno llano!

—Entonces mañana separaremos nuestras fuerzas como he indicado. A Carnutum, con Gutruato, irá la mayor parte de la caballería y unos cuantos hombres de infantería. A Alesia, conmigo, la mayor parte de la infantería y diez mil hombres de caballería.

Las tierras que pertenecían a los mandubios se extendían a una altitud de unos doscientos cincuenta metros por encima del nivel del mar, con colinas escarpadas que se elevaban otros doscientos metros por encima de esa alta meseta. Alesia, su principal fortificación, se extendía en lo alto de un monte aplastado, con forma como de diamante, rodeado de montañas de una altura parecida. En los dos lados largos, que miraban al norte y al sur, estas colinas adyacentes se apretujaban a su alrededor, mientras que por el este el final de una sierra casi tocaba la ciudad. Al fondo del empinado terreno, en los dos lados largos, fluían dos ríos. Para completar su excelencia natural, Alesia tenía más precipicios en el oeste que en los otros lados, y era al oeste donde delante de ella se extendía el único terreno llano y abierto de la zona, un pequeño valle de cerca de cinco kilómetros de longitud donde los dos ríos fluían casi uno al lado del otro.

Formidablemente amurallada en el estilo *murus gallicus*, la ciudadela ocupaba el extremo occidental más escarpado del monte; el este formaba cuesta gradualmente hacia abajo y no estaba amurallado. Varios millares de mandubios dependientes se refugiaban en la ciudad: mujeres, niños y viejos; los hombres jóvenes se habían ido a la guerra.

—Sí, la recuerdo perfectamente —dijo César cortante cuando el ejército llegó a la pequeña llanura por donde corrían los dos ríos, en el extremo oeste del monte—. Trebonio, ¿qué nuevas nos traen los exploradores?

—Que Vercingetórix se ha marchado definitivamente tierra adentro, César. Junto con unos ochenta mil hombres de a pie y diez mil a caballo. Toda la caballería parece estar acampando en la parte exterior de las murallas, en el extremo oriental de la meseta. Es bastante seguro cabalgar hacia el este si quieres verlos por ti mismo.

—¿Estás dando a entender que no iría a verlos si no fuera seguro?

Trebonio parpadeó.

—¿Después de todos estos años juntos? ¡Por supuesto que no! Échale la culpa a mi lengua, me ha hecho quedar mal con lo que debería haber sido una simple frase.

César, que iba montado en una vulgarísima jaca alemana, la obligó volver la cabeza con urgencia y le dio unas cuantas patadas en las costillas para que se moviera.

—¿Por qué es tan susceptible? —comentó en un susurro Décimo Bruto.

—Porque esperaba que la cosa no fuera tan mala como la recordaba —repuso Fabio.

—¿Y por qué iba eso a amargarle el día? Ese lugar no se puede tomar de ninguna manera —intervino Antonio.

Labieno se echó a reír ruidosamente.

—¡Eso es lo que tú te crees, Antonio! Pero mira, mucho me alegro de que estés con nosotros. Con esos hombros seguro que puedes cavar magníficamente.

—¿Cavar?

—Y cavar, y cavar y cavar.

—¡César no hará cavar a sus legados, estoy seguro!

—Todo depende de la distancia y de la cantidad. Si él se pone a cavar, nosotros nos ponemos a cavar.

—¡Oh, dioses, estoy trabajando para un loco!

—Ojalá estuviera yo la mitad de loco que él —observó Quinto Cicerón pensativo.

En fila de uno los legados fueron cabalgando detrás de César a lo largo del río que fluía hasta más allá del lado sur de Alesia, y Antonio pudo ver qué grande era la cima aplanada, que ocupaba casi dos kilómetros de este a oeste. Tenía formaciones rocosas en las laderas, y un hombre podría trepar hasta la cima con bastante facilidad, sí, pero no en un asalto militar. Cuando llegase arriba estaría demasiado falto de aliento como para pelear, y se convertiría en un blanco perfecto para todos los lanceros y arqueros que hubiese en lo alto de las murallas. Incluso en el escaso kilómetro que medía el extremo oriental el acceso resultaba difícil para cualquiera que intentase encontrar un apoyo para poner el pie, y además tampoco había espacio para maniobrar.

—Han llegado antes que nosotros —comentó César señalando hacia el fondo de la ladera oriental, donde el camino empezaba a hacerse tortuoso al salir en dirección a la ciudadela.

Los galos habían construido un muro de casi dos metros desde los márgenes del río del norte hasta el río del sur, y luego, por delante del muro, habían cavado un foso y lo habían llenado de agua. Dos paredes más cortas serpenteaban por las laderas norte y sur del monte a poca distancia detrás del muro principal.

Desde aquellas defensas algunos soldados de la caballería gala empezaron a vocear y a insultar. La reacción de César fue sonreír y saludarlos con la mano. Pero desde el lugar donde estaban los legados montados en las jacas germanas, César no parecía simpático ni nada parecido.

Mientras tanto, en la pequeña llanura, las legiones estaban montando el campamento con eficiencia.

—Sólo campamento de marcha, Fabio —le indicó César—. Bien construido, pero nada más. Si vamos a terminar aquí esta guerra es inútil gastar energías en algo que vamos a desmontar dentro de muy pocos días.

Los legados, reunidos a su alrededor, no dijeron nada.

—Quinto, tú eres el hombre experto en bosques y troncos. Ponlo todo en marcha al amanecer. Y no tires las ramas que puedan servir: necesitamos estacas afiladas. Cortad árboles nuevos para construir los parapetos, las almenas y los cobijos para las torres. Sextio, coge a la sexta e id a buscar comida por ahí. Traed absolutamente todo lo que podáis encontrar. Necesito carbón vegetal, así que buscadlo. Pero no lo quiero para endurecer las estacas afiladas. Eso tendremos que hacerlo con higueras corrientes. El carbón vegetal es para trabajar todo el hierro que tenemos. Antistio, tú te encargas de eso:

pon a los herreros a construir las fraguas y diles que busquen los moldes de aguijones. Sulpicio, a ti te corresponden las excavaciones. Fabio, tú construirás los parapetos, las almenas y las torres. Como intendente, Antonio, tu trabajo consiste en tener a mi ejército adecuadamente abastecido. Si no cumples como es debido, te despojaré de tu ciudadanía, te venderé como esclavo y luego te crucificaré legalmente. Labieno, tú eres el hombre encargado de la defensa. Si puedes, arréglate sólo con la caballería, pues necesito a los soldados de infantería para las obras de construcción. Trebonio, tú eres mi segundo en el mando, me seguirás a todas partes. Décimo, Hircio, vosotros seguidme también. Necesito montones de todo y quiero que aquí haya comida por lo menos para treinta días. ¿Queda claro?

Nadie preguntaba nada, de manera que Antonio se decidió a hacerlo.

—¿Cuál es el plan?

César miró a su segundo en el mando.

—¿Cuál es el plan, Trebonio?

—Circunvalar, rodear toda Alesia con un terraplén —respondió éste.

—¿Circunvalar?

—Es una palabra larga, Antonio, estoy de acuerdo —comentó afablemente César—. Cir-cun-va-lar. Significa que construiremos fortificaciones alrededor de Alesia hasta que, por decirlo así, nuestras fortificaciones se muerdan la cola. Vercingetórix no se cree que yo pueda encerrarlo en la cima de esa montaña. Pero puedo. Y lo haré.

—¡Son varios kilómetros! —gritó Antonio, que no salía de su asombro—. ¡Y no hay terreno llano en la mayor parte del perímetro alrededor de la ciudad!

—Nosotros fortificamos colina arriba y valle abajo. Si no podemos dar la vuelta, pasamos por encima. Las principales fortificaciones abrazarán todo el perímetro. Habrá dos fosos. El exterior de cinco metros de ancho y dos y medio de profundidad, con los lados formando pendiente y el fondo como un canal, lo llenaremos de agua. Justo detrás de él, se cavará el segundo foso, que también tendrá cinco metros de anchura y dos y medio de profundidad, pero en forma de V, para que no se pueda pisar el fondo. Nuestro muro se levantará justo detrás de este foso, cuatro metros de tierra que obtendremos como resultado de excavar los fosos. ¿Qué te dice eso acerca de nuestro muro, Antonio? —ladró César.

—Que por dentro, en nuestro lado, el muro tendrá cuatro metros de altura, pero por fuera, por el lado de ellos, tendrá casi siete, porque arranca justo de un foso de casi tres metros de profundidad —respondió Antonio.

—¡Gracias a los dioses que ha dado en el blanco! —le susurró Décimo Bruto a Cicerón.

—Inevitable, Antonio es pariente suyo —observó Quinto Cicerón, experto en la familia.

—¡Excelente, Antonio! —le dijo César de corazón—. La plataforma para luchar que pongamos dentro, en lo alto del muro, tendrá tres metros de anchura. Por encima de ella colocaremos parapetos para asomarnos y almenas para refugiarnos detrás cuando no estemos mirando por encima. ¿Lo entiendes, Antonio? ¡Bien! Cada veinticinco metros a lo largo de todo el perímetro situaremos torres de tres pisos, más altas que la plataforma para pelear. ¿Tienes alguna pregunta, Antonio?

—Sí, general. Has descrito todo eso como las principales fortificaciones. ¿Qué más se te ha ocurrido?

—Dondequiera que el terreno sea llano, y por lo tanto sea probable que se produzcan ataques masivos, excavaremos una trinchera de lados verticales con siete metros de anchura y cinco de profundidad, a cuatrocientos pasos de distancia de nuestro foso, el que esté lleno de agua... ¡que son trescientos metros, Antonio! ¿Queda claro?

—Sí, general. ¿Qué piensas hacer con los cuatrocientos pasos... ¡que son trescientos metros, general!, que habrá entre la trinchera perpendicular y el foso lleno de agua?

—Creo que plantaré un jardín. Trebonio, Hircio, Décimo, vamos a cabalgar un poco, quiero medir la circunvalación.

—¿Cuánto calculas?

—Entre quince y veinte kilómetros.

—Está loco —le dijo Antonio a Fabio con convicción.

—¡Ah, sí, pero es una locura tan hermosa! —comentó Fabio sonriendo.

Cuando los vigías de la ciudadela vieron que empezaba la actividad, que los agrimensores avanzaban kilómetro tras kilómetro alrededor de la base de Alesia y que empezaban a formarse los fosos y la pared, comprendieron lo que César estaba haciendo. La reacción instintiva de Vercingetórix fue enviar la caballería al exterior. Pero a los galos les resultó imposible dominar el miedo que les tenían a los germanos y fueron rechazados de mala manera. La peor matanza ocurrió en el extremo oriental de la montaña, con los galos en completa retirada. Las puertas de la ciudad de Vercingetórix eran demasiado estrechas para permitir que los jinetes, presas del pánico, entrasen por ellas con facilidad, y los germanos, que los perseguían acalorados, mataban a los hombres y se marchaban con los caballos, porque la ambición de todo germano siempre ha sido poseer dos caballos soberbios.

Durante las noches siguientes los soldados galos supervivientes cabalgaron hacia el este atravesando la sierra, lo cual le indicaba a

César que Vercingetórix se daba cuenta ya del destino que le aguardaba. Él y ochenta mil soldados de infantería estaban atrapados dentro de Alesia.

Los dos fosos, la pared de tierra, los parapetos, las almenas y las torres fueron cobrando forma con una velocidad que Antonio, aunque se consideraba a sí mismo completamente instruido en cualquier asunto militar, encontraba del todo increíble. Al cabo de trece días, las legiones de César habían acabado todas aquellas estructuras sobre un perímetro que medía dieciocho kilómetros, además de la trinchera en todo el terreno llano.

También habían terminado de instalar el «jardín» de César en aquellos cuatrocientos pasos de terreno sin utilizar entre el foso lleno de agua y la trinchera, donde la había. Aunque la trinchera era profunda y perpendicular, sobre ella se podía tender un puente. Así se hizo, y los grupos de ataque que salían de Alesia acosaban a los soldados que trabajaban en las fortificaciones, cada vez con más pericia. Que César había tenido siempre intención de hacer lo que hizo era manifiesto, porque los herreros habían estado forjando pequeños aguijones con espinas desde el momento en que se estableció el campamento, y fabricaron miles y miles de ellos, hasta que todas las cerdas y todas las láminas de hierro que les habían quitado a los bitúrigos se acabaron.

Había tres peligros diferentes montados en aquellos cuatrocientos pasos de «jardín». En el terreno más cercano a la trinchera, los soldados habían enterrado troncos de madera de treinta centímetros de longitud en los cuales estaban clavados los aguijones de hierro; las puntas con espinas sobresalían del suelo, que estaba cubierto con una capa de hojas y maleza. Luego había una serie de pozos de un metro de profundidad con los lados un poco inclinados; algunas estacas maliciosamente afiladas y tan gruesas como los muslos de un hombre estaban clavadas en el fondo de los pozos, que en dos terceras partes del camino estaban llenos con la tierra apisonada. Una alfombra de juncos se había extendido sobre el suelo y se había cubierto de hojas por todas partes, de modo que las puntas de las estacas apenas asomaban por ella. Había ocho tramos de aquel invento, que las tropas llamaban *lirios*, dispuestas en una complicadísima serie de quincunces y diagonales. Más cerca del foso lleno de agua había cinco tramos de trincheras estrechas de un metro y medio de profundidad, en las cuales ramas afiladas, endurecidas al fuego y llenas de cuernos se habían fijado de tal modo que los cuernos apuntasen directamente a la cara de un hombre o al pecho de un caballo. A aquello los soldados lo llamaban en broma *lápidas*.

Los grupos de ataque no acudieron más.

—Bien —dijo César cuando los dieciocho kilómetros estuvieron terminados—. Ahora lo haremos todo otra vez por la parte de afue-

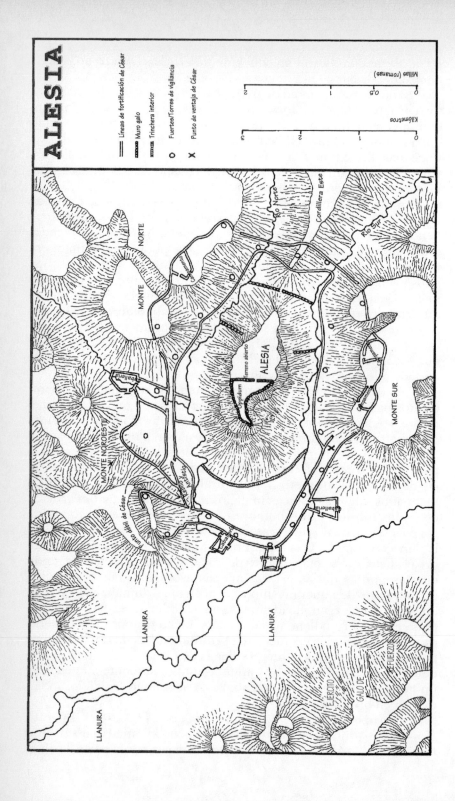

ALESIA

Líneas de fortificación de César
Muro galo
Trinchera interior
○ Fuertes/Torres de vigilancia
✕ Punto de ventaja de César

Millas (romanas)
0 0,5 1 2

Kilómetros
0 1 2 3

MONTE NORTE

Río Norte

Cordillera Este

Río Sur

ALESIA

Oppidum

Terreno abierto

MONTE SUR

MONTE NOROESTE

Río débil de César

Caballería

Caballería

Caballería

LLANURA

LLANURA

LLANURA

LLANURA

EJÉRCITO GALO DE REFUERZO

ra. Veintidós kilómetros por la ruta medida... tenemos que subir y pasar por encima de la mayor parte de los cerros, cosa que incrementa la distancia, desde luego. ¿Lo entiendes, Antonio?

—Sí, César —respondió éste con un brillo en los ojos, pues le gustaba ser blanco de las bromas de César y daba con gusto la imagen de zoquete torpón. De modo que hizo la pregunta que César deseaba que hiciera—: ¿Por qué?

—Porque los galos, Antonio, se están concentrando en Carnutum en este preciso momento. Antes de que hayan transcurrido muchos días llegarán a Alesia para rescatar a Vercingetórix. Por eso debemos tener fortificaciones para mantener a Vercingetórix dentro, y fortificaciones para mantener al ejército galo de refuerzo fuera. Nosotros nos quedaremos entre unos y otros.

—¡Ah! —exclamó Antonio dándose en la frente con la palma de su enorme mano—. ¡Como el recorrido que se forma en el Campo de Marte para la carrera de caballos de octubre! Nosotros estaremos en el camino en sí, y las fortificaciones forman los raíles. Alesia queda dentro, en el centro, y el ejército galo de relevo está en el exterior.

—¡Muy bien, Antonio! Una metáfora excelente.

—¿Cuánto tiempo nos queda hasta que llegue aquí el ejército de relevo?

—Los exploradores me han dicho que por lo menos otros trece días, y probablemente más. Aunque el perímetro exterior de fortificaciones tiene que estar terminado en los próximos trece días. Es una orden.

—¡Tiene cinco kilómetros de largo!

—Y los soldados tienen también cinco kilómetros de experiencia, Antonio —le explicó Trebonio tomando parte en la conversación—. Esta vez tardarán mucho menos en construir cada kilómetro.

Construyeron cada kilómetro mucho más de prisa, aunque el terreno era mucho más accidentado. Veintiséis días después de que el ejército de César llegase a Alesia, ésta estaba vallada entre dos círculos separados de fortificaciones idénticas que se miraban la una a la otra como en un espejo. Al mismo tiempo se erigieron veintitrés fuertes dentro de las líneas, se alzó una atalaya muy alta cada trescientos metros alrededor de las defensas exteriores, y tanto las legiones como la caballería entraron en campamentos fortificados por separado; las legiones estaban sobre terreno elevado, dentro de las líneas, y la caballería se encontraba en el exterior, cerca de un lugar en el que había abundancia de agua.

—No es una técnica nueva —comentó César al empezar la gira de inspección una vez acabadas las obras—. Ya se utilizó contra Aníbal en Capua, y Escipión Emiliano la usó dos veces, en Numancia y en Cartago. La idea es mantener dentro a los asediados e

imposibilitar cualquier intento de hacerles llegar ayuda y suministros procedentes del exterior. Aunque ninguna de las anteriores do-
bles circunvalaciones tuvo que combatir contra ejércitos de relevo
de un cuarto de millón de hombres. Había más gente dentro de Capua que dentro de Alesia, y el mismo número dentro de Cartago.
Pero, desde luego, nosotros tenemos el récord en lo referente a
ejércitos de relevo.

—Pues ha valido la pena el esfuerzo —comentó Trebonio malhumorado.

—Sí. No se nos permitirá el lujo de tener un Aquae Sextiae por
estos contornos. Los galos han aprendido desde que yo llegué aquí.
Además no tengo intención de perder a mi ejército. —Su rostro se
iluminó—. ¿Verdad que son buenos chicos? —preguntó con amor
en la voz—. ¡Qué buenos muchachos son! —Dirigió una mirada seria a los legados—. Tenemos la responsabilidad de hacer todo lo
que esté en nuestra mano para conservarlos con vida, si es posible,
ilesos. No quiero ver que todo el trabajo que se han tomado y la
buena voluntad que han puesto en ello resulta inútil. Con un ejército de relevo de un cuarto de millón de hombres, no creo que
sea pasarse de precavido. Todo esto se ha hecho para salvar la vida
de los soldados romanos. Y para asegurarnos la victoria. De un
modo u otro, la guerra de la Galia acabará aquí, en Alesia. —Sonrió, auténticamente satisfecho—. Aunque no tengo intención de
perderla.

La línea interior de las fortificaciones estaba en el fondo de las
vallas alrededor de Alesia, excepto en el extremo oriental, donde
atravesaba el final del risco; la línea exterior cruzaba el principio
de la pequeña llanura que había al oeste, subía hasta la cima del
monte que quedaba al sur de Alesia, volvía a bajar hacia el río meridional al este, subía por encima de la sierra oriental, volvía a bajar hasta el río septentrional y luego subía hacia la cima del monte
al norte de Alesia. Dos de los cuatro campamentos de infantería se
alzaban en el terreno elevado del monte del sur, y uno en el terreno elevado del monte del norte.

Y allí, donde descendía el monte del norte, yacía el único punto
débil de la circunvalación. El monte que quedaba al noroeste había
resultado demasiado grande para poder cruzarlo por encima. El
campamento de caballería situado en la parte exterior se había co-
nectado por detrás con la línea exterior de fortificaciones mediante una línea extra muy fuerte, pero el cuarto campamento de infantería estaba en un terreno demasiado difícil de fortalecer del
mismo modo. Por ese motivo se había puesto allí el campamento
para proteger un hueco que existía entre las líneas que ascendían
por el monte noroccidental y las líneas situadas a lo largo del campamento de infantería que, para empeorar las cosas, estaba atravesado en una ladera empinada y rocosa.

—Si exploran lo suficientemente bien, encontrarán el punto flaco —observó Labieno, y su coraza crujió cuando se inclinó hacia atrás y mostró su perfil de águila recortado contra el cielo; era el único entre todos los que componían el personal de categoría superior que cabalgaba sobre su propio caballo italiano de patas altas—. Una lástima.

—Sí —convino César—, pero sería también una lástima que nosotros no fuéramos conscientes de su existencia. El campamento de infantería protegerá ese punto. —Enganchó una pierna alrededor de los dos pomos delanteros de la silla del caballo, una costumbre suya, y se giró hacia atrás para señalar en dirección al sudeste—. En ese punto es donde yo tengo ventaja, allí arriba, en esa colina del sur. Ellos se concentrarán en este extremo occidental, pues tendrán demasiada caballería para atacar por el norte o por el sur. Vercingetórix bajará por el extremo occidental de Alesia para atacar nuestras fortificaciones interiores en el mismo punto.

—Ahora tenemos que esperar —suspiró Décimo Bruto.

Quizá porque últimamente no tenía acceso al vino, Marco Antonio se encontraba tan alerta, tan palpitante de interés y energía que absorbía todo lo que decían los legados y cada expresión de la cara de César, así como también cada palabra que éste pronunciaba. ¡Estar allí en aquel momento! Nada como lo de Alesia se había llevado a cabo nunca, no importaba lo que dijera César de Escipión Emiliano. Menos de sesenta mil hombres defendiendo una pista semejante a un hipódromo de veinte kilómetros de circunferencia, situados entre ochenta mil enemigos por el lado interior y un cuarto de millón por el exterior...

¡Estoy aquí! ¡Formo parte de ello! ¡Oh, Antonio, qué suerte tienes tú también! ¡Formo parte de ello! Por eso es por lo que los hombres trabajan con tanto ahínco para él, por lo que lo aman casi tanto como él los ama a ellos. César es el pasaje que tienen los soldados a la fama eterna, porque siempre comparte con ellos las victorias. Sin ellos César no es nada. Y él lo sabe. Gabinio no lo sabía, ni ninguno de los otros con los que he servido. Él sabe cómo piensan los soldados, habla su mismo lenguaje. Observar a César moverse entre ellos es como contemplarlo pasear entre una multitud de mujeres en una fiesta en Roma. Hay electricidad en el aire. Pero yo también la tengo, y un día ellos me amarán a mí igual que lo aman a él. Así que lo único que tengo que hacer es aprender sus trucos, y cuando César sea demasiado viejo para llevar esta vida, yo ocuparé su lugar. Algún día los hombres de César serán los hombres de Antonio. Diez años más y se le habrá acabado el momento. Diez años más y yo empezaré el mío. Yo seré más que Cayo Julio César. Y él no estará allí para eclipsarme.

Vercingetórix y sus jefes de tribu estaban de pie en lo alto de las murallas occidentales de Alesia, donde la parte superior plana se estrechaba hasta un punto que sobresalía más hacia el oeste, como un cristal caprichoso que sale de un diamante.

—Parece como si estuviesen acabando de recorrer a caballo todo el trayecto alrededor de sus defensas —comentó Biturgo—. Aquel de la capa color escarlata es César. ¿Quién es el que va montado en el único caballo bueno?

—Labieno —le informó Vercingetórix—. Tengo entendido que todos los demás han donado sus animales italianos a los bestias de los germanos

—Pues llevan mucho tiempo sin moverse de ese lugar —observó Dadérax.

—Están mirando la brecha que hay en sus defensas. Pero ¿cómo podré enviar un mensaje al ejército de relevo cuando llegue para comunicarles dónde está ese punto débil? No se ve desde ningún sitio más que desde aquí —dijo Vercingetórix, y dio media vuelta—. Vamos adentro. Es hora de que hablemos.

Eran cuatro: Vercingetórix, su primo Critognato, Biturgo y Dadérax.

—La comida —comenzó a decir el rey, y el hecho de que cada vez estuviera más demacrado confirió a la palabra cierto patetismo además de significado—. Dadérax, ¿cuánta comida nos queda?

—El grano se nos ha terminado, pero todavía tenemos ganado y ovejas. Y unos cuantos huevos si todavía hay gallinas a las que no se les haya retorcido el cuello. Llevamos cuatro días a media ración. Si volvemos a reducirla a la mitad, quizá nos dure otros cuatro o cinco días. Pero después tendremos que comernos el cuero de los zapatos.

Biturgo dio un puñetazo en la mesa con tanta fuerza que los otros tres dieron un bote.

—¡Oh, Vercingetórix, deja ya de fingir! —le exigió a voz en grito—. ¡El ejército de relevo tendría que haber llegado aquí hace cuatro días, eso lo sabemos todos! Y hay otra cosa que no dices pero que deberías decir: que en realidad no esperas que llegue ningún ejército.

Se hizo un silencio. Vercingetórix, sentado a un extremo de la mesa, puso las manos encima de la misma y giró la cabeza para mirar por la enorme ventana que había detrás de él y que tenía los postigos abiertos, pues era un suave día de primavera. Se había dejado crecer la barba y el bigote desde que se habían percatado de que estaban encerrados en Alesia, y era fácil ver por qué sólo él se afeitaba antes: su vello facial era escaso y de un color blanco plateado. Y tampoco llevaba puesta la corona que había guardado cuidadosamente.

—Si el ejército se hubiera puesto en camino creo que ahora ya estaría aquí —reconoció finalmente. Luego suspiró—. He perdido la esperanza, no vendrá. Por eso la comida es nuestra principal consideración.

—¡Han sido los eduos! —dijo Dadérax—. ¡Los eduos nos han traicionado!

—¿Piensas rendirte? —le preguntó Biturgo.

—Yo no. Pero si alguno de vosotros quiere guiar a sus hombres y rendirse a César, lo comprenderé.

—No podemos rendirnos —le aseguró Dadérax—. Si lo hacemos, la Galia no tendrá nada que recordar.

—Entonces hay que hacer una salida utilizando todas nuestras fuerzas a la vez —le sugirió Biturgo—. Por lo menos caeremos luchando.

Critognato era un hombre bastante mayor que Vercingetórix y no se parecía en nada a él; físicamente era grande, pelirrojo, de ojos azules y labios finos. Un galo perfecto. Como si encontrase la silla en la que estaba sentado a la mesa demasiado limitada, se puso en pie de un salto y empezó a pasearse de un lado a otro.

—Yo no me lo creo —dijo al tiempo que se golpeaba la palma de la mano izquierda con el puño derecho—. Los eduos han quemado sus barcos, no pueden traicionarnos porque no se atreven. Litavico iría a Roma en el equipaje de César y desfilaría en el triunfo de César. ¡Él es quien gobierna a los eduos, nadie más! No, yo no me lo creo. Litavico quiere que ganemos nosotros porque quiere ser rey de la Galia, no un vergobreto cualquiera que sea una marioneta domesticada de los romanos. Se esfuerza con todo su ser en ayudarte a ganar, Vercingetórix. ¡Más tarde nos traicionará! ¡Más tarde nos hará su jugada! —Caminó otra vez hacia la mesa y miró a Vercingetórix, implorante—. ¿No ves que tengo razón? —le preguntó—. ¡El ejército de relevo vendrá! ¡Estoy seguro de que vendrá! Por qué se retrasa, eso no lo sé. Y cuánto tiempo tardará en llegar, tampoco. ¡Pero vendrá!

Vercingetórix sonrió y extendió una mano.

—Sí, Critognato, vendrá. Yo también lo creo.

—Pues hace un momento dijiste lo contrario —observó Biturgo con un gruñido.

—Porque hace un momento pensaba lo contrario. Pero Critognato tiene razón. Los eduos tienen mucho que perder si nos traicionan. No, puede ser que la concentración haya tardado más en reunirse porque los pueblos se hayan demorado más en llegar de lo que yo había calculado. No hago más que pensar en cuánto tiempo habría tardado yo en organizarlo, y no debería pensar en ello. Gutruato es un hombre prudente y pausado mientras no lo domina la pasión, y no hay pasión alguna en organizar una concentración.

El entusiasmo fue creciendo a medida que Vercingetórix, que parecía más vivo, menos preocupado, hablaba.

—Entonces volveremos a reducir las raciones a la mitad —sugirió Dadérax.

—Hay otra cosa que podemos hacer para estirar más la comida —sugirió Critognato.

—¿Qué? —le preguntó Biturgo con escepticismo.

—Los guerreros tienen que sobrevivir, Biturgo. Nosotros debemos estar aquí y dispuestos para la lucha cuando llegue el ejército de relevo. ¿Te imaginas qué sentiría el ejército si tuviera que derrotar a César sólo para entrar aquí y encontrarnos muertos? ¿Qué sería de la Galia? El rey muerto, Biturgo muerto, Dadérax muerto, Critognato muerto y todos los guerreros, todas las mujeres y niños mandubios muertos. Y todo porque no teníamos suficiente comida. Porque nos habíamos muerto de hambre. —Critognato se alejó un poco y se detuvo en un lugar donde los otros tres pudieran verlo de la cabeza a los pies—. ¡Yo digo que hagamos lo que hicimos cuando nos invadieron los cimbros y los teutones! ¡Digo que hagamos lo que nuestro pueblo hizo entonces: encerrarse en los *oppida* y, cuando se acabe la comida, comerse a aquellos que no sean útiles! A los que no pueden pelear. Una dieta espantosa, pero necesaria. Así fue como los galos sobrevivimos entonces. ¿Y quiénes eran nuestros enemigos entonces? ¡Los germanos! Gente que se aburrió y se puso inquieta, que se fueron marchando para encontrar otras tierras y nos dejaron lo que teníamos antes de que ellos vinieran: nuestra libertad, nuestras costumbres y tradiciones, nuestros derechos. Pero ¿quiénes son nuestros enemigos ahora? ¡Los romanos! Y los romanos no se marcharán. Se quedarán con nuestras tierras, con nuestras mujeres, con el fruto de nuestros esfuerzos y nos quitarán nuestros derechos. ¡Construirán sus villas, pondrán en ellas sus calefacciones, sus cuartos de baño, sus jardines de flores! ¡Nos rebajarán a nosotros, elevarán a nuestros siervos! ¡Se adueñarán de nuestras *oppida* y las convertirán en ciudades! ¡Nosotros, los nobles, seremos sus esclavos! ¡Y yo os digo que prefiero comer carne humana que ser esclavo de los romanos!

Vercingetórix estaba atónito y tenía la cara pálida.

—¡Es espantoso! —exclamó.

—Yo creo que ésta es una cuestión que debemos tratar con el ejército —dijo Biturgo.

Dadérax se había desplomado sobre la mesa, con la cabeza enterrada entre los brazos.

—Mi pueblo, mi pueblo —murmuraba—. Mis viejos, mis mujeres, mis niños. Mis inocentes.

Vercingetórix respiró hondo.

—Yo no podría hacer eso —les dijo.

—Pues yo sí —dijo Biturgo—. Pero dejemos que lo decida el ejército.

—Si lo ha de decidir el ejército —intervino Critognato—, ¿para qué tenemos un rey?

Vercingetórix hizo ruido al arrastrar la silla cuando se puso en pie.

—¡Oh, no, Critognato, ésta es una decisión que el rey no va a tomar! Los reyes tienen consejeros... hasta el más grande de los reyes tiene consejeros. Y para decidir algo que nos rebaja al nivel de las bestias más rastreras, todo el pueblo debe intervenir —dijo—. Dadérax, reúne en asamblea a todo el mundo fuera de las murallas, en el extremo oriental del monte.

—¡Qué inteligente! —susurró Dadérax poniéndose en pie con esfuerzo—. ¡Tú ya sabes cuál será el resultado de la votación, Vercingetórix! Pero no tendrás que soportar el odio de tu pueblo. Votarán que nos comamos a mis inocentes porque tienen mucha hambre, y la carne es carne, al fin y al cabo. Pero yo tengo una idea mejor. Hagamos lo que todos los pueblos hacen con los que no pueden alimentar. Ofrezcamos los inocentes a los Tuatha, pongámoslos en la ladera de la colina, como si fueran bebés no deseados. Seamos como los padres que no están dispuestos a alimentarles, pero que al mismo tiempo rezan para que alguien que quiera algún niño recién nacido venga a lugar y se apiade de ellos. Así nos quitamos el asunto de en medio y lo ponemos en manos de los Tuatha. Quizá los romanos se apiaden de ellos y les permitan atravesar las líneas. Quizá los romanos tengan tanta comida que puedan permitirse echarles unas sobras. Quizá llegue el ejército de relevo. Quizá mueran en la ladera, abandonados por todos, incluidos los Tuatha. En eso sí estoy dispuesto a consentir. Pero ¿en serio esperáis de mí que consienta lo que que me obligaría a comerme a mi propio pueblo inocente o a morirme de hambre? ¡No lo haré nunca! ¡No lo haré! Lo que haré será arrojarlos como un regalo a los Tuatha. Si hago eso, tendremos varios miles de bocas menos que alimentar. No serán bocas de guerreros, pero las reservas de comida durarán mucho, mucho más. —Sus ojos, más negros por tener las pupilas dilatadas, brillaban a causa de las lágrimas—. ¡Y si el ejército de relevo no ha llegado cuando se acabe la comida, podréis comerme a mí el primero!

Las últimas reses que quedaban, que se encontraban al este, en el lado de Alesia que no tenía muralla, se trajeron en seguida al interior, y a las mujeres, a los niños y a los viejos se los echó fuera. Entre ellos se encontraban la esposa de Dadérax, su padre y su anciana tía.

Hasta que cayó la noche se acurrucaron en grupos debajo de la muralla, llorando, suplicando y llamando a sus hombres guerreros, que estaban dentro. Luego se enroscaron y durmieron intranquilos y hambrientos. Al romper el alba volvieron a suplicar, a llamar a gritos. Nadie respondió. Nadie acudió. Y a mediodía comenzaron el lento descenso hacia el pie de la montaña, donde se detuvieron al borde de la gran trinchera y extendieron los brazos hacia el muro romano, en el que se alineaban las cabezas a lo largo de los parapetos y por encima de todas las torres. Pero nadie respondió ni nadie les hizo señas para que se acercasen. Nadie acudió cabalgando por aquel tramo de tierra tan exquisitamente suave y cubierto de hojas que hacía de puente sobre la trinchera y les dejó pasar. Nadie les echó comida. Los romanos se limitaron a quedarse mirándolos hasta que se aburrieron de lo que veían; luego dieron media vuelta y volvieron a sus tareas.

Al final de la tarde los mandubios inocentes se ayudaron unos a otros a subir la colina de nuevo y se apiñaron debajo de las murallas para llorar, suplicar y gritar los nombres de aquellos guerreros que conocían y amaban, que se encontraban dentro. Pero nadie les respondió. Nadie acudió. Las puertas permanecieron cerradas.

—¡Oh, Dann, madre del mundo, salvad a mi pueblo! —murmuraba Dadérax en la oscuridad de su habitación—. ¡Sulis, Nuadu, Bodb, Macha, salvad a mi pueblo! ¡Que mañana llegue el ejército de relevo! ¡Id a interceder ante Esus, os lo ruego! ¡Oh, Dann, madre del mundo, salva a mi pueblo! ¡Sulis, Nuadu, Bodb, Macha, salvad a mi pueblo! ¡Que el ejército de relevo llegue mañana! ¡Id a interceder ante Esus, os lo ruego! ¡Oh, Dann, madre del mundo, salva a mi pueblo! Sulis, Nuadu, Bodb, Macha, salvad a mi pueblo...

Y así una y otra vez.

Las plegarias de Dadérax fueron atendidas: a la mañana siguiente llegó el ejército de relevo. Se acercó a caballo desde el sudoeste y tomó posesión de las alturas de aquella parte; su vista no imponía demasiado porque las montañas estaban cubiertas de bosque que ocultaba parcialmente a los hombres. Pero, hacia mediodía del día siguiente, la llanura de cinco kilómetros de los dos ríos estaba cubierta de punta a punta de apretadas filas de hombres a caballo, un espectáculo que ninguno de los vigías que estaban en lo alto de las torres romanas olvidaría nunca. Un mar de caballería, tantos millares que era imposible contarlos.

—Son tantos miles que nunca lograrán maniobrar —observó César de pie en su atalaya, justo debajo de la montaña sur en su lado occidental—. ¿Por qué da la impresión de que no acaban de aprender que más cantidad no significa necesariamente que sea mejor? Si pusieran en el campo de batalla una octava parte del número que tienen ahí abajo, sí que podrían vencernos. Seguirían siendo suficientes numéricamente y tendrían espacio para hacer lo que hay que hacer. Pero tal como están las cosas, su número no significa nada.

—Porque no hay ahí afuera un verdadero comandante en jefe —le dijo Labieno—. Hay varios comandantes conjuntos. Y no acaban de ponerse de acuerdo.

Toes, el querido caballo de guerra de César, mordisqueaba la hierba allí al lado con sus pezuñas, que, cosa extraña, tenían dedos, casi cubiertas por la hierba. El mando de guerra romano estaba reunido en asamblea y aquellos de entre los legados que ya no tenían a su cargo una sección del campo de batalla, como Trebonio, y treinta tribunos en sus burros germanos estaban preparados para salir cabalgando con órdenes hacia una u otra parte.

—Hoy es tu día, Labieno —le dijo César—. Hazlo tuyo. No te daré órdenes. Da las que a ti te parezca.

—Utilizaré a los cuatro mil hombres de los tres campamentos del lado llano —le informó Labieno con expresión feroz—. A los del campamento del norte los dejaré de reserva. Tienen que luchar en el eje vertical de la llanura, cuatro mil de los míos serán más que suficientes. Si las filas delanteras caen, harán caer a sus propias filas de la retaguardia.

Los cuatro campamentos de caballería sobresalían hacia el exterior del gran perímetro en vez de estar construidos por el lado interior del muro, como lo estaban los campamentos de infantería; estaban muy bien fortificados, pero los aguijones, los lirios y las lápidas no minaban el terreno delante de ellos. Mientras César y su alto mando miraban, las puertas exteriores de los tres campamentos de caballería que se adentraban en la pequeña llanura se abrieron y la caballería romana salió.

—Aquí viene Vercingetórix —dijo Trebonio.

César se volvió hacia las puertas del lado occidental de las murallas del sur de la ciudadela que se habían abierto de par en par; los galos salían en tropel para bajar corriendo por la empinada ladera del oeste armados con caballetes, rampas, tablones, cuerdas, garfios y pantallas.

—Por lo menos sabemos con seguridad que tienen hambre —comentó Quinto Cicerón.

—Y que saben lo que les está esperando en el suelo —dijo Trebonio—. Pero no tienen suficiente material almacenado ahí, y van a tardar horas en cruzar por el terreno sembrado de aguijones y de lirios antes de tener que vérselas con las lápidas y las auténticas fortificaciones.

César le silbó a *Toes*, que acudió junto a él inmediatamente, montó de un salto sin ayuda del mozo de cuadra y colocó su *palludamentum* de color escarlata brillante de manera que cubriera la grupa del caballo.

—A caballo todo el mundo —ordenó—. Trebonio, mantén los ojos abiertos. No quiero tener que repetir ninguna orden y espero que cualquier orden llegue a su destino exactamente con las mismas palabras que yo haya pronunciado.

Aunque César tenía a todos los soldados de infantería en sus puestos y todos sabían qué era lo que se esperaba de ellos, César no confiaba en que el enemigo atacase a pie aquel primer día; quienquiera que estuviera al mando estaba claro que esperaba que la enorme masa de caballería ganase la batalla para los galos y ablandase a las tropas romanas para atacarlas con la infantería al día siguiente. Pero aquel desconocido comandante galo era lo suficientemente inteligente como para poner algunos arqueros y lanceros entre las masas de caballería, y cuando las fuerzas se encontraron fueron aquellos hombres a pie los que ganaron terreno para los galos.

Desde el mediodía hasta casi la puesta de sol el resultado de la batalla estaba dudoso, aunque los galos creían que habían ganado ellos. Luego los cuatrocientos germanos de César, que luchaban juntos en un grupo, lograron concentrarse y hacer una carga. Los galos cedieron terreno, tropezaron con el enorme número de jinetes que no luchaban y que se encontraban detrás de ellos, y dejaron al descubierto a los arqueros y a los lanceros que iban a pie. Presa fácil para los germanos, que los mataron a todos. La marea cambió, los soldados germanos y remos de todo el campo atacaron y los galos se batieron en retirada. Se les persiguió hasta el campamento galo, pero Labieno, triunfante, ordenó a sus soldados volver antes de que el valor temerario deshiciera tanto trabajo bien hecho.

Vercingetórix y su ejército, como Trebonio había predicho, todavía estaban tratando de cruzar por el terreno sembrado de aguijones y lirios cuando los ruidos procedentes de la llanura les hicieron ver de qué lado había caído la victoria. Recogieron el equipo que con tanto esfuerzo habían conseguido ensamblar y volvieron a subir por la colina hasta su prisión de la cima. Pero no se encontraron con los mandubios inocentes, que seguían apiñados en el lado oriental de la montaña y estaban demasiado aterrorizados para aventurarse a acercarse al lugar de donde provenían los ruidos de guerra.

Al día siguiente no hubo ninguna acción.

—Cruzarán la llanura por la noche —aseguró César en el consejo, que se había reunido—, y esta vez utilizarán la infantería. Trebonio, toma el mando de las fortificaciones exteriores desde el campamento del medio de Labieno y mi puesto en la ladera de la montaña del sur. Fabio, tú estarás al mando de las fortificaciones desde el río del norte al río del sur por si Vercingetórix logra pasar por encima de los aguijones, los lirios y las lápidas antes de que nosotros venzamos a los que atacan desde el exterior. No saben lo que les espera —continuó diciendo César con satisfacción—, aunque tendrán vallas y rampas para cruzar los fosos, así que puede que algunos lo consigan. Quiero antorchas por todas partes en los terraplenes, pero sujetas por soldados, no fijas. El castigo para cualquier hombre que maneje mal su antorcha y les prenda fuego a nuestras instalaciones será la flagelación. Quiero que todos los escorpiones y las catapultas mayores se instalen en las torres, las ballestas en posición, en el suelo, donde puedan lanzar proyectiles de medio kilo de peso más allá de la más lejana de nuestras trincheras. Los que se ocupan de manejar las ballestas pueden fijar la trayectoria mientras aún es de día, pero los que disparen proyectiles desde los escorpiones y metralla desde las catapultas grandes tendrán que fiarse de la luz de las antorchas. No será como matar hombres en Avarico, pero espero que la artillería haga todo lo que esté en su mano para aumentar la confusión entre los galos. Fabio, si Vercingetórix avanza más de lo que yo espero que avance, pide refuerzos inmediatamente. Antistio, Rebilo, vosotros mantened a vuestras dos legiones dentro de su campamento y estad bien alertas a la menor señal de que los galos han encontrado nuestro punto débil.

El ataque desde el exterior se produjo a medianoche, y empezó con un bramido enorme procedente de muchos miles de gargantas, la señal para que Vercingetórix, que seguía en la ciudadela, supiera que el ataque había comenzado. Respondió el débil sonido de las trompetas que bajó desde Alesia: Vercingetórix también salía a atacar.

Era imposible que menos de sesenta mil hombres manejasen un doble juego de defensas que en total sumaban unos cuarenta kilómetros, por lo que la estrategia de César dependía de la concentración de los galos en determinadas zonas, y las salidas a oscuras eran factibles sólo en el terreno llano de la planicie. Como nunca subestimaba a su enemigo, César no dejó el resto del perímetro completamente desprovisto de defensas, sino que el deber principal de las torres de vigilancia era advertir si se aproximaban fuerzas enemigas y notificarlo de inmediato al alto mando. Dos cosas rigieron su campaña en aquellos últimos días de frenesí alrededor de Alesia: la velocidad de los movimientos de las tropas y la flexibilidad de la táctica.

Los galos de la parte exterior habían llevado consigo una buena cantidad de artillería, una parte robada a Sabino y Cotta y otra, la mayor, copiada de aquellas piezas originales, y habían aprendido a utilizarla. Mientras algunos estaban ocupados en cruzar con alguna clase de artilugio la trinchera exterior, otros disparaban piedras contra las defensas romanas, que se veían fácilmente a la luz de aquellas antorchas que César había ordenado encender. Hicieron algo de daño, pero las ballestas romanas que disparaban proyectiles de medio kilo constantemente hicieron mucho más daño, porque habían hallado el alcance preciso, algo sofisticado que los galos no habían tenido la suficiente agudeza, o la oportunidad, de hacer. Una vez que hubieron rellenado o tendido puentes por encima de la trinchera, miles y miles de galos comenzaron a cargar contra las fortificaciones romanas a través de aquellos setecientos metros de terreno cubierto de hojas.

A algunos los desgarraron los aguijones, otros quedaron empalados en los lirios, otros corrieron hacia las lápidas; y cuanto más se acercaban, mayor cantidad caía bajo los proyectiles de los escorpiones, pues los artilleros tenían mejor luz y era más difícil que errasen el tiro, dada la gran cantidad de enemigos que había allí fuera y lo apretados que estaban. En la oscuridad era imposible comprender qué clase de artilugios habían montado los romanos en el suelo ni descubrir su disposición, si es que la había. Así que los galos que venían detrás utilizaban los cuerpos de los caídos a modo de relleno, y así llegaron hasta los dos fosos. Habían llevado consigo rampas y vallas, pero la luz de las antorchas en aquel lugar era muy clara, y justo en la juntura entre la pared de tierra y los parapetos se habían clavado más puntas endurecidas al fuego y enormemente afiladas, y estaban tan juntas unas a otras que ningún galo podía pasar entre ellas, ni tampoco lograba colocar su escalerilla de mano por encima. Arqueros, tiradores de honda, lanceros y artilleros los mataban a centenares.

Alertas y eficientes, Trebonio y Antonio no paraban de llevar refuerzos a cualquier parte donde parecía probable que los galos fueran a llegar hasta las defensas. Muchos de ellos estaban heridos, pero la mayoría de las heridas eran leves y los defensores se las arreglaban cómodamente.

Al alba los galos del exterior se retiraron dejando miles de cadáveres sembrados sobre los aguijones, los lirios y las lápidas. Y, en la parte interior, Vercingetórix, que seguía luchando por poner puentes en el foso lleno de agua, oyó el ruido que producían al retirarse. Todas las fuerzas romanas se trasladarían ahora al lado de las líneas donde se encontraba él, por lo que reunió a sus hombres y a su equipo y regresó a la ciudadela subiendo por la ladera occidental, bien lejos de los mandubios inocentes.

Por medio de los prisioneros que capturaron, César se enteró de las disposiciones del ejército de relevo galo. Como había supuesto Labieno, había un alto mando dividido y mal avenido. Commio el atrebate, Coto, Eporedórix y Viridomaro, de los eduos, y Vercasivelauno, el primo de Vercingetórix.

—A Commio ya me lo esperaba —comentó César—. Pero ¿dónde está Litavico? Me extraña. Coto es demasiado viejo para encajar bien en un alto mando formado por jóvenes, y Eporedórix y Viridomaro no tienen mayor importancia. Al único que habrá que vigilar es a Vercasivelauno.

—¿Y a Commio no? —preguntó Quinto Cicerón.

—Es belga, y tuvieron que darle un mando titular. Los belgas están destrozados, Quinto. Me imagino que la contribución belga al ejército de relevo será menos de una décima parte de sus fuerzas. Ésta es una revuelta celta que pertenece a Vercingetórix, aunque les guste poco a los eduos. Vercasivelauno es el único al que hay que vigilar.

—¿Cuánto tiempo más durará esto? —preguntó Antonio, muy satisfecho de sí mismo. Él lo había hecho, decidió, tan bien como Trebonio.

—Yo creo que el próximo ataque será el más duro y seguramente el último —dijo César mirando a su primo con una incómoda perspicacia, como si comprendiera muy bien qué le estaba pasando por la cabeza a Antonio—. No podemos limpiar el campo ahí afuera, en la llanura, y ellos utilizarán los cadáveres a modo de puentes. Gran parte de todo depende de si han encontrado nuestro punto débil. Antistio, Rebilio, no dejo de insistir con énfasis en que debéis estar preparados para defender bien vuestro campamento. Trebonio, Fabio, Sextio, Quinto, Décimo, estad preparados para moveros como el rayo. Labieno, tú revolotearás de un lado a otro por toda la zona y tendrás a la caballería germana en el campamento del lado norte. No hace falta que te diga qué has de hacer, pero tenme informado con todo detalle.

Vercasivelauno conferenció con Commio, Coto, Eporedórix y Viridomaro; Gutruato, Sedulio y Drapes también estaban allí, junto con un tal Olovico, un explorador.

—Las defensas romanas en el monte del noroeste tienen un aspecto excelente desde aquí y desde la llanura —les informó Olovico, que pertenecía a los andos pero que se había ganado una gran reputación como hombre capaz de espiar el terreno mejor que ningún otro—. Sin embargo anoche, en lo más duro del fragor de la batalla, lo investigué de cerca. Hay un gran campamento de infantería debajo del monte noroccidental adyacente al río del norte, y más allá, subiendo por un estrecho valle por donde pasa un afluente, hay un campamento de caballería. Las fortificaciones entre este campamento de caballería y la línea principal son muy fuertes, allí hay pocas esperanzas. Pero el círculo romano no está completo del todo. Hay un hueco en los márgenes del río norte más allá del campamento de infantería. Desde aquí o desde la llanura es invisible. Han sido todo lo inteligentes que han podido dado el terreno, porque sus fortificaciones suben por el lado del monte noroccidental y verdaderamente parece como si fueran hasta la cima. Pero no es así. Es un efecto óptico. Como he explicado, hay un hueco que baja hasta el río, una lengua de tierra sin muro. No se puede entrar por allí en el anillo romano, no es por eso por lo que me excité el descubrirlo. Lo que eso hace realmente es capacitarnos para atacar las líneas romanas en el campamento de infantería desde la parte de abajo de la colina, pues las fortificaciones están atravesadas en el flanco que hace cuesta, no suben y pasan por encima. Y el terreno que queda por la parte de fuera del doble foso del campamento y de la pared no está minado con toda clase de peligros porque el suelo no es apropiado para ello. De manera que es mucho más fácil entrar por allí. Tomad ese campamento y habréis conseguido penetrar en el anillo romano.

—¡Ah! —exclamó Vercasivelauno sonriendo.

—Muy bien —ronroneó Coto.

—Necesitamos que Vercingetórix nos diga la mejor manera de hacerlo —comentó Drapes tirándose del bigote.

—Vercasivelauno se las arreglará bien —les dijo Sedulio—. Los arvernos son gente de montaña, entienden mucho de esa clase de terrenos.

—Necesito sesenta mil de nuestros mejores guerreros —dijo Vercasivelauno—. Quiero que se los elija entre esos pueblos que tienen fama de no pensar en los riesgos.

—Pues entonces empecemos con los belovacos —sugirió Commio al instante.

—Infantería, Commio, no caballería. Pero me llevaré a los cinco mil nervios, a los cinco mil morinos y a los cinco mil menapios. Sedulio, te llevaré a ti y a tus diez mil lemosines. Drapes, tú y diez mil de tus senones vendréis conmigo. Gutruato, tú y diez mil de tus carnutos. Por consideración a Biturgo cogeré a cinco mil bitúrigos, y por consideración a mi primo, el rey, a diez mil arvernos. ¿Os parece bien?

—Muy bien —respondió Sedulio.

Los demás asintieron solemnemente con la cabeza, aunque los tres generales eduos que tenían el mando conjunto, Coto, Eporedórix y Viridomaro, no parecían muy contentos. El mando se les había impuesto de forma inesperada en Carnutum cuando Litavico, por motivos que nadie llegaba ni por asomo a comprender, se subió de pronto a su caballo y desertó de los eduos con Suro, pariente suyo. Tan pronto Litavico era el único líder como... ¡había desaparecido! ¡Se había desvanecido en dirección este con Suro!

Así, el mando de los treinta y cinco mil eduos había recaído en Coto, que estaba viejo y cansado, y en otros dos hombres que no estaban muy seguros de querer librarse de Roma. Además, su presencia en aquel consejo, sospechaban, era meramente por compromiso.

—Commio, tú mandarás la caballería y avanzarás por la llanura debajo del monte que hay al noroeste. Eporedórix y Viridomaro llevarán al resto de la infantería al lado sur de la llanura y la utilizarán para hacer una enorme manifestación. Tratad de abriros camino hacia las defensas romanas y mantendremos a César ocupado ahí también. Coto, tú defenderás este campamento. ¿Queda todo claro para vosotros tres, eduos? —les preguntó Vercasivelauno muy seguro de sí mismo y con voz cortante.

Los tres eduos afirmaron que estaba claro.

—Estableceremos el momento del ataque a la hora en que el sol está directamente encima de nuestras cabezas. Eso no les proporciona a los romanos ninguna ventaja, pues a medida que el sol vaya bajando los deslumbrará al darles en los ojos a ellos, no a nosotros. Yo me marcharé del campamento con los sesenta mil hombres hoy a medianoche y me llevaré como guía a Olovico. Procuraremos escalar el monte noroeste y recorrer parte del camino por la lengua de tierra antes de que amanezca, y luego nos esconderemos entre los árboles hasta el momento en que oigamos un gran grito. Commio, ésa es responsabilidad tuya.

—Comprendido —dijo éste.

Tenía el rostro, más bien amable, muy desfigurado por una cicatriz que le recorría la frente recuerdo de la herida que Cayo Voluseno le hizo durante aquella reunión preparada para traicionarle. Commio ardía en deseos de vengarse, pues todos sus sueños de ser rey de los belgas habían desaparecido. Su pueblo, los atrebates, había sido reducido por Labieno hacía un mes escaso hasta tal punto que lo único que pudo llevar consigo a la concentración de Carnutum fueron cuatro mil hombres, la mayor parte de ellos ancianos y muchachos menores de edad. Había puesto todas sus esperanzas en los belovacos, sus vecinos del sur; pero de los diez mil hombres que Gutruato y Cathbad exigieron a los belovacos, sólo dos mil acudieron a Carnutum, y eso debido sólo a que Commio se lo había suplicado a Correo, el rey, que era amigo suyo y además estaban emparentados por matrimonio.

—Llévate a dos mil hombres si eso te hace feliz —le había dicho Correo—, pero no más. Los belovacos preferimos luchar contra César y Roma en su momento y a nuestro modo. Vercingetórix es celta, y los celtas no saben lo que hay que saber sobre el agotamiento y la aniquilación. De todos modos ve, Commio, pero, cuando vuelvas derrotado, recuerda que los belovacos estaremos buscando aliados belgas. Mantén a salvo a tus hombres y a los dos mil míos. No muráis por los celtas.

Correo tenía razón, pensó Commio empezando a distinguir la forma de un destino fatal que revoloteaba sobre Alesia: el águila romana. Y los celtas no sabían nada sobre agotamiento y aniquilación. ¡Ah, pero los belgas sí! Correo tenía razón. ¿Por qué morir por los celtas?

A media mañana los vigías de la ciudadela de Alesia supieron que el ejército de relevo se estaba concentrando para otro ataque.

Vercingetórix sonrió en silencio lleno de satisfacción, porque había visto el destello de cotas de malla y de cascos entre los árboles del monte noroccidental, justo por encima del vulnerable campamento de infantería. Los romanos, que se encontraban mucho más abajo, no se habían percatado de esta presencia, pensó, ni siquiera aquellos que estaban subidos a las torres en lo alto del monte meridional, porque el sol estaba detrás de Alesia. Durante un rato le inquietó que los vigías de la montaña del norte pudieran haber visto aquellos brillos delatores, pero los caballos atados al pie de las torres seguían allí, dispuestos para una emergencia, dormitando con la cabeza baja. El sol estaba subiendo y situándose encima de Alesia, directamente enfrente; sí, definitivamente, Alesia era el único lugar desde donde era posible ver aquellos destellos.

—Esta vez vamos a estar bien preparados —les dijo a sus tres colegas—. Yo diría que avanzarán a mediodía. Así que nosotros también avanzaremos a mediodía. Y nos concentraremos exclusivamente en la zona de alrededor de ese campamento de infantería. Si conseguimos hacer una brecha desde nuestro lado en el círculo romano, no creo que los romanos sean capaces de resistir un ataque por ambos lados a la vez.

—Pero es mucho más difícil para nosotros —dijo Biturgo—. Nos encontramos en el lado de la colina que hace cuesta arriba. Cualquiera que esté en esa lengua de tierra se encuentra cuesta abajo.

—¿Y eso te desanima? —le preguntó Vercingetórix en tono exigente.

—No. Simplemente hacía una observación.

—Hay muchísimo movimiento dentro del anillo romano —observó Dadérax—. César sabe que se avecinan problemas.

—Nunca hemos pensado que sea tonto, Dadérax. Pero no sabe que nuestros hombres están dentro, por encima de su campamento de infantería.

A mediodía, el ejército de relevo, con la caballería concentrada en el lado norte de la llanura y la infantería al sur, soltó el enorme bramido que preludiaba el ataque y empezó a pasar por los peligros de los aguijones, los lirios y las lápidas. Un hecho del que Vercingetórix sólo se enteró vagamente, pues sus hombres ya estaban a medio camino, bajaban por la colina y convergían en el lado interior del anillo, ante el campamento de infantería defendido por Antistio y Rebilo. Esta vez llevaban consigo manteletes equipados con ruedas rudimentarias que representaban cierta protección contra los proyectiles de los escorpiones y los cantos del tamaño de uvas que se estaban disparando desde lo alto de las torres romanas; aquellos guerreros que eran incapaces de apretujarse debajo de esos manteletes se ponían los escudos muy pegados a la cabeza como si fueran tortugas. Los aguijones, los lirios y las lápidas ya tenían a su alrededor caminos bien pisoteados, caminos llenos de cadáveres, de tierra o de vallas. Vercingetórix llegó al foso lleno de agua al mismo tiempo que los sesenta mil hombres de Vercasivelauno estaban echando tierra a los fosos del otro lado, trabajando mucho más de prisa porque la pendiente era cuesta abajo.

De vez en cuando el rey de los galos se percataba de un éxito galo en alguna otra parte, porque el campamento de infantería estaba muy arriba de la cuesta y le permitía ver el interior del anillo romano, al otro lado de la llanura de los dos ríos. Columnas de humo se alzaron alrededor de varias de las torres romanas en el perímetro exterior, porque la infantería gala había llegado al muro y estaba muy ocupada demoliéndolo. Pero no podía mantener por completo la impresión de que la victoria allí era inminente, porque por el rabillo del ojo podía ver la figura envuelta en la capa escarlata, y esa figura estaba aquí, allí y en todas partes mientras las cohortes que habían retenido como reserva iban acudiendo a dondequiera que el humo se alzase.

Se oyó un gran grito de júbilo. Vercasivelauno y sus sesenta mil hombres subieron y pasaron por encima del muro romano; hubo lucha en la plataforma de combate romana, pero las disciplinadas filas de infantería romana los estaban rechazando utilizando para ello sus *pila* como lanzas de asedio. Al mismo tiempo, los prisioneros de Alesia lograron tender puentes sobre los dos fosos; lanzaron garfios hacia arriba y pusieron escaleras de mano por todas partes. ¡Iba a ocurrir! Los romanos no podrían luchar en dos frentes a la vez. Pero de alguna parte llegó una inmensa oleada de reservas romanas, y allí, sobre un caballo gris moteado, estaba Labieno, que bajaba por la colina hacia el norte de los desprevenidos sesenta mil galos; llevaba consigo dos mil germanos del campamento de caballería que estaba más allá, e iba a caer sobre Vercasivelauno por la retaguardia.

Vercingetórix lanzó un grito de aviso, que se ahogó en medio del enorme ruido; y al mismo tiempo que las torres que tenía a ambos lados se desplomaban y sus hombres se desperdigaban sobre la muralla romana, llegó un fragor ensordecedor procedente de algún lugar más lejano. Limpiándose el sudor de los ojos, Vercingetórix se volvió a mirar hacia el interior del anillo romano, en el borde de la llanura. Y allí, cabalgando a galope tendido, con la capa de color escarlata ondeando detrás de él, llegaba César con su alto mando y sus tribunos en torrente detrás de él, junto con miles de soldados romanos a la carrera. A todo lo largo de la plataforma de combate romana los soldados vitoreaban a César sin parar. No era una victoria..., aquel combate colosal no había terminado todavía. Le estaban aclamando a él. A César. Tan erguido, como si formara parte del caballo que montaba. ¿El caballo de la suerte con dedos en las pezuñas?

Las asediadas tropas romanas que defendían las murallas exteriores del campamento de infantería oyeron los vítores, aunque no veían la figura de César, y arrojaron sus *pila* hacia los rostros de los enemigos y luego desenvainaron las espadas y comenzaron a atacar. Lo mismo hicieron las tropas que defendían el muro interior contra Vercingetórix. Los hombres de éste empezaron a titubear y poco a poco fueron empujados con firmeza hasta que cayeron del muro; los relinchos de los caballos y los alaridos de los galos le llenaron los oídos a su rey. Labieno había caído sobre la retaguardia gala mientras los soldados de César subían y pasaban por encima de la pared exterior, aplastando a los sesenta mil guerreros entre ellos.

Muchos arvernos, mandubios y bitúrigos se quedaron luchando hasta la muerte, pero no era eso lo que quería Vercingetórix. Consiguió reunir a los hombres que se hallaban cerca de él, hizo que Biturgo y Dadérax hicieran lo propio (Oh, ¿dónde estaba Critognato?) y regresó monte arriba hacia Alesia.

Una vez dentro de la ciudadela, Vercingetórix no quiso hablar con nadie. Se quedó de pie en la muralla y estuvo observando durante el resto del día cómo los romanos victoriosos lo ponían todo en orden. ¿Cómo era posible que hubieran vencido? Que estaban exhaustos era evidente, porque no fueron capaces de organizar la persecución de los que habían luchado en la llanura, y era ya casi de noche cuando Labieno dirigió a una gran hueste de caballería que atravesó el monte sudoeste, donde los galos habían tenido instalado su campamento.

Los ojos de Vercingetórix siempre buscaban a César, que seguía montado a caballo y continuaba llevando aquella capa escarlata, trotando por todas partes muy atareado. ¡Qué soberbio artífice! La victoria era suya, pero estaban reparando las brechas en el perímetro romano, estaban preparando todo por si se producía otro ataque. Sus legiones lo habían vitoreado. En medio del gran esfuerzo que estaban haciendo, acosados por todas partes, lo habían vitoreado. Como si de verdad creyeran que mientras él montase en aquel caballo suyo de la suerte y ellos pudieran ver la capa escarlata, era imposible que perdieran. ¿Lo consideraban un dios? Bien, ¿y por qué no iban a hacerlo? Hasta los Tuatha lo amaban. Si los Tuatha no lo hubiesen amado, la Galia habría vencido. Un extranjero querido por los dioses de los celtas. Pero claro, los dioses de todas las tierras premian sobre todo la excelencia.

En su habitación, iluminada por lámparas, Vercingetórix sacó la corona de oro de debajo de su casta cobertura blanca, que todavía llevaba la ramita de muérdago. La puso sobre la mesa y se sentó ante ella, pero no la tocó. Fueron pasando las horas y los sonidos y los olores entraban por la ventana; un enorme ruido de risas procedente del anillo romano; débiles gemidos que le decían que

Dadérax había hecho entrar por fin a aquellos inocentes en la ciudadela y les estaba dando un poco de caldo hecho con el último ganado que quedaba. ¡Pobre Dadérax! El olor del caldo era nauseabundo. Igual que el hedor de los cadáveres empalados que ya empezaban a corromperse entre los lirios. Y, por encima de todo, el sonido amenazador de los Tuatha como trueno que no suena, el alba sin luz que se aproximaba, se aproximaba y se aproximaba. La Galia estaba acabada, y él, Vercingetórix, también.

Por la mañana estuvo hablando con los que aún vivían, acompañado de Dadérax y Biturgo. De Critognato nadie sabía nada, seguramente estaría en algún lugar del campo de batalla, muerto, muriéndose o hecho prisionero.

—Se acabó —dijo en la plaza del mercado con voz fuerte y templada, de manera que se le entendiera fácilmente—. No habrá una Galia unida. No tendremos independencia. Los romanos serán nuestros amos, aunque no creo que un enemigo tan generoso como César nos obligue a ponernos debajo del yugo. Creo que César desea hacer la paz con nosotros, los que quedamos, más que exterminarnos. Una Galia fuerte y sana es más útil para los romanos que un yermo. —Ni la menor chispa de emoción le cruzó por el cadavérico rostro, y continuó hablando desapasionadamente—. Los Tuatha admiran la muerte en el campo de batalla, no hay ninguna más honorable. Pero no forma parte de nuestra tradición druídica poner fin a nuestras propias vidas. En otros lugares, según he oído decir, los habitantes de una ciudadela derrotada como Alesia se suicidan antes que permitir que los capturen. Los cilicianos lo hicieron cuando llegó Alejandro el Grande. Los griegos de Asia lo han hecho también. Y los italianos. Pero nosotros no. Esta vida es una prueba que debemos sufrir hasta que sobrevenga el fin de manera natural, no importa qué forma tenga ese fin.

»Lo que os pido a todos vosotros, y os ruego que lo transmitáis a los que no están aquí, es que concentréis vuestra mente y vuestra energía en hacer de la Galia un gran país, pero de un modo que los romanos no podrán despreciar. Debéis multiplicaros y haceros ricos otra vez. ¡Porque un día, algún día, la Galia se levantará de nuevo! ¡El sueño no es sólo un sueño! ¡La Galia se levantará de nuevo! ¡La Galia debe aguantar, porque la Galia es grande! ¡A través de todas las generaciones de servilismo que deben venir, haceos a la idea, acariciad el sueño, perpetuad la realidad de la Galia! ¡Yo pasaré, pero recordadme por siempre! ¡Un día la Galia, mi Galia, existirá! ¡Un día la Galia será libre!

Los que le escuchaban permanecieron en silencio. Vercingetórix dio media vuelta y entró, Dadérax y Biturgo lo siguieron, y los guerreros galos se fueron dispersando lentamente, aprendiendo de memoria las palabras que su rey había pronunciado para repetírselas a sus hijos.

—El resto de lo que tengo que decir es sólo para que lo oigáis vosotros —les dijo Vercingetórix en la cámara del consejo, vacía y resonante.

—Siéntate —le ofreció Biturgo amablemente.

—No, no. Puede ser, Biturgo, que César te haga prisionero por ser rey de un pueblo grande y numeroso. Pero creo que tú quedarás en libertad, Dadérax. Y quiero que vayas a ver a Cathbad y le cuentes lo que les he dicho aquí esta mañana a nuestros hombres. Explícale también que no me embarqué en esta campaña para conseguir mi propia gloria, sino que lo hice para intentar liberar a mi país del dominio extranjero. Siempre por el bien general, nunca para mi propio provecho.

—Se lo diré —le aseguró Dadérax.

—Y ahora vosotros dos tenéis que tomar una decisión. Si requerís mi muerte, iré a la ejecución aquí, dentro de Alesia, con nuestros hombres por testigos. O enviaré mensajeros a César para que le digan que me entrego.

—Manda mensajeros a César —le recomendó Biturgo.

—Decidle a Vercingetórix que todos los guerreros que se encuentren dentro de Alesia deben entregar sus armas y sus cotas de malla —les dijo César—. Esto se hará mañana justo después del amanecer, antes de que yo acepte la rendición del rey Vercingetórix. Le precederán con tiempo suficiente para arrojar todas las espadas, lanzas, arcos, flechas, hachas, dagas y mazas en la trinchera que prepararemos al respecto. Deberán despojarse de las cotas de malla y echarlas encima de las armas. Sólo entonces podrán bajar el rey y sus colegas Biturgo y Dadérax. Yo los estaré esperando ahí —dijo señalando hacia un lugar situado debajo de la ciudadela, justo en el lado exterior de las fortificaciones interiores romanas—. Al amanecer.

Hizo construir un estrado sesenta centímetros por encima del suelo y sobre él colocó la silla curul de marfil propia de su elevado rango. Roma aceptaba aquella rendición, por lo tanto el procónsul no vestiría armadura. Se pondría la ropa ribeteada de púrpura, las sandalias marrones con hebilla en forma de cuarto creciente de consular y la corona de hojas de roble, la *corona civica*, que se concedía por la valentía personal en el campo de batalla y era la única distinción que Pompeyo el Grande nunca había ganado. El sencillo cilindro de marfil símbolo de su *imperium* era justo de la misma longitud que el antebrazo de César, que llevaba un extremo metido en la palma de la mano y el otro lo había situado en la doblez interior del codo. Sólo Hircio compartía el estrado con él.

Se sentó en la postura clásica, el pie derecho adelantado, el izquierdo atrás, la columna vertebral completamente recta, los hombros echados hacia atrás, la barbilla alta. Sus mariscales estaban de pie a la derecha del estrado. Labieno llevaba una coraza de plata trabajada en oro con la banda de color escarlata, símbolo de su *imperium*, anudada de manera ritual y con un lazo. Trebonio, Fabio, Sextio, Quinto Cicerón, Sulpicio, Antistio y Rebilo iban ataviados con su mejor armadura, y sujetaban los yelmos áticos bajo el brazo izquierdo. Los hombres de rango inferior se colocaron de pie a la izquierda del estrado: Décimo Bruto, Marco Antonio, Minucio Basilio, Munatio Planco, Volcacio Tulo y Sempronio Rutilo.

En cada uno de los puestos estratégicos de las murallas y en lo alto de las torres las legiones se apretujaban para mirar, y los soldados de caballería estaban formados a ambos lados de un largo pasillo que iba desde la trinchera hasta el estrado; los aguijones y los lirios habían desaparecido.

Los que quedaban de los ochenta mil guerreros de Vercingetórix que habían vivido durante un mes dentro de Alesia aparecieron primero, como se les había ordenado. Uno a uno fueron arrojando las armas y las cotas de malla a la trinchera, y luego varios escuadrones de caballería los condujeron, como a un rebaño, hasta el lugar donde tenían que esperar.

Bajando la colina desde la ciudadela se acercaba Vercingetórix acompañado de Biturgo y Dadérax, que iban detrás. El rey de la Galia iba montado en su caballo beige, inmaculadamente acicalado y con los arneses relucientes. Todas y cada una de las piezas de oro y zafiros que Vercingetórix poseía las llevaba colocadas en los brazos, cuello, pecho y chal. La banda que le cruzaba el pecho y el cinturón lanzaban destellos. En la cabeza llevaba el yelmo de oro con alas.

Fue cabalgando sosegadamente entre las filas de caballería hasta llegar casi hasta el mismo estrado donde César estaba sentado. Entonces desmontó, se quitó la banda que le sujetaba la espada, desenganchó la daga del cinturón, dio unos pasos hacia adelante y depositó las armas al borde del estrado. Retrocedió un poco, dobló las rodillas y se sentó en el suelo con las piernas cruzadas. Se quitó la corona, y luego inclinó la cabeza descubierta en señal de sumisión.

Biturgo y Dadérax, que ya se habían despojado de sus armas, siguieron el ejemplo del rey.

Todo esto sucedió en medio de un enorme silencio donde apenas se oían las respiraciones. Luego alguien desde una de las torres lanzó un grito de júbilo y empezó una ovación que pareció no terminar nunca.

César permanecía sentado sin mover un músculo, con el rostro serio y atento y los ojos puestos en Vercingetórix. Cuando se fueron apagando los vítores, le hizo una seña con la cabeza a Aulo Hircio, también vestido con la toga, y éste, con un rollo en la mano, bajó del estrado. Un escriba oculto detrás de los mariscales se apresuró a adelantarse con pluma, tinta y una mesa de madera de un palmo de altura. De lo cual Vercingetórix dedujo que de no haberse él sentado en el suelo, los romanos le habrían obligado a arrodillarse para firmar la rendición. Tal como estaba se limitó a alargar la mano, mojó la pluma en la tinta, limpió el plumín en el lado del tintero para indicar que era un hombre educado y culto y firmó la rendición donde le indicó Hircio. El escriba roció arena, la sacudió, enrolló el papel y se lo entregó a Hircio, quien a continuación volvió a ocupar su lugar en el estrado.

Solamente entonces César se puso en pie. Saltó con agilidad del estrado y se acercó a Vercingetórix con la mano derecha extendida para ayudarle a levantarse. Vercingetórix cogió la mano y se levantó. Dadérax y Biturgo se levantaron sin que nadie les tendiese la mano para ayudarles.

—Una lucha noble con una buena batalla al final —dijo César al tiempo que conducía al rey de la Galia al lugar donde se había hecho un hueco en las fortificaciones romanas.

—¿Está mi primo Critognato prisionero? —le preguntó Vercingetórix.

—No, ha muerto. Lo encontramos en el campo de batalla.

—¿Quién más ha muerto?

—Sedulio, de los lemosines.

—¿Quién está prisionero?

—Tu primo Vercasivelauno. Eporedórix y Coto, de los eduos. La mayor parte del ejército de relevo ha huido, mis hombres estaban demasiado agotados para perseguirlos. Gutruato, Viridomaro, Drapes, Teutomaro y otros.

—¿Qué les harás?

—Tito Labieno me ha informado de que todas las tribus huyeron en dirección a sus propias tierras. El ejército se dividió por tribus en el momento en que pasó por encima de la colina. No tengo intención de castigar a ninguna de las que se vayan a sus tierras y se instalen pacíficamente —le comunicó César—. Desde luego, Gutruato tendrá que responder por lo de Cenabo, y Drapes por los senones. A Biturgo lo pondré bajo custodia. —Se dio la vuelta y miró a los otros dos galos, que se aproximaban—. Dadérax, tú puedes regresar a tu ciudadela y quedarte con los guerreros mandubios. Se redactará un tratado antes de que yo me vaya y se te requerirá para que lo firmes. Siempre que lo sigas al pie de la letra, no se tomarán otras represalias contra ti. Puedes coger a varios de tus hombres y ver qué puedes encontrar en el campamento del ejército de relevo para dar de comer a tu pueblo. Yo ya he cogido el botín y la comida que necesito, pero allí todavía queda bastante comida. Los hombres que pertenezcan a los arvernos o a los bitúrigos pueden partir hacia sus tierras. Biturgo, tú eres mi prisionero.

Dadérax se adelantó y dobló la rodilla ante Vercingetórix; abrazó a Biturgo y lo besó en los labios a la manera gala; luego dio media vuelta y se dirigió al lugar en que los hombres estaban reunidos más allá de la trinchera.

—¿Qué nos ocurrirá a Biturgo y a mí? —le preguntó Vercingetórix a César.

—Mañana emprenderéis el viaje a Italia —respondió éste—. Allí esperaréis hasta que yo celebre mi desfile triunfal.

—Durante el cual todos moriremos.

—No, ésa no es nuestra costumbre. Tú morirás, Vercingetórix. Biturgo no. Ni Vercasivelauno, ni Eporedórix. Coto quizá. Gutruato sí, porque masacró a ciudadanos romanos, como hizo Coto. Litavico también morirá, ciertamente.

—Si es que logras capturar a Gutruato y a Litavico.

—Cierto. Todos desfilaréis en mi triunfo, pero sólo los reyes y los sanguinarios morirán. Al resto se les dejará volver a sus tierras.

Vercingetórix sonrió con la cara pálida, los ojos azul oscuro enormes y muy tristes.

—Espero que no tarde mucho en llegar tu triunfo. A mis huesos no les gustan las mazmorras.

—¿Mazmorras? —César dejó de andar y se quedó mirando a Vercingetórix—. Roma no tiene mazmorras, Vercingetórix. Hay una vieja cárcel derrumbada en una cantera abandonada, las Lautumiae, donde metemos a algunas personas durante un día o dos, pero no hay nada que les impida salir a menos que los encadenemos, cosa que es rara en extremo. —Frunció el ceño—. La última vez que encadenamos a un hombre fue asesinado durante la noche.

—Vetio, el informador, cuando tú eras cónsul —dijo al instante el rey capturado.

—¡Muy bien! No, a vosotros se os alojará con el máximo de comodidades en alguna ciudad fortaleza como Corfinio, Asculum Picentum, Praenestae, Norba. Hay muchas. No podrá haber dos de vosotros en la misma ciudad, ni ninguno de vosotros sabrá dónde están los demás. Tendréis un buen jardín y se os permitirá cabalgar con escolta.

—De modo que nos tratáis como a huéspedes de honor y luego nos estranguláis.

—La finalidad del desfile triunfal es mostrar a los ciudadanos de Roma lo poderoso que es su ejército y los hombres que lo mandan —le explicó César—. ¡Qué espanto, exhibir a un prisionero medio muerto de hambre, apaleado, sucio y poco presentable tropezándose con las cadenas al andar! Eso acabaría con el propósito que tiene el desfile triunfal. Vosotros caminaréis ataviados con vuestras mejores galas, y cada centímetro de vuestra persona tendrá el aspecto de un rey y el de un líder de un gran pueblo que estuvo a punto de derrotarnos. Tu salud y tu bienestar, Vercingetórix, son de máxima importancia para mí. El Tesoro hará inventario de tus joyas, incluida tu corona, y te las quitará, pero se te devolverán antes de que desfiles en mi triunfo. Al pie del Foro Romano se te conducirá aparte y se te llevará a la única mazmorra verdadera que Roma posee, el Tullianum. Es un edificio muy pequeño que se utiliza para el ritual de la ejecución, no para alojar a un prisionero. Mandaré a buscar toda tu ropa a Gergovia, y también cualquier otra pertenencia que desees llevar contigo.

—¿Incluida mi esposa?

—Desde luego, si así lo deseas. Tendrás mujeres de sobra, pero si quieres a tu esposa, la tendrás.

—Me gustaría llevarme a mi esposa. Y a mi hijo menor.

—Desde luego. ¿Es un niño o una niña?

—Un niño. Se llama Celtilo.

—Se educará en Italia, ya te das cuenta de eso.

—Sí. —Vercingetórix se humedeció los labios—. ¿Y me voy mañana? ¿No es muy pronto?

—Sí, es muy pronto, pero es lo más prudente. Así nadie tendrá tiempo de organizar un rescate. Y una vez que llegues a Italia, el rescate queda fuera de cualquier consideración. Lo mismo que la huida. No es necesario encarcelarte, Vercingetórix. Tu apariencia extranjera y tus dificultades con el idioma te mantendrán a buen recaudo.

—Podría aprender latín y huir disfrazado.

César se echó a reír.

—Podrías. Pero no cuentes con ello. Lo que haremos será soldar ese collar exquisito de oro alrededor de tu cuello. No es un collar de prisionero de la clase que utilizan en Oriente, pero te marcará con más garantías de lo que podría hacerlo cualquier otro.

Trebonio, Décimo Bruto y Marco Antonio caminaban unos pasos más atrás; la campaña los había unido a pesar de las manifiestas diferencias de sus caracteres. Antonio y Décimo Bruto se conocían del club de Clodio, pero Trebonio era algo mayor y de cuna mucho más humilde. Para Trebonio los otros dos eran una ráfaga de aire fresco, porque llevaba con César en el campo de batalla tanto tiempo, o eso le parecía, que los legados de más edad tenían toda la vivacidad y el atractivo de los abuelos. Antonio y Décimo Bruto eran como niños traviesos, muy atractivos.

—Qué gran día para César —comentó Décimo Bruto.

—Monumental —repuso Trebonio secamente—. Y lo digo en sentido literal. Seguro que pondrá toda la escena en una carroza en su desfile triunfal.

—¡Oh, pero es único! —dijo Antonio riendo—. ¿Alguna vez habéis visto a alguien con un aspecto tan regio? Supongo que lo lleva en los huesos. Los Julios Césares hacen que los Ptolomeos de Egipto parezcan unos advenedizos.

—Yo desearía que alguna vez me sucediera a mí un día como el de hoy, pero no me pasará nunca. Ya sabéis —comentó Décimo Bruto, pensativo—, no nos pasará a ninguno de nosotros.

—No veo por qué no —dijo Antonio con indignación.

Le desagradaba que cualquiera viniera a machacarle sus sueños de gloria venidera.

—¡Antonio, tú eres maravilloso de contemplar, hace años que lo eres! Pero eres gladiador, no el Caballo de Octubre —le indicó Décimo Bruto—. ¡Piensa, hombre, piensa! No hay nadie como él. Nunca lo ha habido y nunca lo habrá.

—Pues yo no llamaría haraganes a Mario ni a Sila —insistió Antonio.

—Mario fue un hombre nuevo, no tenía linaje. Sila sí tenía linaje, pero no era natural. Lo digo en todos los sentidos. Bebía, le gustaban los jovencitos y tuvo que aprender a comportarse como general de tropas porque no lo llevaba en las venas. Mientras que César no tiene defectos. Ninguna debilidad en la que se pueda meter una daga y separar las partes de la coraza, por decirlo así. No bebe vino, así que nunca se va de la lengua, y cuando dice que tiene intención de hacer algo terrible, uno sabe que en su caso no es imposible. Has dicho que era único, Antonio, y tenías razón. Ni te retractes porque sueñes con aventajarle... porque eso no es realista. Ninguno de nosotros lo hará. Así que, ¿para qué agotarnos intentándolo? Deja aparte la genialidad y todavía tendrás que contender con un fenómeno que yo por mi parte nunca he conseguido entender: la aventura amorosa entre él y sus soldados. Nosotros no igualaríamos eso ni en mil años. No, ni tú tampoco, Antonio, así que cierra la boca. Tú tienes un poquito de eso, sí, pero ni mucho menos todo lo que hace falta. ¡Él sí, y el día de hoy es la prueba de ello! —concluyó con ferocidad Décimo Bruto.

—No caerá bien la noticia en Roma —dijo Trebonio.— Acaba de eclipsar a Pompeyo Magno. Yo pronostico que a nuestro cónsul sin colega no le gustará nada lo ocurrido.

—¿Que ha eclipsado a Pompeyo? —preguntó Antonio—. ¿Hoy? Pues no veo cómo, Trebonio. Lo que César ha hecho en la Galia es un gran trabajo, pero Pompeyo conquistó el Oriente. Tiene reyes entre sus protegidos.

—Cierto. Pero piensa, Antonio, ¡piensa! Por lo menos la mitad de Roma cree que fue Lúculo quien hizo el trabajo duro en el Este, que Pompeyo se limitó a entrar allí tranquilamente cuando el trabajo difícil ya estaba hecho y que se llevó todo el mérito. Nadie puede decir eso de César en la Galia. ¿Y qué historia creerá Roma, que Tigranes se postró ante Pompeyo o que Vercingetórix se agachó en el polvo a los pies de César? Quinto Cicerón estará escribiéndole acerca de esa escena a su hermano en este momento... Lo de Pompeyo descansa en pruebas más ambiguas. ¿Quién desfiló en los triunfos de Pompeyo? ¡Nadie como Vercingetórix, ciertamente!

—Tienes razón, Trebonio —le dijo Décimo Bruto—. Lo sucedido en el día de hoy asegurará que César se convierta en el primer hombre de Roma.

—No creo que los *boni* permitan que eso suceda —dijo Antonio con celos.

—Pues yo confío en que se den cuenta de que tienen que permitirlo —dijo Trebonio, y miró a Décimo Bruto—. ¿No has notado el cambio, Décimo? Él no es más regio, pero es más autócrata. ¡Y la *dignitas* es una obsesión! Le preocupa más la porción personal de valor y categoría públicos que a nadie que lo haya leído en los libros de historia. Más que a Escipión el Africano e incluso más que a Escipión Emiliano. No creo que exista ningún camino por largo que sea que César no esté dispuesto a recorrer para defender su *dignitas*. ¡Me horroriza que los *boni* lo intenten! Son unos generales de sofá complacientes: leen los despachos que él les envía y arrugan la nariz con desprecio, convencidos de que César ha adornado los hechos. Bien, en cierto modo lo hace. Pero no en el único modo que importa: su récord de victorias. Tú y yo hemos estado con ese hombre en tiempos buenos y malos, Décimo. Los *boni* no saben lo que nosotros sabemos. Una vez que César tiene el bocado entre los dientes, no hay nada que lo detenga. La voluntad que tiene ese hombre es increíble. Y si los *boni* intentan hundirlo, él pondrá a Pelión encima de Ossa para impedirlo.

—Lo que es una buena preocupación —observó Décimo Bruto frunciendo el ceño.

—¿Vosotros creéis que esta noche el viejo no nos permitirá tomar un par de jarras de vino? —les preguntó Antonio a los demás en tono quejumbroso.

El responsable del cambio de Litavico era Cathbad. Había acudido a la concentración de Carnutum convencido de que su estrategia era correcta: ayudar a Vercingetórix a expulsar a César de la Galia y luego empezar a moverse para ascender al trono. ¿Un eduo inclinar la cabeza y arrastrarse ante un arverno? ¿Ante un palurdo de las montañas que no hablaba latín ni griego, que pretendía fingir que era instruido haciendo su marca en un pedazo de papel que no sabía leer? ¿Que tendría que apoyarse en los druidas en todos los verdaderos asuntos de Estado? ¡Pues vaya rey para la Galia!

No obstante, llevó a los eduos a la concentración, y allí se encontró a Coto, a Eporedórix y a Viridomaro con unos cuantos soldados eduos más. Las tribus iban acudiendo, pero muy, muy despacio; incluso después de que se corriese la voz de que Vercingetórix estaba sitiado dentro de Alesia, las tribus se movieron con lentitud. Gutruato y Cathbad se esforzaron resueltamente por acelerar las cosas, pero Commio y los belgas no acudieron, ni éste, ni aquel otro... Suro apareció con los ambarros.

Suro, un gran noble eduo (los ambarros pertenecían a los eduos), fue el único al que Litavico pudo soportar estrecharle la mano cuando llegó; Coto estaba muy ocupado adoctrinando concienzudamente a Eporedórix y a Viridomaro, que todavía se estremecía dentro de sus sandalias ante la idea de la venganza romana en el caso de que algo saliera mal.

—Te pregunto, Suro, ¿por qué un hombre de la posición de Coto iba a preocuparse por meterle un poco de hierro en el espinazo a un advenedizo como Viridomaro? ¡Es vasallo de *César*!

Iban caminando entre los árboles de Carnutum, aunque bien lejos de la llanura abierta donde se estaba llevando a cabo la concentración.

—Coto sería capaz de hacer cualquier cosa con tal de irritar a Convictolavo.

—¡Que se ha quedado a salvo en su casa, ya lo veo! —observó Litavico con desprecio.

—Convictolavo alegó que se tenía que quedar para defender nuestras propias tierras, pues es el más viejo de todos nosotros —le dijo Suro.

—Algunos dirían que es demasiado viejo. Pero lo mismo puede decirse de Coto.

—Justo antes de que yo me fuese de Cabilonum oí decir que el ejército que se nos ordenó enviar para someter a los alóbroges no había llegado a ninguna parte.

Litavico se puso tenso.

—¿Mi hermano?

—Todo lo que sabemos es que Valetiaco está ileso. Y su ejército también. Los alóbroges escogieron no luchar en campo abierto y simplemente defendieron sus fronteras al estilo romano. —Suro se acarició los abundantes bigotes de color arena y se aclaró la garganta antes de seguir hablando. Finalmente dijo—: No estoy contento, Litavico.

—¿Ah, no?

—Estoy de acuerdo en que ya es hora de que los eduos sean algo más en todo este asunto que una simple marioneta de los romanos, si no fuera así, yo no estaría aquí, como tampoco lo estarías tú. Pero ¿cómo, siendo tan diferentes unos de otros, podemos esperar estar unidos del modo en que nuestro nuevo rey Vercingetórix está predicando? ¡No somos todos iguales! ¿Qué celta no escupe sobre los belgas? ¿Y cómo pueden los celtas de Aquitania, esos pequeños canallas morenos, aspirar a estar a la misma altura de un eduo? Me parece una idea muy inteligente unir al país, sí, pero bajo las circunstancias correctas. Todos galos, pero algunos de nosotros somos mejores galos. ¿Acaso un barquero parisiense es igual que un jinete eduo?

—No, no lo es —dijo Litavico—. Por eso es por lo que el rey va a ser Litavico, no Vercingetórix.

—¡Oh, ya comprendo! —Suro sonrió, y luego la sonrisa se le desvaneció—. Tengo unos terribles presentimientos y dudas acerca de Alesia. Después de todas las homilías de Vercingetórix acerca de que no nos dejemos encerrar dentro de nuestras fortalezas, he ahí a Vercingetórix encerrado en Alesia. Él no es el hombre adecuado para ser rey en este momento, Litavico.

—Sí, ya sé lo que estás diciendo, Suro.

—Los eduos estamos comprometidos y no podemos echarnos atrás. César es consciente de que nos hemos pasado al bando de Vercingetórix. Es imposible creer que César tenga la más remota posibilidad de ganarnos cuando lleguemos para socorrer Alesia. ¡Pero aun así tengo terribles dudas! ¿Y si nos arruinamos y arruinamos a nuestro pueblo por nada?

Litavico se estremeció.

—No podemos permitir que sea por nada, Suro. ¡No podemos! Yo soy un hombre marcado. El único modo de salir de esto es que yo suba al trono arrebatándoselo a Vercingetórix después de que César sea derrotado. Si la lista está completa, seremos más de trescientos mil los que marcharemos hacia Alesia. Debemos suponer que Vercingetórix ganará... o mejor dicho, que a Vercingetórix lo sacaremos de Alesia de una pieza y con su reino intacto. Eso en sí ya es una desgracia, eso sólo me da una plataforma para desafiarlo. ¡Así que pensemos solamente en cómo quitarle el trono a ese desgraciado e ignorante arverno!

—Sí, en eso es en lo que debemos pensar —dijo Suro, aunque sin demasiada convicción.

Estuvieron caminando en silencio, llevaban en los pies los zapatos de montar de suave piel, y sin hacer ruido sobre la espesa alfombra de musgo que había crecido sobre el antiquísimo sendero de piedras que iba hasta el bosquecillo de Dagda. Estatuas de madera que representaban cabezas de dioses con los rostros alargados agachados grotescamente y con el pene tocando el suelo se asomaban entre los troncos de los árboles.

La voz pareció de pronto emerger de un enorme roble que se encontraba delante de ellos, tan venerable y viejo que el antiguo sendero de piedra, hecho mucho después de que el roble naciera, se dividía en dos y daba la vuelta alrededor al árbol. La voz era de Cathbad.

—Vercingetórix va a resultar imposible de controlar después de que ganemos en Alesia —estaba diciendo la voz de Cathbad.

La voz de Gutruato respondió.

—Hace tiempo que sé eso, Cathbad.

Litavico le puso una mano a Suro en el brazo para que dejase de caminar, y los dos eduos se detuvieron al otro lado del roble y se pusieron a escuchar.

—Es joven e impetuoso, pero en él se ve un germen de autocracia. Temo que no quiera acatar la opinión de los druidas una vez que agarre la corona con ambas manos, y no podemos permitir que eso suceda. Los druidas somos los únicos que podemos gobernar una Galia unida. Toda la sabiduría está bajo nuestra custodia. Nosotros somos los que hacemos las leyes, los que las supervisamos, los que nos sentamos a emitir juicios. He estado pensando mucho en ello desde que obligué a los jefes de las tribus a que hicieran rey de la Galia a Vercingétorix. Es el modo adecuado para empezar, pero el rey de la Galia debería ser un guerrero que fuese más bien una figura decorativa, no un autócrata que poco a poco vaya acumulando los poderes de gobierno en su propia persona. Y eso es lo que me temo que ocurrirá después de Alesia, Gutruato.

—Él no es carnuto, Cathbad.

—Empezará por elevar a los druidas arvernos al consejo de druidas. Y el poder de los druidas carnutos disminuirá.

—Nosotros los carnutos seremos gobernados por arvernos en todos los sentidos —apuntó Gutruato.

—Y no podemos permitir que eso ocurra.

—Estoy de acuerdo. El rey de la Galia debe ser un guerrero destacado. Y debería ser carnuto.

—Pues Litavico cree que el rey de la Galia debería ser un eduo —le dijo Cathbad secamente.

Gutruato dio un bufido.

—¡Litavico, Litavico! Es una serpiente. Si separas la hierba crecida, ahí lo encontrarás. Tendré que hacerle una raya en el pelo con mi espada.

—A su tiempo, Gutruato, a su tiempo. Lo primero es lo primero, y lo primero es la derrota de Roma. Lo segundo es Vercingétorix, que saldrá de Alesia como un héroe. Y por ello deberá morir como un héroe, con esa clase de muerte que ningún arverno, ¡ningún eduo!, pueda decir jamás que fue a manos de un paisano galo. Estamos entre Beltine y Lugnasad de momento. Falta mucho para que llegue Samhain. De modo que... Samhain. Quizá podamos encontrar un papel especial para que lo represente el nuevo rey de la Galia a principios de los Meses Oscuros, cuando la cosecha está toda recogida y el pueblo se reúne en asamblea para soportar el Caos de las Almas y pedir que la semilla del año siguiente sea bendecida. Sí, aquí en Carnutum durante Samhain... Quizá el rey de la Galia desaparezca en una fiera bruma, o se le vea navegando por el Loira hacia el oeste en un gran cisne barca. Vercingétorix debe quedar como un héroe, pero convertido en mito.

—Estaré encantado de ayudar —se ofreció Gutruato.

—Estoy seguro de ello —le dijo Cathbad—. Gracias, Gutruato.

—¿Vas a interpretar los signos?

—Dos veces. Una para la concentración y otra sólo para mí.

Hoy es para mí, pero tú puedes venir si quieres —le ofreció Cathbad bajando la voz.

Los dos eduos permanecieron detrás del roble durante algún tiempo, mirándose a los ojos; luego Litavico asintió con la cabeza y siguieron adelante, pero no por el sendero, sino entre los bosques, moviéndose muy despacio hasta que el bosquecillo de Dagda se abrió ante ellos, un lugar encantado. La parte trasera del mismo estaba formada por un montón de cantos rodados tapizados por una capa de exuberante musgo, y era el nacimiento de un manantial que rezumaba agua entre las piedras y caía en un charco hondo que formaba interminables ondas concéntricas. A Taranis le gustaba el fuego. A Esus le gustaba el agua. La tierra pertenecía a la Gran Madre, Dann. El fuego y el aire no podían mezclarse con la tierra, de manera que Dann se había casado con el agua, Dagda.

La ofrenda de aquel día no era para ahogarla en el manantial, pues Cathbad iba a leer los auspicios, no a ofrecer un sacrificio. La víctima desnuda era un germano esclavizado que había sido adquirido específicamente para aquel propósito y estaba tumbado boca abajo y desatado sobre el altar, una simple losa de piedra. Hermosas en la clara voz de tenor de Cathbad, las oraciones se cantaron de acuerdo con el antiguo ritual. No esperaban una respuesta de la víctima, que estaba fuertemente drogada, ya que sus movimientos, cuando se produjeran, tenían que ser motivados por el acto, no a causa del miedo o del dolor. Gutruato se alejó un poco para arrodillarse mientras Cathbad cogía una espada muy larga de dos filos. Que le resultaba difícil levantarla era obvio, pero él separó los pies para afianzarse mejor en el suelo y luego, con un enorme esfuerzo, levantó cuidadosamente la espada con ambas manos hasta que la hoja quedó un poco por encima de su cabeza. Bajó perfectamente, se hundió en la espalda de la víctima debajo de los omóplatos y le seccionó la columna vertebral con tanta limpieza que un momento después la hoja estaba fuera y la espada en el suelo.

La víctima apenas se convulsionó, y Cathbad, que no se había manchado la túnica blanca, permaneció allí de pie para observar cada movimiento, cada contorsión y cada espasmo, la dirección que tomaba cada uno, la parte del cuerpo que lo producía, los espasmos de la cabeza, de los brazos, de los hombros o de las piernas, las convulsiones en los dedos de las manos y de los pies, los tics de agonía en los glúteos. La interpretación de los signos duró mucho rato, pero Cathbad no movió nada excepto los labios, que formaban palabras sin sonido cada vez que había una breve pausa en los movimientos de la víctima. Cuando todo acabó, lanzó un suspiro, parpadeó y miró con cansancio a Gutruato. El carnuto se puso en pie con dificultad mientras dos acólitos salían de entre los árboles y se acercaban al altar para despejarlo y limpiarlo.

—Bueno, ¿qué hay? —le preguntó Gutruato con ansiedad.

—No he podido ver... Los movimientos eran raros, la pauta me resultaba desconocida.

—¿No te has enterado de nada?

—De un poco. Cuando le pregunté si Vercingetórix moriría, se produjeron seis tirones idénticos en la cabeza. Lo interpreto como seis años. Pero cuando le pregunté si César sería derrotado, no se movió absolutamente nada... ¿Cómo tengo que interpretar eso? Le pregunté si Litavico sería rey y la respuesta fue que no. Eso estuvo claro, muy claro. Le pregunté si tú serías rey, y la respuesta fue que no, pero los pies se pusieron a danzar, y eso quiere decir que tú morirás muy pronto. En cuanto al resto, no pude verlo. No pude verlo, no pude ver...

Cathbad cayó contra Gutruato, que lo miró fijamente con la cara pálida y temblando.

Los dos eduos se fueron sin hacerse notar.

Litavico se limpió el sudor de la frente, con todo su mundo en ruinas.

—No voy a ser rey de la Galia —susurró.

Suro se pasó las manos temblorosas por los ojos.

—Tampoco Gutruato. Él morirá pronto, pero Cathbad no dijo nada de eso sobre ti.

—Yo sé interpretar la pregunta acerca de la derrota de César, Suro. No movió absolutamente nada. Eso significa que César ganará, que nada cambiará en la Galia. Cathbad lo sabe, pero no podía soportar decírselo a Gutruato. Si lo hacía, ¿cómo iba a explicar la concentración?

—¿Y los seis años de Vercingetórix?

—¡No sé! —exclamó Litavico—. Si César gana, Vercingetórix no puede salir libre. Desfilará en el desfile triunfal y luego será estrangulado. —Le vino un sollozo, pero se lo aguantó—. No quiero creerlo, pero no me queda otro remedio. César ganará y yo nunca seré rey de la Galia.

Caminaban junto al pequeño arroyo que nacía en la laguna de Dagda sorteando las cabezas de dioses de madera que estaban plantadas en la orilla. Dorados haces de luz procedentes del sol poniente jugueteaban con las motas de polen y las semillas que flotaban en el aire y perforaban los espacios que quedaban entre los vetustos troncos de los árboles para hacer más verde lo que era verde y dorar lo que era marrón.

—¿Qué piensas hacer? —le preguntó Suro a Litavico cuando salieron del bosque para encontrarse con que la concentración iba haciéndose cada vez más grande, y que los campamentos de hombres y caballos se hallaban dispersos por todas partes hasta donde alcanzaba la vista.

—Irme de aquí —dijo Litavico limpiándose las lágrimas.

—Iré contigo.

—No te pido eso, Suro. Salva lo que puedas. César necesitará a los eduos para vendarle las heridas a la Galia. Nosotros no sufriremos como han sufrido los belgas o los celtas armóricos del Oeste.

—¡No, deja ese destino reservado para Convictolavo! Me parece que yo iré hasta la tierra de los tréveres.

—Una dirección tan buena como cualquier otra si quieres tener compañía.

Los tréveres estaban asediados, pero orgullosos, con la cabeza alta.

—El abominable Labieno ha matado a tantos de nuestros guerreros que no podemos reclutar fuerza alguna para ir en ayuda de Alesia —le dijo Cingetórix, que seguía gobernando.

—La ayuda que se envíe a Alesia no servirá de nada —le aseguró Suro.

—Yo nunca pensé que prosperase. ¡Toda esa palabrería acerca de una Galia unida! Como si fuéramos el mismo pueblo. ¿Quién se cree Vercingetórix que es? ¿Cree honradamente que un arverno puede llamarse a sí mismo rey de los belgas? ¿Que nosotros los belgas nos pondríamos de parte de un celta? Nosotros los tréveres votaríamos por Ambiórix.

—¿No por Commio?

—Él se vendió a los romanos. Una injuria personal lo indujo a ponerse de nuestra parte, no el sufrimiento de nuestros pueblos belgas —le dijo Cingetórix con desprecio.

Si Treves era indicativo de las condiciones existentes entre aquel gran y numeroso grupo de pueblos, Labieno en verdad había causado estragos. Aunque la *oppidum* en sí no estaba pensada para que nadie viviera dentro de ella, en otro tiempo, y no demasiado lejano, había habido un floreciente poblado a su alrededor. Pero quedaba poca gente para habitarlo. Todas las fuerzas que Cingetórix había logrado reunir se encontraban al norte de Treves defendiendo los valiosos caballos de los robos de los ubios, que estaban justo al otro lado del Rin.

Desde que César empezó a montar a los germanos en buenos caballos, el apetito de los ubios por dichas bestias se había hecho insaciable, pues Arminio, rey de los ubios, vio de pronto que una nueva panorámica se abría para su pueblo, la de proporcionar a Roma todos sus auxiliares montados. Cuando César expulsó a los eduos, creó un espacio maravilloso para que los germanos se trasladaran a él y lo ocupasen. Arminio no se había demorado en enviar a aquellos seiscientos hombres extra, y tenía intención de enviar más. La adquisición de auténticas riquezas era difícil para un pueblo que vivía del pastoreo y estaba desprovisto de recursos, pero la guerra a caballo era una industria que Arminio conocía perfectamente. Si de él dependía, los generales romanos pronto despreciarían la caballería gala. Nadie serviría mejor que los germanos.

Así, la espantosa extensión gris y a menudo achaparrada del bosque de las Ardenas servía para poco excepto para pastos, y como crecía en los valles de los ríos, los tréveres y los ubios se disputaban su dominio.

—Odio este lugar —comentó Litavico al cabo de unos días.

—Pues a mí me da igual —dijo Suro.

—Que te vaya bien.

—Y a ti. ¿Adónde irás?

—A Galacia.

Suro se quedó boquiabierto.

—¿A Galacia? Eso está al otro lado del mundo.

—Exacto. Pero los galacios son galos y montan buenos caballos. Seguro que Deiotaro está buscando jefes competentes.

—Es un rey protegido de los romanos, Litavico.

—Sí, pero cuando yo llegue allí no seré Litavico. Seré Cabaquio, de los volcas tectosages, que voy de viaje para ver a los parientes que tengo en Galacia. Me enamoraré del lugar y solicitaré quedarme allí.

—¿Dónde encontrarás el chal apropiado?

—Hace mucho tiempo que dejaron de llevar el chal en los alrededores de Tolosa, Suro. Me vestiré como los galos de la Provenza.

Primero era necesario que fuera a visitar sus tierras y su casa solariega a las afueras de Matisco. Todas las tierras galas eran comunales, estaban en posesión del pueblo, pero en realidad, en la práctica, los grandes nobles de cada tribu se ocupaban del «cuidado» de grandes parcelas. Incluido Litavico.

Fue cabalgando a lo largo del Mosela y se adentró en las tierras de los secuanos, quienes se habían marchado a la concentración de Carnutum. Como los secuanos que no habían ido a Carnutum estaban concentrados más cerca del Rin por si acaso los germanos suevos intentaban cruzarlo, nadie se dirigió a él ni se le opuso, y ningún jefe de tribu suspicaz le hizo preguntas acerca de por qué un eduo errante andaba cabalgando por las tierras de enemigos recientes con un caballo para el equipaje como única compañía.

Pero alguien estaba allí para vocear la noticia. Cuando iba rodeando la *oppidum* de los secuanos, que se llamaba Vesontio, Litavico oyó cómo se comunicaba a voces en un campo la noticia de que César había salido victorioso en Alesia y Vercingetórix se había rendido.

Si no hubiera oído por casualidad la conversación entre Cathbad y Gutruato, yo habría estado allí al mando de los eduos. Y también sería prisionero de los romanos. A mí también me enviarían a Roma a esperar el desfile triunfal de César. ¿Cómo, pues, va a sobrevivir otros seis años el rey de la Galia? Morirá durante el triunfo de César, aunque otros se salven. ¿Significa eso que César aceptará otro gobierno de la Galia por un período de cinco años, de manera que no podrá celebrar su desfile triunfal hasta que pasen otros seis años? ¡Pero se acabó! Un tercer período no es necesario. Él acabará con nosotros el año que viene. Aquellos que huyeron se desmoronarán; nada podrá evitar la victoria total de César. Sin embargo creo que Cathbad vio la verdad. Seis años más. ¿Por qué?

Como sus tierras estaban al este y al sur de Matisco, Litavico evitó también aquella *oppidum*, aunque pertenecía a los eduos y, lo que era más importante aún, su esposa y sus hijos estaban viviendo allí durante el tiempo que durase la guerra. Pero era mejor no verlos. Ellos podrían sobrevivir. Y en aquel momento la primera prioridad era su propia supervivencia.

Aunque era de madera con el tejado de trozos de pizarra, su enorme y cómoda casa estaba construida a la manera romana, alrededor de un enorme peristilo, y tenía dos pisos de altura. Sus siervos y esclavos se sintieron jubilosos al verlo, y juraron no decir ni una palabra a nadie acerca de la presencia de su amo allí. Al principio Litavico tenía intención de quedarse allí sólo el tiempo suficiente para vaciar la cámara acorazada, pero el verano junto al brillante y lento río Saona era delicioso y César estaba muy lejos y no tenía necesidad de hacer uno de aquellos viajes relámpago en esa dirección. ¿Qué había dicho César? ¿Que el Saona fluía tan lentamente que en realidad fluía hacia atrás? Pero aquello era su hogar y de pronto Litavico sintió que no tenía prisa por abandonarlo. Su gente le era completamente leal, y nadie más lo había visto. ¡Qué delicioso pasar un último verano en su propia tierra! Decían que Galacia era preciosa: alta, amplia, un país maravilloso para los caballos. Pero no era su hogar. Los de Galacia hablaban griego, póntico y una especie de galo que no se oía en ninguna otra parte de la Galia desde hacía doscientos años. Bueno, por lo menos él sabía griego, aunque tendría que pulirlo.

Después, a principios del otoño, justo cuando estaba pensando en proseguir el viaje mientras sus siervos y esclavos estaban recogiendo una buena cosecha, su hermano Valetiaco llegó al frente de cien soldados a caballo que eran partidarios suyos.

Los hermanos se saludaron con gran afecto, no podían quitarse los ojos de encima el uno del otro.

—No puedo quedarme —le dijo Valetiaco—. ¡Qué sorpresa encontrarte aquí! Sólo he venido para asegurarme de que tu gente recoge la cosecha.

—¿Qué ocurrió con los alóbroges? —le preguntó Litavico mientras servía vino.

—No mucho —repuso Valetiaco haciendo una mueca—. Lucharon, y cito las mismas palabras de César, «en una guerra cuidadosa y eficiente».

—¿César?

—Está en Bibracte.

—¿Sabe que yo estoy aquí?

—Nadie sabe dónde estás.

—¿Qué piensa hacer con los eduos?

—Como los arvernos, vamos a escapar relativamente indemnes. Hemos de formar el núcleo de una nueva Galia completamente romana. Y no vamos a perder nuestra condición de amigos y aliados. O sea, siempre que firmemos un tratado enormemente largo con Roma y admitamos en nuestro Senado a aquellos que César nos imponga. A Viridomaro lo ha perdonado, pero a ti no. En realidad le han puesto precio a tu cabeza, lo cual me hace suponer que si te capturan y te hacen desfilar en el triunfo de César, correrás la misma suerte que Vercingetórix y Coto. Biturgo y Eporedórix desfilarán también, pero a ellos los enviarán a casa después.

—¿Y tú, Valetiaco?

—A mí se me ha permitido conservar mis tierras, pero nunca voy a tener un puesto importante en el consejo ni voy a poder ser vergobreto —le explicó Valetiaco con amargura.

Los dos hermanos eran hombres corpulentos y apuestos en el auténtico estilo galo, con pelo dorado y ojos azules. Los músculos de los bronceados antebrazos desnudos de Litavico se tensaron hasta que los brazaletes de oro que llevaba puestos se le clavaron en la carne.

—Por Dagda y por Dann, ¡ojalá hubiera alguna manera de vengarse! —exclamó Litavico apretando los dientes.

—Quizá la haya —le dijo Valetiaco sonriendo débilmente.

—¿Cómo? ¿Cómo?

—No lejos de aquí encontré a un grupo de viajeros que iban a reunirse con César en Bibracte. Él piensa pasar el invierno allí. Tres carros, un carruaje cómodo y una dama en un caballo blanco y saltarín. Todo el grupo con un aspecto muy romano. Sólo que la dama cabalgaba a horcajadas y en el carruaje, con la niñera, iba un niño que tenía cierto parecido con César. ¿Necesitas que te cuente más?

Litavico movió lentamente la cabeza de un lado al otro.

—No —respondió, y siseó—. ¡La mujer de César! La que antes perteneció a Dumnórix.

—¿Cómo la llama él? —quiso saber Valetiaco.

—Rhiannon.

—Eso es. Prima hermana de Vercingetórix. Rhiannon, la esposa ultrajada. ¡Infame! Dumnórix fue el marido ultrajado.

—¿Y qué has hecho, Valetiaco?

—La he capturado. —Valetiaco se encogió de hombros—. ¿Por qué no? Yo nunca ocuparé el puesto que me corresponde entre nuestro pueblo, así que, ¿qué tengo que perder?

—Todo —le dijo Litavico secamente, y se puso en pie y le echó un brazo por los hombros a su hermano—. No puedo quedarme aquí, pues se me busca. ¡Pero tú debes quedarte! Hay que cuidar de mi familia. Espera y ya te llegará el momento, ten paciencia. César se irá, pero vendrán otros gobernadores, y tú volverás a ocupar tu puesto en el Senado y en los consejos. Deja a la mujer de César aquí conmigo. Ella será mi venganza.

—¿Y el niño?

Litavico apretó las manos y las agitó con júbilo.

—Él es el único que saldrá vivo de aquí, porque tú te irás ahora mismo y te lo llevarás contigo. Busca a alguno de nuestros siervos en una granja remota y déjale al niño para que lo cuide. Aunque la criatura hable de su madre o de su padre, ¿quién va a creerle? Que el hijo de César se críe como un siervo eduo, condenado a ser un criado toda su vida.

Caminaron hacia la puerta y allí se besaron. Fuera, en el patio, todos los cautivos, muy juntos y apretados, lo miraban todo con ojos redondos y asustados. Excepto Rhiannon, a la que habían atado las manos a la espalda y los pies juntos, que se había quedado de pie con aire orgulloso. El niño, que ya tenía más de cinco años, estaba de pie en el refugio de la falda de su niñera, con marcas de lágrimas en la cara y moqueando. Cuando Valetiaco ya estaba sentado en la silla de su caballo, Litavico levantó al niño y se lo entregó a su hermano, que lo sentó delante de él. Estaba demasiado cansado para protestar y demasiado abrumado; volvió la cabeza hacia Litavico y cerró los ojos con cansancio.

Rhiannon intentó echar a correr, pero se cayó al suelo cuan larga era.

—¡Orgetórix! ¡Orgetórix! —gritó.

Pero Valetiaco y sus cien hombres desaparecieron, y con ellos el hijo de César.

Litavico sacó la espada de la casa y mató a los criados romanos, incluida la niñera, mientras Rhiannon se hacía un ovillo y gritaba el nombre de su hijo.

Cuando hubo acabado la matanza, Litavico se acercó a Rhiannon, le puso una mano en mitad de aquel feroz río de cabello y, tirando del mismo, la obligó a ponerse en pie.

—Ven, querida mía —le dijo sonriendo—. A ti te tengo reservado un trato especial.

La metió en la casa y la llevó a empujones hasta la gran habitación donde el amo comía y se sentaba a la mesa. Allí la arrojó al suelo y se quedó de pie unos instantes mirando hacia las vigas de madera que atravesaban el techo. Luego asintió para sí con la cabeza y salió de la habitación.

Cuando regresó llevaba consigo a dos de sus esclavos, aterrorizados por la matanza que habían visto en el patio pero ansiosos por obedecer.

—Haced esto por mí y seréis los dos libres —les dijo Litavico. Dio unas palmadas y entró una esclava encogida de miedo, a la que ordenó—: Tráeme un peine, mujer.

Uno de los esclavos tenía en la mano un gancho de los que se utilizan para colgar cerdos y destriparlos, mientras el otro se ponía a trabajar con un taladro en una de las vigas.

Trajeron el peine.

—Siéntate, querida —le pidió Litavico a Rhiannon mientras la levantaba y la empujaba hasta una silla.

Le tiró del pelo con las manos hasta que todo el cabello le cayó por la espalda y se extendió por el suelo. Y empezó a peinarla, poco a poco, con cuidado, pero desenredándole los nudos a tirones de una forma despiadada. Rhiannon no parecía sentir dolor alguno, no se encogía ni hacía muecas de dolor; toda la pasión y fuerza que César tanto había admirado en ella se habían desvanecido.

—Orgetórix, Orgetórix —llamaba de vez en cuando.

—Qué hermoso y limpio tienes el pelo, querida... y qué magnífico —le comentó Litavico sin dejar de peinarla—. ¿Pensabas sorprender a César en Bibracte y por eso viajabas sin una escolta de tropas romanas? ¡Claro que sí! Pero a él no le complacería eso.

Por fin terminó. Y también habían terminado los esclavos: el gancho para cerdos colgaba de la viga, con la parte inferior a dos metros por encima de las losas del suelo.

—Ayúdame, mujer —le pidió secamente a la esclava—. Quiero trenzarle el pelo. Enséñame cómo se hace.

Pero tuvieron que hacerlo los dos. Una vez que Litavico entendió cómo había que entrelazar los tres mechones, lo hizo con mucha eficiencia; la mujer separaba los tres mechones por debajo de los dedos de Litavico y éste hacía la trenza. Luego se acabó. En la base del largo cuello blanco la trenza de Rhiannon era tan gruesa como uno de los brazos de Litavico, aunque iba en disminución hasta un metro y medio más abajo, donde tenía el grosor del rabo de una rata; allí en seguida empezó a deshacerse el trenzado.

—Ponte en pie —le ordenó Litavico al tiempo que le daba un tirón para que se levantase—. Ayudadme —les pidió a los dos esclavos.

Como un artesano en el recinto de un escultor colocó a Rhiannon debajo del gancho; luego cogió la trenza de la mujer y le dio con ella dos vueltas alrededor del cuello.

—¡Y todavía nos queda mucho! —exclamó mientras se subía a una silla—. Ahora levantadla.

Uno de los esclavos rodeó las caderas de Rhiannon con los brazos y la alzó del suelo. Litavico pasó la trenza por el gancho, pero no consiguió atarla; no sólo porque era demasiado gruesa, sino porque era demasiado sedosa. De nuevo bajaron a Rhiannon, y uno de los esclavos se fue. Por fin consiguieron sujetar la trenza alrededor de otro gancho para cerdos y la clavaron a la viga mientras el esclavo levantaba del suelo a Rhiannon por segunda vez.

—¡Suéltala, pero muy suavemente! —le ordenó Litavico—. Oh, con suavidad, con suavidad, no nos conviene que se le rompa el cuello, eso nos echaría a perder la diversión. ¡Con suavidad!

La mujer no se debatió, aunque tardaron bastante tiempo. Tenía los ojos muy abiertos, fijos sin ver en lo alto de la pared de enfrente, y como ella no se debatía, la piel, simplemente, fue cambiando del color crema al azul, y la lengua no se le salió, aunque los ojos empezaron a abultársele. A veces movía los labios para formar la palabra *Orgetórix* sin sonido.

El cabello se tensó y, primero con la punta de los pies y luego con las plantas, tocó el suelo. La dejaron caer como un saco de arena, pero todavía no estaba muerta y volvieron a colgarla otra vez desde el principio.

Cuando el rostro de Rhiannon se hubo puesto de color púrpura negruzco, Litavico fue a escribir una carta; cuando hubo terminado se la dio a su mayordomo.

—Ve a caballo a Bibracte con esta carta —le dijo—. Diles a los hombres de César que es de parte de Litavico. César necesita que lo guíes hasta aquí. Luego ve y busca debajo de mi cama una bolsa llena de oro. Cógela. Dile al resto de mi gente que haga el equipaje y se marche ya. Si van a ver a mi hermano Valetiaco, él los acogerá debidamente. Nadie ha de tocar los cadáveres que hay en el patio. Quiero que los dejen tal como están. Y quiero que ella permanezca así —concluyó apuntando hacia donde colgaba Rhiannon—. Así César podrá verla con sus propios ojos.

No mucho después de que se fuera el mayordomo, partió también Litavico. Montó en su mejor caballo, se puso sus mejores ropas, aunque no el chal, y se llevó tres caballos de carga en los que llevaba el oro, las joyas y la capa de pieles. Su meta era el Jura, por donde pensaba entrar en tierras de los helvecios. Nunca se le ocurrió que no fuera a ser bienvenido dondequiera que fuese, pues él era enemigo de Roma y todos los bárbaros odiaban a Roma. Lo único que tenía que hacer era decir que César había puesto precio a su cabeza, y desde la Galia hasta Galacia sería festejado y admirado. Como ocurrió en el Jura. Luego, en el nacimiento del Danubio, llegó a las tierras de un pueblo llamado los verbigenos y allí fue hecho prisionero. A los verbigenos les importaba muy poco Roma o César. Le quitaron sus pertenencias. Y la cabeza.

374

—Me alegro de que, si es que yo tenía que ver a una de las tres muertas, sea Rhiannon —le confió César a Trebonio—. Eso se me ahorró con mi hija y con mi madre.

Trebonio no sabía qué decir, cómo podía expresar lo que sentía, el monumental ultraje, el dolor, la pena, la feroz ira, todas las emociones que había experimentado al mirar a la pobre criatura de cara ennegrecida que había sido estrangulada con su propio cabello. El cual había vuelto a estirarse, de manera que ella quedaba de pie en el suelo con las rodillas ligeramente dobladas. ¡Oh, no era justo! ¡Aquel hombre estaba tan solo, tan remoto, tan por encima de aquellos que veía cada uno de los días de su extraordinaria vida! Ella había sido una compañía agradable, le había divertido, César adoraba el modo en que cantaba. No, no la había amado, pero el amor habría sido una carga. Trebonio ya lo conocía hasta ese punto. ¿Qué le iba a decir? ¿Cómo podían aliviar las palabras aquella impresión, aquel insulto, el más grosero de todos, aquella locura sin sentido? ¡Oh, no era justo! ¡No era justo!

En el rostro de César no apareció la menor expresión desde el momento en que entraron en el patio y descubrieron la matanza. Después entraron en la casa y encontraron el cadáver de Rhiannon.

—Ayúdame —le pidió a Trebonio.

La bajaron, encontraron su ropa y sus joyas intactas en los carros y la vistieron para el entierro mientras algunos de los soldados germanos que les habían acompañado cavaban la tumba. A ningún galo celta les gustaba que lo incinerasen, así que a Rhiannon la enterrarían y enterrarían a sus pies a todos sus sirvientes asesinados, como le correspondía a una gran señora que había sido hija de un rey.

Goto, el comandante de los cuatrocientos ubios de César, esperaba fuera.

—El niño no está aquí —le comunicó a César—. Hemos registrado un par de kilómetros en todas direcciones y cada una de las habitaciones de la casa, así como los demás edificios, los pozos y los establos. No se nos ha pasado nada por alto, César. El niño ha desaparecido.

—Gracias, Goto —le dijo César sonriendo.

¿Cómo podía hacerlo?, se preguntó Trebonio. Con tanto dominio, tan civilizado, tan perfectamente cortés y controlado. Pero ¿cuál sería el precio que habría de pagar por ello?

No se dijo nada más hasta que el funeral, que ofició César pues no había a mano ningún druida, acabó.

—¿Cuándo quieres que empecemos la búsqueda de Orgetórix? —le preguntó Trebonio cuando cabalgaban alejándose de la abandonada casa solariega de Litavico.

—No quiero buscarlo.

—¿Qué?

—Que no quiero que se le busque.

—¿Por qué?

—El asunto ha terminado —dijo César. Aquellos ojos pálidos y tranquilos miraron directamente a los de Trebonio, exactamente como hacía siempre: con afecto temperado por la lógica, con comprensión temperada por la objetividad; luego desvió la mirada—. Ah, pero echaré de menos sus canciones.

Y nunca más volvió a referirse a Rhiannon ni a su hijo desaparecido.

La Galia de los cabelleras largas

DESDE ENERO HASTA DICIEMBRE DEL 51 A. J.C.

TITO LABIENO

Cuando la noticia de la derrota y captura de Vercingetórix llegó a Roma, el Senado decretó un período de acción de gracias de veinte días, lo cual no pudo contrarrestar la conspiración que Pompeyo y sus nuevos aliados, los *boni*, habían tramado contra César durante aquel año de guerra total, pues sabían perfectamente que el general no tenía tiempo ni energías para oponerse a las medidas que ellos personalmente tomasen. Aunque se le mantenía informado, la urgencia que supuso encontrar comida para sus legiones, asegurarse de que la vida de sus hombres no se arriesgaba de manera innecesaria y enfrentarse a Vercingetórix fueron las principales prioridades de César. Y aunque agentes como Balbo, Opio y Rabirio Póstumo, los banqueros, se esforzaban muchísimo por evitar el desastre, no tenían ni la consumada facilidad de entendimiento de César para la política ni su inatacable autoridad; valiosísimos días se malgastaron enviando cartas y esperando respuestas.

No mucho después de haberse convertido en cónsul sin colega, Pompeyo se casó con Cornelia Metela y se pasó por completo al campo de los *boni*. La primera prueba de su nuevo compromiso ideológico llegó a finales de marzo, cuando cogió un decreto senatorial del año anterior y lo hizo aprobar como ley. Una ley bastante inofensiva en apariencia, pero de la que César captó las verdaderas intenciones en el momento en que leyó la carta de Balbo. Según dicha ley, de entonces en adelante todo hombre que tuviera el cargo de pretor o cónsul tendría que esperar cinco años antes de que se le permitiera gobernar una provincia. Un fastidio que adquiría mayor gravedad porque daba origen a un remanente de posibles gobernadores a los que se podía enviar a gobernar con sólo notificárselo: todos aquellos hombres que, después de ser pretores o cónsules, se habían negado a aceptar una provincia ahora estaban legalmente obligados a hacerse gobernadores si así lo disponía el Senado.

Peor que aquella ley era otra que Pompeyo procedió a aprobar y que estipulaba que todos los candidatos a pretor o a cónsul tenían que presentar su candidatura personalmente dentro de la ciudad de Roma. Todos los miembros de la muy numerosa facción de César protestaron con vehemencia. ¿Y César, y la ley de los Diez Tribunos de la plebe que permitía que éste se presentara para su segundo consulado *in absentia*?

—¡Oh! ¡Vaya, hombre! —exclamó Pompeyo—. ¡Lo siento mucho, se me olvidó por completo!

Después de lo cual añadió un codicilo a su *lex Pompeia de iure magistratum* eximiendo a César de lo previsto en dicha ley. El único problema fue que no lo hizo inscribir en la tablilla de bronce que contenía la ley, y sin esta inscripción el codicilo no tenía validez alguna.

César recibió la noticia de que ahora tenía prohibido presentarse *in absentia* mientras estaba construyendo la plataforma de asedio en Avarico; después vino Gergovia, a continuación la revuelta de los eduos y más tarde la persecución que finalmente les llevó hasta Alesia. Mientras se las veía con los eduos en Decetia, se enteró de que el Senado se había reunido para discutir la asignación de las provincias para el año siguiente, ahora inalcanzables para aquellos hombres que ocupaban cargos de pretor o de cónsul pues tenían que esperar cinco años. El Senado se rascaba la cabeza al tiempo que se preguntaba de dónde iba a sacar a los gobernadores para el año siguiente, pero el cónsul sin colega se reía. Muy fácil, dijo Pompeyo, los que habían rehusado gobernar una provincia el año siguiente a ocupar el cargo, tendrían que gobernar ahora les gustase o no. Por ello a Cicerón se le ordenó que gobernase Cilicia, y a Bíbulo, Siria, una perspectiva que a aquellos dos amantes del hogar les llenó de horror.

Dentro del anillo de asedio construido alrededor de Alesia, César recibió una carta desde Roma que le informaba de que Pompeyo había logrado que su nuevo suegro, Metelo Escipión, fuera elegido colega consular suyo para el resto del año. Y, noticia más alegre, que Catón, que se presentaba como candidato para el consulado del año siguiente, había resultado ignominiosamente derrotado. Con toda aquella admirada incorruptibilidad suya, Catón no consiguió impresionar a los electores. Probablemente porque a los miembros de la primera clase de votantes centuriados les gustaba pensar que existía alguna probabilidad de que los cónsules (a cambio de una banal consideración financiera) estuvieran dispuestos a hacer unos cuantos favores cuando se les pidiera de la manera oportuna.

De modo que cuando entró el año nuevo, César seguía en la Galia de los cabelleras largas. No había manera de que pudiera cruzar los Alpes para supervisar los acontecimientos de Roma desde Rávena. Dos cónsules enemistados con él, Servio Sulpicio Rufo y Marco Claudio Marcelo, iban a ocupar el cargo, una perspectiva vejatoria para César. Aunque, en cierto modo, era un consuelo que nada menos que cuatro de los nuevos tribunos de la plebe fueran hombres de César, comprados y pagados como es debido. Marco

Marcelo, el cónsul junior, ya iba diciendo que tenía intención de despojar a César de su *imperium*, de sus provincias y de su ejército, aunque la ley que Cayo Trebonio había promulgado para concederle a César sus segundos cinco años de mandato prohibía específicamente que el asunto fuera ni siquiera discutido antes de marzo del año siguiente, fecha para la que faltaban quince meses. La constitucionalidad era para seres inferiores y a los *boni* les importaba un rábano si el blanco al que apuntaban era César.

Al cual, a causa de la bruma de desprecios que le estaba ensombreciendo la vida en aquella época, le resultó imposible instalarse y hacer lo que hubiera debido hacer: mandar llamar a personas como Balbo y Cayo Vibio Pansa, su dominante tribuno de la plebe, sentarse con ellos en Bibracte y darles instrucciones personalmente sobre cómo proceder. Era seguro que había unas cuantas tácticas que sus partidarios podían intentar, pero sólo si se reunían con él en persona. Pompeyo disfrutaba del favor de los *boni* y se regocijaba en la posesión de una esposa tremendamente aristocrática, pero por lo menos ya no estaba en el cargo de cónsul; y Servio Sulpicio, el nuevo cónsul senior, era un miembro de los *boni* accesible y prudente, y no un fanático intemperante como Marco Marcelo.

En lugar de acomodarse para ocuparse de los problemas de Roma, César continuó por el camino de someter a los bitúrigos y se contentó con escribir una carta al Senado mientras iban de viaje. En vista de sus asombrosos éxitos en las Galias, decía, parecía que era justo y apropiado que se le tratase a él exactamente igual que a Pompeyo. La «elección» de Pompeyo como cónsul sin colega fue *in absentia* porque estaba gobernando las Hispanias. Y seguía gobernándolas, pues no había dejado de hacerlo durante el período de su consulado. Por lo tanto, ¿harían el favor los padres conscriptos del Senado de prolongar el gobierno de César en las Galias e Iliria hasta que asumiera el consulado al finalizar los tres años que faltaban? Lo que se le había concedido a Pompeyo, también debería concedérsele a César. La carta no se dignaba mencionar la ley de Pompeyo que obligaba a los candidatos consulares a inscribirse para las elecciones dentro de Roma, pues su silencio sobre ese punto era una manera de decir que sabía que la ley de Pompeyo a él no le concernía.

Tres *nundinae* transcurrirían entre el envío de aquella misiva y cualquier posibilidad de respuesta; y como varias otras *nundinae* más, aquéllas se emplearon en reducir a los bitúrigos hasta que empezaron a pedir humildemente clemencia. La campaña de César fue una serie de marchas forzadas de ochenta kilómetros al día; tan pronto estaba en un lugar quemando, saqueando, matando y esclavizando, como aparecía a ochenta kilómetros de distancia antes de que la noticia, que se transmitía a voces, pudiera advertir a nadie.

En aquel momento César ya sabía que la Galia de los cabelleras largas no se consideraba vencida. La nueva estrategia consistía en pequeñas insurrecciones programadas para estallar por todo el país simultáneamente, lo que obligaba a César a actuar como un hombre que se ve forzado a apagar diez incendios diferentes en diez lugares distintos al mismo tiempo. Pero aquellos insurrectos suponían que habría ciudadanos romanos a quienes matar, y no los había, pues la adquisición de alimentos para las legiones, todas diseminadas, las hacía el propio ejército por la fuerza.

César contrarrestó al reducir a varias de las tribus más poderosas una a una, empezando por los bitúrigos, que estaban enfadados porque a Biturgo se le había enviado a Roma a desfilar en el triunfo de César. Se llevó sólo a dos legiones, la decimotercera y la nueva decimoquinta: la primera porque llevaba aquel número gafe, y la segunda porque estaba formada por reclutas novatos. Esta legión, la decimoquinta, era su «cajón de sastre», pues a los hombres que la formaban los entrenaban para luego repartirlos por las otras legiones cuando el número de soldados de éstas disminuía. La actual decimoquinta era el resultado de la ley dictada por Pompeyo a principios del año anterior, según la cual todos los ciudadanos romanos varones entre los dieciocho y los cuarenta años de edad debían hacer el servicio militar. Una ley que a César le resultaba muy útil, pues no le costaba obtener voluntarios, pero que a menudo le traía problemas con el Senado por reclutar a más hombres de los que estaba autorizado a alistar.

El noveno día de febrero regresó a Bibracte. Las tierras de los bitúrigos se veían arrasadas, la mayor parte de los guerreros bitúrigos estaban muertos y las mujeres y los niños eran prisioneros. Aguardando a César en Bibracte estaba la respuesta del Senado a su petición de una prórroga de su período como gobernador. Una respuesta que quizá César ya esperaba, aunque en el fondo de su corazón verdaderamente confiaba en que no fuese así, aunque sólo fuera porque rechazar su petición era el colmo del disparate.

La respuesta era no: el Senado no estaba dispuesto a tratar a César como había tratado a Pompeyo. Si quería ser cónsul al cabo de tres años, tendría que comportarse como cualquier otro gobernador romano: dejar su *imperium*, sus provincias y su ejército y presentar personalmente su candidatura dentro de Roma. La respuesta no entraba a discutir sobre la tranquila suposición de César de que sería elegido cónsul senior. Todo el mundo sabía que ocurriría así. César nunca se había presentado a las elecciones de ningún cargo en las que no hubiera obtenido más votos que nadie. Y no porque sobornase a los electores; César no se atrevía a hacerlo pues había ya demasiados enemigos que estaban buscando una excusa para procesarlo.

Fue entonces, mirando aquella carta fría y cortante, cuando César tomó la decisión de hacer planes para cualquier eventualidad que pudiera surgir.

No me dejarán ser todo lo que yo debería ser. Todo aquello que tengo derecho a ser. Sin embargo, complacen a un cuasirromano como Pompeyo. Inclinan la cabeza y le hacen la pelota, lo exaltan, lo llenan de ideas acerca de su propia importancia, pero están todo el tiempo riéndose de él por detrás. Bien, ésa es la carga que debe soportar Pompeyo, y algún día se dará cuenta de qué es lo que piensan de él en realidad. Cuando las circunstancias sean propicias se quitarán las máscaras y Pompeyo quedará auténticamente acabado. Es exactamente como Cicerón cuando Catilina parecía estar seguro de ser cónsul. Los *boni* se confabularon con el despreciado paleto de Arpino para dejar fuera a un hombre que tenía linaje. Ahora se asocian con Pompeyo para dejarme fuera a mí. Pero no estoy dispuesto a permitir que eso suceda. ¡Yo no soy Catilina! Ellos van a por mi pellejo porque mi gran valía les obliga a ver hasta qué punto es grande su propia incapacidad. Creen que pueden obligarme a cruzar el *pomerium* y a entrar en Roma para presentar mi candidatura, y así al cruzar el *pomerium* tendría que abandonar el *imperium* que me protege de ser procesado. Todos estarán allí, en la cabina electoral, dispuestos a atacar con una docena de pleitos inventados y me acusarán de traición, de extorsión, de soborno, de desfalco... hasta de asesinato si encuentran a alguien dispuesto a jurar que me vio entrar furtivamente en las Lautumiae para estrangular a Vetio. Como Gabino, como Milón, seré condenado en tantos tribunales diferentes por tantos crímenes diferentes que nunca seré capaz de mostrar mi cara en Italia de nuevo. Me despojarán de la ciudadanía, mis hazañas se borrarán de los libros de historia y se enviará a hombres como Enobarbo y Metelo Escipión a mis provincias para quedarse ellos con el mérito, exactamente del mismo modo que Pompeyo se llevó el mérito de lo que había hecho Lúculo.

Pero eso no ocurrirá. No permitiré que ocurra, no importa qué tenga que hacer para evitarlo. Mientras tanto seguiré trabajando para que se me permita presentarme *in absentia*, con mi *imperium* intacto hasta que asuma el de cónsul senior. No quiero que se me conozca como a un hombre que actúa de forma inconstitucional. Nunca en mi vida he actuado inconstitucionalmente. Todo se ha hecho como la *mos maiorum* dice que debe hacerse. Ésa es mi mayor ambición: alcanzar mi segundo consulado dentro de los límites que marca la ley. Una vez que me convierta en cónsul ya me las arreglaré, utilizando las leyes, para hacer frente a esas acusaciones inventadas. Y ellos lo saben. Y tienen miedo de que lo haga. Pero no pueden soportar perder, porque si pierden, admiten que soy mejor que ellos en todos los aspectos concebibles, desde la inteligencia hasta el linaje. Porque yo soy un hombre y ellos son muchos. Si los derroto sin salirme de la ley, se llevarán un gran disgusto, se quedarán como la esfinge y no les quedará otro recurso que tirarse por el precipicio que tengan más a mano.

No obstante, también haré planes por si todo me sale mal. Empezaré a hacer esas cosas que asegurarán que yo triunfe dentro de la ley. ¡Oh, qué tontos! Siempre me subestiman.

Júpiter Óptimo Máximo, si es que es ése el nombre que te gusta oír, Júpiter Óptimo Máximo, seas del sexo que prefieras, Júpiter Óptimo Máximo, que es todos los dioses y fuerzas de Roma fundidos en uno solo, Júpiter Óptimo Máximo, ¡haz un contrato conmigo para que yo venza! Y si es así, aquí mismo juro que te ofreceré los sacrificios que mayor honor te hagan y que más satisfacción te den...

La campaña para reducir a los bitúrigos duró cuarenta días. En cuanto César llegó de vuelta al campamento que estaba justo debajo del monte de la Bibracte edua, reunió en asamblea a las legiones decimotercera y decimoquinta y le regaló a cada uno de los hombres de ambas legiones una prisionera bitúriga, que podían conservar como criada o vender a los tratantes de esclavos. Después, le dio a cada soldado una prima en metálico de cien sestercios y a cada centurión una de dos mil. Todo de su propio bolsillo.

—Esto es para demostraros mi agradecimiento por vuestro maravilloso apoyo —les dijo a sus soldados—. Lo que Roma os paga es una cosa, pero es hora de que yo, Cayo Julio César, os dé algo de mi propio bolsillo como agradecimiento personal. Los últimos cuarenta días hemos conseguido un botín pequeño, y yo os he sacado de vuestro bien merecido descanso de invierno y os he pedido que marchéis ochenta kilómetros al día durante casi todos esos cuarenta días. Después de un terrible invierno, de la primavera y del verano en el campo de batalla contra Vercingetórix, merecíais descansar y no hacer nada de nada durante seis meses por lo menos. Pero ¿acaso refunfuñasteis cuando os dije que teníais que poneros en marcha? ¡No! ¿Os quejasteis cuando os pedí esfuerzos hercúleos? ¡No! ¿Aflojasteis el paso, pedisteis más de comer, me disteis menos de lo que podéis dar en algún momento? ¡No! ¡No, no, no! ¡Vosotros sois los hombres de las legiones de César y Roma nunca ha visto nada semejante! ¡Vosotros sois mis muchachos! ¡Mientras yo esté vivo, seréis mis queridos muchachos!

Los soldados lo vitorearon histéricamente, tanto por llamarlos sus queridos muchachos como por el dinero y la esclava, que también salió del bolsillo privado de César, pues los beneficios de la venta de esclavos pertenecían exclusivamente al general.

Trebonio miró de reojo a Décimo Bruto.

—¿Qué está tramando, Décimo? Es un gesto maravilloso, pero ellos no se lo esperaban y no logro adivinar qué le ha entrado a César para hacer eso.

—Recibí una carta de Curión en la misma bolsa que le trajo a César una carta del Senado —dijo Décimo Bruto hablando en voz baja para que no le oyeran Marco Antonio o los tribunos—. No quieren dejarlo presentar su candidatura *in absentia,* y la disposición de ánimo de la cámara es despojarle de su *imperium* en cuanto les sea posible. Quieren que César caiga en desgracia y que se le envíe al exilio permanente. Y Pompeyo Magno también lo quiere.

Trebonio gruñó con desprecio.

—¡Eso último no me sorprende! ¡Pompeyo no vale ni una correa de las sandalias de César!

—Ni los otros tampoco.

—Eso ni que decir tiene. —Dio media vuelta y abandonó el terreno donde estaba formado el ejército; Décimo echó a andar con él—. ¿Crees que César lo haría?

Décimo Bruto no parpadeó.

—Creo... creo que están locos por empeñarse en provocar a César, Cayo. Porque creo que sí, que si ellos no le dejan otra alternativa, César marchará contra Roma.

—¿Y si lo hace?

Las cejas rubias, casi invisibles, se alzaron.

—¿Tú qué crees?

—Creo que los matará.

—Estoy de acuerdo.

—Así que tenemos que hacer una elección, Décimo.

—Puede que tú tengas que elegir. Yo no. Yo soy un hombre de César para lo bueno y para lo malo.

—Y yo. Pero César no es Sila.

—Por lo que deberíamos estar agradecidos, Trebonio.

Quizá a causa de esta conversación, ni Décimo Bruto ni Cayo Trebonio se sentían de humor para hablar durante la cena, que discurría mientras ambos estaban tumbados juntos en el *lectus summus,* César ocupaba él solo el *lectus medius* y Marco Antonio estaba en el *lectus imus,* frente a ellos.

—Te estás mostrando muy generoso —comentó Antonio mientras se comía una manzana de dos bocados—. Ya sé que tienes fama de manirroto, pero lo que has regalado hoy suma un total de cien talentos, o casi.

Y arrugó con fuerza la frente y juntó mucho las cejas.

Los ojos de César centellearon, pues Antonio le divertía enormemente y le gustaba que aceptara de buen grado el papel de blanco de las bromas.

—¡Por todo lo que Mercurio quiera, Antonio, tus habilidades matemáticas son fenomenales! Has hecho el cálculo mentalmente. Creo que ya es hora de que te encargues de los deberes propios de cuestor y dejes que el pobre Cayo Trebacio haga algo que se adapte más a sus inclinaciones, si no a su talento. ¿No estáis de acuerdo? —les preguntó a Trebonio y a Décimo Bruto.

Éstos asintieron sonriendo.

—¡Yo me cago en los deberes propios del cuestor! —gruñó Antonio al tiempo que tensaba los músculos de los muslos, algo que al verlo habría hecho desmayarse a la mitad de la población femenina de Roma, pero que con el público que tenía en aquel momento era un desperdicio.

—Es necesario saber unas cuantas cosas acerca del dinero, Antonio —le dijo César—. Ya me doy cuenta de que tú piensas que es lo suficientemente líquido como para verterlo como agua, no hay más que ver tus colosales deudas, pero también es una sustancia de gran utilidad para un futuro candidato a cónsul y a comandante del ejército.

—Estás evitando el tema —le indicó Antonio sagazmente, templando la insolencia con una sonrisa encantadora—. Acabas de desembolsar cien talentos a los hombres de dos de tus once legiones, y hasta al último de ellos le has regalado una esclava que puede vender por mil sestercios más. No es que muchos de ellos vayan a hacerlo a estas alturas de la primavera, y tú te encargaste de que tuvieran las mujeres más jugosas y más jóvenes. —Se dio la vuelta en el canapé y empezó a tensar los músculos de sus macizas pantorrillas—. Lo que quiero saber en realidad es... ¿vas a limitar tu generosidad a tan sólo dos de tus once legiones?

—Eso sería una imprudencia por mi parte —dijo César poniéndose serio—. Pienso estar de campaña durante todo el otoño y el invierno, y voy a llevar dos legiones cada vez. Pero siempre legiones diferentes.

—¡Muy inteligente!

Antonio alargó la mano para coger la copa de vino y bebió profusamente.

—Mi querido Antonio, no me obligues a quitar el vino del menú invernal —le reprochó César—. Si no puedes beber con moderación, te exigiré abstinencia absoluta. Te sugiero que mezcles el vino con agua.

—Una de las muchas cosas que no comprendo de ti —le dijo Antonio frunciendo el ceño— es por qué tienes esa manía con uno de los mayores dones que los dioses han dado a los hombres. El vino es una panacea.

—No es una panacea. Y tampoco lo considero un don —le aseguró César—. Más bien lo llamo una maldición. Como si hubiese salido directamente de la caja de Pandora. Incluso tomándolo en cantidades pequeñas, mella la espada de los pensamientos lo suficiente como para impedir el más nimio de los sofismas.

Antonio soltó un rugido de risa.

—¡Así que ésa es la respuesta, César! ¡Tú no eres más que un sofista!

Dieciocho días después de su regreso a Bibracte, César partió de nuevo, esta vez para reducir a los carnutos. Trebonio y Décimo Bruto fueron con él, y a Antonio, con mucho pesar por su parte, se le dejó al cuidado del tenderete. Quinto Cicerón llevó a la séptima legión desde el cuartel de invierno de Cabillonum, pero Publio Sulpicio despidió a la decimocuarta desde Matisco, pues César no requería sus servicios.

—He venido yo mismo porque mi hermano acaba de pedirme que lo acompañe a Cilicia en abril —le informó Quinto Cicerón.

—La perspectiva no parece hacerte feliz, Quinto —le dijo César con suavidad—. Te echaré de menos.

—Y yo a ti. He pasado los tres mejores años de mi vida aquí, en la Galia, contigo.

—Me gusta oír eso, porque no han sido fáciles.

—No, nunca han sido fáciles. Quizá por eso hayan sido tan buenos. Yo... yo... aprecio en lo que vale la *confianza* que has puesto en mí, César. Ha habido ocasiones en las que me he merecido una bronca, como con el asunto aquel de los sugambros, pero nunca me has echado una bronca. Ni me has hecho sentir poco adecuado para el puesto.

—Mi querido Quinto, ¿por qué habría tenido que echarte una bronca? —le preguntó César con su sonrisa más cariñosa—. Has sido un legado maravilloso y ojalá te quedases hasta el final. —La sonrisa se desvaneció y los ojos de César se pusieron de repente a mirar a lo lejos—. Cualquiera que sea el final.

Desconcertado, Quinto Cicerón miró a César, pero aquel rostro no mostraba expresión alguna. Naturalmente, Cicerón le contaba en su carta los acontecimientos en Roma con gran lujo de detalles, pero Quinto en realidad no conocía a César tan íntimamente como lo conocían Trebonio o Décimo Bruto. Ni había estado en Bibracte cuando el general recompensó a las legiones decimotercera y decimoquinta.

Así, cuando César partió hacia Genabo, Quinto Cicerón, con el corazón hundido, se puso en camino hacia Roma y hacia un puesto de legado que él sabía perfectamente que no le resultaría tan provechoso como trabajar con César y en el que no se sentiría tan feliz. ¡Otra vez bajo el control del hermano mayor que le haría discursos y desaprobaría todo lo que él hiciese! Había ocasiones en las que la familia era una dolorosa molestia. Oh, sí...

Ya estaban a finales de febrero y el invierno se aproximaba. Genabo era todavía una ruina calcinada, pero no había insurgentes en la zona para disputarle a César el uso de la *oppidum*. Instaló el campamento muy cómodamente junto a las murallas, puso a algunos de sus soldados en las pocas casas que quedaban en pie e hizo que el resto pusiera techo de paja y césped en las paredes de las tiendas para que estuvieran lo más calientes posible.

La primera orden que dio en aquella empresa fue cabalgar hasta Carnutum y visitar a Cathbad, el druida jefe.

El cual, pensó César, parecía mucho más viejo y más preocupado que cuando lo vio por primera vez años atrás: el cabello, que había sido de un color dorado brillante, se había vuelto de un tono más apagado, gris y dorado, y los ojos azules del druida se veían exhaustos.

—Fue una locura que te opusieras a mí, Cathbad —le dijo el conquistador.

¡Oh, desde luego, en cada centímetro de su persona parecía un conquistador! ¿No había nada que pudiera borrar el increíble aire de confianza, la vigorosa y rotunda resolución que rezumaba aquel hombre que ponía un halo alrededor de su cabeza, que emanaba de su cuerpo? ¿Por qué los Tuatha habían enviado a César a contender con ellos? ¿Por qué él, cuando Roma tenía tantísimos torpes incompetentes?

—No me quedó otra elección —fue la respuesta de Cathbad, y alzó la barbilla con orgullo—. Supongo que has venido hasta aquí para llevarme cautivo, que voy a tomar parte con los demás en tu desfile triunfal.

César sonrió.

—¡Cathbad, Cathbad! ¿Me tomas por tonto? Una cosa es coger prisioneros de guerra o poner fin a las actividades de los reyes rebeldes, pero convertir en víctimas a los sacerdotes de un país es una absoluta locura. Supongo que habrás notado que no se ha aprehendido a ningún druida, ni se ha impedido que vayáis a cumplir con vuestro trabajo de curar o aconsejar. Ése es mi estilo político, y mis legados lo saben.

—¿Por qué los Tuatha te enviaron a ti?

—Imagino que hicieron un pacto con Júpiter Óptimo Máximo. El mundo de los dioses tiene sus leyes y sus convenios, exactamente igual que el nuestro. Evidentemente los Tuatha advirtieron que las fuerzas que los conectaban a ellos con los galos estaban disminuyendo de un modo misterioso. No por falta de entusiasmo galo o por falta de práctica religiosa, sino porque nada permanece igual, Cathbad. La tierra se mueve, la gente cambia, las épocas van y vienen. Y lo mismo ocurre con los dioses de todos los pueblos. Quizá los Tuatha estén asqueados por los sacrificios votivos humanos, igual que se asquearon otros dioses. Tampoco creo que los dioses permanezcan estáticos para siempre, Cathbad.

—Es interesante que un hombre tan unido a las actitudes políticas y prácticas de su país pueda ser además verdaderamente tan religioso.

—Yo creo en nuestros dioses con toda mi mente.

—Pero ¿qué me dices de tu alma?

—Nosotros los romanos no creemos en el alma como creéis vosotros, los druidas. Todo lo que perdura después del cuerpo es una sombra sin mente. La muerte es un sueño —le dijo César.

—Entonces deberíais temerla más que los que creemos que seguimos viviendo después de la muerte.

—Yo creo que la tememos menos. —Los ojos azul pálido de César se llenaron de pronto de fuego a causa del dolor, de la pena, de la pasión—. ¿Por qué iba a querer ningún hombre o mujer algo además de esto, de la vida? —le preguntó César en tono exigente—. Es un valle de lágrimas, una terrible prueba de fuerza. Por cada centímetro que ganamos, retrocedemos un kilómetro. ¡La vida está ahí para ser conquistada, Cathbad, pero a qué precio! ¡A qué precio! A mí nadie me derrotará nunca. No se lo permitiré. Yo creo en mí mismo y he establecido una pauta para mí.

—Entonces, ¿dónde está el valle de lágrimas? —le preguntó Cathbad.

—En los métodos. En la obstinación humana, en la falta de previsión, en que no logramos ver cuál es el camino mejor, el camino más airoso. Durante siete largos años he tratado de hacer comprender a tu pueblo que no pueden ganar, que deben someterse por el futuro bienestar de esta tierra. ¿Y ellos qué hacen? Se arrojan a mis llamas como las polillas a una lámpara. Me obligan a matar a un gran número de ellos, a destruir más casas, más aldeas, más ciudades. Yo preferiría con mucho seguir una política más blanda, más clemente, pero ellos no me permiten hacerlo.

—La respuesta a eso es fácil, César. Ellos no cederán, así que el que tiene que ceder eres tú. Tú le has proporcionado a la Galia conciencia de su identidad, de su poder. Y después de habérsela dado, nada se la puede arrebatar. Nosotros los druidas cantaremos las gestas de Vercingetórix durante diez mil años.

—¡Ellos son los que tienen que ceder, Cathbad! Yo no puedo hacerlo. Por eso he venido a verte, para pedirte que les digas que cedan. De otro modo no me dejáis elección: tendré que hacer con lo que queda de la Galia lo que acabo de hacer con los bitúrigos. Pero eso no es lo que quiero hacer. No quedará nadie más que los druidas. ¿Qué clase de destino es ése?

—Yo nunca les diré que se sometan —le aseguró Cathbad.

—Entonces empezaré aquí, en Carnutum. En ningún otro lugar he dejado los tesoros y las cosas de valor intactos. Pero aquí esos tesoros han sido sacrosantos. Desafiadme y saquearé Carnutum. No se tocará a ningún druida, y tampoco a su esposa ni a sus hijos, pero Carnutum perderá esos enormes montones de ofrendas acumuladas durante siglos.

—Pues adelante, saquea Carnutum.

César suspiró, y lo hizo de corazón.

—El recuerdo de la crueldad es poco consuelo en la vejez, pero haré lo que me vea obligado a hacer.

Cathbad se echó a reír con júbilo.

—¡Tonterías! ¡César, tú debes saber cuánto te aman los dioses! ¿Por qué atormentarte con pensamientos que tú, mejor que nadie, comprendes que no tienen validez? Tú no llegarás a viejo, los dioses nunca lo permitirían. Ellos se te llevarán en la flor de la vida. Yo lo he visto.

Se le cortó la respiración, y César también se echó a reír.

—¡Te doy las gracias por eso! Carnutum está a salvo. —Echó a andar dispuesto a marcharse, pero antes dijo por encima del hombro, todavía riéndose—: ¡Sin embargo, la Galia no lo está!

Durante los primeros días de un duro y crudo invierno, César acosó sin descanso a los carnutos. Fueron más los que murieron congelados en los campos de cultivo que a manos de la séptima y la decimocuarta legiones, pues no les quedaba un lugar donde guarecerse, ni casas ni refugios. Y una nueva actitud empezó a aparecer poco a poco en la conducta de los galos; donde un año antes la gente de las tribus vecinas acogía gustosa a los refugiados y los socorría, ahora cerraba las puertas y fingía no oír los gritos de socorro. La guerra de desgaste empezaba a dar sus frutos. El miedo estaba conquistando cualquier tipo de oposición.

A mediados de abril, en lo más crudo del invierno, César dejó a la séptima y a la decimocuarta en Genabo con Cayo Trebonio y partió a ver qué pasaba en la Remia.

—Los belovacos —le informó Dórix simplemente—. Correo mantuvo a sus hombres en casa en lugar de ir a la concentración de Carnutum, y los dos mil que envió con Commio y los cuatro mil atrebates regresaron de Alesia indemnes. Ahora Correo y Commio se han aliado con Ambiórix, que ha regresado del otro lado del gran río. Han estado repasando todas las tierras de turba de Bélgica en busca de hombres, nervios, eburones, menapios, atuatucos, condrusos. Y también han ido más al sur y al oeste: los aulercios, ambianos, morinos, veromanduos, caletes, veliocases. Algunos de estos pueblos no fueron a Carnutum, otros sobrevivieron intactos porque huyeron rápidamente. He oído que se están congregando muchísimos hombres.

—¿Os han atacado? —le preguntó César.

—Todavía no. Pero antes o después lo harán.

—Entonces será mejor que actúe antes de que os ataquen. Tú

siempre has respetado los tratados que habéis hecho con nosotros, Dórix. Ahora me toca actuar a mí.

—Debería advertirte, César, que los sugambros no están contentos de la manera en que se desarrollan las cosas entre los ubios y tú. Los ubios están prosperando a base de proporcionarte guerreros a caballo, y los sugambros comienzan a estar resentidos. Todos los germanos, dicen, deberían verse favorecidos del mismo modo, no sólo los ubios.

—Eso significa que los sugambros están cruzando el Rin para ayudar a Correo y a Commio.

—Eso me han dicho. Commio y Ambiórix están muy activos.

Esta vez César llamó a la undécima legión, que estaba en el campamento de invierno de Agedinco, y le pidió a Labieno la octava y la novena. A Cayo Fabio le dio la duodécima y la sexta y lo envió a guarnecer Suesio en el río Matroma, que dividía las tierras de los remos y las de los suesiones. Llegaron los exploradores e informaron de que Bélgica estaba hirviendo, así que las legiones se barajaron de nuevo: se envió la séptima a César, la decimotercera se trasladó hasta la tierra de los bitúrigos bajo el mando de Tito Sextio, y Trebonio heredó la quinta alauda para sustituir a la séptima en Genabo.

Pero cuando César y sus cuatro legiones entraron en las tierras de los belovacos las encontraron desiertas; siervos, mujeres y niños atendían las tareas del hogar mientras los guerreros iban camino de una concentración que, según informaron los exploradores, tendría lugar en el único pedazo de terreno seco y elevado que se alzaba en mitad de un bosque pantanoso al noroeste.

—Haremos algo un poco diferente —le explicó César a Décimo Bruto—. En lugar de marchar una detrás de la otra, pondremos a la séptima, a la octava y a la novena en columnas, *agmen quadratum*, en un frente muy ancho. De ese modo el enemigo verá inmediatamente nuestra fuerza total y supondrá que estamos dispuestos a entrar en formación de combate. La impedimenta seguirá justo detrás, y luego meteremos a la undécima entre la retaguardia de la caravana de equipaje. Así no la verán.

—Haremos ver que estamos asustados y que sólo somos tres legiones. Bien pensado.

La vista del enemigo fue toda una impresión, pues había miles y miles de hombres moviéndose por aquel único pedazo de terreno seco y elevado.

—Son más de los que me esperaba —dijo César.

Y envió a buscar a Trebonio, que tenía que recoger a Tito Sextio y a la decimotercera por el camino.

Se produjeron algunas escaramuzas mientras César metía a sus hombres en un campamento muy fortificado. Correo, al mando, pareció que iba a atacar, pero luego cambió de idea, a pesar de que había acordado que debería entrar en combate mientras César estuviera en posesión de sólo tres legiones.

La caballería que César reclutó entre los remos y los lingones llegó antes que Trebonio guiada por Vertisco, el tío de Dórix, un viejo y valiente guerrero ansioso por pelear. Los belovacos no siguieron la política de prender fuego a los campos como ordenó Vercingetórix, por lo que había mucho alimento y grano que recoger; y como la campaña parecía que podía durar más de lo previsto, César estaba ansioso por adquirir cualquier suministro extra que pudiera obtener. Aunque el ejército de Correo se negó a abandonar su terreno elevado para atacar todos juntos, resultó ser una gran molestia para los que salían a buscar alimentos hasta que llegasen los remos. Después fue más fácil. Pero Vertisco estaba demasiado ansioso por pelear, y despreciando el tamaño del grupo belga enviado a acosar a la partida de buscadores de comida al que estaban dando escolta, los remos salieron en su persecución y se les hizo caer en una emboscada; Vertisco murió, con gran regocijo por parte de los remos. Correo decidió que había llegado la hora de realizar un ataque masivo.

En ese preciso momento Trebonio se acercó con la quinta alauda, la decimocuarta y la decimotercera, con lo que siete legiones y varios miles de soldados a caballo rodearon a los belgas, y el lugar que tan perfecto había parecido para atacar o defenderse, de pronto se convirtió en una auténtica trampa. César se puso a construir rampas por encima de los pantanos que separaban los dos campamentos, luego tomó un altozano que se hallaba detrás del campamento belga y empezó a utilizar la artillería con efectos devastadores.

—¡Oh, Correo, ya has perdido la oportunidad! —exclamó Commio cuando llegó—. ¿De qué nos van a servir ahora quinientos sugambros? ¿Y qué esperas que le diga yo a Ambiórix, que aún está reclutando hombres?

—No lo entiendo —lloraba Correo retorciéndose las manos—. ¿Cómo han podido llegar aquí con tanta rapidez esas tres legiones? ¡Nadie me avisó, y deberían haberme avisado!

—No avisa nunca —le aseguró Commio con severidad—. Te has mantenido a distancia hasta ahora, Correo, y ése es tu problema. No has visto trabajar a los romanos. Avanzan en lo que ellos llaman marchas forzadas... son capaces de recorrer ochenta kilómetros en un día. Luego, en el momento en que llegan, dan media vuelta y pelean como perros salvajes.

—¿Y ahora qué hacemos? ¿Cómo podemos salir de ésta?

Eso Commio sabía cómo hacerlo. Ordenó que los belgas cogieran toda la yesca, paja y maleza seca que pudieran encontrar y que lo amontonaran todo junto. El campamento era un verdadero caos, todo el mundo se afanaba en medio de un gran desorden haciendo preparativos para huir; las mujeres y cientos de carros de bueyes agravaban los lamentos de Commio.

Correo puso a todos sus hombres en formación de combate y les hizo sentarse en el suelo, como era su costumbre. El día transcurrió, y no se hizo movimiento alguno excepto amontonar subrepticiamente la madera, la paja, la yesca y la leña delante de las líneas. Luego, al crepúsculo, se les prendió fuego de principio a fin, y los belgas aprovecharon la ocasión para huir.

Pero habían perdido la gran oportunidad. Cogido mientras preparaba una emboscada, Correo halló la fortaleza y el valor que le habían faltado cuando se encontraba en mejor posición y se negó a retirarse; él y sus mejores hombres perecieron. Mientras los belgas pedían la paz, Commio cruzó el Rin hacia los territorios de Ambiórix y los sugambros.

El invierno tocaba ya a su fin y la Galia estaba tranquila. César regresó a Bibracte, enviando agradecimientos, donativos de dinero y mujeres a todas las legiones, de modo que los soldados se encontraron, para ser legionarios, con que eran muy ricos. Una carta de Cayo Escribonio Curión aguardaba a César.

Una idea brillante, César, la de reunir y editar tus Comentarios *sobre la guerra en la Galia y ponerla al alcance de todo el mundo. Todos la están devorando y los* boni, *por no decir el Senado, se han puesto lívidos. No le corresponde, rugía Catón, a un procónsul que está al mando en una guerra que él dice que le fue impuesta a la fuerza, el anunciar a bombo y platillo su exaltado nombre y ensalzar sus hazañas por toda la ciudad. Pero nadie le hace ningún caso, pues las copias se agotan tan rápidamente que hay una lista de espera. No es de extrañar. Tus* Comentarios *son tan emocionantes como* La Iliada *de Homero, con la ventaja de que son reales y ocurren en nuestros días.*

Tú sabes, naturalmente, que Marco Marcelo, el cónsul junior, se está haciendo completamente odioso. Casi todo el mundo aplaudió cuando tus tribunos de la plebe le vetaron y le impidieron hablar de tus provincias en la Cámara en las calendas de marzo. Este año tienes buenos hombres en el banco de los tribunos.

Me asombró que Marcelo fuera mucho más allá y anunciase que la gente de la colonia que tú fundaste en Novum Comum no son ciudadanos romanos. Mantenía que tú no tenías poder legal para hacer eso, ¡aunque Pompeyo Magno lo tenga! Hablar de una ley para este hombre y de otra ley para aquel hombre... Marcelo ha perfeccionado ese arte. Pero para la Cámara es un suicidio decretar que las personas que viven en la orilla más alejada del Po en la Galia Cisalpina no son ciudadanos y que nunca lo serán. A pesar del veto tribunicio, Marce-

lo siguió adelante e hizo que el decreto se inscribiera en bronce y lo colgó públicamente en la tribuna de los oradores.

Lo que probablemente no sepas es que el resultado de todo esto es un enorme escalofrío de miedo que va desde los Alpes, en lo alto de la Galia Cisalpina, hasta la punta y el talón de Italia. La gente se muestra muy desconfiada, César. En todas las ciudades de la Galia Cisalpina se dice que a quienes le han dado a Roma tantos miles de sus mejores soldados ahora el Senado les informa de que no son lo bastante buenos. Los que viven al sur del Po temen que les despojen de la ciudadanía, y los que viven al norte del Po temen que no se les conceda jamás. Ese sentimiento está por todas partes, César. En Campania he oído decir a cientos de personas que necesitan que César vuelva a Italia, que César es el más infatigable adalid de la gente corriente que Italia ha conocido nunca, que César no permitiría esos insultos y groseras injusticias senatoriales. Este sentimiento se está extendiendo, pero ¿puede alguien, otros o yo, meterles en la cabeza a esos adoquines del grupo de los boni que están jugando con fuego? No.

Mientras tanto ese complaciente idiota de Pompeyo está sentado como un sapo en un pozo negro, ignorándolo todo. Está feliz. Esa arpía de cara congelada que es Cornelia Metela le ha apretado tanto las tuercas que él asiente, se crispa, empuja y se revuelca cada vez que ella le da un codazo. Y cuando digo codazo no me refiero a ninguna travesura, pues dudo de que hayan dormido alguna vez en la misma cama o que hayan echado un polvo contra la pared del atrio.

De modo que, ¿por qué te estoy escribiendo cuando en realidad nunca he sido amigo tuyo? Por varios motivos, y seré sincero acerca de todos ellos. El primero es que estoy muerto de asco de ver a los boni. Yo antes pensaba que cualquier grupo de hombres que tuviera tan cerca del corazón los intereses de la mos maiorum había de tener la razón de su parte, aun cuando cometieran asombrosos errores políticos. Pero supongo que en los últimos años he visto cómo son de verdad. Parlotean acerca de cosas de las que no tienen ni idea, y ésa es la única verdad. Es un mero disfraz para su propia incapacidad, para su total falta de sentido común. Si Roma empezara a desmoronarse materialmente alrededor de ellos, se limitarían a quedarse de pie parados y dirían que una parte de la mos maiorum había sido aplastada por una columna.

El segundo motivo es que aborrezco a Catón y a Bíbulo. Son los dos generales de salón más hipócritas que he conocido. Analizan tus Comentarios de la manera más experta, aunque ninguno de ellos podría mandar como jefe ni en una pelea de burdel. Que si hubieras podido hacer esto mejor o aquello con más rapidez, y cualquier cosa con más diplomacia. Y tampoco entiendo la ceguera del odio que te tienen. ¿Qué les has hecho tú a ellos? Por lo que yo veo, simplemente has hecho que parezcan tan pequeños como son en realidad.

El tercer motivo es que tú te portaste bien con Publio Clodio cuando eras cónsul. Su destrucción la provocó él mismo. Me atrevo a decir que la vena de heterodoxia de los Claudios que había en Clodio se convirtió en una forma de locura. No tenía idea de cuándo parar. Hace ya más de un año que murió, pero yo sigo echándole de menos. Aunque al final nos habíamos alejado un poco.

El cuarto motivo es muy personal, aunque está muy relacionado con los tres primeros. Me encuentro terriblemente endeudado y no sé cómo salir del apuro. Cuando mi padre murió el año pasado, pensé que todo se arreglaría por sí solo. Pero no me dejó nada. No sé dónde fue a parar el dinero, pero desde luego no quedaba nada después de que mi padre dejara de sufrir. La casa es lo único que heredé, y tiene una enorme hipoteca. Los prestamistas me apremian sin piedad para que les pague, y la estimable casa de finanzas que tiene la hipoteca amenaza con extinguir el derecho a redimirla.

A todo lo cual hay que añadir que quiero casarme con Fulvia. ¡Bueno, ahí tienes! Parece que te lo estoy oyendo decir. La viuda de Publio Clodio es una de las mujeres más ricas de Roma, y cuando muera su madre, lo que no puede tardar demasiado en suceder, será mucho más rica. Pero no puedo hacer eso, César. No puedo amar a una mujer del modo como la he amado durante muchos años y casarme con ella lleno hasta las cejas de deudas. El asunto es que yo nunca me imaginé que Fulvia llegara a mirarme nunca, pero el otro día me tiró una indirecta tan clara que me dejó hecho polvo. Me muero de ganas de casarme con ella, pero no puedo hacerlo. No hasta que haya pagado lo que debo y pueda mirarla directamente a los ojos.

Así que he aquí mi proposición. Tal como van las cosas en Roma, vas a necesitar al más capaz y brillante tribuno de la plebe que Roma haya producido nunca, porque los demás están babeando ante la mera idea de las calendas de marzo del año que viene, cuando tus provincias salgan a debate en la Cámara. Dicen los rumores que los boni *propondrán una moción para despojarte de ellas inmediatamente y, gracias a la ley de cinco años, mandarán a Enobarbo para que te sustituya. Éste nunca aceptó una provincia después de su consulado porque era demasiado rico y demasiado perezoso para tomarse la molestia. Pero ahora sería capaz de ir andando cabeza abajo a Plasencia con tal de tener la oportunidad de sustituirte.*

Si pagas mis deudas, César, te doy mi solemne palabra de Escribonio Curión de que seré el tribuno de la plebe más capaz y brillante que Roma ha visto jamás. Y de que siempre actuaré en defensa de tus intereses. Me pondré a la tarea de mantener a raya a los boni *hasta que concluya el período de mi cargo, y no es una promesa vana. Necesito por lo menos cinco millones.*

Durante largo rato después de leer la carta de Curión, César se quedó sentado sin moverse. La suerte estaba con él, y qué maravillosa suerte. Curión como tribuno de la plebe comprado y pagado.

Un hombre de gran honor, aunque eso en realidad no era algo que se hubiera de tener en consideración. Una de las normas más rigurosas de la conducta política romana era el código que gobernaba a aquellos que aceptaban sobornos. Una vez que se compraba a un hombre, comprado quedaba. Porque el deshonor no estaba en que lo compraran, sino en no permanecer comprado. Un hombre que aceptaba un soborno y luego faltaba a su palabra se convertía en un marginado social de entonces en adelante. La suerte estaba en que se le ofreciera un tribuno de la plebe del calibre de Curión. El hecho de si resultaba tan bueno como él pensaba que era no se ponía en duda; incluso aunque resultara la mitad de bueno de lo que él esperaba que fuera, seguiría siendo una perla que no tenía precio.

César se dio la vuelta en la silla para quedar de frente al escritorio, cogió la pluma, la mojó en el tintero y comenzó a escribir.

Mi querido Curión, estoy salvado. Nada me proporcionaría mayor placer que el que se me permita ayudarte a salir de tu apuro económico. Por favor, créeme cuando te digo que no requiero ningún servicio de ti en pago por el privilegio de poder ayudarte en este asunto. La decisión queda, pues, por completo en tus manos.

No obstante, si quisieras tener la oportunidad de brillar como el más capaz e inteligente tribuno de la plebe, entonces a mí me honraría pensar que tú te esfuerzas por cuidar de mis intereses. Como muy bien dices, llevo a los boni *alrededor del cuello como las serpientes de Medusa. Y tampoco tengo ni idea de por qué se han fijado en mí como blanco durante casi tantos años como llevo en el Senado. El porqué no es importante, lo importante es el hecho de que verdaderamente yo soy el blanco a por el que van.*

Pero si queremos bloquear a los boni *cuando lleguen las calendas de marzo próximo, creo que nuestro pequeño pacto debe permanecer en secreto. Y tampoco deberías anunciar que te vas a presentar como candidato a tribuno de la plebe. ¿Por qué no te buscas a algún tipo necesitado (pero no en el Senado) que esté dispuesto a anunciar que desea presentarse como candidato pero que además esté preparado para retirarse en el último momento? A cambio, desde luego, de unos bonitos honorarios. Eso lo dejo en tus manos. No tienes más que pedirle a Balbo los recursos necesarios. Cuando dicho tipo necesitado se retire justo antes de que comiencen las elecciones, da un paso adelante y ofrécete como candidato sustituto como si acabases de tener el impulso de hacerlo. Esto te convertirá en inocente de cualquier sospecha acerca de que estuvieras actuando en favor de los intereses de alguien.*

Incluso cuando entres en el cargo de tribuno de la plebe, Curión, aparentarás que actúas por tu cuenta. Si quieres una lista de leyes útiles, te la proporcionaré con mucho gusto, aunque imagino que no tendrás dificultad para que se te ocurran unas cuantas que aprobar sin necesidad de mi guía. Cuando introduzcas tu veto en las calendas de marzo para bloquear el debate acerca de mis provincias, estoy seguro de que eso caerá sobre los boni *como los proyectiles que lanza un escorpión en la guerra.*

Dejo a tu criterio el idear una estrategia adecuada, no hay nada peor que un hombre que no dé a sus colegas suficiente cuerda. Pero si necesitas que hablemos de alguna estrategia, en mí tienes a tu servidor. Sólo quiero que te quede claro que no lo espero de ti.

Aunque te advierto de que los boni *todavía no han gastado todas sus municiones. Antes de que accedas al cargo, se les ocurrirán muchas maneras más de hacerte la tarea más difícil. Y posiblemente más peligrosa. Una de las marcas del verdadero gran tribuno de la plebe es el martirio. Tú me caes bien, Curión, y no quiero ver que los cuchillos del Foro centellean en tu dirección, ni cómo te arrojan desde el borde del monte Tarpeyo.*

¿Te bastaría con diez millones para ser un hombre completamente libre? Si es así, los tendrás. En la misma bolsa que lleve esta carta le enviaré otra a Balbo, así que puedes hablar con él en cualquier momento después de que recibas la presente. A pesar de lo que parece una tendencia al cotilleo, Balbo es la discreción personificada, y lo que decide diseminar por ahí ha sido todo cuidadosamente pensado de antemano.

Te felicito por tu buena elección de esposa. Fulvia es una mujer interesante, y las mujeres interesantes escasean. Ella cree con verdadera pasión, y se adherirá absolutamente a ti y a tus aspiraciones. Pero eso tú lo sabes mejor que yo. Por favor, dale mis mejores recuerdos y dile que estoy deseando verla cuando regrese a Roma.

Allí estaban diez millones bien gastados. Pero ¿cuándo le sería posible regresar a la Galia Cisalpina? Era junio, y la perspectiva de poder marcharse de la Galia Transalpina se iba haciendo, si acaso, cada vez más remota. Era probable que los belgas estuviesen ya completamente acabados, pero Ambiórix y Commio seguían en libertad. Por eso tendría que vapulear a los belgas una vez más. Las tribus de la Galia central estaban definitivamente acabadas; los arvernos y los eduos no volverían a escuchar nunca más a un Vercingetórix o a un Litavico. Al venirle a la cabeza el nombre de Litavico, César se estremeció, pues a pesar de llevar cien años bajo el dominio de Roma, no por ello Litavico había dejado de sentirse galo. ¿Les sucedería eso también a todos los galos? La sabiduría decía que un gobierno continuo basado en el miedo y en el terror no beneficiaría ni a Roma ni a la Galia. Pero ¿cómo llevar a los galos hasta el punto donde pudieran ver por sí mismos dónde estaba su destino? ¿Ahora miedo y terror para que luego, cuando eso aflojase, se sintieran agradecidos? ¿Miedo y terror ahora para que los galos los tuvieran siempre presentes en el recuerdo, incluso cuando ese terror ya no existiera? La guerra era un asunto de pasión para los pueblos que no eran el romano, iban a la guerra furiosos de justo enojo, sedientos de matar enemigos. Pero esa clase de emociones son difíciles de sostener en su justo punto. Cuando ya todo estaba dicho y hecho, lo que deseaba cualquier pueblo era vivir en paz, seguir adelante con una vida corriente y agradable, ver crecer a sus hijos, comer en abundancia, estar calientes en invierno. Sólo Roma había convertido la guerra en un negocio. Por eso Roma siempre ganaba al final. Porque, aunque los soldados romanos aprendían a odiar a sus enemigos de una manera saludable, abordaban la guerra con la cabeza lo suficientemente fría como para hacer negocio: entrenados a conciencia, absolutamente pragmáticos y con una gran confianza en sí mismos. Veían la diferencia entre perder una batalla y perder una guerra, y también comprendían que las batallas se ganaban antes de que se arrojase el primer *pilum*, que las batallas se ganaban en el campo de prácticas y en el campamento de instrucción. Disciplina, contención, pensamiento, valor. Orgullo por la calidad profesional. Ningún otro pueblo poseía esa actitud ante la guerra. Y ningún otro ejército romano poseía esa actitud de forma más profesional que el de César.

A principios de *quinctilis* llegaron de Roma noticias muy turbadoras. César estaba todavía en Bibracte con Antonio y la duodécima legión, aunque ya le había enviado órdenes a Labieno de reducir a los tréveres, y estaba a punto de partir hacia las tierras de Ambiórix en Bélgica; los eburones, los atrebates y los belovacos tenían que entender de una vez por todas que cualquier resistencia era inútil.

Marco Claudio Marcelo, el cónsul junior, había flagelado públicamente a un ciudadano de la colonia de César en Novum Comum. No lo había hecho con sus propias manos, desde luego, pero la hazaña se hizo por orden suya. Y el daño era irreparable. No se podía flagelar a un ciudadano romano. Se le podía castigar y apalear con las varas que componían las fasces de un lictor, pero su espalda era inviolable, estaba legalmente protegida del contacto de un látigo de correas de cuero. Y Marco Marcelo iba diciendo a toda la Galia Cisalpina y a toda Italia que muchas personas que se consideraban a sí mismos ciudadanos en realidad no lo eran. Podían ser y serían flagelados.

—¡No estoy dispuesto a consentirlo! —les dijo César, blanco de ira, a Antonio, Décimo Bruto y Trebonio—. ¡Los habitantes de la Novum Comum son ciudadanos romanos! ¡Son mis protegidos y les debo protección!

—Pues va a ocurrir cada vez más —terció Décimo Bruto con aspecto severo—. Todos los Claudios Marcelos están hechos con el mismo molde, y hay tres de ellos en edad de ser cónsules. Se comenta que todos lo serán: Marco este año, su primo hermano Cayo el año que viene y su hermano Cayo al año siguiente. Los *boni* están dominando ahora; dominan las elecciones de un modo tan completo que no se prevé que haya dos cónsules *popularis* que accedan al cargo hasta que tú seas cónsul, César. E incluso entonces ¿te pondrán otra vez un peso encima como era Bíbulo? ¡Oh, dioses! ¿Y si resulta que es el mismo Bíbulo?

Todavía tan enfadado que no era capaz de reír, César apretó los labios hasta que formaron una línea recta y puso una expresión feroz.

—¡No aguantaré a Bíbulo como colega, que quede bien claro! Tendré como colega a un hombre que yo quiera, no importa lo que ellos hagan para impedirlo. ¡Pero eso no cambia lo que está sucediendo ahora mismo en la Galia Cisalpina, en *mi* provincia, Décimo! ¿Cómo se atreve Marco Marcelo a invadir mi jurisdicción para azotar a mi gente?

—Es que tú no tienes un *imperium maius* completo —le recordó Trebonio.

—¡Oh, bueno, esa clase de *imperium* sólo se la conceden a Pompeyo! —aceptó César con brusquedad.

—¿Qué puedes hacer? —le preguntó Antonio.

—Mucho —le aseguró César—. He mandado recado a Labieno y le he pedido que separe a la decimoquinta legión y la ponga al mando de Publio Vatinio. Labieno a cambio puede quedarse con la sexta.

Trebonio se irguió en el asiento.

—La decimoquinta está ya bien sangrada —observó—, aunque sus hombres sólo lleven un año en el frente. Y, si no recuerdo mal, todos proceden del otro lado del Po. Y muchos de ellos son de Novum Comum.

—Exacto —dijo César.

—Y Publio Vatinio es tu partidario más leal —observó Décimo Bruto pensativamente.

De alguna parte César sacó una sonrisa.

—No espero que nadie me sea más leal que tú o que Trebonio, Décimo.

—¿Y yo? —le preguntó Antonio, indignado.

—Tú eres de la familia, así que cállate —le dijo Trebonio sonriendo.

—Vas a enviar a la decimoquinta y a Publio Vatinio a proteger la Galia Cisalpina —dijo Décimo Bruto.

—Así es.

—Ya sé que no hay ningún aspecto legal que te impida hacerlo, César —intervino Trebonio—, pero... ¿no tomarán eso Marco Marcelo y el Senado como una declaración de guerra? No me refiero a una guerra auténtica, me refiero a la clase de guerra que tiene lugar entre las mentes.

—Tengo una excusa válida —les informó César recobrando algo de su calma habitual—. El año pasado los japudes invadieron Tergeste y amenazaron la zona costera de Iliria, pero la milicia local los venció y no fue nada serio. Enviaré a Publio Vatinio y a la decimoquinta legión a la Galia Cisalpina, y cito al pie de la letra: «para proteger a las colonias de ciudadanos romanos del otro lado del río Po de las invasiones bárbaras».

—El único bárbaro a la vista es Marco Marcelo —comentó Antonio con deleite.

—Creo que interpretará las palabras de la forma correcta, Antonio.

—¿Qué órdenes le darás a Vatinio? —quiso saber Trebonio.

—Que actúe en mi nombre en toda la Galia Cisalpina e Iliria. Que impida que se azote a los ciudadanos romanos. Que dirima los pleitos. Que gobierne la Galia Cisalpina por mí del mismo modo que lo haría yo si estuviese allí —les explicó César.

—¿Y dónde pondrás a la decimoquinta? —le preguntó Décimo Bruto—. ¿Cerca de Iliria? ¿En Aquilea, quizá?

—Oh, no —dijo César—. En Plasencia.

—A un tiro de piedra de Novum Comum.

—Eso es.

—Lo que yo quiero saber es qué le parece a Pompeyo lo de la flagelación —dijo Antonio—. Al fin y al cabo, él estableció colonias de ciudadanos al otro lado del Po, en la Galia Cisalpina también. Marco Marcelo pone en peligro a sus ciudadanos tanto como a los tuyos.

César arrugó los labios.

—Pompeyo no ha hecho ni ha dicho absolutamente nada. Está en Tarento. Asuntos privados, tengo entendido. Pero ha prometido asistir a una reunión del Senado fuera del *pomerium* más adelante este mismo mes, cuando pase por allí. El pretexto de la reunión es debatir la paga del ejército.

—¡Eso es una broma! —intervino Décimo Bruto—. El ejército no ha tenido nunca un aumento de sueldo en cien años, literalmente en cien años.

—Cierto. Y he estado pensando en ello —dijo César.

La guerra de desgaste continuó, y los belgas fueron invadidos una vez más, se quemaron sus hogares, las cosechas que empezaban a brotar se rastrillaron o se hundieron en el suelo, mataron a sus animales y las mujeres y los niños se quedaron sin techo. Tribus como los nervios, que habían sido capaces de reunir cincuenta mil hombres en los primeros años de campaña de César en la Galia, ahora apenas llegaban a contar con un millar; las mejores mujeres y los mejores niños se vendieron como esclavos; Bélgica se había convertido en una tierra de ancianos, druidas, lisiados y deficientes mentales. Al final de aquella invasión, César pudo estar seguro de que no quedaba nadie que pudiera tentar a Ambiórix o a Commio, y de que sus propias tribus, tal como estaban, le temían demasiado a Roma para querer tener algo que ver con sus propios reyes anteriores. A Ambiórix, elusivo como siempre, no se le encontró ni se le capturó nunca. Y Commio se fue al este a ayudar a los tréveres en su lucha contra Labieno, que cuando estaba de campaña era casi tan concienzudo como César.

Se envió a Cayo Fabio con dos legiones para reforzar a Rebilo y a las dos suyas, que se encontraban entre los pictones y los andos, dos tribus que no sufrieron demasiado en Alesia ni estuvieron en primera línea en la resistencia contra Roma. Pero parecía como si, uno a uno, todos los pueblos de la Galia hubieran decidido dar un último golpe en su agonía, pensando quizá que el ejército de César, después de tantos años de guerra, con toda seguridad tenía que estar agotado y con muy poco interés ya. Una vez más se puso de manifiesto que no era así: doce mil andos murieron en una batalla junto a un puente sobre el Loira, y otros perdieron la vida en más combates de menor envergadura.

Lo cual significaba que, de forma lenta pero segura, la zona de la Galia aún era capaz de ofrecer resistencia. La lucha se iba reduciendo constantemente en dirección sur y en dirección oeste, en el territorio de Aquitania, donde Drapes, rey de los senones, se unió a Lucterio después de que su propio pueblo se negara a cobijarlo.

De todos los grandes líderes enemigos, quedaban pocos. Gutruato, de los carnutos, fue devuelto a César por su propio pueblo, que estaba demasiado aterrorizado por las represalias de Roma en el caso de que lo socorriesen. Como había asesinado a ciudadanos civiles en Genabo, su destino no estaba por entero en manos de César; también estaba involucrado en ello un consejo representativo del ejército. A pesar de todos los argumentos de César, que sostenía que Gutruato debía vivir para formar parte de su desfile triunfal, el ejército acabó saliéndose con la suya. A Gutruato se le azotó y luego se le decapitó.

Poco después, Commio se encontró por segunda vez con Cayo Voluseno Cuadrato. Mientras César se dirigía al sur con la caballería, Marco Antonio quedó al mando de Bélgica y acabó con los belovacos por completo e instaló un campamento en Nemetocena, en las tierras de los atrebates, el pueblo de Commio. Éstos tenían tanto miedo a que Roma continuase desgastándolos todavía más a base de guerras de agotamiento que se negaron a tener nada que ver con Commio; quien, después de haberse unido a una banda de sugambros de ideas parecidas a las de los germanos, acabó buscando refugio en el bandidaje y se dedicó a hacer destrozos entre los nervios, que no estaban en condiciones de resistir. Cuando Antonio recibió una súplica pidiendo ayuda del siempre leal Verticón, le envió a Voluseno junto con una numerosa tropa de caballería para ayudarlo.

El tiempo no había disminuido ni una pizca el rencor que Voluseno sentía hacia Commio. Como sabía quién estaba al frente de los bandidos, Voluseno se puso a trabajar con salvaje entusiasmo, y de forma sistemática llevó por donde quiso a Commio y a los sugambros del mismo modo que un pastor conduce a las ovejas, hasta que finalmente se encontraron. Se entabló un duelo lleno de odio entre los dos hombres, que cargaron el uno contra el otro con las lanzas en ristre. Ganó Commio y Voluseno cayó con la lanza de Commio atravesada justo en medio del muslo; tenía el fémur hecho astillas, la carne destrozada, los nervios y los vasos sanguíneos cortados. A la mayor parte de los hombres de Commio los mataron, pero él, que tenía el caballo más veloz, huyó mientras la atención general estaba concentrada en Voluseno, que se encontraba críticamente herido.

Lo llevaron a Nemetocena. Los cirujanos del ejército romano eran buenos, le amputaron la pierna por encima de la herida y Voluseno salvó la vida. Commio envió a un mensajero con una carta para ver a Marco Antonio.

Marco Antonio, ahora creo que César no tuvo nada que ver con la traición de ese Voluseno cabeza de lobo, pero he hecho la promesa de no volver a ponerme delante de un romano. Los Tuatha se han portado bien conmigo. Me entregaron a mi enemigo y yo lo he herido tan gravemente que él perderá la pierna, si no la vida. Mi honor está satisfecho.

Pero estoy cansado. Mi propio pueblo tiene tanto miedo a Roma que no me quiere dar comida ni agua ni techo. El bandidaje es una profesión innoble para un rey. Sólo quiero que se me deje en paz. Como rehenes para garantizar mi buena conducta te ofrezco a mis hijos, cinco chicos y dos chicas, no son todos de la misma madre, pero todos son atrebates y lo bastante jóvenes como para convertirse en romanos verdaderamente buenos.

Yo siempre serví bien a César antes de que Voluseno me traicionase. Y por ese motivo te pido que me envíes a alguna parte donde pueda pasar el resto de mis días sin necesidad de tener que volver a levantar una espada. A algún lugar donde no haya romanos.

La carta le gustó a Antonio, quien tenía un modo más bien anticuado de considerar la valentía, el servicio, el código del verdadero guerrero. Le parecía que Commio era como Héctor y Voluseno como Paris. ¿De qué le serviría a César o a Roma matar a Commio y arrastrarlo detrás de la carroza del vencedor? Y no creía que César pensara de modo diferente, de modo que le mandó una carta a Commio junto con su enviado.

Commio, acepto tu ofrecimiento de rehenes, pues te considero un hombre honrado al que se ha agraviado. Tus hijos estarán al cuidado del propio César, y estoy seguro de que él los tratará como a los hijos de un rey.

Por la presente te sentencio al exilio en Britania. Cómo llegues allí es cosa tuya, aunque te adjunto un pasaporte que puedes presentar en Icio o a Gesoriaco. Britania es un lugar que tú conoces bien de los días que pasaste al servicio de César. Seguro que allí tendrás más amigos que enemigos.

Tan larga es la mano de Roma que no se me ocurre otro sitio adonde enviarte. Queda tranquilo porque allí no verás romanos. César detesta ese lugar. Vale.

El último aliento de rebelión ocurrió en Uxellodunum, una *oppidum* que pertenecía a los cardurcos.

Mientras Cayo Fabio se ponía en marcha para acabar de reducir a los senones, Cayo Caninio Rebilo se dirigía al sur, hacia Aquitania, consciente de que pronto llegarían refuerzos para aumentar sus dos legiones. Fabio tenía que regresar en el momento en que se hubiera convencido de que los senones estaban ya completamente acobardados.

Aunque tanto Drapes como Lucterio estuvieron al mando de contingentes en el ejército que acudió a ayudar a Alesia, no aprendieron la inutilidad de resistir el asedio. Al enterarse de la derrota de los andos y de que Rebilo se acercaba, se encerraron dentro de Uxellodunum, una fortaleza situada en la cima de una montaña altísima. Ésta quedaba rodeada por un meandro del río Oltis que desgraciadamente no contenía agua, pero que tenía dos fuentes cercanas, una del propio Oltis y la otra de un manantial permanente que brotaba de unas rocas situadas inmediatamente debajo de la sección más alta de las murallas.

Como sólo contaba con dos legiones, Rebilo, cuando llegó, no intentó repetir la táctica empleada por César en Alesia; además, el río Oltis, demasiado fuerte para construir una presa o desviarlo, hacía imposible la circunvalación de la fortaleza. Rebilo se contentó con asentarse en tres campamentos separados en terreno lo suficientemente elevado como para asegurarse de que el enemigo no pudiera llevar a cabo una evacuación secreta de la fortaleza.

Lo que Alesia sí les había enseñado a Drapes y a Lucterio era que una provisión de alimentos tan grande como una montaña era algo esencial para aguantar un asedio. Ambos hombres sabían que Uxellodunum no podía tomarse por asalto por muy brillante que fuera César, porque el risco sobre el cual se alzaba la fortaleza estaba rodeado de otras rocas demasiado difíciles para que las tropas pudieran escalarlas. Y tampoco funcionaría una plataforma de asedio como la que habían construido en Avarico, pues las murallas de Uxellodunum eran tan altas y resultaba tan peligroso aproximarse a ellas que ninguna hazaña de la impresionante ingeniería romana sería capaz de superarlas. Una vez asegurada la comida, Uxellodunum podía aguantar un asedio que durase hasta que el plazo de gobernador de las Galias de César expirase.

Por eso tenían que encontrar comida en enormes cantidades. Mientras Rebilo construía sus campamentos, y mucho antes de que pensase en hacer fortificaciones adicionales, Lucterio y Drapes guiaron a dos mil hombres fuera de la ciudadela y se adentraron en los campos de los alrededores. Los cardurcos se pusieron a trabajar con afán y consiguieron grano, puerco salado, tocino, alubias, garbanzos, tubérculos y jaulas de pollos, patos y gansos. Se encerró el ganado vacuno y las ovejas. Por desgracia el principal cultivo de los cardurcos no era comestible; eran famosos por su lino, y hacían el mejor tejido fuera de Egipto. Por lo cual hicieron incursiones en las tierras de los petrocorios y de otras tribus vecinas, que no mostraron ni mucho menos tanto entusiasmo ante la idea de darles comida a Drapes y a Lucterio como habían mostrado los cardurcos. Pero lo que no se les daba lo cogían, y cuando todas las mulas y carros de bueyes estuvieron bien repletos, Drapes y Lucterio volvieron a casa.

Mientras tenía lugar esta expedición de recogida de alimentos, los guerreros que se quedaron en la fortaleza le hicieron muy difícil la vida a Rebilo; noche tras noche atacaban uno u otro de los tres campamentos, y con tanta habilidad que Rebilo desesperó de poder terminar ninguna fortificación destinada a constreñir Uxellodunum de una forma más concienzuda.

La enorme caravana de alimentos regresó e hizo un alto a unos veinte kilómetros de Uxellodunum, donde acampó bajo el mando de Drapes, que tenía que quedarse allí y defender el campamento de un posible ataque romano. Entonces algunos visitantes procedentes de la ciudadela aseguraron que los romanos no se habían dado cuenta todavía de la existencia de aquella caravana. La tarea de meter la comida dentro de Uxellodunum recayó sobre Lucterio, que conocía la zona al dedillo. No más carros, dijo. Los últimos kilómetros había que hacerlos a lomos de mulas, y los últimos centenares de pasos en plena noche y lo más lejos posible de los tres campamentos romanos.

Había muchos senderos en el bosque entre el campamento de la caravana de alimentos y la ciudadela. Lucterio guió a su contingente de mulas todo lo cerca que se atrevió y se puso a esperar. No se movió hasta cuatro horas después de medianoche, y lo hizo con tanto sigilo como le fue posible; las mulas llevaban una especie de zapatillas acolchadas de lino sobre los cascos, y los hombres les sujetaban los belfos con las manos para que no hiciesen ruido. El silencio era sorprendente. Lucterio iba confiado; seguro que los centinelas apostados en las torres de vigilancia del campamento romano más cercano, en realidad más cercano de lo que Lucterio habría deseado, estarían durmiendo.

Pero los centinelas romanos que estaban en las torres de vigilancia no tenían costumbre de dormitar cuando estaban de servicio, pues el castigo por ello era la muerte a golpes, y las inspecciones del servicio de vigilancia eran despiadadas y siempre por sorpresa.

Si hubiera estado lloviendo o hubiera hecho viento, Lucterio habría podido salirse con la suya. Pero la noche era tan tranquila que incluso el lejano sonido del Oltis se oía claramente en aquel lugar tan apartado del río. Así que también resultaban claramente audibles otros ruidos extraños: tintineos, raspaduras, susurros apagados, crujidos.

—Despierta al general y haz menos ruido del que se oye ahí afuera —le dijo el jefe de vigilancia a uno de sus hombres.

Rebilo sospechó que se iba a producir un ataque por sorpresa, y mandó exploradores y movilizó el campamento con velocidad y en silencio. Justo antes del amanecer, atacó tan calladamente que los hombres de Lucterio que cargaban los alimentos apenas se dieron cuenta de lo que ocurría. Invadidos por el pánico, escogieron huir hacia Uxellodunum y dejaron atrás las mulas; por qué Lucterio no hizo lo mismo siempre ha sido un misterio, pues aunque escapó y se adentró en el bosque, no hizo intento alguno de volver al lugar donde estaba Drapes para contarle lo ocurrido.

Rebilo supo dónde se encontraba el campamento de la caravana de alimentos por un cardurco de los que habían capturado, y envió a sus tropas germanas a atacarlo. Los jinetes ubios iban acompañados de guerreros de infantería también ubios, lo que era una combinación letal; y detrás de ellos marchaba velozmente una de las dos legiones de Rebilo. La contienda no llegó a ser tal. A Drapes y a sus hombres los hicieron prisioneros, y toda la comida que habían conseguido con tanto esfuerzo cayó en manos de los romanos.

—¡Y estoy muy contento de ello! —le comentó Rebilo a Fabio al día siguiente mientras le estrechaba la mano efusivamente—. Hay dos legiones más a las que alimentar, pero ya no tenemos que preocuparnos por buscar comida.

—Pues empecemos el sitio —dijo Fabio.

Cuando la noticia de la racha de buena suerte de Rebilo llegó hasta César, éste decidió seguir adelante con la caballería y dejar que Quinto Fufio Caleno, al frente de dos legiones, fuese a paso de marcha normal.

—Porque no creo que Rebilo y Fabio tengan que afrontar ningún peligro —le dijo César—. Si encontráis algún brote de resistencia en vuestro camino, encárgate de ello sin la menor misericordia. Ya es hora de que la Galia ponga la cabeza bajo del yugo de una vez por todas.

Llegó a Uxellodunum y se encontró con que las fortificaciones de asedio progresaban a buen ritmo, aunque su llegada fue una sorpresa, pues ni Rebilo ni Fabio habían pensado que lo verían allí en persona y lo recibieron con gran alegría.

—Ninguno de nosotros dos es ingeniero, y no hay ingenieros con nosotros que merezcan tal nombre —le dijo Fabio.

—Queréis cortarles el agua —afirmó César.

—Yo creo que tenemos que hacerlo, César. De lo contrario vamos a tener que esperar hasta que el hambre los haga salir, y hay muchos indicios de que no están escasos de comida, a pesar del intento de Lucterio de introducir más alimentos.

—Estoy de acuerdo, Fabio.

Se encontraban de pie en un montículo rocoso desde donde se veía todo el suministro de agua de Uxellodunum, el sendero que bajaba desde la ciudadela hasta el río y el manantial. Rebilo y Fabio ya habían empezado a tomar medidas en lo referente al sendero que conducía al río y habían apostado arqueros en lugares desde donde podían matar a los que acarreaban el agua sin que los arqueros o los lanceros que había en las murallas de la ciudadela pudiesen atacar a los tiradores romanos.

—No es suficiente —dijo César—. Adelantad las ballestas y cubrid el sendero con piedras de un kilo. Emplead también escorpiones.

Eso dejó a Uxellodunum sólo con el manantial, y llegar a él era tarea mucho más difícil para los romanos, pues quedaba justo debajo de la parte más elevada de las murallas de la ciudadela, y se accedía a él por una puerta que había en la base de las murallas inmediatamente adyacente al manantial. Atacarlo era inútil. El terreno era demasiado accidentado y estaba situado en un lugar en el que no cabían ni un par de cohortes de soldados.

—Me parece que estamos atascados —dijo Fabio suspirando.

César sonrió.

—¡Tonterías! Lo primero que vamos a hacer es construir una rampa con tierra y piedras desde donde estamos ahora hasta aquel punto de allí, a cincuenta pasos del manantial. Es todo cuesta arriba, pero nos proporcionará una plataforma de veinte metros sobre el nivel del suelo que tenemos en este momento. Encima de la rampa construiremos una torre de asedio de diez pisos de altura. Dará sobre el manantial y permitirá así que los escorpiones disparen a cualquiera que intente coger agua.

—Durante el día —puntualizó Rebilo abatido—. Pero ellos se acercarán al manantial cuando sea de noche. Además, nuestros hombres, mientras hacen los trabajos de construcción, se encontrarán al descubierto por completo.

—Para eso están los manteletes, Rebilo, como tú muy bien sabes. Lo importante es hacer que todo este trabajo parezca que es bueno —le dijo César con desenfado—. Como si lo estuviéramos haciendo en serio. Y eso a su vez significa que las tropas que hagan el trabajo deben estar convencidas de que va en serio. —Hizo una pausa con la mirada puesta en el manantial, una noble cascada que salía con presión, y continuó hablando—: Pero todo esto no es más que una pantalla de humo. He visto muchos manantiales como éste antes, sobre todo en Anatolia. Lo minaremos. Está alimentado por varios ríos subterráneos de distintos tamaños. Los zapadores empezarán a hacer un túnel de inmediato y desviarán hacia el Oltis cada afluente subterráneo que encuentren. No tengo ni idea de cuánto tiempo durará la obra, pero cuando se haya desviado el último afluente, el manantial se secará.

Fabio y Rebilo lo miraban fijamente, impresionados y llenos de respeto.

—¿Y no podemos minarlo sin hacer la farsa por encima de la tierra?

—¿Y permitir que se den cuenta de lo que estamos haciendo? Hay minas de plata y cobre en toda esta parte de la Galia, Rebilo. Imagino que en la ciudadela habrá hombres expertos en minería. Y no quiero que se repita lo que ocurrió cuando asediamos a los atuatucos: minas y contraminas que se retorcían unas alrededor de otras y que se encontraban unas con otras como los túneles de un escuadrón de topos enloquecidos. Aquí las excavaciones han de hacerse en absoluto secreto. Los únicos hombres de nuestro ejército que sabrán de su existencia son los zapadores. Por eso la rampa y la torre de asedio tienen que convencer a los asediados de que es un problema muy grande. No me gusta perder hombres y haremos todo lo posible por no perderlos, pero quiero que acabe este asunto y quiero que acabe cuanto antes —concluyó César.

Así que la rampa se levantó cuesta arriba y después empezó a erigirse la torre de asedio. Los asombrados y aterrados habitantes de Uxellodunum se tomaron la revancha con lanzas, flechas, piedras y proyectiles de fuego. Cuando comprendieron que ya se había construido la última plataforma de la torre, salieron por la puerta de la muralla y atacaron en masa. La lucha fue feroz, pues las tropas romanas creían realmente en la eficacia de lo que estaban haciendo y defendieron su posición con gran esfuerzo. Pronto la torre ardió y los manteletes y fortificaciones a ambos lados de la rampa se encontraron seriamente amenazados.

Como el frente era tan limitado en extensión, la mayor parte de los soldados romanos no se vieron implicados en la lucha; se apretujaban cuanto podían y animaban a sus camaradas mientras dentro de la ciudadela los cardurcos se alineaban en la muralla y también animaban a los suyos. En pleno fragor del combate, César hizo que los soldados que estaban de espectadores se dispersasen al darles órdenes de que se pusieran alrededor del perímetro de la fortaleza y originasen un ruido enorme, como si por todas partes se estuviera montando un ataque a gran escala.

La estratagema dio resultado y los cardurcos se retiraron para hacer frente a aquella nueva amenaza, lo que proporcionó tiempo a los romanos para apagar los incendios.

La torre de asedio de diez pisos empezó a levantarse de nuevo, pero no llegó a utilizarse, pues bajo tierra las minas fueron avanzando inexorablemente, y uno a uno los ríos que alimentaban el manantial se desviaron. Aproximadamente al mismo tiempo que la torre podría haber sido equipada con la artillería y puesta en funcionamiento, el magnífico manantial que daba agua a Uxellodunum se secó por primera vez en la historia.

La noticia cayó como un rayo del cielo despejado, y algo vital dentro de los sitiados desapareció. Porque el mensaje estaba implícito: los Tuatha se inclinaban ante el poder de Roma, los Tuatha abandonaban a la Galia por amor a César. ¿Para qué seguir luchando cuando hasta los Tuatha sonreían a César y a los romanos?

Uxellodunum se rindió.

A la mañana siguiente, César convocó un consejo formado por todos los legados, prefectos, tribunos militares y centuriones presentes; el motivo era que pudiesen participar en el último estertor de la Galia. Incluido Aulo Hircio, que había viajado con las dos legiones que Quinto Fufio Caleno llevó después de que hubo empezado el ataque al manantial.

—Seré breve —comenzó a decir sentado en su silla curul, vestido con el traje completo de militar y con la vara de su *imperium* apoyada en el antebrazo derecho.

Quizá fuera la luz del salón de reuniones de la ciudadela, que entraba por una gran abertura sin postigos situada detrás de los quinientos hombres allí reunidos y caía directamente sobre el rostro de César, lo que le dio ese aspecto. Aún no había cumplido cincuenta años, pero tenía el largo cuello profundamente surcado de arrugas, aunque ninguna flaccidez de la piel le estropeaba la fortaleza de la mandíbula. Las arrugas cruzaban su frente, se desplegaban como abanicos en los lados externos de los ojos, tallaban fisuras a ambos lados de la nariz y enfatizaban los altos pómulos agudamente definidos al surcar la piel del rostro debajo de ellos. Cuando estaba de campaña no se molestaba lo más mínimo por el cada vez más escaso cabello, pero aquel día llevaba puesta la corona cívica de hojas de roble porque quería dar la impresión de autoridad indiscutible; cuando entraba en una sala con ella puesta todas las personas tenían que levantarse y aplaudirle, incluso Bíbulo y Catón. A causa de aquella corona, César entró en el Senado a la edad de veinte años; a causa de ella todos los soldados que sirvieron bajo su mando sabían que César luchó en primera línea con espada y escudo, aunque los hombres de sus legiones galas le vieron en primera línea luchando junto a ellos en muchas ocasiones y no hacía falta que se lo recordasen.

Tenía un aspecto desesperadamente cansado, pero ninguno de los presentes confundió esos signos con el cansancio físico; estaba en una forma soberbia y era un hombre extremadamente fuerte. No, estaba sufriendo un agotamiento mental y emocional. Todos se daban cuenta de ello. Y les extrañaba.

—Estamos a finales de septiembre. Es verano —dijo con un acento terso y sucinto que despojaba a las cadencias de su latín exquisitamente elegido de cualquier intención poética—, y si hubiera sido hace dos o tres años, uno diría que la guerra de la Galia había acabado por fin. Pero todos los que estamos hoy sentados aquí sabemos que no es así. ¿Cuándo admitirá la Galia Comata su derrota? ¿Cuándo decidirán instalarse bajo la ligera mano de la supervisión romana y admitirán que están más seguros, más protegidos, más unidos de lo que nunca habían estado antes? La Galia es un toro al que le han sacado los ojos, pero no le han quitado la ira. Y embiste ciegamente una y otra vez, destrozándose a sí mismo contra muros, rocas, árboles. Y cada vez queda más débil, pero nunca más tranquilo. Hasta que al final tiene que morir, sin dejar de embestir, y se hace pedazos a sí mismo.

La habitación estaba en completo silencio; nadie se movía, nadie se atrevía a carraspear. Fuese lo que fuese lo que se avecinaba, iba a ser algo importante.

—¿Cómo podemos calmar a ese toro? ¿Cómo podemos convencerle de que se esté quieto, de que nos deje aplicarle ungüentos para curarlo? —Cambió el tono de voz, que se hizo más sombrío—. Ninguno de vosotros, incluido el centurión de más baja graduación, no deja de percatarse de las terribles dificultades que afronta Roma. El Senado está pidiendo mi sangre, mis huesos, mi espíritu... y mi *dignitas*, mi parte personal de valor y posición públicos. Y ello significa también vuestra *dignitas*, porque vosotros sois mi gente. Los tendones de mi amado ejército. Si yo caigo, vosotros caéis. Si a mí se me deshonra, se os deshonra a vosotros. Ésa es una amenaza omnipresente, pero no estoy hablando por esto, pues es sólo una consecuencia. Lo menciono para reforzar lo que estoy a punto de decir. —Respiró profundamente—. No me prolongarán el mandato. En las calendas de marzo del año siguiente al año que viene, terminará. Puede ser que acabe en las calendas de marzo del año que viene, aunque yo pondré hasta el último gramo de mi persona para impedirlo. Necesito el año que viene para hacer el trabajo administrativo necesario para transformar la Galia Comata en una provincia romana como es debido. Por eso, al acabar este año debe acabar también esta guerra inútil, sin sentido, que es un desperdicio, de una vez por todas. No me produce ningún placer ver los campos de batalla después de la lucha, porque en esos campos de batalla también yacen cadáveres romanos. Y muchos, muchos, galos, belgas y también celtas, muertos por ningún otro motivo que no sea un sueño que no pueden hacer realidad porque no poseen ni la educación ni la previsión que hacen falta. Y eso lo habría averiguado Vercingetórix de haber sido él el vencedor.

Se puso en pie y se quedó parado con las manos a la espalda y el ceño fruncido.

—Quiero ver cómo esta guerra acaba este año. No me refiero a un simple cese de las hostilidades, sino a una paz auténtica. Una paz que durará más tiempo del que viviremos los hombres que estamos en esta sala, y nuestros hijos, y los hijos de nuestros hijos. Si eso no ocurre, los germanos la conquistarán, y la historia de la Galia será una historia diferente. Y también lo será la historia de nuestra amada Italia, porque los germanos no descansarán con la conquista de la Galia. La última vez que vinieron, Roma les lanzó a Cayo Mario. Yo creo que Roma me ha puesto a mí en este momento y en este lugar para asegurarse de que los germanos no regresen nunca más. La Galia Comata es la frontera natural, no los Alpes. Debemos mantener a los germanos al otro lado del Rin si nuestro mundo, incluido el mundo de la Galia, ha de prosperar.

Paseó un poco, volvió a ponerse en el centro y los miró desde debajo de aquellas cejas rubias suyas. Una mirada larga, mesurada, inmensamente seria.

—La mayoría de vosotros ha servido conmigo el tiempo suficiente para saber qué clase de hombre soy. No soy cruel por naturaleza. No me produce placer ver cómo se inflige daño o tener que ordenar que se inflija. Pero he llegado a la conclusión de que la Galia de los cabelleras largas necesita una lección tan horrible, tan severa y tan espantosa que el recuerdo perdure a través de las generaciones y sirva para desanimar futuros levantamientos. Por ese motivo os he convocado aquí hoy, para daros mi solución. No para pediros permiso. Yo soy el comandante en jefe y la decisión me corresponde tomarla a mí solamente. Y la he tomado. El asunto no está en vuestras manos. Los griegos creen que sólo el hombre que comete el hecho es culpable del crimen si el hecho es un crimen. Por ello la culpa descansa enteramente sobre mis hombros. Ninguno de vosotros tiene parte en ello, ninguno de vosotros sufrirá por ello. Yo soy el que lleva la carga. A menudo me habéis oído decir que el recuerdo de la crueldad es un pobre consuelo en la vejez, pero hay motivos por los cuales yo no temo ese destino como lo temía hasta que hablé con el druida Cathbad.

Caminó hasta la silla curul y se sentó en ella en posición formal.

—Mañana veré a los hombres que han defendido Uxellodunum. Creo que hay unos cuatro mil. Sí, hay más, pero con cuatro mil bastará. Y a aquellos que nos pongan peor cara, que nos miren con más odio, les amputaré ambas manos —dijo con calma.

Un débil suspiró resonó por la habitación. ¡Qué bien que ni Décimo Bruto ni Cayo Trebonio estuvieran allí! Pero Hircio lo estaba mirando con los ojos llenos de lágrimas, y a César eso se le hizo difícil. Se vio obligado a tragar, y confió en que no se le hubiera notado mucho. Luego continuó hablando.

—No le pediré a ningún romano que lo haga, pues algunos ciudadanos de Uxellodunum pueden hacerlo, los voluntarios. Ochenta hombres, cada uno de los cuales cercenará las manos a cincuenta hombres. Les ofreceré salvar las manos a todos aquellos que se ofrezcan voluntarios. Saldrán bastantes. Los artificieros están ahora trabajando en una herramienta especial que yo he ideado, un poco parecida a un escoplo afilado de quince centímetros de ancho en el filo. Se colocará a lo ancho del dorso de la mano, justo por debajo de los huesos de la muñeca, y se le golpeará una vez con un martillo. El flujo de la sangre será cortado por una correa que se les pondrá alrededor del antebrazo. En el momento en que se haga la amputación, la muñeca se sumergirá en brea. Puede que algunos mueran desangrados pero la mayoría vivirá.

César ya hablaba con fluidez, con facilidad, pues estaba fuera del reino de las ideas y había entrado en el terreno de lo práctico.

—A esos cuatro mil mancos se les mandará luego al exilio para que vagabundeen y pidan limosna por todo este vasto país. Y cualquiera que vea a un hombre sin manos pensará en la lección aprendida después del asedio de Uxellodunum. Cuando las legiones se dispersen, cosa que harán en breve, cada una se llevará a algunos de estos hombres adondequiera que vaya a pasar el invierno. Así nos aseguraremos de que los mancos estén bien repartidos. Porque la lección no servirá para nada a menos que se tenga prueba de ello en todas partes.

»Para terminar os daré alguna información que ha sido recogida y compilada por mis héroes oficinistas, galantes pero poco ensalzados. Los ocho años de guerra en la Galia Comata han costado a los galos un millón de guerreros muertos, un millón de personas se han vendido como esclavos, cuatrocientas mil mujeres y niños han muerto, y un cuarto de millón de familias galas han quedado sin hogar. La suma de todo ello es igual a toda la población de Italia. Lo que es una espantosa indicación de la ceguera y la ira del toro. ¡Y eso tiene que acabar! Y tiene que acabar ahora. Tiene que acabar aquí, en Uxellodunum. Cuando yo deje el mando de los galos, la Galia Comata estará en paz.

Hizo un gesto de despedida con la cabeza y todos los hombres salieron en silencio, todos sin mirar a César. Sólo Hircio se quedó.

—¡No digas ni una palabra! —le pidió bruscamente César.

—No tengo intención de decirla —repuso Hircio.

Después de rendirse Uxellodunum, César decidió que visitaría todas las tribus de Aquitania, la única parte de la Galia de los cabelleras largas que había estado poco involucrada en la guerra, y por ello la única parte del país capaz de poner en el campo de batalla un complemento entero de guerreros. Con él se llevó a algunas de las víctimas sin manos de Uxellodunum como testimonio viviente de la determinación de Roma de poner fin a la oposición.

El avance fue pacífico. Las diferentes tribus lo recibían con bienvenidas febriles, desviaban la mirada de los que no tenían manos, firmaban cualquier tratado que él les pidiera y hacían poderosos juramentos de adherirse a Roma por siempre. En conjunto, César estaba dispuesto a creerles. Porque un arverno, nada menos, le había entregado a Lucterio unos días después de que éste se pusiera en marcha hacia Burdigala como primera etapa de su gira por Aquitania, lo cual era una indicación de que ninguna tribu de la Galia estaba dispuesta a dar cobijo a uno de los lugartenientes de Vercingetórix. Aquello significaba que uno de los dos defensores de Uxellodunum tomaría parte en el desfile triunfal de César; el otro, Drapes, de los senones, se negó a beber y a comer y murió todavía resueltamente en contra de la presencia de Roma en la Galia de los cabelleras largas.

Lucio César fue a ver a su primo, que se encontraba en Tolosa, hacia finales de octubre. Le llevaba importantes noticias.

—El Senado se reunió a finales de septiembre —le comunicó a César con la boca tensa—. Confieso que estoy decepcionado con el cónsul senior, al cual yo tenía por un hombre más racional que su colega junior.

—Servio Sulpicio es más racional que Marco Marcelo, sí, pero no está menos determinado que éste a verme caer —le dijo César—. ¿Qué pasó?

—La Cámara resolvió que en las calendas de marzo del año que viene *debatiría* el asunto de tus provincias. Marco Marcelo informó de que la guerra en la Galia Comata había acabado definitivamente, lo cual significa que no hay absolutamente ningún motivo por el cual no se te deba despojar de tu *imperium*, de tus provincias y de tu ejército en esa fecha. La nueva ley de los cinco años, dijo, proporciona una cantera de gobernadores en potencia que están en situación de ir a sustituirte inmediatamente. Retrasarlo es prueba de debilidad por parte del Senado, y algo completamente intolerable. Luego concluyó diciendo que de una vez por todas había que enseñarte que tú eres un servidor del Senado, no su amo. Y ante esta afirmación recibió grandes voces de ayuda de Catón.

—Tendrían que ser muy fuertes las voces, puesto que Bíbulo está en Siria, o por lo menos de camino hacia allí. Continúa, Lucio. Por tu cara adivino que se avecina algo peor.

—¡Mucho peor! Después la Cámara decretó que si algún tribuno de la plebe veta el debate sobre tus provincias en las calendas de marzo próximo, dicho veto será considerado como un acto de traición. Al tribuno de la plebe culpable se le detendrá y se le juzgará sumariamente.

—¡Eso es enteramente inconstitucional! —exclamó César bruscamente—. ¡Nadie puede impedir que un tribuno de la plebe cumpla con su deber! Ni negarse a hacer honor al veto a menos que esté vigente un *senatus consultum ultimum*. ¿Significa que eso es lo que se propone hacer el Senado en las calendas del próximo marzo? ¿Operar bajo un decreto último?

—Quizá, aunque eso no se dijo.

—¿Es eso todo?

—No —contestó Lucio César sin que su voz se alterase en absoluto—. La Cámara aprobó también otro decreto: se reserva para sí el derecho a decidir en qué fecha se licenciará a los veteranos de tu ejército que hayan cumplido el tiempo de permanencia en filas.

—¡Oh, ya comprendo! He sentado un precedente, Lucio, ¿verdad? Hasta este momento en la historia de Roma nadie ha tenido el derecho a decidir cuándo los soldados cuyo tiempo en filas ha expirado han de terminar su servicio en las legiones, nadie excepto su comandante en jefe. Imagino, entonces, que en las calendas de marzo próximo el Senado decretará que todos mis veteranos sean licenciados en el acto.

—Eso parece, Cayo.

Era extraño, pensó Lucio, que César no pareciese preocupado; incluso le dirigió una sonrisa auténtica.

—¿De verdad piensan que pueden derrotarme con esa clase de medidas? —preguntó—. Meados de caballo, Lucio. —Se levantó de la silla y le tendió una mano a su primo—. Te agradezco las noticias, de verdad, pero basta ya de eso. Tengo ganas de estirar las piernas entre los lagos sagrados.

Pero Lucio César no estaba dispuesto a dejar el asunto así y siguió obedientemente a Cayo mientras decía:

—¿Qué vas a hacer para contrarrestar a los *boni*?

—Haré lo que tenga que hacer —fue lo único que César quiso decirle.

Las disposiciones para el invierno estaban hechas. Cayo Trebonio, Publio Vatinio y Marco Antonio llevaron cuatro legiones a Nemetocena, la de los atrebates, para guarnecer Bélgica; dos legiones fueron a Bibracte, en el territorio de los eduos; otras dos fueron destinadas al territorio de los turones, cerca de los carnutos, hacia el oeste; y dos más fueron a las tierras de los lemosines, al sudeste de los arvernos. No había ninguna parte de la Galia que no tuviera cerca un ejército. Con Lucio César, César terminó una gira por la Provenza y después se reunió con Trebonio, Vatinio y Marco Antonio en Nemetocena para pasar el invierno.

A mediados de diciembre el ejército de César recibió una sorpresa agradable e inesperada: el general aumentó la paga de los soldados rasos de cuatrocientos ochenta sestercios al año a novecientos; era la primera vez en más de un siglo que se le subía el sueldo a un ejército romano. Al mismo tiempo le dio a cada hombre una prima en metálico e informó a los soldados de que la parte del botín que correspondía al ejército sería mayor.

—¿A expensas de quién? —le preguntó Cayo Trebonio a Publio Vatinio—. ¿Del Tesoro? ¡Seguro que no!

—Pues claro que no —le respondió Vatinio—. César es siempre muy escrupuloso con los asuntos legales. No, es a expensas de su propio bolsillo, de su parte del botín. —El pequeño y tullido Vatinio frunció el ceño, pues no había estado presente cuando César recibió la respuesta del Senado a su petición de que le trataran como habían tratado a Pompeyo—. Ya sé que es un hombre fabulosamente rico, pero también gasta a manos llenas. ¿Puede permitirse mostrarse tan generoso, Trebonio?

—Oh, yo creo que sí. Ha sacado veinte mil talentos sólo de la venta de esclavos.

—¿Veinte mil? ¡Por Júpiter! ¡A Craso se le consideraba el hombre más rico de Roma y sólo dejó siete mil talentos!

—Marco Craso presumía mucho de su dinero, pero ¿has oído alguna vez a Pompeyo Magno decir cuánto tiene? —le preguntó Trebonio—. ¿Por qué crees que los banqueros se arremolinan alrededor de César últimamente, ansiosos por satisfacer todos sus caprichos? Balbo ha sido siempre su hombre de confianza y Opio le va a la zaga. Se remontan a tus tiempos, Vatinio. No obstante, hombres como Ático son muy recientes.

—Rabirio Póstumo le debe a César haber podido empezar una nueva vida —observó Vatinio.

—Sí, pero después de que César empezó a prosperar en la Galia. El tesoro germano que encontró entre los atuatucos fue fabuloso. Su parte del mismo ascenderá a miles de talentos. —Trebonio sonrió—. Y si anda un poco corto, los tesoros de Carnutum dejarán de ser sacrosantos. Los ha dejado en reserva. A César no le gusta ser el payaso de nadie. Sabe que el próximo gobernador de la Galia

Comata se apoderará de todo lo que hay en Carnutum. Y por eso te apuesto lo que quieras a que lo que hay en Carnutum desaparecerá antes de que llegue el nuevo gobernador.

—Las cartas que recibo desde Roma dicen que probablemente... ¡oh, dioses, cómo pasa el tiempo...! Dicen que lo más probable es que lo releven dentro de poco más de tres meses. ¡Las calendas de marzo avanzan hacia él al galope! ¿Qué hará entonces César? En el momento en que se le despoje de su *imperium* lo procesarán en cien tribunales. Y caerá, Trebonio.

—Oh, es muy probable —convino Trebonio plácidamente.

Vatinio tampoco era el payaso de nadie.

—No está dispuesto a permitir que las cosas lleguen tan lejos, ¿verdad?

—No, Vatinio, en efecto.

Se hizo un silencio. Vatinio observó el rostro afligido que tenía ante sí mordiéndose el labio. Sus ojos se encontraron y sostuvieron la mirada.

—Entonces tengo razón —dijo Vatinio—. César ha consolidado los vínculos con su ejército.

—Por completo.

—Y si se ve obligado a hacerlo, marchará contra Roma.

—Sólo si se ve obligado. César no es un rebelde por naturaleza, le encanta hacerlo todo *in suo anno*, nada de mandos especiales o extraordinarios, diez años entre consulados, todo legal. Si tiene que marchar contra Roma, Vatinio, eso matará algo dentro de él. Es una alternativa que César sabe perfectamente que está a su alcance, y ¿crees tú que ni por un momento le tiene miedo al Senado? ¿A alguno de ellos? ¿Incluido el muy cacareado Pompeyo Magno? ¡No! Ellos caerán ante César como dianas en un campo de prácticas delante de lanceros germanos. Y él lo sabe, pero no quiere que las cosas sean así. Él quiere lo que se le debe, pero lo quiere legalmente. Marchar contra Roma es el recurso que utilizará cuando ya no tenga ningún otro, y combatirá con todas las fuerzas hasta el último momento antes de hacerlo. Su hoja de servicios es intachable. Y César quiere que siga así.

—Siempre quiso ser perfecto —comentó Vatinio con tristeza, y se estremeció—. Por Júpiter, Trebonio, ¿qué les hará si le obligan a ello?

—No quiero ni pensarlo.

—Lo mejor será que hagamos ofrendas para que los *boni* entren en razón.

—Yo llevo meses haciéndolas. Y creo que quizá los *boni* entrarían en razón si no fuera por un factor.

—Catón —apuntó Vatinio al instante.

—Catón —repitió Trebonio.

Se hizo otro silencio; Vatinio suspiró.

—Bueno, yo soy partidario de César en lo bueno y en lo malo —le dijo a Trebonio.

—Y yo.

—¿Y quién más?

—Pues Décimo, y también Fabio, y Sextio, y Antonio, y Rebilo, y Caleno, y Basilo, y Planco, y Sulpicio y Lucio César —enumeró Trebonio.

—¿Labieno no?

Trebonio movió la cabeza enfáticamente de un lado al otro como señal de negación.

—No.

—¿Porque así lo decide Labieno?

—Porque así lo decide César.

—Pero él no dice nada despectivo de Labieno.

—Ni lo dirá nunca. Labieno todavía confía en llegar a ser cónsul con él, aunque sabe que César no aprueba sus métodos. Pero no dice nada en los despachos senatoriales, así que Labieno todavía tiene esperanzas. Durará hasta que llegue la decisión final. Si César decide marchar contra Roma, les hará un regalo a los *boni*: Tito Labieno.

—¡Oh, Trebonio, reza todo lo que puedas para que no estalle una guerra civil!

César también rezaba por eso mientras trataba de hacer acopio de todo su ingenio para enfrentarse a los *boni* dentro de los límites de la constitución no escrita de Roma, la *mos maiorum*. Los cónsules para el año siguiente eran Lucio Emilio Lépido Paulo como senior y Cayo Claudio Marcelo como junior. Cayo Marcelo era primo hermano del actual cónsul junior, Marco Marcelo, y también del hombre que se predecía que sería cónsul el año después del año siguiente, otro Cayo Marcelo. Por ese motivo a menudo se referían a él como Cayo Marcelo el Viejo, y a su primo como Cayo Marcelo el Joven. Terco enemigo de César, de Cayo Marcelo el Viejo no se podía esperar nada. Paulo era diferente. Exiliado por tomar parte en la rebelión de su padre, Lépido había llegado un poco tarde a la silla curul de cónsul, y lo había logrado reconstruyendo la basílica Emilia, que era, con gran diferencia, el edificio más importante del Foro Romano. Luego llegó el desastre el día en que el cuerpo de Publio Clodio ardió envuelto en llamas en la casa del Senado; la casi acabada basílica Emilia ardió también, y Paulo se encontró sin dinero para volver a empezar.

Paulo era un hombre de paja, y éste era un hecho del que César estaba al corriente. Pero así y todo lo compró. Valía la pena ser el amo del cónsul senior. Paulo recibió mil seiscientos talentos de César durante el mes de diciembre, entró como hombre de César en las nóminas que llevaba Balbo, y la basílica Emilia pudo reconstruirse aún con mayor esplendor. De más importancia era Curión, que fue comprado por sólo quinientos talentos e hizo exactamente lo que César le había sugerido, fingir que se presentaba al tribunato de la plebe en el último momento y, cosa que no era difícil tratándose de un Escribonio Curión, fue elegido con el mayor número de votos.

César también puso en marcha otros proyectos. Todas las ciudades importantes de la Galia Cisalpina recibieron enormes cantidades de dinero para erigir edificios públicos o para reconstruir sus plazas de mercado, como hicieron los pueblos y ciudades de Provenza y de la propia Italia. Pero todas esas poblaciones tenían una cosa en común: le habían manifestado su apoyo a César. Durante algún tiempo pensó en donar edificios a las Hispanias, a la provincia de Asia y a Grecia, pero luego decidió que tal inversión no sería apoyo suficiente para él si Pompeyo, un patrón mucho mayor en aquellos lugares, elegía no permitir que sus protegidos apoyaran a César. Nada de todo aquello se hizo para ganar los favores en el caso de que estallase una guerra civil, sino para atraer a los influyentes plutócratas locales al terreno de César y para animarlos a que sugirieran a los *boni* que ellos no verían con agrado que a César se le tratase mal. La guerra civil era la última alternativa, y César creía realmente que era una alternativa tan abominable, incluso para los *boni*, que nunca se llegaría a tal extremo. Y el modo de ganar era hacer imposible a los *boni* ir en contra de los deseos de la mayoría de Roma, Italia, Galia Cisalpina, Iliria y la provincia gala romana.

César comprendía la mayoría de las idioteces, pero no podía, ni siquiera cuando se hallaba en estados de ánimo muy pesimistas, creer que un pequeño grupo de senadores romanos prefirieran precipitarse a una guerra civil antes que enfrentarse a lo inevitable y darle a César lo que, al fin y al cabo, no era más que lo que se le debía. Ser legalmente cónsul por segunda vez, libre de procesamientos, el primer hombre de Roma y el primer nombre en los libros de historia. Estas cosas se las debía él a su familia, a su *dignitas*, a la posteridad. No dejaría ningún hijo, pero un hijo no era necesario a menos que éste tuviera la habilidad de subir aún más alto. Eso no solía ocurrir, todo el mundo lo sabía. Los hijos de los grandes hombres nunca eran grandes. Como ejemplos estaban el Joven Mario y Fausto Sila...

Mientras tanto había que pensar en la nueva provincia romana de la Galia Comata. Forjar, cribar a los mejores hombres locales. Y unos cuantos problemas que resolver de naturaleza más prudente, incluido el de deshacerse de dos mil galos que César no creía se inclinaran ante Roma durante más tiempo que el que durase su mandato en la nueva provincia. Mil de ellos eran esclavos que César no se había atrevido a vender por temor a represalias sangrientas, bien fuera contra sus nuevos dueños o en insurrecciones parecidas a la de Espartaco. El segundo millar estaba compuesto por galos libres, en su mayoría jefes de tribu, que no se habían acobardado ni siquiera después de producirse la amputación de manos en las víctimas de Uxellodunum.

Acabó mandándolos a pie a Masilia y cargándolos a bordo de transportes bajo una fuerte vigilancia. Los mil esclavos fueron enviados al rey Deiotaro de Galacia, que era galo él también y siempre estaba necesitado de buenos hombres de caballería; sin duda, cuando llegaran, Deiotaro los haría libres y les presionaría para que prestaran servicio de armas. Los mil galos libres los envió al rey Ariobárzanes de Capadocia. Ambos lotes de hombres eran regalos, una pequeña ofrenda en el altar de la diosa Fortuna. La suerte era señal de que se gozaba del favor de los dioses, pero nunca estaba de más forjarse la suerte por sí mismo. Atribuir el éxito a la suerte era una manera de pensar muy vulgar, y nadie sabía mejor que César que detrás de la suerte había mares de trabajo duro y pensamiento profundo. Sus tropas podían alardear de la suerte que tenía César; eso a él no le importaba lo más mínimo. Mientras pensasen que él tenía suerte, no tenían miedo, con tal de que él estuviera allí para lanzar sobre ellos el manto de su protección. Fue una suerte vencer al pobre Marco Craso, que tuvo los días contados desde el momento en que sus tropas decidieron que era gafe. Ningún hombre estaba libre de cierta clase de superstición, pero los hombres de humilde cuna y educación escasa eran supersticiosos en grado sumo. César jugaba con eso conscientemente. Porque si la suerte provenía de los dioses y se pensaba que un gran hombre la tenía, lógicamente ese hombre adquiría una especie de reflejo de la divinidad, y no hacía daño que los soldados pensasen que su general se hallaba sólo un poco más abajo que los dioses.

Justo antes de final de año, César recibió una carta de Quinto Cicerón, legado senior al servicio de su hermano mayor, el gobernador de Cilicia.

No hacía falta que te dejase tan pronto, César. Ése es uno de los castigos por trabajar para un hombre que se mueve a tanta velocidad como tú. No sé por qué supuse que mi hermano Marco se apresuraría a partir hacia Cilicia, pero no fue así. Se marchó de Roma a primeros de mayo y tardó casi dos meses en llegar a Atenas. ¿Por qué adula tanto a Pompeyo Magno? Tiene algo que ver con la época en que él tenía diecisiete años y era cadete en el ejército de Pompeyo Estrabón, ya lo sé, pero me parece que la deuda que a Marco se le antoja que tiene con Pompeyo Magno por la protección que le dio enton-

ces es tremendamente exagerada. Por esta carta percibirás que ya en ruta tuve que sufrir dos días en la casa que tiene Magno en Tarentum. No puedo, por mucho que lo intente, simpatizar con ese hombre.

En Atenas (donde estuvimos esperando que llegase Pomptino, el legado militar de Marco... yo hubiera sido un general para Marco mucho más competente, ya sabes, pero él no se fiaba de mí) nos enteramos de que Marco Marcelo había azotado a un ciudadano de tu colonia de Novum Comum. Una verdadera desgracia, César. Mi hermano se indignó igualmente, aunque tenía los pensamientos, en su mayor parte, ocupados por la amenaza de los partos. De ahí que se negase en redondo a marcharse de Atenas hasta que Pomptino llegase.

Tardamos otro mes en cruzar la frontera para entrar en Cilicia por Laodicea. ¡Un lugar muy bonito, con todas esas deslumbrantes terrazas de cristal que caen sobre precipicios! Entre las charcas de agua pura y templada que hay encima, los lugareños han construido unos pequeños pero lujosos refugios de mármol para personas como Marco y yo, agotados por el calor y el polvo que encontramos durante todo el camino desde Éfeso hasta Laodicea. Fue delicioso pasar unos días empapándonos en las aguas (por lo visto son buenas para los huesos) y jugueteando como peces.

Pero luego, al proseguir el viaje, descubrimos la clase de honor que Léntulo Spinther y luego Apio Claudio habían impuesto a la pobre y devastada Cilicia. Mi hermano dijo que era «una verdadera ruina y desolación», y no es ninguna exageración. La provincia ha sido saqueada, explotada y violada. Todo y todos han sido acribillados a impuestos; entre otros, por el hijo de tu querida amiga Servilia. Sí, siento decirlo, pero Bruto parece haber trabajado en la misma onda que su suegro Apio Claudio en toda clase de asuntos censurables. Aunque se reprime mucho de ofender a gente importante, mi hermano le dijo a Ático en una carta que consideraba despreciable la conducta de Apio Claudio en su provincia. Tampoco le complació que Apio Claudio lo esquivase.

Permanecimos en Tarso sólo unos cuantos días, pues Marco estaba ansioso por empezar la temporada de campaña y Pomptino también. Los partos habían atacado a lo largo del Éufrates, y el rey Ariobárzanes de Capadocia se encontraba en una situación muy apurada, debido en gran parte a un ejército casi tan pobre como las dos legiones que encontramos en Cilicia. ¿Por qué ambos ejércitos estaban tan menguados? Por falta de dinero. Uno ha de deducir que Apio Claudio se guardó para sí la mayor parte del dinero destinado a pagar las semanadas del ejército, y que no se preocupó por incrementar la fuerza de cada legión mientras estaba pagando la mitad de hombres que sus libros decían que pagaba. El rey Ariobárzanes de Capadocia no tenía dinero suficiente para pagar un ejército decente, principalmente debido al hecho de que el joven Bruto, ese pilar de rectitud romana, le había prestado dinero a un astronómico interés compuesto. Mi hermano se enfadó muchísimo.

Pero, en fin, pasamos los tres meses siguientes de campaña en Capadocia, un asunto muy cansado. ¡Oh, Pomptino está loco! Tarda días y días en entrar en una aldea patéticamente fortificada que tú tardarías tres horas en tomar. Pero, claro, mi hermano no sabe cómo se ha de manejar una guerra, así que está muy satisfecho.

Bíbulo tardó muchísimo en llegar a Siria, lo que significa que tuvimos que esperar a que se pusiera en orden antes de empezar nuestra campaña conjunta desde ambos lados de las laderas del Amano. En realidad ahora estamos a punto de comenzarla. Supongo que llegó a Antioquía en sextilis y le metió prisa al joven Cayo Casio en su camino de regreso a Roma con mucha frialdad. Naturalmente, tiene a sus dos hijos con él. Marco Bíbulo tiene poco más de veinte años, y Cneo Bíbulo unos diecinueve. Los tres Bíbulos se enojaron mucho al descubrir que Casio se las había arreglado muy bien con la amenaza de los partos, incluyendo una emboscada que llevó a cabo en el río Orontes que hizo que Pacoro y su ejército parto se fueran a casa con mucha prisa.

Este fervor no es muy del gusto de Bíbulo, creo yo. Su método para tratar con los partos es bastante diferente al de Casio, ciertamente. En lugar de tomar en consideración la guerra, ha contratado a un parto llamado Ornadapates y le está pagando para que le deje caer al oído al rey Orodes el rumor de que Pacoro, el hijo preferido de Orodes, tiene intención de usurpar el trono de su padre. Inteligente pero no admirable, ¿no te parece?

Echo mucho de menos la Galia Comata, César. Echo de menos la clase de guerra que nosotros solíamos llevar a cabo, una guerra tan viva y tan práctica, tan desprovista de maquinaciones dentro del alto mando. Por aquí me parece que me paso tanto tiempo tratando de aplacar a Pomptino como haciendo cualquier otra cosa más productiva. Escríbeme, por favor. Necesito que me animen.

¡Pobre Quinto Cicerón! Pasó algún tiempo antes de que César pudiera sentarse a contestar esta carta más bien triste. Típico de Cicerón, preferir a una nulidad dispuesta siempre a darle coba como Cayo Pomptino antes que a su propio hermano. Porque Quinto Cicerón tenía razón, él habría resultado un general mucho más capaz que Pomptino.

Roma

DESDE ENERO HASTA DICIEMBRE DEL 50 A. J.C.

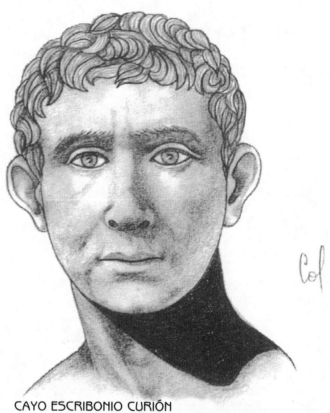

CAYO ESCRIBONIO CURIÓN

Cuando Cayo Casio Longino volvió a los treinta años a casa después de una extraordinaria carrera como gobernador de una provincia romana importante, se encontró con que era muy admirado. Con mucha astucia evitó pedirle al Senado un desfile triunfal, aunque sus hombres lo aclamaron como *imperator* en el campo de batalla cuando derrotó al ejército galileo cerca del lago Tiberíades.

—Yo creo que a la gente le gustó eso tanto como cualquiera de las cosas que hiciste en Siria —le dijo Bruto.

—¿Para qué llamar la atención hacia mí de un modo que los chocheantes senatoriales deplorarían? —le preguntó Casio encogiéndose de hombros—. De todos modos, no creo que me concedieran un desfile triunfal. Así que mejor prefiero fingir que no lo quiero. Las mismas personas que me habrían condenado por mi presunción ahora no tienen más remedio que alabarme por mi humildad.

—Te encantó, ¿verdad?

—¿Siria? Sí. Mientras Marco Craso estaba vivo no me gustó demasiado, pero después de lo de Carrás fue estupendo.

—¿Qué pasó con todo el oro y los tesoros que Craso cogió de los templos de Siria? ¿Se los llevó consigo cuando se marchó a Mesopotamia?

Durante unos instantes dio la impresión de que Casio no lo entendía; luego comprendió que Bruto, aunque sólo era cuatro meses más joven que él, sabía muy poco de la logística del gobierno de las provincias aparte del aspecto monetario.

—No, se quedaron en Antioquía. Y cuando vine los traje. —Casio sonrió agriamente—. ¿Por qué crees que yo le resultaba tan poco simpático a Bíbulo? Sostenía que los tesoros estaban a su cargo y que tenían que permanecer allí hasta que él regresara. Aunque si yo hubiera cedido, lo que en realidad habría llegado a Roma habría sido una cantidad considerablemente menor. Vi cómo se frotaba sus pegajosas manos ante la perspectiva de meter la mano en los cofres de dinero.

Bruto se quedó sorprendido.

—¡Casio! ¡Marco Bíbulo está por encima de cualquier sospecha o reproche! ¿El yerno de Catón iba a quedarse con algo que le pertenece a Roma? ¡Eso nunca ocurriría!

—Bobadas —le dijo Casio con desprecio—. ¡Qué tonto eres,

Bruto! Es lo que cualquiera haría si se le diera la oportunidad. Que yo no lo hiciera se debió únicamente a mi edad y a mi incipiente carrera, que empieza a prosperar. Después de ser cónsul quiero la provincia de Siria, y lo conseguiré porque pienso establecerme como experto en Siria. Si yo hubiera estado allí como simple cuestor, nadie recordaría ni siquiera que yo había ido. Pero como el cuestor se convirtió en gobernador y tuvo un maravilloso éxito en su mandato en calidad de gobernador, toda Roma lo recordará. Por eso defendí mi derecho a traer el tesoro mal adquirido por Craso a mi regreso a Roma, como cuestor suyo que yo había sido. Era legal, y Bíbulo lo sabía. Además tardó tanto en llegar hasta Siria que yo ya lo tenía todo embalado y cargado a bordo de una flota de barcos alquilados antes de que él pusiera un pie en Antioquía. ¡Cómo lloró cuando vio que me hacía a la mar! Deseo que él y esos dos hijos mimados que tiene disfruten de Siria.

Bruto no añadió ni una palabra más sobre el tema de Bíbulo; aunque Cayo Casio era un buen tipo, el mejor de todos, también era un hombre muy marcial que tenía una pobre opinión acerca de los *boni*, que se habían hecho famosos por no querer sobre sus espaldas la carga que suponía el gobierno de las provincias, con sus inevitables guerras y peligros. A pesar de haber nacido para el consulado, Casio nunca sería un político; le faltaba sutileza, tacto y la capacidad de saber atraer a los demás a su manera de pensar mediante el uso de palabras suaves. En realidad parecía lo que era: un hombre vigoroso con el pelo rapado, enérgico y militar, con poca paciencia para las intrigas.

—Desde luego, me alegro de verte, Casio —le dijo Bruto—. Pero ¿hay algún motivo para que hayas venido tan pronto después de tu regreso?

La boca más bien alegre de Casio se curvó hacia arriba por las comisuras, y los ojos castaños y enérgicos se rodearon de arrugas al cerrarse. ¡Oh, pobre Bruto! Desde luego, era tonto del todo. ¿Y no habría nada que le curase aquel espantoso acné de la piel? ¿Ni el insaciable apetito que sentía de hacer dinero de maneras poco apropiadas para un senador?

—En realidad he venido a ver al cabeza de familia —le informó Casio.

—¿A mi madre? ¿Por qué no has preguntado por ella?

Suspirando, Casio negó con la cabeza.

—Bruto, tú eres el cabeza de familia, no Servilia. He venido a verte en calidad de tal.

—¡Oh! Oh, sí, claro, supongo que yo soy el cabeza de familia. Es sólo que mi madre es tan competente y hace tanto tiempo que se quedó viuda... Supongo que nunca me veré a mí mismo como su sustituto.

—Hasta que no actúes como tal, Bruto, no te verás así.

—Estoy cómodo así. ¿Qué quieres?

—Quiero casarme con Junia Tercia... Tertula. Llevamos prometidos varios años, y yo ya no soy tan joven. Ya es hora de que piense en crear una familia, Bruto, ahora que estoy en el Senado y me propongo hacer varias cosas.

—Pero si ella apenas tiene dieciséis años —dijo Bruto frunciendo el ceño.

—¡Ya lo sé! —respondió Casio con brusquedad—. Y también sé de quién es hija en realidad. Bueno, eso toda Roma lo sabe. Y como la sangre julia es de categoría algo más elevada que la sangre junia, no tengo el menor inconveniente en casarme con la hija de César. Por poco que me guste ese hombre por lo que es, en esta etapa de su carrera ha demostrado que la sangre julia no ha llegado aún a la senilidad.

—Mi sangre es junia —le dijo Bruto poniéndose rígido.

—Pero Bruto, no Silano. Hay una diferencia.

—Y por parte de madre, tanto Tertula como yo somos patricios servilios —continuó diciendo Bruto ensimismado.

—Bueno, basta ya de eso —se apresuró a decir Casio para que lo cosa no acabase yendo por otros derroteros—. ¿Puedo casarme con Tertula?

—Tendré que preguntárselo a mi madre.

—Oh, Bruto, ¿cuándo aprenderás? ¡No le corresponde a Servilia tomar esa decisión!

—¿Qué decisión? —preguntó Servilia al tiempo que entraba en el despacho de Bruto sin llamar.

Los grandes ojos oscuros de la mujer no se posaron en su hijo (a quien ella encontraba tan insatisfactorio que procuraba no mirarlo para nada), sino en Casio. Sonriendo radiante, Servilia caminó hacia él, le cogió el rostro fuerte y bronceado entre las manos y le dijo:

—¡Casio, qué alegría tenerte de vuelta en Roma!

Y lo besó. Casio le gustaba enormemente, siempre había sido así desde la época en que Bruto y él iban a la misma escuela. Un guerrero, un *hombre enérgico*. Un joven con encanto para forjarse un nombre por sí mismo.

—¿Qué decisión? —repitió Servilia mientras se sentaba en una silla.

—Que quiero casarme con Tertula inmediatamente —le informó Casio.

—Entonces preguntémosle a ella qué le parece la idea —sugirió Servilia con suavidad quitándole así el poder de decisión a su hijo. Dio unas palmadas para llamar al mayordomo—. Pídele a la señora Tertula que venga al despacho —le ordenó. Y volviéndose hacia Casio le preguntó—: ¿Por qué?

—Porque pronto cumpliré los treinta y tres, Servilia. Ya es hora de formar una familia. Me doy cuenta de que Tertula es demasiado joven, pero llevamos prometidos muchos años, no es como si no me conociera.

—Y es núbil —afirmó la madre con objetividad.

Afirmación que se reforzó unos breves instantes después cuando Tertula llamó y entró en la habitación.

Casio parpadeó, pues hacía cerca de tres años que no la veía y en ese tiempo se habían obrado grandes cambios. Tertula había pasado de tener trece a tener dieciséis años, de niña a mujer joven. ¡Y qué guapa era! Se parecía a Julia, la hija muerta de César, aunque carecía de su escarchada blancura y su complexión delicada. Tenía los ojos grandes, bien separados, de un color amarillo grisáceo, el pelo espeso rubio oscuro y la boca propicia para besarla hasta perder la cabeza. Una piel dorada sin mácula. Un par de exquisitos pechos. ¡Oh, Tertula!

Cuando ésta vio a Casio sonrió con deleite y le tendió las manos.

—Cayo Casio —le saludó con la voz ronca de Julia.

Casio se acercó a la muchacha, también sonriendo, y le cogió las manos.

—Tertula —le dijo, y se volvió hacia Servilia y le pidió permiso—: ¿Puedo preguntárselo?

—Desde luego —repuso Servilia, muy complacida al ver que se estaban enamorando.

Casio le apretó aún más las manos a Tertula.

—Tertula, he pedido casarme contigo cuanto antes. Tu madre dice que la decisión es tuya. ¿Quieres casarte conmigo ahora?

Dejó de lado a Bruto. ¿Para qué molestarse ni siquiera en mencionarlo?

La sonrisa de la muchacha cambió y se volvió seductora; de pronto se hizo fácil ver que ella también era hija de Servilia, una señora muy seductora.

—Me gustaría mucho, Cayo Casio —respondió.

—¡Bien! —exclamó Servilia con entusiasmo—. Casio, llévatela a alguna parte donde puedas besarla sin que la mitad del personal de la casa y de los parientes estén mirando. Bruto, encárgate de los detalles de la boda. Es una época del año propicia para casarse, pero elige cuidadosamente el día. —Frunció el ceño al mirar a la feliz pareja—. ¡Venga, marchaos!

Salieron los dos cogidos de la mano, lo cual dejó a Servilia con sólo una cara a la que mirar, la de su único hijo. Lleno de granos como siempre, intolerablemente oscuro porque no podía afeitarse, con los ojos tan melancólicos como los de un sabueso de caza y los labios flojos por falta de decisión.

—No sabía que Casio estaba contigo —le comentó Servilia.

—Acababa de llegar, mamá. Iba a mandar que te llamaran.

—Yo venía a verte.

—¿Para qué? —le preguntó Bruto, intranquilo.

—Para hablar de ciertas acusaciones sobre ti. Se oyen por toda la ciudad. Ático está muy afligido.

El rostro de Bruto se torció y de pronto pareció mucho más impresionante, un asomo quizá de lo que en realidad vivía dentro de él cuando su madre no estaba delante.

—¡Cicerón! —exclamó siseando.

—Exactamente, el viejo bocafloja en persona. Anda despotricando contra las actividades que desarrollas al prestar dinero en su provincia, en Capadocia y en Galacia. Por no mencionar Chipre.

—No puede probar nada. El dinero lo prestan dos de mis protegidos, Matinio y Escapcio. Todo lo que he hecho ha sido velar por los intereses de mis protegidos, mamá.

—¡Mi querido Bruto, olvidas que yo ya estaba aquí mucho antes de que tú fueras lo bastante mayor para controlar tu fortuna! Matinio y Escapcio son empleados tuyos. Mi padre fundó la empresa junto con muchos, muchos otros. Bien disfrazada, es cierto. Pero no puedes permitirte darle munición a alguien con la inteligencia y la perspicacia de Cicerón.

—Yo me encargaré de Cicerón —le aseguró Bruto, y puso cara de poder encargarse de Cicerón.

—¡Espero que lo hagas mejor que tu estimado suegro! —le dijo Servilia—. Él ha dejado tal cantidad de pruebas de sus especulaciones mientras era gobernador de Cilicia que hasta un ciego podría seguir el rastro. Con el resultado de que está procesado en el Tribunal de Extorsiones. Y tú, Bruto, fuiste cómplice suyo. ¿Crees que toda Roma no está al corriente de la existencia de tus pequeños fraudes? —Servilia sonrió sin humor mostrando unos dientes blancos, pequeños y perfectos—. Apio Claudio amenazaría con acantonar el ejército en alguna desventurada ciudad de Cilicia, luego debiste de llegar tú e insinuaste que un regalo de cien talentos al gobernador evitaría ese destino, después de lo cual la firma de Matinio y Escapcio ofreció prestar a la ciudad cien talentos. Apio Claudio se embolsó el dinero y tú sacaste aún más ganancias al prestarlo.

—Puede que juzguen a Apio Claudio, pero seguro que lo absuelven, mamá.

—No me cabe la menor duda de ello, hijo mío. Pero los rumores no van a hacerle ningún bien a tu carrera pública. Eso dice Poncio Aquila.

La desfigurada y triste cara de Bruto se oscureció con una mueca de burla, y aquellos ojos negros empezaron a brillar peligrosamente.

—¡Poncio Aquila! —dijo con desdén—. ¡Lo de César lo podía entender, mamá, pero no lo de un ambicioso don nadie como Poncio Aquila! Te haces de menos a ti misma.

—¡Cómo te atreves! —gruñó Servilia poniéndose en pie de un salto.

—Sí, mamá, te tengo miedo —reconoció Bruto mientras su madre se alzaba por encima de él—, pero ya no soy un muchacho de veinte años y en algunas cosas tengo derecho a hablar. De las cosas que repercuten para mal en nuestra sangre, en nuestra nobleza. Y eso es lo que ocurre con Poncio Aquila.

Servilia dio media vuelta y salió de la habitación tras cerrar la puerta con un cuidado medido. En el exterior de la columnata que había alrededor del peristilo se detuvo, temblando, con las manos apretadas. ¡Cómo se había atrevido! ¿Es que acaso no tenía absolutamente nada de sangre? ¿Acaso alguna vez a Bruto le había ardido la sangre, le había picado, había aullado sin hacer ruido de noche desgarrado por el hambre, la soledad, la necesidad? No, Bruto no. Anémico, fláccido, *impotente*. ¿Acaso creía que ella no lo sabía, teniendo como tenía a su esposa viviendo en casa? Una mujer a la que no había penetrado nunca, con la que no dormía. Y Bruto tampoco comía en otros pastos. Fuese lo que fuese de lo que estaba hecho su hijo, y la composición exacta a ella se le escapaba, no era de fuego, trueno, volcán o terremoto. A veces, como cuando Bruto había expresado lo que sentía acerca de Poncio Aquila, podía enfrentarse a ella y manifestar su descontento. ¡Pero cómo se atrevía! ¿Acaso no tenía idea?

Habían pasado tantos años desde que César se marchó a la Galia, años en los que se acostaba sola y rechinaba los dientes mientras aporreaba con los puños la almohada. Amándolo, deseándolo, necesitándolo. Lánguida de amor, mojada por el deseo, hambrienta de la necesidad. Aquellas feroces confrontaciones, duelos de voluntad e ingenio, guerras de fuerza. Oh, y la exquisita satisfacción de saberse vencida, de medirse con un hombre y ser aplastada por él, dominada, castigada, esclavizada; estando completamente segura del alcance de sus propias habilidades e inteligencia... ¿Qué más podía pedir una mujer que un hombre que inspiraba respeto? ¿Quién era más que ella, y sin embargo aún estaba atado a ella por algo más tangible que sus cualidades de mujer? César, César...

—Pareces muy enfadada.

Servilia ahogó un grito, se dio la vuelta y lo vio: Lucio Poncio Aquila, su amante. Más joven que su propio hijo, pues tenía treinta años, acababa de ser admitido en el Senado como cuestor urbano. No era de una familia antigua, por lo tanto provenía de una cuna inferior a la suya. Cosa que a Servilia no le importaba en cuanto le ponía la vista encima, como sucedía en aquellos momentos. ¡Tan guapo! Muy alto, perfectamente proporcionado, el pelo de color castaño rojizo rizado y corto, unos ojos verdaderamente verdes, el rostro dotado de una maravillosa estructura ósea y una boca fuerte y sensual. Y lo mejor de todo era que no le recordaba a César.

—Tenía pensamientos fieros —le dijo Servilia echando a andar delante de él hacia sus aposentos.

—¿Fieros de amor o fieros de odio?

—De odio. ¡Odio, odio, odio!

—Entonces no estabas pensando en mí.

—No. Estaba pensando en mi hijo.

—¿Qué ha hecho para enojarte?

—Ha dicho que yo me rebajaba al tratar contigo.

Poncio Aquila cerró la puerta con llave, bajó las persianas y se dio la vuelta para mirar a Servilia con aquella sonrisa que hacía que a ella se le doblasen las rodillas.

—Bruto es un gran aristócrata —le dijo Poncio Aquila sin alterarse—, comprendo que no lo apruebe.

—Él no entiende —le confió Servilia mientras le quitaba la toga blanca sencilla y la colocaba en una silla—. Sube el pie. —Le desató el zapato senatorial de cuero marrón—. Ahora el otro. —Se lo quitó y lo dejó caer—. Levanta los brazos.

Le quitó la túnica, que tenía una ancha franja púrpura sobre el hombro derecho.

Estaba desnudo. Servilia retrocedió lo suficiente para verlo entero, dándose al hacerlo un festín con los ojos, la mente y el espíritu. El poco vello rojo oscuro que había en el pecho se iba estrechando hasta convertirse en una fina raya que se sumergía en el matorral del vello púbico, de un color rojo más vivo, del cual sobresalía el pene oscuro, que ya iba agrandándose, por encima de un escroto deliciosamente lleno y colgante. Perfecto, perfecto. Tenía los muslos delgados, las pantorrillas grandes y bien formadas, el vientre plano, el pecho abultado de músculos. Hombros anchos, brazos largos y nervudos.

Servilia se movió en círculo alrededor de él, ronroneando sobre las nalgas firmes y redondas, sobre las estrechas caderas, la espalda ancha, el modo en que la cabeza se asentaba orgullosamente en lo alto de aquel cuello de atleta. ¡Hermoso! ¡Qué hombre! ¿Cómo podía ella tocar semejante perfección? Aquel hombre pertenecía a Fidias y a Praxíteles, a la inmortalidad escultural.

—Ahora te toca a ti —dijo él cuando Servilia terminó de repasarle el cuerpo.

Se soltó la gran masa de cabello, negro como siempre excepto por dos mechas blancas que habían aparecido en las sienes, y se quitó las capas que formaban la túnica de color escarlata y ámbar. A los cincuenta y cuatro años, Servilia quedó de pie desnuda y no se sintió en desventaja. Tenía la piel tan suave como el marfil y los pechos henchidos seguían orgullosamente erguidos, aunque las nalgas se habían caído y la cintura se le había ensanchado. La edad, ella lo sabía, no tenía nada que ver con aquella cosa existente entre un hombre y una mujer. Aquello se medía en deleite, en apreciación, no en años.

Lo tumbó en la cama, se puso una mano a cada lado del pubis cubierto de vello negro y separó los labios de la vulva para que él pudiera ver los contornos suaves, como una ciruela, y el brillo. ¿No había dicho César que era la flor más bella que había visto en su vida? La confianza de Servilia descansaba en aquello, en el triunfo de tener a César esclavizado.

¡Oh, pero el contacto de aquel hombre joven, delgado y enormemente viril! Que la cubriera con tanta fuerza y con tanta suavidad a la vez, entregarlo todo sin modestia pero con inteligente control. Servilia le chupó la lengua, los pezones, el pene, luchó con fuerza hambrienta y cuando alcanzó el orgasmo gritó de éxtasis con toda la fuerza de sus pulmones. ¡Ahí tienes, hijo mío! Espero que lo hayas oído. Espero que tu esposa lo haya oído. Acabo de experimentar un cataclismo que ninguno de los dos conoceréis nunca. Con un hombre por el que no tengo que preocuparme de nada más que de esta gigantesca convulsión de absoluto placer.

Después, aún desnudos, se sentaron a beber vino y a charlar con esa confianza que sólo la intimidad física engendra.

—He oído decir que Curión acaba de presentar un proyecto de ley para crear una comisión que supervise las carreteras de Italia, y que el jefe de la comisión va a tener un *imperium* proconsular —le comentó Servilia poniendo los pies en el regazo de Poncio Aquila y jugueteando con los dedos en aquel vello rojo brillante.

—Cierto, pero nunca logrará vencer la oposición de Cayo Marcelo el Viejo —respondió Poncio Aquila.

—Parece una medida un poco rara.

—Eso le parece a todo el mundo.

—¿Tú crees que César lo ha comprado?

—Lo dudo.

—Pero la única persona que podría beneficiarse de ese proyecto de ley sería César —insistió Servilia, pensativa—. Si perdiera sus provincias y su *imperium* en las calendas de marzo, el proyecto de ley de Curión le proporcionaría otro proconsulado y de ese modo su *imperium* continuaría. ¿No es así?

—Sí.

—Entonces Curión pertenece a César.

—Pues yo te digo que lo dudo mucho.

—Pues se ha visto libre de deudas de pronto.

Poncio Aquila se echó a reír con la cabeza hacia atrás y un aspecto magnífico.

—También se ha casado con Fulvia. Y a toda prisa, si las habladurías son ciertas. Está muy redonda de vientre para ser una mujer recién casada.

—¡Pobre Sempronia! Tiene una hija que va siempre de un demagogo a otro.

—Pues yo no he visto ninguna evidencia de que Curión sea un demagogo.

—Ya la verás —le aseguró Servilia enigmáticamente.

Durante más de dos años el Senado se había visto privado de su antíquisima sede de reuniones, la Curia Hostilia, pero nadie se había ofrecido voluntario para reconstruirla. Tan arraigada estaba la idea de pobreza del Tesoro que el Estado se negaba a pagar la factura; la tradición dictaba que tenía que ser algún gran hombre quien emprendiera la tarea, pero hasta el momento ningún gran hombre se había mostrado dispuesto a hacerlo. Incluido Pompeyo el Grande, que parecía indiferente a la situación apremiante en la que se encontraba el Senado.

—Siempre podéis usar la Curia Pompeya —les había dicho.

—¡Típico de él! —comentó con brusquedad Cayo Marcelo el Viejo mientras salía pisando fuerte hacia el Campo de Marte, donde estaba el teatro de piedra de Pompeyo—. Quiere obligar al Senado a celebrar todas las reuniones en las que hay gran asistencia en un lugar que él construyó en una época en que no lo necesitábamos. ¡Típico!

—En cierto modo es otro mando extraordinario —observó Catón mientras caminaba dando grandes zancadas a un ritmo que a Cayo Marcelo el Viejo se le hacía difícil de mantener.

—¿Por qué tenemos que ir tan de prisa, Catón? Paulo tiene las *fasces* en marzo, y él siempre se toma su tiempo.

—Y por eso es un pesado —le recordó Catón.

El complejo que Pompeyo había construido sobre el verde césped del Campo de Marte, no lejos del Circo Flaminio, era de lo más imponente; un extenso teatro de piedra en el que cabían cinco mil personas se alzaba sobre las escasas edificaciones que llevaban allí mucho más de cinco años. Con gran habilidad, Pompeyo incorporó un templo a Venus Victrix en lo alto de la *cavea*, y así pudo convertir lo que de otro modo habría sido un edificio impío en algo enteramente conforme a la *mos maiorum*. Las costumbres y las tradiciones de Roma deploraban el teatro como algo que tenía una maligna influencia moral en la gente, así que hasta que el edificio de piedra de Pompeyo se construyó cinco años atrás, el teatro que estaba presente en todos los juegos y fiestas públicas se había representado en locales provisionales de madera. Lo que hizo que el teatro de Pompeyo fuera permisible era precisamente el templo a Venus Victrix.

Detrás del auditorio, Pompeyo construyó un extenso jardín peristilo rodeado de una columnata que estaba compuesta exactamente por cien pilares, cada uno de ellos estriado y adornado con los rimbombantes capiteles corintios que Sila trajo desde Grecia, todos ellos pintados en tonos de azul y con abundantes dorados. Las paredes rojas a lo largo de la parte de atrás de la columnata eran ricas en murales magníficamente pintados, aunque por desgracia estropeados por la peculiaridad de que el tema principal estaba empapado en sangre. Porque Pompeyo poseía mucho más dinero que buen gusto, y en ningún sitio lo demostró tanto como en aquella columnata de seis pilares y el jardín abarrotado de fuentes, peces, adornos y adefesios.

En la parte trasera del peristilo, Pompeyo erigió una curia, una cámara de reuniones que él se encargó de que fuera inaugurada religiosamente para albergar reuniones del Senado. Era muy adecuada de tamaño, y en el trazado se parecía a la Curia Hostilia, ahora en ruinas, pues era una cámara rectangular que contenía tres gradas a cada lado de un espacio que terminaba en el estrado sobre el cual se situaban los magistrados curules. Cada grada, con forma de estante, era lo bastante ancha como para poder acomodar en ella los taburetes de los senadores; sobre las gradas más altas se sentaban los *pedarii*, los senadores que no eran lo bastante importantes para hablar en los debates porque nunca habían ocupado una magistratura ni habían ganado una corona de hierba o una corona cívica al valor. Las dos gradas del medio las ocupaban los senadores que habían alcanzado una magistratura menor (tribuno de la plebe, cuestor o edil plebeyo) o eran héroes militares, y las dos gradas de más abajo estaban reservadas para aquellos que habían sido ediles curules, pretores, cónsules o censores. Lo cual significaba que los que se sentaban en las gradas de más abajo o del medio tenían más sitio para extender sus plumas que los *pedarii* que se sentaban en lo más alto.

La antigua Curia Hostilia inspiraba bastante poco por dentro: las gradas que tenía eran bloques de toba sin enlucir, las paredes estaban pintadas monótonamente con unos cuantos rizos y líneas rojas sobre un fondo beige, el estrado curul también era de piedra toba y el espacio central entre las dos zonas de gradas tenía el suelo de mosaico en mármol blanco y negro tan viejo que había perdido todo asomo de brillo y majestad.

En claro contraste con esta simplicidad antigua, la curia de Pompeyo estaba hecha enteramente de mármol de colores. Las paredes eran baldosas púrpura y rosa dispuestas en complicados dibujos entre pilastras doradas; la grada trasera de cada lado tenía la parte delantera de mármol marrón, la grada del medio la tenía de mármol amarillo, la grada de más abajo de mármol crema y el estrado curul de un lustroso y destelleante mármol azul y blanco que se trajo desde un lugar tan lejano como Numidia. El espacio entre las dos zonas de gradas se pavimentó en ruedas dispuestas formando un dibujo púrpura y blanco. La luz entraba a raudales por las altas ventanas del triforio bien protegidas por un amplio alero en el lado donde no estaba la columnata, y cada abertura estaba cubierta por una reja dorada.

Aunque la Curia Pompeya provocaba muchos gestos de desdén porque resultaba demasiado ostentosa, el interior no era lo que realmente ofendía. Lo que ofendía era la estatua de sí mismo que Pompeyo había erigido en la parte de atrás del estrado curul. Era exactamente de su misma altura (por lo tanto no era un insulto a los dioses), y lo representaba tal como Pompeyo había sido en la época de su primer consulado, hacía veinte años: un hombre grácil, fornido, de treinta y seis años, con un pelo dorado impresionante, brillantes ojos azules y un rostro solemne y redondo, claramente no romano. El escultor había sido el mejor, y también era el mejor el pintor que había coloreado los tonos de la carne de Pompeyo, su pelo, sus ojos, los zapatos senatoriales de color marrón con las hebillas en forma de cuarto creciente de luna. Sólo la toga y lo que se veía de la túnica se habían hecho al nuevo estilo: no eran pintadas, sino que estaban hechas de mármol muy pálido, blanco para la tela de la toga y la túnica, púrpura para el borde de la toga y la franja *latus clavus* de la túnica. Como había hecho que colocaran la estatua sobre un plinto de más de un metro de altura, Pompeyo el Grande sobresalía por encima de todos y presidía indiscutiblemente cualquier reunión del Senado que se celebrase allí. ¡Qué arrogancia! ¡Qué insufrible engreimiento!

Prácticamente los cuatrocientos senadores presentes en Roma acudieron a la Curia Pompeya a aquella reunión en las calendas de marzo largamente esperada. Hasta cierto punto, Cayo Marcelo el Viejo tenía razón al pensar que Pompeyo quería obligar al Senado a reunirse en su curia porque éste la ignoró por completo hasta que su querida cámara fue destruida por el fuego; pero Marcelo el Viejo no dio un paso más en su razonamiento y no pensó que últimamente el Senado no tenía más opción que reunirse fuera del recinto sagrado de Roma para cualquier sesión que atrajera a tantos senadores como para llenar la cámara. Lo cual significaba que Pompeyo podía asistir a aquellas reuniones en persona mientras retenía cómodamente su *imperium* de gobernador de las Hispanias; como su ejército estaba en Hispania y él era, además, supervisor del suministro de grano, disfrutaba del lujo de vivir justo a las afueras de Roma y de poder viajar libremente por toda Italia, dos cosas que habitualmente les estaban prohibidas a los gobernadores de provincias.

El alba estaba justo empezando a clarear el cielo por encima del monte Esquilino cuando los senadores empezaron a esparcirse por el jardín peristilo, donde muchos de ellos prefirieron quedarse hasta que el magistrado convocante, Lucio Emilio Lépido Paulo, decidiera hacer su aparición. Se juntaron en pequeños grupos de pensamiento político común y hablaban con más animación de la que normalmente tenían a una hora tan temprana del día; aquélla prometía ser una reunión muy importante, por lo que había mucha expectación. A todo el mundo le gusta ver caer de bruces al ídolo, y aquel día todos estaban convencidos de que César, ídolo del pueblo, caería de bruces.

Los líderes de los *boni* estaban de pie en la parte trasera de la columnata propiamente dicha, a las puertas de la Curia Pompeya: Catón, Enobarbo, Metelo Escipión, Marco Marcelo (el cónsul junior del año anterior), Apio Claudio, Léntulo Spinther, Cayo Marcelo el Viejo (el cónsul junior del año en curso), Cayo Marcelo el Joven (que se predecía que sería cónsul el año siguiente), Fausto Sila, Bruto y dos tribunos de la plebe.

—¡Un gran día, un gran día! —ladró Catón con aquella voz ronca suya.

—El principio del fin de César —dijo Lucio Domicio Enobarbo muy sonriente.

—Pues no carece de apoyo —se aventuró a decir Bruto con cierta timidez—. Veo que Lucio Pisón, Filipo, Lépido, Vatia Isáurico, Mesala Rufo y Rabirio Póstumo están muy juntitos. Parecen llenos de confianza.

—¡No son más que chusma! —sentenció Marco Marcelo lleno de desdén.

—Pero ¿quién sabe cómo van a opinar los del banco de atrás cuando llegue el momento de votar? —preguntó Apio Claudio, que estaba sometido a cierta tensión debido al hecho de que su juicio por extorsión aún no había concluido.

—Más votarán a nuestro favor que a favor de César —dijo el altivo Metelo Escipión.

En aquel momento hizo su aparición Paulo, el cónsul senior, detrás de los lictores e hizo su entrada en la Curia Pompeya. Los senadores entraron detrás de él, todos ellos con un criado que les llevaba el taburete plegable, algunos incluso con escribas que revoloteaban dispuestos a tomar apuntes al pie de la letra de aquella histórica reunión.

Se dijeron las plegarias y se hizo el sacrificio, los auspicios parecían favorables; los miembros de la Cámara se instalaron en sus taburetes y los magistrados curules en las sillas de marfil, encima del estrado de mármol blanco y azul dominado por la estatua de Pompeyo el Grande.

El cual se sentó en la grada de más abajo, a la izquierda del estrado, con la toga ribeteada de púrpura; miraba directamente al estrado y tenía los ojos puestos en el rostro de su propia efigie, mientras en los labios le asomaba una ligera sonrisa debido a la ironía de todo aquello. ¡Qué maravilloso día iba a ser aquél! Iba a ver cómo le cortaban las alas al único hombre que tenía posibilidades de eclipsarlo a él. Y todo sin que él, Cneo Pompeyo Magno, hubiera dicho una sola palabra. Nadie podría señalarle con el dedo y acusarle de conspirar para desbancar a César, todo iba a ocurrir sin que necesitase hacer nada más que estar allí. Naturalmente, votaría a favor de despojar a César de sus provincias, pero eso es lo que iba a hacer la mayor parte de la Cámara. Hablar sobre el tema no pensaba hacerlo, aunque se lo pidieran. Los *boni* eran muy capaces de desplegar toda la oratoria que hiciera falta.

Paulo, que tenía las *fasces* durante el mes de marzo, estaba sentado en su silla curul un poco por delante de la de Cayo Marcelo el Viejo, los ocho pretores y dos ediles curules que habían tomado asiento detrás de ellos.

Justo debajo de la parte delantera del estrado curul se encontraba un banco de madera largo, macizo y muy pulido. Allí se sentaban los diez tribunos de la plebe, los hombres elegidos por la plebe para salvaguardar los intereses de su clase y mantener a los patricios en su lugar. O por lo menos así fue en los albores de la República, época en que los patricios controlaban el Senado, el consulado, los tribunales, la asamblea centuriada y todos los aspectos de la vida pública. Pero aquella situación no duró demasiado una vez que se deshicieron de los reyes de Roma. La plebe había subido mucho, eran los plebeyos los que poseían cada vez más dinero y querían tener una participación mayor en el gobierno. Durante cien años el duelo de ingenios y voluntades entre el patriciado y la plebe había persistido, y era el patriciado quien tenía las de perder. Al final la plebe ganó el derecho a que por lo menos uno de los cónsules fuera plebeyo, y también a tener la mitad de las plazas en los colegios pontificios y el derecho a llamar nobles a las familias plebeyas una vez que alguno de sus miembros alcanzase el rango de pretor, y estableció el colegio de tribunos de la plebe que juraba velar por los intereses de su clase aunque ello les costara la vida.

A partir de entonces, y con el paso de los siglos, el papel de los tribunos de la plebe había cambiado. Poco a poco el conjunto de hombres romanos que formaban esta clase, la asamblea plebeya, había asumido el principal papel en la elaboración de las leyes, y los tribunos de la plebe pasaron de servir sólo para bloquear el poder del patriciado, a proteger los intereses de los hombres de negocios caballeros que formaban el núcleo de la asamblea plebeya y le dictaban la política al Senado.

Después empezó a emerger una clase especial de tribunos de la plebe que culminó en las figuras de dos grandes nobles plebeyos, los hermanos Tiberio y Cayo Sempronio Graco. Ellos utilizaron su cargo y la asamblea plebeya para despojar de poder a la plebe y al patriciado y darles un poco de ese poder a los que eran de extracción social más humilde y tenían pocos medios económicos. Ambos murieron de un modo espantoso a pesar de todas las molestias que se tomaron, pero su recuerdo vivió durante mucho tiempo. A ellos les siguieron en el cargo otros grandes hombres muy diferentes en objetivos e ideales, como Cayo Mario, Saturnino, Marco Livio Druso, Sulpicio, Aulo Gabinio, Tito Labieno, Publio Vatinio, Publio Clodio y Cayo Trebonio. Pero en los casos de Gabinio, Labieno, Vatinio y Trebonio se estableció un fenómeno totalmente nuevo: pertenecían a un hombre en particular que les dictaba la forma de actuar; Pompeyo en el caso de Gabinio y Labieno, y César en el caso de Vatinio y Trebonio.

Casi quinientos años de tribunado de la plebe estaban encarnados en los diez hombres que se sentaban en el banco largo aquel primer día de marzo, todos ellos vestidos con una toga blanca lisa, ninguno con derecho a lictores, ninguno sujeto a los rituales religiosos que rodeaban a todos los demás ejecutivos romanos. Ocho de ellos llevaban en el Senado dos o tres años antes de presentarse como candidatos al tribunato de la plebe, y dos de ellos habían entrado en el Senado al ser elegidos para el cargo. Y nueve de los diez eran auténticas nulidades, hombres cuyos nombres y rostros no irían más allá del tiempo que durasen en el cargo.

No ocurría así con Cayo Escribonio Curión, quien, como presidente del colegio, ocupaba el centro del banco tribunicio. Representaba bien el papel de tribuno de la plebe, con aquel rostro de golfo pecoso, aquella mata rebelde de cabello rojo vivo, aquella vívida aura de enorme energía y entusiasmo. Orador brillante del que se sabía que era conservador en sus opiniones políticas, Curión era hijo de un hombre que ejerció de censor y también de cónsul, y el joven Curión fue uno de los más destacados oponentes durante el año del consulado de César, aunque entonces no tenía edad suficiente para entrar en el Senado.

Algunas de sus leyes desde que entró en posesión del cargo el décimo día del diciembre último eran sorprendentes y parecían insinuar que el gusanillo del extremismo radical tribunicio le había picado más profundamente de lo que se esperaba en él. Primero intentó, sin éxito, introducir un proyecto de ley que otorgaba al nuevo encargado del mantenimiento de las carreteras un *imperium* proconsular de cinco años, y muchos *boni* suspicaces consideraron que aquello no era más que una artimaña para darle a César otro mando, aunque no fuera militar. Luego, como pontífice, trató de convencer al colegio de pontífices de que intercalasen otros veintidós días extra en el año al final de febrero; lo que habría pospuesto las calendas de marzo y la discusión acerca de las provincias de César durante veintidós días enormemente valiosos. De nuevo salió derrotado. Cuando lo de las carreteras se limitó a encogerse de hombros como si aquello no tuviese mayor importancia, pero era evidente que lo de intercalar un mes *mercedonius* lo consideraba un asunto muy serio, porque cuando el colegio de pontífices se obstinó en no hacerle caso, Curión se enojó tanto que les dijo lo que pensaba exactamente de ellos. Una reacción que provocó que Celio, el gran amigo de Cicerón, le escribiera a Cilicia y le informase a éste de que, en su opinión, Curión estaba comprado por César.

Por suerte aquella astuta suposición no llegó a oídos de nadie que tuviera influencia, así que aquel día, el de las calendas de marzo, Curión estaba sentado con una expresión que indicaba que los procedimientos programados le interesaban, pero no de un modo excesivo. Al fin y al cabo, a los tribunos de la plebe se les había puesto una mordaza por medio de aquel decreto inconstitucional que les prohibía vetar el debate de las provincias de César en la Cámara so pena de ser automáticamente acusados y hallados culpables de traición.

Paulo puso la reunión en manos de Cayo Claudio Marcelo el Viejo nada más declarar abierta la sesión de la Cámara.

—Honorable cónsul senior, censores, consulares, pretores, ediles, tribunos de la plebe, cuestores y padres conscriptos —comenzó a decir Cayo Marcelo el Viejo que estaba en pie—. Esta reunión se ha convocado para tratar del proconsulado de Cayo Julio César, gobernador de las tres Galias y de Iliria, de acuerdo con la ley que los cónsules Cneo Pompeyo Magno y Marco Licinio Craso pusieron en vigor hace cinco años en la asamblea popular. Como está estipulado en la *lex Pompeia Licinia*, hoy esta cámara puede discutir libremente qué se va a hacer con el cargo de Cayo César, con sus provincias, con su ejército y con su *imperium*. De acuerdo a como era la ley en la época en que fue puesta en vigor la *lex Pompeia Licinia*, la Cámara habría debatido a cuál de los magistrados superiores en el cargo en este año prefería mandar a gobernar las provincias de Cayo César en marzo del año que viene, la fecha más tardía que permite la *lex Pompeia Licinia*. No obstante, durante el consulado en solitario de Cneo Pompeyo Magno hace dos años, se cambió la ley. Ahora es posible que la Cámara lleve a debate las cosas de un modo nuevo y diferente. Es decir, hay un pequeño grupo de hombres sentados aquí que han sido pretores o cónsules, pero que en su día rehusaron gobernar una provincia una vez terminado su servicio en el cargo. De manera plenamente legal, esta Cámara puede decidir echar mano de esas reservas y nombrar un nuevo gobernador o gobernadores para Iliria y las tres Galias inmediatamente. Los cónsules y pretores que están en el cargo este año no podrán ir a gobernar una provincia hasta que hayan pasado cinco años, pero en modo alguno podemos permitir que Cayo César continúe gobernando cinco años más, ¿no es cierto? —Cayo Marcelo el Viejo hizo una pausa; en aquel rostro moreno, no carente de atractivo, se reflejaba el regocijo. Nadie habló, así que continuó—: Como todos los presentes aquí hoy sabemos, Cayo César ha obrado prodigios en sus provincias. Hace ocho años empezó con Iliria, la Galia Cisalpina y la Galia Transalpina que formaban la provincia de la Galia romana. Hace ocho años empezó con dos legiones destinadas en la Galia Cisalpina y una en la Provenza. Hace ocho años empezó a gobernar tres provincias que se encontraban en paz, tal como habían estado durante mucho tiempo. Y durante su primer año el Senado le permitió actuar para impedir que la migratoria tribu de los helvecios entrase en la Provenza. Pero ello no le autorizaba a entrar en aquella región conocida como Galia Comata y hacer la guerra contra Ariovisto, rey de los germanos suevos, que tenían el título de amigos y aliados del pueblo de Roma. Ello no le autorizaba a reclutar más legiones. No le autorizaba, después de someter al rey Ariovisto, a marchar más allá hasta adentrarse en la Galia de los cabelleras largas y entablar una guerra con las tribus que no tenían alianzas con Roma. Ello no le autorizaba a establecer colonias de, por así decir, ciudadanos romanos más allá del río Po en la Galia Cisalpina. Ello no le autorizaba a reclutar y numerar sus legiones de galos italianos no ciudadanos como si fueran legiones en toda regla y completamente romanas. Ello no le autorizaba a hacer la guerra, la paz, ni a llevar a cabo tratados o arreglos en la Galia de los cabelleras largas. Ello tampoco le autorizaba a maltratar a embajadores de buena posición procedentes de ciertas tribus germánicas.

—¡Muy bien, muy bien! —gritó Catón.

Los senadores murmuraron, se removieron, parecían incómodos; Curión estaba sentado en el banco tribunicio y miraba a lo lejos; Pompeyo también estaba sentado, muy quieto, y seguía mirando su propio rostro al fondo del estrado curul; y Lucio Enobarbo, un hombre calvo y de facciones salvajes, se sentaba con una sonrisa desagradable.

—El Tesoro no puso objeciones a ninguna de esas acciones desautorizadas —apuntó Marco Marcelo el Viejo con afabilidad—. Y tampoco, en general, pusieron objeciones los miembros de este augusto cuerpo. Porque las actividades de Cayo César comportaban grandes beneficios para Roma, para su ejército y para él mismo. Lo convirtieron en un héroe a los ojos de las clases humildes, quienes adoran ver cómo Roma acumula poder y riqueza, y gustan de las valerosas hazañas de sus generales en el extranjero. Esas actividades le capacitaron para comprar lo que era incapaz de conseguir de la buena voluntad de los hombres: partidarios en el Senado, tribunos de la plebe domesticados, una facción dominante en las asambleas tribales de Roma y los rostros de miles de sus soldados entre los votantes de las centurias en el Campo de Marte. Y le permitieron imponer su nuevo estilo de gobernar: le capacitaron para cambiar la sagrada *mos maiorum* de Roma, según la cual a ningún gobernador romano se le permitía invadir territorios que no pertenecieran a Roma con objeto de conquistarlos sin más motivo que reforzar su gloria personal. Porque, ¿qué tenía Roma que ganar con la conquista de la Galia Comata comparado con lo que tenía que perder? Las vidas de sus ciudadanos, tanto de aquellos que estaban bajo las armas como de los que de algún modo se habían implicado en ocupaciones pacíficas. El odio de pueblos que saben poco de Roma y no quieren tratos con ella. Pueblos que no habían, repito, no habían intentado invadir territorio romano ni propiedades romanas en modo alguno hasta que César les provocó. Roma, en la persona de Cayo César y de su enorme e ilegalmente reclutado ejército, entraron en las tierras de pueblos pacíficos y las arrasaron. ¿Y cuál era el verdadero motivo? Que César se enriqueciese con la venta de un millón de esclavos galos, tantos que de vez en cuando incluso podía permitirse mostrarse generoso y regalar esclavos a aquel enorme e ilegalmente reclutado ejército. Roma se ha visto enriquecida, sí, pero Roma ya es rica gracias a las guerras absolutamente legales y defensivas llevadas a cabo por muchos hombres que ya han muerto y por otros, como nuestro honorable consular Cneo Pompeyo Magno, que se encuentran aquí sentados hoy. ¿Cuál era el verdadero motivo? Convertir a César en un héroe para el pueblo, provocar que esa chusma maleducada y visceral quemase a su hija en nuestro reverenciado Foro Romano y forzar a los magistrados a acceder a que ella fuera depositada en una tumba del Campo de Marte, entre los héroes de Roma. Y digo esto sin intención de insultar en modo alguno al honorable consular Cneo Pompeyo Magno, pues ella era su esposa. Pero el hecho sigue siendo que Cayo César provocó aquella reacción en el pueblo, y fue por Cayo César por quien lo hicieron.

Pompeyo estaba ahora sentado muy erguido; inclinaba la cabeza regiamente hacia Cayo Marcelo el Viejo y parecía que estuviese sufriendo una dolorosa aflicción mezclada con un agudo ataque de vergüenza.

Curión, con el rostro impasible, seguía acomodado en su asiento y escuchaba todo lo que se decía mientras se le hundía el corazón. El discurso era muy bueno, muy razonable y estaba muy bien confeccionado para atraer la atención de los miembros de aquel cuerpo exclusivo con conciencia de superioridad. Sonaba como si fuera correcto, acertado y constitucional. Estaba cayendo extremadamente bien entre los senadores de los bancos de atrás y entre los de las gradas del medio, cuya lealtad oscilaba de un lado a otro como un árbol joven en un vendaval. Para algunos, aquel discurso era incontestable. César era despótico. Pero después de aquel discurso, ¿cómo contrarrestarlo del único modo posible, que era poniendo en evidencia que César en modo alguno era el primero ni el único gobernador y general romano que se había lanzado a conquistar tierras? ¿Y cómo convencer a aquellos ratones lúgubres de que César sabía lo que estaba haciendo, que todo ello era en realidad para salvaguardar Roma, Italia y los territorios de Roma de la invasión de los germanos? Suspiró sin hacer ruido, metió la cabeza entre los hombros y empujó los pies hacia adelante para poder apoyar la espalda contra el frío mármol blanco y azul de la parte frontal del estrado curul.

—Yo digo que ya va siendo hora de que este augusto cuerpo ponga fin a la carrera de ese hombre, Cayo Julio César —continuó Cayo Marcelo el Viejo—. Un hombre cuya familia y relaciones son tan altas que verdaderamente se considera a sí mismo por encima de la ley, por encima de los dogmas de la *mos maiorum*. Es otro Lucio Cornelio Sila. Tiene el derecho por nacimiento, la inteligencia y la habilidad de hacer posible cualquier cosa que desee. Bien, todos nosotros sabemos lo que le ocurrió a Sila. Y también lo que le ocurrió a Roma bajo el poder de Sila. Se tardó más de dos décadas en reparar el daño causado por Sila, las vidas que quitó, las indignidades que nos infligió, el grado de autocracia que acumuló para sí mismo y que utilizó sin piedad.

»Yo no digo que Cayo Julio César haya seguido deliberadamente el modelo de Lucio Cornelio Sila. No creo que ésta sea la manera de pensar de los hombres de esas increíblemente antiguas familias patricias. Pienso que se creen que están un poco por debajo de los dioses a los que sinceramente veneran, y que, si se les permite desmandarse, nada queda fuera del alcance de su temeridad o de sus ideas acerca de a qué tienen derecho. —Tomó aliento y miró directamente a Lucio Aurelio Cotta, el tío más joven de César, quien durante todos los años del proconsulado de César había mantenido una imperturbable objetividad—. Todos sabéis que Cayo César espera presentarse como candidato para el consulado *in absentia*. Para ello tiene que cruzar el *pomerium* y entrar en la ciudad para presentar su candidatura, y en el momento en que haga eso abandona su *imperium*. Momento en el cual algunos de los que estamos aquí hoy y yo mismo presentaremos acusaciones contra él por las muchas acciones que ha emprendido sin autorización. ¡Son acusaciones de traición, padres conscriptos! Reclutar legiones sin autorización, invadir las tierras de pueblos no beligerantes, otorgar nuestra ciudadanía a hombres que no tenían derecho a ella, fundar colonias con esos mismos hombres y llamarlos romanos, asesinar a embajadores que acudieron a él de buena fe. ¡Todas esas actividades son delitos de traición! César tendrá que someterse a juicio bajo muchas acusaciones, y se le declarará culpable. Porque los tribunales serán especiales y habrá más soldados en el Foro Romano que los que Cneo Pompeyo puso allí durante el juicio de Milón. No escapará a su justo castigo. Todos sabéis eso. Así que pensadlo con detenimiento.

»Voy a proponer una moción para despojar a Cayo Julio César

de su *imperium*, de sus provincias y de su ejército, y lo haré *per discessionem*, por división de la Cámara. Además, propongo que a Cayo César se le despoje de toda su autoridad proconsular, de su *imperium* y de sus derechos en el mismo día de hoy, las calendas de marzo, en el año del consulado de Lucio Emilio Lépido Paulo y Cayo Claudio Marcelo.

Curión no se movió, no se irguió en el asiento ni alteró aquel informal estiramiento de piernas. Sólo dijo:

—Veto tu moción, Cayo Marcelo.

El grito ahogado y colectivo de casi cuatrocientos pares de pulmones que se alzó sonó fuerte como el viento, e inmediatamente fue seguido de roces, de murmullos, de taburetes que arrastraban por el suelo y por uno o dos pares de manos que aplaudían.

A Pompeyo se le salían los ojos de las órbitas. Enobarbo emitió un largo aullido y Catón permaneció sentado sin encontrar palabras que pronunciar. Cayo Marcelo el Viejo fue quien se recuperó antes que nadie.

—Propongo que a Cayo Julio César se le despoje de su *imperium*, de sus provincias y de su ejército en este mismo día, las calendas de marzo, en el año del consulado de Lucio Emilio Lépido Paulo y de Cayo Claudio Marcelo —dijo en voz muy alta.

—Veto tu moción, cónsul junior —repitió Curión.

Se produjo entonces un curioso silencio durante el que nadie se movió ni habló. Todos los ojos estaban clavados en Curión, cuya cara permanecía fuera de la vista de aquellos senadores que se encontraban en el estrado curul, pero resultaba visible para todos los demás.

Catón se puso en pie de un salto.

—¡Traidor! —rugió—. ¡Traidor, traidor, traidor! ¡Que lo detengan!

—¡Oh, tonterías! —exclamó Curión, y se levantó del banco y se adelantó hacia el centro del suelo púrpura y blanco, donde se detuvo con los pies separados y la cabeza alta—. ¡Eso son tonterías, Catón, y tú lo sabes! Lo único que tus sapitos y tú aprobasteis fue un decreto senatorial que no tiene validez ante la ley ni la más leve y remota relevancia para la constitución. ¡Ningún decreto senatorial que no esté apoyado por una ley marcial puede privar a un tribuno de la plebe elegido en toda regla de su derecho a interponer el veto! ¡Yo veto la moción del cónsul junior, y seguiré vetándola! ¡Tengo derecho a ello! ¡Y no intentéis decirme que me sacaréis y me juzgaréis por traición en un juicio rápido y luego me arrojaréis por el borde del monte Tarpeyo! ¡La plebe nunca lo consentiría! ¿Quién te crees que eres, un patricio de los de antes de que la plebe pusiera a los patricios en el lugar que les corresponde? ¡Para ser alguien que suelta unas peroratas interminables acerca de la arrogancia y la conducta sin respeto a la ley de los patricios, Catón, tú te comportas de forma notable como uno de ellos. ¡Pues bien, son tonterías! ¡Siéntate y cierra la boca! ¡Yo veto la moción del cónsul junior!

—¡Oh, maravilloso! —gritó una voz desde más allá de las puertas abiertas—. ¡Curión, te adoro! ¡Te venero! ¡Es maravilloso, maravilloso!

Y allí estaba de pie Fulvia, rodeada de un halo de luz que entraba del jardín; tenía el vientre inconfundible abultado debajo de la túnica de color naranja y azafrán, y el bonito rostro iluminado.

Cayo Marcelo el Viejo tragó saliva; todo su cuerpo comenzó a temblar y acabó por perder los nervios.

—¡Lictores, sacad de aquí a esa mujer inmediatamente! —ordenó a grandes voces—. ¡Arrojadla a las calles, que es el lugar que le corresponde!

—¡No os atreváis a ponerle ni un dedo encima! —dijo Curión con desprecio—. ¿Dónde dice que un ciudadano romano de cualquiera de los dos sexos no puede escuchar desde el exterior cuando las puertas del Senado están abiertas? ¡Tocad a la nieta de Cayo Sempronio Graco y seréis linchados por esa chusma maleducada e irascible que vosotros despreciáis, Marcelo!

Los lictores titubearon y Curión aprovechó la ocasión. Caminó con paso majestuoso, cogió a su esposa por los hombros y la besó ardientemente.

—Vete a casa, Fulvia, eres una buena chica.

Y Fulvia, sonriendo vaporosamente, se marchó.

Curión regresó al centro de la pista y le sonrió con ironía a Marcelo el Viejo.

—¡Lictores, detened de inmediato a este hombre! —dijo con voz temblorosa Cayo Marcelo el Viejo, tan enfadado que tenía algunas burbujas de saliva acumuladas en las comisuras de los labios y temblaba violentamente—. ¡Detenedle! ¡Yo lo acuso de traición y declaro que no es apto para estar en libertad! ¡Arrojadlo a las Lautumiae!

—¡Lictores, yo os ordeno que os quedéis donde estáis! —les dijo Curión con una autoridad impresionante—. ¡Soy un tribuno de la plebe a quien se le está obstaculizando en el cumplimiento de sus deberes tribunicios! ¡He ejercido mi veto en una asamblea legal de hombres senatoriales, como es mi derecho, y no existe ningún decreto de emergencia que me impida hacerlo así! ¡Os ordeno que detengáis al cónsul junior por intentar obstruir a un tribuno de la plebe mientras está ejerciendo sus derechos inviolables! ¡Detened al cónsul junior!

Paralizado hasta aquel momento, Paulo se puso trabajosamente en pie y le hizo una seña al jefe de sus lictores, que tenía en las manos las *fasces*, para que diese unos golpes en el suelo con el haz de varas.

—¡Orden! ¡Orden! —rugió Paulo—. ¡Quiero orden! ¡Esta reunión tiene que llevarse a cabo en orden!

—¡Es mi reunión, no la tuya! —le gritó Marcelo el Viejo—. ¡Manténte al margen, Paulo, te lo advierto!

—¡Yo soy el cónsul que tiene las *fasces*, y eso significa que la reunión es mía, cónsul junior! —gritó con voz de trueno el habitualmente letárgico Paulo—. ¡Siéntate! ¡Que se siente todo el mundo! ¡O tenemos orden o haré que mis lictores disuelvan esta reunión! ¡Por la fuerza si hace falta! ¡Cierra la boca, Catón! ¡Ni lo pienses siquiera, Enobarbo! ¡Quiero orden! —Miró con enojo al impenitente Curión, que parecía un perrito especialmente travieso que saltara sin asustarse entre una manada de lobos—. Cayo Escribonio Curión, respeto tu derecho a ejercer el veto, y estoy de acuerdo en que obstruir tu derecho es anticonstitucional. Pero creo que esta Cámara merece oír los motivos por los que has interpuesto el veto. Tienes la palabra.

Curión asintió, se pasó la mano por la cabeza pelirroja y pareció hambriento porque aquello le daba una oportunidad de lamerse los labios. ¡Oh, lo que daría por un trago de agua! Pero pedirlo sería una debilidad.

—Mi agradecimiento, cónsul senior. No hay necesidad de extenderse sobre las medidas legales que ciertos hombres aquí presentes puedan proyectar para tomarlas contra el cónsul Cayo Julio César. Esas medidas no tienen relevancia alguna, y ha sido inapropiado que el cónsul junior las haya mencionado en su discurso. Tendría que haberse limitado a enumerar los motivos por los que desea proponer que se despoje a Cayo César de su proconsulado y de sus provincias.

Curión avanzó hasta el mismo borde de la pista y permaneció de pie de espaldas a las puertas, ahora cerradas. Desde aquel lugar estratégico podía ver todas las caras, incluidas las del estrado curul, y toda la estatua de Pompeyo.

—El cónsul junior ha declarado que Cayo César invadió pacíficos territorios no romanos para realzar su propia gloria personal. Pero no es así. Ariovisto, el rey de los germanos suevos, firmó un tratado con la tribu celta de los secuanos para asentarse en un tercio de las tierras de éstos, y fue para animar una actitud amistosa por parte de los germanos por lo que el mismísimo Cayo César le aseguró al rey Ariovisto el título de amigo y aliado del pueblo de Roma. Pero el rey Ariovisto rompió el tratado al traer a esta parte del río Rin a muchos más suevos de lo que permitía el tratado y al desvalijar a los secuanos. Los cuales a su vez amenazaron a los eduos, que han disfrutado del título de amigos y aliados del pueblo de Roma desde hace mucho tiempo. Cayo César actuó para proteger a los eduos, tal como tenía obligación de hacer según los términos del tratado que los eduos tienen con nosotros.

»Más tarde decidió, después de toparse con el poder de los germanos en persona —continuó diciendo Curión—, buscar tratados de amistad para Roma entre los pueblos celtas y belgas de la Galia Comata, y fue por ese motivo por el que entró en sus tierras, no para hacer la guerra.

—¡Oh, Curión, nunca pensé que vería alguna vez al hijo de tu padre rebozarse con la mierda de Cayo César y limpiársela a lametazos! —exclamó Marco Marcelo—. *¡Gerrae!* ¡Tonterías! ¡Un hombre que quiere hacer tratados no avanza a la cabeza de un ejército, y eso es lo que hizo César!

—¡Orden! —pidió Paulo con voz potente.

Curión movió la cabeza de un lado a otro, como si deplorase la estupidez de Marco Marcelo.

—Avanzó con un ejército porque es un hombre prudente, Marco Marcelo, no un tonto como tú. Ninguna *pilum* romana se arrojó en un acto de agresión que no fuera provocado, ni se destrozaron las tierras de ninguna tribu. César cerró tratados de amistad, tratados tangibles y legalmente vinculantes, todos los cuales están clavados en las paredes de Júpiter Feretrio... ¡Ve a verlos si dudas de mí! Sólo cuando se quebrantaron esos tratados por el uso de la fuerza de los galos, se lanzó alguna *pilum* romana, se desenvainó una espada romana. ¡Lee los siete *Comentarios* de Cayo César! ¡Puedes comprarlos en cualquier librería! Porque parece que no oíste hablar cuando se enviaron a este augusto cuerpo en forma de despachos oficiales.

—¡Tú no eres digno de llamarte Escribonio Curión! —le espetó Catón amargamente—. ¡Traidor!

—¡Soy lo bastante digno de ello como para querer que salgan a la luz los dos lados de este asunto! —le dijo con brusquedad Curión frunciendo el ceño—. ¡No he interpuesto mi veto por ningún otro motivo más que el hecho de que he visto claramente que el cónsul junior y el resto de los *boni* no están dispuestos a tolerar que nadie defienda a un hombre que no está aquí para defenderse a sí mismo! No me gusta la idea de castigar a nadie sin permitirle que se defienda. Y me parece que es una cosa digna de un tribuno de la plebe el encargarse de que se haga justicia. Repito, Cayo César no fue el agresor en la Galia de los cabelleras largas.

»En cuanto a las alegaciones de que César reclutó legiones sin autoridad para hacerlo, quiero recordaros que vosotros mismos disteis el visto bueno al reclutamiento de cada una de esas legiones, ¡y acordasteis pagarlas!, cuando la situación en la Galia se fue haciendo cada vez más grave.

—¡Después del hecho consumado! —le gritó Enobarbo—. ¡Se dio el visto bueno después del hecho consumado! ¡Y eso ante la ley no constituye ninguna autorización!

—Siento mucho no estar de acuerdo, Lucio Domicio. ¿Qué me

dices de las muchas acciones de gracias a César que esta Cámara ha votado? ¿Y acaso alguna vez se ha quejado el Tesoro de que las riquezas que Cayo César vertió en él fueran riquezas que no estaban aprobadas ni se deseaban ni se necesitaban? Los gobiernos nunca tienen bastante dinero, porque los gobiernos no ganan dinero, lo único que hacen es gastarlo. —Curión se volvió para mirar directamente a Bruto, quien se encogió visiblemente—. Yo no veo ninguna prueba de que los *boni* encuentren las acciones de sus propios partidarios reprobables, pero ¿qué clase de acción preferiría la mayoría de esta Cámara? ¿Las represalias directas, sin disimular y muy legales de Cayo César en la Galia, o las represalias furtivas, crueles y muy poco legales que Marco Bruto tomó contra los ancianos de la ciudad de Salamina en Chipre cuando no pudieron pagar el cuarenta y ocho por ciento de interés compuesto que los secuaces de Bruto les exigían? He oído decir que Cayo César juzgó a ciertos jefes de tribu galos y los ejecutó. He oído decir que Cayo César mató a muchos jefes de tribu galos en una batalla. He oído decir que Cayo César hizo cortar las manos de cuatro mil hombres galos que habían guerreado espantosamente contra Roma en Alesia y Uxellodunum. ¡Pero en ninguna parte he oído que Cayo César prestase dinero a no ciudadanos y luego los encerrase en su propia sala de reuniones hasta que murieran de hambre! ¡Y eso es lo que hizo Marco Bruto, este eminente ejemplo de todo lo que un joven senador romano debería ser!

—Eso es una infamia, Cayo Curión —protestó Bruto hablando entre dientes—. Los ancianos de Salamina no murieron porque yo provocase su muerte.

—Pero lo sabes todo acerca de ellos, ¿verdad?

—¡A través de las maliciosas cartas de Cicerón, sí!

Curión continuó hablando.

—En cuanto a las alegaciones de que César concedió ilegalmente la ciudadanía romana, decidme: ¿en qué ha actuado él, aunque sea un poco, en modo diferente al modo en que actuó nuestro querido pero inconstitucional Cneo Pompeyo Magno? ¿O Cayo Mario, antes que él? ¿O cualquiera de los muchos otros gobernadores provinciales que fundaron colonias? ¿Quién reclutó a hombres con los Derechos Latinos en vez de hacerlo con la plena ciudadanía? Nos movemos en un terreno difícil, padres conscriptos, que no puede decirse que haya empezado con Cayo César. Se ha convertido en una parte de la *mos maiorum* recompensar a hombres que poseen los Derechos Latinos con la plena ciudadanía cuando sirven en los ejércitos de Roma legal, fielmente, y muy a menudo heroicamente. ¡Y ninguna de las legiones de César puede considerarse una mera legión auxiliar, llena de no ciudadanos! En cada una de esas legiones hay ciudadanos romanos sirviendo en ella.

Cayo Marcelo el Viejo hizo una mueca de burla y desprecio.

—¡Para ser alguien que dice que éste no es el momento ni el lugar de hablar de las acusaciones de traición que se presentarán contra Cayo César en cuanto deponga su *imperium*, Cayo Curión, te has pasado mucho rato hablando como si fueras tú quien representase la defensa de César en esos juicios!

—Sí, puede que parezca eso —aceptó Curión enérgicamente—. Sin embargo, ahora llegaré al meollo del asunto, Cayo Marcelo. Está contenido en la carta que este cuerpo le envió a Cayo César a principios del año pasado. César escribió pidiéndole al Senado que lo tratase exactamente igual que había tratado a Cneo Pompeyo Magno, quien se presentó como candidato a cónsul sin colega *in absentia* porque estaba a la vez gobernando las Hispanias y cuidando del suministro de grano de Roma. ¡Bueno, claro, no hay ningún problema!, dijeron los padres conscriptos ratificando muy gustosamente una de las medidas más inconstitucionales que se hayan concebido nunca en las fértiles mentes de esta Cámara, y lo hicieron con grandes prisas a través de una asamblea tribal de escasa asistencia. Pero para Cayo César, el igual de Pompeyo Magno en todos los aspectos, esta Cámara no encontró nada mejor que decir que... ¡come un poco de mierda, César! —El pequeño y valiente terrier enseñó los dientes—. Yo os diré lo que pienso hacer, padres conscriptos. Continuaré ejerciendo mi veto en el asunto de los cargos de gobernador de Cayo César en sus provincias hasta que el Senado acuerde tratar a Cayo César exactamente del mismo modo en que se complace en tratar a Cneo Pompeyo Magno. Retiraré mi veto con una condición: ¡que sea lo que sea lo que se le haga a Cayo César, se le haga también en el mismo y preciso momento a Cneo Pompeyo! ¡Si esta Cámara despoja a Cayo César de su *imperium*, de sus provincias y de su ejército, entonces esta Cámara debe también en el mismo instante despojar a Cneo Pompeyo de su *imperium*, de sus provincias y de su ejército!

Todos se irguieron en sus asientos. Pompeyo estaba mirando fijamente a Curión en lugar de estar admirando su propia estatua, y la pequeña banda de consulares de los que se pensaba que tenían algún tipo de alianza con César lucían unas sonrisas de oreja a oreja.

—¡Así se habla, Curión! —gritó Lucio Pisón.

—¡*Tace!* —voceó Apio Claudio, que aborrecía a Lucio Pisón.

—¡Yo propongo que se despoje a Cayo César de su *imperium*, de sus provincias y de su ejército en este mismo día! ¡Despojado! —gritó Cayo Marcelo el Viejo.

—¡Pues yo interpongo mi veto a esa moción, cónsul junior, hasta que añadas a ella que también a Cneo Pompeyo se le despoje de su *imperium*, de sus provincias y de su ejército en este mismo día! ¡Despojado!

—¡Esta Cámara decretó que si alguien trataba de interponer un veto al hablar del tema del consulado de César, se consideraría como traición! ¡De modo que tú eres un traidor, Curión, y haré que mueras por ello!

—¡También veto eso, Marcelo!

Paulo se dio impulso y se puso en pie.

—¡Se disuelve la reunión! —rugió—. ¡La Cámara queda disuelta! ¡Salid de aquí todos vosotros!

Pompeyo se quedó sentado en el taburete sin moverse mientras los senadores salían a toda prisa de su curia, aunque ahora no hallaba gozo en contemplar su propio rostro en el estrado curul. Y, significativamente, ni Catón, ni Enobarbo, ni Bruto ni ningún otro miembro de los *boni* hizo el menor ademán de dirigirse hacia él, cosa que Pompeyo quizá hubiera podido interpretar como una petición de acercarse a hablar. Sólo Metelo Escipión se reunió con él, y cuando los senadores acabaron de salir, ellos dos salieron juntos de la deslumbrante Cámara.

—Estoy atónito —comentó Pompeyo.

—Pero no más que yo.

—¿Qué le he hecho yo a Curión?

—Nada.

—¿Pues por qué me ha puesto en evidencia?

—No lo sé.

—Está comprado por César.

—Pues nos hemos enterado ahora.

—Sin embargo nunca me gustó. Solía llamarme toda clase de cosas desagradables cuando César era cónsul y luego, después de que César partió para la Galia, continuó igual.

—Antes de venderse a César pertenecía a Publio Clodio, todos sabemos eso. Y Clodio te odiaba entonces.

—¿Por qué la ha tomado conmigo?

—Porque eres enemigo de César, Pompeyo.

Los brillantes ojos azules trataron de ensancharse en la regordeta cara de Pompeyo.

—¡Yo no soy enemigo de César! —exclamó Pompeyo lleno de indignación.

—Bobadas. Pues claro que lo eres.

—¿Cómo puedes decir eso, Escipión? No eres famoso precisamente por tu inteligencia.

—En eso tienes razón —aceptó Metelo Escipión sin ofenderse—. Por eso al principio yo no sabía por qué te había puesto a ti en evidencia. Pero luego llegué a deducirlo. Recordé lo que Catón y Bíbulo decían siempre, que estás celoso de la habilidad de César. Que en lo más profundo de tu corazón tienes miedo de que César sea mejor que tú.

No habían salido de la Curia Pompeya por las puertas que daban al exterior, sino que habían elegido hacerlo por una pequeña puerta interior; al hacer uso de ella fueron a dar al peristilo de la villa que Pompeyo había construido pegada al complejo del teatro igual que, según decía Cicerón, una barquita detrás de un yate.

El primer hombre de Roma se mordió con fuerza los labios y no se encolerizó. Metelo Escipión siempre decía exactamente lo que pensaba porque no le importaba en absoluto la buena opinión que los demás tuvieran de él, pues alguien que había nacido Cornelio Escipión y tenía también sangre de Emilio Paulo en sus venas no necesitaba que los demás tuviesen buena opinión de él; ni siquiera el primer hombre de Roma. Porque Metelo Escipión poseía unos antepasados más que impecables. También poseía la inmensa fortuna que había caído sobre él después de su adopción en el seno de la familia plebeya de los Cecilios Metelos.

Sí, bueno, era cierto, aunque Pompeyo no podía admitirlo en voz alta. Hubo recelos en los primeros años de la carrera de César en la Galia de los cabelleras largas, y Vercingetórix los confirmó, les dio una forma concreta. Pompeyo devoró el despacho enviado al Senado que detallaba las proezas de aquel año: su año de consulado por tercera vez, y la mitad de él sin colega. Eclipsado. Ni un error militar. ¡Qué consumadamente habilidoso era aquel hombre! Con qué increíble rapidez se movía, qué decidido era en sus estrategias, qué flexible en sus tácticas. ¡Y qué ejército tenía! ¿Cómo lograba hacer que sus hombres lo venerasen como a un dios? Porque así era, lo veneraban. Les hacía pasar penalidades a través de dos metros de nieve, los agotaba, les pedía que pasaran hambre por él, los sacaba de los campamentos donde estaban acantonados en invierno y les hacía trabajar aún más. ¡Oh, qué tontos eran los hombres que atribuían todo eso a la generosidad de César! Unas tropas avariciosas que peleasen únicamente por dinero nunca estarían dispuestas a morir por su general, pero las tropas de César estaban dispuestas a morir por él cien veces.

Yo nunca he tenido ese don, aunque creí que sí lo tenía en los tiempos en que llamé a mis protegidos picentinos y me marché a guerrear junto a Sila. Entonces yo creía en mí mismo, y creí que mis legionarios picentinos me amaban. Quizá Hispania y Sertorio me quitaron ese don. Tuve que esforzarme mucho en aquella campaña, tuve que ver morir a mis tropas por culpa de mis propias meteduras de pata militares. Él nunca ha metido la pata. Hispania y Sertorio me enseñaron que, por supuesto, los números cuentan mucho, que es prudente tener más peso que el enemigo en el campo de batalla. Nunca he vuelto a luchar en inferioridad numérica desde entonces. Y nunca volveré a hacerlo. Pero él sí lo hace. César cree en sí mismo; nunca lo asalta la duda. Se mete tranquilamente en una batalla con una inferioridad numérica tal que da risa. Y sin embargo no malgasta hombres ni busca batalla. Prefiere hacerlo pacíficamente si puede. Luego da la vuelta por completo y les corta las manos a cuatro mil galos. Y dice que ésa es la manera de asegurar un cese de hostilidades duradero. Probablemente tenga razón. ¿Cuántos hombres perdió en Gergovia? ¿Setecientos? ¡Y lloró por ello! En Hispania yo perdí casi diez veces ese número en una sola batalla, pero no fui capaz de llorar. Quizá lo que más temo es esa espantosa cordura suya. Incluso cuando le da un arranque de ese genio tan impresionante que tiene, permanece en condiciones de pensar con realismo, de hacer que los hechos se vuelvan en su favor. Sí, Escipión tiene razón. En lo más hondo de mi corazón tengo miedo de que César sea mejor que yo...

Su esposa salió a recibirles en el atrio y le ofreció la fresca mejilla para que la besase; luego le sonrió radiante a aquel loco que era su padre. Oh, Julia, ¿dónde estás? ¿Por qué tuviste que marcharte? ¿Por qué esta mujer no podría ser como tú? ¿Por qué ésta tenía que ser tan fría?

—Pensé que la reunión no terminaría antes de la puesta de sol, pero naturalmente ordené que hicieran cena suficiente para todos nosotros —les dijo Cornelia Metela mientras los acompañaba al comedor.

Era una mujer bastante atractiva, por esa parte no había nada malo en casarse con ella. Tenía el pelo castaño espeso y brillante y lo llevaba enrollado en trenzas que le cubrían en parte las orejas; la boca era lo bastante carnosa como para que apeteciera besarla, los pechos considerablemente más abundantes que los de Julia. Y los ojos grises estaban bastante espaciados, aunque tenía los párpados un poco abultados. Se había sometido al lecho matrimonial con resignación encomiable; había perdido la virginidad porque había estado casada con Publio Craso, aunque no era, según descubrió Pompeyo, ni lo bastante experta ni lo bastante ardiente como para querer aprender a disfrutar de lo que los hombres les hacen a las mujeres. Pompeyo se enorgullecía de sí mismo por sus habilidades como amante, pero Cornelia Metela lo había derrotado. En conjunto, ella no mostraba desagrado ni repugnancia, pero seis años de matrimonio con la deliciosamente entusiasta Julia, que se excitaba fácilmente, lo habían sensibilizado de un modo peculiar; el antiguo Pompeyo nunca se habría fijado, pero el Pompeyo de después de Julia era incómodamente consciente de que una parte de la mente de Cornelia Metela estaba pensando en la tontería que era aquello mientras él le besaba los pechos o se apretaba con fuerza contra ella. Y la única vez que Pompeyo jugueteó con la lengua entre los labios de la vulva de Cornelia Metela para provocar una auténtica reacción, obtuvo, en efecto, dicha reacción: ella se apartó hacia atrás con ofendida repulsión.

—¡No hagas eso! —le dijo Cornelia Metela con un gruñido—. ¡Es asqueroso!

O quizá, pensó el Pompeyo de después de Julia, eso la habría llevado a un placer irresistible. Y Cornelia Metela quería ser dueña de sí misma.

Catón se fue andando solo a su casa. Echaba mucho de menos a Bíbulo. Sin él las filas de los *boni* se habían hecho débiles, por lo menos en lo que de habilidad se trataba. Los tres Claudios Marcelos eran hombres bastante buenos, y el mediano prometía mucho, pero les faltaba el odio apasionado de muchos años hacia César, odio que Bíbulo cuidaba y nutría. Y tampoco conocían a César como lo conocía Bíbulo. Catón sabía apreciar el motivo que había detrás de la ley de cinco años que trataba del gobierno de las provincias, pero ni Bíbulo ni él se habían dado cuenta de que la primera víctima de dicha ley sería el propio Bíbulo. De modo que allí estaba ahora, atascado en Siria y teniendo que aguantar nada menos que a aquel pomposo y tonto santurrón de Cicerón de vecino en Cilicia. Y, además, se esperaba que Bíbulo hiciera sus guerras formando tándem con Cicerón. ¿Cómo era posible que el Senado pensase que un equipo compuesto por un caballo de paseo y un caballo de carga tirasen juntos del carro de Marte de modo satisfactorio? Mientras Bíbulo se las arreglaba bien con los partos a través del secuaz que había comprado, el noble parto Ornadapates, Cicerón se pasó cincuenta y siete días asediando Pindenissus, en la Capadocia oriental. ¡Cincuenta y siete días! ¡Cincuenta y siete días para asegurarse la capitulación de una nadería! ¡Y en el mismo año en que César construyó cuarenta kilómetros de fortificaciones y tomó Alesia en treinta días! El contraste resultaba tan manifiesto que no era de extrañar que el Senado sonriera cuando llegó el despacho de Cicerón, en cuarenta y cinco días. ¡Doce días menos para que una comunicación llegase a Roma desde el este de Capadocia de lo que se había tardado en el asedio de Pindenissus!

Catón entró en su casa. Desde que se había divorciado de Marcia le habían resultado inútiles muchos criados y se había deshecho de ellos, y después de que Porcia se casó con Bíbulo y se fue de casa, vendió más esclavos todavía. Ni él ni los dos filósofos domésticos que vivían con él, Atenodoro Cordilión y Estatilo, tenían interés por la comida más allá del hecho de que era necesaria para vivir, así que el personal de la cocina estaba formado sólo por un hombre que se hacía llamar cocinero y un muchacho que lo ayudaba. Tener mayordomo era un despilfarro, y Catón podía pasarse sin tenerlo. Había un hombre para hacer la limpieza e ir a la compra (Catón comprobaba todas las cuentas y repartía el dinero personalmente), y la poca ropa sucia se enviaba a lavar fuera de casa. Todo lo cual había reducido los gastos de la casa a diez mil sestercios al año. Más el vino, que triplicaba esa cifra a pesar de que era del peor prensado y tenía un sabor horriblemente avinagrado. Irrelevante. Catón y sus dos filósofos bebían por el efecto, no por el sabor. El sabor era una complacencia para hombres ricos, hombres como Quinto Hortensio, que se había casado con Marcia.

La idea le venía a la memoria, le quemaba, le pinchaba, no quería desvanecerse en aquel día tan decepcionante. Marcia. Marcia. Todavía recordaba el aspecto que ella tenía la primera vez que la vio fugazmente, cuando él fue a la casa de Lucio Marcio Filipo a cenar. Hacía ahora siete años menos un par de meses. Estaba eufórico por lo que había logrado hacer por Roma como resultado de aquel horrible mando especial que Publio Clodio le obligó a aceptar, la anexión de Chipre. Bien, él anexionó Chipre debidamente, y se encogió de hombros cuando le informaron de que el regente egipcio, Ptolomeo el Chipriota, se había suicidado. Después procedió a vender todos los tesoros y obras de arte para obtener dinero en efectivo y lo puso en dos mil cofres: siete mil talentos en total. Llevaba dos juegos de libros, uno de cuya custodia se encargaba personalmente y otro que le había dado a Filargiro, su esclavo manumitido. ¡Nadie en el Senado iba a tener dónde basarse para acusar a Catón de tener las manos demasiado largas! Uno u otro de los dos juegos de cuentas llegaría a Roma intacto, Catón estaba seguro de ello.

Apremió a la flota real para que se pusiera en servicio a fin de llevar a casa los dos mil cofres de dinero; ¿por qué gastar dinero alquilando una flota cuando había una a mano? Luego ideó una manera de recuperar los cofres en el caso de que un barco se hundiera durante la travesía: atar treinta metros de cuerda a cada cofre y sujetar un gran pedazo de corcho al final de cada cuerda. Así, si un barco se hundía, las cuerdas se desenrollarían y los corchos saldrían flotando a la superficie, lo que permitiría que se pudiera tirar de los cofres hacia arriba y recuperarlos. Como una garantía más de seguridad, puso a Filargiro y a su lote de libros de cuentas en un barco bien alejado del suyo.

Los barcos reales chipriotas eran muy bonitos, pero no estaban pensados para navegar por las aguas abiertas del Mare Nostrum en lugares como el cabo Ténaro, al fondo del Peloponeso. Eran birremes sin cubierta que se asentaban en el agua, con dos hombres en cada remo, y tenían además una pequeña vela. Eso significaba, naturalmente, que no había cubierta que impidiera que las cuerdas atadas al corcho se desenrollasen en el caso de que se hundiese un barco. Pero el tiempo fue en general bueno, aunque lo estropeó una tormenta cuando la flota rodeaba el Peloponeso. Aun así, sólo se hundió un barco: el que llevaba a Filargiro y a su segundo juego de libros de contabilidad. Cuando después registraron el mar en calma, no apareció ningún pedazo de corcho flotando, por desgracia. Catón había subestimado enormemente la profundidad de las aguas.

Sin embargo, la pérdida de sólo un barco entre tantos no estaba tan mal. Catón y el resto de las naves buscaron refugio en Corcira cuando les parecía probable que se desencadenara otra tormenta. Desgraciadamente, aquella hermosa isla no podía proporcionar techo a una horda de visitantes inesperados, los cuales se vieron obligados a levantar tiendas en el ágora de la aldea portuaria donde fueron a parar. Fiel a los principios del estoicismo, Catón eligió una tienda en lugar de aprovecharse de la casa del ciudadano más rico. Como hacía mucho frío, los marineros chipriotas encendieron una gran hoguera para calentarse. La amenazadora galerna llegó finalmente, y algunas ramas de la hoguera volaron por todas partes. La tienda de Catón ardió por completo, y con ella el juego de libros de contabilidad.

Asolado por la pérdida, Catón se dio cuenta de que nunca podría probar que no se había quedado con parte de los beneficios de la anexión de Chipre. Quizá por eso prefirió no confiar sus cofres de dinero a la vía Apia, y en lugar de eso navegó con la flota hasta dar la vuelta a la bota de Italia y, subiendo por la costa occidental, recaló en Ostia y pudo, porque los barcos eran de calado poco profundo, navegar río arriba por el Tíber hasta los muelles del puerto de Roma.

La mayor parte de la ciudad acudió a recibirle, de tan novedosa que era aquella vista; entre los que formaban el comité de bienvenida estaba el cónsul junior de aquel año, Lucio Marcio Filipo, un hombre de buen paladar, un vividor, un epicúreo. Todo lo que Catón más despreciaba. Pero después de que Catón hubo supervisado el porte de aquellos dos mil cofres al Tesoro (el barco de Filargiro no llevaba muchos a bordo), debajo del Templo de Saturno, aceptó la invitación de Filipo para cenar.

—El Senado se consume de admiración, mi querido Catón —le dijo Filipo mientras lo saludaba a la puerta—. Te tienen preparados honores de todas clases, incluido el derecho a llevar puesta la *toga praetexta* en las grandes ocasiones públicas, y también un acto de acción de gracias público.

—¡No! —ladró Catón con voz fuerte—. No aceptaré honores por cumplir con un deber que estaba claramente expuesto en las condiciones de mi mando, así que no os molestéis en hacerlos públicos y mucho menos en someterlos a votación. Sólo pido que el esclavo Nicias, que era el camarero de Ptolomeo el Chipriota, sea manumitido y se le conceda la ciudadanía romana. Sin la ayuda de Nicias yo no habría tenido éxito en mi tarea.

Filipo, un hombre moreno muy apuesto, se vio movido a parpadear, aunque no a discutir. Condujo a Catón al comedor, exquisitamente amueblado, lo acomodó en el *locus consularis*, posición de honor en su propio canapé, y le presentó a sus hijos, que se encontraban tumbados juntos en el *lectus imus*. Lucio Junior tenía veintiséis años, era tan moreno como su padre y aún más apuesto, y Quinto tenía veintitrés e inspiraba algo menos en lo que se refería a colorido y aspecto.

Había dos sillas dispuestas en el extremo más alejado del *lectus medius*, el canapé donde Filipo y Catón estaban reclinados, y también había una mesa baja que contendría los alimentos y que separaba las sillas del canapé.

—Quizá no sepas que he vuelto a casarme hace poco —le comentó Filipo hablando lentamente.

—¿Ah, sí? —le preguntó Catón, incómodo.

Odiaba aquellas cenas que eran una obligación social, porque al parecer siempre reunían a personas con las que él no tenía absolutamente nada en común, ya se tratara de inclinaciones políticas o filosóficas.

—Sí. Me he casado con Acia, la viuda de mi querido amigo Cayo Octavio.

—Acia... ¿quién es?

Filipo se echó a reír de todo corazón, y sus dos hijos esbozaron una sonrisa.

—¡Si una mujer no es una Porcia ni una Domicia, Catón, nunca sabes quién es! Acia es la hija de Marco Acio Balbo, de Aricia, y de la más joven de las hermanas de César.

Sintiendo que se le tensaba la piel de la barbilla, Catón esbozó el rictus de una sonrisa.

—La sobrina de César —concluyó.

—Eso es, la sobrina de César.

Catón se esforzó por ser amable.

—¿De quién es la otra silla?

—De Marcia, mi única hija. La más pequeña.

—Que no es todavía lo suficientemente mayor para casarse, evidentemente.

—En realidad ya ha cumplido los dieciocho años. Estaba prometida al joven Publio Cornelio Léntulo, pero éste murió. Todavía no me he decidido por otro marido.

—¿Tiene Acia hijos de Cayo Octavio?

—Dos, una hija y un hijo. Y también una hijastra, una hija que Octavio tuvo con una Ancaria —le informó Filipo.

En aquel momento entraron las dos mujeres, que producían un significativo contraste de belleza. Acia era la típica juliana de pelo dorado y ojos azules, con un claro parecido a la esposa de Cayo Mario y una impresionante gracia en el movimiento; Marcia tenía el pelo negro y los ojos también negros, y se parecía mucho a su hermano mayor, que no le quitaba los ojos de encima a la esposa de su padre, según advirtió Catón.

Éste tampoco podía apartar la mirada de la hija de Filipo, que estaba sentada enfrente de él en una silla rígida, con las manos recatadamente juntas sobre el regazo. La muchacha tenía también los ojos clavados en Catón con la misma intensidad.

Se miraron el uno al otro y se enamoraron, algo que Catón nunca había creído que pudiera sucederle, ni Marcia tampoco habría creído que a ella le pasara. Marcia reconoció aquello como lo que era; Catón no.

Marcia le sonrió mostrando al hacerlo unos dientes brillantes y blancos.

—Qué cosa más maravillosa has hecho, Marco Catón —le dijo ella mientras traían el primer plato.

Normalmente Catón habría despreciado la comida, que había ocupado un tiempo considerable en los pensamientos del padre de Marcia: chipirones rellenos, huevos de codorniz, unas aceitunas gigantescas importadas de la Hispania Ulterior, crías de anguila ahumadas, ostras vivas traídas de Bayas, cangrejos de la misma procedencia, camarones con una cremosa salsa de ajo, el mejor aceite de oliva virgen y pan crujiente recién sacado del horno.

—No he hecho nada más que cumplir con mi deber —le contestó Catón con una voz que hasta entonces él ignoraba poseer, muy suave, casi acariciadora—. Roma me encargó que anexionase Chipre y lo he hecho.

—Pero con mucha honradez y cuidado —puntualizó la muchacha dirigiéndole una mirada de adoración.

Catón se sonrojó profundamente, agachó la cabeza y se concentró en comerse las ostras y los cangrejos que estaban absolutamente deliciosos, se vio obligado a admitirlo.

—Anda, prueba los camarones —le sugirió Marcia, y le cogió la mano y la guió hasta la fuente.

El contacto de la muchacha llenó de éxtasis a Catón, y más porque no era capaz de hacer lo que la prudencia le gritaba que hiciera: retirar bruscamente la mano. En lugar de eso, prolongó el contacto haciendo como que se equivocaba de plato, y le sonrió.

¡Qué enormemente atractivo era!, pensó Marcia. ¡Qué nariz tan noble! ¡Qué hermosos ojos grises, tan serios y tan luminosos al mismo tiempo! ¡Qué boca! Y la cabeza, con aquel cabello rojizo dorado, suavemente ondulado y tan pulcramente recortado... Los hombros anchos, el cuello largo y grácil, ni un gramo de carne superflua, las piernas largas y musculosas. ¡Gracias fueran dadas a todos los dioses porque la toga era un estorbo demasiado grande para cenar con ella puesta, y que por eso los hombres se reclinaban vestidos solamente con la túnica!

Catón engulló los camarones mientras se moría de ganas de ponerle uno a ella entre aquellos maravillosos labios, y dejó que Marcia guiase su mano hasta la fuente.

Y mientras aquello tenía lugar, el resto de la familia, asombrados y divertidos, intercambiaban miradas y reprimían sonrisas. No a causa de Marcia, pues a nadie se le ocurría hacerse preguntas acerca de su virtud y obediencia, porque estaba protegida en extremo y siempre haría lo que le dijeran. No, era Catón quien los tenía fascinados. ¿Quién habría soñado nunca con que Catón pudiera hablar con suavidad o deleitarse con el contacto de una mujer? Sólo Filipo era lo bastante mayor para recordar la época, no mucho antes de la guerra contra Espartaco, en que Catón, un joven de veinte años por entonces, estuvo tan violentamente enamorado de Amelia Lépida, la hija de Mamerco que se había casado con Metelo Escipión. Pero aquello, y toda Roma lo había asumido hacía mucho tiempo, mató algo dentro de Catón, que se casó con una Atilia cuando tenía veintidós años y procedió a tratarla con fría y dura indiferencia. Luego, porque César la sedujo, Catón se divorció de ella y le impidió cualquier contacto con su hija y su hijo, a quienes él crió en una casa completamente vacía de mujeres.

—Deja que te lave las manos —le dijo Marcia.

Se estaban llevando el primer plato y traían el segundo, compuesto de cordero lechal asado, pollito asado, una gran variedad de verduras cocinadas con piñones, lonchas de ajo o queso rallado, cerdo asado con salsa picante y salchichas de cerdo pacientemente recubiertas de capas de miel mientras hervían a fuego lento para que no se quemasen.

Para Filipo, que se contenía porque sabía que su invitado comía frugalmente, aquélla era una cena vulgar. Para Catón, una comida rica e indigesta, pero por Marcia comió de esto y mordisqueó un poco de aquello.

—Tengo entendido que tienes dos hermanastras y también un hermanastro —le dijo Catón.

A Marcia se le iluminó el rostro.

—Sí. ¿Verdad que tengo suerte?

—Entonces es que te caen bien.

—¿Y por qué no iba a ser así? —le preguntó la muchacha con inocencia.

—¿Cuál es tu preferido?

—Oh, eso es fácil —dijo Marcia con afecto—. El pequeño Cayo Octavio.

—¿Y cuántos años tiene?

—Seis, aunque parece que vaya a cumplir sesenta.

Y Catón no se echó a reír con su habitual relincho, sino con una risa muy atractiva.

—Un niño delicioso, entonces.

Marcia frunció el ceño, pensándolo.

—No, nada delicioso, Marco Catón. Yo diría que es fascinante. Por lo menos ése es el adjetivo que utiliza mi padre. Es muy tranquilo y comedido, y nunca deja de pensar. Todo lo disecciona, lo analiza, lo pesa en la balanza. —Hizo una pausa y luego añadió—: Es muy guapo.

—Entonces se parece a su tío abuelo Cayo César —sentenció Catón dejando que su voz adoptase cierta brusquedad por primera vez en la velada.

Marcia se dio cuenta.

—En ciertos aspectos, sí que se parece. Tiene un intelecto formidable. Pero no está dotado para todo, y es muy perezoso cuando se trata de aprender. Odia el griego y no quiere ni intentar aprenderlo.

—Con lo cual quieres decir que Cayo César sí está dotado para todo.

—Bueno, yo creo que eso lo sabe todo el mundo —dijo Marcia pacíficamente.

—¿Dónde están entonces los dones del joven Cayo Octavio?

—En su racionalidad —repuso la muchacha—, en su falta de miedo, en la confianza que tiene en sí mismo, en que siempre está dispuesto a correr riesgos.

—Entonces es igual que su tío abuelo.

Marcia soltó una risita.

—No —dijo—. Se parece más a sí mismo.

Se retiró el plato principal, y Filipo se animó gastronómicamente.

—Marco Catón, tengo un postre nuevo a estrenar para que lo pruebes. —Miró las ensaladas, las pastas rellenas de pasas, los pasteles empapados de miel, la enorme variedad de quesos, y movió la cabeza de un lado a otro—. ¡Ah! —exclamó entonces, y el postre nuevo a estrenar apareció: un pedazo de lo que hubiera podido pasar por queso, sólo que éste estaba presentado en una bandeja dentro de otro recipiente grande cargado de... ¿nieve?—. Lo hacen en Mons Fiscellus, el monte Fiscelo, y dentro de un mes no hubieras podido probarlo. Miel, huevos y nata de leche de ovejas de dos años removido dentro de un barril que se mete dentro de otro barril lleno de nieve con sal, y luego lo traen a Roma embalado con más nieve. Yo lo llamo ambrosía de Mons Fiscellus.

Quizá haber hablado del sobrino nieto de César le había dejado a Catón un gusto agrio en la boca; rechazó probarlo y ni siquiera Marcia pudo convencerlo para que lo hiciera.

Poco después las dos mujeres se retiraron, y el placer que Catón sintió en aquella visita a una guarida de epicúreos disminuyó inmediatamente; empezó a sentir náuseas y al final se vio obligado a buscar la letrina para vomitar discretamente. ¿Cómo podía la gente vivir de un modo tan sibarita? ¡Pero si hasta la letrina de Filipo era lujosa! Aunque, admitió, la verdad es que era muy agradable disponer de un chorro de agua fresca para enjuagarse la boca y lavarse las manos después.

Cuando regresaba por la columnata en dirección al comedor, pasó por delante de una puerta abierta.

—¡Marco Catón!

Se detuvo, se asomó y vio a Marcia esperando.

—Entra un momento, por favor.

Aquello estaba absolutamente prohibido por todas las normas sociales de Roma. Pero Catón entró.

—Solamente quería decirte lo mucho que he disfrutado de tu compañía —le dijo Marcia con aquella límpida mirada suya fija no en los ojos de Catón, sino en la boca.

¡Oh, insoportable! ¡Intolerable! ¡Mírame a los ojos, Marcia, no a la boca, o tendré que besarte! ¡No me hagas esto!

Un instante después, no supo cómo, tenía a Marcia entre sus brazos y el beso era de verdad, más real que ningún beso de los que él había experimentado nunca, pero eso no quería decir mucho aparte de indicar la profundidad del hambre que Catón se infligía a sí mismo. Catón sólo había besado a dos mujeres, Emilia Lépida y Atilia, y a Atilia sólo rara vez y nunca con auténtico sentimiento. Ahora encontraba un par de labios suaves pero firmes que se apretaban a los suyos con un placer sensual que se ponía de manifiesto en el modo en que la muchacha se derretía contra él, suspiraba, enroscaba la lengua en torno a la suya, le cogía la mano y se la ponía en el pecho.

Jadeando, Catón se soltó de ella y huyó.

Se fue a su casa tan confuso que no podía recordar cuál de las cien puertas de aquel estrecho callejón del Palatino era la suya, tenía el estómago vacío revuelto, y el beso le llenaba tanto la cabeza que no era capaz de pensar en nada más que en el fabuloso contacto de Marcia entre sus brazos.

Atenodoro Cordilión y Estatilo lo estaban esperando en el atrio, con gran curiosidad por saber cómo había ido la cena en casa de Filipo, la comida, la compañía, la conversación.

—¡Marchaos! —les gritó Catón, y salió disparado hacia su despacho.

Y allí se estuvo paseando de un lado al otro hasta que amaneció, sin beber ni un trago de vino. No deseaba que hubiese nadie que le importase. No quería amar. El amor era una trampa, un tormento, un desastre, un horror interminable. Todos aquellos años amando a Emilia Lépida y, ¿qué ocurrió? Que ella prefirió a un imbécil de mayor linaje como Metelo Escipión. Pero Emilia Lépida y aquel amor adolescente basado en los sentidos no eran nada. Nada comparado con el amor que él había sentido por su hermano Cepión, que murió solo y esperando a que llegase Catón, que murió sin una mano a la que coger o un amigo que lo consolase. El sufrimiento de seguir viviendo sin Cepión... aquella horrenda amputación espiritual... las lágrimas... la desolación que nunca desaparecía, ni siquiera entonces, once largos años después. Un amor omnipresente, fuera de la clase que fuera, era una traición a la mente, al control, a la capacidad de decir que no a la debilidad, de vivir una vida altruista. Y conducía a un sufrimiento que en aquella edad Catón se sabía demasiado viejo para soportar de nuevo, porque ya tenía treinta y siete años, no veinte ni veintisiete.

Pero en cuanto el sol estuvo lo bastante alto, Catón se puso una toga limpia, bien blanca, y regresó a la casa de Lucio Marcio Filipo para solicitar la mano de la hija de Filipo en matrimonio, luchando contra la idea de que Filipo le dijera que no.

Filipo le dijo que sí.

—Así podré tener un pie en cada campo —le confió alegremente aquel desvergonzado y voluptuoso hombre mientras le retorcía la mano a Catón—. Casado con la sobrina de César y tutor de su sobrino nieto, pero a la vez suegro de Catón. ¡Qué perfecto estado de las cosas! ¡Perfecto!

El matrimonio resultó perfecto también, sólo que el puro gozo que le proporcionaba corroía continuamente a Catón. No se lo merecía, no podía ser un acto correcto sumirse en algo tan intensamente íntimo. Había recibido una prueba absoluta de que la hija de Filipo era virgen la noche de bodas, pero ¿de dónde sacaba ella aquella energía, aquella pasión, aquella *sabiduría*? Porque Catón no sabía nada de mujeres, no tenía ni idea de cuánto aprendían las niñas de las conversaciones, de los murales eróticos, de los objetos fálicos esparcidos por los hogares, de los ruidos y vislumbres a través de las puertas, de los hermanos mayores sofisticados. Y tampoco le resultaba edificante a Catón saber que estaba indefenso contra los ardides de la muchacha, que la violencia de sus sentimientos hacia ella lo gobernaba por completo. Marcia fue una recién casada salida directamente de las manos de Venus, pero Catón procedía de las garras de hierro de Dis.

De modo que dos años después de la boda, cuando el viejo y senil Hortensio fue a verle suplicando casarse con la hija de Catón o con alguna de las sobrinas de éste, no se ofendió ante la increíble petición final de Hortensio: que se le permitiera casarse con la esposa de Catón. De pronto éste vio la única salida a su tormento, la única manera de probarse que en efecto era dueño de sí mismo. Le daría su esposa Marcia a Quinto Hortensio, un viejo asqueroso y libertino que insultaría la carne de la muchacha de maneras indecibles, que se tiraría pedos y babearía a causa de su adicción a vinos de cosecha carísimos que producían éxtasis, que la obligaría a hacerle felaciones a un miembro lacio hasta conseguir alguna clase de erección, un viejo cuya falta de dientes, cuya calvicie y cuyo cuerpo anquilosado le darían náuseas a su querida Marcia, a quien Catón no podía soportar que se le hiciera daño o se la hiciese desgraciada. ¿Cómo podía sentenciarla a semejante destino? Pero tenía que hacerlo, de lo contrario acabaría por volverse loco.

Y lo hizo. Lo hizo, en efecto. Las habladurías se equivocaban, pues Catón no aceptó ni un sestercio de Hortensio, aunque desde luego Filipo se llevó millones.

—Voy a divorciarme de ti y luego voy a casarte con Quinto Hortensio —le comunicó a Marcia con su voz más dura y fuerte—. Espero que seas una buena esposa para él. Tu padre está de acuerdo con ello.

Marcia permaneció absolutamente erguida, con los ojos llenos de lágrimas no derramadas; luego alargó una mano y le acarició la mejilla con mucha suavidad, con muchísimo amor.

—Lo comprendo, Marco —le dijo—. Lo comprendo. Te amo. Te amaré incluso después de la muerte.

—¡No quiero que me ames! —aulló Catón con los puños apretados—. ¡Quiero paz, quiero que se me deje en paz, no quiero que nadie me ame, no quiero ser amado más allá de la muerte! ¡Vete con Hortensio y aprende a odiarme!

Pero lo único que hizo Marcia fue sonreír.

Y eso sucedió cuatro años atrás. Cuatro años durante los cuales la pena nunca abandonó a Catón ni disminuyó ni siquiera una pizca. Seguía echando de menos a Marcia tanto como la añoró el día de la noche de bodas de ella con Hortensio; y todavía tenía que soportar imaginarse lo que Hortensio le hacía a ella o lo que le pedía a Marcia que le hiciera a él. Todavía podía oírla diciéndole que lo comprendía todo y que lo amaría hasta más allá de la muerte. Eso sólo indicaba que la muchacha lo conocía hasta el mismísimo tuétano y que lo amaba lo suficiente como para consentir en un castigo que ella no merecía, no podía merecer. Y todo para que Catón pudiera probarse a sí mismo que era capaz de vivir sin ella, que era capaz de negarse a sí mismo el éxtasis.

¿Por qué pensaba en ella en un día en que debía estar pensando en Curión, en la despreciable victoria de César? ¿Por qué anhelaba tenerla allí, enterrar la cara entre los pechos de la muchacha, hacer el amor con ella durante la mitad de lo que iba a ser una interminable noche en vela? ¿Por qué evitaba a Atenodoro Cordilión y a Estatilo? Se sirvió un enorme vaso de vino sin agua y se lo bebió de un trago; lo peor de todo era que bebía tanto aquellos días sin Marcia que el vino nunca surtía el suficiente efecto en un tiempo lo bastante breve como para amortiguar el dolor.

Alguien empezó a aporrear la puerta de la calle. Catón hundió la cabeza entre los hombros y trató de no hacer caso, deseando que

Atenodoro Cordilión o Estatilo fueran a abrir, o alguno de los tres criados. Pero lo más probable era que los criados estuvieran en la zona de la cocina, en la parte de atrás del peristilo, y obviamente sus dos filósofos estaban de mal humor porque él se había ido directamente al estudio y había echado el cerrojo a la puerta. Catón dejó el vaso de vino sobre el escritorio, se puso en pie y fue a contestar a aquel insistente tamborileo.

—Oh, Bruto —dijo, y abrió la puerta del todo—. Supongo que quieres entrar.

—Si no, no estaría aquí, tío Catón.

—Ojalá estuvieras en cualquier otra parte, sobrino.

—Debe de ser maravilloso tener reputación de ser un grosero que no se disculpa nunca —comentó Bruto al entrar en el estudio—. Yo daría cualquier cosa por tenerla.

Catón sonrió agriamente.

—Pero no con tu madre, ni hablar. Ella te arrancaría las pelotas.

—Eso ya lo hizo hace años. —Bruto se sirvió vino, buscó agua en vano, se encogió de hombros y dio un sorbo que le obligó a hacer una mueca—. Ojalá gastases un poco más de tu dinero en comprar un vino decente.

—No lo bebo para expresar mi aprecio y agitar las pestañas, lo bebo para emborracharme.

—Es tan avinagrado que debes de tener el estómago como queso en descomposición.

—Mi estómago está en mejor estado que el tuyo, Bruto. Yo no tenía granos a los treinta y tres años. Ni a los dieciocho, si vamos a eso.

—No me extraña que perdieras las elecciones consulares —le dijo Bruto haciendo una mueca de desagrado.

—A la gente no le gusta oír la verdad desnuda, pero yo no tengo intención de dejar de decirla.

—Ya me he dado cuenta de eso, tío.

—Bueno, ¿qué te trae por aquí?

—La debacle de hoy en la Curia Pompeya.

Catón sonrió con sarcasmo.

—¡Bah! Curión se desmoronará.

—No lo creo.

—¿Por qué?

—Porque expresó el motivo para su veto.

—Siempre hay un motivo detrás de un veto. A Curión lo han comprado.

¡Oh, pensó Bruto para sus adentros, ya veía por qué no funcionaban tan bien cuando Bíbulo estaba ausente! Allí estaba él intentando ponerse en el lugar de Bíbulo y fracasando miserablemente en el intento. Como le ocurría en la mayor parte de las cosas, excepto en lo de hacer dinero, y no tenía ni idea de por qué tenía talento para eso.

Volvió a intentarlo.

—Tío, descartar a Curión porque sea un hombre comprado no es inteligente, porque no tiene mayor importancia. Lo que sí importa es el motivo que tenga Curión para interponer el veto. ¡Muy brillante! Cuando César envió aquella carta pidiendo que se le tratara igual que a Pompeyo y nos negamos a ello, le proporcionamos la munición a Curión.

—¿Cómo íbamos a acceder tratar a César de manera idéntica a Pompeyo? Detesto a Pompeyo, pero es infinitamente más capaz que César. Ha sido una fuerza desde los tiempos de Sila y su carrera está salpicada de honores, mandos especiales y guerras altamente provechosas. Hizo que nuestros ingresos se doblaran —insistió Catón con obstinación.

—Eso fue hace diez años, y en esos diez años César lo ha eclipsado a los ojos de la plebe y del pueblo. Puede que sea el Senado el que dirija la política exterior, asigne los mandos en el extranjero y tenga la última palabra en todas las decisiones militares, pero la plebe y el pueblo también importan. Y ellos quieren a César... no, adoran a César.

—¡Yo no tengo la culpa de su estupidez! —exclamó Catón con brusquedad.

—Ni yo, tío. Pero el hecho es que al proponer levantar el veto en el momento en que el Senado acordase tratar a Pompeyo exactamente del mismo modo que a César, Curión se alzó con una inmensa victoria. Hizo una maniobra para que los que nos oponemos a César nos quedáramos desprovistos de razón. Nos hizo parecer mezquinos. Hizo que pareciera que nuestros motivos se fundamentan exclusivamente en los celos.

—Eso no es así, Bruto.

—Entonces, ¿qué es lo que mueve a los *boni*?

—Desde que entré en el Senado hace catorce años, Bruto, he visto a César como lo que realmente es —le explicó Catón con sobriedad—. ¡Es como Sila! Quiere ser rey de Roma. Y entonces hice la promesa de que pondría todo mi empeño en impedir que consiguiera la posición y el poder que le hicieran posible lograr esa ambición. Dotar a César de un ejército es un suicidio, y nosotros le dimos tres legiones gracias a Publio Vatinio. ¿Y qué hizo César? Formó más legiones sin nuestro consentimiento. Incluso se las arregló para poder pagarlas y seguir pagándolas hasta que el Senado se viniera abajo.

—He oído decir que aceptó un soborno enorme de Ptolomeo Auletes cuando fue cónsul y aseguró así un decreto confirmando a Auletes en el trono de Egipto —ofreció Bruto.

—Oh, sí, eso es un hecho —convino Catón amargamente—. Yo

tuve ocasión de hablar con Ptolomeo Auletes cuando visitó Rodas después de que los alejandrinos lo echaron del trono. Tú estabas convaleciente en Panfilia en aquella época, en lugar de serme útil a mí.

—No, tío, en aquella época yo estaba en Chipre haciendo para ti la selección preliminar de los tesoros de Ptolomeo el Chipriota —le dijo Bruto—. Tú mismo le pusiste fin a mi enfermedad, ¿no te acuerdas?

—Bueno —dijo Catón encogiéndose de hombros ante aquel reproche—, de todos modos Ptolomeo Auletes vino a verme en Lindos. Le aconsejé que volviera a Alejandría e hiciera las paces con su pueblo. Le dije que si iba a Roma lo único que conseguiría sería perder aún más miles de talentos en sobornos inútiles. Pero no me hizo caso, naturalmente. Vino a Roma, despilfarró una fortuna en sobornos y no consiguió nada. Una cosa sí que me dijo: que le pagó a César seis mil talentos de oro por aquellos dos decretos. Dinero del cual César se quedó con cuatro mil, Marco Craso recibió mil y Pompeyo otros mil talentos. A costa de esos cuatro mil talentos de oro, hábilmente manejados por ese hispánico aborrecible llamado Balbo, César equipó y pagó a las legiones que ha reclutado ilegalmente.

—¿Dónde quieres ir a parar? —le preguntó Bruto en tono quejumbroso.

—A los motivos que tuve para prometer que nunca permitiría que César tuviera el mando de un ejército. No tuve éxito porque César ignoró al Senado y tenía cuatro mil talentos de oro para gastárselos en un ejército. El resultado es que ahora tiene once legiones y el control de todas las provincias que rodean Italia: Iliria, la Galia Cisalpina, la Provenza y la nueva provincia de la Galia Comata. ¡Hará caer la República alrededor de nuestros ojos a menos que lo detengamos, Bruto!

—Ojalá pudiera estar de acuerdo contigo, tío, pero no es así. En cuanto dicen la palabra «César» tú reaccionas de un modo exagerado. Además, Curión ha encontrado la palanca perfecta. Ha propuesto quitar el veto en unas condiciones que a la plebe, el pueblo y por lo menos a la mitad del Senado les parecerán extremadamente razonables. Hacer bajar a Pompeyo en el mismo y preciso momento que a César.

—¡Pero no podemos hacerlo! —gritó Catón—. Pompeyo es un patán picentino. Alberga unos deseos de preeminencia con los que no puedo estar de acuerdo, pero no tiene el linaje necesario para ser el rey de Roma. Lo cual significa que Pompeyo y su ejército son nuestra única defensa contra César. No podemos acceder a las condiciones que Curión quiere imponer y tampoco permitir que el Senado acceda a ellas.

—Eso lo comprendo, tío. Pero al impedir que eso suceda, vamos a parecer muy mezquinos y vengativos. Y puede ser que ni así tengamos éxito.

El rostro de Catón se torció en una sonrisa.

—¡Oh, sí, tendremos éxito!

—¿Y si César personalmente confirma que se retirará en el mismo momento en que lo haga Pompeyo?

—Supongo que es precisamente lo que hará. Pero no tiene ninguna importancia en absoluto, porque Pompeyo nunca consentirá en retirarse.

Catón se sirvió otro vaso de vino y lo apuró de un trago mientras Bruto seguía allí sentado con el ceño fruncido y el vino intacto.

—¡No te atrevas a decir que bebo demasiado! —le pidió bruscamente Catón al ver aquella expresión.

—No pensaba hacerlo —le aclaró Bruto con dignidad.

—Entonces, ¿a qué viene esa mirada de desaprobación?

—Estaba pensando. —Bruto hizo una pausa y luego miró directamente a su tío—. Hortensio está muy enfermo.

La respiración de Catón se oyó con claridad, y se puso rígido.

—¿Qué tiene eso que ver conmigo?

—Pues que pregunta por ti.

—Que pregunte.

—Tío, creo que deberías ir a verlo.

—No es pariente mío.

—Pero hace cuatro años le hiciste un gran favor —le dijo Bruto con admirable valor.

—No le hice ningún favor dándole a Marcia.

—Él cree que sí se lo hiciste. Vengo ahora mismo de la cabecera de su cama.

Catón se puso en pie.

—Entonces, muy bien. Iré ahora mismo. Si quieres puedes venir conmigo.

—Tendría que irme a casa —apuntó Bruto con timidez—. Mi madre querrá que le informe de la reunión.

Aquellos ojos enrojecidos e hinchados destellearon.

—Mi hermanastra es una aficionada en política —le dijo Catón—. No le proporciones información que ella inevitablemente interpretará mal. Y probablemente escribirá a su amante, a César, para contárselo todo.

Bruto emitió un ruido peculiar.

—César lleva ausente muchos años, tío.

Catón dejó de pasear.

—¿Significa eso lo que yo creo que significa, Bruto?

—Sí. Con quien está intrigando ahora mi madre es con Lucio Poncio Aquila.

—¿Con quién?

—Ya me has oído.

—¡Es lo bastante joven para ser su hijo!

—Oh, sí, desde luego —aceptó Bruto secamente—. Es tres años más joven que yo. Pero eso nunca ha detenido a mi madre. Su conducta es absolutamente escandalosa, o lo sería si la cosa fuese del dominio público.

—Entonces esperemos que no se haga del dominio público —dijo Catón al tiempo que abría la puerta principal—. Ella supo mantener en secreto lo de César durante años.

La casa de Quinto Hortensio Hortalo era una de las residencias más hermosas del Palatino y una de las más grandes. Se alzaba en lo que en otra época había sido una zona de moda, daba sobre el valle de Murcia y el Circo Máximo hasta el monte Aventino, y poseía otros jardines además del peristilo. En aquellos jardines estaban los suntuosos estanques de mármol que albergaban peces, las queridas mascotas de Hortensio.

Catón no había estado en aquella casa desde que Hortensio se casó con Marcia, pues rechazaba siempre las constantes invitaciones a cenar o a hacer una visita para probar un vino de cosecha especial. ¿Y si durante una de aquellas visitas veía a Marcia?

Aquella noche no podía evitarlo, Hortensio tendría ya setenta y tantos años. Debido a la guerra entre Sila y Carbón, seguida de la dictadura de Sila, Hortensio accedió al cargo de pretor y al consulado muy tarde, y quizá por aquel exasperante hiato en su carrera política empezó a abusar de sí mismo en nombre del placer, y acabó por debilitársele lo que fue una brillante inteligencia.

El amplio y resonante atrio estaba vacío, excepto por los criados, cuando entraron Catón y Bruto. Y tampoco había ni señal de Marcia cuando los condujeron a la «cámara de reclinarse» de Hortensio, como él llamaba a aquella habitación que se parecía demasiado al gabinete de una mujer como para poder llamarlo despacho, pero que era demasiado diurna para ser un dormitorio. Unos impresionantes frescos adornaban las paredes, por lo demás austeras, con un arte exento de erotismo. Hortensio decidió reproducir los frescos de las paredes del ruinoso palacio del rey Minos en Creta: hombres y mujeres con cintura de avispa, ataviados con faldas y con largos rizos negros, saltaban subiéndose y bajándose de los lomos de unos toros extrañamente pacíficos, columpiándose de los cuernos curvados como si fueran acróbatas. Ni rastro del color verde ni del rojo: azules, marrones, blanco, negro, amarillos. Hortensio tenía un gusto impecable en todo. ¡Cómo tenía que haberse deleitado con Marcia!

La habitación hedía a vejez, a excrementos y a ese olor indefinido que anuncia la inminencia de la muerte. Allí, sobre una gran cama lacada a la manera egipcia en azules y amarillos que reflejaban los colores de los murales, yacía Quinto Hortensio Hortalo, mucho tiempo atrás el indiscutible regidor de los tribunales legales.

Se había encogido hasta convertirse en algo parecido a la descripción que hace Herodoto de una momia egipcia, sin pelo, disecado, apergaminado. Pero aquellos ojos llenos de legañas reconocieron a Catón inmediatamente; sacó una mano llena de manchas de debajo de las sábanas y le agarró a Catón la suya con una fuerza sorprendente.

—Me estoy muriendo —le dijo lastimosamente.

—La muerte es algo que nos llega a todos —le espetó el maestro del tacto.

—¡Me da mucho miedo!

—¿Por qué?

—¿Y si los griegos tienen razón y me esperan horribles sufrimientos?

—¿El destino de Sísifo e Ixión, quieres decir?

Hortensio enseñó las encías desdentadas; no había perdido del todo el sentido del humor.

—No se me da muy bien empujar piedras redondeadas montaña arriba.

—Sísifo e Ixión ofendieron a los dioses, Hortensio. Tú sólo has ofendido a los hombres. Ése no es un crimen digno del castigo de Tártaro.

—¿No? ¿No crees que los dioses requieren que tratemos a los hombres del mismo modo que los tratamos a ellos?

—Los hombres no son dioses, por eso la respuesta a esa pregunta es no.

—Todos nosotros tenemos un caballo negro y un caballo blanco que tiran juntos del carro del alma —le explicó Bruto con voz tranquilizadora.

Hortensio sonrió.

—Pues ése es el problema, Bruto. Mis dos caballos han sido negros. —Se retorció un poco para mirar a Catón, que se había cambiado de lugar para apartarse, y le dijo—: Quería verte para darte las gracias.

—¿Darme a mí las gracias? ¿Por qué?

—Por Marcia. Me ha dado más felicidad de la que se merece un viejo pecador. La más abnegada y considerada de las esposas... —Puso los ojos en blanco—. Yo estuve casado con Lutacia, la hermana de Catulo, ya sabes. Mis hijos son de ella... era muy fuerte, con muchas opiniones. Pero no era nada comprensiva. Mis peces... despreciaba a mis preciosos peces... Nunca logré hacerle ver el placer que hay en mirarlos mientras nadan en el agua tan tranquilamente, con tanta gracia... Pero a Marcia también le gusta mirar mis peces. Supongo que todavía lo hace. Ayer me trajo a *Paris*, mi pez favorito, en una pecera de cristal de roca...

Pero Catón ya había tenido bastante, y se inclinó hacia adelante para besar aquellos horribles labios fibrosos, porque aquélla era una buena acción.

—Tengo que irme, Quinto Hortensio —le dijo al tiempo que se incorporaba—. No le tengas miedo a la muerte. Es un consuelo. Puede ser una alternativa preferible a la vida. Es suave, de eso estoy seguro, aunque el modo en que llegue pueda ser doloroso. Hacemos lo que se nos requiere que hagamos y luego estamos en paz. Pero asegúrate de que tu hijo esté aquí para darte la mano. Nadie debería morir solo.

—Preferiría darte la mano a ti —le pidió Hortensio—. Tú eres el romano más grande de todos.

—Entonces —aceptó Catón—, yo te daré la mano cuando llegue la hora.

La popularidad de Catón en el Foro creció exactamente en la misma progresión que bajaba su popularidad en el Senado. No quería quitar el veto, especialmente después de leerle a la Cámara en voz alta una carta de César en la que éste declaraba que con gusto dejaría su *imperium*, sus provincias y su ejército si Pompeyo el Grande hacía otro tanto en el mismo y preciso momento. Empujado a ello, a Pompeyo no le quedó otra elección que decir que la exigencia de César era intolerable, que él no podía rebajarse para complacer a un hombre que estaba desafiando al Senado y al pueblo de Roma.

Declaración que permitió que Curión afirmase que el rechazo de Pompeyo significaba en realidad que era él, Pompeyo, quien tenía proyectos acerca del Estado; en cambio, César sí se estaba mostrando dispuesto, y, ¿no significaba eso que César se estaba comportando como un fiel servidor del Estado? ¿Y qué era todo eso de tener proyectos acerca del Estado? ¿Qué clase de proyectos?

—¡César intenta acabar con la República y convertirse en rey de Roma! —gritó Catón, que no fue capaz de mantenerse en silencio—. ¡Utilizará ese ejército para marchar sobre Roma!

—¡Tonterías! —le respondió Curión con desprecio—. Es Pompeyo quien debería preocuparnos, no César. César está dispuesto a ceder, pero Pompeyo no. Por lo tanto, ¿cuál de ellos tiene intención de utilizar su ejército para derrocar al Estado? ¡Pues Pompeyo, naturalmente!

Y así transcurrían las reuniones del Senado una tras otra. Terminó el mes de marzo, empezó y terminó abril, y Curión seguía manteniendo el veto sin dejarse intimidar por las salvajes amenazas de llevarlo a juicio o de matarlo. Dondequiera que iba lo aclamaban con delirio, y por ello nadie se atrevía a apresarle, y no digamos a juzgarlo por traición. Se había convertido en un héroe. Pompeyo, por otra parte, empezaba a parecer cada vez más un villano, y los *boni* una pandilla de fanáticos celosos. Mientras, César empezaba a parecer cada vez más la víctima de una conspiración de los *boni* para hacer que Pompeyo se estableciese como dictador de Roma.

Furioso por aquel giro de la opinión pública, Catón le había estado escribiendo a Bíbulo, que estaba en Siria, casi cada día suplicándole consejo; no recibió ninguna respuesta hasta el último día de abril.

Catón, mi querido suegro y aún más querido amigo, intentaré estrujarme la sesera para encontrar una solución a tu dilema, pero aquí los acontecimientos me han sobrepasado. De mis ojos fluyen lágrimas, y mis pensamientos regresan constantemente a la pérdida de mis dos hijos. Están muertos, Catón, asesinados en Alejandría.

Naturalmente, ya sabrás que Ptolomeo Auletes murió en mayo del año pasado, mucho antes de que yo llegase a Siria. Cleopatra, su hija mayor de las que viven, ascendió al trono a los dieciséis años de edad. Como el trono se transmite a través de la línea femenina pero no puede ser ocupado por una mujer sola, se le pide a ésta que se case con un pariente cercano, un hermano, primo hermano o tío. Eso mantiene sin contaminar la sangre real, aunque no cabe duda de que la sangre de Cleopatra no es pura. Su madre fue la hija del rey Mitrídates de el Ponto, mientras que la madre de su hermana menor y de sus dos hermanos menores era la hermanastra de Ptolomeo Auletes.

¡Oh, debo esforzarme por mantener la cabeza en esto! Quizá yo necesite hablarlo con alguien, pero aquí no hay nadie de rango adecuado o que tenga las convicciones de los boni *que pueda prestarme oído. Y tú eres el padre de mi amada esposa, mi amigo de casi toda la vida y el primero a quien envío esta espantosa noticia.*

Cuando llegué a Antioquía despedí a Cayo Casio Longino, un joven muy arrogante y presuntuoso. Pero ¿querrás creer que tuvo la temeridad de hacer lo que Lucio Pisón hizo en Macedonia al final de su gobierno? ¡Le pagó a su ejército! ¡Afirmaba que el Senado había confirmado su permanencia en el cargo como gobernador al no enviarle un sustituto, y que este hecho le otorgaba a él todos los derechos, prerrogativas y prebendas de gobernador! Sí, Casio pagó y licenció a los hombres de sus dos legiones antes de largarse con todo, hasta la última migaja del saqueo de Marco Craso. Incluido el oro procedente del gran templo de Jerusalén y la estatua de oro macizo de Atargatis de su templo en Bambyce.

Con la amenaza de los partos sobre mí (Casio derrotó a Pacoro, hijo de Orodes, rey de los partos, en una emboscada, y como consecuencia los partos se fueron a casa, aunque eso no duró mucho), las únicas tropas que yo tenía era la legión que había traído conmigo desde Italia. Una pena de legión, como tú bien sabes. César estaba reclutando como un loco aprovechando la ley de Pompeyo que ordena a todos los hombres entre diecisiete y cuarenta años servir un tiempo en las legiones, y por motivos que no comprendo en absoluto, todos los llamados a filas preferían a César mejor que a Bíbulo. Tuve que recurrir a la presión. Así que esta única legión mía no estaba en el estado de ánimo apropiado para luchar contra los partos.

Decidí que de momento mi mejor táctica sería socavar la causa de los partos desde dentro, así que compré a un noble parto, Ornadapates, e hice que hiciera llegar a oídos del rey Orodes que su querido hijo Pacoro tenía ciertos proyectos sobre el trono. En realidad, hace poco que me he enterado de que aquello surtió efecto: Orodes mandó ejecutar a Pacoro. Los reyes de Oriente son muy sensibles en lo referente a la traición dentro de la familia.

Pero antes de que me enterase de que mi estratagema había dado resultado, me sumí en un estado de constantes y cegadores dolores de cabeza, porque no tenía un ejército decente para proteger mi provincia. Luego, Antípater, el príncipe idumeo, que ocupa una posición muy elevada en la corte judía de Hircano, me sugirió que volviera a llamar a la legión que Aulo Gabinio había dejado en Egipto después de restaurar a Ptolomeo Auletes en el trono. Éstos, dijo, eran los soldados más veteranos que Roma poseía, porque eran los últimos fimbrianos, los hombres que se fueron al este con Flaco y Fimbria a vérselas con Mitrídates en nombre de Carbón y Cinna. Estos hombres tenían diecisiete años en aquella época, y desde entonces habían estado luchando durante mucho tiempo para Fimbria, Sila, Murena, Lúculo, Pompeyo y Gabinio. Treinta y cuatro años. Y eso, decía Antípater, quería decir que ya tenían cincuenta y un años. Todavía no eran demasiado viejos para pelear, especialmente si se tiene en cuenta la experiencia sin igual que tenían en el campo de batalla. Estaban bien instalados en las afueras de Alejandría, pero no eran propiedad de Egipto. Eran romanos y seguían bajo la autoridad de Roma.

Así, en febrero de este año, otorgué a mis hijos Marco y Cneo un imperium *propretoriano y los envié a Alejandría a ver a la reina Cleopatra (su marido, un hermano suyo llamado Ptolomeo XIII, sólo tiene nueve años) para exigirle que les diera la legión de gabinianos sin la menor dilación. Sería una excelente experiencia para mis hijos, pensé, una misión trivial en un aspecto, aunque en otro era un golpe diplomático de bastante importancia. Roma no había tenido ningún contacto oficial con la nueva gobernante de Egipto y mis hijos serían los primeros en tenerlo.*

Viajaron por tierra hasta Egipto porque ninguno de ellos se sentía a gusto en el mar. Tenían seis lictores cada uno y un escuadrón de caballería galacia que Casio no logró apartar del servicio en Siria. Antípater fue a recibirles cerca del lago Tiberíades y los escoltó personalmente a través del reino judío, aunque luego les dejó que se las arreglaran solos en Gaza, la frontera. Poco después de comenzar marzo llegaron a Alejandría.

La reina Cleopatra los acogió de muy buena gana. Recibí una carta de mi hijo Marco que no llegó a mí hasta después de enterarme de su muerte. ¡Qué sufrimiento de pesadilla es éste, Catón, leer las palabras de un hijo amado que ya está muerto! Estaba muy impresionado con esa muchacha reina, una criatura menuda con un rostro que sólo la juventud hacía atractivo, porque tiene, según me decía Marco, una nariz que puede rivalizar con la tuya. Lo cual no constituye ninguna gracia para una hembra, aunque en un hombre sea un rasgo noble. Hablaba, según me decía Marco, un griego ático perfecto e iba vestida con la indumentaria de un faraón: una enorme y alta corona dividida en dos partes, blanco dentro de rojo; una túnica de lino blanco con finos pliegues, y un fabuloso collar de piedras preciosas de un palmo de ancho. Incluso llevaba una barba postiza hecha de oro y esmalte azul, como una trenza redondeada. En una mano sostenía un cetro semejante al bastoncillo de un pastor, y en la otra un espantamoscas de flexibles hebras de lino blanco con el mango enjoyado. Las moscas son un tormento constante en Siria y Egipto.

La reina Cleopatra accedió de inmediato a liberar a los gabinianos del deber de proteger Alejandría. Los días en que ello pudo haber sido necesario, dijo la reina, habían acabado hacía tiempo. Así que mis hijos salieron a caballo hacia el campamento de los gabinianos, que estaba situado más allá de la puerta oriental o puerta Canopica de la ciudad. Y allí se encontraron con lo que era en realidad un pueblo pequeño; los gabinianos se habían casado todos con mujeres lugareñas y se habían dedicado a distintos oficios, eran herreros, carpinteros y albañiles. De actividad militar no había nada.

Cuando Marco, que actuaba como portavoz, les informó de que el gobernador de Siria los volvía a llamar a filas para ir allí de servicio... ¡se negaron a ir! Negarse, les dijo Marco, no era una alternativa. Habían alquilado barcos suficientes y estaban aguardando en el puerto Eunostos, en Alejandría; de acuerdo con la ley romana y con el permiso de la reina de Egipto, los soldados estaban obligados a recoger sus pertenencias inmediatamente y embarcar. El centurión primipilus, un patán villano, se adelantó y dijo que no pensaba volver a servir en ningún ejército romano. Aulo Gabinio los licenció después de pasar treinta años bajo las águilas y les dejó disfrutar de su retiro allí mismo, donde estaban. Tenían esposa, hijos y oficio.

Marco se enfadó. Cneo también. Ordenó a sus lictores que detuvieran al portavoz de los gabinianos, y entonces otros centuriones se adelantaron y rodearon al primipilus. No, dijeron, ellos estaban retirados y no se iban a marchar de allí. Cneo ordenó a sus lictores que se unieran a los de Marco y arrestasen al grupo. Pero cuando los lictores intentaron ponerles las manos encima a aquellos hombres, éstos desenvainaron las espadas. Hubo una pelea, pero ni mis hijos ni sus lictores tenían otras armas más que las fasces atadas que contenían las hachas, y a la caballería galacia la habían dejado en Alejandría disfrutando de unos días de licencia.

Así murieron mis hijos y sus lictores. La reina Cleopatra actuó de inmediato. Hizo que Achillas, un general de su propio ejército, rodease a los gabinianos y encadenase a los centuriones. A mis hijos se les hicieron funerales de Estado, y sus cenizas se depositaron en las urnas más preciosas que yo he visto nunca. Cleopatra me envió las cenizas de mis hijos y a los jefes de los gabinianos los mandó a Antioquía junto con una carta en la que aceptaba absolutamente toda la responsabilidad de la tragedia. Esperaría humildemente, decía la carta, mi decisión en cuanto a qué hacer con Egipto. Cualquier cosa que yo decidiese se haría, aunque ello incluyera la detención de su propia persona. La carta acababa diciendo que a los hombres gabinianos alistados se les había puesto en los barcos y que pronto llegarían a Antioquía.

Le devolví a los centuriones gabinianos y le expliqué que ella estaba menos implicada que yo, y que por lo tanto los juzgaría con más imparcialidad, porque yo no era capaz. Y la absolví de cualquier intención maliciosa. Creo que ella ejecutó a los centuriones primipilus *y* pilus prior, *pero que el general Achillas se quedó con el resto de ellos para reforzar el ejército egipcio. Los soldados, como ella había prometido, llegaron a Antioquía, donde los he puesto de nuevo bajo la seria disciplina militar romana. La reina Cleopatra alquiló a sus expensas algunos barcos extra, y envió también a sus esposas, a sus hijos y sus propiedades. Después de pensar en ello, decidí que sería prudente permitir que los gabinianos tuvieran a sus familias egipcias. Yo no soy un hombre comprensivo, pero mis hijos han muerto y no soy Lúculo.*

En cuanto a lo que sucede en Roma, Catón, creo que es inútil seguir animando a Curión en el Senado. Cuanto más tiempo dure allí la batalla, mayor será su reputación fuera del Senado, incluso entre los caballeros más importantes de los Dieciocho, cuyo apoyo necesitamos desesperadamente. Por ello opino que sería más prudente que los boni *decretasen un aplazamiento del debate sobre las provincias de César. El tiempo suficiente para que la voluble memoria de la plebe y del pueblo olviden lo heroico que ha sido Curión. Aplaza la discusión de las provincias de César hasta los idus de noviembre. Entonces Curión reanudará esa táctica obstructiva y volverá a interponer el veto, pero un mes después de esa fecha sale del cargo, y César nunca conseguirá otro tribuno de la plebe que iguale a Cayo Escribonio Curión. De manera que se le podrá despojar de todo en diciembre y entonces mandaremos a Lucio Enobarbo a relevarlo inmediatamente. Lo único que Curión habrá hecho por él será aplazar lo inevitable. No le tengo miedo a César. Es un hombre muy constitucional, no un delincuente nato como Sila. Sé que en eso no estás de acuerdo conmigo, pero yo he sido colega de Cayo César en los cargos de edil, pretor y cónsul, y aunque ese hombre tiene gran valor, no se siente cómodo si no utiliza el procedimiento debido.*

Oh, ya me siento mejor. Tener algo en que pensar es una especie de remedio contra el dolor. Y ahora que te estoy escribiendo, te veo mentalmente ante mis ojos y me consuelo. ¡Pero tengo que volver a casa este año, Catón! Tiemblo de terror al pensar que el Senado pueda prorrogar mi mandato. Siria no me trae suerte, nada bueno ocurrirá aquí. Mis espías dicen que los partos van a regresar en verano, pero si alguien viene a sustituirme yo ya me habré marchado para entonces. ¡Tengo que haberme marchado para entonces!

Por poco que me guste o por poca estima que le tenga, comprendo a Cicerón, que está pasando por el mismo mal trago. Dos gobernadores más reacios que Cicerón y yo serían difíciles de encontrar. Aunque él por lo menos ha disfrutado lo suficiente de una campaña como para ganarse doce millones con la venta de esclavos. Mi parte en nuestra campaña conjunta en las tierras de Amano me rindió seis cabras, diez ovejas y un horrible dolor de cabeza tan fuerte que me quedé completamente ciego. Cicerón ha dejado que Pomptino se vaya a casa, y tiene intención de marcharse el último día de quinctilis tenga sucesor o no, siempre que no haya recibido ninguna carta que prorrogue su mandato. Porque, aunque no temo que César tenga el propósito de implantar la monarquía, quiero estar ahí, en el Senado, para asegurarme de que no se le permite presentarse al consulado el año que viene in absentia. Quiero procesarle por maiestas, no te quepa la menor duda de eso.

Como tío que eres de Bruto y hermano de Servilia (sí, ya lo sé, sólo hermanastro), quizá deberías saber una de las historias que Cicerón está muy ocupado escribiendo para contársela a Ático, Celio y sólo los dioses saben a cuántos más. Debes de conocer al horripilante Publio Vedio, un caballero tan rico como vulgar. Pues Cicerón se encontró con él en una carretera de Cilicia, iba encabezando un desfile estrafalario y rimbombante que incluía dos carros, ambos tirados por asnos salvajes; uno de ellos contenía un mandril con cara de perro vestido con galas de mujer... una absoluta desgracia para Roma. Pero bueno, debido a una serie de hechos con los que no quiero cansarte, el caso es que se registró el equipaje de Vedio. Y se descubrieron los retratos de cinco mujeres jóvenes romanas muy conocidas, todas casadas con hombres de muy alta posición. Entre ellas, la esposa de Manio Lépido y una de las hermanas de Bruto. Supongo que Cicerón se refiere a Junia Prima, la esposa de Vatia Isáurico, pues Junia Secunda está casada con Marco Lépido. A menos, desde luego, que el gusto de Vedio le lleve a ponerles los cuernos a los Emilios Lépidos. Dejo a tu elección qué hacer acerca de este chismorreo, pero te advierto que muy pronto lo conocerá toda Roma. Quizá tú podrías hablar con Bruto para que éste a su vez hable con Servilia. Ella sabrá qué hacer.

Desde luego, me siento mejor. En realidad ésta es la primera vez que paso varias horas sin llorar. ¿Querrías dar la noticia de lo de mis hijos a aquellos que deben saberlo? A su madre, mi primera Domicia *(esto casi la matará), a ambas Porcias, a la mujer de Enobarbo, a mi esposa, y a Bruto.*

Cuídate, Catón. Estoy impaciente ya por ver tu querido rostro.

A medio leer la carta de Bíbulo, Catón empezó a sentir que un temor extraño lo invadía. En qué se basaba, eso no era capaz de comprenderlo, sólo sabía que tenía que ver con César. ¡César, César, siempre César! Un hombre cuya suerte era proverbial, que nunca pisaba en falso. ¿Qué había dicho Catulo? No a él, sino a otra persona que no lograba recordar... que César era como Ulises; que el hilo de su vida era tan fuerte que desgastaba a todos aquellos contra los que rozaba. Se le derribaba y él volvía a brotar como el diente de dragón plantado en el campo de la muerte. Bíbulo se había quedado sin sus dos hijos. Siria, decía, le traía mala suerte. ¿Podría ser eso? ¡No!

Catón enrolló la carta, se esforzó por apartar de sí las aprensiones y mandó llamar al desventurado Bruto, quien tendría que vérselas con la infidelidad de su hermana, la ira de su madre y el dolor de la hija de Catón, a quien él no quería ver. Era mejor que lo hiciera Bruto. A Bruto le gustaban bastante esa clase de obligaciones. Se le veía en todos los funerales; se le daba muy bien dar el pésame.

Y así fue como Bruto se marchó caminando despacio desde su propia casa a la casa de Marco Calpurnio Bíbulo, tristemente consciente de su papel de portador de malas noticias. Cuando le informó de que Junia se estaba comportando como una niña mala, Servilia simplemente se encogió de hombros y dijo que ya era lo bastante mayor como para llevar su vida del modo que le diese la gana. Pero cuando le reveló la identidad del hombre con quien Junia estaba divirtiéndose, Servilia se puso furiosa. ¿Con un gusano como Publio Vedio? ¡Rugido! ¡Chillido! ¡Pataleo, crujir de dientes, escupir más maldiciones que el obrero más bajo del puerto de Roma! De la indiferencia pasó a estar tan horriblemente ofendida que Bruto salió huyendo y dejó que Servilia fuera a grandes pasos hasta la vuelta de la esquina, donde estaba la casa de Vatia Isáurico, para enfrentarse a su hija. Porque el crimen para Servilia no era el adulterio, sino la pérdida de la *dignitas*. Las mujeres jóvenes con padres junianos y madres patricias servilianas no concedían a los mequetrefes de baja cuna el acceso a lo que era propiedad de sus maridos.

Bruto llamó a la puerta y, el mayordomo, un hombre cuyo esnobismo superaba al de su amo, le admitió en casa de Bíbulo. Cuando Bruto pidió ver a la señora Porcia, el mayordomo miró la punta de su larga nariz y apuntó silenciosamente en dirección al peristilo. Luego se marchó como diciendo que él no quería tener nada ver con aquella situación.

Bruto no había visto a Porcia desde el día de su boda, hacía dos años, lo cual no tenía nada de raro, pues en las numerosas ocasiones en que había visitado a Bíbulo, su esposa no se encontraba a la vista. El matrimonio con dos Domicias, a las que César sedujo por el único motivo de que aborrecía a Bíbulo, había curado a éste de invitar también a su esposa a cenar cuando tenía visitas del género masculino. Aunque el invitado varón fuera primo hermano de su esposa, y aunque el invitado varón tuviese una reputación tan intachable como Bruto.

Cuando caminaba hacia el peristilo pudo oír la risa de ella, ruidosa y como un relincho, y la risa mucho más alta y ligera de un niño. Correteaban por el jardín, aunque Porcia estaba impedida por tener los ojos vendados. Su hijastro de diez años jugueteaba alrededor de ella; tan pronto le tiraba del vestido como se quedaba absolutamente silencioso y quieto mientras Porcia pasaba a ciegas a unos centímetros de él, a tientas y riéndose a carcajadas. Entonces el niño se reía también y echaba a correr, y ella salía de nuevo en su persecución. Aunque, Bruto se dio cuenta de ello, el niño era considerado, pues no se acercaba al estanque para que Porcia no se cayese en él.

A Bruto se le rompió el corazón. ¿Por qué a él no se le había dotado de una hermana mayor como aquélla? Alguien con quien jugar, con quien divertirse, con quien reír. O con una madre así. Conocía a algunos hombres que tenían madres así y que todavía jugaban con ellos cuando las provocaban. Qué delicia debía de ser para el joven Lucio Bíbulo tener una madrastra como Porcia. La querida Porcia, torpona como un elefante.

—¿Hay alguien en casa? —preguntó Bruto a grandes voces desde la columnata.

Los dos se detuvieron y se volvieron hacia él. Porcia se quitó la venda de los ojos y se puso a relinchar con deleite al verlo. Con el joven Lucio detrás de ella, avanzó torpemente hacia Bruto y le envolvió en un abrazo que hizo que éste levantara los pies del suelo de terrazo.

—¡Bruto, Bruto! —exclamó al tiempo que lo dejaba caer al suelo—. Lucio, éste es mi primo Bruto. ¿Lo conoces?

—Sí —dijo Lucio, evidentemente no tan entusiasmado con la llegada de Bruto como lo estaba su madrastra.

—*Ave*, Lucio —le saludó Bruto revelando al sonreír que tenía unos bonitos dientes y que la sonrisa, si estuviera colocada en un rostro más atractivo, poseía un encanto victorioso y espontáneo—. Siento echar a perder la diversión, pero tengo que hablar con Porcia en privado.

Lucio, una persona igual de diminuta y de aspecto tan glacial como su padre, se encogió de hombros y se marchó dando puntapiés a la hierba desconsoladamente.

—¿No es precioso? —le preguntó Porcia a Bruto mientras lo conducía hasta sus propios aposentos—. ¿No es precioso esto? —le preguntó después indicando con un gesto su cuarto de estar con aire orgulloso—. ¡Tengo muchísimo espacio, Bruto!

—Dicen que toda clase de plantas y seres vivos aborrecen el vacío, Porcia, y según veo es completamente cierto. Tú te las has arreglado para rellenarlo magníficamente.

—¡Oh, ya lo sé, ya lo sé! Bíbulo siempre me está diciendo que intente ser ordenada, pero me temo que eso no está en mi temperamento.

Porcia se sentó en una silla, él en otra. Por lo menos, reflexionó Bruto, Bíbulo tenía personal de servicio suficiente para que el caos de su esposa quedara libre de polvo y las sillas estuvieran vacías.

El gusto de Porcia en el vestir no había mejorado, advirtió Bruto; llevaba puesta otra tienda de lona de color marrón caca de niño que realzaba la anchura de sus hombros y le daba un ligero aire de guerrera amazona. Pero la mata de pelo rojo se había hecho considerablemente más larga, y así aún más hermosa, y aquellos grandes ojos grises eran tan serios y luminosos como él los recordaba.

—Es un placer verte —le dijo ella sonriendo.

—Y verte a ti, Porcia.

—¿Por qué no has venido a verme antes? Bíbulo lleva ausente casi un año ya.

—No está bien ir a visitar a la esposa de un hombre mientras él se encuentra ausente.

Porcia frunció el ceño.

—¡Eso es ridículo!

—Bueno, sus dos primeras esposas le fueron infieles.

—Ellas no tienen nada que ver conmigo, Bruto. Si no fuera por Lucio, me habría encontrado desesperadamente sola.

—Pero tienes a Lucio.

—He despedido al pedagogo... ¡qué hombre tan idiota! Últimamente yo misma me encargo de enseñar a Lucio, y ha adelantado mucho. No se puede enseñar golpeando con una vara, hay que hacer que el estudio resulte fascinante.

—Ya veo que él te quiere.

—Y yo lo quiero a él.

El motivo de la misión que había llevado allí a Bruto lo estaba corroyendo, pero se dio cuenta de que quería saber mucho más acerca de la vida de casada de Porcia, y sabía que en el momento en que abordase el tema de la muerte, toda oportunidad de descubrir lo que ella pensaba desaparecería. Así que de momento aplazó el dar la noticia y dijo:

—¿Te gusta la vida de casada?

—Muchísimo.

—¿Qué es lo que más te gusta?

—La libertad. —Porcia se echó a reír dando un bufido—. ¡No tienes idea de lo maravilloso que es vivir en una casa sin Atenodoro Cordilión y Estatilo! Yo sé que *tata* los tiene en mucha estima, pero en mi caso nunca fue así. ¡Estaban tan celosos de mí! Si parecía que yo iba a poder pasar unos minutos a solas con él, se apresuraban a estropearlo. Todos esos años, Bruto, viviendo en la misma casa que Marco Porcio Catón, sabiendo que era su hija pero que nunca podría estar a solas con él libre de esas sanguijuelas griegas... ¡Los aborrecía! Son hombres malévolos y mezquinos. Y lo animaban a beber.

Gran parte de lo que Porcia decía era cierto, pero no todo; Bruto creía que Catón bebía porque quería hacerlo, y que ello tenía mucho que ver con la animosidad que sentía por aquellos que él consideraba indignos de la *mos maiorum*, y con Marcia. Lo cual venía a demostrar que Bruto tampoco había adivinado el secreto mejor guardado de Catón: la soledad en que se había convertido su vida sin su hermano Cepión, su terror de amar a otras personas tanto que vivir sin ellas fuera una agonía.

—¿Y te gustó casarte con Bíbulo?

—Sí —respondió Porcia con tirantez.

—¿Fue muy difícil?

Como no había sido educada por mujeres, la muchacha interpretó aquello como lo habría interpretado un hombre y respondió con franqueza.

—Te refieres al acto sexual.

Bruto se ruborizó, pero el rubor no se notaba en aquel rostro tan moreno y con tanta barba, así que respondió con la misma franqueza.

—Sí.

Porcia dejó escapar un suspiro y se inclinó hacia adelante con las manos enlazadas entre las piernas, que tenía muy abiertas; estaba claro que Bíbulo no le había hecho perder en absoluto los hábitos masculinos.

—Bueno, Bruto, una acepta lo que es necesario. Los dioses también lo hacen, si hay que creer a los griegos. Y no he encontrado pruebas en los escritos de ningún filósofo de que las mujeres también disfruten de ello. Es una recompensa para los hombres, y si los hombres no lo buscasen activamente, no existiría. Tuve que sufrirlo, y es lo peor que puedo decir sobre ello, y lo mejor que puedo decir es que no me dio asco. —Se encogió de hombros—. Es un asunto breve, al fin y al cabo, y una vez que el dolor se hace soportable no es nada realmente difícil.

—Pero se supone que no tiene que dolerte después de la primera vez, Porcia —le dijo Bruto.

—¿De verdad? —le preguntó ella con indiferencia—. Pues a mí

no me ha pasado así. —Luego añadió, sin que al parecer le ofendiera—: Bíbulo dice que no soy jugosa.

Bruto se sonrojó aún más, pero al mismo tiempo también se le encogió el corazón.

—¡Oh, Porcia! A lo mejor cuando regrese Bíbulo las cosas serán diferentes. ¿Lo echas de menos?

—Una debe echar de menos al marido —le aseguró Porcia.

—No aprendiste a quererle.

—Yo quiero a mi padre. Quiero al pequeño Lucio. A ti también te quiero, Bruto. Pero a Bíbulo lo respeto.

—¿Sabías que tu padre quería que yo me casara contigo?

Porcia abrió mucho los ojos.

—No.

—Pues sí. Pero yo no quise.

Aquello desanimó a Porcia, que, enfadada, preguntó:

—¿Por qué no?

—Por nada que tenga que ver contigo, Porcia. Sólo que yo le di mi amor a otra que no me amaba.

—A Julia.

—Sí, a Julia. —A Bruto se le torció la cara—. Y cuando ella murió, sólo quise una esposa que no significase nada para mí. Así que me casé con Claudia.

—¡Oh, pobre Bruto!

Éste se aclaró la garganta.

—¿No sientes ninguna curiosidad por saber qué me ha traído por aquí?

—Me temo que no he pensado en nada más que en el hecho de que hayas venido.

Bruto se movió incómodo un poco en la silla y luego miró directamente a Porcia.

—Me han delegado para que sea yo quien te dé una noticia dolorosa, Porcia.

La muchacha palideció y se pasó la lengua por los labios.

—Bíbulo ha muerto.

—No, Bíbulo está bien. Pero a Marco y a Cneo los asesinaron en Alejandría.

Las lágrimas comenzaron a correr por las mejillas de Porcia inmediatamente, pero no dijo ni una palabra. Bruto buscó el pañuelo y se lo dio, pues sabía muy bien que Porcia habría utilizado el suyo a modo de secante o de bayeta. Así que la dejó llorar un rato y luego se puso en pie con cierto azoramiento.

—Tengo que irme, Porcia. Pero... ¿puedo volver? ¿Te gustaría que se lo dijera yo al pequeño Lucio?

—No —murmuró la muchacha hablando entre los pliegues de lino del pañuelo—. Se lo diré yo, Bruto. Pero vuelve cuando quieras, por favor.

Bruto se marchó entristecido, aunque se daba cuenta de que la pena que sentía no era por los hijos de Marco Bíbulo. Era por aquella pobre criatura vital y magnífica cuyo marido no tenía nada mejor que decir de ella que no era jugosa. (¡Oh, que expresión más horrible!)

Catón seguía cabildeando entre los *boni* menos importantes para intentar posponer la discusión de las provincias de César hasta los idus de noviembre, cuando le llegó la noticia de que Quinto Hortensio se estaba muriendo y lo había mandado llamar.

El atrio estaba lleno de visitantes que habían ido a expresar sus buenos deseos, pero el mayordomo condujo a Catón inmediatamente a la «habitación de reclinarse». Hortensio yacía en la hermosa cama, envuelto en mantas y tiritando de un modo espantoso; tenía torcido el lado izquierdo de la boca y babeaba, y con la mano derecha se agarraba a la ropa de cama que tenía alrededor del cuello. Pero, como en la anterior visita de Catón, Hortensio lo reconoció inmediatamente. El joven Quinto Hortensio, que tenía la misma edad que Bruto y estaba bien acomodado en el Senado, se levantó de la silla que ocupaba y se la ofreció a Catón con la cortesía auténtica de los Hortensios.

—No tardaré mucho en morir —le dijo Hortensio con voz espesa—. Tuve una hemorragia cerebral esta mañana. No puedo mover el lado izquierdo. Todavía puedo hablar, pero la lengua se me ha puesto muy torpe. Vaya destino el mío, ¿verdad? No tardaré mucho. Otro ataque pronto.

Catón apartó las mantas hasta que pudo coger aquella mano derecha tan debilitada con cierta comodidad; Hortensio le agarró patéticamente.

—Te he dejado una cosa en mi testamento, Catón.

—Sabes que no acepto herencias, Quinto Hortensio.

—No es dinero, je, je. —Aquel hombre agonizante se echó a reír disimuladamente—. Sé que no aceptas dinero. Pero esto sí lo aceptarás.

Dicho lo cual cerró los ojos y dio la impresión de quedar sumido en el sopor.

Sin soltarle la mano, Catón tuvo tiempo para mirar a su alrededor, y no lo hizo con miedo, sino con una determinación de acero. Sí, Marcia estaba allí con otras tres mujeres.

A Hortensia la conocía bien, era la viuda de su hermano Cepión y nunca había vuelto a casarse. La hija que ella y Cepión habían tenido, la joven Servilia, estaba a punto de llegar a la edad casadera, lo cual Catón apreció al tiempo que sentía una gran impresión. ¡Cómo se iban los años! ¿Tanto tiempo había transcurrido desde la muerte de Cepión? No era una chica agradable, la joven Servilia.

¿Sería que aquel nombre predisponía a todas las Servilias? La tercera mujer era la esposa del joven Hortensio, Lutacia, hija de Catulo y por ello prima hermana por partida doble de su marido. Muy orgullosa y muy bella, aunque con una belleza glacial.

Marcia tenía los ojos fijos en una lámpara que había en el rincón más distante, y Catón podía contemplarla sin temor a encontrarse con la mirada de ella, estaba seguro. A las otras mujeres las había ignorado con aquella misógina manera de ser suya, pero a Marcia no podía ignorarla. No tenía esa clase de memoria que hace que uno pueda conjurar las facciones exactas de una cara amada, y ése había sido uno de los aspectos más tristes de su constante pena desde que su hermano Cepión murió. De manera que miró a Marcia con asombro. ¿Así era ella?

Habló con voz fuerte y ronca, tanto que Hortensio se sobresaltó y abrió los ojos y los mantuvo abiertos, sonriéndole a Catón y enseñando las encías desdentadas.

—Señoras, Quinto Hortensio se está muriendo —dijo Catón—. Traed sillas y sentaos donde él pueda veros. Marcia y la joven Servilia aquí, a mi lado. Hortensia y Lutacia al otro lado de la cama. Un hombre que se está muriendo debe tener el consuelo de poder descansar la mirada en todos los miembros de su familia.

El joven Quinto Hortensio, ahora flanqueado por su esposa y su hermana, le cogió a su padre la mano izquierda paralizada; era un hombre de aspecto más bien militar para ser el retoño de un hombre nada militar, pero lo mismo podía decirse del hijo de Cicerón, mucho más joven. Por lo visto, los hijos no se parecían a sus padres. El propio hijo de Catón no era nada marcial, valeroso ni político. Qué extraño que tanto Hortensio como él hubieran tenido hijas más apropiadas para seguir los pasos de la familia. Hortensia comprendía las leyes de un modo brillante, y tenía el don de la oratoria; llevaba una existencia erudita. Y Porcia era la que hubiera podido sucederle a él en el Senado y en la arena pública.

Al disponer de aquel modo a la familia en torno a la cama, Catón no tenía que mirar a Marcia, aunque era intensamente consciente del cuerpo de ella a escasos centímetros del suyo.

Pasaron horas allí sentados, sin darse apenas cuenta de que los criados habían entrado para encender las lámparas al caer la noche; sólo abandonaban el lado del lecho para hacer breves visitas a las letrinas. Todos miraban al hombre agonizante, cuyos ojos se habían cerrado de nuevo al ponerse el sol. Al caer la noche, la segunda hemorragia cerebral liberó un enorme torrente de sangre a presión que le inundó las partes vitales del cerebro. Lo mató con tanta rapidez, con tanta sutileza, que nadie se dio cuenta de que se había producido un segundo ataque. Sólo lo advirtió Catón al ver que bajaba la temperatura de la mano que sostenía; respiró profundamente y con cuidado desenredó los dedos entumecidos de la mano que lo apretaba. Se puso en pie.

—Quinto Hortensio ha muerto —dijo. Y se inclinó sobre la cama para quitarle al hijo de Hortensio la fláccida mano izquierda de su padre, a quien cruzó ambas manos sobre el pecho—. Ponle la moneda, Quinto.

—¡Y ha muerto de un modo tan pacífico! —exclamó Hortensia, atónita.

—¿Y por qué no iba a ser así? —le preguntó Catón.

Y salió de la habitación para buscar la soledad del jardín frío e invernal.

Se estuvo paseando por los senderos el tiempo suficiente como para acostumbrarse a la noche sin luna, el cielo estaba lleno de nubes, con la intención de permanecer allí hasta que el lecho de muerte pasase al cuidado de las pompas fúnebres; luego se marcharía sin decir nada por la puerta del jardín hasta la calle, sin volver a entrar en la casa. Sin pensar en Quinto Hortensio Hortalo. Pensando en Marcia.

Ésta se materializó ante él de manera tan súbita que Catón se vio obligado a ahogar un grito. Ya nada le importaba. Ni los años, ni el marido viejo ni la soledad. Marcia se le echó en los brazos y le sujetó el rostro entre las manos, sonriéndole durante todo el rato.

—Mi exilio ha terminado —le dijo la muchacha, y le ofreció la boca.

Catón la tomó, retorcido de dolor, destrozado por la culpa, con todo aquel sentimiento inmenso que le había transmitido a su hija liberado por fin, incontrolable, tan fiero y maravilloso como fue en aquella época olvidada ya hacía mucho tiempo, antes de que Cepión muriera. Tenía el rostro mojado por las lágrimas; Marcia se las lamió, él tiró de la túnica negra de ella, ella tiró de la de él y juntos cayeron sobre el suelo helado sin darse cuenta. Ni una sola vez en los dos años que Marcia pasó con Catón éste le hizo el amor como se lo hizo entonces, sin reprimir nada, incapaz de resistir a la enormidad de la emoción que lo embargaba. La presa había reventado, Catón sintió que volaba en pedazos y ni siquiera toda la rigurosa disciplina de la ética despiadada que se infligía a sí mismo pudo ensombrecer aquel asombroso descubrimiento ni impedir que su espíritu saltase lleno de un gozo que no sabía que existiera, allí con ella y dentro de ella, una y otra vez.

Cuando se separaron amanecía, y no se habían dicho una sola palabra el uno al otro; y tampoco hablaron cuando Catón se apartó de ella y salió a la calle, que empezaba a llenarse de actividad, por la puerta del jardín. Mientras tanto, Marcia recogió la ropa y se envolvió en ella con algo más o menos parecido al orden y se retiró sin ser vista a sus aposentos en aquella inmensa casa. Estaba dolorida, pero de triunfo. Quizá aquel exilio había sido la única manera de que Catón pudiera admitir lo que sentía por ella. Sonriendo, buscó el baño.

Filipo fue a ver a Catón aquella mañana y los cansados ojos se le abrieron de par en par de la sorpresa que sintió al ver el aspecto del estoico más dedicado y famoso de Roma: vibrante de vida, ¡sonriendo de verdad!

—No me ofrezcas ese espantoso meado que llamas vino —le dijo Filipo mientras se sentaba en una silla.

Catón se sentó a un lado de su desvencijado escritorio y esperó.

—Soy el ejecutor del testamento de Quinto Hortensio —le comunicó el visitante, que tenía un aspecto que evidenciaba claramente su malhumor.

—Oh, sí, Quinto Hortensio me dijo algo acerca de que me había dejado un legado.

—¿Un legado? Pues yo a eso más bien lo llamaría un don de los dioses.

Las pálidas cejas pelirrojas se alzaron, y los ojos de Catón chispearon.

—Soy todo curiosidad, Lucio Marcio —le dijo.

—¿Qué te pasa esta mañana, Catón?

—Absolutamente nada.

—Absolutamente todo, diría yo. Estás raro.

—Sí, pero siempre lo he sido.

Filipo respiró hondo.

—Hortensio te ha dejado todo lo que hay en su bodega de vino —le informó.

—Qué amable de su parte. No me extraña que dijera que yo lo aceptaría.

—No significa nada para ti, ¿verdad, Catón?

—Te equivocas, Lucio Marcio. Significa muchísimo.

—¿Sabes lo que Quinto Hortensio tenía en su bodega?

—Imagino que algunas cosechas muy buenas.

—¡Oh, sí, así es! Pero ¿sabes cuántas ánforas?

—No. ¿Cómo voy a saberlo?

—¡Diez mil ánforas! —gritó Filipo—. Diez mil ánforas de los mejores vinos del mundo. ¿Y a quién se le ocurre dejárselas? ¡A ti, el peor paladar de Roma!

—Sé lo que quieres decir y sé cómo te sientes, Filipo. —Catón se inclinó hacia adelante y le puso una mano en la rodilla a Filipo, un gesto tan extraño viniendo de Catón que Filipo estuvo a punto de apartarse—. Yo te diré qué vamos a hacer, Filipo. Voy a hacer un trato contigo —le dijo Catón.

—¿Un trato?

—Sí, un trato. En modo alguno puedo hacer sitio para diez mil ánforas de vino en mi casa, y si lo almaceno en Túsculo todo el barrio me lo robará. De modo que me quedaré las quinientas ánforas peores que haya en la bodega del pobre viejo Hortensio y te daré a ti las nueve mil quinientas mejores.

—¡Estás loco, Catón! ¡Alquila un almacén en condiciones o véndelo! Yo te compraré todo el que pueda permitirme, así que no perderé. ¡Pero, sencillamente, no puedes regalar casi todo el vino, no puedes!

—Yo no he dicho que fuera a regalarlo. He dicho que quería hacer un trato contigo, y eso significa que quiero cambiártelo por otra cosa.

—¿Qué puedo tener yo que valga tanto?

—Tu hija.

Filipo se quedó con la boca abierta.

—¿Qué?

—Te cambio el vino por tu hija.

—¡Pero tú te divorciaste de ella!

—Y ahora voy a volver a casarme con ella.

—¡Estás loco! ¿Para qué la quieres otra vez?

—Eso es asunto mío —dijo Catón, que parecía extraordinariamente complacido consigo mismo. Se estiró voluptuosamente—. Pienso casarme otra vez con ella en cuanto las cenizas de Quinto Hortensio hayan ido a parar a la urna.

Filipo cerró bruscamente la boca y tragó saliva.

—¡Pero es que, mi querido amigo, no puedes hacer eso! ¡El período de luto son diez meses enteros! Y eso suponiendo que yo accediera —añadió.

El humor desapareció inmediatamente de los ojos de Catón, que volvieron a ser como siempre, serios y resueltos. Apretó con fuerza los labios.

—En diez meses el mundo puede haberse terminado —dijo con voz muy ronca—. O César puede caer sobre Roma con su ejército. O a mí pueden haberme desterrado a una isla en el mar Euxino. Diez meses son un tiempo precioso. Por ello me casaré con Marcia inmediatamente después del funeral de Quinto Hortensio.

—¡No puedes hacerlo! ¡No lo consentiré! ¡Roma se volvería loca!

—Roma ya está loca.

—¡No, no lo consentiré!

Catón suspiró, se dio la vuelta en la silla y miró con aire soñador por la ventana de su despacho.

—Nueve mil quinientas enormes, gigantescas ánforas de vino de cosecha —le dijo—. ¿Cuánto contiene un ánfora? ¿Veinticinco jarros? Multiplica nueve mil quinientos por veinticinco y tienes doscientos treinta y siete mil quinientos jarros de una colección sin igual de Falernio, Chian, Fucine, Samiano... —Se incorporó tan súbitamente que Filipo se sobresaltó—. ¡Oye, creo que Quinto Hortensio tenía algo de aquel vino que el rey Tigranes, el rey Mitrídates y el rey de los partos solían comprarle a Publio Servilio!

Los ojos oscuros giraban enloquecidos, el apuesto rostro era la imagen de la confusión; Filipo juntó las manos y las extendió implorante hacia Catón.

—¡No puedo hacerlo! ¡Eso originaría un enorme escándalo, un escándalo peor que el que hubo cuando tú te divorciaste de Marcia y la casaste con el pobre y viejo Hortensio! ¡Catón, por favor! ¡Espera unos meses!

—¡Pues no hay vino! —le dijo Catón—. Y en cambio verás cómo yo me lo llevo, carreta tras carreta, al monte Testaceo, en el puerto de Roma, y me dedico a romper personalmente cada ánfora con un martillo.

El oscuro cutis de aquel hombre se volvió completamente blanco.

—¡No serás capaz!

—Claro que sí. Al fin y al cabo, como tú mismo has dicho, tengo el peor paladar de Roma. Y puedo permitirme beber todos los horribles meados que quiera. En cuanto a venderlo, eso sería lo mismo que aceptar dinero de Quinto Hortensio. Y yo nunca acepto legados en dinero. —Catón se recostó en la silla, puso los brazos detrás de la cabeza y miró con ironía a Filipo—. ¡Decídete, hombre! Lleva a tu hija viuda a casarse con su ex marido dentro de cinco días... y podrás saborear extasiado doscientos treinta y siete mil quinientos jarros del mejor vino del mundo, o si no, contempla cómo yo hago pedazos las ánforas en el monte Testaceo. Y después me casaré con Marcia igualmente. Ella tiene veinticuatro años, hace seis que es mayor de edad y no necesita tu permiso. Es *sui iuris*, no puedes impedírnoslo. Lo único que puedes hacer es darle a nuestra segunda unión un poco de respetabilidad. Y yo preferiría que Marcia se sintiera lo bastante cómoda como para aventurarse a salir de nuestra casa sin avergonzarse.

Frunciendo el ceño, Filipo estudió a aquella criatura altamente excitable y por completo indomable que lo contemplaba. Quizá estuviera loco. Sí, desde luego, estaba loco. Todo el mundo lo sabía desde hacía años. Aquella clase de dedicación obsesiva de Catón a una causa era única. Había que ver cómo perseguía a César. Y seguiría haciéndolo. El encuentro de aquel día, no obstante, le reveló muchas más facetas de la locura de Catón de las que Filipo suponía que existían.

Suspiró y se encogió de hombros.

—Muy bien, entonces. Si vas a hacerlo, hazlo, que caiga sobre vuestras cabezas, la tuya y la de Marcia. —Le cambió la expresión—. Hortensio nunca le puso un dedo encima, ya lo sabes. Por lo menos supongo que debes de saberlo, puesto que quieres volver a casarte con ella.

—No lo sabía. Suponía lo contrario.

—Era demasiado viejo, estaba demasiado enfermo y demasiado

senil. Simplemente la puso en un metafórico pedestal como la esposa de Catón, y se dedicó a adorarla.

—Sí, eso tiene sentido. Marcia nunca ha dejado de ser la esposa de Catón. Gracias por la información, Filipo. Ella misma me lo habría dicho, pero yo habría dudado.

—¿Tan baja opinión tienes de mi Marcia? ¿Después de haber sido su marido?

—Yo me casé con una mujer que me puso los cuernos con César, también.

Filipo se puso en pie.

—Desde luego. Pero las mujeres son tan diferentes unas de otras como los hombres. —Echó a andar hacia la puerta y luego se dio la vuelta—. ¿Te das cuenta, Catón, de que hasta hoy no sabía que tienes sentido del humor?

Catón pareció no comprender.

—Yo no tengo sentido del humor —repuso.

Así fue como, poco después del funeral de Quinto Hortensio Hortalo, se puso el sello sobre el escándalo más delicioso y exasperante de la historia de Roma: Marco Porcio Catón volvió a casarse con Marcia, la hija de Lucio Marcio Filipo.

A mitad de mayo el Senado votó posponer cualquier discusión acerca de las provincias de César hasta los idus de noviembre. El cabildeo de Catón había tenido éxito, aunque, lo que no era sorprendente, convencer a sus partidarios más cercanos le resultó lo más difícil; Lucio Domicio Enobarbo se echó a llorar y Marco Favonio comenzó a aullar. Sólo el hecho de que Bíbulo les escribiera una carta a cada uno les indujo hacerse a la idea.

—¡Oh, bien! —exclamó Curión con júbilo en la cámara después de la votación—. Puedo tomarme unos meses de descanso. ¡Pero no creáis que no interpondré mi veto otra vez en los idus de noviembre, porque lo haré!

—¡Veta lo que quieras, Cayo Curión! —bramó Catón, a quien la fabulosa aura de su escandaloso segundo matrimonio con la misma mujer le otorgaba un considerable atractivo—. Poco después saldrás del cargo y César caerá.

—Y alguien ocupará mi lugar —le aseguró Curión lleno de confianza.

—Pero no alguien como tú —fue la réplica de Catón—. César nunca encontrará otro como tú.

Quizá César no lo encontraría, pero el sustituto de Curión que había imaginado ya viajaba apresuradamente desde la Galia a Roma. La muerte de Hortensio había dejado un hueco en algún sitio más que entre las filas de los grandes abogados; también era augur, lo que significaba que su puesto en el colegio de augures estaba vacante y había que celebrar elecciones. Y Enobarbo tenía intención de intentarlo otra vez, decidido a situar de nuevo a su familia en el club más exclusivo de Roma, el colegio sacerdotal. Sacerdote o augur daba igual, aunque ser sacerdote siempre habría resultado más satisfactorio para alguien cuyo abuelo fue *pontifex maximus* y puso en vigor la ley que requería elecciones públicas para sacerdotes y augures.

Sólo los candidatos a cónsul y pretor tenían obligación de inscribirse en persona dentro del sagrado recinto de Roma; para todas las demás magistraturas, incluidas las religiosas, podía presentarse la candidatura *in absentia*. Así, el sustituto de Curión previsto por César como tribuno de la plebe, que se apresuraba desde la Galia, envió a alguien por delante y se registró como candidato para el puesto de augur que había dejado vacante Quinto Hortensio. Las elecciones se celebraron antes de que el sustituto llegase a Roma, pero ganó. La forma muy expresiva en que Enobarbo manifestó su pesar cuando volvió a ser derrotado probablemente inspirase la redacción de varios poemas épicos.

—¡Marco Antonio! —exclamó muy tieso Enobarbo arrugándose la brillante calva con los dedos retorcidos. La rabia no era posible, pues la convirtió en desesperación en las últimas elecciones de augures, cuando Cicerón lo derrotó—. ¡Marco Antonio! Creía que lo más bajo a lo que los electores podían llegar era a Cicerón, ¡pero Marco Antonio! ¡Ese patán, ese libertino, ese mocoso forzudo sin cerebro! ¡Roma está llena de bastardos! ¡Un cretino que vomita en público! ¡Su padre prefirió suicidarse antes que venir a Roma a enfrentarse a su juicio por traición! ¡Su tío torturó a griegos libres, hombres, mujeres y niños! Su hermana era tan fea que tuvieron que casarla con un lisiado. Su madre es, sin duda, la mujer más tonta que está con vida, aunque sea una juliana. ¡Y sus dos hermanos menores sólo se diferencian de Antonio en que tienen aún menos inteligencia!

El que escuchaba todo esto era Marco Favonio; Catón empleaba en aquellos días hasta el último momento libre para quedarse en su casa con Marcia, Metelo Escipión estaba ausente en Campania bailándole el agua a Pompeyo y los *boni* menos importantes estaban todos apiñados en torno a los Marcelos.

—Venga, anímate, Lucio Domicio —intentó tranquilizarlo Favonio—. Todos saben por qué has perdido. César le ha comprado el puesto a Antonio.

—César no se ha gastado en sobornos ni la mitad de lo que me he gastado yo —gimoteó Enobarbo en medio de un ataque de hipo, y le salió todo lo que llevaba dentro—. ¡He perdido porque soy calvo, Favonio! Si tuviera una sola mecha de pelo en alguna parte de la cabeza todo estaría bien, pero aquí me tienes, con sólo cuarenta y siete años, ¡y estoy tan pelado como el culo de un mandril desde que cumplí los veinticinco! ¡Los niños me señalan y me llaman cabeza de huevo, las mujeres levantan los labios con repugnancia y todos los hombres de Roma creen que estoy demasiado decrépito para que merezca la pena votarme!

—Oh, tch, tch, tch —cloqueó Favonio con impotencia. Se le ocurrió una cosa—: César está calvo, y sin embargo no tiene ningún problema.

—¡César no está calvo! —bramó Enobarbo—. ¡Todavía le queda pelo suficiente como para peinarse hacia adelante y cubrirse el cuero cabelludo, de modo que no está calvo! —Hizo rechinar los dientes—. Además está obligado por la ley a llevar puesta la corona cívica en todos los actos públicos, y eso le ayuda a sujetarse el pelo en su sitio.

En aquel momento entró muy decidida la esposa de Enobarbo. Se trataba de la Porcia que era hermana de Catón, una mujer baja, rolliza, con pecas y el cabello de color arena. Se habían casado jóvenes y su unión había resultado muy feliz; los hijos habían ido viniendo a intervalos regulares, dos chicos y cuatro chicas, pero por suerte Lucio Enobarbo era tan rico que el número de hijos cuyas carreras había de financiar y el de hijas cuyas dotes había de aportar suponía poca cosa para él. Además habían adoptado a un hijo de un Atilio Serrano.

Porcia lo miró, canturreó, le dirigió a Favonio una mirada de comprensión y atrajo hacia su estómago la despreciada cabeza de Enobarbo dándole palmaditas en la espalda.

—Deja de lamentarte, querido mío —le dijo—. La razón no sé cuál ha sido, pero los electores de Roma decidieron hace años que no iban a votarte para que entrases en un colegio sacerdotal. No tiene nada que ver con tu falta de pelo. Si fuera así, no te habrían votado como cónsul. Concentra tus esfuerzos en conseguir que nuestro hijo Cneo sea elegido para alguno de los colegios sacerdotales. Es una buena persona y a los electores les cae bien. Y ahora déjalo ya, sé un buen chico.

—¡Pero es que Marco Antonio...!

—Marco Antonio es un ídolo público, un fenómeno de la misma clase que un gladiador. —Se encogió de hombros y le pasó la mano a su esposo por la espalda, como las madres hacen con los bebés—. No es tan hábil como César, ni mucho menos, pero encanta a las multitudes igual que él. A la gente le gusta votarle, y eso es todo.

—Porcia tiene razón, Lucio Domicio —le dijo Favonio.

—Claro que tengo razón.

—Entonces dime: ¿por qué se ha molestado Antonio en venir a Roma? Ya lo votaron *in absentia*.

Aquella quejumbrosa pregunta de Enobarbo fue contestada unos días después, cuando Marco Antonio, al que acababan de elegir augur, anunció que iba a presentarse también a las elecciones a tribuno de la plebe.

—Pues los *boni* no están impresionados —le comunicó Curión sonriendo.

Para ser una persona que siempre tenía un aspecto magnífico, ahora Antonio presentaba un aspecto aún más magnífico, pensó Curión. La vida con César le había sentado bien, incluida la prohibición de beber vino. Rara vez había producido Roma un espécimen que pudiera igualarle, con aquella altura, aquel físico de hombre fuerte, aquel imponentemente enorme equipo genital y aquel aire de inextinguible optimismo. Lo miraban y gustaba a la gente de un modo como nunca había gustado César. Quizá, pensó Curión con cinismo, porque irradiaba masculinidad sin poseer un rostro hermoso. Como los de Sila, los encantos de César eran más ambiguos; y si no lo eran, aquel antiguo bulo acerca de la aventura amorosa de César con el rey Nicomedes no se habría sacado a colación con tanta frecuencia, aunque nadie pudiera señalar ninguna actividad sexual sospechosa desde entonces y a pesar de que el chisme del rey Nicomedes se apoyaba en el testimonio de dos hombres que aborrecían a César, el fallecido Lúculo y el muy vivo Bíbulo. Mientras que a Antonio, que en otra época solía darle lascivos besos en público a Curión, nunca, ni por un instante, lo calificaron de homosexual.

—Ni yo esperaba que los *boni* lo estuvieran —le respondió Antonio—, pero César cree que lo haré muy bien como tribuno de la plebe, aunque eso signifique que tenga que entrar en el cargo después de ti.

—Estoy de acuerdo con César —comentó Curión—. Y te guste o no, mi querido Antonio, vas a prestar atención y a aprender mucho durante los próximos meses. Voy a entrenarte para que te enfrentes a los *boni*.

Fulvia, que ya estaba muy adelantada en su embarazo, se encontraba tumbada al lado de Curión en un canapé. Antonio, que tenía una gran lealtad hacia sus amigos, la conocía desde hacía muchos años y la tenía en gran estima. Ella era fiera, abnegada, inteligente y daba siempre apoyo. Aunque Publio Clodio fue el amor de su juventud, Fulvia parecía haber trasladado su afecto con mucho éxito a Curión, que era muy diferente a Clodio. A diferencia de la mayor parte de las mujeres que Antonio conocía, ella otorgaba su amor por otras razones que no eran las de hacer el nido. Uno podía estar seguro de su amor sólo por ser valiente, brillante y una fuerza en la política. Como lo había sido Clodio. Como estaba demostrando serlo Curión. Algo no del todo inesperado, quizá, en la nieta de Cayo Graco. Ni en una criatura tan llena de fuego como ella. Todavía era muy hermosa, aunque tenía ya treinta y tantos. Y estaba claro que seguía tan fructífera como siempre: cuatro hijos con Clodio, y ahora uno con Curión. ¿Por qué sería que en una ciudad cuyas mujeres aristócratas eran tan propensas a morir al dar a luz, Fulvia producía bebés sin que se le moviera un pelo? Ella destruía muchas de las teorías, porque su sangre era inmensamente antigua y noble y en su genealogía había muchos matrimonios endogámicos; Escipión el Africano, Emilio Paulo, Sempronio Graco, Fulvio Flaco. Y sin embargo ella era una fábrica de bebés.

—¿Cuándo sales de cuentas? —le preguntó Antonio.

—Pronto —respondió Fulvia al tiempo que extendía una mano para revolverle el cabello a Curión. Le sonrió recatadamente a Antonio—. Nosotros... er... bueno, nos adelantamos un poco a nuestra unión legal.

—¿Por qué no os casasteis antes?

—Pregúntaselo a Curión —le dijo ella ahogando un bostezo.

—Es que yo quería estar libre de deudas antes de casarme con una mujer tan inmensamente rica.

Antonio pareció impresionado.

—¡Nunca te he entendido, Curión! ¿Por qué había de preocuparte eso?

—Porque Curión no es como los demás hombres venidos a menos —le contestó alegremente una voz nueva.

—¡Dolabela! ¡Pasa, hombre, pasa! —exclamó Curión—. Hazle sitio, Antonio.

Publio Cornelio Dolabela, un patricio pobre, se acomodó en el canapé al lado de Antonio y aceptó el vaso de vino que Curión le había servido mezclado con agua.

—Felicidades, Antonio —le dijo.

Los dos pertenecían al mismo tipo de hombre, por lo menos físicamente, pensó Curión. Igual que Antonio, Dolabela era alto y poseía un físico soberbio y una masculinidad indudable; sin embargo, Curión pensaba que probablemente tenía mejor intelecto que Antonio, aunque sólo fuera porque carecía de la intemperancia de éste. Y también era mucho más guapo que Antonio, y la relación de sangre que tenía con Fulvia se hacía evidente en ciertos rasgos del rostro y en el color: pelo de color castaño claro, cejas y pestañas negras y ojos azul oscuro.

La situación financiera de Dolabela era tan precaria que sólo un matrimonio fortuito le permitió entrar en el Senado dos años atrás; instigado por Clodio, cortejó y se ganó a Fabia, la vestal jefe retirada, que era hermanastra de Terencia, la mujer de Cicerón. El matrimonio no duró mucho, pero Dolabela salió de él siendo el dueño legal de la enorme dote de Fabia... y seguía gozando del afecto de la esposa de Cicerón, que le echaba la culpa a Fabia de la desintegración del matrimonio.

—¿He oído bien, Dolabela, cuando a mis oídos ha llegado el rumor de que le estás dedicando muchas atenciones a la hija de Cicerón? —le preguntó Fulvia mientras masticaba un pedazo de manzana.

Dolabela pareció compungido.

—Veo que los rumores siguen propagándose tan de prisa como siempre —comentó.

—Entonces, ¿estás cortejando a Tulia?

—En realidad estoy intentando no hacerlo. El problema es que estoy enamorado de ella.

—¿De Tulia?

—Lo comprendo perfectamente —intervino Antonio inesperadamente—. Ya sé que todos nos reímos de las bufonadas de Cicerón, pero ni su peor enemigo podría ignorar que tiene una gran agudeza mental. Y yo me fijé en Tulia hace años, cuando estaba casada con el primero... eh... Pisón Frugi. Muy linda y graciosa. Daba la impresión de que podía ser divertida.

—Es realmente divertida —le aseguró Dolabela adoptando un aire lúgubre.

—Pero teniendo a Terencia por madre, ¿cómo serían los hijos de Tulia? —le preguntó Curión con seriedad fingida.

Todos se echaron a reír estrepitosamente, aunque decididamente Dolabela parecía un hombre profundamente enamorado.

—Sólo asegúrate de que Cicerón te dé una dote decente —fueron las últimas palabras de Antonio sobre aquel asunto—. Puede que se queje de que es un hombre pobre, pero lo único que padece es escasez de dinero líquido. Es dueño de las mejores propiedades de Italia. Y Terencia aún más.

A principios de junio el Senado se reunió en la Curia Pompeya para tratar de la amenaza de los partos, que se esperaba que invadieran Siria en verano. De ello surgió la conflictiva cuestión de quiénes reemplazarían a Cicerón en Cilicia y a Bíbulo en Siria como gobernadores. Ambos hombres tenían partidarios que hacían campaña sin piedad para asegurarse de que no se les prorrogara el cargo un año más, lo cual era un fastidio, pero el remanente de posibles gobernadores no era grande (la mayoría habían aceptado una provincia después de ocupar el cargo de cónsul o pretor, y los hombres como Cicerón y Bíbulo eran raros) y los peces más gordos de ese depósito tenían todos intención de sustituir a César, no a Cicerón ni a Bíbulo. Los generales amantes del canapé se encogían a la hora de abrazar la posibilidad de guerra contra los partos, mientras que las provincias de César parecían estar pacificadas para muchos años en el futuro.

Los dos Pompeyos asistieron a la reunión; la estatua dominaba el estrado curul y el hombre real, la grada superior del lado izquierdo. Con aspecto más fuerte y bastante más felizmente fortalecido de ánimo que antaño, Catón estaba sentado en la grada más baja del lado derecho, al lado de Apio Claudio Pulcher, que absuelto salió de su juicio y en seguida fue elegido censor. El único problema era que el otro censor era Lucio Calpurnio Pisón, suegro de César y un hombre con quien Apio Claudio nunca podría llevarse bien. De momento todavía se hablaban, sobre todo porque Apio Claudio tenía intención de depurar el Senado y, gracias a la nueva legislación que su hermano Publio Clodio introdujo mientras fue tribuno de la plebe, un censor no podía expulsar por su cuenta a hombres del Senado ni modificar la condición de las tribus o centurias; Clodio introdujo un mecanismo de veto, y eso significaba que Apio Claudio tenía que contar con el consentimiento de Lucio Pisón a la hora de tomar medidas.

Pero los Claudios Marcelos continuaban estando en el centro de la oposición senatorial a César y a todas las demás figuras *populares*, así que era Cayo Marcelo el Viejo, el cónsul junior, quien dirigía la reunión... y quien tenía las *fasces* durante el mes de junio.

—Sabemos por las cartas de Marco Bíbulo que la situación militar en Siria es muy crítica —le explicó Marcelo el Viejo a la Cámara—. Tiene unas veintisiete cohortes de tropas en total, y ésa es una cifra ridícula. Y además esas tropas no son buenas, aunque incluyamos a los gabinianos devueltos de Alejandría. Es una situación realmente odiosa que un hombre tenga que mandar a los mismos soldados que asesinaron a sus hijos. Tenemos que enviar más legiones a Siria.

—¿Y de dónde vamos a sacar esas legiones? —le preguntó Catón con voz fuerte—. Gracias a la inexorable tarea de César, que ha reclutado otras veintidós cohortes este año, Italia y la Galia Cisalpina están ya despojadas de hombres.

—Ya me doy cuenta de eso, Marco Catón —le dijo con aire de suficiencia Marcelo el Viejo—. Lo que no altera el hecho de que tengamos urgente necesidad de enviar por lo menos dos legiones más a Siria.

Pompeyo intervino, haciéndole un guiño a Metelo Escipión, que estaba sentado frente a él con aire presumido; los dos se llevaban de maravilla gracias a que Pompeyo estaba dispuesto a consentir el gusto de su suegro por la pornografía.

—¿Puedo hacer una sugerencia, cónsul junior?

—Por favor, hazla, Cneo Pompeyo.

Pompeyo se puso en pie con una sonrisa torcida.

—Entiendo que si algún miembro de esta Cámara propusiera que resolviéramos nuestro dilema ordenando a Cayo César que cediera alguna de sus numerosísimas legiones, nuestro estimado tribuno de la plebe Cayo Curión vetaría inmediatamente la moción. No obstante, lo que sugiero es que actuemos enteramente dentro de los parámetros que Cayo Curión ha impuesto.

Catón sonreía y Curión fruncía el ceño.

—Si podemos actuar dentro de esos parámetros, Cneo Pompeyo, yo por mi parte estaría inmensamente complacido —le comunicó Marcelo el Viejo.

—Es muy sencillo —les explicó Pompeyo animadamente—. Sugiero que yo ceda una de mis legiones a Siria y que Cayo César ceda otra de las suyas. Por ello ninguno de los dos saldrá perjudicado, y los dos nos habremos privado exactamente de la misma proporción de nuestros ejércitos. ¿No es correcto, Cayo Curión?

—Sí —reconoció Curión con brusquedad.

—¿Estarías de acuerdo en no interponer el veto a una moción así, Cayo Curión?

—Nunca podría vetar una moción así, Cneo Pompeyo.

—¡Oh, fantástico! —exclamó Pompeyo sonriendo radiante—. Entonces, yo notifico aquí mismo a esta Cámara que en el día de hoy cedo una de mis legiones a Siria.

—¿Cuál de ellas, Cneo Pompeyo? —le preguntó Metelo Escipión, que apenas podía estarse quieto en el taburete de lo complacido que se sentía.

—La sexta legión de las que tengo, Quinto Metelo Escipión —le respondió Pompeyo.

Se hizo un silencio que Curión no rompió. ¡Bien hecho, guarro picentino!, se dijo a sí mismo. Acabas de privar al ejército de César de dos legiones, y lo has logrado de un modo que no puedo vetar. Porque la sexta legión lleva años trabajando para César, pues César se la pidió prestada a Pompeyo y todavía la tiene, pero no le pertenece a él.

—¡Una idea excelente! —dijo Marcelo el Viejo sonriendo—. Votaremos a mano alzada. Todos aquellos que deseen que Cneo Pompeyo ceda su sexta legión a Siria, que levanten la mano.

Hasta Curión levantó la mano.

—Y todos aquellos que deseen que Cayo César ceda una de sus legiones a Siria, por favor, que levanten la mano.

Curión volvió a levantar la mano.

—Entonces le escribiré a Cayo César a la Galia Transalpina y le informaré de este decreto del Senado —concluyó Marcelo el Viejo satisfecho.

—¿Y qué se hace con lo de nombrar un nuevo gobernador para Siria? —preguntó Catón—. Yo creo que la mayoría de los padres conscriptos estarán de acuerdo en que deberíamos traer a casa a Marco Bíbulo.

—Yo propongo que enviemos a Lucio Domicio Enobarbo a Siria para sustituir a Marco Bíbulo —dijo Curión al instante.

Enobarbo se puso en pie moviendo de un lado a otro con tristeza la cabeza calva.

—Me encantaría complacerte, Cayo Curión —le dijo—, pero desgraciadamente mi salud no me permite ir a Siria. —Hundió la mandíbula en el pecho y le mostró al Senado de Roma la parte superior de la cabeza—. El sol es demasiado fuerte, se me freiría el cerebro.

—Pues ponte un sombrero, Lucio Domicio —le dijo Curión animadamente—. Lo que fue bueno para Sila seguramente sea lo bastante bueno para ti.

—Pero ése es el otro problema, Cayo Curión —le dijo Enobarbo—. No puedo ponerme sombrero. Ni siquiera puedo ponerme un casco militar. En el momento en que me pongo uno, sufro un espantoso dolor de cabeza.

—¡Tú eres un espantoso dolor de cabeza! —intervino con brusquedad Lucio Pisón, el censor.

—¡Y tú eres un bárbaro insubriano! —le gruñó Enobarbo.

—¡Orden! ¡Orden! —gritó Marcelo el Viejo.

Pompeyo volvió a ponerse en pie.

—¿Puedo sugerir una alternativa, Cayo Marcelo? —preguntó humildemente.

—Habla, Cneo Pompeyo.

—Bien, hay una reserva de pretores disponibles, pero yo creo que todos estamos de acuerdo en que Siria es demasiado peligrosa para confiársela a un hombre que no haya sido cónsul. Por ello, y puesto que estoy de acuerdo en que necesitamos que Marco Bíbulo vuelva a esta casa, ¿puedo proponer que enviemos a un consular que no lleve fuera del cargo los cinco años completos que estipula la *lex Pompeia*? Con el tiempo la situación se tranquilizará y problemas como éste ya no surgirán de nuevo, pero de momento creo que, desde luego, deberíamos ser sensatos. Si la Cámara está de acuerdo, podemos redactar una ley especial que designe a una persona para ese trabajo concreto.

—¡Oh, acaba de una vez, Pompeyo! —le pidió Curión suspirando—. ¡Venga, di ya quién es tu hombre!

—Vale, lo haré. Propongo a Quinto Cecilio Metelo Escipión Nasica.

—O sea, a tu suegro —le dijo Curión—. Veo que aquí reina el nepotismo.

—El nepotismo es honrado y justo —intervino Catón.

—¡El nepotismo es una maldición! —gritó Marco Antonio desde la grada de atrás.

—¡Orden! ¡He dicho orden! —vociferó Marcelo el Viejo—. ¡Marco Antonio, tú eres un *pedarius* y como tal no estás autorizado a abrir la boca!

—¡*Gerrae*! ¡Tonterías! —rugió Antonio—. ¡Mi padre es la mejor prueba de que yo sé que el nepotismo es una maldición!

—¡Marco Antonio, cállate ahora mismo o haré que se te expulse de esta Cámara!

—¿Tú y quién más? —le preguntó Antonio con desprecio. Se cuadró y levantó los puños en la clásica pose de boxeo—. Venga, ¿quién está dispuesto a probar?

—¡Siéntate, Antonio! —le pidió Curión con cansancio.

Antonio se sentó sonriendo.

—Metelo Escipión no podría abrirse camino ni entre un puñado de mujeres —aseguró Vatia Isáurico.

—¡Yo propongo a Publio Vatinio! ¡Propongo a Cayo Trebonio! ¡Propongo a Cayo Fabio! ¡Propongo a Quinto Cicerón! ¡Propongo a Lucio César! ¡Propongo a Tito Labieno! —aulló Marco Antonio.

Cayo Marcelo el Viejo disolvió la reunión.

—Vas a ser un demagogo realmente impresionante cuando seas tribuno de la plebe —le dijo Curión a Antonio mientras ambos caminaban de regreso al Palatino—. Pero no te pases demasiado poniendo a prueba a Cayo Marcelo, es tan irascible como el resto del clan.

—¡Los muy hijos de puta! Le han sacado con trampas dos legiones a César.

—Y de un modo muy inteligente. Le escribiré inmediatamente para decírselo.

A principios de *quinctilis* todo el mundo en Roma sabía que César, moviéndose con su velocidad habitual, había cruzado los Alpes y había entrado en la Galia Cisalpina; le acompañaban Tito Labieno y tres legiones. Dos de ellas habían de ir a Siria: la sexta de Pompeyo y la decimoquinta suya, una legión sin ninguna experiencia en el campo de batalla porque estaba compuesta de reclutas novatos que acaban de salir de un período de entrenamiento intensivo con Cayo Trebonio. La tercera legión que César llevó consigo permanecería en la Galia Cisalpina; se trataba de la decimotercera, una legión veterana y muy orgullosa de su agorero número, que no había afectado en absoluto a su rendimiento en el campo de batalla. Estaba formada por protegidos personales de César, hombres con derechos latinos procedentes del otro lado del río Po, en la Galia Cisalpina, que pertenecían por completo a César.

Acaso fue por la reflexiva acción de César que una oleada de miedo recorrió la espina dorsal de Roma; en un momento se pasó de no tener ninguna legión en la Galia Cisalpina a tener tres. Un núcleo de pánico se fue formando en Roma. De pronto los hombres empezaron a preguntarse si el Senado era enteramente responsable al actuar de un modo tan provocativo con un hombre que, según el consenso general, era el mejor militar desde Cayo Mario, o incluso el mejor militar de todos los tiempos. Allí estaba

César sin ninguna barrera entre Italia y él, entre Roma y él. Y César era un enigma. Nadie lo conocía en realidad. ¡Llevaba tanto tiempo ausente! Marco Porcio Catón le voceaba a todo el mundo en el Foro Romano que César tenía intención de provocar una guerra civil, que César iba a marchar contra Roma, que César nunca se desprendería de ninguna de sus legiones, que César derrocaría la República. A Catón se le escuchaba, a Catón se le hacía caso. El miedo fue invadiéndolo todo, basado en algo tan poco tangible como era que un gobernador se estuviese trasladando, como se esperaba que hiciera, desde un lugar de su provincia o provincias a otro. Desde luego, era cierto que César no solía tener una legión constantemente a su disposición, aun cuando llevara a una al otro lado de los Alpes, y esta vez tenía a la decimotercera pegada a él. Pero ¿qué era una legión? Si no hubiera sido por las otras dos, la gente habría permanecido tranquila.

Luego llegó la noticia de que uno de los muchos jóvenes Apios Claudios iba acompañando a aquellas dos legiones, a la sexta y a la decimoquinta, para que acampasen en Capua a fin de esperar allí a que las llevasen a Oriente. El suspiro de alivio fue colectivo. ¿Por qué no se habían acordado de que aquellas legiones ya no eran propiedad de César? ¡César tenía la obligación de traerlas consigo a la Galia Cisalpina! ¡Oh, alabados fueran los dioses! Una actitud que empezó a prosperar con rapidez cuando el joven Apio Claudio marchó con las legiones sexta y decimoquinta alrededor de las afueras de Roma e informó al censor, jefe de su clan, de que las tropas de ambas legiones aborrecían en cuerpo y alma a César, de que lo vilipendiaban constantemente y de que habían estado a punto de amotinarse... como de hecho ocurría con todas las demás legiones del ejército de César.

—¿No crees que es inteligente, el viejo? —le preguntó Antonio a Curión.

—¿Inteligente? Bueno, eso ya lo sé, si es que por el viejo te refieres a César, que dentro de unos días cumplirá cincuenta años. No es muy viejo.

—Me refiero a todas esas patrañas acerca de que sus legiones no le tienen afecto. ¿Que no le tienen afecto a César sus legiones? ¡Ni hablar, Curión! ¡Es una mentira! Los soldados estarían dispuestos a tumbarse en el suelo y a dejar que César les cagase encima. Todos morirían por él, hasta el último hombre, incluidos los de la sexta de Pompeyo.

—¿Entonces...?

—Los está embaucando, Curión. Es un viejo zorro taimado. Tú pensarías que hasta los Marcelos se darían cuenta de que cualquiera puede comprar a un joven Apio Claudio. Es decir, si al susodicho joven Apio Claudio no le complaciera cooperar por el puro gusto de hacer travesuras. César lo ha puesto a ello. Da la casualidad de que yo sé que antes de entregar a Roma la sexta y la decimoquinta, César celebró una asamblea de soldados y les comunicó cuánto sentía verlos marchar. Luego le dio a cada hombre una prima de mil sestercios, les garantizó que recibirían su parte del botín que él consiguiera y les expresó su pesar porque tenían que volver a la paga normal del ejército.

—¡Vaya si es un viejo zorro taimado! —dijo Curión, que de pronto se estremeció y se quedó mirando fijamente a Antonio con ansiedad—. Antonio, él nunca lo haría... ¿o sí?

—¿No haría qué? —le preguntó Antonio comiéndose con los ojos a una guapa muchacha.

—Marchar sobre Roma.

—Oh, sí, todos nosotros creemos que lo haría si se viera forzado a ello —repuso Antonio con desenfado.

—¿Todos nosotros?

—Todos sus legados. Trebonio, Décimo Bruto, Fabio, Sextio, Sulpicio, Hircio...

A Curión le brotó un sudor frío, y se limpió la frente con mano temblorosa.

—¡Por Júpiter! ¡Oh, Júpiter! ¡Antonio, deja de mirar con lascivia a las mujeres y ven a casa conmigo ahora mismo!

—¿Por qué?

—¡Para que yo pueda empezar a entrenarte en serio ahora mismo, grandísima bestia! Depende de mí y luego de ti impedir que eso ocurra.

—Estoy de acuerdo, tenemos que conseguir que le den permiso para presentar su candidatura al consulado *in absentia*. Si no, va a haber mierda desde Regio hasta Aquilea.

—Ojalá que por lo menos Catón y los Marcelos se callasen, así, a lo mejor habría una posibilidad —dijo Curión nervioso, casi corriendo.

—Son tontos —comentó Antonio con desprecio.

Cuando las tres tandas de elecciones se celebraron aquel mes de *quinctilis*, Marco Antonio salió elegido tribuno de la plebe con el máximo número de votos, resultado que no inmutó ni lo más mínimo a los *boni*. A lo largo de los años, Curión había demostrado siempre gran capacidad; lo único que había demostrado Marco Antonio era la silueta de su poderoso pene debajo de una túnica ceñida. Si César tenía esperanzas de sustituir a Curión por Marco Antonio, estaba loco; ése era el veredicto de los *boni*. Aquellas elecciones también dieron lugar a uno de los aspectos más curiosos de la vida política romana. Cayo Casio Longino, todavía cubierto de gloria después de sus hazañas en Siria, salió elegido tribuno de la plebe, y su hermano menor, Quinto Casio Longino, también. Pero mientras que Cayo Casio pertenecía incondicionalmente a los *boni*, como le correspondía al marido de la hermana de Bruto, Quinto Casio pertenecía por completo a César. Los cónsules para el año siguiente eran ambos de los *boni*; Cayo Claudio Marcelo el Joven era el cónsul senior, y Lucio Cornelio Léntulo Crus el cónsul junior. Los pretores en su mayoría apoyaban a César, excepto Marco Favonio, aquel mono de imitación de Catón que salió elegido con el menor número de votos de todos.

Y a pesar de los esfuerzos de Curión y de Antonio (a quien ahora se le permitía hablar en la cámara como tribuno de la plebe electo), se designó a Metelo Escipión para sustituir a Bíbulo como gobernador de Siria. El ex pretor Publio Sestio iba a ir a Cilicia a ocupar el puesto de Cicerón. Con él, como legado senior, Publio Sestio se llevaba a Marco Junio Bruto.

—¿Cómo se te ocurre marcharte de Roma en un momento así? —le preguntó en tono exigente Catón, a quien aquello no le parecía nada bien.

Bruto puso su habitual expresión de vergüenza; pero hasta Catón había caído en la cuenta de que, pusiera Bruto la cara que pusiera, siempre hacía lo que tenía pensado hacer.

—Tengo que irme, tío —le dijo en tono de disculpa.

—¿Por qué?

—Porque Cicerón, mientras ha gobernado Cilicia, ha destruido la mayor parte de los intereses financieros que yo tenía en ese rincón del mundo.

—¡Bruto, Bruto! ¡Tú tienes más dinero que Pompeyo y César juntos! ¿Qué son un par de deudas comparadas con el destino de Roma? —aulló Catón, exasperado—. ¡Toma nota de mis palabras! ¡César se propone acabar con la República! Necesitamos hasta el último hombre influyente de Roma para contrarrestar los movimientos que César seguro que hará desde ahora hasta las elecciones de cónsul del año que viene. ¡Tu deber es permanecer en Roma, no andar viajando por Cilicia, Chipre, Capadocia y los demás sitios donde te deban dinero! ¡Avergonzarías a Marco Craso!

—Lo siento mucho, tío, pero hay varios protegidos míos afectados, como Matinio y Escapcio. Y el primer deber de un hombre son sus protegidos.

—El primer deber de un hombre es para con su patria.

—Mi patria no corre peligro alguno.

—¡Tu patria está al borde de la guerra civil!

—No haces más que repetir eso —dijo Bruto suspirando—, pero, francamente, no te creo. Es tu manía personal, tío Catón, desde luego que es eso.

Un pensamiento repulsivo acudió a la mente de Catón, y miró a su sobrino con furia.

—¡*Gerrae!* No tiene nada que ver con tus protegidos ni con las deudas sin pagar, ¿verdad? ¡Te estás escabullendo para evitar el servicio militar, como has hecho toda tu vida!

—¡Eso no es cierto! —protestó Bruto con voz ahogada al tiempo que palidecía.

—Ahora soy yo quien no te cree a ti. Nunca se te encuentra en ninguna parte donde exista la más remota posibilidad de que haya guerra.

—¿Cómo puedes decir eso, tío? ¡Los partos probablemente invadirán antes de que yo llegue a Oriente!

—Los partos invadirán Siria, no Cilicia. ¡Exactamente igual que hicieron en el verano del año pasado a pesar de todo lo que Cicerón tuviera que decir en las montañas de correspondencia que envió a Roma! A menos que perdamos Siria, cosa que dudo mucho, estás tan a salvo sentado en Tarso como lo estarías en Roma. Si Roma no estuviera amenazada por César.

—Eso también son tonterías, tío. Me recuerdas a la esposa de Escapcio, que alborotaba y cloqueaba con sus hijos hasta que los volvió hipocondríacos. Si les salía un lunar era cáncer, un dolor de cabeza era algo espantoso que les ocurría dentro del cráneo, un pinchazo en el estómago el comienzo de una intoxicación por lo que habían comido o una fiebre de verano. Hasta que acabó tentando al destino con todo aquello y uno de sus hijos murió. No a causa de una enfermedad, tío, sino por negligencia por parte de su madre. Estaba muy ocupada mirando los puestos del mercado en lugar de vigilarlo, y el muchacho se metió corriendo debajo de las ruedas de una carreta.

—¡Ja! —se burló Catón, muy enfadado—. Una parábola muy interesante, sobrinito. Pero ¿estás seguro de que la esposa de Escapcio no es en realidad tu propia madre, que ciertamente te volvió hipocondríaco?

Los tristes ojos castaños brillaron peligrosamente; Bruto giró sobre sus talones y se marchó. Pero no se fue a casa. Era el día en que tenía por costumbre ir a visitar a Porcia.

Ésta, al oír el relato de aquella discusión, exhaló un enorme suspiro y juntó las palmas de las manos.

—Oh, Bruto, *tata* puede ser muy irascible, ¿verdad? ¡Pero no te ofendas, por favor! En realidad no quiere hacerte daño. Sólo que es tan... tan militante. Una vez que ha puesto los dientes en algo, es incapaz de soltarlo. Y César se ha convertido en una obsesión para él.

—¡Puedo perdonarle a tu padre las obsesiones, Porcia, pero no ese desgraciado dogmatismo! —le dijo Bruto, que todavía estaba ofendido—. Los dioses saben que yo no le tengo amor ni consideración a César, pero lo único que está haciendo es intentar sobrevivir. Espero que no lo consiga. Pero ¿en qué se diferencia él de otra media docena de hombres que yo podría nombrarte? Y ninguno de ellos marchó sobre Roma. Mira a Lucio Pisón cuando el Senado lo despojó del mando en Macedonia.

Porcia lo miró con asombro.

—¡No hay comparación posible, Bruto! ¡Oh, qué espeso eres políticamente! ¿Por qué no puedes ver la política con la misma claridad que ves los negocios?

Rígido de ira, Bruto se puso en pie.

—¡Si tú también vas a hacer proselitismo, Porcia, me voy a casa! —le dijo con brusquedad.

—¡Oh, oh!

Consumida por la contrición, le cogió una mano y se la llevó a la mejilla con los ojos grises llenos de lágrimas.

—¡Perdóname! ¡No te vayas! ¡Oh, no te vayas!

Ablandado, Bruto apartó la mano y se sentó.

—Bueno, está bien. Pero tienes que darte cuenta de lo espesa que eres tú, Porcia. Nunca crees que Catón pueda equivocarse, aunque yo sé que a menudo se equivoca. Como en la campaña que está llevando a cabo ahora en el Foro contra César. ¿Qué cree que va a lograr? Lo único que consigue es asustar a la gente, que ve la pasión que pone en ello y no puede creer que él quizá se equivoque. Pero todo lo que oyen acerca de César les dice que éste se está comportando con absoluta normalidad. Mira cómo cundió el pánico cuando César trasladó tres legiones a este lado de los Alpes. ¡Pero tenía que traerlas! Y mandó a dos de ellas directamente a Capua. Mientras tu padre le decía a todo aquel que quisiera escucharlo que César moriría antes que ceder esas dos legiones. ¡Estaba equivocado, Porcia! ¡Estaba equivocado! César hizo precisamente lo que el Senado le había indicado que hiciera.

—Sí, estoy de acuerdo en que a veces *tata* tiende a exagerar las cosas —aceptó Porcia mientras tragaba saliva—. Pero procura no pelearte con él, Bruto. —Una lágrima le cayó en la mano—. ¡Ojalá no te marcharas!

—No voy a irme mañana —le dijo Bruto con suavidad—. Y cuando yo me vaya, Bíbulo ya estará de regreso.

—Sí, claro —convino Porcia con voz inexpresiva; luego sonrió y se dio una palmada en las rodillas—. Mira esto, Bruto. He estado profundizando en la obra de Fabio Pictor y me parece que he encontrado una gran anomalía. Es el pasaje donde habla de la secesión de la plebe del Aventino.

¡Ah, aquello estaba mejor! Bruto se instaló muy contento para someter el texto a examen, con los ojos puestos más en la animada cara de Porcia que en el texto de Fabio Pictor.

Pero los rumores continuaron corriendo y proliferando. Por suerte, aquel año la primavera, que cayó según el calendario en verano, fue un período feliz; llovió en la proporción adecuada, el sol calentó solamente lo justo y no parecía muy lógico pensar que César estuviera allí, en la Galia Cisalpina, preparado como una araña para saltar sobre Roma. No era que la gente corriente de Roma estuviera muy preocupada por todas aquellas cosas; en general adoraban a César en todas sus facetas, eran dados a pensar que, desde luego, el Senado lo estaba tratando muy mal y completaban esos pensamientos llegando a la conclusión de que todo se resolvería del mejor modo porque así solía suceder. No obstante, entre los poderosos caballeros de las dieciocho centurias senior y sus colegas junior menos influyentes, los rumores actuaron de forma abrasiva. Lo único que les preocupaba era el dinero, y la más ligera referencia a una guerra civil les ponía los pelos de punta y les aceleraba el pulso.

El grupo de banqueros que apoyaban ardientemente a César, Balbo, Opio y Rabirio Póstumo, trabajaban constantemente al servicio de César hablando de modo convincente a todo el que quisiera escucharlos, suavizando los temores infundados, tratando de hacer comprender a los plutócratas como Tito Pomponio Ático que la idea de provocar una guerra civil no iba a favor de los intereses de César. Que Catón y los Marcelos se estaban comportando irresponsable e irracionalmente al imputarle a César motivos que la evidencia decía que no tenía. Que Catón y los Marcelos estaban dañando más a Roma y a su imperio comercial con aquellas alegaciones disparatadas e infundadas que ninguna de las acciones que César pudiera emprender para proteger su carrera futura y su *dignitas*. César era un hombre que se atenía siempre a la constitución, siempre lo había sido. ¿Por qué de repente iba a decidir hacer caso omiso de la constitucionalidad? Catón y los Marcelos no dejaban de repetir que lo haría, pero ¿en qué evidencia tangible se basaban para hacer aquella afirmación? En ninguna. No había ninguna. Por lo tanto, ¿no parecía en realidad que Catón y los Marcelos estaban utilizando a César como combustible a fin de obtener la dictadura para Pompeyo? ¿No eran las de Pompeyo las acciones que, como había demostrado a través de los años, pecaban de inconstitucionalidad? ¿No era Pompeyo quien andaba detrás de conseguir la dictadura, en vista de la conducta que había seguido después de la muerte de Clodio? ¿No había sido Pompeyo quien había proporcionado a los *boni* la posibilidad de que impugnasen la *dignitas* y la reputación de Cayo Julio César? ¿No estaba Pompeyo detrás de todo el asunto? ¿Quién tenía más motivos sospechosos, César o Pompeyo? ¿Quién de los dos había tenido una conducta en el pasado que indicaba codicia por el poder, César o Pompeyo? ¿Quién constituía el verdadero peligro para la República, César o Pompeyo? La respuesta, decía la infatigable pequeña banda de trabajadores de César, siempre acababa por ir a dar en Pompeyo.

Éste, de vacaciones en su villa de la costa, cerca de Nápoles, en Campania, cayó enfermo. Desesperadamente enfermo, según decían los rumores. Una buena cantidad de senadores y caballeros de las Dieciocho emprendieron inmediatamente una peregrinación hasta la villa de Pompeyo, donde fueron recibidos con grave serenidad por Cornelia Metela, quien les dio una lúcida explicación del estado en que se encontraba su marido seguida de una firme negativa de permitir el acceso al lecho del enfermo, por muy augusto que fuera el que requiriese acercarse.

—Lo siento muchísimo, Tito Pomponio —le dijo a Ático, uno de los primeros en llegar—, pero los médicos han prohibido todas las visitas. Mi marido está luchando por su vida y necesita todas las energías para eso.

—Ah, ya —exclamó Ático con voz ahogada y llena de enorme preocupación—. ¡Es que no podemos pasarnos sin el bueno de Cneo Pompeyo, Cornelia!

Eso no era en realidad lo que quería decir. Se trataba de la posibilidad de que Pompeyo estuviera detrás de la campaña senatorial y pública para procesar a César; Ático, inmensamente rico e influyente, necesitaba ver a Pompeyo y explicarle el efecto que todo aquel vilipendio político estaba produciendo sobre la economía. Uno de los problemas con Pompeyo era el relativo a su propia riqueza y a su ignorancia del comercio. A Pompeyo el dinero se lo administraban y todo estaba depositado en bancos o dedicado a inversiones decentes desde el punto de vista senatorial que tenían que ver con la propiedad de tierras. Si Pompeyo hubiera sido Bruto, ya habría hecho algo para aplastar a los *boni* irascibles, porque lo único que toda aquella agitación estaba consiguiendo era espantar al dinero. Y para Ático el dinero espantado era una pesadilla. El dinero huía hacia un refugio laberíntico, se enterraba en la más completa oscuridad, no quería salir, no cumplía su función. Alguien tenía que decirles a los *boni* que estaban manipulando la verdadera sangre vital de Roma: el dinero.

Pero tal como fueron las cosas, se marchó derrotado. Igual que todos los demás que acudieron a Nápoles.

Mientras tanto, Pompeyo se escondía en aquellas zonas de su villa donde quedaba fuera del alcance de los ojos o los oídos de los visitantes. En cierto modo, cuanto más alto había llegado en el esquema de las cosas de Roma, más se habían ido empequeñeciendo las filas de sus amigos íntimos. Por ejemplo, de momento, el único solaz del que disfrutaba lo encontraba en su suegro, Metelo Escipión, con el que había tramado el actual ardid de fingirse mortalmente enfermo.

—Tengo que averiguar en qué lugar me encuentro, qué opina de mí la gente y si me tiene afecto o no —le dijo a Metelo Escipión—. ¿Soy necesario? ¿Se me necesita? ¿Me aman? ¿Sigo siendo el primer hombre? Esto les obligará a poner las cartas boca arriba. Tengo a Cornelia haciendo una lista de todos los que vienen a preguntar por mí junto con una explicación de lo que dicen. Creo que eso me dirá todo lo que necesito saber.

Desgraciadamente, el calibre del cerebro de Metelo Escipión no llegaba a apreciar los matices y sutilezas, así que nunca se le ocurrió argumentarle a Pompeyo que, naturalmente, todo el que fuera a verlo soltaría discursos llenos de afecto imperecedero, pero que lo que decían no tenía por qué ser necesariamente lo que pensaban. Ni tampoco se le ocurrió que por lo menos la mitad de las personas que acudían a visitar a Pompeyo tenían la esperanza de que se muriera.

Así que los dos repasaban con júbilo la lista que había hecho Cornelia Metela, jugaban a los dados, a las damas y al dominó, y luego se separaban para realizar aquellas actividades que no tenían en común.

Pompeyo leyó los *Comentarios* de César muchas veces, y nunca con placer. El desgraciado aquél era más que un genio militar, y además estaba dotado de un grado de confianza en sí mismo que Pompeyo nunca había poseído. César no se tiraba de los cabellos, se golpeaba el pecho y se retiraba a su tienda de mando desesperado después de sufrir un revés, sino que siempre era un soldado lleno de serenidad. ¿Y por qué sus legados eran tan brillantes? Si Afranio y Petreyo, que se encontraban en las Hispanias, hubiesen sido la mitad de capaces que Trebonio, Fabio o Décimo Bruto, Pompeyo se hubiese sentido mucho más confiado.

Metelo Escipión, por su parte, pasaba el tiempo componiendo pequeñas obras teatrales con actores y actrices desnudos, y las dirigía él mismo.

La enfermedad mortal duró un mes, después del cual, a mitad de *sextilis*, Pompeyo se metió en una litera y emprendió el camino hacia su villa del Campo de Marte. La noticia de su grave estado se había extendido por todas partes, y el campo que atravesó al hacer este viaje se veía muy frecuentado por numerosos protegidos suyos (como no quería enfermar de verdad con unas fiebres, eligió ir por el interior, que era una ruta mucho más sana que la vía Latina). Los protegidos se arremolinaban a su paso para saludarle, lo engalanaban con flores y lo aclamaban cuando Pompeyo asomaba la cabeza entre las cortinas de la litera para sonreír ligeramente y saludar débilmente con la mano. Como, por naturaleza, Pompeyo no era un hombre al que le gustase ir en litera, decidió continuar el viaje en la oscuridad, pensando que así podría dormir alguna de las largas y aburridas horas de viaje que le quedaban por delante. Y descubrió, con gran gozo por su parte, que incluso así la gente seguía acudiendo a saludarle, y que llevaban en la mano antorchas para iluminar su camino triunfal.

—¡Es cierto! —le dijo con deleite a Metelo Escipión, que compartía el espacioso vehículo (Cornelia Metela, como no deseaba tener que rechazar las iniciativas amorosas de Pompeyo, había elegido viajar sola)—. ¡Me aman, Escipión! ¡Me aman! ¡Oh, es cierto lo que siempre he dicho!

—¿Y qué es? —le preguntó Metelo Escipión bostezando.

—Que lo único que tengo que hacer para reclutar soldados en Italia es dar una patada en el suelo.

—Ah —murmuró Metelo Escipión, y luego se quedó dormido.

Pero Pompeyo no durmió. Abrió las cortinas lo suficiente para que lo vieran y se reclinó sobre un enorme montón de almohadas, sonriendo y saludando débilmente con la mano kilómetro tras kilómetro. ¡Era cierto, era indiscutiblemente cierto! La gente de Italia en efecto lo quería. ¿Por qué tenerle miedo a César? César no tenía nada que hacer, aunque fuera lo bastante estúpido como para marchar contra Roma. Pero no lo haría. En el fondo de su corazón, Pompeyo sabía muy bien que aquélla no era la técnica de César. Optaría por luchar en el Senado y en el Foro. Y, cuando llegase el momento, en los tribunales. Pero era necesario hacerlo caer. En lo referente a eso, Pompeyo no tenía diferencias ideológicas con los *boni*; sabía que la carrera de César distaba mucho de haber acabado, y que, si no se le impedía, terminaría por sacarle tanta ventaja a Pompeyo que se convertiría en César el Grande, y eso el Magno no lo permitiría.

¿Cómo lo sabía? Tito Labieno había empezado a escribirle. Y esperaba humildemente que su patrón, Cneo Pompeyo Magno, lo hubiera perdonado hacía tiempo por aquel deplorable desliz que tuvo con Mucia Tercia. Le explicaba que César la había tomado con él... por celos, naturalmente. César no podía tolerar a un hombre que actuase por su cuenta con el deslumbrante éxito que tenía Tito Labieno. Así que el prometido consulado con César no tendría lugar. Por lo que César le había dicho mientras cruzaban los Alpes juntos para pasar a la Galia Cisalpina, una vez que el mando en las Galias terminase soltaría a Labieno como si fuera una brasa. Pero, decía Labieno, marchar sobre Roma nunca había sido una alternativa en las consideraciones de César. ¿Y quién lo sabía mejor que Tito Labieno? Ni de palabra ni de hecho había dado nunca César muestra alguna de desear derrocar el Estado. Ni sus otros legados se habían referido nunca a ello, desde Trebonio hasta Hircio. No, lo que César quería hacer era tener su segundo consulado y luego embarcarse en una gran guerra en Oriente contra los partos. Para vengar a su querido amigo Marco Licinio Craso.

Pompeyo había contemplado aquella misiva hacia el final de su autoinfligido aislamiento de todos menos de Metelo Escipión, aunque no le había mencionado el asunto a su suegro.

¡*Verpa*! ¡*Cunnus*! ¡*Mentula*!, se dijo a sí mismo Pompeyo mientras sonreía salvajemente. ¿Cómo se atrevía Tito Labieno a considerarse lo suficientemente grande últimamente como para que él, Pompeyo, lo hubiera perdonado? No estaba perdonado. ¡Nunca perdonaría a aquel ladrón de esposas! Pero, por otra parte, aquel hombre podía resultarle muy útil. Afranio y Petreyo se estaban volviendo viejos e incompetentes. ¿Por qué no sustituirlos por Tito Labieno? Quien, igual que ellos, nunca tendría el empuje suficiente para rivalizar con Pompeyo el Grande. Nunca podría llamarse a sí mismo Labieno el Grande.

Una campaña en Oriente contra los partos... ¡De modo que ahí era donde estaban las ambiciones de César! Inteligente, muy inteligente. César no quería ni necesitaba el dolor de cabeza que supone ser el amo de Roma. Quería pasar a los libros de historia como el militar más importante de Roma. Así que después de la conquista de la Galia Comata (toda territorio nuevo a estrenar) conquistaría a los partos y los millones y millones de *ingera* para el imperio de las provincias de Roma. ¿Cómo podía Pompeyo ponerse a la altura de aquello? Lo único que él había hecho era marchar sobre territorios que Roma ya poseía o dominaba desde tiempo atrás, y luchar contra el enemigo tradicional, contra hombres como Mitrídates y Tigranes. César era un pionero. Iba allí donde nunca antes había ido ningún romano. Y con César al mando de aquellas once... no, aquellas nueve legiones fanáticamente devotas de su general, no habría derrota en Carras. César apelaría a los partos. ¡Marcharía hasta Serica, por no decir hasta la India! Pisaría suelo y vería a gente que ni siquiera Alejandro el Grande había nunca soñado que existiera. Traería consigo al rey Orodes y lo enseñaría en su desfile triunfal. Y Roma lo veneraría como a un dios.

Oh, sí, César tenía que desaparecer. Había que despojarlo de su ejército y de sus provincias, había que declararlo culpable muchas veces en los tribunales para que nunca más pudiera asomar el rostro en Italia. Labieno, que lo conocía bien, que había luchado a su lado durante nueve años, aseguraba que César nunca marcharía sobre Roma. Una opinión que estaba en completo acuerdo con la de Pompeyo. Por lo tanto, decidió alentado por aquellas multitudes que lo vitoreaban extasiadas por su recuperación, él no haría movimiento alguno para estorbar a los *boni* en las personas de Catón y de los Marcelos. Que continuasen como hasta entonces. En realidad, ¿por qué no ayudarles esparciendo unos cuantos rumores entre los plutócratas y también en el Senado? Por ejemplo: sí, César está trayendo a sus legiones a este lado de los Alpes, a la Galia Cisalpina; sí, César está contemplando la posibilidad de marchar sobre Roma. Que cundiera el pánico en la ciudad entera para que ésta se opusiera a cualquier cosa que César pidiera. Porque cuando llegase el último momento, aquel altanero aristócrata patricio, cuyo linaje podía seguirse hacia atrás hasta la diosa Venus, plegaría sus tiendas y se retiraría con dignidad al exilio permanente.

Mientras tanto, pensó Pompeyo, él vería a Apio Claudio el Censor y le insinuaría que era perfectamente seguro expulsar del Senado a la mayoría de los partidarios de César. Apio Claudio aprovecharía la ocasión ávidamente... y sin duda iría demasiado lejos en su intento de expulsar a Curión. Lucio Pisón, el otro censor, vetaría eso. Aunque probablemente no vetaría a los peces más pequeños, conociendo al indolente Lucio Pisón.

A principios de octubre llegó la noticia, procedente de Labieno, de que César se había marchado de la Galia Cisalpina para viajar todo el camino con su habitual velocidad hasta la fortaleza de Nemetocena, en las tierras de los atrebates belgas, donde Trebonio estaba acuartelado con la quinta, la novena, la décima y la undécima legión. Trebonio había escrito con urgencia, decía Labieno, para informar a César de que los belgas se estaban planteando otra insurrección.

¡Excelente!, fue el veredicto de Pompeyo. Mientras César estaba a mil quinientos kilómetros de Roma, él utilizaría a sus secuaces para que inundasen Roma con toda clase de rumores, cuanto más disparatados mejor. ¡Que la olla siguiera hirviendo, que se desbordase! Así les llegó el rumor a Ático y a otros de que César iba a traer cuatro legiones, la quinta, la novena, la décima y la undécima, desde el otro lado de los Alpes hasta Plasencia en los idus de octubre, y que pensaba situarlas allí y amenazar al Senado con dejar solas las provincias, cuando la cuestión saliera de nuevo a debate en los idus de noviembre.

Porque, le explicó en una carta urgente Ático a Cicerón, que había llegado a Éfeso en su viaje de vuelta a casa desde Cilicia, toda Roma sabía que César se negaría en redondo a renunciar a su ejército.

Presa del pánico, Cicerón cruzó el mar Egeo hasta Atenas, adonde llegó en aquellos fatídicos idus de octubre. Y le dijo en su carta a Ático que era preferible ser derrotado en el campo de batalla con Pompeyo antes que salir victorioso con César.

Ático se quedó mirando con asombro la carta de Cicerón y se echó a reír. ¡Qué manera de plantearlo! ¿Era eso lo que pensaba Cicerón? ¿Honradamente? ¿De veras pensaba que si llegaba a estallar una guerra civil, Pompeyo y todos los romanos leales no tenían nada que hacer en el campo de batalla contra César? Esta opinión, Ático estaba seguro, la había heredado de su hermano Quinto Cicerón, quien sirvió con César durante los años más difíciles en la Galia de los cabelleras largas. Bien, si eso era lo que pensaba Quinto Cicerón, ¿acaso no sería prudente no decir y hacer nada que le hiciera pensar a César que Ático era su enemigo?

Así fue que Ático pasó los diez días siguientes arreglando sus finanzas y adoctrinando a sus servidores de más categoría; después partió hacia Campania para ver a Pompeyo, que volvía a residir en su villa de Nápoles. Roma todavía zumbaba con historias acerca de aquellas cuatro legiones veteranas que estaban asentadas en Plasencia; pero todo el que conocía a alguien en Plasencia no dejaba de recibir cartas que aseguraban que no había legiones en aquella zona.

En el tema de César, Pompeyo era muy impreciso y no se comprometía dando su opinión. Suspirando, Ático abandonó el tema (prometiendo en silencio que procedería como le dictase el sentido común) y se puso a elogiar el gobierno de Cicerón en Cilicia. Cosa en la que no exageraba, pues aquel general de salón amante de pasarse la vida sin moverse de casa lo había hecho verdaderamente bien, desde una reorganización limpia, justa y racional de las finanzas de Cilicia hasta una provechosa pequeña guerra. Pompeyo se mostró de acuerdo en todo con aquella cara carnosa y redonda sumida en una expresión blanda. ¿Cómo reaccionaría si yo le dijera que Cicerón piensa que es preferible ser vencido en el campo de batalla con él que vencer al lado de César?, pensó Ático con malicia. Pero en lugar de decirlo en voz alta, expresó su opinión de que Cicerón tenía derecho a un desfile triunfal por las victorias obtenidas en Capadocia y el Amano. Pompeyo convino con bastante entusiasmo que Cicerón se merecía tal desfile y que votaría a favor de que así fuera en la Cámara.

Que Pompeyo no asistiera a la crítica reunión del Senado en los idus de noviembre era bastante significativo; no esperaba ver ganar al Senado y no deseaba ser humillado personalmente mientras Curión machacaba sobre el mismo clavo de siempre: que a cualquier cosa a la que César renunciase, Pompeyo tenía que renunciar en el mismo y preciso momento. En lo cual Pompeyo tenía razón. El Senado no llegó a ninguna parte; el punto muerto, sencillamente, continuaba, con Marco Antonio bramando como un toro cuando no ladraba Curión como un perrito.

El pueblo se dedicaba a sus rutinarias obligaciones diarias sin mostrar demasiado interés en todo aquello; la larga experiencia les había enseñado que cuando se producían aquellas convulsiones internas, todas las bajas y sufrimientos se daban en el campo de aquellos que estaban en lo alto del árbol social. Y, además, la mayor parte de la gente consideraba que César sería mejor para Roma que los *boni*.

En las filas de los caballeros, particularmente en las de aquéllos con la importancia suficiente como para pertenecer a las Dieciocho, los sentimientos eran muy diferentes... y muy mezclados. Eran los que tenían más que perder en caso de guerra civil. Sus negocios se desmoronarían, las deudas serían imposibles de cobrar, dejarían de producirse préstamos y las inversiones en el exterior se harían imposibles de dirigir. El peor aspecto era la incertidumbre: ¿quién tenía razón, quién decía la verdad? ¿Había realmente cuatro legiones en la Galia Cisalpina? Y si las había, ¿por qué nadie podía localizarlas? ¿Y por qué, si allí no había cuatro legiones, no se decía la verdad en público? ¿Acaso a los de la calaña de Catón y los Marcelos les importaba otra cosa que no fuera su absoluto empeño en darle a César una lección? Y, de todos modos, ¿qué lección era ésa? ¿Qué había hecho César exactamente que no hubieran hecho los demás? ¿Qué le ocurriría a Roma si se le permitía a César presentarse como candidato al consulado *in absentia* y salía libre de los procesamientos por traición que los *boni* estaban tan decididos a instruir en su contra? La respuesta a esas preguntas podían verla todos los hombres de Roma menos los *boni*: ¡Nada! ¡No sucedería nada! Roma continuaría como siempre. Mientras que la guerra civil sería una verdadera catástrofe. Y parecía que aquella guerra civil iba a librarse por una cuestión de principios. Y para un hombre de negocios, ¿había algo más ajeno y menos importante que los principios? ¿Ir a la guerra por eso? ¡Era una locura! De manera que los caballeros empezaron a ejercer presión sobre los senadores más propensos a ser agradables con César.

Desgraciadamente, los *boni* de línea dura no eran dados a escuchar aquel cabildeo de los plutócratas, aunque el resto del Senado lo fuera; para Catón y los Marcelos aquello no significaba nada comparado con la progresiva pérdida de prestigio e influencia que sufrirían a los ojos de todos si César ganaba en aquel forcejeo para ser tratado del mismo modo que Pompeyo. ¿Y Pompeyo qué? ¿Aún perdiendo el tiempo en Campania? ¿De qué parte estaba en realidad? La evidencia señalaba que se aliaba con los *boni*, pero todavía había muchos que creían que a Pompeyo podría apartársele de ellos si se le pudieran decir al oído ciertas cosas, aunque él se mostrara reacio a ello.

A finales de noviembre el nuevo gobernador de Cilicia, Publio Sestio, partió de Roma en compañía de Bruto, su legado senior. Eso dejó un impresionante vacío en la vida de Porcia, la prima de Bruto, aunque no en la vida de su esposa Claudia, a la que apenas veía. Servilia estaba mucho más unida a Cayo Casio, su yerno, de lo que había estado nunca a su hijo, pues Casio la atraía debido al amor que Servilia sentía por los guerreros, por los hombres enérgicos, por los hombres que destacaban militarmente. Servilia continuaba discretamente su relación con Lucio Poncio Aquila.

—Estoy seguro de que veré a Bíbulo mientras me dirijo a Oriente —le dijo Bruto a Porcia cuando fue a despedirse de ella—. Está en Éfeso, y tengo entendido que piensa quedarse allí hasta que vea qué ocurre en Roma, con César, me refiero.

Aunque ella sabía que no estaba bien llorar, Porcia lo hizo amargamente.

—Oh, Bruto. ¿Cómo voy a sobrevivir si no te tengo cerca para hablar contigo? ¡Nadie más se porta tan bien conmigo! Siempre que veo a tía Servilia me da la lata acerca de mi modo de vestir y del aspecto que tengo, y siempre que veo a *tata* sólo está presente de físico, pues tiene la cabeza puesta en César, César, César. Tía Porcia nunca tiene tiempo, está demasiado atareada con sus hijos y con Lucio Domicio. Y tú has sido tan bueno, tan tierno. ¡Oh, te echaré mucho de menos!

—Pero Marcia vuelve a estar con tu padre, Porcia. Seguro que eso supondrá una diferencia. No es mala persona.

—¡Ya lo sé, ya lo sé! —exclamó Porcia haciendo ruido por la nariz con nauseabunda claridad a pesar de que usaba el pañuelo de Bruto—. Pero ella pertenece a *tata* en todos los sentidos, igual que cuando estuvieron casados la primera vez. Yo no existo para ella. ¡Nadie existe para Marcia excepto *tata*! —dijo sollozando y gimiendo—. ¡Bruto, yo quiero importarle de corazón a alguien! ¡Nadie me quiere! ¡Nadie!

—Pero está Lucio —le recordó Bruto sintiendo un nudo en la garganta.

¿Acaso no sabía cómo se sentía Porcia, él, Bruto, que tampoco le había importado a nadie de corazón? A los raros y a los feos se les despreciaba, los despreciaban incluso aquellos que deberían haberles amado a pesar de todos los defectos, de todas las deficiencias.

—Lucio está creciendo, se está apartando de mí —le comentó Porcia mientras se limpiaba los ojos—. Lo comprendo, Bruto, y no me parece mal. Es correcto y apropiado que cambie de actitud. Ya hace meses que prefiere la compañía de mi padre a la mía. La política es más interesante que los juegos de niños.

—Bueno, Bíbulo volverá pronto a casa.

—¿Sí? ¿De verdad, Bruto? Entonces, ¿por qué tengo la impresión de que nunca volveré a ver a Bíbulo? ¡Lo presiento!

Bruto compartía aquel presentimiento, no sabía por qué, pero sentía que Roma de pronto se había convertido en un lugar insoportable, porque algo horrible iba a suceder. La gente se preocupaba más por sus mezquinos intereses que por la propia Roma. Y eso iba también por Catón; hundir a César lo era todo para él.

Así que le cogió la mano a Porcia, se la besó y se marchó a Cilicia.

En las calendas de diciembre, Cayo Escribonio Curión convocó al Senado a sesión, con Cayo Marcelo el Viejo en poder de las *fasces*, lo cual Curión sabía que era una desventaja. Como Pompeyo estaba en su villa del Campo de Marte, la reunión se celebró en su curia, un lugar que Curión, por su parte, encontraba bastante inhóspito. Espero que César gane la batalla, pensó cuando la Cámara se ponía en orden, porque por lo menos César estará dispuesto a reconstruir nuestra propia Curia Hostilia.

—Seré breve —les dijo a los senadores reunidos en asamblea—, porque estoy tan cansado como vosotros de esta prórroga infructuosa e idiota. Mientras yo ocupe este cargo continuaré ejerciendo mi veto cada vez que este cuerpo proponga que Cayo Julio César haga ciertas cosas sin que esas mismas cosas las haga también Cneo Pompeyo Magno. Por ello voy a someter una moción formal a votación en esta Cámara, e insistiré en que la Cámara se pronuncie sobre ella. Si Cayo Marcelo intenta bloquearme, actuaré con él del modo tradicional en que actúa un tribuno de la plebe cuando se le obstruye en el ejercicio de sus deberes: haré que lo tiren desde la roca Tarpeya. ¡Y lo digo muy en serio! ¡Si tengo que llamar a la mitad de la plebe, que está reunida ahí fuera, en el peristilo, padres conscriptos, para que me ayude, tened la seguridad de que lo haré! Así que estás advertido, cónsul junior. Quiero que se produzca una votación de la Cámara acerca de mi moción.

Con los labios apretados, Marcelo el Viejo permaneció sentado en la silla curul de marfil sin decir una palabra; no se trataba de que Curión dijera aquello en serio o no, se trataba de que Curión podía hacerlo legalmente. Así que la votación tendría que llevarse a cabo.

—Mi moción es la siguiente —continuó diciendo Curión—: que Cayo Julio César y Cneo Pompeyo depongan el mando, dejen sus provincias y sus ejércitos en el mismo y preciso momento. Todos los que estén a favor de la moción, por favor, que se dirijan a la derecha de la sala. Todos los que se opongan a ella, que por favor se sitúen a la izquierda.

El resultado fue abrumador: trescientos setenta senadores se pusieron a la derecha. Y veintidós se pusieron a la izquierda; entre ellos, el propio Pompeyo, Metelo Escipión, los tres Marcelos, el cónsul electo Léntulo Crus (una sorpresa), Enobarbo, Catón, Marco Favonio, Varrón, Poncio Aquila (otra sorpresa, no se sabía que el amante de Servilia era su amante) y Cayo Casio.

—Tenemos un decreto, cónsul junior —exclamó Curión con júbilo—. ¡Ponlo en vigor!

Cayo Marcelo el Viejo se puso en pie y les hizo un gesto a sus lictores.

—La reunión queda disuelta —dijo brevemente.

Y salió de la Cámara.

Una buena táctica, porque todo ocurrió tan de prisa que Curión no tuvo tiempo de decirle a la plebe, que aguardaba en el exterior, que entrase. El decreto se había aprobado, sí, pero no se puso en vigor.

Ni se pondría nunca. Mientras Curión le estaba hablando a una multitud extasiada en el Foro, Cayo Marcelo el Viejo llamó al Senado a sesión en el templo de Saturno, que se hallaba muy próximo al lugar donde Curión se encontraba de pie sobre la tribuna de los oradores, y un lugar del cual el desconcertado Pompeyo había sido desterrado. Porque fuese lo que fuese lo que ocurriese desde aquel día en adelante, a Pompeyo no se le vería implicado en ello.

Marcelo el Viejo sostenía un rollo en la mano.

—Tengo aquí un comunicado que han enviado los duumviros de Plasencia, padres conscriptos —anunció en tono rimbombante—, que informa al Senado y al pueblo de Roma de que Cayo Julio César acaba de llegar a Plasencia y trae consigo cuatro de sus legiones. ¡Tenemos que detenerle! ¡Está a punto de atacar Roma, los duumviros se lo han oído decir a César en persona! ¡Nunca renunciará a su ejército, y piensa usar ese mismo ejército para conquistar Roma! ¡En estos precisos momentos está preparando a esas cuatro legiones veteranas para invadir Italia!

La Cámara reaccionó con verdadero furor; los taburetes se volcaron al ponerse los hombres en pie de un salto, y algunos de los ocupantes de los bancos de atrás no pudieron contenerse y salieron huyendo del templo; otros, como Marco Antonio, empezaron a rugir diciendo que todo aquello era una patraña; dos senadores muy ancianos se desmayaron; y Catón empezó a decir a voces que a César... ¡a César había que detenerle, había que detenerle, había que detenerle!

En medio de aquel caos llegó Curión, jadeante a causa del esfuerzo que le había supuesto cruzar corriendo todo el Foro inferior y subir tantos escalones.

—¡Es mentira! —gritó—. ¡Senadores, senadores, deteneos a pensar! ¡César está en la Galia Transalpina, no en Plasencia, y tampoco hay legiones en Plasencia! ¡Ni siquiera la decimotercera está en la Galia Cisalpina! ¡Está en Iliria, en Tergeste! —Se volvió muy enojado hacia Marcelo el Viejo—. ¡Eres un mentiroso indignante y sin conciencia! Eres la escoria del estanque de Roma, la mierda de las cloacas de Roma! ¡Mentiroso, mentiroso, mentiroso!

—¡Se disuelve la Cámara! —gritó Marcelo el Viejo.

Empujó a un lado a Curión con tanta fuerza que éste se tambaleó, y salió del templo de Saturno.

—¡Mentiras! —continuó voceándoles Curión a los que quedaban—. ¡El cónsul junior ha mentido para salvar la piel de Pompeyo! ¡Pompeyo no quiere perder sus provincias ni su ejército! ¡Pompeyo, Pompeyo, Pompeyo! ¡Abrid los ojos! ¡Abrid la mente! ¡Marcelo ha mentido! ¡Ha mentido para proteger a Pompeyo! ¡César no está en Plasencia! ¡No hay cuatro legiones en Plasencia! ¡Mentiras, mentiras, no son más que mentiras!

Pero nadie escuchaba. Horrorizado y aterrorizado, el Senado de Roma se desintegró.

—¡Oh, Antonio! —se quejó Curión llorando cuando quedaron solos en el templo de Saturno—. Nunca creí que Marcelo llegara tan lejos... ¡Nunca se me ocurrió que se atrevería a mentir! ¡Está manchando la causa de un modo irredimible! ¡Lo que quiera que ocurra en Roma a partir de ahora se basará en una mentira!

—Bueno, Curión, ya sabes adónde tienes que mirar, ¿no? —le dijo con voz lenta Antonio—. ¡Es ese mierda de Pompeyo, siempre es ese mierda de Pompeyo! Marcelo es un mentiroso, Pompeyo es una víbora. No lo dirá, pero nunca renunciará a su precioso puesto de primer hombre de Roma.

—Oh, ¿dónde está César? —gimió Curión—. ¡No permitan los dioses que siga en Nemetocena!

—Si no hubieras salido de casa tan temprano esta mañana para hacer sonar trompetas en el Foro, Curión, habrías encontrado una carta suya —le dijo Antonio—. Ambos hemos recibido una. Y no está en Nemetocena. Estuvo allí sólo el tiempo suficiente para trasladar a Trebonio y a sus cuatro legiones hasta el Mosa, entre los tréveres y los remos, y después salió de viaje para ir a ver a Fabio. El cual está ahora en Bibracte con las otras cuatro legiones. César se encuentra en Rávena.

Curión se quedó boquiabierto.

—¿En Rávena? ¡Imposible!

—¡Ya! —gruñó Antonio—. César viaja como el viento y no se entretuvo con las legiones. Éstas están donde deben estar, al otro lado de los Alpes. Pero él está en Rávena.

—¿Qué vamos a hacer? ¿Qué podemos decirle?

—La verdad —le dijo Antonio con calma—. Nosotros sólo somos sus lacayos, Curión, que no se te olvide nunca. Él es quien toma las decisiones.

Cayo Claudio Marcelo el Viejo había tomado una decisión. En cuanto despidió al Senado se dirigió a la villa de Pompeyo, situada en el Campo de Marte, en compañía de Catón, Enobarbo, Metelo Escipión y los dos cónsules electos: su primo Cayo Marcelo el Joven y Léntulo Crus. Cuando estaban aproximadamente a medio camino, el criado que Marcelo el Viejo había enviado corriendo a su casa del Palatino regresó portando la propia espada de Marcelo el Viejo. Como la mayoría de las espadas que poseían los nobles, era la habitual *gladius* romana de sesenta centímetros de largo y muy afilada por ambos lados; en lo que se diferenciaba de las armas que llevaban los soldados corrientes era en la vaina, fabricada de plata bellamente forjada, y en la empuñadura, hecha de marfil tallado en forma de águila romana.

Pompeyo les recibió en persona a la puerta de la villa y los acompañó a su despacho, donde un criado les sirvió vino con agua a todos menos a Catón, que rechazó el agua con desagrado. Pompeyo esperó con nerviosa impaciencia a que el criado distribuyera las bebidas y se marchase; en realidad no se las habría ofrecido si los miembros de aquella delegación no hubieran tenido todo el aspecto de necesitar con urgencia un trago.

—Bueno, ¿qué hay? —les preguntó en tono impaciente—. ¿Qué ha pasado?

A modo de respuesta, Marcelo el Viejo le tendió en silencio la espada envainada. Sobresaltado, Pompeyo la cogió en un acto reflejo y se quedó mirándola fijamente como si nunca antes hubiese visto una espada.

Se humedeció los labios.

—¿Qué significa esto? —preguntó con temor.

—Cneo Pompeyo Magno —le dijo Marcelo el Viejo de forma muy solemne—, te autorizo en nombre del Senado y el pueblo de Roma a defender al Estado ante Cayo Julio César. En nombre del Senado y del pueblo de Roma te otorgo formalmente la posesión y el uso de las dos legiones, la sexta y la decimoquinta, enviadas por César a Capua, y además te encargo que comiences a reclutar más legiones hasta que puedas traer de las Hispanias a tu propio ejército. Va a haber una guerra civil.

Los brillantes ojos azules de Pompeyo se habían abierto mucho; volvió a mirar fijamente la espada y se pasó de nuevo la lengua por los labios.

—Va a haber una guerra civil —repitió lentamente—. No creí que la cosa llegase a tanto. En realidad yo... no... —Se puso tenso—. ¿Dónde está César? ¿Cuántas legiones tiene en la Galia Cisalpina? ¿Hasta dónde ha avanzado?

—Tiene una legión y no ha avanzado nada —le respondió Catón de inmediato.

—¿No ha avanzado? Él... ¿qué legión?

—La decimotercera. Está en Tergeste —le aclaró Catón.

—Entonces... entonces... ¿qué ha pasado? ¿Por qué estáis aquí? ¡César no avanzará sólo con una legión!

—Eso mismo pensamos nosotros —le dijo Catón—. Y por eso estamos aquí. Para evitar que lleve a cabo esa traición definitiva, una marcha contra Roma. Nuestro cónsul junior informará a César de los pasos que se han dado, y todo el asunto se verá reducido a nada. Nos vamos a adelantar a él.

—Ah, ya comprendo —dijo Pompeyo al tiempo que le devolvía la espada a Marcelo el Viejo—. Gracias, aprecio el gesto en lo que vale y significa, pero tengo mi propia espada y está siempre dispuesta para que la desenvaine en defensa de mi patria. Con mucho gusto tomo el mando de las dos legiones de Capua, pero... ¿en realidad es necesario empezar a reclutar?

—Desde luego —afirmó Marcelo el Viejo con firmeza—. Hay que hacerle ver a César que vamos realmente en serio.

Pompeyo tragó saliva.

—¿Y el Senado? —preguntó.

—El Senado hará lo que se le diga —le respondió enérgicamente Enobarbo.

—Pero, naturalmente, el Senado ha autorizado esta visita que me hacéis.

Marcelo el Viejo volvió a mentir.

—Naturalmente.

Era el segundo día de diciembre.

El tercer día de diciembre Curión se enteró de lo que había pasado en la villa de Pompeyo y regresó a la Cámara lleno de justo enojo. Hábilmente ayudado por Antonio, acusó a Marcelo el Viejo de traición y apeló a los padres conscriptos para que lo respaldasen, para que reconocieran que César no había hecho nada malo, para que admitieran que no había legiones en la Galia Cisalpina, excepto la decimotercera, y para que vieran que toda la crisis había sido maliciosamente inventada por, como mucho, siete miembros de los *boni* y Pompeyo.

Pero muchos senadores no acudieron, y los que lo hicieron parecían tan atontados y confundidos que fueron incapaces de reaccionar de manera alguna, y no digamos de emprender acciones sensatas. Curión y Antonio no consiguieron nada. Marcelo el Viejo continuó obstruyendo cualquier cosa que no fuera el derecho de Pompeyo de defender el Estado. Y no hizo intento alguno por legitimizarlo.

El sexto día de diciembre, mientras Curión batallaba en el Senado, Aulo Hircio llegó a Roma, pues César le había encargado que fuera a ver qué podía recuperarse. Pero cuando Curión y Antonio le contaron lo de la entrega de la espada a Pompeyo, y que éste la había aceptado, Hircio se desesperó. Balbo le había concertado una reunión con Pompeyo a la mañana siguiente, pero Hircio no asistió. ¿Para qué, se preguntó, si Pompeyo había aceptado la espada? Mucho mejor sería regresar cuanto antes a Rávena e informar en persona a César de los acontecimientos, pues lo único que César tenía eran cartas.

Pompeyo no esperó demasiado a Hircio la mañana del séptimo día de diciembre; mucho antes del mediodía ya se encontraba de camino hacia Capua para pasar revista a la sexta y a la decimoquinta legión.

El último día del memorable tribunato de la plebe de Curión era el noveno de diciembre. Exhausto, habló una vez más en la Cámara sin ningún resultado y luego, aquella misma noche, se marchó a Rávena a ver a César. Le había pasado el testigo a Marco Antonio, a quien todos despreciaban y consideraban un haragán.

Cicerón llegó a Brundisium a finales de noviembre, y allí se encontró con Terencia. La llegada de su esposa no le asombró, pues la mujer necesitaba recuperar gran parte del terreno perdido, ya que, con su activa connivencia, Tulia se había casado con Dolabela. A este matrimonio Cicerón se había opuesto con todas sus fuerzas, pues quería entregarle su hija a Tiberio Claudio Nerón, un joven senador patricio muy altivo, de limitada inteligencia y con ningún encanto.

El disgusto del gran abogado se vio aumentado por la ansiedad que le causaba Tirón, su querido secretario, que había caído enfermo en Patras y que por ello se había quedado allí. Luego se exacerbó aún más cuando se enteró de que Catón había propuesto que se le concediera un desfile triunfal a Bíbulo y acto seguido había votado en contra de que se le concediese otro a Cicerón.

—¿Cómo se atreve Catón? —exclamó muy airado Cicerón—. ¡Bíbulo ni siquiera ha salido nunca de su casa de Antioquía, mientras que yo he tomado parte en los combates!

—Sí, querido —le dijo Terencia automáticamente sin obtener ninguno de sus propósitos—. Pero ¿consentirás en conocer a Dolabela? Cuando lo conozcas de verdad comprenderás por qué yo no me he opuesto en absoluto a esta unión. —Se le iluminó el feo rostro—. ¡Es delicioso, Marco, verdaderamente delicioso! ¡Ingenioso, inteligente y muy atento con Tulia!

—¡Yo prohibí que se casara con él! —exclamó Cicerón—. ¡Lo prohibí, Terencia! ¡No tenías ningún derecho a permitir que sucediera!

—Escucha, marido —siseó la terrible señora metiéndole la nariz en la cara—. ¡Tulia tiene veintisiete años! ¡No necesita tu permiso para casarse!

—¡Pero yo soy quien tiene que encontrar la dote, así que soy yo quien debería elegirle el marido! —rugió Cicerón envalentonado como resultado de haber pasado muchos meses lejos de Terencia.

En esos meses demostró ser un admirable gobernador con mucha autoridad, y esa autoridad debía extenderse a la esfera doméstica.

Terencia parpadeó sorprendida al verse desafiada, pero no se echó atrás.

—¡Demasiado tarde! —rugió ella aún más fuerte—. Tulia se ha casado con Dolabela. ¡Y tú o encontrarás la dote para ella o te castraré yo personalmente!

Así fue como Cicerón viajó por la península itálica desde Brundisium acompañado por su esposa, una mujer astuta que no estaba dispuesta a concederle los inalienables derechos de *paterfamilias*. Cicerón se hizo a la idea de tener que conocer al odioso Dolabela, cosa que hizo en Benevento, donde descubrió con gran consternación por su parte que no encontraba más objeciones en contra de los encantos de Dolabela que Terencia. Para acabar de rematar las cosas, Tulia estaba embarazada, lo que no había ocurrido con sus dos maridos anteriores.

Dolabela también informó a su suegro de los espantosos acontecimientos que estaban teniendo lugar en Roma, luego le dio unas palmaditas en la espalda y se marchó al galope de regreso a Roma para tomar parte en la refriega, por usar las mismas palabras con que él lo expresó.

—¡Yo estoy a favor de César, ya sabes! —gritó desde la seguridad de su caballo—. ¡Un buen hombre, César!

Se acabaron las literas. Cicerón decidió alquilar un carruaje en Benevento y continuó hacia el oeste de la Campania a paso acelerado.

En Pompeya fue a ver a Pompeyo, que estaba residiendo allí. Cicerón también tenía una villa en aquel lugar, una villa pequeña y agradable, y decidió ir a obtener información de uno de los pocos hombres que él creía que quizá supieran lo que realmente estaba sucediendo.

—Ayer recibí dos cartas en Trebula —le dijo a Pompeyo con el ceño fruncido por el desconcierto—. Una era de Balbo, la otra nada menos que del mismo César. Tan dulces y amistosos... me decían que cualquier cosa que ellos pudieran hacer por mí..., que sería un honor presenciar mi muy merecido desfile triunfal..., que yo necesitaba un préstamo insignificante. ¿Para qué hará eso un hombre que va a atacar Roma? ¿Por qué me da tanta coba? César sabe muy bien que yo nunca he tomado partido.

—Pues en realidad Cayo Marcelo cogió al toro por los cuernos —le comunicó Pompeyo con incomodidad—. Hizo cosas que no estaba autorizado a hacer. Aunque en aquel momento yo no lo sabía, Cicerón, te juro que no. Habrás oído decir que me dio una espada y que yo la acepté, ¿no?

—Sí, Dolabela me lo ha contado.

—El problema es que yo entonces supuse que el Senado lo había enviado a entregarme la espada. Pero resultó que no era así. De manera que aquí me tienes, entre Escila y Caribdis, más o menos comprometido a defender el Estado y a tomar el mando de dos legiones que han luchado para César durante años, y empezando a reclutar soldados por toda Campania, Samnio, Lucania y Apulia. Pero en realidad no es legal, Cicerón. El Senado no me lo encomendó, ni existe un *senatus consultum ultimum* en vigor. Sí, sé que la guerra civil nos amenaza.

A Cicerón se le destrozó el corazón.

—¿Estás seguro, Cneo Pompeyo? ¿Estás realmente seguro? ¿Has consultado con alguien más aparte de esos jabalíes rabiosos que son Catón y los Marcelos? ¿Has hablado con Ático o con cualquiera de los otros caballeros importantes? ¿Has asistido a las sesiones del Senado?

—¿Cómo voy a asistir a las sesiones del Senado mientras estoy reclutando tropas? —gruñó Pompeyo—. Y sí, vi a Ático hace unos días. Bueno, hace ya bastantes días en realidad, aunque parece que fue ayer.

—Oye, Magno, ¿estás seguro de que la guerra civil no puede evitarse?

—Absolutamente —le respondió Pompeyo con gran convicción—. Habrá guerra civil, eso es seguro. Por eso me alegro de estar fuera de Roma una temporada, es más fácil pensar bien las cosas. Porque no podemos permitir que Italia vuelva a sufrir, Cicerón. No se puede permitir que esta guerra contra César se libre en suelo italiano. Hay que pelear en el extranjero. En Grecia, creo yo, o en Macedonia. O incluso al este de Italia. Todos los del este son protegidos míos, puedo pedir apoyo en todas partes desde Accio hasta Antioquía. Y puedo traer directamente a mis legados desde Hispania sin hacer que desembarquen en suelo italiano. César tiene nueve legiones, más unas veintiocho cohortes de reclutas recién llamados a filas procedentes del otro lado del río Po. Yo tengo siete legiones en las Hispanias, otras dos en Capua y todas las cohortes que pueda reclutar ahora. Hay dos legiones en Macedonia, tres en Siria, una en Cilicia y una en la provincia de Asia. También puedo pedirle tropas a Deiotaro, de Galacia, y a Ariobárzanes de Capadocia. Si hace falta, le exigiré también un ejército a Egipto y traeré aquí a la legión africana. Lo mires como lo mires, yo debería de tener algo más de dieciséis legiones romanas, diez mil auxiliares extranjeros y... oh, seis o siete mil hombres a caballo.

Cicerón había empezado a mirarlo fijamente mientras sentía que el corazón se le destrozaba.

—¡Magno, no puedes sacar a las legiones de Siria con la amenaza de los partos!

—Mis fuentes dicen que no existe tal amenaza, Cicerón. Orodes tiene problemas en su país. No debió ejecutar a los surenas y luego a Pacoro. Pacoro era su propio hijo.

—Pero... ¿no deberías al menos intentar llegar a un acuerdo con César primero? Sé por la carta que me ha enviado Balbo que César está haciendo todo lo que puede, que trabaja desesperadamente para evitar la confrontación.

—¡Bah! —escupió Pompeyo con desprecio—. ¡Tú no sabes nada al respecto, Cicerón! Balbo se tomó grandes molestias para asegurarse de que yo no partiera hacia Campania al alba en las nonas, me aseguró que César había enviado a Aulo Hircio especialmente para verme. ¡De manera que yo espero y espero, y luego averiguo que Hircio ha dado media vuelta y ha regresado a Rávena a ver a César sin ni siquiera intentar acudir a la cita que tenía conmigo! ¡Ésa es la forma en que César desea la paz, Cicerón! ¡Todo es una gran comedia, todo este cabildeo instigado por Balbo! Te digo francamente que César se inclina por la guerra civil. Nada lo desviará. Y yo ya me he decidido. No libraré una guerra civil sobre suelo italiano, lucharé con César en Grecia o en Macedonia.

Pero, pensó Cicerón mientras garabateaba una carta para Ático, en Roma no es César quien se inclina por una guerra civil; o por lo menos no es sólo César. Magno está absolutamente decidido a ello. Y cree que todo le será perdonado y olvidado si se asegura de que Italia no tenga que sufrir la guerra civil en su propio suelo. Se ha salido con la suya.

El diez de diciembre Cicerón se enteró de lo que Pompeyo opinaba de la guerra civil; ese mismo día, en Roma, Marco Antonio tomó posesión del cargo de tribuno de la plebe. Y se puso a la tarea de demostrar que era un orador tan hábil como su abuelo el Orador, por no decir tan rápido de ingenio. Habló elocuente y enérgicamente del ofrecimiento de la espada que se le había hecho a Pompeyo y de la ilegalidad de las acciones del cónsul junior con una voz tan estentórea que hasta Catón comprendió que ni podría hacerlo callar ni ahogar sus palabras gritando más que él.

—Además —añadió Antonio con voz de trueno—, estoy autorizado por Cayo Julio César a decir que él con mucho gusto renunciará a sus dos provincias de la Galia, al otro lado de los Alpes, así como a seis legiones, si esta Cámara le permite quedarse con la Galia Cisalpina, Iliria y dos legiones.

—Eso sólo suma ocho legiones, Marco Antonio —observó Marcelo el Viejo—. ¿Qué ha pasado con la otra legión y con las veintidós cohortes de reclutas?

—La novena legión, a la que de momento llamaremos decimocuarta, desaparecerá, Cayo Marcelo. César no quiere entregar un ejército que no esté con todas sus fuerzas, y de momento todas sus legiones están incompletas. Por ello una legión entera y las veintidós cohortes de soldados nuevos se incorporarán a las otras ocho legiones.

Una respuesta lógica, pero era la respuesta a un asunto irrelevante. Cayo Marcelo el Viejo y los dos cónsules electos no tenían intención de someter a votación la propuesta de Antonio. La Cámara, además, apenas alcanzaba el quórum, tan numerosos eran los senadores ausentes; algunos ya se habían marchado de Roma hacia Campania, otros estaban intentando desesperadamente almacenar fondos o reunir el suficiente dinero en efectivo como para estar cómodos en un exilio bastante largo durante todo el tiempo que durase la guerra civil. Ésta era algo que ahora se daba por hecho, aunque también se estaban haciendo del dominio público en general los rumores de que no había ninguna legión en la Galia Cisalpina, y que César estaba tranquilamente en Rávena mientras la decimotercera disfrutaba de un permiso en las playas más cercanas.

Antonio, Quinto Casio, el consorcio de banqueros y todos los partidarios más importantes de César que estaban en Roma luchaban valientemente por mantener abiertas las opciones de César, asegurando constantemente a todos, desde el Senado hasta los plutócratas, que César con mucho gusto entregaría seis legiones y ambas Galias Transalpinas siempre que se le permitiera quedarse con la Galia Cisalpina, Iliria y dos legiones. Pero el día siguiente a la llegada de Curión a Rávena, Antonio y Balbo recibieron ambos breves misivas de César en las que les decía que él ya no podía seguir ignorando por entero la posibilidad de que necesitase el ejército para proteger su persona y su *dignitas* de los *boni* y de Pompeyo el Grande. Por lo tanto, les decía, él enviaba un mensajero en secreto a Fabio, que estaba en Bibracte, para decirle que le mandase a dos de las cuatro legiones que allí había, y con el mismo secreto le mandó recado a Trebonio, que se encontraba en el Mosa, para que enviase inmediatamente tres de las cuatro legiones a Narbona, donde se pondrían bajo el mando de Lucio César e impedirían que las legiones hispanas de Pompeyo marchasen hacia Italia.

—Está decidido a hacerlo —le comentó Antonio a Balbo no sin satisfacción.

El pequeño Balbo, que estaba menos rollizo últimamente a causa de la enorme tensión que había sufrido, le dirigió una mirada llena de aprensión a Antonio con aquellos ojos castaños, grandes y tristes, y frunció los labios.

—Estoy seguro de que venceremos, Marco Antonio —le dijo—. ¡Tenemos que vencer!

—Con los Marcelos en activo y Catón graznando desde los bancos delanteros, Balbo, no tenemos la menor oportunidad. El Senado, por lo menos esa parte del mismo que aún tiene valor suficiente para asistir a las reuniones, continuará diciendo que César es el servidor de Roma, no su amo.

—En cuyo caso, ¿en qué convierte eso a Pompeyo?

—Está claro que lo convierte en el amo de Roma —afirmó Antonio—. Pero, en tu opinión, ¿quién crees que gobierna a quién? ¿Pompeyo o los *boni*?

—Seguro que cada uno gobierna al otro, Marco Antonio.

Diciembre continuó pasando a una velocidad espantosa y cada vez había menos hombres en el Senado; un elevado número de casas en el Palatino y en las Carinae cerraron sus puertas y retiraron las aldabas. Y muchas de las mayores empresas de Roma, los bancos, las corredurías y los contratistas, utilizaban la amarga experiencia acumulada durante otras guerras civiles para reforzar sus fortificaciones hasta que fueran capaces de resistir cualquier cosa que se avecinase. Porque lo que era seguro era que se avecinaba. Pompeyo y los *boni* no estaban dispuestos a permitir que no ocurriese. Y César no iba a inclinarse hasta tocar el suelo.

El veintiuno de diciembre Marco Antonio pronunció un brillante discurso en la Cámara. Estaba soberbiamente estructurado y era retóricamente emocionante; detallaba con escrupulosa cronología todas las transgresiones de Pompeyo contra la *mos maiorum*, desde cuando, a la edad de veintidós años, alistó ilegalmente a los veteranos de su padre y marchó con tres legiones a ayudar a Sila en aquella guerra civil, hasta el consulado sin colega; y añadió un epílogo que versaba sobre la aceptación de espadas que se ofrecían de forma ilegal. La perorata estaba dedicada a hacer un análisis sin piedad y lleno de ingenio de los caracteres de los veintidós lobos que habían logrado acobardar a las trescientas ovejas senatoriales.

Pompeyo compartió con Cicerón una copia del discurso; el vigesimoquinto día de diciembre se encontraron en Formies, donde los dos poseían una villa. Pero fue en la villa de Cicerón donde se reunieron y donde pasaron muchas horas hablando.

—En eso soy inflexible —le aseguró Pompeyo después de que Cicerón se hubo agotado buscando motivos por los cuales aún era posible reconciliarse con César—. No se le puede hacer absolutamente ninguna concesión a César. ¡Ese hombre no quiere un acuerdo pacífico, no me importa lo que digan Balbo, Opio y los demás! ¡Ni siquiera me importa lo que diga Ático!

—Ojalá Ático estuviera aquí —le dijo Cicerón parpadeando con cansancio.

—Pues, ¿por qué no está aquí? ¿No soy una compañía lo suficientemente buena?

—Tiene malaria, Magno.

—Ah.

Aunque le dolía la garganta y aquella desgracia de inflamación de los ojos amenazaba con volver, Cicerón resolvió seguir probando. ¿Acaso una vez no había puesto el viejo Escauro al Senado entero en su contra con una mano nada más? ¡Y eso que Escauro no era el mejor orador de los anales de Roma! Ese honor le correspondía a Marco Tulio Cicerón. El problema era, reflexionó el mejor orador de todos los tiempos, que desde aquella enfermedad que tuvo en Nápoles, Pompeyo había adquirido una excesiva confianza en sí mismo. No, él no había estado allí para presenciarlo, pero todos se lo habían dicho, primero por carta y luego en persona. Además, podía ver por sí mismo parte de aquella presunción que Pompeyo poseía en abundancia cuando tenía diecisiete años, y que todavía conservaba cuando marchó para ayudar a Sila a conquistar. Hispania y Quinto Sertorio se la quitaron, a pesar de que fue él quien acabó ganando aquella tortuosa guerra. Y no había vuelto a emerger hasta ahora. Quizá, pensó Cicerón, en aquella confrontación semejante a un cataclismo con otro maestro militar, César, Pompeyo pensaba revivir aquella juventud, convertirse a sí mismo para los siglos venideros en el hombre más grande que Roma había producido. Pero... ¿lo era? No, lo más seguro era que Pompeyo no pudiese perder (y había llegado a esa conclusión por sí mismo, de lo contrario no hubiese estado tan determinado a llegar a la guerra civil), porque estaba muy ocupado asegurándose de que sus tropas sobrepasasen a las de César en cantidad, que por lo menos las doblasen en número. Y por siempre después se le aclamaría como el salvador de la patria porque se negaba a luchar en el suelo de su país. Aquello también se hacía evidente.

—Magno, ¿qué hay de malo en hacerle una diminuta concesión a César? ¿Y si se aviniera a quedarse con una legión e Iliria?

—Nada de concesiones —le aseguró Pompeyo con firmeza.

—Pero ¿no será que en algún punto del camino todos nosotros hemos perdido el hilo y la orientación? ¿No empezó todo esto al negarle a César el derecho a presentarse *in absentia* para el consulado para que así pudiera conservar su *imperium* y evitar que lo juzgaran por traición? ¿No sería más sensato dejarle hacer eso? ¡Quitárselo todo excepto Iliria, quitarle todas las legiones! ¡Sólo dejarle conservar su *imperium* intacto y presentarse para el consulado *in absentia*!

—¡Nada de concesiones! —repitió Pompeyo con brusquedad.

—En una cosa los agentes de César sí que tienen razón, Magno. A ti te han hecho concesiones mucho mayores que ésa. ¿Por qué no a César?

—¡Porque, so tonto, incluso si César fuera reducido a un *privatus* sin provincias, sin ejército, sin *imperium*, sin nada, seguiría teniendo ciertos planes acerca del Estado! ¡Aun así lo derrocaría!

Ignorando el insulto, Cicerón volvió a intentarlo. Una y otra vez. Pero la respuesta siempre fue la misma. César nunca renunciaría a su *imperium* voluntariamente, elegiría quedarse con su ejército y con sus provincias. Habría guerra civil.

Hacia el final del día abandonaron el tema principal y se concentraron en el texto del discurso de Marco Antonio.

—Un tejido distorsionado de verdades a medias —fue el veredicto final de Pompeyo, que arrugó la nariz y dejó caer el papel con desprecio—. ¿Qué crees tú que hará César si logra derrocar al Estado cuando un secuaz indigno y sin un sestercio como Antonio se atreve a decir cosas así?

Y el resultado fue que un Cicerón profundamente contento despidió a su invitado y luego estuvo a punto de emborracharse. Lo que le detuvo fue un pensamiento horrible. ¡Por Júpiter, él le debía millones a César! Millones que tendría que conseguir y devolver, porque era el colmo de los males deberle dinero a un enemigo político.

El Rubicón

DESDE EL 1 DE ENERO HASTA
EL 5 DE ABRIL DEL 49 A. J.C.

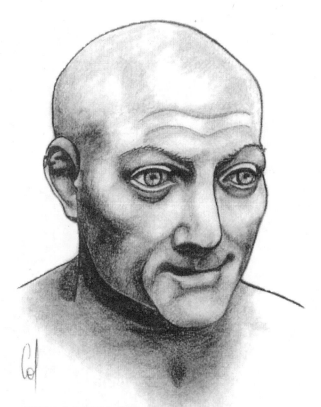

LUCIO DOMICIO ENOBARBO

ROMA

Al amanecer del primer día del nuevo año, Cayo Escribonio Curión llegó a su casa del Palatino, donde su esposa lo saludó ciertamente arrobada.

—¡Basta, mujer! —le dijo él dejándola sin aliento con el abrazo, tan contento estaba de verla—. ¿Dónde está mi hijo?

—Llegas justo a tiempo de ver cómo le doy la primera comida del día —le explicó Fulvia, y tomándolo de la mano lo condujo hasta el cuarto del niño, donde levantó de la cuna al bebé Curión, que dormitaba, y lo alzó con orgullo—. ¿No es precioso? ¡Oh, siempre quise tener un bebé pelirrojo! Es tu viva imagen. ¿Verdad que será travieso? Los pilluelos siempre lo son.

—Yo no veo en él ningún pilluelo. Es un niño absolutamente plácido.

—Eso es porque su mundo está ordenado y su madre no le transmite ansiedades.

Fulvia le indicó con la cabeza a la niñera que se fuera y se dejó caer la túnica de los hombros y los brazos.

Durante un momento permaneció de pie mostrando aquellos pechos hinchados con la leche que goteaba de sus pezones. Para Curión, la visión más maravillosa que había visto nunca... y todo gracias a él. La entrepierna le dolía de deseo por Fulvia, pero se acercó a una silla mientras ella se sentaba en otra y sostenía al bebé, todavía medio dormido, junto a un pecho. Una vez iniciado el reflejo, el bebé Curión empezó a mamar con tragos largos y audibles, con las diminutas manos curvadas sobre la piel morena de su madre.

—No me importaría morirme mañana, Fulvia, después de haber conocido esto —le dijo Curión con voz ronca—. Todos estos años pasados siendo amigo de Clodio y nunca comprendí hasta qué punto eres una verdadera madre. Nada de amas de cría, sólo tú. Qué eficiente eres. Cuánto significa en tu vida la maternidad, que no te resulta ni un fastidio ni un universo.

Fulvia pareció sorprendida.

—Los bebés son preciosos, Curión. Son la última expresión de lo que existe entre un marido y una esposa. En un sentido necesitan poco, en otro mucho. A mí me da placer hacer las cosas que son naturales con ellos y para ellos. Cuando beben mi leche me exalto. ¡Es mi leche, Curión! ¡Yo la fabrico! —Sonrió con malicia—. Sin embargo, estoy muy contenta de que la niñera cambie los pañales y la lavandera los lave.

—Es lo propio —le dijo Curión, y se recostó para mirar.

—Hoy cumple cuatro meses —observó Fulvia.

—Sí, y me he perdido tres *nundinae* de verle crecer.

—¿Cómo te ha ido en Rávena?

Curión se encogió de hombros e hizo una mueca.

—¿Te tendría que haber preguntado qué tal está César? —quiso saber Fulvia

—Sinceramente no lo sé, Fulvia.

—¿No has hablado con él?

—Varias horas cada día durante tres *nundinae*.

—Y, sin embargo, no sabes cómo está.

—Se guarda su opinión mientras trata todos los aspectos de la situación con lucidez y sin apasionamiento —le explicó Curión frunciendo el ceño e inclinándose hacia adelante para acariciar la innegablemente pelirroja pelusa del cuero cabelludo en movimiento de su hijo—. Si uno quisiera oír a un maestro griego de lógica, el hombre sería una decepción después de haber oído a César. Todo está sopesado y definido.

—¿Y...?

—Y uno se va de allí comprendiéndolo todo excepto el único aspecto que en realidad se quiere comprender.

—¿Cuál es?

—Lo que César tiene intención de hacer.

—¿Atacará Roma?

—Ojalá pudiera decirte que sí, ojalá pudiera decirte que no, *meum mel*. Pero no puedo, no tengo ni idea.

—Pues ellos no creen que se atreva a hacerlo, ya ves, los *boni* y Pompeyo.

—¡Fulvia! —exclamó Curión incorporándose en la silla—. Pompeyo no puede ser tan ingenuo, aunque Catón lo sea.

—Tengo razón... —dijo ella.

Y despegó al bebé Curión del pezón, lo sentó en el regazo frente a ella y lo inclinó suavemente hacia adelante hasta que el niño soltó un ruidoso eructo. Cuando volvió a abrazarlo, Fulvia lo cambió al otro pecho. Acabado esto siguió hablando como si no hubiera hecho pausa alguna:

—Me recuerdan a ciertos animales pequeños, de esos que no tienen una agresividad real, sino que hacen un remedo de ella porque han aprendido que tal actitud demuestra esfuerzo. Hasta que llega el elefante y los pisotea porque sencillamente no los ve. —Dejó escapar un suspiro—. La tensión en Roma es enorme, marido. Todo el mundo está petrificado. Pero los *boni* continúan comportándose como esos animalillos que son un remedo de la agresividad. Ponen poses y parlotean en el Foro, y hacen que al Senado y a las Dieciocho les acometan verdaderos ataques de pánico. Mientras tanto, Pompeyo les dice toda clase de cosas lúgubres y de peso acerca de que la guerra civil es inevitable a ratones como el pobre y viejo Cicerón. Pero en realidad no cree lo que dice, Curión. Pompeyo sabe que César sólo tiene una legión a este lado de los Alpes, y no dispone de pruebas que indiquen que vayan a venir más legiones. Sólo sabe que si hubieran de venir más, ya estarían en la Galia Cisalpina. Los *boni* también saben esas cosas. ¿No lo ves? Cuanto más alboroten y más alteren, mayor parecerá su victoria cuando César ceda. Quieren cubrirse de gloria.

—¿Y si César no cede?

—Entonces serán pisoteados. —Miró a Curión con cariño—. Tú debes de tener alguna clase de instinto acerca de lo que ocurrirá, Cayo. ¿Qué te dice tu instinto?

—Que César continúa tratando de resolver de forma legal el dilema que tiene.

—César no vacila.

—Ya me doy cuenta de ello.

—Por lo tanto, lo tiene todo decidido en su cabeza.

—Sí, en eso creo que tienes razón, esposa.

—¿Vienes con algún propósito o vas a quedarte en casa definitivamente?

—Se me ha encomendado una carta de César para que se la entregue al Senado. Quiere que se lea hoy en la reunión inaugural de los nuevos cónsules.

—¿Quién tiene que leerla?

—Antonio. Yo últimamente sólo soy un *privatus*, no me escucharían.

—¿Puedes quedarte conmigo por lo menos unos días?

—Espero no tener que volver a marcharme nunca, Fulvia.

Poco después, Curión partió hacia el templo de Júpiter Óptimo Máximo, en el Capitolio, donde siempre se celebraba la reunión del Senado del día de Año Nuevo. Cuando regresó varias horas después, Marco Antonio iba con él.

Los preparativos para la cena tardaron unos minutos; había que decir las plegarias, hacer una ofrenda a los lares y a los penates, quitarse las togas y doblarlas debidamente, quitarse los zapatos y lavarse y secarse los pies. Mientras se hacía todo esto, Fulvia guardó silencio y ocupó el *lectus imus*: era una de aquellas mujeres escandalosamente progresistas que insistían en reclinarse para comer.

—Contádmelo todo —les pidió a los dos hombres en cuanto hubieron puesto en la mesa el primer plato y los criados se retiraron de la estancia.

Antonio comía, y fue Curión el que habló.

—Nuestro lobuno amigo aquí presente ha leído la carta de César en voz tan alta que no podía oírse nada por encima de su voz —le dijo Curión sonriendo.

—¿Qué tenía que decir César?

—Proponía que o bien se le permitiera conservar sus provincias y su ejército, o si no, que todos los demás que tuvieran un *imperium* lo depusieran en el mismo momento en que lo hiciera él.

—¡Ah! —exclamó Fulvia, satisfecha—. Atacará.

—¿Qué te hace pensar eso? —le preguntó su marido.

—Ha hecho una petición absolutamente absurda, inaceptable.

—Bueno, eso ya lo sé, pero...

—Tienes razón —murmuró Antonio con la mano y la boca llenas de huevo—. Atacará.

—Sigue. ¿Qué pasó después?

—Léntulo Crus era quien presidía y se ha negado a que la proposición de César entrase a debate. En lugar de debatir el tema, ha comenzado a hacer ciertas maniobras obstruccionistas acerca del estado general de la nación.

—Pero Marcelo el Joven es el cónsul senior. ¡Él tiene las *fasces* en enero! ¿Por qué no presidía él?

—Se ha ido a casa después de las ceremonias religiosas —farfulló Antonio—. Tenía dolor de cabeza o algo así.

—¡Si vas a hablar, Marco Antonio, saca antes el hocico del pesebre! —le dijo Fulvia con brusquedad.

Sobresaltado, Antonio tragó y logró esbozar una sonrisa penitente.

—Lo siento —se excusó.

—Es una madre estricta —le explicó Curión, al que se le notaba en los ojos que adoraba a Fulvia.

—¿Qué ha pasado después? —preguntó la madre estricta.

—Metelo Escipión se ha lanzado a pronunciar un discurso —le explicó Curión, y suspiró—. ¡Oh, dioses, qué aburrido es! Por suerte estaba demasiado ansioso por llegar a lo que pretendía como para seguir soltando su rollo interminablemente. Ha propuesto una moción a la Cámara. La ley de los Diez Tribunos se ha derogado, ha dicho, y eso significa que César no tiene derecho alguno sobre sus provincias ni sobre su ejército. Tendría que aparecer en Roma como un *privatus* para poder presentarse a las próximas elecciones consulares. Luego Escipión ha propuesto que se le ordenase a César licenciar a su ejército en una fecha que habría que determinar, o bien que fuera declarado enemigo público.

—Muy desagradable —observó Fulvia.

—Oh, mucho. Pero la Cámara estaba toda de su parte. Casi nadie ha votado en contra de su moción.

—¡No se aprobaría, supongo!

Antonio se apresuró a tragar y luego dijo con claridad encomiable:

—Quinto Casio y yo la vetamos.

—¡Oh, bien hecho!

Pompeyo, no obstante, no consideraba que el veto hubiera sido una cosa bien hecha en absoluto. Cuando se reanudó el debate en la cámara el segundo día de enero y todo quedó en otro veto tribunicio, perdió los nervios. La tensión le estaba afectando a él más que a nadie en aquella ciudad angustiada, aterrorizada; pues Pompeyo era quien tenía más que perder.

—¡No estamos llegando a ninguna parte! —le gruñó a Metelo Escipión—. ¡Quiero que este asunto acabe de una vez! ¡Es ridículo! Día tras día, mes tras mes. ¡Si no tenemos cuidado, llegará el aniversario de las calendas de marzo del año pasado y no habremos avanzado nada para poner a César en su sitio! ¡Tengo la sensación de que César está dando círculos a mi alrededor, y no me gusta ni un pelo esa sensación! ¡Ya es hora de que acabe la comedia! ¡Ya es hora de que el Senado actúe de una vez por todas! ¡Si no pueden imponer una ley en la asamblea popular para despojar a César de todo, entonces que aprueben el *senatus consultum ultimum* y dejen el asunto en mis manos! —Dio tres palmadas, la señal para llamar a su mayordomo—. Quiero que se envíe inmediatamente un mensaje a todos los senadores de Roma —le ordenó secamente al mayordomo—. Tienen que presentarse ante mí dentro de dos horas.

Metelo Escipión pareció preocupado.

—Pompeyo, ¿crees que eso es prudente? —se atrevió a preguntar—. Me refiero a... ¿convocar a censores y consulares?

—¡Sí, voy a convocarlos! ¡Estoy harto, Escipión! ¡Quiero zanjar este asunto con César!

Como la mayoría de los hombres de acción, Pompeyo encontraba en extremo difícil convivir con la indecisión. Y como la mayoría de los hombres de acción, Pompeyo quería tener el mando absoluto. No deseaba que un puñado de senadores incompetentes y vacilantes, que él sabía que no podían igualarse a él en nada, lo empujasen y tirasen de él. ¡La situación era totalmente exasperante!

¿Por qué no había cedido César? Y, puesto que no había cedido, ¿por qué seguía sentado en Rávena con sólo una legión? ¿Por qué no estaba haciendo algo? No, estaba claro que no tenía intención de marchar sobre Roma. Pero si no lo hacía, ¿qué se pensaba que iba a hacer? ¡Cede, César! ¡Renuncia, apártate! Pero no lo hacía. No quería hacerlo. ¿Qué trucos tendría guardados en la manga? ¿Cómo saldría de aquel atolladero si no tenía intención de ceder ni tampoco intención de atacar? ¿Qué tenía en la cabeza? ¿Pensaba prolongar aquel compás de espera senatorial hasta las nonas de *quinctilis* y las elecciones consulares? Pero no, nunca obtendría el permiso para presentarse como candidato *in absentia*, aunque lograse conservar su *imperium*. ¿Tendría idea de enviar a unos cuantos miles de sus soldados más leales a Roma con un inocente permiso en el momento de las elecciones? Ya lo hizo hacía seis años, para asegurar el consulado de Pompeyo y Craso. Pero nada le haría conseguir el permiso *in absentia*, así que, ¿para qué? ¿Por qué? ¿Pensaría acaso aterrorizar al Senado a fin de que le concediera permiso para presentarse *in absentia*? ¿Enviaría para ello a miles de sus soldados más leales con un permiso?

Arriba y abajo, arriba y abajo. Pompeyo estuvo paseando atormentado hasta que llegó su mayordomo y, con gran timidez, le informó de que había muchos senadores que le estaban esperando en el atrio.

—¡Ya me he hartado! —les dijo a voces mientras entraba con paso enérgico en la estancia—. ¡Ya me he hartado!

Quizá ciento cincuenta hombres estaban de pie boquiabiertos y lo miraban con asombro, desde Apio Claudio Pulcher el Censor hasta el humilde cuestor urbano Cayo Nerio. Aquel par de enojados ojos azules fue pasando revista por las filas y se fijó en las omisiones: Lucio Calpurnio Pisón, los dos cónsules, muchos de los consulares, todos los senadores que se sabía eran partidarios de César y varios que se sabía que no estaban a favor de César... pero que tampoco estaban a favor de que los convocase un hombre que no tenía derecho alguno a convocar. Sin embargo había suficientes para un buen comienzo.

—¡Ya me he hartado! —repitió subiéndose a un banco de mármol rosa de incalculable valor—. ¡Sois unos cobardes! ¡Unos locos! ¡Unos maricas vacilantes! ¡Yo soy el primer hombre de Roma y me avergüenzo de llamarme a mí mismo el primer hombre de Roma! ¡Diez meses hace que dura esta farsa de las provincias y el ejército de Cayo Julio César y todavía no habéis llegado a ninguna parte! ¡Absolutamente a ninguna parte!

Saludó con una inclinación de cabeza a Catón, a Favonio, a Enobarbo, a Metelo Escipión y a dos de los tres Marcelos.

—Honorables colegas, a vosotros no os incluyo en estas amargas palabras, pero quería que estuvierais aquí para ser testigos. Los dioses saben cómo habéis luchado mucho y durante mucho tiempo para poner fin a la carrera ilegal de Cayo Julio César. Pero no habéis tenido un verdadero apoyo, y esta tarde tengo intención de ponerle remedio a eso.

Se volvió de nuevo hacia el resto de hombres, como Apio Claudio Pulcher, nada complacido.

—¡Unos locos, repito! ¡Cobardes! ¡Débiles gimoteantes, floja colección de viejas glorias y de nulidades! ¡Estoy harto! —Respiró profunda y largamente—. Lo he intentado. He tenido mucha paciencia. Me he contenido. Os he aguantado a todos vosotros. Os he limpiado el culo y os he sujetado la cabeza mientras vomitabais. ¡Y no te quedes ahí poniendo cara de estar mortalmente ofendido, Varrón! ¡Quien se pica, ajos come! Se supone que el Senado de Roma tiene que dar el tono y servir de ejemplo a todos los demás cuerpos políticos y públicos desde una punta del Imperio de Roma hasta la otra. ¡Y el Senado de Roma es una vergüenza! Ahí estáis, enfrentados por un hombre. ¡Por un solo hombre! Y, sin embargo, durante diez meses habéis dejado que se cague encima de vosotros. Habéis vacilado y habéis temblado, habéis discutido y habéis lloriqueado, habéis votado y vuelto a votar una y otra vez... ¡Y no habéis llegado a ninguna parte!

En aquel punto todos estaban atónitos más allá de la indignación; pocos de los hombres allí presentes habían servido en activo con Pompeyo en alguna situación que hubiese dejado al descubierto su lado feo, pero muchos de ellos estaban comprendiendo ahora por qué Pompeyo lograba que se hicieran las cosas. El afable Cneo Pompeyo Magno, aquel hombre de carácter dulce y que se menospreciaba a sí mismo que ellos conocían, era un rigorista. Muchos de ellos habían visto enfurecerse a César y todavía se estremecían al recordarlo. Y ahora veían enfurecerse a Pompeyo y volvían a temblar. Y empezaban a preguntarse: ¿cuál de los dos, César o Pompeyo, resultaría ser el amo más duro?

—¡Me necesitáis! —rugió Pompeyo desde la altura que le proporcionaba el banco—. ¡Me necesitáis! ¡No lo olvidéis nunca! ¡Me necesitáis! Soy lo único que se interpone entre vosotros y César. Soy vuestro único refugio porque soy el único de todos vosotros capaz de derrotar a César en el campo de batalla. Así que será mejor que empecéis a mostraros agradables conmigo. Será mejor que empecéis a quebraros la espalda con tal de complacerme. Será mejor que empecéis a mejorar vuestras actuaciones. Será mejor que resolváis este enredo. ¡Será mejor que aprobéis un decreto y consigáis una ley en la asamblea para despojar a César de su ejército, de sus provincias y de su *imperium*! ¡Yo no puedo hacerlo por vosotros porque sólo soy un hombre con un voto y no tenéis agallas para implantar una ley marcial y ponerme al frente de todo! —Enseñó los dientes—. ¡Os lo digo sin rodeos, padres conscriptos, no me caéis bien! ¡Y si alguna vez me viera en una posición en la que pudiera proscribiros a todos vosotros, lo haría! ¡Os arrojaría a tantos de vosotros por la roca Tarpeya que los últimos acabaríais cayendo sobre un colchón senatorial! Ya me he hartado. Cayo César os está desafiando y está desafiando a Roma. Y esto tiene que acabar de una vez. ¡Enfrentaos a él! ¡Y no esperéis misericordia de mí si veo que alguno de vosotros se inclina para ponerse a favor de César! ¡Ese hombre es un marginado, un proscrito, aunque vosotros no tengáis agallas para declararlo así legalmente! ¡Os lo advierto, desde el día de hoy consideraré un proscrito, un delincuente, a cualquier hombre que favorezca a César! —Hizo un gesto con la mano—. ¡Y ahora marchaos a casa y pensad en ello! ¡Y después, por Júpiter, haced algo! ¡Libradme de este César!

Todos dieron media vuelta y se fueron sin decir palabra.

Pompeyo saltó al suelo muy sonriente.

—¡Oh, ya me siento mejor! —les dijo al pequeño grupo de *boni* que se quedaron.

—Desde luego, les has metido un atizador al rojo vivo por el culo —dijo Catón, por una vez con voz inexpresiva.

—¡Bah! Les estaba haciendo falta, Catón. A nuestro modo un día, al modo de César al día siguiente. Estoy harto. Quiero ponerle fin a este asunto.

—Eso nos ha parecido —afirmó secamente Marcelo el Viejo—. No ha sido un gesto prudente por tu parte, Pompeyo. No puedes darle órdenes al Senado de Roma como si fueran reclutas en el campo de instrucción.

—¡Pues alguien tiene que hacerlo! —le aseguró bruscamente Pompeyo.

—Nunca te había visto así —dijo Marco Favonio.

—Y será mejor que no vuelvas a verme así —le advirtió Pompeyo con aire truculento—. ¿Dónde están los cónsules? No ha venido ninguno de los dos.

—No podían venir, Pompeyo —le explicó Marco Marcelo—. Son los cónsules, su *imperium* es superior al tuyo. Venir habría sido lo mismo que reconocer que tú eres el amo.

—Servio Sulpicio tampoco estaba.

—No creo que Servio Sulpicio acuda a ningún sitio únicamente porque lo llamen —dijo Cayo Marcelo el Viejo mientras se dirigía a la puerta.

Poco después sólo quedaba Metelo Escipión. Pompeyo miró a su yerno con reproche.

—¿Y a ti qué te pasa? —le preguntó en tono agresivo.

—¡Nada, nada! Sólo que quizá tampoco me haya parecido muy prudente por tu parte, Magno. —Dejó escapar un suspiro con tristeza—. Nada prudente.

Opinión que tuvo eco al día siguiente, que casualmente era el día que Cicerón cumplía cincuenta y siete años y el día en el que llegó a las puertas de Roma e instaló su residencia en una villa de la colina Pincia; como se le había concedido un desfile triunfal no podía cruzar el *pomerium*. Ático salió de la ciudad para darle la bienvenida y se apresuró a ponerlo al corriente de la extraordinaria escena del día anterior.

—¿Quién te lo ha dicho? —le preguntó Cicerón, horrorizado al oír los detalles.

—Tu amigo el senador Rabirio Póstumo, no el banquero Rabirio Póstumo —le respondió Ático.

—¿El viejo Rabirio Póstumo? Seguro que debes de referirte al hijo.

—Me refiero al viejo Rabirio Póstumo. Tiene una nueva vitalidad ahora que Perperna está flaqueando, quiere cotizarse como el más viejo.

—¿Qué hizo Magno? —le preguntó Cicerón con ansiedad.

—Intimidó a la mayoría de los senadores que aún quedaban en Roma. Pocos de ellos habían visto a Pompeyo de ese modo, tan enfadado, tan duro. Nada de lenguaje elegante, sólo una diatriba tradicional, pero pronunciada con auténtico veneno. Dijo que quería poner fin a las vacilaciones senatoriales sobre el asunto de César. Lo que quiere en realidad no lo dijo, pero todos lo adivinaron. —Ático frunció el ceño—. Amenazó con proscribir, lo cual puede darte una idea de lo disgustado que estaba. Siguió amenazando con tirar a todos los senadores desde la roca Tarpeya... hasta que los últimos cayeran sobre el colchón formado por los primeros, así fue como lo expresó. ¡Están aterrorizados!

—¡Pero el Senado lo ha intentado! ¡Y lo ha intentado con mucho afán! —protestó Cicerón reviviendo las horas del juicio de Milón—. ¿Qué se piensa Magno que puede hacer el Senado? ¡El veto tribunicio es inalienable!

—Quiere que el Senado ponga en vigor un *senatus consultum ultimum* y que instituya la ley marcial con él al mando. Nada que no sea eso lo satisfará —afirmó Ático con convicción—. Pompeyo se está desgastando a causa de la tensión. Le gustaría que todo hubiera acabado, y durante la mayor parte de su vida sus deseos se han hecho realidad. Es un hombre realmente consentido y con poca paciencia, acostumbrado a tener las cosas como él las quiere. ¡De lo cual el Senado tiene parte de culpa, Cicerón! Sus miembros han cedido ante él durante décadas. Le han dotado con un mando especial tras otro y le han dejado salirse con la suya en cosas en las que ellos no están de acuerdo, por ejemplo en lo de César. Un hombre que tiene derecho a ello por nacimiento le está exigiendo ahora al Senado que lo trate como ha tratado a Pompeyo. ¿Quién crees tú que está realmente en el fondo de la oposición a eso?

—Catón. Y Bíbulo cuando está aquí. Los Marcelos. Enobarbo. Metelo Escipión. Y quizá unos cuantos intransigentes más —repuso Cicerón.

—Sí, pero todos son criaturas políticas, cosa que Pompeyo no es —le dijo Ático con paciencia—. Sin Pompeyo no hubieran logrado ofrecer tanta resistencia. Pompeyo no quiere rivales, y César es un rival formidable.

—¡Oh, ojalá Julia no hubiera muerto! —exclamó Cicerón con tristeza.

—Eso es un *non sequitor*, Marco. En los días en que Julia estaba viva, César no suponía ninguna amenaza. O así lo veía Pompeyo. Él no es una persona sutil ni está dotado con el don de la previsión.

Si Julia estuviese viva hoy, no creo que Pompeyo se comportase de modo diferente.

—En ese caso debo ver a Magno hoy mismo —le aseguró Cicerón con decisión.

—¿Con qué intención?

—Para intentar convencerle de que llegue a un acuerdo con César. O, si se niega, convencerle de que abandone Roma, de que se vaya a Hispania, donde tiene su ejército, y espere allí a que el asunto se acabe. Tengo el presentimiento de que, a pesar de Catón y de los *boni*, que están rabiosos, el Senado llegaría a alguna clase de compromiso con César si supiese que no está Pompeyo para apoyarse en él. Los senadores ven a Magno como un soldado, el único capaz de vencer a César.

—Y ya me doy cuenta de que tú no lo crees capaz —le insinuó Ático.

—Mi hermano no lo cree capaz, y Quinto eso tiene que saberlo muy bien.

—¿Dónde está Quinto?

—Aquí, pero naturalmente no está desterrado fuera de la ciudad, así que se ha ido a casa a ver si tu hermana ha mejorado un poco de carácter.

Ático se echó a reír y estuvo riendo hasta que se le saltaron las lágrimas.

—¿Quién, Pomponia? ¿Mejorar de carácter? ¡Es más fácil que Pompeyo encuentre armonía con César!

—¿Por qué será que ninguno de los dos Cicerones podemos lograr vivir en paz doméstica? ¿Por qué nuestras esposas son unas fieras tan incorregibles?

Ático afirmó, lleno de supremo pragmatismo:

—Porque, mi querido Marco, tanto Quinto como tú tuvisteis que casaros por dinero, y ninguno de vosotros tiene cuna para encontrar esposas con dinero que otros hombres también deseen.

Así, hecho polvo, Cicerón fue caminando desde la colina Pincia a través del césped del Campo de Marte (donde estaba acampado su pequeño contingente de soldados cilicios en espera de su modesto desfile triunfal) hasta aquel bote detrás del yate.

Pero cuando Cicerón le propuso a Pompeyo que se marchase de Roma y que se retirase a Hispania, éste rechazó la idea lleno de desprecio.

—¡Daría la impresión de que me estoy retirando! —se quejó Pompeyo muy ultrajado.

—¡Magno, eso es una pura tontería! Simula que accedes a las exigencias de César... al fin y al cabo no ocupas la silla consular, no eres más que un procónsul como los demás... y luego instálate en Hispania y ponte a esperar. Es tonto el granjero que tiene dos carneros de primera y los guarda en el mismo prado. Una vez que salgas de la pradera romana, ya no habrá rivalidad. Estarás a salvo y cómodo en Hispania, mirándolo todo desde allí. ¡Y con tu ejército! César se lo pensará dos veces. Mientras estés en Italia, las tropas de César están más cerca de él que tus soldados de ti, y sus tropas se interpondrán entre las tuyas e Italia. ¡Márchate a Hispania, Magno, por favor!

—Nunca antes había oído tamañas tonterías —gruñó Pompeyo—. ¡No! ¡No!

Mientras el sexto día de enero el debate en la Cámara hervía, Cicerón le envió una educada carta a Lucio Cornelio Balbo pidiéndole que tuviera a bien salir de la ciudad y fuera a verlo a la colina Pincia.

—Estoy seguro de que tú también deseas una solución pacífica —le dijo Cicerón cuando llegó Balbo—. ¡Por Júpiter, cuánto has adelgazado!

—Créeme, Marco Cicerón, si te digo que sí que quiero una solución pacífica, y que sí, que he adelgazado —le respondió el bajito y menudo banquero gaditano.

—Vi a Magno hace tres días.

—A mí no quiere verme, por desgracia —le comunicó Balbo suspirando—. No quiere hacerlo desde que Aulo Hircio se fue de Roma sin verle. Y yo cargué con la culpa.

—Magno no está dispuesto a cooperar —le confió Cicerón con brusquedad.

—¡Oh, ojalá hubiera algún terreno común!

—Bueno —le dijo Cicerón—, yo he estado pensando mucho en ello. He estado pensando día y noche. Y quizá haya encontrado una posibilidad.

—¡Dímela, por favor!

—Requerirá un poco de trabajo por tu parte, Balbo, para convencer a César. Y supongo que también para convencer a Opio y a los demás.

—¡Mírame, Marco Cicerón! El trabajo me ha hecho adelgazar hasta reducirme a la nada.

—Hará falta escribirle una carta urgente a César, y mejor si se la escribís tú, Opio y Rabirio Póstumo.

—Esa parte es fácil. ¿Qué ha de decir la carta?

—En cuanto tú te vayas de aquí, yo iré a ver a Magno otra vez. Y le diré que César ha consentido en renunciar a todo excepto a una legión y a Iliria. ¿Podrías tú convencer a César de que acceda a ello?

—Sí, estoy seguro de que podremos si ponemos juntos todo nuestro empeño. Verdaderamente, César prefiere un arreglo pacífico, te doy mi palabra. Pero tienes que comprender que no puede renunciar a todo. Si lo hace será su fin: lo juzgarán y lo enviarán al exilio. No obstante, Iliria y una legión son suficiente. Él vive al día, Marco Cicerón. Si conserva su *imperium* ya se encargará de lo de los consulares cuando llegue el momento. No conozco a ningún otro hombre que tenga más recursos.

—Ni yo —reconoció Cicerón más bien deprimido.

De vuelta otra vez en la villa de Pompeyo, de vuelta a otra confrontación, aunque Cicerón no tenía por qué saber que Pompeyo había pasado una serie de malas noches. Una vez que se disipó el catártico alivio de aquella descarga contra los senadores, el primer hombre de Roma empezó a sentir el retroceso y a recordar que ninguno de los *boni*, ni siquiera su suegro, había aprobado lo que él les había dicho a los senadores. Ni el tono en que lo había dicho. Arrogancia autócrata. Imprudente. Casi cuatro días después, Pompeyo ya estaba lamentando haber perdido el control; el genio se había convertido en euforia y luego, inevitablemente, en depresión. Sí, lo necesitaban. Pero sí, él los necesitaba a ellos también. Y los había ofendido. Lo sabía porque desde entonces nadie había ido a verle ni se había celebrado ninguna de las reuniones del Senado fuera del *pomerium*. Todo estaba sucediendo sin contar con él, los debates más amargos y agrios, los vetos, el desafío de aquel paleto de Antonio y de un Casio. ¡Un Casio! De un clan que debería saber qué era lo que le convenía. Había fustigado al caballo, pero no comprendía que estaba fustigando a una mula. Oh, ¿cómo salir de aquel apuro? ¿Qué podía hacer el Senado? No lo pondría a él para controlarlo todo, ni siquiera aunque instituyera la ley marcial. ¿Por qué había tenido que hablar de proscripciones y de la roca Tarpeya? ¡Has ido demasiado lejos, Magno, demasiado lejos! Por mucho que el Senado se mereciera ese destino, nunca había que castigar a sus hombres como si fueran reclutas novatos.

De modo que Cicerón encontró al primer hombre en un estado mental más maleable y dubitativo, se dio cuenta de ello y arremetió con fuerza.

—Lo sé de fuente fidedigna, Magno. César accederá a conservar Iliria y una legión solamente, y renunciará a todo lo demás —le dijo Cicerón—. Si consientes en ese acuerdo y utilizas tu influencia para lograrlo, te convertirás en un héroe. Tú solo y sin ayuda habrás evitado la guerra civil. Toda Roma, salvo Catón y unos cuantos hombres más, muy pocos, te votará una acción de gracias, te levantará estatuas, te hará toda clase de honores. Los dos comprendemos que el declarar culpable a César y mandarlo al exilio son las dos metas que Catón se ha fijado, pero ésas no son tus metas en realidad, ¿verdad? Lo que a ti no te gusta es que te traten de la misma manera que a César, eso de que lo que pierda él debes perderlo tú. Pero en esta última propuesta no se te menciona a ti ni a lo tuyo.

Pompeyo se estaba animando visiblemente.

—Es cierto que yo no odio a César como lo odia Catón, ni soy un hombre tan rígido como él. Yo no digo, fíjate, que vaya a votar en contra de que se le permita a César presentarse para el consulado *in absentia*, pero ésa es otra cuestión, y aún faltan varios meses. Tienes razón, lo más importante en este momento es evitar la amenaza de guerra civil. Y si Iliria más una legión satisfacen a César... y siempre que él no requiera lo mismo de mí... bien, ¿por qué no? Sí, Cicerón, ¿por qué no? Vale, accederé a ello. César puede quedarse con Iliria y con una legión si está dispuesto a renunciar a todo lo demás. Con una sola legión no tiene poder. ¡Sí! ¡Estoy de acuerdo!

De pronto Cicerón se sintió débil a causa del alivio.

—Magno, yo no soy un hombre bebedor, pero necesito una copa de ese excelente vino tuyo.

En aquel momento Catón y el cónsul junior Léntulo Crus entraron en el atrio, del cual Cicerón y Pompeyo no se habían movido de tan ansioso como había estado Cicerón de exponer su propuesta. ¡Oh, qué desgracia tan trágica! Si se hubieran acomodado en el estudio de Pompeyo, los visitantes habrían tenido que ser anunciados y Cicerón habría convencido a Pompeyo de que no los recibiera. Pero así, Pompeyo estaba sin protección.

—¡Uníos a nosotros! —les pidió Pompeyo con jovialidad a los recién llegados—. Estamos a punto de brindar por un pacífico acuerdo con César.

—¿Que estáis haciendo qué? —le preguntó Catón al tiempo que se ponía rígido.

—César ha accedido a renunciar a todo excepto a Iliria y a una legión sin pedirme nada a cambio más que mi consentimiento. Nada de idioteces como que yo también tenga que renunciar a todo. La amenaza de guerra civil ha terminado. César se ve impotente —les aseguró Pompeyo con enorme satisfacción—. Podemos encargarnos de lo de su candidatura al consulado cuando llegue el momento. ¡Yo he evitado la guerra civil!

Catón emitió un sonido entre un chillido y un aullido, se llevó las manos al cuero cabelludo y literalmente se arrancó dos mechones de cabello de la cabeza.

—¡Cretino! —le gritó a Pompeyo—. ¡Gordo, autosatisfecho, sobrevalorado, viejo niño prodigio! ¿Qué significa eso de que tú has evitado la guerra civil? ¡Has cedido ante el mayor enemigo que la República ha tenido jamás! —Hizo rechinar los dientes, se arañó las mejillas con las uñas y avanzó hacia Pompeyo llevando en la mano todavía aquellos dos mechones de cabello. Pompeyo se echó hacia atrás, estupefacto—. Has tomado como cosa tuya llegar a un acuerdo con César, ¿eh? ¿Quién te ha dicho que tienes derecho a hacer eso? ¡Tú eres el servidor del Senado, Pompeyo, no su amo! ¡Y se supone que vas a darle una lección a César, no a colaborar con él en echar abajo la República!

Pompeyo enfadado era casi igual de imponente, pero tenía una fatal debilidad: una vez que alguien le hacía perder el equilibrio (como lo había hecho Sertorio en Hispania), no lograba recuperarlo ni volver a coger el control de la situación. Catón había pasado a la ofensiva y con ello lo había sumido en un estado de confusión que le impedía enfadarse a su vez, y hacía que fuese incapaz de hallar las respuestas apropiadas para explicarse. Con la cabeza que le daba vueltas, contempló la más intimidatoria manifestación de rabia que había visto nunca y se arredró. Aquello no era un ataque de genio, era todo un furor.

Cicerón lo intentó.

—¡Catón, Catón, no hagas esto! —le gritó—. Utiliza tu munición como es debido... ¡obliga a César a ir a juicio, no a la guerra civil! ¡Contrólate!

Hombre grande y siempre malhumorado, Léntulo Crus agarró a Cicerón por el hombro izquierdo, le hizo dar media vuelta y empezó a empujarlo para obligarle a ir hasta el otro lado de la habitación.

—¡Cierra la boca! ¡Mantente al margen! ¡Cierra la boca! ¡No te metas! —ladró puntuando cada ladrido con un puñetazo en el pecho que hizo que Cicerón se moviese hacia atrás tambaleándose.

—¡Tú no eres dictador! —le gritaba Catón a Pompeyo—. ¡Tú no gobiernas Roma! ¡No tienes ninguna autoridad para entrar en tratos con un traidor a nuestras espaldas! ¡Iliria y una legión, ¿eh? ¿Y a ti te parece que ésa es una concesión insignificante? ¡Pues no lo es! ¡No lo es! ¡Es una concesión de gran importancia! ¡Una concesión muy importante! ¡Y yo te digo, Cneo Pompeyo, que a César no se le puede hacer absolutamente ninguna concesión! ¡No se le puede conceder ni la punta del dedo de un romano muerto! ¡A César hay que enseñarle que el Senado es su amo, que él no es el amo del Senado! ¡Y si a ti hay que enseñarte la misma lección, Pompeyo, yo soy justamente el hombre que te la meterá en la cabeza! Quieres aliarte con César, ¿eh? ¡Pues alíate con César! ¡César el traidor! ¡Y sufre el mismo destino que César el traidor! ¡Porque te juro por todos nuestros dioses que te haré caer más bajo de lo que haré caer a César! ¡Haré que se te despoje de tu *imperium*, de tus provincias y de tu ejército en el mismo segundo en que César sea despojado de los suyos! ¡Lo único que tengo que hacer es pedirlo en la Cámara! ¡Y la Cámara votará que se haga, y no habrá ningún veto tribunicio porque tú no mandas en la lealtad de Curión o de Antonio! ¡Las únicas legiones que tienes a tu disposición son dos legiones que le deben lealtad a César! ¡Tus legiones están a mil quinientos kilómetros, en Hispania! Así que, ¿cómo vas a poder impedírmelo, Pompeyo? ¡Yo lo haré, traidor! ¡Y me alegraré de hacerlo! ¡Éste no es ningún club social para hombres al que tú desees pertenecer! Los *boni* están completamente dedicados a hacer caer a César. Y con mucho gusto haremos caer a cualquier otro que se ponga de su parte... ¡incluido tú! ¡Así que quizá seas tú quien sea proscrito, a quien se arroje desde la roca Tarpeya! ¿Creías que nosotros los *boni* íbamos a dar el visto bueno a esas amenazas? ¡Pues no! ¡Y tampoco apoyaremos a ningún hombre que se atreva a mofarse de la autoridad del Senado de Roma!

—¡Para! ¡Para! —le pidió Pompeyo con voz ahogada extendiendo ambas manos hacia Catón con la palma hacia afuera—. ¡Para, Catón, te lo suplico! ¡Tienes razón! ¡Tienes razón, lo admito! Cicerón me convenció para que lo hiciera, yo he sido... yo he sido... he sido débil. ¡Sólo ha sido un momento de debilidad! ¡Nadie ha venido a verme desde hace tres días! ¿Qué querías que pensase yo?

Pero Catón furioso no era Pompeyo furioso. Pompeyo salía de un enfado con la misma rapidez que entraba en él, mientras que se tardaba mucho en calmar a Catón, en desatascarle los oídos y convencerle para que oyera los sonidos de la rendición. Él voceaba durante lo que se hacían horas interminables antes de cerrar la boca y quedarse de pie, temblando.

—Siéntate, Catón —le pidió Pompeyo afanándose por él como una vieja por su perrito faldero—. ¡Aquí, siéntate! —Se apresuró a servirle un vaso de vino, volvió corriendo a donde se encontraba Catón, le tendió el vaso con las dos manos y, con un estremecimiento, le quitó los cabellos que Catón aún agarraba—. ¡Anda, bébetelo, por favor! ¡Tienes razón, yo estaba equivocado, lo confieso libremente! Échale la culpa a Cicerón, que me ha cogido en un momento de debilidad. —Miró suplicante a Léntulo Crus—. ¡Toma un poco de vino, anda! Vamos a sentarnos todos y a arreglar nuestras diferencias, porque no hay nada que no pueda arreglarse, os lo prometo. ¡Por favor, Lucio Crus, toma un poco de vino!

—¡Oooh! —exclamó Cicerón que se encontraba en la otra punta de la habitación.

Pero Pompeyo no le hizo caso. Cicerón dio media vuelta y se marchó de allí para atravesar despacio otra vez el Campo de Marte hacia la colina Pincia, temblando casi tanto como había temblado Catón.

Ahí acababa todo, pues. Aquél era el final. Ya no podía haber vuelta atrás. ¡Tan cerca como había estado! ¡Tan cerca! Oh, ¿por qué aquellos dos *boni* irascibles habían tenido que llegar en el peor momento?

—Bueno —se dijo a sí mismo cuando llegó a su casa, se sentó y se puso a escribirle una nota a Balbo para comunicarle la noticia—, si hay guerra civil sólo se puede culpar de ello a un hombre. A Catón.

Al amanecer del día siguiente, el séptimo día de enero, el Senado se reunió en el templo de Júpiter Estator, lugar que impedía la asistencia de Pompeyo a la sesión. Aunque el pálido Cayo Marcelo el Joven estaba presente, le entregó la reunión a su colega junior, Léntulo Crus, en cuanto se hubieron hecho las plegarias y las ofrendas.

—No tengo intención de hacer un discurso —dijo con voz ronca Léntulo Crus, con el rostro rojizo moteado de manchas azuladas y la respiración dificultosa—. Ya va siendo hora, padres conscriptos, de que solucionemos la crisis actual del único modo sensato. Propongo que aprobemos un *senatus consultum ultimum* y que sus condiciones sean conceder a los cónsules, pretores, tribunos de la plebe, consulares y promagistrados que se encuentren en las cercanías de Roma completa autoridad para proteger los intereses del Estado contra el veto tribunicio.

Se alzó un murmullo de voces y ruidos, porque los senadores estaban auténticamente atónitos ante la peculiaridad de aquel decreto último... e igualmente atónitos porque no especificaba el nombre de Pompeyo.

—¡No puedes hacer eso! —rugió Marco Antonio saltando del banco tribunicio—. ¿Propones que se dé orden a los tribunos de la plebe de proteger al Estado de su propio poder de veto? ¡Eso no puede hacerse! ¡Y tampoco puede hacerse un *senatus consultum ultimum* para amordazar a los tribunos de la plebe! ¡Los tribunos de la plebe son los servidores del Estado! ¡Siempre lo han sido y siempre lo serán! ¡Los términos de tu decreto, cónsul junior, son completamente inconstitucionales! ¡El decreto último se aprueba para proteger al Estado de actividades traicioneras, y yo te desafío a que afirmes que cualquiera de los diez miembros de mi colegio es un traidor! ¡Llevaré el asunto a la plebe, te lo prometo! ¡Y haré que te arrojen de la roca Tarpeya por intentar obstruirnos en el deber que hemos jurado cumplir!

—Lictores, llevaos de aquí a este hombre —ordenó entonces Léntulo Crus.

—¡Veto eso, Léntulo! ¡Veto tu decreto último!

—Lictores, llevaos a este hombre.

—¡Pues tendrán que sacarme de aquí a mí también! —gritó Quinto Casio.

—Lictores, llevaos de aquí a estos dos hombres.

Pero cuando los doce lictores togados intentaron ponerles las manos encima a Antonio y Quinto Casio, era una pelea desigual; hizo falta que las otras varias docenas de lictores presentes en la cámara agarrasen a Antonio, que peleaba furiosamente, y al igualmente enfadado Quinto Casio, que fueron expulsados finalmente, magullados y sangrando, con las togas rasgadas y en desorden, al foro superior.

—¡Hijos de puta! —gruñó Curión, que había dejado la Cámara cuando los lictores comenzaron a actuar.

—Son unos fanáticos —afirmó Marco Celio Rufo—. ¿Adónde vamos ahora?

—Bajaremos al foso de los comicios —dijo Antonio extendiendo una mano para impedirle a Quinto Casio que se arreglase la toga—. ¡No, Quinto! ¡Hagas lo que hagas, no te adecentes! Vamos a quedarnos exactamente como estamos hasta que lleguemos a Rávena y veamos a César. Que vea con sus propios ojos lo que ha hecho Léntulo Crus.

Después de atraer a una gran multitud (cosa que no era difícil en aquellos días, cuando los pensamientos de todos aquellos a quienes les gustaba frecuentar el Foro estaban invadidos de aprensión y perplejidad), Antonio les mostró sus heridas y también las de Quinto Casio.

—¿Nos veis? ¡Los tribunos de la plebe hemos sido maltratados y se nos ha impedido cumplir con nuestro deber! —les dijo a gritos—. ¿Y para qué? ¡Para proteger los intereses de unos cuantos hombres, muy pocos, que quieren gobernar Roma a su manera, que no es la manera aceptada y aceptable! ¡Quieren quitarle al pueblo el poder de gobernar y sustituirlo por el gobierno del Senado! ¡Hacedme caso, colegas plebeyos! ¡Hacedme caso, patricios que no pertenecéis a las filas de los *boni*! ¡Los días de las asambleas del pueblo están contados! ¡Cuando Catón y sus secuaces, los *boni*, se apoderen del Senado, cosa que están haciendo en este preciso momento, utilizarán a Pompeyo y al ejército para quitaros la palabra en el gobierno! ¡Utilizarán a Pompeyo y al ejército para abatir a hombres como Cayo César, que siempre se ha erigido como protector del pueblo contra el poder del Senado! —Se puso de puntillas para mirar por encima de las cabezas de la multitud hacia un gran grupo de lictores que avanzaban por el Foro desde el templo de Júpiter Estator—. ¡Éste tiene que ser un discurso muy breve, *quirites*! ¡Puedo ver a los servidores del Senado que se acercan para llevarme a prisión, y me niego a ir a prisión! Me voy a ver a Cayo César a Rávena, junto con mi valeroso colega Quinto Casio y estos dos campeones del pueblo, Cayo Curión y Marco Celio! ¡Voy a enseñarle a Cayo César lo que ha hecho el Senado! ¡Y no olvidéis, seáis patricios o plebeyos, que Cayo César es la víctima de una minoría muy pequeña de senadores que no toleran oposición alguna! ¡Lo han acusado, han impugnado su *dignitas* y la nuestra, *quirites*, y se han burlado de la constitución de Roma! ¡Velad por vuestros derechos, *quirites*, y esperad a que César os vengue!

Con una amplia sonrisa y un cordial saludo con la mano, Antonio abandonó la tribuna de los oradores en medio de grandes vítores rodeado de sus tres compañeros. Para cuando los lictores lograron abrirse paso entre la multitud, hacía mucho que ellos se habían marchado.

En el templo de Júpiter Estator las cosas iban mucho mejor

para los *boni*. En realidad pocos estaban presentes para votar en contra del *senatus consultum ultimum*, que fue aprobado casi por unanimidad. Interesantísima, para aquellos que tenían suficiente objetividad como para fijarse en ello, fue la conducta y el porte del cónsul senior, Cayo Marcelo el Joven; estaba sentado con aspecto enfermizo, no decía nada, se arrastró a la derecha de la sala a la hora de votar y luego regresó con cansancio a la silla curul. Su hermano y su primo, los consulares, se mostraron mucho más vociferantes.

Cuando regresaron los lictores del foso de los comicios con las manos vacías, la votación se había llevado a cabo y el decreto de ley marcial constaba en acta en toda regla.

—Suspendo la reunión de la Cámara hasta mañana, cuando nos reunamos en la Curia Pompeya del Campo de Marte —dijo Léntulo Crus satisfecho—. Nuestro estimado consular y procónsul Cneo Pompeyo Magno no puede ser excluido de más deliberaciones.

—Supongo —intervino Servio Sulpicio Rufo, que había sido el cónsul senior el año de Marco Marcelo— que esto significa que le hemos declarado la guerra a Julio César. El cual de momento no se ha movido.

—Le declaramos la guerra cuando le ofrecimos una espada a Cneo Pompeyo —le recordó Marcelo el Viejo.

—¡Fue César quien declaró la guerra! —voceó Catón—. ¡Cuando se negó a aceptar las indicaciones de este cuerpo y a obedecerlas, él mismo se puso fuera de la ley!

—Pero no le habéis declarado *hostis* en vuestro decreto último —les recordó Servio Sulpicio con suavidad—. Todavía no es un enemigo público. ¿No os parece que deberíais hacerlo?

—¡Sí, tendríamos que hacerlo! —convino Léntulo Crus, cuyo color subido y cuya respiración audible indicaban un triste estado de cosas dentro de su cuerpo, aunque era Marcelo el Joven quien parecía enfermo.

—No podéis hacerlo —dijo Lucio Cotta, el tío de César y uno de los que habían votado en contra del decreto último—. Hasta este momento César no ha hecho movimiento alguno para ir a la guerra, pero vosotros le habéis declarado la guerra. Hasta que él haga, si es que lo hace, ese movimiento, no es *hostis* y no puede ser declarado *hostis*.

—¡Lo importante es atacar primero! —aseguró Catón.

—Estoy de acuerdo, Marco Catón —dijo Léntulo Crus—. Por eso nos reuniremos mañana en el Campo de Marte, donde nuestro experto militar podrá aconsejarnos sobre cómo atacar y dónde.

Pero cuando el Senado se reunió en la curia de Pompeyo al día siguiente, el octavo día de enero, su experto militar, Pompeyo, demostró claramente que no había pensado en atacar primero, ni en atacar en ninguna parte. Se concentró en su fuerza militar, más que en sus tácticas militares.

—Debemos recordar que todas las legiones de César están descontentas con él —le explicó a la Cámara—. Si César les pidiera que avanzasen, dudo mucho que ellas consintieran en hacerlo. En cuanto a nuestras tropas, ahora hay tres legiones en Italia, gracias a un reclutamiento intensivo llevado a cabo en los últimos días. Hay siete legiones en las Hispanias que me pertenecen, y ya he mandado aviso para que se movilicen. La pena es que en esta época del año no pueden navegar. Por eso es importante que se pongan en marcha por carretera antes de que Cayo César intente interceptarlas. —Sonrió alegremente—. Os aseguro, padres conscriptos, que no hay necesidad de preocuparse.

Las reuniones se celebraron a diario, y se hizo mucho por prepararse para cualquier eventualidad. Cuando Fausto Sila propuso que el rey Juba de Numidia fuera declarado amigo y aliado del pueblo romano, Cayo Marcelo el Joven salió de su apatía para recomendar la moción de Fausto Sila, que se aprobó. No obstante, cuando Fausto Sila sugirió después ir él mismo en persona a Mauritania para hablar con los reyes Bocco y Bogud, estrategia que de nuevo aplaudió Marcelo el Joven, el hijo de Filipo, tribuno de la plebe, interpuso el veto.

—¡Eres como tu padre, que siempre se mantiene al margen! —le dijo con desprecio Catón.

—No, Marco Catón, te lo aseguro. Si César hace algún movimiento hostil, Fausto Sila nos hará falta aquí —le aseguró Filipo Junior con firmeza.

El aspecto más interesante de aquel intercambio de palabras concernía al veto tribunicio en sí mismo; con un *senatus consultum ultimum* en vigor protegiendo al Estado contra el veto tribunicio, el veto del joven Filipo fue aceptado.

¡Ah, pero todo aquello no era nada comparado con el exquisito placer de despojar a César de su *imperium*, de sus provincias y de su ejército. El Senado nombró a Lucio Domicio Enobarbo nuevo gobernador de las Galias Transalpinas, y al pretor Marco Considio Noniano nuevo gobernador de la Galia Cisalpina e Iliria. César ahora era un *privatus*; nada lo protegía. Pero Catón sufrió también; aunque él nunca había querido una provincia, se encontró con que le nombraron gobernador de Sicilia. África le tocó a Lucio Elio Tuberón, un hombre cuya lealtad a los *boni* era sospechosa, pero cuyo cargo de gobernador era inevitable, pues la reserva de hombres disponibles se había ido encogiendo hasta quedar reducida a la nada. Aquello le proporcionó a Pompeyo una excelente excusa para proponer a Apio Claudio como gobernador de Grecia, separada de Macedonia, aunque él ya había tenido una provincia, y para sugerir que de momento no se hiciera nada en Macedonia salvo dejar que continuase al cuidado de su cuestor, Tito Antistio. Como en general no se sabía que Pompeyo había decidido pelear contra César en Oriente en lugar de hacerlo en suelo italiano, la importancia de enviar a Apio Claudio a Grecia y conservar Macedonia para el futuro no afectó en casi nada a la mayor parte de los senadores, cuyo pensamiento no había ido más allá de preguntarse si César atacaría o no atacaría.

—Mientras tanto, creo que deberíamos asegurarnos de que la propia Italia esté protegida y defendida como es debido —dijo Léntulo Crus—. Por lo cual propongo que enviemos legados dotados de *imperium* proconsular a todas partes de Italia. Su primer deber será alistar soldados: no tenemos tropas suficientes para distribuirlas por todas partes.

—Yo estoy dispuesto a aceptar uno de esos cargos —dijo Enobarbo al instante—. No hay necesidad de que vaya a mis provincias en este momento, mejor asegurarnos primero de que Italia esté bien preparada. Así que ponedme a cargo de la costa adriática, por debajo de Piceno. Viajaré por la vía Valeria y podré reunir legiones enteras de voluntarios entre los marsos y los pelignos, que son protegidos míos.

—¡Como custodio de la vía Emilia Escaura, la vía Aurelia y la vía Clodia, lo cual es el norte de la parte etrusca, yo propongo a Lucio Escribonio Libón! —dijo ávidamente Pompeyo.

Eso provocó unas cuantas sonrisas. El matrimonio entre el hijo mayor de Pompeyo, Cneo, y la hija de Apio Claudio no había prosperado ni había durado mucho. Después de acabar en divorcio, el joven Cneo Pompeyo se había casado con la hija de Escribonio Libón, matrimonio que no complacía al padre, pero que sí complacía a Cneo, quien había insistido en contraerlo. Eso dejaba a Pompeyo con la tarea de encontrarle un buen empleo a un hombre mediocre. De ahí Etruria, que no era probable que estuviera en el punto de mira de César.

A Quinto Minucio Termo le correspondió la vía Flaminia, que era el norte de la parte oriental de Umbría, y se le ordenó que se estableciera en Iguvio.

El nepotismo entró de nuevo en escena cuando Pompeyo sugirió que su primo carnal, Cayo Lucilio Hirro, fuera a servir a el Piceno en la ciudad natal de Labieno, Camerino. El Piceno, desde luego, era el feudo de Pompeyo (y la zona que quedaba más cerca de César en Rávena), así que allí fueron enviados también otros hombres, Léntulo Spinther, el ex cónsul, a Ancona y Publio Acio Varo, el ex pretor, a Auxino, la ciudad natal de Pompeyo.

Y al pobre y desanimado Cicerón, presente en aquellas reuniones porque se celebraban fuera del *pomerium*, se le ordenó que fuera a Campania a reclutar soldados.

—¡Ahí tenéis! —dijo Léntulo Crus al final con júbilo—. ¡Una vez que César se dé cuenta de que hemos hecho todo esto, se lo pensará dos veces antes de atacar! ¡No se atreverá!

DE RÁVENA A ANCONA

El mensajero que Antonio y Curión habían enviado por delante de ellos desde Roma llegó a la villa de César, situada cerca de Rávena, al día siguiente de que Antonio y Quinto Casio fueran expulsados por la fuerza de la Cámara. Aunque llegó casi al alba del noveno día de enero, César lo recibió inmediatamente, cogió la carta y lo mandó, con una afectuosa sonrisa de agradecimiento, a que le dieran de comer y una cama cómoda; más de trescientos kilómetros en menos de dos días era una cabalgada penosa.

La carta de Antonio era breve.

César, a Quinto Casio y a mí nos maltrataron y nos expulsaron del Senado cuando intentamos interponer nuestro veto contra el se- natus consultum ultimum. *Es un decreto bastante raro. No te declara* hostis *ni cita específicamente a Pompeyo, pero autoriza a todos los magistrados y consulares a proteger al Estado contra el veto tribunicio, figúrate. La única referencia a Pompeyo es que entre aquellos a quienes se les confía el cuidado del Estado están los «promagistrados que se encuentran en las inmediaciones de Roma». Cosa que atañe tanto a Cicerón, que está ahí plantado en espera de su desfile triunfal, como a Pompeyo, que también se encuentra allí. Yo me imagino que Pompeyo es un hombre decepcionado. Pero ves, eso es una cosa que sí tienen los* boni: *odian conceder mandos especiales.*

Vamos cuatro en camino. Curión y Celio eligieron también aban-donar la ciudad. Iremos por la vía Flaminia.

Ah, no sé si te será de alguna utilidad, pero me he encargado de que lleguemos exactamente en las mismas condiciones en que estábamos cuando los lictores lograron echarnos fuera. Lo cual significa que apestaremos un poco, así que tennos preparado un baño caliente.

El único legado de confianza que César tenía consigo era Aulo Hircio, quien entró y encontró a César sentado, con la carta en la mano, mirando fijamente a una pared de mosaico que representaba la huida del rey Eneas de la ciudad de Troya en llamas, con su anciano padre sentado en el hombro derecho y el paladión metido debajo del brazo izquierdo.

—Una de las mejores cosas de Rávena —le dijo César sin mirar a Hircio— es la habilidad que tienen los lugareños con los mosaicos. Son mejores aún que los griegos de Sicilia.

Hircio se sentó en un lugar desde donde podía verle la cara a César. Se le veía tranquilo y satisfecho.

—He oído decir que te ha llegado un mensaje con muchísima urgencia —comentó Hircio.

—Sí. El Senado ha aprobado un decreto último.

A Hircio le silbó la respiración.

—¡Te han declarado enemigo público!

—No —le aclaró César sin alterarse—. El verdadero enemigo de Roma, por lo que parece, es el veto tribunicio, y los verdaderos traidores los tribunos de la plebe. ¡Cómo se parecen a Sila los *boni*! El enemigo nunca está fuera, siempre está dentro. Y a los tribunos de la plebe hay que amordazarlos.

—¿Qué vas a hacer?

—Avanzar —le dijo César.

—¿Avanzar?

—Hacia el sur. A Arimino. Antonio, Quinto Casio, Curión y Celio están viajando por la vía Flaminia en este momento, aunque no tan de prisa como su mensajero. Me imagino que llegarán a Arimino dentro de dos días, contando hoy.

—Entonces todavía retendrás tu *imperium*. Si avanzas hacia Arimino, César, tienes que cruzar el Rubicón y entrar en territorio de casa.

—Para cuando lo haga, Hircio, me imagino que ya seré un *privatus* y tendré completa libertad para ir adonde yo quiera. Y que amparado por ese decreto último, el Senado me despojará de todo inmediatamente.

—Entonces, ¿no te llevarás contigo a la decimotercera a Arimino? —le preguntó Hircio.

Era consciente de que el alivio no había llegado tras la respuesta de César. Éste parecía tan relajado, tan tranquilo, igual que siempre había sido: un hombre con absoluto control, nunca agobiado por la duda, siempre con dominio de sí mismo y de los acontecimientos. ¿Sería por eso por lo que los legados lo amaban? Por definición, César no debería haber sido un hombre capaz de inspirar amor, y sin embargo lo inspiraba. Y no porque lo necesitase. Porque... porque... oh, ¿por qué? ¿Porque era lo que todo hombre quería ser?

—Claro que me llevaré a la decimotercera —repuso César poniéndose en pie—. Tenlos preparados para salir dentro de dos horas. Con la caravana del bagaje completa, todo preparado, incluida la artillería.

—¿Vas a decirles adónde se dirigen?

César alzó las cejas rubias.

—De momento no. Son muchachos del otro lado del Po. ¿Qué significa para ellos el Rubicón?

Los legados junior como Cayo Asinio Polión volaban por todas partes ladrando órdenes a los tribunos militares y a los centuriones senior; al cabo de dos horas la decimotercera legión había levantado el campamento y estaba alineada en columna dispuesta para partir. Sus legionarios se encontraban en forma y bien descansados, a pesar de que César los había mandado de marcha a Tergeste bajo las órdenes de Polión. Allí habían llevado a cabo unas maniobras militares intensivas y luego habían regresado a Rávena a tiempo para disfrutar de un último permiso lo bastante largo para estar en el punto álgido necesario para combatir.

El ritmo de marcha que impuso César fue de ocio; la decimotercera entró en un campamento debidamente fortificado situado aún muy al norte del Rubicón, la frontera oficial entre la Galia Cisalpina e Italia. Nadie dijo nada, pero todos, incluidos los legionarios y sus centuriones, se dieron cuenta de que el Rubicón se alzaba amenazador. Ellos pertenecían a César por completo y les llenaba de exaltado gozo el hecho de que éste no pensara darse por vencido, que estuviera marchando dispuesto a defender su espantosamente insultada *dignitas*, que también era la *dignitas* de todos los que servían bajo su mando, desde los legados hasta los no combatientes.

—Marchamos para entrar en la historia —le comentó Polión a su colega, el legado junior Quinto Valerio Orca, pues a Polión le gustaba la historia.

—Nadie puede decir que César no haya intentado evitar esto —le dijo Orca, y se echó a reír—. Pero no es propio de él avanzar sólo con una legión, ¿no te parece? ¿Cómo sabe qué se va a encontrar una vez que haya cruzado el río y haya entrado en el Piceno? Puede haber diez legiones esperándonos para luchar contra nosotros.

—Oh, no, es demasiado inteligente para eso —le contradijo Polión—. Tres o cuatro legiones puede ser, pero más no. Y nosotros les daremos una paliza.

—Especialmente si dos de esas legiones son la sexta y la decimoquinta.

—Exacto.

El décimo día de enero, ya bien avanzada la tarde, la decimotercera legión llegó a orillas del Rubicón. A los hombres se les ordenó cruzar sin detenerse, pues había que acampar al otro lado.

César y su pequeño grupo de legados permanecieron en la orilla norte, y allí comieron. En aquella época otoñal del año los ríos que fluían desde los Apeninos hasta el mar Adriático estaban bajos de caudal, hacía mucho que las nieves se habían derretido y las lluvias eran escasas. Así, a pesar de su largo cauce, siendo su origen casi literalmente el canto de un cuchillo que salía del nacimiento del Arno, que fluía hacia el oeste en las altas montañas, el ancho cauce del Rubicón en otoño cubría como mucho a la altura de la rodilla de un hombre, cosa que no constituía obstáculo para ningún ser humano ni animal.

Pocas cosas se dijeron durante la comida, aunque lo que dijo César resultó tranquilizador por el hecho de que fue todo muy corriente. Comió su habitual ración, escasa y sencilla: un poco de pan, unas cuantas aceitunas y un pedazo de queso. Luego se lavó las manos en un recipiente que le trajo un criado y se levantó de la silla curul de marfil que, según pudo observarse, no había abandonado.

—A los caballos —ordenó.

Pero el caballo que el mozo le llevó a César para que lo montase no era ninguno de los animales de viaje, hermosos y de patas altas, sino que se trataba de *Toes*. Como los otros dos caballos con el mismo nombre que César había montado cuando entraba en combate desde que Sila le regaló el animal original, este *Toes*, veterano de los años pasados en la Galia, era un animal castaño y lustroso con larga crin, larga cola y una linda cara, una montura de buena raza, como correspondía a cualquier general que no prefiriera (como Pompeyo) un llamativo caballo blanco. Sólo que este caballo tenía los cuatro cascos divididos en tres auténticos dedos, cada uno de los cuales acababa en un casco diminuto.

Montados en sus caballos, los legados lo miraban cautivados; habían estado esperando en vano una declaración de guerra, y ahora la tenían. Cuando César cabalgaba sobre *Toes* es que iba a entrar en combate.

Arreó al animal para ponerse en cabeza y cabalgó a paso tranquilo por la hierba otoñal que amarilleaba, adentrándose entre los árboles en dirección al centelleante río. Y allí, en la orilla, se detuvo.

Aquí está. Todavía puedo darme la vuelta. Todavía no he abandonado la legalidad, la constitucionalidad. Pero una vez que cruce este río más bien mediocre, paso de ser un servidor de mi patria a ser un agresor contra ella. Pero ya sé todo esto. Lo sé desde hace dos años. He pasado por todo: he pensado, he proyectado, he programado, me he esforzado muchísimo. He hecho concesiones increíbles. Incluso me hubiera conformado con Iliria y una legión. Pero en cada paso del camino he sabido y he comprendido que ellos no cederían. Que estaban decididos a escupirme, a hundir mi cara en el polvo, a reducir a la nada a Cayo Julio César. Que no es nada. Que nunca consentiría ser nada. Tú lo has querido, Catón. Ahora puedes conseguirlo. Tú me has obligado a marchar contra mi patria, a volver la cara contra la legalidad vigente. Y tú, Pompeyo, estás a punto de descubrir cómo es enfrentarse a un enemigo de verdad competente. En el momento en que *Toes* se moje los pies me convertiré en un fuera de la ley. Y para quitar esa mancha de mi nombre, tendré que ir a la guerra, luchar contra mis compatriotas... y ganar.

¿Qué hay al otro lado del Rubicón? ¿Cuántas legiones habrán

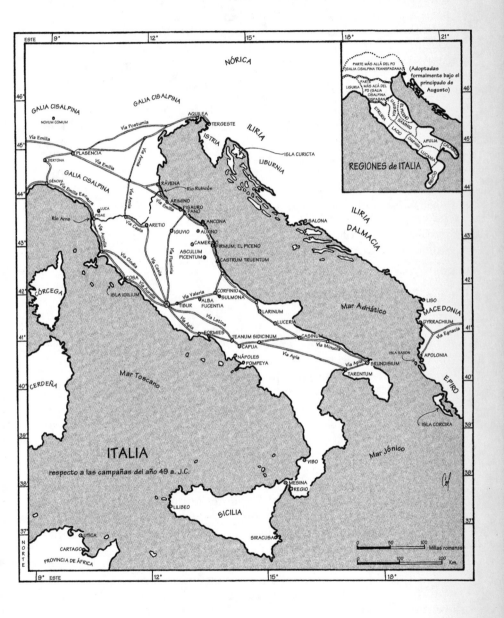

ITALIA

respecto a las campañas del año 49 a. J.C.

logrado reunir? ¿Cuántos auténticos preparativos habrán llevado a cabo? Estoy basando toda mi campaña en una corazonada que me dice que no han hecho nada. Que Pompeyo no sabe cómo empezar una guerra, y que los *boni* no saben cómo se libra una guerra. Él, Pompeyo, nunca, ni una sola vez, ha empezado una guerra a pesar de todos los mandos especiales que ha ocupado. Es un experto en pasar la bayeta para acabar lo que otros han empezado. Y los *boni* no tienen habilidad en nada que no sea empezar una guerra. Y una vez que la lucha empiece, ¿cómo logrará Pompeyo coexistir con los *boni*, que le obligarán a retrasarse, lo arengarán, lo criticarán, intentarán reprimirlo? Ellos han pensado que esto es un juego, una hipótesis. Nunca han pensado en ello como un hecho real. Pero claro, supongo que se trata de un juego. Y yo tengo de mi parte la suerte además del ingenio.

De pronto echó la cabeza hacia atrás y empezó a reírse al recordar un verso de Menandro, su poeta favorito.

—¡Que vuelen altos los dados! —exclamó en el griego original del verso.

Después espoleó suavemente a *Toes* en las costillas, cruzó cabalgando el Rubicón y entró en Italia y en la rebelión.

Arimino no estaba en pie de guerra; cuando César y la decimotercera legión llegaron a esa próspera ciudad situada en lo alto de la vía Flaminia, su población resultó estar armada con guirnaldas otoñales. Adornaron con ellas a los soldados y vitorearon a César de modo ensordecedor. En cierta medida ello fue una sorpresa, César tuvo que admitirlo, porque Arimino se alzaba en lo alto de los dominios de Pompeyo y bien hubiera podido tomar partido por éste y el Senado. En cuyo caso, se preguntó César, ¿hasta qué punto habría habido lucha? Se enteró de que Termo se encontraba en Iguvio, Lucilio Hirro en Camerino, Léntulo Spinther en Ancona y Varo en Auxino. Léntulo Spinther era el que más tropas había logrado reunir, unas diez cohortes; los otros tenían cinco cohortes cada uno. Algo que no le producía ningún miedo a la decimotercera. Especialmente si la gente corriente de Italia se ponía de parte de César. De pronto aquello parecía bastante probable, lo que era un gran consuelo. No era sangre lo que pretendía César; cuanta menos tuviera que derramar, mejor.

Antonio, Quinto Casio, Curión y Celio llegaron al campamento de las afueras de Arimino el día once de enero por la mañana temprano. Eran algo lastimoso de ver con las togas rasgadas y ensangrentadas, los rostros magullados y llenos de cortes; los dos tribunos de la plebe eran perfectos para los propósitos de César. Llamó a la decimotercera a asamblea y les presentó a Antonio y a Quinto Casio en toda su gloria.

—¡Por esto estamos aquí! —les dijo César—. ¡Para prevenir esto nos hemos adentrado en Italia! ¡Ningún colectivo de hombres romanos, por muy augusto o antiguo que sea, tiene el derecho de violar a las personas sagradas que son los tribunos de la plebe, que surgieron para proteger a toda la gente corriente, a la inmensa cantidad de miembros de la plebe, desde el proletariado, pasando por los soldados de Roma, hasta los hombres de negocios y los funcionarios! ¡Porque no podemos llamar a los plebeyos del Senado nada más que futuros patricios! ¡Al tratar a dos tribunos de la plebe del modo como los plebeyos del Senado han tratado a Marco Antonio y a Quinto Casio, han renunciado a su condición y a su herencia plebeya!

»La persona de un tribuno de la plebe es inviolable, y su derecho al veto inalienable. ¡Inalienable! Lo único que Antonio y Casio hicieron fue vetar un decreto difamatorio dirigido a ellos, y que a través de ellos me apuntaba a mí. Yo he ofendido a esos aspirantes a patricios del Senado al mejorar la imagen de Roma a los ojos del resto del mundo y al añadir enormes riquezas a la bolsa de Roma. Porque yo no soy uno de ellos. Nunca he sido uno de ellos. Senador, sí. Magistrado, sí. Cónsul, sí. ¡Pero nunca he sido uno de ese mezquino, corto de miras y vengativo grupo de hombres que se llaman a sí mismos los *boni*, los hombres buenos! Los cuales se han embarcado en un programa destinado a destruir el derecho del pueblo a tomar parte en el gobierno, se han embarcado en un programa para asegurarse de que el único colectivo de gobierno que quede en Roma sea el Senado. ¡Su Senado, muchachos, no el mío! Mi Senado es vuestro servidor, su Senado quiere ser vuestro amo. Quiere decidir cuánto se os paga, cuándo ha de terminar vuestro servicio militar después de haber servido con generales como yo, si habéis o no de recibir una pequeña parcela de tierra donde estableceros cuando os retiréis. Quiere regular el tamaño de vuestras primas, vuestro porcentaje del botín, cuántos de vosotros tomaréis parte en un desfile triunfal. Incluso quiere decidir si tenéis o no derecho a la ciudadanía, si vuestras espaldas, que se han doblado mientras servían a Roma, han de ser convertidas o no en gelatina por el látigo de espinos. Quiere que vosotros, soldados de Roma, lo reconozcáis como vuestro amo. ¡Quiere que os acobardéis y lloriqueéis como el mendigo más mezquino de una calle de Siria!

Hircio resolló con satisfacción.

—Está lanzado —le confió a Curión—. Va a ser uno de sus mejores discursos.

—No puede perder —dijo Curión.

César continuó arrasando.

—Ese pequeño grupo de hombres y el Senado que ellos están consiguiendo manipular han impugnado mi *dignitas*, mi derecho al honor público a través del esfuerzo personal. ¡Quieren destruir todo lo que yo he hecho, llaman traición a lo que he hecho! ¡Y al querer destruir mi *dignitas*, al llamarme traidor, están destruyendo también vuestra *dignitas* y están llamando traición a lo que también vosotros habéis hecho!

»¡Pensad en ellos, muchachos! Todos esos fatigosos kilómetros, todas esas *nundinae* con el estómago vacío, esos cortes de espada, esos pinchazos de flecha, esos desgarros de lanza. ¡Todas esas muertes en primera línea, tan nobles, tan valientes! ¡Pensad en ellas! ¡Pensad en los lugares donde hemos estado, pensad en lo que hemos hecho, pensad en el trabajo, el sudor, las privaciones, la soledad! ¡Pensad en la gloria colosal que hemos amasado para Roma! ¿Y para qué? ¡Para que a nuestros tribunos de la plebe los golpeen a puñetazos y puntapiés, para que desprecien nuestros logros, para que nos infravaloren, para que se nos cague encima una preciosa y pequeña claque de aspirantes a patricios! ¡Pésimos soldados y peores generales hasta el último de ellos! ¿Quién ha oído hablar alguna vez del general Catón? ¿Y de Enobarbo el conquistador? —César hizo una pausa, sonrió y se encogió de hombros—. Pero ¿quiénes de vosotros conoce siquiera el nombre de Catón? El de Enobarbo, quizá, pues su bisabuelo no fue mal soldado. Así que, muchachos, os voy a dar un nombre que sí conocéis: Cneo Pompeyo, que se puso a sí mismo el *cognomen* de Magno. ¡Sí, Cneo Pompeyo, que debería estar luchando por mí, por vosotros! ¡Pero que, en su vejez gorda y lela, ha elegido sujetar una esponja a un palo para limpiarles el culo a sus amigos los *boni*! ¡Que le ha vuelto la espalda al concepto del ejército! ¡Que ha apoyado esta campaña en contra mía y de mis muchachos desde el mismísimo comienzo! ¿Por qué? ¿Por qué ha hecho eso? ¡Porque está vencido, superado como general, superado en su clase y ultrajado! ¡Porque no es lo bastante «Grande» como para admitir que el ejército de otro es mejor que cualquiera de los ejércitos que él ha mandado en su vida! ¿Quién puede igualar a mis muchachos? ¡Nadie! ¡Nadie! ¡Vosotros sois los mejores soldados que han levantado nunca una espada y un escudo en nombre de Roma! ¡Así que aquí estoy, y aquí estáis vosotros, en el lado de un río en el que no deberíamos estar, y de camino para vengar nuestra mutilada, nuestra despreciada *dignitas*!

»Yo no iría a la guerra por ningún motivo menor que éste. Yo no me opondría a esos idiotas senatoriales por ningún motivo menor que éste. Mi *dignitas* es el centro de mi vida. ¡Es todo lo que tengo en mi vida! ¡No permitiré que me la quiten! Ni permitiré que os quiten la vuestra. ¡Cualquier cosa que yo sea, lo sois vosotros! ¡Hemos marchado juntos para cortarle las tres cabezas al Cancerbero! ¡Hemos sufrido penalidades en la nieve, en el hielo, bajo el granizo y bajo la lluvia! ¡Hemos cruzado un océano, hemos escalado montañas, hemos nadado en caudalosos ríos! ¡Hemos derrotado a los pueblos más valientes del mundo y les hemos obligado a arrodillarse ante Roma! ¡Les hemos hecho someterse a Roma! ¿Y qué puede decir el viejo, pesado y pobre Cneo Pompeyo como contrapartida? ¡Nada, muchachos, nada! Así que, ¿qué ha elegido hacer? Ha tratado de despojarnos de todo lo que tenemos, muchachos: del honor, de la fama, de la gloria, del milagro. ¡Todo lo que nosotros reunimos y llamamos *dignitas*! —Calló y extendió los brazos como para abrazar a los soldados—. Pero yo soy vuestro servidor, muchachos. Existo por vuestra causa. Sois vosotros quienes debéis tomar la última decisión. ¿Queréis que sigamos avanzando por Italia para vengar a nuestros tribunos de la plebe y para recuperar nuestra *dignitas*? ¿O damos media vuelta y regresamos a Rávena? ¿Qué hemos de hacer? ¿Seguimos o retrocedemos?

Nadie se había movido. Nadie había tosido, ni estornudado, ni susurrado un comentario en voz baja. Y durante unos instantes después de que el general dejase de hablar, aquel inmenso silencio continuó. Luego el centurión *primipilus* abrió la boca.

—¡Seguimos! —rugió—. ¡Seguimos, seguimos!

Los soldados lo imitaron.

—¡Seguimos! ¡Seguimos! ¡Seguimos!

César bajó del estrado y se adentró entre las filas de soldados; iba sonriendo y tendía una mano para estrechar todas las que se le ofrecían, hasta que quedó engullido entre una masa de cotas de malla.

—¡Qué hombre! —le dijo Polión a Orca.

Aquella tarde, durante la cena, después de que los fugitivos de Roma se hubieron bañado y se hubieron puesto armaduras de cuero, César celebró un consejo de guerra.

—Hircio, ¿se ha tomado nota de mi discurso al pie de la letra?

—Ahora lo están copiando, César.

—Quiero que se distribuya a todos mis legados y que se les lea a cada una de mis legiones.

—¿Están de nuestra parte? —le preguntó Celio—. Me refiero a tus legados.

—Todos excepto Tito Labieno.

—Eso no me sorprende —comentó Curión.

—¿Por qué? —quiso saber Celio, que era el que estaba menos informado y por consiguiente el más propenso a hacer preguntas obvias.

César se encogió de hombros.

—Yo no quería a Labieno.

—¿Cómo lo supieron tus legados?

—Es que visité la Galia Comata y a mis legados el octubre pasado.

—Así que tú estabas ya enterado de esto entonces.

—Mi querido Celio, cruzar el Rubicón siempre ha sido una posibilidad —le explicó César con paciencia—. Aunque sea una posibilidad que yo hubiera preferido no utilizar. Y, como tú bien sabes, he puesto todo mi ser en evitar utilizarla. Pero el hombre que no explora a conciencia todas las posibilidades es tonto. Digamos simplemente que en el mes de octubre pasado yo ya consideraba el Rubicón más como una probabilidad que una posibilidad.

Celio volvió a abrir la boca, pero la cerró cuando Curión le dio un fuerte codazo en las costillas.

—¿Y ahora qué? —le preguntó Quinto Casio.

—Es evidente que la oposición no está bien organizada, y también que la gente corriente me prefiere a mí antes que a Pompeyo y a los *boni* —dijo César al tiempo que se metía entre los labios un pedazo de pan empapado en aceite; masticó, tragó y luego siguió hablando—. Voy a dividir a la decimotercera legión. Antonio, tú te llevarás a las cinco cohortes junior y te pondrás en marcha de inmediato hacia Aretio para guardar la vía Casia. En este momento es más importante mantener abiertas las vías que conducen a la Galia Cisalpina que intentar apoderarnos de la vía Flaminia. Curión, tú te quedarás en Arimino con tres cohortes hasta que te envíe aviso para que te pongas en camino hacia Iguvio, ciudad de la cual expulsarás a Termo. Una vez hecho esto, tendré la vía Flaminia y la vía Casia. En cuanto a mí, me llevaré las dos cohortes senior y continuaré camino del sur hacia el interior de el Piceno.

—Eso sólo con mil hombres, César —observó Polión frunciendo el ceño.

—Debería bastar con eso, pero la posibilidad de que quizá yo necesite más es el motivo de que Curión se quede en Arimino de momento.

—Tienes razón, César —intervino Hircio con sobriedad—. Lo que importa no es la cantidad de tropas, sino la calidad de los hombres que las dirigen. Quizá Acio Varo ofrezca cierta resistencia, pero... ¿Termo, Hirro y Léntulo Spinther? No serían capaces de dirigir ni a una oveja atada a una cuerda.

—Lo cual me recuerda, y, sinceramente no sé por qué —les dijo César—, que tengo que escribirle a Aulo Gabinio. Ya es hora de que ese esforzado guerrero sea llamado del exilio.

—¿Qué te parece volver a llamar a Milón? —le preguntó Celio, que era amigo de aquél.

—No, a Milón no —repuso César cortante.

Y dio por terminada la cena.

—¿Te has fijado en que César hablaba como si estuviera en su poder llamar a exiliados? —le comentó Celio en privado a Polión—. ¿Realmente tiene tanta confianza en sí mismo?

—No es que tenga confianza —le explicó Polión—, es que está seguro.

—¡Pero eso está en manos de los dioses, Polión!

—¿Y quién es el querido de los dioses? —le preguntó Polión con una sonrisa—. ¿Pompeyo? ¿Catón? ¡Bobadas! Nunca olvides, Celio, que todo gran hombre se hace su propia suerte. La suerte está ahí para que todos la cojamos. La mayoría de nosotros dejamos escapar las oportunidades, somos ciegos y no las vemos. César nunca pierde una oportunidad porque nunca se comporta como un ciego ante la suerte del momento. Y ése precisamente es el motivo por el cual es el querido de los dioses. A ellos les gustan los hombres brillantes.

César fue muy despacio el catorce de enero después de salir de Arimino con sus dos cohortes, y no había llegado muy lejos cuando hizo acampar a sus hombres para pasar la noche; quería estar seguro de que le concedía al Senado cualquier oportunidad de llegar a un acuerdo y, además, no le agradaba la idea de matar a compatriotas romanos. Pero no mucho después de que se montó el campamento, dos mensajeros del Senado llegaron sobre unos caballos agotados: el joven Lucio César, hijo del primo de César que por entonces estaba en Narbona, y Lucio Roscio, otro senador joven. Los dos pertenecían a los *boni*; una desgracia para Lucio César que su hijo fuera un *boni*, un brote peculiarmente extraño y muy poco propio de la familia de los Césares en el árbol juliano.

—Se nos envía para que te preguntemos cuáles son tus condiciones para retirarte a la Galia Cisalpina —le comunicó muy tieso el joven Lucio César.

—Ya veo —comentó su primo sin dejar de mirarlo reflexivamente—. ¿Y no te parece que es más importante que preguntes primero por tu padre?

El joven Lucio César se sonrojó.

—Como no he tenido noticias suyas, César, he supuesto que se encuentra bien.

—Sí, está bien.

—¿Y tus condiciones?

César abrió mucho los ojos.

—¡Lucio, Lucio, paciencia! Voy a tardar unos días en pensarlo. Mientras tanto Roscio y tú tendréis que viajar conmigo. Hacia el sur.

—Eso es traición, primo.

—Bueno, pero puesto que ya se me acusó de eso cuando todavía me mantenía en el lado de la frontera que me correspondía, ¿qué más da, Lucio?

—Traigo una carta de Cneo Pompeyo —les interrumpió Roscio.

—Te lo agradezco —le dijo César al tiempo que la cogía. Tras una pausa en la que nadie se movió, inclinó la cabeza muy regiamente y añadió—: Podéis marcharos ahora. Hircio se ocupará de vosotros.

No les gustó que un traidor les despidiera, pero se fueron. César se sentó y abrió la carta de Pompeyo.

Qué lamentable embrollo es éste en que estamos, César. No obstante, debo confesar que nunca creí que te atreverías a hacerlo. ¿Con una legión? Caerás. No puede ser de otro modo. Italia está que hierve de tropas.

En realidad te escribo para suplicarte que pongas los intereses de la República por delante de tus propios intereses. Eso es lo que he hecho yo desde el principio de este enredo. Francamente, me interesa más estar de tu parte, ¿no? Juntos podríamos gobernar el mundo. Tú me enseñaste eso antes de que fueras cónsul, si recuerdo bien. Y lo reforzaste en Luca hace seis años. No, hace siete años. ¡Cómo vuela el tiempo! Hace siete años que no te veo.

Espero que no te sientas insultado personalmente por el hecho de que yo haya elegido oponerme a ti. No hay nada personal en ello, te lo aseguro. Tomé la decisión basándome en lo que es mejor para Roma y para la República. Pero seguro, César, que tú más que nadie te darás cuenta de que ponerse al frente de una insurrección armada es una esperanza vana. Si tú eres de la opinión, como yo, de que Sila estaba en su derecho de hacerlo y simplemente regresó a Italia para reclamar lo que era legalmente suyo, entonces podemos afirmar que ninguna insurrección ha tenido éxito. Mira a Lépido y a Bruto. Mira a Catilina. ¿Eso es lo que quieres para ti, una muerte ignominiosa? Piénsalo, César, por favor.

Te exhorto a que dejes de lado tu ira y tus ambiciones. ¡Por amor a nuestra amada República! ¡Piensa en Roma primero y siempre, César! ¡No le hagas daño a la República! Si sigues decidido a hacer daño a tus enemigos, inevitablemente tendrás que hacerle daño también a la República. Tus enemigos forman parte de la República igual que tú. Por favor, considera otras alternativas. Envíanos con el joven Lucio César y con Lucio Roscio la respuesta de un hombre razonable. Llega a un acuerdo con nosotros y retírate a la Galia Cisalpina. Es lo prudente. Es lo patriótico.

Con la sonrisa un poco torcida, César arrugó la breve misiva hasta formar con ella una bola y la arrojó entre los carbones del brasero.

—¡Vaya pedo mojigato estás hecho, Pompeyo! —exclamó mientras miraba cómo ardía y se consumía el papel—. De modo que no tengo más que una legión, ¿eh? ¡Me pregunto qué habrías dicho en la carta de haber sabido que me dirijo hacia el sur con sólo dos cohortes! ¡Mil hombres, Pompeyo! Si lo supieras, seguro que vendrías a darme caza. Pero no lo harás. Las únicas legiones dignas de confianza que tú tienes son la sexta y la decimoquinta, y ambas han luchado por mí. Y no estés muy seguro de cómo reaccionarían si les ordenases que sacaran las espadas cuando me tuvieran a la vista a mí, su antiguo jefe.

Mil hombres bastaron, en efecto. Cuando Pisauro se rindió en medio de vítores y flores, César envió un mensaje a Arimino y le dijo a Curión que expulsara a Termo de Iguvio. Después se rindió Fano; más vítores, más flores. El día dieciséis de enero, con los dos enviados del Senado como testigos, César aceptó la rendición del gran puerto de mar de Ancona en medio de vítores y flores. De momento no había derramado ni una gota de sangre romana. De Léntulo Spinther y sus diez cohortes no había la menor señal, pues se retiró hacia el sur, a Asculum. Y la conducta de César no desilusionó a las ciudades que habían capitulado; no tomó represalias de ninguna clase y pagó todo lo que requisaba para sus tropas.

DE ROMA A CAMPANIA

El día antes de que César recibiera la carta de Pompeyo, el trece de enero, un hombre que montaba un caballo agotado cruzó el puente Mulvio, al norte de Roma. El vigilante apostado allí después de que el *senatus consultum ultimum* se puso en vigor, informó a aquel hombre de que el Senado estaba reunido en la curia de Pompeyo, en el Campo de Marte, y le dio un caballo fresco para que recorriera los últimos kilómetros del viaje. Un protegido de Pompeyo que se había tomado el trabajo de vigilar la carretera entre Rávena y Arimino era el jinete que había decidido cabalgar en persona hasta Roma porque se moría por ver cómo encajaba el Senado la noticia que le llevaba. Igual que le ocurriría a cualquiera que tuviese cierto sentido de la historia y deseos de formar parte de un gran momento, reflexionaba el jinete mientras espoleaba al caballo, que producía un ruidoso estruendo sobre el terrazo del suelo del exterior de la Curia Pompeya.

Desmontó, caminó hacia el par de puertas de bronce, que estaban cerradas, y comenzó a aporrearlas con el puño. Un lictor sobresaltado abrió una y asomó la cabeza por ella; el protegido de Pompeyo las abrió de par en par y entró a grandes zancadas en la cámara.

—¡Eh, que no se puede entrar en el Senado cuando se está celebrando una sesión a puerta cerrada! —le dijo el lictor en un intento de detenerlo.

—¡Padres del Senado, os traigo noticias! —rugió entonces el invasor.

Todas las cabezas se volvieron hacia él; Marcelo el Joven y Léntulo Crus se levantaron de las sillas de marfil y se quedaron de pie mirándolo con la boca abierta mientras el jinete buscaba con la mirada a Pompeyo, a quien localizó en la fila delantera, en el lado izquierdo.

—¿Qué noticia es ésa, Nonio? —le preguntó Pompeyo al reconocerlo.

—¡Cayo César ha cruzado el Rubicón y está avanzando hacia Arimino al mando de una legión!

Al ponerse en pie, Pompeyo quedó petrificado un momento antes de desplomarse inerte sobre la silla curul. Todo sentimiento parecía haber desaparecido, sólo era consciente de un espantoso atolondramiento, y no conseguía hablar.

—¡Es la guerra civil! —susurró Cayo Marcelo el Joven.

Léntulo Crus, un hombre muchísimo más dominante que Marcelo el Joven, dio un vacilante paso hacia adelante.

—¿Cuándo lo ha hecho, hombre? —le preguntó al jinete con la cara gris.

—Hace tres días cabalgó en su caballo con dedos y atravesó el Rubicón poco antes del anochecer, honorable cónsul.

—¡Por Júpiter! —graznó Metelo Escipión—. ¡Lo ha hecho!

Aquellas palabras actuaron como la apertura de las compuertas de un dique que detiene una inundación; los senadores se abalanzaron hacia las puertas, quedaron atascados en ellas, lucharon y se debatieron por salir, huyeron presas del pánico por el peristilo y se dirigieron hacia la ciudad.

Poco después sólo quedaba un puñado de *boni*.

Pompeyo volvió a recuperar las sensaciones y logró ponerse en pie.

—Venid conmigo —les pidió secamente.

Y se dirigió a la puerta que daba acceso a su villa.

Cuando el grupo entró en el atrio, Cornelia Metela les echó un vistazo a aquellas caras y decidió ausentarse; Pompeyo llamó al mayordomo y le entregó a Nonio, rogándole que lo tratase bien.

—Te lo agradezco —le dijo al hombre al tiempo que le daba unas palmaditas en el hombro.

Muy contento tras su contribución a la historia, Nonio se marchó.

Pompeyo condujo a los demás a su despacho, donde todos se apiñaron alrededor de la consola en la que se encontraba el vino, y se sirvieron con manos temblorosas y sin mezclarlo con agua. Todos menos Pompeyo, que se sentó en la silla que había detrás del escritorio sin importarle que aquello pudiera ser considerado como un insulto por cónsules y consulares.

—¡Una legión! —exclamó Pompeyo cuando ya sus invitados habían tomado todos asiento y lo miraban como si se tratase del único pedazo de madera en medio de un mar agitado y tempestuoso—. ¡Una legión!

—Ese hombre debe de estar loco —masculló Cayo Marcelo el Joven mientras se limpiaba el sudor de la cara con el borde granate de la toga.

Pero aquellos ojos angustiados y desconcertados que estaban fijos en él parecieron sufrir un efecto más tónico en Pompeyo que el que le hubiera producido el vino. Sacó pecho, puso las manos sobre el escritorio y se aclaró la garganta.

—La cordura de Cayo César no es el tema que nos ocupa —les recordó—. Nos ha desafiado. Ha desafiado al Senado y al pueblo de Roma. Con una legión ha cruzado el Rubicón, con una legión está avanzando hacia Arimino, y con una legión tiene intención de conquistar Italia. —Pompeyo se encogió de hombros—. Pero no puede hacerlo. Ni Marte podría hacerlo.

—Sospecho, por lo que uno sabe de Marte, que César es mejor general que él —observó secamente Cayo Marcelo el Viejo.

Sin hacer caso, Pompeyo miró a Catón, que no había dicho ni una palabra desde que Nonio entró en la Cámara, y que se había tomado ya una grandísima cantidad de vino sin agua.

—Bueno, Marco Catón —le preguntó entonces Pompeyo—. ¿Y tú qué sugieres?

—Que aquellos que originan las grandes crisis deberían ser también los que les pusieran fin —respondió Catón usando sus tonos menos musicales.

—¿Con lo cual quieres decir que tú no tienes nada que ver con ello y que yo sí?

—Mi oposición a César es política, no militar.

Pompeyo respiró profundamente.

—¿Significa eso, entonces, que estoy al mando de la resistencia? —le preguntó Pompeyo a Cayo Marcelo el Joven, el cónsul senior—. ¿Sí? —inquirió mirando a Léntulo Crus, el cónsul junior.

—Sí, desde luego —respondió Léntulo Crus al ver que Marcelo el Joven permanecía mudo.

—Entonces lo primero que tenemos que hacer es enviarle a César dos mensajeros de inmediato y al galope —fue la opinión que Pompeyo dio con viveza.

—¿Para qué? —le preguntó Catón.

—Para averiguar en qué condiciones estaría dispuesto a retirarse a la Galia Cisalpina.

—No se retirará —sentenció Catón llanamente.

—Cada cosa a su tiempo, Marco Catón. —Los ojos de Pompeyo recorrieron las filas de los quince hombres que estaban allí sentados y se detuvieron en el joven Lucio César y su inseparable compañero, Lucio Roscio—. Lucio César, Lucio Roscio, se os elige para hacer esa galopada. Coged la vía Flaminia y requisad caballos frescos antes de que aquellos sobre los que corráis caigan muertos bajo vuestras piernas. No paréis ni siquiera para orinar, apuntad hacia atrás desde la silla. —Acercó un papel y cogió una pluma—. Sois enviados especiales y hablaréis en nombre del Senado entero, incluidos los magistrados. Pero también le llevaréis a César una carta personal mía. —Sonrió aunque aquello no le hacía ninguna gracia—. Una súplica personal para que piense primero en la República, para que no le haga daño a la República.

—Lo único que César quiere es una monarquía —apuntó Catón con seguridad.

Pompeyo no replicó hasta que la carta estuvo escrita y rociada con arena. Luego, mientras la enrollaba y calentaba la cera para sellarla, dijo:

—No sabremos lo que quiere César hasta que él nos lo diga. —Apretó el anillo contra la gota de cera y le entregó la carta a Roscio—. Guárdala tú, Roscio, como mensajero mío. Lucio César hablará en nombre del Senado. Y ahora marchaos. Pedidle caballos a mi mayordomo... seguro que serán mejores que los vuestros. Ya estamos al norte de la ciudad, así que ahorraréis tiempo saliendo desde aquí.

—¡Pero no podemos ponernos a cabalgar con las togas! —se quejó Lucio César.

—Mi criado os dará equipos de montar aunque no os vayan bien de tamaño. ¡Y ahora marchaos! —ladró el general.

Se fueron.

—Spinther se encuentra en Ancona y tiene al menos tantos hombres como tiene César —comentó Metelo Escipión, animándose—. Él se encargará de esto.

—Spinther seguía ocupado sin saber qué hacer, si enviar tropas a Egipto o no, después de que Gabinio ya había restaurado a Ptolomeo Auletes en el trono —le recordó Pompeyo enseñando los dientes—. Así que no dejemos que nuestras esperanzas se eleven pretendiendo que Spinther haga grandes cosas. Mandaré un mensaje a Enobarbo para que se una a él y a Acio Varo. Luego ya veremos.

Pero todas las noticias que llegaron en los tres días siguientes fueron consternadoras: César había tomado Arimino, luego había tomado Pisauro y luego Fano. Con vítores y guirnaldas, sin que nadie se le opusiera. Y ésa era la verdadera preocupación. Nadie había pensado en la gente de la Italia rural y de las ciudades más pequeñas, de muchísimas ciudades. Particularmente en el Piceno, la jurisdicción de Pompeyo. Descubrir ahora que César estaba avanzando sin hallar la menor oposición (¡con sólo dos cohortes!), pagando por lo que comía y sin hacer daño a nadie, resultaba una noticia aterradora y un poco chocante.

Todo lo cual se vio coronado la tarde del decimoséptimo día de enero con la llegada de dos mensajes: el primero, que Léntulo Spinther y sus diez cohortes habían abandonado Ancona y se habían retirado a Asculum; y el segundo, que a César lo habían vitoreado en Ancona.

—¡Increíble! —gritó aquel Filipo famoso por mantenerse siempre al margen de todo—. ¡Con cinco mil hombres Spinther no ha querido quedarse para esperar a César, que tiene mil hombres! ¿Qué estoy haciendo aquí, en Roma? ¿Por qué no voy a ponerme a los pies de César ahora mismo? ¡Ese hombre se está tirando faroles! Y vosotros sois exactamente eso que él os llama siempre: ¡generales de salón! ¡Y eso también va por ti últimamente, Pompeyo Magno!

—¡Yo no soy el responsable de haber delegado en Spinther para que defendiera Ancona! —rugió Pompeyo—. ¡Eso, Filipo, si lo recuerdas, fue una decisión que tomó esta Cámara! ¡Y tú votaste a favor!

—¡Ojalá hubiera votado para hacer a César el rey de Roma!

—¡Calla esa boca sediciosa! —le gritó Catón.

—¡Y tú, impasible bolsa de jerga política sin sentido, también puedes cerrar la tuya! —le contestó Filipo a voces.

—¡Orden! —pidió Cayo Marcelo el Joven con voz cansada, lo que pareció funcionar mejor que los gritos pues Filipo y Catón se sentaron mirándose con furia el uno al otro—. Estamos aquí para decidir la forma de actuar —continuó diciendo Marcelo el Joven—, no para ponernos a reñir entre nosotros. ¿Cuántas peleas creéis que tienen lugar en el cuartel general de César? La respuesta a eso, imagino, es ninguna. César nunca lo toleraría. ¿Por qué habrían de hacerlo los cónsules de Roma?

—¡Porque los cónsules de Roma son servidores de Roma, y César se ha negado a ser servidor de nadie! —bramó Catón.

—Oh, Marco Catón, ¿por qué te empeñas en ser tan difícil, tan obstructivo? Quiero respuestas, no declaraciones irrelevantes ni preguntas tontas. ¿Cómo vamos a proceder para hacer frente a esta crisis?

—Sugiero que esta cámara confirme ahora a Cneo Pompeyo Magno en el mando de todas nuestras tropas y legados —intervino Metelo Escipión.

—Yo estoy de acuerdo, Quinto Escipión —dijo Catón—. Aquellos que precipitan las grandes crisis deberían ser quienes les pongan fin. Por ello nombro aquí y ahora a Cneo Pompeyo candidato a comandante en jefe.

—¡Escucha, eso mismo me dijiste el otro día, y me duele! —gruñó Pompeyo, agudamente consciente de que Catón había suprimido el uso de Magno—. ¡Yo no he causado esta «gran crisis», Catón! ¡Has sido tú! ¡Tú y el resto de tus confederados, los *boni*! ¡Yo sólo soy el que vosotros esperáis que os saque de la mierda! ¡Pero no me eches la culpa de haber caído todos nosotros en ella, porque has sido tú, Catón, has sido tú!

—¡Orden! —suspiró Marcelo el Joven—. Tenemos una propuesta, pero dudo que sea necesaria una votación. Lo haremos a mano alzada y diciendo sí.

La Cámara votó abrumadoramente a favor del nombramiento de Pompeyo como comandante en jefe de las fuerzas y legados de la República.

Marco Marcelo se puso en pie.

—Padres conscriptos, me he enterado por Marco Cicerón de que el reclutamiento en Campania está yendo terriblemente despacio —les informó—. ¿Cómo podemos acelerar las cosas? Tenemos que echar mano de más soldados.

—¡Ja, ja, ja! —se burló con desprecio Favonio, picado porque Pompeyo había castigado de palabra a su querido Catón—. ¿Quién era el que siempre aseguraba que lo único que tenía que hacer para reclutar tropas en Italia era dar una patada en el suelo? ¿Quién era ése?

—¡Tú, Favonio, tienes cuatro patas, bigotes y una larga cola desnuda! —gruñó Pompeyo—. ¡*Tace*!

—Habla siguiendo el hilo de la reunión, Cneo Pompeyo —le pidió Cayo Marcelo el Joven.

—¡Muy bien, lo haré! —dijo con brusquedad Pompeyo—. Si el reclutamiento en Campania avanza a paso de caracol, sólo se puede culpar de ello a las personas que se están encargando de ello. Como Marco Cicerón, que probablemente tiene la cabeza puesta en algún oscuro manuscrito cuando donde debería estar es inclinada sobre los libros de reclutamiento. Hay muchos miles de soldados que podemos conseguir, padres conscriptos, y vosotros acabáis de encomendarme a mí el trabajo de conseguirlos. ¡A mí! Y los conseguiré. ¡Pero lo haría con mucha mayor rapidez si las ratas que corretean por las cloacas de Roma se quitasen de mi camino!

—¿Me estás llamando rata? —le gritó Favonio poniéndose en pie de un salto.

—¡Oh, siéntate, zoquete! ¡Hace mucho rato que te estoy llamando rata! —le dijo Pompeyo—. ¡A ver si atiendes, Marco Favonio, e intentas usar eso que tienes por cabeza!

—¡Orden! —pidió Marcelo el Joven con cansancio.

—¡Ése es el problema en este desgraciado colectivo! —continuó diciendo Pompeyo lleno de ira—. ¡Todos creéis que tenéis derecho a decir lo que se os antoje! ¡Todos pensáis que tenéis derecho a dirigir las cosas! ¡Todos creéis que cualquier decisión que se tome ha de ser democrática! Bien, permitid que os diga una cosa: a los ejércitos no se les puede dirigir basándose en principios democráticos. Si se hace así, se van a pique. ¡Hay un comandante en jefe y su palabra es ley! ¡Ley! ¡Ahora yo soy el comandante en jefe y no me voy a dejar acosar y frustrar por una pandilla de idiotas incompetentes! —Se puso en pie y caminó hasta el centro de la sala—. ¡Aquí y ahora declaro un estado de *tumultus*! ¡Y porque yo lo digo, no porque vosotros lo votéis! ¡Estamos en guerra! ¡Y la última votación que habéis hecho es la que me ha concedido el alto mando! ¡Voy a asumirlo! ¡Vosotros haréis lo que yo diga! ¿Me oís? ¡Lo que yo os diga!

—Eso depende —observó Filipo con voz nasal al tiempo que sonreía abiertamente, comentario éste que Pompeyo prefirió ignorar.

—¡Ordeno a todos los senadores que se marchen de Roma inmediatamente! ¡A cualquier senador que se quede en Roma después de mañana se le considerará partidario de César y se le tratará en consecuencia!

—Oh, dioses —exclamó Filipo soltando un enorme suspiro—. ¡Odio Campania cuando se avecina el invierno! ¿Por qué no puedo quedarme en la bonita y acogedora Roma?

—¡Por lo que más quieras, Filipo, hazlo de una vez! —le pidió Pompeyo—. ¡Al fin y al cabo, tú eres el marido de la sobrina de César!

—Y el suegro de Catón —ronroneó Filipo.

El estado de confusión absoluta que siguió a la orden de Pompeyo sólo sirvió para empeorar las cosas de los que estaban en Roma por debajo del nivel de senador. Desde que los padres conscriptos que habían huido difundieron la noticia de que César había cruzado el Rubicón, la ciudad se había sumido en el pánico. La palabra que con más frecuencia usaban los caballeros era aquella tan espantosa que había nacido bajo la dictadura de Sila: *proscripción*; la inscripción del nombre de una persona en una lista colgada en la tribuna de oradores significaba que se la declaraba enemiga de Roma y de la dictadura, que cualquiera que la viera podía matarla y que el Estado le confiscaba las propiedades y el dinero que tuviera. Dos mil senadores y caballeros murieron, y Sila llenó las vacías arcas del Tesoro con los beneficios.

Porque todo aquel que tenía mucho que perder suponía que sólo era cuestión de tiempo que César siguiera los pasos de Sila. ¿No era lo que sucedía ahora exactamente lo mismo que cuando Sila desembarcó en Brundisium y avanzó por la península hacia el norte? ¿Con la gente corriente vitoreándolo y arrojando flores a su paso? ¿Qué diferencia había, al fin y al cabo, entre un cornelio y un julio? Estos hombres existían en un plano muy superior al de los caballeros hombres de negocios, que para ellos eran menos que el polvo que había debajo de sus zapatos.

Sólo Balbo, Opio, Rabirio Póstumo y Ático intentaban calmar el pánico, y explicaban que César no era Sila, que lo único que perseguía era la reivindicación de su maltrecha *dignitas*, que no pensaba asumir la dictadura y masacrar a la gente indiscriminadamente. Que él se había visto forzado a avanzar contra Roma por la oposición obstinada y sin sentido de un pequeño grupo dentro del Senado, y que en cuanto hubiera obligado a aquella camarilla a retractarse de su política y de sus decretos, volvería a adoptar una conducta normal.

Pero sirvió de poco; nadie estaba lo bastante tranquilo como para escuchar, y el sentido común había desaparecido. El desastre había causado estragos; Roma estaba a punto de sumergirse en otra guerra civil. Y después vendrían las proscripciones. ¿Acaso no habían oído todos que también Pompeyo había hablado con enojo de proscripciones, de arrojar a millares de personas desde la roca Tarpeya? ¡Oh, atrapados entre una arpía y una sirena! ¡Ganase el lado que ganase de los dos, seguro que los caballeros de las Dieciocho sufrirían las consecuencias!

La mayoría de los senadores, mientras hacían los baúles, intentaban explicárselo a sus esposas, hacían un nuevo testamento, no tenían idea de por qué exactamente se les había ordenado que abandonasen Roma. No se les había pedido, se les había ordenado. Si se quedaban, se les consideraría partidarios de César, eso era lo único que realmente comprendían. Los hijos mayores de dieciséis años querían ir también con ellos, y las hijas con la fecha de la boda fijada gritaban y se agitaban. Los banqueros y los contables corrían de un noble protegido senatorial a otro, explicando febrilmente que había pocos fondos de dinero en efectivo, que no era el momento oportuno para vender tierras, que las sociedades no valían nada cuando el negocio se había derrumbado.

Poco tenía de extrañar, quizá, que lo más importante de todo se pasase completamente por alto. Ni Pompeyo, ni Catón ni ninguno de los tres Marcelos, sino el Tesoro.

El decimoctavo día de enero, en medio de carros sobrecargados de equipaje que traqueteaban a cientos mientras franqueaban la puerta Copena en ruta hacia Nápoles, Formies, Pompeya, Herculano, Capua y otros destinos de la Campania, los dos cónsules y casi todo el Senado huyeron de Roma. Dejaron el Tesoro lleno hasta las vigas de dinero y de lingotes de oro, por no mencionar varios alijos de lingotes que había en los templos de Ops, Juno Moneta, Hércules Olivario y Mercurio, y cientos de cofres de dinero en Juno Lucina, Venus Libitina y Venus Erucina. El único hombre que pensó en retirar dinero de los *tribuni aerari* a cargo del Tesoro fue Enobarbo; varios días antes pidió y recibió seis millones de sestercios para pagar a las numerosas tropas que confiadamente esperaba obtener entre los marsos y los pelignos. La fortuna pública de Roma permaneció dentro de Roma.

No todos los senadores se marcharon. Lucio Aurelio Cotta, Lucio Pisón Censor y Lucio Marcio Filipo se contaban entre los que se quedaron. Quizá para reforzar esta decisión y apoyarse los unos en los otros, se reunieron a cenar el día decimonoveno en casa de Filipo.

—Soy un hombre recién casado con un hijo recién nacido —comentó Pisón enseñando los dientes estropeados—. ¡Ya es una situación bastante peligrosa para un hombre de mi edad como para salir huyendo como un bandido sardo tras una oveja!

—Bueno —dijo Cotta sonriendo gentilmente—. Yo me he quedado porque no creo que César pierda. Es mi sobrino, y sé que nunca ha dejado de actuar con cautela, a pesar de su reputación. Todo lo piensa siempre con mucho cuidado.

—Y yo me he quedado porque soy demasiado perezoso para desarraigarme. ¡Huh! —gruñó Filipo—. ¡Menudo capricho salir a toda velocidad hacia Campania con el invierno en puertas! Villas cerradas, sin criados que enciendan los braseros, los peces somnolientos y una dieta de platos de col.

Lo cual a todos se les antojó divertido, y la comida transcurrió alegremente. Pisón no había llevado a su nueva esposa y Cotta era viudo, pero la esposa de Filipo sí que asistió. Lo mismo que Cayo Octavio, su hijo de trece años.

—¿Y qué piensas tú de todo esto, joven Cayo Octavio? —le preguntó Cotta, que era su tío bisabuelo.

El muchacho, a quien conocía de muchas visitas (pues Acia se preocupaba de su tío abuelo, que vivía solo), lo fascinaba. No del mismo modo que César lo fascinó cuando era niño, aunque había ciertas similitudes. Desde luego, la belleza. ¡Qué buena suerte para el joven Cayo Octavio, aunque tenía las orejas despegadas! César no tenía ningún defecto en absoluto. El muchacho también era bastante rubio, aunque tenía los ojos muy abiertos y de un gris luminoso, no unos ojos misteriosos como los de César. Frunciendo el ceño, Cotta buscó la palabra correcta para describir la expresión de aquellos ojos, y se decidió por *cuidadosos*. Sí, eso era. Eran cuidadosos. Al principio se encontraban inocentes y cándidos, hasta que uno se daba cuenta de que nunca expresaban lo que en realidad pensaba la mente. Estaban permanentemente velados y nunca se veían apasionados.

—Creo, tío Cotta, que ganará César.

—En eso estamos de acuerdo. ¿Por qué lo crees así?

—Porque es mejor que ellos. —El joven Cayo Octavio encontró una manzana roja y brillante y hundió en ella los dientes blancos y regulares—. En el campo de batalla no tiene igual, y Pompeyo es un general de segunda. Un buen organizador. Si miramos sus campañas, siempre ha ganado por eso. No hay batallas brillantes, batallas donde la estrategia y la táctica de Pompeyo inspiren otro Polibio. Él hacía caer a sus oponentes, en eso consistía su fuerza. Tío

César también ha hecho eso, pero él sí puede alardear de una docena de batallas brillantes.

—Y de un par de ellas, como Gergovia, que no fueron tan brillantes.

—Sí, pero en ésas tampoco lo vencieron.

—Muy bien —aceptó Cotta—, eso es en el campo de batalla. ¿Qué más?

—César entiende la política. Sabe manipular a la gente. No se enreda en causas perdidas ni se asocia con hombres que lo hagan. Es igual de eficiente que Pompeyo fuera del campo de batalla, y mejor orador, mejor abogado, mejor planificador.

Al oír aquel análisis, Lucio Pisón se dio cuenta de que le desagradaba su autor. ¡No era apropiado que un muchacho de aquella edad hablase como un maestro! ¿Quién se creía que era? Y además tan lindo. Un año más y estaría ofreciendo el culo; tenía el tufillo. Un muchacho muy precioso.

Pompeyo, los cónsules y buena parte del Senado llegaron a Teanum Sidicinum, en Campania, el vigesimosegundo día de enero, y allí hicieron un alto para poner un poco de orden en el caos que suponía evacuar la capital. No todos los senadores se habían colocado a la cola del cometa de Pompeyo, sino que algunos se habían diseminado para ir a alojarse a las villas que tenían cerradas en la costa, y otros preferían estar en cualquier parte donde Pompeyo no estuviera.

Tito Labieno estaba esperando, y Pompeyo lo saludó como a un hermano perdido desde hacía mucho tiempo, incluso lo abrazó y le besó en la mejilla.

—¿De dónde vienes? —le preguntó Pompeyo rodeado de sus perros guardianes senatoriales, Catón, los tres Marcelos y Léntulo Crus, y alentado por un afligido Metelo Escipión.

—De Plasencia —le contestó Labieno echándose hacia atrás en la silla.

Aunque todos los presentes conocían a Labieno de vista y recordaban sus actividades como tribuno de la plebe, hacía diez años que ninguno de ellos (incluido Pompeyo) lo había visto, porque dejó Roma para ir a servir a la Galia Cisalpina mientras César era todavía cónsul. Lo contemplaron con cierta consternación pues Labieno había cambiado mucho. A los cuarenta y pocos años parecía exactamente aquello en lo que se había convertido: un militar despiadadamente autoritario, un hombre curtido. Tenía los rizos, apretados y negros, salpicados de gris; la boca, delgada y del mismo color que el hígado, le seccionaba la parte inferior del rostro como si fuera una cicatriz; la gran nariz ganchuda con los orificios nasales abiertos le daba el aspecto de un águila; y aquellos ojos negros, estrechos y despreciativos, los contemplaban a todos, incluso a Pompeyo, con cierta superioridad, con el mismo interés que un niño cruel pone en un puñado de insectos a los que se les pueden arrancar las alas.

—¿Cuándo saliste de Plasencia? —le preguntó Pompeyo.

—Dos días después de que César cruzó el Rubicón.

—¿Cuántas legiones tiene César en Plasencia? Aunque sin duda ya se habrán puesto en marcha para reunirse con él.

Labieno echó la cabeza canosa hacia atrás, abrió la boca mostrando unos enormes dientes amarillos y se echó a reír con toda franqueza.

—¡Oh, dioses, qué tontos sois! —les dijo—. ¡No hay ninguna legión en Plasencia! Nunca las ha habido. César tiene a la decimotercera, la envió a Tergeste y la hizo volver desde allí en un ejercicio de entrenamiento que parece que se os ha pasado por alto. Casi todo el tiempo que César ha pasado en Rávena ha estado sin tropas de ninguna clase. Ha marchado con la decimotercera y no tiene ninguna otra legión que venga a ayudarle. Ergo, está seguro de que puede hacer el trabajo con la decimotercera. Y, por lo que he visto, probablemente tenga razón.

—Entonces puedo avanzar para contenerlo en el Piceno —comentó Pompeyo lentamente mientras empezaba a revisar sus planes para marcharse de Italia y dirigirse a Macedonia y a Grecia—. Si es que Léntulo Crus y Ático Varo no lo han hecho ya. César ha dividido la decimotercera, ya ves. Antonio está defendiendo Aretio y la vía Casia con cinco cohortes, y Curión —al mencionarlo Pompeyo hizo una mueca de desagrado— ha expulsado a Termo de Iguvio con las tres cohortes que tiene. O sea que lo único de que dispone César ahora es de dos cohortes.

—Entonces, ¿qué haces aquí sentado? —le preguntó Labieno en tono exigente—. ¡Ya deberías estar a mitad de camino de la costa del Adriático!

Pompeyo dirigió una mirada de ardiente reproche a Cayo Marcelo el Viejo.

—Se me hizo creer que César tenía cuatro legiones —afirmó con gran dignidad—. Y aunque sí que oímos que no avanzaba más que con una, supusimos que las demás actuaban detrás de él.

—No creo que quieras pelear con César en absoluto, Magno —le dijo Labieno deliberadamente.

—¡Yo tampoco lo creo! —intervino Catón.

Oh, ¿es que nunca iba a verse libre de aquellas críticas? ¿No le habían nombrado oficialmente comandante en jefe? ¿No le habían informado de que la democracia había terminado, que él podría hacer las cosas a su manera y que ellos lo mejor que podían hacer era callarse? ¡Y ahora allí tenía a otro crítico, Tito Labieno, dándole ideas a Catón!

Pompeyo se incorporó en la silla y expandió el pecho hasta que la coraza de cuero crujió.

—Escuchadme todos vosotros —empezó a decir con encomiable refreno—. Yo tengo el mando y haré las cosas a mi manera, ¿me oís? Hasta que mis exploradores me informen exactamente de lo que César está haciendo y dónde, esperaré. Si tú tienes razón, Labieno, entonces no hay problema. Nos adelantaremos al Piceno y acabaremos con él. Pero lo más importante que tengo en la cabeza es conservar Italia. He jurado que no libraré una guerra civil en suelo italiano si la cosa toma las dimensiones de algo parecido a la Guerra Italiana. Aquella guerra arruinó el país durante veinte años. ¡No permitiré que mi nombre se vea asociado a un oprobio de esa clase! De manera que hasta que yo me entere de lo que está pasando en el Piceno, continuaré aguardando el momento apropiado. Y una vez que lo sepa, decidiré si es mejor intentar contener a César dentro de Italia o si es mejor trasladarnos mis ejércitos, el gobierno de Roma y yo al Oriente.

—¿Marcharte de Italia? —gritó Marco Marcelo.

—Sí, exactamente como debió hacer Carbón cuando Sila lo amenazó.

—Sila venció a Carbón —observó Catón.

—En suelo italiano. Eso es lo que me preocupa.

—Lo que debería preocuparte es que verdaderamente estás en la misma posición que Carbón —observó Labieno—. Te están estorbando unas tropas que son demasiado viejas o demasiado novatas para vérselas con un ejército de veteranos que acaba de salir de una guerra larga y dura en el extranjero. César se encuentra en la misma posición que Sila, es él quien tiene a los veteranos.

—¡Yo tengo a la sexta y a la decimoquinta en Capua, y dudo mucho de que nadie pueda decir que son demasiado viejas o demasiado novatas, Labieno! —dijo Pompeyo.

—La sexta y la decimoquinta le pertenecían a César.

—Pero están gravemente enemistadas con él —le aseguró Metelo Escipión—. ¡Nos lo dijo Apio Claudio!

Son como niños, pensó Labieno con extrañeza. No han hecho el menor esfuerzo por establecer un buen servicio de inteligencia, y todavía se creen todo lo que les dicen. ¿Qué le ha pasado a Pompeyo Magno? Yo serví con él en el Este y no era así. O está pasado o intimidado. ¿Y quién lo estará intimidando? ¿César o su propia camarilla multicolor?

—¡Escipión, las tropas de César no están descontentas con él! —afirmó Labieno muy lenta y claramente—. No me importa lo muy augusto que sea el hombre que os lo dijo, ni qué pruebas tenéis para confirmarlo. Pero creed en la palabra de uno que lo sabe bien: las tropas de César no están descontentas de él. —Se volvió hacia Pompeyo—. ¡Actúa ya, Magno! ¡Coge a la sexta, a la decimoquinta y a las otras tropas que puedas encontrar, y marcha para contener a César ahora! Si no lo haces, llegarán otras legiones de refuerzo para ayudarle. He dicho que no había ninguna en la Galia Cisalpina, pero eso no será por mucho tiempo. El resto de los legados de César son hombres suyos hasta la muerte.

—¿Y por qué no lo eres tú, Labieno? —le preguntó Cayo Marcelo el Viejo.

Aquella piel grasienta y oscura adquirió un tono granate profundo; Labieno hizo una pausa y luego continuó hablando sin alterarse:

—Yo tengo en demasiada estima a Roma, seáis lo que seáis Marcelo y tú. César está actuando de forma traicionera, y yo me niego a cometer traición.

Adónde hubiera llevado su intervención en la conversación nunca se supo, pues los dos mensajeros, Lucio César y Lucio Roscio, llegaron entonces para informar.

—¿Cuánto tiempo hace que os pusisteis en camino? —les preguntó Pompeyo con ansiedad.

—Cuatro días —repuso el joven Lucio César.

—En cuatro días cualquiera que trabaje para César habría recorrido más de seiscientos kilómetros —les aseguró Labieno atrayendo hacia sí la atención—. ¿Cuántos habéis recorrido vosotros? ¿Menos de doscientos cincuenta?

—¿Y quién eres tú para criticarme a mí? —quiso saber Lucio César utilizando un tono gélido.

—Soy Tito Labieno, muchacho. —Miró al joven Lucio César de arriba abajo con desprecio—. Tu cara dice quién eres tú, pero también dice que no estás en la misma liga que tu padre.

—¡Sí, bueno! —interrumpió Pompeyo con brusquedad, pues estaba a punto de perder la paciencia—. ¿Qué estaba ocurriendo cuando vosotros partisteis?

—César estaba en Auxino, que le dio la bienvenida con los brazos abiertos. Acio Varo y sus cinco cohortes huyeron antes de que nosotros llegásemos allí, pero César envió tras ellos a su centuria de confianza y los alcanzó. Se entabló un pequeño combate y Acio Varo fue derrotado. La mayoría de sus hombres se rindieron y pidieron unirse a César, los otros huyeron y se dispersaron.

Se hizo un silencio que rompió Catón.

—La centuria de confianza de César —dijo con pesar—. Ochenta hombres que derrotaron a más de dos mil.

—El problema fue que las tropas de Varo no pusieron el corazón en ello —les explicó Lucio Roscio—. Temblaban nada más de pensar en César. Pero una vez que César se hizo cargo de ellos, lo vitorearon y empezaron a parecer soldados. Fue algo extraordinario.

—No —le corrigió Labieno sonriendo con cierta tristeza—, es normal.

Pompeyo tragó saliva.

—¿Os ha dicho César sus condiciones?

—Sí —afirmó Lucio César. Respiró hondo y se lanzó a pronunciar un discurso cuidadosamente memorizado—. Estoy autorizado a decirte lo siguiente, Cneo Pompeyo. Primero, que César y tú debéis licenciar los dos a vuestros ejércitos. Segundo, que tú debes retirarte de inmediato a Hispania. Tercero, que Italia debe ser completamente desmovilizada. Cuarto, que el reino del terror debe terminar. Quinto, que debe haber elecciones libres y un retorno al gobierno debidamente constitucional ejercido por el Senado y el pueblo conjuntamente. Sexto, que César y tú debéis reuniros en persona para aclarar vuestras diferencias y llegar a un acuerdo que sea ratificado por un juramento. Séptimo, que una vez que se llegue a ese acuerdo, César deberá entregar sus provincias a sus sucesores. Y octavo, que César debe presentarse a las elecciones consulares en persona dentro de Roma, no *in absentia*.

—¡Qué tonterías! —exclamó Catón—. ¡No dice en serio ni una sola palabra de todo ello! ¡Son las condiciones más absurdas que he oído nunca!

—Eso mismo fue lo que dijo Cicerón cuando se lo conté —comentó el joven Lucio César—. Claramente absurdas.

—¿Y dónde te encontraste con Cicerón? —le preguntó Labieno ladinamente.

—En la villa que tiene cerca de Minturnae.

—Minturnae... ¡Pues sí que tomasteis una ruta rara desde el Piceno! .

—Es que yo necesitaba visitar Roma. Roscio y yo nos tuvimos que quedar con César mucho más tiempo de lo que habíamos pensado. ¡Yo apestaba!

—Pero ¿cómo no se me había ocurrido antes? —le preguntó Labieno con cansancio—. Claro, tú apestabas. ¿Y César, apestaba? ¿O sus hombres?

—No, César no. ¡Pero él se baña en agua fría, helada!

—Así es como uno sigue oliendo bien cuando está de campaña, cierto.

Pompeyo intervino para intentar hacerse de nuevo con el control de la situación.

—Bueno, pues ahí están sus condiciones —dijo—. Las ha expresado oficialmente, por absurdas que sean. Pero yo estoy de acuerdo con Catón, desde luego. Él no lo ha dicho en serio, solamente trata de ganar tiempo. —Abrió la boca y empezó a llamar a voces—: ¡Vibulio! ¡Sestio!

Dos de sus prefectos entraron en la habitación. Lucio Vibulio Rufo pertenecía al cuerpo de ingenieros, y Sestio pertenecía a la caballería.

—Vibulio, ve inmediatamente al Piceno y busca a Léntulo

Spinther y a Acio Varo. Diles que vayan a luchar a brazo partido contra César lo antes posible. En estos momentos sólo tiene dos cohortes, por lo tanto pueden vencerle. ¡Si es que logran explicárselo a sus soldados! Dales instrucciones de mi parte para que lo hagan.

Vibulio Rufo saludó y se fue.

—Sestio, a ti te ordeno que vayas como mensajero al campamento de Cayo César. Dile que sus condiciones son inaceptables hasta que entregue las ciudades que está ocupando actualmente en el Piceno y cruce el Rubicón para regresar a la Galia Cisalpina. Si hace todo esto, lo interpretaré como prueba de su buena fe, y entonces ya veremos. Haz hincapié en que no hay trato mientras esté en el lado italiano del Rubicón, porque eso significa que el Senado no puede regresar a Roma.

Publio Sestio, prefecto de caballería, saludó y se marchó.

—¡Muy bien! —dijo Catón, satisfecho.

—¿A qué se refería César con lo de «reino del terror»? ¿Qué reino del terror?

—Nosotros, Roscio y yo, creemos que César se refería al pánico que hay dentro de Roma —explicó el joven Lucio César.

—¡Oh, eso! —dijo con aire de suficiencia Metelo Escipión.

Pompeyo se aclaró la garganta.

—Bien, nobles amigos, ha llegado el momento de separarnos —dijo con más satisfacción que Catón y Metelo Escipión juntos—. Mañana Labieno y yo nos dirigiremos a Larinum. La sexta y la decimoquinta legión ya están en camino. Cónsules, vosotros iréis a Capua y aceleraréis el reclutamiento. Si veis a Marco Cicerón, decidle que deje de dudar y empiece a producir. ¿Qué está haciendo en Minturnae? ¡No está alistando hombres, eso lo puedo garantizar! ¡Estará demasiado atareado escribiéndole a Ático y sólo saben los dioses a quién más!

—Y desde Larinum marcharás hacia el Piceno al encuentro de César —le sugirió Catón.

—Eso está aún por ver —dijo Pompeyo.

—Puedo entender por qué se necesita a los cónsules en Capua, pero el resto de nosotros nos quedaremos contigo, desde luego —aseguró Catón animándose.

—¡No, no será así! —A Pompeyo le tembló la barbilla—. Todos os quedaréis en Capua de momento. César tiene cinco mil gladiadores allí en una escuela, y habrá que dispersarlos. Es en momentos como éstos cuando me gustaría disponer de unas cuantas cárceles, pero como no las tenemos, os dejaré a todos vosotros, los expertos de salón, para que resolváis la situación. El único que quiero que me acompañe a Larinum es Tito Labieno.

Era cierto que Cicerón titubeaba, y también era cierto que no se estaba ocupando de sus deberes de reclutamiento, ni en Minturnae ni en la siguiente parada de aquella ronda que estaba haciendo por las hermosas villas que poseía de un extremo a otro de la costa de Campania. Miseno estaba cerca de Minturnae, y por lo tanto fue su próxima parada. No iba solo; Quinto Cicerón, el joven Quinto Cicerón, y su propio hijo, Marco, le acompañaban. Y también iban con él sus doce lictores, con las *fasces* envueltas en guirnaldas de laurel porque Cicerón era un triunfador que todavía no había celebrado su triunfo. Era un fastidio ya bastante grande tener allí a los miembros varones de la familia... ¡pero ni la mitad del fastidio que le producían aquellos desgraciados lictores! No podía moverse sin ellos, y como aún poseía su *imperium*, que era extranjero, los lictores iban ataviados con todo el esplendor de unas túnicas de color carmesí con anchos cinturones de cuero negro tachonados de emblemas de bronce, y portaban las hachas con las *fasces* entre las treinta varas. Imponente. Pero no para un hombre cargado con el peso de tantas preocupaciones como Cicerón.

Le había visitado nada menos que su protegido, aquel preminentísimo joven abogado Cayo Trebacio Testa, que había sido liberado del servicio con César tan concienzudamente adoctrinado en el modo de pensar de éste que no consentía oír una palabra en contra de él. Trebacio, gordinflón como siempre, vino para suplicarle a Cicerón que regresase de inmediato a Roma, la cual necesitaba desesperadamente, le explicó Trebacio, la auténtica estabilidad de un núcleo de consulares.

—¡No iré a ninguna parte por orden de un fuera de la ley! —le contestó Cicerón con indignación.

—Marco Cicerón, César no es ningún delincuente —le aseguró Trebacio—. Se ha puesto en marcha para recuperar su *dignitas*, y eso es algo apropiado. Lo único que quiere es que su *dignitas* permanezca. Después de eso, y de acuerdo con eso, sólo quiere la paz y la prosperidad para Roma. Y opina que tu presencia en Roma sería algo tranquilizador.

—¡Bueno, pues que opine lo que le plazca! —insistió Cicerón con brusquedad—. No pienso traicionar a mis colegas que están dedicados por completo a la causa y al mantenimiento de la República. César quiere ser rey y, sinceramente, creo que Pompeyo Magno tampoco lo rechazaría si le pidieran que reinase como el rey Magno. ¡Ja! *¡Magnus rex!*

Esta réplica no le dejó otra alternativa a Trebacio que marcharse de allí en litera.

A continuación llegó una carta del propio César, cuya brevedad, y el párrafo en el que se salía del tema, eran un síntoma de lo exasperado que se sentía César.

Mi querido Marco Cicerón, tú eres una de las pocas personas implicadas en este lío que quizá tengan la previsión y el valor de elegir un sendero intermedio. Noche y día me preocupa el mal trago por el que atraviesa Roma, que se ha quedado sin timón por el deplorable éxodo de su gobierno. ¿Qué clase de respuesta es gritar tumultus *y luego abandonar el barco? Porque eso es lo que Cneo Pompeyo, empujado por Catón y los Marcelos, ha hecho. Hasta el momento no he recibido indicación alguna de que ninguno de ellos, incluido Pompeyo, estén pensando en Roma. Y eso a pesar de la retórica.*

Si tú quisieras regresar a Roma, sería una gran ayuda. En esto, lo sé, tengo el apoyo de Tito Ático. Es un gran gozo saber que se ha recuperado de ese terrible ataque de fiebres intermitentes. No se cuida lo suficiente. Recuerdo que Ria, la madre de Quinto Sertorio, que se encargó de cuidarme cuando estuve a punto de morir de las fiebres intermitentes, me envió una carta cuando regresé a Roma donde me aconsejaba qué hierbas tenía que colgar y qué hierbas tenía que echar en un brasero para evitar contraer las fiebres. Funcionan, Cicerón. Desde entonces no he vuelto a tener fiebre. Pero, aunque le expliqué lo que tenía que hacer, Ático no quiere tomarse la molestia.

Por favor, considera la idea de volver a casa. No por mí. Nadie te tachará de partidario mío. Hazlo por Roma.

Pero Cicerón no quiso hacerlo por Roma, porque si lo hacía actuaría para complacer a César. ¡Y eso, prometió, no estaba dispuesto a hacerlo nunca!

Pero cuando terminó enero y llegó febrero, Cicerón estaba muy desconcertado. Nada de lo que oía le inspiraba confianza. Tan pronto le aseguraban que Pompeyo se dirigía hacia el Piceno para acabar con César antes de que éste se pusiese en marcha, como le decían que Pompeyo estaba en Larinum y que planeaba partir hacia Brundisium y emprender un viaje por el Adriático hacia Epiro o al oeste de Macedonia. La carta de César le había producido cierta comezón, y le había hecho ponerse nervioso en vista de la indiferencia que Pompeyo manifestaba hacia la ciudad de Roma. ¿Por qué no la estaba defendiendo? ¿Por qué?

Para entonces todo el norte estaba abierto a César, desde la vía Aurelia, en el mar Toscano, hasta la costa adriática. Tenía en su poder todas las grandes carreteras o sabía que en ellas no había tropas que pudieran oponérsele; Hirro dejó vacía Camerino, Léntulo Spinther salió huyendo de Asculum Picentum, y César controlaba todo el Piceno. Mientras tanto, al parecer, Pompeyo estaba asentado en Larinum. Su prefecto de ingenieros, Vibulio Rufo, encontró a Léntulo Spinther huyendo a la desbandada en la carretera después de abandonar Asculum Picentum, y le hizo frente al altivo consular con firmeza. Con el resultado de que tomó el mando de las tropas de Léntulo Spinther y las hizo marchar a toda prisa, junto con éste, a Corfinio, donde se había establecido Enobarbo.

De todos los legados que el Senado envió para defender Italia en aquellos lejanos días antes de que César cruzase el Rubicón, sólo a Enobarbo le fueron bien las cosas. En Alba Fucentia, junto al lago Fucino, reclutó a dos legiones de marsos, un pueblo belicoso y ardiente que se contaba entre sus protegidos. Luego avanzó con ellos hacia la ciudad fortaleza de Corfinio, junto al río Aterno, resuelto a apoderarse de Corfinio y de Sulmona, su ciudad hermana, que estaba en poder de César. Gracias a Vibulio recibió las diez cohortes de Léntulo Spinther y cinco cohortes más que Vibulio le quitó a Hirro cuando se retiraba de Camerino. Así, o al menos esa impresión le daba a Cicerón, Enobarbo parecía el único enemigo serio que César encontraría. Porque estaba claro que Pompeyo no quería encontrarse con él.

Las historias acerca de lo que César pensaba hacer una vez que se apoderase de Italia y de Roma eran numerosísimas y a cual más horripilante: iba a cancelar todas las deudas; a proscribir toda la clase de los caballeros; iba a entregarle el Senado y las asambleas a la chusma, al proletariado que no tenía nada y no podía darle nada al Estado más que hijos. En cierto modo quizá fuera un consuelo saber que Ático sostenía con energía que César no haría ninguna de esas cosas.

«No menosprecies a César tomándolo por otro Saturnino o por otro Catilina —le decía Ático a Cicerón en una carta—. Él es muy capaz y muy inteligente y tiene un gran sentido común. Lejos de pensar que César haga algo tan tonto como cancelar las deudas, yo creo que se comprometerá absolutamente y hará lo posible por proteger y asegurar el bienestar de la esfera comercial de Roma. ¡Ciertamente, Cicerón, César no es ningún radical!»

¡Oh, cuánto necesitaba Cicerón creérselo! El problema era que no podía hacerlo, principalmente porque escuchaba a todos y consideraba que todos tenían razón al mismo tiempo. Excepto aquellos que, como Ático, no hacían más que tocar la trompeta de César, aunque fuese de un modo refrenado y razonable. Porque a él no podía caerle bien César, no podía confiar en él. No desde aquel año espantoso en que fue cónsul, cuando Catilina tramó derrocar al Estado y César le acusó a él de ejecutar sin juicio a ciudadanos romanos. Inexcusable. Imperdonable. Por causa de César empezó la persecución de Clodio y luego vinieron meses en el exilio.

—¡Eres un auténtico y completo tonto! —le dijo Quinto Cicerón con un gruñido.

—¿Perdona? —le preguntó Cicerón con voz ahogada.

—¡Ya me has oído, hermano mayor! ¡Eres tonto! ¿Por qué no quieres reconocer que César es un hombre decente, un político enormemente conservador y el militar más brillante que Roma ha tenido nunca? —Quinto Cicerón emitió una serie de sonidos despectivos—. ¡César les dará una paliza a todos, Marco! ¡No tienen la menor oportunidad por mucho que parloteen acerca de tu preciosa República!

—Repetiré lo que he dicho varias veces —sentenció Cicerón con gran dignidad—. ¡Es infinitamente preferible ser derrotado con Pompeyo que salir victorioso con César!

—Bien, pues no esperes que yo piense igual —le dijo Quinto—. Yo he servido con César y a mí me gusta. ¡Y además lo admiro, por todos los dioses! Así que no me pidas que luche contra él porque no lo haré.

—¡Yo soy el jefe de los Tulios Cicerones! —gritó el hermano mayor—. ¡Harás lo que yo te diga!

—Yo en lo único que permaneceré adherido a la familia, Marco, será en lo de alistarme para luchar por César. Pero no aceptaré una espada ni un mando para luchar contra él.

Y el hermano pequeño Quinto no quiso abandonar su postura de ninguna manera.

Cosa que ocasionó muchas peleas feroces cuando la esposa y la hija de Cicerón, Terencia y Tulia, se reunieron con ellos en Formies. Y también Pomponia, la esposa de Quinto, la hermana de Ático que era una arpía peor que Terencia. Ésta se puso de parte de Cicerón (cosa que no siempre ocurría), pero Pomponia y Tulia se pusieron de parte de Quinto Cicerón. Además, el hijo de Quinto Cicerón quería alistarse en las legiones de César y el hijo de Cicerón quería alistarse en las legiones de Pompeyo.

—*Tata*, ojalá entraras en razón! —le dijo Tulia con los grandes ojos castaños suplicantes—. Mi Dolabela dice que César es todo lo que un gran aristócrata romano debe ser.

—Y yo sé que lo es —afirmó Quinto Cicerón con ardor.

—Estoy de acuerdo, *pater* —remarcó el joven Quinto Cicerón con el mismo ardor.

—Mi hermano Ático lo considera un hombre excelente —dijo Pomponia adelantando la barbilla con beligerancia.

—¡Sois todos deficientes mentales! —les acusó con brusquedad Terencia.

—¡Por no decir que os estáis preparando para hacerle la pelota al hombre que creéis que ganará! —chilló el joven Marco Cicerón mirando con furia a su primo.

—¡*Tacete, tacete, tacete!* —rugía el jefe de los Tulios Cicerones—. ¡Cerrad la boca todos! ¡Marchaos de aquí! ¡Dejadme en paz! ¿No es suficiente con que no sea capaz de convencer a nadie para que se aliste? ¿No tengo bastante con estar acosado por doce lictores? ¿No es suficiente que los cónsules que están en Capua no hayan conseguido más que alojar a los cinco mil gladiadores de César entre familias leales a la República, donde se están comiendo la casa y el hogar de sus anfitriones? ¿No es suficiente con que Catón no acabe de decidirse sobre si permanecer en Capua o ir a gobernar Sicilia? ¿No es suficiente con que Balbo me escriba dos veces al día suplicándome que restañe la herida existente entre César y Pompeyo? ¿No es suficiente con que yo oiga que Pompeyo ya está trasladando cohortes a Brundisium para navegar por el Adriático? *¡Tacete, tacete, tacete!*

DE LARINUM A BRUNDISIUM

Pompeyo descubrió que la existencia era mucho más agradable sin los perros guardianes senatoriales. De Tito Labieno no recibió nada excepto sólido sentido militar expresado sin sermones, ni retórica ni análisis político, y Pompeyo empezó a pensar que quizá ni fuera capaz de salvar algo de aquel espantoso naufragio. El instinto le decía que intentar detener a César en Italia le resultaría imposible, y que lo mejor y más inteligente que podía hacer era retirarse al otro lado del Adriático y llevarse consigo al gobierno de Roma. Si en Italia no quedaba gobierno, César no tendría la oportunidad de sostener su posición tirándose faroles, amedrentando o coaccionando al gobierno para que sancionase oficialmente sus acciones. Parecería exactamente lo que era, un conquistador traidor que había forzado al gobierno a exiliarse. Y retirarse al otro lado del Adriático no era en realidad una verdadera retirada, sino el espacio y el tiempo para respirar que Pompeyo necesitaba desesperadamente para poner en forma a su ejército, para tener ocasión de que le enviaran sus legiones por mar desde Hispania y para reclutar a algunos reyes de Oriente protegidos suyos que le proporcionasen tropas adicionales y las masas de caballería de las que de momento carecía.

—No cuentes demasiado con tus legiones hispanas —le advirtió Labieno.

—¿Por qué no?

—Si abandonas Italia y te diriges a Macedonia o a Grecia, Magno, no esperes que César te siga. Marchará hacia Hispania y destruirá tu base y el ejército que tienes allí.

—¡Seguro que yo seré su máxima prioridad!

—No. Su máxima prioridad será neutralizar Hispania, y por ese motivo no traerá a todas sus legiones a este lado de los Alpes. Sabe que las necesitará en el oeste. Imagino que Trebonio ya tendrá por lo menos tres legiones en Narbona, donde el viejo Lucio César lo tiene todo en perfecto orden, y además miles de soldados locales. Y estarán esperando a que Afranio y Petreyo intenten llegar a Roma por la ruta terrestre. —Labieno frunció el ceño y le dirigió una fugaz mirada a Pompeyo—. Todavía no se han puesto en marcha, ¿verdad?

—No, aún no. Todavía estoy considerando cómo vérmelas del mejor modo con César. No sé si sería mejor dirigirme hacia el norte, al Piceno, o al este atravesando el Adriático.

—Se te ha hecho demasiado tarde para ir al Piceno, Magno. Eso dejó de ser una alternativa hace un *nundinum*.

—Entonces enviaré a Quinto Fabio a Corfinio para ver a Enobarbo y transmitirle la orden de que abandone el lugar y se traslade con sus tropas hasta donde yo me encuentre —le aseguró Pompeyo con decisión.

—Bien pensado. Si se queda en Corfinio caerá y César se quedará con sus hombres, y nosotros los necesitamos. Enobarbo tiene dos legiones formadas en toda regla y además algo más de quince cohortes. —De pronto se le ocurrió otra cosa—. ¿Cómo están la sexta y la decimoquinta?

—Sorprendentemente tratables. En gran medida sospecho que debido a ti. Desde que se enteraron de que tú estás de nuestra parte, han estado más propensos a pensar que nuestro lado es el que lleva la razón.

—Entonces hemos conseguido algo.

Labieno se puso en pie y recorrió la habitación hasta una ventana, que no tenía postigos, a través de la cual soplaba un viento invernal y amenazador procedente del norte. El campamento estaba a las afueras de Larinum, que no se había recuperado del tratamiento que Cayo Verres y Publio Cetego le aplicaron cuando iban en pos de Sila. Lo mismo le había ocurrido al paisaje de Apulia. Verres taló hasta el último árbol; sin cortavientos ni raíces que sujetasen el suelo, lo que fue una tierra razonablemente verde y fértil se había vuelto sólo polvo y algarrobos.

—¿Estás alquilando transporte marítimo en Brundisium? —le preguntó Labieno desde la ventana sin dejar de mirar hacia afuera, indiferente al frío.

—Sí, desde luego. Aunque a no tardar tendré que pedirles dinero a los cónsules. Algunos capitanes de barco se niegan a zarpar hasta que se les haya pagado. Ésa es la diferencia entre una guerra legítima y una guerra civil, supongo, porque normalmente se contentan con llevar la cuenta.

—Entonces el Tesoro está en Capua.

—Sí, eso imagino —respondió Pompeyo con aire ausente, y una fracción de segundo más tarde estaba sentado en la silla, rígido de la impresión—. ¡Por Júpiter!

Labieno se dio media vuelta inmediatamente.

—¿Qué sucede?

—¡No estoy seguro de que el Tesoro haya salido de Roma, Labieno! ¡Por Júpiter! ¡Oh, Hércules! ¡Minerva! ¡Juno! ¡Marte! ¡No recuerdo haber visto a mis carretas con el Tesoro en la carretera hacia Campania! —Se encogió, se pegó los dedos a las sienes y cerró los ojos—. ¡Oh, dioses, no lo creo! Pero cuanto más lo pienso más seguro estoy de que esos *cunni* de Marcelo y Crus se marcharon de Roma sin vaciar las bóvedas. ¡Ellos son los cónsules, es deber suyo encargarse de manejar el dinero!

Con la cara de un gris pastoso, Labieno tragó saliva.

—¿Quieres decir que nos hemos embarcado en esta empresa sin los cofres de guerra?

—¡No es culpa mía! —gimió Pompeyo apretando las manos dentro del pelo espeso y canoso—. ¿Es que tengo que pensar yo en todo? ¿Acaso esos *mentulae* que están en Capua no piensan en nada? Me han tenido acorralado durante meses sin parar de graznar y cloquear, machacándome los oídos hasta que casi no puedo oír ni mis propios pensamientos: picando, murmurando, criticando, discutiendo. ¡Oh, Tito, cómo discuten! ¡Es que no paran! No está bien hacer esto, está mal hacer lo otro. El Senado dice esto, el Senado dice aquello. ¡Resulta extraño que yo haya conseguido llegar a Larinum en esta campaña!

—Entonces, será mejor que enviemos a un hombre al galope a Capua con instrucciones para los cónsules de que se apresuren a volver a Roma y vacíen el Tesoro —le dijo Labieno, que se dio cuenta de que aquél no era momento para agobiar a Pompeyo—. Si no, será César quien pagará su guerra con el dinero público.

—¡Sí, sí! —dijo Pompeyo con voz ahogada mientras se ponía en pie, tambaleante—. Lo haré en este mismo instante. ¡Ya sé, enviaré a Cayo Casio! Un tribuno de la plebe que se distinguió en Siria debería ser capaz de hacerles comprender, ¿no?

Salió vacilante y dejó junto a la ventana a Labieno, que seguía mirando el inhóspito paisaje con el corazón encogido. Pompeyo no es el mismo hombre. Es un muñeco que ha perdido la mitad de su relleno. Bueno, se está haciendo viejo. Debe de andar cerca de los cincuenta y siete. Y tiene razón acerca de ese puñado de teóricos políticos: Catón, los Marcelos, Léntulo Crus, Metelo Escipión. Son tan ineptos militarmente hablando que no saben distinguir el culo de la espada. He elegido el bando equivocado a menos que pueda mantenerme más cerca de Pompeyo que esas sanguijuelas senatoriales. Si el asunto se deja en manos de ellos, César nos comerá vivos. El Piceno ha caído. Y la duodécima legión se ha reunido con la decimotercera; César tiene ahora dos legiones veteranas. Además de todos los reclutas nuestros que ha logrado conseguir. Y ellos lo saben. Yo mismo veré a Quinto Fabio. Debo reforzar el mensaje que tiene que llevar a Enobarbo, ese *verpa* con cabeza de cerdo que está en Corfinio. ¡Abandonar aquella plaza y reunirse con nosotros! Dinero, dinero... Tiene que haber algo por aquí, en alguna parte, incluso después de lo de Verres y Cetego. Ellos estuvieron hace treinta años. Unos cuantos tesoros escondidos en los templos, la casa del viejo Rabirio... y también veré personalmente a Cayo

Casio. Le diré que empiece a tomar dinero prestado de los templos y las ciudades de Campania. Necesitamos cada sestercio que podamos encontrar.

Sabia decisión por parte de Labieno, pues permitiría que Pompeyo se hiciera a la mar. Cuando Léntulo Crus contestó a la breve orden de Pompeyo (el cónsul senior, Marcelo el Joven, estaba enfermo... como de costumbre), el ejército ya había abandonado Larinum y estaba en Luceria, muy al sur. Metelo Escipión, encantado, se trasladó dándose mucha importancia a Brundisium con seis cohortes, con instrucciones de conservar la plaza y muy seguro de sí mismo al saber que César se encontraba muy lejos de allí.

Mientras Labieno miraba, Pompeyo descifró la carta de Léntulo Crus.

—¡No me lo creo! —exclamó con voz ahogada, blanco como el yeso, con los ojos anegados en lágrimas de pura rabia—. ¡Nuestro estimado cónsul junior moverá su consentido *podex* y volverá a Roma para vaciar el Tesoro si yo me adentro en el Piceno y le impido así a César el acceso a Roma! Si no, dice, se quedará donde está, en Capua. ¡A salvo! Continúa acusando a Cayo Casio de impertinencia y como castigo lo ha enviado a Nápoles para reunir unos cuantos barcos por si los cónsules y el resto del gobierno tienen que evacuar Campania apresuradamente. ¡A uno de mis legados! Termina, Labieno, informándome de que sigue considerando un error por mi parte negarme a dejarle formar una legión con los gladiadores de César. Está convencido de que lucharían brillantemente para nosotros y no cree que nosotros, los militares, apreciemos la destreza de los gladiadores. Así que está muy disgustado porque he ordenado que se los disperse.

Empujado más allá de la rabia, Labieno emitió una risita nerviosa.

—¡Oh, es una farsa gigantesca! Lo que deberíamos hacer, Magno, es poner todo el espectáculo en la carretera y representarlo en todas las ciudades de mierda de Apulia. Los palurdos lo considerarían la troupe más divertida de mimos ambulantes que hubieran visto nunca. Sobre todo si disfrazamos a Léntulo Crus de puta vieja depravada con un par de melones a modo de tetas.

Pero por lo menos, pensó para sí Labieno, el joven Cayo Casio estará arrasando todos los templos desde Ancio a Sorrento. Dudo de que una orden procedente de tipos de la calaña de Léntulo Crus para salvar el tocino del Senado a expensas del ejército impresione a ese particular Casio.

Quinto Fabio regresó de Corfinio para informar a Pompeyo de que Enobarbo marcharía para unirse al ejército en Luceria cuatro días antes de los idus de febrero y de que había acumulado todavía más tropas; refugiados de las debacles del Piceno acudían a él constantemente. Uno de los aspectos más estimulantes de todo eso era la noticia de que Enobarbo tenía seis millones de sestercios consigo. Había tenido intención de pagar a sus hombres, pero como comprendía que las necesidades de Pompeyo eran mayores, no lo había hecho.

Pero el undécimo día de febrero, dos días antes de los idus, Vibulio envió un despacho en el que le decía a Pompeyo que Enobarbo había decidido quedarse en Corfinio. Sus exploradores le habían informado de que César había salido del Piceno y se encontraba en Castrum Truentum. ¡Había que detenerlo!, decía Enobarbo. Por lo tanto Enobarbo lo detendría.

Pompeyo envió un comunicado urgente a Corfinio con instrucciones para que Enobarbo se marchase antes de que César llegase para bloquearlo, pues los exploradores de Pompeyo creían que un tercio de las legiones veteranas de César se aproximaba ya, y los exploradores sabían a ciencia cierta que Antonio y Curión estaban de nuevo con sus cohortes junto a César. Con tres de sus antiguas legiones y una gran experiencia en bloqueo, César tomaría Corfinio y Sulmona con facilidad. «¡Salid de ahí, salid de ahí!», decía la nota de Pompeyo.

Enobarbo no hizo caso y se quedó.

Sin tener conocimiento de esto, en los idus de febrero Pompeyo envió a Capua a su legado Décimo Lelio con órdenes que insistía fueran obedecidas. Uno de los dos cónsules tenía que ir a Sicilia para asegurarse de que se quedarían con la cosecha de grano, que estaba empezando a recogerse. Enobarbo y tres cohortes de soldados saldrían también por mar hacia Sicilia lo antes posible. Los hombres que no fueran necesarios para la protección de Sicilia tenían que ir a Brundisium de inmediato, cruzar el Adriático hasta Epiro y esperar en Dyrrachium. Y tenían que llevarse con ellos al gobierno. Lelio heredó la tarea de encontrar una flota que zarpase hacia Sicilia; Casio, insinuó Labieno, estaba muy ocupado despojando de su dinero a templos y ciudades.

Las noticias de lo que ocurría en Corfinio se iban filtrando con muchísima lentitud. Aunque la distancia entre Corfinio y Luceria era sólo cuestión de ciento cincuenta kilómetros, los despachos tardaban entre dos y cuatro días en llegar a Pompeyo. Lo cual significaba que cuando éste los recibía, la noticia ya era demasiado vieja para hacer algo al respecto. Incluso el tremendo y temible Labieno no lograba mejorar la situación; los correos holgazaneaban todo el camino, se paraban a visitar a una tía anciana, entraban en una taberna, se detenían para ligar con una mujer.

—La moral no existe —comentó Pompeyo con cansancio—. ¡Casi nadie cree en esta guerra! Y los que sí creen se niegan a tomarla en serio. Estoy paralizado, Labieno.

—Espera hasta que crucemos el Adriático —fue la respuesta de éste.

Aunque César llegó a Corfinio al día siguiente de los idus, pasaron tres días más antes de que Pompeyo lo supiera; para entonces César tenía la octava, la duodécima y la decimotercera legión consigo. Sulmona se rindió y Corfinio quedó impotente a causa del bloqueo. Con los labios apretados, Pompeyo volvió a enviar un mensaje a Enobarbo en el que le decía que a aquellas alturas era con mucho demasiado tarde para enviarle ayuda, que aquella situación había sido obra del propio Enobarbo y que tendría que salir de ella por sus propios medios.

Pero cuando la poco comprensiva respuesta de Pompeyo llegó hasta Enobarbo seis días después de que éste mandó un mensaje pidiendo ayuda, el comandante de Corfinio decidió huir en secreto durante la noche y dejar atrás a sus tropas y a sus legados. Desgraciadamente, aquella extraña conducta lo traicionó, pues en seguida fue apresado por Léntulo Spinther, que envió un mensaje a César en el que le preguntaba sobre sus condiciones. Con el resultado de que el día veintiuno de febrero Enobarbo, sus amiguetes y otros cincuenta senadores fueron entregados a César junto con treinta y una cohortes de soldados. Y seis millones de sestercios. Para César, una bonificación muy bienvenida. Después requirió un juramento de lealtad hacia él por parte de los hombres de Enobarbo. También les pagó bien para el futuro. Serían más útiles, decidió, si los enviaba a asegurar Sicilia.

Por una vez el mensajero enviado a Pompeyo se dio prisa. Pompeyo reaccionó levantando el campamento de Luceria y marchando hacia Brundisium con las cincuenta cohortes que tenía. César lo perseguía de cerca; no habían pasado ni cinco horas de la rendición de Corfinio, y ya estaba de camino hacia el sur tras la estela de Pompeyo. El cual llegó a Brundisium el día veinticuatro de febrero y descubrió que solamente tenía transportes suficientes para llevar a treinta de las cincuenta cohortes que tenía hasta el otro lado del mar.

No obstante, la noticia más consternadora de todas, por lo que concernía a Pompeyo, fue la asombrosa clemencia que César tuvo en Corfinio. En lugar de llevar a cabo ejecuciones en masa, concedió perdones en masa. A Enobarbo, Acio Varo, Lucilio Hirro, Léntulo Spinther, Vibulio Rufo y los cincuenta senadores se les encomió por su valor al defender Italia y se les puso en libertad sin sufrir el menor daño. Lo único que César requirió de ellos fue su palabra de que dejarían de luchar contra él; si llegaban a tomar las armas contra él por segunda vez, les advirtió, quizá no se mostraría tan misericordioso.

Después de aquello Campania estaba tan abierta a César como lo estaba el norte. No quedaba nadie en Capua: ni tropas, ni cónsules ni senadores. Todos se fueron a Brundisium, porque Pompeyo había abandonado la idea de enviar fuerzas a Sicilia. Todos habían de zarpar hacia Dyrrachium, en el oeste de Macedonia, a cierta distancia al norte de Epiro. Las arcas del Tesoro no se habían vaciado. Pero ¿acaso lo lamentaba Léntulo Crus? ¿Acaso se disculpaba por su estupidez? ¡No, de ninguna manera! Todavía estaba demasiado indignado porque Pompeyo se negó a aceptar a aquella legión de gladiadores.

Brundisium estaba toda ella a favor de César, lo cual hacía que la situación de Pompeyo allí fuera incómoda. Forzado a poner barricadas y a minar las calles del puerto de la ciudad, también se vio obligado a gastar una gran cantidad de energías en asegurarse de que Brundisium no lo traicionase. Pero entre el segundo y el cuarto día de marzo logró enviar treinta cohortes en su flota de transporte: además de un cónsul, muchos otros magistrados gobernantes y los senadores. ¡Por lo menos se los quitaba de encima! Los únicos hombres que retuvo a su lado eran hombres con los que soportaba hablar.

César llegó a las puertas de Brundisium antes de que los barcos vacíos hubieran regresado, y envió a su legado galo Caninio Rebilo a la ciudad para ver a Escribonio Libón, el joven suegro de Cneo Pompeyo. La misión de Rebilo era convencer a Libón de que le dejase ver a Pompeyo, quien accedió a parlamentar pero luego no estuvo de acuerdo en nada más.

—En ausencia de los cónsules, Rebilo, no tengo poder para negociar nada —le dijo Pompeyo.

—Ruego tu perdón, Cneo Pompeyo, pero eso no es cierto —le dijo Rebilo firmemente—. Hay en vigor un *senatus consultum ultimum* y tú eres el comandante en jefe de acuerdo con las disposiciones del mismo. Tienes absoluta libertad para establecer condiciones en ausencia de los cónsules.

—¡Me niego hasta a pensar en la reconciliación con César! —le aseguró Pompeyo con brusquedad—. ¡Reconciliarse con César es lo mismo que echarse a sus pies como un perro servil!

—¿Estás seguro, Magno? —le preguntó Libón después de que Rebilo se fue—. Rebilo tiene razón, tú puedes establecer las condiciones.

—¡No estableceré condiciones! —gruñó Pompeyo, cuyos sufrimientos con los cónsules y sus perros guardianes senatoriales habían acabado de momento, y se sentía mucho más fuerte y se estaba volviendo más duro—. Manda a buscar a Metelo Escipión, a Cayo Casio, a mi hijo y a Vibulio Rufo.

Mientras Libón salía, Labieno miró a Pompeyo con aire pensativo.

—Te estás endureciendo rápidamente, Magno —le comentó.

—En efecto —aceptó Pompeyo hablando entre dientes—. ¿Hubo

alguna vez una jugada de la Fortuna peor para la República que Léntulo Crus como cónsul dominante en el año de la mayor crisis de la República? Marcelo el Joven podría no haber existido, era un inútil.

—Creo que Cayo Claudio Marcelo el Joven no comparte la devoción a la causa de los *boni* que su hermano y su primo sienten tan profundamente —dijo Labieno—. Si no, ¿por qué ha estado enfermo desde que ocupa el cargo?

—Cierto. No debió sorprenderme que él se plantara y se negara a embarcar. Sin embargo, su deserción hizo que yo me determinase a embarcar al resto en la primera flota. Siempre, desde que llegó hasta ellos la noticia de la clemencia de César en Corfinio, han titubeado.

—César no hará proscripciones —le aseguró Labieno con convencimiento—. No forma parte de sus mejores intereses. Continuará siendo clemente.

—Eso me parece a mí. ¡Aunque se equivoca, Labieno, se equivoca! Si yo gano esta guerra... ¡Cuando yo gane esta guerra...! Yo sí que voy a proscribir.

—Con tal de que no me proscribas a mí, Magno, proscribe todo lo que quieras.

Los hombres a quienes había mandado llamar llegaron y se acomodaron para escuchar.

—Escipión, he decidido enviarte directamente a Siria, tu provincia —le dijo Pompeyo a su suegro—. Allí exprime todo lo que puedas con tal de conseguir cuanto más dinero mejor. Después coge de allí a las veinte cohortes mejores, las formas en dos legiones y me las traes a Macedonia o a donde quiera que yo esté.

—Sí, Magno —aceptó Metelo Escipión obedientemente.

—Cneo, hijo mío, tú de momento vendrás conmigo, pero después te pediré que reúnas algunas flotas para mí, aunque no sé muy bien dónde. Sospecho que mi mejor estrategia contra César será naval. En tierra siempre resultará un hombre peligroso, pero si podemos controlar los mares, César sufrirá las consecuencias. El Este me conoce bien, pero a César no lo conoce en absoluto. Al Este yo le caigo bien, así que me resultará bastante fácil conseguir las flotas. —Pompeyo miró a Casio, que había logrado reunir mil talentos en monedas y otros mil talentos en tesoros de los templos de Campania y en tesoros de las ciudades—. Cayo Casio, tú también vendrás conmigo de momento.

—Sí, Cneo Pompeyo —respondió Casio, que no estaba seguro de si aquella noticia le complacía o no.

—Vibulio, tú irás al oeste —le indicó el comandante en jefe—. Quiero que vayas a Hispania a ver a Afranio y a Petreyo. Varrón ya va de camino, pero en esta época del año tú puedes navegar. Diles a Afranio y a Petreyo que no han de ponerse en marcha, repito, no han de hacer marchar a mis legiones hacia el este. Tienen que esperar a César en Hispania, y sospecho que él intentará aplastar Hispania antes de seguirme a mí hacia el este. Mi ejército hispánico no tendrá problemas para derrotar a César. Son veteranos endurecidos, al contrario que esa penosa colección que yo voy a llevarme a Dyrrachium.

Muy bien, pensó Labieno satisfecho. Ha aceptado mi palabra de que César irá primero a Hispania. Ahora lo único que tengo que hacer es asegurarme de que las dos últimas legiones y este decepcionante Magno escapen intactos de Brundisium.

Lo que hicieron el decimoséptimo día de marzo con la pérdida de sólo dos barcos.

El Senado y sus ejecutivos, junto con el comandante en jefe de las fuerzas de la República, dejaron Italia en manos de César.

DE BRUNDISIUM A ROMA

Las fuentes de información de César y su red de espías eran tan eficientes como ineficientes eran las de Pompeyo, y su escuadra de mensajeros no se entretenía visitando a tías ancianas, tabernas ni putas. Cuando Pompeyo y sus dos últimas legiones se hicieron a la mar, César no pensó más en ellos. Primero se ocuparía de Italia. Luego se ocuparía de Hispania. Sólo después de eso volvería a pensar en Pompeyo y en su Gran Ejército de la República.

Tenía consigo a la decimotercera legión, a la duodécima y a la excelente y veterana octava, además de otras tres legiones, con más soldados de lo normal, compuestas por los reclutas de Pompeyo, y trescientos soldados a caballo que acudieron cabalgando desde Nórica para servirle. Estos últimos fueron una agradable sorpresa. Nórica quedaba al norte de Iliria y no era una provincia romana, aunque sus tribus, bastante romanizadas, trabajaban conjuntamente con la parte este de la Galia Cisalpina; Nórica producía la mejor mena de hierro para la fabricación de acero y la exportaba transportándola por los cauces de los ríos que desembocaban en el Adriático procedentes de la Galia Cisalpina. Junto a esos ríos estaba la serie de pueblos pequeños que Cepión, el abuelo de Bruto, fundó para trabajar aquella mágica mena de hierro de Nórica y convertirla en el mejor acero del mundo. Hacía ya muchos años que César era el mejor cliente que aquellos pueblos conocían, siendo por tanto, por asociación, de inmenso valor para Nórica. Por no mencionar que además era muy querido en la Galia Cisalpina e Iliria porque siempre había administrado soberbiamente aquellas provincias y luchaba por los derechos de los que vivían en el otro lado del río Po.

Los trescientos soldados nóricos a caballo fueron muy bien acogidos, pues trescientos hombres buenos eran suficientes para cualquier campaña que César esperase llevar a cabo en Italia, y su presencia significaba que no tendría que pedir caballería germana a la Galia Transalpina.

Cuando comenzó a volver hacia atrás por la península para dirigirse desde Brundisium en dirección norte hacia Campania, sabía muchas cosas. Que Enobarbo y Léntulo Spinther no bien se perdieron de vista ya estaban planeando organizar una nueva resistencia. Que la noticia de su clemencia en Corfinio se había propagado más de prisa que un incendio en una tierra de bosques secos, y había hecho más por calmar el pánico en Roma que cualquier otra cosa hubiera podido hacer. Que ni Catón ni Cicerón se habían marchado de Italia con Pompeyo, y que Cayo Marcelo el Joven también había elegido quedarse, aunque escondido. Que Manio Lépido el consular y su hijo mayor, también perdonados en Corfinio, pensaban ocupar sus asientos en el Senado en Roma si César se lo pedía. Que Lucio Volcacio Tulo también tenía intención de sentarse en el Senado de César. Y que los cónsules habían cometido la negligencia de no vaciar el Tesoro.

Pero la única persona que ocupaba un lugar destacado en la mente de César cuando entró en Campania hacia finales de marzo era Cicerón. Aunque había vuelto a escribirle personalmente, y aunque tanto los Balbos como Opio estaban bombardeando a Cicerón con innumerables cartas, aquel hombre testarudo y corto de vista se negaba rotundamente a cooperar. ¡No, él no pensaba regresar a Roma! ¡No, no tenía intención de ocupar su asiento en el Senado! ¡No, no alabaría en público la clemencia de César, por mucho que la alabase en privado! ¡No, no creía a Ático más de lo que creía a los Balbos o a Opio!

Tres días antes del final de marzo, César le hizo imposible a Cicerón esquivar un encuentro durante más tiempo: César estaba alojado en la villa que Filipo poseía en Formies, y la villa de Cicerón era justo la de al lado.

—¡Se me dan órdenes! —le dijo Cicerón con ira a Terencia—. ¡Como si no tuviera ya bastantes cosas en la cabeza! Tirón tan espantosamente enfermo y mi hijo que llega a la mayoría de edad. ¡Quiero estar en Arpino para ese día, no aquí en Formies! Oh, ¿por qué no puedo prescindir de mis lictores? ¡Y mira qué ojos tengo! ¡A mi criado le cuesta media hora cada mañana abrírmelos con la esponja, de lo legañosos que están!

—Sí, desde luego tienes mal aspecto —reconoció Terencia, que no estaba dispuesta a ahorrarle sufrimiento a su marido—. Sin embargo, es mejor acabar con esto de una vez, digo yo. Cuando ese malvado te haya visto, quizá te deje en paz.

De modo que Cicerón se marchó gruñendo ataviado con la toga

ribeteada de color granate, precedido de los lictores con las *fasces* envueltas en guirnaldas de laurel. La enorme villa de Filipo se parecía más que nada a una feria, con tiendas de campaña de soldados por todas partes, gente apresurada de acá para allá y con tal multitud en el interior que el gran abogado se preguntó dónde apoyarían la cabeza Filipo y su incómodo invitado.

Pero allí estaba César. ¡Oh, dioses, aquel hombre nunca cambiaba! ¿Cuánto tiempo había pasado? Nueve años, quizá más, aunque si Magno no hubiera hecho trampa y se hubiera desplazado furtivamente y solo hasta Luca justo después de asomarse para despedirse informalmente, quizá hubiera visto a César allí. Sin embargo, pensó Cicerón mientras se forzaba a sentarse en una silla y a aceptar un vaso de vino de Falerno con agua, César había cambiado. Nunca había tenido los ojos cálidos, pero es que ahora los tenía gélidamente fríos. Siempre había irradiado energía, pero nunca con tanta fuerza. Siempre pudo intimidar, pero nunca con una facilidad tan aplastante. ¡Estoy contemplando a un rey poderoso!, pensó Cicerón con un estremecimiento de horror. Es más que Mitrídates y Tigranes juntos. ¡Este hombre emana una majestad innata!

—Parece que estás cansado —le comentó César—. Y también medio ciego.

—Es una inflamación de los ojos. Va y viene. Pero tienes razón, estoy cansado. Por eso tengo mal la inflamación ahora.

—Necesito tu consejo, Marco Cicerón.

—Un asunto muy lamentable éste —le dijo Cicerón buscando algunas palabras banales apropiadas.

—Estoy de acuerdo. Pero, puesto que ha ocurrido, tenemos que solucionarlo. Es necesario que me mueva como un gato entre huevos. Por ejemplo, no puedo permitirme el lujo de ofender a nadie. Y menos que a nadie a ti. —César se inclinó hacia adelante y esbozó su sonrisa más cautivadora, que le llegó a los ojos—. ¿No quieres ayudarme a poner de nuevo en pie a nuestra querida República?

—Puesto que tú eres quien la derribó en un comienzo, César, no, no quiero —le respondió Cicerón agriamente.

La sonrisa de César desapareció de los ojos, pero permaneció impasible en la boca.

—No fui yo quien la derribó, Cicerón. Mis oponentes lo hicieron. No me ha proporcionado ni placer ni sensación de poder el hecho de cruzar el Rubicón. Lo hice para conservar mi *dignitas* después de que mis enemigos hicieron mofa de ella.

—Eres un traidor —le dijo Cicerón, que había decidido qué rumbo tomar.

César puso la boca tan recta como sus generosas curvas le permitían.

—Cicerón, no te he pedido que vengas a verme para discutir contigo. Y si te he pedido tu consejo es porque lo valoro mucho. Dejemos de momento el tema del llamado gobierno en el exilio y hablemos de lo que está sucediendo aquí y ahora: de Roma e Italia, que han pasado a mi cuidado. Tengo la intención, y así lo he prometido, de tratar a esas dos damas, que en mi opinión son una y la misma, con gran ternura. Debes darte cuenta de que he estado ausente muchos años y, por ello, debes darte cuenta también de que necesito un guía.

—¡De lo que me doy cuenta es de que eres un traidor!

César mostró los dientes.

—¡Deja de ser tan obtuso!

—¿Quién es obtuso? —le preguntó Cicerón derramando el vino—. «Debes darte cuenta», dices. Ése es el lenguaje que emplean los reyes, César. Declaras lo que es obvio como si no fuera obvio. ¡Toda la población de esta península «se da cuenta» de que llevas años ausente!

César cerró los ojos; dos puntos de un color rojo vivo ardían en aquellas mejillas de marfil. Cicerón conocía los síntomas, e involuntariamente se estremeció, pues César estaba a punto de perder los estribos. La última vez que eso ocurrió, Cicerón se encontró con que había convertido a Publio Clodio en plebeyo. Oh, bien, las naves estaban quemadas. ¡Que perdiera los estribos!

Pero no lo hizo. Al cabo de unos instantes César abrió los ojos.

—Marco Cicerón, me dirijo hacia Roma, donde tengo intención de convocar al Senado. Y quiero que estés presente en la sesión. Quiero que me ayudes a calmar al pueblo y a poner a trabajar de nuevo al Senado.

—¡Ja! —bufó Cicerón—. ¡El Senado! ¡Tu Senado, querrás decir! Ya sabes lo que yo le diría al Senado si asistiera a la reunión, ¿verdad?

—Pues no, en realidad no lo sé. Ilumíname.

—Le pediría al Senado que decretase que se te prohibiera ir a Hispania, con o sin ejército. Le pediría al Senado que decretase que se te prohibiera ir a Grecia y a Macedonia, con o sin ejército. ¡Le pediría al Senado que te encadenase de pies y manos en Roma hasta que el verdadero Senado estuviera ocupando sus bancos y pudiera decretar que se te envíe a juicio por traidor! —Cicerón sonrió dulcemente—. Al fin y al cabo, César, tú estás a favor de que se sigan los procedimientos como es debido, ¿no? ¡De ninguna manera podemos ejecutarte sin un juicio!

—Estás soñando despierto, Cicerón —le dijo César sin perder en absoluto el control—. No ocurrirá de ese modo. El «verdadero» Senado ha huido. Lo que significa que el único Senado disponible es el que a mí se me antoje formar.

—¡Oh! —exclamó Cicerón dejando el vaso con escándalo—. ¡Ha hablado el rey! Oh, ¿qué estoy haciendo yo aquí? ¡Mi pobre y triste

Pompeyo! Expulsado de su casa, de su ciudad, de su patria... mira, ¡ahí tienes a un hombre que vale por diez como tú!

—Pompeyo no es nadie —dijo César deliberadamente—. Lo que sinceramente espero es no verme forzado a demostrarte su nulidad de un modo que no podrías ignorar.

—De verdad crees que puedes vencerle, ¿no?

—Sé que puedo vencerle, Cicerón. Pero espero no tener que hacerlo, eso es lo que estoy diciendo. ¿No querrás dejar de lado tus fantasías y mirar de frente a la realidad? El único soldado auténtico que está enfrentado a mí es Tito Labieno, pero él también es una nulidad. Lo último que quiero es una guerra de verdad. ¿Acaso no lo he hecho evidente hasta el momento? Casi no ha muerto ni un hombre, Cicerón. La cantidad de sangre que he derramado hasta ahora es minúscula. Y también hay hombres como Enobarbo y Léntulo Spinther, hombres a los que yo perdoné, Cicerón, hombres que están en libertad para recorrer Etruria entera desafiando la palabra que han dado.

—Eso lo resume todo, César —dijo Cicerón—. Hombres a los que tú has perdonado. ¿Con qué derecho? ¿Con qué autoridad? Tú eres un rey y piensas como un rey. Tu *imperium* se ha acabado, eres nada más y nada menos que un consular común y corriente... ¡y eso porque el verdadero Senado no te declaró *hostis*! ¡Aunque en el momento en que cruzaste el Rubicón y entraste en Italia, según nuestra constitución te convertiste en un traidor! ¡No doy ni un comino por tus perdones! No significan nada.

—Lo intentaré sólo una vez más, Marco Cicerón —insistió César respirando hondo—. ¿Vendrás a Roma? ¿Ocuparás tu asiento en el Senado? ¿Me darás consejo?

—No iré a Roma. No me sentaré en tu Senado. No te daré consejo —le respondió Cicerón con el corazón acelerado.

Durante unos instantes César no dijo nada. Luego suspiró y habló.

—Muy bien. Ya lo comprendo. Entonces te dejo con esto, Cicerón. Piénsalo bien. Continuar desafiándome no resulta muy prudente. De verdad, no es prudente. —Se puso en pie—. Si tú no quieres darme consejo de manera decente y culta, encontraré a alguien que me aconseje. —César tenía los ojos helados mientras miraba fijamente a Cicerón de arriba abajo—. Y haré exactamente lo que se me recomiende que haga.

Dio media vuelta y desapareció. Cicerón tuvo que encontrar la salida él solo; llevaba ambas manos apretadas contra el diafragma para aliviar el nudo que amenazaba con asfixiarle.

—Tenías razón —le comentó César a Filipo, quien estaba reclinado cómodamente en la habitación que había logrado conservar para su uso privado.

—Se ha negado.

—Ha hecho más que negarse. —Una sonrisa de auténtica diversión apareció en su rostro—. ¡Pobre conejo viejo! Se le notaba que el corazón le golpeaba en las costillas a través de los pliegues de la toga. Hay que admirar su valor, porque no es natural en él, pobre conejo viejo. ¡Ojalá entrase en razón! No consigo que me caiga mal, fíjate, ni cuando se muestra tan tonto.

—Bueno, tú y yo siempre podemos buscar consuelo en nuestros antepasados —le comentó Filipo cómodamente—. Él no tiene ninguno, y eso le duele mucho.

—Supongo que es por eso por lo que no logra separarse de Pompeyo. Según Cicerón, para mí la vida ha sido una prebenda porque tengo el derecho de cuna. Pompeyo es más igual que él en ese aspecto, y sirve para demostrar que no son necesarios los antepasados. Lo que me gustaría que Cicerón comprendiera es que el derecho de cuna puede llegar a convertirse en un estorbo. Si yo fuera un galo picentino como Pompeyo, la mitad de esos idiotas que han huido por el Adriático no se habrían marchado. Yo no podría nombrarme a mí mismo rey de Roma. Mientras que un juliano sí que puede, piensan ellos. —Suspiró y se sentó al borde del canapé, frente a Filipo—. De verdad, Lucio, no tengo absolutamente el menor deseo de ser rey de Roma. Lo único que quiero es aquello a lo que tengo derecho. Si ellos hubieran accedido sólo a eso, nada de esto habría sucedido nunca.

—Oh, lo entiendo perfectamente —le dijo Filipo bostezando delicadamente—. Claro que te creo. ¿Quién que estuviese en su sano juicio querría reinar sobre un hatajo de romanos litigiosos, ariscos y tercos?

El muchacho entró sin vergüenza alguna cuando ellos estaban riéndose a carcajadas y educadamente esperó a que acabasen. Sobresaltado por aquella aparición súbita, César lo miró fijamente, con el ceño fruncido.

—Yo te conozco —le dijo, y dio unas palmaditas a su lado sobre el canapé—. Siéntate, sobrino nieto Cayo Octavio.

—Me gustaría más ser tu hijo, tío César —le respondió Cayo Octavio.

El muchacho se sentó, se volvió de lado y esbozó una sonrisa cautivadora.

—Has crecido mucho, sobrino —observó César—. La última vez que te vi apenas te sostenías en tus piernas. Ahora más bien parece que te cuelgan las pelotas. ¿Cuántos años tienes?

—Trece.

—Así que te gustaría ser mi hijo, ¿eh? ¿No es eso más bien un insulto para tu padrastro, aquí presente?

—¿Lo es, Lucio Marcio?

—Gracias, yo ya tengo dos hijos propios. Con gusto te entregaría a César.

—El cual sinceramente no tiene ni tiempo ni ganas de tener un hijo. Me temo, Cayo Octavio, que tendrás que continuar siendo mi sobrino nieto.

—¿No podríamos dejarlo siquiera en sobrino?

—No veo por qué no.

El muchacho se acomodó en el canapé con las piernas cruzadas.

—He visto a Marco Cicerón que se marchaba. No parecía muy contento.

—Y tenía buenos motivos para no estarlo —dijo César con aire siniestro—. ¿Lo conoces?

—Sólo de vista. Pero he leído todos sus discursos.

—¿Y qué opinas de ellos?

—Es un embustero maravilloso.

—¿Y admiras eso?

—Sí y no. Las mentiras tienen su utilidad, pero es una tontería basar toda la carrera de uno en ellas. Yo no lo haré, de todos modos.

—Entonces, ¿en qué basarás tu carrera, sobrino?

—En conservar mi propio criterio. En decir menos de lo que pienso. En no cometer dos veces el mismo error. Cicerón está gobernado por su lengua; va con él a todas partes. Eso lo convierte en poco diplomático, creo yo.

—¿No quieres ser un gran militar, Cayo Octavio?

—Me encantaría ser un gran militar, tío César, pero no creo que posea el don para serlo.

—Y por lo visto tampoco piensas basar tu carrera en tu lengua. Pero ¿crees que puedes elevarte a las alturas guardándote tu propio criterio?

—Sí, si espero a ver qué hacen otras personas antes de actuar yo. La exorbitancia es un auténtico defecto —comentó el muchacho pensativamente—. Significa que se fijan en uno, pero también hace que uno recoja enemigos igual que un vellón. No, eso es un error gramatical... como un vellón recoge erizos.

Los ojos de César se habían arrugado hacia arriba en la parte exterior, pero mantenía la boca seria.

—¿Quieres decir la exorbitancia o la extravagancia?

—Exorbitancia.

—Veo que estás muy bien enseñado. ¿Vas a la escuela o aprendes en casa?

—En casa. Mi pedagogo es Atenodoro Cananites de Tarso.

—¿Y qué opinas de la extravagancia?

—La extravagancia está bien para personas extravagantes. A ti te viene bien, tío César, porque... porque forma parte de tu carácter. —Arrugó un poco la frente—. Pero nunca habrá otro como tú, y lo que se te puede aplicar a ti no puede aplicárseles a otros hombres.

—¿Incluido tú?

—Oh, definitivamente. —Aquellos grandes ojos grises se alzaron y contemplaron a César con adoración—. Yo no soy tú, tío César. Nunca lo seré. Pero pienso tener mi propio estilo.

—¡Filipo, insisto en que este chico se me envíe como *contubernalis* en cuanto cumpla diecisiete años! —le comentó César a Filipo riendo.

César fijó su residencia en el Campo de Marte (en la abandonada villa de Pompeyo) a finales de marzo, decidido a no cruzar el *pomerium* ni entrar en la ciudad; no formaba parte de sus planes comportarse como si admitiera que había perdido su *imperium*. Por medio de Marco Antonio y Quinto Casio, sus tribunos de la plebe, convocó al Senado para que se reuniera en el templo de Apolo en las calendas de abril. Tras lo cual se sentó a conferenciar con Balbo y su sobrino Balbo el Joven, Cayo Opio, su antiguo amigo Cayo Mateo y Ático.

—¿Dónde están? —les preguntó, sin referirse a nadie en concreto.

—Manio Lépido y su hijo regresaron a Roma después de que tú los perdonastes en Corfinio, y deduzco que no saben si ocupar o no sus asientos en el Senado mañana —dijo Ático.

—¿Y Léntulo Spinther?

—Escondido en su villa cerca de Puzol. Quizá acabe por irse con Pompeyo al otro lado del mar, pero dudo de que reclute tropas para luchar contra ti en Italia —le explicó Cayo Mateo—. Por lo visto, a Léntulo Spinther le ha bastado con intentarlo dos veces con Enobarbo: primero en Corfinio y luego en Etruria. Ha acabado por preferir bajar a la tierra.

—¿Y Enobarbo?

Fue Balbo el Joven quien le respondió.

—Pues eligió la vía Valeria para regresar a Roma después de lo de Corfinio, se escondió en Tibur durante unos días y luego se marchó a Etruria. Allí ha estado reclutando soldados con considerable éxito. Ese hombre es tremendamente rico, desde luego, y retiró todos sus fondos de Roma antes... antes de que tú cruzases el Rubicón.

—De hecho habría que reconocer que el intemperante Enobarbo ha actuado con más prudencia y más lógica que todos los demás —observó César sin alterarse—. A excepción de esa decisión suya de permanecer en Corfinio.

—Cierto —convino Balbo el Joven.

—¿Y qué piensa hacer con sus reclutas etrurios?

—Ha reunido dos flotas pequeñas, una en el puerto de Cosa y otra en la isla de Igilium. Desde donde parece ser que piensa abandonar Italia —le explicó Balbo el Joven—. Probablemente para ir a

Hispania. Yo he viajado mucho por Etruria, y ése es el rumor que corre allí.

—¿Cómo está Roma?

—Mucho más calmada desde que llegó la noticia de la clemencia que mostraste en Corfinio, César. Y también después de que se dieron cuenta de que no estabas masacrando a los soldados en el campo de batalla. Tal como van las guerras civiles, dicen, ésta es una extraordinariamente incruenta.

—Hagamos ofrendas a los dioses para que continúe siendo incruenta.

—El problema es que tus enemigos no tienen la misma objetividad —dijo Cayo Mateo recordando los días en que dos niños jugaban juntos en el patio de la ínsula de Aurelia—. Dudo de que a ninguno de ellos, excepto quizá al propio Pompeyo, le importe cuánta sangre se derrame con tal de que tú seas abatido.

—Háblame de Catón, Opio.

—Se ha ido a Sicilia, César.

—Bueno, le nombraron gobernador de allí.

—Sí, pero la mayoría de los senadores que se quedaron en Roma después de que tú cruzaste el Rubicón no le tienen simpatía. De manera que para evitar que Catón ejerciera ese gobierno decidieron nombrar a un hombre para que asegurase el abastecimiento de grano específicamente. Eligieron a Lucio Postumio, nada más y nada menos. Pero Postumio declinó el nombramiento. Al preguntarle por qué, expresó que se sentía incómodo al suplantar a Catón, que seguía siendo el gobernador titular. Le suplicaron que fuese a pesar de todo, y finalmente dijo que iría... siempre que Catón también fuera con él. Naturalmente Catón no quería el trabajo, pues no le gusta estar fuera de Italia, como todos sabemos. No obstante, Postumio se mantuvo firme, así que al final Catón no tuvo más remedio que acceder a ir también. Después de lo cual Favonio, que es un mono de imitación, le ofreció acompañarle.

César escuchó aquello con una sonrisa.

—Lucio Postumio, ¿eh? ¡Oh, dioses, tienen una habilidad inspirada para elegir a los hombres que no convienen! No conozco a un hombre más pedante y trivial.

—Tienes toda la razón —le dijo Ático—. ¡En el momento en que tuvo el nombramiento, se negó a salir hacia Sicilia! No quería moverse hasta que el joven Lucio César y Lucio Roscio regresaran para traer tus condiciones. Después se negó a hacerse a la mar hasta que Publio Sestio regresara con tu respuesta a las condiciones de Pompeyo.

—Vaya, vaya. ¿Y cuándo partió finalmente ese grupito de gallinas?

—A mediados de febrero.

—¿Con algunas tropas, ya que no hay legiones en Sicilia?

—Con ninguna absolutamente. El acuerdo era que Pompeyo les enviaría por mar doce cohortes de las tropas de Enobarbo, pero ya sabes qué pasó con eso. Todos los hombres de que dispone Pompeyo se han ido a Dyrrachium.

—No han pensado mucho en el bienestar de Roma, ¿verdad?

Cayo Mateo se encogió de hombros.

—No tenían necesidad, César. Saben que tú no permitirás que Roma ni Italia se mueran de hambre.

—Bueno, por lo menos la toma de Sicilia no presentaría grandes dificultades —comentó César reconociendo la verdad de la afirmación de Mateo. Levantó las cejas hacia el mayor de los Balbos y le preguntó—: Lo encuentro difícil de creer, pero... ¿es cierto que nadie se acordó de vaciar el Tesoro?

—Absolutamente cierto, César. Está lleno de lingotes.

—Espero que también esté lleno de monedas.

—¿Vas a tocar el Tesoro? —quiso saber Cayo Mateo.

—Tengo que hacerlo, viejo amigo. Las guerras cuestan dinero y, además, en grandes cantidades, y las guerras civiles no reportan botín.

—Pero lo más seguro es que tengas intención de llevarte arrastrando miles de carretas cargadas de oro, plata y monedas contigo cuando te vayas, ¿no es así? —le preguntó Barbo el Joven frunciendo el ceño.

—Ah, estás pensando que no me atrevo a dejarlo en Roma —le dijo César muy relajado—. Sin embargo, eso es exactamente lo que haré. ¿Por qué no habría de hacerlo? Pompeyo tiene que pasar por encima de mí antes de poder entrar en Roma, él abandonó la ciudad. Lo único que me llevaré es lo que necesite de momento. Unos mil talentos en monedas, si es que hay esa cantidad. Tendré que costear una guerra en Sicilia y en África, además de mi campaña en Oriente. Pero puedes contar con una cosa, Balbo el Joven: no abandonaré el control del Tesoro una vez que sea mío. Y al decir mío, me refiero a establecerme a mí mismo y a los senadores que quedan en Roma como gobierno legítimo.

—¿Crees que puedes hacer eso? —le preguntó Ático.

—Sinceramente espero que sí.

Pero cuando el Senado se reunió el primer día de abril en el templo de Apolo, hubo tan poca asistencia que no había quórum. Un terrible golpe para César. De los consulares, sólo Lucio Volcacio Tulo y Servio Sulpicio Rufo acudieron, y Servio no se mostró comprensivo. Y resultó que todos los tribunos de la plebe *boni* no se habían marchado de Roma, contingencia con la que César no había contado. En el banco tribunicio al lado de Marco Antonio y Quinto Casio estaba Lucio Cecilio Metelo, un hombre verdaderamente muy *boni*. Un golpe todavía peor para César, que había convertido en motivo para cruzar el Rubicón las injurias cometidas contra sus tribunos de la plebe. Lo cual significaba que ahora no podía reaccionar con fuerza o intimidación si algunas de sus propuestas eran vetadas por Lucio Metelo.

A pesar de que no había bastantes senadores presentes para aprobar ningún decreto, César habló largo y tendido acerca de las perfidias de los *boni* y de su perfectamente justificada entrada en Italia. Se explayó en la total ausencia de derramamiento de sangre. También habló largo y tendido de la clemencia que había mostrado en Corfinio.

—Lo que debe hacerse inmediatamente es que esta Cámara le envíe una delegación a Cneo Pompeyo, que está en Epiro —dijo a modo de conclusión—. La delegación llevará el encargo formal de negociar una paz. No quiero librar una guerra civil, ni en Italia ni en ninguna otra parte.

Los noventa y tantos hombres se movieron incómodos en sus asientos, daban la impresión de ser desesperadamente desgraciados.

—Muy bien, de acuerdo entonces, César —le respondió Servio Sulpicio—. Si tú crees que una delegación va a servir de algo, la enviaremos.

—¿Podéis darme diez nombres, por favor?

Pero nadie quiso ofrecerse voluntario.

Con los labios apretados, César se quedó mirando al pretor urbano, Marco Emilio Lépido; era el hombre de mayor rango que quedaba entre el gobierno electo. Como era el hijo más joven de un hombre que se rebeló contra el Estado y que murió por ello —unos decían que de neumonía y otros que de pena—, Lépido estaba determinado a volver a situar a su familia patricia entre las personas más poderosas de Roma. Hombre apuesto que llevaba en la nariz una cicatriz de herida de espada, Lépido había comprendido hacía tiempo que los *boni* nunca confiarían en él (ni en su hermano mayor, Lucio Emilio Lépido Paulo), y la llegada de César fue para él una salvación.

Así que se puso en pie deseando hacer lo que se le había pedido antes de que la reunión comenzase.

—Padres conscriptos, el procónsul Cayo César ha requerido que se le conceda acceso libre a los fondos del Tesoro. Por ello ahora y aquí propongo que se conceda permiso para adelantarle a César lo que necesite del Tesoro. No sin beneficio para éste, pues Cayo César ha ofrecido coger lo que necesite como préstamo a un diez por ciento de interés simple.

—Veto esa moción, Marco Lépido —dijo Lucio Metelo.

—¡Lucio Metelo, pero si es un buen trato para Roma! —exclamó Lépido.

—¡Tonterías! —insistió Lucio Metelo con desprecio—. En primer lugar, no podéis aprobar una moción en una Cámara en la que no hay quórum. Y, cosa que es mucho más importante, lo que César en realidad está pidiendo es que se considere que él es la parte legítima en la actual diferencia de opinión entre el verdadero gobierno de Roma y él. ¡Veto que se le concedan préstamos del Tesoro, y continuaré vetándolo! Si César no puede encontrar dinero, tendrá que desistir de su agresión. Por lo tanto, interpongo el veto.

Lépido, un hombre bastante hábil, le contestó.

—Hay un *senatus consultum ultimum* en vigor que prohíbe el veto tribunicio, Lucio Metelo.

—¡Ah, pero eso era con el antiguo gobierno! —dijo Lucio Metelo sonriendo brillantemente—. César invadió Italia para proteger los derechos y las personas de los tribunos de la plebe, y éste es su Senado, su gobierno. Hay que suponer que la piedra angular de este gobierno es el derecho de un tribuno de la plebe a interponer su veto.

—Gracias por refrescarme la memoria, Lucio Metelo —intervino César.

Despedido el Senado, César llamó al pueblo a una asamblea formal en el Circo Flaminio. Aquella reunión tuvo mucha mayor asistencia... y los asistentes eran precisamente aquellos que no les tenían amor a los *boni*. La multitud escuchó muy receptiva el mismo discurso que César había pronunciado en el Senado, dispuesta a creer en la clemencia de César y ansiosa por ayudar de cualquier modo que fuera posible. En especial después de que César le dijo al pueblo que él continuaría con el reparto de grano gratis y le daría trescientos sestercios a cada hombre romano.

—¡Pero no quiero parecer un dictador! —dijo César—. Estoy suplicándole al Senado que gobierne, y continuaré haciéndolo hasta que lo haya convencido de que lo haga. Por ese motivo no os pido en este momento que aprobéis ninguna ley.

Lo cual resultó ser un error, pues continuó el compás de espera en el Senado. Servio Sulpicio seguía machacando constantemente que había que restablecer la paz a cualquier precio, no había nadie que quisiera formar parte de la delegación que se le iba a enviar a Pompeyo, y Lucio Metelo seguía interponiendo el veto cada vez que César pedía dinero.

Al amanecer del cuarto día de abril, César cruzó el *pomerium* y entró en la ciudad, asistido por sus doce lictores (con túnicas de color carmesí y llevando las hachas en las *fasces*, algo que sólo le estaba permitido hacer a un dictador dentro del recinto sagrado). Con él iban sus dos tribunos de la plebe, Antonio y Quinto Casio, y el pretor urbano, Lépido. Antonio y Quinto Casio iban ataviados con armadura completa y llevaban espada.

Se dirigió directamente al sótano del templo de Saturno, donde se guardaba el Tesoro.

—Adelante —le dijo escuetamente a Lépido.

Lépido llamó a la puerta con el puño.

—¡Abrid las puertas al *praetor urbanus*! —gritó.

Se abrió la hoja de la puerta derecha y por ella asomó una cabeza.

—¿Sí? —preguntó con una expresión de terror en la cara.

—Déjanos pasar, *tribunus aerarius*.

Lucio Metelo salió repentinamente de la nada y se cuadró atravesado en la puerta. Estaba solo.

—Cayo César, has abandonado cualquier *imperium* que asegures poseer y te encuentras dentro del *pomerium*. —Se estaba congregando una pequeña multitud, cuyas filas aumentaban con rapidez—. ¡Cayo César, no tienes autoridad para invadir estos locales ni tienes autoridad para sacar ni un solo sestercio de aquí! —gritó Lucio Metelo con su voz más sonora—. ¡He vetado tu acceso a la bolsa pública de Roma, y aquí y ahora vuelvo a vetarte! ¡Vuelve al Campo de Marte, vete a la residencia oficial del *pontifex maximus* o vete dondequiera que desees. No te lo impediré. ¡Pero no te dejaré entrar en el Tesoro de Roma!

—Apártate, Metelo —le pidió Marco Antonio.

—No.

—Apártate, Metelo —repitió Marco Antonio.

Pero Metelo le hablaba a César, no a Antonio.

—¡Tu presencia aquí constituye una infracción directa de todas las leyes escritas en las tablas de Roma! ¡Tú no eres dictador! ¡Tú no eres procónsul! Como mucho eres un senador *privatus*, y en el peor de los casos lo que eres es un enemigo público. Si me desafías y entras por estas puertas, todos los hombres que te están mirando ahora sabrán cuál de las dos cosas eres en realidad: ¡un enemigo del pueblo de Roma!

César escuchaba impasible; Marco Antonio se adelantó y puso la mano en la espada listo para desenvainar.

—¡Apártate, Metelo! —rugió Antonio—. ¡He sido legalmente elegido tribuno de la plebe y te ordeno que te apartes!

—¡Tú eres seguidor de César, Antonio! ¡No te alces sobre mí como mi ejecutor! ¡No me apartaré!

—Bien, míralo de este modo, Metelo —le dijo Antonio al tiempo que cogía a éste por las axilas—. Voy a levantarte en alto para apartarte. Si vuelves a entrometerte, te ejecutaré.

—¡*Quirites*, vosotros sois testigos! ¡Se ha empleado contra mí la fuerza armada! ¡Se me ha obstruido en el cumplimiento de mi deber! ¡Han amenazado mi vida! ¡Recordadlo bien el día que a estos hombres se les juzgue por alta traición!

Antonio levantó a Metelo y lo puso a un lado. Cumplido su propósito, Lucio Metelo se alejó entre la multitud proclamando que se había violado su condición de tribuno y suplicando a los presentes que fueran testigos.

—Tú primero, Antonio —le pidió César.

Para Antonio, que nunca había sido cuestor urbano, aquélla era una experiencia nueva. Agachó la cabeza para entrar, aunque no era necesario, y estuvo a punto de chocar con el aterrorizado *tribunus aerarius* que se encontraba a cargo del Tesoro aquella mañana fatídica.

Quinto Casio, Lépido y César entraron detrás; los lictores permanecieron fuera.

Algunas aberturas cubiertas por enrejados permitían la entrada de una luz tenue que daba en las oscurecidas paredes de adoquines que estaban a los lados de un estrecho pasaje que acababa en una puerta corriente, la entrada a la madriguera en la que los funcionarios del Tesoro trabajaban en medio de lámparas, telarañas y algunos papeles. Pero para Antonio y Quinto Casio aquella puerta no era nada; en la pared interior del pasillo se abrían cámaras oscuras, cada una de ellas sellada con una maciza puerta de barrotes de hierro. Y dentro, en la penumbra, se veían resplandores apagados, oro en una cámara, plata en otra, durante todo el trayecto que conducía a la puerta de la oficina.

—Es igual en el otro lado —comentó César, que iba abriendo la marcha—. Una bóveda tras otra. Las tablas de la ley se trasladan a una habitación que hay al fondo del todo. —Entró en la oficina exterior y avanzó por el reducido espacio hasta llegar al diminuto cubículo donde trabajaba el funcionario jefe—. ¿Cómo te llamas? —le preguntó.

El *tribunus aerarius* tragó saliva.

—Marco Cuspio —dijo.

—¿Cuánto hay aquí?

—Treinta millones de sestercios en moneda nueva. Treinta mil talentos de plata en lingotes. Quince mil talentos de oro en lingotes. Todos con el sello del Tesoro.

—¡Excelente! —ronroneó César—. Más de mil talentos en monedas. Siéntate, Cuspio, que vas a redactar un documento. El pretor urbano y estos dos tribunos de la plebe serán testigos. Registra en tu documento que en el día de hoy Cayo Julio César, procónsul, ha tomado prestados treinta millones de sestercios en moneda para costear su legítima guerra en nombre de Roma. Las condiciones son que el préstamo es por dos años y el interés, el diez por ciento simple.

César se sentó en el borde del escritorio mientras Marco Cuspio escribía; cuando el documento estuvo terminado se inclinó, puso su nombre en él y luego hizo una seña con la cabeza a los testigos.

Quinto Casio tenía una expresión rara.

—¿Qué te pasa, Casio? —le preguntó César mientras le entregaba la pluma a Lépido.

—¡Oh! Oh, nada, César. Sólo que me he dado cuenta de que el oro y la plata tienen olor.

—¿Te gusta el olor?

—Muchísimo.

—Interesante. Personalmente yo lo encuentro sofocante.

Una vez firmado el documento por los testigos, César volvió a entregárselo a Cuspio con una sonrisa.

—Ponlo a buen recaudo, Marco Cuspio. —Se levantó del escritorio—. Ahora escúchame, y entiéndeme bien. El contenido de este edificio está a mi cuidado desde el día de hoy en adelante. Ni un solo sestercio saldrá de aquí sin que yo lo diga. Y para asegurarme de que mis órdenes se van a obedecer, pondré permanentemente soldados para que vigilen la entrada del Tesoro. No le permitirán el acceso a nadie salvo a los que trabajan aquí y a los agentes que yo designe, que son Lucio Cornelio Balbo y Cayo Opio. Cayo Rabirio Póstumo, el banquero, no el senador, también está autorizado como agente mío cuando vuelva de sus viajes. ¿Queda todo entendido?

—Sí, noble César. —El *tribunus aerarius* se humedeció los labios—. Er... ¿y los cuestores urbanos?

—Nada de cuestores urbanos, Cuspio. Sólo los agentes que yo nombre.

—De modo que así es cómo se hace —comentó Marco Antonio cuando el grupo regresaba caminando a la villa de Pompeyo, en el Campo de Marte.

—No, Antonio, no es así cómo se hace. Es como me he visto obligado a hacerlo. Lucio Metelo ha hecho que no me quede otro remedio que obrar mal.

—¡Gusano! Debí matarlo.

—¿Y convertirlo en un mártir? ¡Ni hablar! Si interpreto el asunto correctamente, y creo que sí, echará a perder su victoria hablándole de ello a todo el mundo día y noche. Y no es prudente andar por ahí parloteando. —De pronto César recordó las palabras del joven Cayo Octavio sobre el tema de guardarse la opinión para uno mismo, y sonrió. Era probable que aquel muchacho llegara lejos—. Los hombres se aburrirán de oírle, igual que se cansaron de oír a Marco Cicerón y de sus esfuerzos por demostrar que Catilina era un traidor.

—De todos modos, es una lástima —insistió Antonio, e hizo una mueca—. ¿Por qué será, César, que siempre hay un hombre como Lucio Metelo?

—Si no los hubiera, Antonio, puede que este mundo funcionase mejor. Aunque si este mundo funcionase mejor, no habría lugar en él para hombres como yo —respondió César.

En la villa de Pompeyo César reunió a todos sus legados y a Lépido en aquella enorme habitación que Pompeyo solía llamar su despacho.

—Tenemos dinero —les informó sentado en el sillón de Pompeyo, detrás del escritorio—. Eso significa que me voy mañana, las nonas de abril.

—A Hispania —le dijo Antonio con placer—. Tengo muchas ganas de que llegue ese momento, César.

—Pues no te molestes, Antonio. Tú no vienes. Te necesito aquí, en Italia.

Con el ceño fruncido, Antonio puso muy mala cara.

—¡Eso no es justo! ¡Yo quiero ir a la guerra!

—Nada es justo, Antonio, y yo no hago las cosas para tenerte contento. He dicho que te necesito en Italia, así que en Italia te quedarás. Como mi... er... segundo en el mando extraoficial. Tú asumirás el mando de todo lo que quede más allá de dos kilómetros de Roma. En particular de las tropas que tengo intención de dejar aquí para proteger Italia. Reclutarás soldados... pero no como Cicerón. Quiero resultados, Antonio. Se te requerirá que tomes todas las decisiones ejecutivas y todas las disposiciones necesarias para mantener este país en paz. Nadie que tenga condición senatorial podrá salir de Italia con destino a ningún lugar del extranjero sin obtener primero un permiso de ti. Lo que significa que quiero una guarnición en cada puerto capaz de contener barcos de alquiler. También tendrás que encargarte del suministro de grano en Italia. No se puede permitir que nadie pase hambre. Haz caso de lo que te digan los banqueros. Haz caso de lo que te diga Ático. Y escucha la voz del sentido común. —La mirada se le puso muy fría—. Puedes ir de juerga y de parranda, Antonio, con tal de que el trabajo se haga a mi satisfacción. Si no es así, te despojaré de la ciudadanía y te enviaré al exilio permanente.

Antonio tragó saliva y asintió.

Luego le llegó el turno a Lépido.

—Lépido, como pretor urbano tú gobernarás la ciudad de Roma. A ti no te será tan difícil como lo ha sido para mí en estos últimos días, porque no tendrás a Lucio Metelo para que interponga el veto. He dado instrucciones a una parte de mis tropas para que escolten a Lucio Metelo hasta Brundisium, donde lo meterán en un barco y se lo enviarán, con saludos de mi parte, a Cneo Pompeyo. Utilizarás a la guardia apostada a la puerta del Tesoro en el caso de que la necesites. Aunque las disposiciones normales permiten que el pretor urbano se ausente de la ciudad hasta diez días seguidos, tú nunca estarás ausente. Espero que los graneros estén llenos a continuación del reparto de grano gratis, y que haya paz en las calles de Roma. Convencerás al Senado para que autorice la acuñación de cien millones de sestercios en moneda, y luego le entregarás las instrucciones del Senado a Cayo Opio. Mis programas de edificación continuarán... a mis propias expensas, naturalmente. Cuando regrese espero ver una Roma próspera, bien cuidada y contenta. ¿Está claro?

—Sí, César —respondió Lépido.

—Marco Craso —dijo César con voz más suave, pues aquél era un legado que apreciaba, el único eslabón viviente con su amigo Craso y un subordinado leal en la Galia—. Marco Craso, a ti te entrego mi provincia de la Galia Cisalpina. Cuídala bien. También empezarás a confeccionar un censo de todos los habitantes de la Galia Cisalpina que todavía no posean la ciudadanía completa. En cuanto yo tenga tiempo, legislaré la plena ciudadanía para todos. Por lo tanto un censo abreviará los procedimientos.

—Sí, César —dijo Marco Craso.

—Cayo Antonio... —continuó César con voz neutral.

A Marco lo consideraba un hombre valioso siempre que sus deberes le fueran deletreados y se le prometiera un castigo horripilante si fracasaba, pero el mediano de los hermanos antonianos no le importaba lo más mínimo. Era casi tan grande como Marco, pero ni mucho menos tan brillante. Un patán inculto. La familia, no obstante, era la familia. Por eso a Cayo Antonio tendría que encomendarle una tarea de cierta responsabilidad. Una lástima. Le diera lo que le diera, no lo haría bien.

—Cayo Antonio, tú cogerás dos legiones de soldados locales y me cuidarás Iliria. Cuando digo cuidar, quiero decir exactamente eso. No dirigirás juicios locales ni funcionarás como gobernador: Marco Craso, desde la Galia Cisalpina, se ocupará de ese aspecto de Iliria. Establécete en Salona, pero mantén abiertas las comunicaciones con Tergeste a todas horas. No tientes a Pompeyo, que se encuentra bastante cerca de ti. ¿Comprendido?

—Sí, César.

—Orca —le dijo César a Quinto Valerio Orca—, tú irás a Cerdeña con una legión de reclutas locales y me la cuidarás debidamente. Personalmente no me importaría que toda la isla se hundiera en el fondo del Mare Nostrum, pero el grano que produce es bastante valioso. Protégelo.

—Sí, César.

—Dolabela, a ti te doy el mar Adriático. Reunirás una flota y lo defenderás contra cualquier ejército naval que Pompeyo pueda tener. Antes o después tendré que hacer la travesía de Brundisium a Macedonia y espero poder hacerlo.

—Sí, César.

Le llegó el turno a uno de los más sorprendentes partidarios de César, el hijo de Quinto Hortensio. Fue a servir en la Galia como legado de César después de la muerte de su padre, y demostró ser un buen trabajador en el poco tiempo que duraron sus deberes. A César le caía bien; se enteró de que poseía muy buenas habilidades diplomáticas, por lo que le fue muy útil en el proceso de apaciguamiento de las tribus. Estuvo presente con César en la Galia Cisalpina y formó parte del grupo que había cruzado el Rubicón detrás de su comandante. Sí, una verdadera sorpresa. Pero una sorpresa agradable.

—Quinto Hortensio, a ti te doy el mar Toscano. Reunirás una flota y mantendrás despejadas las rutas marítimas entre Sicilia y todos los puertos occidentales, desde Regio hasta Ostia.

—Sí, César.

Quedaba el más importante de los mandos independientes, y todos los ojos se volvieron hacia la cara alegre y pecosa de Cayo Escribonio Curión.

—Curión, buen amigo, enorme ayuda, fiel aliado, hombre valiente... tú cogerás todas las cohortes que Enobarbo tenía en Corfinio y reclutarás los hombres suficientes para formar cuatro legiones. Hazlo en Samnio y en el Piceno, no en Campania. Te dirigirás a Sicilia y expulsarás de allí a Postumio, a Catón y a Favonio. Tener Sicilia es absolutamente esencial, como bien sabes. Una vez que Sicilia esté asegurada y debidamente protegida, continuarás hasta África y la asegurarás también. Eso significará que el abastecimiento de grano es nuestro por completo. Voy a enviar contigo a Rebilo como segundo en el mando, y a Polio también, por si acaso.

—Sí, César.

—Y todos estos mandos que os he dado llevarán consigo *imperium* propretoriano.

La travesura empujó la regocijada lengua de Curión y le hizo preguntar:

—Si yo soy propretor, tengo seis lictores. ¿Puedo envolver sus *fasces* en guirnaldas de laurel?

A César se le cayó la máscara por primera vez.

—¿Por qué no? Puesto que me ayudaste a conquistar Italia, Curión, claro que puedes —le contestó César con venenosa amargura—. ¡Qué cosa he tenido que decir! Yo conquisté Italia. Pero no había nadie para defenderla. —Asintió bruscamente con la cabeza—. Eso es todo. Buenos días.

Curión se fue como una tromba a su casa del Palatino dando alaridos, levantó como un torbellino a Fulvia del suelo y la besó. Como no estaba confinado al Campo de Marte igual que César, llevaba ya cinco días en su casa.

—¡Fulvia, Fulvia, por fin voy a tener mi propio mando! —le explicó a su esposa.

—¡Cuéntame!

—¡Voy a conducir cuatro legiones... cuatro legiones, imagínate, a Sicilia y luego a África! ¡Mi propia guerra! ¡Soy *propraetore*, Fulvia, y voy a engalanar mis *fasces* con laureles! ¡Yo estoy al mando! ¡Tengo seis lictores! ¡Mi segundo en el mando es un valiente veterano galo, Caninio Rebilo! ¡Yo soy su superior! ¡También tengo a Polio! ¿No es maravilloso?

Y ella, tan leal, siempre un apoyo tan sincero, sonrió, besó a Curión por toda aquella querida cara pecosa, lo abrazó y se regocijó por él.

—Mi marido el propretor —dijo, y le besó de nuevo la cara muchas veces—. ¡Curión, qué contenta estoy! —Cambió de expresión—. ¿Significa eso que tienes que marcharte inmediatamente? ¿Cuándo se te conferirá el *imperium*?

—No sé si me será conferido alguna vez —dijo Curión sin consternarse—. César nos ha otorgado a todos condición propretoriana, pero, hablando estrictamente, no está autorizado a hacerlo. Así que yo diría que tendremos que esperar por nuestras *leges curiatae*.

Fulvia se puso rígida.

—Tiene intención de ser dictador.

—Oh, sí. —Curión se puso serio y frunció el ceño—. ¡Fue la reunión más asombrosa a la que he asistido en mi vida, *meum mel*! César estaba allí sentado e iba repartiendo los trabajos, al parecer sin respirar siquiera. Enérgico, sucinto, absolutamente específico. En un momento todo estuvo acabado y resuelto. ¡Ese hombre es un fenómeno! Es completamente consciente de que no posee autoridad alguna para delegar nada en nadie, y sin embargo... ¿cuánto tiempo ha estado pensándolo? Es un completo autócrata. Supongo que diez años en la Galia siendo el amo de todo y de todos acaban por cambiar por fuerza a un hombre, pero... oh, dioses, Fulvia, ¡César nació dictador! Si hay algún aspecto que yo no comprenda de él, es cómo ha logrado mantener oculto tanto tiempo cuáles eran sus propósitos. ¡Oh, recuerdo cómo me irritaba cuando era cónsul, entonces yo lo consideraba un hombre regio! Pero verdaderamente creía que Pompeyo manejaba a César como a una marioneta. Ahora sé que nadie ha manejado a César nunca.

—Ciertamente él manejó a mi Clodio, aunque a mi Clodio no le gustaba oírmelo decir.

—No se dejará contradecir, Fulvia. Y, sea como sea, logrará hacerlo sin derramar océanos de sangre romana. A quien he oído hoy ha sido al dictador brotando completamente armado de la frente de Zeus.

—Otro Sila.

Curión negó enfáticamente con un movimiento de cabeza.

—Oh, no. Nunca será otro Sila. César no tiene las debilidades de Sila.

—¿Puedes continuar sirviendo a alguien que va a gobernar Roma como un autócrata?

—Creo que sí. Por un motivo: es mucho más que capaz. Lo que yo tendría que hacer, no obstante, es procurar que César no cambie nuestro modo de ver las cosas. Roma necesita ser gobernada por César. Pero él es único. Por lo tanto no se puede permitir que nadie gobierne después que él.

—Entonces es un consuelo que no tenga ningún hijo varón —dijo Fulvia.

—Y que no haya ningún miembro de su familia que reclame ocupar su lugar.

En la hendidura húmeda y sombría que era el Foro Romano se alzaba la residencia del *pontifex maximus*, un edificio enorme y helado sin ningún rasgo arquitectónico distintivo ni belleza física. Con el invierno justo empezando a hacer su aparición, los patios estaban demasiado fríos para utilizarse, pero la dueña de la casa tenía un cuarto de estar muy agradable bien caldeado por dos braseros, y allí se acomodaba muy a gusto. Los aposentos pertenecieron a Aurelia, la madre del *pontifex maximus*, y en los días en que ella la ocupaba las paredes eran imposibles de ver a causa de las casillas, los libros y los libros de contabilidad. Todo aquello había desaparecido y las paredes brillaban una vez más con un color carmesí apagado y granate, las pilastras y las molduras doradas lanzaban destellos, el alto techo era un panal de color ciruela y dorado. Había costado considerable esfuerzo convencer a Calpurnia de que bajase de sus habitaciones del piso superior; Eutico, el mayordomo, que ya tenía setenta y tantos años, lo había logrado insinuando que todos los criados estaban ya demasiado decrépitos para andar trepando por las escaleras. Así que, finalmente, Calpurnia se había trasladado abajo, y de eso hacía ya casi cinco años, tiempo suficiente para no notar la presencia de Aurelia como algo más que un calor adicional.

Calpurnia se encontraba sentada con tres gatitos en el regazo, dos de ellos atigrados y uno blanco y negro; las manos reposaban ligeramente sobre los cuerpos gordezuelos de los animales, que estaban dormidos.

—Me encanta cómo se abandonan cuando duermen —les comentó a sus visitantes con voz grave al tiempo que los miraba y esbozaba una sonrisa—. Podría acabarse el mundo y seguirían soñando. Son preciosos. Nosotros, los miembros de la *gens humana*, hemos perdido el don del sueño perfecto.

—¿Has visto a César? —le preguntó Marcia.

Calpurnia levantó aquellos grandes ojos castaños; parecía triste.

—No. Creo que está demasiado ocupado.

—¿No has intentado ponerte en contacto con él? —quiso saber Porcia.

—No.

—¿Y no crees que deberías hacerlo?

—Él ya sabe que estoy aquí, Porcia.

No lo dijo con brusquedad o a modo de queja, sino que fue una simple afirmación del hecho.

Un trío peculiar, hubiera podido pensar alguien desde fuera, que se encontrase a la esposa de César conversando con la esposa de Catón y con la hija de éste. Pero Marcia y ella eran amigas desde que Marcia pasó a ser la esposa de Quinto Hortensio, lo que era un verdadero exilio del espíritu y de la carne. No distinto, pensó Marcia entonces, del exilio en que vivía la pobre Calpurnia. Habían encontrado muy agradable la compañía mutua, porque cada una era un alma suave sin excesiva afición a las cosas intelectuales y ninguna por las ocupaciones tradicionales de las mujeres: hilar, tejer, coser, bordar, pintar platos, cuencos, jarrones y pantallas, ir de compras, cotillear. Y, además, tampoco ninguna de las dos era madre.

Empezó con una visita de cortesía tras la muerte de Julia, y otra tras la muerte de Aurelia poco más de un mes después. He ahí, pensó Marcia, a una persona igualmente solitaria: alguien que no la compadecería, alguien que no encontraría culpa en ella por acceder tan mansamente a los deseos de su marido. No todas las mujeres romanas eran tan comprensivas, fuera cual fuera su condición social. Sin embargo, a medida que prosperaba su amistad encontraron que las dos envidiaban a las mujeres de clase inferior, que podían estar cualificadas profesionalmente como médicos, comadronas o boticarias, o trabajar en otros oficios, como la carpintería, la escultura o la pintura. Sólo las mujeres de clase superior se veían constreñidas por su condición a actividades propias de señoras y relacionadas con el hogar.

Como no le gustaban los gatos, a Marcia al principio le pareció que esa afición de Calpurnia era un poco insoportable, aunque después de tener algún contacto con ellos había descubierto que los gatos eran seres interesantes. Pero no accedió nunca a las súplicas de Calpurnia de que aceptara un gatito como regalo. También sacó la astuta conclusión de que si César le hubiera regalado a su esposa un perro faldero, ella ahora estaría rodeada de cachorros.

La llegada de Porcia era mucho más reciente. Cuando Porcia se dio cuenta, después del regreso de Marcia con Catón, de que era amiga de la esposa de César, Porcia tuvo mucho que decir. Nada de ello logró impresionar a Marcia, ni siquiera cuando Porcia se quejó de ello a Catón y éste se vio movido a censurar a su esposa.

—El mundo de las mujeres no es el mundo de los hombres, Porcia —le dijo Catón a voces, como era habitual en él—. Calpurnia es una mujer muy respetable y admirable. Su padre la casó con César, exactamente igual que yo te casé a ti con Bíbulo.

Pero desde que Bruto se había marchado a Cilicia, en Porcia se había producido un cambio: la seria estoica que no tenía relaciones con el mundo de las mujeres perdió todo su fuego y se puso a llorar en secreto. Consternada, Marcia vio lo que la propia Porcia estaba tratando de ocultar desesperadamente, y de lo que se negaba en redondo a hablar: se había enamorado de alguien que la rechazó cuando se la ofrecieron, de alguien que se había ido. De alguien que no era su marido. Ahora que su joven hijastro se iba alejando de ella, Porcia necesitaba una clase de estímulo más cálido que la filosofía y la historia. Se estaba consumiendo por dentro. A veces a Marcia le preocupaba ver que estaba padeciendo la clase de muerte más sutil de todas: nadie se preocupaba por ella.

Así, acosada para que consintiera y bajo solemne juramento de no embarcarse en conversaciones sobre política ni hablar mordazmente del mayor enemigo de su padre y de su marido, Porcia empezó también a ir a visitar a Calpurnia. Curiosamente, aquellas salidas le gustaban. Como ambas eran buenas personas en el fondo, Porcia descubrió que le era imposible despreciar a Calpurnia. La bondad reconocía a la bondad. Además, a Porcia le gustaban los gatos. No es que hubiera visto a ninguno muy de cerca antes; los gatos andaban furtivamente de noche, maullaban buscando pareja, comían roedores o vivían alrededor de las cocinas pidiendo sobras. Pero desde el momento en que Calpurnia le tendió a su enormemente gordo y complaciente gato naranja, *Félix*, y Porcia se encontró con aquella criatura suave, mimosa y ronroneante en los brazos, se dio cuenta de que le gustaban los gatos. Aparte de la amistad con Calpurnia, el gato hacía que ella siguiera volviendo a la *domus publica*, porque sabía bien que ni su padre ni su marido aprobarían que disfrutase de la compañía de ningún animal, ni perro, ni gato, ni pez.

La soledad, empezó a comprender Porcia, no era algo exclusivo de ella. Ni tampoco lo era el amor no correspondido. Y en aquellas dos cosas sufría por Calpurnia tanto como por sí misma. No había nadie que le llenase la vida, nadie que la mirase con amor. Excepto los gatos.

—Sigo pensando que deberías escribirle —insistió Porcia.

—Quizá —dijo Calpurnia dándole la vuelta a un gatito—. Y sin embargo, Porcia, eso sería una intrusión. Está muy ocupado. Yo no entiendo nada de eso, y nunca lo entenderé. Sólo hago ofrendas continuamente para que no le ocurra nada.

—Lo mismo hacemos nosotras por nuestros hombres —le aseguró Marcia.

El viejo Eutico entró con paso vacilante llevando vino dulce caliente y humeante y una fuente cargada de golosinas; a nadie más

que a él le estaba permitido servir a la última de las queridas señoras de la *domus publica* con vida.

Volvieron a poner los gatitos en la caja acolchada con su madre,
que abrió mucho los ojos verdes y miró a Calpurnia con reproche.

—Eso no ha sido amable por tu parte —le dijo Porcia mientras
olfateaba el vino calentado con especias y se preguntaba por qué a
los criados de Bíbulo nunca se les ocurría hacer lo mismo en aquellos días fríos y brumosos—. La pobre mamá gata estaba disfrutando de un poco de paz.

La última palabra cayó, hizo eco, permaneció entre ellas.

Calpurnia partió un pedazo de la tarta de miel que tenía mejor
aspecto y la llevó al altar de los lares y los penates.

—Queridos dioses del hogar —rezó—, concedednos la paz.

—Concedednos la paz —dijo Marcia.

—Concedednos la paz —repitió Porcia.

El Oeste, Italia,
y Roma, el Este

DESDE EL 6 DE ABRIL DEL 49 A. J.C.
HASTA EL 29 DE SEPTIEMBRE DEL 48 A. J.C.

POMPEYO
Cneo Pompeyo Magno

Como el invierno en los Alpes era un invierno de nieves, César llevó a sus legiones hasta la Provenza por la carretera de la costa y avanzó a su acostumbrada velocidad. Tras haber dejado Roma el quinto día de abril, llegó a las afueras de Masilia el día decimonoveno. La distancia que recorrió por aquella carretera tortuosa estaba más cerca de los mil kilómetros que de los ochocientos.

César marchaba en un estado de ánimo de profunda alegría, pues los años pasados fuera de casa habían sido demasiados y las dificultades, cuando finalmente regresó a la patria, resultaron exasperantes en exceso. Por un lado veía que se necesitaba con gran urgencia una mano fuerte y autócrata. La ciudad estaba gobernada con más torpeza que nunca, pues no se le prestaba la atención necesaria ni se le concedía el suficiente respeto al sector comercial; tampoco se había hecho lo propio para salvaguardar nada, y no digamos para mejorarlo, desde el abastecimiento de grano hasta la distribución del mismo. De no ser por los propios proyectos de construcción de César, los obreros de Roma se habrían visto muy necesitados. Los templos estaban sucios, el empedrado de las calles de la ciudad se estaba levantando, nadie se encargaba de regular el caótico tráfico y César sospechaba además que los graneros del Estado que se encontraban a lo largo de los acantilados, debajo del Aventino, estaban desmoronándose infestados de ratas. Los fondos públicos no se gastaban, sino que se guardaban. Por otra parte, a César sinceramente no le agradaba la tarea de ser él quien tuviese que enderezar todo aquello sin que se lo agradecieran, con un camino minado de obstáculos, sabiendo que lo considerarían una intrusión en los deberes de otros magistrados... y eso que la ciudad de Roma era un problema diminuto comparado con la institución de Roma, la patria de Roma, el imperio de Roma.

Él no era hombre cuyo temperamento lo ligase a la ciudad, reflexionaba César mientras iban pasando los kilómetros. La vida en la carretera al frente de un ejército fuerte y bueno era infinitamente preferible a la vida urbana. ¡Qué maravilloso haber sido capaz de convencerse a sí mismo de que no podía permitirse el lujo de perder el tiempo en Roma, de que había que contener al ejército de Pompeyo en las Hispanias y así hacerle perder efectividad rápidamente! No había nada igual a marchar al frente de un buen ejército.

La única verdadera ciudad que existía entre Roma y las Hispanias era Masilia, que se encontraba situada en un soberbio estuario a unos setenta kilómetros al este del delta del Ródano y sus marismas. Fundada por los griegos que vagaron por el Mare Nostrum y establecieron colonias siglos antes, Masilia había mantenido su independencia y su idiosincrasia griega desde entonces. Había hecho tratados de alianza con Roma pero gobernaba sus propios asuntos; tenía su propia armada, su ejército (exclusivamente para la defensa, decía el tratado) y una franja de tierra lo suficientemente grande como para abastecerse a sí misma con los productos de granjas y huertos, aunque importaba grano de la Provenza romana, que rodeaba sus fronteras. Los masilienses guardaban con denuedo su independencia, a pesar de que no podían permitirse ofender a Roma, aquel intruso advenedizo en el mundo que antes fue griego y fenicio.

Mientras se apresuraba a salir de la ciudad hacia el campamento de César (cuidadosamente levantado en terrenos que no se utilizaban), el Consejo de los Quince que gobernaba Masilia solicitó una audiencia con el hombre que había conquistado la Galia Comata y se había convertido en el amo de Italia.

César los recibió con gran ceremonia, ataviado con todas las galas de procónsul y con la corona cívica en la cabeza; consciente también de que en todo aquel tiempo que había pasado en la Galia Transalpina nunca había estado en Masilia ni había interferido en los asuntos de la ciudad. El Consejo de los Quince se mostró muy frío y arrogante.

—Tú no estás aquí legalmente, y Masilia ha hecho los tratados con el verdadero gobierno de Roma personificado en Cneo Pompeyo Magno y en todos aquellos individuos que se vieron forzados a huir a tu llegada —le dijo Filodemo, jefe del consejo.

—Pero al huir, Filodemo, esos individuos renunciaron a sus derechos —le respondió César sin perder la calma—. Yo soy el verdadero gobierno de Roma.

—No, no es así.

—¿Significa esto, Filodemo, que tú estás dispuesto a prestar ayuda a los enemigos de Roma en las personas de Cneo Pompeyo y sus aliados?

—Masilia prefiere no prestar ayuda a ninguna de las dos partes, César. Aunque a pesar de ello le hemos enviado una delegación a Cneo Pompeyo, que se encuentra en Epiro, para confirmarle nuestra lealtad al gobierno en el exilio —le explicó Filodemo mientras sonreía con complacencia.

—Pues eso ha sido una insolencia, además de ser una gran imprudencia.

—Si lo ha sido, no veo qué podrías hacer tú al respecto —le dijo Filodemo dándose muchos aires—. Masilia está demasiado bien defendida para que tú consigas conquistarla.

—¡No me tientes! —le dijo César sonriendo.

—Ocúpate de tus asuntos, César, y deja en paz Masilia.

—Antes de hacer eso, necesito tener la certeza de que Masilia permanecerá neutral.

—No ayudaremos a ninguna de las partes.

—Eso a pesar de la delegación que le habéis enviado a Cneo Pompeyo.

—Eso es algo ideológico, no práctico. Y hablando desde un punto de vista práctico, ten la seguridad de que mantendremos una neutralidad absoluta.

—Más os vale, Filodemo. Si veo alguna prueba de lo contrario, os pondré bajo asedio.

—No creo que seas capaz de asediar una ciudad de un millón de habitantes —le dijo Filodemo con presunción—. Nosotros no somos ni Uxellodunum ni Alesia.

—Cuantas más bocas haya que alimentar en cualquier lugar, Filodemo, más seguro es que caiga. Estoy seguro de que habrás oído la historia del general romano que asediaba una ciudad en Hispania. La ciudad le envió un regalo, le envió alimentos, con el mensaje de que tenía suficientes víveres almacenados para comer durante diez años. El general les envió otro mensaje de respuesta donde les daba las gracias a los habitantes por su sinceridad y les informaba de que tomaría la ciudad al undécimo año. La ciudad se rindió. Comprendieron que hasta la última palabra del mensaje se decía en serio. Por tanto, te lo advierto: no ayudes a mis enemigos.

Dos días después Lucio Domicio Enobarbo llegó con una flota y dos legiones de voluntarios etrurios. En el momento en que se puso al pairo junto al puerto, los masilienses se apresuraron a quitar la gran cadena que cerraba el paso y le permitieron la entrada con sus barcos.

—Fortificadlo todo —ordenó el Consejo de los Quince.

Suspirando, César se resignó a sitiar Masilia, un retraso que en modo alguno era tan desastroso como resultaba evidente que los habitantes de Masilia creían que era; el invierno haría que los Pirineos fueran difíciles de cruzar tanto para las tropas de Pompeyo como para las de César, y los vientos contrarios impedirían que las tropas de Pompeyo abandonasen Hispania por mar.

Lo mejor de todo ello fue que Cayo Trebonio y Décimo Bruto llegaron al frente de tres legiones: la novena, la décima y la undécima.

—He dejado a la quinta en el Icauna, detrás de sólidas fortificaciones —le explicó Trebonio a César mientras lo contemplaba con cariño, casi aturdido—. Los eduos y los arvernos se han disciplinado y ordenado, y tienen disponibles buenas tropas formadas al estilo romano por si la quinta necesitase refuerzos. Puedo asegurarte que la noticia de tu victoria en Italia era lo único que las tribus galas necesitaban para sumirse en un dócil letargo. Incluso los belovacos, que todavía murmuran. Han probado tu temple, e Italia lo demuestra. Vaticino que la Galia Comata se mostrará muy tranquila este año.

—Muy bien, porque no puedo permitirme guarnecerla con más hombres que los de la quinta —dijo César. Se volvió hacia el otro de sus dos legados más leales—. Décimo, si hemos de someter Masilia voy a necesitar una buena flota. Tú eres el experto en batallas navales. Según dice mi primo Lucio, Narbona ha desarrollado una excelente industria de astilleros y se muere de ganas de vendernos unos cuantos sólidos trirremes con cubierta. Ve allí ahora y entérate de qué tienen disponible. Y págales bien. —Se echó a reír en silencio—. ¿Quieres creer que Pompeyo y los cónsules se olvidaron de vaciar el Tesoro antes de escabullirse?

Trebonio y Décimo Bruto se quedaron boquiabiertos.

—¡Oh, dioses! —exclamó Décimo Bruto, a quien le había sido dirigida la pregunta—. No podría imaginarme luchando al lado de nadie que no fueras tú, César, pero esa noticia hace que me alegre muchísimo de conocerte. ¡Qué tontos!

—Sí, pero lo que eso nos dice en realidad es lo confusos y mal preparados que están para librar cualquier clase de guerra. Se pavonearon, pusieron posturas, agitaron los puños ante mi cara, me insultaron y me pusieron obstáculos, pero ahora me doy cuenta de que durante todo ese tiempo no se creyeron ni por un instante que yo me atrevería a atacarlos. No disponen de ninguna estrategia, no tienen una idea clara de qué hay que hacer. Y carecen de dinero para hacerlo. Le he dejado instrucciones a Antonio para que no impida la venta de ninguna de las propiedades de Pompeyo y no ponga obstáculos a que el dinero salga de Italia.

—¿Y estás seguro de que has hecho bien? —le preguntó Trebonio, que parecía tan preocupado como siempre—. Seguro que cortarle a Pompeyo cualquier fuente de ingresos es una manera de ganar sin derramar sangre.

—No, sólo sería posponer las cosas —le aseguró César—. Lo que Pompeyo y los demás vendan para financiar la guerra no podrán recuperarlo. Nuestro amigo picentino es uno de los dos o tres hombres más ricos del país y Enobarbo estará entre los seis o siete más acaudalados. Quiero que se arruinen. Los grandes hombres sin dinero tienen influencia, pero no poder.

—Creo que lo que realmente estás diciendo es que no tienes intención de matarlos cuando acabe todo —comentó Décimo Bruto—. Ni siquiera de exiliarlos.

—Exactamente, Décimo. No se dirá de mí que fui un monstruo como Sila. Ninguno de los que estamos en ambos bandos somos traidores. Simplemente vemos el futuro rumbo de Roma de maneras distintas. Quiero que aquellos a quienes yo perdone vuelvan a ocupar sus posiciones en Roma y que me lancen unos cuantos desafíos. Sila se equivocó. Ningún hombre funciona al máximo si no tiene oposición. ¡Verdaderamente no puedo soportar la idea de estar rodeado de aduladores! Seré el primer hombre de Roma como es debido: mediante el esfuerzo constante.

—¿Nos consideras aduladores a nosotros? —le preguntó Décimo Bruto.

Aquello provocó una carcajada.

—¡No! Los aduladores no conducen legiones de forma eficiente, amigo mío. Los aduladores se tumban en canapés y lanzan alabanzas serviles. Mis legados no tienen miedo de decirme lo que piensan cuando me equivoco.

—¿Ha sido muy duro, César? —quiso saber Trebonio.

—¿Hacer lo que os advertí que haría? ¿Cruzar el Rubicón?

—Sí. Nos lo preguntábamos y estábamos preocupados.

—Por una parte ha sido duro y por otra no. No tengo ningún deseo de estar en los libros de historia formando parte de la serie de hombres que atacaron a su patria. No me quedó otro remedio, simplemente. O avanzaba o me marchaba al exilio permanente. Y si hubiera elegido esto último, la Galia se habría encontrado con un fermento de rebelión dentro de tres años, y Roma habría perdido el control de todas sus provincias. Ya va siendo hora de que a los Claudios, a los Cornelios y a todos los de su jaez se les impida por ley que desvalijen las provincias. Y también a los *publicani*. Y también a hombres como Bruto, que esconde sus actividades comerciales detrás de una pared de respetabilidad senatorial. Yo soy necesario para instituir algunas reformas que son urgentemente necesarias, tras lo cual pienso marcharme al reino de los partos. Hay siete águilas romanas en Ecbatana. Y un gran romano incomprendido al que vengar. Además tenemos que pagar esta guerra —añadió César—. No sé cuánto durará. La razón me dice que quizá sólo unos meses, pero el instinto me sugiere que posiblemente se alargue mucho más tiempo. Estoy luchando contra colegas romanos, testarudos, persistentes y tercos. No caerán con mayor facilidad que los galos, aunque espero que de un modo más incruento.

—A ese respecto te has mostrado muy comedido —le indicó Cayo Trebonio.

—Y pienso seguir así... sin caer yo mismo.

—Tienes el contenido del Tesoro —le dijo Décimo Bruto—. ¿Por qué te preocupa tener que pagar la guerra?

—El Tesoro le pertenece al pueblo de Roma, no al Senado de Roma. Ésta es una guerra entre facciones del Senado, que tiene poco que ver con el pueblo salvo con aquellos a los que se llame a luchar. Lo he tomado prestado, no lo he cogido. Y continuaré haciéndolo así. No voy a permitir que mis tropas saqueen, no habrá botín. Lo que significa que tendré que darles alguna recompensa de mis propios fondos, que son extremadamente considerables. No obstante, tendré que devolver el dinero al Tesoro. ¿Cómo? Podéis apostar a que Pompeyo está muy ocupado exprimiendo Oriente para financiar su parte de este asunto, así que allí no encontraré nada. Hispania es pobre, aparte de sus metales, y los beneficios que éstos produzcan irán a parar a Pompeyo, no a Roma. Mientras que el reino de los partos es inmensamente rico y un lugar que nunca hemos logrado explotar. Yo lo explotaré, os lo prometo.

—Yo iré contigo —se ofreció Trebonio rápidamente.

—Y yo —dijo Décimo Bruto.

—Pero mientras tanto tenemos que vérnoslas con Masilia y con Hispania —comentó César muy complacido.

—Y con Pompeyo —le recordó Trebonio.

—Lo primero es lo primero —les aseguró César—. Y lo que quiero es expulsar a Pompeyo de Oriente por completo. Hacerlo es quitarle dinero.

Muy bien fortificada y defendida, en particular desde que Enobarbo había llegado para aumentar sus recursos navales y militares, Masilia resistía con facilidad el bloqueo por tierra impuesto por César porque seguía dominando los mares. Tenía los graneros llenos, los alimentos perecederos se traían por mar y las otras antiguas colonias griegas de la costa de la Provenza estaban tan confiadas acerca de la incapacidad de César para ganar que se apresuraron a abastecer Masilia.

—¿Por qué será que ninguno de ellos cree que puedo vencer a un viejo tan cansado como Pompeyo? —le preguntó César a Trebonio a finales de mayo.

—A los griegos nunca se les ha dado bien valorar a los generales —le respondió Trebonio—. No te conocen bien. Pompeyo es una leyenda duradera a causa de la campaña que llevó a cabo contra los piratas, creo yo. Toda esta costa pudo comprobar sus actividades y su talento en aquella época.

—Pues mi conquista de la Galia Comata no queda tan lejos como para no recordarla.

—¡Sí, César, pero son griegos! Los griegos nunca han guerreado contra bárbaros, siempre han preferido encerrarse en ciudades costeras y evitar la tierra del interior habitada por los bárbaros. Eso es cierto hablando de sus colonias tanto en el mar Euxino como en el Mare Nostrum.

—Pues están a punto de enterarse de que han respaldado a la parte que no debían —le dijo César, molesto—. Salgo para Narbona mañana por la mañana. Décimo ya debería estar de regreso con una flota. Él está a cargo de las fuerzas marítimas, pero tú eres quien tiene el mando supremo. Empújalos con fuerza y no les des demasiado cuartel, Trebonio. Quiero ver a Masilia humillada.

—¿Con cuántas legiones?

—Te dejaré la duodécima y la decimotercera. Mamurra me dice que hay una nueva sexta recién reclutada en la Galia Cisalpina; le he dado instrucciones para que te la envíe. Entrénala y, si es posible, dale un baño de sangre. Es preferible que se estrenen con sangre de griegos antes que con sangre romana. Aunque en realidad ésa es una de mis grandes ventajas en esta guerra.

—¿A qué te refieres? —le preguntó Trebonio, perplejo.

—Mis hombres son de la Galia Cisalpina, y muchos de ellos del otro lado del Po. Los soldados de Pompeyo son propiamente italianos, excepto los de la decimoquinta. Me doy cuenta de que los italianos miran por encima del hombro a los galos italianos, pero los galos italianos aborrecen absolutamente a los italianos. No les tienen el menor amor fraterno.

—Mirándolo bien, es una buena cosa.

Lucio César se había convertido en un nativo, y consideraba Narbona como su patria. Cuando su primo Cayo llegó al frente de cuatro legiones, la novena, la amada décima, la octava y la undécima, se encontró al gobernador de la Provenza tan bien instalado que incluso tenía tres amantes, un par de cocineros soberbios y el amor de toda Narbona.

—¿Ha llegado mi caballería? —le preguntó César mientras comía con deleite por una vez—. ¡Oh, ya se me había olvidado lo deliciosamente ligeros y sabrosos, lo digestivos que son los salmonetes de Narbona!

—Eso es porque he optado por hacerlos al estilo galo: hay que freírlos en mantequilla en vez de hacerlo en aceite —le explicó Lucio César con presunción—. El aceite es demasiado fuerte. La mantequilla procede de las tierras de los vénetos.

—Has ido degenerando hasta convertirte en un sibarita.

—Pero conservo el tipo.

—Sospecho que eso es cosa de familia. ¿Y la caballería?

—Los tres mil que tú llamaste se encuentran aquí, Cayo, pero decidí que fueran a pastar al sur de Narbona, alrededor de la desembocadura del Ruscino. Te cae de camino, por así decirlo.

—Deduzco que Fabio está asentado en Ilerda.

—Sí, con la séptima y la decimocuarta. Hice que le acompañaran varios miles de hombres de la milicia narbona para forzar el paso de los Pirineos, pero cuando te reúnas con ellos te agradecería que me los devolvieras. Son hombres buenos y leales, pero no son ciudadanos.

—¿Y Afranio y Petreyo todavía le están haciendo frente?

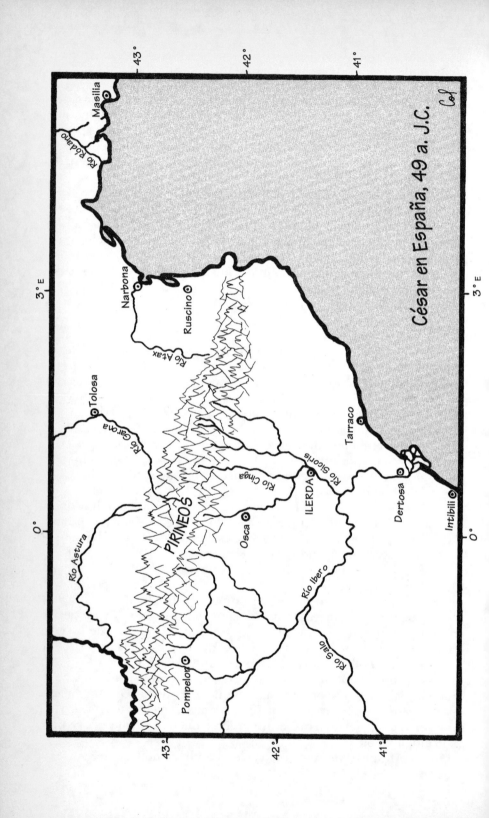

César en España, 49 a. J.C.

—Al otro lado del río Sicoris, con cinco legiones. La otras dos están todavía en la Hispania Ulterior con Varrón. —Lucio César sonrió—. Varrón no tiene tanta confianza como los demás en que tú acabes perdiendo, así que no ha hecho mucho por moverse. Han estado pasando un invierno agradable en Corduba.

—Hay un largo camino hasta allí desde Ilerda.

—Exacto. Creo que de lo único que tienes que preocuparte es de las cinco legiones que están con Afranio y Petreyo. Anda, prueba las ostras.

—No, prefiero los salmonetes. Muy inteligente por parte de tu cocinero esto de quitarle todas las espinas.

—En realidad es un pescado al que se le quita la raspa con gran facilidad porque es muy plano. —Lucio César levantó la mirada—. Lo que quizá no sepas es que Pompeyo mandó recado desde Epiro y pidió enormes préstamos a los hombres de sus legiones hispanas. Le dieron todo lo que tenían y accedieron a pasar sin paga hasta que tú seas derrotado.

—¡Ah! Pompeyo está empezando a pasar apuros.

—Se lo merece, por olvidarse de vaciar el Tesoro.

A César se le movieron los hombros cuando se puso a reír en silencio.

—Nunca logrará olvidar eso, Lucio.

—También tengo entendido que mi hijo ha tomado partido por Pompeyo.

—Eso me temo.

—Nunca ha tenido muchas luces.

—Hablando de luces, me encontré con un notable miembro de la familia en Formies —dijo César, volviendo su atención hacia los quesos—. Tiene sólo trece años.

—¿De quién se trata?

—Del hijo que tiene Acia con Cayo Octavio.

—¿Otro Cayo Julio César en ciernes?

—Él dice que no. No tiene talento militar, según me informó. Un pez muy frío, pero muy inteligente.

—¿Y no se siente tentado de adoptar el mismo estilo de vida de Filipo?

—No vi señales de ello. Lo que sí vi fue una enorme ambición y una considerable astucia.

—Esa rama de los Octavios nunca ha tenido un cónsul.

—Pues lo tendrán en mi sobrino nieto —le aseguró César con mucha convicción.

César llegó como refuerzo de Fabio hacia finales de junio, lo que hizo aumentar su ejército a seis legiones; la milicia narbona recibió expresiones de agradecimiento y fue enviada a casa.

—¿Te ha dicho Lucio César que Pompeyo ha tomado prestados los ahorros de este ejército? —le preguntó Cayo Fabio.

—Sí. Y eso significa que tienen que ganar, ¿verdad?

—Eso creen ellos. A Afranio y a Petreyo también les dio un sablazo.

—Entonces será mejor que los reduzcamos a la penuria.

Pero parecía que la fabulosa suerte de César se había acabado. El invierno se disipó temprano sumido en continuos aguaceros que se adentraban en los elevados Pirineos y hacían que por el Sicoris bajase un torrente que se llevaba por delante todos los puentes que lo cruzaban. Un problema para César, que tenía que pasar las provisiones por aquellos puentes. El Sicoris, un torrente estrecho pero que fluía con rapidez aunque no estuviera crecido, continuó desafiando los nuevos envíos, y cuando por fin descendió el nivel, la presencia de Afranio y Petreyo al otro lado del río les impidió reconstruir los puentes. La lluvia persistía, el campamento era una miseria y la comida comenzaba a escasear.

—Muy bien, muchachos, no nos queda más remedio que hacerlo de la manera más dura —les dijo César a sus hombres reunidos en asamblea.

La manera más dura era caminar penosamente con dos legiones durante treinta kilómetros corriente arriba con fango hasta los tobillos, y allí levantar un puente sin que los pompeyanos lo supieran. Una vez que estuvo hecho, los alimentos volvieron a llegar, aunque el campamento no estuviese más seco.

—Y es en eso en lo que en realidad consiste la suerte de César... en trabajar duro —le explicó César a Fabio—. Ahora nos sentaremos a esperar a que cesen las lluvias y a que venga el buen tiempo.

Naturalmente los correos galopaban entre Roma y el campamento de César, y entre Masilia y el campamento de César, pues a César no le gustaba estar nunca más de dos semanas sin noticias de los acontecimientos. Entre las muchas cartas procedentes de Roma llegó una de Marco Antonio que los correos habían llevado a gran velocidad.

Corre la voz en Roma de que estás atascado, César. Dicen que todos los puentes del Sicoris están derribados y que no tenéis comida. Cuando ciertos senadores se enteraron, celebraron una gozosa fiesta en los jardines de la casa que tiene Afranio en el Aventino. A Lépido y a mí nos pareció que quizá resultase divertido observar, de manera que nos decidimos a ir... ¡no, no tuve que cruzar el pomerium! *Tenían cantantes, bailarinas, acróbatas, un par de monstruos más bien horribles y muchísimas gambas y ostras de Bayas. Entre nosotros, a Lépido y a mí nos pareció un poco prematuro. Para cuando recibas esta carta seguro que ya habrás solucionado tus problemas de abastecimiento y te las estarás viendo con los pompeyanos.*

La noticia de que te encontrabas en graves problemas tuvo otro efecto, que en este caso concierne al Senado: concluida la celebración, todos los indecisos, unos cuarenta en total, partieron para reunirse con Pompeyo en el este de Macedonia. Estoy seguro de que cuando lleguen allí estos senadores ansiosos por ponerse en el lado adecuado no sufrirán ninguna privación en campaña. Pompeyo ha instalado su residencia en el palacio del gobernador de Tesalónica, y todos viven muy bien.

Ni Lépido ni yo impedimos ese éxodo masivo, en lo cual espero haber obrado correctamente. Supusimos que a ti te irá mejor sin esas personas en Italia, que sea Pompeyo quien disfrute de ellas. Por cierto, dejé que Cicerón también se marchase. Sus voces de oposición no disminuían, y no le hacía mucha gracia mi estilo de gobernar. Tengo ese carro imponente tirado por cuatro leones, y siempre montaba un espectáculo conduciéndolo cuando me hallaba cerca de Cicerón. La verdad, César, es que es un verdadero dolor en el podex. *Yo tenía leones machos con la melena negra, unos animales enormes e imponentes, pero que se negaban a trabajar. ¡Son unos vagos! Cada dos pasos se dejaban caer y se dormían. Me vi obligado a sustituirlos por hembras. Incluso así, los leones no sirven para tirar de un carro. Lo cual me convierte en un escéptico acerca de Dionisos y su carro tirado por leopardos.*

Cicerón partió desde Gaeta sobre las nonas de junio, pero no con su hermano Quinto. Como tú bien sabes, el hijo de Quinto está decidido a tomar partido por ti, por lo que sospecho que ha estado escuchando a su tata. Ambos, el hermano Quinto y el sobrino Quinto, eligieron quedarse en Italia, aunque sigue siendo un misterio durante cuánto tiempo. Cicerón está jugando con los sentimientos de su familia, llenos todos de quejas hasta el momento de su partida... Tenía los ojos hechos una pena cuando lo vi a principios de mayo. Sé que tú querías que él se quedase aquí, pero es mejor que se haya ido. Es demasiado incompetente para que suponga diferencia alguna en las posibilidades que tiene Pompeyo de ganar (posibilidades que considero muy escasas), y nunca se avendrá a tu manera de pensar. Una voz como la suya es mejor que se vaya a algún lugar donde no pueda oírse. Su hijo, Marco, también se fue.

Por cierto, Tulia dio a luz a un sietemesino en mayo, un niño. Pero murió el mismo día de junio en que murió el viejo Perperna. ¡Qué casualidad! El senador más viejo y el consular más viejo. Si yo vivo hasta los noventa y cinco años, me sentiré muy contento.

Una carta que por una parte complació a César y por otra lo disgustó. ¿No había nada que lograse hacer de Antonio un hombre sensato? ¡Leones! Lépido y él tenían razón acerca del éxodo senatorial; era mejor estar sin semejantes hombres que lo único que harían sería ponerle difícil a Lépido la aprobación de gran parte de la legislación que era necesaria. Cicerón era otra cuestión. A él no se le debería haber permitido que abandonase el país.

Las noticias procedentes de Masilia eran para alegrarse. Décimo Bruto y su inexplicable don para que las cosas del mar le salieran bien habían dado resultados positivos. El bloqueo del puerto de Masilia que impuso perjudicó a la ciudad tan gravemente que Enobarbo tuvo que sacar la flota masiliense a alta mar para entablar combate. Como resultado Enobarbo fue vencido, y además sufrió enormes pérdidas. El bloqueo de Décimo Bruto seguía firme en su lugar, y Masilia comía cada vez peor. Además, al parecer le iba cogiendo cierta inquina a Enobarbo.

—Eso no es de extrañar —comentó Fabio.

—Masilia se equivocó al elegir bando —dijo César, y apretó los labios—. No sé por qué estos lugares me consideran incapaz de ganar cuando lo cierto es que no puedo perder.

—Pompeyo tenía una lista muy larga de éxitos, César. Pero ya aprenderán.

—Igual que están a punto de aprender Afranio y Petreyo.

Hacia mediados de *quinctilis*, Afranio y Petreyo se habían convertido en hombres preocupados. Aunque no se había producido ningún enfrentamiento armado de importancia entre los dos ejércitos, la caballería gala de César, formada por tres mil hombres, estaba azotando con fuerza a los pompeyanos a lo largo de las líneas de abastecimiento. Como estaban muy escasos de tropas a caballo, los dos viejos secuaces de Pompeyo decidieron retirarse y avanzar hacia el sur del gran río Ibero, adentrándose en un territorio desconocido para César que le era absolutamente leal a Pompeyo y que no abastecería de alimentos a César. Para agravar los infortunios de los pompeyanos, algunas de las mayores ciudades hispánicas al norte del Ibero empezaban a pensar que César tenía más posibilidades de ganar. Con Osca, la antigua capital de Sertorio, al frente, se declararon a favor de César, que estaba emparentado con Cayo Mario, que a su vez estaba emparentado con Sertorio.

Al sur del río Ibero esa clase de deserción no se produciría; era el momento de retirarse, decididamente. Marco Petreyo se adelantó con el cuerpo de ingenieros y algunos obreros para construir un puente de barcas sobre el río, mientras Afranio guardaba las apariencias frente a César. Desgraciadamente para los pompeyanos, la red de informadores de César era excelente y éste sabía qué estaba ocurriendo exactamente. En el mismo momento en que Afranio se retiraba subrepticiamente, César conducía también subrepticiamente sus tropas río arriba.

La tierra ya se había secado, por lo que el terreno era razonablemente bueno, y César marchaba a su acostumbrada velocidad.

Alcanzó la retaguardia de Afranio hacia media tarde y continuó marchando directamente hacia las filas de Afranio. En el terreno, más accidentado, que se extendía delante de la columna de Afranio había un desfiladero hacia el cual se dirigían los pompeyanos, pero, todavía a ocho kilómetros de distancia del mismo, el acoso implacable de César obligó a Afranio a hacer un alto y a construir un campamento muy fortificado. Sin el soporte moral de Petreyo, Afranio pasó una noche larga y triste, muriéndose de ganas de huir a escondidas aunque incapaz de hacerlo porque sabía que a César le gustaba atacar por la noche. Su principal preocupación era el espíritu que reinaba entre sus tropas; en la guerra civil la deslealtad era siempre posible, y se habían estado oyendo algunos rumores. Lo que pasaba por alto era su propio estado de ánimo.

Hacía muchos años que Afranio no hacía campaña de un modo tan extenuante... si es que la había hecho alguna vez. Al alba César levantó el campamento con mucha más rapidez y llegó al desfiladero en primer lugar, por lo que Afranio no tuvo más remedio que acampar a la entrada de la quebrada. Petreyo, que regresaba del río Ibero, lo encontró deprimido y apagado, incapaz de pensar qué había que hacer; ni siquiera se había asegurado el abastecimiento de agua. Enojado, Petreyo se puso a construir una acequia fortificada hasta el río.

Pero mientras Petreyo, los ingenieros y algunos hombres se afanaban en la construcción, la mayoría de los soldados pompeyanos estaban ociosos. El campamento de César se encontraba tan próximo al de ellos que los centinelas podían hablar unos con otros, tan corta era la distancia a la que se hallaban, y los centinelas de Pompeyo empezaron a charlar con los de César, que les animaron a que se rindieran.

—No podéis derrotar a César —era la frase constantemente repetida—. Entregaos ahora, mientras todavía estéis vivos. César no quiere luchar contra compatriotas romanos, pero la mayoría de nosotros nos morimos de ganas de librar una buena batalla... ¡y estamos presionando a César para que nos la proporcione! Será mejor que os rindáis mientras podéis.

Una delegación pompeyana de centuriones senior y tribunos militares fue a ver a César. Entre ellos se encontraba el hijo de Afranio, quien le suplicó a César que perdonara a su padre. En realidad la disciplina se había relajado tanto que mientras la delegación pompeyana parlamentaba con César, algunos soldados de éste se adentraron tranquilamente en el campamento enemigo. Cuando Afranio y Petreyo los descubrieron, quedaron aterrados al enterarse de que sus oficiales, ¡junto con el propio hijo de Afranio!, estuvieran conferenciando con el enemigo. Afranio quería permitir que los soldados de César regresaran a su campamento; Petreyo no quería saber nada de cosa semejante y pretendía que su cuerpo de guardia hispánica los matase en el acto. La venganza era típica de aquel nuevo y clemente César. Envió de regreso a su campamento a los pompeyanos con palabras corteses y un ofrecimiento para que sirvieran en sus propias legiones. El contraste entre esta conducta y la de Petreyo no pasó inadvertido, y mientras Afranio y Petreyo decidían si no sería mejor dirigirse a Ilerda en lugar de cruzar el río Ibero, la deserción se iba extendiendo con rapidez entre las filas pompeyanas.

La retirada hacia Ilerda fue una desbandada frenética con la caballería de César acosando la retaguardia durante todo el día. Aquella noche, cuando los pompeyanos acamparon, César erigió unas cuantas fortificaciones rápidas y los privó de agua.

Afranio y Petreyo pidieron la paz.

—Por mí, estupendo, siempre que las negociaciones se lleven a cabo en una asamblea de los dos ejércitos —les dijo César.

Las condiciones de César fueron bastante razonables y aceptables. Las tropas pompeyanas fueron perdonadas, así como Afranio y Petreyo. Cualquier hombre que quisiera unirse a las filas de César sería admitido siempre que hiciera un juramento de lealtad a éste, pero no se coaccionó a nadie para que lo hiciese, pues los hombres a los que se alista en contra de su voluntad son los que forman los primeros núcleos de deslealtad. Los pompeyanos que vivían en Hispania eran libres de regresar a sus hogares después de entregar sus armas; los pompeyanos romanos marcharían de regreso hacia el río Varo, que era la frontera entre la Provenza y Liguria, y allí se les licenciaría.

La guerra en Hispania había terminado, y de nuevo había sido prácticamente incruenta. Quinto Casio y dos legiones marcharon hacia la provincia sureña de Hispania, donde Marco Terencio Varrón había hecho poca cosa por prepararse para la guerra salvo decidir encerrarse en Gades. Pero antes de que pudiera hacerlo, todo el populacho y ambas legiones de la Hispania Ulterior se entregaron a César sin luchar. Varrón se reunió con Quinto Casio en Corduba y se rindió.

En un único aspecto César cometió un error, y fue colocar a Quinto Casio en el gobierno de la Hispania Ulterior. Aquellos orificios nasales tan sensibilizados con los metales preciosos se acampanaron como los de un sabueso cuando olfatearon el oro y la plata que aquella provincia ulterior seguía produciendo en abundancia; Quinto Casio se despidió alegremente de César y se instaló dispuesto a saquear sin piedad desde su nuevo cargo.

Hacia mediados de septiembre César ya estaba de regreso en Masilia; justo a tiempo para recibir la rendición de la ciudad. El escarmentado y desilusionado Consejo de los Quince se vio obligado a admitir que Enobarbo se había marchado por mar, y que los había dejado sin contingentes para resistir el bloqueo de Décimo Bruto. Los había abandonado para que se murieran de hambre. César permitió que Masilia conservase su condición de ciudad independiente, pero sin tropas ni barcos de guerra para defenderse; y con las tierras esquilmadas hasta quedar en casi nada. Sólo para asegurarse, César dejó dos legiones de tropas ex pompeyanas para que la guardasen. Un deber agradable en una tierra agradable: los ex pompeyanos permanecerían leales. A la decimocuarta legión se la envió de regreso a la Galia de los cabelleras largas bajo el mando de Décimo Bruto, que gobernaría aquella nueva provincia en ausencia de César. Trebonio, Fabio, Sulpicio y los demás tenían que marchar con él hacia Roma e Italia, donde la mayoría de ellos se quedarían para servir como pretores.

Roma se había calmado bastante. Cuando Curión envió la noticia de que había asegurado Sicilia a finales de junio, todos soltaron un suspiro de alivio. Con Cerdeña en poder de Orca y Curión dominando Sicilia, habría una buena afluencia de grano en los años de buena cosecha. África sería un seguro contra el hambre si Curión lograba conquistarla.

De momento estaba firmemente en manos de los pompeyanos; el eficiente legado Quinto Acio Varo había ido desde Corfinio a Sicilia y desde allí a la provincia de África, donde le arrebató el control a Elio Tuberón, lo expulsó de allí y formó una alianza con el rey Juba de Numidia. La única legión de África se vio entonces aumentada por tropas reclutadas entre los veteranos romanos asentados allí, sus hijos, y el gran ejército de infantería de Juba. Éste tenía, además, su famosa caballería numidia, hombres que cabalgaban a pelo, no llevaban armadura y peleaban como lanceros en lugar de hacerlo cuerpo a cuerpo.

Las cosas fueron mucho más fáciles para Lépido después del segundo éxodo de senadores de Roma. Tenía instrucciones que había recibido de César y empezó a ponerlas en práctica. Lo primero que hizo fue reducir el número de senadores necesarios para constituir quórum; el decreto se obtuvo con facilidad de un Senado que entonces consistía en partidarios de César y unos cuantos hombres neutrales, y la asamblea popular no vio motivo para no aprobar la ley. Por lo tanto, sesenta senadores constituirían quórum.

Lépido no hizo nada más que mantenerse en constante contacto con Marco Antonio, que estaba resultando ser un gobernador popular en Roma. Entre el montón de amantes, los séquitos de enanos, bailarinas, acróbatas, músicos y aquel famoso carro tirado por leones, la población rural y la de las ciudades de Italia lo consideraban un hombre maravilloso. Siempre alegre, siempre afable, siempre accesible, siempre dispuesto a beberse un par de cubos de vino sin agua, y sin embargo siempre lograba cumplir con sus obligaciones... y jamás cometía el error de aparecer de guisa ridícula cuando visitaba a las tropas o a las guarniciones de los puertos. La vida era un emparrado de las rosas exquisitas que serpenteaban por toda Campania (el destino preferido de Marco Antonio), una embriagadora mezcla de jugueteo y autoridad. Antonio se estaba divirtiendo enormemente.

Las noticias que llegaban de África seguían siendo buenas. Curión se había establecido en Utica sin mayor dificultad, y había salido airoso hábilmente en varias escaramuzas que mantuvo con Acio Varo y Juba.

Más tarde, en *sextilis*, los acontecimientos se agriaron en Iliria y en África. Cayo, el hermano mediano de Marco Antonio, se había establecido con cinco cohortes de soldados en la isla de Curicta, al norte del Adriático, y allí fue sorprendido por Marco Octavio y Lucio Libón, los almirantes de Pompeyo, que le atacaron. A pesar del valor de algunos de sus hombres, Cayo Antonio era desesperadamente consciente de que tenía problemas y pidió ayuda a Dolabela, el almirante de César en el Adriático. Al mando de cuarenta barcos lentos y poco armados, Dolabela respondió con prontitud. Se desarrolló una batalla naval y Dolabela se vio obligado a salir de aquellas aguas; su flota estaba perdida... y también Cayo Antonio, que fue capturado junto con sus tropas. Envalentonado por el éxito, Marco Octavio atacó a continuación la costa dálmata en Salona, que cerró sus puertas y lo desafió. Al final se vio obligado a interrumpir las operaciones y a regresar a Epiro con sus cautivos, Cayo Antonio y aquellas quince cohortes. Dolabela escapó.

Aquélla no fue una noticia feliz para Marco Antonio, que maldijo sinceramente la estupidez de su hermano y luego se puso a trabajar para llevar a cabo la huida de Cayo Antonio. No obstante, el peso de su desaprobación recayó sobre la cabeza de Dolabela. ¿En qué había estado pensando Dolabela para perder no sólo una batalla, sino todos sus barcos? Y tampoco estuvo dispuesto a escuchar cuando personas más objetivas intentaron explicarle que los barcos de Pompeyo eran infinitamente superiores a las bañeras que Dolabela tenía bajo su mando.

Fulvia se había adaptado a la vida sin Curión. No felizmente pero sí de forma adecuada. Los tres hijos que tenía con Publio Clodio eran mucho mayores que el bebé Curión: Publio Junior tenía ya dieciséis años y se convertiría en hombre en el festival de la diosa Juventas que se celebraba en diciembre; Clodia había cumplido catorce y tenía la cabeza llena de sueños de futuros maridos; y la pequeña Clodilla tenía ocho y estaba deliciosamente obsesionada con el bebé Curión, que pronto cumpliría un año y ya empezaba a hablar y a caminar.

Seguía tratándose con las dos hermanas de Clodio, Clodia, la viuda de Metelo Celer, y Clodilla, la viuda divorciada de Lucio Lúculo. Aquellas dos señoras habían declinado volverse a casar, pues preferían la libertad de que disfrutaban ya que eran ricas y no se encontraban bajo la tutela de ningún hombre. Pero a partir de cierto punto los intereses y aficiones de Fulvia se fueron haciendo cada vez más diferentes de los de las hermanas de Clodio, pues a ella le gustaban sus hijos y le gustaba estar casada. Y no sentía la menor tentación de tener aventuras amorosas.

Su mejor amigo no era una mujer.

—Por lo menos no en el sentido anatómico —explicó sonriendo.

—No sé por qué te aguanto, Fulvia —le dijo Tito Pomponio Ático mientras le devolvía la sonrisa—. Soy un hombre felizmente casado y tengo una hijita deliciosa.

—Porque necesitabas un heredero para todo ese dinero que tienes, Ático.

—Quizá. —Dejó escapar un suspiro—. ¡Qué pesadez todos esos generales guerreros! Ya no puedo viajar a Epiro con la libertad de antes, y no me atrevo a asomar la nariz en Atenas, que está llena de pompeyanos de alta cuna que van por allí pavoneándose de un modo repugnante.

—Pero tú mantienes buenas relaciones con ambas partes.

—Cierto. Sin embargo, encantadora señora, es más prudente para un hombre rico frotarse la nariz con los partidarios de César que con los de Pompeyo. Pompeyo está hambriento de dinero: le pide un préstamo a todo aquel que cree que tiene dinero. Y, sinceramente, soy de la opinión de que César va a ganar. Por tanto, dejarse engatusar para prestarle dinero a Pompeyo o a sus partidarios es tanto como tirarlo al mar. De manera que nada de Atenas.

—Y nada de muchachos deliciosos.

—Puedo vivir sin ellos.

—Ya lo sé. Pero me da pena que tengas que aguantarte.

—Y ellos también lo sienten —le indicó Ático secamente—. Soy un amante generoso.

—Hablando de amantes —dijo Fulvia—, echo muchísimo de menos a Curión.

—Es extraño, eso.

—Extraño, ¿qué?

—Los hombres y las mujeres suelen enamorarse siempre de personas parecidas. Pero tú no. Publio Clodio y Curión son muy diferentes, tanto en el carácter como en el aspecto.

—Bueno, Ático, eso convierte el matrimonio en una aventura. Echaba mucho de menos estar casada después de que Clodio murió, y Curión siempre estuvo a mi lado. Antes no me fijaba en él como hombre. Pero cuanto más lo miraba, más interesantes se me hacían las diferencias entre Clodio y él. Las pecas, la sencillez, esa horrible mata de pelo rebelde, el diente que le falta. La idea de tener un bebé pelirrojo.

—La manera como salen los hijos no tienen nada que ver con quienes los engendran —sentenció Ático pensativamente—. He llegado a la conclusión de que las madres los obligan en el útero a ser la clase de bebés que ellas quieren que sean.

—¡Tonterías! —exclamó Fulvia con una risita.

—No, no son tonterías. Si los bebés resultan una decepción, es porque las madres no ponen suficiente empeño en obligarlos. Cuando mi Pilia estaba embarazada de Ática, se sentía muy decidida a tener una niña con orejitas diminutas. No le importaba nada excepto el sexo y las orejas, aunque las orejas grandes son un rasgo familiar por ambas partes. A pesar de ello, Ática tiene las orejas diminutas y es una niña.

Aquéllas eran las cosas de las que hablaban los dos mejores amigos; para Fulvia, un punto de vista masculino de las preocupaciones femeninas, y para Ático, la ocasión que rara vez se le presentaba de ser él mismo. No tenían secretos el uno para el otro, ni ningún deseo de impresionarse mutuamente.

Pero el placer y la intrascendencia de aquella visita de Ático en concreto fueron interrumpidos por Marco Antonio, cuya aparición dentro del recinto sagrado era de por sí tan turbadora que Fulvia palideció al verle y empezó a temblar.

Marco Antonio tenía un aspecto muy severo, pero curiosamente se le notaba sin rumbo: no podía sentarse, no podía hablar y miraba a todas partes excepto a Fulvia.

Ésta le tendió la mano a Ático.

—¡Antonio, dímelo!

—Se trata de Curión —repuso Marco Antonio impulsivamente—. ¡Oh, Fulvia, Curión ha muerto!

A ella le dio la impresión de tener la cabeza rellena de lana; abrió los labios y miró al vacío con aquellos ojos vidriosos de color azul oscuro. Se puso en pie y cayó de rodillas en el mismo movimiento, era un reflejo desde alguna parte del exterior, pues en su interior no podía asimilarlo, no podía creerlo.

Antonio y Ático la levantaron, la sentaron en una silla de respaldo alto y comenzaron a frotarle las manos inertes.

El corazón... ¿adónde se le estaba yendo? Tropezando, tambaleándose, resonando, muriéndose. Todavía no sentía dolor, eso vendría más tarde. No tenía palabras, no tenía aliento para ponerse a chillar ni energía para correr. Exactamente igual que cuando Clodio.

Antonio y Ático se miraron el uno al otro por encima de la cabeza de Fulvia.

—¿Qué ha ocurrido? —preguntó Ático temblando.

—Juba y Varo condujeron a Curión a una trampa. Le había estado yendo bien, pero sólo porque ellos no querían que le fuera de otro modo. Curión no era un hombre militar. Destrozaron su ejército, apenas han sobrevivido algunos hombres. Curión murió en el campo de batalla. Peleando.

—Es un hombre que no podíamos permitirnos perder.

Antonio se volvió hacia Fulvia, le acarició el pelo para apartárselo de la frente y le cogió la barbilla con aquella mano enorme.

—Fulvia, ¿me has oído?

—No quiero oír —repuso ella impaciente.

—Sí, ya lo sé. Pero tienes que hacerlo.

—¡Marco, yo lo amaba!

Oh, ¿por qué estaba él allí? Pero tenía que ir en persona, tuviese o no el *imperium*. La noticia les había llegado a él y a Lépido por el mismo mensajero; Lépido había ido al galope a la villa que Pompeyo tenía en el Campo de Marte, donde Antonio, siguiendo el ejemplo de César, solía residir cuando se encontraba en las cercanías de Roma. Puesto que había sido el mejor amigo de Curión desde la adolescencia, para Antonio la muerte de aquél fue un golpe muy duro, y lloró por aquellos viejos tiempos y por lo que Curión hubiera podido llegar a ser en el gobierno de César. ¡El muy tonto, con sus *fasces* adornadas con guirnaldas de laurel! Y se había marchado tan alegremente.

A Lépido le habían quitado de delante a un rival. A él la ambición nunca le había cegado, simplemente se dejaba guiar por ella. Y el hecho de que Curión estuviese muerto le suponía un beneficio. Por desgracia no tuvo la suficiente inteligencia como para ocultarle a Antonio la satisfacción que sentía; éste, de acuerdo con su manera de ser, se enjugó las lágrimas en cuanto llegó Lépido y juró que se vengaría en las personas de Acio Varo y el rey Juba. Lépido interpretó aquel súbito cambio de estado de ánimo como una falta de amor a Curión por parte de Antonio, y le confió lo que tenía en la cabeza.

—Hombre, si quieres que te diga la verdad, para mí es una buena cosa —dijo con satisfacción.

—¿Cómo has llegado a esa conclusión? —le preguntó Antonio tranquilamente.

Lépido se encogió ligeramente de hombros e hizo una mueca con los labios.

—A Curión lo compraron, por lo tanto es evidente que no se podía confiar en él.

—A tu hermano Paulo también lo compraron. ¿Vale eso también para él?

—Las circunstancias fueron muy diferentes —contestó Lépido muy tieso.

—Tienes razón, fueron diferentes. Curión dio un buen servicio a cambio del dinero de César, Paulo se lo quedó sin mostrar gratitud alguna ni prestar ningún servicio a cambio.

—No he venido aquí para discutir, Antonio.

—Mejor para ti porque no estás a mi altura, Lépido.

—Convocaré al Senado y daré la noticia.

—Fuera del *pomerium*, por favor. Y quiero ser yo quien dé la noticia.

—Como desees. Supongo que eso significa que me corresponde a mí la tarea de decírselo a la horrible Fulvia. —Lépido esbozó una sonrisa—. Pero no me importa. Será una experiencia darle a alguien una noticia de esa clase. Especialmente a alguien que me desagrada. No me causará ningún dolor hacerlo.

Antonio se puso en pie.

—Yo mismo se lo diré a Fulvia —le aseguró.

—¡Tú no puedes hacerlo! —le recordó Lépido con voz ahogada—. ¡No puedes entrar en la ciudad!

—¡Yo puedo hacer lo que me plazca! —exclamó Antonio con un rugido dejando suelto el león que había dentro de él—. ¿Dejar que un carámbano como tú se lo diga? ¡Antes prefiero estar muerto! ¡Ella es una gran mujer!

—Debo prohibírtelo, Antonio. ¡Tu *imperium*!

Antonio sonrió.

—¿Qué *imperium*, Lépido? César me lo dio sin ninguna autoridad para hacerlo más que su propia confianza en que algún día podrá convertirlo en auténtico. ¡Hasta que lo haga, hasta que yo reciba mi *lex curiata*, iré y vendré adonde me plazca!

Antonio siempre la había apreciado, siempre la había considerado el toque final en el mundo de Clodio. Sentada en la base de la estatua de Cayo Mario después de aquellos estupendos disturbios en el Foro; tumbada en un canapé añadiendo su pequeña contribución a las maquinaciones de Clodio; suavizando astutamente la locura de éste y siguiéndole la corriente. Fulvia trasladaba sus afectos a Curión de tanto como quería vivir y amar de nuevo, y era la única mujer de Roma que no tenía un solo hueso infiel en aquel delicioso cuerpo suyo. ¡Qué descaro el de Lépido, tacharla de «horrible»! ¡Y estaba casado con una de la camada de Servilia!

—¡Marco, yo lo amaba! —repitió Fulvia.

—Sí, ya lo sé. Fue un hombre afortunado.

Las lágrimas empezaron a caer; Fulvia se mecía. Desgarrado por la lástima, Ático acercó más la silla, le cogió la cabeza, la apretó contra su pecho y empezó a acunarla. Su mirada se encontró con la de Antonio, que le entregó la mano de Fulvia a Ático, le encargó que la cuidase y se marchó.

Viuda dos veces en tres años. A pesar de toda su orgullosa herencia y su fortaleza, la nieta de Cayo Graco no podía soportar mirar la vida, que de pronto se encontraba vacía de sentido. ¿Era así como se había sentido Graco en el bosquecillo de Lucina, debajo del Janículo hacía ochenta y dos años? Con sus programas volcados, sus partidarios muertos, sus enemigos que ladraban pidiendo su sangre. Bien, no la habían conseguido. Graco se suicidó. Y ellos tuvieron que contentarse con cortarle la cabeza y negarse a permitir que enterrasen el cuerpo.

—¡Ayúdame a morir, Ático! —le pidió Fulvia llorando.

—¿Y dejar huérfanos a tus hijos? ¿Es eso todo lo que te importa Clodio? ¿Es eso todo lo que te importa Curión? ¿Qué será del pequeño Curión?

—¡Quiero morir! —gimió ella—. ¡Déjame morir!

—No puedo, Fulvia. La muerte es el final de todas las cosas. Tú tienes hijos por quienes vivir.

El hecho de estar formado sólo por partidarios de César (y por aquellos que eran cuidadosamente neutrales, como Filipo, Lucio Pisón y Cota) significaba que el Senado ya no era capaz de oponerse a los deseos de César. Confiado y persuasivo, Lépido se puso a trabajar para cumplir las órdenes del general.

—No me gusta aludir a una época que está mejor olvidada, pero deseo atraer vuestra atención al hecho de que Roma, después de la batalla ante la Porta Collina, quedó completamente exhausta e incapaz de gobernar —comenzó a decir dirigiéndose a aquella Cámara escasa y aprensiva—. Lucio Cornelio Sila fue nombrado dictador por un motivo: representaba la única oportunidad que Roma tenía de recuperarse. Había necesidad de hacer cosas que no podían hacerse en un ambiente de debate, con muchas opiniones diferentes acerca de cómo debían hacerse aquellas cosas. De vez en cuando en la historia de la República ha sido necesario entregar el bienestar de la ciudad y de su imperio al cuidado de un solo hombre. El dictador. El hombre fuerte que tiene los mejores intereses de Roma en su corazón. La lástima es que nuestra más reciente experiencia con un dictador ha sido con Sila. Un hombre que no abandonó su cargo al finalizar los seis meses obligatorios, ni respetó las vidas y las propiedades de los ciudadanos más influyentes de su patria, sino que los proscribió.

La Cámara escuchaba con aspecto fúnebre, preguntándose cómo creía Lépido que podía convencer a una asamblea tribal para que ratificase el decreto cuya elaboración estaba claro que iba a pedirle al Senado. Bien, ellos eran hombres de César; no tenían elección posible. Pero las asambleas tribales estaban dominadas por los caballeros, la misma gente que Sila había elegido como víctima de sus proscripciones.

—César no es Sila —continuó diciendo Lépido en tono de absoluta convicción—. Su única meta es establecer el buen gobierno y curar las heridas de este desdichado éxodo que ha sido la desaparición de Cneo Pompeyo y de esos senadores domesticados por él.

Los negocios están languideciendo, los asuntos económicos se han convertido en ruinas, tanto los deudores como los acreedores están sufriendo. Considerad la carrera de Cayo César y comprenderéis que no es ningún tonto fanático, ni tiene preferencias por sus partidarios. Lo que tiene que hacerse, él lo hará. Y lo hará de la única manera posible: haciendo que se le nombre dictador. No es algo sin precedentes que yo, un simple pretor, pida que se apruebe este decreto. Eso es algo que vosotros sabéis bien. Pero necesitamos elecciones, necesitamos estabilidad, necesitamos esa mano fuerte. ¡No mi mano, padres conscriptos! Yo no presumo de eso. Necesitamos nombrar a Cayo Julio César dictador de Roma.

Obtuvo el decreto sin dificultad y lo llevó a asamblea popular, que era todo el pueblo reunido en sus tribus, tanto patricios como plebeyos. Quizá hubiera debido acudir a las centurias, pero la asamblea centuriada se inclinaba preferentemente hacia el lado de los caballeros, precisamente hacia aquellos que se opondrían con más fuerza al nombramiento de un dictador.

La jugada estaba cuidadosamente calculada: estaban a principios de septiembre y Roma se encontraba llena de visitantes del campo que habían acudido a la ciudad para presenciar los juegos, los *ludi romani*. Los dos ediles curules responsables de organizar los juegos habían huido para ir a reunirse con Pompeyo. Sin inmutarse, Lépido, en su calidad de gobernador temporal de la ciudad, nombró a dos senadores a fin de que ocupasen el puesto de los ediles curules para los juegos, y los financió con el dinero particular de César, insistiendo sobre el hecho de que los ediles curules ausentes habían abandonado su deber de honrar a Júpiter Óptimo Máximo y que César había rellenado aquella brecha.

Cuando había suficiente gente del resto del país en Roma, los votantes de la primera clase no podían manipular una asamblea tribal. Los votantes rurales, a pesar de su razonable prosperidad, tenían tendencia a querer a los hombres cuyos nombres conocían, y las treinta y una tribus rurales constituían una enorme mayoría. Pompeyo no había quedado bien ante los ojos de aquella gente al hablar abiertamente de proscripciones por toda Italia, mientras que César había actuado con clemencia y gran cariño hacia la gente del campo. A ellos les gustaba César. Creían en César. Y votaron en la asamblea popular que César fuera nombrado dictador de Roma.

—No os alarméis —les dijo Ático a sus compañeros plutócratas—. César es un hombre conservador, no un radical. No cancelará deudas ni proscribirá a nadie. Esperad y lo veréis.

A finales de octubre, César llegó a Plasencia con su ejército y lleno de la seguridad que le proporcionaba saber que ya era dictador. El gobernador de la Galia Cisalpina fue a recibirlo allí.

—Todo va bien, excepto el fracaso de Cayo Antonio en Iliria —le informó Craso, y suspiró—. Ojalá pudiera decirte que fue una mala suerte espantosa, pero no es así. Por qué diantres le dio por establecer su base en una isla, no lo sé. ¡Y los lugareños le dieron mucho apoyo! Ellos te adoran y, por consiguiente, para ellos cualquier legado tuyo es un hombre válido. ¿Quieres creer que un grupo incluso construyó una balsa e intentó ayudar a apartar la flota de Octavio? No tenían nada más que lanzas y piedras, no disponían de ballestas ni catapultas. Todo el día estuvieron cogiendo lo que Octavio les arrojaba. Cuando llegó la noche se suicidaron para no caer en manos del enemigo.

César y sus legados escuchaban con expresión lúgubre todo lo que les decía Craso.

—¡Ojalá nosotros los romanos no tuviéramos en tanta consideración a la familia! —exclamó César con voz salvaje—. ¡Yo ya sabía que Cayo Antonio lograría echar a perder cualquier mando que yo le diera! La lástima es que dondequiera que lo hubiera enviado las cosas le habrían ido igual de mal. Bueno, puedo soportar perderlo a él. Pero lo de Curión es una tragedia.

—Hemos perdido África, ciertamente —dijo Trebonio.

—Y tendremos que arreglárnoslas sin África hasta que venzamos a Pompeyo.

—Su marina de guerra va a resultar un fastidio, lo presiento —le aseguró Fabio.

—Sí —convino César manteniendo los labios apretados—. Ya es hora de que Roma admita que los mejores barcos son los que se construyen en el extremo oriental del Mare Nostrum. Allí donde Pompeyo está obteniendo sus flotas, mientras que nosotros estamos ahora a merced de los italianos y los hispánicos. Capturé todos los barcos que Enobarbo dejó abandonados en Masilia, pero los masilienses no construyen mejor que los astilleros de Narbona, Génova y Pisae. O los de Cartagena.

—Los liburnos de Iliria están construyendo una hermosa galera, aunque pequeña —le dijo Craso—. Muy veloz.

—Ya lo sé. Desgraciadamente las hacían en el pasado para abastecer a los piratas, no es una industria bien organizada. —César se encogió de hombros—. Bueno, ya veremos. Por lo menos somos conscientes de nuestras carencias. —Miró a Marco Craso con aire inquisitivo—. ¿Qué hay de los preparativos para conceder la plena ciudadanía a todos los galos italianos?

—Están casi a punto, César. Te agradezco que me enviases a Lucio Rubrio. Ha dirigido brillantemente el censo.

—¿Podré legislar que se les conceda la ciudadanía cuando vuelva a Roma?

—Sí si nos das un mes más.

—Eso es excelente, Craso. He puesto a mi Lucio Roscio a trabajar en la parte romana, lo cual significa que en principio debería tener acabado todo el asunto a finales de año. Los galos llevan esperando desde la Guerra Italiana para obtener la ciudadanía, y ya han pasado veinte años desde la primera vez que les di mi palabra de que se la concedería. Sí, realmente ya es hora.

Había ocho legiones acampadas alrededor de Plasencia: la nueva sexta, la séptima, la octava, la novena, la décima, la undécima, la duodécima y la decimotercera. Todo el grueso del ejército galo de César. Los hombres de la séptima, la octava, la novena y la décima llevaban ya diez años bajo las águilas y estaban en el punto culminante de su capacidad de lucha; su edad oscilaba entre los veintisiete y los veintiocho años, y se habían alistado en la Galia Cisalpina. Los de la undécima y la duodécima eran un poco más jóvenes, y los de la decimotercera, cuyos hombres sólo tenían veintiún años, eran unos críos comparados con los otros. La sexta, reclutada aquel mismo año y que todavía no había recibido su bautizo de sangre, era una legión de jovencitos que tenían realmente ganas de luchar de verdad. Como le había comentado César a Cayo Trebonio, el suyo era un ejército compuesto por galos italianos, muchos de los cuales eran del otro lado del Po, del norte. Pues bien, dentro de poco aquellos hombres ya no podrían ser menospreciados como no ciudadanos por algunos tontos senatoriales.

El reclutamiento iba prosperando a medida que los galos italianos del otro lado del Po se daban cuenta de que la batalla de cuarenta años que habían entablado para lograr la plena ciudadanía ya estaba tocando a su fin; César se había convertido en su héroe. Él quería llevarse al Este doce legiones para luchar contra Pompeyo, y por ello Mamurra, Ventidio y sus subordinados habían estado trabajando mucho para alcanzar la cifra que César deseaba. Cuando llegó a Plasencia le informaron de que, efectivamente, habría también una decimoquinta, una decimosexta, una decimoséptima y una decimoctava preparadas en cuanto él estuviera dispuesto a embarcarlas con destino a Brundisium.

Sereno al saber que sus legiones veteranas le pertenecían por completo, César se dedicó a sus tareas de gobernador. Hizo una visita oficial a su colonia en Novum Comum, donde Marco Marcelo ordenó azotar a un ciudadano dos años antes, y le pagó personalmente a aquel hombre una compensación en una reunión pública en la plaza del mercado de la ciudad. Desde allí fue a visitar a los habitantes de la antigua colonia de Mario en Eporedia, se acercó a ver cómo andaban las cosas en la grande y floreciente ciudad de Cremona, e incluso consideró la idea de ir más hacia el este a lo largo de las estribaciones de los Alpes para difundir la noticia de la inminente ciudadanía. Aquello fue un gran golpe, porque significaba que la abundante población que aún no disfrutaba de la ciudadanía en la Galia Cisalpina entraría a formar parte de su grupo de protegidos cuando se convirtiera en ciudadana.

Entonces llegó un correo de parte de Cayo Trebonio, que se encontraba en Plasencia, en el que pedía a César que regresara allí de inmediato.

—Hay problemas —le dijo brevemente Trebonio en cuanto César llegó.

—¿Qué clase de problemas?

—La novena legión ya no te es leal.

Por primera vez en todo el tiempo que llevaban asociados, Trebonio vio que el general se quedaba desprovisto de palabras, atónito.

—No puede ser —dijo lentamente—. ¡Mis muchachos no!

—Me temo que sí.

—¿Por qué?

—Prefiero que te lo digan ellos mismos. Esta tarde va a venir una delegación.

La delegación estaba formada por los centuriones de mayor rango de la novena, y al frente de la misma estaba el centurión jefe de la séptima cohorte, un tal Quinto Carfuleno. Picentino, no galo italiano. Quizá, pensó César con el rostro como el pedernal, Carfuleno fuera un protegido de Pompeyo. Si era así, no dio muestras de ello.

El general recibió a los hombres, diez en total, vestido con la armadura completa y sentado en la silla curul. En la cabeza llevaba una corona de hojas de roble para recordarles (pero, ¿cómo iban a olvidarlo los hombres de la novena?) que él también era un soldado que sabía desenvolverse con soltura en el frente.

—¿Qué es esto? —les preguntó.

—Que ya estamos hartos —le contestó Carfuleno.

César no miró a Carfuleno, sino a Sexto Cloacio, el centurión *primipilus*, y a Lucio Aponio, su centurión *pilus prior*. Eran dos buenos hombres, aunque se sintieran a disgusto, y Carfuleno, un hombre muy curtido de unos cuarenta años, era diez años mayor que ellos. César pensó que aquello no resultaba satisfactorio, y por primera vez vio un problema insospechado. Tendría que ordenar a sus legados que examinaran el orden jerárquico de los centuriones de sus legiones. Quinto Carfuleno, un hombre mayor pero once grados por debajo de Cloacio y Aponio, era la influencia dominante en aquella legión que estaba al mando de Sulpicio Rufo.

Detrás de la cara seria y la mirada fría de César hervía un torbellino de pena, de espantosa ira, de incredulidad. Nunca habría creído que aquello pudiera pasarle a él, nunca habría creído ni por un momento que ninguno de sus queridos muchachos dejara de quererle, que maquinara derrocarlo. No era una experiencia humillante encontrarse con que se había equivocado al depositar su confianza; más bien era una desilusión de enormes proporciones detrás de la cual rugía la determinación férrea de darle la vuelta al proceso, de hacer de nuevo suya a la novena, de golpear a Carfuleno y a cualquiera que sintiera lo mismo que él hasta hacerlos polvo. Literalmente polvo. Muertos.

—¿De qué estáis hartos, Carfuleno? —le preguntó.

—De esta guerra. O mejor dicho, de esta falta de guerra. No hay ningún combate que valga siquiera un denario de plomo. Quiero decir que para eso están los soldados, para pelear, para saquear. Pero hasta ahora lo único que hemos hecho ha sido marchar hasta caernos derrengados, congelarnos en tiendas húmedas y pasar hambre.

—Habéis estado haciendo eso durante años en la Galia Comata.

—Pues precisamente ésa es la cosa, general, que lo hemos hecho durante años en la Galia Comata. Y esa guerra ha terminado. Hace casi dos años que ha terminado. Pero ¿dónde está el triunfo, eh? ¿Cuándo vamos a marchar en tu desfile triunfal? ¿Cuándo vamos a ser licenciados y se nos va a dar una bonita parcela de buena tierra? ¿Cuándo se nos va a dar la parte que nos corresponde del botín en nuestra bolsa y se nos van a liquidar en metálico las cuentas de ahorros de nuestra legión?

—¿Dudáis de mi palabra acerca de que marcharéis en mi desfile triunfal?

Carfuleno respiró hondo; era un hombre y estaba en guardia, pero no se sentía del todo seguro de sí mismo.

—Sí, general, así es.

—¿Y qué os ha movido a llegar a esa conclusión?

—Creemos que estás retrasándolo todo deliberadamente, general. Creemos que estás intentando zafarte del deber de pagarnos lo que se nos debe. Que vas a llevarnos a la otra punta del mundo y nos vas a abandonar allí. Esta guerra civil es una farsa. No creemos que sea real.

César estiró las piernas y se miró los pies, sin que su rostro reflejase expresión alguna. Luego aquellos ojos perturbadores se alzaron y miró fijamente a los de Carfuleno, que se movió incómodo; los posó después sobre Cloacio, que pareció atormentado, y al final sobre Aponio, que visiblemente deseaba estar en cualquier sitio menos allí. Luego, lentamente, horriblemente, fue paseando la mirada por cada uno de los siete hombre restantes.

—¿Qué haríais si os dijera que vais a marchar hacia Brundisium dentro de unos días?

—Muy sencillo —repuso Carfuleno ganando aplomo—, no iremos a Brundisium. La novena no va a dar ni un paso más. Queremos que se nos pague y se nos licencie aquí, en Plasencia, y nos gustaría que se nos diera nuestra tierra de la que hay en los alrededores de Verona. Aunque yo quiero mi parcela en el Piceno.

—Gracias por vuestro tiempo, Carfuleno, Cloacio, Aponio, Munacio, Considio, Apicio, Escapcio, Vetio, Minicio, Pusión —dijo César, demostrando que conocía el nombre de todos los miembros de la delegación. No se levantó, hizo una inclinación de cabeza—. Podéis marcharos.

Trebonio y Sulpicio, que habían presenciado aquella extraordinaria entrevista, permanecían de pie sin una palabra que decir, presintiendo que se avecinaba una tormenta terrible pero incapaces de adivinar la forma que iba a adoptar. Era extraño que semejante control, semejante falta de emoción, pudiera despedir emanaciones de inminente fatalidad. César estaba enojado, sí, pero también estaba hecho trizas. Y eso nunca le ocurría a César. ¿Cómo lo resolvería? ¿Qué podía hacer?

—Trebonio, convoca a la novena a una asamblea en el terreno de instrucción mañana al amanecer. Que estén también presentes la primera cohorte de todas las demás legiones. Quiero que todo mi ejército participe en este asunto, aunque sólo sea como espectador —dijo César. Miró a Sulpicio—. Rufo, cuando en una legión los dos centuriones de mayor rango están dominados por un hombre de rango inferior es que algo muy malo está ocurriendo. Coge a los tribunos militares que gocen de simpatías entre los soldados y diles que empiecen a investigar quiénes entre los centuriones de la novena tienen el seso y la autoridad natural suficientes para llevar a cabo las funciones propias de *primipilus* y *pilus prior*. Cloacio y Aponio son dos nulidades.

Otra vez le tocó el turno a Trebonio.

—Cayo, los legados que están al mando de mis otras legiones tendrán que emprender la misma clase de investigación. Mirad a ver si hay alborotadores. Buscad centuriones que estén dominando a hombres de rango superior. Quiero que todo el ejército se barra de arriba abajo.

Al amanecer, a los cinco mil y pico hombres de la novena legión se les unieron en el terreno de instrucción los seiscientos hombres de cada primera cohorte de las otras siete legiones, un total de cuatro mil doscientos hombres más. Hablar para diez mil hombres era factible, en particular para César, que había desarrollado su técnica trece años atrás, mientras se encontraba de campaña por Hispania Ulterior como propretor. Hombres especialmente elegidos por sus voces estentóreas estaban situados a intervalos regulares entre los soldados congregados en asamblea. Los que estaban lo bastante cerca de César como para oírle repetían todo lo que oían tres palabras después que él; la siguiente oleada hacía lo mismo, y así sucesivamente entre toda la multitud. Pocos oradores podían hacerlo, porque las repeticiones a voces formaban un eco colosal y hacían difícil en extremo continuar hablando en medio de las repeticiones de lo que ya se había dicho. César podía hacerlo porque era capaz de cerrar la mente a esos ecos.

La novena sentía cierta aprensión, pero estaba muy determinada. Cuando César subió al estrado ataviado con la armadura completa se puso a examinar los rostros, que no se hacían borrosos con la distancia; sus ojos, gracias a los dioses, seguían viendo con agudeza tanto de cerca como de lejos. Un pensamiento que no tenía nada que ver con el descontento de los legionarios le vino a la cabeza: ¿cómo tendría los ojos Pompeyo en aquellos momentos? Sila perdió la vista y se volvió muy quisquilloso. Cuando uno se hace un hombre de mediana edad a los ojos les ocurren cosas; y si no, mira el caso de Cicerón.

Aunque a menudo había llorado en las asambleas, aquel día no hubo lágrimas. El general estaba de pie con las piernas separadas y las manos junto a los costados; llevaba la corona cívica en la cabeza y la capa escarlata que indicaba su elevado estado sujeta a los hombros de la coraza de plata hermosamente labrada. No llevaba yelmo. Los legados se habían puesto de pie a ambos lados de él sobre el estrado, y los tribunos militares estaban en dos grupos, uno a cada lado, debajo del estrado.

—Estoy aquí para aclarar una ignominia —exclamó con aquella voz aguda y de gran alcance que había descubierto que llegaba más lejos que su natural tono grave—. Una de mis legiones se ha amotinado. La estáis viendo aquí en su totalidad, representantes de mis otras legiones. Se trata de la novena.

Nadie comenzó a murmurar a causa de la sorpresa, pues los rumores siempre corrían, aunque los hombres estuvieran acuartelados en campamentos diferentes.

—¡La novena! Que son veteranos de toda la guerra en la Galia Comata, una legión cuyos estandartes gimen a causa del peso de las condecoraciones al valor, cuya águila ha sido coronada de laurel una docena de veces y a cuyos hombres siempre he llamado mis muchachos. Pero la novena legión se ha amotinado. Sus hombres ya no son mis muchachos. Son chusma, agitados y vueltos contra mí por demagogos disfrazados de centuriones. ¡Centuriones! ¿Cómo llamarían aquellos dos magníficos centuriones, Tito Pulón y Lucio Voreno, a estos hombres mugrientos que los han sustituido al frente de la novena? —César adelantó la mano y señaló algún lugar cercano a él—. ¿Los veis, hombres de la novena? ¡Tito Pulón y Lucio Voreno! Se marcharon para cumplir el honroso deber de entrenar a otros centuriones aquí en Plasencia, pero hoy están presentes aquí para llorar ante el deshonor en que se ha sumido su antigua legión. ¿Veis sus lágrimas? ¡Lloran por vosotros! Pero yo no puedo hacer lo mismo. Estoy demasiado lleno de desprecio, demasiado consumido por la ira. La novena ha roto mi historial, hasta ahora perfecto. Ya no puedo decir que ninguna de mis legiones se ha amotinado jamás. —No se movió. Las manos permanecían junto a los costados—. Representantes de mis otras legiones, os he reunido para que presenciéis lo que voy a hacer con los hombres de la novena. Ellos me han informado de que no piensan moverse de Plasencia, que desean ser licenciados aquí y ahora, que se les pague y se les liquide, incluida su parte del botín de una guerra de nueve años. Bien, pues tendrán esa licencia que piden... ¡pero no será una licencia con honor! Su parte del botín de esa guerra de nueve años será repartida entre mis legiones leales. ¡No recibirán tierras, y despojaré hasta el último de ellos de su ciudadanía! Yo soy el dictador de Roma. Mi *imperium* es superior al *imperium* de los cónsules, superior al de los gobernadores. Pero yo no soy Sila, y no abusaré del poder inherente a la dictadura. Lo que hago hoy aquí no es abusar de ese poder, sino que ésta es la decisión justa y racional de un comandante en jefe cuyos soldados se han amotinado.

»Soy bastante tolerante. ¡No me importa si mis legionarios apestan a perfume y se dan unos a otros por el culo con tal de que luchen como gatos salvajes y permanezcan completamente leales a mí! Pero los hombres de la novena son desleales. Los hombres de la novena me han acusado de engañarles deliberadamente y de privarles de sus derechos. ¡Me han acusado a *mí*! ¡A Cayo Julio César! ¡A su comandante en jefe durante diez largos años! ¡Mi palabra no es lo bastante buena para la novena! ¡La novena se ha amotinado! —La voz se le hizo más potente y rugió, algo que nunca había hecho en una asamblea de soldados—. ¡No estoy dispuesto a tolerar el motín! ¿Me oís? ¡No estoy dispuesto a tolerar el motín! ¡El motín es el peor crimen que los soldados pueden cometer! ¡El motín es alta traición! ¡Y trataré el motín de la novena como alta traición! ¡Despojaré a esos hombres de sus derechos y de su ciudadanía! ¡Y los diezmaré!

Aguardó hasta que las voces que le hacían eco se apagaron. Nadie producía sonido alguno excepto Pulón y Voreno, que lloraban. Todos los ojos estaban clavados en César.

—¿Cómo habéis podido? —le gritó luego a la novena—. ¡Oh, no tenéis ni idea de lo profundamente que les he agradecido a todos nuestros dioses que Quinto Cicerón no esté hoy aquí! Pero ésta no es su legión; estos hombres no pueden ser los mismos que mantuvieron a raya a cincuenta mil nervios durante más de treinta días, los mismos que resultaron todos heridos, que enfermaron todos, que vieron cómo sus alimentos y sus enseres ardían envueltos en llamas... ¡Y siguieron luchando como soldados! ¡No, éstos no son los mismos hombres! ¡Estos hombres son quejicas, avariciosos, mezquinos e indignos! ¡No llamaré a hombres así mis muchachos! ¡No los necesito! —Adelantó ambas manos—. ¿Cómo habéis podido? ¿Cómo habéis podido creer a los hombres que iban haciendo correr rumores entre vosotros? ¿Qué os he hecho yo para merecer esto? Cuando vosotros teníais hambre, ¿comía yo mejor? Cuando vosotros teníais frío, ¿dormía yo caliente? Cuando teníais miedo, ¿os ridiculicé? Cuando me necesitabais, ¿no estuve siempre allí? Cuando os di mi palabra, ¿alguna vez me eché atrás? ¿Qué he hecho? *¿Qué he hecho?* —Las manos le temblaban, por lo que apretó los puños—. ¿Quiénes son esos hombres que están entre vosotros, esos hombres a quienes creéis antes que a mí? ¿Qué laureles llevan en la frente que yo no haya llevado? ¿Son los campeones de Marte? ¿Son hombres más importantes que yo? ¿Os han servido ellos mejor que yo? ¿Os han enriquecido más de lo que os he enriquecido yo? No, todavía no habéis recibido vuestra parte del botín triunfal... ¡No lo ha recibido ninguna de mis legiones! ¡Pero habéis recibido mucho de mí a pesar de eso! ¡Primas en efectivo que saqué de mi propia bolsa! ¡Yo os doblé la paga! ¿Acaso tenéis pagas atrasadas? ¡No! ¿No os he compensado por la falta de botín que una guerra civil prohíbe? ¿Qué he hecho? —Dejó caer las manos—. La respuesta es, novena, que no he hecho nada para merecer un motín, aunque el motín fuera una prerrogativa aceptada. Pero es que el motín no es una prerrogativa aceptada. ¡El motín es alta traición, y lo sería aunque yo fuera el comandante en jefe más tacaño y más cruel de toda la historia de Roma! Me habéis escupido encima. Yo no os dignifico si os escupo a mi vez. ¡Simplemente os digo que sois indignos de ser mis muchachos!

Una voz se hizo oír; era la de Sexto Cloacio, a quien las lágrimas le corrían por la cara.

—¡César, César, no! —exclamó llorando al tiempo que salía de la primera fila y subía al estrado—. Puedo soportar que me licencies. Puedo soportar perder el dinero. Puedo soportar incluso ser diezmado si me toca en suerte. ¡Pero no puedo soportar no ser uno de tus muchachos!

Salieron todos, los diez hombres que habían formado la delegación de la novena, llorando, suplicando perdón, ofreciendo morir sólo porque César los llamase sus muchachos, les siguiera concediendo el respeto de antes. El dolor se extendió, los soldados rasos sollozaban y gemían. Auténtico, de corazón.

¡Son como niños!, pensó César mientras escuchaba, mecido por palabras bellas salidas de bocas sucias, timado como los apulios reunidos con charlatanes. Eran niños. Valientes, duros, a veces crueles. Pero no hombres en el verdadero sentido de la palabra. Eran niños.

Les dejó que se desahogasen.

—Muy bien —les dijo después—. No os licenciaré. No os consideraré a todos culpables de alta traición. Pero hay condiciones. Quiero a los ciento veinte cabecillas de este motín. A todos ellos se les expulsará del ejército y todos perderán la ciudadanía. Y los diezmaré, lo que significa que doce de ellos morirán de la manera tradicional. Que salgan ahora.

Ochenta de ellos formaban la centuria entera de Carfuleno, la primera de la séptima cohorte; entre los otros cuarenta se contaban los centuriones amigos de Carfuleno, y Cloacio y Aponio. Las suertes para escoger a los doce hombres que morirían fueron amañadas, pues Sulpicio Rufo había hecho sus propias averiguaciones para saber quiénes eran los cabecillas. Uno de los cuales, el centurión Marco Pusión, no estaba entre los ciento veinte hombres que la novena había indicado.

—¿Hay aquí algún hombre inocente? —preguntó César.

—¡Sí! —le respondió una voz a gritos desde las profundidades de la novena legión—. Su centurión, Marco Pusión, lo ha nombrado. ¡Pero Pusión es culpable!

—Sal, soldado —le ordenó César.

El hombre inocente salió.

—Pusión, ocupa su lugar.

A Carfuleno, Pusión, Apicio y Escapcio les tocó en suerte morir; los otros ocho condenados eran todos soldados rasos, pero estaban muy implicados. La sentencia se cumplió de inmediato. En cada grupo de diez hombres acusados, a los nueve a quienes les tocó en suerte vivir se les dieron porras y se les ordenó que aporrearan a aquel de su grupo que había sido condenado a muerte hasta que quedase convertido en pulpa irreconocible.

—Bien —dijo César cuando todo acabó. Pero en realidad no estaba bien: nunca más podría volver a decir que sus tropas nunca se habían amotinado—. Rufo, ¿me has preparado una lista revisada de la jerarquía de los centuriones?

—Sí, César.

—Pues reestructura tu legión de acuerdo con ella. Hoy he perdido a más de veinte centuriones de la novena.

—Pues me alegro de que no hayamos tenido que perder a la novena entera —le dijo Cayo Fabio dejando escapar un suspiro—. ¡Qué asunto tan espantoso!

—Todo por un hombre auténticamente malo —apuntó Trebonio con la cara más triste de lo habitual—. De no haber sido por Carfuleno, dudo que esto hubiera ocurrido.

—Quizá, pero el hecho es que ha ocurrido —sentenció César con voz dura—. Nunca perdonaré a la novena.

—César, no todos ellos son malos —le aseguró Fabio, un poco perturbado.

—No, son simplemente niños. Pero ¿por qué la gente espera que a los niños se les perdone? No son animales, son miembros de la *gens humana*. Por ello deberían ser capaces de pensar por sí mismos. Nunca perdonaré a la novena legión. Y los hombres que la forman lo descubrirán cuando esta guerra civil acabe y yo los licencie. No recibirán tierras en Italia ni en la Galia Cisalpina. Pueden irse a una colonia cerca de Narbona.

Hizo un gesto de despedida con la cabeza.

Fabio y Trebonio se dirigieron juntos a sus tiendas, muy callados al principio.

Por fin Fabio habló:

—Trebonio, ¿son imaginaciones mías o puede ser que César esté cambiando?

—¿Quieres decir endureciéndose?

—No estoy seguro de que ésa sea la palabra más adecuada. Quizá... sí, más consciente de que es especial. ¿Crees que eso tiene sentido?

—Desde luego.

—¿Por qué?

—Oh, pues por la marcha de los acontecimientos —le explicó Trebonio—. A un hombre inferior a él lo habrían destrozado. Lo que ha hecho que César se haya mantenido de una pieza es que nunca ha dudado de sí mismo. Pero el motín de la novena ha roto algo dentro de él. Nunca había ni soñado siquiera que sucediera. No creía que nunca, nunca pudiera sucederle a él. En muchos aspectos, creo que esto ha sido para César más traumático que cruzar el Rubicón, ese río insignificante.

—Sigue creyendo en sí mismo.

—Seguirá haciéndolo incluso cuando se esté muriendo —le aseguró Cayo Trebonio—. Pero el día de hoy ha empañado la idea que tenía de sí mismo. César quiere la perfección. Nada debe empequeñecerlo.

—Cada vez pregunta con más frecuencia por qué nadie quiere creer que él es capaz de ganar esta guerra —comentó Fabio frunciendo el ceño.

—Porque cada vez está más enojado ante la necedad de la gente. ¡Imagínate, Fabio, cómo debe ser el saber que no hay nadie igual que tú, que esté a tu altura! Pues César lo sabe. ¡Él puede hacer cualquier cosa! Lo ha demostrado demasiadas veces para enumerarlas. Lo que en realidad quiere es que se le reconozca como lo que es. Pero eso no sucede. Lo que recibe es oposición, no reconocimiento. Ésta es una guerra para demostrarle a la gente lo que tú y yo, y por supuesto César, ya sabemos. Ha cumplido los cincuenta y todavía está batallando por lo que considera que se le debe. No es de extrañar, creo yo, que se le esté endureciendo la piel.

A principios de noviembre las doce legiones congregadas en Plasencia marcharon hacia Brundisium. Disponían de casi dos meses para completar aquel viaje de novecientos kilómetros; una vez que llegasen al mar Adriático tenían que seguir por la costa en vez de cruzar los Apeninos para dar un rodeo y esquivar las proximidades de Roma. El ritmo establecido era de treinta kilómetros al día, lo que significaba que cada dos o tres días había uno de descanso. Eso, para las legiones de César, era una fiesta maravillosa, sobre todo en aquella estación otoñal.

Desde Arimino, que lo acogió con tanto entusiasmo al final de aquel año como lo había recibido al comienzo del mismo, César torció para tomar la vía Flaminia en dirección a Roma. Subieron y pasaron por encima de las hermosas montañas de la patria, con sus pueblos fortificados asentados de vez en cuando en lo alto de un risco, la hierba ricamente amarillenta a punto de convertirse en nutritivos pastos, los grandes bosques de abetos, alerces y pinos extendiéndose hasta las cimas de los picos, madera suficiente para poder construir en los siglos venideros. La consideración de que la virtud se encontraba en la pura belleza, la natural afinidad que todos los italianos parecían tener por la armonía visual. Para César aquel viaje, efectuado a un ritmo un poco menos veloz de lo que era habitual en él, fue una especie de curación; se detenía en todos los pueblos, cualquiera que fuese su tamaño, para preguntar cómo iban las cosas, qué necesitaban, dónde radicaban las omisiones de Roma. Habló con los duumviros de los *municipia* más pequeños como si para él tuvieran exactamente la misma importancia que el Senado de Roma. La verdad era, reflexionaba César, que tenían mucha más importancia. Como todas las grandes ciudades, Roma era hasta cierto punto una especie de tumor artificial y, como tales excrecencias, absorbía mucha vitalidad, a menudo a expensas de los lugares menos poblados y menos poderosos que se veían condenados a alimentarla. El cuco en el nido italiano. Puesto que Roma tenía más habitantes, tenía más influencia. Puesto que tenía más votantes, sus políticos la favorecían. Puesto que tenía más, le hacía sombra a todo lo demás.

Y así era, en efecto, admitió César a medida que se aproximaba a ella desde el norte. Aquella otra visita suya a principios de abril había sido un asunto en penumbra y de pesadilla, tanto que apenas se había fijado en la ciudad en sí misma. No como se fijaba ahora, al mirar las siete colinas sembradas de tejados de tejas anaranjadas, los resplandores dorados de los aleros de los templos, los altos cipreses, los pinos umbelíferos, los acueductos con arcos, el curso del padre Tíber, de un azul intenso y con un ancho y poderoso caudal, con las herbosas llanuras de Marte y del Vaticano en cada uno de los márgenes.

Salieron a recibirle miles y miles de ciudadanos, todos ellos con el rostro muy sonriente mientras le arrojaban flores para formar una embriagadora alfombra sobre la que pisaba *Toes*, ¿cómo iba a entrar montando otro caballo que no fuera *Toes*? Lo aclamaban, le tiraban besos, levantaban a los bebés y a los niños pequeños para que él les sonriera, le gritaban su amor y le daban ánimos. Y él, ataviado con su mejor armadura de plata y con la corona cívica de hojas de roble en la cabeza, cabalgaba a paso lento detrás de los veinticuatro lictores vestidos de color carmesí que pertenecían al dictador y que llevaban las hachas en los haces de varas. César sonreía, saludaba con la mano, reconocido al fin. ¡Llora, Pompeyo! ¡Llora, Catón! ¡Llora, Bíbulo! Nunca, ni una sola vez, habéis provocado vosotros este éxtasis. ¿Qué importa el Senado, qué importan las Dieciocho? Esta gente es Roma, y esta gente todavía me ama. Son superiores a vosotros en número como lo son las estrellas respecto a un grupo de faroles. Y me pertenecen a mí.

Entró en la ciudad por la puerta Fontinal, junto al Arco del Capitolio, y bajó por la colina de los Banqueros hasta las ruinas ennegrecidas por el fuego de la basílica Porcia, la Curia Hostilia y las oficinas del Senado. Le agradó ver que Paulo había utilizado aquel enorme soborno suyo para un fin mejor que el que había obtenido con su consulado, y que había terminado la basílica Emilia. Y su propia basílica Julia, situada en el lado opuesto del foro inferior, donde habían estado las basílicas Opimia y Sempronia, estaba creciendo de la nada. Acabaría por hacer sombra a la basílica Emilia. Lo mismo haría la Curia Julia, la nueva sede del Senado, una vez que él se entrevistara con los arquitectos y se comenzase a construir. Sí, le pondría un frontón de templo a la *domus publica*, la haría más atractiva mirándola desde la vía Sacra y le revestiría toda la fachada de mármol.

Pero su primera visita fue a la Regia, el diminuto templo del *pontifex maximus*; entró allí solo y comprobó con satisfacción que el santo lugar estaba limpio y libre de alimañas, que el altar no estaba manchado y que los dos árboles gemelos de laurel estaban creciendo sin problemas. Tras una breve plegaria a Ops, salió del templo y luego cruzó hasta su hogar, la *domus publica*. No era aquélla una ocasión formal, por lo que entró por su entrada privada y cerró la puerta ante la multitud saciada que suspiraba.

Como dictador podía vestir armadura dentro del *pomerium*, y sus lictores podían llevar las hachas; cuando César desapareció dentro de la *domus publica*, los lictores sonrieron con simpatía a la multitud y se marcharon caminando hacia su colegio que estaba situado detrás de la taberna que había en la esquina del Clivus Orbius.

Pero las formalidades no habían acabado para César, que no puso los pies en la *domus publica* en aquella apresurada visita que hizo en abril. Ahora, como *pontifex maximus*, tenía que saludar a las mujeres que estaban a su cargo, las vírgenes vestales, que lo esperaban en el gran templo que era común a ambas partes de aquella casa dividida. Oh, ¿cómo era posible que hubiese pasado tanto tiempo? La jefe de las vestales, Quintilia, que ya tenía veintidós años, era poco más que una niña cuando él partió hacia la Galia... ¡cómo había despotricado la madre de César por el gusto de la niña por la comida! No estaba más delgada, pero César descubrió con alivio que se había convertido en una joven alegre cuyo buen juicio y cuya disposición práctica brillaban alrededor de aquella cara redonda y acogedora. A su lado se encontraba Junia, que no era mucho más joven pero sí bastante bonita. Y allí estaba su mirlo, Cornelia Merula, una joven alta y fina de dieciocho años. Detrás de ellas, tres niñas pequeñas, todas incorporadas durante la ausencia de César. Las tres vestales adultas estaban vestidas con sus galas completas, túnicas blancas, velos blancos que cubrían las siete trenzas de lana de rigor y con sus medallones de *bulla* sobre el pecho. Las niñas lucían túnicas blancas, pero no velos; en su lugar llevaban guirnaldas de flores.

—Bienvenido, César —lo saludó Quintilia sonriendo.

—¡Qué bueno es estar en casa! —respondió César ardiendo en deseos de abrazarla, aunque sabía que no podía hacerlo—. ¡Junia y Cornelia, qué mayores os habéis hecho!

Las dos sonrieron e inclinaron la cabeza.

—¿Y quiénes son las pequeñas?

—Licinia Terencia, hija de Marco Varrón Lúculo.

Sí, se parecía bastante a aquel hombre: cara larga, ojos grises, pelo castaño.

—Claudia, hija del hijo mayor del Censor.

Morena y bonita, muy Claudia.

—Cecilia Metela, de los Metelos caprarios.

Tempestuosa, fiera y orgullosa.

—¡Fabia, Arruntia y Popilia, todas se han marchado! —exclamó maravillado—. He estado ausente demasiado tiempo.

—Hemos mantenido ardiendo el corazón de Vesta —le aseguró Quintilia.

—Y Roma está segura gracias a vosotras.

Sonriendo, las despidió y luego se dio la vuelta para entrar en la mitad que le correspondía de la gran casa. Todo un sufrimiento sin Aurelia.

Fue un reencuentro lleno de lágrimas, pero aquéllas eran lágrimas que tenían que salir. Habían acudido a verle todos los que estuvieron con él en la época del Subura: Eutico, Cardixa y Burgundo. ¡Qué viejos estaban! ¿Setenta y tantos? ¿Ochenta y tantos? Pero ¿acaso importaba eso? ¡Estaban tan contentos de verle! ¡Oh, todos aquellos hijos de Cardixa y Burgundo! ¡Algunos de ellos tenían ya canas! Pero a ninguno le estaba permitido quitarle la capa escarlata, la coraza y la falda de *pteryges* salvo a Burgundo, por lo que César tuvo que pelear para quitarse él mismo el fajín símbolo de su *imperium*.

Después, por fin, se vio libre para ir a ver a su esposa, que no había acudido a recibirle. Era su carácter, esperar. Paciente como Penélope tejiendo su sábana. La encontró en el antiguo cuarto de estar de Aurelia, aunque allí ya no se veían vestigios de su madre. Descalzo, César se movió tan silenciosamente como cualquiera de los gatos de su esposa, y ésta no lo vio. Se encontraba sentada en una silla con Félix, el gato gordo de color naranja, en el regazo. ¿Se habría percatado ella alguna vez de que era adorable? Ya desde aquella distancia lo parecía: el pelo oscuro, el cuello largo y grácil, unos pómulos hermosos y unos pechos preciosos.

—Calpurnia —la llamó.

La mujer se volvió inmediatamente, con los ojos oscuros muy abiertos.

—*Domine* —le dijo ella.

—César, no *domine*.

Se inclinó para besarla, un saludo perfectamente correcto para una esposa con la que había vivido escasos meses y a quien no había visto durante muchos años, un saludo cariñoso, con aprecio, prometedor. Se sentó en una silla cerca de ella, desde donde podía verle el rostro. Sonriendo, le apartó de la frente un mechón de cabello; el gato amodorrado, al notar una presencia extraña, abrió un ojo amarillo y se dio la vuelta hasta quedar tumbado de espaldas con las cuatro patas en el aire.

—Mira, le gustas —le dijo Calpurnia, cuya voz manifestaba sorpresa.

—No es de extrañar. Lo rescaté de una tumba de agua.

—Nunca me lo has contado.

—¿No? Un tipo estaba a punto de tirarlo al padre Tíber.

—Entonces él y yo te estamos muy agradecidos, César.

Más tarde, aquella noche, con la cabeza apoyada cómodamente entre los pechos de ella, César suspiró y se estiró.

—Me alegro mucho, esposa, de que Pompeyo se negara a dejarme casar con esa hacha de guerra que tiene por hija —le dijo César—. Tengo cincuenta y un años, ya estoy un poco viejo para rabietas y tácticas de poder, tanto en el hogar como en la vida pública. Tú me convienes.

Quizá muy en el fondo Calpurnia se sintió herida, pero era capaz de ver que aquello tenía sentido y que no había malicia en ello. El matrimonio era un negocio, y no lo era menos en su caso de lo que lo habría sido en el caso de la fornida y belicosa Pompeya Magna. Las circunstancias hicieron que ella siguiera siendo la esposa de César y evitaron la llegada de Pompeya Magna. Cosa que en su momento deleitó a Calpurnia. Todas aquellas *nundinae* que transcurrieron desde que su padre le dio la noticia de que César deseaba divorciarse de ella para casarse con la hija de Pompeyo hasta que supo que éste había rechazado el ofrecimiento de César, estuvieron cargadas de ansiedad, de terribles dudas. Lo único que Lucio Calpurnio Pisón, su padre, vio era la enorme dote que César estaba dispuesto a darle a Calpurnia con tal de ser libre. Y lo único que Calpurnia vio era otro matrimonio que su padre, desde luego, le habría concertado. Aunque el amor no hubiera formado parte de la unión de Calpurnia con César, ella habría odiado la situación: la mudanza, la pérdida de sus gatos, la adaptación a una clase de vida completamente diferente. El enclaustrado estilo de la *domus publica* le venía bien, porque también tenía sus libertades. Y Cuando César la visitó, fue como la aparición de un dios que sabía perfectammentre cómo agradar, cómo hacer que el amor fuera cómodo. Su marido era el primer hombre de Roma.

Publio Servilio Vatia Isáurico era un hombre tranquilo. La lealtad gobernaba en la familia; su padre, un gran aristócrata plebeyo, se adhirió a Sila y siguió siendo uno de sus mayores partidarios hasta que aquel hombre terco y difícil murió. Pero como el padre también fue un hombre tranquilo, se adaptó a la vida en la Roma de después de Sila con gracia y cierto estilo, sin perder la enorme influencia que un nombre antiguo y una enorme fortuna llevan consigo. Antes de morir, el padre se sintió atraído por César, probablemente porque veía en él algo de Sila, y el hijo sencillamente continuó con la tradición de la familia. Fue pretor el año en que fueron cónsules Apio Claudio Censor y Enobarbo, y calmó los temores de los *boni* al procesar a uno de los legados de César. No era una aberración, sino una estratagema deliberada: Cayo Mesio no era un hombre importante para César.

En los años transcurridos desde entonces siempre se encontraba de parte de César en las votaciones del Senado, y nunca se le pudo intimidar. No era de sorprender, pues, que cuando Pompeyo y el grueso del Senado huyeron, Vatia Isáurico se quedase en Roma. César, estaba claro, le importaba más que las alianzas que su matrimonio con Junia, la hija mayor de Servilia, pudieran haber creado. Aunque cuando Cicerón fue cotilleando por toda Roma que el retrato de Junia era uno de los que se encontraron en el equipaje de un sinvergüenza de baja estofa, Vatia Isáurico no se divorció de ella. Un hombre leal permanece leal en todos los aspectos.

Al día siguiente de la llegada de César a Roma, Marco Antonio le mandó un mensaje para decirle que lo esperaba en la villa de Pompeyo, en el Campo de Marte, y Marco Emilio Lépido, que había hecho posible la dictadura de César, esperó en la *domus publica* para celebrar una entrevista. Pero fue a Vatia Isáurico a quien César vio en primer lugar.

—No puedo quedarme aquí mucho tiempo, por desgracia —le informó César.

—Lo suponía: tendrás que llevar a tu ejército al otro lado del Adriático antes de las galernas equinocciales.

—Y tendré que guiarlo yo mismo. ¿Qué piensas de Quinto Fufio Caleno?

—Lo tuviste como legado. ¿No sabes tú cómo es?

—En ese aspecto, un buen hombre. Pero esta campaña contra Pompeyo necesita que yo reestructure mi alto mando. No tendré a Trebonio, ni a Fabio, ni a Décimo Bruto ni a Marco Craso, pero tengo más legiones que nunca. Lo que necesito que me hagas es una valoración de la capacidad de Caleno para encargarse del alto mando en vez de tenerlo sólo de una legión.

—Aparte de su papel en el lamentable asunto de Milón y Clodio, lo considero ideal para tus propósitos. Además, con toda justicia para el pobre Caleno, aceptó viajar en el carruaje de Milón sin tener conocimiento de lo que éste planeaba. Si acaso, Milón lo eligió como una buena referencia. Lo más probable es que Caleno sea un hombre intachable.

—¡Ah! —César se recostó en la silla y se quedó mirando a Vatia Isáurico fijamente—. ¿Quieres aceptar la tarea de gobernar Roma en mi ausencia? —le preguntó.

Vatia Isáurico parpadeó.

—¿Quieres que yo actúe como amo del caballo?

—¡No, no! No pienso seguir siendo dictador, Vatia.

—¿No? Entonces, ¿por qué lo organizó Lépido?

—Pues para darme influencia dictatorial durante el tiempo suficiente para que pueda poner las cosas en marcha. En realidad, sólo hasta que pueda hacer que se me elija cónsul el año que viene a mí y a otro hombre de mi elección. Me gustaría tenerte como mi colega consular.

Aquélla, evidentemente, era una buena noticia, y Vatia Isáurico sonrió radiante.

—¡César, es un gran honor! —Frunció el ceño, no de ansiedad, sino porque estaba pensativo—. ¿Piensas hacer lo mismo que Sila y designarás sólo a dos candidatos para las elecciones de cónsules? —le preguntó.

—¡Oh, no! No me importa cuántos hombres quieran presentarse contra nosotros.

—Bien, no tendrás oposición por parte del Senado, pero los hombres de las Dieciocho están aterrados por lo que puedas hacerle a la economía. Los resultados de las elecciones quizá no sean los que tú quieres.

Aquella afirmación provocó una carcajada.

—Te aseguro, Vatia, que los caballeros de las Dieciocho se pelearán por votarnos a nosotros. Antes de que se celebren las elecciones pienso presentar una *lex data* ante la asamblea popular para regular la economía. Acallaré todos esos temores de que tengo intención de llevar a cabo una cancelación general de deudas, por no mencionar otras acciones igualmente irresponsables. Lo que Roma necesita es una legislación como es debido para que se restablezca la fe en los círculos mercantiles y para capacitar a la gente, tanto a los que deben como a los que se les debe, para que puedan hacerle frente. Mi *lex data* hará eso del modo más sensato y moderado. Pero el hombre que yo deje para que gobierne Roma tiene que ser también un hombre sensato y moderado. Por eso te quiero tener por colega. Contigo, sé que Roma estará a salvo.

—No destruiré tu fe en mí, César.

Luego le llegó el turno a Lépido, una clase de hombre muy diferente.

—Espero que seas cónsul dentro de dos años, Lépido —le dijo César en tono agradable, sin dejar de mirar aquel rostro apuesto y vagamente inquietante.

Lépido era un hombre de altura, aunque enredado con algunas debilidades. Su rostro cambió y apareció en él un gesto retorcido a causa de la decepción.

—¿Y no antes de dos años, César? —le preguntó.

—Según la *lex Annalis* en modo alguno puede ser antes. No tengo intención de que la *mos maiorum* de Roma sea turbada más de lo necesario. Aunque sigo los pasos de Sila, no soy Sila.

—Siempre dices eso —dijo amargamente Lépido.

—Tienes un nombre patricio muy antiguo y posees además grandes ambiciones para realzarlo —comentó César tranquilamente—. Has elegido el lado ganador y ten la seguridad de que prosperarás, eso te lo prometo. Pero la paciencia, mi querido Lépido, es una virtud. Ponla en práctica.

—Yo puedo practicarla como el que más, César. Es mi bolsa la que se impacienta.

—Afirmación reveladora ésta que no presagia nada bueno para Roma bajo tu autoridad. No obstante, haré un trato contigo.

—¿Qué trato? —quiso saber Lépido con cautela.

—Tenme informado de todo y yo haré que Balbo meta algo regularmente en tu hambrienta bolsa.

—¿Cuánto?

—Eso depende de la exactitud de la información, Lépido. ¡Te lo advierto, no quiero que los hechos se distorsionen para satisfacer tus propios fines! Quiero transcripciones exactas de la verdad. Las tuyas no serán mis únicas fuentes de información, y yo no soy ningún tonto.

Ablandado pero decepcionado, Lépido se marchó.

Sólo quedaba Marco Antonio.

—¿Voy a ser yo tu señor del caballo? —fue lo primero que le preguntó Marco Antonio con avidez.

—No seré dictador el tiempo suficiente como para necesitar uno, Antonio.

—¡Oh, qué lástima! Yo sería un estupendo señor del caballo.

—Estoy seguro de ello si hay que tomar tu conducta en Italia durante estos últimos meses como referencia. Aunque debo protestar fuertemente en contra de tus leones, literas, amantes y máscaras. Por suerte el próximo año no tendrás ocasión de comportarte como el nuevo Dionisos.

La cara, pesada y contrariada, se vino abajo.

—¿Por qué?

—Porque vas a venir conmigo, Antonio. Italia permanecerá estable sin ti porque Italia tendrá un *praetor peregrinus*, que será Marco Celio. Te necesito como miembro de mi alto mando.

Los ojos de color castaño rojizo de Marco Antonio se iluminaron.

—¡Eso está mejor!

Y aquél, reflexionó César, era un hombre que había logrado agradar. Era una lástima que los Lépidos de este mundo fueran más antojadizos.

La *lex data* de César consiguió inmediatamente el favor de los caballeros de las dieciocho centurias más importantes, y de muchos, muchos miles más de la esfera comercial de Roma de condición inferior. El alcance de la ley era más amplio que la mera ciudad, ya que también se extendía al resto de Italia. Las propiedades, los préstamos y las deudas quedaban regulados a través de una serie de estipulaciones que no favorecían ni a los acreedores ni a los deudores. Aquellos acreedores que ya daban por perdidas sus deudas tenían que aceptar tierras como pago de dichas deudas, pero el valor de las tierras tenía que ser estipulado por árbitros imparciales bajo la supervisión del pretor urbano. Si los pagos de los intereses de los préstamos estaban al día, los deudores recibían una deducción del capital que debían, deducción igual a los intereses de dos años al doce por ciento. A nadie se le permitía tener más de sesenta mil sestercios en efectivo. El máximo permitido en los nuevos préstamos debía ser el diez por ciento de interés simple. Y el alivio mayor de todos era que la *lex data* de César contenía una cláusula que castigaba severamente a cualquier esclavo que tratase de dar información acerca de su amo. Así como Sila había animado a los esclavos a que informaran y les pagaba bien con dinero y libertad, esta cláusula les decía a los hombres de negocios de Roma que César no era Sila. No habría proscripciones.

De la noche a la mañana el mundo del comercio empezó a enderezarse, porque los deudores se servían de la ley de César tanto como los acreedores, y todos aseguraban que la ley era excelente, sensata y moderada. Ático, que desde que César cruzó el Rubicón insistía en que el general no era un radical, se enorgullecía y le decía a todo el mundo:

—¡Ya os lo había dicho yo!

Y aceptaba tímidamente las felicitaciones por aquella perspicacia suya.

No fue de extrañar, pues, que cuando se celebraron las elecciones para todas las categorías de magistrados (los hombres curules en las centurias, los cuestores y tribunos de los soldados en las tribus del pueblo, y los tribunos de la plebe y los ediles plebeyos en la plebe tribal) los candidatos de César, discretamente señalados, salieran elegidos todos ellos. A las elecciones consulares se presentaron otros candidatos además de César y Vatia Isáurico, pero César resultó elegido cónsul senior y Vatia cónsul junior. ¡Era la manera que tenían las Dieciocho de darle efusivamente las gracias!

Las vacantes en los colegios sacerdotales se cubrieron también, y se celebró un tardío Festival Latino en el monte Albano. Realmente ocurrían cosas. Pero claro, recordaban los hombres, ¿es que no ocurrían siempre cosas cuando César estaba en el gobierno? Y esta vez no estaba Bíbulo para entorpecer su avance.

Como no asumiría el consulado hasta el primer día del año nuevo, César retenía su dictadura hasta entonces. Bajo los auspicios de la dictadura legisló la plena ciudadanía para todos los hombres de la Galia Cisalpina; el antiguo y amargamente resentido error se había acabado por fin.

Restableció el derecho a presentarse a los cargos públicos a los hijos y nietos de aquellos a quienes Sila proscribió, y luego devolvió a la patria a los exiliados que consideraba que habían desterrado indebidamente. Con el resultado de que Aulo Gabinio volvió a ser un ciudadano romano en buena posición, mientras que, por ejemplo, Tito Annio Milón y Cayo Verres, entre otros, no tuvieron tanta suerte.

A modo de agradecimiento al pueblo, César repartió ración extra de grano a todos los ciudadanos romanos, pagándolo de un tesoro especial que se guardaba en el templo de Ops. El Tesoro seguía estando muy lleno; más tarde César tendría que coger prestada de él otra gran cantidad para costear la campaña de Macedonia contra Pompeyo.

Al décimo día de su estancia en Roma, por fin tuvo tiempo libre para convocar una sesión plena del Senado, al que había reunido en dos ocasiones anteriores con tantas prisas que dejó a los senadores sin aliento; muchos de ellos habían olvidado cómo era César cuando tenía prisa.

—Me marcho mañana —informó desde el estrado curul en la curia de Pompeyo, cuyo local había elegido deliberadamente.

Le divertía estar debajo de la estatua desmesurada de aquel que ya no era el primer hombre de Roma. Algunos habían presionado a César para que la quitase, pero él se había negado en redondo alegando que Pompeyo Magno debía presenciar las obras de César dictador.

—Notaréis que no he instituido ley alguna para quitar la condición de ciudadanos a ese grupo de hombres que me esperan al otro lado del Adriático. No los considero traidores porque han optado por oponerse a que yo ocupe la silla de los cónsules, ni porque tratasen de destruir mi *dignitas*. Lo que tengo que hacer es demostrarles que están equivocados, que están mal aconsejados, que se han vuelto ciegos para ver el bienestar de Roma. Y espero hacerlo sin gran derramamiento de sangre, mejor sin ningún derramamiento de sangre. No hay mérito alguno en derramar la sangre de ciudadanos compatriotas, como ha demostrado mi conducta hasta el momento en estas diferencias de opinión. Lo que más me cuesta perdonarles es que dejasen su patria sumida en el caos, que la abandonasen en unas condiciones en que no era posible continuar. Que ahora la patria esté en buenas condiciones es gracias a mí. Por eso deben pagar. No a mí, sino a Roma.

»Sólo a un hombre le he dado la condición de enemigo del pueblo, al rey Juba de Numidia, por el sucio asesinato de Cayo Escribonio Curión. Y les he concedido la condición de amigos y aliados a los reyes Bocco y Bogud de Mauritania.

»Cuánto tiempo estaré ausente, no lo sé, pero me voy tranquilo sabiendo que Roma e Italia, así como las provincias del Oeste, prosperarán bajo un gobierno apropiado y sensato. También me voy con la intención de devolverles a Roma y a Italia sus provincias en el Este. El Mare Nostrum debe estar unido.

Incluso aquellos que siempre miraban las cosas desde lejos estaban presentes aquel día: Lucio Aurelio Cota, el tío de César, su suegro, Lucio Calpurnio Pisón, y su sobrino político, Lucio Marcio Filipo. Todos con aspecto muy serio y de estar por encima de cosas tan triviales como los asuntos internos. Lo cual era excusable en Cota, todavía bastante afectado a causa de dos apoplejías, y quizá también fuera excusable en Filipo, que por naturaleza era incapaz de tomar partido por nada. Pero Lucio Pisón, tan alto, tan moreno y de aspecto tan feroz que en cierta ocasión Cicerón se lo había pasado la mar de bien describiéndolo como un bárbaro, resultaba irritante. Un completo servidor de sí mismo cuya hija era con mucho demasiado buena para merecerlo como padre.

Lucio Pisón se aclaró la garganta.

—¿Deseas hablar? —le preguntó César.

—Sí.

—Pues habla.

Pisón se puso en pie.

—Antes de comprometernos en una guerra, Cayo César, ¿no sería prudente dirigirse a Cneo Pompeyo y pedirle que entable negociaciones de paz?

Vatia Isáurico le respondió, y lo hizo en tono agrio.

—¡Oh, Lucio Pisón! —le dijo al tiempo que hacía un ruido grosero con los labios—. ¿No te parece que es un poco tarde para eso? Pompeyo lleva meses viviendo a lo grande en el palacio de Tesalónica, ha tenido tiempo de sobra para pedir la paz. Pero él no quiere la paz. Y aunque la quisiera, Catón y Bíbulo no se lo permitirían. ¡Siéntate y cierra el pico!

—¡Me ha encantado! —aseguró Filipo con una risita aquella misma tarde durante la cena—. ¡Siéntate y cierra el pico! ¡Con qué *delicadeza* lo expresó!

—Bueno, supongo que pensó que ya era hora de que él dijera algo —comentó César sonriendo—. Mientras que tú, tú repruebas y luego sigues navegando con tanta serenidad como la barcaza de Ptolomeo Filopator.

—Me gusta la metáfora. Y además me encantaría poder ver esa barcaza.

—El barco más grande que se ha construido nunca.

—Dicen que hacían falta sesenta hombres para un remo.

—¡Bobadas! —exclamó César dando un bufido—. Con tantos hombres en un remo, actuaría como una ballesta.

El joven Cayo Octavio estaba sentado con los ojos grises muy abiertos y escuchaba con éxtasis.

—¿Y tú qué dices, joven Octavio? —le preguntó César.

—Que un país capaz de construir un barco así de grande y cubrirlo de oro debe de ser muy, muy rico.

—De eso no hay la menor duda —dijo César valorando al muchacho fríamente.

Ya tenía catorce años. Se habían producido en él algunos cambios relacionados con la pubertad, aunque la belleza no había disminuido. Estaba empezando a tener cierto aspecto alejandrino, y llevaba el abundante cabello dorado y ondulado lo bastante largo como para que le cubriera la parte superior de las orejas. Lo que era más preocupante para César, muy sensible en aquel tema, no era el afeminamiento, sino más bien una cierta carencia de la apropiada masculinidad adolescente. Se dio cuenta con sorpresa de que le preocupaba el futuro de aquel muchacho, que no quería verlo partir en una dirección que haría su carrera pública dolorosamente difícil. En aquel momento no tenía tiempo para hablar en privado con el joven Cayo Octavio, pero de alguna parte de su apretada agenda tendría que sacar aquel tiempo.

La última persona a quien visitó en Roma fue a Servilia, a quien encontró sola en el cuarto de estar.

—Me gustan esas dos cintas que llevas en el pelo —le dijo mientras se acomodaba en una silla después de besarla en los labios como a una amiga.

—Tenía ciertas esperanzas de verte antes —le comentó ella.

—El tiempo, Servilia, es mi enemigo. Pero está claro que no es enemigo tuyo. No pareces ni siquiera un día mayor.

—Estoy bien servida.

—Eso he oído decir. Por Lucio Poncio Aquila.

Servilia se puso rígida.

—¿Cómo lo sabes?

—Tengo tantos informadores que todos juntos constituyen un verdadero océano.

—¡Desde luego debe de ser así, para haber descubierto algo tan pequeño!

—Debes de echarlo de menos ahora que se ha ido a ayudar a Pompeyo.

—Siempre hay sustitutos.

—Ya lo creo. Me han dicho que Bruto también se ha ido a ayudar al bueno de Pompeyo.

La boca pequeña y reservada de la mujer se torció hacia abajo por las comisuras.

—¡Ah! Eso es algo que no entiendo en él. Pompeyo asesinó a su padre.

—Eso fue hace mucho tiempo. Quizá su tío Catón signifique más para él que ese hecho ya antiguo.

—¡Es culpa tuya! Si tú no hubieras roto su compromiso con Julia, estaría en tu campo.

—Como lo están dos de tus tres yernos, Lépido y Vatia Isáurico. Pero con Cayo Casio y Bruto en el otro bando, no puedes perder, ¿verdad?

Servilia se encogió de hombros, pues aquella conversación tan fría le desagradaba. César no pensaba reanudar su antigua relación; su expresión y movimientos así lo indicaban. Al volver a ponerle los ojos encima por primera vez después de casi diez años, Servilia se volvió a ver capturada por su poder. Sí, por el poder. Ésa había sido siempre la gran atracción de aquel hombre. Después de César los demás hombres resultaban *insulsus*. Hasta Poncio Aquila no servía más que para mitigar el picor. Inmensurablemente más viejo, pero ni un día más viejo, ése era César. Estaba surcado de arrugas que hablaban de acción, de la vida en climas duros, de obstáculos conquistados, y tenía el cuerpo tan en forma y tan competente como siempre. Como sin duda lo estaba aquella parte de él que ella no podía ver, que nunca volvería a ver.

—¿Qué ha sido de aquella mujer tonta que me escribió desde la Galia? —le preguntó Servilia con dureza.

La expresión del rostro de César se hizo más severa.

—Murió.

—¿Y su hijo?

—Desapareció

—Parece ser que esa suerte tuya no te acompaña cuando se trata de mujeres, ¿verdad?

—Puesto que tengo tanta en otros aspectos más importantes, Servilia, no me resulta nada sorprendente. La diosa Fortuna es una amante muy celosa. Yo la propicio.

—Algún día te abandonará.

—Oh, no. Nunca.

—Tienes enemigos. Podrían matarte.

—Moriré cuando esté completamente preparado para ello —le aseguró César al tiempo que se ponía en pie.

Mientras César conquistaba en el oeste, Pompeyo el Grande se enfrentaba a los problemas que había en Epiro, una tierra montañosa, húmeda y accidentada que era un pequeño enclave situado entre el oeste de Macedonia por el norte y el oeste de Grecia por el sur. Como Pompeyo descubrió pronto, no era un territorio apto para reunir y entrenar a un ejército. Se había acuartelado en un terreno bastante llano cercano a la próspera ciudad portuaria de Dyrrachium, convencido ya de que no vería a César durante algún tiempo. Primero César intentaría neutralizar el ejército hispánico. Sería un esfuerzo titánico entre dos fuerzas veteranas, pero la batalla se libraría en terreno de Pompeyo y en un país que pertenecía a Pompeyo. Y César no tendría las nueve legiones a su disposición, pues se vería obligado a dejar algunas tropas para proteger Italia, Iliria y la Galia Comata; y tendría que buscar tropas suficientes para encargar a alguien que le arrebatase al verdadero gobierno las provincias productoras de grano. Incluso con los soldados que lograra convencer para que se cambiasen de bando después de lo de Corfinio, tendría suerte si podía reunir el mismo número de hombres que tenían las cinco legiones de Afranio y Petreyo.

Aquella disposición tan optimista acerca de los resultados en el Oeste todavía habría de durarle a Pompeyo unos meses, y se vio alimentada por la entusiasta respuesta que recibió en todo el Este; nadie, desde el rey Deiotaro de Galacia y el rey Ariobarzanes de Capadocia hasta los *socii* griegos de Asia, podía siquiera imaginar al gran Pompeyo perdiendo una guerra. ¿Quién era aquel César? ¿Cómo era posible equiparar algunas tristes victorias sobre unos enemigos tan miserables como los galos con la gloriosa carrera de Pompeyo Magno, conquistador de Mitrídates y Tigranes? Pompeyo, que era vencedor de reyes, hacedor de reyes, soberano en todo excepto en el nombre. Las promesas de enviarle ejércitos llegaron junto con un poco, muy poco, de dinero.

Tuvo que hacer un esfuerzo hercúleo para controlarse y mostrarse educado con Léntulo Crus, que había abandonado el Tesoro para que César pudiese saquearlo. ¿Dónde estaría él sin los dos mil talentos que Cayo Casio había logrado conseguir exprimiendo Campania, Apulia y Calabria? Pero esa suma apenas llegaba para algo. Dyrrachium se estaba convirtiendo en paja igual que sus campos, que en otoño estaban repletos de heno; cada bala de paja costaba diez veces lo que valía, por no hablar ya de cada *medimnus* de trigo, cada pieza de tocino, cada guisante, cada alubia, cada cerdo y cada pollo, con los que sucedía lo mismo.

Y Cayo Casio partió a ver qué encontraba en los santuarios de los grandes templos de todo Epiro, especialmente en la santa Dodona, mientras Pompeyo convocaba una sesión de su «gobierno».

—¿Alguno de vosotros duda de que ganemos esta guerra? —les preguntó en tono muy enérgico.

Hubo murmullos de protesta, algunos mascullaron que no les gustaba aquel tono de voz. Finalmente Léntulo Crus dijo:

—¡Desde luego que no!

—¡Muy bien! Porque, padres conscriptos, vais a tener que poner dinero en nuestro carro de guerra.

Murmullos de sorpresa, algunos murmuraban que aquéllas eran metáforas inapropiadas para una reunión senatorial. Al cabo Marco Marcelo dijo:

—¿A qué te refieres, Pompeyo?

—Me refiero, padres conscriptos, a que vais a tener que mandar a pedir a Roma todo el dinero que vuestros banqueros quieran adelantaros, y cuando eso no sea suficiente, vais a tener que empezar a vender tierras y negocios.

Murmullos de horror, algunos comentaban que aquélla era una presunción intolerable. Finalmente su yerno, Lucio Escribonio Libón, dijo:

—¡Pero yo no puedo vender mis tierras! ¡Perdería mi censo senatorial!

—De momento, Libón, tu censo senatorial no vale ni un pedo dentro de una botella —le recordó Pompeyo hablando entre dientes—. Decidíos al respecto: hasta el último de vosotros va a tener que meterse los dedos en su garganta financiera y va a vomitar el dinero suficiente para mantener en marcha esta empresa.

Murmullos de ofensa, algunos preguntaban que qué lenguaje era aquél. Finalmente Léntulo Crus dijo:

—¡Tonterías! ¡Lo que es mío, es mío!

Pompeyo perdió los estribos y se lanzó a una variación de su tradicional diatriba de insultos.

—¡Tú eres enteramente el responsable de que ahora no tengamos dinero, Crus! —rugió—. ¡Eres un ingrato, una sanguijuela,
una llaga en la frente de Júpiter Óptimo Máximo! ¡Te measte de
miedo y saliste disparado de Roma como una piedra sale de una
catapulta dejando el tesoro lleno hasta los topes! ¡Y cuando te di
instrucciones para que volvieras a Roma y tratases de rectificar
eso, eso que no es más que un enorme abandono de tu deber como
cónsul, tuviste la temeridad de contestarme que lo harías cuando
yo me adentrase en el Piceno para enfrentarme a César e hiciera
que él fuera incapaz de tocar tu gorda y mimada carcasa de capón!
¿Y vas a decirme tú a mí que estoy diciendo tonterías? ¿Vas a ser tú
quien se niegue a compartir los gastos de esta guerra? ¡Me cago en
tu polla, Léntulo! ¡Me meo en tu fea cara, Léntulo! ¡Me tiro un
pedo en tus narices, Léntulo! ¡Y si no te andas con mucho cuidado,
Léntulo, te rajaré por la mitad desde las tripas hasta la molleja!

No hubo ningún murmullo, nadie masculló nada. Se quedaron
petrificados mientras los oídos les zumbaban ante aquella procaci-
dad que pocos de ellos, si es que había alguno, le había oído a un
oficial con mando en los días en que prestaban servicio militar,
pues habían estado muy protegidos y consentidos; los senadores
permanecieron de pie, con la boca abierta y las entrañas derretidas
de miedo.

—¡Aquí no hay nadie entre vosotros, aparte de Labieno, que sea
capaz de luchar! ¡Ni uno de vosotros tiene ni idea de lo que lleva
consigo librar una guerra! Por lo tanto, ya va siendo hora de que lo
averigüéis —dijo Pompeyo respirando larga y profundamente—.
Lo principal para librar una guerra es dinero. ¿Alguno de vosotros
recuerda lo que decía Craso, que un hombre no debería llamarse
rico si no podía permitirse pagar y mantener a una legión? ¡Cuando murió tenía siete mil talentos, y probablemente eso era la mitad
de lo que tenía antes de que enterrase parte de su fortuna donde
nosotros nunca la encontraremos! ¡Dinero! ¡Necesitamos dinero!
Yo ya he empezado a liquidar mis posesiones en Lucania y el Piceno, ¡y espero que todos los hombres que están aquí hagan lo mismo! Llamémoslo una inversión para el futuro de color de rosa
—comentó en tono coloquial, mucho más contento ahora que los
tenía donde debía tenerlos cualquier comandante decente: debajo
de la suela—. Cuando César sea derrotado y Roma nos pertenezca,
recuperaremos todo lo que ahora pongamos multiplicado por mil.
Así que desatad los cordones de vuestras bolsas, todos vosotros, y
vaciad el contenido en el cofre común de nuestra guerra. ¿Queda
entendido?

Hubo murmullos de asentimiento, algunos murmuraban que
ojalá lo hubieran sabido, que ojalá hubieran pensado un poco más.
Finalmente fue Léntulo Spínther quien habló:

—Cneo Pompeyo tiene razón, padres conscriptos. Cuando

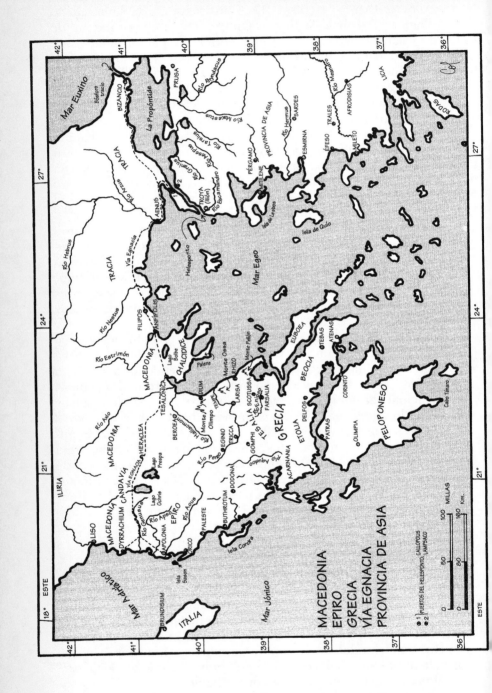

Roma nos pertenezca obtendremos todo lo que hayamos puesto pero multiplicado por mil.

—Me alegro de que esto esté solucionado —dijo Pompeyo en tono agradable—. Y ahora viene el reparto de trabajo. Metelo Escipión ya está de camino hacia Siria, donde reunirá todo el dinero y todas las tropas que pueda. Cayo Casio, una vez que regrese de ver lo que puede conseguir de los tesoros de los templos de Epiro y de Grecia, seguirá a Escipión a Siria y allí reunirá una flota. Cneo, hijo mío, tú irás a Egipto y requisarás una flota, transportes y grano de la reina. Aulo Plautio necesitará que se le empuje un poco en Bitinia; es tarea tuya azuzarle, Pisón Frugi. Léntulo Crus, tú también irás a la provincia de Asia y te pondrás a recaudar dinero, tropas y una flota. Puedes llevarte a Lelio y a Valerio Triario para que te ayuden con los barcos. Marco Octavio, tienes que requisar barcos en Grecia. Libón, consigue barcos en Liburnia; allí tienen unas bonitas y pequeñas galeras. Quiero barcos rápidos, barcos con cubierta lo suficientemente grandes como para llevar artillería, pero no monstruosidades; preferiblemente quiero trirremes, los birremes no están mal, quadrirremes y quinquerremes si están en buen estado y son maniobrables.

—¿Quiénes estarán al mando de cada cosa? —quiso saber Léntulo Spinther.

—Eso aún está por ver. Primero reunamos los rebaños. Luego ya nos preocuparemos por los pastores. —Pompeyo inclinó la cabeza—. Podéis marcharos.

Tito Labieno se quedó un poco rezagado.

—Ha estado muy bien —le dijo a Pompeyo.

—¡Bah! —exclamó éste con desprecio—. ¡Nunca he visto un grupo de personas más incompetentes, más débiles! ¿Cómo pensaba Léntulo Spinther que podría ir al mando de un ejército hasta Egipto cuando era gobernador de Cilicia?

—No hay ningún Trebonio, ni ningún Fabio, ni ningún Décimo Bruto, desde luego. —Labieno se aclaró la garganta—. Tenemos que marcharnos de Dyrrachium antes de que el invierno haga que Candavia resulte imposible de pasar, Magno. Tenemos que trasladarnos a algún lugar de las llanuras cercanas a Tesalónica.

—De acuerdo. Estamos a finales de marzo. Esperaré hasta abril para asegurarme de que César se dirige hacia el Oeste. Entonces nos marcharemos a un clima más soleado donde no haya la lluvia incesante que hay en Epiro. —Pompeyo dio la impresión de estar apesadumbrado—. Además, si espero aquí mucho más, puede que se presenten algunos hombres mejores.

Labieno frunció los labios.

—Supongo que te refieres a Cicerón, a Catón y a Favonio, ¿no es así?

Pompeyo cerró los ojos y se estremeció.

—¡Oh, Labieno, reza para que no sea así! Que Cicerón se quede en Italia, y Catón y Favonio en Sicilia. O en África. O en la tierra de los hiperbóreos. ¡O en cualquier parte!

Aquella oración no fue escuchada. A mediados de abril, Catón y Favonio, con Lucio Postumio detrás, llegaron a Dyrrachium para contarles su expulsión de Sicilia por obra de Curión.

—¿Por qué no fuisteis desde allí a África? —les preguntó Pompeyo.

—Nos pareció que era mejor reunirnos contigo —le respondió Catón.

—Pues estoy extasiado —comentó el comandante en jefe tranquilamente, pues sabía que aquella ironía le pasaría por completo inadvertida a Catón.

Pero dos días después apareció un hombre más útil: Marco Calpurnio Bíbulo, que, después de gobernar en Siria, se había entretenido en Éfeso a su regreso a la patria para esperar a que los acontecimientos cobrasen forma lo suficiente como para poder decidir qué rumbo tomar. No es que fuera más respetuoso ni más comprensivo que Catón, sino que simplemente su resolución de oponerse a César iba acompañada de un fuerte deseo de ser auténticamente útil en vez de inútilmente crítico.

—¡Me alegro muchísimo de verte! —le dijo Pompeyo con fervor al tiempo que le estrechaba la mano—. Aquí no hay nadie, exceptuándonos a Labieno y a mí, que tenga la menor idea de cómo hay que hacer esta guerra.

—Sí, eso resulta evidente —convino tranquilamente Bíbulo—. Incluido mi estimado suegro Catón. Ponle una espada en la mano y lo hará bien. Pero un líder precisamente no es. —Escuchó mientras Pompeyo resumía sus preparativos y asintió con aprobación—. Una idea excelente, librarte de Léntulo Crus. Pero ¿cuál es exactamente tu estrategia?

—Entrenar a mi ejército para que piense como un ejército. Pasar el invierno y la primavera, y posiblemente también el principio del invierno, cerca de Tesalónica. Está más cerca de Asia Menor, y es una marcha más corta para las tropas que proceden de allí. Y César no querrá vérselas conmigo hasta que haya tratado de solucionar lo de mi ejército hispánico. Después de que pierda en Hispania se reagrupará, y entonces sí vendrá a buscarme. Tendrá que hacerlo o rendirse, y eso no lo hará hasta que no le quede ni un solo hombre. Es imprescindible que yo controle los mares. Todos los mares. Enobarbo ha emprendido la tarea de apoderarse de Masilia, ciudad que me ha hecho saber que respeta los lazos con nuestro gobierno. Eso retrasará a César y lo obligará a dividir aún más sus tropas. Quiero que experimente el viejo y familiar dolor de ca-

654

beza romano de siempre: la escasez de grano en Italia. Debemos dominar los mares entre África, Sicilia, Cerdeña y la costa italiana. También tengo que impedirle el paso a César por el Adriático en cualquier momento en que decida venir al Este.

—Ah, sí, sujetarlo a él allí y matar de hambre a Roma —ronroneó Bíbulo—. ¡Excelente, excelente!

—Y había pensado en ti como almirante en jefe de todas mis flotas.

Esto cogió a Bíbulo por sorpresa. Inmensamente halagado o agradecido, extendió la mano derecha y apretó la de Pompeyo con inusitado afecto.

—Mi querido Pompeyo, es un honor del que no te arrepentirás. Te doy mi palabra de que haré ese trabajo como es debido. Los barcos no me resultan familiares, pero ten la seguridad de que aprenderé. Y aprenderé bien.

—Sí, creo que lo harás, Bíbulo —convino Pompeyo empezando a creer que aquella decisión suya había sido acertada.

Catón no estaba tan seguro.

—Amar a mi yerno es una buena acción —le dijo a Pompeyo en su acostumbrado tono de bravata—. No obstante, él no sabe absolutamente nada de barcas.

—Barcos —dijo Pompeyo.

—Bueno, de cosas que flotan en el agua y se mueven con remos. Su carácter es el de un Fabio, no el de un Mario. Impedir, atascar, demorar, acechar, pero nunca atacar. Necesitas un almirante en jefe más agresivo.

—¿Alguien como tú? —le preguntó Pompeyo con una suavidad engañosa.

Catón retrocedió horrorizado.

—¡No! ¡No! En realidad estaba pensando en Favonio y en Postumio.

—Son buenos hombres, estoy de acuerdo. Sin embargo, no son consulares, y el almirante en jefe debe ser consular.

—Sí, eso es lo que dice la *mos maiorum*.

—¿Preferirías que nombrase a Léntulo Spinther o a uno de los Marcelos? ¿O quizá que mande llamar a Enobarbo?

—¡No! ¡No! —Catón suspiró—. Muy bien, es mejor que sea Bíbulo. Pasaré mucho tiempo con él convenciéndole de que debe desarrollar una agresividad mucho mayor. Y tengo que hablar con Léntulo Spinther y con ambos Marcelos. Y con Labieno. ¡Oh, dioses, qué sucio y desaseado es ese hombre!

—Tengo una idea mejor —le confió Pompeyo conteniendo la respiración.

—¿Qué?

—Vete en seguida a la provincia de Asia y reúne una flota. Imagino que Léntulo Crus, Lelio y Triario tendrán bastante que hacer en el norte. Ve a Rodas, a Licia, a Panfilia; haré que el Senado te conceda *imperium* de propretor.

—Pero... no estaré en el meollo de las cosas, Pompeyo. ¡Se me necesita en el meollo de las cosas! ¡Todos son tan desordenados! Me necesitas aquí contigo para espabilar a todo el mundo —le aseguró Catón, consternado.

—Sí, pero el problema es que eres muy famoso en algunos lugares como Rodas, Catón. ¿Quién, que no sea el prudente, el incorruptible y muy respetado Catón, es capaz de convencer a los habitantes de Rodas de que nos apoyen? —Pompeyo le dio unas palmaditas en la mano—. Te diré lo que vamos a hacer: deja aquí conmigo a Favonio, dale instrucciones, delega en él para que haga lo que harías tú si estuvieses.

—Eso quizá funcione —comentó Catón mientras se le iluminaba la expresión.

—¡Claro que sí! —le aseguró Pompeyo sinceramente—. ¡Márchate, hombre! Cuanto antes mejor.

—Es estupendo librarse de Catón, pero todavía tienes alrededor del cuello a ese pedo de Favonio —le recordó Labieno lleno de descontento.

—El mono no es lo mismo que el amo. Se lo echaré encima a los que necesitan un puntapié en el culo. Y a los que yo personalmente detesto —le confió Pompeyo al tiempo que esbozaba una enorme sonrisa.

Cuando llegó la noticia de que César estaba acampado ante Masilia y de que Enobarbo creía que no continuaría más allá, Pompeyo decidió levantar el campamento y marchar hacia el este. El invierno se le venía encima, pero sus exploradores confiaban en que los pasos más elevados a través de Candavia todavía estuvieran franqueables.

En aquel punto, Marco Junio Bruto llegó de Cilicia.

Por qué la visión de aquel rostro manso, doloroso y singularmente pacífico, impulsó a Pompeyo a echar los dos brazos alrededor de los hombros de Bruto y a llorar entre aquellos rizos negros demasiado largos es algo que Pompeyo nunca comprendió. Sólo sabía que desde el mismo comienzo, aquella inevitable guerra civil había sido una serie de chapuzas desastrosas, de voces conflictivas, de críticas injustas, de desobediencias, de dudas. Y entonces entró Bruto, un alma completamente pacífica y suave: Bruto no hablaría en tono áspero, no criticaría sin motivo, no intentaría usurpar la autoridad.

—¿Todavía conservamos Cilicia? —le preguntó Pompeyo tras recuperar la compostura, servir vino con agua y acomodar a Bruto en la mejor silla.

—Me temo que no —respondió éste con tristeza—. Publio Sestio dice que él no dará apoyo activo a César, pero que tampoco va a hacer nada que le ofenda. No recibirás ayuda de Tarso.

—¡Oh, Júpiter! —exclamó Pompeyo apretando los puños—. ¡Necesito la legión de Cilicia!

—Eso sí lo tendrás, Pompeyo. Cuando llegó la noticia de que te habías marchado de Italia, yo tenía la legión acantonada en Capadocia, pues el rey Ariobarzanes era muy reacio a pagar sus deudas. De modo que no envié la legión de vuelta a Tarso. La envié al Helesponto a través de Galacia y Bitinia. Se reunirá contigo en los cuarteles de invierno.

—¡Bruto, eres el mejor! —El nivel del vino que había en la copa de Pompeyo bajó considerablemente, y el primer hombre de Roma produjo un chasquido con los labios y se recostó contento en el asiento—. Lo cual me lleva a otro tema más importante —comentó con aire de quitarle importancia al asunto—. Tú eres el hombre más rico de Roma y yo no tengo bastante dinero para librar esta guerra. Estoy vendiendo mis propios intereses en Italia, y los demás también. Oh, no espero que llegues muy lejos, no hace falta que vendas tu casa de la ciudad ni *todas* tus propiedades del campo. Pero me hace falta un préstamo de cuatro mil talentos. Una vez que hayamos ganado la guerra, tendremos Roma e Italia para repartírnoslas entre nosotros. No perderás nada.

Los ojos tan seria y tan bondadosamente fijos en Pompeyo se agrandaron mucho, llenos de lágrimas.

—Es que no me atrevo a hacerlo, Pompeyo —le confesó con voz ahogada.

—¿Que no te atreves?

—¡No, de verdad, no me atrevo! ¡Es por mi madre! ¡Me mataría!

Con la boca abierta, Pompeyo lo miró fijamente a su vez, atónito.

—¡Bruto, eres un hombre de treinta y cuatro años! ¡Tu fortuna te pertenece a ti, no a Servilia!

—Pues díselo tú a ella —le pidió Bruto temblando.

—Pero... pero... ¡Si es muy fácil, Bruto, sólo tienes que hacerlo!

—No puedo, Pompeyo. Mi madre me mataría.

Y de allí no hubo quien le sacara. Se marchó precipitadamente de la casa de Pompeyo bañado en lágrimas y chocó con Labieno al salir.

—¿Qué le pasa?

Pompeyo estaba jadeando.

—¡No me lo puedo creer! ¡No me lo puedo creer! ¡Labieno, ese pequeño gusano invertebrado sencillamente se ha negado a prestarnos ni un solo sestercio! ¡Y eso que es el hombre más rico de Italia! ¡Pero no, no se atreve a abrir la bolsa! ¡Dice que su madre lo mataría!

El sonido de la risa de Labieno llenó la habitación.

—¡Oh, bien hecho, Bruto! —dijo cuando fue capaz de hablar y sin dejar de limpiarse los ojos—. Magno, acabas de ser derrotado por un experto. ¡Qué excusa tan perfecta! No hay nada en el mundo capaz de hacer que Bruto se separe de su dinero.

A comienzos de junio Pompeyo ya había instalado a su ejército en un campamento cerca de la ciudad de Beroea, a unos sesenta y cinco kilómetros de Tesalónica, la capital de Macedonia. Después se trasladó, con su séquito de consulares y senadores, al palacio del gobernador de aquella gran ciudad, que estaba enormemente fortificada.

Las cosas iban mejor. Aparte de las cinco legiones que había llevado consigo desde Brundisium, tenía una legión de veteranos romanos asentada en Creta y Macedonia, la legión de Cilicia (muy mermada de fuerzas) y dos legiones que el escarmentado Léntulo Crus había logrado reunir en la provincia de Asia. Estaban empezando a llegar poco a poco las fuerzas enviadas por el rey Deiotaro de Galacia, consistentes en algunas tropas de infantería y varios miles de hombres de caballería; el rey Ariobarzanes de Capadocia, agobiado por las deudas (le debía a Pompeyo todavía más de lo que le debía a Bruto), envió una legión de infantería y mil soldados a caballo; los minúsculos reinos de Comagena, Sophene, Osdroena y Gordiena contribuyeron con algunas tropas bastante mal armadas; Aulo Plautio, el gobernador de Bitinia y el Ponto, había encontrado varios miles de voluntarios; y otras diversas tetrarquías y confederaciones estaban también enviándole soldados. Incluso había empezado a aparecer dinero en cantidad suficiente como para asegurar que Pompeyo pudiera dar de comer a lo que prometía ser un ejército formado por treinta y ocho mil soldados romanos de infantería, quince mil soldados más de infantería de diversas procedencias, tres mil arqueros, mil tiradores de honda y siete mil soldados de caballería. Metelo Escipión había escrito diciendo que tenía dos legiones completas de excelentes soldados preparados para desplazarse a cualquier parte, aunque tendría que hacerlos marchar por tierra debido a que había escasez de bajeles de transporte.

Más adelante, en *quinctilis*, llegó una sorpresa deliciosa. Los almirantes de Bíbulo, Marco Octavio y Escribonio Libón habían capturado quince cohortes de soldados y a su comandante, Cayo Antonio, en la isla de Curicta. Como las tropas estaban todas dispuestas a jurar lealtad a Pompeyo, el ejército era aún más grande. Aquella batalla en el mar en la que Octavio y Libón habían destruido los cuarenta barcos de Dolabela había sido la primera de muchas victorias de la armada de Pompeyo, que aumentaba rápidamente. Y como se vio en seguida, estaba muy bien mandada por el inexperto Bíbulo, que aprendía sin cesar y desarrollaba un talento especial para su trabajo.

Bíbulo dividió su armada en cinco grandes flotillas, una de las cuales existía sólo en teoría cuando llegó aquel mes de septiembre. Una de las flotillas, comandada por Laelio y Valerio Triario, consistía en cien barcos reclutados en la provincia de Asia; Cayo Casio regresó de Siria con setenta barcos y consiguió el mando de los mismos; Marco Octavio y Libón controlaban cincuenta barcos procedentes de Grecia y Liburnia; y Cayo Marcelo el Viejo y Cayo Coponio se encargaron de los veinte soberbios trirremes que Rodas había donado al tremendamente persistente Catón, que se negó a marcharse sin ellos. «¡Cualquier cosa con tal de vernos libres de Catón!», exclamaron los habitantes de Rodas.

La quinta flotilla estaría formada por los barcos que el joven Cneo Pompeyo lograse conseguir en Egipto.

Muy satisfecho de sí mismo porque su padre le había encomendado aquella tarea tan importante, Cneo Pompeyo partió por mar hacia Alejandría, decidido a destacar en el cumplimiento de aquella misión. Como aquel año cumplía los veintinueve, al siguiente habría entrado en el Senado como cuestor de no haberse entrometido César. Hecho que a él no le preocupaba en absoluto, pues Cneo Pompeyo nunca había dudado ni por un instante de que su padre no tuviera la capacidad y la fuerza necesarias para aplastar a aquel presuntuoso escarabajo juliano hasta hacerlo papilla.

Desgraciadamente, durante las campañas que su padre había llevado a cabo en el Este tiempo atrás, él no era lo bastante mayor como para servir en el ejército, y el período de cadete lo había pasado en Hispania durante una época que resultó decepcionantemente pacífica. Había hecho la gira obligatoria por Grecia y la provincia de Asia después de terminar su servicio militar, desde luego, pero nunca había logrado llegar ni a Siria ni a Egipto. Metelo Escipión le desagradaba casi igual que le desagradaba su madrastra Cornelia Metela, de ahí su decisión de navegar hacia Egipto siguiendo la costa africana en lugar de ir por tierra y atravesar Siria. El veredicto de Cneo Pompeyo acerca de Metelo Escipión y su hija era que se trataba de un insufrible par de esnobs. Por suerte, Sexto, su hermano pequeño, que había nacido trece años más tarde, se llevaba muy bien con su madrastra, aunque, como todos los hijos de Pompeyo el Grande, había llorado amargamente la muerte de Julia. Ésta había hecho muy feliz a todos los miembros de la familia, mientras que Cornelia Metela, según sospechaba Cneo Pompeyo, ni siquiera lograba hacer feliz a su padre, quien siempre era consciente de su estatus.

No sabía cuál era el motivo por el que estaba pensando aquellas cosas mientras iba apoyado en la barandilla de popa del barco y miraba cómo pasaba ante él el horrible desierto de Catabathmos, pero el tiempo avanzaba lentamente y los pensamientos volaban. Echaba de menos a Escribonia, su joven esposa, soñaba con ella día y noche. ¡Oh, aquel otro espantoso matrimonio con Claudilla! Una prueba más de la falta de seguridad de su padre, de su obstinada determinación de obtener las esposas y los maridos de posición más elevada para toda su familia. Claudilla era una muchacha gris y reprimida demasiado joven para el matrimonio y completamente carente de la clase de estímulo que Cneo Pompeyo necesitaba. ¡Y qué bronca se organizó cuando él se fijó en la hija de Libón y anunció que iba a divorciarse de Claudilla y que pensaba a casarse con aquella exquisita y pequeña perdiz latina de lustrosas plumas y rollizos contornos que él anhelaba tanto con el cuerpo como con el espíritu! Pompeyo armó una de sus mejores broncas. Pero fue en vano. Su hijo mayor se aferró a la resolución que había tomado con auténtica tenacidad pompeyana, y finalmente se salió con la suya. Con el resultado de que a Apio Claudio Censor tuvo que dársele la prebenda de gobernar Grecia en nombre del gobierno en el exilio. Donde, si los rumores eran ciertos, se había vuelto todavía más raro, pues pasaba el tiempo sondeando la geometría de los pilones y murmurando acerca de campos de fuerza, de dedos de energía invisibles y otras majaderías por el estilo.

Alejandría surgió ante Cneo Pompeyo como Afrodita ante el mundo. Más numerosos aún que los habitantes de Antioquía o los de Roma, los tres millones de seres que la habitaban vivían en lo que sin duda era el más perfecto regalo de Alejandro el Grande a la posteridad. El imperio que tuvo había desaparecido al cabo de sólo una generación, pero Alejandría continuaría para siempre. Aunque era tan llana que su colina más alta, el ensoñador jardín del Panaeum, era un promontorio artificial de sesenta metros de altura, aparecía ante los deslumbrados ojos de Cneo Pompeyo como algo construido por los dioses más que por torpes mortales. En parte de un blanco cegador, en parte un arco iris de colores, pródigamente salpicada de árboles cuidadosamente elegidos por su forma esbelta o por su redondez, Alejandría, situada sobre la costa más distante del Mare Nostrum, era magnífica.

¡Y Faros, el gran faro de la isla de Faros! Mucho más alto que cualquier otro edificio de los que Cneo Pompeyo había visto nunca, un exágono con tres niveles recubierto de mármol blanco resplandeciente, Faros era una maravilla del mundo. El mar a su alrededor era del color del aguamarina, con el fondo arenoso y aguas cristalinas, porque las grandes cloacas que se extendían bajo Alejandría desembocaban en aguas situadas al oeste de la ciudad, para asegurarse de que el mar transportase el contenido de las mismas lejos de allí. ¡Qué aire! Balsámico, acariciante. ¡Allí estaba el Heptastadion, la calzada que unía la Isla del Faro con tierra firme y que tenía casi dos kilómetros de blanca majestuosidad! Dos arcos perforaban su centro, cada arco lo bastante espacioso para permitir el paso entre los puertos Eunosto y el Gran Puerto.

Allí, justamente delante de él, se alzaba el gran complejo del palacio, unido en su extremo más lejano a un risco que salía del mar y que en tiempos había sido una fortaleza, aunque ahora daba cabida a un anfiteatro en forma de concha con su foso. Aquello sí que era un auténtico palacio, pensó Cneo Pompeyo. Único en el mundo. Tan inmenso que hacía palidecer las alturas de Pérgamo reduciéndolas a una insignificancia. A primera vista, sus muchos cientos de columnas parecían severamente dóricas, pero tenían la circunferencia más grande, eran mucho más altas y estaban pintadas vivamente con distintos niveles de imágenes, cada uno de ellos de la altura del tambor de una columna; sobre ellas se asentaban frontones como es debido, con metopas y con todo aquello que un edificio verdaderamente griego debe tener. Sólo que los griegos construían sobre el suelo. Y los alejandrinos, como los romanos, habían elevado el complejo de su palacio sobre una base de piedra de treinta escalones de altura. ¡Oh, y qué palmeras! Algunas como gráciles abanicos, otras rugosas y achaparradas, algunas con frondas como plumas.

Mareado de éxtasis, Cneo Pompeyo se ocupó de que su barco atracase en el muelle real, supervisó la disposición del resto de sus barcos, se vistió con la toga ribeteada de púrpura que su *imperium* de propretor le daba derecho a llevar y se puso en camino detrás de seis lictores vestidos de color carmesí que llevaban las hachas en las *fasces* para solicitar alojamiento en el palacio y una audiencia con la séptima reina Cleopatra de Egipto.

Cleopatra había ascendido al trono a los diecisiete años de edad, y ahora tenía ya casi veinte.

Los dos años de su reinado habían estado cargados de éxitos y peligros: primero la gloria de bajar por el Nilo en aquella enorme barcaza dorada con la vela granate bordada en oro; los egipcios nativos se postraban ante Cleopatra mientras ella permanecía de pie con su hermano y también marido de nueve años a su lado (pero un peldaño más abajo). En Hermontis le habían llevado el toro Buchis, famoso porque los rizos de su largo pelo sin tacha crecían al revés; Cleopatra, ataviada con las galas solemnes de faraón pero sólo con la corona del Alto Egipto, estaba en su bajel, que flotaba entre un mar de barcazas cuyas cubiertas se encontraban alfombradas de flores. El viaje junto a las ruinas de Tebas hasta la primera catarata y la isla Elefantina, para estar en el primero y más importante nilómetro el mismo día en que las aguas crecidas predecirían la altura final de la inundación.

Cada año, al principio del verano, el Nilo crecía misteriosamente, desbordaba sus márgenes y extendía una capa de barro negro y espeso repleto de nutrientes sobre los campos de aquel extraño reino, una capa de mil cien kilómetros de longitud pero de sólo siete u ocho de anchura, excepto en el valle de Ta-she, en el lago Moris y en el delta. Había tres clases de inundación: el codo de la saturación, el codo de la abundancia y el codo de la muerte. Medidos en nilómetros, había una serie de pozos graduados excavados a un lado del poderoso río. La subida de su nivel tardaba un mes en recorrer la distancia existente entre la primera catarata y el delta, que era por lo que la lectura del nilómetro de Elefantina era tan importante: avisaba al resto del reino de qué clase de inundación experimentaría aquel verano. En otoño el Nilo iba retrocediendo hasta quedar dentro de sus márgenes, lo que dejaba el suelo profundamente regado y enriquecido.

Aquel primer año de su reinado la lectura había sido baja en el codo de abundancia, un buen augurio para un nuevo monarca. Cualquier nivel por encima de treinta y tres pies romanos estaba en el codo de la saturación, lo cual significaba una inundación desastrosa. Cualquier nivel entre diecisiete y treinta y dos pies romanos estaba en el codo de la abundancia, lo cual significaba una inundación buena; el nivel ideal de la inundación eran veintisiete pies romanos. Por debajo de diecisiete pies yacía el codo de la muerte, cuando el Nilo no crecía lo suficiente para desbordar sus márgenes y el resultado inevitable era la hambruna.

Aquel primer año el verdadero Egipto, el Egipto del río, no el delta, pareció revivir bajo el gobierno de su nueva reina, que también era faraón... el dios en la tierra que su padre, el rey Ptolomeo Auletes, nunca había sido. La inmensamente poderosa facción que formaban los sacerdotes, egipcios nativos todos ellos, controlaban gran parte del destino de los gobernantes Ptolomeos de Egipto, descendientes de uno de los mariscales de Alejandro el Grande, el primer Ptolomeo. Sólo cumpliendo los verdaderos criterios religiosos y ganándose la bendición de los sacerdotes podían el rey y la reina ser coronados faraones. Porque los títulos de rey y reina eran macedonios, mientras que el título de faraón pertenecía a la impresionante intemporalidad del propio Egipto. El *ankh* de faraón era la clave de una sanción más que religiosa, era también la llave de las inmensas bóvedas del tesoro que había debajo del templo de Menfis, pues estaban bajo custodia de los sacerdotes y no guardaban relación con Alejandría, donde el rey y la reina llevaban una vida orientada al estilo macedonio.

Pero la séptima Cleopatra pertenecía a los sacerdotes. Había pasado tres años de su infancia bajo la custodia de éstos en Menfis, hablaba egipcio formal y demótico y había subido al trono como faraón. Era la primera de los Ptolomeos de la dinastía que hablaba egipcio. Ser faraón significaba tener autoridad completa, como una diosa, desde un extremo al otro de Egipto; también significaba que tenía acceso, si llegaba a necesitarlo alguna vez, a las bóvedas del tesoro. Mientras que en una Alejandría no egipcia ser faraón no podía realzar la posición de Cleopatra. Y la economía de Egipto y Alejandría no dependía del contenido de las bóvedas del tesoro; los ingresos públicos del monarca alcanzaban los seis mil talentos al año, y los ingresos privados otro tanto. En Egipto no había nada que fuera propiedad privada, todo iba a parar al monarca y a los sacerdotes.

Y así los triunfos de los dos primeros años de Cleopatra estuvieron más relacionados con Egipto que con Alejandría, aislada al oeste del Nilo canópico, el brazo más occidental del delta. También estaban relacionados con un enclave místico de gente que habitaba el delta oriental, la tierra de Onias, separada y autosuficiente y que no le debía lealtad a las creencias religiosas de Macedonia ni de Egipto. La tierra de Onias era la patria de los judíos que habían huido de la Judea helenizada después de negarse a reconocer a un alto sacerdote cismático, y conservaba aún su ferviente judaísmo. También suministraba a Egipto el grueso de su ejército y controlaba Pelusio, el otro puerto importante que Egipto poseía en las costas del Mare Nostrum. Y Cleopatra, que hablaba hebreo y arameo con fluidez, era muy querida en la tierra de Onias.

El primer peligro, el asesinato de los dos hijos de Bíbulo, había conseguido sortearlo bien. Pero el peligro actual era mucho más serio. Cuando llegó el momento de la segunda inundación de su reinado, ésta cayó en el codo de la muerte. El Nilo no desbordó sus orillas, el agua fangosa no fluyó sobre los campos y los sembrados no pudieron asomar sus hojas de un verde vivo por encima del suelo apergaminado. Porque el sol resplandecía sobre el reino de Egipto todos los días y todos los años; el agua que daba la vida era el don del Nilo, no de los cielos, y el faraón era la personificación deificada del río.

Cuando Cneo Pompeyo entró con sus barcos en el puerto real de Alejandría, la ciudad se agitaba amenazadoramente. Hacían falta dos o tres períodos de hambruna seguidos para privar a los egipcios nativos de todas las fuentes de alimentos, pero no era así en Alejandría, que producía poca cosa excepto burócratas, hombres de negocios y criados vinculados. Alejandría era la quintaesencia del intermediario: improductiva en sí misma, pero sin embargo la que hacía más dinero. Fabricaba artículos de lujo, como el asombroso vidrio hecho de vetas multicolores muy finas, producía los mejores eruditos del mundo, controlaba el papel del mundo. Y no era capaz de alimentarse a sí misma. Eso Egipto esperaba que lo hiciera el Nilo.

Los habitantes eran de varias clases: los macedonios puros que formaban la aristocracia y guardaban celosamente todos los puestos elevados de la burocracia; los comerciantes, fabricantes y otras personas del mundo del comercio que eran una mezcla híbrida de egipcios y macedonios; había un gueto judío considerable en el extremo oriental de la ciudad, en el distrito del delta, y la mayoría de sus habitantes eran artesanos, artífices, obreros especializados y eruditos; los griegos, más que los macedonios, eran escribas y empleados que llenaban los escalones inferiores de la burocracia, trabajaban como albañiles y escultores, maestros, tutores... y manejaban los remos de los barcos mercantiles y de guerra; y había incluso algunos caballeros romanos. El idioma que se utilizaba era el griego, y la ciudadanía era alejandrina, no egipcia. Sólo los trescientos mil nobles macedonios tenían plena ciudadanía alejandrina, lo cual era motivo de quejas y amargo resentimiento entre los demás grupos de la población; excepto para los romanos, que levantaban la nariz con desdén ante una clase de ciudadanía tan inferior, pues ser romano era ser mejor que nada y que nadie, incluidos los alejandrinos.

Todavía había alimentos en abundancia, ya que la reina importaba grano y otros productos de Chipre, Siria y Judea. Lo que causaba aquella amenazadora agitación era la subida de los precios. Por desgracia, los alejandrinos de todos los estratos, menos los pacíficos e introvertidos judíos, eran agresivos, extremadamente independientes y no se acobardaban lo más mínimo ante los monarcas. Repetidamente se habían sublevado y habían expulsado a algún Ptolomeo del trono para sustituirlo por oro Ptolomeo diferente, y luego habían vuelto a empezar todo de nuevo en el momento en que la prosperidad temblaba o el coste de la vida subía.

De ello era bien consciente la reina Cleopatra mientras se preparaba para recibir en audiencia a Cneo Pompeyo.

Y todo aquello se complicaba aún más porque su hermano y marido ya tenía casi doce años y no podía dejársele de lado como a un simple niño. Todavía no había alcanzado la pubertad, aparte de aquellos primeros temblores físicos que preceden a los cambios generales que aún habían de producirse, pero el decimotercer Ptolomeo cada vez resultaba más difícil de controlar. Y esto se debía principalmente a la influencia perniciosa que sobre él ejercían los dos hombres que dominaban su vida: Teodoto, su tutor, y Poteino, el señor alto chambelán.

Ya estaban esperando en el salón de audiencias cuando la reina entró con paso verdaderamente majestuoso; había descubierto que hacerlo así demostraba confianza y autoridad, cosas que no se

veían reforzadas por sus diminutos atributos físicos. El pequeño rey se encontraba sentado en su trono, de tamaño más pequeño
que el gran sillón de oro y ébano que era el de Cleopatra y situado
un escalón por debajo. Hasta que él no hubiera demostrado su vi-
rilidad dejando embarazada a su hermana y esposa, no se le eleva-
ría a una posición más alta. Ataviado con la túnica y la esclavina de
color granate propia de los reyes macedonios, resultaba un muchacho atractivo de un estilo muy macedonio, rubio, de ojos azules y más tracio que griego. Su madre era hermanastra de su padre,
cuya madre fue una princesa árabe de Nabatea. Pero la sangre semita no se notaba nada en el decimotercer Ptolomeo, mientras que
en Cleopatra, que era su hermanastra, sí. La madre de ésta era la
hija del impresionante rey Mitrídates de Ponto, una mujer alta y
corpulenta con el cabello amarillo oscuro y aquellos ojos de color
ámbar peculiares de la estirpe de Mitrídates. Por lo tanto, el decimotercer Ptolomeo tenía más sangre semita que su hermanastra y
sin embargo, era ella la que tenía aspecto semita.

Un cojín de color granate de Tiro incrustado de oro y perlas hacía posible que la reina de Alejandría y de Egipto se sentase en
aquel trono demasiado grande y pusiera los pies en algo sólido,
pues los dedos de los pies no llegaban a tocar el estrado de mármol,
igualmente de color granate.

—¿Viene ya de camino Cneo Pompeyo? —quiso saber la reina.

—Sí, señora.

Cleopatra no era capaz de decidir cuál de los dos le desagradaba más, si Poteino o Teodoto. El señor alto chambelán era el más
imponente, y era la prueba de que los eunucos no necesariamente
eran bajos, rechonchos y afeminados. Le extirparon los testículos
cuando tenía catorce años, quizá un poco tarde, por indicación de
su padre, un aristócrata macedonio muy ambicioso en lo referente
al futuro de su inteligente hijo. Señor alto chambelán era el puesto
más elevado de la corte, sólo podía ocuparlo un eunuco y era el peculiar resultado del cruce de las culturas egipcia y macedonia; únicamente se podía emascular a alguien de pura sangre macedonia
porque así lo dictaban las ancestrales tradiciones egipcias. Poteino
era un hombre sutil, cruel y muy peligroso. Llevaba rizos de color
ratón y tenía los ojos estrechos y grises y las facciones atractivas.
Naturalmente, tramaba derrocar a Cleopatra del trono y sustituir-
la por su hermanastra Arsínoe, que era hermana de padre y madre
del decimotercer Ptolomeo.

Teodoto era el afeminado, a pesar de tener los testículos intactos. Esbelto, pálido y con un engañoso aspecto cansado; no era un
buen erudito ni un verdadero maestro, pero había sido un gran íntimo de Auletes, el padre de Cleopatra, y debía su posición a aquella feliz casualidad. Lo que quiera que le enseñase al decimotercer
Ptolomeo no tenía nada que ver con historia, geografía, retórica o

matemáticas. Le gustaban los muchachos, y uno de los hechos más mortificantes de la vida de Cleopatra era saber que Teodoto habría iniciado sexualmente a su hermano mucho antes de que se considerase que el joven era lo bastante mayor para consumar el matrimonio.

Tendré que conformarme con tan sólo las sobras de Teodoto, pensaba ella. Si es que vivo para ello. Teodoto también quiere sustituirme por Arsinoe. Poteino y él saben que no pueden manipularme. ¡Qué tontos son! ¿No comprenden que a Arsinoe tampoco podrán manejarla? Sí, la guerra por poseer Egipto ha empezado. ¿Me matarán ellos a mí o los mataré yo a ellos? Pero una cosa he prometido: el día que mueran Poteino y Teodoto, mi hermano morirá también. ¡Es una pequeña víbora!

La sala de audiencias no era la sala del trono. En aquel extenso conglomerado de edificios había estancias para cada tipo de función y de funcionario, incluso había palacios dentro del palacio. La sala del trono hubiera dejado atónito a Craso, pero para dejar atónito a Cneo Pompeyo era suficiente. La arquitectura del complejo era griega tanto por dentro como por fuera, pero Egipto también tenía algo que ver, pues gran parte de la decoración caía en suerte a los artistas sacerdotes de Menfis. Y así las paredes de la sala de audiencias estaban revestidas en parte de pan de oro y en parte de murales de una clase que a aquel embajador romano le resultaba desconocida. Eran muy planos y artificiales y representaban personas, animales, palmeras y lotos en dos dimensiones. No había estatuas ni muebles exceptuando los dos tronos situados sobre el estrado.

A cada lado del estrado se alzaba un hombre gigantesco y extravagante del tipo de gente que Cneo Pompeyo sólo conocía de oídas, aparte de una mujer que vio en un espectáculo de segunda en el circo durante los días de su infancia; aunque la mujer era muy hermosa, no podía compararse a aquellos dos hombres. Iban ataviados con sandalias de oro y llevaban collares del mismo metal que destelleaban llenos de joyas alrededor de la garganta. Cada uno de ellos manejaba un abanico enorme prendido de una vara larga de oro, cuya base estaba incrustada de más piedras preciosas; al dar aire, los abanicos mostraban unas plumas maravillosas, enormes y teñidas de muchos colores. Pero aquello no era nada comparado con la belleza de la piel de los hombres, que eran negros. No marrones, negros. Como una lustrosa uva negra, aunque un poco empañada por el moho, pensó Cneo Pompeyo. ¡Una piel del mismo color púrpura de Tiro! Él había visto rostros como los de aquellos hombres en alguna ocasión en estatuas pequeñas; cuando un buen escultor griego o italiano tenía la suerte de ver a uno, de inmediato plasmaba aquella asombrosa persona. Hortensio poseía la estatua de un muchacho, Lúculo el busto en bronce de un hombre. Pero desde luego no eran más que sombras junto a la realidad de aquellos rostros vivos. Pómulos altos, nariz aguileña, labios muy llenos pero exquisitamente dibujados y ojos negros de una mirada peculiar. Todo ello coronado por un cabello muy corto de rizos tan apretados que tenía el mismo aspecto que aquella piel de cabra fetal de Bactria que los reyes partos apreciaban tanto que sólo a ellos les estaba permitido usarla para vestir.

—¡Cneo Pompeyo Magno! —masculló Poteino al tiempo que corría hacia adelante vestido con la túnica granate y la capa *chlamys* con la cadena que indicaba su alto rango colgada de los hombros—. ¡Bienvenido, bienvenido!

—¡Yo no soy Magno! —le indicó con brusquedad Cneo Pompeyo, muy molesto—. ¡Soy Cneo Pompeyo a secas! ¿Quién eres tú, el príncipe de la corona?

La mujer que estaba sentada en el trono más grande y más alto habló con voz fuerte y melódica:

—Éste hombre es Poteino, nuestro señor alto chambelán —le explicó—. Nos somos Cleopatra, reina de Alejandría y de Egipto. En nombre de Alejandría y de Egipto os damos la bienvenida. En cuanto a ti, Poteino, si quieres quedarte, retrocede y no hables hasta que se te dirija la palabra.

¡Oh!, pensó Cneo Pompeyo. No le cae bien. Y a él no le gusta ni pizca recibir órdenes de esta mujer.

—Es un gran honor para mí, gran reina —dijo Cneo Pompeyo que tenía tres lictores a cada lado—. Y supongo que éste es el rey Ptolomeo.

—Sí —repuso la reina secamente.

Aquella mujer pesaría más o menos lo mismo que una bayeta mojada, fue el veredicto de Cneo Pompeyo, y probablemente no mediría ni cinco pies romanos cuando estuviera de pie. Tenía unos brazos pequeños y delgados y el cuello también pequeño y flaco. Una piel bonita de color oliva oscuro, aunque lo bastante transparente para que se vieran debajo las venas azules. El cabello era de color castaño claro y estaba peinado de un modo muy peculiar que consistía en una serie de mechones de un par de centímetros de ancho recogidos desde la frente hasta formar un moño en la nuca; a Cneo Pompeyo le recordó la corteza de un melón de verano, tenía las mismas estrías. Cleopatra llevaba la diadema de soberana formada por una cinta blanca que no le cruzaba la frente, sino que le pasaba por detrás del nacimiento del pelo; iba vestida con sencillez al estilo griego, aunque la túnica era de la más fina púrpura de Tiro. No llevaba encima ninguna cosa de valor excepto las sandalias, que parecían no estar diseñadas para caminar nunca, tan fino era el oro del que estaban hechas.

La luz, que penetraba por aberturas sin postigos situadas en lo alto de las paredes, era lo bastante buena como para permitir que Cneo Pompeyo viera que el rostro de ella era deprimentemente feo, y que el único encanto era la juventud, que lo suavizaba un poco. Ojos grandes que a él se le antojaron de color verde dorado, o quizá de color avellana. Una boca que no estaría mal para besarla de no ser porque la tenía firmemente apretada en un gesto severo. Y una nariz que podía rivalizar en tamaño con la de Catón, un poderoso pico encorvado igual a la nariz de un judío. Resultaba difícil apreciar rasgos macedonios en aquella joven, pues era de un tipo puramente oriental.

—Es un gran honor recibirte en audiencia, Cneo Pompeyo —continuó diciendo la reina en perfecto griego ático con aquella poderosa voz meliflua—. Lamentamos no poder hablarte en latín, pero es que nunca hemos tenido ocasión de aprenderlo. ¿Qué podemos hacer por ti?

—Imagino, gran reina, que incluso en este remoto extremo del Mare Nostrum sabéis que Roma está metida en una guerra civil. Mi padre, que es quien se llama Magno, se ha visto obligado a huir de Italia en compañía del legítimo gobierno de Roma. En este momento se encuentra en Tesalónica preparándose para enfrentarse al traidor Cayo Julio César.

—Claro que lo sabemos, Cneo Pompeyo. Y tenéis todas nuestras simpatías.

—Eso es un buen comienzo, pero no basta —le dijo Cneo Pompeyo con toda la alegre falta de modales que su padre había hecho famosa—. Estoy aquí para pedir ayuda material, no para recibir expresiones de simpatía o de condolencia.

—Desde luego. Hay un largo camino hasta Alejandría para venir sólo a pedir unas cuantas expresiones de condolencia. Ya suponíamos que has venido a solicitar... eh... ayuda material. ¿Y qué clase de ayuda deseas?

—Necesito una flota compuesta por lo menos por diez barcos de guerra superiores, sesenta buenos barcos de transporte, marineros y remeros en número suficiente para impulsarlos, y que cada uno de los sesenta barcos de transporte esté lleno a rebosar de trigo y de otros alimentos —recitó Cneo Pompeyo.

El pequeño rey se movió en su trono menor, volvió la cabeza, en la que llevaba también la cinta blanca de la diadema, y miró al señor alto chambelán y al hombre afeminado y esbelto que se encontraba detrás de él. Su hermana mayor, que también era su esposa (¡qué decadentemente complicadas eran aquellas monarquías orientales!), reaccionó con prontitud exactamente como lo hubiera hecho una hermana mayor romana. Sostenía un cetro de oro y marfil y lo utilizó para darle con él en los nudillos tan fuerte que el pequeño rey soltó un grito de dolor. Haciendo un puchero, volvió la hermosa cara hacia adelante y permaneció así, parpadeando con los bonitos ojos azules para ahuyentar las lágrimas.

—Estamos encantados de que nos pidas ayuda material, Cneo Pompeyo. Te concedemos todos los barcos que pides. Hay diez excelentes quinquerremes en los cobertizos para barcos anexos al puerto Ciboto, todos muy maniobrables, diseñados para llevar artillería en abundancia, y todos dotados con los mejores arietes de roble. Sus tripulaciones están rigurosamente entrenadas. También requisaremos sesenta bajeles de carga grandes y robustos de entre los que nos pertenecen. Poseemos todos los barcos de Egipto, tanto comerciales como de guerra, aunque no poseemos todos los barcos mercantes de Alejandría. —La reina hizo una pausa y se puso muy seria... y muy fea—. Sin embargo, Cneo Pompeyo, no podemos darte el trigo ni ningún otro alimento. Egipto está atravesando una época de hambruna. La crecida se quedó en el codo de la muerte, y no ha germinado ninguna planta. Ni siquiera tenemos suficiente para dar de comer a nuestro propio pueblo, en particular a los habitantes de Alejandría.

Cneo Pompeyo, que se parecía mucho a su padre en todo menos en el pelo que, aunque lo llevaba igualmente muy corto, era de un color oro más oscuro, se mordió los labios y movió la cabeza de un lado al otro.

—¡Eso no me conviene! —ladró—. ¡Quiero grano y quiero alimentos! ¡Y no aceptaré un no por respuesta!

—Es que no tenemos grano, Cneo Pompeyo. Y tampoco tenemos alimentos. No estamos en situación de complacerte, como acabo de explicarte.

—En realidad no tienes elección en este asunto —le dijo Cneo Pompeyo como sin darle importancia—. Siento mucho que tu gente se muera de hambre, pero eso no es cosa mía. El gobernador Quinto Cecilio Metelo Pío Escipión Nasica sigue en Siria y tiene buenas tropas romanas más que suficientes para marchar hacia el sur y aplastar Egipto como a un escarabajo. Eres lo bastante mayor como para acordarte de la llegada de Aulo Gabinio y de lo que ocurrió entonces. Lo único que tengo que hacer es mandar un mensajero a Siria y te invadirán. ¡Y no pienses en hacerme a mí lo mismo que les hiciste a los hijos de Bíbulo! Yo soy el hijo de Magno. Mátame a mí o a alguno de los míos y todos vosotros moriréis de forma muy dolorosa. En muchos aspectos la anexión sería lo mejor para mi padre y para el gobierno en el exilio. Egipto se convertiría en una provincia de Roma y todo lo que Egipto posee iría a parar a Roma, personificada en mi padre. Piénsalo bien, reina Cleopatra. Volveré mañana.

Los lictores giraron sobre sus talones y salieron con el rostro impasible, y Cneo Pompeyo se fue caminando tranquilamente detrás de ellos.

—¡Qué arrogancia! —exclamó Teodoto con voz ahogada mientras aleteaba en el aire con las manos—. ¡Oh, no me puedo creer semejante arrogancia!

—¡Frena la lengua, tutor! —le ordenó bruscamente la reina.

—¿Puedo irme? —preguntó el pequeño rey con las lágrimas asomándole en los ojos.

—¡Sí, vete, pequeño sapo! ¡Y llévate contigo a Teodoto!

Salieron los dos, mientras el hombre rodeaba con un brazo posesivo los hombros del muchacho, que subían y bajaban a causa del llanto.

—Tendrás que hacer lo que te ha ordenado Pompeyo —ronroneó Poteino.

—¡Ya me doy cuenta de eso, gusano satisfecho de ti mismo!

—Y también reza, poderosa faraón, Isis en la Tierra, Hija de Ra, para que este verano el Nilo crezca y llegue al codo de la abundancia.

—Pienso rezar. ¡Sin duda tú y Teodoto, y también tu secuaz Achillas, comandante en jefe de mi ejército, pensáis rezar con la misma firmeza a Serapis para que el Nilo permanezca en el codo de la muerte! Dos inundaciones malas seguidas secarían el Ta-she y el lago Moris. Nadie en Egipto comería. Mis ingresos se encogerían hasta quedar reducidos a un punto, por lo que poco dinero podría encontrar yo para comprar alimentos e importarlos, Poteino. Si es que hay grano en algún sitio para importar, pues la sequía se extiende desde Macedonia y Grecia hasta Siria y Egipto. Los precios de los alimentos seguirán subiendo hasta que el Nilo crezca. Mientras tanto tú y tus dos compinches alentáis una tercera subida: el levantamiento de los alejandrinos contra mí.

—Como faraón, oh, reina, tienes la llave de las bóvedas del tesoro de Menfis —le recordó Poteino con suavidad.

La reina mostró desprecio.

—¡Ciertamente, señor alto chambelán! Sabes perfectamente que los sacerdotes no me permitirán gastar los tesoros egipcios para salvar a Alejandría de morirse de hambre. ¿Por qué habrían de hacerlo? A ningún egipcio nativo se le permite vivir en Alejandría, y mucho menos tener su ciudadanía. Cosa que yo no pienso cambiar por un buen motivo, y es que no quiero que mis mejores y más leales súbditos contraigan la enfermedad alejandrina.

—Pues entonces el futuro no se te presenta muy prometedor, oh, reina.

—Me tienes por una mujer débil, Poteino. Y ése es un error muy grave. Será mejor que empieces a pensar en mí como Egipto, pues yo soy Egipto.

Cleopatra tenía cientos y cientos de criados, pero en realidad sólo apreciaba a dos, dos mujeres llamadas Charmian e Iras. Hijas de aristócratas macedonios, le habían sido entregadas a Cleopatra cuando las tres eran niñas para que fueran las compañeras reales de la segunda hija del rey Ptolomeo Auletes y de la reina Cleopatra Tryphaena, hija del rey Mitrídates de Ponto y de su reina. Eran de la misma edad que Cleopatra y habían pasado con ella todos aquellos tormentosos años... el divorcio de Ptolomeo Auletes y Cleopatra Tryphaena y la llegada de una madrastra... el destierro de Auletes... los tres años de exilio en Menfis mientras Berenice, la hija mayor, reinaba con su madre, Cleopatra Tryphaena... el espantoso período después de la muerte de Cleopatra Tryphaena en que Berenice buscó frenéticamente un marido aceptable para los alejandrinos... el retorno de Ptolomeo Auletes y su reinstauración en el trono... el día que Auletes asesinó a Berenice, su propia hija... los dos primeros años del reinado de Cleopatra... ¡Tanto tiempo!

Las dos criadas eran sus únicas confidentes, así que fue a ellas a quienes les contó toda la historia de su audiencia con Cneo Pompeyo.

—Poteino se está poniendo inaguantable con esa insufrible confianza en sí mismo —les dijo.

—Lo que significa que ese hombre hará todo lo posible por destronarte en cuanto pueda —le dijo Charmian, que era morena y muy bonita.

—Oh, sí. Tengo que viajar a Menfis para hacer un verdadero sacrificio a los dioses verdaderos, pero no me atrevo —les confió Cleopatra, un poco apurada—. Abandonar Alejandría sería un error fatal.

—¿Serviría de ayuda escribirle a Antípater a la corte del rey Hircano para pedirle consejo?

—No creo que sirviera de nada. Está completamente a favor de los romanos.

—¿Cómo es Cneo Pompeyo? —le preguntó Iras, que siempre pensaba en las personalidades y nunca en la política. Era una muchacha rubia y muy bonita.

—Está hecho del mismo molde que el gran Alejandro, es completamente macedonio.

—¿Te ha gustado? —insistió Iras con los ojos azules cariñosos y húmedos.

Cleopatra se exasperó.

—¡A decir verdad, Iras, ese hombre me desagrada intensamente! ¿Por qué haces unas preguntas tan tontas? Soy faraón. Mi himen le pertenece a alguien que sea mi igual en sangre y deidad. Si se te antoja Cneo Pompeyo, ve y acuéstate con él. Eres una muchacha joven y tienes derecho a casarte. Pero yo soy faraón, dios en la Tierra. Cuando me empareje, lo haré por Egipto, no por mi propio placer. —La cara se le torció—. ¡Créeme, por ningún motivo inferior a Egipto reuniré la fortaleza necesaria para entregarle mi cuerpo intacto a la pequeña víbora!

Con una sensación de enorme alivio, Pompeyo el Grande emprendió la marcha a principios del mes de diciembre para dirigirse al oeste por la vía Egnacia hasta Dyrrachium. El hecho de haber tenido que compartir el palacio de Tesalónica con más de la mitad de los miembros del Senado romano le había resultado una verdadera pesadilla. Porque todo el mundo había regresado, por supuesto, desde Catón hasta su amado hijo mayor, que había vuelto de Alejandría con una flota soberbia de diez quinquerremes y sesenta barcos de transporte, estos últimos cargados de víveres hasta los topes. Se suponía que la carga tenía que ser de trigo, cebada, alubias y garbanzos, pero resultó que consistía principalmente en dátiles. Fruto éste muy dulce y sabroso para un tentempié epicúreo, aunque para el paladar de los soldados resultaba una comida realmente insoportable.

—¡Esa loba monstruosa y tacaña! —gruñó Cneo Pompeyo al descubrir que sólo diez de los barcos de carga estaban llenos de trigo y que las otras cincuenta naves contenían dátiles en las mismas tinajas que él había visto llenas de trigo—. ¡Me ha engañado!

Su padre, agotado por la combinación que suponían Catón y Cicerón juntos, optó por ver el lado gracioso del asunto y se estuvo riendo hasta derramar las lágrimas que no podía derramar de otro modo.

—No te preocupes, cuando hayamos derrotado a César nos marcharemos a Egipto y le haremos pagar esta guerra a Cleopatra con el tesoro de Egipto —le dijo a su airado hijo intentando tranquilizarlo.

—¡Me dará gran placer torturarla personalmente!

—¡Tch, tch! —le corrigió Pompeyo, que todavía se reía—. ¡No es un lenguaje propio de un amante, Cneo! Corre el rumor de que la has poseído.

—¡La única manera como yo tomaría a esa mujer sería asada y rellena de dátiles!

Esta respuesta hizo que Pompeyo Magno se echase a reír de nuevo.

Catón regresó justo antes que Cneo Pompeyo muy complacido con el éxito de su misión en Rodas, y repetía sin cesar la historia del reencuentro con su hermanastra Servilila, que estaba divorciada del difunto Lúculo, y con el hijo de ésta, Marco Lincinio Lúculo.

—No la comprendo más de lo que comprendo a Servilia —decía frunciendo el ceño—. Cuando me encontré con Servilila en Atenas... por lo visto creyó que la proscribirían si se quedaba en Roma... me juró no volver a abandonarme nunca. Estuvo navegando conmigo por el Egeo, llegó hasta Rodas. Empezó a reñir con Atenodoro Cordilión y con Estatilo. Pero cuando llegó el momento de marcharse de Rodas, dijo que ella se quedaba allí.

—Las mujeres son peces muy raros, Catón —le explicó Pompeyo—. ¡Y ahora, márchate!

—No me marcharé hasta que accedas a imponer disciplina entre la caballería galacia y la de Capadocia. Se están comportando ignominiosamente.

—Están aquí para ayudarnos a derrotar a César, Catón, y no tenemos que pagar su manutención. Por lo que a mí respecta, pueden violar a toda la población femenina de Macedonia, y además apalear a la población masculina. ¡Y ahora vete!

A continuación llegó Cicerón acompañado de su hijo. Exhausto, desgraciado, lleno de quejas acerca de todo el mundo, desde su hermano y su sobrino, los Quintos, hasta Ático, que se negaba a hablar en contra de César y estaba muy atareado allanándole a éste el camino en Roma.

—¡He estado rodeado de traidores por todas partes! —le aseguró de modo fulminante a Pompeyo; le lloraban los ojos, que tenía rojos y llenos de costras—. Me ha costado meses lograr escapar, y encima he tenido que marcharme sin Tirón.

—Sí, sí —convino Pompeyo con cansancio—. Hay una sabia maravillosa que vive a las afueras de la puerta Larisa, Cicerón. Ve a que te mire esos ojos. ¡Ahora! ¡Por favor!

En octubre llegaron de Hispania Lucio Afranio y Marco Petreyo, que eran heraldos de su propia perdición. Llevaban consigo unas cuantas cohortes de soldados, cosa que no fue consuelo para Pompeyo, que estaba destrozado por la noticia de que ya no existía su ejército hispánico... y de que César había conseguido otra victoria casi incruenta. Para empeorar las cosas, la llegada de Afranio y Petreyo provocó una furia frenética en hombres como Léntulo Crus, que había regresado de la provincia de Asia.

—¡Son unos traidores! —le gritó al oído Léntulo Crus a Pompeyo—. ¡Exijo que nuestro Senado los juzgue y los condene!

—¡Oh, cierra la boca, Crus! —le dijo Tito Labieno—. Por lo menos Afranio y Petreyo saben encontrar el camino en un campo de batalla, que es más de lo que puede decirse de ti.

—Magno, ¿quién es este gusano rastrero? —quiso saber con voz ahogada Léntulo Crus, que se sintió ultrajado—. ¿Por qué tenemos que tolerarlo? ¿Por qué yo, un patricio Cornelio, tengo que verme insultado por hombres que no sirven ni para limpiarme las botas? ¡Dile que se quite de en medio!

—¡Quítate de en medio, Léntulo! —le respondió Pompeyo a punto de llorar.

Aquellas lágrimas por fin se derramaron de noche sobre la almohada de Pompeyo después de que Lucio Domicio Enobarbo llegó por mar con la noticia de que Masilia se había rendido a César y que éste tenía el control completo de todas las tierras situadas al oeste de Italia.

—No obstante, tengo una buena flotilla y pienso hacer uso de ella —le dijo Enobarbo.

Bíbulo marchó a finales de diciembre y encontró a Pompeyo cuando su enorme ejército atravesaba penosamente los elevados pasos de Candavia.

—¿Cómo es que estás aquí? —le preguntó Pompeyo lleno de nerviosismo.

—¡Cálmate, Magno! César no desembarcará en Epiro ni en Macedonia en un futuro próximo —le explicó Bíbulo cómodamente—. Por una parte no hay, ni mucho menos, suficientes barcos de transporte en Brundisium para que César pueda traer a sus tropas a este lado del Adriático. Y por otra parte tengo la flota de tu hijo en el Adriático, además de mis otras dos flotas bajo el mando de Octavio y Libón, y Enobarbo patrulla el mar Jónico.

—Desde luego, sabrás que a César se le ha nombrado dictador, que toda Italia está a su favor y que no tiene intención de proscribir a nadie, ¿no?

—Sí, ya lo sé. Pero anímate, Magno, no todo va mal. He enviado a Cayo Casio y a esos setenta barcos sirios bien pertrechados al mar Toscano con órdenes de patrullar entre Mesana y Vibo y de bloquear todos los envíos de grano procedente de Sicilia. Su presencia impedirá también que César envíe alguna de sus tropas a Epiro desde la costa oeste.

—¡Oh, ésa es una buena noticia! —exclamó Pompeyo.

—Ya lo creo. —Bíbulo esbozó una refrenada sonrisa de auténtica satisfacción—. Si podemos retenerlo en Brundisium, ¿te imaginas cómo se sentirá Italia si el campo tiene que dar de comer a doce legiones durante todo el invierno? Cuando llegue Cayo Casio con la provisión de grano, César tendrá bastantes problemas para dar de comer al populacho civil. Y además tenemos en nuestro poder África, no lo olvides.

—Eso es cierto. —Pompeyo volvió a hundirse en el pesimismo—. No obstante, Bíbulo, yo sería mucho más feliz si hubiera recibido esas dos legiones sirias de Metelo Escipión antes de marcharme de Tesalónica. Voy a necesitarlas si César logra cruzar el mar. Ocho de sus legiones son completamente veteranas.

—¿Qué es lo que ha impedido que las legiones sirias lleguen hasta ti?

—Según la última carta de Escipión, se ve que tiene horribles problemas para atravesar el Amano. Los árabes esquenitas se han instalado en los pasos y están obligándole a abrirse camino luchando por ganar cada centímetro. Bueno, tú ya conoces el Amano. Tú luchaste allí.

Bíbulo frunció el ceño.

—Entonces todavía le queda por recorrer todo el trayecto de Anatolia antes de llegar al Helesponto. Dudo de que veas a Escipión antes de la primavera.

—Entonces esperemos no ver tampoco a César, Bíbulo.

Esperanza vana. Pompeyo estaba todavía en Candavia atravesando las alturas que hay al norte del lago Ochris cuando Lucio Vibulio Rufo lo localizó a principios de enero.

—¿Qué estás haciendo tú aquí? —le preguntó Pompeyo, atónito—. ¡Creíamos que estabas en Hispania Citerior!

—Soy la primera prueba de lo que le ocurre a un hombre que, tras haber sido perdonado por César después de Corfinio, vuelve a oponérsele. Me cogió prisionero en Ilerda y desde entonces me tiene consigo.

Pompeyo notó que se ponía pálido.

—¿Quieres decir...?

—Sí, quiero decir que César cargó cuatro legiones en todos los barcos que pudo encontrar y se hizo a la mar en Brundisium el día antes de las nonas. —Vibulio sonrió sin alegría—. No ha visto ni un solo barco de guerra y ha desembarcado sano y salvo en la costa de Paleste.

—¿En Paleste?

—Entre Orico y Corcira. Lo primero que hizo fue enviarme a Corcira a ver a Bíbulo... para informarle de que había perdido la oportunidad. Y para preguntarle por tu paradero. Ves en mí al embajador de César el dictador.

—¡Oh, dioses, qué pellejo tiene! ¿Con cuatro legiones? ¿Nada más?

—Nada más.

—¿Qué mensaje me traes de su parte?

—Que ya se ha derramado bastante sangre romana. Que ya es hora de establecer las condiciones para llegar a un acuerdo de paz. Dice que ambos bandos están igualados, pero no alineados.

—Igualados —repitió Pompeyo muy lentamente—. ¡Con cuatro legiones!

—Ésas son sus palabras, Magno.

—¿Y sus condiciones?

—Que tú y él acudáis al Senado y al pueblo de Roma para que imponga las condiciones. Después de que ambos, él y tú, hayáis despedido a vuestros ejércitos. Lo cual pide que se haga tres días después de que yo vuelva junto a él.

—El Senado y el pueblo de Roma. *Su* Senado. *Su* pueblo —dijo

Pompeyo entre dientes—. Ha sido elegido cónsul senior, ya no es dictador. Todos en Italia y en Roma lo consideran una maravilla. ¡Desde luego, no es Sila!

—Sí, él gobierna mediante palabras hermosas, no por medios sucios. ¡Oh, qué inteligente es! Y todos esos tontos de Roma y de Italia se lo tragan.

—Bien, Vibulio, César es el héroe del momento. Hace diez años lo era yo. También hay modas en cuestión de héroes públicos. Hace diez años, el prodigio picentino. Hoy, el príncipe patricio.

—El ademán de Pompeyo cambió—. Dime, ¿a quién ha dejado a cargo de Brundisium?

—A Marco Antonio y a Quinto Fufio Caleno.

—Así que no se ha llevado consigo caballería a Epiro.

—Muy poca. Dos o tres escuadrones de galos.

—Se dirigirá a Dyrrachium.

—Sin duda.

—Entonces, será mejor que convoque a mis legados y ponga en marcha a este ejército a paso ligero. Tengo que llegar antes que él a Dyrrachium, de lo contrario César conseguirá el campamento y el acceso a la ciudad.

Vibulio se puso en pie, pues se tomó aquello como una despedida.

—¿Qué respuesta le doy a César?

—¡Que silbe! —le contestó Pompeyo—. Quédate aquí y sé útil.

Pompeyo llegó a Dyrrachium antes que César, pero sólo por muy poco.

La costa occidental de la masa de tierra que comprendía Grecia, Epiro y Macedonia estaba demarcada sólo vagamente; la frontera meridional de Epiro se consideraba en general como la orilla norte del golfo de Corinto, pero eso era también la Acarnania griega; y la frontera septentrional de Epiro era en su mayor parte cualquier lugar que se le antojase a un individuo. Para un general romano la vía Egnacia, que recorría un trayecto de casi mil doscientos kilómetros desde el Helesponto hasta el Adriático, atravesando Tracia y Macedonia, estaba decididamente en Macedonia. A unos veinticinco kilómetros de la costa oeste se bifurcaba hacia el norte y hacia el sur; la rama del norte terminaba en Dyrrachium y la rama sur en Apolonia. Por ello, la mayoría de los generales romanos consideraban Dyrrachium y Apolonia como parte de Macedonia, no como parte de Epiro.

Para Pompeyo, que llegó con prisas y en desorden a Dyrrachium, fue una impresión colosal descubrir que toda la zona de Epiro propiamente dicha se había inclinado a favor de César, y lo mismo había hecho Apolonia, el tramo meridional de la vía Egnacia. En realidad, todo el territorio situado al sur del río Apso ahora le pertenecía a César, que había expulsado a Torcuato de Orico y a Estaberio de Apolonia sin derramamiento de sangre y del modo más simple: los habitantes del lugar habían vitoreado a César y le habían hecho la vida demasiado difícil a la guarnición. Desde el lugar donde había desembarcado en Paleste, la carretera local, pobremente proyectada y construida, que llevaba a Dyrrachium alcanzaba una longitud de poco más de ciento sesenta kilómetros, por lo que César estuvo a punto de llegar antes que Pompeyo, que marchaba por la romana vía Egnacia.

Para hacerle las cosas más agobiantes a Pompeyo, Dyrrachium también decidió apoyar a César. Los reclutas oriundos de allí y los habitantes de la ciudad se negaron a cooperar con el gobierno romano en el exilio y empezaron a programar una acción subversiva. Con siete mil caballos y casi ocho mil mulas que alimentar, Pompeyo no podía permitirse establecerse en territorio hostil.

—Deja que yo me encargue de ellos —le dijo Tito Labieno con una expresión en aquellos fieros ojos oscuros suyos que César, Trebonio, Fabio o Décimo Bruto, daba igual, hubieran reconocido inmediatamente como lo que era: avidez de salvajismo.

Como no era consciente del alcance de aquella vena bárbara en Labieno, Pompeyo le hizo una pregunta inocente.

—¿Cómo piensas encargarte de ellos? ¿Conoces algún modo que otros no puedan llevar a cabo?

Labieno enseñó los dientes grandes y amarillos al esbozar una sonrisa de desprecio.

—Les daré a probar una muestra de lo que los tréveres llegaron a temer.

—Muy bien, pues —aceptó Pompeyo al tiempo que se encogía de hombros—. Hazlo.

Después de varios cientos de cuerpos de epirotas horriblemente mutilados, Dyrrachium y los habitantes del campo que la rodeaban llegaron a la conclusión de que, decididamente, era más prudente continuar con Pompeyo, quien, después de haber oído los rumores que circulaban por aquel enorme campamento suyo, decidió no decir ni hacer nada.

Cuando César se retiró a la orilla sur del Apso, Pompeyo y su ejército continuaron a fin de establecer el campamento en la orilla norte, justo enfrente; en aquel vado del gran río, la rama sur de la vía Egnacia cruzaba en su camino hacia Apolonia.

Nada más que una corriente de agua entre César y él... Seis legiones de tropas romanas, siete mil soldados a caballo, diez mil auxiliares extranjeros, dos mil arqueros y mil tiradores con honda; contra cuatro legiones veteranas de la Galia, la séptima, la novena, la décima y la duodécima. ¡Pompeyo tenía una enorme ventaja numérica! ¡Seguro, seguro, que con aquello había más que suficiente!

¿Cómo podía caer un ejército como aquél en una batalla contra cuatro legiones de infantería romana? Era imposible. Simplemente era imposible. ¡Tenía que ganar por fuerza!

Sin embargo, Pompeyo permaneció sentado en la orilla norte del Apso, tan cerca de las fortificaciones del campamento de César que podría haber lanzado una piedra y darle en el yelmo a algún veterano de la décima. Pero no se movió.

Volvía a estar mentalmente en las Hispanias enfrentado a Quinto Sertorio, que era capaz de salir de la nada eludiendo a todos los exploradores, infligir una terrible derrota a un ejército relativamente grande y luego desaparecer de nuevo en la nada. Pompeyo volvía a estar bajo las murallas de Lauro, volvía a estar contemplando Osca, volvía a estar arrastrando el rabo entre las piernas mientras se retiraba atravesando el Ebro, volvía a ver cómo Metelo Pío ganaba los laureles.

Y Lucio Afranio y Marco Petreyo, que debieron haber ejercido presión sobre Pompeyo, también volvían a estar mentalmente en la Hispania Citerior enfrentándose igualmente a Sertorio y recordando además con qué facilidad, casi irrisoria, César los había dejado fuera de combate en Hispania Citerior hacía sólo seis meses. Y tampoco estaba allí Labieno para despreciar a César de aquella habitual manera suya y fortalecer así la decisión que le faltaba a Pompeyo, pues se había quedado atrás para guardar Dyrrachium y mantener leales a sus habitantes. Junto con aquellos latosos generales de salón: Catón, Cicerón, Léntulo Crus, Léntulo Spinther y Marco Favonio. En realidad, ninguno de los que estaban acampados con Pompeyo tenía ni la visión ni la fortaleza suficientes para enfrentarse a éste, que se hallaba en una disposición de ánimo dubitativa.

—No —les dijo finalmente a Afranio y a Petreyo después de varias *nundinae* de inactividad—. Esperaré a Escipión y a las legiones sirias antes de entablar batalla. Mientras tanto me quedaré aquí, conteniéndolo.

—Buena estrategia —le concedió Afranio con alivio—. César está sufriendo, Magno, está sufriendo mucho. Bíbulo casi ha conseguido estrangularle las líneas marítimas de abastecimiento, de manera que César tiene que confiar en lo que llega por tierra desde Grecia y el sur de Epiro.

—Muy bien. El invierno hará que se mueran de hambre. Este año llega temprano, está viniendo de prisa.

Pero no lo bastante temprano ni lo bastante de prisa, y César tenía consigo a Publio Vatinio. La proximidad de los dos campamentos significaba que existía cierto grado de comunicación de una orilla a la otra del pequeño río entre los centinelas de ambos bandos; esta comunicación se extendió a los legionarios que disponían de tiempo libre, y fue para ventaja de César. Sus hombres, tan alabados y admirados por su valor e inflexible determinación durante la Guerra de las Galias, se convirtieron en el blanco de muchas preguntas por parte de los curiosos pompeyanos. Observando aquella reverencia en gran parte inconsciente, César envió a Publio Vatinio a la torre de fortificación más cercana e hizo que les hablase a los pompeyanos. ¿Por qué seguir derramando sangre romana? ¿Por qué soñar con derrotar al absolutamente imbatible César? ¿Por qué Pompeyo no presentaba batalla si no era porque le aterraba perder? *¿Por qué estaban ellos allí?*

Cuando se enteró de lo que estaba pasando, la reacción de Pompeyo fue enviar a alguien a Dyrrachium a buscar a Labieno, que era quien le resolvía los problemas principalmente, con una petición especial para Cicerón: que acudiera él también por si era necesario un orador que contestase a Publio Vatinio. El resultado fue que todos los generales de sofá decidieron acudir (¡tan aburridos estaban!), incluido Léntulo Crus, que por entonces empezaba a dejarse atrapar por la sutil persuasión en forma de ofertas de dinero que le hacía Balbo el Joven, a quien César había enviado para que se lo ganara. Rezando por que nadie en el campamento de Pompeyo lo reconociera, Balbo el Joven se vio obligado también a acudir.

Labieno llegó el mismo día en que estaba programado el comienzo de las negociaciones entre César y una delegación de pompeyanos encabezada por uno de los Terencios Varrones. La conferencia no llegó a celebrarse, pues la estropeó la llegada de Labieno, quien le habló a voces a Vatinio y luego arrojó una oleada de lanzas al otro lado del río. Acobardados por Labieno, los pompeyanos se escabulleron y no volvieron a parlamentar.

—¡No seas tonto, Labieno! —le gritó Vatinio—. ¡Negocia! ¡Salva vidas, hombre, salva vidas!

—¡Mientras yo esté aquí no habrá cambalaches con traidores! —le gritó Labieno—. ¡Pero envíame la cabeza de César y volveré a pensarlo!

—¡Veo que no has cambiado, Labieno!

—¡Ni cambiaré nunca!

Mientras aquello sucedía, Cicerón estaba cómoda y deliciosamente instalado compartiendo vino y conversación en la casa de mando de Pompeyo, por una vez sin que nadie lo molestase.

—Pareces muy alegre y animado —le comentó Pompeyo, que estaba taciturno.

—Y tengo excelentes motivos para ello —repuso Cicerón, demasiado contento con la gozosa noticia de la que acababa de enterarse y también a punto de estallar de ganas de contarla—. Acabo de recibir una bonita herencia.

—No me digas —le dijo Pompeyo entornando los ojos.

—¡Oh, de verdad, Magno, no podía haber llegado en mejor momento! —le confió Cicerón sin darse cuenta del desastre que se le venía encima—. Se cumple por ahora el segundo plazo de la dote de Tulia. ¡Doscientos mil, nada menos! Y todavía le debo a Dolabela sesenta mil del primer plazo. Suele enviarme una carta al día para recordármelo. —Cicerón soltó una encantadora risita—. Me atrevo a decir que tiene *iugera* de tiempo para escribir, puesto que es un almirante sin barcos.

—¿Cuánto has recibido?

—Un millón redondo.

—¡Justo la cantidad que necesito! —le dijo Pompeyo—. Como comandante en jefe y amigo tuyo que soy, Cicerón, te pido que me lo prestes. Ya no sé qué inventar para pagar las cuentas del ejército. Quiero decir que les he pedido dinero prestado a todos los soldados romanos que conozco... ¡y eso es un apuro inimaginable para un comandante! Mis propias tropas son mis acreedores. Ahora me entero de que Escipión está atascado en Pérgamo hasta que acabe el invierno. Yo tenía la esperanza de poder salir del aceite hirviendo con el dinero sirio, pero... —Pompeyo se encogió de hombros—. Tal como están las cosas, tu millón me será de gran ayuda.

Con la boca seca y la garganta cerrada como un esfínter, Cicerón permaneció sentado unos instantes sin poder hablar, mientras los hinchados ojos azules de su némesis lo escudriñaban hasta la misma médula.

—Te envié a la curandera de Tesalónica, ¿no es cierto? Ella te curó los ojos, ¿no?

Tras tragar saliva dolorosamente, Cicerón asintió.

—Sí, Magno, desde luego. Tendrás el millón. —Se removió en la silla y bebió un poco de vino con agua para que se abriera aquel esfínter—. Esto... supongo que permitirás que me quede con lo suficiente para pagarle a Dolabela, ¿verdad?

—¡Dolabela trabaja para César! —le recordó Pompeyo, alterándose con justa indignación—. Lo que hace que tu propia lealtad sea sospechosa, Cicerón.

—Tendrás el millón —repitió éste con los labios temblorosos—. Oh, ¿qué voy a decirle a Terencia?

—Nada que ya no sepa —le respondió Pompeyo sonriendo.

—¿Y a mi pobre pequeña Tulia?

—Pues dile que le sugiera a Dolabela que le pida el dinero a César.

Bien asentado en la isla de Corcira, a Bíbulo le iba mucho mejor contra César que al timorato de Pompeyo. Le había dolido enterarse de que César había conseguido sortear el bloqueo con éxito. ¿No era aquello típico de César, enviar a un legado de Pompeyo cautivo para que le informase? ¡Ja, ja, ja, te he vencido, Bíbulo!

Nada hubiera podido espolear a Bíbulo con más energía que aquel gesto de desprecio. Siempre había trabajado mucho, pero desde el momento de la visita de Vibulio se flageló sin piedad a sí mismo y flageló a sus legados.

Cada barco que caía en sus manos lo enviaba a patrullar el Adriático. ¡César se pudriría antes de ver al resto de su ejército! La primera sangre era sangre vacía, pero sangre sabrosa a pesar de todo. Después de hacerse a la mar interceptó a treinta de los barcos de transporte que César había utilizado para cruzar, los capturó y los quemó. ¡Ala! Treinta barcos menos para Antonio y Caleno.

Uno de los dos objetivos de Bíbulo era hacer imposible que Antonio y Caleno, que estaban en Brundisium, encontrasen barcos suficientes para llevar a ocho legiones y a mil soldados de caballería germanos a Epiro. Para asegurarse de ello, envió a Marco Octavio a que patrullase el Adriático al norte de Brundisium, en la parte italiana, a Escribonio Libón para que mantuviese una posición frente a la costa de Brundisium y a Cneo Pompeyo a que cubriera los accesos griegos. ¡Si Antonio y Caleno intentaban conseguir barcos tanto en los puertos del norte del Adriático, como en Grecia o en los puertos del pie de la bota de Italia en su parte occidental, no tendrían éxito!

Su segundo objetivo era privar a César de las provisiones que le llegaban por mar, incluidas las que le enviaban desde Grecia a través del golfo de Corinto o dando la vuelta a la parte inferior del Peloponeso.

Había oído una fantástica historia que decía que César, alarmado por el aislamiento a que se veía sometido, había intentado regresar a Brundisium en un barco muy pequeño que estuvo a merced de una tormenta terrible frente a las costas de la isla Sason. Disfrazado para evitar alarmar a sus hombres, según continuaba la historia, César reveló su identidad al capitán cuando éste tomó la decisión de regresar, y le rogó al hombre que continuase porque llevaba en su barco a César y a la suerte de César. Se hizo un segundo intento, pero al final la pinaza se vio obligada a regresar a Epiro y dejó a César indemne entre sus hombres. ¿Era cierto? Bíbulo no tenía ni idea. ¡Pero era muy propio de la vanidad de aquel hombre hacerle un ruego así al capitán! Pero ¿por qué había de molestarse en ir? ¿Qué podía hacer en Brundisium que sus legados, dos buenos hombres, admitía Bíbulo, no pudieran hacer?

No obstante, leyendas como aquélla hacían que Bíbulo se obligase a sí mismo aún más. Cuando las galernas equinocciales hicieron imposible una evasión desde Brundisium, debió de haberse tomado un merecido descanso, pero no lo hizo. No había nadie disponible salvo el almirante en jefe para patrullar la costa epirota entre Corcira y la isla Sason. De modo que el almirante en jefe estuvo patrullando fuera cual fuera el tiempo atmosférico, que nunca era caliente, nunca era seco, nunca era lo bastante cómodo para dormir, excepto si lo hacía a intervalos.

En marzo se acatarró, pero se negó a volver a Corcira hasta que la decisión se le escapó de las manos. Con la cabeza ardiendo, las manos y los pies helados y el pecho cargado, se desplomó en su puesto, en el barco. Su ayudante, Lucrecio Vespillo, ordenó a la flota que regresara a la base y una vez allí metieron a Bíbulo en la cama.

Al ver que su estado no mejoraba, Lucrecio Vespillo tomó otra decisión: mandó llamar a Catón, que estaba en Dyrrachium. Éste llegó en una pinaza muy parecida a aquella de la que hablaba la leyenda de César; se sentía atormentado por el temor de que una vez más llegaría demasiado tarde para cogerle la mano a un hombre querido antes de que éste muriese.

Los oídos le dijeron a Catón antes de entrar en la habitación que Bíbulo aún estaba vivo, pues toda la pequeña y acogedora casa de piedra situada en una cala abrigada de Corcira vibraba con el sonido de la respiración de Bíbulo.

¡Qué pequeño era! ¿Por qué lo habría olvidado? Se encontraba acurrucado en una cama demasiado grande para él, con el pelo y las cejas plateados invisibles pegados a la piel, que se había convertido en escamas a fuerza de estar expuesta a los elementos. Sólo los ojos de color gris plata, enormes en medio de aquella cara hundida, parecían vivos. Se encontraron con los de Catón, que estaba en el otro extremo de la habitación, y se llenaron de lágrimas. Extendió una mano.

Sentado al borde de la cama con aquella mano entre las dos manos suyas tan fuertes, Catón se inclinó hacia adelante y besó a Bíbulo en la frente. Estuvo a punto de dar un salto hacia atrás al advertir lo caliente que estaba la piel, y le pareció que mientras las lágrimas fluían de la parte exterior de ambos ojos hacia las sienes, oiría un siseo y vería salir vapor. ¡Ardiendo! El pecho se le movía como un fuelle produciendo sonoros estertores y pitidos secos... y, ¡oh, qué dolor! Allí, en los ojos llorosos, brillando a través de la película líquida que formaban las lágrimas, había un amor profundo y simple. Amor a Catón. Que iba a quedarse solo otra vez.

—No importa, ahora que has venido —le dijo.

—Estoy aquí para quedarme todo el tiempo que me necesites, Bíbulo.

—He trabajado demasiado. No puedo dejar que César gane.

—Nunca dejaremos que César gane, aunque para ello tengamos que morir.

—Destruiría la República. Había que detenerlo.

—Eso lo sabemos tú y yo.

—Al resto de ellos no les importa lo suficiente, excepto a Enobarbo.

—El trío de siempre.

—Pompeyo es una vejiga pinchada.

—Y Labieno un monstruo. Ya lo sé. No pienses más en ello.

—Cuida de Porcia. Y del pequeño Lucio. El único hijo que me queda.

—Cuidaré de ellos. Pero César primero.

—Oh, sí, César primero. Tiene cien vidas.

—¿Te acuerdas, Bíbulo, de cuando eras cónsul y te encerraste en tu casa para observar los cielos? ¡Qué mal le pareció! Le echamos a perder el consulado. Lo obligamos a actuar de forma inconstitucional. Pusimos los cimientos para las acusaciones de traición de las que tendrá que responder cuando todo esto termine...

Aquella voz por naturaleza tan fuerte, carente de musicalidad e intimidatoria continuó hablando durante horas con suavidad, con ternura, con bondad e incluso con felicidad, meciendo a Bíbulo en la cuna de su último sueño con las mismas cadencias que una nana. La voz llegaba dulcemente a aquellos oídos que escuchaban y provocaba en ellos el mismo éxtasis y la sonrisa permanente que un niño mantiene mientras escucha el cuento más maravilloso del mundo. Y así, sin dejar de sonreír, sin dejar de mirar el rostro de Catón, Bíbulo falleció.

Lo último que dijo fue: «Detendremos a César.»

No fue como cuando murió Cepión. Esa vez no hubo enormes expresiones de dolor, ni frenéticas formas de escarbar para negar la presencia de la muerte. Cuando se apagó el último estertor, Catón se levantó de la cama, le cruzó a Bíbulo las manos sobre el pecho y le pasó la mano por los ojos abiertos para cerrarle los párpados. Desde luego, había comprendido que aquello terminaría así desde el momento en que recibió el mensaje en Dyrrachium, de manera que Catón llevaba en el cinturón el denario de oro. Se lo puso a Bíbulo dentro de la boca abierta, tensa todavía por el esfuerzo del último aliento, y luego le empujó la mandíbula hacia arriba y le colocó los labios en una débil sonrisa.

—*Vale*, Marco Calpurnio Bíbulo —dijo—. No sé si podemos destruir a César, pero él nunca nos destruirá a nosotros.

Lucio Escribonio Libón estaba esperando a la puerta de la habitación con Vespillo, Torcuato y algunos otros.

—Bíbulo ha muerto —les anunció Catón con aquella sonora voz suya.

Libón suspiró.

—Eso hace nuestra tarea más difícil. —Le hizo un gesto cortés a Catón—. ¿Un poco de vino?

—Gracias, sí, dame mucho. Y sin agua.

Bebió bastante, pero rechazó la comida.

—¿Podremos encontrar algún lugar para construir una pira con esta tormenta?

—Ya se están ocupando de eso.

—Libón, me han dicho que intentó engañar a César pidiéndole que parlamentase en Orico. Y que César acudió.

—Sí, es cierto. Aunque Bíbulo no quiso ver a César personalmente, y me hizo decirle que no se atrevía a estar en la misma habitación con él por miedo a perder los estribos. Lo que esperábamos era conseguir que ese desgraciado relajase la vigilancia a lo largo de la costa, pues nos pone difícil el avituallamiento de nuestros barcos por tierra.

—Pero la estratagema no dio resultado —dijo Catón volviendo a llenarse la copa.

Libón hizo una mueca y extendió las manos.

—A veces, Catón, creo que César no es un hombre mortal. Se rió de mí y salió de la habitación.

—César es un hombre mortal —le aseguró Catón—. Un día u otro morirá.

Libón alzó la copa y arrojó un poco del vino que contenía al suelo.

—Una libación para los dioses, Catón. Que yo vea el día en que eso suceda.

Pero Catón sonrió y movió negativamente la cabeza.

—No, no voy a hacer esa libación. Mis huesos me dicen que yo estaré muerto antes.

La distancia por el mar Adriático desde Apolonia hasta Brundisium era de ciento treinta kilómetros. Al amanecer del segundo día de abril, César le confió en Apolonia una carta al comandante de un barco de una clase a la que se había aficionado mucho durante sus expediciones a Britania: la pinaza. Los mares estaban bajando, el viento que venía del sur no era más que una brisa y el horizonte desde lo alto de una colina no mostraba señales de ningún barco, y mucho menos de alguna de las flotas de Pompeyo.

A la puesta del sol en Brundisium, Marco Antonio entró en posesión de la carta, que había tenido una travesía rápida y sin novedad. La había escrito César en persona, así que se leía con más facilidad que la mayoría de los comunicados; la escritura era tan perfecta como la de los escribas, aunque algo distinta, y la primera letra de cada palabra estaba indicada por un puntito encima de la misma.

Antonio, las galernas equinocciales se han acabado. Ha llegado el invierno. Las pautas del clima indican que la habitual calma está a punto de producirse. Creo que podemos confiar en disfrutar nada menos que dos nundinae *de calma antes de que empiece la próxima racha de tormentas.*

Te agradecería profundamente que levantases tu superdesarrolla-do culo y me trajeras el resto de mi ejército. Ahora. Todas las tropas que no puedas apretujar en los barcos de transporte de que dispongas las dejarás atrás. Los veteranos y la caballería, primero; las legiones nuevas son las que tienen menos prioridad.

Hazlo, Antonio. Estoy harto de esperar.

—El viejo está quisquilloso —le dijo Antonio a Quinto Fufio Caleno—. ¡Toca las cornetas! Nos vamos dentro de ocho días.

—Tenemos suficientes barcos de transporte para los veteranos y la caballería. Y la decimocuarta ha llegado de la Galia. Tendrá nueve legiones.

—Contra hombres mejores ha peleado él con fiebre —dijo Antonio—. Lo que necesitamos es una flota decente frente a las costas de Brundisium para defendernos de Libón.

Lo más difícil de todo fue cargar más de mil caballos y cuatro mil mulas: siete días y siete noches iluminadas con antorchas, un esfuerzo brillantemente organizado. Como Brundisium era un gran puerto en el que había zonas semejantes a golfos y protegidas de los elementos, fue posible cargar cada barco en un muelle y luego alejarlo un poco, echar el ancla y dejarlo esperando. Uno a uno se fueron llenando los barcos de transporte destinados a los animales, a los que dejaron esperando junto con los mozos, los que cuidaban los establos, los que se ocupaban de los arneses y los soldados de caballería germanos, que estaban apretujados en los espacios que quedaban entre los cascos de los caballos. Los carros de las legiones y la artillería ya se habían cargado hacía mucho tiempo. En comparación con todo esto, subir a bordo la infantería fue rápido y fácil.

La flota se puso en marcha mucho antes del alba el décimo día de abril, y giró tomando un rumbo rígido hacia el sudoeste, lo que significaba que las velas se podían izar y los remos también se podían manejar.

—¡El viento nos llevará demasiado de prisa hasta Libón! —comentó Antonio riéndose.

—Y confiemos en permanecer juntos —le recordó Caleno con acritud.

Pero la suerte de César extendió su alcance para protegerlos, o eso pensaron los hombres de la sexta, la octava, la undécima, la decimotercera y la decimocuarta mientras los barcos volaban por el Adriático en un mar con viento de popa y las velas hinchadas. De la flota de Libón no había ni rastro, y tampoco había nubes de tormenta que oscurecieran la pálida bóveda.

Frente a las costas de la isla Sason una de las flotas de Pompeyo los divisó y se puso a perseguirlos, ayudada por el mismo viento que impulsaba la flota de Antonio, que se alejaba firmemente de cualquier destino deseable.

—¡Oh, dioses, probablemente el viento nos va a empujar hacia Tergeste! —exclamó Antonio mientras veía cómo el promontorio que se encontraba detrás de Dyrrachium pasaba de largo.

Pero al tiempo que hablaba, como si los dioses se lo hubieran pedido, el viento empezó a amainar.

—Vira hacia la costa mientras podamos hacerlo —le ordenó brevemente al capitán, de pie en la popa.

El hombre hizo una seña con la cabeza a los dos timoneles, que estaban junto a los enormes remos del timón, y éstos se apoyaron contra las cañas del timón como si estuvieran empujando peñascos.

—Ésa es la flota de Coponio —comentó Caleno—. Seguro que nos da alcance.

—No antes de que varemos, si es que tenemos que varar.

A sesenta kilómetros al norte de Dyrrachium estaba Liso, y allí Antonio hizo girar a los barcos hasta ponerse de proa para presentar un blanco menor a los espolones de las galeras de guerra de Coponio, que se encontraban a escasa distancia de los últimos barcos de Antonio y avanzaban a remo a una velocidad próxima a la necesaria para embestir.

De pronto el viento cambió de rumbo y comenzó a soplar una galerna suave procedente del norte. Lanzando gritos histéricos, todos los que estaban a bordo de los barcos de Antonio observaron cómo los frustrados pompeyanos se iban haciendo más pequeños y desaparecían detrás del horizonte.

Toda Liso estaba presente para darle la bienvenida a la armada de César; sus simpatías eran las mismas que las de las demás poblaciones a lo largo de la costa, y se pusieron a trabajar con la voluntad de ayudar a desembarcar a los miles de animales en un lugar que no estaba ni mucho menos tan bien dotado de muelles como Brundisium.

Sintiéndose un hombre muy feliz, Antonio se detuvo sólo el tiempo suficiente para que sus pasajeros recobrasen en tierra la firmeza de las extremidades inferiores con una comida y un buen sueño, y luego, mientras los tribunos, los centuriones y los prefectos de caballería hostigaban a los hombres para que se pusieran en orden de marcha, emprendió rumbo al sur para ir al encuentro de César.

—O de Pompeyo —observó Caleno.

Poniendo los ojos en blanco, Antonio, lleno de exasperación, se dio una fuerte palmada en el muslo.

—¡Caleno, deberías ser más realista! ¿Crees sinceramente que una babosa como Pompeyo nos dará alcance primero?

Manteniendo la vigilancia en la cima de la colina más elevada de la zona que rodeaba su campamento junto al Apso, César vio la flota a lo lejos y dejó escapar un suspiro de alivio. Pero luego, impotente para hacer nada al respecto, tuvo que presenciar cómo el viento se la llevaba y la alejaba hacia el norte.

—Levantad el campamento, vamos a ponernos en marcha.

—Pompeyo también se prepara para marchar —le comunicó Vatinio—. Y llegará allí primero.

—Pompeyo es un comandante muy rutinario, Vatinio. Querrá elegir el lugar para entablar batalla, así que no se aventurará a dirigirse al norte de Dyrrachium porque no conoce el terreno lo suficientemente bien. Soy de la opinión de que irá a la tierra que hay junto al río Geneso, cerca de Asparagium, muy lejos al sur de Dyrrachium, pero lo hará por la vía Egnacia. A Pompeyo le desagrada terriblemente tener que marchar por caminos malos. Y tiene que impedir que yo me reúna con Antonio. Así que, ¿por qué no esperar en un punto por el que él sabe, o que cree que sabe, que mi ejército tendrá que pasar a la fuerza?

—Entonces, ¿qué es lo que vas a hacer? —le preguntó Vatinio.

—Rodear el lugar donde él se encuentre, naturalmente. Vadearé el Geneso quince kilómetros tierra adentro por ese camino que hemos explorado —respondió César.

—¡Ah! —exclamó Vatinio—. ¡Pompeyo cree que Antonio llegará a Asparagium antes que tú!

—Es cierto que Antonio marcha a mi manera, lo entrené bien en la Galia para que se moviera de prisa. Pero no es tonto, nuestro Antonio. O expresémoslo de este modo: tiene una buena ración de astucia rastrera.

Ésta valoración fue muy exacta. Marchando por un camino de segunda a escasos kilómetros al oeste de Dyrrachium, Antonio se había movido verdaderamente de prisa. Pero no a ciegas. Sus exploradores eran muy escrupulosos en su trabajo, y ya casi a la puesta de sol del undécimo día de junio, le informaron de que algunos lugareños les habían revelado que Pompeyo aguardaba justo al norte del Geneso. Antonio se detuvo al punto, levantó el campamento y se puso a esperar a César.

El duodécimo día de junio las dos partes del ejército de César se reunieron, lo que supuso un gozoso reencuentro para los soldados veteranos.

El propio Antonio daba saltos de júbilo.

—¡Tengo una gran sorpresa para ti! —le dijo a César en el momento en que se vieron.

—Espero que no sea desagradable.

Como uno de los magos a los que tanto le gustaba incluir en sus alocados desfiles por Campania, Antonio dirigió las manos a una pared que formaban sus legados. Éstos se apartaron para que apareciera un hombre alto y apuesto de unos cuarenta y cinco años que tenía el cabello color arena y los ojos grises.

—¡Cneo Domicio Calvino! —exclamó César—. ¡Sí que estoy sorprendido! —Se adelantó y le estrechó la mano a Calvino—. ¿Qué haces en tan vergonzosa compañía? Estaba seguro de que estarías con Pompeyo.

—¿Yo? Ni hablar —le contestó Calvino enfáticamente—. Confieso que he sido miembro de los *boni* durante muchos años... en realidad hasta marzo del año pasado. —Se le endureció la mirada—. Pero no puedo adherirme a un grupo de miserables cobardes que han sido capaces de abandonar a su patria, César. Cuando Pompeyo y su corte se marcharon de Italia, me destrozaron el corazón. Soy hombre tuyo hasta la muerte. Tú has tratado a Roma y a Italia como un hombre sensato. Leyes sensatas y gobierno sensato.

—Podrías haberte quedado allí con mi beneplácito.

—¡No, ni pensarlo! Soy un hombre útil si tengo un ejército y quiero estar presente cuando Pompeyo y los demás se rindan. Porque se rendirán. ¡Ya lo creo que sí!

Durante una cena sencilla que consistió en pan, aceite y queso, César hizo algunas disposiciones. Estaban presentes Vatinio, Calvino, Antonio, Caleno, Lucio Casio (primo carnal de Cayo y de Quinto), Lucio Munacio Planco y Cayo Calvisio Sabino.

—Tengo nueve buenas legiones con todos sus recursos completos y mil soldados de caballería germanos —les dijo el general mientras mordisqueaba una corteza—. Demasiadas bocas que alimentar mientras estemos aquí, en Epiro, soportando el invierno. Pompeyo no entrará en combate en esta clase de terreno, y mucho menos con este tiempo. Avanzará en dirección este, hacia Macedonia o Tesalia, en primavera. Si hay algún combate, será allí. A mí me incumbe ganarme a Grecia para que se ponga de mi parte, pues voy a necesitar provisiones además de apoyo. Por eso dividiré mi ejército. Lucio Casio y Sabino, vosotros cogeréis a la séptima y os encargaréis de la parte occidental de Grecia: Anfiloquia, Acarnania y Etolia. Comportaos con mucha benevolencia. Caleno, tú te llevarás las cinco cohortes más importantes de la decimocuarta y la mitad de mi caballería; convence a Beocia de que es al bando de César al que hay que apoyar. Eso me proporcionaría también Grecia central. Evita Atenas, pues no merece la pena el esfuerzo. Es mejor que te concentres en Tebas, Caleno.

—Eso te deja en una gran inferioridad numérica comparado con Pompeyo, César —observó Planco frunciendo el ceño.

—Lo más probable es que pueda tirarme algún farol con Pompeyo con dos legiones —repuso César imperturbable—. Él no entablará combate hasta que no tenga a Metelo Escipión y a las dos legiones sirias.

—¡Pero eso es ridículo! —dijo Caleno—. Si te atacase con todo lo que tiene, tú saldrías derrotado.

—Soy bien consciente de ello. Pero no lo hará, Caleno.

—¡Espero que tengas razón!

—Calvino, tengo un trabajo especial para ti —le dijo César.

—Cualquier cosa que pueda hacer, la haré.

—Bien. Coge a la undécima y a la duodécima y ve a ver si puedes encontrar a Metelo Escipión y a esas dos legiones sirias antes de que se reúnan con Pompeyo.

—Quieres que vaya a Tesalia y a Macedonia.

—Exacto. Llévate un escuadrón de mi caballería gala. Pueden actuar de exploradores.

—Eso te deja a ti sólo con otro escuadrón de caballería gala y con quinientos germanos —le recordó Calvino—. Y Pompeyo tiene miles.

—Que se lo están comiendo vivo, sí. —César volvió la cabeza hacia Antonio—. ¿Qué hiciste con las tres legiones que dejaste en Brundisium, Antonio?

—Las envié a la Galia Cisalpina —masculló Antonio, que tenía la boca llena de pan con aceite—. Me pregunté si tú no querrías alguna de ellas en Iliria, así que ordené a la decimoquinta y decimosexta que marchasen hacia Aquilea. La otra se dirige a Plasencia.

—¡Mi querido Antonio, eres una perla que no tiene precio! Eso ha estado muy acertado. Vatinio, voy a darte el mando de Iliria. Irás desde aquí por tierra, es más rápido. —Los ojos pálidos miraron a Antonio con bondad—. No te preocupes por tu hermano, Antonio. Me han dicho que lo están tratando bien.

—Estupendo —respondió Antonio malhumorado—. Es un poco tonto, ya lo sé, pero es mi hermano.

—Lástima que este año hayas permitido que se queden en Italia muchos de esos maravillosos legados que tenías en las Galias —le dijo Calvino.

—Se lo han ganado —observó César con placidez—. Ellos preferirían estar aquí, pero tienen que continuar con su carrera. Ninguno de ellos puede ser cónsul sin haber sido antes pretor. —Dejó escapar un suspiró—. Aunque, desde luego, echo de menos a Aulo Hircio. Nadie lleva el cargo como Hircio.

Acabada la cena, sólo Vatinio y Calvino se quedaron haciéndole compañía a César, pues éste deseaba que le dieran noticias de Roma y de Italia.

—¿Qué demonios le ha entrado a Celio? —le preguntó César a Calvino.

—Las deudas —respondió Calvino sin rodeos—. Estaba completamente seguro de que tú impondrías una cancelación general de deudas, y como no lo hiciste, todo se acabó para él. Era un hombre muy prometedor en muchos aspectos, Cicerón lo idolatraba. Y lo hizo bien cuando fue edil: luchó contra las compañías de agua hasta paralizarlas y llevó a cabo muchas reformas que eran necesarias.

—Detesto el cargo de edil —le confió César—. Los hombres que lo ocupan, incluido yo en su momento, gastan un dinero que no tienen para organizar juegos maravillosos. Y nunca consiguen salir de las deudas.

—Tú lo conseguiste —comentó Vatinio sonriendo.

—Eso es porque yo soy César. Continúa contándome, Calvino. Como me es imposible ir y venir libremente por el mar, me entero de pocas cosas.

—Bueno, como pretor de asuntos externos, supongo que Celio pensó que tenía autoridad para hacer lo que le diera la gana, e intentó poner en vigor su propia cancelación de deudas a través de la asamblea popular.

—Y Trebonio intentó detenerlo, eso ya lo sé.

—Pero no tuvo éxito. La reunión resultó sorprendentemente violenta. Allí no faltaba ningún hombre que necesitase una cancelación general de deudas, y todos estaban decididos a que se aprobase.

—Así que Trebonio fue a ver a Vatia Isáurico, supongo —dijo César.

—Ya conoces a esos hombres, así que tu suposición está mejor documentada que la mía. Vatia aprobó inmediatamente el *senatus consultum ultimum*. Cuando dos tribunos de la plebe intentaron vetarlo, los expulsó bajo los términos de ese *senatus consultum ultimum*. Hizo muy bien, César. Yo lo aprobé.

—Entonces Celio huyó de Roma y fue a Campania para tratar de ganarse algún apoyo y conseguir tropas en los alrededores de Capua. Eso es lo último que he oído.

—Nos dijeron que tú estabas tan preocupado que incluso intentaste volver a Roma en una barca abierta —comentó Calvino taimadamente.

—¡*Edepol*, cómo corren los rumores! —exclamó César sonriendo.

—Tu sobrino Quinto Pedio fue el pretor en el que delegaron para marchar con la decimocuarta legión hacia Brundisium, y casualmente se encontraba en Campania en el momento en que Celio se encontró nada menos que con Milón, que volvía clandestinamente del exilio en Masilia.

—¡Aaah! —exclamó César lentamente—. Así que Milón pensaba montar una revolución por su cuenta, ¿no es así? Supongo que el Senado, bajo la influencia de Vatia y de Trebonio, no fue tan tonto como para darle permiso para volver del exilio.

—No, Milón desembarcó ilegalmente en Surrento. Celio y él se apoyaron el uno en el hombro del otro y acordaron combinar sus fuerzas. Celio ha logrado reunir unas tres cohortes de veteranos de Pompeyo enredados en deudas, todos adictos al vino y a las ideas grandiosas. Milón se ofreció a conseguir algunos más. —Calvino suspiró y se movió en el asiento—. Vatia y Trebonio le enviaron un mensaje a Quinto Pedio, que estaba en Campania, para que solucionase la situación bajo el *senatus consultum ultimum*.

—En otras palabras, que autorizaron a mi sobrino a hacer la guerra.

—Sí. Pedio dio media vuelta con su legión y se encontró con ellos no lejos de Nola. Hubo cierta batalla. Milón murió en ella. Celio logró escapar, pero Quinto Pedio lo persiguió y lo mató. Y ahí acabó la cosa.

—Buen hombre, mi sobrino. Muy de fiar.

Ahora le tocó a Vatinio el turno de suspirar.

—Bien, César, imagino que ése será el último problema que haya en Italia este año.

—Así lo espero, sinceramente. Pero por lo menos ahora ya sabes por qué dejé a tantos de mis legados más leales en Roma, Calvino. Son hombres de acción, no viejas titubeantes.

Pompeyo decidió asentarse bien en Asparagium junto al río Geneso; estaba tranquilo porque todavía seguía al norte del campamento principal de César y porque Dyrrachium estaba a salvo. Y allí, como fantasmas del río Apso, César aparecía en la orilla sur del río Geneso y desfilaba cada día en orden de batalla. Lo más vergonzoso para Pompeyo es que era completamente consciente de que César había dividido su caballería y había separado por lo menos a tres legiones para que fueran a buscar apoyo y alimentos a Grecia; no sabía que Calvino se dirigía a Tesalia para interceptar a Marcelo Escipión, aunque le había llegado por carta la noticia de que Calvino ya estaba abiertamente a favor de César.

«¡No puedo pelear! —le contaron a César que había dicho Pompeyo—. Está demasiado húmedo, hay aguanieve, hace mucho frío y el tiempo está realmente mal para esperar que mis tropas puedan conseguir buenos resultados. Pelearé cuando Escipión se reúna conmigo.»

—Entonces hagamos que sus tropas entren un poco en calor —le dijo César a Antonio.

Levantó el campamento con su habitual y asombrosa rapidez y desapareció. Al principio Pompeyo creyó que se había retirado hacia el sur por falta de alimentos; luego sus exploradores le informaron de que había cruzado el Geneso unos cuantos kilómetros tierra adentro y se dirigía por un paso montañoso hacia Dyrrachium. Horrorizado, Pompeyo comprendió que el camino hacia su base y hacia su enorme reserva de víveres estaba a punto de ser interceptado. Sin embargo, él marchaba por la vía Egnacia mientras César estaba atascado intentando hacer pasar a su ejército por encima de lo que los exploradores de Pompeyo describían como un sendero. ¡Sí, llegaría a Dyrrachium antes que César sin mayor dificultad!

César iba el primero por aquel sendero, rodeado de los valientes jóvenes veteranos de la décima.

—¡Oh, esto es más propio de ti, César! —comentó uno de aquellos valientes jóvenes veteranos mientras la décima legión caminaba pugnando con los guijarros y pasando por encima de las peñas—. ¡Una marcha decente, para variar!

—Muchacho, sesenta kilómetros más de camino así, según me han dicho, y al anochecer ya habremos terminado —le dijo César sonriendo ampliamente—. Cuando Pompeyo suba de paseo por la vía Egnacia, quiero que ese cabrón tenga la nariz apuntando hacia nuestro culo. Se piensa que tiene algunos soldados romanos, pero yo sé que no es así. Los auténticos soldados romanos son míos.

—Eso es porque los auténticos soldados romanos pertenecen a los generales romanos auténticos, y no hay un general romano más auténtico que César —aseguró Casio Sceva, uno de los centuriones de la décima.

—Eso está por ver, Sceva, pero gracias por esas amables palabras. De ahora en adelante, muchachos, ahorrad el aliento. Va a haceros falta antes de que se ponga el sol.

Al finalizar el día el ejército de César ocupaba algunas cimas a aproximadamente tres kilómetros de Dyrrachium, justo al este de la vía Egnacia; tenían órdenes de hacer excavaciones duraderas, lo que significaba que iban a levantar un campamento rodeado de fortificaciones.

—¿Por qué no en aquellas cimas más altas que hay allí, las que los habitantes de por aquí llaman Petra? —le preguntó Antonio señalando hacia el sur.

—Oh, creo que será mejor dejar que Pompeyo las ocupe.

—¡Pero estoy seguro de que es mejor terreno!

—Está demasiado cerca del mar, Antonio. Nos pasaríamos la mayor parte del tiempo defendiéndonos de las flotas de Pompeyo. No, que Pompeyo se quede en Petra.

Al subir por la vía Egnacia a la mañana siguiente y encontrarse con que César se interponía entre Dyrrachium y él, Pompeyo se adueñó de las cimas de Petra que parecían inexpugnables, y se estableció en ellas.

—César habría hecho mejor impidiendo que me asentara aquí —le dijo Pompeyo a Labieno—. Éste es un terreno mucho mejor, y no estoy incomunicado con Dyrrachium porque tengo el mar al lado. —Se volvió hacia uno de los legados que le resultaban más satisfactorios, su yerno Fausto Sila—. Fausto, haz llegar un mensaje a los comandantes de mi flota en el que les informes de que en el futuro todas mis provisiones se han de desembarcar aquí. Y encárgate de que empiecen a transportar cuanto antes todo lo que hay en Dyrrachium. —Hizo una mueca—. No podemos dejar que Léntulo Crus se queje de que no hay codornices o salsa *garum* para que sus cocineros puedan obrar maravillas.

—Es un compás de espera —dijo Labieno poniendo mala cara—. Lo único que César intenta hacer es demostrar que puede dar vueltas a nuestro alrededor.

Esta afirmación resultó curiosamente profética. En los días que siguieron, el alto mando pompeyano en Petra notó que César estaba fortificando colinas aproximadamente a dos kilómetros tierra adentro a partir de la vía Egnacia, empezando en las murallas de su propio campamento y avanzando inexorablemente hacia el sur. Después se construyeron algunos atrincheramientos y terraplenes entre los fuertes que unieron unos con otros.

Labieno escupió con asco.

—¡El muy *cunnus*! Nos quiere circunvalar. Va a dejarnos acorralados contra el mar y nos va a hacer imposible conseguir pastos suficientes para nuestras mulas y caballos.

César había convocado a su ejército en asamblea.

—¡Henos aquí, muchachos, a más de mil quinientos kilómetros de nuestro antiguo terreno de batalla en la Galia Comata! —voceó con aspecto alegre y, como siempre, confiado—. Este último año puede que os haya parecido extraño. ¡Hemos caminado más de lo que hemos cavado! ¡No hemos pasado hambre demasiados días! ¡No nos hemos helado demasiadas noches! ¡Algún revolcón en la paja de vez en cuando! ¡En los bancos de la legión ha entrado dinero en abundancia! ¡Hemos hecho un bonito y vivificante viaje por mar para limpiarnos las narices! Vaya, vaya... ¡a este paso acabaréis por volveros blandos! —continuó diciendo con suavidad—. Pero eso no podemos consentirlo, ¿verdad, muchachos?

—¡No! —rugieron los soldados, que se estaban divirtiendo de lo lindo.

—Eso es lo que yo pensaba. ¡Ya va siendo hora, me he dicho a mí mismo, de que esos *cunni* de soldados que tengo en mis legiones vuelvan a hacer lo que mejor saben hacer! ¿Qué es lo que hacéis mejor, muchachos?

—¡CAVAR! —respondieron los soldados echándose a reír.

—¡Ser los primeros con César! ¡Cavar! A lo mejor un año de estos Pompeyo se anima a luchar, y no podemos dejar que entréis en combate sin haber removido primero unos cuantos millones de cubos cargados de tierra, ¿verdad?

—¡No! —rugieron los soldados, histéricos de risa.

—Eso me parecía. ¡De manera que vamos a hacer lo que mejor hacemos, muchachos! ¡Vamos a cavar sin parar! Y cuando acabemos cavaremos un poco más. Tengo el capricho de hacer que, en comparación, lo de Alesia parezcan unas vacaciones. Se me ha antojado que pongamos a Pompeyo contra el mar. ¿Estáis conmigo, muchachos? ¿Cavaréis junto a César?

—¡Sí! —rugieron los soldados mientras agitaban los pañuelos en el aire.

—Una circunvalación —murmuró pensativamente Antonio algo más tarde.

—¡Antonio! ¡Te has acordado de la palabra!

—¿Cómo es posible que alguien olvide Alesia? Pero ¿por qué, César?

—Pues para hacer que Pompeyo me respete un poco más —repuso César con un semblante tan ambiguo que hacía que fuera imposible saber si bromeaba o no—. Tiene más de siete mil caballos y nueve mil mulas que alimentar. Por aquí no resulta muy difícil, pues hay lluvia en lugar de nieve en invierno. De manera que la hierba no se marchita, sigue creciendo. A menos, claro está, que no pueda enviar a los animales a ningún sitio donde pacer. Si lo rodeo con paredes, Pompeyo se encontrará en problemas. Además una circunvalación hace que su caballería pierda toda efectividad. No tendrá sitio para maniobrar.

—Me has convencido.

—Oh, pero hay más —dijo César—. Quiero humillar a Pompeyo ante los ojos de esos reyes que son clientes y aliados suyos. Quiero que hombres como Deiotaro y Ariobárzanes se muerdan las uñas de preocupación al preguntarse si Pompeyo tendrá alguna vez el coraje suficiente para luchar. Desde que desembarqué ha estado en superioridad numérica de dos a uno en relación a mis tropas. Pero no quiere luchar. Si esto continúa así durante el tiempo suficiente, Antonio, alguno de esos reyes y aliados extranjeros quizá decida retirarle su apoyo y llevarse a casa a sus ejércitos. Al fin y al cabo, ellos son los que pagan, y los hombres que pagan tienen derecho a ver resultados.

—¡Ya estoy convencido, ya estoy convencido! —exclamó Antonio levantando las palmas de las manos en señal de rendición.

—También es necesario demostrarle a Pompeyo lo que son capaces de hacer cinco legiones y media de las mías —continuó explicando César como si nadie le hubiera interrumpido—. Él sabe muy bien que éstos hombres son mis veteranos de las Galias, y que han caminado más de tres mil kilómetros durante el último año. Y ahora voy a pedirles que se dejen el culo trabajando para cavar los kilómetros que sean necesarios, probablemente conscientes de que estoy atado y escaso de alimentos. Pompeyo hará que sus flotas patrullen incansablemente, y no veo que hayan sufrido ningún deterioro en su eficacia desde que murió Bíbulo.

—Eso es bastante extraño.

—Bíbulo nunca supo cuándo había suficiente, Antonio. —César

lanzó un suspiro—. Aunque, sinceramente, lo echaré de menos. Es el primero de mis antiguos enemigos que se va. El Senado no será el mismo sin él.

—¡Pero mejorará considerablemente!

—En lo referente a tranquilidad, sí. Pero no en lo que se refiere a la clase de oposición que todo hombre debería tener para luchar contra ella. Si hay una cosa que temo, Antonio, es que esta desgraciada guerra acabe por hacer que no me queden oponentes. Lo cual no sería bueno para mí.

—A veces no te entiendo, César —comentó Antonio frunciendo los labios y tocándose con ellos la punta de la nariz—. ¡Estoy seguro de que no anhelas la clase de angustia que Bíbulo te causaba! Estos días puedes hacer lo que hay que hacer. Tus soluciones son las correctas. Hombres como Bíbulo y Catón te hicieron imposible hacer mejoras en la manera como funciona Roma. Estás mejor sin esa clase de oposición que prefiere observar el cielo antes que gobernar y que tiene una doble vara de medir: tiene una serie de normas para su propia conducta y otra distinta para la tuya. Perdona, pero yo creo que perder a Bíbulo es casi tan bueno como lo sería perder a Catón. ¡Ha caído uno, falta el otro!

—Entonces tienes más fe en mi integridad de la que tengo yo mismo a veces. La autocracia es insidiosa. Quizá no haya nacido nunca el hombre, y me incluyo yo también, con la fuerza necesaria para resistir a menos que se le opongan —le dijo César con sobriedad. Se encogió de hombros—. Pero, vaya, nada de esto hará que vuelva Bíbulo.

—El hijo de Pompeyo puede que acabe siendo más peligroso con esos magníficos quinquerremes egipcios. Ha dejado fuera de combate tu posición naval en Orico y quemó treinta de mis barcos de carga en Liso.

—¡Bah! —exclamó César con desprecio—. No son nada. Mira, Antonio, cuando yo vuelva con mi ejército a Brundisium lo haré en los barcos de carga de Pompeyo. ¿Y qué es Orico? Puedo vivir sin esos barcos de guerra. Lo que Pompeyo todavía no comprende es que nunca se librará de mí. Dondequiera que vaya, allí estaré yo para destrozarle la vida.

Durante las implacables lluvias de marzo empezó una extraña carrera. César se afanaba por estar delante de Pompeyo y reducirle cada vez más el territorio de que disponía, y Pompeyo corría por adelantar a César y expandir el territorio del que disponía. A César se le entorpecía la tarea con un constante bombardeo de flechas, piedras arrojadas con honda y piedras grandes procedentes de las ballestas, pero a Pompeyo se le hacía difícil la tarea desde dentro: sus hombres detestaban cavar, eran reacios a ello y sólo lo hacían por miedo a Labieno, quien entendía a César y la capacidad de los hombres de César para el trabajo duro en condiciones penosas. Como contaba con el doble de hombres que César, Pompeyo lograba mantener aquella valiosa primera posición, pero nunca sacaba la suficiente ventaja como para atacar bien al oeste.

Tenían lugar escaramuzas aisladas, pero Pompeyo no lograba conseguir ventaja, pues el terror que tenía de exponer sus hombres ante César en número suficiente para permitir que hubiese un estallido espontáneo de hostilidades lo estorbaba gravemente. Y al principio Pompeyo no acababa de comprender el obstáculo que suponía encontrarse al oeste en una tierra donde los numerosos riachuelos fluían en esa dirección. César ocupaba el nacimiento de dichas corrientes, por lo que llegó a controlar el abastecimiento de agua de Pompeyo.

Uno de los mayores consuelos de Pompeyo era saber que César carecía de una línea de abastecimiento clara. Todo tenía que proceder del oeste, de Grecia, por tierra; los caminos eran de tierra y estaban enfangados, el terreno resultaba muy accidentado y las rutas costeras más fáciles estaban cortadas a causa de las flotas de Pompeyo.

Pero entonces Labieno le llevó varios ladrillos grises y viscosos de una sustancia fibrosa y pegajosa.

—¿Qué es esto? —le preguntó Pompeyo, que estaba completamente desorientado.

—Son raciones de la materia prima de César, Pompeyo. De esto es de lo que subsisten él y sus hombres. Son raíces de una planta autóctona aplastadas, mezcladas con leche y cocidas en horno. Lo llaman *pan*.

Con los ojos muy abiertos, Pompeyo cogió uno de aquellos ladrillos y manoseó una de las esquinas hasta que consiguió arrancar un pedacito. Se lo metió en la boca, se atragantó y escupió.

—¡Esto no se lo pueden comer, Labieno! ¡Nadie podría comerse esto!

—Pueden y se lo comen.

—¡Llévatelo, llévatelo de aquí! —le dijo a gritos Pompeyo, estremeciéndose—. ¡Llévatelo y quémalo! Y no te atrevas a contarle nada a ninguno de los hombres, ni una palabra... ¡y tampoco a mis legados! Si supieran lo que los soldados de César están dispuestos a comer con tal de tenerme cercado... ¡oh, se rendirían llenos de desesperación!

—No te preocupes, lo quemaré y no diré nada. Y si te preguntas cómo los he conseguido, te diré que César me los ha enviado junto con sus saludos. Por mal que estén las cosas, él se comporta siempre como un gallito.

A finales de mayo la situación de los pastos dentro del territorio de Pompeyo se estaba haciendo crítica, por lo que mandó traer algunos barcos de carga y transportó varios miles de animales a tierras de buenos pastos situadas al norte de Dyrrachium. La pequeña ciudad se alzaba en la punta de una diminuta península que casi besaba el continente a un kilómetro al este del puerto; un puente llevaba la vía Egnacia a través del estrecho hueco. Los habitantes de Dyrrachium vieron la llegada de los animales con consternación, pues aquella valiosa tierra de pastos que necesitaban para sí, ya no era suya. Sólo el miedo a Labieno les hacía refrenar la lengua e impedía que tomasen represalias.

Durante el mes de junio la carrera continuó a buen ritmo, mientras los caballos y las mulas de Pompeyo que aún permanecían con el ejército estaban cada vez más flacos, más débiles, más propensos a sucumbir a las enfermedades que una tierra húmeda y fangosa hacían inevitables. A finales de junio se morían en tan gran número que Pompeyo, que seguía haciendo cavar a los soldados frenéticamente, no disponía de mano de obra suficiente para deshacerse de los cadáveres convenientemente. El hedor a carne en descomposición llegaba a todas partes.

Léntulo Crus fue el primero en quejarse.

—¡Pompeyo, supongo que no esperarás que seamos capaces de vivir en medio de este... de este miasma asqueroso!

—No consigo retener ningún alimento en el estómago a causa de este olor —comentó a su vez Léntulo Spinther al tiempo que se tapaba la nariz con un pañuelo.

Pompeyo sonrió con aire seráfico.

—Entonces os sugiero que hagáis los baúles y os volváis cuanto antes a Roma —les dijo.

Por desgracia para Pompeyo, los dos Léntulos prefirieron seguir quejándose.

Para Pompeyo aquél era un asunto de importancia relativa, pues César estaba atareado poniendo presas en todos los riachuelos y cortando el abastecimiento de agua.

Cuando las líneas de Pompeyo alcanzaron una longitud de veinticinco kilómetros y las de César de diecisiete, aquél quedó cercado, sin posibilidades de continuar. La situación de Pompeyo era desesperada.

Con ayuda de Labieno convenció a un grupo de habitantes de Dyrrachium para que fueran a ver a César y le ofrecieran quedarse con la ciudad. El tiempo no había mejorado mucho con la llegada de la primavera y los hombres de César flaqueaban con aquella dieta a base de *pan*. Sí, pensó César, vale la pena intentar hacerse con las provisiones de Pompeyo.

El octavo día de *quinctilis* atacó Dyrrachium. Mientras estaba así ocupado, Pompeyo atacó y lanzó un asalto de tres puntas contra los fuertes situados en el centro de las líneas de César. Los dos fuertes que sufrieron el ataque más duro estaban defendidos por cuatro cohortes pertenecientes a la décima legión bajo el mando de Lucio Minucio Basilo y Cayo Volcacio Tulo. Tan bien construidas estaban las defensas que mantuvieron a raya a cinco legiones de Pompeyo hasta que Publio Sila logró acudir en su ayuda desde el campamento principal de César. Entonces Publio Sila procedió a impedir que las cinco legiones de Pompeyo regresaran a sus propias líneas. Encallados en tierra de nadie entre las dos circunvalaciones, se agruparon y aceptaron lo que les arrojaban durante cinco días. Para cuando Pompeyo logró recuperarlos, habían perdido dos mil hombres.

Una victoria menor para César, a quien le escocía que lo hubieran engañado con una jugarreta. Hizo desfilar a las cuatro cohortes de la décima delante de todo su ejército y llenó sus estandartes aún con más condecoraciones. Cuando le enseñaron el escudo del centurión Casio Sceva, semejante a un erizo de mar, pues tenía clavadas ciento veinte flechas, César le dio a Sceva doscientos mil sestercios y lo ascendió a *primipilus*.

A Dyrrachium no le fue tan bien. César envió tropas suficientes para construir un muro alrededor de la ciudad y luego condujo a los caballos y a las mulas de Pompeyo que por allí pastaban al estrecho pasillo que quedaba entre la ciudad y los campos a los que los habitantes no podían llegar ya. Como no les quedaba otra alternativa, Dyrrachium se vio obligada a empezar a comer las provisiones de Pompeyo. La ciudad también le envió a Pompeyo las mulas y los caballos.

El decimotercer día de *quinctilis*, César cumplió cincuenta y dos años. Dos días después, Pompeyo por fin admitió ante sí mismo que tenía que moverse para salir de allí o perecería a causa de la combinación de la absoluta falta de agua y de los cadáveres descompuestos de los animales. Pero ¿cómo hacerlo? ¿Cómo? Por mucho que se estrujase el cerebro, Pompeyo no lograba idear un plan para salir del encierro que no llevase consigo también el hecho de entablar batalla.

La casualidad le ofreció la respuesta, personificada en dos oficiales del escuadrón de la caballería edua de César a los que éste utilizaba principalmente para galopar desde un extremo al otro de su muro de circunvalación llevando notas, mensajes y despachos. Aquellos dos oficiales habían estado malversando los fondos de su escuadrón. Aunque no eran romanos, los eduos seguían los métodos romanos de contabilidad militar y tenían un fondo de ahorros, un fondo para entierros y un fondo para pagas. La diferencia radicaba en que ellos manejaban por sí mismos aquellos asuntos financieros por medio de dos oficiales elegidos para tal propósito, mientras que las legiones romanas tenían personal de contabilidad como es debido para ello y pasaban auditorías con tanta regularidad como rigurosidad. Así que los dos encargados de manejar las finanzas del escuadrón habían estado especulando desde que partieron de la Galia. La casualidad hizo que fueran descubiertos. Y la casualidad los llevó huyendo a pedir refugio a Pompeyo.

Ellos le explicaron cómo estaban dispuestas exactamente las fuerzas de César; y le dijeron también dónde se encontraba su gran punto débil.

Pompeyo atacó al amanecer del decimoséptimo día de *quinctilis*. La parte más débil del cerco de César estaba situada en el extremo sur, el más alejado de sus líneas, allí donde éstas torcían hacia el oeste y se dirigían al mar. Allí estaba todavía en proceso de acabado una segunda muralla que corría por fuera de la muralla principal; esta construcción exterior no estaba defendida, y desde el lado del mar ninguna de las dos murallas podía defenderse con ciertas garantías de éxito.

La novena vigilaba la zona aquella para César. Las seis legiones romanas de Pompeyo comenzaron un ataque frontal mientras los tiradores con honda, los arqueros y algunas fuerzas de infantería ligera de Capadocia dieron sigilosamente un rodeo y se colocaron detrás de la muralla que no estaba defendida, para luego entrar y sorprender por detrás a la novena legión. Una pequeña fuerza que Léntulo Marcelino llevó desde el fuerte más cercano no sirvió de nada; la novena resultó derrotada por completo.

Las cosas cambiaron cuando César y Antonio llegaron con refuerzos suficientes, pero Pompeyo había aprovechado bien el tiempo. Sacó a cinco de las seis legiones y las colocó en un nuevo campamento en el lado más alejado de las murallas de César, y después envió a la sexta para que ocupase un campamento cercano que estaba en desuso. César se tomó la revancha y envió treinta y tres cohortes para que echasen de aquel campamento a la legión que se encontraba sola, pero fue incapaz de seguir adelante porque en el camino se encontró con una laberíntica fortificación. Presintiendo la victoria, Pompeyo lanzó contra el propio César toda la fuerza de caballería que disponía de montura en aquel momento. Pero éste se retiró con tan increíble rapidez que Pompeyo acabó cogiendo aire en lugar de aprovechar la oportunidad. Se recostó en su asiento, complacido, para recuperar el aliento en lugar de ordenar a su caballería que fuera en persecución del desaparecido César.

—¡Qué tonto es ese hombre! —le dijo César a Antonio con un gruñido cuando tuvo a todo su ejército a salvo detrás de los terraplenes de su campamento principal—. Si hubiera hecho que su caballería nos viniera pisando los talones, habría ganado esta guerra aquí y ahora. Pero no lo ha hecho, Antonio. La suerte de César consiste en que lucha contra un tonto.

—¿Seguimos aquí? —le preguntó Antonio.

—Oh, no. Dyrrachium ya no nos sirve. Levantaremos el campamento y nos iremos por la noche sin que se den cuenta.

La ceguera de Pompeyo era completa. Al regresar jubiloso a Petra la alegría le impidió ver, desde la altura superior en que se encontraba, que César estaba preparando a su ejército para emprender la marcha.

Por la mañana la silenciosa línea de fortificaciones y la falta de humo en el campamento indicaban que César ya se había ido.

Pompeyo se movió lo suficiente como para ordenar a una parte de la caballería que estaba situada al sur de Geneso que le impidiera a César cruzar el río, pero no lograron llegar los primeros al río. Demasiado confiados por el éxito del día anterior, vadearon la corriente sólo para verse metidos entre un brazo del ejército de César con el que nadie se había enfrentado de verdad antes: la caballería germana. La cual, ayudada por unas cuantas cohortes de infantería, consiguió ahuyentar a la caballería de Pompeyo no sin provocarle antes grandes pérdidas.

No mucho más arriba de la vía Egnacia se encontraron con Pompeyo, que había decidido seguir. Aquella noche los dos ejércitos acamparon en orillas opuestas del Geneso.

A mediodía del día siguiente César emprendió el camino hacia el sur. Pompeyo no. Ignorantes de la urgente necesidad que tenía Pompeyo de darle alcance a César, algunos de los soldados de aquél habían incumplido las órdenes y habían regresado a Petra para recoger material de sus equipos. Siempre ansioso por tener la superioridad numérica suficiente, Pompeyo decidió esperarlos. Y nunca le dio alcance a César. Como un fantasma procedente del otro mundo, César simplemente desapareció de la faz de la tierra en algún lugar al sur de Apolonia.

El vigesimosegundo día de *quinctilis* Pompeyo y su ejército ya habían regresado a Petra para celebrar allí una gran victoria y enviar apresuradamente por el Adriático la noticia a Italia y a Roma. ¡Se acabó César! Vencido, César se batía en retirada. Y si alguien se extrañó de que César, que se estaba batiendo en retirada con todos sus hombres intactos excepto mil de ellos, fuese un hombre que estuviera verdaderamente vencido, se guardó la extrañeza para sus adentros.

Las tropas también lo celebraron, pero nadie estaba más contento aquel día que Tito Labieno, quien hizo desfilar a los varios cientos de soldados de la novena que habían capturado durante la batalla. Delante de Pompeyo, de Catón, de Cicerón, de Léntulo

Spinther y de Léntulo Crus, de Fausto Sila, de Marco Favonio y de otros muchos, Labieno demostró hasta qué punto podía llegar su ferocidad. Los hombres de la novena fueron primero denigrados, insultados y abofeteados; después Labieno se puso manos a la obra y empezó a trabajar con los hierros candentes, los cuchillos diminutos, las tenazas y los látigos de espinos. Sólo después de que todos aquellos hombres estuvieron ciegos, privados de la lengua y los genitales y azotados hasta quedar convertidos en gelatina, por fin Labieno decidió decapitarlos.

Pompeyo lo presenció todo con impotencia, tan espantado y sintiendo tantas náuseas que parecía no acabar de comprender que estaba en su poder ordenar a Labieno que desistiera de aquello. No hizo nada, no dijo nada, ni entonces ni después, mientras deambulaba por Petra mareado.

—¡Ese hombre es un monstruo! —le dijo Catón a Pompeyo mientras lo perseguía—. ¿Por qué le has permitido hacer semejantes cosas, Pompeyo? ¿Qué te ocurre? ¡Acabamos de derrotar a César y tú te quedas ahí parado demostrando con ello que no eres capaz de controlar a tus propios legados!

—¡Aaarg! —exclamó Pompeyo con los ojos llenos de lágrimas—. ¿Qué quieres de mí, Catón? ¿Qué esperas de mí, Catón? ¡No soy un auténtico comandante en jefe, soy una marioneta de cuyos hilos todo el mundo se siente con derecho a tirar de acá para allá! ¿Controlar a Labieno? ¡Pues no he visto que tú hicieras nada para intentarlo! ¿Cómo se controla un terremoto, Catón? ¿Cómo se controla un volcán, Catón? ¿Cómo se puede controlar a un hombre que aterrorizó de muerte a los germanos?

—¡No puedo continuar apoyando los esfuerzos de un ejército mandado por alguien de la ralea de Tito Labieno! —le aseguró Catón, que se aferraba a sus principios—. ¡Si no lo expulsas de nuestras filas, Pompeyo, me niego a servir contigo!

—¡Estupendo! ¡Una molestia menos que tendré que sufrir! ¡Vete de una vez! —Se le ocurrió algo y le gritó a Catón, que ya se retiraba—: ¡Eres un cretino, Catón! ¿No lo comprendes? ¡Ninguno de vosotros sabe pelear! ¡Ninguno de vosotros sabe mandar tropas! ¡Pero Labieno sí!

Regresó a su casa y se encontró a Léntulo Crus, que olisqueó el aire con desdén.

—Mi querido Pompeyo, ¿es que tienes que conservar aquí a animales como Labieno? ¿No sabes hacer nada bien? ¿Qué haces reivindicando una gran victoria sobre César cuando no has hecho nada para eliminar a ese hombre? ¡Se te ha escapado! ¿Por qué continúas aquí?

—Ojalá pudiera escaparme yo también —murmuró Pompeyo entre dientes—. A menos que tengas algo constructivo que ofrecerme, Crus, te sugiero que te vuelvas a tu casa y empaquetes toda la vajilla de oro y esa curiosa cristalería de rubíes tuya. Vamos a ponernos en marcha.

Y el vigesimocuarto día de *quinctilis* Pompeyo hizo precisamente eso. Dejó quince cohortes de hombres heridos en Dyrrachium bajo el mando de Catón.

—Si no te importa, Magno, yo también me quedaré aquí —le dijo Cicerón con aprensión—. Me temo que no soy de mucha utilidad en una guerra, pero quizá pueda ser útil en Dyrrachium. ¡Oh, ojalá mi hermano Quinto quisiera unirse a ti! Es un hombre muy habilidoso en la guerra.

—Sí, quédate —le concedió Pompeyo con cansancio—. No correrás ningún peligro, Cicerón. César se dirige a Grecia.

—¿Y eso cómo lo sabes? ¿Y si se establece en Orico y decide impedirte que vuelvas a Italia?

—¡Ni hablar! Es una sanguijuela, Cicerón. Un erizo.

—Afranio tiene mucho interés en que abandones esta campaña en el este, renuncies a marchar contra César y regreses a Italia ahora mismo.

—¡Ya lo sé, ya lo sé! Y que luego vaya corriendo al oeste para recuperar las Hispanias. Un sueño muy bonito, Cicerón, pero nada más. Es el suicidio de nuestra causa dejar a César sin oposición en Grecia o en Macedonia. Yo perdería todos mis ejércitos orientales y todo el apoyo de los reyes protegidos. —Pompeyo le dio unas palmaditas en el hombro a Cicerón—. No te preocupes por mí, por favor. Sé lo que tengo que hacer. La prudencia me dicta que continúe librando una guerra contra César al estilo de Fabio, que nunca le presente batalla, pero los demás no lo permitirán. Ahora lo comprendo con mucha claridad. Incluso marchando al ritmo en que lo hace, César tiene un largo camino por recorrer. Irá a días de distancia detrás de mí. Dispondré del tiempo que necesito para reponer las mulas y los caballos. Se los he comprado a los dacios y a los dardanos, y nos estarán esperando en Heraclea. No será mucho, supongo, pero menos es nada. —Pompeyo sonrió—. Escipión ya tendría que estar en Larisa con las legiones sirias.

Cicerón no hizo comentario alguno. Había recibido una carta de Dolabela en la que éste le apremiaba para que volviera a Italia, y la mayor parte de su ser quería desesperadamente ir. Por lo menos si se quedaba en Dyrrachium sólo lo separaba de su querida tierra la anchura del Adriático.

—Te envidio, Cicerón —le dijo Pompeyo cuando se separaron—. Puede que el sol salga aquí sólo de vez en cuando a partir de ahora, y el aire es suave. Lo único que tendrás que sufrir es a Catón. El cual me ha informado de que va a enviar a Favonio conmigo para que me mantenga «puro». En palabras suyas, no en las mías. Eso me deja con canallas como Labieno, voluptuosos como Léntulo Crus, críticos como Léntulo Spinther y una esposa y un hijo por los que preocuparme. Sólo con un pequeño bocado de la suerte de César quizá logre sobrevivir.

Cicerón se detuvo y miró hacia atrás.

—¿Una esposa y un hijo?

—Sí. Cornelia Metela ha decidido que Roma está demasiado lejos de su *tata* y de mí. Y Sexto también la ha estado animando a ello. Está loco por ser mi *contubernalis*. Se tendrían que reunir conmigo en Tesalónica.

—¿Tesalónica? ¿Tan lejos piensas llegar?

—No. Ya le he mandado recado allí para decirle que lleve a Sexto a Mitilene. Creo que en Lesbos estarán bastante seguros. —Pompeyo extendió una mano, un gesto patéticamente curioso—. ¡Trata de entenderlo, Cicerón! ¡No puedo ir al oeste! Si lo hago, abandono a mi propio suegro y a dos buenas legiones a la famosa clemencia de César. Él controlará el este y mi esposa y mi hijo pasarán a estar bajo su custodia. El final de la guerra debe producirse en algún lugar de Tesalia.

De modo que fue Cicerón quien permaneció de pie viendo cómo Pompeyo daba media vuelta y se marchaba. Una bruma descendió delante de los ojos de Catón, que parpadeó para ahuyentar las lágrimas. ¡Pobre Magno! Cómo había envejecido de repente.

En Heraclea, allí donde la vía Egnacia empieza a descender hacia las tierras más benignas situadas alrededor de Pella, en la tierra natal de Alejandro Magno, los que habían estado ausentes cumpliendo otros deberes se reunieron de nuevo con el ejército de Pompeyo. Eran hombres como Bruto, que había intentado ser útil trotando obedientemente hacia lugares tan alejados como Tesalónica, o Lucio Domicio Enobarbo, que dejó su flota y se apresuró a dar alcance a Pompeyo.

En Heraclea Pompeyo recibió el envío de varios miles de buenos caballos y mulas, lo que fue suficiente para sustituir a los que había perdido. Sus pastores tracios trajeron consigo nada menos que a Burebistas, rey de Dacia, que se había enterado de la derrota de Julio César en Dyrrachium. Nada sería más conveniente que el hecho de que aquel rey Burebistas se aviniera a hacer un tratado con aquellas fuerzas, mastodónticas desde el punto de vista mundial, con el vencedor del poderoso Cayo César, de los reyes Mitrídates y Tigranes y de cierta reliquia del lejano oeste llamado Quinto Sertorio. El rey Burebistas también quería fanfarronear con sus súbditos cuando regresara a su país y contar que se había tomado una copa de vino con el legendario Pompeyo el Grande. Que verdaderamente era Grande.

Hechos como la llegada del rey Burebistas tendieron a animar a Pompeyo; y lo mismo hizo la noticia de que el elusivo Metelo Escipión y sus legiones sirias estaban acampados en Beroea dispuestos a marchar hacia el sur, a Larisa, en el momento en que Pompeyo diera la orden.

Lo que Pompeyo no sabía era que Cneo Domicio Calvino, al frente de dos legiones de César, la undécima y la duodécima, se aproximaba a Heraclea por petición de éste. Se había encontrado con Metelo Escipión y las legiones sirias junto al río Haliacmon y había hecho todo lo posible con tal de tentar a Escipión a entrar en combate. Cuando Escipión y el territorio circundante se negaron a cooperar, Calvino decidió poner rumbo a la vía Egnacia, convencido de que César vendría por ese camino y de que iría por delante de Pompeyo. La noticia de la gran victoria de Pompeyo en Dyrrachium había volado por toda Grecia y Macedonia, así que Calvino suponía que César se estaría retirando por delante del iracundo y triunfante vencedor. Una noticia amargamente decepcionante, pero no una noticia capaz de hacer que Calvino cambiase de bando, aunque sus legiones se lo hubieran permitido. Éstas se negaron a creer aquella noticia y clamaron por reunirse con César lo más pronto posible. Lo único que César necesitaba, decían, era el complemento en pleno de sus veteranos de la Galia. Una vez que tuviera eso, le daría una paliza a Pompeyo y al mundo entero.

Con Calvino iba el otro escuadrón de caballería edua de César, compuesto por sesenta hombres a caballo, que Calvino utilizaba como exploradores. Cabalgando a la cabeza con dos de los eduos por compañía y sabedor de que Heraclea no estaba a más de cuatro horas de distancia, Calvino seguía buscando indicios de la inminente presencia de César. Que se confirmó, según creyó él, cuando vio a dos jinetes eduos que iban a medio galope por una colina que quedaba en su camino. Sus dos acompañantes eduos se pusieron a dar alaridos al ver los chales a rayas rojas y azules, espolearon a los caballos en las costillas con los pies y salieron al galope a recibir a los recién llegados.

Un reencuentro extasiado se produjo mientras Calvino dejaba que su caballo bajara la cabeza para pastar en el verde primaveral. Hubo un rápido cambio de impresiones en eduo, que duró sólo unos momentos. Luego los dos eduos regresaron junto a Calvino mientras los otros se marchaban al trote en dirección a Heraclea.

—¿A qué distancia se encuentra César? —le preguntó a Caragdo, que hablaba latín.

—César no está en ninguna parte, no está en Macedonia —le contestó Caragdo poniendo mala cara—. ¿Te lo imaginas, general? ¡Esos dos cabrones se han pasado al bando de Pompeyo con el dinero del escuadrón! Les pareció un chiste tan bueno que estaban impacientes por contárnoslo. Veredórix y yo hemos decidido mantener la boca cerrada y averiguar todo lo que pudiéramos.

—Los dioses actúan de forma extraña —comentó Calvino lentamente—. ¿Qué sabían esos dos?

—Hubo una batalla en Dyrrachium, y sí, la ganó Pompeyo, pero no fue una gran victoria, general. Los muy idiotas permitieron que César se marchara con el ejército intacto. Bueno, perdió unos mil hombres; a aquellos que fueron capturados con vida Labieno los torturó y los ejecutó. —El eduo se estremeció—. César se marchó al sur. Esos dos creen que va de camino a Gomphi, dondequiera que eso esté.

—Está en el sur de Tesalia —le informó Calvino de manera automática.

—Ah. Bueno, el caso es que el ejército que hay en Heraclea le pertenece a Pompeyo. Se va a reunir con el rey Burebistas y con los dacios. Pero será mejor que nos escabullamos rápidamente de aquí, general. Esos dos cabrones le revelaron al enemigo todas las posiciones de César. Veredórix y yo pensamos en matarlos, pero luego decidimos que era mejor dejarlos en paz.

—¿Qué les habéis dicho acerca de nuestra presencia aquí?

—Que somos exploradores que precedemos a un grupo que va a buscar alimentos. Y que sólo somos un par de cohortes —respondió Caragdo.

—¡Bien hecho! —Calvino le dio un tirón a su caballo para que levantara la cabeza—. Vamos, muchachos, vamos a huir al sur en busca de César.

César no tomó el camino largo, el que cruzaba la cordillera de montañas secas que era la espina dorsal de Grecia y Macedonia por el oeste. Debajo de Apolonia estaba el río Aous, uno de los mayores caudales que bajaban de la propia cordillera. Un camino muy precario seguía el río y se adentraba en las montañas Tymphe, atravesaba luego un paso y descendía hacia Tesalia, en la cabecera del río Peneo. En lugar de marchar doscientos cincuenta kilómetros de más, César y su ejército se apartaron de los mejores caminos de Epiro y avanzaron a sus acostumbrados cuarenta o cincuenta kilómetros diarios por un camino, lo que significaba que sólo tenían que levantar un campamento muy rudimentario cada noche. No vieron a nadie excepto a algunos pastores y ovejas, y fueron a dar a Tesalia, muy al norte de Gomphi, a la ciudad de Eginio.

Tesalia se había declarado a favor de Pompeyo. Como las demás regiones de Grecia, estaba organizada en una liga de ciudades, liga que tenía un consejo llamado la Liga de Tesalia. Al enterarse de la gran victoria de Pompeyo en Dyrrachium, el jefe de la liga, Andróstenes de Gomphi, envió mensajes a todas las ciudades para que dieran apoyo a Pompeyo.

Mareado ante la velocidad con la que un ejército profesional y en forma avanzaba para tomar Tesalia, Eginio envió frenéticos mensajes a todas las demás ciudades de la liga en los que les explicaba que un César que distaba mucho de tener aspecto de derrotado se encontraba en las cercanías. Tricca fue el siguiente lugar en caer; César siguió avanzando hacia Gomphi, ciudad desde la cual Andróstenes envió un mensaje urgente a Pompeyo en el que le informaba de que César había llegado mucho antes de lo que se esperaba. Gomphi sucumbió con facilidad.

Aunque estaban a primeros de *sextilis*, la estación era todavía primaveral. Las cosechas no estaban maduras en ninguna parte y las lluvias habían sido escasas al este de las cordilleras; amenazaba una hambruna menor. Por ese motivo, César se aseguró la sumisión del oeste de Tesalia; ello le proporcionó una fuente de víveres. También estaba esperando a que el resto de las legiones se reuniera con él. Había enviado avisos a la séptima, a la decimocuarta, a la undécima y a la duodécima.

Con Lucio Casio, Sabino, Caleno y Domicio Calvino de nuevo juntos, César avanzó hacia el este, en ruta hacia los mejores caminos que llevaban a la ciudad de Larisa y al paso hacia Macedonia por el valle de Tempe. El mejor itinerario era seguir el curso del río Enipeo hasta Scotussa, donde César planeaba torcer hacia el norte, hacia Larisa.

A menos de quince kilómetros de Scotussa, César hizo montar un sólido campamento al norte del Enipeo, a las afueras de la aldea de Farsalia, pues había oído decir que Pompeyo se acercaba, y la disposición del terreno en Farsalia era conveniente para la batalla. Como era típico de César, no eligió el mejor terreno para sí. Siempre salía a cuenta ofrecer un aspecto de ligera desventaja, ya que los generales rutinarios, y él clasificaba a Pompeyo como un general rutinario, solían guiarse por lo que decían los manuales, aceptándolo como doctrina. A Pompeyo le gustaría Farsalia. Una línea de colinas al norte que bajaban hacia una pequeña llanura de unos tres kilómetros de ancho, y luego el curso pantanoso del río Enipeo. Sí, Farsalia serviría.

Pompeyo recibió el mensaje de Andróstenes enviado desde Gomphi cuando rodeaba su antiguo campamento de entrenamiento en Beroea. Inmediatamente dio media vuelta y se dirigió hacia el paso que llevaba a Tesalia, a la altura de Tempe. No había otra manera más fácil de ir allí, pues la mole del monte Olimpo y sus colinas aledañas, extensas y accidentadas, le impedía una marcha más directa. Finalmente se reunió con Metelo Escipión a las afueras de la ciudad de Larisa y dio un suspiro de alivio por muchos y variados motivos, el menos importante de los cuales no era la presencia de aquellas dos legiones veteranas extra.

Las relaciones con las tiendas del alto mando se habían deteriorado aún más desde que se marcharon de Heraclea. Todos habían decidido que ya era hora de poner a Pompeyo en su sitio, y en Larisa los resentimientos y las quejas que llevaban tanto tiempo hirviendo lentamente salieron todos juntos a la superficie.

Todo empezó cuando uno de los tribunos militares senior de Pompeyo, un tal Acutio Rufo, decidió convocar al alto mando formando una corte marcial que se había encomendado a sí mismo la tarea de reunir. Y allí, delante de Pompeyo y de sus legados, acusó formalmente a Lucio Afranio de traición por abandonar a sus tropas después de lo de Ilerda; el fiscal jefe era Marco Favonio, que se adhirió al pie de la letra a las instrucciones de Catón de mantener a Pompeyo «puro».

A Pompeyo le estallaron los nervios.

—Acutio, disuelve ahora mismo esta corte marcial, que es totalmente ilegal —bramó con los puños apretados y la cara llenándosele de puntitos rojos—. ¡Adelante, salid de aquí antes de que yo te acuse de traición a ti! ¡Y en cuanto a ti, Favonio, yo siempre había pensado que tu experiencia en la vida pública te habría enseñado a evitar los juicios que son inconstitucionales! ¡Marchaos! ¡Marchaos! ¡Marchaos!

La corte se disolvió, pero Favonio no se dio por vencido. Empezó a acechar a Pompeyo, a intimidarlo con bravatas a la menor oportunidad hablándole de la falsedad de Afranio, y éste, casi desprovisto de aliento ante la ignominia que aquello suponía, machacaba a Pompeyo en la otra oreja exigiéndole que despidiera a Favonio de su servicio. Petreyo estaba a favor de Afranio, naturalmente, y también le daba la tabarra.

El mando activo del ejército había ido a parar a Labieno, cuyo castigo más leve por la menor infracción era la flagelación. Las tropas murmuraban y se estremecían, y miraban de reojo con la mirada oscurecida, y maquinaban cómo exponer a Labieno a las lanzas durante la batalla que todos sabían que se avecinaba.

Durante la cena, Enobarbo atacó.

—¿Y cómo se encuentra nuestro querido Agamenón, el rey de reyes? —preguntó mientras entraba del brazo de Favonio.

Con la boca abierta, Pompeyo lo miró fijamente.

—¿Qué me has llamado?

—Agamenón, rey de reyes —repitió Enobarbo con una sonrisa burlona.

—¿Y qué quieres decir con ello? —le preguntó Pompeyo en un tono peligroso.

—Pues que tú te encuentras en la misma posición que Agamenón, rey de reyes: eres jefe titular de un ejército de mil barcos y jefe titular de un grupo de reyes, cualquiera de los cuales tiene el mismo derecho que tú a llamarse rey de reyes. Pero hace más de un milenio que los griegos invadieron la patria de Príamo. Uno diría que algo habría cambiado, ¿no es cierto? Pero no. En la Roma moderna todavía seguimos sufriendo a Agamenón, rey de reyes.

—Y tú te has puesto en el papel de Aquiles, ¿no es así, Enobarbo? Vas a esconderte detrás de tus barcos mientras el mundo se hace pedazos y mueren los mejores hombres, ¿verdad? —le dijo Pompeyo con los labios blancos.

—Pues no estoy muy seguro de ello —respondió Enobarbo, cómodamente arrellanado en su canapé, situado entre Favonio y Léntulo Spinther.

Eligió una uva de invernadero de unos racimos que habían llevado desde la Palene chalcidea, donde aquella provechosa pequeña industria había conseguido crecer dentro de invernaderos cubiertos de lino.

—En realidad —continuó diciendo mientras escupía las semillas y cogía el racimo entero—, estaba pensando más bien en el papel de Agamenón, rey de reyes.

—Eso, eso —ladró Favonio mientras buscaba en vano algún alimento más sencillo.

Se alegraba profundamente de que Catón no estuviera presente para ver cómo vivía el alto mando de Pompeyo en aquella tierra romanizada de lujosa abundancia. ¡Uvas de invernadero! ¡Vino de Chian de veinte años en el ánfora! ¡Erizos de mar traídos al galope desde Rhizo y cocinados en una salsa que era una versión exótica del *garum*! ¡Crías de codorniz arrebatadas del nido para que Léntulo Crus las engullera!

—Quieres la tienda de mando, ¿eh, Enobarbo?

—No estoy seguro de que te diría que no.

—¿Y por qué ibas a querer tú un empeoramiento como ése? —le preguntó Pompeyo al tiempo que arrancaba con furia un pedazo de pan con queso.

—El empeoramiento está en que Agamenón, rey de reyes, nunca quiere entablar batalla —le dijo Enobarbo, que lucía en la calva una linda guirnalda de flores primaverales.

—Una sabia pauta —dijo Pompeyo, sin perder la calma, pero con aire taciturno—. Mi estrategia consiste en desgastar a César por métodos fabios. Luchar con ese hombre es un riesgo innecesario. Estamos situados entre él y unas buenas vías de abastecimiento. Grecia sufre una sequía. Cuando llegue el verano, César pasará hambre. Para el otoño ya habrá despojado a Grecia de todo lo que sea comestible. Y en invierno capitulará. Mi hijo Cneo está tan bien instalado en Corcira que es imposible que César llegue a recibir nada que venga por el Adriático, Cayo Casio ha obtenido una gran victoria contra Pomponio frente a las costas de Mesina...

—A mí me han dicho que después de esa victoria tan alabada, Cayo Casio libró otra batalla contra Sulpicio, el antiguo legado de César —le interrumpió Léntulo Spinther—. Y que una legión de César que observaba desde la costa se estaba hartando tanto de la manera como Sulpicio llevaba el combate que se hicieron a la mar, remaron hacia los barcos de Casio, los abordaron y lo derrotaron completamente. Tuvo que arrojarse de cabeza por la borda de su barco para poder huir.

—Sí, sí, eso es cierto —admitió Pompeyo.

—Los métodos fabios son ridículos, Pompeyo —le dijo Léntulo Crus entre uno y otro bocado de suculentos calamares en su tinta—. César no puede ganar, eso lo sabemos todos. Siempre te estás quejando de nuestra falta de dinero, pero entonces... ¿por qué estás tan decidido a seguir esa táctica fabia?

—Estrategia, no táctica —le corrigió Pompeyo.

—Lo que sea... ¿qué más da? —comentó Léntulo Crus con altivez—. Lo que yo digo es que en el momento en que encontremos a César, ofrezcamos batalla, y acabemos así de una vez por todas. Luego nos vamos a casa, a Italia, y llevamos a cabo unas cuantas proscripciones.

Bruto escuchaba todo aquello con creciente horror. Su propia participación en el asedio de Dyrrachium había sido minúscula, pues a la menor oportunidad se ofrecía voluntario para ir a caballo a Tesalónica, a Atenas o a cualquier parte lejos de aquel pozo negro frenético y nauseabundo. Sólo en Heraclea se había dado cuenta de la clase de disensiones que existían entre Pompeyo y sus legados. En Heraclea se enteró de las hazañas de Labieno. Y en Heraclea empezó a comprender que los propios legados de Pompeyo acabarían por ser su perdición.

Oh, ¿por qué habría abandonado Tarso, a Publio Sestio y aquel cuidadoso estado de neutralidad? ¿Cómo iba a poder cobrar los intereses de las deudas de personas como Deiotaro y Ariobárzanes mientras éstos estuvieran financiando la guerra de Pompeyo? ¿Cómo se las iba a arreglar si aquellos jabalíes intransigentes lograban empujar a Pompeyo a la batalla, algo que estaba muy claro que no deseaba? ¡Tenía razón, tenía razón! La táctica fabia... la estrategia... es lo que vencería al final. ¿Y no valía la pena ahorrar vidas romanas, asegurar un mínimo derramamiento de sangre? ¿Qué haría él si alguien le ponía una espada en la mano y le decía que pelease?

—César está acabado —observó Metelo Escipión, que no estaba de acuerdo con su yerno en aquel tema. Suspiró contento y sonrió—. Por fin seré *pontifex maximus*.

Enobarbo se incorporó de un salto.

—¿Que tú qué?

—Que por fin seré *pontifex maximus*.

—¡Por encima de mi cadáver! —gritó Enobarbo—. ¡Ése es un honor público que nos corresponde a mí y a mi familia!

—¡*Gerrae*! —exclamó Léntulo Spinther sonriendo—. Si ni siquiera eres capaz de conseguir que te elijan sacerdote, Enobarbo, ya me explicarás cómo te las vas a arreglar para que te elijan *pontifex maximus*. Eres un perdedor nato.

—¡Haré lo que hizo mi abuelo, Spinther! ¡Que me voten sacerdote y *pontifex maximus* en las mismas elecciones!

—¡No! Va a ser una competición entre Escipión y yo.

—¡Ninguno de los dos tenéis la más mínima oportunidad! —exclamó Metelo Escipión con voz ahogada, pues se sentía ultrajado—. ¡Yo soy el próximo *pontifex maximus*!

El golpe de un cuchillo arrojado contra la valiosa vajilla de oro sobresaltó a todo el mundo; Pompeyo se bajó del canapé y salió de la habitación sin mirar atrás.

El quinto día de *sextilis* Pompeyo y su ejército llegaron a Farsalia y se encontraron con que César estaba ya ocupando el terreno situado en aquel lado del río, el lado norte, pero hacia el este.

—¡Excelente! —le dijo Pompeyo a Fausto Sila, un muchacho muy querido para Pompeyo.

Tanto que era el único de los legados con quien soportaba hablar. Nunca criticaba, sólo hacía lo que *tata* político le decía. Bueno, también estaba Bruto. Otro buen hombre. ¡Pero siempre andaba escondiéndose! Se mantenía fuera de la vista, nunca quería asistir a los consejos, ni siquiera a las cenas—. Si nos colocamos aquí, en esta bonita pendiente colina arriba, Fausto, estaremos bien por encima de César, y entre él y Larisa, Tempe y el acceso a Macedonia.

—¿Va a haber una batalla? —le preguntó Fausto Sila.

—Ojalá que no. Pero me temo que sí.

—¿Por qué tienen tanto empeño en ello?

—Oh, porque ninguno de ellos es soldado excepto Labieno. No lo entienden —le explicó Pompeyo dejando escapar un suspiro.

—Labieno también se empeña en pelear.

—Labieno quiere lanzarse contra César. Se muere de ganas de tener alguna oportunidad de hacerlo. Cree que es mejor general que César.

—¿Y lo es?

Pompeyo se encogió de hombros.

—Con toda honradez, Fausto, no tengo ni la más remota idea. Aunque Labieno debería tenerla. Fue la mano derecha de César durante varios años en la Galia Comata. Por ello me inclino a creer que sí es mejor.

—¿Será mañana?

Pompeyo pareció encogerse y movió negativamente la cabeza.

—No, todavía no.

A la mañana siguiente César salió a ordenar el despliegue de sus fuerzas. Pompeyo no le siguió el juego. Al cabo de una espera de varias horas, César envió sus tropas de regreso al campamento y las puso a la sombra. Era sólo primavera, sí, pero el sol calentaba y el aire, quizá a causa de que el río era bastante pantanoso, resultaba sofocantemente húmedo.

Aquella tarde Pompeyo reunió a sus legados.

—He decidido que entablaremos batalla aquí, en Farsalia —les anunció, de pie y sin invitar a nadie a sentarse.

—¡Oh, muy bien! —exclamó Labieno—. Empezaré a hacer los preparativos.

—¡No, no, mañana no! —se apresuró a aclarar Pompeyo, que parecía horrorizado.

Ni al día siguiente tampoco. Pensando en hacer que sus hombres estirasen las piernas, los sacó del campamento a dar un paseo, o eso supusieron sus legados, pues los colocó en lugares donde sólo un tonto habría atacado después de subir corriendo cuesta arriba por la colina. Como César no era tonto, no atacó.

Pero el octavo día de *sextilis*, y cuando el sol ya se ponía por detrás de su campamento, Pompeyo reunió de nuevo a sus legados. En esta ocasión lo hizo en la tienda de mando, y los situó en torno a un gran mapa que sus cartógrafos le habían dibujado en una piel de ternera.

—Mañana —les comunicó Pompeyo con expresión tensa, y dio un paso atrás—. Labieno os explicará el plan.

—Va a ser una batalla de caballería —empezó a decir Labieno acercándose al mapa y haciéndoles señas a todos para que se agrupasen alrededor—. Con eso quiero decir que utilizaremos nuestra enorme superioridad en caballería como palanca para derrotar a César, que sólo tiene mil germanos. Por cierto, tened en cuenta que nuestras escaramuzas con ellos nos han revelado que César ha armado a algunos de sus soldados de infantería del mismo modo que los soldados de infantería ubios, que luchan entre los soldados de caballería ubios. Resultan peligrosos, pero no son suficientes. Nos desplegaremos aquí, con nuestro eje largo situado entre el río y las montañas. Con las nueve legiones romanas nosotros superaremos en número a César, que tiene que guardar en reserva a una de sus nueve legiones. Ahí es donde tenemos suerte. Disponemos de quince mil hombres extranjeros de infantería auxiliar de reserva. El terreno nos favorece, pues estamos ligeramente cuesta arriba. Por ese motivo formaremos más lejos de la primera línea de César que de costumbre. Y no nos lanzaremos a la carga. Rechazaremos a sus hombres antes de que lleguen a nuestra primera línea. Vamos a formar muy junta a nuestra infantería, porque quiero reunir seis mil soldados de caballería en el ala izquierda; aquí, contra las montañas. Mil soldados de caballería a nuestra derecha, contra el río; el suelo está demasiado empantanado para que la caballería haga un buen trabajo. Un millar de arqueros y tiradores con honda se interpondrán entre la primera legión de infantería situada a la izquierda y mis seis mil jinetes. —Labieno hizo una pausa y miró con mal gesto a cada uno de los hombres que lo rodeaban—. La infantería formará en tres bloques separados cada uno de los cuales comprenderá diez filas. Los tres bloques irán a la carga en el mismo momento. Tenemos más peso que César, pues mis informadores, que son de fiar, aseguran que sólo dispone de cuatro mil hombres por legión debido a las pérdidas que ha sufrido durante los meses pasados en Epiro. Nuestras legiones están completas. Dejaremos que nos ataque con hombres sin aliento y arrollaremos a su primera línea haciéndola retroceder. Pero la verdadera belleza del plan radica en la caballería. No hay manera de que César pueda ofrecer resistencia a seis mil soldados de caballería atacándole por la derecha. Mientras la unidad de arqueros y tiradores con honda bombardea la legión que quede más a la derecha, mi caballería se lanzará hacia adelante como un corrimiento de tierras, se deshará de la escasa caballería de César y luego se colocará detrás de sus líneas y lo cogerá por la retaguardia. —Se echó hacia atrás esbozando con una amplia sonrisa—. Pompeyo, es todo tuyo.

—Bueno, no tengo mucho más que añadir —comentó Pompeyo, que estaba sudando a causa del aire húmedo—. Labieno irá al mando de los seis mil soldados de caballería situados a mi izquierda. En cuanto a la infantería, pondré a las legiones primera y tercera en el ala izquierda. Enobarbo, tú irás al mando. Luego cinco legiones en el centro, incluidas las dos sirias. Escipión, tú estarás al mando del centro. Spinther, tú irás al mando de las tropas situadas a mi derecha, en la zona más cercana al río. Tendrás las dieciocho cohortes que no están formadas en legiones. Bruto, tú serás el segundo en el mando de Spinther. Fausto, tú serás el segundo en el mando de Escipión. Afranio y Petreyo, vosotros seréis los segundos en el mando de Enobarbo. Favonio y Léntulo Crus, vosotros estaréis a cargo de las tropas extranjeras que dejamos en reserva. Joven Marco Cicerón, tú puedes hacerte cargo de la caballería de reserva. Torcuato, encárgate de los arqueros y de los tiradores con honda de reserva. Labieno, nombra a alguien para que mande los mil soldados a caballo del lado del río. El resto de vosotros podéis repartiros entre las legiones. ¿Entendido?

Todos asintieron, un poco apesadumbrados por la solemnidad del momento.

Después Pompeyo se marchó con Fausto Sila.

—Ea, ya tienen lo que querían —le comentó—. No he podido posponerlo más.

—¿Te encuentras bien, Magno?

—Tan bien como siempre, Fausto. —Pompeyo le dio unas palmaditas a su yerno del mismo modo cariñoso en que le había dado las palmaditas a Cicerón al marcharse de Dyrrachium—. No te preocupes por mí, Fausto, de verdad. Soy un hombre viejo. Cumpliré cincuenta y ocho antes de dos meses. Hay una época... Está vacía, siempre afanándose con uñas y dientes por el poder. Siempre una docena de hombres babeando ante la perspectiva de echar abajo al primer hombre. —Se echó a reír con cansancio—. ¡Es curioso encontrar la energía que hace falta para pelearse por ver cuál de ellos ocupará el lugar de César como *pontifex maximus*! Como si eso importase, Fausto. Y no tiene importancia. Todos ellos también van a desaparecer.

—¡Magno, no hables así!

—¿Por qué no? Mañana se va a decidir todo. Yo no quería hacerlo, pero ahora no lo lamento. Cualquier tipo de decisión es preferible a continuar viviendo en el puesto que ocupo y en esta situación. —Dejó caer un brazo sobre los hombros de Fausto—. Vamos, es hora de reunir en asamblea al ejército. Tengo que comunicarles que mañana es el día.

Cuando se hubo reunido el ejército y se hubo terminado la perorata que precedía a la batalla, ya se había hecho de noche. Como era augur, Pompeyo en persona se encargó de interpretar los auspicios. Puesto que no había ganado disponible, la víctima tenía que ser una oveja blanca pura; habían llevado una docena de animales a un redil, los habían lavado, los habían peinado y los habían preparado para que la mirada experta del augur eligiera la víctima más conveniente. Pero cuando Pompeyo indicó una oveja *bidentalis* de aspecto plácido y el *cultarius* y el *popa* abrieron la cancela, los doce animales salieron disparados en busca de la libertad. Sólo después de perseguirla durante un rato se pudo capturar y sacrificar a la víctima, que estaba sucia y tensa. Aquello no era un buen presagio. El ejército se movía inquieto y murmuraba en voz baja, por lo que Pompeyo se tomó la molestia de bajar del estrado de augur después del sacrificio y se metió entre ellos para hablarles en tono tranquilizador. El hígado había sido perfecto, todo estaba bien, no había por qué preocuparse.

Lo peor ocurrió después. Los hombres estaban de cara al este mirando hacia el campamento de César; todavía estaban intranquilos y murmuraban cuando una poderosa bola de fuego pasó volando por el plácido cielo de color índigo como si un cometa cayera envuelto en llamas blancas. Bajaba y bajaba sin parar dejando una estela de chispas a su paso; pero no fue a caer en el campamento de César, cosa que hubiera sido un buen presagio, sino que desapareció mucho más allá, en medio de la oscuridad. La intranquilidad se apoderó de nuevo de todos los soldados, y esta vez Pompeyo no consiguió tranquilizarlos.

Se fue a acostar con una disposición de ánimo fatalista, convencido de que lo que trajera la mañana siguiente para él sería lo último bueno. ¿Por qué una bola de fuego era un mal presagio? ¿Qué conclusión podría haber sacado de ello Nigidio Fígulo, aquella enciclopedia andante que conocía todo de los ancestrales fenómenos augurales etruscos? ¿Por qué los etruscos no podrían haberlo considerado un buen presagio? Los romanos no alcanzaban más allá de los hígados, como mucho se adentraban de vez en cuando en las entrañas y en las aves, pero los etruscos lo habían catalogado prácticamente todo.

Los truenos lo despertaron varias veces antes del amanecer; se sentó en la cama y se preguntó si habría saltado hasta el techo de cuero de la tienda. Porque su sueño se había visto interrumpido en el momento preciso, de manera que lo recordaba con tanta claridad como si aún continuase. Veía el templo de Venus Victrix que había en lo alto de su teatro de piedra, allí donde la estatua de Venus tenía el rostro de Julia y su cuerpo esbelto. Él había estado allí y lo había decorado con trofeos de batalla, mientras grandes multitudes aplaudían con deleite en el auditorio. ¡Oh, qué buen presagio! Sólo que los trofeos de guerra pertenecían a su propio bando: allí estaba su mejor armadura de plata, inconfundible con aquella coraza que representaba la victoria de los dioses sobre los titanes; la curiosa copa de rubíes de Léntulo Crus; el mechón de cabello de Fausto Sila procedente de las trenzas, del mismo brillante color dorado rojizo que el de su padre Sila; el yelmo de Escipión, que había pertenecido a su antepasado Escipión el Africano y que todavía llevaba las mismas plumas de garceta apolilladas y descoloridas; y el trofeo más aterrador de todos, la cabeza calva de Enobarbo ensartada en una lanza germana. Y rodeada de una guirnalda de flores.

Tiritando de frío, sudando de calor, Pompeyo volvió a acostarse, cerró los ojos para no ver los relucientes relámpagos blancos y se quedó escuchando mientras los truenos se alejaban más allá de las colinas que había detrás de él. Cuando la tamborileante lluvia empezó a caer a raudales, volvió a sumirse en un sueño intranquilo, mientras continuaba repasando mentalmente los detalles de aquel horrible sueño.

El alba trajo consigo una espesa niebla y un aire suave y enervante. En el campamento de César todo era agitación; estaban cargando las mulas, uncían los tiros de las carretas, todo se disponía para la marcha.

—¡No luchará! —había ladrado César cuando fue a despertar a Marco Antonio una hora larga antes de la primera luz del día—. El río se ha desbordado a causa de la tormenta, el suelo está empapado, las tropas están mojadas, bla, bla bla... el mismo Pompeyo de siempre, la misma lista de excusas de siempre. Nos trasladamos a Scotussa, Antonio, antes de que Pompeyo pueda levantar el culo para impedir que pasemos a su lado. Oh, dioses, ¡qué gandul es! ¿No hay nada que lo tiente a luchar?

De semejante diatriba exasperada, el adormilado Antonio dedujo que el viejo estaba picajoso de nuevo.

En aquel manto de luz lustroso y gris era imposible ver el terreno bajo existente entre el campamento de Pompeyo y el suyo; se continuaba levantando las estacas inexorablemente.

Hasta que un explorador eduo llegó al galope al lugar donde se encontraba César, que estaba contemplando el hermoso orden en que nueve legiones y mil soldados de caballería se preparaban para salir en silencio, con eficacia.

—¡General, general! —le llamó el hombre, que se atragantó mientras se apeaba de un brinco de su caballo y caía al suelo—. General, Cneo Pompeyo se encuentra fuera de su campamento y se ha alineado para... ¡para el combate! ¡De verdad parece que tenga intención de luchar!

—¡*Cacat!*

Aquella exclamación se le había escapado de los labios, pero ya no dijo nada más. César empezó a ladrar órdenes en un fluido torrente.

—¡Caleno, haz que los no combatientes se lleven hasta el último animal a la parte de atrás del campamento! ¡A paso ligero! Sabino, que los hombres hagan pedazos los terraplenes y llenen el foso. ¡Quiero que todos los hombres salgan más de prisa de lo que el *capite censi* puede llenar las gradas en el circo! ¡Antonio, que la caballería ensille para la batalla, no para ir de paseo! Tú, tú, tú y tú, formad las legiones mientras hablamos. Lucharemos exactamente como lo teníamos planeado.

Cuando la niebla se despejó, el ejército de César esperaba en la llanura como si la marcha no hubiera existido en la programación de aquella mañana.

Pompeyo había formado sus filas mirando hacia el este, lo que significaba que tenía el sol de cara, en un frente de dos kilómetros y medio de largo entre la cordillera de montañas y el río, con una enorme hueste de caballería en el ala izquierda y un contingente mucho más pequeño a la derecha.

César, aunque tenía un ejército más reducido, desplegó el frente de su infantería un poco más, de manera que la décima legión, que estaba a su derecha, quedaba enfrente del destacamento de arqueros y tiradores con honda de Pompeyo y de parte de la caballería de Labieno. De derecha a izquierda colocó a la décima, a la séptima, a la decimotercera, a la undécima, a la duodécima, a la sexta, a la octava y a la novena. A la decimocuarta, a la que había reducido de diez a ocho cohortes cuando reformó sus legiones en Eginio, la situó escondida en el ala derecha, detrás de sus mil soldados de caballería germanos. Estaban curiosamente armados; en lugar de las acostumbradas *pila*, cada uno de los hombres llevaba una lanza de asedio, larga y con espinos. El ala izquierda, la que estaba al lado del río, tendría que defenderse sola, sin caballería que la fortaleciese. Publio Sila, un militar con gancho, tenía el mando a la derecha de César; el centro estaba a cargo de Calvino; y Marco Antonio llevaba la izquierda. No tenía nada en reserva.

Situado en un alto detrás de aquellas ocho cohortes de la decimocuarta armadas con lanzas de asedio, César estaba montado en Toes a su estilo habitual, de lado y rodeando con una pierna los dos pomos delanteros. Lo que era arriesgado para otros jinetes, no lo era para César, que podía darse la vuelta completamente en la silla en fracción de segundos y lanzarse a continuación al galope. Le gustaba que sus tropas vieran, en el caso de que echasen la vista atrás, que el general estaba absolutamente relajado, totalmente confiado.

¡Oh, Pompeyo, qué tonto eres! ¡Qué tonto! Has apostado todo lo que tienes a tres tonterías, tres fruslerías: a que tu caballería tiene peso suficiente para rebasarme por la derecha y dar la vuelta alrededor de mí para envolverme, a que tu infantería va a ser capaz de hacer retroceder a mis muchachos, y a que podrás cansar a mis soldados haciendo que tengan que correr todo el trayecto hasta llegar hasta tu ejército. Los ojos de César se dirigieron hacia el lugar donde Pompeyo estaba sentado en su gran caballo público detrás de los arqueros y tiradores con honda, justo enfrente de César. Lo siento por ti, Pompeyo. No puedes ganar la batalla, y ésta es la importante.

Cada detalle se había estudiado tres días antes, y desde entonces lo habían repasado cada día. Cuando la caballería de Labieno se lanzó a la carga, la infantería de Pompeyo no lo hizo, aunque la de César sí. Pero se detuvieron a medio camino para recobrar el aliento, y luego se pusieron a aporrear las líneas de Pompeyo como si fueran un gran martillo. Los mil jinetes situados a la derecha de César retrocedieron ante la acometida de Labieno sin entablar una verdadera lucha; en lugar de desperdiciar tiempo persiguiéndolos, Labieno giró a la derecha en el momento en que llegaba al tercio trasero de la décima. Y se metió directamente en un muro de lanzas de asedio que las ocho cohortes de la decimocuarta, que llevaban tres días practicando aquella técnica, les clavaron en la cara a los galacios y capadocios. Exactamente como una antigua falange griega, pensó Labieno mientras la cabeza le daba vueltas en un remolino. Su caballería se dispersó, lo cual era la señal para que los germanos cayeran sobre su flanco como lobos y para que la décima diera la vuelta hacia un lado y arremetiera contra la desordenada caballería de Labieno, cuyos caballos relinchaban y caían mientras los jinetes chillaban y caían también y el pánico cundía por todas partes.

En las demás posiciones la pauta fue más o menos la misma; Farsalia se estaba convirtiendo más en una derrota total que en una batalla. Duró una hora escasa. Los auxiliares extranjeros de Pompeyo, que estaban guardados de reserva, huyeron en el momento en que vieron que la caballería empezaba a flaquear. La mayoría de las legiones se quedaron para luchar, incluidas las sirias, la primera y la tercera, pero las dieciocho cohortes que estaban en la parte del río situada a la derecha de Pompeyo se dispersaron por todas partes, y dejaron a Antonio completamente victorioso a lo largo del Enipeo.

Pompeyo abandonó el campo de batalla a un trote ordenado en el momento en que comprendió que estaba acabado. ¡Que se pudrieran Labieno y sus desdeñosos comentarios acerca de los soldados de César en los que los llamaba reclutas novatos de más allá del Po! ¡Aquéllas eran legiones veteranas y luchaban como una unidad, de un modo competente y con gran profesionalidad, con gran aptitud racional! Yo tenía razón, y mis legados estaban equivocados. Pero ¿qué se propone Labieno? Nunca nadie derrotará a César en un campo de batalla. Ese hombre es el mejor en todo. Tiene mejor estrategia y mejor táctica. Yo estoy acabado. ¿Es eso lo que Labieno ha estado buscando todo este tiempo, conseguir el alto mando?

Cabalgó de vuelta a su campamento, entró en su tienda de general y se quedó allí sentado con la cabeza entre las manos durante largo rato. Sin llorar; la hora de las lágrimas ya había pasado.

Y así lo encontraron Marco Favonio, Léntulo Spinther y Léntulo Crus, sentado con la cabeza entre las manos.

—Pompeyo, tienes que levantarte —le dijo Favonio acercándose a él y poniéndole una mano en la espalda enfundada en la coraza de plata.

Pompeyo no pronunció palabra ni hizo movimiento alguno.

—¡Pompeyo, tienes que levantarte! —repitió Léntulo Spinther—. Se acabó, estamos derrotados.

—¡César va a entrar en el campamento, tienes que escapar! —le advirtió Léntulo Crus con voz ahogada y temblando.

Pompeyo dejó caer las manos y levantó la cabeza.

—¿Escapar adónde? —preguntó con apatía.

—¡No lo sé! ¡A cualquier parte, adonde sea! ¡Por favor, Pompeyo, vente con nosotros ahora! —le pidió suplicante Léntulo Crus.

A Pompeyo los ojos se le despejaron lo suficiente para ver que los tres hombres se habían vestido con ropas de comerciantes griegos: túnica, capa *chlamys*, sombrero de ala ancha y botas hasta el tobillo.

—¿Así? ¿Disfrazados? —preguntó.

—Es mejor —le indicó Favonio, que llevaba un atuendo similar en las manos—. ¡Vamos, Pompeyo, ponte de pie, venga! Te ayudaré a quitarte la armadura y a ponerte esta ropa.

Así que Pompeyo se levantó y permitió que transformasen al comandante en jefe romano en un hombre de negocios griego. Cuando estuvo hecho, miró a su alrededor, pues aún estaba un poco mareado, pero luego pareció volver en sí. Se echó a reír y siguió a sus pastores fuera de la tienda.

Abandonaron el campamento a caballo por la puerta más cercana a la carretera que llevaba a Larisa, y se alejaron de allí a medio galope antes de que César llegase al campamento. Larisa quedaba sólo a cincuenta kilómetros de distancia, un viaje lo suficientemente corto como para que no fuese necesario cambiar de montura, aunque los cuatro caballos ya estaban agotados antes de que entrasen por la puerta de Scotussa.

Aun así, la noticia de la victoria de César en Farsalia les había precedido, y Larisa, muy apegada a la causa de Pompeyo, estaba llena de un enjambre de lugareños confusos que deambulaban de acá para allá, preguntándose en voz alta qué sería de ellos cuando llegase César.

—No os hará daño —les aseguró Pompeyo tras desmontar en el ágora y quitarse el sombrero—. Haced vida normal. César es un hombre misericordioso, no os hará daño.

Desde luego lo reconocieron pero, gracias a todos los dioses, no lo vilipendiaron por haber perdido. ¿Qué le había dicho él en una ocasión a Sila?, se preguntó Pompeyo a sí mismo rodeado de partidarios llorosos que le ofrecían ayuda. ¿Qué le había dicho a Sila en aquella carretera a las afueras de Benevento, cuando él estaba tan borracho? Más gente adora al sol naciente que al sol poniente... Sí, eso era. El sol de César estaba saliendo. El suyo se había puesto.

Se presentaron treinta hombres, medio escuadrón de sus fuerzas de caballería galacia, y le ofrecieron darle escolta a él y a sus compañeros hasta donde quisieran ir, siempre que fuera hacia el este por la carretera que conducía a Galacia y en busca de un poco de paz. Todos eran galos, parte de aquellos mil hombres que César le había enviado a Deiotaro como regalo; una manera de asegurarse de que los hombres no murieran, pero que tampoco vivieran para rebelarse. La mayoría eran tréveres que habían aprendido un poco de griego deshilachado, puesto que habían sido destinados tan lejos de su tierra.

Con monturas frescas, Pompeyo, Favonio y los dos Léntulos salieron de Larisa por la puerta de Tesalónica, escondidos entre los soldados. Cuando llegaron al río Peneo, dentro del paso de Tempe, se encontraron con una barcaza que se dirigía al mar cuyo capitán, que transportaba una carga de verduras al mercado de Dium, se ofreció a llevar a los cuatro fugitivos hasta allí. Después de dar las gracias a los jinetes galos, Pompeyo y sus tres amigos subieron a bordo de la barcaza.

—Esto es lo más sensato —comentó Léntulo Spinther, que se estaba recuperando más de prisa que los otros tres—. César nos estará buscando en el camino de Tesalónica, no en una barcaza llena de verduras.

En Dium, a unos kilómetros costa arriba de la desembocadura del río Peneo, los cuatro tuvieron otro golpe de suerte. Amarrado a un muelle después de haber descargado el mijo y los garbanzos procedentes de la Galia Cisalpina, encontraron un pequeño carguero romano al mando del cual estaba un auténtico capitán romano llamado Marco Peticio.

—No hace falta que me digáis quiénes sois —les saludó Peticio al tiempo que le daba un caluroso apretón de manos a Pompeyo—. ¿Adónde queréis ir?

Por una vez Léntulo Crus había hecho lo correcto: antes de abandonar el campamento se había apoderado de todos los denarios y sestercios de plata que pudo encontrar, quizá como expiación por haberse olvidado de recoger el dinero y los lingotes del Tesoro de Roma.

—Pon el precio, Marco Peticio —le indicó con magnificencia—. Pompeyo, ¿adónde vamos?

—A Anfípolis —respondió Pompeyo arrancando un nombre de la memoria.

—¡Buena elección! —comentó Peticio alegremente—. Allí recogeré una carga de ceniza de montaña, que es difícil de conseguir en Aquilea.

Para César, vencedor y dueño del campo de batalla de Farsalia, aquel nueve de *sextilis* fue un día muy variado. Las pérdidas que había sufrido habían sido mínimas; las pérdidas de los pompeyanos, seis mil muertos, podrían haber sido aún peores.

—Se lo merecían —les comunicó con cierta tristeza a Antonio, a Publio Sila, a Calvino y a Caleno cuando empezó a llevarse a cabo la tarea de limpieza—. No tenían en cuenta para nada mis hazañas y me habrían condenado si yo no hubiera acudido a mis soldados en busca de ayuda.

—Que son buenos muchachos —dijo Antonio con afecto.

—Siempre buenos muchachos. —César apretó los labios—. Menos los de la novena.

El grueso del ejército de Pompeyo se había desvanecido y César no se esforzó mucho en perseguirlo. Aún así, era casi la puesta del sol cuando por fin encontró tiempo para entrar e inspeccionar el campamento de Pompeyo.

—¡Oh, dioses! —exclamó al tiempo que suspiraba—. ¡Qué seguros estaban de ganar!

Cada tienda había sido decorada, incluso las de los soldados rasos. Por todas partes había pruebas de que habían encargado un gran festín: montones de verduras, pescado que debía de haber llegado fresco aquella mañana desde la costa y al que habían colocado plácidamente a la sombra mientras se oía el fragor de la batalla, cientos y cientos de corderos recién sacrificados, montañas de pan, ollas de estofado, tinajas de garbanzos remojados y semillas de sésamo en aceite y ajo, pasteles rebosantes de miel, barreños de aceitunas, muchos quesos, ristras de salchichas.

—Polión, es una tontería trasladar toda la comida desde este campamento al nuestro —le dijo César a Cayo Asinio Polión, uno de sus legados junior—. Empieza a mandar aquí a nuestros hombres para que disfruten de un festín de la victoria que el enemigo les ha regalado—. Lanzó un gruñido—. Tendremos que celebrarlo esta noche. Mañana muchas de estas cosas ya no estarán en buenas condiciones. Y no quiero soldados enfermos.

Sin embargo, cuando más se abrieron los ojos de todos fue al ver las tiendas de los legados de Pompeyo. Por irónica casualidad, César llegó a la tienda de Léntulo Crus en último lugar.

—¡Esto es un remedo de aquel palacio que había en el mar en Laconia! —dijo en una referencia que nadie entendió al tiempo que movía la cabeza de un lado a otro—. ¡No me extraña que no le pareciera necesario apoderarse del Tesoro público! Robar de él para enriquecimiento propio aún sería perdonable.

Había platos de oro esparcidos por todas partes; los canapés eran de púrpura de Tiro, los cojines estaban bordados con perlas, las mesas que había en los rincones eran de madera de cítrico y tenían un valor incalculable; en el dormitorio de Léntulo Crus el grupo que estaba inspeccionando encontró una enorme bañera de raro mármol rojo cuyos pies semejaban garras de león. La cocina, una zona abierta en la parte de detrás de la tienda, contenía barriles llenos de nieve sobre la que reposaban los pescados más delicados: gambas, erizos de mar, ostras, salmonetes. Otros barriles llenos de nieve contenían varias clases de aves pequeñas, hígados y riñones de cordero, salchichas a las finas hierbas. El pan era muy reciente, las salsas estaban en botes todos alineados y dispuestos para calentar.

—¡Hum! ¡Aquí es donde vamos a darnos nosotros el banquete esta noche! —afirmó César—. Y por una vez, Antonio, podrás comer y beber hasta que tu corazón quede satisfecho. Sin embargo, mañana por la noche volveremos a lo de siempre —le dijo soltando una risita—. No me gusta vivir como Sampisceramo cuando estoy de campaña. Me atrevería a decir que Crus llegó incluso a traer la nieve del monte Olimpo.

Acompañado sólo por Calvino, se sentó en la tienda de mando de Pompeyo para investigar los cofres de papeles y documentos que encontraron allí.

—Hay que alardear y proclamar ante el mundo que uno ha quemado los papeles del enemigo, Pompeyo lo hizo una vez en Osca después de morir Sertorio. Pero es tonto el hombre que primero no les echa un buen vistazo.

—¿Tú vas a quemarlos? —le preguntó Calvino sonriendo.

—¡Oh, ya lo creo que sí! En un gran espectáculo público, como hizo Pompeyo. Pero yo leo con sólo echar un vistazo, Calvino. Estableceremos un sistema. Yo lo repasaré todo primero, y cualquier cosa que considere que vale la pena leerla despacio te la pasaré a ti.

Entre muchas docenas de sorprendentes papeles se encontraba el testamento y la última voluntad del difunto rey de Egipto Ptolomeo Auletes.

—¡Bien, bien! —murmuró César pensativamente—. Me parece que éste es un documento que no echaré al fuego. Podría resultarme de gran utilidad en el futuro.

A la mañana siguiente todos se despertaron más bien tarde, incluido César; había estado levantado casi hasta el alba leyendo el contenido de aquellos cofres y más cofres de papeles que resultaron verdaderamente ilustrativos.

Mientras las legiones terminaban de incinerar los cadáveres y de llevar a cabo otros deberes inevitables que siguen a una victoria, César y sus legados se fueron cabalgando por la carretera hasta Larisa. Y allí se encontraron con el grueso de las tropas de Pompeyo. Veinte mil hombres se pusieron a llorar pidiendo perdón, cosa que César les concedió con placer. Luego le ofreció un puesto en sus propias legiones a cualquier hombre que se ofreciera voluntario.

—¿Por qué, César? —le preguntó Publio Sila, atónito—. ¡Nosotros hemos ganado la guerra aquí, en Farsalia!

Los inquietos ojos pálidos de César se posaron en el sobrino de Sila con tranquila ironía.

—¡Tonterías, Publio! —le dijo—. La guerra no ha terminado. Pompeyo está todavía libre. Y también lo están Labieno, Catón y todos los comandantes de las flotas de Pompeyo... ¡y las flotas! Y por lo menos otra media docena de hombres peligrosos. Esta guerra no acabará hasta que todos se sometan a mí.

—¿Que se sometan a ti? —Publio Sila frunció el ceño y luego se relajó—. ¡Ah! Quieres decir que se sometan a Roma.

—Yo soy Roma, Publio —sentenció César—. Farsalia lo ha demostrado.

Para Bruto, Farsalia fue una pesadilla. Aunque se preguntaba si Pompeyo habría comprendido su tormento, había sentido un enorme agradecimiento al nombrarlo Pompeyo segundo de Léntulo Spinther en el flanco derecho, junto al río. Pero Antonio y las legiones octava y novena les habían hecho frente, y aunque la novena en particular había sido completada con los hombres más inexpertos de la decimocuarta, nadie podría decir después que no hubieran castigado al enemigo. Después de que le dieron un caballo y le ordenaron que se encargase de las cohortes exteriores, Bruto permaneció sentado en el animal ataviado con una práctica armadura de acero y se quedó mirando la empuñadura con un águila de marfil de su espada con la misma actitud que tiene un animal pequeño cuando una serpiente lo fascina.

Nunca llegó a desenvainarla. De pronto se desencadenó el caos, el mundo se llenó de los hombres que tenía a su cargo, que gritaban «¡Hércules Invicto!» y de los hombres de la novena, que chillaban un ininteligible grito de guerra. Descubrió, aterrado, que el combate cuerpo a cuerpo en la primera línea de una legión no era un precioso emparejamiento de un hombre contra otro, sino una presión masiva, la fuerza de unos cuerpos cubiertos de cota de malla contra la de otros cuerpos cubiertos de cota de malla que empujaban y empujaban en la dirección opuesta. Las espadas golpeaban y vibraban, los escudos se utilizaban como arietes y palancas. ¿Cómo sabían siquiera quién era quién, amigo o enemigo? ¿Acaso tenían tiempo de mirar verdaderamente el color del penacho de un yelmo? Totalmente pasmado, Bruto se limitó a permanecer sentado en su caballo observando lo que sucedía a su alrededor.

La noticia de la caída de la parte izquierda de las fuerzas de Pompeyo y de su caballería recorrió las líneas de algún modo que Bruto no logró comprender, pero los hombres dejaron de gritar «¡Hércules Invicto!» y empezaron a pedir cuartel. Los hombres de la novena legión de César llevaban penachos de pelo de caballo de color azul. Cuando los penachos amarillos de su propio bando parecieron desaparecer de repente ante un mar de penachos azules, Bruto espoleó con los pies a su tranquila montura en las costillas y huyó en dirección al río.

Todo el día y hasta bien entrada la noche estuvo escondido en el pantanoso margen del río Enipeo, sin soltar ni un instante las riendas del caballo. Finalmente, cuando los vítores, las voces y las risas de los soldados victoriosos y festivos de César empezaron a apagarse lo mismo que el rescoldo de las hogueras, se subió a su caballo y emprendió el camino hacia Larisa.

Allí, después de que un hombre compasivo de Larisa le dio ropa civil griega y le ofreció refugio, Bruto se sentó inmediatamente y se puso a escribir a César.

César, soy Marco Junio Bruto, en otro tiempo, tu amigo. Por favor, te lo suplico, perdóname por decidir aliarme con Cneo Pompeyo Magno y el Senado en el exilio. Durante muchos años he lamentado mi acción al abandonar Tarso, a Publio Sestio y el puesto de legado que tenía allí. Abandoné mi cargo como un niño tonto en busca de aventuras. Pero esta clase de aventura no ha resultado ser de mi gusto. He descubierto que no soy nada marcial, hasta el punto de llegar a la ridiculez, y que no tengo la menor voluntad de hacer la guerra.

He oído por toda la ciudad que estás ofreciendo el perdón a los pompeyanos de cualquier rango siempre que no hayan sido perdonados antes. También he oído que estás dispuesto a perdonar a cualquier hombre por segunda vez si uno de tus hombres intercede por él. Eso no es necesario en mi caso. Ruego tu perdón como ofensor por primera vez. ¿Extenderás a mí ese perdón, si no por mí, que soy indigno de ello, sí por mi madre y por tu querida y difunta hija Julia?

En respuesta a aquella carta, César cabalgó hasta Larisa con sus legados.

—Encuentra a Marco Junio Bruto —le ordenó al etnarca de la ciudad, que se presentó de inmediato ante él para interceder por su gente—. Tráemelo y la ciudad de Larisa no sufrirá ninguna clase de represalias.

El Bruto que acudió, todavía vestido con ropa griega, era un hombre abyecto, delgado, avergonzado, incapaz de alzar el rostro hacia el hombre que estaba montado a caballo.

—Bruto, Bruto, ¿qué es esto? —oyó decir a aquella voz profunda y familiar.

Luego sintió dos manos que le tocaban los hombros. Alguien lo estaba abrazando con fuertes brazos de acero; Bruto sintió el contacto de unos labios. Por fin levantó la mirada: era César. ¿Quién más tenía unos ojos como aquéllos? ¿Quién más había tenido la combinación de poder y belleza necesaria para hacer estragos en su madre?

—¡Mi querido Bruto, estoy encantado de verte! —le estaba diciendo César mientras le rodeaba los hombros con un brazo y lo alejaba de los legados, que continuaban montados y lo miraban todo con sarcasmo.

—¿Estoy perdonado? —susurró Bruto, que pensó que el peso y el calor de aquel brazo eran más o menos iguales a los de su madre, a los que le recordaban terriblemente. Lo aplastaban con la carga, lo mataban.

—¡No me atrevería ni a pensar que hiciera falta perdonarte, hijo mío! —exclamó César—. ¿Dónde están tus cosas? ¿Tienes caballo? Te vienes conmigo ahora mismo, te necesito desesperadamente. Como de costumbre, no tengo a nadie con una mente capaz de encargarse de hechos, números y minucias. Y además te prometo —continuó diciendo aquella voz cálida y cariñosa— que en los años venideros te irá mucho mejor bajo mi tutela de lo que nunca te podría haber ido bajo la de Pompeyo.

—¿Qué piensas hacer con los fugitivos, César? —le preguntó Antonio aquella tarde, de vuelta en Farsalia.

—Lo primero y más prioritario de todo es seguirle la pista a Pompeyo. ¿Se sabe algo de él? ¿Se le ha visto desde que salió de Larisa?

—Corren rumores acerca de que ha cogido un barco en Dium para ir a Anfípolis —le informó Caleno.

César parpadeó.

—¿Anfípolis? Entonces se dirige hacia el este, no hacia el oeste ni hacia el sur. ¿Y qué se sabe de Labieno, de Fausto Sila, de Metelo Escipión, de Afranio y de Petreyo?

—César, del único que sabemos algo seguro, aparte del querido pequeño Marco Bruto, es de Enobarbo.

—En eso tienes razón, Antonio. Es el único de los grandes hombres que ha muerto en el campo de batalla de Farsalia. Y el segundo de mis enemigos que nos abandona. Aunque confieso que a él no lo echaré de menos tanto como a Bíbulo. ¿Se están encargando ya de sus cenizas?

—Ya van de camino hacia su esposa —respondió Polión, a quien se le confiaban toda clase de tareas.

—Muy bien.

—¿Nos marcharemos mañana? —quiso saber Calvino.

—Así es.

—Quizá haya muchos refugiados que se dirijan hacia Brundisium —observó Publio Sila.

—Por ese motivo ya he avisado a Publio Vatinio, que está en Salona. Quinto Cornificio puede mantener Iliria de momento. Vatinio puede ir a tomar el mando de Brundisium y desviar a los refugiados. —César le sonrió a Antonio—. Y tú ya puedes descansar tranquilo, Antonio. He oído que Cneo Pompeyo hijo ha soltado a tu hermano, a quien tenía prisionero en Corcira. Está sano y salvo.

—¡Le haré un sacrificio a Júpiter por ello!

A la mañana siguiente Farsalia volvió a ser el adormecido valle de un río pantanoso situado en medio de las colinas de Tesalia, pues el ejército de César se dispersó. César, que se puso en camino por la carretera que llevaba a la provincia de Asia, sólo se llevó consigo dos legiones, las dos formadas por voluntarios procedentes de las legiones de Pompeyo a las que habían derrotado. Los veteranos de César iban a volver, bajo el mando de Antonio, para disfrutar de un merecido permiso en la Campania italiana. Acompañando a César iban Bruto y Cneo Domicio Calvino, un hombre que cada día

724

le caía un poco mejor al general. Un buen hombre en una situación difícil, ése era Calvino.

La marcha hacia Anfípolis se hizo a la manera rápida de César; si los antiguos legionarios de Pompeyo encontraron el ritmo un poco más enérgico de aquel al que estaban acostumbrados, no se quejaron. Lo cierto era que César dirigía un buen ejército; un hombre sabe siempre qué terreno pisa.

Situada a trece kilómetros al este de Tesalónica por la vía Egnacia, allí donde el ensanchado río Estrimón salía del lago Cercinitis en su breve recorrido hasta el mar, Anfípolis era una ciudad maderera con buenos astilleros. Los árboles crecían tierra adentro, y se transportaban los troncos por el río Estrimón para trocearlos y prepararlos en Anfípolis.

Allí Marco Favonio esperaba solo la escena que sabía se avecinaba.

—Te suplico perdón, César —le dijo a éste cuando se encontraron.

Otro al que la derrota de Farsalia había cambiado hasta hacerlo irreconocible. Aquellos estridentes modales suyos y la imitación de Catón habían desaparecido.

—Te lo concedo de muy buena gana, Favonio. Bruto está conmigo y tiene muchas ganas de verte.

—Ah, ¿también lo has perdonado a él?

—Desde luego. No forma parte de mi política castigar a los hombres decentes sólo porque tengan ideas equivocadas. Lo que espero es que todos nos veamos en Roma algún día trabajando juntos por su bienestar. ¿Qué quieres hacer? Te daré una carta para Vatinio, que está en Brundisium, y le diré que te proporcione lo que desees.

—Lo que yo desearía es que nada de todo esto hubiera llegado a ocurrir —confesó Favonio con lágrimas en los ojos.

—Yo también —reconoció César sinceramente.

—Sí, lo comprendo perfectamente —dijo Favonio. Respiró hondo—. Lo único que deseo para mí es retirarme a mis propiedades de Lucania y vivir allí una vida tranquila. Sin guerras, sin política, sin trifulcas, sin disensiones. Paz, César. Eso es lo único que quiero: paz.

—¿Sabes adónde han ido los demás?

—Mitilene era el siguiente puerto que pensaban visitar, pero dudo de que ninguno tenga intención de quedarse allí. Los Léntulos dicen que van a quedarse con Pompeyo, por lo menos de momento. Justo antes de marcharse, Pompeyo recibió mensajes de algunos de los otros. Labieno, Afranio, Petreyo, Metelo Escipión, Fausto Sila y algunos más se dirigen a África. No sé nada más.

—¿Y Catón? ¿Y Cicerón?

—Quién sabe. Aunque yo creo que Catón se dirigirá a África

cuando se entere de que muchos van allí. Al fin y al cabo, hay un gobierno pro pompeyano en la provincia de África. Dudo de que se someta a ti sin pelear, César.

—Yo también lo dudo. Gracias, Marco Favonio.

Aquella noche César cenó tranquilamente a solas con Bruto, pero al amanecer ya iba de camino hacia el Helesponto con Calvino a su lado. Bruto, con quien César se mostraba muy tierno, iba muy bien instalado en un cómodo calesín con un criado que lo atendía en todo momento.

Favonio salió a caballo para contemplar, esperaba que por última vez, la columna plateada de las legiones romanas que avanzaban majestuosamente por una carretera de construcción romana, recta en los tramos en que podía serlo, con pendientes suaves, una carretera hecha para no agotar. Pero al final lo único que vio Favonio fue a César montado en un brioso semental marrón con la facilidad y la gracia de un hombre mucho más joven. Favonio sabía que apenas se perdieran de vista los valles de Anfípolis, César desmontaría y seguiría marchando a pie. Los caballos eran para las batallas, para los desfiles y para los espectáculos. ¿Cómo podía un hombre tan seguro de su propia majestad tener los pies tan firmemente apoyados en la tierra? Una mezcla curiosísima, Cayo Julio César. El escaso cabello dorado revoloteando como cintas al penetrante viento procedente del mar Egeo, la columna vertebral absolutamente recta, las piernas colgando sin apoyo, tan poderosas y nervudas como siempre. Uno de los hombres más apuestos de Roma, aunque nunca un niño bonito como Memmio ni un hombre decadente como Silio. Descendiente de Venus y Rómulo. Bien, quién sabía. Quizá fuera cierto que los dioses amaban a los mejores de los suyos. ¡Oh, Catón, no sigas haciéndole frente! Nadie puede con él. Será rey de Roma... pero sólo si quiere serlo.

Mitilene también estaba invadida por el pánico. El pánico se extendía por todo el este ante el resultado de aquel enfrentamiento entre dos titanes romanos tan inesperado, tan horroroso. Porque nadie conocía a ese tal César como no fuera de oídas, de segunda, de tercera o de cuarta mano, pues César había sido gobernador en el oeste, y aquellos lejanos días que pasó en Oriente quedaban ya muy difuminados. Mitilene sabía que cuando Lúculo la asedió en nombre de Sila, este Cayo César luchó en las primeras líneas y ganó una corona cívica al valor. Casi nadie sabía de la batalla que sostuvo contra las fuerzas de Mitrídates a las puertas de Trales, en la provincia de Asia, aunque Trales sabía que la ciudad erigió una estatua de César en un pequeño templo dedicado a la victoria cerca del lugar de la batalla. De pronto sus habitantes acudieron presurosos a adecentar aquel templo y a asegurarse de que la estatua estuviera en buenas condiciones. Y se encontraron, horrorizados, con que una semilla de palmera había germinado entre las losas en la base de la estatua de César, la señal de una gran victoria. Y la señal de un gran hombre. Trales habló.

Roma dominaba el mundo del Mare Nostrum desde hacía ya tanto tiempo que cualquier convulsión dentro de las filas de los poderosos romanos abría grietas por todas las tierras de alrededor de la misma forma en que las hendeduras se van extendiendo después de un terremoto. ¿Qué ocurriría? ¿Cómo sería la nueva estructura del mundo? ¿Sería César un hombre razonable de la misma clase que Sila, que tomaría medidas para aliviar la opresión a la que los sometían los gobernadores y los cobradores de impuestos? ¿O sería otro Pompeyo Magno, que alentaría las depredaciones de los gobernadores y recaudadores de impuestos? En la provincia de Asia, completamente exprimida por Metelo Escipión, por Léntulo Crus y por Tito Ampio Balbo, uno de los legados de menor rango de Pompeyo, cada isla, cada ciudad y cada distrito se pusieron a toda prisa y en desorden a derribar las estatuas de Pompeyo el Grande y a erigir estatuas de Cayo César; el tráfico era muy denso en dirección al templo de la Victoria, situado en las afueras de Trales, donde existía una estatua del nuevo primer hombre de Roma que se parecía realmente a él. En Éfeso se reunieron algunas de las ciudades costeras de la provincia de Asia para encargar al famoso estudio de Afrodisias una copia de la estatua de César que había en Trales. Se alzaba en el centro del ágora y decía en el plinto: CAYO JULIO CÉSAR, HIJO DE CAYO, *PONTIFEX MAXIMUS*, EMPERADOR, CÓNSUL POR SEGUNDA VEZ, DESCENDIENTE DE ARES Y AFRODITA, DIOS HECHO MANIFIESTO Y SALVADOR COMÚN DE LA HUMANIDAD. Cosas todas embriagadoras, en particular porque optaba por poner a César como descendiente de Marte y de su hijo, Rómulo, por delante de su descendencia de Venus y de su hijo, Eneas. La provincia de Asia estaba muy atareada haciendo los deberes.

Fue en aquel ambiente, mezcla de pánico y adulación servil, donde Pompeyo puso los pies cuando desembarcó con los dos Léntulos en el puerto de Mitilene, en la gran isla de Lesbos. Toda Lesbos se había declarado a su favor hacía tiempo, pero recibirlo como un hombre derrotado era difícil y delicado. Su llegada indicaba que todavía no le habían obligado a salir de la arena, que quizá con el tiempo habría otra Farsalia. Pero... ¿podría ganar? Corría la voz de que César nunca había perdido una batalla (la «gran victoria» de Dyrrachium ahora se consideraba algo sin importancia), de que nadie podía derrotarlo.

Pompeyo manejó bien la situación; mantuvo su disfraz griego e informó a los etnarcas reunidos en consejo de que César era famosísimo por su clemencia.

—Sed buenos con él —les aconsejó—. Él gobierna el mundo.

Cornelia Metela y el joven Sexto lo estaban esperando. Aquél fue un reencuentro curioso, dominado por Sexto, que le echó los brazos alrededor del cuello a su adorado padre y se puso a llorar amargamente.

—No llores —le dijo Pompeyo mientras le acariciaba el pelo castaño y más bien liso; Sexto era el único de sus tres hijos que había heredado el color más oscuro de Mucia Tercia.

—¡Yo tenía que haber estado allí como cadete tuyo!

—Y habrías estado si las cosas hubieran ido más despacio. Pero has hecho un trabajo mucho mejor, Sexto. Has cuidado de Cornelia en mi lugar.

—¡Ése es un trabajo de mujeres!

—No, es un trabajo de hombres. La familia es el núcleo de todo el pensamiento romano, Sexto, y la esposa de Pompeyo Magno es una persona muy importante. Y también lo son sus hijos.

—¡No volveré a separarme de ti!

—Espero que no. Pero ahora debemos hacer ofrendas a los lares, a los penates y a Vesta para que un día volvamos a estar todos juntos. —Pompeyo apartó suavemente de sus brazos a Sexto, y le dio el pañuelo para que se sonara la nariz y se secara los ojos—. Ahora puedes hacerme un buen servicio. Empieza una carta para tu hermano Cneo. Pronto me reuniré contigo para terminarla.

Sólo después de que Sexto, sorbiendo y apretando el pañuelo, se hubo ido para cumplir lo que le había pedido su padre, Pompeyo tuvo ocasión de mirar a Cornelia Metela debidamente.

No había cambiado. Todavía tenía aquel aspecto arrogante, altivo, un poco distante. Pero tenía los ojos enrojecidos e hinchados, y lo miraba con dolor auténtico. Pompeyo se adelantó para besarle la mano.

—Un día triste —le dijo.

—¿Y *tata*?

—Se ha marchado en dirección a África, creo. Con el tiempo lo averiguaremos. No lo hirieron en Farsalia. —¡Qué difícil se le hacía pronunciar aquella palabra!—. Cornelia, tienes mi permiso para divorciarte de mí —le dijo mientras jugueteaba con los dedos de su esposa—. Si lo haces, todas tus propiedades seguirán siendo tuyas. Por lo menos fui lo bastante listo para poner a tu nombre la villa de las Colinas Albanas. Así que eso no lo perdí cuando tuve que vender tantas cosas para financiar esta guerra. Ni la villa del Campo de Marte. Ni la casa de las Carinae. Ésas son mías. Puede que César os las confisque a ti y a mis hijos.

—Creía que César no iba a hacer proscripciones.

—No las hará. Pero a los líderes de esta guerra les confiscará las propiedades, Cornelia. Ésa es la costumbre y la tradición. Y César no impedirá que se cumplan. Por eso creo que es más seguro y más sensato que te divorcies de mí.

Cornelia movió negativamente la cabeza y esbozó una de sus raras y más bien forzadas sonrisas.

—No, Magno. Soy tu esposa y seguiré siendo tu esposa.

—Entonces por lo menos vuelve a casa. —Le soltó la mano y agitó en el aire la suya en un gesto vago—. ¡No sé qué será de mí! No sé qué es lo mejor que puedo hacer. No sé adónde dirigirme desde aquí, pero tampoco puedo quedarme aquí. La vida conmigo no será muy cómoda, Cornelia. Soy un hombre marcado. César sabe que tiene que capturarme, pues mientras yo esté en libertad represento el núcleo para organizar otra guerra.

—Al igual que Sexto, no volveré a separarme de ti. Estoy segura de que el lugar más adecuado para ir es África. Saldremos por mar hacia Utica inmediatamente, Magno.

—¿Tú crees? —Los vívidos ojos azules emergían de nuevo de aquel rostro rollizo que se encogía, igual que su cuerpo, a causa de la angustia, del dolor, de la bofetada que aquello suponía para su orgullo, algo que todavía se le hacía imposible de encajar—. Cornelia, ha sido terrible. No me refiero a César ni a la guerra, me refiero a mis socios en esta aventura. ¡Oh, no lo digo por tu padre! Él se ha comportado como una torre de mi fortaleza, pero la mayor parte del tiempo no estuvo conmigo. Esos altercados, esas críticas, esa constante manía de encontrarle defectos a todo.

—¿Te encontraban defectos a ti?

—Continuamente. Y eso me agotaba. Quizá podría habérmelas arreglado mejor con César si yo hubiera tenido el control de mi propia tienda de mando. Pero no lo tenía. Labieno era quien mandaba, Cornelia, no yo. ¡Ese hombre! ¿Cómo pudo soportarlo César? Es un bárbaro. Creo que realmente logra satisfacción física sacándole los ojos a los hombres. ¡Oh, de cosas peores no puedo hablarte a ti! Y aunque Enobarbo murió con mucha gallardía en el campo de batalla, me atormentaba siempre que tenía ocasión. Me llamó Agamenón, rey de reyes.

Las impresiones y los trastornos de los últimos dos meses habían contribuido mucho a mejorar a Cornelia Metela; la mimada erudita aficionada había ganado una cierta capacidad de compasión y una sensibilidad hacia los sentimientos de los demás que le hacía mucha falta. Así que no cometió el error de interpretar las palabras de Pompeyo como una muestra de lástima por sí mismo. Él era como una roca vieja y noble, erosionada por el goteo constante del agua corrosiva.

—Querido Magno, yo creo que el problema fue que ellos consideraban la guerra como otro tipo de Senado. Ni por asomo entendían que la política no tiene nada que ver con los asuntos militares. Aprobaron el *senatus consultum ultimum* para asegurarse de que César no fuera capaz de darles órdenes. ¿Cómo iban a permitir que les dieras órdenes tú?

Pompeyo sonrió tristemente.

—Eso es cierto. También debería decirte por qué me encojo ante la idea de ir a África. Tu *tata* irá, sí, pero también irán Labieno y Catón. ¿Y qué cambiará si voy a África? Allí tampoco seré el amo de mi tienda de mando.

—Entonces deberíamos buscar refugio con el rey de los partos, Magno —le indicó Cornelia con decisión—. Enviaste a tu primo Hirro a ver a Orodes. Tu primo no ha regresado, aunque está a salvo. Seguro que Ectabana es un lugar en donde no aparecerán ni César ni Labieno.

—Pero ¿cómo será el hecho de ver siete Águilas Romanas capturadas? Viviré con el fantasma de Craso.

—¿Qué otro lugar queda?

—Egipto.

—No está lo bastante lejos.

—Pero es un lugar desde el que podremos ir a otro sitio. ¿Te imaginas cuánto pagarían los habitantes del Indo o de Serica por tener a un general romano? Podría ganarme a ese mundo para que me diera empleo. Los egipcios saben cómo llegar a Taprobana. Allí habrá alguien que sepa cómo llegar hasta Serica o el Indo.

Cornelia Metela esbozó una amplia sonrisa, cosa que era bonita de ver.

—¡Magno, qué idea tan brillante! ¡Sí, vámonos a Serica, Sexto, tú y yo!

No permaneció mucho tiempo en Mitilene, aunque cuando se enteró de que el gran filósofo Crátipo estaba allí, fue a solicitarle audiencia.

—Me siento muy honrado, Pompeyo —le dijo el anciano, que iba vestido con una túnica tan blanca como la barba que le caía por delante.

—No, el honor es mío.

Pompeyo no hizo ademán de sentarse, permaneció de pie mirando aquellos ojos legañosos y preguntándose por qué no daban la impresión de sabiduría. ¿Acaso los filósofos no siempre tenían aspecto de sabios?

—Vamos a dar un paseo —le indicó Crátipo a Pompeyo al tiempo que lo cogía del brazo—. El jardín es muy hermoso. Y está arreglado al estilo romano, desde luego. Los griegos no estamos dotados para la jardinería. Siempre he pensado que el aprecio que tienen los romanos de la Naturaleza es una indicación del valor innato de este pueblo. Nosotros los griegos desviamos nuestro amor a la belleza hacia las cosas hechas por los hombres, mientras que vosotros los romanos tenéis el genio de insertar las cosas hechas por los hombres en la Naturaleza como si perteneciesen a ella.

Puentes, acueductos... ¡Son tan perfectos! Nosotros nunca comprendimos la belleza del arco. La Naturaleza nunca es lineal, Cneo Pompeyo —siguió divagando Crátipo—. La naturaleza es redonda, como el globo.

—Yo nunca he comprendido la redondez del globo.

—¿No la demostró Eratóstenes cuando midió la sombra en el mismo plano en el Alto y el Bajo Egipto? El plano tiene un borde. Y si hay un borde, ¿por qué no se caen por él las aguas de los océanos como una catarata? No, Cneo Pompeyo, el mundo es un globo cerrado en sí mismo como un puño. La punta de los dedos besan la parte de atrás de la palma. Y eso, sabes, es una clase de infinito.

—Me preguntaba si tú podrías decirme algo acerca de los dioses —dijo Pompeyo eligiendo bien las palabras.

—Puedo decirte mucho, pero ¿qué quieres saber?

—Bien, algo acerca de su forma. Qué es la divinidad.

—Creo que vosotros, los romanos, estáis más cerca de esa respuesta que nosotros los griegos. Nosotros imaginamos a los dioses iguales que los hombres y las mujeres, con todos los fallos, deseos, apetitos y males de los humanos. Mientras que los dioses romanos, los verdaderos dioses romanos, no tienen rostro, sexo ni forma. Vosotros los llamáis *numina*. Están dentro del aire, forman parte del aire. Una clase de infinitud.

—Pero ¿cómo existen, Crátipo?

Pompeyo se fijó en que los ojos acuosos del filósofo eran muy oscuros, pero tenían un círculo pálido alrededor de la parte exterior de cada iris. *Arcus senilis*, la señal de que la muerte está próxima. Aquel hombre no permanecería mucho tiempo en este mundo. En este globo.

—Existen como ellos mismos.

—No, ¿cómo son?

—Como ellos mismos. No podemos comprender cómo puede ser eso porque no los conocemos. Nosotros los griegos les dimos forma humana porque no podíamos imaginar otra cosa. Pero para convertirlos en dioses les atribuimos poderes sobrehumanos. Yo creo que en realidad todos los dioses forman parte de un gran dios único —dijo Crátipo con suavidad—. Y también en eso vosotros los romanos estáis más cerca de esa verdad. Vosotros sabéis que todos los dioses forman parte de vuestro gran dios, Júpiter Óptimo Máximo.

—¿Y este gran dios vive en el aire?

—Yo creo que vive en todas partes. Por encima, por debajo, dentro, fuera, alrededor... por todas partes. Creo que nosotros somos parte de él.

Pompeyo se humedeció los labios y abordó por fin la cuestión que le obsesionaba.

—¿Seguimos viviendo después de morir?

—¡Ah! La eterna pregunta. Una especie de infinitud.

—Por definición, los dioses o un gran dios son inmortales. Nosotros morimos. Pero ¿continuamos viviendo?

—Inmortalidad no es lo mismo que infinitud. Hay muchas clases de inmortalidad. La larga vida de dios... pero ¿es infinitamente larga? Yo no lo creo. Yo creo que dios nace y vuelve a nacer en ciclos inmensamente largos, mientras que la infinitud no sufre cambios. No tiene principio, no tendrá final. En cuanto a nosotros... no lo sé. Sin duda alguna, Cneo Pompeyo, tú serás inmortal. Tu nombre y tus hazañas seguirán viviendo durante milenios después de que tú hayas desaparecido. Ésa es una idea agradable. ¿Y no es eso poseer divinidad?

Pompeyo se marchó no más iluminado de lo que estaba cuando llegó. Bueno, ¿no era eso lo que siempre decían? Intenta hacerle concretar algo a un griego y acabarás sin sacar nada en limpio. Una clase de infinitud.

Se hizo a la mar desde Mitilene con Cornelia Metela, Sexto y los dos Léntulos, y fue saltando de una isla a otra de la parte oriental del mar Egeo; no se quedó en ningún lugar más que para pasar la noche, y no se encontró con nadie a quien conociera hasta que dobló hacia Licia y atracó en la gran ciudad de Ataleya, en Panfilia. Allí encontró nada menos que a sesenta miembros del Senado en el exilio. Ninguno de ellos era demasiado distinguido, y todos estaban terriblemente abrumados. Ataleya informó a Pompeyo de que su lealtad era imperecedera, y le proporcionó doce trirremes muy pulcros con tripulación junto con una carta de su hijo Cneo, que seguía en la isla de Corcira. ¿Cómo era posible que las noticias se propagaran con tanta rapidez?

Padre, he enviado esta misma carta a muchos lugares. Por favor, te lo ruego, ¡no te des por vencido! Por Cicerón me he enterado de los terribles sufrimientos que has pasado en la tienda de mando. Él ha estado aquí pero ya se ha ido. ¡Ese Labieno! Cicerón me lo ha contado todo.

Llegó con Catón y mil soldados heridos que ya se habían recuperado. Luego Catón anunció que continuaría su viaje a África con los soldados, pero que no era propio que un simple pretor mandase, cuando un consular (se refería a Cicerón) estaba disponible para asumir el mando. Su propósito era ponerse él y poner a los hombres a las órdenes de Cicerón, pero tú conoces mejor que yo a esa vieja bolsa de viento, así que puedes imaginarte cuál fue la respuesta. No quería tener nada que ver con más resistencia, con más soldados ni con Catón. Cuando éste se dio cuenta de que en secreto Cicerón se incli-

*naba por volver a Italia, perdió los estribos y empezó a darle patadas
y puñetazos. Tuve que tirar de él para separarlos. En cuanto pudo,
Cicerón huyó a Patras y se llevó consigo a su hermano Quinto y a su
sobrino del mismo nombre, que se habían alojado en mi casa. Supongo que los tres estarán ya en Patras, peleándose entre ellos.*

*Catón se llevó mis barcos de transporte (yo ya no los necesito) y
puso rumbo a África. Por desgracia yo no podía proporcionarle ningún piloto, así que le dije que dirigiera las proas de los barcos hacia
el sur y que se dejase llevar por los vientos y las corrientes. Es un consuelo que África cierre el Mare Nostrum por el sur, porque así Catón
no tiene más remedio que ir a parar a algún lugar de África.*

*Lo que esto me dice es que la guerra contra César no ha termina-
do, ni mucho menos. La resistencia se cristalizará en la provincia de
África, pues todos los refugiados se dirigen allí. Todavía seguimos vivitos y coleando, y seguimos siendo los amos del mar. Por favor, te lo
ruego, querido padre, reúne cuantos barcos puedas y acude a mí o di-
rígete a África.*

La respuesta de Pompeyo fue breve.

*Mi queridísimo hijo, olvídame. No puedo hacer nada para ayudar
a la República. Mi tiempo ha pasado. Y, sinceramente, tampoco puedo afrontar la idea de verme en la tienda de mando con Catón y Labieno echándome el aliento en la nuca. He terminado mi carrera. Lo
que tú hagas es cosa tuya. Pero ten cuidado con Catón y con Labieno. El uno es un ideólogo rígido, el otro, un salvaje.*

*Cornelia, Sexto y yo nos vamos muy, muy lejos. No te diré adón-
de por si interceptan esta carta. Los dos Léntulos, que me han acompañado hasta ahora, se separarán de mí antes de que yo revele cuál es
el lugar de mi destino. Espero eludirlos aquí, en Ataleya.*

Cuídate, hijo mío. Te quiero.

A principios de septiembre llegó la hora de la partida; el barco
de Pompeyo salió del puerto suavemente sin que los dos Léntulos
ni los sesenta senadores refugiados lo supieran. Había cogido tres
de los trirremes, pero dejó los otros nueve para que se los enviasen
a Cneo a Corcira.

Se detuvieron brevemente en Syedra de Cilicia y luego hicieron
la travesía hasta Pafos en Chipre. El prefecto de Chipre, que ahora se encontraba bajo el gobierno de Roma ejercido desde Cilicia,
era uno de los hijos de Apio Claudio Pulcher Censor, y estaba totalmente dispuesto a hacer lo que pudiera para ayudar a Pompeyo.

—Siento mucho que tu padre muriera tan de repente —le dijo
Pompeyo.

—Yo también —respondió Cayo Claudio Pulcher, que no parecía muy apenado—. Aunque supongo que ya sabrás que había perdido la cabeza por completo.

—Sí, algo había oído. Por lo menos se ahorró cosas como Farsalia.

¡Qué difícil se le hacía decir aquella palabra, *Farsalia*!

—Sí. Él y yo siempre hemos estado de tu parte, pero no puedo decir lo mismo de todo el clan patricio de los Claudios.

—Bueno, todas las familias famosas están divididas, Cayo Claudio.

—Por desgracia no puedes quedarte aquí. Antioquía y Siria se han declarado a favor de César, y Sestio, que ocupa el palacio del gobernador en Tarso, siempre se ha inclinado del lado de César. Cualquier día lo declarará abiertamente.

—¿Cómo están los vientos para ir a Egipto?

Cayo Claudio se puso rígido.

—Yo que tú no iría allí, Magno.

—¿Por qué no?

—Hay guerra civil.

La tercera inundación del reinado de Cleopatra fue la más baja de todas las registradas en una tierra donde se llevaban registros de las inundaciones desde hacía dos mil años. No fue una inundación simplemente baja en el codo de la muerte: dos metros y medio, un nuevo fondo para el codo de la muerte.

En el momento en que Cleopatra se enteró, comprendió que al año siguiente no habría cosecha, ni siquiera en las tierras de Tashe y el lago Moris. Hizo lo que pudo por evitar el desastre. En febrero publicó un edicto conjunto con el pequeño rey donde daba instrucciones para que hasta el último fragmento de grano producido o almacenado en el Egipto Medio se enviase a Alejandría. Egipto Medio y el Alto Egipto tendrían que alimentarse por sí mismos e irrigar el estrecho valle del Nilo desde la primera catarata hasta Tebas. Como todo el trigo y la cebada que se producía en Egipto era propiedad de la doble corona, ésta tenía todo el derecho a publicar aquel edicto; y a ejercer el castigo, que era la muerte y la confiscación de todas las propiedades, por cualquier transgresión de comercio de grano o de la burocracia. A los informadores se les ofreció dinero en efectivo como recompensa; a los esclavos informadores, además del dinero, se les dio la libertad.

La reacción fue inmediata y frenética. En marzo a la reina le pareció prudente publicar otro edicto. Éste aseguraba a aquellos que poseían privilegios que les eximían de impuestos o del servicio militar que sus exenciones serían respetadas... con la única condición de que se dedicasen a la agricultura. Excepto Alejandría, todo el reino que la rodeaba tendría que verse obligado a cultivar de la manera más penosa de todas: por irrigación a falta de inundación.

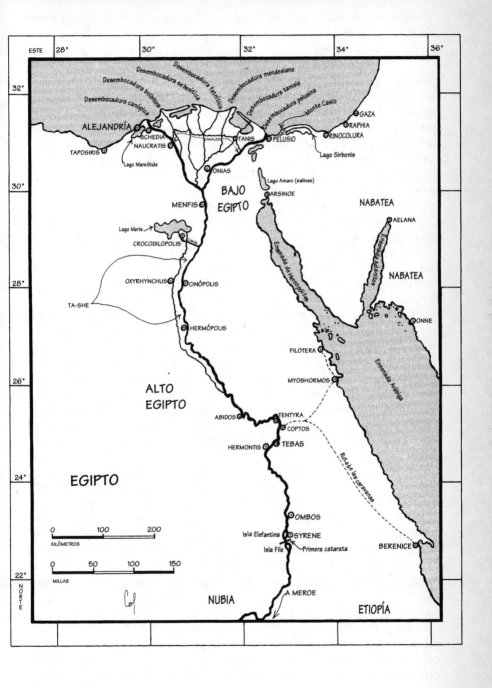

Las cartas de protesta llegaron a raudales. También se recibió una gran cantidad de peticiones de semillas de grano y de reducciones de impuestos, pero la doble corona no estaba en posición de conceder ninguna de esas dos cosas.

Peor que todo eso, Alejandría se había convertido en un hervidero. Los precios de los alimentos subían en espiral, la gente más pobre reunía todo el dinero que podía para comprar alimentos y para ello vendía sus escasas y más preciadas posesiones, mientras aquellos que se encontraban en mejor situación económica empezaban a almacenar en secreto tanto el dinero que poseían como los alimentos no perecederos. El pequeño rey y su hermana Arsinoe sonreían con burla. Poteino y Teodoto, ayudados por el general Achillas, viajaron a lo largo y ancho de Alejandría condoliéndose de la situación de los ya muy irritados ciudadanos y sugiriendo que la escasez era una estratagema de Cleopatra para reducir a los elementos más sediciosos de entre el pueblo y matarlos de hambre para que se fueran de la ciudad.

En junio el trío dio el golpe. Alejandría hervía de rebelión, y el populacho salió del ágora en dirección al recinto real. Poteino y Teodoto desatrancaron las puertas y la chusma, guiada por Achillas, irrumpió violentamente en el recinto. Entonces se descubrió que Cleopatra no estaba. Sin acobardarse, el cerebro de la rebelión presentó a Arsinoe como la nueva reina y el pequeño rey pronunció hermosas promesas de mejorar las condiciones. La chusma se fue a casa. Poteino, Teodoto y Achillas estaban muy satisfechos pero se enfrentaban a serias dificultades, pues no había modo de obtener más comida. No obstante, había que retener y defender el poder que habían logrado. Poteino envió una flota para que saquease los graneros de Judea y Fenicia, convencido de que la guerra entre Pompeyo el Grande y Cayo César acaparaba tanto la atención en todas partes que unos cuantos saqueos egipcios pasarían, si no desapercibidos, sí impunes. Además, el trío se enfrentaba a una amenaza muy grande: Cleopatra había desaparecido. Mientras estuviera libre, estaría trabajando infatigablemente para asegurarse la caída de la camarilla palaciega del pequeño rey Ptolomeo. Pero ¿dónde habría ido? ¡Todos los Ptolomeos destronados cogían un barco y se iban por mar! Sin embargo, en lugar alguno de aquella enorme costa ninguno de los espías de la camarilla descubrió la menor evidencia de que Cleopatra hubiera huido de aquel modo.

Cleopatra no se fue por mar. Acompañada de Charmian, Iras y un gigantesco eunuco de piel negra llamado Apolodoro, Cleopatra salió del recinto real montada en un burro y ataviada con ropas de una dama alejandrina acomodada. Tras haber pasado por la puerta de Canope escasas horas antes de que la chusma irrumpiese en el palacio, subieron a bordo de una pequeña barcaza en la ciudad de Schedia, donde el canal que partía del lago Mareótide, situado detrás de Alejandría, fluía hacia el brazo canópico del delta del Nilo. La distancia hasta Menfis, que estaba situada junto al propio Nilo justo antes de que éste se abriera en abanico y formase el delta, no era más que de ochocientos *stadia* griegos, cien millas romanas.

Menfis se había convertido de nuevo en el núcleo más poderoso de culto en Egipto. Centrada en el culto al dios creador Ptah bajo los primeros faraones, en su momento abrigó las bóvedas del tesoro y a los sacerdotes más augustos. A partir de la época del faraón Senusret perdió favor, favor que Amón transfirió a Tebas; y el poder religioso se trasladó de Menfis a Tebas. Y lo mismo ocurrió con la custodia de los tesoros. Pero con las fluctuantes fortunas de Egipto, y después de que el último de los verdaderos faraones egipcios se hubo extinguido, también Amón decayó. Luego vinieron los Ptolomeos y Alejandría. Menfis empezó a subir de nuevo, quizá porque estaba mucho más cerca de Alejandría que Tebas; el primer Ptolomeo, un hombre brillante, concibió la idea de anexionar Alejandría a Egipto e hizo que el sumo sacerdote de Ptah, un hombre llamado Manetho, confeccionase una religión híbrida, en parte griega y en parte egipcia, bajo una divinidad mezcla de Zeus, de Osiris y de Apis y otra que era mezcla de Artemisa y de Isis a la vez.

La caída de Tebas tuvo lugar cuando se rebeló contra el gobierno ptolomeico durante la época del noveno Ptolomeo, llamado Soter II en las inscripciones y Latiro (que significa Garbanzo) por sus súbditos. Garbanzo reunió un ejército judío y galeras de guerra de poco fondo y remó Nilo abajo para dar una lección a Tebas. La saqueó y la arrasó hasta no dejar piedra sobre piedra. Amón sufrió terriblemente.

Pero la jerarquía sacerdotal de Egipto, que tenía tres mil años de antigüedad, sabía todo lo que había que saber de saqueos. Todos los faraones a los que se había enterrado rodeados de increíbles riquezas eran el blanco de los profanadores de tumbas, que llegaban lo lejos que hiciera falta con tal de saquear a los muertos. Mientras Egipto fue fuerte se mantuvo a raya a aquellos bandidos; después de que Egipto se convirtió en la presa de incursiones extranjeras, la mayoría de las tumbas reales fueron saqueadas. Sólo aquellas que se encontraban en lugares secretos permanecieron libres del pillaje. Lo mismo ocurrió con las bóvedas del tesoro.

En la época en que Ptolomeo Garbanzo hizo pedazos Tebas (buscando las bóvedas del tesoro), éstas volvían a estar en Menfis. El faraón tenía una desesperada necesidad de dinero. La madre de Garbanzo, la tercera Cleopatra, era faraón, pero se aseguró de que él no lo fuera. Lo aborrecía y prefería a Alejandro, el hermano menor, a quien finalmente Cleopatra logró poner en el trono en el lugar de su hermano. Acción ésta que fue fatal para Egipto. Después de que Alejandro asesinó a su madre, los dos hermanos se pusieron a guerrear por el trono. Cuando los dos hubieron muerto, Sila el dictador envió al hijo de Alejandro para que gobernase Egipto. Era el último varón legítimo de aquel linaje, pero no fue capaz de engendrar hijos. Su testamento legó Egipto a Roma, y desde entonces Egipto había vivido presa del miedo.

Cleopatra llegó a la costa en el margen oeste y cabalgó sobre su asno hasta la parte oeste de un recinto de kilómetro y medio cuadrado de extensión que comprendía el templo de Ptah, la casa en que se embalsamaban los toros Apis, un conglomerado de edificios dedicados a los sacerdotes y a sus variados deberes y numerosos templos más pequeños fundados en honor de faraones muertos hacía mucho tiempo. Debajo del recinto había laberintos de cámaras, habitaciones, túneles que se extendían hasta los campos de las pirámides que se hallaban a kilómetros de distancia. La parte del laberinto a la que se accedía desde la casa de embalsamar los toros Apis contenía las momias de todos los toros que habían existido, así como también gatos e ibises momificados. La parte del laberinto a la que se entraba desde una habitación secreta dentro del templo de Ptah propiamente dicho contenía las bóvedas del tesoro.

El *Ue'b* acudió a recibirla, acompañado del sacerdote relator llamado el *cherheb*, el tesorero, los funcionarios y los *mete-en-sa*, que eran los sacerdotes corrientes. Como no medía ni cinco pies romanos de altura y no pesaba más de un talento y medio, Cleopatra permaneció allí de pie mientras doscientos hombres con la cabeza afeitada se postraban ante ella, con la frente apretada contra las pulidas baldosas de granito rojo.

—Diosa en la tierra, hija de Ra, encarnación de Isis, reina de reinas —la saludó el sumo sacerdote de Ptah poniéndose en pie con una serie de reverencias adicionales cada vez más pequeñas que conseguía hacer con pericia mientras los sacerdotes permanecían postrados.

—Sem de Ptah, Neb-notru, *wer-kherep-hemw*, Seker-cha'bau, Ptahmose, Cha'em-uese —respondió la faraón con una sonrisa amorosa—. ¡Mi querido Cha'em, cuánto me alegro de verte!

La única pieza de su atavío que distinguía a Cha'em de sus subordinados era un collar. Por lo demás, se afeitaba la cabeza y no vestía nada más que una gruesa falda de lino blanca que empezaba justo debajo de los pezones y se acampanaba suavemente hasta media pantorrilla. El collar, que era el distintivo del cargo de sumo sacerdote de Ptah desde el primer faraón, era una ancha placa de oro que se extendía desde el cuello hasta la punta de los hombros y por abajo le llegaba hasta los pezones, como un pectoral. El ribete exterior tenía incrustaciones de lapislázuli, berilo y ónice en una banda mucho más gruesa de oro retorcida que adoptaba la forma de un chacal en la parte izquierda y de dos pies humanos y la garra de un león en la derecha. Dos lineas en zigzag de oro macizo iban desde los pezones hasta la garganta. Encima del mismo llevaba tres collares cuidadosamente distribuidos de cordón de oro que acababan en unos medallones tachonados de berilo; encima de éstos llevaba seis collares más de cordón de oro que acababan en cruces con piedras preciosas cuyos brazos eran iguales, tres más abajo, tres más arriba.

—Vas disfrazada —le dijo el sumo sacerdote en egipcio antiguo.

—Los alejandrinos me han depuesto.

—¡Ah!

Cha'em la condujo a su palacio, un edificio formado por un bloque pequeño de piedra caliza pintado con jeroglíficos y adornado con el cartucho con pergamino de cada uno de los sumos sacerdotes de Ptah que habían servido al dios creador que hizo a Ra, que también era Amón. Estatuas de la tríada de Ptah de Menfis flanqueaban la puerta: el propio Ptah, una figura humana recta coronada con un cráneo humano que estaba envuelta en vendas de momia hasta el cuello; Sekhmet, su esposa, con cabeza de leona; y Nefertem, el dios del loto, coronado con el loto sagrado azul y plumas blancas de avestruz.

El interior era fresco y blanco, pero cobraba vida con pinturas y ornamentos y estaba amueblado con sillas y mesas de marfil, ébano y oro. Una mujer entró en la habitación al oír el sonido de las voces; era muy egipcia, muy bella al estilo inexpresivo que la casta sacerdotal egipcia había perfeccionado con el paso de los milenios. Llevaba una peluca negra cortada para dejar desnuda la parte superior de los hombros, unas enaguas en forma de tubo de lino blanco opaco, mangas acampanadas y un vestido de aquel fabuloso lino que solamente sabían hacer en Egipto: transparente y finamente plisado.

La mujer también se postró.

—Tach'a —la saludó Cleopatra al tiempo que la abrazaba—. Madre mía.

—Lo fui durante tres años, es cierto —convino la esposa de Cha'em—. ¿Tienes hambre?

—¿Tenéis comida suficiente?

—Nos las arreglamos, hija de Ra, incluso en estos tiempos difíciles. Mi huerto tiene un buen canal que llega hasta el Nilo, y mis criados cultivan para nosotros.

—¿Puedes dar de comer a las personas que me acompañan? Sólo son tres, pero el pobre Apolodoro come mucho.

—Nos las arreglaremos. ¡Siéntate, siéntate!

Durante la sencilla comida, que consistió en pan plano, pescaditos fritos enteros y una fuente de dátiles, todo ello regado con cerveza de cebada, Cleopatra les contó su historia.

—¿Y qué piensas hacer? —le preguntó Cha'em con los ojos oscuros entornados.

—Ordenarte que me des dinero suficiente para comprar un ejército en Judea y en Nabatea. Y en Fenicia también. Poteino hablaba de saquear los graneros, así que me imagino que no me será difícil alistar buenos soldados. Cuando Metelo Escipión se fue de Siria el año pasado no dejó a nadie útil allí; Siria ha quedado a merced de sus propios medios. Si evito la costa, no tendré dificultades.

Tach'a se aclaró la garganta.

—Marido, tienes otra cosa que tratar con la faraón —dijo en ese tono que adquieren todas las esposas.

—¡Paciencia, mujer, paciencia! Acabemos primero este asunto. ¿Cómo podremos enfrentarnos a Alejandría? —le preguntó Cha'em—. Comprendo por qué la construyeron en su día y admito que es bueno tener un puerto que dé al mar Medio que sea menos vulnerable y menos enfangado que el viejo Pelusio. ¡Pero Alejandría es un parásito! Se lo coge todo a Egipto y no le da nada a cambio.

—Ya lo sé. ¿Y no me entrenaste tú para eso cuando yo vivía aquí? Si tuviera el trono asegurado ya estaría poniéndole remedio a eso. Pero tengo que asegurar mi trono. Sabes que Egipto no puede separarse de la Alejandría macedonia, Cha'em. El daño ya está hecho. Si yo como faraón la dejase y gobernase el verdadero Egipto desde Menfis, Alejandría simplemente importaría imponentes ejércitos y avanzaría para aplastarnos. Egipto es el Nilo. No hay ningún sitio adonde huir más allá del río. Sería muy fácil, ¿no lo demostró Garbanzo? Los vientos empujan las galeras de guerra desde el delta durante todo el trayecto hacia el sur hasta la primera catarata, y la corriente del Nilo los empuja de vuelta. El verdadero Egipto se convertiría en esclavo de macedonios, híbridos y romanos. Porque serían romanos los ejércitos que vendrían.

—Lo cual me lleva, diosa en la Tierra, a un tema de la máxima delicadeza.

Los ojos amarilloverdosos de Cleopatra se entornaron, y la muchacha frunció el ceño.

—El codo de la muerte —murmuró.

—Dos veces seguidas. Este último de ocho pies solamente... ¡nunca se había oído cosa igual! La gente del Nilo ya empieza a murmurar.

—Acerca de la hambruna, claro.

—No, acerca de la faraón.

—Explícate.

Tach'a no se marchó. Como era sacerdotisa, músico del templo y esposa del *Ue'b*, tenía ese privilegio.

—Hija de Ra, se dice que el Nilo permanecerá en el codo de la muerte hasta que la faraón quede preñada y dé a luz un hijo varón. Es deber de una faraón ser fecunda para aplacar al cocodrilo y al hipopótamo, para impedir que el cocodrilo y el hipopótamo absorban la inundación por las narices.

—¡Sé eso tan bien como tú, Cha'em! —le espetó Cleopatra con cierta acritud—. ¿Por qué te molestas en decirme cosas que me enseñaste repetidamente cuando era niña? ¡Me preocupo por eso día y noche! Pero ¿qué puedo hacer? Mi marido esposo es un niño y prefiere a su hermana de padre y madre antes que a mí. Mi sangre está contaminada por los de la estirpe de Mitrídates, no soy lo bastante ptolomea.

—Tienes que encontrar otro marido, diosa en la Tierra.

—No hay nadie. ¡Nadie! ¡Créeme, Cha'em, yo asesinaría a esa pequeña víbora en un momento si pudiera! Pero el linaje de los ptolomeos ha quedado reducido a cuatro de nosotros, dos muchachas y dos muchachos. ¡No hay otros varones a los que yo pueda entregar mi virginidad, y no estoy dispuesta a copular en nombre de Egipto con nadie que no sea un dios! —Hizo rechinar los dientes, un sonido desagradable—. ¡Mi hermana Berenice lo intentó! Pero el romano Aulo Gabinio frustró el intento y prefirió reinstaurar a mi padre. Berenice murió a manos de nuestro padre. Y si yo no tengo cuidado, moriré también.

Un estrecho rayo de luz entraba por una abertura en la pared, y en él danzaban algunas motas de polvo. Cha'em extendió las manos largas, delgadas y oscuras, con los dedos abiertos formando una sombra en el suelo de baldosas. Puso una mano encima de la otra y formó un sol del que emanaban rayos. Luego quitó una mano e hizo que la sombra de la otra formase la silueta de la *uraeus*, la serpiente sagrada.

—Los augurios han sido extraños e insistentes —sentenció con aire soñador—. Una y otra vez hablan de un dios que vendrá del Oeste... de un dios que vendrá del Oeste. Un marido conveniente para la faraón.

La faraón se puso tensa y empezó a temblar.

—¿Del Oeste? —preguntó en tono de extrañeza—. ¿Del Reino de los Muertos? ¿Quieres decir que es Osiris que ha vuelto del reino de los Muertos para preñar a Isis-Hathor-Mut?

—Y para engendrar un hijo varón —le explicó Tach'a—. Horus. Haroeris.

—Pero ¿cómo puede ser eso? —preguntó la Cleopatra mujer, no la faraón.

—Llegará a pasar —le aseguró Cha'em. Se puso en pie siguiendo el camino más largo, pues primero se postró ante ella—. Mientras tanto, oh, reina de reinas, debemos encargarnos de adquirir un buen ejército.

Durante dos meses Cleopatra estuvo viajando por Siria para alistar mercenarios. Todos los reinos de la vieja Siria habían hecho un negocio lucrativo produciendo mercenarios que eran considerados universalmente los mejores soldados contratados del mundo. Idumeos y nabateos, aunque los mejores mercenarios de todos eran los judíos. Cleopatra se dirigió a Jerusalén. Allí por fin conoció al famoso Antípater... y le gustó. Con él se encontraba su segundo hijo, Herodes, un joven arrogante y feo del que ella no se fiaba tanto. Pero ambos eran extremadamente inteligentes y rapaces. Le dieron a entender que el oro de Cleopatra podría comprar sus servicios así como también soldados.

—Verás —le dijo Antípater, intrigado por el hecho de que aquel vástago delgado de una estirpe degenerada hablase un arameo impecable—, albergo serias dudas de que Pompeyo el Grande tenga alguna posibilidad de derrotar al misterioso hombre que viene del Oeste, Cayo Julio César.

—¿Un hombre que viene del Oeste? —le preguntó lentamente Cleopatra mientras mordía una deliciosa granada.

—Sí, así es como lo llamamos Herodes y yo. Sus conquistas han sido en el Oeste. Ahora veremos cómo le va en el Este.

—Cayo Julio César... sé poco de él excepto que le vendió a mi padre la condición de amigo y aliado y confirmó su posición en el trono, a cambio de un precio. Dime quién es ese César.

—¿Que quién es César? —Antípater se inclinó hacia un lado para lavarse las manos en una palangana dorada—. En cualquier otro lugar que no fuera Roma sería un rey, gran reina. Su familia es antigua y augusta. Dicen que desciende de Afrodita y de Ares a través de Eneas y de Rómulo.

Los ojos grandes, bellos y leoninos de Cleopatra parecieron sobresaltarse; las largas pestañas bajaron, velándolos.

—Entonces es un dios.

—No para nadie que sea de Judea como nosotros, aunque supongo que podría reivindicar cierto grado de divinidad —le explicó perezosamente Herodes al tiempo que pasaba los dedos regordetes por un recipiente lleno de frutos secos.

¡Qué engreídos son estos hombres de los reinos menores de Siria!, pensó Cleopatra. Se comportan como si el ombligo del mundo estuviera aquí, en Jerusalén, en Petra o en Tiro. Pero no es así. El ombligo del mundo está en Roma. ¡Ojalá estuviera en Menfis! O incluso en Alejandría.

Con su ejército de veinte mil hombres engrosado sólo por voluntarios procedentes de la tierra de Onias, la reina de Alejandría y

Egipto se puso en marcha desde Raphia por la carretera de la costa entre las grandes marismas de sal del lago Sirbonis y el mar, y luego se adentró en el flanco sirio del monte Casio, una duna de arena a sólo quince kilómetros de Pelusio. Aquél era el lugar apropiado para decidir quién se sentaría en el trono egipcio. Tenía agua pura y una buena línea de suministro hacia Siria, donde Antípater y su hijo Herodes estaban comprando alimentos y cobrando por ello una bonita comisión que Cleopatra no les echó en cara lo más mínimo.

Achillas y el ejército de Egipto avanzaron para contenerla, y a mediados de septiembre Achillas llegó al lado pelusio del monte Casio y se internó tierra adentro. Como era un soldado cuidadoso, quería agotar a Cleopatra antes de comenzar a atacarla. A mediados del verano, cuando el calor fuera agresivo y los mercenarios de Cleopatra estuvieran pensando en sus hogares frescos en contraposición con el sudor del combate, sería el momento oportuno para aplastarla.

¡Mediados de verano! ¡La próxima inundación! Cleopatra deambulaba por su casa de adobe y rabiaba por zanjar el asunto de una vez por todas. ¡El mundo se estaba haciendo pedazos! ¡El hombre que venía del Oeste había derrotado a Cneo Pompeyo Magno en Farsalia! Pero ¿cómo iba ella a convencerlo para que visitase Egipto mientras estuviese allí plantada en el monte Casio? Para hacerlo necesitaba tener el trono bien asegurado y enviarle una invitación para que realizara una visita de estado. A los romanos les encantaba recorrer Egipto, exigían ver los cocodrilos y por lo menos un hipopótamo, deseaban quedar deslumbrados mirando el oro y las piedras preciosas, quedar atónitos por los imponentes templos. Mientras las lágrimas corrían por el chupado rostro, Cleopatra se hizo a la idea de una tercera inundación en el codo de la muerte. Los auspicios nunca se equivocaban cuando Cha'em los elegía por pureza. Cayo Julio César, el dios que vendría del Oeste, llegaría con toda certeza. Pero no lo haría antes de que estuviesen a mediados de verano.

Pompeyo llegó por la mañana a las carreteras situadas frente a Pelusio dos días antes de su quincuagésimo octavo cumpleaños y se encontró aquel puerto viejo y descuidado abarrotado de galeras de guerra egipcias y barcos para el transporte de tropas. No había la menor esperanza de atracar en el puerto, ni siquiera de echar el ancla en alguna playa fangosa. Sexto y él se apoyaron en la barandilla del barco y miraron con fascinación aquel pandemonium.

—Pues debe de ser cierto que hay una guerra civil —comentó Sexto.

—Bien, pues desde luego a mí no me beneficia —afirmó su padre con una sonrisa—. Será mejor que enviemos a alguien que nos haga de explorador y luego decidiremos qué hacer.

—¿Quieres decir seguir navegando hacia Alejandría?

—Quizá, pero mis tres capitanes me dicen que andamos escasos de comida y de agua, así que tendremos que quedarnos aquí el tiempo suficiente para hacer el avituallamiento.

—Iré yo —se ofreció Sexto.

—No, enviaré a Felipe.

Sexto pareció ofendido y su padre le dio un ligero puñetazo en el hombro.

—Te está bien empleado, Sexto, por no hacer tus deberes de griego hace años. Voy a enviar a Felipe porque es un griego sirio y podrá comunicarse perfectamente. Si no es en ático, aquí estás perdido.

Cneo Pompeyo Felipe, uno de los esclavos libertos de Pompeyo, acudió para recibir instrucciones. Era un hombre grande y rubio que estuvo escuchando atentamente lo que Pompeyo le decía, y después asintió sin hacer preguntas y saltó por la borda del barco para subir a su bote.

—Hay una batalla en perspectiva, Cneo Pompeyo —le comunicó cuando regresó dos horas después—. Medio Egipto se encuentra en estas cercanías. El ejército de la reina está acampado al otro lado del monte Casio, mientras que el ejército del rey está acampado del lado de acá. En Pelusio se dice que entrarán en combate en cuestión de días.

—¿Cómo saben en Pelusio cuándo van a pelear? —le preguntó Pompeyo.

—El pequeño rey ha llegado aquí, acontecimiento que es muy raro. Es demasiado joven para ser líder de guerra, por lo que el líder es un general llamado Achillas, pero por lo visto la batalla no será oficial si él no está presente.

Pompeyo se sentó y le escribió una carta al rey Ptolomeo donde le pedía una audiencia inmediatamente.

Transcurrió el resto del día sin que Pompeyo recibiera respuesta alguna, lo que le proporcionó a Pompeyo algunas cosas nuevas en que pensar y tener en cuenta. Dos años antes una carta suya habría actuado como el pinchazo de una lanza en el *podex* aunque fuera dirigida a los que gobiernan en el monte Olimpo. Y ahora un rey niño se tomaba la libertad de contestarla cuando le diera la gana.

—Me pregunto cuánto tiempo hubiera tardado César en recibir una respuesta —le comentó Pompeyo a Cornelia Metela no sin cierta amargura.

Ésta le dio unas palmaditas en la mano.

—Magno, no vale la pena preocuparse por eso. Esta gente es rara, sus costumbres también deben de ser raras. Además aquí nadie debe de haberse enterado todavía de lo de Farsalia.

—Eso no lo creo, Cornelia. Creo que a estas horas hasta en el reino de los partos debe de saberse lo de Farsalia.

—Ven a la cama y duérmete. Seguro que la respuesta llega mañana.

Entregada por Felipe al empleado más humilde, la carta de Pompeyo tardó horas en ascender la escalera de la jerarquía burocrática; Egipto, según se decía, podía dar lecciones de burocracia a los griegos de Asia. Poco después de la puesta de sol llegó a manos del secretario del secretario de Poteino, el señor alto chambelán. Examinó el sello con curiosidad, y luego se puso tieso. ¿Una cabeza de león y las letras CN POMP MG alrededor de la melena?

—¡Serapis! ¡Serapis!

Salió corriendo a ver al secretario de Poteino, quien corrió a ver a éste.

—¡Señor alto chambelán! —dijo el hombre jadeante, entregándole el pequeño rollo—. ¡Una carta de Cneo Pompeyo Magno!

Ataviado con una vaporosa túnica de lino granate para estar reclinado, pues había dado por terminados los asuntos de aquel día, Poteino se desenroscó del canapé en un solo movimiento, le arrebató el rollo y se quedó mirando el sello con incredulidad. ¡Era cierto! ¡Tenía que ser cierto!

—Manda llamar a Teodoto y a Achillas —le ordenó escuetamente al hombre.

Luego se sentó ante el escritorio y rompió el brillante sello rojo. Con manos temblorosas desenrolló la única hoja de papel y empezó a tratar de descifrar aquel griego desparramado como patas de araña.

Cuando acudieron Teodoto y Achillas ya había terminado de leer y estaba sentado mirando fijamente por la ventana, que daba hacia el oeste y al puerto de Pelusio, que todavía era un hormiguero de actividad. Observaba los tres hermosos trirremes que estaban anclados en medio de las rutas marítimas.

—¿Qué ocurre? —le preguntó Achillas.

Era un hombre híbrido de egipcio y macedonio con el tamaño de sus antepasados macedonios y la tez oscura de sus antepasados egipcios. Hombre ágil en mitad de la treintena y soldado profesional toda la vida, era bien consciente de que tenía que derrotar a la reina antes o después; si no lo hacía, se enfrentaría al exilio y a la ruina.

—¿Veis esos tres barcos? —preguntó Poteino señalando hacia ellos.

—Construidos en Panfilia, por el aspecto de las proas.

—¿Sabéis quién está a bordo de uno de ellos?

—Ni la menor idea.

—Cneo Pompeyo Magno.

Teodoto lanzó un graznido y se sentó lánguidamente en una silla.

Achillas flexionó los músculos de los antebrazos desnudos y después se puso las manos contra el pecho de la dura coraza de cuero.

—¡Serapis!

—Desde luego —convino el señor alto chambelán.

—¿Qué quiere?

—Una audiencia con el rey y pasaje sin peligros hasta Alejandría.

—Deberíamos hacer venir al rey —dijo Teodoto mientras se ponía en pie tambaleante—. Lo traeré.

Ni Poteino ni Achillas protestaron; fuera lo que fuera lo que iban a hacer, lo harían en nombre del rey, que tenía derecho a escuchar a sus consejeros en reunión. No tendría nada que decir, desde luego, pero tenía derecho a escuchar.

El decimotercer Ptolomeo se había dado un atracón de dulces y estaba bastante empachado; cuando le informaron de quién estaba a bordo de uno de aquellos tres trirremes, la náusea le desapareció al instante y fue sustituida por un ávido interés.

—¡Oh! ¿Podré verlo, Teodoto?

—Eso está por ver —le indicó su tutor—. Ahora siéntate, escucha con atención y no interrumpas... gran rey —añadió como si se le hubiera ocurrido después.

Poteino tomó la presidencia de la reunión y le hizo un gesto con la cabeza a Achillas.

—Quiero saber tu opinión primero, Achillas. ¿Qué hacemos con Cneo Pompeyo?

—Bien, su carta no nos dice mucho, se limita a pedir audencia y un pase para Alejandría. Tiene tres barcos de guerra, y sin duda también un puñado de soldados. Pero nada de lo que tengamos que preocuparnos. Mi opinión es que le concedamos la audiencia y lo enviemos a Alejandría —dijo Achillas—. Supongo que se dirige a África para reunirse con sus amigos.

—Pero mientras tanto se sabrá que ha solicitado ayuda aquí, que lo hemos recibido aquí, que ha visto al rey aquí —observó Teodoto, agitado—. No ganó en Farsalia. ¡Perdió en Farsalia! ¿Podemos permitirnos el lujo de ofender a su conquistador, el poderoso Cayo Julio César?

Con aquel atractivo rostro suyo impasible, Poteino le prestó tanta atención a Teodoto como a Achillas.

—De momento creo que es más acertado lo que dice Teodoto —les explicó—. ¿Qué te parece a ti, gran rey?

El rey de Egipto, que tenía doce años de edad, frunció el ceño con solemnidad.

—Estoy de acuerdo contigo, Poteino.

—¡Bien, bien! Continúa, Teodoto.

—¡Consideradlo, por favor! Pompeyo Magno ha perdido la batalla por mantener su supremacía en Roma, la nación más poderosa al oeste del reino de los partos. El testamento del difunto rey Ptolomeo Alejandro, que le fue entregado al dictador romano Sila, legaba Egipto a Roma. Nosotros en Alejandría trastocamos ese testamento y buscamos al padre de nuestro actual rey para ponerlo en el trono. Marco Craso intentó anexionar Egipto. Nosotros lo evitamos y luego sobornamos al mismo Cayo César para que confirmase a Auletes en el trono. —Aquel rostro delgado, pintado y febril se retorció a causa de la ansiedad—. Pero ahora ese Cayo César es el gobernador del mundo, lo podemos decir con toda seguridad. ¿Cómo vamos a permitirnos el lujo de ofenderle? Con tan sólo un chasquido de dedos nos puede quitar lo que antes dio: la independencia de Egipto. Nos puede despojar de nuestro propio destino, de mantener la posesión de nuestros tesoros y de nuestro estilo de vida. ¡Estamos caminando por el filo de una navaja! No podemos permitirnos ofender a Roma en la persona de Cayo César.

—Tienes razón, Teodoto —intervino Achillas bruscamente. Se llevó los nudillos a la boca y los mordió—. Tenemos aquí nuestra propia guerra... ¡una guerra secreta! No nos atrevemos a atraer la atención de Roma hacia ella. ¿Y si Roma decidiera que somos incapaces de manejar nuestros propios asuntos? Ese viejo testamento todavía existe. Sigue estando en Roma. Yo digo que le enviemos un mensaje a Cneo Pompeyo Magno mañana al amanecer y le digamos que se vaya. Que no le concedamos nada.

—¿Qué te parece, gran rey? —le preguntó Poteino.

—¡Que Achillas tiene razón! —exclamó el decimotercer Ptolomeo, y luego dejó escapar un suspiro—. ¡Oh, pero cuánto me habría gustado verlo!

—Teodoto, ¿tienes algo más que decir?

—Sí, Poteino. —El tutor se levantó de la silla, dio la vuelta a la mesa para ponerse detrás del pequeño rey, y comenzó a acariciar con las manos el pelo espeso y de color dorado oscuro del muchacho, deslizando poco a poco los dedos hacia el suave cuello joven—. No creo que lo que Achillas sugiere sea lo bastante sólido. Naturalmente, el poderoso César no va a venir en persona persiguiendo a Pompeyo; el gobernador del mundo tiene flotas y legiones para eso, cientos de legados a quienes confiar esa misión. Como sabemos, de momento está recorriendo la provincia romana de Asia como un rey. ¿Dónde estará ahora? Dicen que se encuentra en Ilión, el hogar de sus ancestros, la antigua Troya.

Los ojos del pequeño rey se cerraron; se recostó en Teodoto y se fue quedando dormido.

—¿Por qué no le enviamos al poderoso Cayo César un regalo en nombre del rey de Egipto? —preguntó Teodoto tensando los labios pintados de carmín—. ¿Por qué no le enviamos al poderoso César la cabeza de su enemigo? —Parpadeó agitando las pestañas pintadas de negro—. Los muertos, según dicen, no muerden.

Se hizo un silencio.

Poteino cruzó las manos sobre la mesa delante de él y se las miró fijamente mientras reflexionaba. Luego levantó la vista y abrió mucho los hermosos ojos grises, muy quieto.

—Así es, Teodoto, los muertos no muerden. Le enviaremos la cabeza de su enemigo a Cayo César.

—Pero... ¿cómo vamos a llevar a cabo esa acción? —quiso saber Teodoto, que estaba encantado de que aquella idea se le hubiera ocurrido a él.

—Dejadme eso a mí —les aseguró Achillas enérgicamente—. Poteino, escribe una carta a Pompeyo Magno en nombre del rey para decirle que le concedes una audiencia. Se la llevaré yo mismo y le tenderé una emboscada en la costa.

—Es posible que no quiera venir sin la compañía de algunos guardaespaldas —observó Poteino.

—Sí, lo hará. Veréis, resulta que yo conozco a un hombre, un romano, cuyo rostro Pompeyo reconocerá. Un hombre en el que Pompeyo confía.

Llegó el alba. Pompeyo, Sexto y Cornelia comieron pan rancio con esa falta de entusiasmo que una dieta monótona hace inevitable y bebieron agua que tenía un sabor algo salobre.

—Esperemos que por lo menos podamos abastecer nuestros barcos en Pelusio —comentó Cornelia.

Felipe, el esclavo liberto, apareció muy sonriente.

—¡Cneo Pompeyo, ha llegado una carta del rey de Egipto! ¡Hermoso papel!

Pompeyo rompió el sello, extendió la única hoja de caro papiro (sí, desde luego era un papel hermoso) murmurando algo entre dientes mientras recorría el breve texto en griego y luego levantó la vista.

—Bueno, van a concederme audiencia. Un bote me recogerá dentro de una hora. —Pareció sobresaltado—. ¡Oh, dioses, necesito un afeitado y mi *toga praetexta*! Felipe, envíame a mi criado, por favor.

Estaba de pie, adecuadamente vestido con la túnica de procónsul del Senado y el pueblo de Roma; Cornelia Metela y Sexto estaban uno a cada lado. Todos esperaban a que alguna barca maravillosamente decorada con oro y con la vela de color púrpura acudiera desde la costa.

—Sexto —dijo Pompeyo de pronto.

—¿Sí, padre?

—¿Y si te buscas algo que hacer durante unos momentos?

—¿Qué?

—¡Vete a orinar por la borda al otro lado, Sexto! ¡O a hurgarte la nariz! ¡Cualquier cosa que me permita quedarme a solas con tu madrastra un rato!

—¡Ah! —exclamó Sexto sonriendo—. Sí, padre, claro. Por supuesto, padre.

—Sexto es un buen muchacho, aunque un poco espeso —observó Pompeyo.

Tres meses atrás Cornelia hubiera encontrado aquella conversación pueril, pero aquel día se echó a reír.

—Anoche me hiciste un hombre muy feliz, Cornelia —le dijo Pompeyo mientras se acercaba a ella lo suficiente como para tocarle el costado.

—Tú me hiciste a mí una mujer muy feliz, Magno.

—Quizás, amor mío, deberíamos hacer más viajes por mar juntos. No sé qué habría hecho sin ti desde Mitilene.

—Y sin Sexto —puntualizó ella rápidamente—. Es un muchacho maravilloso.

—¡Y más de tu edad que yo! Mañana cumpliré cincuenta y ocho años.

—Lo quiero mucho, pero Sexto es un muchacho. Me gustan los hombres mayores. En realidad he llegado a la conclusión de que tú tienes exactamente la edad adecuada para mí.

—¡En Serica será maravilloso!

—Eso creo.

Se apoyaron el uno en el otro con afecto hasta que regresó Sexto con el ceño fruncido.

—Ha pasado ya más de una hora, padre, pero no veo ninguna barcaza real. Sólo ese bote.

—Pues se dirige hacia nosotros —indicó Cornelia Metela.

—Entonces, a lo mejor es ésa —observó Pompeyo.

—¿Para recogerte a ti? ¡Ni hablar! —sentenció su esposa en tono helado.

—Debes recordar que ya no soy el primer hombre de Roma. Sólo un viejo procónsul romano cansado.

—¡Pues para mí no eres eso! —le aseguró Sexto hablando entre dientes.

La barca de remos, en realidad poco mayor que un bote, estaba ya al lado del barco; el hombre con coraza que iba en la popa levantó la cabeza.

—¡Busco a Cneo Pompeyo Magno! —gritó.

—¿Quién pregunta por él? —preguntó Sexto.

—El general Achillas, comandante en jefe del ejército del rey de Egipto.

—¡Sube a bordo! —gritó Pompeyo señalando hacia la escalera de cuerda.

Cornelia Metela apretaba con ambas manos el antebrazo de Pompeyo. Éste la miró sorprendido.

—¿Qué te pasa?

—¡Magno, esto no me gusta! ¡Sea lo que sea lo que quiera ese hombre, dile que se vaya! ¡Por favor, levemos el ancla y vayámonos! ¡Prefiero vivir a base de pan rancio todo el trayecto hasta Utica que quedarme aquí!

—Sssh, no pasa nada —la tranquilizó Pompeyo desprendiéndose de las manos de su esposa mientras Achillas subía fácilmente por la escala y saltaba por la barandilla. Se adelantó hacia ellos con una sonrisa en los labios—. Bienvenido, general Achillas. Soy Cneo Pompeyo Magno.

—Eso veo. Un rostro que todo el mundo reconoce. ¡Tus estatuas y bustos están por todo el mundo! Incluso en Ecbatana, según dicen los rumores.

—No por mucho tiempo. Yo diría que ahora mismo estarán derribándome a mí y poniendo a César.

—No en Egipto, Cneo Pompeyo. Tú eres el héroe de nuestro pequeño rey, él siempre sigue tus andanzas con avidez. Está tan nervioso con la perspectiva de conocerte que anoche no consiguió dormir.

—¿No podías haber traído nada mejor que un bote? —le preguntó Sexto en tono de sentirse desairado.

—Ah, bueno, eso se debe al caos que hay en el puerto —les informó Achillas con amabilidad—. Hay barcos de guerra por todas partes. Uno de ellos chocó contra la barcaza del rey por accidente y desgraciadamente la agujereó. ¿Y cuál ha sido el resultado? Pues éste.

—No me mojaré la toga, ¿verdad? No puedo reunirme con el rey de Egipto con pinta de harapiento —le indicó Pompeyo, que comenzó a hablar con jovialidad.

—Llegarás seco como un hueso viejo —le aseguró Achillas.

—¡Magno, por favor, no! —le susurró Cornelia Metela.

—Yo estoy de acuerdo con ella, padre. ¡No vayas en este insulto!

—Verdaderamente han sido las circunstancias las que han dictado el medio de transporte, nada más —les aseguró Achillas revelando al sonreír que había perdido dos de los dientes delanteros—. Pero mira, he traído conmigo un rostro que te es familiar para calmar así cualquier temor que puedas tener. ¿Ves a ese tipo de ahí vestido de centurión?

Pompeyo no tenía muy buena vista últimamente, pero había aprendido que si cerraba uno de ellos en sus tres cuartas partes, el otro enfocaba debidamente. Llevó a cabo ese truco y lanzó un enorme alarido picentino de júbilo; un alarido galo, lo habría llamado César.

—¡Oh, no me lo puedo creer! —Se dio la vuelta hacia Cornelia Metela y Sexto con el rostro iluminado—. ¿Sabéis quién es ése que está ahí abajo en la barca? ¡Lucio Septimio! ¡Un *primus pilus* fiambrino de los viejos tiempos de Ponto y Armenia! Lo condecoré varias veces, y luego él y yo fuimos caminando hasta llegar casi al mar Caspio. Pero nos volvimos porque no nos gustaron los reptiles. ¡Vaya! ¡Lucio Septimio!

Después de aquello parecía una vergüenza echarle a perder el júbilo. Cornelia Metela se contentó con advertirle que tuviera cuidado, mientras Sexto tenía una conversación con los dos centuriones de la primera legión que habían insistido en ir con él cuando encontraron a Pompeyo en Pafos.

—No lo perdáis de vista —les susurró Sexto.

—¡Venga, Felipe, date prisa! —le pidió Pompeyo mientras saltaba por la barandilla sin hacerse un lío a pesar de la toga con los ribetes de púrpura.

Achillas, que había bajado el primero, acompañó a Pompeyo al único asiento que había en la proa.

—Es el lugar más seco —le dijo.

—¡Septimio, sinvergüenza, ven a sentarte aquí, justo detrás de mí! —le pidió Pompeyo mientras se colocaba pulcramente—. ¡Oh, qué placer verte! Pero ¿qué haces tú en Pelusio?

Felipe y el esclavo de Pompeyo se sentaron en la parte central del barco, entre dos de los seis remeros, con los dos centuriones de Pompeyo detrás de ellos y Achillas en la popa.

—Me retiré aquí después de que Aulo Gabinio dejó una guarnición en Alejandría —le explicó Septimio, un veterano muy canoso y ciego de un ojo—. Todo se hizo añicos después de un roce con los hijos de Bíbulo... bueno, tú ya sabes eso. A los soldados rasos los enviaron a Antioquía y a los cabecillas los ejecutaron a todos, pero al general Achillas se le antojó quedarse con los centuriones. Así que aquí estoy, de *primus pilus* en una legión llena de judíos.

Pompeyo estuvo charlando con él durante un buen rato, pero la travesía era muy lenta y estaba un poco preocupado con el discurso que tenía que hacer; redactar un discurso florido en griego para pronunciarlo ante un muchacho de doce años le había resultado bastante difícil. Se dio la vuelta en el asiento que ocupaba en la proa y llamó a Felipe.

—Pásame el discurso, ¿quieres?

Felipe le pasó el discurso. Pompeyo lo desenrolló, se encorvó y empezó a repasarlo de nuevo.

La playa apareció de pronto; había estado tan absorto en el discurso que no se percató de su proximidad.

—¡Espero que alejemos esta cosa del agua lo bastante para que no me enfangue los zapatos! —comentó, y se echó a reír mirando a Septimio mientras se sujetaba a causa de la sacudida.

Los remeros lo hicieron bien, la barca subió por la playa sucia y enfangada más allá de la línea del agua y se detuvo en terreno llano.

¡Arriba!, se dijo Pompeyo a sí mismo, curiosamente feliz. La noche con Cornelia había sido sensual, seguro que vendrían más noches sensuales y tenía ilusión por llegar a Serica y empezar una nueva vida en un lugar donde un viejo soldado podía enseñar a un pueblo exótico los trucos romanos. Decían que allí había hombres a quienes la cabeza les crecía en el pecho, hombres con dos cabezas, hombres con un ojo, serpientes marinas... Oh, ¿qué no podría encontrar él más allá del sol naciente?

¡Puedes quedarte con el Oeste, César! ¡Yo me voy al Este! ¡A Serica y a la libertad! ¿Qué saben o qué les importa a los de Serica el Piceno, qué saben o qué les importa Roma? ¡A los habitantes de Serica un advenedizo picentino como yo les parecerá lo mismo que cualquiera de los julios o de los cornelios!

Entonces algo se rasgó, crujió y se rompió. Pompeyo, que ya tenía medio cuerpo fuera del bote, volvió la cabeza y vio a Lucio Septimio justo detrás de él. Un líquido caliente le chorreaba por las piernas y, durante unos instantes, Pompeyo pensó que debía de haberse orinado, pero luego el olor inconfundible le llegó a la nariz. Era sangre. ¿Suya? ¡Pero no sentía dolor alguno! Las piernas le cedieron y cayó cuan largo era en el barro sucio y seco. ¿Qué es esto? ¿Qué me está pasando? Más que verlo, sintió que Septimio le daba la vuelta, notó una espada que se alzaba por encima de su pecho.

Soy un noble romano. No deben verme la cara mientras muero. ¡Debo morir como un noble romano!

Pompeyo hizo un último esfuerzo convulsivo. Con una mano se tiró de la toga púdicamente hacia abajo para cubrirse los muslos, con la otra se tapó la cara con uno de los pliegues. La punta de la espada penetró en su pecho con fuerza y destreza. Pompeyo no se movió más.

Achillas intentó apuñalar a los dos centuriones por la espalda, pero es difícil matar a dos hombres a la vez. Comenzaron a pelear y los remeros de la parte posterior se acercaron para ayudar. Todavía pegados a sus asientos, Felipe y el esclavo se dieron cuenta de pronto de que iban a morir. Se levantaron de un salto, salieron del bote y huyeron.

—Yo iré tras ellos —dijo Septimio con un gruñido.

—¿Por dos griegos tontos? —le preguntó Achillas—. ¿Qué pueden hacer?

Un pequeño grupo de esclavos esperaba cerca de allí con una gran vasija de barro a los pies. Achillas levantó la mano y los esclavos cogieron la vasija, que parecía muy pesada, y se acercaron.

Mientras tanto Septimio apartó la toga del rostro de Pompeyo y dejó al descubierto sus facciones: pacíficas, sin estropear. Puso la punta de la espada ensangrentada debajo del cuello de la túnica con la ancha franja granate en el hombro derecho y la rasgó hasta la cintura. El segundo golpe había sido certero, la herida estaba en el corazón.

—Es un poco difícil cortar una cabeza si tiene el cuerpo así —observó Septimio—. Que alguien se encargue de traerme un tajo de madera.

Encontraron el tajo de madera. Septimio lo colocó bajo el cuello de Pompeyo, levantó la espada y dio un tajo. Pulcro y limpio. La cabeza rodó un poco y el cuerpo cayó en el barro.

—Nunca pensé que sería yo quien lo matara. Es extraño, eso... un buen general, tal como están los generales... pero vivo no me sirve de nada. ¿Queréis la cabeza en esa tinaja?

Achillas asintió, más conmovido que aquel centurión romano. Cuando Septimio levantó la cabeza sujetándola por el abundante cabello plateado, Achillas notó que los ojos se le iban hacia ella. Soñando... pero ¿con qué?

La vasija estaba llena casi hasta el borde de carbonato sódico, el líquido en el que los embalsamadores sumergían los cuerpos sin vísceras durante meses como parte del proceso de momificación. Uno de los esclavos le quitó el tapón de madera; Septimio dejó caer la cabeza dentro y se echó hacia atrás rápidamente para evitar el súbito desbordamiento.

Achillas asintió. Los esclavos levantaron la tinaja por las asas de cuerda y comenzaron a caminar delante de su amo llevándola a cuestas. Los remeros habían empujado el bote al agua y estaban muy atareados remando para alejarlo de allí; Lucio Septimio clavó la espada en el barro seco para limpiarla, volvió a meterla en la vaina y echó a andar detrás de los demás.

Horas después Felipe y el esclavo se acercaron sigilosamente al lugar donde el cuerpo decapitado de Pompeyo yacía en la playa desierta, la toga era un color carmesí que se iba volviendo marrón al envejecer la sangre que todavía rezumaba por la porosa fibra de lana.

—Estamos atascados en Egipto —observó el esclavo.

Agotado de tanto llorar, Felipe levantó la vista del cuerpo de Pompeyo con apatía.

—¿Atascados?

—Sí, atascados. Nuestros barcos se han hecho a la mar. Yo los he visto.

—Entonces, no queda nadie excepto nosotros para ocuparse de él. —Felipe miró a su alrededor e hizo un gesto de asentimiento—.

Por lo menos hay algunos maderos que han llegado a la deriva. No es de extrañar que desembarcaran aquí para hacer lo que han hecho, es un lugar muy solitario.

Los dos hombres trabajaron afanosamente hasta que acabaron de construir una pira de casi dos metros de altura; poner el cuerpo encima no fue fácil, pero se las arreglaron.

—No tenemos fuego —dijo el esclavo.

—Pues ve a pedírselo a alguien.

La oscuridad estaba cayendo cuando el esclavo regresó acarreando un cubo pequeño que humeaba.

—No querían darme el cubo, pero les dije que queríamos quemar a Cneo Pompeyo Magno —le explicó el esclavo—. Entonces me dijeron que podía llevarme el cubo.

Felipe esparció las brasas por la red abierta que formaban las ramas plateadas por el mar; después se aseguró de que la toga estuviera bien remetida y retrocedió con el esclavo para ver si la madera prendía.

Tardó un poco pero cuando lo hizo, los maderos que había traído la corriente ardieron con tanta fuerza que fue suficiente para secar las lágrimas de Felipe.

Exhaustos, se tumbaron a cierta distancia para dormir, pues en aquel aire lánguido una hoguera daba demasiado calor. Y al alba, al encontrar la pira reducida a escombros ennegrecidos, utilizaron el cubo de metal para apagar las brasas con agua del mar y luego rebuscaron en ella las cenizas de Pompeyo.

—No sé cómo distinguir las cenizas de Pompeyo de las de la madera —comentó el esclavo.

—Pues hay diferencia —le explicó Felipe con paciencia—. La madera se deshace. Los huesos no. Si encuentras algo que no estás seguro de qué es, pregúntame.

Metieron en el cubo de metal lo que encontraron.

—¿Qué hacemos ahora? —quiso saber el esclavo, una pobre criatura cuyo trabajo consistía en lavar y fregar.

—Nos vamos andando a Alejandría —le respondió Felipe.

—No tenemos dinero —dijo el esclavo.

—Yo le llevaba la bolsa a Pompeyo. Tendremos para comer.

Felipe cogió el cubo, sujetó al esclavo de la mano lacia y echó a andar por la playa alejándose del agitado Pelusio.

Una vez que he llegado a los años que ya están muy bien documentados en las fuentes antiguas, para mantener un número de palabras dentro de los límites que mis editores consideran aceptable, he tenido que escoger y elegir más que volver a contar todos los aspectos. La adición de los *Comentarios* de César, tanto acerca de la Galia como acerca de la guerra civil contra Pompeyo el Grande, enriquece enormemente las fuentes antiguas.

No creo que haya muchas dudas acerca de que los *Comentarios* de César sobre la guerra en la Galia Comata sean sus despachos senatoriales, y así los he presentado; el debate moderno se da más acerca de si César publicó esos despachos todos a la vez a principios del año 51 a. J.C. o si los fue publicando de uno en uno en el transcurso de los años. Yo me he inclinado por hacer ver que publicó los siete primeros libros como un solo volumen a comienzos del 51 a. J.C.

La cantidad de detalles que hay en los *Comentarios* de la Guerra de las Galias es amedrentadora, como lo es el número de nombres que van y vienen para no volver a mencionarse nunca más. Por ello he adoptado una política que evita los nombres que no vuelven a oírse. Por ejemplo, en el campamento de invierno junto al Mosa Quinto Cicerón tenía tribunos militares bajo su mando, pero yo he decidido no mencionarlos. Lo mismo puede decirse de Sabino y de Cota. César siempre se preocupaba más por sus centuriones que por sus tribunos militares, y yo he seguido su ejemplo en los lugares donde un exceso de nuevos nombres aristocráticos sólo serviría para confundir al lector.

En algunos otros aspectos he «manipulado» los *Comentarios* sobre la Guerra de las Galias, sobre todo en uno bastante importante. Concierne a Quinto Cicerón a finales del año 53 a. J.C., cuando pasa por una situación penosa extraordinariamente parecida a la que tuvo que soportar en el campamento de invierno al principio de ese mismo año. De nuevo es sitiado en un campamento, esta vez la *oppidum* de Atuatuca, de donde Sabino y Cota habían huido. En pro de la brevedad he cambiado ese incidente y lo he reducido a un encuentro con los sugambros sobre la marcha; también he cambiado el número de la legión que mandaba, he puesto la decimoquinta en vez de la decimocuarta ya que es difícil saber con exactitud qué legión llevó César con tanta prisa desde Plasencia a Agedinco. La incursión de César en el Cebenna en invierno también ha sido modificada para no extenderme demasiado. César nos dice que lo vieron unos arvernos y que pusieron a Vercingetórix al corriente de ello. No obstante, nada parece haber surgido de ese hecho, ya sea debido a la incapacidad de Vercingetórix para reunir a sus tropas con rapidez o a que tomase la decisión de no intervenir en absoluto mientras César estuviese en el Cebenna. Lo que aquello desde luego no hizo fue aclararle más adelante a Vercingetórix en lo más mínimo el paradero de César. El límite de palabras impuesto por el editor dictó estas modificaciones.

Otras ocasiones, de mucha menos importancia, en que me alejo de los hechos reales han surgido de las mismas inexactitudes de César. Sus cálculos de las distancias, por ejemplo, son poco sólidos. Lo mismo ocurre, a veces, con sus descripciones de lo que está ocurriendo. El duelo entre los centuriones Pulón y Voreno se ha simplificado.

Uno de los grandes misterios acerca de la Guerra de las Galias concierne al pequeño número de atrebates a los que el rey Commio llevó en auxilio de Alesia. No he podido encontrar una batalla en la que estos hombres hubieran tenido la menor posibilidad de perecer en masa; hasta el momento de la pequeña conspiración de Labieno, Commio y sus atrebates estuvieron siempre de parte de César. Lo único que se me ha ocurrido ha sido que podían haber acudido en masa en ayuda de los parisienses, de los aulercios y de los belovacos cuando Tito Labieno masacró a aquellas tribus a lo largo del Secuana mientras César estaba enzarzado en las campañas alrededor de Gergovia y Noviodunum Nevirnum. Quizá deberíamos leer «atrebates» en lugar de «belovacos», pues los belovacos sí que permanecieron vivos en número suficiente como para resultar una gran molestia más tarde.

De nuevo en interés de la simplicidad y de la brevedad no he hecho gran cosa con algunos clanes específicos de las grandes confederaciones galas: con los tréveres (los mediomátricos y otros clanes), con los eduos (los ambarros y los segusiavos) y con armóricos (con muchos clanes, desde los esubios hasta los vénetos y los venelos).

Algunos años después de la muerte de César, un hombre procedente de la Galia Comata se presentó en Roma afirmando ser hijo de César. Según las fuentes antiguas se parecía bastante a César físicamente. A partir de esto he concebido la historia de Rhiannon y su hijo. Este invento sirve a un doble propósito: primero, reforzar mi opinión de que César no es que fuera incapaz de engendrar hijos, sino más bien que apenas permanecía el tiempo suficiente en la cama de nadie para hacerlo; y segundo, que ello permite echar una mirada más íntima a las vidas y a las costumbres de los galos celtas. A pesar de ser una fuente tardía, Amiano es muy ilustrativo al respecto.

Han existido muchos ensayos escritos por eruditos modernos acerca de por qué Tito Labieno no se puso de parte de César después de que éste cruzó el Rubicón, y por qué en cambio se puso de parte de Pompeyo el Grande. En gran medida esto tuvo que ver con el hecho de que Labieno formó parte de los clientes de Pompeyo, porque era picentino de Camerino y sirvió a Pompeyo como tribuno de la plebe domesticado en el año 63 a. J.C. No obstante, hay constancia de que Labieno trabajó mucho más para César que para Pompeyo, incluso mientras fue tribuno de la plebe. Además Labieno tenía más que ganar aliándose con César que con Pompeyo. Siempre se ha supuesto que fue Labieno quien le dijo que no a César. Pero yo me pregunto: ¿por qué no pudo ser César quien le dijera que no a Labieno? Hay una respuesta lógica que apoya esta última opinión en el «Libro Octavo» de los *Comentarios* de la Guerra de las Galias. El «Libro Octavo» no lo escribió César, sino su fanático y leal partidario Aulo Hircio. En un momento del libro Hircio se indigna por el hecho de que César no quiso dejar constancia de la conspiración de Labieno contra el rey Commio en el «Libro Séptimo»; le corresponde a él, asegura Hircio, dejar constancia de lo que no fue más, como los lectores de esta novela habrán visto, que un desmañado y deshonroso asunto. Yo diría que César no lo habría aprobado en absoluto. Sin embargo, la acción de César en Uxellodunum, un asunto espantoso, se hizo públicamente y delante de todo el mundo. Tal como César parece haberse comportado siempre. Mientras que Labieno era más retorcido y hacía las cosas bajo mano. A mí la evidencia parece decirme que César toleró a Labieno en la Galia porque era un hombre brillante en el campo de batalla, pero que no deseaba seguir teniéndolo en su campamento después de cruzar el Rubicón; para César una alianza política con Labieno habría sido como casarse con una cobra.

La evidencia favorece a Plutarco más que a Suetonio en la cuestión de qué fue lo que César dijo en realidad cuando cruzó el Rubicón. Polión, que estuvo presente, dice que César repitió textualmente un pareado de Menandro, poeta y dramaturgo de la Comedia Nueva, y que lo citó en griego, no en latín. «¡Que vuelen altos los dados!», sería lo que dijo, y no «La suerte está echada». Lo cual para mí resulta muy creíble. «La suerte está echada» es una frase pesimista y fatalista. «¡Que vuelen altos los dados!» es como encogerse de hombros, una forma de admitir que puede ocurrir cualquier cosa. César no era fatalista, era una persona que aceptaba el riesgo.

Los *Comentarios* de la Guerra Civil requirieron muchos menos ajustes que los de la Guerra de las Galias. Sólo en una ocasión he alterado la secuencia de los hechos al hacer que Afranio y Petreyo regresaran con Pompeyo antes de lo que al parecer lo hicieron. El motivo ha sido mantenerlos con más comodidad en la memoria de mis lectores profanos en el tema.

Y ahora vayamos a los mapas. La mayoría de ellos se explican por sí solos. Sólo Avárico y Alesia necesitan algunas palabras de explicación.

Lo que sabemos acerca de esas situaciones inmortales se basa principalmente en algunos mapas y maquetas del siglo diecinueve realizados en la época en que Napoleón III estaba inmerso en su *Vida de César*, y había puesto al coronel Stoffel a excavar Francia en busca de los emplazamientos de los campamentos y campos de batalla de César.

En ciertos aspectos he decidido desviarme de esos mapas y maquetas.

En el caso de Alesia, donde las excavaciones demostraron que César no mintió acerca de lo que había hecho, difiero de Stoffel en dos aspectos (que no contradicen la información de César, me apresuro a añadir). Primero, en los campamentos de caballería de César. Éstos, que se nos muestran como flotando libres y sin agua, tenían que estar conectados con las fortificaciones de César. También tenían que haber incorporado parte de un torrente natural en algún lugar donde a los galos les resultase difícil de desviar. Los cauces de los ríos cambian con los milenios, así que no tenemos una idea real de por dónde exactamente corrían los ríos en Alesia hace dos mil años. Estudios desde el aire han revelado que las fortificaciones romanas de Alesia eran tan rectas y regulares como era la costumbre militar romana en general. Por ello he «cuadrado» parcialmente los campamentos de caballería, que Stoffel dibuja de una manera muy irregular. En segundo lugar creo que el campamento de Rebilo y Antistio formaban el cierre del anillo de César, y así lo he dibujado. En los mapas de Stoffel ese campamento «flota», y sugiere que el anillo de César nunca estuvo cerrado. No puedo imaginar que César cometiera un error de ese calibre. Utilizar como cierre el campamento vulnerable es de sentido común, dado que no podía llevar la circunvalación por encima de la montaña. Tenía allí dos legiones para proteger las líneas a lo largo de su punto más débil.

En cuanto a Avárico, me desvío de las maquetas en cuatro aspectos. Primero, en que no veo motivo alguno para no levantar el muro que unía las dos paredes laterales a la misma altura que esas mismas paredes laterales. El hecho de tener la misma altura da origen a una plataforma de lucha apropiada adonde las tropas pudieran acudir de todas partes a la vez. En segundo lugar no veo por qué las torres de defensa se habrían erigido encima de los muros, justo donde las planchas de las torres de César se hubieran venido abajo. En una tribu famosa por su abundancia de hierro como la de los bitúrigos, seguramente era más probable que hubiera protecciones de hierro enfrente de las torres de César; las torres de los aváricos habrían sido más útiles en otra parte. En tercer lugar he reducido a la mitad los parapetos que esas maquetas han puesto en el exterior de los muros laterales y que no sirven de mucho para hacer subir tropas a lo alto de la plataforma de asalto. Yo creo que esos parapetos en particular daban protección a los zapadores romanos. En cuarto lugar no he dibujado ningún refugio ni empalizada encima de la plataforma de asalto; no porque no estuvieran allí, sino más bien para mostrar qué aspecto tenía la plataforma en sí.

Respecto a los dibujos, en este libro no hay muchos. El parecido de César es auténtico. También lo es el de Tito Labieno, que se dibujó a partir de un busto de mármol pulido que hay en el museo de Cremona. Es muy difícil captarlo con luz reflejada. Se dice que el de Enobarbo es auténtico. El parecido de Quinto Cicerón está tomado de un busto que se dice que es de su famoso hermano, pero el examen de dicho busto nos dice que no se trata de Marco Cicerón. La forma del cráneo es completamente errónea, y el sujeto es mucho más calvo de lo que siempre se ha representado a Cicerón. Sin embargo hay un pronunciado parecido con Cicerón. Digo yo, ¿y no podría tratarse de un busto de Quinto, el hermano menor?

Vercingetórix está tomado del perfil que se encuentra en una moneda.

El parecido de los dibujos de Metelo Escipión y de Curión no proviene de una fuente auténtica, sino que está tomado de bustos del siglo I a. J.C.

El dibujo de Pompeyo el Grande está tomado del famoso busto de Copenhague.

Hago todas estas investigaciones personalmente, pero hay varias personas a quienes tengo que dar las gracias por su infatigable ayuda. A mi editor de siempre, a la profesora Alanna Nobbs, de la Universidad de Macquarie, en Sidney, y a sus colegas; a Joe Nobbs; a Frank Esposito; a Fred Mason; y a mi marido, Ric Robinson.

absolvo. Término que utilizaba el jurado cuando votaba la absolución del acusado.

acto recto. Expresión utilizada por los que suscribían las doctrinas del estoicismo. Significaba que el acto era bueno, apropiado, correcto.

Agedinco. *Oppidum* llamada en latín *Agedincum* y perteneciente a los senones. Son los senes modernos.

ágora. Era el espacio abierto, normalmente rodeado de columnatas o de alguna clase de edificios públicos, que servía en las ciudades griegas o helénicas como lugar de reuniones públicas y centro cívico. El equivalente romano al ágora era el foro.

ague. Nombre que antiguamente se daba a los rigores de la malaria.

águila. Entre las reformas del ejército instituidas por Cayo Mario había una que dotaba a cada legión con un águila de plata colocada sobre un largo mástil, puntiagudo en el extremo inferior para poder clavarlo en el suelo. El Águila era el punto de reunión, y también para replegarse, del ejército, y su estandarte más venerado.

Alba Helvis. Ciudad principal de los helvios. Situada cerca de la moderna Le Teil.

Albis, río. El Elba.

Alejandro Magno. Rey de Macedonia, y con el tiempo rey de la mayor parte del mundo conocido. Nacido en el año 356 a. J.C., era hijo de Filipo II y de Olimpia de Epiro. Su tutor fue Aristóteles. A la edad de veinte años accedió al trono después del asesinato de su padre. Consideraba que Asia Menor estaba dentro de su jurisdicción, y por ello decidió invadirla. Primero aplastó cualquier asomo de oposición en Grecia y en Macedonia y luego, en el 334 a. J.C., condujo hasta Anatolia a un ejército de cuarenta mil hombres. Después de liberar a todas las ciudades estado griegas que estaban allí bajo el dominio persa, procedió a someter a toda la resistencia de Siria y Egipto, donde se dice que consultó el oráculo de Amón en la actual Siwa. En el año 331 a. J.C. marchó hacia Mesopotamia para encontrarse con el rey persa Darío, al que derrotó en Gaugamela; a continuación Alejandro conquistó el imperio de los persas (Media, la Susiana, Persia) y acumuló un fabuloso botín. Desde el mar Caspio continuó hacia el este para conquistar Bactria y la Sogdiana, y llegó al Kush hindú después de tres años de campaña que le costaron una fortuna. Para consolidar los tratados que llevó a cabo se casó con la princesa sogdiana Roxana, y luego emprendió camino hacia la India. La resistencia en el Punjab cesó después de la derrota del rey Poros en el río Hyphasis, desde donde bajó hasta el mar siguiendo el río Indo. Al final sus tropas acortaron los planes de Alejandro al negarse a acompañarle al este, hacia el Ganges. Entonces dividió su ejército y volvió a dirigirse al oeste; la mitad marchó con él por tierra y la otra mitad se fue navegando con su mariscal Nearco. La flota se retrasó a causa de los monzones, y el avance del propio Alejandro a través de Gedrosia fue un espantoso sufrimiento. Por fin lo que quedaba del ejército se reunió en Mesopotamia; Alejandro se instaló entonces en Babilonia. Allí contrajo una fiebre y murió en el 323 a. J.C. a la edad de treinta y dos años, lo que hizo que sus mariscales dividieran el imperio entre guerras y disensiones. El hijo que tuvo con Roxana, que nació póstumo, no llegó a vivir lo suficiente para heredar. Hay indicios de que Alejandro deseaba ser adorado como un dios.

Alesia. *Oppidum* de los mandubios. En la actualidad Alise- Ste.-Reine.

almena. Parapeto a lo largo de lo alto de un muro fortificado a su máxima altura (es decir, por encima del nivel de la cabeza). La almena proporcionaba protección para los que no estaban enzarzados en la lucha de hecho.

Ambruso. Ciudad de la Provenza gala romana llamada en latín *Ambrussum*; estaba situada junto a la vía Domicia, que llevaba a Narbona y a Hispania. Se encontraba cerca de Lunel.

Anatolia. Más o menos la moderna Turquía. Comprendía Bitinia, Misia, la provincia asiática romana, Licia, Pisidia, Frigia, Paflagonia, el Ponto, Galacia, Lacaonia, Panfilia, Cilicia, Capadocia y Armenia Parva.

animus. La mejor definición se encuentra en *The Oxford Latin Dictionary*, así que la cito textualmente: «La mente en cuanto algo opuesto al cuerpo, la mente o alma como constituyente, junto con el cuerpo, de la persona entera.» Hay que tener buen cuidado, no obstante, en no atribuir a los romanos la creencia en la inmortalidad del alma.

Aous, río. El río Vijosë, en la actual Albania.

Apolonia. El término meridional de la vía Egnacia, la carretera que conducía desde Bizancio y el Helesponto hasta el mar Adriático. Apolonia se encontraba cerca de la desembocadura del río Aous (Vijosë).

Apso, río. En latín *Apsus*, hoy es el río Seman, en la actual Albania. En la época de César parece que servía de frontera entre Epiro, al sur, y el oeste de Macedonia al norte.

Aquae Sextiae. Ciudad en la Provenza gala romana en las proximidades de la cual Cayo Mario consiguió una enorme victoria contra los germanos teutones en el año 102 a. J.C. El nombre actual es Aix-en-Provence.

aquilifer. El soldado que llevaba el águila de plata de una legión.

Aquitania. Las tierras entre el río Garumna (el Garona) y los Pirineos.

Arar, río. El río Saona.

Arausio. Orange.

Ardenas. En latín *Arduenna*.

Arelate. Arlés.

Arimino. En latín *Ariminum*. Hoy Rímini.

armillae. Anchos brazaletes de oro o de plata que se les concedían como premios al valor a los legionarios, a los centuriones, a los cadetes y a los tribunos militares romanos de categoría inferior.

Arno, río. En latín *Arnus*. Servía de frontera entre là Galia Cisalpina e Italia propiamente dicha en el lado occidental de la vertiente de los Apeninos.

asamblea. *(comitium, comitia).* Cualquier reunión del pueblo romano convocada para tratar de asuntos electorales, legislativos o gubernamentales. En la época de César encontramos tres verdaderas asambleas: la de las centurias, la del pueblo y la de la plebe.

La asamblea centuriada *(comitia centuriata)* estaba formada por el pueblo, los patricios y los plebeyos, reunidos en sus clases, que se establecían en función de los recursos económicos de sus componentes. Como era en origen una asamblea militar de caballeros, cada clase se congregaba fuera de los límites de la ciudad sagrada, en el Campo de Marte, en un lugar llamado las Saepta. Excepto las Dieciocho (centurias), que se mantuvieron siempre en un número de cien miembros, en cada centuria se agrupaban mucho más de cien hombres en la época de César. La asamblea centuriada se reunía para elegir cónsules, pretores y cada cinco años censores. También se reunía para juzgar acusaciones graves de traición *(perduellio)* y podía aprobar leyes. En circunstancias ordinarias no se convocaba para aprobar leyes ni para juzgar.

La asamblea del pueblo o asamblea popular *(comitia populi tributa)* permitía la plena participación de los patricios y era de naturaleza tribal. Se estructuraba en las treinta y cinco tribus en que se distribuían todos los ciudadanos romanos. Convocada por un cónsul o por un pretor, normalmente se reunía en el foso de los comicios, en la parte baja del Foro Romano. Elegía a los ediles curules, a los cuestores y a los tribunos de los soldados. Podía formular y aprobar leyes; hasta que Sila estableció los tribunales permanentes, gran parte de los juicios romanos se celebraban en esta asamblea. En la época de César se reunía para formular y aprobar leyes así como para celebrar elecciones.

La asamblea plebeya *(comitia plebis tributa* o *concilium plebis)* era también una asamblea tribal, pero en ella no estaba permitida la participación de los patricios. El único magistrado que tenía poder para convocarla era el tribuno de la plebe. Tenía derecho a promulgar leyes (llamadas plebiscitos) y a llevar a cabo juicios, aunque éstos fueron mucho menos frecuentes a partir del momento en que Sila estableció los tribunales permanentes. Sus miembros elegían a los ediles plebeyos y a los tribunos de la plebe. El lugar normal de sus reuniones era el foso de los comicios. Véase también *votación* y *tribu.*

asamblea plebeya. Véase *asamblea.*

atrio. Sala principal de recepción de una *domus* romana o casa privada. La mayoría de ellos contenían una abertura en el techo (el *compluvium*) por encima de un estanque *(impluvium)*, cuyo propósito en origen era servir de depósito de agua para uso doméstico. En la época de César el estanque se había convertido únicamente en un elemento ornamental.

auctoritas. Término latino de muy difícil traducción, pues significaba mucho más de lo que implica la palabra autoridad. Tenía connotaciones de preeminencia, de influencia, de importancia pública y sobre todo de capacidad para dirigir los acontecimientos en un sentido u otro a través de la reputación pública. Todas las magistraturas poseían *auctoritas* intrínsecamente, pero la *auctoritas* no quedaba limitada a aquellos que tenían las magistraturas. El príncipe del Senado, el *pontifex* *maximus*, los sacerdotes y augures, los consulares e incluso algunos individuos privados que quedaban fuera de las filas del Senado poseían *auctoritas*. Aunque el plutócrata Tito Pomponio Ático nunca fue senador, su *auctoritas* era realmente grande.

augur.   Sacerdote cuyas obligaciones concernían a la adivinación. Todos los augures formaban el Colegio de los Augures, un cuerpo estatal oficial que comprendía doce miembros (normalmente seis patricios y seis plebeyos), hasta que en el año 81 a. J.C. Sila incrementó el número hasta quince miembros; desde entonces el número de plebeyos solía aventajar en uno al número de patricios. Los augures en un principio se elegían por cooptación por el colegio de los augures, pero en el año 104 a. J.C. Cneo Domicio Enobarbo promulgó una ley que obligaba a que la elección de futuros augures se llevase a cabo por una asamblea de diecisiete tribus elegidas por sorteo entre las treinta y cinco. Sila suprimió esta elección en el año 81 a. J.C. y se volvió así a la elección por cooptación, pero en el 63 a. J.C. el tribuno de la plebe Tito Labieno reinstauró la elección. El augur no predecía el futuro ni interpretaba los augurios a su propio capricho, sino que inspeccionaba los objetos pertinentes o los signos para averiguar si la empresa en proyecto contaba con la aprobación de los dioses o no, ya fuera esta empresa iniciar una *contio*, una guerra, una nueva ley o cualquier otro asunto de Estado, incluidas las elecciones. Había un manual de interpretación, los augures se remitían y «se atenían al libro». El augur vestía la *toga trabea*, a rayas granates y escarlatas y llevaba un bastón curvo llamado *lituus*.

aurochs.   El antepasado del ganado vacuno moderno, ahora extinto. En la época de César este enorme buey salvaje todavía vagaba por los impenetrables bosques de Germania, aunque ya había desaparecido de las Ardenas.

Auser, río.   El río Serchio en Italia.

Avárico.   Llamada en latín *Avaricum*, se trataba de la mayor *oppidum* de los bitúrigos, de la que se decía que era la *oppidum* más bella de toda la Galia Comata. En la actualidad es la ciudad de Bourges.

ave.   Hola en latín.

Axona, río.   El río Aisne.

ballesta.   En tiempos de la República era una pieza de artillería diseñada para lanzar piedras y cantos rodados. El proyectil se colocaba en un brazo en forma de cuchara que se tensaba en su extremo por medio de un muelle de cuerda enrollado con gran fuerza; cuando se soltaba el muelle el brazo salía disparado por el aire e iba a dar a un cojinete muy grueso, lo que hacía que el proyectil saliera propulsado a una considerable distancia, distancia que dependía del tamaño del proyectil y del tamaño de la propia máquina.

bárbaro.   Derivado de una palabra griega que tenía unos fuertes matices onomatopéyicos. Al oír hablar por primera vez a ciertos pueblos, los griegos oían algo así como «bar-bar», como si fuesen animales ladrando. «Bárbaro» no era una palabra aplicada a ningún pueblo asentado alrededor del mar Mediterráneo ni en Asia Menor, sino que se refería a los pueblos y naciones que se consideraban incivilizados, los que carecían de una cultura admirable o deseable. Los galos, los germanos, los escitas, los sármatas, los masagetas y otros pueblos de la estepas y de los bosques eran bárbaros.

belgas, Bélgica. Se llamaba belgas a aquellas tribus de galos que eran una mezcla híbrida de celtas y germanos. Su religión era druídica, pero a menudo preferían la cremación a la inhumación. Algunos, como los tréveres, habían progresado hasta el punto de elegir magistrados anuales llamados vergobretos, pero la mayoría seguían suscribiendo el gobierno de los reyes; el título de rey no era hereditario, sino que se alcanzaba mediante un combate u otras pruebas de fuerza. Los belgas vivían en la parte de la Galia Comata llamada Bélgica, que se considera situada al norte del río Secuana (Sena) y se extendía hacia el este hasta el Rhenus (Rin), al norte de las tierras de los mandubios.

Beroea. Veroia, en Grecia.

Bibracte. *Oppidum* de los eduos, hoy día conocida como Mont Beuvray.

Bibrax. *Oppidum* de los remos. Se encontraba situada cerca de Laon.

birreme. Galera construida para su utilización en la guerra; estaba pensada para usarse a remo en lugar de a vela (aunque estaba provista de mástil y vela, que normalmente se dejaban en tierra si existían probabilidades de entrar en acción). Algunas naves birremes tenían cubierta, o al menos una cubierta parcial, pero casi todas eran abiertas. Parece probable que los remeros se sentasen en dos niveles o bancos de remos: el banco superior, donde los remeros que lo ocupaban estaban situados en un portarremos exterior llamado tolete; y el banco inferior, donde los remos, llamados tanda, asomaban por troneras en los costados de la galera. Se construían con madera de abeto o de otras especies de pino de madera ligera, y sólo podían tripularse si el tiempo era bueno; con ellas se libraban batallas en aguas muy tranquilas. Como todos los barcos de guerra, no se dejaban en el agua, sino que se almacenaban en cobertizos. Era mucho más larga que ancha de manga (la proporción de eslora a manga era de 7 a 1), y probablemente alcanzaba una media de 30 metros de longitud. Transportaba a unos cien remeros. Un espolón de roble reforzado con bronce sobresalía en la proa justo por debajo de la línea de flotación, y se utilizaba para embestir y hundir otros navíos. La nave birreme no estaba proyectada para transportar soldados de infantería ni artillería, ni agarre para entablar batalla con otros navíos al estilo del combate en tierra. Durante los tiempos de las repúblicas griega y romana los remeros eran profesionales, nunca esclavos. Los esclavos enviados a galeras fueron un rasgo de tiempos cristianos.

Brundisium. Actual Brindisi.

Burdigala. *Oppidum* de los bitúrigos aquitanos cerca de la desembocadura del río Garumna (Garona). Actual Burdeos.

caballeros. Los *equites*, los miembros de lo que Cayo Graco llamó la *Ordo Equester* u Orden Ecuestre. Bajo el dominio de los reyes de Roma los *equites* habían formado la parte de caballería del ejército romano; en aquella época los caballos eran escasos y caros, y el resultado fue que a las centurias que comprendían los caballeros el estado las dotó con el caballo público. Cuando nació y creció la República, la importancia de la caballería romana disminuyó. Pero el número de centurias de caballeros continuó creciendo. En el siglo II a. J.C. Roma ya no llevaba al campo de batalla caballería pública, pues prefería utilizar jinetes galos como auxiliares. Los caballeros se convirtieron en un grupo social y económico que tenía poco que ver con los asuntos militares. Ahora los definían los censores sólo en términos económicos, aunque el estado seguía proporcionando un caballo público a cada uno de los mil ochocientos *equites* de mayor categoría, llamados *las Dieciocho*. Estas dieciocho centurias originales se mantenían en un número de cien miembros cada una, pero el resto de las centurias de caballeros (entre setenta y una y setenta y cinco) fueron aumentando y llegaron a contener muchos más de cien hombres cada una.

Hasta el año 123 a. J.C. todos los senadores eran también caballeros, pero ese año Cayo Graco separó el Senado como un cuerpo aparte compuesto por trescientos hombres. Como mucho fue un proceso artificial; todos los miembros no senadores de la familia de un senador seguían estando clasificados como caballeros y los senadores no estaban formando tres centurias sólo de senadores para fines electorales, sino que permanecían formando parte de las centurias que siempre habían ocupado. Y, al parecer, a los senadores no se les despojaba de su caballo público si pertenecían a las filas de las Dieciocho.

Económicamente el miembro de pleno derecho de la primera clase tenía que poseer unos ingresos de 400 000 sestercios al año; aquellos caballeros cuyos ingresos estaban entre 300 000 y 400 000 sestercios al año eran probablemente los *tribuni aerarii*. A los senadores se les suponían unos ingresos anuales de un millón de sestercios, pero esto era una suposición por completo no oficial; algunos censores eran rígidos al respecto, y otros permisivos.

La verdadera diferencia entre senadores y caballeros estaba en la clase de actividades que realizaban para obtener ingresos. A los senadores les estaba prohibido dedicarse a cualquier forma de comercio que no estuviera relacionada con la posesión de tierras, mientras que los caballeros podían llevar a cabo cualquier actividad comercial.

caballo. Véase *caballo de octubre* y *caballo público*.

caballo de octubre. En los idus de octubre (que era cuando acababa la temporada de las campañas en la antigüedad) se escogían los mejores caballos de guerra de aquel año y se enganchaban de dos en dos a carros. Luego hacían carreras, pero no en el circo, sino en el césped del Campo de Marte. El caballo de la derecha del equipo vencedor se convertía en el caballo de octubre. Era sacrificado a Marte en un altar erigido especialmente que estaba junto a la ruta de la carrera. Al animal se le daba muerte ritual con una lanza, después de lo cual se le cortaba la cabeza y encima de la misma se amontonaban unos pastelitos, los *mola salsa*, mientras que los genitales y la cola se llevaban a toda prisa a la Regia, en el Foro Romano, y se dejaba gotear la sangre sobre el altar que había dentro. Luego la cola y los genitales se entregaban a las vírgenes vestales, quienes dejaban gotear un poco de sangre en el altar de Vesta antes de picarlo todo y quemarlo; las cenizas se reservaban después para otra fiesta anual, las Palilias.

La cabeza del caballo se arrojaba a una multitud compuesta de dos grupos de gente que competían, los residentes en el Subura y los de la Sacra Via. La multitud luchaba por la posesión de la cabeza. Si ganaban los de la Sacra Via, la cabeza se clavaba en el exterior de la Regia;

si ganaban los del Subura, la cabeza se clavaba en la torre Mamulia, el edificio más alto del Subura.

No se sabe qué motivo había tras este rito antiquísimo, quizá no lo supieran ni los propios romanos de los últimos tiempos de la República, pero se sabía que de algún modo estaba relacionado con la temporada de campaña. No sabemos si los caballos que competían eran caballos públicos, pero se nos podría perdonar por suponer que sí lo eran.

caballo público. Caballo que pertenecía al Estado, es decir, al Senado y el pueblo de Roma. Durante la época de los reyes de Roma empezó la práctica de hacer donación de un caballo de guerra a los caballeros del ejército de Roma; continuó durante los quinientos y pico años de la República. Los caballos públicos sólo se concedían a los mil ochocientos hombres de las Dieciocho, las centurias de categoría superior de la primera clase. Hay pruebas que sugieren que muchos senadores continuaron utilizando caballos públicos después de que Cayo Graco separó al Senado de la *Ordo Equester*. Poseer un caballo público era señal de la importancia de un hombre.

Cabillonum. *Oppidum* de los eduos junto al río Arar (Saona). Actual Chalon-sur-Saône.

¡cacat! ¡Mierda!

Calabria. ¡Desconcertante para los italianos de hoy día! Actualmente Calabria es la punta de la bota, pero en tiempos de los romanos era el talón. Brundisium y Tarentum eran las ciudades importantes. Sus habitantes eran los ilirios mesapios.

calendas. El primero de los tres días del mes que tenían nombre y que representaban los tres puntos fijos del mes. Las calendas siempre caían en el primer día del mes. En sus orígenes las calendas se hacían coincidir con la aparición de la luna nueva.

Campo de Marte. En latín *Campus Martius*. Situado al norte de las murallas Servias, limitaba al sur con el Capitolio y al este con la colina Pincia; el resto estaba cercado por la enorme curva que describía el río Tíber. En tiempos de la República no se trataba de un suburbio habitado, sino que era el lugar donde esperaban los ejércitos hasta que se celebraba el desfile triunfal, donde los jóvenes se entrenaban en las prácticas militares, donde se encontraban los establos de los caballos de carreras de carros y donde se entrenaba a dichos caballos, donde la asamblea centuriada se reunía y donde la horticultura competía con los parques públicos. En el vértice de la curva del río había unos pozos llamados Trigario, lugar público donde los romanos iban a nadar, y justo al norte del Trigario había unos manantiales de agua caliente con propiedades curativas llamados Tarentum. La vía Lata (vía Flaminia) cruzaba el Campo de Marte hacia el puente Mulvio, y la vía Recta cruzaba la vía Lata perpendicularmente.

Campos Elíseos. Lugar muy especial del más allá reservado a muy pocas personas. Mientras que las sombras o espíritus ordinarios se consideraba que eran moradores que carecían de mente, que se agitaban y revoloteaban en un inframundo gris y sin alegría, las sombras de algunos hombres se trataban de un modo diferente. Tártaro era aquella parte del Hades donde hombres de gran maldad como Ixión y Sísifo estaban condenados a trabajar eternamente en alguna tarea que se deshacía perpetuamente. Los Campos Elíseos o el Elíseo eran una parte del Hades parecido al paraíso o al nirvana. Es interesante el hecho de que la entrada en Tártaro o en el Elíseo estaba reservada a hombres que en ciertos aspectos estaban relacionados con los dioses. Los que eran condenados a Tártaro habían ofendido a los dioses, no a los hombres. Y los que eran transportados a los campos Elíseos o bien eran hijos de los dioses, o estaban casados con dioses, o estaban casados con hijos humanos de los dioses. Esto quizá explique el deseo ardiente de algunos hombres y mujeres de que se les adorase en vida como dioses, o de que se les convirtiera en dioses después de muertos. Alejandro el Grande quería que se le declarase dios. Y lo mismo le ocurría a César, según sostienen algunos.

Capena, puerta. En latín *Porta Capena*. Una de las dos puertas más importantes de las murallas Servias de Roma (la otra era la puerta Colina). Quedaba más allá del Circo Máximo, y en la parte exterior de la misma estaba la carretera común que se bifurcaba en la vía Apia y la vía Latina aproximadamente a un kilómetro de distancia.

capite censi. Literalmente, recuento de cabezas. También conocido como *proletarii*. Eran los de condición más humilde de Roma, y se les llamaba así porque cuando llevaban a cabo un censo lo único que hacían los censores era «contar cabezas». Como eran demasiado pobres para pertenecer a una clase, los del recuento de cabezas urbanos solían pertenecer a una de las cuatro tribus urbanas, y por lo tanto no poseían votos válidos. Esto los hacía políticamente inútiles, aunque la clase gobernante se cuidaba bien de alimentarlos con fondos públicos y les proporcionaba abundantes entretenimientos gratis. Es significativo que durante los siglos en que Roma poseía el mundo, los del recuento de cabezas nunca se levantaron contra sus superiores. Los del recuento de cabezas rural, aunque poseían un valioso voto tribal rural, rara vez podían permitirse acudir a Roma en época de elecciones. He evitado asiduamente los términos como «las masas» o «el proletariado» por ideas preconcebidas posmarxistas no aplicables a los antiguos de condición humilde.

Carantomagus. *Oppidum* perteneciente a los rutenos. Cerca de la actual Villefranche.

Carcaso. Fortaleza en la Provenza gala romana junto al río Atax no lejos de Narbón. Actual Carcassonne.

Carinae. Una de las zonas residenciales más elitistas de Roma. El Fagutal formaba parte de las Carinae, que se hallaban situadas en el extremo norte del monte Opio, en la ladera oeste. Se extendía desde el Velia hasta el Clivus Pullius. Tenía vistas al sudoeste, en dirección al monte Aventino.

Caris, río. El río Cher.

carpentum. Carruaje cerrado de cuatro ruedas tirado por seis u ocho mulas.

cartucho. Jeroglífico personal peculiar de cada faraón egipcio; estaba encerrado dentro de un marco formado por una línea ovalada (o rectangular con las esquinas redondeadas). La práctica continuó hasta el último de todos los faraones, Cleopatra VII.

catafracto. Soldado de caballería vestido de cota de malla (llamada catafracta) de la cabeza a los pies; su caballo también iba cubierto de cota de malla. Los catafractos eran gente peculiar de Armenia y del reino de los partos en aquel período de la historia, aunque fueron los antecesores de los caballeros medievales. A causa del peso de su armadura, sus caballos, que eran muy grandes, se criaban en Media.

catapulta. En tiempos de la República se trataba de una pieza de artillería diseñada para disparar pernos (proyectiles de madera bastante parecidos a flechas muy grandes). El principio que gobernaba su mecánica era parecido al de la ballesta. Los *Comentarios* de César nos informan de que eran muy certeros y mortíferos.

Cebenna. El Macizo Central, las Cévennes.

celtas. Los pueblos puros de la Galia Comata. Ocupaban la región que se extendía al sur del río Secuana y eran el doble de numerosos que los belgas (cuatro millones los unos y dos millones los otros). Sus prácticas religiosas eran druídicas; no practicaban la cremación, sino que preferían que se les inhumase. Los hombres de tribus celtas que ocupaban la Bretaña moderna eran mucho más bajos y más morenos que otros celtas, igual que muchas de las tribus aquitanas. Algunos celtas preferían adherirse a reyes, que eran elegidos por consejos, pero la mayoría de las tribus celtas preferían elegir un par de vergobretos para un mandato de duración anual.

censor. El censor era el más augusto de todos los magistrados romanos, aunque carecía de *imperium* y por ello no tenía derecho a ser escoltado por lictores. La asamblea centuriada elegía dos censores que habían de servir durante un período de cinco años (llamado *lustrum*). No obstante, la actividad censorial se limitaba a los primeros dieciocho meses principalmente. Ningún hombre podía presentarse a censor a menos que antes hubiese sido cónsul, y normalmente sólo los cónsules de notable *auctoritas* y *dignitas* se tomaban la molestia de presentarse. Los censores inspeccionaban y regulaban quiénes tenían que ser miembros del Senado y de la *Ordo Equester* (los caballeros), y llevaban un censo de los ciudadanos romanos de todo el mundo romano. Tenían potestad para transferir a un ciudadano de una tribu a otra así como de una clase a otra. Se guiaban para ello por los medios económicos del ciudadano. También era responsabilidad de los censores llevar a cabo los contratos estatales en todos los campos, desde la recaudación de impuestos hasta las obras públicas.

centuria. Cualquier agrupamiento de cien hombres.

centuriada o de las centurias, asamblea. Véase *asamblea.*

centurión. Oficial regular profesional de la legión romana. Es un error equipararlo a los modernos sargento o cabo; los centuriones disfrutaban de una condición relativamente elevada que no tenía relación con las distinciones sociales. Un general romano apenas se inmutaba aunque perdiera tribunos militares de categoría superior, pero se mesaba los cabellos desolado si perdía centuriones. El rango de centurión tenía una graduación tan tortuosa que ningún erudito moderno ha podido averiguar cuántos grados había, ni cómo ascendían. El centurión ordinario mandaba la centuria, compuesta por ochenta legionarios y veinte sirvientes no combatientes (véase *no combatientes*). Cada cohorte de una legión tenía seis centurias y seis centuriones, con el hombre de rango superior, el *pilus prior,* al mando de la centuria de categoría superior y al mismo tiempo de la cohorte en su totalidad. Los diez hombres que mandaban las diez cohortes que componían una legión también tenían diferentes graduaciones, y el centurión de mayor categoría de la legión, el *primus pilus* (reducido por César a *primipilus*) sólo tenía que rendir cuentas al comandante de su legión (que era o bien uno de los tribunos de los soldados electos o uno de los legados del general). Durante los tiempos de la República el ascenso a centurión se hacía a partir del grado de soldado raso. El centurión tenía ciertas insignias de su cargo fácilmente reconocibles: sólo él, entre los soldados romanos, llevaba canilleras; también llevaba una cota de escamas en lugar de cota de malla, el yelmo que portaba tenía un penacho rígido tranversal en vez de longitudinal y llevaba un robusto bastón de madera de parra y muchas condecoraciones.

cerda. Grumo de metal fundido. Hierro, cobre, plata, oro y algunos otros metales se guardaban en forma de cerdas de diferentes pesos. Tanto las de oro como las de plata eran más suaves y de forma más regular porque éstos eran metales preciosos y bastante blandos. Las cerdas básicas de metal quizá tuvieran forma de cerdo, redondeados por la parte de abajo, y en forma de pezón por la parte superior.

chlamys. Prenda exterior parecida a una capa que llevaban los griegos varones.

cimbros. Pueblo germánico que en origen habitaba la mitad septentrional de la península de Jutlandia (actual Dinamarca). Estrabón dice que una inundación marina los impulsó a buscar una nueva tierra alrededor del año 120 a. J.C. Junto con los teutones y un grupo mixto de germanos y celtas (marcomanos, queruscos, tugurinos) estuvieron vagando por Europa en busca de esa tierra hasta que toparon con Roma. En el 102 y 101 a. J.C. Cayo Mario los derrotó por completo; la migración se desintegró. No obstante unos seis mil cimbros regresaron con sus parientes los atuatucos, en la actual Bélgica.

Circo Flaminio. Era el circo situado en el Campo de Marte, no lejos del Tíber y del Foro Holitorium. Fue construido en el año 221 a. J.C., tenía capacidad para unos cincuenta mil espectadores y a veces se usaba para reuniones de las distintas asambleas.

Circo Máximo. Era el antiguo circo construido por el rey Tarquinio Prisco antes del comienzo de la República. Ocupaba todo el valle de Murcia, un declive que se extendía entre los montes Palatino y Aventino. Aunque tenía capacidad por lo menos para ciento cincuenta mil espectadores, existe amplia evidencia de que durante los tiempos republicanos a los ciudadanos que eran esclavos manumitidos se les excluía de los juegos celebrados allí por falta de espacio. A las mujeres se les permitía sentarse con los hombres.

citrus, madera de. Era la madera para armarios más apreciada en el mundo antiguo. Se sacaba cortando vastas agallas de las raíces de un árbol parecido al ciprés, el llamado *Callitris quadrivavis vent.,* que crecía en las tierras altas del norte de África, en toda la zona comprendida entre el oasis de Ammonium, en Egipto, y las lejanas montañas Atlas de Mauritania. Aunque se la denominaba *citrus,* el árbol no estaba emparentado botánicamente con el naranjo ni con el limonero.

clases.   Las clases eran cinco, y representaban las divisiones económicas de bienes o de percepción de ingresos regulares de los ciudadanos romanos. Los miembros de la primera clase eran los más ricos; los miembros de la quinta clase los más pobres. Los ciudadanos romanos que formaban parte del *capite censi* o recuento de cabezas no estaban cualificados para pertenecer a ninguna clase, y por eso no podían votar en la asamblea de las centurias. En realidad, si el grueso de las centurias de la primera y segunda clases votaba en su mayoría del mismo modo, a la tercera clase ni siquiera se la llamaba para votar.

cliente rey.   Un monarca extranjero podía comprometerse como cliente al servicio de Roma considerándola su patrón, y por ello tenía derecho a que su reino se conociese como amigo y aliado del pueblo de Roma. Sin embargo, a veces un monarca extranjero se comprometía como cliente de un individuo romano. Tanto Lúculo como Pompeyo tuvieron clientes reyes.

códice.   En latín *codex*. Básicamente era un libro más que un rollo. La evidencia indica que el *codex* de los días de César era todavía un asunto bastante rudimentario hecho de hojas de madera con agujeros perforados en la parte izquierda a través de los cuales se pasaban unas tiras de cuero para mantener las hojas juntas. No obstante, la longitud de los despachos senatoriales de César hacía imposible el uso de hojas de madera. Yo creo que el *codex* de César estaba hecho de hojas de papel cosidas a lo largo del margen izquierdo. El principal motivo por el que doy por supuesto eso es que la hoja de los *codex* se describía como una hoja dividida en tres columnas para que la lectura resultase más fácil, lo cual no era posible en una hoja de madera de un tamaño que permitiera que el *codex* se leyera con comodidad.

codo.   Medida griega y asiática de longitud que no era demasiado popular entre los romanos. El codo se consideraba generalmente la distancia que hay entre el codo de un hombre y la punta de los dedos, y probablemente eran unas 18 pulgadas (450 mm).

cognomen.   Era el último nombre de un varón romano ansioso por distinguirse de todos sus colegas que llevaban el mismo nombre de pila *(praenomen)* y apellido *(nomen)*. Podía adoptarlo él mismo, como hizo Pompeyo con el *cognomen* Magno, o simplemente continuar con un *cognomen* que llevase generaciones en su familia, como ocurría con el *cognomen* César en la familia de los Julios. En algunas familias se hacía necesario llevar más de un *cognomen*; el mejor ejemplo de esto es Quinto Cecilio Metelo Pío Escipión Nasica, que era hijo adoptivo en la familia de los Cecilios Metelos. Generalmente se le conocía como Metelo Escipión para abreviar.

Además, el *cognomen* ponía a menudo de relieve alguna característica física o idiosincrásica de la persona que lo llevaba: orejas de elefante, pies planos, joroba, piernas hinchadas; o bien conmemoraba alguna gran hazaña, como en el caso de los Cecilios Metelos, que recibieron los *cognomina* de Dalmático, Baleárico, Macedónico y Numídico, relativos todos al país que cada uno de ellos había conquistado. Los mejores *cognomina* tenían una enorme carga de sarcasmo: Lépido, que significaba tipo estupendo, estaba aplicado a un auténtico canalla; a veces los *cognomina* eran muy ingeniosos, como ocurría con el ya poseedor de múltiples *cognomina*, Cayo Julio César Estrabón Vopisco (Estrabón significaba que era bizco, y Vopisco que era el único superviviente de mellizos). Se ganó un nombre adicional, Sesquiculo, que significaba que era más que tonto, que era tonto y medio.

cohorte.   La unidad táctica de la legión. Constaba de seis centurias; cada legión tenía diez cohortes. Cuando se referían a movimientos de tropas, los generales solían hablar de su ejército en términos de cohortes más que de legiones, lo cual indica que por lo menos hasta los tiempos de César, el general desplegaba o separaba las cohortes en orden de batalla y no las legiones. Parece ser que César prefería manipular legiones más que cohortes, aunque Pompeyo y Farsalo tenían dieciocho cohortes que no habían sido organizadas en legiones.

colegio.   Colectivo o sociedad de hombres que tenían algo en común. Roma poseía colegios sacerdotales (tales como el colegio de pontífices), colegios políticos (como el colegio de tribunos de la plebe), colegios civiles (como el colegio de lictores) y colegios de oficios (por ejemplo, el gremio de los directores de pompas fúnebres). Ciertos grupos de hombres de todas las esferas de la vida, incluidos los esclavos, se agrupaban en lo que se conocía por colegios de encrucijada para cuidar de las encrucijadas más importantes de Roma y organizar la fiesta anual de las encrucijadas, las Compitales.

comata.   De cabellera larga.

comitium, comitia.   Véase *asamblea*.

condemno.   Palabra empleada por un jurado para emitir un veredicto de culpable.

conscriptos, padres.   Véase *padres conscriptos*.

cónsul.   El cónsul era el magistrado romano de más categoría entre los que poseían *imperium*, y el cargo de cónsul (los eruditos modernos no se refieren a él como «consulado» porque el consulado es una institución diplomática moderna) era el peldaño más alto del *cursus honorum*. Cada año se elegían dos cónsules en la asamblea de las centurias que servían durante un único año. Asumían el cargo el día de año nuevo (el 1 de enero). Uno de ellos, el *senior*, era superior al otro; era el que sacaba primero el número de centurias que tenía que conseguir como requisito imprescindible. El cónsul *senior* tenía las *fasces* (véase) durante el mes de enero, lo cual significaba que su colega *junior* permanecía como observador. En febrero el cónsul *junior* ostentaba las *fasces*, e iban alternándose mes a mes a lo largo de todo el año. Ambos cónsules tenían una escolta de doce lictores, pero sólo los lictores del cónsul que tenía las *fasces* durante aquel mes llevaban las *fasces* al hombro cuando le precedían adondequiera que dicho cónsul fuese. En el último siglo de la República podían ser cónsules tanto los patricios como los plebeyos, pero nunca dos patricios juntos. La edad apropiada para ser cónsul era la de cuarenta y dos años, doce después de haber entrado en el Senado a los treinta, aunque existen pruebas convincentes de que en el año 81 a. J.C. Sila concedió a los senadores patricios el privilegio de presentarse a cónsul dos años antes que cualquier plebeyo, lo cual significaba que los patricios podían ser cónsules a la edad de cuarenta años. El *imperium* de un cónsul no tenía límites y estaba vigente, además de en Roma y en Italia, en todas las provincias, y superaba el *imperium* del gobernador proconsular a menos que éste tuviera *imperium maius,* honor que se le concedió a Pompeyo regularmente, pero a pocas personas más. El cónsul podía mandar cualquier ejército.

consular. Era el nombre que se daba a un hombre después de haber sido cónsul. El resto del Senado tenía en especial estima a esos hombres, y hasta que Sila se convirtió en dictador siempre se les concedía a los consulares la palabra o se les pedía que dieran su opinión en la cámara por delante de todos los demás. Sila lo cambió, pues prefirió exaltar a los magistrados en el cargo y a los elegidos para asumir el cargo a continuación. No obstante, el consular podía en cualquier momento ser enviado a gobernar una provincia si el Senado requería de él ese servicio. También podía pedírsele que asumiera otros deberes, como ocuparse del abastecimiento de grano.

consultum, consulta. Término apropiado para un decreto senatorial o decretos senatoriales, aunque la expresión completa es *senatus consultum*. Estos decretos no tenían fuerza de leyes; eran meramente recomendaciones a las asambleas para que aprobasen leyes. Una asamblea a la que se le enviase un *consultum* no estaba obligada en absoluto a poner en vigor lo que éste indicase. Ciertos *consulta* fueron considerados como ley por toda Roma, aunque nunca se enviaron a ninguna asamblea; trataban éstos de asuntos que en la mayor parte de las ocasiones tenían que ver con algunos asuntos exteriores y con la guerra. El año 81 a. J.C. Sila otorgó a estos últimos *consulta* el carácter oficial de leyes.

contio, contiones. Una *contio* era una reunión preliminar de una asamblea de los comicios para discutir la promulgación de un proyecto de ley o de cualquier otro asunto comicial. A las tres asambleas se les requería debatir una medida en *contio,* la cual tenía que ser convocada por un magistrado con potestad para ello, aunque no se realizaba una votación.

contubernalis. Cadete militar, usualmente procedente de buena familia. Era el subalterno de menor rango y edad inferior en la jerarquía de los oficiales militares romanos, pero no se le entrenaba para ser centurión. Los centuriones no eran nunca cadetes; tenían que ser soldados experimentados procedentes de las filas de soldados rasos con un auténtico don de mando. Como era relativamente de alta cuna, el *contubernalis* estaba adherido al personal de legados y no se le requería que peleasa de verdad a menos que quisiera hacerlo.

Cora, río. El río Cure.

coraza. Armadura que encerraba la parte superior del cuerpo de un hombre sin tener que formar una camisa. Consistía en dos placas de bronce, acero o cuero endurecido; la frontal protegía el tórax y el abdomen, y la otra cubría la espalda desde los hombros hasta las vértebras lumbares. Las placas se sujetaban una con otra mediante correas o bisagras en los hombros y a lo largo de los costados, debajo de los brazos. Algunas corazas estaban exquisitamente cortadas y se ajustaban a los contornos del torso del individuo en cuestión, mientras que otras servían para cualquier hombre de un tamaño y un físico en particular. Los hombres de más elevado rango (generales y legados) llevaban corazas labradas en relieve y bañadas en plata (en ocasiones, aunque era raro, chapadas en oro). Como símbolo de *imperium* el general, y quizá los legados de mayor categoría, llevaban una fina banda roja alrededor de la coraza, a un altura intermedia entre los pezones y la cintura; esa banda tenía nudos y vueltas rituales.

Corcira, isla de. Actual Corfú o Isla de Kerkyra.

Corduba. La Córdoba de Hispania.

corona civica. Era la segunda condecoración militar más alta de Roma. Era una corona o guirnalda hecha de hojas de roble que se concedía a aquel que salvaba las vidas de soldados compañeros y se mantenía en ese puesto hasta que acababa la batalla. No se podía conceder a menos que los soldados salvados prestasen juramento ante su general declarando que decían la verdad acerca de las circunstancias. L. R. Taylor argumenta que entre las reformas constitucionales que llevó a cabo Sila había una referente a los ganadores de coronas militares importantes; según la cual, siguiendo el precedente de Marco Fabio Buteo, ascendió a dichos hombres y les hizo formar parte del Senado sin tener en cuenta la edad ni los antecedentes sociales, lo cual responde a la enojosa pregunta acerca de cuándo César entró en el Senado, la hipótesis es que tenía veinte años, después de ganar la *corona civica* en Mitilene. El gran Matthias Gelzer se mostró de acuerdo con ella, pero por desgracia sólo en una nota a pie de página.

cuatrirreme. Véase *quinquerreme*.

cuestor. El peldaño inferior del *cursus honorum* de las magistraturas romanas. El de cuestor era siempre un cargo al que se accedía mediante elecciones, pero hasta que Sila dejó establecido que el cargo de cuestor sería el único camino (aparte de ser elegido tribuno de la plebe) para que un hombre pudiera entrar en el Senado, no era necesario que un hombre fuera cuestor para poder ser senador, sino que los censores tenían potestad para elegir por cooptación a un hombre para que entrase en el Senado. Luego Sila aumentó el número de cuestores de doce a veinte, y estableció que la edad mínima para que un hombre tuviese el cargo de cuestor fuera de treinta años. Los principales deberes de un cuestor eran de carácter fiscal, y se determinaban por sorteo. Podía ser destinado a trabajar en el Tesoro dentro de Roma, a realizar obligaciones de aduanas, de aranceles portuarios y rentas en cualquier lugar de Italia o a servir como director financiero de la administración de un gobernador provincial. Un hombre que fuera a gobernar una provincia podía requerir los servicios de un hombre concreto como cuestor suyo. El año en el cargo de los cuestores empezaba el quinto día de diciembre.

cultarius. Ortografía de H. H. Scullard; *The Oxford Latin Dictionary* prefiere *cultrarius*. Se trataba de un funcionario público sujeto a deberes religiosos, y su único trabajo parece ser que era cortarle la garganta a la víctima del sacrificio. Quizá también ayudase a limpiar y recoger después del sacrificio.

cunnus. Plural *cunni*. Palabrota latina muy ofensiva que significaba «coño».

Curia Hostilia. Era la cámara del Senado. Se pensaba que había sido construida por Tulo Hostilio, el misterioso tercer rey de Roma, y de ahí le vendría el nombre, que significa «la casa de reuniones de Hostilio».

Se destruyó en un incendio en enero del año 52 a. J.C., cuando la chusma incineró a Publio Clodio, y no fue nunca reconstruida hasta que César se convirtió en dictador.

Curicta, isla.   La isla Krk, frente a la costa liburnia de Yugoslavia.

curul, silla curul.   La *sella curulis* era la silla de marfil reservada exclusivamente a los magistrados que poseían *imperium*. Cónsules, pretores y ediles curules se sentaban en ella; yo he llegado a pensar que los ediles plebeyos no lo hacían así, puesto que no eran elegidos por todo el pueblo romano y por lo tanto no podían tener *imperium*. Bella y finamente tallada en marfil, la silla en sí misma tenía las patas curvadas y cruzadas en forma de una amplia X, de manera que podía plegarse. Estaba equipada con brazos, pero no disponía de respaldo. Posiblemente cuando un hombre había sido cónsul y había pasado ya a ser consular tenía derecho a conservar la silla curul y a sentarse en ella. Conociendo cómo era Roma, creo que no le pertenecía al Estado, porque el Estado insistía en que los que tenían derecho a sentarse en la silla curul tenían que encargarla y pagarla ellos mismos.

Dagda.   Se trata del dios principal de la religión druídica. Su naturaleza elemental era el agua, y era el esposo de Dann, la gran diosa.

Dann.   En este caso se trata de la diosa principal del druidismo. Su naturaleza elemental era la tierra; estaba casada con Dagda, aunque al parecer no era inferior a él. Representaba la principal figura de un panteón de diosas entre las que se contaban Epona, Sulis y Bodb.

Danubio, río.   El río Danubio, Donau o Dunarea. Los romanos conocían su nacimiento mejor que su desembocadura en el mar Euxino (mar Negro); los griegos conocían mejor su desembocadura y lo llamaban el río Ister.

Decetia.   *Oppidum* de los eduos junto al río Liger (Loira). La actual Decize.

decuria.   Para los romanos, cualquier grupo de diez hombres, fueran senadores, soldados o lictores.

demagogo.   En origen expresaba un concepto griego; el demagogo de la época antigua era un político que resultaba especialmente atractivo a las multitudes. El demagogo romano (casi inevitablemente tribuno de la plebe) prefería el ruedo del foso de los comicios a la cámara del Senado, pero no formaba parte de su política *liberar a las masas*. Los que acudían en grupo a oírle no eran sólo los más humildes. El término simplemente indicaba a un hombre de tendencia radical como opuesto a los conservadores.

denario.   En latín *denarius*, plural, *denarii*. Excepto una o dos emisiones muy raras de monedas de oro, el denario fue la más extensa denominación de moneda en tiempos de la República. El denario era de plata pura, contenía aproximadamente 3,5 gramos de ese metal y tenía más o menos el tamaño de una moneda norteamericana actual de diez centavos. Había seis mil doscientos cincuenta denarios en un talento de plata. De las monedas en circulación, lo más probable es que hubiera más denarios que sestercios, pero las cuentas se expresaban siempre en sestercios, no en denarios.

diadema.   No era ni una corona ni una tiara. Era una cinta gruesa blanca de aproximadamente 2,5 cm de ancho, con cada uno de los extremos bordados y a menudo terminados con una franja a modo de orla.

Era el símbolo de soberanía helénica; sólo el rey o la reina podían llevarla. Las monedas muestran que en general se las ponían en la frente, pero podían llevarlas puestas (como en el caso de Cleopatra VII) detrás del nacimiento del cabello. Se anudaba detrás, por debajo del occipucio, y los dos extremos colgaban sobre los hombros.

dignitas.   Para los romanos esta palabra tenía algunas connotaciones que no posee la palabra derivada de ella en español, «dignidad». *Dignitas* era el derecho de un hombre al honor público a través de su esfuerzo personal. Era la suma total de la integridad, el orgullo, la familia y los antepasados, la palabra, la inteligencia, las hazañas, la capacidad, la sabiduría y la valía de un hombre. De todos los valores que un noble romano podía poseer, la *dignitas* era probablemente aquélla acerca de la cual se sentía más protector y sensible.

domine.   Señor mío. Caso vocativo.

domus publica.   Residencia estatal oficial del *pontifex maximus*; en tiempos de la República era también la residencia de las seis vírgenes vestales, que estaban a cargo del *pontifex maximus*. Se encontraba situada en el Foro Romano, aproximadamente en la latitud media.

druida.   Sacerdote de la religión druídica, que tenía dominio espiritual (y a veces terrenal) sobre los galos, fueran celtas o belgas. Se tardaba veinte años en formar a un druida, del cual se requería que memorizase cada uno de los aspectos de su vocación, desde las canciones hasta las leyes pasando por los rituales. No había nada escrito. Una vez consagrados como tales, los druidas conservaban su posición de por vida. Les estaba permitido casarse. Como directores del pensamiento no estaban obligados a pagar impuestos ni diezmos, no hacían servicio militar y se les alimentaba y se les daba vivienda a expensas de la tribu. Ellos hacían las funciones de sacerdotes, abogados y médicos.

Durocortoro.   Durocortorum, *oppidum* principal de los remos. Es la actual Reims.

duumviri.   Significa «dos hombres». Eran elegidos anualmente y estaban al frente del cuerpo de gobierno municipal o del cuerpo de gobierno de una ciudad.

Dyrrachyum.   Actual Durrës, en Albania.

¡Edepol!   Suave e inofensiva exclamación romana de sorpresa o asombro, parecida a caray o caramba *Edepol* estaba reservada para los hombres. Las mujeres decían ¡*Ecastor!*

edil.   Había cuatro magistrados romanos llamados ediles; dos eran ediles plebeyos y los otros dos, ediles curules. Sus obligaciones se circunscribían a la ciudad de Roma. El cargo de los ediles plebeyos fue creado primero (493 a. J.C.) para ayudar a los tribunos de la plebe a llevar a cabo sus obligaciones, pero sobre todo con la intención de salvaguardar el derecho de la plebe a tener su propia sede, el templo de Ceres. Los ediles plebeyos pronto heredaron la tarea de supervisar los edificios de la ciudad y de custodiar los archivos donde se guardaban todos los plebiscitos que se aprobaban en la asamblea plebeya, y no tenían derecho a sentarse en la silla curul; tampoco tenían derecho a lictores. Más tarde, en el 367 a. J.C., se creó la figura de los dos ediles curules para que los patricios también participasen en la custodia de los edificios públicos y de los archivos. Los elegía la asamblea popular, que comprendía a todo el pueblo, patricios y plebeyos, y por eso tenían derecho a sentarse en la silla curul y a ir precedidos por dos lictores. No obstante, en seguida los ediles curules pudieron ser tanto plebeyos como patricios. A partir del s. III a. J.C. los cuatro fueron responsables del cuidado de las calles de Roma, del abastecimiento de agua, de los drenajes y las alcantarillas, del tráfico, de los edificios públicos, de las normas para construir y de los reglamentos de los edificios privados, de los monumentos públicos e instalaciones, de los mercados, de los pesos y medidas (se conservaban modelos de éstos en el sótano del templo de Cástor y Pólux), de los juegos y del abastecimiento público de grano. Tenían autoridad para multar a los ciudadanos y a los que no eran ciudadanos por igual si infringían las normativas referentes a cualquiera de los asuntos antes mencionados, y depositaban el dinero en sus arcas para ayudar a financiar los juegos. Ser edil, plebeyo o curul, no formaba parte del *cursus honorum* (véase *magistrados*), pero al estar asociado a los juegos se consideraba una magistratura bastante valiosa para que cualquier hombre la ejerciera antes de presentarse al cargo de pretor.

Elaver, río.　En la actualidad el río Allier.

empalizada.　Sección fortificada de un muro por encima del nivel de la plataforma de lucha situada en su interior. Solía dividirse en parapetos para luchar por encima de ellos y almenas para esconderse detrás.

epicúreo.　Perteneciente al sistema filosófico del griego Epicuro. Originalmente Epicuro propugnó una clase de hedonismo tan exquisito y refinado que se aproximaba al ascetismo en uno de sus aspectos; es decir, los placeres de un hombre se experimentaban mejor de uno en uno y espaciados, saboreándolos tanto que cualquier exceso frustraba la práctica. La vida pública o cualquier trabajo que produjera tensión estaban prohibidos en el epicureísmo. Estos dogmas sufrieron considerables modificaciones en Roma, de manera que un noble romano podía considerarse epicúreo y aun así desempeñar la carrera política. En los últimos tiempos de la República los principales placeres de un epicúreo eran la comida y el vino.

Epiro.　Parte al oeste de Grecia y Macedonia adyacente al mar Adriático que se extendía desde el río Apso (Seman), en el norte, hasta el golfo de Ambracia al sur, y tierra adentro hasta las altas montañas. La actual Albania quizá no sea la descripción exacta; llega demasiado al norte y no lo bastante al sur para poder alinearla con el antiguo Epiro.

equites.　Ecuestre, *Ordo Equester*. Véase *caballeros*.

Escalda, río.　En latín *Scaldis*. Se trata del río Schelde, en Bélgica.

Escipión Emiliano.　Publio Cornelio Escipión Emiliano Africano Numantino nació en el 185 a. J.C. No era un Cornelio de la rama de los Escipiones, sino el hijo del conquistador de Macedonia, Lucio Emilio Paulo, que lo entregó en adopción al hijo mayor de Escipión el Africano. La madre de Escipión Emiliano fue una Papiria, y su esposa Sempronia fue la hija superviviente de Cornelia, la madre de los Gracos; Sempronia era prima hermana suya.

　　Después de una distinguida carrera militar durante la Tercera Guerra Púnica en los años 149-148 a. J.C., Emiliano fue elegido cónsul en el 147 a. J.C. Como no tenía la edad suficiente para acceder al consulado, muchos miembros del Senado se opusieron encarnizadamente a su elección. Enviado a África para encargarse de la Tercera Guerra Púnica, mostró aquella implacable y concienzuda meticulosidad que de allí en adelante fue la piedra angular de su carrera; construyó un malecón para contener el puerto de Cartago y bloqueó la ciudad por tierra. La ciudad se rindió en el 146 a. J.C., después de lo cual él la desmontó piedra a piedra. Los eruditos modernos descartan la historia de que sembrara de sal el suelo para asegurarse de que Cartago no volviera a levantarse, aunque los romanos sí se la creían. Fue censor ineficaz a causa de un colega enemigo en el año 142 a. J.C., y en el 140 a. J.C. se embarcó rumbo al Este acompañado por sus dos amigos griegos, el historiador Polibio y el filósofo Panecio. En el 134 a. J.C. fue elegido cónsul por segunda vez, y se le encomendó la misión de la toma de Numancia, en la Hispania Citerior. Esta insignificante ciudad había desafiado y derrotado a toda una serie de ejércitos y generales romanos durante cincuenta años cuando Escipión Emiliano llegó ante ella. Una vez él allí, Numancia duró ocho meses. Cuando cayó, destruyó hasta la última piedra y hasta la última viga, y deportó o ejecutó a sus cuatro mil ciudadanos.

Noticias procedentes de Roma le informaron de que su cuñado Tiberio Graco estaba atentando contra la *mos maiorum*; Emiliano conspiró con Escipión Nasica, primo de ambos, para acabar con Tiberio Graco. Aunque Tiberio Graco ya estaba muerto cuando Emiliano regresó a Roma en el 132 a. J.C., se consideró que él era el culpable de ello. Y en el 129 a. J.C. Emiliano murió tan de repente y tan inesperadamente que siempre se rumoreó que había sido asesinado. La principal sospechosa era su esposa Sempronia, la hermana de Tiberio Graco, pues ella aborrecía a su marido y toda Roma lo sabía.

En cuanto a su carácter, Escipión Emiliano era una mezcla curiosa. Era un gran intelectual que tenía un amor permanente por las cosas griegas, y era el centro de un grupo de hombres que patrocinaban y animaban a personas como Polibio, Panecio y el dramaturgo latino Terencio. Como amigo, Emiliano era todo lo que debe ser un amigo. Como enemigo era cruel, de sangre fría y completamente despiadado. Era un genio de la organización, y sin embargo podía meter la pata tan gravemente como lo hizo en su oposición a Tiberio Graco. Fue un hombre extremadamente culto e ingenioso, de refinado buen gusto, pero también estaba un poco fosilizado ética y moralmente.

esclavo manumitido.   Aunque técnicamente era un hombre libre (y, si su antiguo amo era ciudadano romano, él lo era también), el esclavo manumitido permanecía siendo cliente de su antiguo amo, y bajo el patronazgo de éste, que tenía prioridad para requerir su tiempo y sus servicios.

estadio.   Medida griega de distancia. El *stadium* (singular) tenía una longitud aproximada equivalente a la octava parte de una milla, y se calcula que había ocho *stadia* (plural) en una milla romana.

estoico.   Uno que suscribía el sistema de pensamiento filosófico fundado por el fenicio Zenón. Aunque el sistema de Zenón era complejo, como mejor se resume es diciendo que sostiene que la virtud es lo único bueno realmente auténtico, y que la inmoralidad o la falta de ética es lo único realmente malo. Enseñaba que los esfuerzos naturales, desde el dolor y la muerte hasta la pobreza, no son importantes; un hombre bueno es el que es ético y moral, y un hombre bueno siempre debe ser feliz. Llamado así por la Stoa Poikile de Atenas donde Zenón enseñaba, el estoicismo con el tiempo llegó a Roma. Nunca tuvo mucha aceptación entre la gente pragmática y con sentido común, pero sí contó con partidarios romanos. El más famoso fue Catón Uticensis, el peor enemigo de César.

Esus.   El dios druídico de la guerra. Su naturaleza elemental era el aire.

etnarca.   Palabra griega que designaba en general a un magistrado de una ciudad o pueblo. Había otros nombres más específicos en uso, pero no considero necesario aumentar la confusión en mis lectores utilizando una terminología más variada.

Euxino, mar.   El actual mar Negro.

fasces.   Eran unos haces de varas de abedul que se ataban de modo ritual, formando un cilindro, mediante correas rojas de cuero entrecruzadas. En origen eran el emblema de los reyes etruscos, de donde pasaron a las costumbres y tradiciones de la naciente Roma, persistieron en la vida romana durante toda la República y durante el Imperio. Las llevaban unos hombres llamados lictores (véase *lictor*) que precedían a los magistrados o promagistrados curules como manifestación exterior de su *imperium*. Había treinta varas, que representaban las treinta curias o divisiones tribales de hombres romanos que existieron originalmente bajo los reyes. Dentro del *pomerium* de Roma las varas sólo se podían atar formando haces para indicar que los magistrados curules tenían potestad para castigar, pero no para ejecutar; fuera del *pomerium* se insertaban dos hachas dentro de las *fasces* para indicar que el magistrado curul tenía potestad para ejecutar. El único hombre que podía entrar en el interior del sagrado recinto de Roma llevando las hachas insertadas en las *fasces* era el dictador. El número de *fasces* (y de lictores) indicaba el grado de *imperium*: un dictador tenía veinticuatro, un cónsul y un procónsul doce, un pretor y un propretor seis, y un edil curul dos.

fasti.   Los *fasti* en origen fueron días en los que se podía hacer negocios, pero pasaron a significar además otras cosas: el calendario, las listas de fiestas y festivales y las listas de cónsules. (Esto último probablemente porque los romanos preferían llevar la cuenta de los años recordando quiénes habían sido los cónsules en un determinado año.) Para una explicación más completa, véase la entrada *fasti* en el glosario de mi libro *El primer hombre de Roma*.

felatriz, felatrices.   En latín *fellatrix, fellatrices*. Mujer o mujeres que chupaban el pene a un hombre.

flamen.   Sacerdote especial dedicado a un particular dios romano. Eran los sacerdotes de Roma que se remontaban más atrás en el tiempo. César fue *flamen dialis*, el sacerdote especial de Júpiter (Mario lo hizo consagrar como tal cuando César tenía trece años); Sila le despojó del cargo.

foro.   En latín *forum*. Lugar público de reunión de cualquier pueblo o ciudad romanos. Estaba rodeado de edificios públicos y arcadas que albergaban tiendas u oficinas. En la época de César el único foro que existía en el interior de Roma era el Foro Romano.

Foro Boarium.   Mercado de carne situado en el extremo donde empezaba el Circo Máximo, debajo del Germalo del Palatino. El Gran Altar de Hércules y varios templos diferentes de Hércules quedaban dentro del recinto.

Gades.   Actual Cádiz.

Galia.   Comúnmente considerada la zona que ocupa actualmente Francia. Había cuatro Galias: la Provenza gálica romana (llamada simplemente la Provenza), que comprendía la franja costera del mar Mediterráneo, entre Nicea (la actual Niza) y los Pirineos, y una lengua de tierra que iba desde el Cebenna (Cévennes) hasta los Alpes, y que llegaba hasta Lugduno (Lugnudum, la actual Lyon); las tierras de los belgas, que se extendían al norte del río Secuana (el Sena) desde el Atlántico hasta el Rin; las tierras de los celtas, que se extendían al sur del Secuana y al norte del Garona; y además las tierras colectivamente llamadas Aquitania, que se extendían entre el Garona y los Pirineos. Las tres últimas Galias juntas constituían la Galia Comata.

Galia Comata.   Galia de los cabelleras largas. Es decir, la Galia no romanizada.

Galia Cisalpina o Italiana.   En latín, *Galia Cisalpina*, que significa «Galia de este lado de los Alpes». Los habitantes de la Galia Cisalpina, que se extendía al norte de los ríos Arno y Rubicón, entre la ciudad de Ocelum al oeste y Aquilea al este, se tenían por galos descendientes de las tribus galas que invadieron Italia en el año 390 a. J.C., y por ello para las mentes romanas más conservadoras no eran dignos de tener la plena ciudadanía romana. Éste se convirtió en el punto más delicado de la forma de pensar de los galos italianos, especialmente para los que vivían en la parte situada al norte del río Padus (Po); el padre de Pompeyo el Grande, Pompeyo Estrabón, legisló en el año 89 a. J.C. la plena ciudadanía para todos los que vivían al sur del Po, mientras que los que vivían en el norte continuaron siendo no ciudadanos o ciudadanos de segunda clase que tenían los derechos latinos. César fue el gran campeón de la plena ciudadanía para toda la Galia Italiana o Cisalpina, y fue lo primero que legisló cuando fue nombrado dictador a finales del 49 a. J.C. No obstante, siguió siendo gobernada como provincia de Roma más que como una parte de la propia Italia.

galos.   Los romanos llamaban galos a los hombres de raza celta o belga, sin tener en cuenta la parte del mundo que habitasen. Así, había galos no sólo en lo que hoy en día es Francia, sino también en la Galia Cisalpina, en Suiza, en Hungría, en Checoslovaquia y en la parte de Turquía que queda alrededor de Ankara.

garum.   Concentrado fétido hecho con pescado que se usaba como base para muchas salsas. Era muy apreciado por los aficionados al buen comer.

Garumna, río.   Río Garona.

Genava.   La actual Ginebra.

gens humana.   La familia humana que forman los pueblos.

Genabo.   Principal *oppidum* de los carnutos, llamada *Cenabum* en latín; situada junto al río Liger (Loira). Es la actual Orleans.

Genuso, río.   El río Shkumbin, en la actual Albania.

Gergovia.   Principal *oppidum* de una tribu gala muy poderosa cuyos habitantes se llamaban arvernos. Estaba cerca de la actual Clermont-Ferrand.

¡Gerrae! ¡Tonterías! ¡Bobadas!

gladiador. Durante la época de la República sólo había dos clases de gladiadores, los tracios y los galos. Éstos eran estilos de combate, no nacionalidades. Durante la República las peleas de gladiadores no eran a muerte, porque los gladiadores eran inversiones caras que pertenecían a particulares; la adquisición, el entrenamiento, la manutención y el alojamiento de un gladiador costaba mucho dinero. Pocos de ellos eran esclavos. La mayoría eran desertores del ejército romano a los que se les daba a elegir entre perder la ciudadanía romana o ser gladiador durante un plazo de tiempo. El gladiador peleaba durante un total de seis años o treinta combates (libraba alrededor de cinco combates al año), después de lo cual era libre para hacer lo que se le antojase. Los mejores gladiadores eran verdaderos héroes para los habitantes de Italia y de la Galia Cisalpina.

gladius. La espada romana. Era corta, la hoja medía 60 cm de largo, estaba afilada por los dos cantos y acababa en punta. La empuñadura era de madera en el caso de los soldados ordinarios; los de rango más elevado que el de soldado raso que podían permitírselo preferían la empuñadura de marfil tallada en forma de águila.

Gorgobina. La *oppidum* principal de los boios. En la actualidad es St.-Parize-le-Chatel.

helénico, helenizado. Éstos son términos relativos a la extensión de la cultura y de las costumbres griegas después de la época de Alejandro Magno. El estilo de vida, el vestido, la industria, el gobierno, el comercio y la lengua griega formaban todos parte de ello.

Heraclea. Ciudad situada cerca de la actual Bitola, en Macedonia.

Hierosolyma. El nombre helénico de Jerusalén.

hombre libre. Hombre nacido libre al que nunca se vendía en esclavitud.

hostis. Término empleado cuando el Senado y el pueblo de Roma declaraban que un hombre se convertía en proscrito, en enemigo público.

Ibero, río. El actual río Ebro.

Icauna, río. El río Yonne.

idus. El tercero de los tres días del mes que tenían nombre; los tres representaban los puntos fijos del mes. Las fechas se contaban hacia atrás a partir de cada uno de estos puntos: calendas, nonas e idus. Los idus caían en el día quince de los meses largos (marzo, mayo, julio y octubre) y el día trece de los demás meses.

Ilerda. En latín *Illerda*, la actual Lérida, en España.

Ilión. En latín *Ilium*, nombre romano para Troya.

Iliria. En latín *Illyricum*. Las tierras agrestes y montañosas que bordeaban el Adriático en su lado oriental. Los pueblos nativos pertenecían a una raza indoeuropea y se les llamaba ilirios; estaban organizados en tribus y detestaban primero las incursiones griegas y luego las romanas. En la época de César Iliria era una provincia no oficial que se gobernaba conjuntamente con la Galia Cisalpina. Que los largos años de César como gobernador de la zona fueron buenos para Iliria está demostrado por el hecho de que Iliria permaneció leal a él durante las guerras civiles.

imperium.   Era el grado de autoridad que tenía un magistrado curul o un promagistrado. Significaba que un hombre tenía la autoridad propia de su cargo y no se le podía contradecir siempre que actuase dentro de los límites de su nivel concreto de *imperium* y dentro de las leyes que gobernasen su conducta. El *imperium* se concedía por medio de una *lex curiata* y tenía una duración de solamente un año. Las extensiones para los gobernadores a los que se les prorrogaba el mandato tenían que ser ratificadas por el Senado y el pueblo de Roma. Los lictores que llevaban al hombro las *fasces* indicaban el *imperium* de un hombre; cuantos más lictores llevara ese hombre, mayor era su *imperium*.

imperium maius.   *Imperium* ilimitado, que sobrepasaba el *imperium* de los cónsules del año. El que más se benefició del *imperium maius* fue Pompeyo Magno.

in absentia.   La expresión describía una candidatura para un cargo público aprobada por el Senado (y el pueblo, si era necesario) y una elección llevada a cabo en ausencia del propio candidato. El candidato podía encontrarse esperando en el Campo de Marte porque su *imperium* le impedía cruzar el *pomerium* para registrarse como candidato y luchar por la elección en persona. Cuando Cicerón fue cónsul en el año 63 a. J.C. puso en vigencia una ley que prohibía la candidatura *in absentia*; Pompeyo la reforzó durante su consulado sin colega en el año 52 a. J.C.

in suo anno.   Literalmente significa «en su año». La expresión se aplicaba a hombres que alcanzaban un cargo curul a la edad exacta que prescribían la ley y la tradición para que un hombre ocupase dicho cargo. Ser pretor y cónsul *in suo anno* era una gran distinción, porque significaba que a un hombre se le elegía la primera vez que lo intentaba.

intercalaris.   Como el año romano sólo tenía 355 días, se insertaban unos veinte días extra después del mes de febrero cada dos años... o tenían que insertarse. Con mucha frecuencia esto no se hacía, y el resultado era que el calendario galopaba por delante de las estaciones del año. Cuando César rectificó el calendario en el año 46 a. J.C., las estaciones llevaban un retraso de cien días con respecto al calendario, pues se habían hecho pocas intercalaciones. Era obligación del colegio de pontífices y del colegio de augures actualizar el calendario; mientras César, que era *pontífex máximus* desde el año 63 a. J.C., estuvo en Roma, esas intercalaciones se hicieron correctamente, pero cuando se marchó a la Galia en el año 58 a. J.C. la practica cesó, con sólo una o dos excepciones.

interrex.   Significaba «entre los reyes». Cuando Roma no tenía cónsules que asumieran el cargo el día de año nuevo, el Senado nombraba a un senador patricio, líder de su decuria, para que asumiera el cargo de *interrex*. Este senador servía en el cargo durante cinco días y luego se nombraba a otro *interrex* para que convocase elecciones. A veces la violencia pública impedía que el segundo *interrex* cumpliera con su obligación, con el resultado de que una serie de más *interreges* se sucedía hasta que las elecciones pudieran celebrarse.

Italia.   La península Itálica. La frontera entre Italia propiamente dicha y la Galia Cisalpina estaba formada por dos ríos, el Arno en la parte occidental de los Apeninos y el Rubicón en la parte oriental.

iugerum, iugera. La unidad romana de medida de tierra. En términos modernos el *iugerum* consistía en cinco octavos (0,623) de acre, o un cuarto (0,252) de hectárea. El lector moderno acostumbrado a acres se acercará bastante si multiplica los *iugera* por dos; para los lectores acostumbrados al sistema métrico, multiplicar por cuatro les proporcionará el número de hectáreas.

juegos. En latín *ludi*. Eran espectáculos públicos organizados por ciertos magistrados del año; se celebraban en uno de los dos circos (normalmente en el Circo Máximo), o en ambos circos a la vez. Los juegos consistían en carreras de carros (que eran el acontecimiento que gozaba de mayor popularidad), competiciones atléticas y representaciones teatrales que normalmente se llevaban a cabo en teatros provisionales de madera. Durante la República los juegos no incluían combates de gladiadores, pues éstos quedaban reservados para juegos funerarios organizados por individuos particulares en el Foro Romano. Los hombres y mujeres romanos libres podían asistir a los juegos, pero a los esclavos y las esclavas manumitidos no les estaba permitido asistir; pues si los circos no tenían suficiente capacidad para acoger a todos los hombres libres, mucho menos para acoger a los manumitidos.

latus clavus. Era una franja ancha de color granate que adornaba el hombro derecho de la túnica de los senadores. Sólo ellos tenían derecho a llevarla. Los caballeros llevaban una tira estrecha de color granate, el *augustus clavus*, y los que estaban por debajo de la posición de caballero no llevaban tira alguna.

lectus imus, lectus medius, locus consularis. Un *lectus* era un canapé que se usaba sobre todo para comer (el *lectus funebris* eran las andas funerarias). Los canapés se colocaban de tres en tres formando una ʋ; si uno se ponía de pie a la puerta de un comedor (el *triclinum*) mirando hacia esa ʋ, el canapé de la derecha era el *lectus imus*, el canapé del medio que formaba la base de la ʋ era el *lectus medius* y el canapé de la izquierda era el *lectus summus*. Socialmente el canapé más deseable era el *lectus medius*. Los puestos en los canapés también estaban socialmente graduados, con el anfitrión colocado en el extremo izquierdo del *lectus medius*. El lugar para el invitado de honor, llamado *locus consularis*, era el extremo derecho del *lectus medius*. Una mesa continua en forma de ʋ a una altura un poco más baja que los canapés se encontraba justo delante de éstos. Durante la república los canapés estaban reservados a los hombres, y las mujeres se sentaban en sillas colocadas en la parte interior de la ʋ, en el lado de la mesa que quedaba frente a los canapés.

legado. En latín *legatus*. A los miembros de mayor rango del personal de un general se les denominaba legados. Todos los hombres clasificados como legados eran miembros del Senado. Sólo rendían cuentas ante el general y eran superiores a todo tipo de tribunos militares. Sin embargo no todos los legados eran jóvenes. Algunos eran consulares que parece ser que se ofrecían voluntarios para alguna guerra interesante porque añoraban la vida militar, porque eran amigos o parientes del general... o porque estaban necesitados de algún dinero extra procedente del botín.

legión. En latín *legio*. Aunque rara vez se la llamaba para hacerlo, la legión era la unidad militar romana más pequeña capaz de librar una guerra por sí sola. Era autosuficiente en cuestión de mandos, material e instalaciones. Entre dos y seis legiones juntas constituían un ejército; las ocasiones en que había más de seis legiones eran escasas. El número total de hombres de una legión era de 4280 soldados rasos, 60 centuriones, 1600 sirvientes no combatientes, quizá 300 soldados de artillería y 100 habilidosos artificieros. La organización interna de una legión consistía en diez cohortes de seis centurias cada una. En la época de César las unidades de caballería no estaban adscritas a una legión, sino que constituían una fuerza aparte. Parece ser que cada legión tenía unas treinta piezas de artillería, mayor número de catapultas que de ballestas; César introdujo el uso de la artillería en la batalla como una técnica para ablandar al enemigo, y elevó el número de piezas a cincuenta. La legión estaba bajo el mando de un legado o un tribuno de los soldados electo si la legión era de los cónsules del año. Los oficiales se llamaban centuriones.

Aunque las tropas de una legión acampaban juntas, no vivían masificadas en dormitorios colectivos, sino que se dividían en unidades de ocho soldados y dos no combatientes que compartían la tienda y el rancho. Al leer los horrores de la guerra civil americana, uno queda impresionado por la organización romana. Los soldados romanos comían alimentos frescos porque molían su propio trigo y se hacían ellos mismos el pan, las gachas y otros alimento de primera necesidad, disponían de provisiones de tocino o carne de cerdo bien ahumado o salado y también comían frutos secos. Las instalaciones sanitarias dentro de un campamento prevenían las fiebres entéricas y evitaban el agua contaminada. Un ejército no sólo funciona a base de tener el estómago lleno, sino que también es capaz de marchar cuando está libre de enfermedades. Pocos generales romanos querían mandar más de seis legiones a causa de las dificultades del abastecimiento; leyendo los *Commentarios* de César se comprende la importancia que le daba César al aprovisionamiento, pues él solía mandar entre nueve y once legiones.

legionario. Soldado romano corriente *(miles gregarius)*.

lex, leges. Ley, leyes. La palabra *lex* llegó a usarse para plebiscitos, que eran las leyes aprobadas en la asamblea plebeya. Una *lex* no se consideraba válida hasta que había sido inscrita en piedra o bronce y depositada en las cámaras debajo del templo de Saturno. Sin embargo, el tiempo de permanencia allí debía de ser breve, pues el espacio era limitado y el templo de Saturno albergaba también el Tesoro. Cuando estuvo terminado el Tabulario de Sila las leyes se depositaban allí de modo permanente. Una ley llevaba el nombre del hombre u hombres que la promulgaban y conseguían que fuera ratificada, pero siempre (puesto que *lex* es palabra femenina en latín) con la terminación femenina del nombre o nombres. Éste iba seguido de una descripción general de lo que trataba la ley. Las leyes podían ser, y a veces lo eran, revocadas en fecha posterior.

lex curiata. Ley que otorgaba *imperium* a un magistrado o a un promagistrado curul. La aprobaban los treinta lictores que representaban a las treinta tribus originales de Roma. Una *lex curiata* era también necesaria antes de que un patricio pudiera ser adoptado por un plebeyo.

lex data. Ley promulgada por un magistrado que tenía que ir acompañada de un decreto senatorial. A cualquier asamblea donde el magistrado decidiera presentarla no se le permitía hacer cambio alguno.

lex Julia Marcia. Promulgada por los cónsules Lucio Julio César y Cayo Marcio Figulo en el año 64 a. J.C., declaraba ilegal la mayoría de las numerosas clases de colegios, hermandades y clubes que proliferaban en todos los estratos de la vida romana. Su objetivo principal eran los colegios de encrucijada, que se consideraban potencialmente peligrosos desde el punto de vista político. Publio Clodio vino a demostrar que aquello era cierto después de reinstaurar, mientras era tribuno de la plebe, los colegios de encrucijada en el 58 a. J.C.

lex Plautia de vi. Fue promulgada por un tal Plautio durante los años setenta a. J.C., y tenía que ver con la violencia en las reuniones públicas.

lex Pompeia de iure magistratuum. La infame ley que Pompeyo promulgó mientras fue cónsul sin colega en el 52 a. J.C. Obligaba a todos los que aspiraban a un cargo curul a presentar la candidatura en persona dentro del recinto sagrado de Roma. Cuando la facción de César le recordó que la ley de los Diez tribunos de la plebe hacía posible que César se presentase como candidato a cónsul por segunda vez *in absentia*, Pompeyo le añadió un codicilo al final en el que eximía a César. Pero este codicilo no se inscribió en la tablilla de bronce que llevaba la ley, y por ello no tuvo validez legal alguna.

lex Pompeia de vi. Fue promulgada cuando Pompeyo era cónsul sin colega en el año 52 a. J.C., y estaba pensada para reforzar la *lex Plautia*.

lex Pompeia Licinia de provincia Caesaris. Era la ley que promulgaron Pompeyo y Craso cuando fueron cónsules juntos, cada uno de ellos por segunda vez, en el año 55 a. J.C. Esta ley le proporcionaba a César una prórroga para gobernar sus provincias cinco años más, y prohibía cualquier discusión en el Senado acerca de quién se haría cargo de esas provincias después de César hasta marzo del año 50 a. J.C.

lex Trebonia de provinciis consularibus. Promulgada por Cayo Trebonio siendo éste tribuno de la plebe en el 55 a. J.C., les daba a Pompeyo y a Craso las provincias de Siria y ambas Hispanias por un período de cinco años.

lex Villia annalis. Promulgada en el año 180 a. J.C. por el tribuno de la plebe Lucio Villio. Estipulaba ciertas edades mínimas para ejercer magistraturas curules y al parecer también estipulaba que debían transcurrir dos años entre la ocupación del cargo de pretor y el de cónsul. También se acepta en general que dicha ley estipulaba que debían transcurrir diez años entre la primera vez que un hombre era cónsul para que pudiese presentarse a cónsul por segunda vez.

lictor. Hombre que atendía formalmente a un magistrado curul cuando se ocupaba de sus asuntos. El lictor precedía al magistrado para abrirle paso entre las multitudes, y estaba disponible para obedecer al magistrado en materias de custodia, refreno y escarmiento. El lictor tenía que ser ciudadano romano y era empleado del Estado; no era persona de posición social elevada, y probablemente dependía de la generosidad del magistrado al que servía para aumentar el precario sueldo que percibía. Sobre el hombro izquierdo llevaba el haz de varas llamadas *fasces*. Dentro de la ciudad de Roma vestía una toga blanca sencilla,

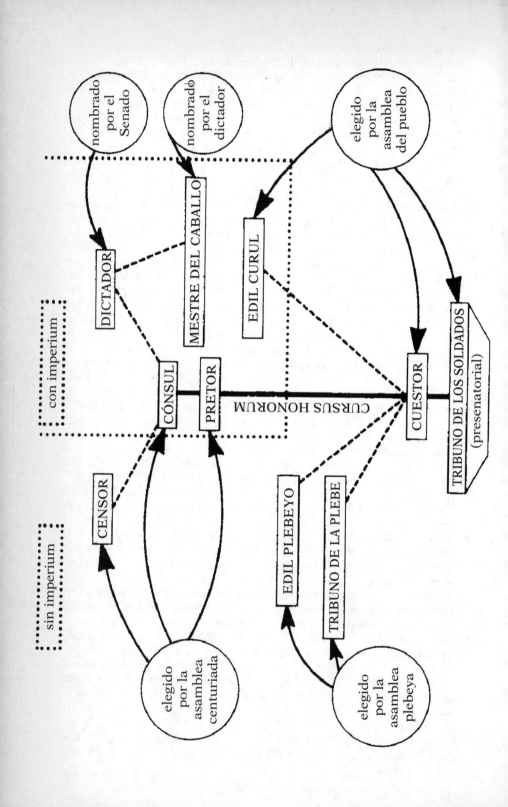

con imperium

sin imperium

nombrado por el Senado

nombrado por el dictador

elegido por la asamblea del pueblo

DICTADOR

MESTRE DEL CABALLO

EDIL CURUL

CUESTOR

TRIBUNO DE LOS SOLDADOS (presenatorial)

CÓNSUL

PRETOR

CURSUS HONORUM

CENSOR

EDIL PLEBEYO

TRIBUNO DE LA PLEBE

elegido por la asamblea centuriada

elegido por la asamblea plebeya

que se cambiaba por una toga negra en los funerales; cuando se encontraba fuera de Roma vestía una túnica granate ceñida a la cintura por un ancho cinturón de cuero negro con clavos de latón. Fuera de Roma insertaba las hachas en las *fasces*.

Había un colegio de lictores, aunque no se sabe dónde tenía la sede. Yo lo he colocado detrás del templo de los *lares praestites*, los lares titulares, en la parte este del Foro Romano, detrás de la gran posada que había en la esquina del Clivus Orbius, pero no hay base para ello.

Dentro del colegio, que debía de tener varios cientos de miembros, los lictores se agrupaban en decurias de diez hombres, cada una de ellas encabezada por un prefecto; las decurias estaban supervisadas colectivamente por varios presidentes del colegio.

Liger, río. El río Loira.

Liso. El latín *Lissus*. La actual Lezhë en Albania.

litera. Cubículo cubierto equipado con cuatro patas sobre las que descansaba cuando la depositaban en el suelo. En cada esquina sobresalía un poste horizontal hacia adelante y hacia atrás; lo llevaban entre cuatro y ocho hombres que lo levantaban mediante esos postes. La litera era un medio de transporte lento, pero con mucho el más cómodo que se conocía en el mundo antiguo. Las literas que pertenecían a las personas más ricas eran lo suficientemente espaciosas como para dar cabida a dos personas y a un criado que los atendiera.

Lugduno. Lugdunum, actualmente Lyon.

lusitanos. Los pueblos que vivían en el oeste y el noroeste de Hispania. Los lusitanos estuvieron menos expuestos a las cultura helénica y romana que los celtíberos; probablemente eran menos celtas que íberos en lo que a raza se refiere, aunque llevaban ambas venas raciales en su sangre. Se organizaban en tribus, y parece ser que se dedicaban a la agricultura, a la minería y al pastoreo.

Lutecia. Isla en el río Secuana (Sena) que servía como la *oppidum* principal de una tribu de celtas llamados los parisienses. Actual París.

magistrados. Ejecutivos elegidos del Senado y el pueblo de Roma. A excepción de los tribunos de los soldados, todos pertenecían automáticamente al Senado en la época de César. El diagrama adjunto muestra claramente la naturaleza de cada magistratura, su categoría, quién lo elegía y si el magistrado poseía o no *imperium*. El *cursus honorum* procedía en línea recta desde cuestor pasando por pretor hasta llegar a cónsul; el censor, ambas clases de edil y el tribuno de la plebe no formaban parte del *cursus honorum*. Excepto el censor, los magistrados ocupaban el cargo durante un año solamente. El dictador era un caso especial.

maiestas. Traición.

malaria. Esta enfermedad pestilente, causada por cuatro variedades de *plasmodium* y transmitida por la hembra del mosquito anófeles, era endémica en toda Italia. Los romanos la dividían en tres clases de ague (fiebre intermitente): *quartan*, en la que los rigores de la fiebre se producían cada cuatro días; *tertian* (cada tres días) y otra forma más maligna en la que los rigores de la fiebre no seguían una pauta determinada. Los romanos también sabían que las fiebres predominaban en los lugares donde había tierras pantanosas, y de ahí su miedo a las marismas pomptinas y al lago Fucino. Lo que no sabían era que las transmitía un mosquito.

mantelete. Cobertizo de refugio, usualmente con techo y paredes hechos con pellejos, que protegía a las tropas romanas de los proyectiles del enemigo.

marca. Término galo que significa caballo. El galo era muy parecido al latín y a los romanos les resultaba bastante fácil aprender a hablarlo; a menudo no tenemos idea de si la palabra gala es en realidad una palabra latina transformada en gala, o una palabra gala transformada en latina.

marsos. Uno de los pueblos italianos no romanos más importantes. Vivían alrededor de las orillas del lago Fucino, que les pertenecía, y sus tierras se extendían hasta el interior de los Apeninos altos. Tenían fronteras con las tierras de los pelignos. Hasta la guerra italiana del 91-88 a. J.C., siempre habían sido leales a Roma. Adoraban a las serpientes y eran renombrados encantadores de serpientes.

Masilia. En latín *Massilia*, actual Marsella.

mater. Madre en latín.

Matisco. Una de las *oppida* que pertenecía a una tribu de los eduos conocidos como ambarros. Estaba junto al río Arar (Saona). Actual Mâcon.

mentula. Plural *mentulae*. Palabra malsonante latina que significa pene.

mercedonius. El nombre que se daba a los veinte días extras insertados en el calendario romano después del mes de febrero para alinear el calendario con las estaciones.

Metiosedo. En latín *Metiosedum*; *oppidum* principal de una tribu de los parisienses llamados meldos. Era una isla sobre el río Secuana (Sena). Actual Melun.

¡meum mel! Apelativo cariñoso latino. Literalmente, «miel mía».

monte Fiscelo. En latín *Mons Fiscellus*. El Gran Sasso d'Italia: la montaña más alta de Italia.

mos maiorum. Así se denominaba el orden de cosas establecido que se utilizaba para describir las costumbres, tradiciones y hábitos del gobierno y las instituciones públicas de Roma. Servía de constitución no escrita. *Mos* significaba costumbre establecida; en este contexto *maiores* quería decir antepasados o ancestros. En resumen, la *mos maiorum* era la manera como siempre se habían hecho las cosas... ¡y también como habían de hacerse en el futuro!

Mosa, río. El río llamado Maas en Bélgica y Meuse en Francia.

Mosela, río. En latín *Mosella*. En la actualidad es el río Moselle.

murus gallicus. El modo como los galos construían los muros de la *oppidum*. Consistía en unas vigas de madera grandes y largas intercaladas entre piedras, y era relativamente impenetrable a los golpes de los arietes porque las piedras le conferían gran espesor y los maderos una resistencia a la tensión que las murallas normales no poseen.

Narbo. Actual Narbona.

Nemauso. En latín *Nemausus*, actual Nimes.

nemer. En latín significaba simplemente madera, pero en galo parece que se refería específicamente al roble.

Nemetocena. *Oppidum* perteneciente a los atrebates belgas. Actual Arras.

nemeton. El bosquecillo de robles que los druidas consideraban sagrado.

no combatientes. Había 1 600 de estos sirvientes militares en una legión. No eran esclavos; eran hombres libres en su mayor parte de ciudadanía romana. Parece probable que servir como no combatiente libraba a los ciudadanos romanos que lo hacían del servicio militar obligatorio si pensaban que no estaban debidamente dotados para ser soldados. Cabe imaginar que tenían que ser hombres de buena condición física más que minusválidos, pues se les requería estar a la altura de los soldados en la marcha y podían (y de hecho a veces lo hacían) coger una espada y un escudo y ponerse a pelear. Parece ser que procedían del medio rural.

nonas. Era el segundo de los tres días que tenían nombre en el mes y que representaban los puntos fijos del mes. Las nonas caían en el séptimo día de los meses largos (marzo, mayo, julio y octubre), y en el quinto día los demás meses.

Noviodonum de los bitúrigos. *Oppidum* perteneciente a los bitúrigos. Actual Neuvy.

Noviodunum Nevirnum. *Oppidum* que al parecer pertenecía a los eduos, aunque limitaba con las tierras de los senones. Estaba situada en la confluencia de los ríos Liger (Loira) y Elaver (Allier). Actual Nevers.

Novum Comum. Colonia de ciudadanos romanos de pleno derecho fundada por César en la punta occidental del lago Lario (ahora el lago Como); la ciudadanía de sus habitantes era dudosa, pues algunos magistrados como el importante Cayo Claudio Marcelo se sentían con libertad para flagelar a un ciudadano de Novum Comum. Actual Como.

nundinus, nundinae, nundinum. El *nundinus* era el día de mercado que se celebraba cada ocho días, aunque casi siempre se referían a ellos en plural, *nundinae*. Los ocho días que constituían la semana romana se llamaban *nundinum*.

obstruccionista. Término moderno para denominar una práctica política tan antigua como el concepto de parlamento. Consistía, igual que ahora, en «hablar hasta convencer para que no se apruebe una moción».

océano germano. Básicamente, el mar del Norte y el mar Báltico.

Octoduro. En latín *Octodurum*, la actual Martigny, en Suiza.

Oltis, río. El río Lot.

oppidum, oppida. La *oppidum* era la fortaleza gala. Con pocas excepciones no estaba pensada para vivir en ella, así que no era una ciudad. Contenía los tesoros de la tribu, provisiones de víveres en graneros y almacenes, y tenía también una sala de reuniones. Algunas *oppida* eran la residencia del rey o del jefe de tribu. Unas pocas, como Avárico, en latín *Avaricum*, eran auténticas ciudades.

Orico. En latín *Oricum*, la actual Oriku, en Albania.

padres conscriptos. Cuando fue fundado por los reyes de Roma (según decía la tradición, por el propio Rómulo), el Senado estaba formado por cien patricios que recibían el título de *patres* (padres). Luego, cuando se añadieron senadores plebeyos durante los primeros años de la República, se decía que eran *conscripti* (elegidos sin otra alternativa).

Cuando los miembros patricios y plebeyos estuvieron juntos se les llamó *patres et conscripti*; poco a poco estos dos términos, que empezaron utilizándose para establecer una distinción, acabaron juntándose, y a todos los miembros del Senado se les llamaba simplemente padres conscriptos.

Padus, río.   El río Po.

paludamentum.   Capa de color escarlata vivo que llevaba un general con pleno mando.

parapetos.   El parapeto, que estaba situado a lo largo de la parte superior de un muro fortificado, contenía secciones a la altura del pecho diseñadas a fin de capacitar a los defensores para luchar por encima de ellas.

paterfamilias.   Era el jefe de la unidad familiar romana. Tenía derecho a hacer lo que le diera la gana con los distintos miembros de su familia, derecho que estaba rígidamente protegido por la ley.

patricio, patriciado.   El patriciado era en origen la aristocracia romana. Para un pueblo como los romanos, que reverenciaba a los antepasados y tenía mucha conciencia de linaje, la importancia de pertenecer al linaje patricio difícilmente puede exagerarse. Las familias patricias más antiguas eran aristócratas antes de que Roma existiera, y las más modernas (los Claudios) al parecer habían emergido al principio mismo de la República. Durante toda la República mantuvieron el título de patricios, así como un grado de prestigio inalcanzable para cualquier plebeyo, por muy noble y augusta que fuera su estirpe. No obstante, en el último siglo de la República un patricio poseía poca distinción especial aparte de la de la sangre, pues la riqueza y la energía de las grandes familias plebeyas habían ido erosionando con fuerza los derechos de los patricios. Incluso al final de la República la importancia de la sangre patricia tenía un peso considerable, por lo cual a hombres como Sila y César, que tenían sangre patricia pura y antiquísima, se les consideraba capaces de erigirse a sí mismos en reyes de Roma, mientras que hombres como Cayo Mario y Pompeyo el Grande, por mucho que se les considerase héroes supremos, no podían ni siquiera soñar con convertirse a sí mismos en reyes de Roma. La sangre lo era todo.

Durante el último siglo de la República siguieron produciendo senadores, y algunos pretores y cónsules, las siguientes familias patricias: Emilio, Claudio, Cornelio, Fabio (pero sólo de adopción), Julio, Manlio, Pinario, Postumio, Sergio, Servilio, Sulpicio y Valerio.

pedarii.   Véase *Senado*.

peristilo.   La mayoría de las casas romanas acaudaladas, fueran de ciudad o de campo, estaban construidas alrededor de un patio abierto interior llamado peristilo. Variaba considerablemente de tamaño y solía contener un estanque y una fuente. A los que puedan llegar hasta allí, les animo ardientemente a que visiten lo que ahora será el viejo museo Getty de Malibú, en California; es una réplica de la villa que Lucio Calpurnio Pisón, el suegro de César, poseía en Herculano. Yo no puedo dejar de visitarla cada vez que voy a California. ¡Eso sí que es un peristilo!

phalerae.   Eran discos de plata u oro redondos, grabados y decorados, de 75 a 100 mm de diámetro. En origen los llevaban como insignias los caballeros romanos, y también formaban la mayor parte de las galas de sus caballos. Poco a poco se convirtieron en condecoraciones militares que se concedían por acciones de bravura excepcional en la batalla. Normalmente se otorgaban en series de nueve (tres filas de tres cada una) e iban montadas sobre un arnés de cuero decorado hecho con correas para llevarlos sobre la cota de malla o la coraza. Los centuriones casi inevitablemente llevaban *phalerae*.

Piceno, el.   En latín *Picenum*. Pantorrilla de la pierna que es la península Itálica. Su límite occidental lo formaba la cordillera de los Apeninos; limitaba al norte con Umbria y con Samnio al sur. Los primitivos habitantes eran de estirpe italiota e ilírica, pero existía la tradición de que los sabinos habían emigrado al este de la cordillera de los Apeninos, se habían asentado en el Piceno y se habían llevado consigo a Pico, su dios tutelar, el pájaro carpintero, del que había tomado el nombre la región. Una tribu de galos llamados senones se estableció también en la zona en la época en que Italia fue invadida por el rey Breno I de los galos en el año 390 a. J.C. Políticamente el Piceno se dividía en dos partes: el norte del Piceno, íntimamente aliado con el sur de Umbria, estaba bajo el dominio de la gran familia Pompeyo; y el Piceno que quedaba al sur del Flosis, o río Flussor, quedaba bajo el dominio de otros pueblos aliados con los samnitas.

pilum, pila.   Era la lanza romana de infantería, especialmente tal como quedó después de que Cayo Mario la modificó. Tenía una cabeza muy pequeña de hierro llena de espinos muy dañinos, y también era de hierro la parte superior del asta. Ésta se unía a un tallo torneado de madera que encajaba cómodamente en la mano. Mario la modificó e introdujo un punto débil en la juntura entre la sección de madera y la de hierro, de manera que cuando la *pilum* se alojaba en el escudo o en el cuerpo de un enemigo, se rompía en dos partes y así quedaba inutilizada y el enemigo no podía utilizarla como proyectil. Después de una batalla todas las *pila* rotas se recogían del campo de batalla, y los artificieros de la legión las arreglaban con bastante facilidad.

pilus prior.   Véase *centurión*.

Pindenissus.   Averiguar el paradero de esta ciudad me ha derrotado. Por mucho que la busque, no puedo encontrar Pindenissus. Cicerón nos informa de que estaba en Capadocia, y también de que se tardaron cincuenta y siete días en asediarla y tomarla. Lo cual interpreto como una medida de la capacidad militar de Cicerón y de su legado Cayo Pomptino más que como una medida del poder y resistencia de la ciudad. De otro modo la ciudad sería más conocida.

Plasencia.   *Placentia*, la actual Piacenza.

plebeyo, plebe.   Todos los ciudadanos romanos que no eran patricios eran plebeyos, es decir, pertenecían a la plebe. En los primeros tiempos de la República ningún plebeyo podía ser sacerdote, magistrado ni siquiera senador. Esta situación duró muy poco tiempo; una a una las instituciones exclusivamente patricias fueron derrumbándose ante el empuje de la plebe, que superaba por mucho el número de patricios y amenazó varias veces con una secesión. Hacia el final de la República había pocas ventajas, si es que había alguna, por el hecho de ser patricio... excepto que todos sabían que los patricios eran mejores.

Como los plebeyos no eran patricios, la plebe inventó una nueva aristocracia que les permitió llamarse a sí mismos nobles si poseían pretores o cónsules en la familia. Esto añadió una nueva dimensión al concepto de nobleza en Roma.

podex. Palabra grosera que se utilizaba para designar el orificio posterior fundamental; más que ano significaba tonto o imbécil.

pomerium. Límite sagrado que rodeaba la ciudad de Roma y que estaba marcado por unas piedras blancas llamadas *cippi*. Se decía que había sido inaugurado por el rey Servio Tulio, y permaneció sin cambios hasta la dictadura de Sila. El *pomerium*, sin embargo, no seguía el trazado de las murallas de Servio Tulio, un buen motivo para que sea dudoso que él determinase los límites sagrados. El conjunto de la antigua ciudad fundada por Rómulo sobre el Palatino quedaba dentro del *pomerium*, mientras que el Capitolio y el Aventino no. La costumbre y la tradición sostenían que el *pomerium* podía ser ampliado, pero sólo por un hombre que incrementase significativamente la extensión de los territorios romanos. En términos religiosos, la Roma propiamente dicha era la que quedaba dentro del *pomerium*; todo lo que quedase fuera del mismo no era más que territorio romano.

pontífice. En latín *pontifex*. Muchos etimólogos latinos creen que en épocas muy primitivas el pontífice era el que construía puentes (*pons* significa puente), y que la construcción de puentes se consideraba un arte místico, pues ponía al constructor en íntimo contacto con los dioses. Pero aunque así sea, cuando surgió la Roma de los reyes, el pontífice ya era un sacerdote. Incorporado a un colegio especial, servía como consejero de los magistrados y de los *comitia* en todos los aspectos religiosos... y él mismo llegaba a ocupar un cargo de magistrado (la elección para el pontificado significaba que un hombre tenía capacidad de alcanzar cualquier cargo público). Al principio todos los pontífices tenían que ser patricios, pero una *lex Ogulnia* del año 300 a. J.C. estipuló que la mitad de los miembros del colegio de pontífices tenían que ser plebeyos. Hasta el año 104 a. J.C. los nuevos sacerdotes eran elegidos por cooptación por el colegio; sin embargo en dicho año Cneo Domicio Enobarbo promulgó una ley que requería que todos los sacerdotes y augures fueran elegidos en una asamblea que comprendía diecisiete tribus elegidas por sorteo de entre las treinta y cinco. Sila intentó reinstaurar la cooptación, pero el proceso volvió a la elección en el año 63 a. J.C. Los sacerdotes podían tener una edad muy por debajo de la senatorial cuando eran elegidos por cooptación en el colegio correspondiente o elegidos por la asamblea. El cargo era vitalicio.

pontífice máximo. En latín, *pontifex maximus*. Era el jefe de la religión de Roma, administrada por el Estado y el sacerdote de más categoría de todos. Siempre había sido elegido, aunque hay un fuerte motivo para creer que Quinto Cecilio Metelo Pío, que era el pontífice máximo antes de que fuera elegido César, no fue debidamente elegido. Un pasaje de las obras de Plinio el Viejo sugiere que tartamudeaba, algo no deseable en un papel que tenía que ser perfecto en cuanto a la palabra. La *lex Labiena* que hizo que los sacerdotes y augures fueran de nuevo nombrados por elección en el 63 a. J.C. fue muy conveniente para César si, como yo creo, el cargo de pontífice máximo tampoco se hacía ya por elección. César se presentó y ganó poco después de que fue promulgada la *lex Labiena*.

El nombramiento de pontífice máximo era vitalicio. Al principio tenía que ser un patricio, pero pronto pudo serlo fácilmente un plebeyo. El estado le proporcionaba como residencia oficial la casa más imponente que poseía, la *domus publica*, situada en medio del Foro Romano. En tiempos de la República el pontífice máximo compartía la *domus publica*, a medias, con las vírgenes vestales. La sede oficial del pontífice máximo estaba dentro de la Regia, pero este edificio arcaico y diminuto no tenía espacio para oficinas, así que trabajaba en el edificio de al lado.

popa. Funcionario sujeto a obligaciones religiosas. Parece ser que su única función era manejar el martillo en los sacrificios, pero sin duda ayudaría a limpiar y a recoger después.

praefectus fabrum. Era uno de los cargos más importantes en el ejército romano, aunque técnicamente el *praefectus fabrum* ni siquiera formaba parte del mismo. Era un civil nombrado por el general para ocupar el puesto, y era el responsable de equipar y aprovisionar al ejército en todos los aspectos, desde los animales y el forraje para los mismos hasta los hombres y la comida. Como establecía contratos con hombres de negocios y fabricantes para comprar el material y las provisiones, era una persona muy poderosa, y, a menos que fuera un hombre de una integridad superior, estaba en una posición perfecta para enriquecerse a expensas del ejército. El hecho de que hombres tan poderosos e importantes como el primer *praefectus fabrum* de César, el banquero Lucio Cornelio Balbo, estuvieran dispuestos a aceptar el puesto, es una prueba de lo provechoso que resultaba. Y él, como su sucesor Mamurra, no parece que intentase engañar a César proporcionándole material y maquinaria de calidad inferior a su ejército.

praenomen. Era el primer nombre de un romano. Había muy pocos *praenomina* (plural) en uso, quizá unos veinte en total, y la mitad de ellos no eran muy corrientes o quedaban limitados a una familia en particular, como ocurría con Mamerco, que era un *praenomen* de la familia de los Emilios Lépidos solamente. Cada *gens*, familia o clan tenía ciertos *praenomina* favoritos, dos o tres nada más de entre estos veinte. Un erudito moderno a menudo puede averiguar por el *praenomen* de un hombre si era o no un auténtico miembro de la familia famosa cuyo nombre gentilicio llevaba. Los Julios, por ejemplo, solían llamarse Sexto, Cayo y Lucio solamente, con lo cual de un hombre que se llamase Marco Julio podemos decir casi con certeza que no era un patricio juliano, sino más bien sería el descendiente de un esclavo manumitido de la familia Julia. Los Licinios solían llamarse Publio, Marco y Lucio; los Cornelios preferían Publio, Lucio y Cneo; los miembros de la familia patricia de Servilios preferían Quinto y Cneo. Apio pertenecía exclusivamente a los Claudios Pulcher.

pretor. Esta magistratura era la segunda en la jerarquía de magistrados romanos. Muy al comienzo de la República, los dos magistrados más altos eran conocidos como pretores. No obstante, al final del siglo IV a. J.C. los magistrados más elevados ya se llamaban cónsules y los pretores fueron relegados al segundo puesto. Un pretor fue el único representante de esta posición durante muchas décadas a partir de entonces; evidentemente se trataba del *praetor urbanus*, pues sus deberes se limitaban a la ciudad de Roma, y dejaba así libres a los cónsules para que cumplieran obligaciones como líderes en guerras fuera de la ciudad. En el año 242 a. J.C. se creó un segundo cargo de pretor, el *praetor peregrinus*, para encargarse de los asuntos relativos a las naciones extranjeras y a Italia en lugar de a los asuntos de Roma. A medida que Roma fue adquiriendo provincias se fueron eligiendo más pretores para que las gobernasen, pretores que se marchaban a la provincia en cuestión durante el año en que ocupaban el cargo en lugar de hacerlo después en calidad de propretores. En el siglo I a. J.C. había, la mayoría de los años, seis pretores elegidos, pero algunas veces hubo ocho; Sila elevó el número a ocho durante su dictadura, pero limitó los deberes de los pretores durante el año que ocupaban el cargo a los tribunales legales. Desde entonces los pretores fueron jueces.

pretor peregrino. En latín *praetor peregrinus*. Lo he traducido como «pretor para asuntos exteriores» porque se ocupaba de los no ciudadanos. En la época de Sila sus deberes se limitaban a los litigios y a la dispensa de decisiones legales; viajaba por toda Italia al tiempo que se ocupaba de juicios en los que estaban implicados los que no eran ciudadanos dentro de la propia ciudad de Roma.

pretor urbano. En latín *praetor urbanus*. Después de Sila sus deberes consistían casi exclusivamente en los litigios, pero civiles más que militares. Su *imperium* no iba más allá de ocho kilómetros alrededor de Roma, y no se le permitía estar ausente de Roma más de diez días seguidos. Si ambos cónsules se encontraban fuera de Roma, él se convertía en el magistrado de mayor categoría de Roma, y por tanto tenía poder para convocar el Senado, para tomar decisiones de política de gobierno e incluso para organizar la defensa de la ciudad en caso de que se encontrase bajo amenaza de ataque.

Príapo. En origen una importante deidad griega de la fertilidad; en Roma parece ser que era un símbolo de buena suerte. Se representaba en forma de hombre feo y grotesco, cuyo emblema era su pene. Que siempre era enorme y estaba erecto; tanto es así que muy a menudo el falo era mayor que el propio Príapo. Una gran cantidad de lamparitas de cerámica barata se hacían con la forma de Príapo, con la llama emergiendo de la punta del pene. Yo interpretaría la actitud de los romanos hacia Príapo más de cariño que de veneración.

primipilus, primus pilus. Véase *centurión*.

privatus. Hombre que era miembro del Senado pero que no ocupaba ningún cargo de magistrado.

pro. Procónsul, promagistrado, propretor, procuestor. El prefijo pro indicaba que un hombre que estaba cumpliendo las obligaciones de un magistrado había cumplido ya su plazo en dicho cargo y se le enviaba a cumplir con alguna clase de deber (la mayor parte de las ocasiones en las provincias) en nombre de los cónsules, pretores o cuestores del año. Tenía el mismo grado de *imperium* que aquellos que ocupaban el cargo.

proletarii. Personas tan pobres que lo único que podían darle a Roma eran hijos: *proles*. Véase *capite censi*.

prórroga. En el contexto utilizado en estos libros, la prórroga era extender la posición de magistrado a un hombre más allá de la duración habitual de un año.

proscripción. Nombre romano para designar una práctica que no era exclusiva de la época romana: por ejemplo, poner a un hombre en una lista que lo despojaba de todo, a menudo incluso de la vida. No había implicado en ello proceso legal, y los hombres proscritos no tenían derecho a juicio, a presentar pruebas que los exonerasen ni a ninguna clase de vista para protestar y demostrar su inocencia. Sila fue el primero que hizo de la proscripción algo infame cuando fue dictador; proscribió a unos cuarenta senadores y a mil seiscientos caballeros de categoría superior, la mayoría de los cuales fue ejecutada; este hecho sirvió para llenar las arcas del Tesoro que se encontraban vacías. Después de la época de Sila la mera mención de la palabra «proscripción» en Roma hacía que cundiera el pánico.

pteryges. Palabra griega que se usaba para describir la disposición de las tiras de cuero que componían la falda de los militares romanos de alto rango; las *pteryges* estaban dispuestas en dos capas sobrepuestas y proporcionaba una buena protección de los lomos.

publicani. Eran los cobradores de impuestos. Estos hombres estaban organizados en compañías comerciales que hacían contratos con el Tesoro para recaudar impuestos y diezmos en las provincias.

pueblo de Roma. Este término abarcaba a todos y cada uno de los ciudadanos romanos que no eran miembros del Senado; se aplicaba tanto a los patricios como a los plebeyos, tanto al *capite censi* como a los caballeros que formaban parte de las Dieciocho.

Puerto Gesoriaco. En latín *Portus Gesoriacus*. Aldea situada en el *Fretum Britannicum* (estrecho de Dover). Actualmente es Boulogne.

Puerto Icio. En latín *Portus Itius*; aldea situada en el *Fretum Britannicum* (estrecho de Dover) unos kilómetros al norte de Puerto Gesoriaco. Ambas aldeas quedaban en el territorio de los morinos belgas. Todavía es cuestión de debate si Puerto Icio es actualmente Wissant o Calais.

queruscos. Tribu de germanos que habitaban las tierras situadas en los alrededores de los ríos germanos que desembocan en el mar del Norte.

Quersoneso címbrico. La península de Jutlandia, actual Dinamarca.

quintilis. En origen era el quinto mes del año romano, que empezaba en marzo. Cuando el día de año nuevo fue trasladado al primer día de enero, *quintilis* conservó el nombre. Ahora es el mes de julio; sabemos por cartas de Cicerón que adquirió el nombre de julio cuando César aún estaba con vida.

quinquerreme. Forma muy corriente y popular de las antiguas galeras de guerra; también conocida como «cinco». Como el birreme, el trirreme y el cuatrirreme, era mucho más larga que ancha y estaba diseñada exclusivamente para el propósito de hacer la guerra en el mar. Solía pensarse que el cuatrirreme contenía cuatro bancos de remos y el quinquerreme cinco, pero ahora se está de acuerdo casi universalmente en que ninguna galera tuvo nunca más de tres bancos de remos, y que lo más corriente era que tuviese sólo dos. El cuatrirreme o cuatro y el quinquerreme o cinco es más probable que tomasen el nombre del número de hombres que manejaban cada remo, o bien que ese número estuviera dividido entre los dos bancos de remos. Si había cinco hombres en un remo, sólo el hombre de la punta o extremo del remo necesitaba ser muy diestro: él era el que guiaba el remo y hacía el trabajo verdaderamente arduo, mientras que los otros cuatro proporcionaban poco más que pura fuerza muscular. No obstante, cuatro o cinco hombres en un remo significaba que al comenzar el movimiento los remeros tenían que ponerse de pie, y que luego se dejaban caer hacia atrás al tirar del remo. Un cinco donde los remeros pudieran permanecer sentados durante el golpe de remo habría necesitado tres bancos de remos, igual que en un trirreme: dos hombres en cada uno de los bancos superiores y un hombre en el banco inferior.

Parece ser que se utilizaban las tres clases de quinquerreme, y que cada comunidad o nación tenían sus preferencias.

Por lo demás, el quinquerreme tenía cubierta, los remos superiores estaban dentro de un portarremos exterior y la nave tenía espacio a bordo para soldados de infantería y para algunas piezas de artillería. Un mástil y una vela formaban parte del diseño, aunque se dejaban normalmente en tierra si se esperaba entrar en combate. Los remeros eran unos 270, los marineros puede que 30 y podía contener unos 120 soldados de infantería. Como todas las galeras de guerra anteriores a la época cristiana, el cuatrirreme y el quinquerreme eran manejados por remeros profesionales, nunca esclavos.

quirites.   Ciudadanos romanos de condición civil.

recuento de cabezas.   Véase *capite censi*.

reducto.   Parte de las fortificaciones por la parte de fuera del muro defensivo principal, como un pequeño fuerte. Solía ser cuadrado, y a veces poligonal.

Regia.   Edificio antiguo pequeñísimo situado en el Foro Romano que se cree que fue erigido por Numa Pompilo, el segundo rey de Roma. Tenía una forma extraña y estaba orientado hacia el norte, y en la época de César hacía mucho tiempo ya que servía de sede del pontífice máximo, aunque no era lo suficientemente grande como para poder usarlo como oficinas; éstas se habían añadido al edificio. Era un templo inaugurado y contenía altares consagrados a los dioses más antiguos y más misteriosos de Roma: Opsiconsiva, Vesta, Marte de los escudos y las lanzas sagradas.

República.   En origen fueron dos palabras, *res publica*, las cuales significaban las cosas que constituyen el pueblo como un todo, es decir, el gobierno. Roma era una verdadera república en cuanto que sus ejecutivos o magistrados eran elegidos en lugar de ser designados desde dentro de la legislatura; este estilo de gobierno es más parecido al americano que al sistema de Westminster o al de los países de la Commonwealth británica.

Rhenus, río.   El río Rin.

Rodhanus, río.   El río Ródano.

rostra.   Un *rostrum* era el saliente de roble reforzado de las galeras de guerra que se usaba para embestir a otros barcos. Cuando en el año 338 a. J.C. el cónsul Cayo Menio atacó a la flota volsca en el puerto de Ancio, la derrotó por completo. Para conmemorar el fin de los volscos como un poder rival de Roma, Menio arrancó los espolones de los barcos que había hundido o capturado y los clavó en la pared del Foro donde se encontraba la tribuna de los oradores, que estaba embutida en el costado del foso de los comicios. Desde entonces a la tribuna de los oradores se la conoció por el nombre de *rostra*, que significa espolones de barcos. Otros almirantes victoriosos siguieron el ejemplo de Menio, pero cuando no pudieron clavarse más espolones en aquella pared, se instalaron sobre elevadas columnas erigidas alrededor de la tribuna.

Rubicón, río. Todavía existe gran debate acerca de cuál de los ríos que corren desde los Apeninos hacia el mar Adriático es en realidad el Rubicón, que Sila estableció como frontera entre la Galia Cisalpina e Italia propiamente dicha. La mayoría de las autoridades en la materia parecen estar a favor de que se trata del actual Rubicone, pero éste es un torrente muy corto y muy poco profundo que no llega hasta los propios Apeninos ni mucho menos se acerca al nacimiento del río Arno, que era la frontera en la parte occidental de la península italiana. Después de mucho leer a Estrabón y otras fuentes antiguas que describen esa zona, yo lo he situado en el actual río Savio, que sí tiene el nacimiento en la parte alta de los Apeninos. Los ríos que formaban fronteras solían ser cauces importantes, no ríos pequeños. El río Ronco, al norte del Savio, sería un contrincante si no estuviera tan cerca de Rávena en su cauce exterior. El principal problema, me parece a mí, es que tenemos poca idea de cómo era el trazado del antiguo río; durante la Edad Media se llevaron a cabo obras de drenaje masivo alrededor de Rávena, lo que significa que los ríos antiguos quizá tuvieran antes un curso diferente.

Sabis, río. El río Sambre.

sagum. Capa militar romana. Estaba hecha básicamente igual que un poncho mexicano, cortada en círculo con un agujero en el medio por el cual se sacaba la cabeza. Probablemente llegaría por las caderas para dejar así libres las manos. Estaba hecha de lana liguria cruda muy engrasada (y por lo tanto repelente al agua).

salmonete. Pez que vivía en fondos arenosos o fangosos alrededor de los estuarios de los ríos. Supongo que en realidad serían platijas.

Salustio. Nombre del historiador romano Cayo Salustio Crispo, que vivió en la época de César. Es interesante que los dos historiadores que conocieron personalmente a César fueran ambos favorables a éste en sus escritos; el otro fue Cayo Asinio Polio. Parece ser que Salustio fue un tipo más bien mujeriego; a lo que primero le debe la fama es a que Milón utilizó contra él una fusta de caballo por mariposear con Fausta, la esposa de éste. Salustio escribió dos obras que le han sobrevivido: una historia de la guerra contra Yugurta, en Numidia, y una historia de la conspiración de Lucio Sergio Catilina.

Salona. Actualmente Split, en Yugoslavia.

Samara, río. El río Somme.

Samarobriva. *Oppidum* perteneciente a los ambianos belgas, una tribu íntimamente aliada con los atrebates. Actualmente se llama Amiens.

Samnio. En latín *Samnium*. Región de la península Itálica que queda entre el Lacio, Campania, Apulia y el Piceno. Era una zona montañosa y no muy fértil; las poblaciones samnitas solían ser pequeñas y pobres, y entre ellas se contaban Gaeta, Eculano y Boiano. Las dos ciudades prósperas, Esernia y Benevento, eran colonias con derechos latinos fundadas por Roma para tener las cosas vigiladas y formar un núcleo de sentimiento favorable a Roma. Samnio estaba habitada por los verdaderos samnitas, pero también por otros pueblos llamados frentanos, pelignos, marrucinos y vestinos; los verdaderos samnitas también dominaban en las partes habitadas del sur del Piceno y del sur de Campania.

Varias veces durante la historia de la República los samnitas infligieron espantosas derrotas a los ejércitos romanos. En el año 82 a. J.C. seguían ofreciendo resistencia activa a Roma cuando contendieron con Sila por la posesión de Roma. Ganó Sila.

Sampisceramo. En latín *Sampisceramus*. La quintaesencia del potentado de Oriente, si hay que creer a Cicerón, quien parece que se enamoró del sonido de la palabra «Sampisceramus», siendo como era un forjador típico de palabras. Sampisceramo fue rey de Emesa, en Siria, lo cual no denota un alto grado de poder ni de riqueza. Lo que al parecer Sampisceramo hacía por excelencia era hacer ostentación de la manera más exótica del dinero que tuviera. Una vez que Pompeyo se hubo convertido en un personaje de fábula, Cicerón lo llamaba Sampisceramo siempre que se enfadaban.

sátrapa. En origen era el título que daban los reyes de Persia a sus gobernadores provinciales o territoriales. Alejandro Magno se apoderó del término y lo empleó, y lo mismo hicieron los últimos reyes arsacidas de los partos y los reyes de Armenia. La región que administraba un sátrapa era una satrapía.

Senado. En latín *Senatus*. Nació como un cuerpo sólo de patricios formado por cien hombres y servía como consejo asesor del rey de Roma. No mucho después de iniciarse la República tenía ya unos trescientos senadores, muchos de los cuales eran plebeyos. A causa de su antigüedad no existía una definición clara de sus derechos y obligaciones. El carácter de miembro del Senado era vitalicio (a menos que a un hombre lo expulsaran los censores por conducta inadecuada o por empobrecimiento), lo cual predisponía a la forma oligárquica que adquirió. A lo largo de su historia los miembros del Senado lucharon denodadamente por conservar la preeminencia en el gobierno. Hasta que Sila estipuló que el camino de entrada en el Senado era ocupar previamente el cargo de cuestor, el nombramiento quedaba a criterio de los censores. La *lex Atinia* disponía que los tribunos de la plebe entrasen automáticamente en el Senado tras ser elegidos. Había también una selección de entrada completamente extraoficial: se suponía que cualquier persona que quisiera ser senador debía disfrutar de unos ingresos de un millón de sestercios anuales.

Sólo a los senadores les estaba permitido llevar sobre la túnica el *latus clavus*; ésta era una banda ancha de color granate que llevaban sobre el hombro derecho de la túnica; calzaban zapatos cerrados de cuero marrón y llevaban un anillo que en origen había sido de hierro, pero que después fue de oro. Sólo los hombres que habían ocupado una magistratura curul llevaban una toga con orla granate, la *toga praetexta*; los senadores corrientes llevaban la toga blanca lisa.

Las reuniones del Senado debían celebrarse en lugares debidamente consagrados; el Senado tenía su propia *curia* o casa de reuniones, la llamada Curia Hostilia, pero también era dado a reunirse en cualquier otra parte a capricho del hombre que convocase la reunión. Las sesiones senatoriales sólo podían celebrarse entre la salida y la puesta de sol, y no podían tener lugar en días en los que se reuniera cualquiera de las asambleas, aunque sí estaban permitidas en días comiciales si no se reunía ninguna de las otras asambleas.

No importa cual fuera el orden establecido para que hablasen los senadores en un momento determinado, los senadores patricios siempre precedían a los plebeyos de igual rango. No a todos los miembros de la cámara se les concedía el privilegio de hablar. Los *senatores pedarii* (descritos en mis libros con la expresión tomada del parlamento de Westminster «los de los bancos de atrás») podían votar, pero no podían abrir la boca durante los debates. Se sentaban detrás de los hombres a los que les estaba permitido hablar, de modo que eso de llamarlos «los de los bancos de atrás» tiene su lógica. No había restricciones de tiempo ni tampoco en lo referente al contenido del discurso, así que el obstruccionismo era cosa corriente. Si un tema no tenía importancia o era evidente que todos se inclinaban a favor o en contra, la votación quizá se hiciera a mano alzada, pero las votaciones formales se realizaban mediante votación de la cámara, lo cual significaba que los senadores abandonaban sus puestos y se agrupaban a ambos lados del estrado curul según el voto fuera positivo o negativo, y entonces se hacía el recuento. Como siempre fue un cuerpo consejero más que un cuerpo legislativo, el Senado emitía sus *consulta* o decretos en forma de peticiones a las restantes asambleas. Si el tema era grave, tenía que haber quórum antes de votar, aunque no sabemos el número exacto que constituía dicho quórum. Ciertamente la mayor parte de las reuniones no solían tener mucha concurrencia, pues no había ninguna norma que estipulara que un hombre que había sido nombrado senador tuviera que asistir a las reuniones, ni siquiera de modo irregular.

En algunas áreas el Senado tenía supremacía, a pesar de su falta de poder legislativo: el *fiscus* estaba controlado por el Senado, lo mismo que el Tesoro; los asuntos extranjeros estaban reservados para el Senado, el nombramiento de los gobernadores de las provincias, la regulación de los asuntos de las mismas y las guerras recibían solamente atención del Senado.

senatus consultum ultimum.   Con más propiedad habríamos de hablar de *senatus consultum de re publica defendenda*. Era el decreto último del Senado y databa del 121 a. J.C., cuando Cayo Graco recurrió a la violencia para impedir que sus leyes fueran abolidas. En lugar de nombrar a un dictador para que se encargase de acabar con la violencia, nació el decreto último. Básicamente era una declaración de ley marcial, aunque las restricciones que imponía sobre el movimiento civil a menudo estaban claramente definidas en los términos en que el decreto se emitía. Un *senatus consultum ultimum* anulaba la autoridad de todos los demás cuerpos y personas.

Secuana, río.   El río Sena, en latín *Sequana*.

Serapis.   Deidad principal híbrida en las partes más helenizadas de Egipto, especialmente en Alejandría. Inventada, al parecer, durante el reinado del primer Ptolomeo, ex mariscal de Alejandro Magno, Serapis consistía en una peculiar fusión de Zeus con Osiris y era la deidad tutelar del toro Apis: Osirapis. Las estatuas de Serapis estaban hechas a la manera griega y mostraban siempre a un hombre barbudo que llevaba una corona enorme en forma de cesto.

Serica. La tierra misteriosa que nosotros conocemos como China. En la época de César la ruta de la seda no existía aún; la «seda» era un tejido flojo que se obtenía de una polilla oriunda de la isla del mar Egeo llamada Cos. ¡Pero Serica significa seda!

sestercio. En latín *sestertius*, plural *sesterces*. Las prácticas de contabilidad romana se establecían en sestercios, aunque el denario, más valioso, era al parecer una moneda de circulación más extendida. En escritura latina, «sestercios» se abreviaba como HS. Era una moneda muy pequeña de plata que valía un cuarto de denario.

sextilis. En origen era el sexto mes, cuando el año nuevo romano empezaba en marzo; mantuvo el nombre incluso después de que el año nuevo se trasladó al uno de enero. Durante el principado de Augusto adquirió su nombre moderno: agosto.

Sicoris, río. El río Segre, en España.

Sila. Lucio Cornelio Sila Félix, su extraordinaria trayectoria se describe con detalle en los tres primeros libros de esta serie: *El primer hombre de Roma, La corona de hierba* y *Favoritos de la Fortuna*.

Sol Indiges. Se trata de uno de los dioses italianos más antiguos, aparentemente el sol, marido de Telo (la Tierra). Era enormemente reverenciado. Los juramentos que se hacían en su nombre eran asuntos muy serios.

Subura. La parte de la ciudad de Roma más pobre y más densamente poblada. Quedaba al este del Foro Romano, en el declive que había entre el espolón Opiano del monte Esquilino y la colina del Viminal. Su población era tristemente célebre por ser políglota y estar compuesta de vecinos muy liberales; muchos judíos vivían en Subura, que en la época de Sila contenía la única sinagoga de Roma. Suetonio dice que César se crió en el Subura.

suevos. Pueblo germánico que habitaba las regiones más agrestes y boscosas de Germania, desde el sur de la confluencia del Rin con el Mosela hasta el Vosegus (los Vosgos), el Jura y las proximidades de las tierras de los helvecios (Suiza). El nombre significa errantes, nómadas, viajeros.

Suesio. En latín *Suessionum*. Principal *oppidum* de los suesiones belgas. Actual Soissons.

sugambros. Pueblo germánico que habitaba las tierras adyacentes al Rin desde su confluencia con el Luppia hasta casi su confluencia con el Mosela. Eran muy numerosos y araban el suelo para cultivarlo.

sui iuris. Término que indicaba que una persona de cualquiera de los dos sexos no estaba bajo la autoridad de un *paterfamilias*. Tales personas eran amos de sí mismos, poseían control completo de sus vidas.

superstes. Significa superviviente.

talento. Se llamaba así la carga que podía llevar un hombre. Los lingotes de oro y plata y las cantidades muy grandes de dinero se expresaban siempre en talentos, pero el término no se refería sólo a los metales preciosos y al dinero. En medidas modernas el talento pesaba unos 25 kilogramos. Un talento de oro pesaba lo mismo que un talento de plata, pero era mucho más valioso, desde luego.

Tamesa, río. El río Támesis.

Taprobana. Actual Ceilán, Sri Lanka.

Taranis. El dios druídico del trueno y el relámpago. Su naturaleza elemental era el fuego.

Tarnis, río. El río Tarn.

Tarpeyo, monte. También llamado Roca Tarpeya. Su localización exacta todavía hoy se debate acaloradamente, pero lo que sí sabemos es que se veía con toda claridad desde el Foro Romano inferior, pues la gente que se arrojaba al vacío desde él podía verse desde los *rostra*. Presumiblemente era un saliente que colgaba de lo alto de los arrecifes capitolinos, pero como la caída no era de mucho más de 24,5 metros, la Roca Tarpeya debía de estar localizada directamente por encima de algún risco irregular; no tenemos indicios de que alguien sobreviviera a la caída. Era la manera tradicional de ejecutar a ciudadanos romanos traidores y asesinos, a los que o se arrojaba desde ella o se les obligaba a saltar. Los tribunos de la plebe eran particularmente aficionados a amenazar a los senadores obstruccionistas con tirarlos desde la Roca Tarpeya. Yo la he situado en línea desde el templo de Ops.

tata. Diminutivo latino de padre, parecido a nuestro «papá». Yo he elegido, por cierto, utilizar el casi universal «mamá» para madre, pero el auténtico nombre en latín era *mamma*.

Telo. En latín Tellus; era la diosa romana de la tierra, de origen italiano. Después de que la piedra ombligo de Magna Mater fuera importada desde Pesino en el año 205 a. J.C., se descuidó el culto de Telo dentro de la ciudad de Roma, aunque nunca dejó de gozar del favor de los italianos. Telo tenía un gran templo en las Carinae, que en tiempos primitivos había sido imponente; pero en el siglo I a. J.C. estaba ya desmoronado. Se dice que Quinto Cicerón lo restauró.

Tergeste. Actual Trieste.

teutones. Véase *cimbrios*.

Tesalónica. En latín *Thessalonica*.

toga praetexta. Toga bordada de púrpura de los magistrados curules. Era también la que llevaban los niños y las niñas hasta que eran registrados como adultos a la edad de dieciséis años aproximadamente.

togado. Palabra que describe a un hombre ataviado con su toga.

Tolosa. Actual Toulouse.

torc. Collar o gargantilla redondo y grueso, normalmente de oro. No formaba un círculo completo, pues estaba interrumpido por una abertura de aproximadamente 25 mm de ancho. Esta abertura se llevaba en la parte delantera; los extremos del torc a cada lado de la abertura eran siempre más grandes y estaban ornamentados, formaban pomos o cabezas de animales u otros objetos. El torc era la marca de los galos, bien fueran celtas o belgas, aunque algunos pueblos germanos también lo llevaban. Versiones de torcs en miniatura, de oro o de plata, se concedían en el ejército romano a modo de condecoraciones militares al valor. Se las colocaban en las hombreras de las camisas o de las corazas.

Treves.   Actual Trier, en Alemania.

tribu.   En latín *tribus*. En los comienzos de la República esta palabra para un romano ya no significaba una agrupación étnica de gente, sino una agrupación política al servicio sólo del Estado. Había en total treinta y cinco tribus; treinta y una de ellas eran rurales, sólo cuatro eran urbanas. Las dieciséis tribus más antiguas llevaban los nombres de los clanes de origen patricio, y de ese modo se indicaba que los ciudadanos que pertenecían a tales tribus o eran miembros de las familias patricias o habían vivido en tierras que pertenecían a esas familias patricias. Cuando los territorios pertenecientes a Roma en la península empezaron a expandirse durante la primera mitad de la República, se fueron añadiendo tribus para colocar a los nuevos ciudadanos dentro del cuerpo político de Roma. Las colonias de ciudadanos romanos también formaron el núcleo de nuevas tribus. Se suponía que las cuatro tribus urbanas habían sido fundadas por el rey Servio Tulio, aunque probablemente su origen sea un poco más tardío. La última de las treinta y cinco tribus se creó en el año 241 a. J.C. Todos los miembros de una tribu tenían derecho a depositar el voto en una asamblea tribal, pero esos votos sólo servían para determinar en qué sentido votaba una tribu completa, porque cada tribu emitía un solo voto, el de la mayoría de sus miembros. Eso significaba que en ninguna asamblea tribal el enorme número de ciudadanos que componían las cuatro tribus urbanas podía inclinar el voto en ningún sentido, pues las tribus urbanas sólo tenían cuatro votos en el total de las treinta y cinco tribus. A los miembros de las tribus rurales no se les prohibía vivir en Roma, y en ese caso tampoco se les obligaba a alistar a su progenie en una tribu urbana. La mayoría de los senadores y de los caballeros de la primera clase pertenecían a tribus rurales. Era una marca de distinción.

tribuno de la plebe.   Estos magistrados empezaron a existir al principio de la historia de la República, cuando la plebe estaba en un continuo altercado con el patriciado. Elegidos por el cuerpo tribal de plebeyos que constituía la asamblea plebeya, prestaban juramento para defender las vidas y las propiedades de los miembros de la plebe y rescatar a cualquier miembro de la misma de las garras de un magistrado patricio. Hacia el año 450 a. J.C. eran ya diez los tribunos de la plebe. Una *lex Atinia de tribunis plebis in senatum legendis* del año 149 a. J.C. estipulaba que un hombre elegido para ser tribuno de la plebe entraba automáticamente en el Senado. Como no eran elegidos por el pueblo (es decir, por patricios y plebeyos conjuntamente), no poseían poder bajo la no escrita constitución romana y no eran magistrados del mismo modo que los tribunos de los soldados, los cuestores, los ediles curules, los pretores, los cónsules y los censores; su magistratura era de la plebe y el poder de su cargo residía en el juramento que toda la plebe pronunciaba para defender el sacrosanto carácter (la inviolabilidad) de sus tribunos electos. El poder del cargo también estaba en el derecho a interponer el veto contra casi cualquier aspecto del gobierno: un tribuno de la plebe podía vetar las acciones o las leyes de sus nueve colegas tribunos o de cualquier (¡o todos!) magistrado, incluidos los cónsules y los censores; podía vetar la celebración de elecciones, la aprobación de cualquier ley o de cualquier decreto del Senado, incluso los que se ocupaban de asuntos extranjeros y la guerra. Sólo los dictadores (y quizá el *interrex*) no estaban sujetos al veto tribunicio. Dentro de su propia asamblea plebeya, el tribuno de la plebe podía incluso condenar a muerte sin juicio si se le negaba el derecho a cumplir con sus deberes.

El tribuno de la plebe no tenía *imperium*, y la autoridad que le confería su cargo no alcanzaba más allá de la piedra que señalaba la primera milla romana fuera de la ciudad de Roma. Según la costumbre, un hombre sólo podía ocupar una vez el cargo de tribuno de la plebe, pero Cayo Graco puso fin a eso; aun así no era frecuente que alguien se presentase al cargo más de una vez. La duración del cargo era de un año, y el año tribunicio comenzaba el décimo día de diciembre. Tenían su sede en la basílica Porcia.

El auténtico poder del cargo era negativo: el veto, que se llamaba *intercessio*; el papel que desempeñaban los tribunos de la plebe, más que constructivo, era de obstrucción al gobierno. Los elementos conservadores del Senado aborrecían a los tribunos de la plebe, aunque siempre empleaban a algunos a su servicio. Muy pocos tribunos de la plebe fueron verdaderos ingenieros sociales: Tiberio y Cayo Sempronio Graco, Cayo Mario, Lucio Apuleyo Saturnino, Publio Sulpicio Rufo, Aulo Gabinio, Tito Labieno, Publio Clodio, Publio Vatinio, Cayo Trebonio, Cayo Escribonio Curión y Marco Antonio desafiaron todos al Senado; algunos murieron por ello.

tribuno militar. Los hombres que pertenecían al servicio de un general sin ser elegidos tribunos de los soldados, pero cuyo rango era superior al de cadete e inferior al de legado. Había muchísimos tribunos militares en cualquier ejército; podían mandar legiones, pero no era frecuente que lo hicieran, mientras que siempre actuaban como oficiales de caballería. También realizaban diversos trabajos para el general.

tribunus aerarius, tribuni aerarii. Eran hombres que tenían la condición social de caballeros, pero cuyos ingresos de 300 000 sestercios anuales los hacían de rango inferior a los caballeros que tenían ingresos de 400 000 sestercios, según el censo. Para más información al respecto, véase *caballeros*.

trirreme. Junto con el birreme era la más corriente y la que gozaba de mayor preferencia de todas las antiguas galeras de guerra. Por definición un trirreme tenía tres bancos de remos, y con la llegada del trirreme aproximadamente en el año 600 a. J.C. vino la invención de la caja que sobresalía por encima del borde, llamada soporte externo para remos (las galeras de tiempos posteriores, incluso los birremes, a menudo estaban equipadas con estos soportes). En el trirreme cada remo era de la misma longitud, de unos 5 metros aproximadamente, lo cual era relativamente corto. El trirreme más común tenía unos 40 metros de largo, y la manga no era más ancha de 4 metros, sin contar el soporte exterior para los remos. La proporción era por lo tanto de 10 a 1.

Sólo un remero manejaba cada remo. Al remero que se encontraba en el banco inferior los griegos lo llamaban talamita; maniobraba el remo a través de una abertura tan cercana a la línea de flotación que el remo estaba equipado con un puño de cuero para que no entrara agua. Había unos veinte talamitas a cada lado, lo que daba un total de 54 remos con talamitas. El remero del banco situado en el medio se llamaba zygita; accionaba el remo a través de una abertura que estaba justo por debajo del borde. Los zygitas igualaban en número a los talamitas. El remero de soporte exterior para remos se llamaba thranita; se sentaba por encima y por la parte exterior del zygita, en un banco especial dentro del alojamiento del soporte para remos. Su remo salía por un espacio que había en el fondo del soporte para los remos de unos 60 cm más allá del costado del barco. Como el soporte para remos podía mantener la anchura de la distancia que sobresalía del barco cuando el casco de éste se estrechaba a proa y a popa, había 31 thranitas por cada lado. Un trirreme estaba por tanto impulsado por unos 170 remos; los thranitas que iban en los soportes exteriores eran los que más arduamente tenían que trabajar, pues sus remos daban en el agua con un ángulo más pronunciado que los remos de los zygitas y de los talamitas. Con el trirreme había llegado un tipo de navío absolutamente apropiado para embestir. Los espolones se hicieron con dos puntas, más grandes, más pesados y mejor blindados. Hacia el año 100 a. J.C. el barco auténtico de esta línea en una flota de guerra era el trirreme, pues combinaba velocidad, energía y una espléndida maniobrabilidad. La mayoría de los trirremes tenían cubierta y podían llevar un complemento de hasta 50 soldados de infantería. Se construían principalmente de madera de abeto o de algún otro pino ligero de peso, y así era lo bastante ligero como para arrastrarlo fuera del agua por la noche; también podía transportarse sobre rodillos para recorrer distancias bastante largas. Como estos barcos ligeros y porosos en seguida se anegaban, por rutina se les sacaba el agua cada noche.

Si un barco de esta línea estaba bien cuidado, su vida en el mar duraba un mínimo de veinte años. Una ciudad o comunidad (por ejemplo Rodas) que mantenía una flota de guerra permanente proporcionaba cobertizos para barcos para almacenar la flota fuera del agua. Por las dimensiones de esos cobertizos, y según han confirmado las investigaciones de los arqueólogos, sabemos que, fueran cuantos fueran los remos o los remeros, una galera de guerra nunca era mucho mayor de 60 metros de largo y 6 metros de manga.

trofeo. Era un pedazo de la maquinaria del enemigo capturada cuyo aspecto o reputación era lo bastante imponente para impresionar al populacho civil de la parte victoriosa. Cuando un general romano ganaba una o una serie de batallas significativas, era la costumbre que erigiera algunos trofeos (normalmente piezas de armadura o estandartes). Podía optar por hacerlo en el mismo campo de batalla como monumento conmemorativo o, como hizo Pompeyo, en lo alto del paso de una cordillera, o también hacerlo dentro de un templo que prometía y construía en Roma (esta última era la alternativa preferida).

Tuatha. El panteón de los dioses druídicos.

tumulto. En el contexto usado en estos libros quiere decir estado de guerra civil.

túnica. Prenda de ropa que utilizaban todos los pueblos del mundo antiguo en el área del Mediterráneo, incluidos los griegos y los romanos. Una túnica romana solía ser más bien suelta y sin forma, hecha sin sisa (los griegos las hacían con sisa para dar a sus túnicas la forma de la cintura); cubría el cuerpo desde los hombros y la parte superior de los brazos hasta las rodillas. Probablemente las mangas eran pegadas (los antiguos conocían el oficio del corte de las telas, la confección, y sabían hacer ropa cómoda) y podían ser largas. La túnica romana solía llevar un cinturón que consistía en un cordón o en una correa de cuero con hebilla, y la llevaban unos 7 cm más larga en la parte delantera de las rodillas que en la parte de atrás. Los hombres romanos de clase alta iban probablemente togados cuando estaban fuera de las puertas de sus casas, pero poca duda cabe acerca de que los de condición más humilde sólo se ponían la toga en ocasiones especiales, tales como los juegos, las elecciones o el censo. Si el tiempo era lluvioso o frío, se prefería alguna clase de *sagum* o capa antes que la toga. El tejido de que solían hacerse las túnicas era de lana y el color acostumbrado era el color avena, pero hay pocas dudas acerca de que un hombre pudiera vestir del color que quisiese (excepto el granate, que siempre era el blanco de las leyes suntuarias); los antiguos teñían maravillosamente y en muchos colores.

ubios. Pueblo germánico que estaba en contacto con el río Rin alrededor de su confluencia con el Mosela; se extendía tierra adentro a lo largo de una distancia considerable. Eran unos jinetes muy afamados.

Uxellodunum. Principal *oppidum* de los cardurcos. Se cree que es la actual Puy d'Issolu.

vale. Adiós, expresión de despedida.

Valentia. Actual Valence.

Varo, río. En latín *Varus*. Actualmente se conoce como río Var.

Vellaunodunum. Una *oppidum* perteneciente a los senones. Actual Triguères.

Venus Erucina. Esa advocación de Venus regía el acto del amor, particularmente en su sentido más libre y menos moral. En la festividad de Venus Erucina las prostitutas solían hacerle ofrendas, pues era la protectora de las mujeres que ejercían esta profesión. El templo de Venus Erucina que se encontraba por la parte exterior de la puerta Colina de Roma recibía una gran cantidad de dinero en regalos de prostitutas agradecidas.

Venus Libídine. Advocación de Venus (que era la diosa de la fuerza de la vida) que regía la extinción de la fuerza de la vida. Deidad del inframundo que tenía gran importancia en Roma, poseía un templo situado más allá de las murallas Servias, más o menos en el punto central de la extensa necrópolis (cementerio) de Roma, en el Campo Esquilino. No se conoce su localización exacta. El recinto del templo era grande y tenía un bosquecillo de árboles, seguramente cipreses, pues éstos estaban relacionados con la muerte. En este recinto los sepultureros y los que oficiaban funerales tenían su cuartel general, y operaban, según parece, desde tenderetes o puestos. El templo en sí contenía un registro de las muertes de los ciudadanos romanos y era rico gracias a la acumulación de monedas que había que pagar al inscribir un fallecimiento. Si por algún motivo Roma dejaba de tener cónsules en el cargo, las *fasces* de los cónsules se depositaban en unos canapés especiales que había en el interior del templo; las hachas que se insertaban en las *fasces* sólo fuera de Roma también se guardaban en el templo de Venus Libídine. Me imagino que los clubes funerarios de Roma (sociedades que se constituían para asegurar que cada uno de sus miembros pudiera ser enterrado con los ritos y dignidad debidos a expensas de los fondos del club), de los cuales había muchos, estaban en cierto modo relacionados con Venus Libídine.

vergobreto. Magistrado de los galos. Dos vergobretos eran elegidos por una tribu para servir como líderes de esa tribu durante un año. El cargo era más popular entre las tribus celtas que entre las belgas, aunque los tréveres, que eran muy belgas, elegían vergobretos.

verpa. Palabra malsonante latina que se usaba más como abuso verbal que como signo de desprecio. Se refería al pene, al parecer sólo en estado erecto, cuando el prepucio está retirado hacia atrás, y tenía ciertas connotaciones homosexuales.

Vesontio. Principal *oppidum* de los secuanos. Actual Besançon.

Viena. El nombre en latín era *Vienna*, pero los eruditos contemporáneos le han dado su ortografía francesa *(Vienne)* para evitar la confusión con la actual Viena, capital de Austria.

Vigenna, río. El río Vienne.

villa. Residencia rural o de campo de los romanos acaudalados.

vir militaris, viri militares. El *vir militaris* era lo que podría llamarse un soldado de carrera. Toda su vida giraba en torno al ejército, y continuaba sirviendo en el ejército (como tribuno militar) después de terminar el número de años obligatorio que debía servir en campaña. Si quería mandar una legión tenía que entrar en el Senado, y si quería mandar un ejército tenía que conseguir que le eligieran pretor.

Vírgenes vestales. Vesta era una diosa romana muy antigua e incorpórea, sin mitología ni imagen. Era el hogar, el centro de la vida familiar, y la sociedad romana se cimentaba en la familia. Su culto público estaba oficialmente supervisado por el pontífice máximo, pero era tan importante que tenía sus propios pontífices, que eran las seis vírgenes vestales.

La virgen vestal se entregaba a los siete u ocho años de edad, hacía votos de completa castidad y servía durante treinta años, tras los cuales se la liberaba de los votos y se la devolvía a la sociedad todavía en edad de tener hijos. A pesar de ello, pocas vestales llegaban a casarse, pues se consideraba aciago hacerlo.

La castidad de las vírgenes vestales era la suerte pública de Roma; un colegio casto era favorecido por la Fortuna. Cuando a una vestal se la acusaba de impureza, se la juzgaba formalmente ante un tribunal reunido especialmente para ello; su supuesto amante o amantes se juzgaban en otro tribunal. Si se la hallaba culpable se la arrojaba a una fosa que se cavaba especialmente para ella, luego la fosa se sellaba y a la vestal se la dejaba morir allí. Si al amante se le hallaba culpable, tenía que enfrentarse a la flagelación y luego a la crucifixión en un árbol de malos augurios.

A pesar de los horrores que traía consigo la falta de castidad, las vestales no llevaban una vida enclaustrada por completo. Siempre que la vestal jefe lo supiera y diera su consentimiento (y quizá, en algunas ocasiones, el pontífice máximo), una vestal podía incluso asistir a cenas privadas. El colegio de vestales tenía la misma categoría que los colegios sacerdotales masculinos y asistía a todos los banquetes religiosos.

En tiempos de la República las vestales compartían la *domus publica* con el pontífice máximo, aunque ocupaban estancias separadas de éste y de su familia. La casa de Vesta, que no era un templo consagrado, se encontraba cerca de la *domus publica* y era pequeña, redonda y muy antigua. Una hoguera ardía permanentemente en el interior de la casa de Vesta, lo que simbolizaba el fuego del hogar; lo cuidaban las vestales y por ningún motivo se podía permitir que se apagase.

Virodunum. *Oppidum* perteneciente a una tribu de los tréveres conocida como los mediomátricos. En la actualidad es Verdun.

votación. La votación romana era timocrática, el poder del voto dependía de la situación económica, y la votación era indirecta. Si un individuo votaba en las centurias o en las tribus, su voto personal sólo influía en esa centuria o en esa tribu. La votación en juicio era diferente. El voto de un miembro de un jurado sí que orientaba el resultado de un juicio, pues el veredicto del jurado se alcanzaba por mayoría, no como ahora, que es por unanimidad. No obstante, para ser miembro de un jurado un hombre tenía que ser como mínimo *tribunus aerarius*.

Índice

Impreso en Talleres Gráficos
HUROPE, S. L.
Lima, 3 bis
08030 Barcelona

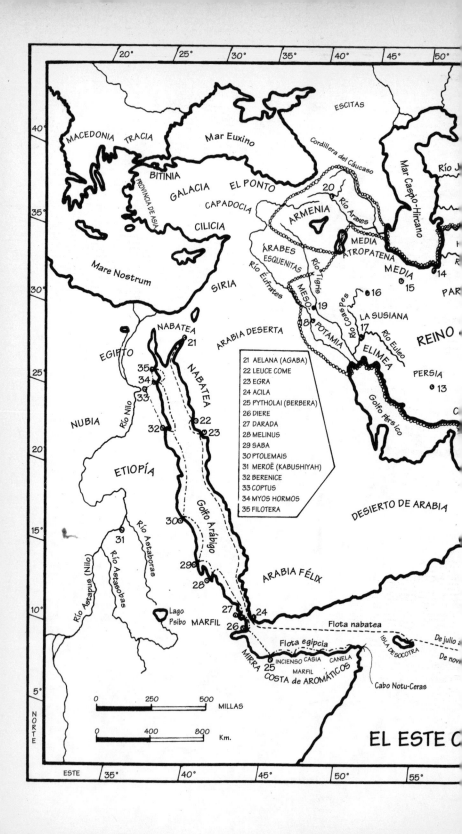

MACEDONIA TRACIA
Mar Euxino
ESCITAS
Cordillera del Cáucaso
Mar Caspio-Hircano
Río J
BITINIA
PROVINCIA DE ASIA
GALACIA
EL PONTO
CAPADOCIA
ARMENIA
20
Río Araxes
CILICIA
Mare Nostrum
ÁRABES
ESQUENITAS
MEDIA
ATROPATENA
MEDIA
14
Río Tigris
Río Eufrates
MESO
15
16
PAR
SIRIA
19
Río Coaspes
LA SUSIANA
ELIMEA
REINO
NABATEA
ARABIA DESERTA
POTAMIA
8
17
Río Euleo
21
EGIPTO
NABATEA
PERSIA
35
34
33
Río Nilo
PValar
32
22
23
Golfo Pérsico
NUBIA
ETIOPÍA
31
Río Astaboras
30
Golfo Arábigo
DESIERTO DE ARABIA
29
28
Río Astapus (Nilo)
Río Astaboras
Lago
Psibo
MARFIL
27
26
24
ARABIA FÉLIX
Flota nabatea
De julio a
MIRRA
25
INCIENSO CASIA CANELA
MARFIL
COSTA de AROMÁTICOS
Flota egipcia
ISLA DE SOCOTRA
De novi
Cabo Notu-Ceras

21 AELANA (AGABA)
22 LEUCE COME
23 EGRA
24 ACILA
25 PYTHOLAI (BERBERA)
26 DIERE
27 DARADA
28 MELINUS
29 SABA
30 PTOLEMAIS
31 MEROË (KABUSHIYAH)
32 BERENICE
33 COPTUS
34 MYOS HORMOS
35 FILOTERA

13

0   250   500   MILLAS

0   400   800   Km.

EL ESTE C